中国艺术年鉴

2017 + 上

王福州　主编
中国艺术研究院《中国艺术年鉴》编辑部　编

文化艺术出版社
Culture and Art Publishing House

图书在版编目（CIP）数据

中国艺术年鉴. 2017 / 王福州主编.— 北京：文化艺术出版社，2020.12
ISBN 978-7-5039-6707-8

Ⅰ. ①中… Ⅱ. ①王… Ⅲ. ①艺术—中国—2017—年鉴 Ⅳ. ①J12-54

中国版本图书馆CIP数据核字（2019）第090420号

中国艺术年鉴·2017

主　　编　王福州
责任编辑　梁一红　赵　月　李　特
责任校对　董　斌
书籍设计　李　鹏　赵　矗
出版发行　文化艺术出版社
地　　址　北京市东城区东四八条52号（100700）
网　　址　www.caaph.com
电子信箱　s@caaph.com
电　　话　（010）84057666（总编室）　84057667（办公室）
　　　　　（010）84057696—84057699（发行部）
传　　真　（010）84057660（总编室）　84057670（办公室）
　　　　　（010）84057690（发行部）
经　　销　新华书店
印　　刷　鑫艺佳利（天津）印刷有限公司
版　　次　2021年10月第1版
印　　次　2021年10月第1次印刷
开　　本　880毫米×1230毫米　1/16
印　　张　68.75
字　　数　2082千字
书　　号　ISBN 978-7-5039-6707-8
定　　价　480.00元（上下册）

《中国艺术年鉴·2017》
编辑机构人员

《中国艺术年鉴·2017》编辑说明

一、《中国艺术年鉴》是一部艺术门类较为齐全的综合性专业年鉴。本年鉴在中国艺术研究院领导下，由《中国艺术年鉴》编辑部主持编纂。年鉴旨在以文化强国的艺术发展要求与艺术本体规律为辑选尺度，侧重艺术创作，立足学术考量，汇集中国各艺术门类、各艺术工作领域的创作、表演和展览等重要信息，记录和凸显符合艺术规律、对艺术创作健康发展具有推动作用和借鉴价值的优秀作品、工作亮点和热议话题，简明立体地呈现年度艺术工作领域的发展状况与全局轮廓。

二、本年鉴主要记述的时间范围为2016年度1月1日至12月末。其中涉及跨年评奖、研讨等内容的条目，按照活动实际发生日记述于相应卷本。

三、本年鉴从《中国艺术年鉴·2013年卷》开始，分卷涉及理论研究、学术研讨和艺术教育等方面的内容，已收录于《中国艺术年鉴》编辑部编纂的《中国艺术学年鉴》中。

四、本年鉴使用规范的语体文、记述体，文字力求言简意赅，直陈其事。全书分为上、下两册，共计13个分卷，分别为总类卷、戏曲卷、话剧卷、音乐卷、舞蹈卷、曲艺卷、电影卷、电视艺术卷、美术卷、工艺美术卷、摄影卷、书法·篆刻卷、设计卷。后附主题词索引，包括人名、作品、机构3类索引项，2 400余个索引词。

从《中国艺术年鉴·2017》卷本开始，原歌剧、音乐剧卷并入音乐卷。

五、本年鉴采用卷目—栏目—类目—条目的层级结构。各卷目下设栏目依次为："年度述评""文件辑录""专题""作品""纪事"。"年度述评"（详见"六"）；"文件辑录"，辑录年度内文化艺术主管部门和艺术团体发布的与艺术工作相关的法规、规划、公告、通知等文件，以及重要文章、讲话；"专题"，就年度中的某些重要艺术活动、现象、话题，选编若干篇与此相关的媒体报道、采访、评论文章，对其进行全面展现，此栏目为非常设栏目；"作品"，辑录年度内各艺术门类有影响的新作或佳作；"纪事"，简要记录年度内艺术展演、评比、会议、产业、交流等类活动信息。

各栏目下设类目，类目是若干相关条目的归类总称，根据各卷、各栏目所载条目的具体情况设置。

六、本年鉴本着客观记录与学术评述相结合、全面反映与重点突出相协调、活动情况与反响评价相兼顾的编辑思路，以文章和条目为基本载体。其中的文章体主要体现在各分卷的"年度述评"和"专题"（非常设栏目）部分，其余栏目均为条目体。

"年度述评"强调以专论的形式，从不同角度以翔实的数据、开阔的学术视野和眼光，观照该年度文化艺术领域的现象与热点、政策与导向、创作与作品、活动与交流、研究与学术、趋势与对策等多方面内容，着力开展深度的研究性梳理、总结概括和学术评估，研判艺术发展趋势与走向，凸显艺术追求的主流价值取向，并提出有学术价值和艺术价值的思考与建议，从历史和理论的角度为当代中国文化艺术发展把脉。

七、本年鉴在沿用《中国艺术年鉴·2014年卷》编纂体例的基础上，为了实现理论性、学术性、针对性的有机统一，各分卷增加了“年度述评”部分的比重，力求对艺术现实进行分析论辩并回答相关门类发展面临的突出问题。

八、本年鉴的组稿方式有特约稿件、重要主流报刊信息转载和摘录三个渠道。其中，各分卷本的“年度述评”部分的组稿方式主要采取特约稿件，所约的撰稿者主要为相关门类的专家、学者，所收录过半稿件为课题组以团队力量协作完成；“文件辑录”“专题”“作品”“纪事”部分的信息均来源于国内主流媒体发布的文艺信息，摘编和转载各大报纸期刊、公开出版物及相关网站，摘录文章除对有明显错讹、遗漏与不符合出版文字规范之处加以校改外，均保持原貌。

2016年从中央到地方，出台了一系列管理及扶持政策，实现各级文化行政部门对文化资源的动态化、科学化管理，以激发广大文艺工作者的创作热情，强化要求文艺工作者要有文化担当。在文艺创作方面，除了组织推进大型精品力作，同时大力推进地方文艺创作的繁荣，在习近平总书记重要讲话精神指引下，广大文艺家和文艺工作者不断提升思想道德修养和文学艺术素养，高扬社会主义核心价值观旗帜，努力创作优秀作品，为繁荣社会主义文艺事业做出了新贡献。基于此，本年鉴力图宏观系统地对2016年度各艺术门类发展状况做出全景概览，总结2016年度的艺术成果和宝贵经验，为社会各界了解中国艺术发展趋向提供资讯，以飨读者。

《中国艺术年鉴》编辑部

中国艺术年鉴

2017 + 总目录

上册目录

纪事……137

作品……221

纪事……231

舞蹈卷……359

分卷主编：杜 蕾

曲艺卷……413

分卷主编：王　晶

中国艺术年鉴·2017

总类卷

分卷主编：丛玲玲

特载

【习近平《在中国文联十大、中国作协九大开幕式上的讲话》（2016年11月30日）】

各位代表，同志们，朋友们：

中国文学艺术界联合会第十次全国代表大会、中国作家协会第九次全国代表大会，是我国文艺界的一次盛会。首先，我代表党中央，向大会的召开，表示热烈的祝贺！向全体代表，并通过你们向全国广大文艺工作者，致以诚挚的问候！

党对文艺工作历来高度重视，这是因为，文艺事业是党和人民的重要事业，文艺战线是党和人民的重要战线。在革命、建设、改革各个历史时期，广大文艺工作者响应党的号召，坚持为人民服务、为社会主义服务的方向，坚持百花齐放、百家争鸣的方针，创作了一大批脍炙人口、深入人心的优秀作品，弘扬了中国精神，凝聚了中国力量，为我们党团结带领人民实现民族独立、人民解放、国家富强、人民幸福做出了十分重要的贡献。

2014年10月，我们召开文艺工作座谈会，我同文艺界的同志们深入交流，进一步明确了新形势下繁荣发展社会主义文艺的方向和任务。党的十八大以来，广大文艺工作者积极投身实现"两个一百年"奋斗目标、实现中华民族伟大复兴中国梦的火热实践，倾情服务人民，倾心创作精品，热情讴歌全国各族人民追梦圆梦的顽强奋斗，弘扬崇高理想和英雄气概，奏响了时代之声、爱国之声、人民之声。特别是在党和国家举办的一系列重大活动中，在面向基层、面向群众的文化服务中，在中外人文交流中，广大文艺工作者勇挑大梁、不计名利、夙夜奔忙，展现了昂扬的精神风貌、高超的艺术水平。在广大文艺工作者辛勤努力下，我国文艺界出现新气象新面貌，文学、戏剧、电影、电视、音乐、舞蹈、美术、摄影、书法、曲艺、杂技、民间文艺、文艺评论、群众文艺、艺术教育等都取得丰硕成果，主旋律更加响亮，正能量更加强劲，为人民提供了丰富精神食粮，向世界展示了中华文化魅力。

实践充分证明，广大文艺工作者心怀祖国人民、响应时代召唤、追求艺术理想，是一支有智慧有才情、敢担当敢创新、可信赖可依靠的队伍。党和人民感谢你们！

各位代表！同志们、朋友们！

实现中华民族伟大复兴，是中华民族近代以来最伟大的梦想，也是我们这一代人的历史使命。当今世界正处在大发展大变革大调整时期，当代中国正沿着中国特色社会主义道路奋力前进。这是一个风云际会的时代，也是一个英雄辈出的时代。在中国共产党领导下，有中国人民团结一心、自强不息的精神，有中国人民创新创造、开拓进取的勇气，有中国人民艰苦奋斗、顽强拼搏的毅力，中华民族在苦难和曲折中一步步走到今天，必将在辉煌和奋斗中大踏步走向明天，中华民族伟大复兴的航船一定能够劈波斩浪驶向光辉的彼岸。

实现中华民族伟大复兴，需要物质文明极大发展，也需要精神文明极大发展。早在革命战争年代，毛泽东同志就多次强调要建设民族的、科学的、大众的中华民族的新文化。1940年，他说："我们不但要把一个政治上受压迫、经济上受剥削的中国，变为一个政治上自由和经济上繁荣的中国，而且要把一个被旧文化统治因而愚昧落后的中国，变为一个被新文化统治因而文明先进的中国。"1979年10月，邓小平同志在中国文学艺术工作者第四次代表大会上发表祝词强调："我们要在建设高度物质文明的同时，提高全民族的科学文化水平，发展高尚的丰富多彩的文化生活，建设高度的社会主义精神文明。"他还强调：要大力发扬党和人民在长期实践中形成的崇高精神，"大声疾呼和以身作则地把这些精神推广到全体人民、全体青少年中间去，使之成为中华人民共和国的精神文明的主要支柱，为世界上一切要求革命、要求进步的人们所向往，也为世界上许多精神空虚、思想苦闷的人们所羡慕"。

中华民族生生不息绵延发展、饱受挫折又不断浴火重生，都离不开中华文化的有力支撑。中华文化独一无二的理念、智慧、气度、神韵，增添了中国人民和中华民族内心深处的自信和自豪。在5000

多年文明发展中孕育的中华优秀传统文化，在党和人民伟大斗争中孕育的革命文化和社会主义先进文化，积淀着中华民族最深沉的精神追求，代表着中华民族独特的精神标识。我们要大力弘扬以爱国主义为核心的民族精神和以改革创新为核心的时代精神，大力弘扬中华优秀传统文化，大力发展社会主义先进文化，不断增强全党全国各族人民的精神力量。

各位代表！同志们、朋友们！

文运同国运相牵，文脉同国脉相连。实现中华民族伟大复兴，是一场震古烁今的伟大事业，需要坚忍不拔的伟大精神，也需要振奋人心的伟大作品。鲁迅先生1925年就说过："文艺是国民精神所发的火光，同时也是引导国民精神的前途的灯火。"广大文艺工作者要坚持以人民为中心的创作导向，坚持为人民服务、为社会主义服务，坚持百花齐放、百家争鸣，坚持创造性转化、创新性发展，高擎民族精神火炬，吹响时代前进号角，把艺术理想融入党和人民事业之中，做到胸中有大义、心里有人民、肩头有责任、笔下有乾坤，推出更多反映时代呼声、展现人民奋斗、振奋民族精神、陶冶高尚情操的优秀作品，为我们的人民昭示更加美好的前景，为我们的民族描绘更加光明的未来。

这里，我给大家提几点希望。

第一，希望大家坚定文化自信，用文艺振奋民族精神。实现中华民族伟大复兴，必须坚定中国特色社会主义道路自信、理论自信、制度自信、文化自信。创作出具有鲜明民族特点和个性的优秀作品，要对博大精深的中华文化有深刻的理解，更要有高度的文化自信。广大文艺工作者要善于从中华文化宝库中萃取精华、汲取能量，保持对自身文化理想、文化价值的高度信心，保持对自身文化生命力、创造力的高度信心，使自己的作品成为激励中国人民和中华民族不断前行的精神力量。

文化是一个国家、一个民族的灵魂。历史和现实都表明，一个抛弃了或者背叛了自己历史文化的民族，不仅不可能发展起来，而且很可能上演一幕幕历史悲剧。文化自信，是更基础、更广泛、更深厚的自信，是更基本、更深沉、更持久的力量。坚定文化自信，是事关国运兴衰、事关文化安全、事关民族精神独立性的大问题。没有文化自信，不可能写出有骨气、有个性、有神采的作品。

古往今来，世界各民族无一例外受到其在各个历史发展阶段上产生的文艺精品和文艺巨匠的深刻影响。中华民族精神，既体现在中国人民的奋斗历程和奋斗业绩中，体现在中国人民的精神生活和精神世界中，也反映在几千年来中华民族产生的一切优秀作品中，反映在我国一切文学家、艺术家的杰出创造活动中。

在每一个历史时期，中华民族都留下了无数不朽作品。从诗经、楚辞、汉赋，到唐诗、宋词、元曲、明清小说等，共同铸就了灿烂的中国文艺历史星河。中华民族文艺创造力是如此强大、创造的成就是如此辉煌，中华民族素有文化自信的气度，我们应该为此感到无比自豪，也应该为此感到无比自信。

一个时代有一个时代的文艺，一个时代有一个时代的精神。任何一个时代的经典文艺作品，都是那个时代社会生活和精神的写照，都具有那个时代的烙印和特征。任何一个时代的文艺，只有同国家和民族紧紧维系、休戚与共，才能发出振聋发聩的声音。反映时代是文艺工作者的使命。广大文艺工作者要把握时代脉搏，承担时代使命，聆听时代声音，勇于回答时代课题。

古今中外，文艺无不遵循这样一条规律：因时而兴，乘势而变，随时代而行，与时代同频共振。在人类发展的每一个重大历史关头，文艺都能发时代之先声、开社会之先风、启智慧之先河，成为时代变迁和社会变革的先导。离开火热的社会实践，在恢宏的时代主旋律之外茕茕孑立、喃喃自语，只能被时代淘汰。

对文艺来讲，思想和价值观念是灵魂，一切表现形式都是表达一定思想和价值观念的载体。离开了一定思想和价值观念，再丰富多样的表现形式也是苍白无力的。文艺的性质决定了它必须以反映时代精神为神圣使命。社会主义核心价值观是当代中国精神的集中体现，是凝聚中国力量的思想道德基础。广大文艺工作者要把培育和弘扬社会主义核心价值观作为根本任务，坚定不移用中国人独特的思想、情感、审美去创作属于这个时代、又有鲜明中国风格的优秀作品。

祖国是人民最坚实的依靠，英雄是民族最闪亮的坐标。歌唱祖国、礼赞英雄从来都是文艺创作的永恒主题，也是最动人的篇章。我们要高扬爱国主义主旋律，用生动的文学语言和光彩夺目的艺术形象，装点祖国的秀美河山，描绘中华民族的卓越风华，激发每一个中国人的民族自豪感和国家荣誉感。对中华民族的英雄，要心怀崇敬，浓墨重彩记录英雄、塑造英雄，让英雄在文艺作品中得到传扬，引导人民树立正确的历史观、民族观、国家观、文化观，绝不做亵渎祖先、亵渎经典、亵渎英雄的事情。要抒写改革开放和社会主义现代化建设的蓬勃实践，抒写多彩的中国、进步的中国、团结的中国，激励全国各族人民朝气蓬勃迈向未来。

坚定文化自信，离不开对中华民族历史的认知和运用。历史是一面镜子，从历史中，我们能够更好看清世界、参透生活、认识自己；历史也是一位智者，同历史对话，我们能够更好认识过去、把握当下、面向未来。“观古今于须臾，抚四海于一瞬”。没有历史感，文学家、艺术家就很难有丰富的灵感和深刻的思想。文学家、艺术家要结合史料进行艺术再现，必须有史识、史才、史德。

历史给了文学家、艺术家无穷的滋养和无限的想象空间，但文学家、艺术家不能用无端的想象去描写历史，更不能使历史虚无化。文学家、艺术家不可能完全还原历史的真实，但有责任告诉人们真实的历史，告诉人们历史中最有价值的东西。戏弄历史的作品，不仅是对历史的不尊重，而且是对自己创作的不尊重，最终必将被历史戏弄。只有树立正确历史观，尊重历史、按照艺术规律呈现的艺术化的历史，才能经得起历史的检验，才能立之当世、传之后人。

中华文化既是历史的、也是当代的，既是民族的、也是世界的。只有扎根脚下这块生于斯、长于斯的土地，文艺才能接住地气、增加底气、灌注生气，在世界文化激荡中站稳脚跟。正所谓“落其实者思其树，饮其流者怀其源”。我们要坚持不忘本来、吸收外来、面向未来，在继承中转化，在学习中超越，创作更多体现中华文化精髓、反映中国人审美追求、传播当代中国价值观念、又符合世界进步潮流的优秀作品，让我国文艺以鲜明的中国特色、中国风格、中国气派屹立于世。

第二，希望大家坚持服务人民，用积极的文艺歌颂人民。人民是历史的创造者，是时代的雕塑者。一切优秀文艺工作者的艺术生命都源于人民，一切优秀文艺创作都为了人民。广大文艺工作者要坚持以强烈的现实主义精神和浪漫主义情怀，观照人民的生活、命运、情感，表达人民的心愿、心情、心声，立志创作出在人民中传之久远的精品力作。

人民需要艺术，艺术更需要人民。马克思说：“人民历来就是作家‘够资格’和‘不够资格’的唯一判断者。”以为人民不懂得文艺，以为大众是“下里巴人”，以为面向群众创作不上档次，这些观念都是不正确的。文艺创作方法有一百条、一千条，但最根本的方法是扎根人民。只有永远同人民在一起，艺术之树才能常青。

文艺要服务人民，就必须积极反映人民生活。今天，在我国960多万平方公里的大地上，13亿多人民正上演着波澜壮阔的活剧，国家蓬勃发展，家庭酸甜苦辣，百姓欢乐忧伤，构成了气象万千的生活景象，充满着感人肺腑的故事，洋溢着激昂跳动的乐章，展现出色彩斑斓的画面。广大文艺工作者大有可为，也必将大有作为。

我们的文学艺术，既要反映人民生产生活的伟大实践，也要反映人民喜怒哀乐的真情实感，从而让人民从身边的人和事中体会到人间真情和真谛，感受到世间大爱和大道。关在象牙塔里不会有持久的文艺灵感和创作激情。离开人民，文艺就会变成无根的浮萍、无病的呻吟、无魂的躯壳。一切有抱负、有追求的文艺工作者都应该追随人民脚步，走出方寸天地，阅尽大千世界，让自己的心永远随着人民的心而跳动。

人民不是抽象的符号，而是一个一个具体的人的集合，每个人都有血有肉、有情感、有爱恨、有梦想，都有内心的冲突和忧伤。真实的人物是千姿百态的，要用心用情了解各种各样的人物，从人民的实践和多彩的生活中汲取营养，不断进行生活和艺术的积累，不断进行美的发现和美的创造。

典型人物所达到的高度，就是文艺作品的高度，也是时代的艺术高度。只有创作出典型人物，文艺作品才能有吸引力、感染力、生命力。广大文艺工作者要始终把人民的冷暖和幸福放在心中，把人民的喜怒哀乐倾注在自己的笔端，讴歌奋斗人生，刻画最美人物。

走入生活、贴近人民，是艺术创作的基本态度；以高于生活的标准来提炼生活，是艺术创作的基本能力。文艺工作者既要有这样的态度，也要有这样的能力。文艺反映社会，不是通过概念对社会进行抽象，而是通过文字、颜色、声音、情感、情节、画面、图像等进行艺术再现。因此，社会的色彩有多么斑斓，文艺作品的色彩就应该有多么斑斓；社会的情境有多么丰富，文艺作品的情境就应该有多么丰富；社会的韵味有多么淳厚，文艺作品的韵味就应该有多么淳厚。

“文变染乎世情，兴废系乎时序。”揭示人类命运和民族前途是文艺工作者的追求。伟大的作品一定是对个体、民族、国家命运最深刻把握的作品。改革开放近40年来，我们党领导人民所进行的奋斗，推动我国社会发生了全方位变革，这在中华民族发展史上是前所未有的，在人类发展史上也是绝无仅有的。面对这种史诗般的变化，我们有责任写出中华民族新史诗。史诗是人民创造的，不论多么宏大的创作，多么高的立意追求，都必须从最真实的生活出发，从平凡中发现伟大，从质朴中发现崇高，从而深刻提炼生活、生动表达生活、全景展现生活。

历史变化如此深刻，社会进步如此巨大，人们的精神世界如此活跃，为文艺发展提供了无尽的矿藏。社会是一本大书，只有真正读懂、读透了这本大书，才能创作出优秀作品。读懂社会、读透社会，决定着艺术创作的视野广度、精神力度、思想深度。广大文艺工作者要努力上好社会这所大学校，读好社会这本大书，创作出既有生活底蕴又有艺术高度的优秀作品。

“文人之笔，劝善惩恶。”文艺要反映生活，但文艺不能机械反映生活。茅盾说过：“文艺作品不仅是一面镜子——反映生活，而须是一把斧头——创造生活。”生活中不可能只有昂扬没有沉郁、只有幸福没有不幸、只有喜剧没有悲剧。生活和理想之间总是有落差的，现实生活中总是有这样那样不如人意的地方。广大文艺工作者要对生活素材进行判断，弘扬正能量，用文艺的力量温暖人、鼓舞人、启迪人，引导人们提升思想认识、文化修养、审美水准、道德水平，激励人们永葆积极向上的乐观心态和进取精神。

文艺创作的目的是引导人们找到思想的源泉、力量的源泉、快乐的源泉。清泉永远比淤泥更值得拥有，光明永远比黑暗更值得歌颂。广大文艺工作者要提高阅读生活的能力，善于在幽微处发现美善、在阴影中看取光明，不做徘徊边缘的观望者、讥谗社会的抱怨者、无病呻吟的悲观者，不能沉溺于鲁迅所批评的“不免咀嚼着身边的小小的悲欢，而且就看这小悲欢为全世界”。要用有筋骨、有道德、有温度的作品，鼓舞人们在黑暗面前不气馁、在困难面前不低头，用理性之光、正义之光、善良之光照亮生活。对人民深恶痛绝的消极腐败现象和丑恶现象，应该坚持用光明驱散黑暗、用真善美战胜假恶丑，让人们看到美好、看到希望、看到梦想就在前方。

第三，希望大家勇于创新创造，用精湛的艺术推动文化创新发展。优秀作品反映着一个国家、一个民族文化创新创造的能力和水平。广大文艺工作者要把创作生产优秀作品作为中心环节，不断推进文艺创新、提高文艺创作质量，努力为人民创造文化杰作、为人类贡献不朽作品。

当代中国正经历着我国历史上最为广泛而深刻的社会变革，也正在进行着人类历史上最为宏大而独特的实践创新。这种伟大实践必将给文化创新创造提供强大动力和广阔空间。广大文艺工作者要努力创作同我们这个文明古国、我们这个蓬勃发展的国家相匹配的优秀作品。中国人民不仅将为人类贡献新的发展模式、发展道路，而且将把自己在文化创新创造中取得的成果奉献给世界。

中华文化延续着我们国家和民族的精神血脉，既需要薪火相传、代代守护，也需要与时俱进、推陈出新。要加强对中华优秀传统文化的挖掘和阐发，使中华民族最基本的文化基因同当代中国文化相适应、同现代社会相协调，把跨越时空、超越国界、富有永恒魅力、具有当代价值的文化精神弘扬起来，激活其内在的强大生命力，让中华文化同各国人民创造的多彩文化一道，为人类提供正确精神指引。

创新是文艺的生命。要把创新精神贯穿文艺创作全过程，大胆探索，锐意进取，在提高原创力上下功夫，在拓展题材、内容、形式、手法上下功夫，推动观念和手段相结合、内容和形式相融合、各种艺术要素和技术要素相辉映，让作品更加精彩纷呈、引人入胜。要把提高作品的精神高度、文化内涵、艺术价值作为追求，让目光再广大一些、再深远一些，向着人类最先进的方面注目，向着人类精神世界的最深处探寻，同时直面当下中国人民的生存现实，创造出丰富多样的中国故事、中国形象、中国旋律，为世界贡献特殊的声响和色彩、展现特殊的诗情和意境。

与时俱进、自强不息，是中华民族的鲜明禀赋，也是我国文艺不断繁荣发展的强大动力。我国文艺不仅要有体量的增长，更要创造质量的标杆。创新贵在独辟蹊径、不拘一格，但一味标新立异、追求怪诞，不可能成为上品，而很可能流于下品。要克服浮躁这个顽疾，抵制急功近利、粗制滥造，用专注的态度、敬业的精神、踏实的努力创作出更多高质量、高品位的作品。

第四，希望大家坚守艺术理想，用高尚的文艺引领社会风尚。文艺是铸造灵魂的工程，承担着以文化人、以文育人的职责，应该用独到的思想启迪、润物无声的艺术熏陶启迪人的心灵，传递向善向上的价值观。广大文艺工作者要做真善美的追求者和传播者，把崇高的价值、美好的情感融入自己的作品，引导人们向高尚的道德聚拢，不让廉价的笑声、无底线的娱乐、无节操的垃圾淹没我们的生活。

伟大的文艺展现伟大的灵魂，伟大的文艺来自伟大的灵魂。歌德说过："如果想写出雄伟的风格，他也首先就要有雄伟的人格。"一切艺术创作都是人的主观世界和客观世界的互动，都是以艺术的形式反映生活的本质、提炼生活蕴含的真善美，从而给人以审美的享受、思想的启迪、心灵的震撼。只有用博大的胸怀去拥抱时代、深邃的目光去观察现实、真诚的感情去体验生活、艺术的灵感去捕捉人间之美，才能够创作出伟大的作品。虽然创作不能没有艺术素养和技巧，但最终决定作品分量的是创作者的态度。具体来说，就是创作者以什么样的态度去把握创作对象、提炼创作主题，同时又以什么样的态度把作品展现给社会、呈现给人民。

经典之所以能够成为经典，其中必然含有隽永的美、永恒的情、浩荡的气。经典通过主题内蕴、人物塑造、情感建构、意境营造、语言修辞等，容纳了深刻流动的心灵世界和鲜活丰满的本真生命，包含了历史、文化、人性的内涵，具有思想的穿透力、审美的洞察力、形式的创造力，因此才能成为不会过时的作品。

文艺要塑造人心，创作者首先要塑造自己。养德和修艺是分不开的。德不优者不能怀远，才不大者不能博见。广大文艺工作者要把崇德尚艺作为一生的功课，把为人、做事、从艺统一起来，加强思想积累、知识储备、艺术训练，提高学养、涵养、修养，努力追求真才学、好德行、高品位，做到德艺双馨。要自觉抵制不分是非、颠倒黑白的错误倾向，自觉摒弃低俗、庸俗、媚俗的低级趣味，自觉反对拜金主义、享乐主义、极端个人主义的腐朽思想。

文艺创作是艰苦的创造性劳动，来不得半点虚假。那些叫得响、传得开、留得住的文艺精品，都是远离浮躁、不求功利得来的，都是呕心沥血铸就的。我国古人说："吟安一个字，捻断数茎须。""两句三年得，一吟双泪流。"路遥的墓碑上刻着："像牛一样劳动，像土地一样奉献。"托尔斯泰也说过："如果有人告诉我，我可以写一部长篇小说，用它来毫无问题地断定一种我认为是正确的对一切社会问题的看法，那么，这样的小说我还用不了两个小时的劳动。但如果告诉我，现在的孩子们二十年后还要读我所写的东西，他们还要为它哭，为它笑，而且热爱生活，那么，我就要为这样的小说献出我整个一生和全部力量。"广大文艺工作者要有"板凳坐得十年冷"的艺术定力，有"语不惊人死不休"的执着追求，才能拿出扛鼎之作、传世之作、不朽之作。要遵循言为士则、行为世范，牢记文化责任和社会担当，正确把握艺术个性和社会道德的关系，始终把社会效益放在首位，严肃认真考虑作品的社会效果。要珍惜自己的社会形象，在市场经济大潮面前耐得住寂寞、稳得住心神，不为一时之利而动摇、不为一时之誉而急躁，不当市场的奴隶，敢于向炫富竞奢的浮夸说"不"，向低俗媚俗的炒作说

“不”，向见利忘义的陋行说“不”。要以深厚的文化修养、高尚的人格魅力、文质兼美的作品赢得尊重，成为先进文化的践行者、社会风尚的引领者，在为祖国、为人民立德立言中成就自我、实现价值。

各位代表！同志们、朋友们！

“盖有非常之功，必待非常之人。”人是事业发展最关键的因素。文艺界是思想活跃的地方，也是创造力充沛的地方，济济多士，英才辈出。我国文艺事业要实现繁荣发展，就必须培养人才、发现人才、珍惜人才、凝聚人才。中国文联、中国作协是党和政府联系广大文艺工作者的桥梁纽带，在团结文艺工作者方面负有重要职责。多年来，中国文联、中国作协开展了许多卓有成效的工作。哪里有文艺工作者，文联、作协的工作就要做到哪里，发挥好文艺界人民团体作用。

新形势下，文联、作协要深化改革，工作向基层倾斜，服务向最广大文艺工作者拓展，改变机关化、行政化倾向，不断增强组织活力。要加强引领，突出政治性、先进性、群众性，团结带领广大文艺工作者践行社会主义核心价值观，不断增强组织向心力。要加强联络，延伸工作手臂，加强对新文艺组织、新文艺群体的团结引导，把千千万万文艺从业者、爱好者凝聚起来，不断增强组织吸引力。要增强本领，加强能力建设，强化行业服务、行业管理、行业自律，发挥在行业建设中的主导作用，不断增强行业影响力。要加强沟通，待人以亲、助人以诚，多做得人心、暖人心的事，成为文艺工作者事业上的好伙伴、生活中的真朋友，成为文艺工作者的温馨之家，把文艺战线的力量发动起来，把人民群众中蕴藏的创作能量激发出来，推动文艺事业呈现百花齐放的繁荣景象。

加强和改进党对文艺工作的领导，是文艺事业繁荣发展的根本保证。各级党委要高度重视文艺工作，充分认识文联、作协的重要作用，指导推动文联、作协深化改革、发展事业，加大政策支持和保障力度。要用符合文艺规律的方式领导文艺事业，充分发扬学术民主和艺术民主，保护好文艺工作者积极性和创造性。要按照全面从严治党的要求，加强文联、作协党的建设，加强文艺单位党的建设，选好配强文艺单位领导班子，把讲政治、懂业务、能干事、愿服务的干部放到文艺工作领导岗位上来。要加强和改进文艺理论和评论工作，褒优贬劣，激浊扬清，更加有效地引导创作、推出精品、提高审美、引领风尚。要做到政治上充分信任、思想上主动引导、工作上创造条件、生活上关心照顾，多为文艺工作者办实事、做好事、解难事，营造有利于出人才、出精品的良好环境。要重视和加强艺术教育，提高人民群众艺术素养。

各位代表！同志们、朋友们！

文艺作品不是神秘灵感的产物，它的艺术性、思想性、价值取向总是通过文学家、艺术家对历史、时代、社会、生活、人物等方方面面的把握来体现。面对生活之树，我们既要像小鸟一样在每个枝丫上跳跃鸣叫，也要像雄鹰一样从高空翱翔俯视。中国不乏生动的故事，关键要有讲好故事的能力；中国不乏史诗般的实践，关键要有创作史诗的雄心。我相信，我们这个时代的中国文学家、艺术家不仅有这样的雄心，而且有这样的能力，一定能创作出无愧于我们这个伟大时代、无愧于我们这个伟大国家、无愧于我们这个伟大民族的优秀作品。

“江山留胜迹，我辈复登临。”伟大的时代呼唤伟大的文学家、艺术家。广大文艺工作者要牢记使命、牢记职责，不忘初心、继续前进，同党和人民一道，努力筑就中华民族伟大复兴时代的文艺高峰！

最后，预祝大会圆满成功！

原载新华网 2016 年 11 月 30 日

文件辑录

【中共中央办公厅、国务院办公厅印发《关于进一步深化文化市场综合执法改革的意见》】

2016年4月4日，中共中央办公厅、国务院办公厅公开发布《关于进一步深化文化市场综合执法改革的意见》，要求各地区各部门结合实际认真贯彻执行。

《关于进一步深化文化市场综合执法改革的意见》全文如下。

为贯彻落实《中共中央关于全面推进依法治国若干重大问题的决定》《国务院关于促进市场公平竞争维护市场正常秩序的若干意见》，进一步深化文化市场综合执法改革，促进文化市场持续健康发展，现提出如下意见。

一、重要意义

2004年以来，按照党中央、国务院决策部署，文化市场综合执法改革由试点逐步向全国推开，各直辖市和市、县两级基本完成文化（文物）、新闻出版广电（版权）等文化市场领域有关行政执法力量的整合，组建文化市场综合执法机构，提升了执法效能，规范了市场秩序，推动了优秀文化产品的生产和传播，促进了社会效益和经济效益有机统一。

当前，文化市场发展与管理面临许多新形势新要求。文化体制改革向纵深拓展，文化开放水平不断提高，各类文化市场主体迅速发展，新型文化业态大量涌现，迫切需要创新文化市场管理体制机制，丰富方式手段。行政执法体制、市场准入制度等方面改革逐步深入，迫切需要文化市场综合执法改革同步跟进、有效衔接。文化市场存在一些突出问题，如不良文化产品和服务时有泛滥，有害文化信息不断出现，损害未成年人文化权益、侵犯知识产权等行为屡禁不止，广大人民群众反映十分强烈，迫切需要进一步提高文化市场综合执法能力和水平。文化产品既具有经济属性，也具有意识形态属性，必须坚持把社会效益放在首位、社会效益和经济效益相统一。要高度重视文化市场管理问题，进一步完善文化市场综合执法，推动现代文化市场体系建设，更好地维护国家文化安全和意识形态安全，更好地促进文化事业文化产业繁荣发展。

二、总体要求

（一）指导思想。全面贯彻党的十八大和十八届三中、四中、五中全会精神，以邓小平理论、“三个代表”重要思想、科学发展观为指导，深入贯彻习近平总书记系列重要讲话精神，围绕“四个全面”战略布局，建立健全符合社会主义核心价值观要求、适应现代文化市场体系需要的文化市场综合执法管理体制，维护文化市场正常秩序，推动社会主义文化大发展大繁荣。

（二）总体目标。通过深化改革，建设文化市场综合执法法律法规支撑体系；形成权责明确、监督有效、保障有力的文化市场综合执法管理体制；建设一支政治坚定、行为规范、业务精通、作风过硬的文化市场综合执法队伍；进一步整合文化市场执法权，加快实现跨部门、跨行业综合执法。

（三）基本原则。

——坚持党的领导。坚持社会主义先进文化前进方向，弘扬社会主义核心价值观，通过有力有效的文化市场综合执法，加强思想文化阵地建设，向社会传导正确价值取向，维护国家文化安全。

——坚持依法行政。坚持法定职责必须为、法无授权不可为，严格规范公正文明执法。加强执法监督，完善执法责任制，提升执法公信力。

——坚持分类指导。针对不同层级综合执法机构职责，确定工作任务和执法重点；针对不同地区经济文化差异，科学设置综合执法机构；针对不同执法事项的特点，采取有效方式加强监管。

——坚持权责一致。落实市场主体守法经营责任、综合执法机构执法责任、行政主管部门监管责任和属地政府领导责任。厘清综合执法机构和行政主管部门关系，减少职责交叉，形成监管合力。

三、重点任务

（一）明确综合执法适用范围。文化市场综合执法机构的职能主要包括：依法查处娱乐场所、互联网上网服务营业场所的违法行为，查处演出、艺术品经营及进出口、文物经营等活动中的违法行为；查处文化艺术经营、展览展播活动中的违法行为；查处除制作、播出、传输等机构外的企业、个人和社会组织从事广播、电影、电视活动中的违法行为，查处电影放映单位的违法行为，查处安装和设置卫星电视广播地面接收设施、传送境外卫星电视节目中的违法行为，查处放映未取得《电影片公映许可证》的电影片和走私放映盗版影片等违法活动；查处图书、音像制品、电子出版物等方面的违法出版活动和印刷、复制、出版物发行中的违法经营活动，查处非法出版单位和个人的违法出版活动；查处著作权侵权行为；查处网络文化、网络视听、网络出版等方面的违法经营活动；配合查处生产、销售、使用“伪基站”设备的违法行为；承担“扫黄打非”有关工作任务；依法履行法律法规规章及地方政府赋予的其他职责。

（二）加强综合执法队伍建设。严格实行执法人员持证上岗和资格管理制度，未经执法资格考试合格，不得授予执法资格，不得从事执法活动。探索建立执法人员资格等级考试制度。健全执法人员培训机制，实施业务技能训练考核大纲和中西部地区执法能力提升计划，定期组织开展岗位练兵、技能比武活动。全面落实综合执法责任制，严格确定不同岗位执法人员执法责任，建立健全责任追究机制，通过落实党内监督、行政监督、社会监督、舆论监督等方式强化文化市场执法监督。落实综合执法标准规范，加强队容风纪管理，严格廉政纪律。使用统一执法标识、执法证件和执法文书，按规定配备综合执法车辆。

（三）健全综合执法制度机制。建立文化市场综合执法权力清单制度和行政裁量权基准制度，完善举报办理、交叉检查、随机抽查、案件督办、应急处置等各项工作流程。严格执行罚缴分离和收支两条线制度，严禁将罚没收入同综合执法机构利益直接或变相挂钩。建立文化市场跨部门、跨区域执法协作联动机制，完善上级与下级之间、部门之间、地区之间线索通报、案件协办、联合执法制度。建立文化市场行政执法和刑事司法衔接机制，坚决防止有案不移、有案难移、以罚代刑现象。推进政务信息公开，向社会公开执法案件主体信息、案由、处罚依据及处罚结果，提高执法透明度和公信力。

（四）推进综合执法信息化建设。加快全国文化市场技术监管与服务平台建设应用，加强与各有关行政部门信息系统的衔接共享，推进行政许可与行政执法在线办理，实现互联互通。通过视频监控、在线监测等远程监管措施，加强非现场监管执法。采用移动执法、电子案卷等手段，提升综合执法效能。推动信息化建设与执法办案监督管理深度融合，运用信息技术对执法流程进行实时监控、在线监察，规范执法行为，强化内外监督，建立开放、透明、便民的执法机制。构建文化市场重点领域风险评估体系，形成来源可查、去向可追的信息链条，切实防范区域性、行业性和系统性风险。

（五）完善文化市场信用体系。建设文化市场基础数据库，完善市场主体信用信息记录，探索实施文化市场信用分类监管，建立文化市场守信激励和失信惩戒机制。建立健全文化市场警示名单和黑名单制度，对从事违法违规经营、屡查屡犯的经营单位和个人，依法公开其违法违规记录，使失信违规者在市场交易中受到制约和限制。落实市场主体守法经营的主体责任，指导其加强事前防范、事中监管和事后处理工作。推动行业协会、商会等社会组织建立健全行业经营自律规范、自律公约和职业道德准则，引导行业健康发展。

（六）建立健全综合执法运行机制。文化市场综合执法机构依据法定职责和程序，相对集中行使文化（文物）、新闻出版广电（版权）等部门文化市场领域的行政处罚权以及相关的行政强制权、监督检查权，开展日常巡查、查办案件等执法工作。有关行政部门在各自职责范围内指导、监督综合执法机构开展执法工作，综合执法机构认真落实各有关行政部门的工作部署和任务，及时反馈执法工作有关情况，形成分工负责、相互支持、密切配合的工作格局。

四、组织领导

（一）加强组织实施。中央文化体制改革和发展工作领导小组统一领导全国深化文化市场综合执法改革工作，领导小组办公室负责组织对改革进展情况进行督促检查。中央宣传部、中央网信办、文化部、新闻出版广电总局要根据本意见要求统筹推进改革，涉及互联网信息内容的执法工作由中央网信办统筹协调。各省（自治区、直辖市）党委和政府要高度重视，将深化文化市场综合执法改革工作列入重要议事日程，确保改革各项措施落实到位。

（二）完善文化市场综合执法管理体制。建立由国务院文化行政部门牵头的全国文化市场管理工作联席会议制度，充分发挥各部门职能作用和资源优势，加强统筹、协调和指导。充实完善省、市、县三级文化市场管理工作领导小组，统一领导本行政区文化市场管理和综合执法工作，推动文化领域跨部门、跨行业综合执法；领导小组由同级党委宣传部部长任组长，同级政府有关负责同志任副组长。

国务院文化行政部门负责指导全国文化市场综合执法工作，推动各直辖市和市、县两级文化（文物）、新闻出版广电（版权）等部门整合文化市场领域的执法职能；建立统一规范的综合执法工作规则，建设全国文化市场技术监管体系，推进综合执法队伍建设；协调各有关行政部门对综合执法工作进行绩效考核。

省（自治区）文化行政部门负责指导本地区文化市场综合执法工作，统筹综合执法队伍建设；依法履行执法指导监督、跨区域执法协作、重大案件查处等职责。

（三）明确机构设置、编制、人员和经费。各地应根据中央关于深化行政执法体制改革的有关精神，结合本地实际，探索文化市场综合执法机构设置的有效形式。直辖市文化市场综合执法机构可探索对区县文化市场综合执法工作实行直接管理，整合执法资源，提升执法能力。副省级城市、省辖市可整合市区两级文化市场综合执法队伍，组建市级文化市场综合执法机构。县级市和县的文化市场综合执法机构要加强队伍建设，切实履行监管责任。对经济发达、城镇化水平较高的乡镇，县级市和县文化广电新闻出版行政部门可根据需要和条件通过法定程序委托乡镇政府行使部分文化市场执法权。

文化市场综合执法机构干部任免参照宣传文化单位干部管理规定办理。综合执法人员依法依规纳入参照公务员法管理。在省（自治区、直辖市）范围内，要统一规范综合执法机构名称，并结合本辖区地理范围、执法任务等情况，统筹考虑综合执法机构编制安排。综合执法机构的工作经费和能力建设经费列入同级政府财政预算。

（四）健全考核机制。文化市场综合执法工作要纳入社会治安综合治理成效评价体系，推动各级党委和政府履职尽责。健全文化市场综合执法绩效考评制度，加强对依法行政、市场监管、社会服务效能等方面的监督和评估。充分发挥“12318”文化市场举报电话和网络平台作用，畅通公众意见反馈渠道。建立文化市场综合执法工作第三方评价机制和群众评议反馈机制，制定公众满意度指标，增强综合执法工作评价的客观性和科学性。

（五）推动相关立法。做好文化市场综合执法立法与文化市场综合执法改革重大政策的衔接，加强理论研究，积累改革经验，研究制定文化市场综合执法管理规定，加快制定地方文化市场综合执法相关法规，推动综合执法机构依法行政，提高文化市场综合执法工作法治化水平。

原载中央政府门户网站 2016 年 4 月 4 日

【关于印发《文化企业无形资产评估指导意见》的通知（中评协〔2016〕14号）】

各省、自治区、直辖市、计划单列市资产评估协会（注册会计师协会）：

为贯彻落实《关于推动国有文化企业把社会效益放在首位、实现社会效益和经济效益相统一的指导意见》精神，进一步规范与指导资产评估行业执行文化企业无形资产评估业务，维护社会公众利益和资产评估各方当事人的合法权益，在中共中央宣传部和财政部的组织和指导下，中国资产评估协会制定了《文化企业无形资产评估指导意见》，现予以发布，自2016年7月1日起施行。

请各地方协会将《文化企业无形资产评估指导意见》及时转发评估机构，组织评估机构和资产评估师进行学习和培训，并将执行过程中发现的问题及时上报中国资产评估协会。

中国资产评估协会

2016年3月30日

附件：

文化企业无形资产评估指导意见

第一章 引言

第一条 为规范资产评估师执行文化企业无形资产评估业务行为，维护社会公共利益和资产评估各方当事人合法权益，根据《资产评估准则——无形资产》，制定本指导意见。

第二条 本指导意见所称文化企业，包括新闻出版发行服务企业、广播电视电影服务企业、文化艺术服务企业、文化信息传输服务企业、文化创意和设计服务企业、文化休闲娱乐服务企业和工艺美术品生产企业等。

第三条 本指导意见所称文化企业无形资产，是指文化企业所拥有或者控制的，不具有实物形态，能够持续发挥作用并且带来经济利益的资源。

第四条 本指导意见所称文化企业无形资产评估，是指资产评估师依据相关法律、法规和资产评估准则，对文化企业无形资产的价值进行分析、估算并发表专业意见的行为和过程。

第五条 资产评估师执行文化企业无形资产评估业务，应当遵守本指导意见。

资产评估师执行与文化企业无形资产价值估算相关的其他业务，可以参照本指导意见。

涉及土地使用权的评估执行相关评估准则的规定。

第二章 基本要求

第六条 资产评估师执行文化企业无形资产评估业务，应当遵守相关法律、法规和资产评估准则。

第七条 资产评估师执行文化企业无形资产评估业务，应当了解文化企业是提供精神产品、传播思想信息、担负文化传承使命的特殊企业，必须始终坚持把社会效益放在首位、实现社会效益和经济效益相统一，应当关注文化企业社会效益对文化企业无形资产价值的影响。

第八条 资产评估师执行文化企业无形资产评估业务，应当具备文化企业无形资产评估相关的专业知识和经验，具有专业胜任能力。

第九条 资产评估师执行文化企业无形资产评估业务，应当恪守独立、客观、公正的原则，勤勉尽责，保持应有的职业谨慎，避免出现对评估结论具有重大影响的疏漏。

第十条　资产评估师执行文化企业无形资产评估业务，应当结合经济行为类型，明确评估目的。

（一）文化企业无形资产评估业务，分为单项资产评估业务中的无形资产评估和企业价值评估业务中的无形资产评估。

（二）单项资产评估业务中的无形资产评估所涉及的经济行为主要包括质押、出资、转让、许可使用、财务报告、涉税和诉讼等。企业价值评估业务中的无形资产评估所涉及的经济行为主要包括改制、并购重组和清算等。

第十一条　资产评估师执行文化企业无形资产评估业务，应当在合理考虑评估目的、市场条件、评估对象自身条件等因素的基础上，恰当选择价值类型。

以质押为目的可以根据实际情况选择市场价值或者根据担保法等相关法律、法规以及金融监管机构的规定选择评估结论的价值类型，以出资、转让、许可使用等交易为目的一般选择市场价值或者投资价值，以财务报告为目的一般根据企业会计准则相关要求选择相应的价值类型。

第十二条　资产评估师执行文化企业无形资产评估业务，应当合理使用评估假设和限定条件，并考虑其与价值类型的相关性。

第十三条　资产评估师执行文化企业无形资产评估业务，应当获取必要信息，并分析信息来源的可靠性，恰当利用信息。

第十四条　资产评估师执行文化企业无形资产评估业务，涉及特殊专业知识和经验时，可以利用专家工作，但应当履行必要程序恰当利用专家工作。

第三章　评估对象和范围

第十五条　资产评估师执行文化企业无形资产评估业务，应当明确评估对象。

文化企业无形资产评估对象，是指文化企业无形资产的财产权益，或者特定无形资产组合的财产权益。文化企业无形资产通常包括著作权、专利权、专有技术、商标专用权、销售网络、客户关系、特许经营权、合同权益、域名和商誉等。

文化企业无形资产不局限于无形资产会计科目核算的资产。符合资产评估准则关于无形资产定义的资产，均可以构成无形资产评估对象。

第十六条　资产评估师执行文化企业无形资产评估业务，应当明确评估范围。

文化企业无形资产评估范围应当服从评估对象的选择，最终确定权在于委托方。评估机构和资产评估师应当根据专业经验建议委托方合理确定评估范围，并在业务约定书中明确约定评估范围。

第十七条　资产评估师执行文化企业价值评估业务中的无形资产评估，应当根据会计政策、企业经营等情况，对被评估企业资产负债表表内以及表外的无形资产进行识别。

第十八条　资产评估师执行文化企业著作权资产评估业务，应当结合文化企业特点关注著作权的法律、经济、技术等特征。

（一）著作权财产权利包括复制权、发行权、出租权、展览权、表演权、放映权、广播权、信息网络传播权、摄制权、改编权、翻译权、汇编权以及著作权人享有的其他财产权利。

与著作权有关的权利，包括出版者对其出版的图书和期刊的版式设计享有的权利，表演者对其表演享有的权利，录音录像制作者对其制作的录音录像制品享有的权利，广播电台、电视台对其制作的广播、电视节目享有的权利等。

这些权利与文化企业特定产品（作品）相关联。由于作品自身特性，并不是每一种作品都具有这些权利。

（二）著作权对应的作品包括以各种形式创作的文学、艺术和自然科学、社会科学、工程技术等作品，具体形式有文字作品；口述作品；音乐、戏剧、曲艺、舞蹈、杂技艺术作品；美术、建筑作品；摄影作品；电影作品和以类似摄制电影的方法创作的作品；工程设计图、产品设计图、地图、示意图等图形作品和模型作品；计算机软件等。与著作权有关的权利对应的作品，包括录音录像制品等。

不同类型的文化企业所拥有的特定作品形式可能存在较大差异。这些作品在创作人员、创作流程、创作成本、传播方式、传播成本、传播范围等方面存在各自特点和差异。这些差异最终都会反映在文化企业产品的成本和收益中。

（三）文化企业著作权资产评估对象按照文化企业具体作品与著作权中各种财产权利组合的方式来表现，具体可描述为“作品名称 + 权利名称”或者“某某作品的某某权”。评估对象要与经济行为、评估目的保持一致，可能是一件作品的单项权利或者多项权利，也可能是多件作品的某一单项权利组合或者多件作品的多项权利的组合。

（四）资产评估师执行文化企业著作权资产评估业务，应当关注著作权的权利属性，区分著作权使用权和所有权。评估被许可行使的著作权，应当明确具体许可期限、许可使用范围、许可使用方式等许可内容。

（五）文化企业作品的著作权与该作品实体的物权既有联系，又有区别。作品物权转移并不必然导致该作品著作权全部或者部分财产权益的同时转移。绘画、书法、雕塑等美术作品物权是依赖于绘画、书法、雕塑等实体的承载，物权需要随实体一同转移。文化企业拥有绘画、书法、雕塑等实体作品物权，也不必然拥有该作品的著作权。对文化企业评估涉及美术作品实体，资产评估师应当要求委托方明确评估对象是否包含著作权财产权益，并对委托方提供的权属证明材料进行相应查验。

第十九条　资产评估师执行文化企业专利、专有技术资产评估业务，应当结合文化企业特点关注专利资产、专有技术资产的法律、经济、技术等特征。

（一）专利资产的类型通常包括发明专利、实用新型专利和外观设计专利。专有技术资产通常包括设计资料、技术规范、工艺流程、配方、图纸、数据、经营诀窍等。

（二）资产评估师执行文化企业专利资产评估业务，应当了解专利资产的基本状况，通常包括专利法律状态、专利名称、专利类别、专利申请的国别或者地区、专利申请号或者专利号、专利申请人或者专利权人、专利申请日、专利授权日、专利保护期、专利有效性、专利权利要求等。

资产评估师执行文化企业专有技术资产评估业务，应当结合专有技术所属技术领域的技术发展阶段和技术开发活跃程度了解其基本情况，通常包括能反映该专有技术客观存在的相关特征。

（三）资产评估师执行文化企业专利、专有技术资产评估业务，应当关注专利、专有技术的权利属性，区分专利、专有技术资产的使用权和所有权。评估被许可使用的专利、专有技术资产，应当明确具体许可期限、许可使用范围、许可使用方式等被许可内容。

（四）资产评估师执行文化企业专利、专有技术资产评估业务，应当关注该专利、专有技术的实施情况，及其在文化企业产业链中的作用与地位。

例如，资产评估师执行互联网信息服务企业专利、专有技术资产评估，应当关注技术的竞争优势，及其与企业超额收益的关系。

（五）资产评估师执行文化企业专利、专有技术资产评估业务，评估对象可以采用单项专利、专有技术资产的形式，也可以采用专利、专有技术资产组合的形式。资产评估师应当要求委托方根据评估目的、评估对象的具体情况对无形资产进行合理分离或者合并，恰当选择评估对象的具体形式。

例如，资产评估师执行广播电视电影服务企业专利、专有技术资产评估，涉及互联网数据传输、存储、防盗链等专利、专有技术资产时，应当根据评估目的、评估对象的具体情况，对专利和专有技术资产进行分类、整合，并在此基础上恰当采取单项专利或者专利组合、单项专有技术资产或者专有技术资产组合、专利与专有技术资产组合的形式进行评估。

第二十条　资产评估师执行文化企业商标资产评估业务，应当结合文化企业特点关注商标的法律、经济、技术等特征。

（一）资产评估师执行文化企业商标资产评估业务，应当结合商标注册资料，了解商标的基本状况，通常包括商标的图案、文字、注册号、注册期限、核准的注册类别，以及商标注册、转让和继承程序办理情况等。

（二）资产评估师执行文化企业商标资产评估业务，应当关注商标的权利属性，区分商标专用权和商标许可权。评估商标许可权应当明确该权利的具体许可期限、许可使用范围、许可使用方式等被许可内容。

（三）资产评估师执行文化企业商标资产评估业务，应当关注商标的使用情况，以及使用该商标的产品或者服务的经营情况。

（四）资产评估师执行文化企业商标资产评估业务，评估对象可以是某一项商标，也可以是某一项商标与防御商标、扩展商标等相关商标组合的形式。

第二十一条　资产评估师执行文化企业其他无形资产评估业务，应当结合文化企业特点，对纳入评估范围的其他各类无形资产的法律、经济、技术等特征进行调查、分析。

（一）销售网络是企业为了销售产品或者服务而与其他企业进行合作所建立的能够持续发挥作用并且带来经济利益的文化传播渠道。

例如，文艺创作与表演企业通过与旅行社建立合作关系，从而提高客流量，则该企业可能存在销售网络无形资产。

资产评估师执行文化企业销售网络资产评估业务，应当了解销售网络资产的构成和规模、使用情况等，重点关注企业与渠道成员之间的合作方式、权利和义务的约定事项、市场竞争的合法合规性、销售网络的经济贡献等。

（二）客户关系是企业与供应商、顾客等客户建立的能够持续发挥作用并且带来经济利益的往来关系。

例如，新闻出版发行服务企业通过成立读书俱乐部，形成稳定的客户群，并获得收益，则该企业可能存在客户关系无形资产。

资产评估师执行文化企业客户关系资产评估业务，应当了解企业在开发新客户和维护老客户方面所采取的措施、客户的统计资料和流失情况、市场竞争的合法性、客户关系的经济贡献等。

（三）特许经营权是特许人与被特许人约定授予被特许人在一定地区、一定期限内生产经营某项业务，或者使用某项著作权、商标、专利、专有技术等资产，并且能够获取额外经济利益的权利。特许经营权可以分为独占许可、独家许可和普通许可。

资产评估师执行文化企业特许经营权资产评估业务，应当了解特许经营权的性质，许可方式、许可年限和许可范围等约定事项，以及特许经营权的实施成本和效益等。

（四）合同权益是企业因为签订了租赁合同、劳务性合同、供应合同、销售合同等长期合同而在约定期限内所获得的连续性经济利益。

例如，当文化软件服务企业开发网络游戏的核心技术团队成为企业获得持续竞争优势的关键因素，企业与核心技术团队人员签订长期劳动合同，并明确约定了竞业限制条款，则该企业可能存在合同权益无形资产。

资产评估师执行文化企业合同权益资产评估业务，应当了解合同的类别、合同期限、约定的权利与义务等基本条款、法律上的有效性、履约风险、合同权益的贡献等。

（五）域名是互联网上的一个服务器或者一个网络系统的名字，在世界范围内具有唯一性。企业在互联网上注册域名，可以成为宣传自己的产品和服务，并进行电子商务等商业活动的标志。域名和商标一样属于营销类的无形资产。

资产评估师执行文化企业域名资产评估业务，应当了解域名资产的组成结构和主体词汇等基本特征、取得情况、权属状况、使用情况等。

（六）商誉是企业整体声誉的体现，是不可辨认无形资产，不能离开企业单独存在。在不同的财务报告或者税收制度下，商誉可能被赋予不同的定义。

资产评估师执行文化企业商誉资产评估业务，应当了解商誉资产的定义和内涵、取得方式、形成原因、与可辨认资产之间的相互关系以及可辨认资产的使用情况等。

第二十二条　资产评估师执行文化企业无形资产评估业务，应当根据被评估企业所属行业特征和资产对企业价值的贡献方式、表现形式等情况，合理识别和界定无形资产类别。

人力资源作为文化企业资源的组成部分，通常纳入商誉范畴进行评估。人力资源在特定情形下也可能表现为经纪服务合同约定的权益。

例如，影视企业与著名导演、演员等签署的经纪服务合同，该类合同权益属于可辨认无形资产。

第四章　操作要求

第二十三条　资产评估师执行文化企业无形资产评估业务，应当结合文化企业特点，关注社会环境、宏观经济政策、产业政策、法律保护状况、市场竞争状况、经营条件、生产能力、文化差异、产品（作品）类型等各项因素对无形资产效能发挥的制约和激励作用，及其对无形资产价值产生的影响。

例如，评估文化企业无形资产，应当关注不同类型的文化企业在政治导向、文化创作生产和服务、受众反应、社会影响、内部制度和队伍建设等方面产生的社会效益对其无形资产价值的影响。

例如，评估著作权财产权益时，同一作品权益在不同的文化企业运营模式下，可能会有不同的盈利模式，从而获得不同的经济价值。不同作品类型自身特点差异，有其特定的传播规律，造成在法律监管、艺术表现、技术支持方面的差异，进而影响其获利方式、成本构成、经济寿命等。不同财产权益体现了对作品的不同利用方式，这些利用方式受技术发展水平的制约，从而影响财产权益价值。

第二十四条　资产评估师执行文化企业无形资产评估业务，应当结合无形资产的特点，重点关注影响被评估无形资产价值的主要因素。

（一）影响著作权资产价值的主要因素包括：著作权财产权利类型、权利属性、作品特征、内容导向、收益方式、传播情况等。

（二）影响专利和专有技术资产价值的主要因素包括：专利的法律保护状况、专有技术的保密情况、专利和专有技术的技术特征、权利属性、实施情况、所实施产品或者服务的经营情况等。

（三）影响商标资产价值的主要因素包括：商标注册情况，权利属性，市场影响力，使用该商标的产品或者服务的经营情况，广告宣传状况等。

（四）影响销售网络价值的主要因素包括：销售网络的构成和范围、销售网络的运行效率等。

（五）影响文化企业客户关系价值的主要因素包括：客户构成、消费偏好和消费能力、对企业的忠诚度等。

（六）影响文化企业特许经营权价值的主要因素包括：特许经营方式、许可经营期限与范围、许可双方权利与义务、许可费率以及支付方式等。

（七）影响以合同权益方式体现的文化企业人力资源的价值的主要因素包括：合同的合法性、公平性、服务期限、合同约定的激励措施、保密条款、竞业禁止条件等。

（八）影响文化企业域名价值的主要因素包括：域名的种类、网站的访问量、与该域名相关的业务发展情况、潜在的需求者等。

（九）影响文化企业商誉价值的主要因素包括：商誉的定义、形成方式和构成要素，重点关注企业是否存在优越的地理位置、高素质的专业团队、丰富的生产经营经验、科学而健全的管理制度、高效的组织机构、优质的产品和服务、积极的企业文化、良好的社会关系等。

第二十五条　资产评估师执行文化企业无形资产评估业务，应当针对不同类型的无形资产分别收集相关资料，通常包括：

（一）无形资产清查评估明细表；

（二）无形资产法律保护状况资料；

（三）无形资产权利人基本情况；

（四）无形资产的具体内容和使用情况；

（五）无形资产质押情况资料；

（六）无形资产取得成本和历史收益情况资料；

（七）无形资产收益期和预期收益情况资料；

（八）无形资产以往交易情况以及评估情况资料；

（九）无形资产实施过程中涉及的政治、经济和法律环境等方面的资料。

第二十六条　资产评估师执行文化企业无形资产评估业务，应当根据具体情况选择查验资料、访谈、函证、现场查勘等方式，对各类无形资产以及无形资产实施情况进行调查，重点关注影响无形资产价值的各项因素，并对无形资产的权属状况、使用状况等进行调查。

第二十七条　资产评估师执行文化企业无形资产评估业务，应当根据评估目的，恰当考虑各类无形资产评估业务的特点和要求。

（一）资产评估师执行以质押为目的的文化企业无形资产评估业务，应当分析判断拟用于质押的无形资产是否符合相关法律法规的要求，了解借款人和贷款人对不同时点的无形资产价值的需求差异，分析此期间借款人经济、法律、技术等特定环境条件变化情况，审慎选定无形资产利用方式得出持续创造现金流的能力。

（二）资产评估师执行以出资或者企业改制为目的的文化企业无形资产评估业务，应当分析判断拟用作出资的无形资产是否符合相关法律法规的要求，区分评估结论是作为注册资本金折算依据，还是仅用于验证注册资本金与所有者权益账面价值之间的关系。如果以评估结论核定资本金，应当尽可能地对重要无形资产进行逐项辨认，并单独进行评估。

（三）资产评估师执行以出资、转让、许可使用等交易或者企业并购为目的的文化企业无形资产评估业务，应当关注未来权利人的利用方案，评估报告中是否存在评估假设的经济、法律、技术等特定环境与未来应用状况不匹配的情形，合理确定无形资产价值。

（四）资产评估师执行以财务报告为目的的文化企业无形资产评估业务，在确信总体价值合理的基础上，以及重要无形资产明确辨认和单独评估的情形下，可以视情况采用简便的方法对其他各类无形资产进行合理分析。

第二十八条　资产评估师执行文化企业无形资产评估业务，应当分析判断被评估无形资产是否与其他资产共同发挥作用。

如果被评估无形资产与其他资产共同发挥作用，应当合理确定该无形资产的贡献，或者区分并剔除与该无形资产无关的资产的贡献。

如果被评估无形资产是无形资产组合，在不影响资产组合整体评估结论的前提下，可以不区分无形资产组合内部各项无形资产的贡献。

第二十九条　资产评估师执行文化企业无形资产评估业务，应当关注创造和维护文化企业无形资产的主体是否存在分离现象。对创造和维护主体分离的情形，应当综合考虑各方的成本投入情况、相关权利和义务的约定等价值分割依据，合理确定无形资产各类权利人的合法权益。

例如，评估商标资产价值，当商标的注册人和使用者分属于不同的主体时，应当考虑商标使用者所投入的维护成本对商标资产价值的贡献。

第三十条　资产评估师执行文化企业无形资产评估业务，应当结合无形资产实施或者拟实施企业的经营状况进行评估。对于尚未实施的无形资产，可以利用专业机构出具的专业报告作为评估依据。

第五章　评估方法

第三十一条　资产评估师执行文化企业无形资产评估业务，应当根据评估目的、评估对象、价值类型、资料收集情况等相关条件，分析收益法、市场法和成本法三种资产评估基本方法的适用性，恰当选择一种或者多种资产评估方法。

第三十二条　资产评估师采用各种方法评估文化企业无形资产，应当关注文化企业社会效益对相关参数的影响。不同类型的文化企业对社会效益的重视程度和管理效果可能不同，进而影响该企业的持续经营能力，最终将反映在无形资产未来收益规模、风险水平和经济寿命年限等评估参数上。

第三十三条　资产评估师采用收益法评估文化企业无形资产，应当合理确定无形资产的收益期限以及未来收益水平。

（一）确定文化企业无形资产收益期限，应当综合考虑无形资产对应的产品和服务的经济寿命期限、相关法律保护期限、合同约定期限和被评估企业及其所属行业的发展状况等影响因素。

资产评估师应当了解，大部分文化产品和服务具有生命周期短、重复利用价值低的特征。如果对应的无形资产不能用于开发其他新产品和服务，则无形资产的经济寿命期限不会超过该文化产品和服务的经济寿命期限。

资产评估师应当分析无形资产权利人在维持和创造无形资产方面所具有的资金、技术、固定资产、人力资源和外部环境等条件，确定各类无形资产的持续收益时间。

（二）预测文化企业无形资产收益，可以通过节省许可费、收益分成、增量收益或者超额收益等方式。

（三）预测文化企业无形资产未来收益，应当考虑文化企业运营模式、产品和服务的类型对无形资产收益的影响。

在不同的运营模式下，无形资产可能会有不同的盈利模式，从而获得不同的收益。通常情形下，资产评估师应当按照无形资产权利人的经济、技术、法律等特定环境条件考虑无形资产的使用方式。当无形资产使用方式不受所处环境限制时，资产评估师可以设定无形资产处于最佳使用方式。资产评估师应当知晓，商标、商誉等无形资产通常和企业密不可分，其盈利模式与权利人的生产经营条件密切相关，通常按照权利人的使用方式考虑其价值。

文化企业主要进行文化内容的创作与传播，内容是文化产品的核心。不同类型文化产品和服务由于自身特点，在创作目的、内容载体、创作人员、创作成本、创作流程、传播方式、传播成本、传播范围等方面都可能存在差异，进而影响收益范围和收益水平。

例如，预测电影作品著作权收益，除宏观经济环境、产业政策等因素外，需要考虑该电影作品类型、制片人、导演、演员、剧本，以及制作人员对电影作品的影响，同时考虑发行方、院线、放映场次和档期等因素。电影作品制作投资高并不必然产生高的票房收入。对于已经播映过的电影作品，需要关注信息网络传播渠道可能产生的收益，形成衍生产品的可能性及其收益。

（四）预测文化企业无形资产未来收益，应当考虑文化产品和服务的价格、文化基础设施的建设、公众的收入水平、文化素质、闲暇时间等因素对文化产品和服务市场需求的影响，合理确定文化产品和服务的收入。

（五）预测文化企业无形资产未来收益，应当考虑文化产品和服务具有高固定成本和传播边际成本递减等特点，合理确定文化产品和服务的成本。

（六）预测文化企业无形资产未来收益，应当考虑无形资产在不同阶段的获利能力差异。

例如，著作权的盈利能力通常在产出初期高于后期衍生权益阶段，后期衍生著作权收益中可能包括前期原创著作权应分享的收益。

（七）预测文化企业无形资产未来收益，应当结合行业特征考虑无形资产对文化产品和服务收益的贡献程度。在难以直接区分或者没有必要区分各类无形资产收益贡献的情况下，可以综合预测多种无形资产的共同收益。

（八）预测文化企业无形资产未来收益，应当区分文化企业整体收益与无形资产对应的文化产品和服务的收益。文化产品和服务的收益取决于该文化产品和服务的盈利能力，文化企业整体收益取决于不断开发和传播新的文化产品和服务的能力。

例如，广播电视电影服务企业主要依靠制作电影、电视剧并通过发行、放映、信息网络传播等方式获得收益。此类企业的电影、电视剧作品制作能力受到被评估企业品牌、资金规模、剧本储备、签约艺人、专业管理人员等因素的影响。传播能力受宏观经济环境、行业发展趋势、院线放映能力、电视台频道资源、信息网络平台等因素影响。

第三十四条　资产评估师采用收益法评估文化企业无形资产，应当合理确定折现率。

（一）估算文化企业无形资产折现率，可以采用风险累加、企业加权平均资本成本途径等方式。

（二）估算文化企业无形资产折现率，应当关注文化消费的不确定性所产生的市场风险。在快速变动的社会中，消费者对文化产品和服务价值的认知随时可能会改变，文化政策的调整可能形成文化需求变动，大部分文化产品和服务的生命周期短，重复利用的价值较低，技术更新换代和替代品的竞争可能产生技术风险。

（三）估算文化企业无形资产折现率，应当关注国家或者地区有关法律规范以及文化产品在内容审查、传播限制等方面可能产生的法律风险，关注产品复制难易程度、传播成本、法律保护力度、法定赔偿等因素，综合考虑侵权风险，关注不同区域、民族、性别、年龄、收入的人群间文化的差异所产生的风险。

（四）估算文化企业无形资产折现率，应当关注文化产品和服务在生产和传播过程中面临的盈利模式不清晰、生产资源得不到保障或者管理效率低下等原因所造成的经营风险。

（五）估算文化企业无形资产折现率，应当关注文化产品和服务在生产和传播过程中面临的资金匮乏或者高杠杆所形成的财务风险。

第三十五条　资产评估师采用市场法评估文化企业无形资产，应当根据所获取交易案例与评估对象的相似程度、交易案例相关数据的充分性和可靠性等因素，恰当选择可比案例。

评估文化企业中与人力资源有关的合同权益等无形资产，可以结合人才流动市场的定价方式或者文化企业与生产要素供应方的合作模式收集交易案例。

第三十六条　资产评估师采用市场法评估文化企业无形资产，应当分析评估对象与可比案例在交易时间、权利种类或者形式、维护费用、贡献水平、风险程度、经济寿命期限等方面的差异，并考虑该差异因素对无形资产价值的影响。

第三十七条　资产评估师采用成本法评估文化企业无形资产，应当分析无形资产投入成本与价值的相关程度，恰当考虑成本法的适用性。

例如，评估文艺创作与表演服务企业、文化创意和设计服务企业的无形资产，其投入成本与价值的关联程度较低，一般不宜采用成本法。

第三十八条　资产评估师采用成本法评估文化企业无形资产，应当结合评估对象和范围合理确定评估对象的重置成本。

例如，评估景区游览类文化企业无形资产，应当关注景区无形资产与景观资源在成本上的合理划分。

重置成本包括合理的成本、利润和相关税费等。资产评估师应当结合形成无形资产所需的研发人员、管理人员、材料、设备、场地等投入要素，合理确定评估对象的重置成本。

第三十九条　资产评估师采用成本法评估文化企业无形资产，应当结合评估对象的价值变化规律，合理确定评估对象的贬值。

例如，著作权资产的贬值在其经济寿命期内可能不是均匀分布的，应当采用适当方法确定其贬值。

第四十条　资产评估师对同一无形资产采用多种评估方法时，应当对所获得各种初步价值结论进行分析，形成合理评估结论。

第六章　披露要求

第四十一条　资产评估师执行文化企业无形资产评估业务，应当在履行必要的评估程序后，根据

《资产评估准则——评估报告》编制评估报告，并进行恰当披露，使评估报告使用者能够合理理解评估结论。

第四十二条 资产评估师执行文化企业无形资产评估业务，应当在评估报告中重点披露无形资产识别的过程和依据，通常包括对无形资产基本状况、法律状况、技术特征和经济特征实施调查的过程、方法和结论。

第四十三条 资产评估师执行文化企业无形资产评估业务，应当在评估报告中重点披露无形资产的评估情况，通常包括以下内容：

（一）影响无形资产价值的宏观经济状况和区域经济状况、政策因素、法律因素等；

（二）无形资产涉及的行业现状以及未来发展前景；

（三）无形资产涉及的企业业务、财务、资产状况分析；

（四）无形资产评估测算依据、重要参数的来源；

（五）无形资产评估假设前提以及限制条件；

（六）无形资产评估方法，包括评估方法的选择以及理由，评估方法的运用和计算过程；

（七）评估结论以及分析。

第七章 附则

第四十四条 本指导意见自2016年7月1日起施行。

原载中国经济网2016年4月15日

【《国务院办公厅转发文化部等部门关于推动文化文物单位文化创意产品开发若干意见的通知》（国办发〔2016〕36号）】

各省、自治区、直辖市人民政府，国务院各部委、各直属机构：

文化部、国家发展改革委、财政部、国家文物局《关于推动文化文物单位文化创意产品开发的若干意见》已经国务院同意，现转发给你们，请结合实际，认真贯彻执行。

国务院办公厅

2016年5月11日

附件：

关于推动文化文物单位文化创意产品开发的若干意见

文化部 国家发展改革委 财政部 国家文物局

为深入发掘文化文物单位馆藏文化资源，发展文化创意产业，开发文化创意产品，弘扬中华优秀文化，传承中华文明，推进经济社会协调发展，提升国家软实力，根据《国务院关于进一步加强文物工作的指导意见》（国发〔2016〕17号）有关要求，现提出以下意见。

一、总体要求

文化文物单位主要包括各级各类博物馆、美术馆、图书馆、文化馆、群众艺术馆、纪念馆、非物质文化遗产保护中心及其他文博单位等掌握各种形式文化资源的单位。文化文物单位馆藏的各类文化资源，是中华民族五千多年文明发展进程中创造的博大精深灿烂文化的重要组成部分。

依托文化文物单位馆藏文化资源，开发各类文化创意产品，是推动中华文化创造性转化和创新性发展、使中国梦和社会主义核心价值观更加深入人心的重要途径，是推动中华文化走向世界、提升国家文化软实力的重要渠道，是丰富人民群众精神文化生活、满足多样化消费需求的重要手段，是增强文化文物单位服务能力、提升服务水平、丰富服务内容的必然要求，对推动优秀传统文化与当代文化相适应、与现代社会相协调，推陈出新、以文化人，具有重要意义。

推动文化创意产品开发，要始终把社会效益放在首位，实现社会效益和经济效益相统一；要在履行好公益服务职能、确保文化资源保护传承的前提下，调动文化文物单位积极性，加强文化资源系统梳理和合理开发利用；要鼓励和引导社会力量参与，促进优秀文化资源实现传承、传播和共享；要充分运用创意和科技手段，注意与产业发展相结合，推动文化资源与现代生产生活相融合，既传播文化，又发展产业、增加效益，实现文化价值和实用价值的有机统一。力争到2020年，逐步形成形式多样、特色鲜明、富有创意、竞争力强的文化创意产品体系，满足广大人民群众日益增长、不断升级和个性化的物质和精神文化需求。

二、主要任务

（一）充分调动文化文物单位积极性。具备条件的文化文物单位应结合自身情况，依托馆藏资源、形象品牌、陈列展览、主题活动和人才队伍等要素，积极稳妥推进文化创意产品开发，促进优秀文化资源的传承传播与合理利用。鼓励文化文物单位与社会力量深度合作，建立优势互补、互利共赢的合作机制，拓宽文化创意产品开发投资、设计制作和营销渠道，加强文化资源开放，促进资源、创意、市场共享。

（二）发挥各类市场主体作用。鼓励众创、众包、众扶、众筹，以创新创意为动力，以文化创意设计企业为主体，开发文化创意产品，打造文化创意品牌，为社会力量广泛参与研发、生产、经营等活动提供便利条件。鼓励企业通过限量复制、加盟制造、委托代理等形式参与文化创意产品开发。鼓励和引导社会资本投入文化创意产品开发，努力形成多渠道投入机制。

（三）加强文化资源梳理与共享。推进文化文物单位各类文化资源的系统梳理、分类整理和数字化进程，明确可供开发资源。用好用活第三次全国文物普查和第一次全国可移动文物普查数据。鼓励依托高新技术创新文化资源展示方式，提升体验性和互动性。支持数字文化、文化信息资源库建设，用好各类已有文化资源共建共享平台，面向社会提供知识产权许可服务，促进文化资源社会共享和深度发掘利用。

（四）提升文化创意产品开发水平。深入挖掘文化资源的价值内涵和文化元素，广泛应用多种载体和表现形式，开发艺术性和实用性有机统一、适应现代生活需求的文化创意产品，满足多样化消费需求。结合构建中小学生利用博物馆学习的长效机制，开发符合青少年群体特点和教育需求的文化创意产品。鼓励开发兼具文化内涵、科技含量、实用价值的数字创意产品。推动文化文物单位、文化创意设计机构、高等院校、职业学校等开展合作，提升文化创意产品设计开发水平。

（五）完善文化创意产品营销体系。创新文化创意产品营销推广理念、方式和渠道，促进线上线下融合。支持有条件的文化文物单位在保证公益服务的前提下，将自有空间用于文化创意产品展示、销售，鼓励有条件的单位在国内外旅游景点、重点商圈、交通枢纽等开设专卖店或代售点。综合运用各类电子商务平台，积极发展社交电商等网络营销新模式，提升文化创意产品网络营销水平，鼓励开展跨境电子商务。配合优秀文化遗产进乡村、进社区、进校园、进军营、进企业，加强文化创意产品开发和推广。鼓励结合陈列展览、主题活动、馆际交流等开展相关产品推广营销。积极探索文化创意产品的体验式营销。

（六）加强文化创意品牌建设和保护。促进文化文物单位、文化创意设计企业提升品牌培育意识以及知识产权创造、运用、保护和管理能力，积极培育拥有较高知名度和美誉度的文化创意品牌。依托重点文化文物单位，培育一批文化创意领军单位和产品品牌。建立健全品牌授权机制，扩大优秀品牌产品生产销售。

（七）促进文化创意产品开发的跨界融合。支持文化资源与创意设计、旅游等相关产业跨界融合，提升文化旅游产品和服务的设计水平，开发具有地域特色、民族风情、文化品位的旅游商品和纪念品。推动优秀文化资源与新型城镇化紧密结合，更多融入公共空间、公共设施、公共艺术的规划设计，丰富城乡文化内涵，优化社区人文环境，使城市、村镇成为历史底蕴厚重、时代特色鲜明、文化气息浓郁的人文空间。将文化创意产品开发作为推动革命老区、民族地区、边疆地区、贫困地区文化遗产保护和文化发展、扩大就业、促进社会进步的重要措施。鼓励依托优秀演艺、影视等资源开发文化创意产品，延伸相关产业链条。

三、支持政策和保障措施

（一）推动体制机制创新。鼓励具备条件的文化文物单位在确保公益目标、保护好国家文物、做强主业的前提下，依托馆藏资源，结合自身情况，采取合作、授权、独立开发等方式开展文化创意产品开发。逐步将文化创意产品开发纳入文化文物单位评估定级标准和绩效考核范围。文化文物事业单位要严格按照分类推进事业单位改革的政策规定，坚持事企分开的原则，将文化创意产品开发与公益服务分开，原则上以企业为主体参与市场竞争；其文化创意产品开发取得的事业收入、经营收入和其他收入等按规定纳入本单位预算统一管理，可用于加强公益文化服务、藏品征集、继续投入文化创意产品开发、对符合规定的人员予以绩效奖励等。国有文化文物单位应积极探索文化创意产品开发收益在相关权利人间的合理分配机制。促进国有和非国有文化文物单位之间在馆藏资源展览展示、文化创意产品开发等方面的交流合作。鼓励具备条件的非国有文化文物单位充分发掘文化资源开发文化创意产品，同等享受相关政策支持。

（二）稳步推进试点工作。按照试点先行、逐步推进的原则，在国家级、部分省级和副省级博物馆、美术馆、图书馆中开展开办符合发展宗旨、以满足民众文化消费需求为目的的经营性企业试点，在开发模式、收入分配和激励机制等方面进行探索。试点名单由文化部、国家文物局确定，或者由省级人民政府文化文物部门确定并报文化部、国家文物局备案。允许试点单位通过知识产权作价入股等方式投资设立企业，从事文化创意产品开发经营。试点单位具备相关知识和技能的人员在履行岗位职责、完成本职工作的前提下，经单位批准，可以兼职到本单位附属企业或合作设立的企业从事文化创意产品开发经营活动；涉及的干部人事管理、收入分配等问题，严格按照有关政策规定执行。参照激励科技人员创新创业的有关政策完善引导扶持激励机制。探索将试点单位绩效工资总量核定与文化创意产品开发业绩挂钩，文化创意产品开发取得明显成效的单位可适当增加绩效工资总量，并可在绩效工资总量中对在开发设计、经营管理等方面作出重要贡献的人员按规定予以奖励。

（三）落实完善支持政策。中央和地方各级财政通过现有资金渠道，进一步完善资金投入方式，加大对文化创意产品开发工作的支持力度。研究论证将符合条件的文化创意产品开发项目纳入专项建设基金支持范围。认真落实推进文化创意和设计服务与相关产业融合发展、发展对外文化贸易等扶持文化产业发展的税收政策，支持文化创意产品开发。将文化创意产品开发纳入文化产业投融资服务体系支持和服务范围。面向从事文化创意产品开发的企事业单位，培育若干骨干文化创意产品开发示范单位，加强引领示范，形成可向全行业推广的经验。将文化创意产品开发经营企业纳入各级文化产业示范基地评选范围。强化文化市场监管和执法，加大侵权惩处力度，创造良好市场环境。鼓励各级地方政府创新文化创意产品开发机制，用机制创新干事。

（四）加强支撑平台建设。发挥国家级文化文物单位和骨干企业作用，支持实施一批具有示范引领作用的项目，搭建面向全行业的产品开发、营销推广、版权交易等平台。支持有条件的地方和企事业单位建设文化创意产品开发生产园区基地。实施“互联网＋中华文明”行动计划，遴选和培育一批“双创”空间，实施精品文物数字产品和精品展览数字产品推广项目。充分发挥重点文化产业、文物展会作用，促进优秀文化创意产品的展示推广和交易。规范和鼓励举办产品遴选推介、创意设计竞赛等活动，促进文化创意产品展示交易。借助海外中国文化中心、国际展览展示交易活动、文物进出境展览和交流等平台，促进优秀文化创意产品走出去。

（五）强化人才培养和扶持。以高端创意研发、经营管理、营销推广人才为重点，同旅游、教育结合起来，加强对文化创意产品开发经营人才的培养和扶持。将文化创意产品设计开发纳入各类文化文物人才扶持计划支持范围。文化文物单位和文化创意产品开发经营企业要积极参与各级各类学校相关专业人才培养，探索现代学徒制、产学研结合等人才培养模式，并为学生实习提供岗位，提高人才培养的针对性和适用性。通过馆校结合、馆企合作等方式大力培养文化文物单位的文化创意产品开发、经营人才。支持文化文物单位建设兼具文化文物素养和经营管理、设计开发能力的人才团队，并通过多种形式引进优秀专业人才，进一步畅通国有和民营、事业单位和企业之间人才流动渠道。鼓励开展中外文化创意产品设计开发、经营管理人才交流与合作，定期开展海外研习活动。

（六）加强组织实施。地方各级文化、发展改革、财政、文物等部门要按照本意见的要求，根据本地区实际情况，加强对推动文化创意产品开发工作的组织实施，做好宣传解读和相关统计监测工作。部门间、地区间要协同联动，确保各项任务措施落到实处。注意加强规范引导，因地制宜，突出特色，科学论证，确保质量，防止一哄而上、盲目发展。强化开发过程中的文物保护和资产管理，制定严格规程，健全财务制度，防止破坏文物，杜绝文物和其他国有资产流失。充分发挥各级各类行业协会、中介组织、研究机构等在行业研究、标准制定、交流合作等方面的作用。

原载中央政府门户网站2016年5月16日

专题

国家艺术基金 2016 年度资助项目

【概况】

国家艺术基金 2016 年度资助项目共 966 项，本专题收录了立项公示信息和项目评审报告，对年度立项项目的类型、申报主体类型、项目分布、评审专家状况、初评及复评工作等进行了详尽的客观分析和汇报。

【国家艺术基金 2016 年度资助项目立项名单公示】

经国家艺术基金专家严格评审并报国家艺术基金理事会批准，2016 年 7 月 6 日至 20 日，国家艺术基金 2016 年度资助项目立项名单公示。

国家艺术基金 2016 年度资助项目立项名单（共计 966 项）：

一、大型舞台剧和作品创作资助项目（共 146 项）；二、小型剧（节）目和作品创作资助项目（共 159 项）；三、美术创作资助项目（共 188 项）；四、青年艺术创作人才资助项目（共 223 项）；五、传播交流推广资助项目（共 151 项）；六、艺术人才培养资助项目（共 99 项）。

【国家艺术基金 2016 年度项目评审报告】

经国家艺术基金理事会审定、公示，国家艺术基金 2016 年度资助项目 966 项，现就申报评审情况报告如下。

一、项目申报

2015 年 11 月 2 日，国家艺术基金发布《国家艺术基金（一般项目）2016 年度舞台艺术创作资助项目申报指南》《国家艺术基金（一般项目）2016 年度美术创作资助项目申报指南》《国家艺术基金（一般项目）2016 年度青年艺术创作人才资助项目申报指南》《国家艺术基金（一般项目）2016 年度传播交流推广资助项目申报指南》《国家艺术基金（一般项目）2016 年度艺术人才培养资助项目申报指南》。2016 年 1 月 1 日，面向社会受理项目申报，3 月 1 日截止。

在申报受理期内，共有 6 493 个各类机构和个人作为申报主体，申报了 7 248 个项目，申请资助资金总额 75.1 亿元。与 2015 年度相比，申报项目量增加 2 846 项，增幅约 64.7%，较 2014 年度增加约七成。

经国家艺术基金管理中心集中审核，563 个项目不符合申报条件，不予受理；6 685 个项目符合申报条件，予以受理，审核通过率为 92.2%。由于基金强化了项目审核，通过率较上一年度下降近 6%。

申报项目分类统计：

（一）申报项目类型

舞台艺术创作 2 495 项，占申报总量约 34.4%，其中，大型舞台剧和作品 1 106 项、小型舞台剧（节）目和作品 1 389 项，与 2015 年度相比，分别增加 285 项、600 项，增幅分别约为 34.7%、76%；美术创作 1 280 项；青年艺术创作人才 1 602 项，与 2015 年度相比，增加 150 项，增幅约 10.3%；传播交流推广 1 104 项，与 2015 年度相比，增加 568 项，增幅约 106%；艺术人才培养 767 项，与 2015 年度相比，增加 280 项，增幅约 57.5%。

2016 年度新修订的《申报指南》不再限制同一单位、机构申报项目数量，与 2015 年度相比，机构申报项目增加 1 416 项，较 2014 年度增加 1 278 项，激发了活力，提高了竞争力。

2016 年度舞台艺术创作资助项目不再设立大型舞台剧和作品重大加工修改提高项目，体现了基金资助原创性、源头性、基础性项目的原则，以更好地发挥支持新作品创作的"孵化器"作用。申报此类项目须是 2016 年 3 月 1 日前没有完成创作首演的新创作作品。尽管如此，今年申报项目数量仍比上一年度增加 285 项，增幅约 34.7%，说明当前舞台艺术创作更趋活跃，创作新作品的积极性得到充分调动。

为进一步完善基金资助体系，经理事会批准，2016 年度新增了面向艺术家个人的美术创作资助项目，共有 1 280 位美术家申报了项目，申报情况开局良好，但潜力仍大。

与 2015 年度相比，2016 年度传播交流推广项目申报数量增幅最大，为 106%。根据 2014、2015 年度传播交流推广项目申报、评审和实施情况，在新修订的《国家艺术基金（一般项目）2016 年度传播交流推广资助项目申报指南》中，采取了新措施：一是将近几年新创作的，内容优质、质量上乘的舞台艺术作品纳入了资助范围，鼓励在服务基层、服务群众过程中，久演不衰、深受欢迎、产生过较好社会影响的艺术作品开展巡演活动，推动艺术"共享"和"高峰"涌现。二是为保证申报主体能够有充足时间实施好项目，将项目实施周期延长到两年。主要考虑到在国（境）外实施的项目一年内完成有难度，依照国际惯例应提前预订剧场、展馆，并着手开展前期宣传。同时，也为在国（境）内实施项目提供较充足的准备时间，以取得更好的传播效果。今年的演出类项目申报数量为 522 项，比 2015 年度增加 242 项，增幅约 86.4%。在国（境）外实施的展演、展览项目较 2015 年度增加 70 项，增幅约 67.3%。三是新增了对运用现代科技手段开展传播交流推广项目的资助。将"具有较高审美价值、艺术品位和艺术个性，内涵丰厚、方式灵活、手段创新，传统艺术形式与现代科技手段相结合，思想性、艺术性、观赏性相统一的项目"列入资助范围，此类项目申报 159 项。

（二）申报主体类型

1. 国有单位、机构仍是申报基金资助项目的骨干和主力。

在 6 493 个申报主体中，机构申报主体 3 611 个，艺术家个人申报主体 2 882 个，分别占申报主体总量的 55.6% 和 44.4%。机构提交申报项目 4 366 项，约占申报项目总量的 60.2%。其中，国有机构申报项目 3 266 项，约占申报项目总量的 45.1%；非国有机构申报项目 1 100 项，占申报项目总量的 15.2%。

与 2015 年度相比，国有单位、机构申报项目数量增加 1 076 项，较 2014 年度增加 1 028 项；非国有单位、机构申报项目数量增加 337 项，较 2014 年度增加 250 项。

三年来，国有单位、机构申报项目所占比重逐年有所下降，说明基金社会性、开放性的特点正在显现，逐步激发出全社会的艺术创造活力。

2. 艺术家个人申报艺术基金的积极性较高。

2016 年度个人申报项目 2 882 项，约占年度申报总量的 39.8%。与 2015 年度相比，增加 1 430 项；与 2014 年度相比，增加 1 714 项。其中，青年艺术创作人才 1 602 项，美术创作 1 280 项。从过去两年资助项目实施监督和结项验收情况看，个人申报项目完成情况也较好。

（三）申报项目分布

2016 年度，申报主体分布广泛，并且趋于均衡。国内各省（区、市）、新疆生产建设兵团和部队系统（含武警），以及中央部委办局直属部门都有机构和个人申报了基金。申报量依次为：北京 691 项、河北 521 项、山东 475 项、湖南 381 项、安徽 319 项、陕西 306 项、广西 296 项、吉林 286 项、河南 282 项、云南 255 项、山西 253 项、四川 235 项、中央直属单位 235 项、江苏 212 项、浙江 210 项、辽宁208项、内蒙古196项、湖北195项、宁夏186项、贵州185项、重庆181项、江西137项、广东135项、上海134项、甘肃130项、新疆126项、黑龙江98项、天津86项、福建64项、海南64项、青海62项、新疆生产建设兵团48项、西藏35项、部队系统（含武警）21项。申报数量接近于艺术机构、队伍、人才在国内的实际分布情况。

二、专家库建设与专家培训

2016年1月，在总结2014、2015年度专家抽取、项目匹配工作基础上，为做好项目评审工作，管理中心再次请各省级文化行政部门协助推荐专家库专家。各地文化行政部门积极配合，共推荐艺术专家、项目管理专家和财务专家1 213人。目前，专家库规模已达6 683人。管理中心根据具有全国人大代表、全国政协委员、享受国务院政府津贴、中宣部“四个一批”人才、中组部人社部“百千万人才”、文化部优秀专家、国家级和省级各文艺家协会负责人等条件，参考地域、艺术门类和系统、单位间的适当平衡，对初评、复评专家库进行了遴选扩充，并对信息不全或不够准确的专家逐一进行电话核实，及时更新专家信息。

根据“先培训，后评审”的要求，于2016年4月7日召开了国家艺术基金2016年度专家大会。文化部部长雒树刚出席会议并做重要讲话，国家艺术基金理事会理事长蔡武主持会议并讲话。艺术基金理事会理事、专家库专家、文化部、财政部相关司局及责任处室负责同志，各省（区、市）和部队系统文化厅（局）主要领导、分管领导、责任处室和艺术基金委托管理机构负责同志5 000多人，分别在北京主会场和各地分会场参加了电视电话会议。会上，向参会专家印发了经理事会审定的《2016年度资助项目评审指南》。

每组项目复评工作开始前，管理中心都要召开复评专家见面会，解读资助项目评审指南，明确该组项目评审的注意事项，并解答专家提出的问题。

三、初评工作

项目审核工作完成后，按照“于法周延，于事简便”的要求，和“专家评审、择优立项、公平公正、公开透明”的原则，管理中心结合5个指南、6个大类、62个小类申报项目所涉及的具体申报数量和地域分布情况，借鉴过去两年评审工作经验，对参评项目做了更科学、合理、细致的分类，将6 685个通过审核的项目分成174个项目组。

4月8日，按照“同行评审、双向匿名、地域回避、单位回避、项目主创回避”的原则，管理中心在监督部工作人员的全程监督下，通过信息化管理系统现场随机抽取了1 428位初评专家，形成174个专家评审组。管理中心还邀请了《人民日报》《光明日报》《中国文化报》《中国艺术报》等新闻媒体代表，现场见证了专家抽取工作。共有1 348位专家同意参加初评，较2015年增加了473人，参评专家数提高约54%。其中，大型舞台剧和作品项目、传播交流推广项目、艺术人才培养项目等资助额度较高的大型项目，参评专家人数达到每组11位，进一步体现了艺术基金大比例使用专家，追求科学公正，充分发扬艺术民主的特点。

4月8日至24日，进行了为期17天的网上初评，共有1 306位初评专家提交了评审结果，评审结果提交率约96.9%，较上一年度提高近4%，参评专家对评审工作更为重视。经评审系统自动汇总全国各地初评专家独立分散的网上评审排序结果，共有2 155个项目进入复评，初评通过率约为32.2%。

四、复评工作

（一）项目分组情况

5月6日至6月7日，开展了2016年度资助项目复评工作。复评为会议评审，分为两个阶段进行。第一阶段为非答辩项目会议复评，包括小型剧（节）目和作品、美术创作、青年艺术创作人才共1 299项。参评项目按项目类型和艺术门类共分32组，其中，小型舞台剧（节）目和作品12组，美术创作5组，青年艺术创作人才15组。第二阶段为答辩项目会议复评，包括大型舞台剧和作品、传播交流推广、艺术人才培养共856项。参评项目按项目类型和艺术门类共分23组，大型舞台剧和作品11组，传播交流推广7组，艺术人才培养5组。参加第二阶段评审的各申报主体都派代表到现场进行了答辩。

6月12日，在管理中心监督部工作人员全程监督下，统一拆封，逐一录入每位专家的项目评审排序，统计复评结果。

（二）复评专家情况

2016年度复评专家遴选工作，按照“单位法人回避，项目负责人、联系人回避，项目主创回避，文化厅（局）相关领导回避，推荐人（青年艺术人才项目）及授课教师（艺术人才培养项目）回避”的原则，在管理中心监督部工作人员监督下，分别于5月4日、18日，通过信息化管理系统分别抽取一、二阶段的复评专家，共417位，组成55个专家评审组。其中，有99人参加过2014年度复评工作，166人参加过2015年度复评工作，190人此前从未参加过复评工作，46人连续三年在不同项目类型的评审组参加过复评工作，同2015年度相比，专家更新率约60%。从复评专家所属系统分布看，文化系统255人，教育系统106人，部队系统31人，社会团体及其他系统25人。与2015年度相比，来自文化系统的专家所占比重有所下降，来自教育系统的专家所占比重有所上升，达到25.4%。从复评专家所在省份分布看，除内蒙古、西藏和新疆生产建设兵团外，其余各省（区、市）、部队系统（含武警）及中央直属单位都有复评专家。其中，中央直属单位专家142人，占评审专家总人数的34%，地方专家275人，占评审专家总人数的66%。

（三）第三方监督情况

2016年，管理中心继续坚持内部监督和外部监督相结合的方式，保证复评工作的透明度。复评期间，除管理中心监督部工作人员全程现场监督外，从专家库中遴选的部分资深媒体人、青年学者、艺术评论员和机关干部等，共7位作为第三方监督专家参加了监督工作，对复评工作中申报主体权利保障、评审专家纪律遵守、评议过程公平公正、管理中心复评组织流程等方面进行全面监督。为保证评审的严肃性，在今年的项目复评中还采取了统一保管专家通信工具等措施。

五、资助项目分类统计

经过2014年度和2015年度两次申报、评审，各级各类申报主体适应“基金制”管理和“项目化”运作能力逐步增强，申报项目质量有了进一步提高。坚持“突出导向、控制数量、提高质量、加强管理”的工作思路，基金根据《国家艺术基金“十三五”时期资助规划》和2016年度资助项目资助资金情况，确定了今年度资助项目的立项率，与上一年度相比降低了约3.2个百分点。

（一）各项目类型立项情况

大型舞台剧和作品，申报1 106项，进入复评291项，立项资助146项，立项率13.2%；小型剧（节）目和作品，申报1 389项，进入复评429项，立项资助159项，立项率11.4%；美术创作，申报1 280项，进入复评383项，立项资助188项，立项率14.7%;青年艺术创作人才，申报1 602项，进入复评487项，立项资助223项，立项率13.9%；传播交流推广，申报1 104项，进入复评323项，立项资助151项，立项率13.7%；艺术人才培养，申报767项，进入复评242项，立项资助99项，立项率12.9%。

在评审过程中，评审专家坚持选优拔萃、宁缺毋滥的较高标准。根据参评项目实际情况，有11个项目组的专家一致建议适度调低本组项目的立项资助率，并由全组专家签名给出了书面意见。

在复核项目时，基金对同一单位、机构申报的同一类型项目，根据其排名先后，选择了排名靠前的项目作为资助项目，目的是保证项目实施质量，避免对同一单位、机构的资助过于集中，畸轻畸重。

（二）各类申报主体立项情况

从各类申报主体的申报量、立项量和立项率看，国有机构（事业单位、国有社会团体、国有企业、部队）申报3 266项，立项资助490项，立项率约15%，高于平均值；非国有机构（民营企业、非国有社会团体、民办非企业）申报 1 100 项，立项资助 65 项，立项率约 5.9%，低于平均值。这种情况的出现，与现阶段我国艺术创作生产结构和资源条件分布有关。总体看，国有机构经验丰富、资源充足，实力强，保障好，队伍更为整齐，一直是艺术创作的主力军，申报量和立项率较高。非国有机构历史短，规模偏小，艺术创作生产的量与质参差不齐。但从申报项目看，非国有机构申报的项目创新性强，市场适应性好，发展势头趋好。

（三）各地区（系统）立项情况

从各地区（系统）申报量和立项量看，地区分布更为均衡，地区间的差距逐步缩小。经过两次申报、评审，特别是基金对 2014 年度资助项目实施监督和结项验收工作的推动，各地区（系统）对基金的了解和认识更加深入，对项目申报工作的重视程度进一步提高。有些省份在 2014、2015 年度获得的立项资助项目较多，由于已获得立项资助的申报主体，在实施项目未结项验收前不能再申报同类项目，受此影响，申报项目的数量有所下降。个别申报量较大的省份，存在项目同质化、一般化问题，创意水平不高，特色不够鲜明，设计深度不够，前期工作不足，给立项量和立项率带来了影响，应该加强相应的指导和培训。贵州、宁夏、河北、西藏、海南、湖南、吉林、安徽、重庆、四川等省（区、市），由于文化行政部门高度重视，加大了工作力度，艺术机构、单位和艺术家个人的申报量和立项量在全国的位次都有明显前移。

综合 2014 年度至 2016 年度各地区（系统）的立项情况，各地区立项项目数量整体趋于均衡。53% 的地区三年立项项目数量总和在 50 项至 100 项之间，这些地区覆盖了东部和中部大部分地区，以及艺术发展情况较好的部分西部地区。说明基金资助工作初见成效，较好地发挥了宏观调控作用。但从数据上也反映出部分省份和地区对项目申报和辅导工作还需进一步重视，更好地挖掘当地文化艺术资源，组织策划创意项目。下一步，基金将继续完善地方工作体系建设，加强对申报工作的指导。

（四）大型舞台剧和作品项目立项情况

大型舞台剧和作品的立项量为 146 项，立项率 13.2%。本年度立项资助的大型舞台剧和作品有两个特点：

一是传统艺术形式创作能力进一步提高。与 2015 年度获得资助新创作项目相比，戏曲项目立项数量增加 8 项。话剧、舞剧、音乐剧和儿童剧等舞台活跃度较高的艺术门类新创作作品成果丰富；民族管弦乐、交响乐等当前艺术创作生产的薄弱环节也得到了有力扶持，促进了相应艺术门类的发展。

二是对新兴艺术门类的资助获得良好反响。2016 年度，申报具有创新性、跨界融合特点的表演艺术形式项目积极性依然较高，共有 106 个申报主体申报了此类项目，通过复评的 14 个项目，具有较强的探索精神，依托新技术或融合多种艺术形式，推动传统艺术形式在创新中发展，得到了评审专家的肯定。

（五）小型剧（节）目和作品项目立项情况

小型剧（节）目和作品共立项 159 项，立项率约 11.4%。从今年的申报情况看，基层艺术单位、机构申报此类项目积极性很高，较上一年度申报项目数量增长 76%。但由于有些艺术类型创作基础薄弱、实力不足，专家在评审中反映艺术质量一般，适度调减了资助项目数量。其中，专家一致认为小歌剧、独幕剧的质量水平达不到国家艺术基金资助标准，建议本年度暂不予以资助。这也说明，在关注大型舞台剧创作的同时，基层文艺院团应进一步明确自身定位，发挥贴近实际、贴近生活、贴近群众的优势，大小并举，做好小型剧（节）目和作品创作工作，更好地为基层群众服务，促进舞台艺术全面繁荣发展。

（六）美术创作项目立项情况

今年新增了面向艺术家个人的美术创作项目，基金按照“门类清晰、循序渐进”原则，对中国画、油画、版画、雕塑和水彩（粉）画的创作予以资助，今后还将适度扩大资助范围。美术创作申报项目 1 280 项，共立项 188 项，立项率约 14.7%。与青年艺术创作人才相比，美术创作不限制申报者的年龄，申报艺术家工作单位主要是美术家协会、画院、文化馆、美术馆或开设美术专业的高等院校，也有一部分个人画家。这类申报主体与青年艺术创作人才相比，艺术创作更为成熟，很多人在该领域已经取得一定成就，有些是该艺术门类或所在地区有代表性的美术家。

（七）青年艺术创作人才项目立项情况

2016年度，青年艺术创作人才项目共立项223项，立项率约13.9%。从申报情况看，美术、书法、摄影、工艺美术申报数量仍然较多，项目质量较好；舞蹈舞剧编导和音乐作曲是第二年申报，项目质量有所提高；戏剧编剧、曲艺文本仍然是相对薄弱的项目部分，说明培养具有源头性、原创性能力的青年艺术创作人才，仍是一项应该引起关注的长期任务。

（八）传播交流推广项目立项情况

传播交流推广项目的立项量为151项，立项率约13.7%。今年新设立的传统艺术形式与现代科技手段相结合项目，社会积极响应，共申报了159个项目，申报主体以民营文化企业为主。其中20个项目获得立项资助，这些项目运用互联网、新媒体等现代科技手段开展艺术作品的传播交流推广活动，体现了“互联网+”的时代趋势，获得评审专家认可。

（九）艺术人才培养项目立项情况

2016年度，艺术人才培养项目共立项99项，与上一年度持平。其中，舞台艺术专业人才培养50项，约占同类项目的60%，较2015年度比重更大。一方面，为支持传统戏曲传承发展，本年度重点支持舞台艺术专业的戏曲人才培养，对影响力较大的戏曲曲种，资助其戏曲流派创作表演人才的培养；对地方戏曲小剧种，资助其经典保留剧目青年表演人才的培养。另一方面，有些工艺美术和美术书法摄影艺术专业人才培养项目，培养目标较宽泛，专业特点不够突出，缺乏权威性、代表性，有内容雷同的倾向，说明申报主体在项目策划创意和课程设计方面还有待进一步加强。

六、项目关键词检索

通过对966个立项项目关键词检索，可以看出，今年的申报项目紧扣《申报指南》要求，聚焦中华民族伟大复兴中国梦主题，坚持了以人民为中心的创作导向，在践行社会主义核心价值观、弘扬中华优秀传统文化等方面进行了积极探索，特别是在传播当代中国价值观念、体现中华文化精神、反映中国人审美追求方面有新突破、新亮点。

关键词一：“中国梦”，以中华民族伟大复兴中国梦为主题的项目87项，反映改革开放和社会主义现代化建设的伟大实践，全面展示中国特色社会主义发展前景，着力书写人们寻梦理想和追梦奋斗。其中，大型舞台剧和作品16项，小型剧（节）目和作品24项，青年艺术创作人才10项，美术创作14项，传播交流推广23项。小型剧（节）目和作品在此类项目中占比最高，为28%。

关键词二：“社会主义核心价值观”，以践行和弘扬社会主义核心价值观为题材的项目107项，在社会生活、重大历史事件、重要历史人物和当代人物中挖掘题材，彰显信仰之美，崇高之美，传播向上向善价值观。其中，大型舞台剧和作品28项，小型剧（节）目和作品38项，青年艺术创作人才3项，美术创作3项，传播交流推广35项。小型剧（节）目和作品在此类项目中占比最高，为35%。

关键词三：“爱国主义”，以爱国主义主旋律为主题的项目147项，生动体现民族精神，反映各族人民维护祖国统一、海外儿女心向祖国的心路历程。其中，大型舞台剧和作品20项，小型剧（节）目和作品5项，青年艺术创作人才15项，美术创作23项，传播交流推广82项，艺术人才培养2项。传播交流推广在此类项目中占比最高，为56%。

关键词四：“中华优秀传统文化”，以传承和弘扬中华优秀传统文化为目标的项目395项，这些项目合理利用民族民间艺术、少数民族文艺和非物质文化遗产，进行了创造性转化和创新性发展。其中，大型舞台剧和作品83项，小型剧（节）目和作品59项，青年艺术创作人才52项，美术创作43项，传播交流推广68项，艺术人才培养90项。这类项目的内容丰富，对传统文化艺术门类的覆盖面很广，京剧、昆曲、地方戏曲、木偶戏、皮影戏、民族舞蹈、民族音乐、中国画、书法、篆刻、艺术设计和工艺美术等传统艺术门类的创作生产、展览展示、人才培养等都有相关项目给予支持。

关键词五："重大现实题材"，以展现我国国民经济和社会发展重大战略为主题、题材的项目244项，主要包括"全面建成小康社会、全面深化改革、全面依法治国、全面从严治党"和"一带一路""京津冀一体化""长江经济带""美丽中国""精准扶贫""强军梦""西部大开发""泛珠三角区域""东北地区等老工业基地""航空航天""高铁建设""南水北调""西气东输"等。其中，大型舞台剧和作品19项，小型剧（节）目和作品31项，青年艺术创作人才90项，美术创作76项，传播交流推广28项。青年艺术创作人才在此类项目中占比最高，为37%。

关键词六："重大节庆纪念活动"，以纪念我国、我党、我军发展过程中重要历史时刻的项目67项。这些项目，主要围绕中华人民共和国成立70周年、建党95周年、建军90周年、抗战胜利75周年、红军长征胜利80周年、改革开放40周年等重大活动开展创作。其中，大型舞台剧和作品19项，小型剧（节）目和作品4项，青年艺术创作人才15项，美术创作23项，传播交流推广6项。美术创作在此类项目中占比最高，为34%。

关键词七："戏曲"，此类项目164项。其中，大型舞台剧和作品49项，小型剧（节）目和作品38项，青年艺术创作人才13项，传播交流推广41项，艺术人才培养33项。为落实国务院办公厅《关于支持戏曲传承发展的若干政策》，2016年度艺术基金加大了对戏曲的支持力度。资助项目涉及京剧、昆曲、豫剧、秦腔、评剧、河北梆子、越剧、晋剧、黄梅戏、花鼓戏、川剧、藏剧等60多个戏曲剧种。包括戏曲剧本创作、剧目生产创排、演出传播推广、戏曲艺术表演传承人才培养的立项资助，内容丰富，形式多样。

七、项目评审特点

2016年是"十三五"开局之年，也是艺术基金步入成长期的新起点。2016年度国家艺术基金立项资助项目较好反映了我国艺术事业健康发展的良好态势，说明艺术基金的资助效能正在逐步释放。

（一）评审程序更加规范，把关更为严格

2016年度资助项目的评审工作进一步完善评审程序，突出强调程序的重要性，评审流程由一轮审核、两轮评审升级为两轮审核、两轮评审，强化了项目审核环节，制定发布了项目评审指南。在初评开始前，管理中心从各省级文化行政部门推荐的工作人员中选调了部分省区的同志，参与第一轮项目审核。审核内容包括申报资格审核、底线审核和申报材料完整性审核，不涉及对项目内容优良等级的评价。审核按照项目审核标准，坚持一把尺子量到底。经审核，建议不予受理的项目有563个，审核通过率为92.2%，较前两年下降了6%左右，有效保证了进入评审项目的质量。

复评结束后，管理中心在汇总复评专家评审结果的基础上，根据在复评过程中专家提出的意见，和进一步掌握的情况，参照申报指南，对已经进入拟立项范围的项目做了第二轮审核，调减了部分项目，不把有问题的项目带入实施阶段。

（二）艺术基金"公平公正，公开透明"的形象深入人心，得到了广大艺术工作者的普遍认同

艺术基金成立以来，始终坚持"按制度管理、按程序运行"，围绕项目评审工作，先后采取了随机抽取专家、网络盲评、全方位回避、邀请新闻媒体记者现场见证、引进第三方监督、媒体公示和发布申报报告、评审报告、监督报告等具体措施，保证了评审工作的"公平公正、公开透明"。在组织评审时专家使用量更大，信息系统"一键抽取专家"等信息化管理能力更强。同时，依托各省级文化行政部门和专家不断加强对项目实施的监督管理，保证实施质量。公正评审和高水平实施，使国家艺术基金资助项目得到了社会的认同，也得到广大艺术家的认同，树立了国家艺术基金的良好形象，吸引了更多的艺术单位、机构和艺术家申报艺术基金项目。

（三）艺术基金资助对象和资助方式更趋科学合理，满足了艺术事业发展的现实需求

艺术基金成立近三年来，在深入调查研究，广泛听取各方面意见、建议和要求的基础上，不断深化对艺术事业发展形势的认识。在选取资助对象上体现战略感，坚持满足艺术事业当前和长远发展需求并重，在艺术创作、传播交流推广和人才培养方面形成“闭环”。既有出精品、出“高峰”，满足人民群众精神文化需求的项目，也有打基础、立长远，服务艺术事业长期发展的基础工程。在资助方式确定上，坚持引导和服务并重，使资助方式适应当前艺术单位、机构和艺术家的实际，并通过逐步优化升级引导申报主体掌握基金制管理规律。下一步还将通过深化原有《申报指南》的内涵，研究增设新的资助项目，使艺术基金的资助范围更加符合章程要求，基本到边到界，形成稳定均衡的资助结构，更好地发挥国家基金对艺术事业发展的宏观调控作用。

原载国家艺术基金网站 2016 年 7 月 3 日

政协第十二届全国委员会常务委员会第十七次会议围绕“促进社会主义文艺繁荣发展”议政建言

【概况】

2016 年 8 月 29 日至 31 日，政协第十二届全国委员会常务委员会第十七次会议在北京举行，刘延东同志在开幕会讲话中对社会主义文艺事业建设做了重要指示；在随后的专题分组讨论会和全体会议上，各领域专家和领导对这一主题进行了深入讨论，建言献策。本专题摘录部分相关内容如下。

【开幕会】

2016 年 8 月 29 日上午，政协第十二届全国委员会常务委员会第十七次会议在北京开幕，议题是围绕“促进社会主义文艺繁荣发展”议政建言。中共中央政治局常委、全国政协主席俞正声出席开幕会。中共中央政治局委员、国务院副总理刘延东应邀出席会议并做报告。

刘延东在报告中指出，全国政协这次专题议政性常委会议，必将对促进社会主义文艺繁荣发展发挥重要作用。她强调，文艺工作座谈会召开两年来，创作生态出现可喜变化，文艺发展呈现新气象。立足新起点，要以习近平总书记重要讲话为指南，坚持党的领导，尊重文艺规律，促进中华文化繁荣兴盛，为实现中国梦提供强大价值引领力、文化凝聚力、精神推动力。要坚持以人民为中心的创作导向，书写伟大时代，弘扬中国精神，打造更多有筋骨、有道德、有温度的优秀作品。要深化改革创新，加强政策扶持，资源向一线、向艺术骨干倾斜，激发文化单位活力和文艺工作者创造力，推动优秀传统文化创造性转化创新性发展。要推进文艺惠民，做强文化产业，让人民文化生活迈上新台阶。

中共中央书记处书记、全国政协副主席杜青林主持开幕会。杜青林指出，围绕“促进社会主义文艺繁荣发展”议政建言，是全国政协学习贯彻习近平总书记在文艺工作座谈会上的重要讲话精神和《中共中央关于繁荣发展社会主义文艺的意见》的重要举措，是发挥政协作为社会主义协商民主重要渠道和专门协商机构的作用、履行政协职能的重要实践，希望大家畅所欲言、各抒己见，提出有见地的意见建议，为繁荣发展社会主义文艺做出新的贡献。

【专题分组讨论】

2016 年 8 月 29 日下午，政协第十二届全国委员会常务委员会第十七次会议举行专题分组讨论，全国政协主席俞正声参加讨论。

常委会议与会人员围绕“促进社会主义文艺繁荣发展”议题深入讨论，建言献策。与会人员认为，文艺是民族精神的火炬，是时代前进的号角，实现中华民族伟大复兴，离不开中华文化繁荣兴盛，离不开文艺事业繁荣发展。当前我国文艺发展呈现出百花竞放、蓬勃发展的生动景象，但还存在不少差距和问题。要认真贯彻落实习近平总书记在文艺工作座谈会上的重要讲话精神和《中共中央关于繁荣发展社会主义文艺的意见》，以人民为中心，以社会主义核心价值观为引领，以中国精神为灵魂，以中国梦为时代主题，以中华优秀传统文化为根脉，以创新为动力，以创作生产优秀作品为中心环节，不断推进文艺繁荣发展。与会人员就坚持以人民为中心的创作导向、让中国精神成为社会主义文艺的灵魂、创作无愧于时代的优秀作品、建设德艺双馨的文艺队伍、营造繁荣发展社会主义文艺的良好环境、完善繁荣发展社会主义文艺的体制机制等提出建议。

讨论意见：

靳尚谊、叶少兰、叶小纲等表示——出精品、出人才，需要严格按照艺术规律办事

参加某纪念红军长征胜利 80 周年画展的审稿，给其中一幅画提出的意见是构图太长了，要切掉一块儿才好，却被告知不能切，理由是这次规定这批画全一样，都是几米乘几米的，很大，最后要放到博物馆里。“我认为这个规定是违背艺术规律的。构图要根据内容来确定，有的是长的，有的是方的，有的是竖的。这个规定全世界没有过。”

接触到一些剧院的创作者，他们说在排一个“一带一路”题材的舞剧，要求两个月完成。实际上，一般来说一个舞剧创作排演要一年时间，最少也要六个月。“两个月没法办啊，这是很困难的。在这种情况下怎么能出精品？”

这是全国政协常委、中国文学艺术界联合会荣誉委员、中国美术家协会名誉主席靳尚谊在政协第十二届全国委员会常务委员会第十七次会议专题分组会议上发言时讲述的两个故事和发出的感叹。本次政协常委会围绕“促进社会主义文艺繁荣发展”议题建言议政，靳尚谊、叶少兰、叶小纲等政协常委、政协委员中的多位文艺名家在发言中不约而同地提到了尊重艺术规律的话题，引发与会人员的共鸣。

靳尚谊表示，艺术要求思想性、艺术性的统一。光有艺术性没有思想性，作品就没有力量；光有思想性没有艺术性，作品就不感人，起不了精神引领的作用。要出精品，两者必须兼备。艺术的发展靠创新，难度也在创新，主要是形式的创新。形式创新的难度不是说我来个新招就行了，而是创新以后的统一。有一招创新，但是整个作品和这一个新招没有统一，就不行。比如前几年有一部大制作的京剧，导演吸收了西方写实的东西，表现水战场景，舞台上就有大大小小的船，船是电动的，说过来，呜呜就过来了。但是整个唱腔还是原来的。主帅站在大船上，探子来报，却是在船下，在水里，这就乱了。

“精品是有标准的，我相信古今中外是一样的。我们能说，历史上承认的那些经典的画，现在不行了吗？同时，艺术这个专业很残酷，一代人也就出几位重要的艺术家。不是只要学了，就人人都是大艺术家。要出精品，首先是所有创作者要深入研究本专业，不仅要在专业上强，思想境界上也要强，要有很高的修养。而且组织创作的人要尊重艺术规律。我们要推出的作品，都应该是好的。要出精品，就要严格按照艺术规律办事。”靳尚谊说。

全国政协委员、全国政协京昆室副主任叶少兰也在关注京剧的问题，特别是京剧人才培养中尊重办学规律的问题。他认为，近年来，培养京剧人才的戏曲学校由于参考社会大专院校的体制与教学模式，甚至和国际接轨成为综合性专科学校，严重影响了京剧高峰人才的涌现。“京剧艺术靠的是硬功夫。唱念做打集于一身，综合性强，技术性强，培养人才难度大、周期长、成材率低。因此，培养京剧人才必须要有一套与之相适应的教学规划和方法。”

叶少兰表示，以梅兰芳为代表的各流派艺术创始人、艺术大师们，以及中华人民共和国成立后，20 世纪五六十年代党和国家培养的一批京剧精英领军人才，都是按照传统科学的教学规律，专项严训、因材施教、口传心授、示范教学、手把手地教与练，通过京剧全科目基础教学，每个学生都是在保证实习、演出的教育体制下培养出来的。戏校实行综合科目教育体制后，京剧学生学得少了，会得少了，练得少了，实习演出少了，名师少了，文化学习也少了，原因是戏曲学校加入了影视专业、动漫专业、戏文导演专业、音乐歌舞专业、曲艺专业等，特别是京剧人才的基础教育阶段不是把教学重点放在扎实地练好唱念做打各项基本功和请名师指导并实习优秀的传统剧目上，而是把重心放在开发、创作、排演创新剧目上。“学生没有传统戏的扎实基础，又何来创作和表演的艺术手段呢？这样就偏离了京剧人才培养的方向。”

全国政协常委、中国音乐家协会主席、中央音乐学院副院长叶小纲提出，纵观全国文艺创作，国家资金支持力度很大，但文化泡沫多、实质硬货少。在音乐领域，一些曲高和寡的高精尖艺术门类需要扶持，却因为不是主管部门抓的，体现不了“政绩”，无法进入国家的重点扶持范围。比如交响乐，尽管这门艺术代表了一个国家音乐文化发展的最高水平，但获得的重视还不够。出现这些现象尽管有历史原因，但也和某些部门急于出“政绩”，在尊重规律、用好人才方面做得不到位有关。

2016年，全国政协教科文卫体委员会调研组围绕“促进社会主义文艺繁荣发展”，先后赴7个省市进行调研。全国政协委员刘敬民在政协第十二届全国委员会常务委员会第十七次会议上代表教科文卫体委员会发言，根据调研结果提出相关建议时，也特别强调了“尊重规律”。希望各地尊重规律，为促进文艺繁荣发展创造良好环境，“文艺创作不能急功近利，要给艺术家‘休渔期’”。他还建议各地按照艺术人才的成长规律，完善保障机制，因地制宜、因艺制宜，比如适合一对一、师带徒口传心授的艺术门类，就不要用上大课的培养模式。“从点滴做起，深耕厚植，尊重艺术、尊重人才、尊重规律，培育好人才成长的沃土，让精品与‘高峰’水到渠成。”

著名经济学家厉以宁从经济学角度分析——文化产品具有特殊性，要坚持社会效益第一

“一部好的作品，应该是社会效益、经济效益相统一的作品。在社会主义市场经济条件下，许多文化产品要通过市场实现价值，当两个效益、两种价值发生矛盾时，经济效益要服务于社会效益，市场价值要服从社会价值。”全国政协常委、著名经济学家厉以宁在政协第十二届全国委员会常务委员会第十七次会议上做大会发言时说。

厉以宁认为，文化产品不同于一般商品，具有特殊性。理由包括：

一是文化产品的好坏必须按其内容来评价。文化产品内容的评定，无疑是以社会效益为目标的。因为社会效益所带来的负面损失往往难以弥补，对于下一代人、再下一代人的影响可能长期存在。

二是文化产品的社会效益评定往往有滞后性。这里所说的滞后性是指：有些文化产品，例如一部小说，或一场戏剧演出，或一幅人物画，在传播过程中，究竟应怎样评价？有的能迅速做出评价，有的却需要隔一段时间才能做出评价，有的甚至会有所反复。尤其是涉及历史人物的评价，可能同历史资料的新发现或政治环境发生的变化有关。

三是文化产品往往有两个“交易过程”。例如，作家把书稿交给出版社：作家是供方，出版社是需方；出版社审完付印，供给市场上的书店：出版社是供方，书店的顾客是需方。作家固然重要，但出版社同样重要。对于书稿的质量作家是第一道把关者，出版社则是第二道也是最后一道把关者。出版社必须对自己出版的一切书籍的社会效益负责。如果忽略了书籍出版的社会效益，那肯定是出版社的失职。

“要知道，在谈一般商品的使用价值时，通常不涉及伦理学问题，也不涉及核心价值观。这是因为，既然一般商品已被生产出来，并投入市场，那么总会被消费者看重，以适合他们的需求。价格的高低反映了消费者对商品使用价值的评价。劣质商品无人问津，再低价也销不出去。文化产品则与此不同，因为一部小说、一部剧本，购买者或观看演出的人所看中的是内容。内容好的小说、剧本就会有人观看，内容不健康的，甚至不利于核心价值观的，同样有可能成为读者和观众追求的对象。这是文化产品的特殊性，不容忽视。”厉以宁指出。

厉以宁表示，对文化产品，包括书籍、剧本、其他出版物等而言，是否有助于社会经济发展目标的实现，是否有助于社会主义核心价值观的实现，都是群众最关心的问题。对出版社来说，社会效益和经济效益都是重要的。如果社会效益和经济效益都是正面的，那当然是最佳状态。但如果经济效益是负面的，而社会效益是正面的，那就应当迅速改变经济效益不佳的状况。只顾经济效益而放松了对社会效益的关心，那就必须重视社会效益的改变。

因此，厉以宁建议：今后，无论是文化产品的创作者，还是从事文化产品经营的出版机构和编辑工作者，都应当牢记文化产品的特殊性，把文化产品的社会效益放在首位，以保证文化产品的质量。考虑到文化产品社会效益评价的滞后性，以及文化产品的评价往往同历史资料的新发现和学术研究的新成果有关，文化产品的创作者、出版机构和编辑工作者应当同学术界保持联系，吸收学术研究方面的新成果，使文化产品的质量不断提高。书评应当是出版物提高自身质量的有力手段。出版管理机构和出版界应当站在提高文化产品质量的角度，做到书评质量的不断提升。这是繁荣社会主义文化必不可少的途径。

原载《中国艺术报》2016 年 9 月 2 日

【全体会议】

2016 年 8 月 30 日，政协第十二届全国委员会常务委员会第十七次会议举行全体会议，全国政协副主席刘晓峰主持会议。15 位常委和委员围绕“促进社会主义文艺繁荣发展”议题做大会发言。全国政协主席俞正声出席会议。

大家在发言中认为，文艺事业是党和人民事业的重要组成部分，要坚持党对文艺工作的领导，践行社会主义核心价值观，坚持为人民服务、为社会主义服务的方向和百花齐放、百家争鸣的方针，更好地推动社会主义文艺事业繁荣发展。

龙新民常委提出，要切实贯彻好党的文艺方针政策，旗帜鲜明地对文艺工作者提出思想政治上的要求，引导他们始终坚持以人民为中心的创作导向。印红常委代表九三学社中央发言建议，进一步深化文化体制改革，加强文艺传播阵地建设，摈除浮躁，推动文艺创新和精品创作。韦建桦常委提出，把握好政治导向，增强文艺批评的感召力与亲和力，擦亮文艺评论这面镜子。厉以宁常委认为，应当牢记文化产品的特殊性质，把社会效益放在首位，不断提高文化产品质量。李宏委员代表全国政协提案委员会发言建议，抓好革命历史题材文艺作品的制作传播，让革命历史题材文艺精品照亮青少年的人生；王明明常委提出，创新管理体制机制，优化文艺人才成长环境。李玉光常委建议，加强知识产权法制建设，促进文化艺术繁荣发展。刘敬民委员代表全国政协教科文卫体委员会发言提出，深入挖掘文艺特色资源，打造“现代化”和“本土化”交融的文艺精品。吴江常委建议，进一步加强和改进党对文艺工作的领导，自觉肩负起文艺工作者的责任担当。王正福委员代表全国政协民族和宗教委员会发言提出，高度重视少数民族文艺，推动少数民族文艺创新发展。杨胜群常委建议，在创作中努力传递真善美和向上向善的道德观、审美观。张海涛常委提出，切实加强县级广电建设，大力推动基层文化繁荣发展。陈建功常委建议，建立更有效的管理方式，推动网络文艺健康发展。叶小纲常委认为，用好人才是繁荣文艺创作的保证，要懂人才、识人才，尊重人才、人尽其才。冯巩常委提出，基层群众的文化需求就是文艺创作者的追求，要创作出更多群众喜爱的优秀作品。

会议还分别听取了全国政协副主席兼秘书长张庆黎、中共中央统战部常务副部长张裔炯做的关于人事事项的说明。

第十一届中国艺术节

【概况】

2016年10月15日至31日，由文化部和陕西省人民政府共同主办的“第十一届中国艺术节”在陕西省延安市举行。本届艺术节期间举办了第十五届文华奖评奖活动、第十七届群星奖评选活动、全国优秀美术作品展览和书法篆刻摄影作品展览、中国农民画精品展、演艺产品博览交易会，以及第十五届文华奖参评剧目及部分省区市及港澳台地区优秀作品展演，包括“第十一届全国优秀舞蹈节目展演”、“第十一届中国艺术节”专场演出和中国民族器乐系列音乐会。此外还组织开展了22场群星奖节目惠民演出，参评参演的剧目都实行低票价惠民，组织邀请农民工、环卫工、困难家庭等人群免费观看演出。

作为中央实行文艺评奖改革之后的第一次评奖，文华奖和群星奖都压缩评奖项目和奖项数额，并首次增加了群众评委。文华奖加强获奖作品和艺术家的宣传推广，在改革评奖的同时，加大评论的力度，邀请专家在艺术节期间开展评论工作。

本届艺术节充分展示近年来艺术创作的成果，并将“艺术的盛会、人民的节日”这一宗旨贯穿始终，近百台演出中，最低票价是20元，100元以下的演出票占到总票数的65%。艺术节开幕式和闭幕式均不搞大型文艺演出，力求简洁、质朴而又不失隆重。在艺术节筹备过程中，对场馆的新建改建工作坚持节俭务实、厉行节约的原则，不搞铺张奢华，不搞重复建设。

【第十一届中国艺术节“在希望的田野上”——中国农民画精品展】

2016年10月11日至11月11日，由中国农民书画研究会、文化部全国公共文化发展中心、中国动画学会、陕西省文化厅共同主办的“第十一届中国艺术节‘在希望的田野上’——中国农民画精品展”在陕西省咸阳市举行。文化部命名的“2014—2016年度中国民间文化艺术之乡”中的26个农民画乡及部分特邀参展的农民画乡的作品参展。经各参展画乡组织评审，共选送推荐参展作品1 013件，经过主办单位专家评审委员会终审评选出442件作品参展。

咸阳展览结束后在江苏省如东县等地进行全国巡展。

【第十一届中国艺术节演艺产品博览交易会】

2016年10月15日至17日，“第十一届中国艺术节演艺产品博览交易会”在陕西省西安市举行，其间展示国家舞台艺术精品创作扶持工作作品、“第十一届中国艺术节”上重点推出的57台文华大奖参评剧目、陕西近年来创作的优秀剧目以及各省份推荐的本地区重点创作作品等。活动设置了重点舞台艺术作品展示区和全国优秀舞台艺术作品及优秀演艺器材展示区。现场进行成果展览、剧目展演、项目推介、器材展示和产品交易等。

为搭建文化演艺博览交易平台，推动优秀演艺产品走进市场，培育良性演艺市场，活动邀请了230余家国内演出经纪机构、演出院线、剧场联盟、演艺单位的有关负责人观摩考察。安徽省演出总公司、陕西演艺集团、辽宁芭蕾舞团等多家演艺单位还进行了多种形式的现场展示推介活动。

【第十一届中国艺术节全国优秀美术作品展览、书法篆刻作品展览、摄影作品展览】

2016年10月15日至12月中旬，由文化部、陕西省人民政府主办的“第十一届中国艺术节全国优秀美术作品展览、书法篆刻作品展览、摄影作品展览”在陕西省西安市举行。这三个展览在参展作品的构成上，都包括邀请和征集两大部分，参展作者涵盖了当前我国美术、书法、摄影领域老中青三代优秀艺术家。展览举办期间，有关单位还举办了丰富多彩的公共教育活动。

全国优秀美术作品展览以“中国风格　时代丹青”为主题，包括中国画、油画、版画、雕塑和水彩（粉）画共5个艺术品种，共计展出作品550余件。其中，中国画、雕塑作品在陕西省美术博物馆展出，油画、版画、水彩（粉）画作品在西安美术学院美术馆展出。邀请参展的作品包括由艺术委员会提名的65岁以上老艺术家和艺术委员会委员的作品，经艺术委员会的确认参加展览。同时展览将“第十二届全国美术作品展览”部分获奖作品纳入进来。展览办公室共收到28个省区市文化厅（局）及各单位推荐作品和艺术家自由投稿作品共计3 500件左右，作品题材广泛、形式多样。

书法篆刻作品展览在西安美术馆展出，以“笔墨传承　诗意华章”为主题，集中展示我国书法篆刻创作的最新成果。参展作品既有艺术成就突出并具有较强影响力的书法家和篆刻家的新作，也有从公开征集渠道严格遴选出来的作品。展览总规模近300件。

摄影作品展览在陕西省西安市亮宝楼艺术博物馆举行，展览以“时代影像　中国精神”为主题，收到投稿作品1万余件，经过艺术委员会的评选，将其中的200余件作品纳入展览。同时，近年来在国家级和全国性摄影作品展览，以及大型主题性摄影作品展览中的优秀作品也经由艺术委员会的提名推荐和遴选进入展览。

【第十五届文华奖评选揭晓】

2016年10月31日，在“第十一届中国艺术节”闭幕式上，揭晓了第十五届文华奖，10部优秀剧目获得文华大奖，10位文艺工作者获得文华表演奖。

一、文华大奖获奖名单

1. 豫剧《焦裕禄》，河南豫剧团（三团）
2. 评剧《母亲》，中国评剧院有限责任公司
3. 淮剧《小镇》，江苏省淮剧团
4. 京剧《西安事变》，国家京剧院
5. 京剧《康熙大帝》，天津京剧团
6. 话剧《兵者，国之大事》，中央军委政治工作部话剧团
7. 话剧《麻醉师》，西安话剧院有限责任公司
8. 歌剧《大汉苏武》，陕西省歌舞剧院有限公司
9. 舞剧《沙湾往事》，广东歌舞剧院有限公司
10. 芭蕾舞剧《八女投江》，辽宁芭蕾舞团

二、文华表演奖获奖名单

（一）戏剧（含曲艺、木偶、皮影）类

1. 河南，贾文龙，豫剧《焦裕禄》

2. 浙江，吴凤花，越剧《狸猫换太子》

3. 陕西，惠敏莉，秦腔《柳河湾的新娘》

4. 甘肃，朱衡，话剧《天下第一桥》

5. 陕西，李君梅，商洛花鼓戏《带灯》

6. 宁夏，李小雄，秦腔《狗儿爷涅槃》

7. 上海，华雯，沪剧《挑山女人》

8. 湖南，王阳娟，湘剧《月亮粑粑》

（二）音乐舞蹈杂技类

9. 新疆，迪里拜尔，歌舞剧《情暖天山》

10. 中央芭蕾舞团，王启敏，芭蕾舞剧《鹤魂》

【第十七届群星奖颁奖仪式及历届群星奖获奖精品展演】

2016 年 10 月 30 日，第十七届群星奖颁奖仪式及历届群星奖获奖精品展演在陕西省西安市易俗大剧院举行。10 月 16 日至 19 日，第十七届群星奖决赛在西安举行，经专家评委和群众评委严格评审，报经群星奖评奖委员会审定并向社会公示，最终评出 20 个获奖作品：音乐类获奖作品为《一条叫做小康的鱼》《山东梆子腔》《敲起琴鼓劲逮逮》《瓦器器》《丝路欢歌》；舞蹈类获奖作品为《扫街》《阿婶合唱团》《爸妈我想你》《我的弦》《妙音踏舞》；戏剧类获奖作品为《月缺月圆》《一定要找到你》《亲！还在吗》《占座》《哎呀呀》；曲艺类获奖作品为《丰碑》《轧狗风波》《羊续悬鱼》《一分不能少》《军婚药方》（获奖作品按行政区划排序）。

颁奖仪式后举行历届群星奖获奖精品展演，包括来自全国 15 个省区市的 22 个群众文艺作品。

本届群星奖是中央巡视和文艺评奖改革后举行的第一次评奖，决赛作品赴陕西各地开展 20 场惠民演出。本届群星奖决赛还引入网络视频直播，四大门类作品的 7 场决赛观看总人次超过 80 万。

纪事

管理

【全国宣传部长会议】

2016 年 1 月 5 日，全国宣传部长会议在北京召开，中共中央政治局常委、中央书记处书记刘云山出席并讲话，强调要充分认识协调推进“四个全面”战略布局、决胜全面建成小康社会对宣传思想工作的新要求，牢牢把握“两个巩固”的根本任务，以强烈的责任担当做好工作，为“十三五”开好局起好步提供有力思想舆论支持。

刘云山指出，做好 2016 年宣传思想工作，要着重抓好牵引性强的重大任务，在重点突破中实现整体推进。要继续深化对习近平总书记系列重要讲话精神学习教育，精心组织好党中央治国理政新理念、新思想、新战略重大主题宣传，把党和国家新的实践成果展示好，把党的理论创新成果阐释好；着力营造决胜全面建成小康社会的良好氛围，深入宣传五大发展理念，宣传适应和引领经济发展新常态的实践要求，加强热点难点问题舆论引导，提振精气神、凝聚正能量；扎实推进社会主义核心价值观建设，弘扬伟大爱国主义精神，注重以文化人，坚持立破并举，做到持续用力、久久为功；加快文化改革发展，坚持社会效益第一，实现社会效益和经济效益有机统一，提高文化事业发展质量；加强国际传播能力建设，推动传统媒体与新兴媒体融合发展，向世界讲好中国故事、传播好中国声音。各级党委要坚持党管宣传、党管媒体，加强党的建设、领导班子建设和干部队伍建设；认真落实党委意识形态工作责任制，严肃追责问责，推动宣传思想工作。

中共中央政治局委员、中央书记处书记、中共中央宣传部部长刘奇葆主持会议并做工作部署，强调要把牢方向导向，加强战略谋划，坚持创新发展，聚焦短板发力，主动担当作为。要着眼于统一思想、指导实践，坚持不懈用马克思主义中国化最新成果武装全党、教育人民；着眼于维护国家政治安全，高度重视做好意识形态工作；着眼于为全面建成小康社会提供有力舆论支持，增强主流媒体的传播力、公信力、影响力；着眼于提高国民素质和社会文明程度，推动社会主义核心价值观更加深入人心；着眼于繁荣发展社会主义文艺，推出更多无愧于时代的优秀作品；着眼于实现“两个效益”相统一，加快文化改革发展；着眼于讲好中国故事、传播好中国声音，加强国际传播能力建设，提升国家文化软实力。

中共中央政治局委员、国务院副总理刘延东出席会议。

【第一期全国文化厅局长培训班】

2016 年 1 月 12 日，第一期全国文化厅局长培训班在北京中央文化管理干部学院开班，文化部部长雒树刚为培训班讲授第一堂课，来自 30 个省区市文化厅局和 20 个文化部司局、直属单位的 53 名干部聆听其授课，其中包括近一年来 34 名新任职干部。这次培训班也标志着全国省地县文化厅局长轮训项目正式启动。

雒树刚以“关于如何做好文化工作”为题为学员授课。授课过程中，他首先为学员描绘了一幅文化发展的宏伟图画：“党的十八大以来，习近平总书记和中央高度重视文化工作，做出了一系列重大部署，文化工作在党中央、国务院的领导下取得了显著成就。总结这三年来的文化成就，就是不断巩固和拓展中国特色社会主义文化发展道路。这条道路的核心是社会主义核心价值观，这条道路的理论指导是习近平总书记的系列重要讲话，这条道路的目的是不断深化文化改革发展、促进社会主义文化大发展大繁荣。”

接下来，雒树刚从繁荣发展文艺创作、建设现代公共文化服务体系、文化遗产保护、文化产业发展、对外文化交流五方面详细解读中央关于文化的方针政策，介绍了相关工作的进展、发展成就及存在的问题。授课中，他旁征博引，大量引用国内外丰富的案例，列举翔实准确的数据，并辅以生动明了的幻灯片展示，内容深入浅出、引人深思，课堂气氛活泼热烈。

大家表示，两个小时的授课内容高屋建瓴、内容全面、指导性强，听后对全国文化发展现状和面临的机遇、挑战有了清晰认识。

对各级文化厅局长开展大规模轮训是文化部贯彻落实党中央关于“大规模培训干部、大幅度提高干部素质”有关要求的具体措施。接下来的五年，文化部力争完成把各省区市文化厅局长以及各地市、各县市文化局长轮训一遍的任务。文化部计划每年在中央文化管理干部学院举办两期省区市文化厅局长培训班、四期地市文化局长培训班、六期县市文化局长培训班，每年累计培训约800人。

【全国文化市场管理工作会议】

2016年1月21日至22日，全国文化市场管理工作会议在浙江省宁波市召开。会议总结了2015年文化市场管理工作，根据2016年全国文化厅局长会议精神对文化市场重点工作做出安排。

会议认为，文化市场管理深入贯彻中央关于文化改革发展和行政审批制度改革的一系列决策部署，围绕培育践行社会主义核心价值观，维护国家文化安全和意识形态安全，促进了文化市场规范有序、繁荣发展。文化市场管理理念、方式发生了深刻变化：监管与服务并重的理念不断深化，保障文化产品内容合法，保护未成年人权益力度不断加大；实行简政放权、源头治理、标本兼治的行业管理政策；推动深化文化市场综合执法改革，加强执法队伍建设和执法能力建设；注重体制外工作，发挥行业协会作用，强化市场主体责任，调动和扩大文化市场积极因素。文化市场面貌出现了可喜的变化：市场主体的积极面日益扩大，消极面明显缩小；文化市场的投诉率明显下降；一些积重难返的老大难问题得到破解，长期被视为问题行业的上网服务业整体水平明显提高，社会形象明显好转；社会投资迅速增加，高素质人才引入增多。

会议提出了2016年度文化市场管理的重点工作。一是严格执法，改进执法，为文化市场改革发展提供环境保障。要严把红线，踩线必惩，查案必须督查到底，不留空白期，不留过渡期。健全执法责任制，发生重大责任案件要严肃追责。有的地方文化市场巡查无人去，出了案子无人查，对此也要通过追责来纠正和解决。查案要与信用制度特别是黑名单制度结合。二是积极探索事中事后监管的有效办法。做好行政审批事项下放或取消后的衔接，既不给企业增加负担，也不留监管漏洞。处理好日常巡查和随机抽查的关系，对人员密集、流动频繁、易生安全隐患的场所，要加强现场巡查，并明确最基本的巡查频率，加强事中监管。对非场所企业要合理确定随机抽查事项。要及时办理许可事项，不截留政策。三是继续推动行业转型升级，促进健康发展。要进一步强化对农村和城乡接合部、高校周边上网服务场所的整治和引导。要以转型升级、融合发展、创新供给、拓展受众、提升形象的总思路，推动文化娱乐行业转型升级。四是加强文化市场管理队伍建设和基层基础工作。要深化文化市场综合执法改革，把队伍建设的重心放到基层，把队伍的主力摆上一线。充分发挥文化市场技术监管与服务平台的作用，完善信息网络和举报制度，加强执法协作，提高执法效率。

【文化体制改革工作领导小组会议】

2016年3月14日，文化部在北京召开文化体制改革工作领导小组会议。会议深入学习贯彻习近平总书记系列重要讲话精神和中央全面深化改革领导小组、中央文化体制改革和发展工作领导小组有关会议精神，审议《2016 年文化系统体制改革工作要点》，部署 2016 年文化体制改革重点工作。

文化部党组书记、部长、部文化体制改革工作领导小组组长雒树刚出席会议并讲话，文化部党组副书记、副部长杨志今主持会议，文化部党组成员、副部长项兆伦对《2016 年文化系统体制改革工作要点》起草情况做了说明，文化部党组成员王铁、董伟、丁伟、刘玉珠、于群出席会议。

雒树刚在会上传达了习近平总书记在中央全面深化改革领导小组第二十次、第二十一次会议上的重要讲话精神，传达了刘奇葆、刘延东同志在中央文化体制改革和发展工作领导小组第九次会议上的讲话精神。

文化部文化体制改革和发展工作领导小组成员及办公室成员参加会议。会议原则通过了《2016 年文化系统体制改革工作要点》。

【国家艺术基金 2016 年度专家电视电话会议】

2016 年 4 月 7 日，国家艺术基金 2016 年度专家电视电话会议举行。文化部部长雒树刚出席会议并讲话。国家艺术基金理事会理事长蔡武主持会议。

雒树刚对国家艺术基金成立两年来的工作给予充分肯定，并对五个方面的突出成绩予以总结：一是始终坚持正确的文艺方向，自觉与以习近平同志为核心的党中央保持一致，坚决贯彻执行党的文艺路线、方针、政策；二是按照科学化、专业化、规范化、系统化要求，逐步建立以章程为核心，以各项制度为配套的制度体系；三是充分发扬艺术民主，形成了国家级的专家库；四是不断健全地方文化行政部门参与的工作体系；五是始终坚持改革创新，探索出中国艺术基金的工作模式。

对于国家艺术基金 2016 年度的工作，雒树刚指出，要深入学习贯彻习近平总书记系列重要讲话精神，坚定自觉地在思想上、政治上、行动上同习近平同志为核心的党中央保持一致，向党中央看齐，向党的理论和路线方针政策看齐，做政治上的明白人，确保艺术基金工作在导向上、政治上不出问题。要坚持党对文艺工作的领导，坚持高扬社会主义核心价值观的旗帜，坚持把创作生产优秀作品作为中心环节，坚持以人民为中心的创作导向，坚持把社会效益放在首位。进一步发挥好艺术基金对艺术发展的引导和激励作用，努力推出更多思想精深、艺术精湛、制作精良，代表国家艺术形象的文艺精品，推动艺术创作从“高原”向“高峰”迈进。

雒树刚强调，国家艺术基金作为艺术发展的“孵化器”和“发动机”，要发挥示范导向作用，坚决把好质量关口。要尊重艺术规律，遵循效果原则，坚持高标准严要求，坚持竞争择优。努力探索适应治理体系和治理能力现代化要求、符合我国实际的基金管理规律，进一步提高艺术基金运作的科学化、专业化水平。通过选优拔萃、扶优扶强，培育好作品、推出好人才，促进形成良好的艺术生态。

蔡武代表国家艺术基金理事会对 2015 年度工作开展情况做了总结，对 2016 年度项目评审工作做了具体部署。针对 2016 年度项目评审，蔡武表示，基金工作质量主要取决于资助项目的质量，专家作用至关重要。专家在评审工作中，要把握好方向性要求和艺术规律之间的关系，申报主体与所报项目的关系，传承和创新的关系，区域特色、民族特色和时代要求的关系，公益性和经营性的关系，重点资助有利于实现中华民族伟大复兴中国梦，有利于践行社会主义核心价值观，有利于弘扬中华优秀传统文化的项目，体现基金的导向性，保证项目评审的公正性，推出更多的名家名作。

尚长荣、姜昆、赵雯、诸迪、徐沛东、韩子勇等国家艺术基金理事会理事在北京主会场参加会议。国家艺术基金专家库专家，文化部、财政部相关司局负责人，各省（区、市）和部队系统文化主管部门有关负责人和艺术基金委托管理机构负责人约 5 000 人分别在北京主会场和各地分会场参加会议。

【文化部成立文化产业专家委员会】

2016 年 5 月 6 日，文化部在北京成立文化产业专家委员会，来自高校、科研机构等的 18 位专家受聘为专家委员会委员。文化部相关领导为专家委员会委员颁发聘书并讲话。

座谈交流会讨论通过了文化产业专家委员会工作章程，并确定了专家委员会主任、副主任和秘书长人选。根据工作章程，专家委员会实行聘任制，委员由文化部颁发聘书，每届任期两年。任期届满后换届，根据需要可以延聘或终止资格。结合文化产业发展实际，专家委员会划分为政策协调组、转型升级组等 7 个工作组。

【2016 年全国文化厅局长座谈会】

2016 年 7 月 4 日至 5 日，“2016 年全国文化厅局长座谈会”在北京举行。会议围绕全面贯彻党的十八大和十八届三中、四中、五中全会精神，深入学习贯彻习近平总书记系列重要讲话精神，特别是在庆祝中国共产党成立 95 周年大会上的重要讲话精神，深入分析当前文化改革发展面临的新形势、新任务，总结上半年文化工作，提出下半年工作要求。

会议在总结全国文化系统 2016 年上半年工作时指出，文化系统紧紧围绕“五位一体”总体布局和“四个全面”战略布局，坚持“创新、协调、绿色、开放、共享”发展理念，努力推动文化改革发展，取得新进展、新成效，得到中央领导和社会各界的认可。与会代表一致认为，这次会议主题鲜明、安排紧凑、会风清新，很好地贯彻了中央关于改进会风的要求，取得了统一思想、凝聚共识、总结经验、明确任务、振奋精神、坚定信心的成果，大家把学习和贯彻习近平总书记在庆祝中国共产党成立 95 周年大会上的重要讲话精神作为当前和今后文化系统的重要工作。

会议期间，湖南、宁夏、黑龙江、上海、山西、山东等地文化厅（局）领导汇报了各自“十三五”时期文化改革与发展思路。

节会展览

【第十三届中国国际网络文化博览会】

2016年1月7日至9日，由文化部主办，中国动漫集团和广州产业投资基金联合承办的“第十三届中国国际网络文化博览会”在北京国家会议中心举办。

本届网博会以“双创时代，网文天下”为主题，吸引了包括动漫、游戏、音乐、上网服务、公共文化服务、非遗、文物等多个领域的260余家企业参展，集中展示了我国网络文化发展的新成就、新风貌。其中，公共文化服务、非遗、文物等相关机构首次参展。

本届网博会展览面积扩展至2.2万平方米，紧扣“创业创新”和“互联网+”的新思路，将展场划分为“双创”主题馆和“网文”主题馆两大板块。关注创新、创业的“双创”主题馆充分迎合时代需求，融合众多新元素，展现了动漫、游戏、视频、硬件终端等网络文化新技术、新成果，呈现出我国网络文化产业百花齐放的多元化样态；以“互联网+文化”为主题的“网文”主题馆则对公共文化、非遗、数字图书馆、数字博物馆等进行了多元化融合展示。

此外，本届网博会搭建了弘扬社会主义核心价值观展示区，展示了由文化部文化产业司征集并评选出的弘扬社会主义核心价值观的优秀动漫作品，并首次引进“电子竞技冠军联赛”和“动漫模型嘉年华”展示区。

1月8日至9日，本届网博会配套举行的中国网络文化产业年会以中国网络文化高峰论坛为主论坛，同时举办“‘互联网+动漫发展’论坛”“互联网上网服务行业转型升级论坛”“网络游戏与泛娱乐IP融合论坛”等多个分论坛。论坛期间发布2015年度网络文化产业行业数据及十大事件，揭晓2015年度中国网络文化风云企业与风云人物。

【2015两岸大学生汉字文化创意大会作品展】

2016年1月8日，由两岸合编中华语文工具书大陆编委会、中华文化总会指导，中国语文现代化学会主办，江苏省语言文字应用学会和南京艺术学院共同承办的“2015两岸大学生汉字文化创意大会作品展”在南京艺术学院开幕。

2015两岸大学生汉字文化创意大会以“传承与创造”为主题，自2015年9月启动以来，共征集到两岸450余所高校大学生的1.1万余件作品，作品类型涵盖字体设计、海报设计、产品设计、书法和篆刻等。经专家评审，共有361件作品入选本次创意大会作品展，其中一等奖5项，二等奖12项，三等奖25项，优秀奖58项。

开幕式后，来自清华大学、台湾师范大学、南京艺术学院等两岸10多所高校师生代表、文化创意企业代表，围绕“文化产业转型升级背景下的汉字文化创意设计”议题，就汉字创意设计人才培养和创意产业发展进行了深入研讨。

【2016中国文化产业新年论坛】

2016年1月9日，由北京大学主办，北京大学文化产业研究院（国家文化产业创新与发展研究基地）、中共北京市海淀区委宣传部、北京市海淀区文化发展促进中心承办的“2016中国文化产业新年论坛”在北京大学举行，本届主论坛主题为“中国精神与文化创新”，包括主论坛、三山五园对话会，以及四场专题发表会。

中国文化产业新年论坛创办于2003年，本届是第十三届。该论坛致力于“洞察中国文化产业的时代奋进与国际勃兴”，“以最深切的公共情怀、最缜密的学术思辨、最激悦的实践创新怀纳全球，献智中华”。

【2015文化创意产业园区创新发展论坛】

2016年1月10日，由中国文化传媒集团与深圳市文化创意行业协会共同主办，河南省鹤壁市人民政府、武汉市汉阳区人民政府、《深圳晚报》联合举办，深圳市文化创意行业协会承办的“2015文化创意产业园区创新发展论坛”在深圳举行。本次论坛由文化学者、凤凰卫视“纵横中国”总策划胡野秋主持，以“互联网时代下文化创意产业园区转型·升级·创新”为主题，汇集了九大主旨演讲和三大分论坛，旨在为文化创意产业园区（基地）的转型升级提供理论支持和行业指导，推动我国文化产业跨越式发展。

【第34届中国洛阳牡丹文化节】

2016年4月5日至5月5日，由文化部、河南省人民政府共同主办的“第34届中国洛阳牡丹文化节”在河南省洛阳市举行。文化节以“国色天香、世界绽放”为主题，贯彻落实创新、协调、绿色、开放、共享五大发展理念，结合现代公共文化服务体系建设，统筹安排了11项主体活动和27项专项活动。与往年相比，本届中国洛阳牡丹文化节更加突出牡丹主题、文化品牌和群众参与等特点，举办了首届国际丝绸之路文化峰会、丝绸之路文物精品展、优秀剧目展演月、“河洛欢歌·广场文化狂欢月”活动、河洛文化民俗庙会等活动。

中国洛阳牡丹文化节前身为洛阳牡丹花会，1983年首次举办。2010年11月，经文化部批准，更名为“中国洛阳牡丹文化节”。

【2016“一带一路”文化发展论坛】

2016年5月14日，由中国文化传媒集团、中共深圳市委宣传部、中国（深圳）国际文化产业博览交易会组委会办公室联合主办的“2016‘一带一路’文化发展论坛”在广东省深圳市会展中心举行。本次论坛主题为“亲诚惠容、互利共赢”，推出了“一带一路”文化发展主题演讲、中外专家平行论坛、“一带一路”重大项目签约和2015中国文创IP经济年报发布等板块。

本次论坛期间举行了中国文化传媒集团“一带一路”重要项目签约仪式，签订的中国国家展合作项目、文化部海外中国文化中心相关建设项目、文化金融合作实验区项目、中央财政重大支出项目“艺术品鉴证备案系统研发与数据库建设”和国家社科基金艺术学重大项目“文化产品价值评估办法与标准研究”等项目计划落户深圳。

“一带一路”文化发展智库同时成立，20余位专家被聘为智库专家。

【中国文化网络传播首届高峰论坛】

2016年5月14日，由中国文化网络传播研究会、北京师范大学新闻传播学院共同主办的“中国文化网络传播首届高峰论坛”在北京举行。本届论坛侧重于中国网络文化建设与传播，旨在打造中国文化通过互联网走向世界的高端智慧平台。来自国家网信办、教育部等相关部门负责人，50余位相关领域的专家学者，以及网站与出版文化机构负责人等就“传统文化的现代传播”“网络文化回顾与展望”“当代中国的网络社会”“一带一路与互联互通”“网络阅读与文化传播”五项议题进行了讨论。

论坛开幕式上，中国文化网络传播研究会、上海金桥经济技术开发区管委会与上海市数字内容产业促进中心宣布合作创建中国文化网络视听基地，并签订了合作项目书。论坛期间，由中国文化网络传播研究会、北京师范大学新闻传播学院联合成立的青少年网络素养专业委员会揭牌，并发布了《中国网民数字阅读状况调查报告（2016）》。中国文化网络传播研究会与中国文学艺术界联合会文艺资源中心共同筹建的网络文艺中心在论坛期间宣布成立。

【文化部举行“深化文化金融合作座谈会”】

2016年5月26日至27日，文化部在黑龙江省哈尔滨市举行了“深化文化金融合作座谈会”。文化部部长助理于群参加了座谈会并讲话，文化部、中国人民银行、黑龙江省人民政府相关负责人，以及多地文化部门负责人和银行等金融机构代表参加了座谈会。

座谈会上，文化部文化产业司相关领导首先介绍了《文化金融合作试验区创建指南（征求意见稿）》相关内容。来自黑龙江、陕西、江苏、浙江等地的宣传文化部门、文化产业投资集团负责人介绍了当地文化金融合作的创新实践和举措。全体与会代表就文化金融合作试验区创建工作进行了座谈。

【深入学习贯彻习近平总书记文艺工作座谈会重要讲话精神第一期专题培训研讨班】

2016年6月14日至18日，中共中央宣传部、中国文学艺术界联合会共同举办深入学习贯彻习近平总书记文艺工作座谈会重要讲话精神第一期专题培训研讨班，拉开了全国文艺骨干和管理干部培训的大幕。根据中共中央宣传部等的统一部署，中国文学艺术界联合会将对全国委员会委员和各全国文艺家协会会员约11万人进行培训。

中国戏剧家协会主席濮存昕，中国摄影家协会副主席张桐胜，中国电影家协会副主席、北京电影学院院长张会军等在座谈会上做了发言。

【第十届中国国际民间艺术节】

2016年8月8日至12日，由中国文学艺术界联合会和青海省人民政府共同主办、西宁市委市人民政府承办的“第十届中国国际民间艺术节”在青海省西宁市举办。

开幕式当天，赵实同拉贾塞卡共同签署了中国文学艺术界联合会与印度文化关系委员会之谅解备忘录。双方在舞蹈、音乐、戏剧、木偶等演出、绘画、艺术及工艺展览和研讨会等方面展开合作，并拟于2017年在中国举办印度文化节以及在印度举办“今日中国”艺术周。

由中国文学艺术界联合会、青海省文学艺术界联合会联合主办的“魅力青海摄影展”也于8月8日在青海大剧院开幕，展览展出200幅反映青海各民族风土人情、民俗民风及大美三江源的摄影作品。

整个艺术节期间，一系列“走基层”活动在开幕式后陆续展开：各国艺术团分组赴西宁市三个城区为西宁市民奉献演出；各国艺术团分组深入基层，赴西宁所辖的湟源、湟中、大通三个县，面对面为当地群众现场演出；在西宁市百姓大舞台举办中外艺术家大联欢暨闭幕式。

中国国际民间艺术节每三年举办一届，至此举办了九届，已有超过 3 000 余位艺术家参与其中，直接观众累计数百万人次。

【第五届全国少数民族文艺会演】

2016 年 8 月 16 日至 9 月 14 日，由国家民族事务委员会、文化部、国家新闻出版广电总局和北京市人民政府联合主办的“第五届全国少数民族文艺会演”在北京举行。

全国 31 个省、自治区、直辖市，新疆生产建设兵团，中央军委政治工作部，中央人民政府驻香港、澳门联络办组成的 35 个代表团，56 个民族的 7 000 余名演职人员参加了会演，参演的 43 台剧目和开幕式、闭幕式文艺晚会，共演出 92 场。12 万各界人士到剧场观看了演出，剧场平均上座率达 93%，近 1 亿电视观众收看了开幕式文艺晚会实况转播。广大网民参与网上评选活动，关注和参与投票的网民超过 1 亿人次。

《草原上的乌兰牧骑》等 5 台剧目荣获音舞类剧目金奖，《冰山上的来客》等 5 台剧目荣获戏剧类剧目金奖，《马可 · 波罗传奇》等 8 台剧目荣获音舞类剧目银奖，《六世班禅》等 7 台剧目荣获戏剧类剧目铜奖，陈家全等 8 位同志荣获最佳编剧奖，龙阿朵等 9 位同志荣获最佳导演奖，沈乐等 5 位同志荣获最佳表演奖，扎西次旺等 9 位同志荣获最佳音乐创作奖，朴哲龙等 5 位同志荣获最佳舞台美术奖。

【第一届中国文艺长安论坛】

2016 年 8 月 20 日至 21 日，由中国文艺评论家协会、中共陕西省委宣传部、西北大学等主办的“第一届中国文艺长安论坛”在陕西省西安市举行。

来自全国的百余名文艺评论专家、学者，围绕“文化自信：中华美学与当代表达”“文化自信与世界眼光”“中华美学与当代呈现”“网络文艺与时代审美”等主题进行了主旨演讲和主题研讨。

【2016 国家文化产业创新实验区高端峰会】

2016 年 9 月 6 日，由国家文化产业创新实验区建设工作协调小组指导、北京 CBD 商务节组委会与中国传媒大学主办的“2016 国家文化产业创新实验区高端峰会”在北京举行。

2014 年 7 月，文化部和北京市以朝阳区“ CBD —定福庄”一带为核心承载区，共同推动建设 78 平方公里的全国首个国家文化产业创新实验区，已集中推出涵盖信用体系、文化消费、文化保税等 15 个领域的“政策十五条”。2015 年，实验区实现规模以上文化产业收入 1 449.3 亿元。截至 2016 年 8 月底，在实验区登记注册的文化企业（单位）逾 3 万家。

【2016 年国家艺术院团演出季】

2016 年 9 月 7 日，由文化部主办的“2016 年国家艺术院团演出季”在北京开幕。演出季期间共有 29 台作品与观众见面，总计演出 60 余场，包括庆祝中国共产党成立 95 周年和中国工农红军长征胜利 80 周年主题剧目、现实题材新创剧目、各院团优秀保留剧目及引进的世界优秀经典剧目等。

各院团还面向残障儿童、进京务工人员及低保家庭子女等开展专场演出。演出季全部演出坚持低票价，百元以下票价将占到50%以上，使更多的普通百姓能走进剧场，欣赏国家艺术院团的精彩演出。

【首届丝绸之路（敦煌）国际文化博览会】

2016年9月20日至21日，由甘肃省人民政府、文化部、国家新闻出版广电总局、国家旅游局、中国国际贸易促进委员会共同主办的“首届丝绸之路（敦煌）国际文化博览会”在甘肃省敦煌市举办。本届博览会包括论坛、展览、演出等多项活动。

作为本届博览会高峰会议分论坛之一，以“坚持‘和平合作’，完善丝绸之路沿线国家文化合作新机制”为主题的部长圆桌会议在敦煌国际会展中心举行。文化部部长雒树刚做了题为“坚持合作共赢　共创美好明天”的主旨讲话。来自阿尔巴尼亚、白俄罗斯、柬埔寨、孟加拉国、伊朗、约旦、巴基斯坦、塔吉克斯坦、泰国、埃及等多国文化部部长或其代表出席了会议，并共同研究讨论了《敦煌宣言》。

在4场高峰会议分论坛和4场专项论坛上，国内外嘉宾围绕促进丝绸之路沿线国家文化多元共存、融合发展、成果共享等主题深入讨论。国家文物局相关领导出席了主题为“丝绸之路文化遗产保护与传承”的专项论坛并做主旨发言。

【第十八届中国上海国际艺术节】

2016年10月12日至11月15日，由文化部主办、上海市人民政府承办的“第十八届中国上海国际艺术节”在上海举办。开幕演出“海上生民乐”由上海民族乐团与中国上海国际艺术节中心共同打造，是上海国际艺术节首次以民乐演出作为开幕剧目。“海上生民乐”分为“风”“雅”“颂”“和”4个篇章，通过不同的乐器和乐曲讲述山河之爱、家国之爱、生命之爱，用跨越语言的音乐承载生活祥和、世界和平的美好梦想，体现“乐和天下”的主题和意境。演出汇集了龚一、罗小慈、马晓晖等上海民族乐团的艺术家，黄豆豆、张军、高韶青等国内艺术家和比利时大提琴演奏家塞巴斯蒂安·瓦尔涅等加盟演出。

10月12日举办了多元共享的文化艺术新活力——“一带一路”文化艺术论坛，论坛聚焦“一带一路”框架内区域文化多样性建设和提升艺术创造力的多边合作机制，探讨如何进一步发展国际合作，促进各国艺术节和艺术家的交流沟通。

本届上海国际艺术节注重策划与创意，以多层次、立体化体现“一带一路”色彩和纪念红军长征胜利80周年等主题统摄各大板块。艺术节参演节（剧）目共50台，其中境内22台、境外28台，原创新作达到25台，占节（剧）目总数的一半。2016年是艺术节“扶持青年艺术家计划”实施5周年，10部委约作品和45部邀约作品集中亮相。本届艺术节文化惠民力度加大，42台88场演出照亮了“艺术天空”，“艺术教育”通过多方深入合作搭建全社会共同参与的亲民艺术平台。

为表彰中外艺术家对艺术节的支持与贡献，本届艺术节把“特别贡献”荣誉称号授予指挥家夏尔·迪图瓦和舞蹈家谭元元。

【2016大匠至心·杭州论坛】

2016年10月20日至21日，由浙江省文化厅和杭州市人民政府共同主办，浙江省非物质文化遗产保护中心、浙江省非物质文化遗产保护协会，中共杭州市江干区委、区人民政府承办的“2016大匠至心·杭州论坛”在杭州举行。

论坛以“让传统工艺重返当代日常生活”为主题，邀请国内传统工艺、文化创意研究专家学者、非遗传承人、设计师以及传统工艺品牌企业、工作室、互联网运营等方面的代表，进行了“传统工艺传承与经营的当下状况及其未来走向”“传统工艺在大数据与互联网＋时代的机遇与作为”“如何让传统工艺重返当代日常生活”等主题的研讨。

南京大学教授徐艺乙以“弘扬传统·振兴工艺”为题做主旨演讲，围绕机遇、传统、传承、创新等几大方面对工艺进行解读与阐述。他表示，只有认真向传统学习，深刻认识传统，才能在传统的基础上进行创新。故宫博物院常务副院长王亚民以“把故宫文化带回家——故宫文创的现在和未来”为题做主旨演讲，讲述故宫千百年来的文明历程，进而介绍故宫在文创方面做出的积极推进和经营布局等。中国美术学院副院长杭间以“还乡：‘传统工艺’的历史机遇”为题做主旨演讲。他表示，技艺是回“故乡”的“中介物”，手艺的现代本质既非怀旧，也非教育，而是精神。

中国文化报社副总编辑徐涟以“敬畏传统，敬畏自然”为题，认为有的非遗项目不可避免地将会湮没在时间长河中，我们要敬畏自然，敬畏传统，在传承与创造中与时俱进，创造符合日常需要的产品，让非遗重返当代生活。

【第十一届中国北京国际文化创意产业博览会开幕式暨主题报告会】

2016年10月27日至30日，由北京市文化局、北京市文化创意产业促进中心主办，北京经济技术开发区管理委员会协办的“第十一届中国北京国际文化创意产业博览会暨主题报告会”在北京举行。本届博览会以“激发文化活力，引领产业创新”为主题，举办综合活动、展览展示、推介交易等六大系列百余场活动。在中国国际展览中心的文博会主展场，1 800多家国内外文化创意企业突出展示文化演艺、动漫游戏、广播影视、工艺美术、新闻出版、文物及博物馆等重点文创产业领域的新产品、新创意、新项目、新模式、新业态。同时，围绕18个主题进行了数十场推介交易活动、5场论坛会议、10场创意活动以及18个分会场活动。

【第八届海峡两岸暨港澳地区艺术论坛】

2016年11月1日至2日，由中国文学艺术界联合会、香港艺术发展局共同主办的“第八届海峡两岸暨港澳地区艺术论坛”在香港举行。

海峡两岸暨港澳地区艺术论坛自2009年创设以后，为艺术创作、理论研究与评论搭建了良好的学术交流平台。本届论坛以“舞台艺术与中华文化形象”为主题，讨论了文化交流和发展现状。与会的专家学者及艺术家代表通过大会演讲、分论坛讨论、圆桌对话等形式，围绕艺术表演与情感融通、当代艺术的跨界与创新、传统艺术与当代继承、传统舞台艺术中的文化价值、中华舞台艺术的多元表达、中华舞台艺术的当代呈现、传统舞台艺术的传承路径等展开深入研讨。

【文化部举行学习贯彻党的十八届六中全会精神报告会】

2016年11月4日，文化部在北京举行学习贯彻党的十八届六中全会精神报告会，邀请中央宣讲团成员、中央军委纪委专职委员朱国标做专题辅导报告。文化部党组书记、部长雒树刚主持报告会，并对文化部系统进一步学习贯彻落实十八届六中全会精神提出要求。

报告会上，朱国标围绕习近平总书记在党的十八届六中全会上的重要讲话，围绕全会通过的《关于新形势下党内政治生活的若干准则》《中国共产党党内监督条例》，从全会的重大意义、加强和规范党内政治生活、全面落实党内监督责任、突出抓好领导干部，特别是高级干部的管理工作等方面，对全会精神进行了宣讲、解读。

文化部机关各司局全体党员和领导干部参加报告会，国家文物局、各直属单位全体党员和领导干部在分会场通过视频参加学习。

【第二届中华文化论坛】

2016年11月22日，由北京大学主办、北京大学台湾研究院承办的“第二届中华文化论坛”在北京英杰交流中心举办。

本届论坛的主题为“中华文化的守本与创新”。与会专家学者围绕“中华文化本根对现代社会发展与建设的价值”“中华文化创新的方向与路径”“两岸携手推动中华文化的守本与创新”“中华文化与两岸青年体验式交流”等子议题展开了研讨与交流。北京大学哲学系教授楼宇烈从厘清概念和逻辑推演的角度阐述了中国文化自尊、自强、自爱的现代价值。中华全国台湾同胞联谊会会长汪毅夫从剖析严复的《天演论》所表达的伦理结构出发，表明两岸同胞心灵相契合。中国人民大学孔子研究院院长张立文从解决当前世界文化五大冲突的角度，阐发了他一贯提倡的“和合”思想的现实意义。

【“聚焦文化与审美：艺术批评的当代性命题”高峰论坛】

2016年12月5日，由北京师范大学艺术与传媒学院、北京师范大学中国文艺批评基地与《艺术评论》杂志社联合主办的“‘聚焦文化与审美：艺术批评的当代性命题’高峰论坛”在北京举行。来自中国文学艺术界联合会文艺评论中心、中国社会科学院、北京师范大学、《艺术评论》杂志社等多家单位的学者、艺术创作者、文艺批评家，围绕“艺术批评的当代性”主题展开研讨，力求在艺术批评社会历史功用的惯性认知之外，探求某种基于“文化与审美”视角的艺术内蕴性价值与批评深层次建构，并由此以点带面，全方位探讨艺术批评如何适应当今经济、社会、文化不断快速变化的现实，如何以理论联系实际、以批评促进创作，以及如何为更好地发展民族文化艺术事业提供理论支持与精神动力。

【第十一届全国艺术院校院（校）长高峰论坛】

2016年12月10日至11日，由中国文化传媒集团主办、北京大学艺术学院和《艺术教育》杂志共同承办的“第十一届全国艺术院校院（校）长高峰论坛”在北京举行。来自全国200余家艺术院校、院系的专家、学者、院（校）长汇聚一堂，围绕“中国艺术学学科的发展和创新——北大艺术教育100年对话”“艺术学学科建设如何适应人才培养机制”等主题深入研讨。

论坛上，教育部艺术教育委员会主任委员叶朗、中国文艺评论家协会主席仲呈祥、中国艺术研究院院长连辑做主旨演讲。中国美术学院院长许江、中国音乐学院党委书记闫拓时、中国戏曲学院院长巴图、上海戏剧学院院长黄昌勇等14位全国知名艺术院校的院（校）长做了主论坛发言。论坛组委会根据艺术学门类下五个一级学科——艺术学理论、音乐与舞蹈、戏剧与影视、美术、设计，组织了深入的分论坛讨论。专家指出，高等院校是民族艺术的重要阵地，要明确艺术的独特定位和价值，重视美育的基础性作用，艺术人才培养与大众化美育教育相结合，形成更宽泛的专业基础、学术基础、社会基础和群众基础。

论坛闭幕式上发布了全国艺术院校教育创新联盟首批合作院校名单，南京艺术学院、中国音乐学院、四川音乐学院、吉林艺术学院、新疆艺术学院、天津音乐学院等30余所艺术院校入选。主办方组织的“中传锦绣杯”WDC世界标准舞/拉丁舞冠军表演赛，以及“艺术还乡”——旅美艺术家王维力捐赠作品仪式同期举行。

【“雅致清远·凤鸣盛典”——第十届中国民间艺术节暨第四届岭南民俗文化艺术节】

2016年12月16日至18日，由中国文学艺术界联合会、中国民间文艺家协会、中共广东省委宣传部、广东省文学艺术界联合会、中共清远市委、清远市人民政府共同主办的“‘雅致清远·凤鸣盛典’——第十届中国民间艺术节暨第四届岭南民俗文化艺术节”在广东省清远市举办。本届艺术节以传统节日冬至为载体，在突出岭南传统民俗文化特色的同时，将全国的民族民间表演集中在广东省清远市展现，汇集了河北、内蒙古、江苏、河南、山东、福建、安徽、陕西、海南、湖南、广西、四川、甘肃、西藏、新疆以及广东共16个省区市的30多支表演队伍，千余名各族演员进行文艺踩街和民俗展演。其中17支队伍参与了第十三届中国民间文艺山花奖·优秀民间艺术表演作品初评评选活动。

活动围绕“文化惠民、服务社会”的主题，主舞台设在清远市江滨公园，并在清新体育场、清远城市广场设分会场，免费向市民和游客开放。艺术节期间还举办了岭南民间工艺展示、岭南民俗文化节灯谜等活动，为市民搭建互动平台。

中国民间艺术节是我国民间文艺界规模最大、规格最高的传统民族民间文艺交流活动，自1989年创办以后，在大连、北京、太原、无锡等地举办了9届。

交流

【2016“中国—中东欧国家人文交流年”启动】

2016年2月26日，由中国社会科学院、中国—中东欧国家合作秘书处联合主办，中国社会科学院欧洲研究所、16+1智库交流与合作网络承办的“2016‘中国—中东欧国家人文交流年’”在北京启动。

17个国家共同举办人文交流年，这在中国和欧洲人文交流史上是第一次，无论是对落实中国—中东欧国家领导人苏州会晤成果，还是对中欧共建文明伙伴关系都具有重要意义。

2016“中国—中东欧国家人文交流年”包括近40项活动，涵盖10多个领域，包括邀请中东欧16个国家的画家赴贵州省写生创作，派北方昆曲艺术团赴匈牙利和捷克演出，举办中国—中东欧汉学家研讨会，组织代表团参加匈牙利国际旅游展，等等。

【“2016非洲文化聚焦”活动开幕式暨“非洲印象”展】

2016年5月6日，由文化部主办、中国对外文化集团承办的“2016非洲文化聚焦”活动开幕式暨“非洲印象”展在北京举行。包括文化部副部长丁伟、非洲国家的驻华大使在内的300多位中外嘉宾出席。

中国文化部邀请非洲20多个国家的文艺团组来华，在10余个省市举办百余项中国和非洲文化交流活动。作为“2016非洲文化聚焦”活动的重点和亮点，“非洲印象”展分为3个单元，共展出中国和非洲52位画家的90幅非洲题材画作。

“中非文化聚焦”品牌活动创办于2008年，逢双年在中国举办，逢单年在非洲举办。

【2016俄罗斯“中国文化节”】

2016年7月4日，“2016俄罗斯‘中国文化节’”开幕式晚会在莫斯科俄罗斯军队中央模范剧院举行。本次文化节内容包括地方文化周，音乐、舞蹈、戏剧、武术等领域专场演出，中俄舞台艺术对话等30余场活动。

活动时间延长至12月，活动地点涵盖莫斯科、圣彼得堡、叶卡捷琳堡、伊尔库茨克、萨哈（雅库特）共和国、萨马拉、鄂木斯克等广大区域，演出团体为来自中国北京、上海、天津、河南、重庆、陕西、新疆等省区市的艺术团。

【2016“今日中国”艺术周】

2016年7月8日至10日（当地时间），“2016‘今日中国’艺术周”在毛里求斯路易港开幕。

“今日中国”艺术周是中国文学艺术界联合会每年在境外推出的综合展示中国当代文化艺术的非营利性交流活动，自2004年创办以来已先后在加拿大、希腊、澳大利亚、奥地利、日本、埃及、智利、瑞典、美国、泰国、柬埔寨、摩纳哥、捷克等10多个国家举办过各类艺术展演活动。

毛里求斯总统法吉姆出席艺术周开幕式并致辞，并在开幕式后参观了此次艺术周的摄影和美术作品展览，还观赏了京剧表演。

【第三届戛纳中国文化艺术节】

2016 年 7 月 11 日至 17 日，由法中文化艺术交流中心、法国戛纳市政府、戛纳电影宫共同举办的“第三届戛纳中国文化艺术节”在法国戛纳电影宫举行。

本届戛纳中国文化艺术节推出展览、演出、研讨等多项活动，其中有来自中国艺术名家的水墨画、摄影和紫砂壶作品展；“‘美丽的世界’——大芬—巴比松油画作品联展”，展览展出了深圳龙岗区大芬村画家的 35 幅油画作品与法国巴比松画家的 15 幅作品；“‘我的冬奥梦’——中国儿童书法和绘画作品展”；等等。

【中阿合作论坛第三届中国艺术节】

2016 年 8 月 3 日至 6 日（当地时间），由中国文化部主办，北京市文学艺术界联合会、四川省文化厅承办的“中阿合作论坛第三届中国艺术节”在突尼斯斯法克斯市举行。

由北京市文学艺术界联合会组派的北京非遗展示活动，8 月 3 日在斯法克斯展览中心开幕。当晚，作为开幕活动的组成部分，四川艺术团在斯法克斯市穆罕默德·杰木西文化中心剧场为突尼斯观众进行了演出。

培训

【2016 年度全国艺术科学规划管理工作培训】

2016 年 2 月 27 日，文化部文化科技司和全国艺术科学规划领导小组办公室在北京中央文化管理干部学院举办 2016 年度全国艺术科学规划管理工作培训。

本次培训一是为拓宽工作视野，全面了解把握文化科教工作整体发展脉络，了解把握艺术学近年来的研究现状和“十三五”时期发展趋势；二是结合全国艺术科学规划各类项目申报、年检、鉴定结项等具体工作，就中级管理单位如何进一步做好规划管理工作进行交流；三是结合“全国艺术科学规划项目申报管理系统”，对进一步做好网上申报和相关管理工作进行说明。

2015 年，全国艺术科学规划管理工作一方面通过各类艺术学项目评审立项工作，积极引导文化艺术科学研究关注文化改革发展整体问题，突出应用对策研究；另一方面，强调转变政府职能，加强政策引导，注重规划调研，逐步把精力从具体的事务性工作转向出政策、出规划上来。文化部文化科技司领导表示，2016 年，正在逐步加大艺术学项目评审、管理等相关事务性工作的下放力度，集中精力研究艺术科学规划、文化艺术智库体系建设、文化理论建设和文化艺术人才培养等问题。

各省区市文化厅局艺术科学规划管理部门负责人和文化部相关直属单位负责人参加了培训。

【2016 年全国文化产业工作培训班】

2016 年 9 月 6 日至 9 日，由文化部文化产业司主办的 2016 年全国文化产业工作培训班在中央文化管理干部学院举办。

在 9 月 6 日举行的开班式上，文化部文化产业司领导介绍了此后一段时期内文化部将重点推进的多项工作，主要包括加快推进《文化产业促进法》草案和《文化部“十三五”时期文化产业发展规划》的起草编制工作，推动数字文化产业创新发展，做好扩大文化消费试点工作，改进文化产业园区、基地建设管理工作，深化文化金融合作，做好文化文物单位创意产品开发工作，进一步支持中小文化企业发展和文化领域创新创业，加强数据统计工作，等等。

此次培训以专题教学、案例教学、分组讨论等形式，由来自政府主管部门人士、专家和企业家代表等分别就上述文化产业重点工作进行授课。来自全国各省、自治区、直辖市文化厅（局）和各计划单列市文化局文化产业处的负责人、信息通讯员 60 余人参加培训。

评奖

【第二届会林文化奖颁奖】

2016 年 2 月 27 日，第二届会林文化奖颁奖仪式在北京举行，美国哲学家、夏威夷大学教授安乐哲，中国比较文学专家、北京大学教授乐黛云获奖。

会林文化奖由会林文化基金和北京师范大学中国文化国际传播研究院于 2015 年设立，以北京师范大学资深教授、中国文化国际传播研究院院长、“第三极文化”创立者黄会林的名字命名，旨在表彰为中国文化国际传播做出突出贡献的中外人士，每年举办一次。本届会林文化奖共收到 68 位提名人提出的候选人 50 位。其中，中国籍候选人 28 位，外籍候选人 22 位。

仲呈祥、郭运德、高峰、齐鸣秋、陈丽、聂飙等北京师范大学及北京师范大学中国文化国际传播研究院、国家外国专家局有关司局的领导和嘉宾出席颁奖典礼。

【国家舞台艺术精品创作工程评审结果发布】

2016 年 5 月 9 日，2016 年全国艺术创作工作会议在陕西省西安市举行，文化部发布国家舞台艺术精品创作工程评审结果。文化部组织专家评选出 25 台 2016 年度全国舞台艺术重点创作剧目，并从中遴选出 10 台 2016 年度“国家舞台艺术精品创作工程重点扶持剧目”，给予 80 万元的创作补贴。

选出的 10 台剧目为京剧《西安事变》、评剧《母亲》、湘剧《月亮粑粑》、晋剧《于成龙》、评剧《红高粱》、话剧《北京法源寺》、话剧《从湘江到遵义》、儿童剧《红缨》、舞剧《家》、音乐剧《烽火·冼星海》。

精品创作工程的重点在创作，目的是出精品，文化部艺术司将与重点扶持剧目所在地文化厅局签订《国家舞台艺术精品创作工程重点扶持剧目创作生产责任书》，并成立专家指导小组对重点扶持剧目进行跟踪指导，帮助其加工修改提高，组织验收。

【第十五届中国人口文化奖文学美术摄影类】

2016 年 7 月 7 日，第十五届中国人口文化奖文学美术摄影类组委会会议在北京举行。会议通过了获奖建议名单。评选活动共收到来自全国 51 个省、自治区、直辖市、计划单列市、新疆生产建设兵团、中央国家机关、解放军卫生计生系统及作家协会等单位报送的参评作品 1 722 件，共评出各类作品一等奖 6 个、二等奖 18 个、三等奖 30 个、优秀奖 54 个、组织工作奖 18 个。

中国人口文化奖是经全国评比达标表彰工作协调小组办公室批准的全国性综合类文艺奖项，由国家卫生和计划生育委员会主管，中国人口文化促进会主办。

其他

【文化部、财政部2016年文化产业创业创意人才扶持计划启动】

2016年1月19日，由中央文化管理干部学院主办，尚巴创新文化（北京）股份公司承办的“文化部、财政部2016年文化产业创业创意人才扶持计划”在北京启动，“青年设计师创业创新”主题沙龙活动同期举办。

本次主题沙龙活动围绕“青年设计师创业创新”主题，分主题演讲、项目路演与点评、专家对话及互动交流等环节有序进行。活动中，来自高校、行业协会的专家做了主题演讲，6位青年设计师分别进行“朽木——边角料再设计”、陕西特色“社火脸谱系列”等生动活泼的创业项目路演展示，专家、设计师及投资人进行了现场点评。针对设计人才培养、设计创业服务、创业创新与相关产业融合等热点话题，青年设计师与嘉宾进行了沟通交流。此外，活动还设立专门展区，对优秀设计作品进行了现场展示。

2016年文化产业创业创意人才扶持计划由中央文化产业发展专项资金资助，财政部中央文化企业国有资产监督管理领导小组办公室、文化部文化产业司指导，中央文化管理干部学院组织实施。

【清华大学艺术博物馆落成】

2016年4月24日，清华大学艺术博物馆落成仪式在北京举行。

清华大学艺术博物馆由建筑设计师马里奥·博塔担纲建筑设计，总建筑面积3万平方米，集收藏、展览、研究和教育等功能于一体。清华大学艺术博物馆馆长由中国文学艺术界联合会副主席、中央文史馆副馆长冯远担任，2016年9月正式向公众开放。开馆首展包括“对话列奥那多·达·芬奇——第四届艺术与科学国际展”“尺素情怀——清华学人手札展”“学院传薪——清华大学美术学院艺术作品展”“清华藏珍——清华大学艺术博物馆馆藏展”“竹简上的经典——清华简文献展”等。

作为高校博物馆，清华大学艺术博物馆的藏品绝大多数来自美术学院的前身——中央工艺美院自1956年建校开始的历年收藏，部分来自校友及各界人士的捐赠，现有书画、染织、陶瓷、家具、青铜器及综合艺术品六大类1.3万余组/件。

【《2015中国艺术发展报告》发布】

2016年4月28日，中国文学艺术界联合会在北京发布《2015中国艺术发展报告》。《中国艺术发展报告》为年度行业发展报告，是由中国文学艺术界联合会及所属各全国文艺家协会组织专家学者编撰，对中国艺术年度总体发展状况以及戏剧、影视、音乐、舞蹈、美术、曲艺、民间文艺和文艺评论等各艺术门类年度发展状况所做的总结、分析和思考的综合性研究报告。自2012年开始，连续出版3部。此次报告新增了《2015中国艺术发展大事记》，记录和反映了2015年中国艺术发展状况。

【中国版权协会艺术品版权工作委员会成立】

2016年6月29日，中国版权协会艺术品版权工作委员会在北京雅昌艺术中心成立。国家新闻出版广电总局副局长、国家版权局副局长、中国版权协会理事长阎晓宏，中国版权协会秘书长孙悦，中国版权协会副理事长、雅昌文化集团董事长万捷以及靳尚谊、张立辰、杜滋龄、何家英等数十位艺术家代表出席了发布会。

雅昌文化集团董事长万捷担任艺委会主任委员，人民美术出版社总编林阳、上海市政协文史委员会副主任祝君波、中国美术家协会副秘书长杜军、中国美术馆副馆长张子康、中国书法家协会副秘书长潘文海、中国工艺美术协会秘书长王山担任艺委会副主任委员，雅昌文化集团律师仝文担任秘书长。

中国版权协会艺术品版权工作委员会的工作集中在以下五个方面：明确艺术家到底有什么权益、怎样维护艺术家的权益、如何快速发现作品被侵权、出现侵权了如何用法律的手段维权、如果需要艺术家授权如何去实施。

【2016年中国文化产业两大指数发布】

2016年10月30日，中国人民大学在北京发布“中国省市文化产业发展指数（2016）”和“中国文化消费指数（2016）”，两大指数通过对国家相关统计数据及市场调研数据的综合分析，客观反映了我国各省市文化产业和文化消费发展的总体情况、主要特点和未来趋势。

“中国省市文化产业发展指数（2016）”显示，综合指数排名前十的省市为北京、上海、江苏、浙江、广东、山东、四川、天津、江西、辽宁。从数值来看，2016年全国省市文化产业均值达到73.71，比2015年的73.65略有上升；从增速来看，与2015年基本持平。“中国文化消费指数（2016）”显示，我国文化消费综合指数持续增长，由2013年的73.7增至2015年的81.5，平均增长率约为3.4%。文化消费环境、消费意愿、消费能力和消费满意度均呈上升趋势。其中文化消费环境指数上升速度最快。数据表明，三年中我国文化消费环境有了很大改善，文化产品种类不断丰富，质量逐步提升，消费渠道也越来越多样化、便捷化，为居民文化消费营造了良好氛围。

大事记

1月5日，全国宣传部长会议在北京召开。

1月7日至9日，“第十三届中国国际网络文化博览会”在北京国家会议中心举办。

1月8日，“2015两岸大学生汉字文化创意大会作品展”在南京艺术学院开幕。

1月9日，“2016中国文化产业新年论坛”在北京大学举办。

1月10日，“2015文化创意产业园区创新发展论坛”在深圳举行。

1月12日，第一期全国文化厅局长培训班在北京中央文化管理干部学院开班。

1月19日，“文化部、财政部2016年文化产业创业创意人才扶持计划”在北京启动，“青年设计师创业创新”主题沙龙活动同期举办。

1月21日至22日，全国文化市场管理工作会议在浙江省宁波市召开。

2月26日，“2016‘中国—中东欧国家人文交流年’”在北京启动。

2月27日，文化部文化科技司和全国艺术科学规划领导小组办公室在北京中央文化管理干部学院举行2016年度全国艺术科学规划管理工作培训。

2月27日，第二届会林文化奖颁奖仪式在北京举行。

3月14日，文化部在北京举行文化体制改革工作领导小组会议。

4月4日，中共中央办公厅、国务院办公厅公开发布《关于进一步深化文化市场综合执法改革的意见》。

4月5日至5月5日，“第34届中国洛阳牡丹文化节”在河南省洛阳市举行。

4月7日，国家艺术基金2016年度专家电视电话会议召开。

4月14日，中国资产评估协会发布《文化企业无形资产评估指导意见》。

4月24日，清华大学艺术博物馆落成仪式在北京举行。

4月28日，中国文学艺术界联合会在北京发布《2015中国艺术发展报告》。

5月6日，文化部在北京成立文化产业专家委员会。

5月6日，“2016非洲文化聚焦”活动开幕式暨“非洲印象”展在北京举行。

5月9日，2016年全国艺术创作工作会议在陕西省西安市举行。

5月11日，国务院办公厅转发文化部等部门《关于推动文化文物单位文化创意产品开发的若干意见的通知》。

5月14日，“2016‘一带一路’文化发展论坛”在广东省深圳市会展中心举行。

5月14日，“中国文化网络传播首届高峰论坛”在北京举办。

5月26日至27日，文化部在黑龙江省哈尔滨市举办了“深化文化金融合作座谈会”。

6月14日至18日，深入学习贯彻习近平总书记文艺工作座谈会重要讲话精神第一期专题培训研讨班在北京拉开了大幕。

7月4日，“2016俄罗斯‘中国文化节’”开幕式晚会在莫斯科俄罗斯军队中央模范剧院举行。

7月4日至5日，“2016年全国文化厅局长座谈会”在北京举行。

7月5日，国家艺术基金2016年度资助项目立项名单进行公示。

7月7日，第十五届中国人口文化奖文学美术摄影类组委会会议在北京举行。

7月8日至10日（当地时间），“2016‘今日中国’艺术周”在毛里求斯路易港开幕。

7月11日至17日，“第三届戛纳中国文化艺术节”在法国戛纳电影宫举行。

7月18日，《国家艺术基金2016年度项目评审报告》发布。

8月3日至6日，“中阿合作论坛第三届中国艺术节”在突尼斯斯法克斯市举行。

8月8日至12日，“第十届中国国际民间艺术节”在青海省西宁市举办。

8月16日至9月14日，“第五届全国少数民族文艺会演”在北京举行。

8月20日至21日，“第一届中国文艺长安论坛”在陕西省西安市举行。

8月29日，政协第十二届全国委员会常务委员会第十七次会议在北京开幕。

8月30日至11月末，“2016未来艺术志”系列主题活动在北京举办。

9月6日，“2016国家文化产业创新实验区高端峰会”在北京举行。

9月6日至9日，2016年全国文化产业工作培训班在中央文化管理干部学院举办。

9月7日，“2016年国家艺术院团演出季”在北京开幕。

9月20日至21日，“首届丝绸之路（敦煌）国际文化博览会”在甘肃省敦煌市举办。

10月12日至11月15日，“第十八届中国上海国际艺术节”在上海举办。

10月15日至31日，“第十一届中国艺术节”在陕西举行。

10月20日至21日，“2016大匠至心·杭州论坛”在杭州举行。

10月27日至30日，“第十一届中国北京国际文化创意产业博览会暨主题报告会”在北京举行。

10月30日，“第十一届中国艺术节”第十七届群星奖颁奖仪式及历届群星奖获奖精品展演在陕西省西安市易俗大剧院举行。

10月30日，中国人民大学在北京发布“中国省市文化产业发展指数（2016）”和“中国文化消费指数（2016）”。

11月1日至2日，“第八届海峡两岸暨港澳地区艺术论坛”在香港举行。

11月4日，文化部在北京举行学习贯彻党的十八届六中全会精神报告会。

11月22日，“第二届中华文化论坛”在北京英杰交流中心举办。

11月30日，中国文学艺术界联合会第十次全国代表大会、中国作家协会第九次全国代表大会在北京人民大会堂开幕。中共中央总书记、国家主席、中央军委主席习近平出席大会并发表重要讲话。

12月5日，“‘聚焦文化与审美：艺术批评的当代性命题’高峰论坛”在北京举行。

12月10日至11日，“第十一届全国艺术院校院（校）长高峰论坛”在北京举行。

12月16日至18日，“‘雅致清远·凤鸣盛典’——第十届中国民间艺术节暨第四届岭南民俗文化艺术节”在广东省清远市举办。

中国艺术年鉴·2017

戏曲卷

分卷主编：张乃锋

年度述评

“晴日催花暖欲然”
——2016年度戏曲发展研究报告

◎ 王馗

2016年对于戏曲而言，无疑是一个持续拓展的关键期。戏曲界努力践行习近平总书记在文艺工作座谈会上的讲话精神和《中共中央关于繁荣发展社会主义文艺的意见》，特别是大力贯彻《关于支持戏曲传承发展的若干政策的通知》（国办发〔2015〕52号），2016年度戏曲发展的氛围日趋良好，戏曲界的“文化自信”被极大地激发起来，各项戏曲事业不断地推向深入。尤其是国家和地方戏曲政策的连续出台，保障了戏曲持续发展；各地继续搭建戏曲展演平台，戏曲创作活力持续增强；戏曲研究界对戏曲理论的引导，将戏曲的文化品格不断提升；在国家艺术平台上，戏曲创作方向与国家文化目标同步相趋。一年的戏曲工作映衬出中国戏曲“百花争妍”的发展态势，欧阳修《采桑子》一阕中的“晴日催花暖欲然”“水阔风高扬管弦”两句，正可以作为2016年度中国戏曲摆脱“雾霾”、迎来春和景明的最好说明。

一、利好政策的强有力推进为戏曲良性发展铺平道路

在2016年度编制的《中华人民共和国国民经济和社会发展第十三个五年规划纲要》中，在“传承发展优秀传统文化”一节特别强调“构建中华优秀传统文化传承体系，实现传统文化创造性转化和创新性发展”“传承发展传统戏曲。发展民族民间文化，扶持民间文化社团组织发展”等。将“传承发展传统戏曲”作为“十三五”期间的工作重点，显示了国家对于戏曲艺术一如既往地高度重视和大力扶持。事实上，面对有着近千年发展历史的戏曲艺术肌体，如何彰显它作为“中华优秀传统文化传承体系”组成部分的文化特质，如何破解它在发展进程中所面临的各种难题，如何厚植它作为社会主义先进文化资源的优势，如何推动它的优秀经典力作为人类所共享，是摆在戏曲界、文化界等中国人面前的重要课题。这不但要依靠戏曲界的创造实践，依靠文化政策的通盘规划，还要立足于“创新、协调、绿色、开放、共享”的新发展理念，让戏曲真正地融入中国改革开放的社会进程中，让戏曲作为真正的艺术来滋养中国人的生命。习近平总书记在中国文学艺术界联合会第十次全国代表大会上所强调的“文运同国运相牵，文脉同国脉相连”，中国戏曲所承担的文化之“运”、文化之“脉”，应该与戏曲艺术肌体一样是鲜活生动而生命力强健的。

文化部始终关注着戏曲传承和发展的各个领域，借助切实有效的政策推进，来解决当前制约戏曲生存发展的各种困难，紧锣密鼓地策划、讨论和颁布的多项政策，都针对《关于支持戏曲传承发展的若干政策的通知》所涉及的各项要求展开。2016年度文化部在成功推动昆曲“名家传戏——当代戏曲名家收徒传艺工程”之后，将剧种范围扩大到京剧和地方戏，通过戏曲名家的传帮带，来实现戏曲艺术的稳定传承。同时，在2016年年初结束的“全国地方戏优秀中青年演员汇报演出”为优秀的中青年戏曲后继人才搭建艺术平台，显示了这些优秀演员紧跟剧种领军人物的雄厚实力。戏曲舞台是演员创造的世界，舞台艺术的不断更新需要有相续不断的优秀传承者，人才是戏曲传承和发展的必备条件。由文化部主办的戏曲艺术人才培养“千人计划”是“十三五”时期所确立的重要人才培养计划，计划从2016年开始至2020年，每年举办一期戏曲编剧、导演、作曲、舞美高级研修班，共培养1 000名戏曲创作人才。2016年7月，第一期高级研修班开班，这意味着对包括演员在内的各类型戏曲人才的

培养，将是中国戏曲未来五年发展的重要任务。

为进一步推动和繁荣文艺创作，文化部在“十三五”期间实施“国家舞台艺术精品创作工程”，经过评审，共确定2016年度全国舞台艺术重点创作剧目25部和2016年度国家舞台艺术精品创作重点扶持剧目10部，京剧《西安事变》、评剧《母亲》、湘剧《月亮粑粑》、晋剧《于成龙》、评剧《红高粱》等戏曲作品成功入选。文化部成立精品创作工程专家委员会，跟踪指导，不断提高创演水平，以期将这些剧目打造成为思想精深、艺术精湛、制作精良的舞台艺术精品。同时，在2015年公布的“三个一批”戏曲剧本创作扶持计划基础上，文化部公布2016年度扶持戏曲剧本15部（11.16）[①]，其中京剧、昆曲、地方戏剧本有9部，通过资助协议，不断提高剧本创作质量。作品是戏曲作为舞台艺术的最终呈现，推动戏曲作品的打磨与精品化提升，是国家舞台艺术创作的重要目标。

尤其突出的是，文化部从对京剧、昆曲国家级院团的扶持，扩大到对地方戏基层院团的关注。基层院团是最能彰显中国戏曲“人民性”的艺术指标，也是戏曲传承发展的重要载体。由中宣部、文化部主办的“全国基层院团戏曲会演”（7.5—8.3）从全国遴选，每省一团，共31台剧目，展现了至今坚守基层的戏曲从业者的艺术风貌。正如文化部部长雒树刚在基层戏曲院团发展座谈会（7.29）上所强调的：基层戏曲院团是传承发展戏曲艺术的生力军，是维系民族戏曲生态的重要力量，其重要性不言而喻。因此，此次会演正成为检验戏曲基层团队文化自信力的重要举措，文化部将加大对基层院团的扶持力度，特别在公共文化服务体系建设中充分发挥基层院团的作用，多元并举，切实夯实戏曲在人民群众中的文化影响力。从国家级院团到基层院团的视角转移，显示了戏曲团队建设将日益成为戏曲传承发展的重要内容，没有了各类型院团的竞争与协作，戏曲艺术肌体必然走向自我萎缩，扶持戏曲需要增强各类型戏曲院团的创作演出活力。

为深入研讨地方戏曲基层院团建设和戏曲人才培养，文化部先后于2016年7月4日、9月26日在北京举行“公共文化服务体系建设与基层戏曲院团发展工作座谈会”“加强地方戏人才培养工作会议”，推动相关议题的解决实施。文化部副部长董伟在“加强地方戏人才培养工作会议”上指出：戏曲教育为戏曲艺术的传承发展做出了重要贡献，要探索“三结合”的人才培养模式，即以供需结合、团校结合、学用结合的模式，立足戏曲事业发展的长远规划，以需定培，解决师资困境，提高教学质量，盘活人才资源。文化部将继续创造条件，出台相关政策，加大督察力度，搭建戏曲教育交流和教育成果展示平台，加强各院校和艺术院团之间的交流合作。同时，为了总结“戏曲进校园”的经验做法，部署下一阶段的工作任务，推进“戏曲进校园”工作的深度和广度，中宣部、教育部和文化部在武汉召开“全国戏曲进校园经验交流会”（12.14），充分肯定了目前取得的成绩，在湖北“戏曲进校园”经验做法的基础上，探索此项工作的新思路、新方法，以实现“戏曲进校园”精准化、常态化。

上述以文化部为主导的切实举措，显示了国家推动出人才、出剧目、出精品、出团队、出观众的巨大决心。各地政府紧密配合，在2015年度诸多省市出台相关扶持戏曲传承发展的举措之后，云南（1.5）、河北（1.12）、陕西（1.27）、重庆（1.29）、广东（2.16）、浙江（2.19）、四川（2.19）、湖南（4.7）、山西（5.31）、山东（6.22）、河南（6.27）、内蒙古（7.20）、黑龙江（9.18）、广西（10.11）、甘肃（11.17）等省区市相继出台支持戏曲传承发展的实施意见，全面贯彻实施《关于支持戏曲传承发展的若干政策的通知》等相关政策。各省区市的实施意见在确立省区市“十三五”期间总体目标的基础上，颁布本省区市地方戏曲扶持计划。一些地区根据自身戏曲传统，推出了具有地域特色的扶持计划，例如：河北省积极推进打造“京津冀演出平台”；广东省推动“全省青年剧本创作计划”“一荐一工程”等；湖南省构建“湖南省剧本创作题材库”，打造“地方戏曲生态保护地”；重庆市实现戏曲传承发展的“五个一批”目标；陕西省建立秦腔音乐人才库，重视流派传承工作；浙江省力图在长三角地区形成以浙江为核心的“中国越剧文化中心”，支持嵊州市越剧原生地建设，鼓励各地设立地方戏曲剧种区

① 本文所列2016年度相关事件，时间均括注在事件后，为节省篇幅，略去年、月、日，特此说明。

域生态保护区，打造“戏曲小镇”“戏曲谷”等；山西省以“四大梆子”为重点，加快推进“九个一批”目标；山东省实施“4+1工程”，完善艺术创作“全链条扶持机制”，实施“城乡百姓舞台计划”；黑龙江省以黑龙江艺术职业学院为主，建立戏曲人才培养基地，恢复设立戏曲表演系（京剧、评剧、龙江剧专业）；内蒙古自治区在原内蒙古二人台艺术节等活动基础上，从2016年起每两年在基层举办一届包括蒙古剧、二人台、漫瀚剧、晋剧、评剧、二人转、蒙派京剧等演出在内的自治区地方戏剧展演。这些计划既紧紧围绕国家戏曲扶持政策的基本目标，也有根据地区戏曲传统而设立的特殊规划，显示了戏曲与地方文化生态相互映衬的艺术规律。

中国戏曲的保护发展政策从国家到地方、从京昆到地方戏、从国家级院团到基层院团、从艺术大家到中青年后继人才、从专业到业余普及、从表演团队到职业教育，都显示出政策全方面地惠及戏曲艺术的多个侧面，最终实现的是戏曲在当代文化生活中的生态建设。从国家和地方文化主管部门的实际举措而言，戏曲发展的政策保障已经基本具足，目前最需注意的是各项戏曲扶持政策向基层的常态化贯彻，以及后续的常态化监督管理。特别是各省在编制戏曲规划的时候，将戏曲遗产保护与戏曲创新规划统一起来，实际上照顾到了传承者、传承团队在继承与创造中的核心作用，客观上纠正了此前戏曲艺术在部门分割管理下所出现的各种弊病。这就意味着“十三五”期间在明确戏曲传承发展目标之后，更需要密切监督政策落实中可能出现的问题，准确评估，及时调整，让戏曲真正在利好政策的指引下取得良性发展。

二、地方戏展演与戏曲生存发展策略的诉求

2016年是红军长征胜利80周年，密切回应时代主题的创作倾向在戏曲舞台实践中充分呈现出来。例如，上海戏曲艺术中心推出“纪念中国共产党成立95周年暨红军长征胜利80周年演出季”，集中展演上海戏曲院团的现代革命历史题材剧目，上海越剧院的《燃灯者》、上海沪剧院的《回望》、上海京剧院的《浴火黎明》，以及上海淮剧团现代戏专场（《八女投江》《家有长子》《大洪流》等）。这样的排演代表了当前中国各地戏曲院团弘扬社会主旋律的创作思路，也展示了各戏曲院团创作寻求主流话语表达的诉求与努力，当然，这也体现了戏曲承载主流教化的传统职能。

此外，形成地方戏曲品牌的展演活动在各地如常举办，是地方对戏曲艺术的常态化展示。如云南省“第十三届新剧目展演”（昆明，1.15—27），集中展示近两年来云南省舞台艺术新创作品，在21台优秀剧目中，包括京剧、滇剧、花灯、白剧等在内的8部戏曲作品位列其中。“第九届东方名家名剧月暨湖北省优秀戏曲剧目展演周”（上海，3.18—4.24），来自北京、湖北及浙江等地的戏曲院团在上海集中献演15台大戏19场演出，特别是湖北四大剧种五台节目引人注目，该展演在上海东方艺术中心连续展开，吸引了全国各地12个省区市（包括台湾地区）20个剧种104台大戏演出，以“聚焦新剧目、展示新成果、拓展新观众”为宗旨，把戏曲新剧目和老戏新演作为重点，在戏曲演出淡季举行，为戏曲赢得市场。“浙江省新农村建设题材小戏会演”（平湖，5.30—31），以新农村建设题材为主要创作内容，提升创演水平，显示基层戏曲的艺术面貌。“第七届羊城国际粤剧节”（广州，6.12—19），来自20个国家和地区的143家粤剧社团参加了粤剧节，切实检验了粤剧在海内外的影响力。“第二届海上丝绸之路国际艺术节”之“中外戏剧展演暨第六届中国木偶皮影中青年技艺传承展演”（泉州，10.11—18），广泛汇集了东亚、东南亚的演出团体，力图打造包括木偶、皮影戏在内的中国戏曲的国际展演平台。“2016吴越同音·江浙沪摊簧艺术精品展演”（绍兴，11.12—13），集中了江浙沪16个摊簧剧种和戏剧形态，是集中展示摊簧声腔艺术的平台。“第三届江苏文化艺术节”（南京，10.20—11.23）和首届“紫金京昆艺术群英会”（南京，11.30—12.17），前者集中展示江苏省28台原创剧目，后者集中展示19台京昆力作，其中包括江苏省京昆团体的9台剧目（6台原创）。“第六届江西艺术节暨第十届江西玉茗花戏剧节”（2016.11.26—2017.1.5），展示了15个声腔剧种的15部大戏和34部小戏，显示了江西戏曲艺术的创作实力。

在各省区市戏曲展演平台中，北京无疑是最为特殊的一个演出市场，这里不但五方杂处，汇聚了来自各省区市的戏曲观众群体，而且处于戏曲理论与创作的高地，成为检阅各地戏曲创作水平的重要平台。在北京市文化局“道略演艺”的市场统计中，2016年北京营业性演出24 440场次中，戏剧类演出11 835场次，接近总演出场次的一半，吸引观众461.9万人次，其中传统戏曲观众84.7万人次，比2015年81.3万人次增长4.2个百分点，显示了北京确实是中国戏剧演出的核心城市。北京戏曲演出的持续增长得益于戏曲政策、戏曲理论、戏曲展演等方面共同形成的戏曲文化环境。特别是由北京市文化局主办、北京市演出有限责任公司运营的“北京市剧院运营服务平台”正式启动，5月12日，发布第一阶段入围演出剧目。该平台以政府购买服务的方式搭建公益演出平台，即由政府出资购买剧场资源，以零场租费或低场租费的方式提供给文艺院团，推动更多优秀舞台艺术作品进入剧场演出，并通过整体宣传营销和实行惠民票价的运营模式，降低演出成本和票价，让更多百姓走进剧院，共享文化成果。剧场、剧团、观众三方受益，极大地促进戏曲舞台创作成果的流动展示。这样的运营方式实现了单一剧种剧团的进京演出。例如2016年度演出的吕剧《逼婚记》、云南花灯《走婚》、甘肃秦腔《大秦文公》、越剧《寇流兰与杜丽娘》、易俗社秦腔《三滴血》等，都是借助这一平台展现于北京舞台上。

在2016年度的进京演出中，由相关省区市的宣传部、文化厅等主管部门组织的剧目演出活动，集中展示近年来这些省区市艺术创作的优秀成果。例如“‘同心筑梦·美丽河北’——河北省优秀剧目进京展演”（6.23—8.31），组织河北省14台优秀剧目（其中戏曲10台）进京演出，大部分作品是近年来的新创作品，特别是评剧、河北梆子的创作态势尤为强劲。2016年“‘北京故事’优秀小剧场剧目展演”（8.2—27），延续了2013年集中展示小剧场创作的艺术思路，专设“小剧场戏曲”的演出板块，在20台戏剧作品中，戏曲作品将近一半，显示了青年戏曲人才积极借助小剧场平台进行艺术创造的良好态势。“‘湘戏进京’展演”（8.8—9.20），集中展示近三年来湖南舞台艺术最高水准的12台剧目（其中9台戏曲），包括基层院团的创新剧目。“南方戏曲汇演”（8—10月）则将来自10个南方省区市的16个地方戏曲剧种在北京集中展演，力图推动戏曲的南北互动，打造首都地方戏展演中心的艺术凝聚力。“2016年吉林省优秀戏曲剧目晋京展演”（12.17—22），集中展示京剧、吉剧的4台剧目，剧目全部由优秀青年演员担纲主演，展现了吉林省新一代戏曲生力军的艺术实力。这些集中展示省区市新剧目创作的展演活动，借助政府推广的平台，集中呈现地方的创作人才和创作实力，是近年来地方戏曲艺术展现创作成绩的重要方式。

2016年度各地地方戏展演所引发的“河南（豫剧）现象”“江苏现象”“福建现象”“越剧现象”尤值得高度关注。

“中国豫剧优秀剧目北京展演月”（3.12—4.6）在将近一个月的时间里，集中展示了来自河南、安徽、山西、河北、新疆等地13家豫剧演出院团23场豫剧力作。作为发展态势最为良好的地方戏曲剧种，豫剧在中国13个省区市（包括台湾地区）拥有162家专业艺术团体、1 000多家民营剧团，俨然成为中国第一大戏曲剧种。此次展演活动荟萃了河南豫剧院所属4家豫剧团的14台剧目，展示了豫剧传统戏、新编历史戏和现代戏的编演成就，这正是豫剧的影响力从河南向全国辐射的力量源泉。包括新疆、安徽等地的豫剧院团在新创作品中，都会接受来自河南豫剧创作力量的支持与协助，由此促进了中国豫剧在整体上的团队协作和互助交流，形成剧种团队的合力。由中国艺术研究院、中国戏剧家协会共同主办的“中国豫剧　中国精神——豫剧传承发展研讨会”（4.8），充分肯定了河南豫剧多元的创作方向，以及由此引发的“豫剧现象”“河南经验”。豫剧发展经验实际也是中国戏曲在寻求现代转型时创造出的最值得珍视的艺术经验。豫剧遵循“三并举”政策获得的多元的剧目发展空间、遵循在地化发展路径获得的多元的艺术风格、遵循与现代媒体相结合获得的时尚化艺术创作手段，都为这个剧种的长足发展提供了条件。

“江苏省优秀现代戏剧市场推广演出（北京站）”（6.3—16），集中展示了江苏省11家剧团近3年来新创的12台优秀现代戏，囊括了江苏省7个地方戏剧种10台剧目，包括淮剧、扬剧、锡剧、淮海戏、越剧、滑稽戏、柳琴戏等剧种。这些剧种的新创作品广泛涉及了自近代至今的各类型题材，显示了现代戏创作不拘泥于宏大主题的唯一表达，例如《小镇》实现了外国题材中国化表达、传统道德现代化表达，将现实故事诉诸人物内心世界的剖析；《半车老师》《探亲公寓》则沿袭了现代轻喜剧的特色，让风格成为现代戏表现的内容，规避了当前现代戏创作中千篇一律描写好人好事的弊病，诸如此类，各具特色。特别是这些现代戏的剧种载体，基本上属于中国戏曲的近代范畴，在保持剧种古典特征的同时，对现代题材具有极大的包容性，因此，这些剧种也很容易驾驭现代生活的表现，张扬戏曲的现代品质，避免了时代题材对剧种传统技法表现力的冲击和破坏。这种根据剧种特质和地域审美所进行的现代戏创作，呈现出按照艺术规律进行创作的良好生态规律，同时也显示出现代戏逐渐成为各地戏曲共同创造的艺术品类，最值得戏曲界高度关注。特别是江苏地方戏曲依靠众多的现代戏编创人才和熟练表现现代戏的代表性院团，已经形成编演现代戏的良好舞台创作风尚，戏曲现代创作中的“江苏现象”值得借鉴和研究。

在大量展演新创作品的同时，不少省区市的戏曲工作者也关注到了传统经典的价值，侧重于戏曲传统的重新发现与现代呈现，成为2016年度重要的艺术风尚。陕西省文化主管部门策划的“‘国风·秦韵’——陕西省基层院团（稀有剧种）优秀剧目会演”（西安，7.7—8.5），展演11个剧种12台剧目，演出剧目多为传统经典或新编历史戏，张扬了古典特色浓郁的剧种品质。“‘2016粤戏越精彩’——粤剧与全省地方戏曲剧种交流演出暨学术研讨会”（2016.10.28—2017.1），分潮汕、粤西、粤东北和广州4个片区，集中展示全省现存11个地方剧种的经典折子戏、整理改编折子戏以及艺术水准较高的新编剧目，广泛地涵盖了广东省17个地区36个市县区52家演出单位的119个剧目，集中展现了广东地方戏曲的艺术底蕴。由中国艺术研究院参与主办的“第三届嘉陵江灯戏暨地方戏剧艺术节”（南充，11.7—13），主要展示以“灯戏”为代表的地方小戏，荟萃国内优秀传承团队，积极推动戏曲非遗项目的交流展示，众多潜藏于地方基层的珍稀剧种（如福建大腔戏、河南罗卷戏、湖北随州花鼓戏等）以及这些戏曲遗产的经典代表作，通过这个平台得以展现。在2016年度的经典剧目展演中，最为突出的是由中共福建省委宣传部、福建省文化厅主办的“福建百折传统折子戏展演”（7.20—31），该活动集中展演福建省现存21个地方戏曲艺术形态、39家剧团的137出经典折子戏，在这些展演剧目基础上，经过遴选的“福建地方戏经典折子晋京展演”（9.12—24）荟萃了其中10个剧种、19家院团的39出折子戏，在北京舞台上亮相，引发了经典传统剧目的观演热潮。在中国艺术研究院召开的展演座谈会上，戏曲界高度评价福建经典折子戏晋京的意义和价值，特别是在各省争相展演新创作品的时候，福建的戏曲传承者秉持着对传统经典的敬畏，展示了中国戏曲在福建的艺术传统和艺术传承，“福建现象”为充分张扬戏曲传统，对全国戏曲的传承发展，起到了很好的先导与引领作用。福建经典百折传统折子戏展演活动需要引起全国戏曲工作者的高度重视，特别是此次演出具有很强的学术性，充分展示出戏曲传承不仅是演员传承、团队传承，还包括学术传承。这是福建省艺术研究院和全省剧团一起合作，展示戏曲研究与传承实践紧密结合的艺术创造。此次展演凸显出几个关键词——折子戏、经典、传统，充分显现了折子戏的文化内涵及其对于剧种文化养成的作用。这些“福建经验”为重新理解戏曲传统、理解“三并举”中“整理改编传统戏”的意义，提供了智慧资源。

2016年是越剧诞生110周年，越剧被称作中国第二大剧种，越剧流布区的众多剧团举办了纪念活动，特别是其原生地浙江嵊州、成熟地上海的纪念活动显示了越剧多元的发展路径，也张扬了令人瞩目的“越剧现象”。浙江省文化厅主办的“纪念越剧诞辰110周年活动暨首届全国越剧戏迷大会”从3月27日开始在嵊州举行，来自全国越剧院团、演出剧场、各地民间越剧社团的代表，以及越剧传承人、研究专家等出席相关纪念活动。特别是戏迷大会汇聚了来自全国15个省市、20个地区的近300名戏迷代表参加活动。与此同时，“中国越剧诞辰110周年暨‘越看越来电’——2016首届中国越剧电影展”在浙江小百花剧团开幕，展示了浙江小百花越剧团演出的越剧电影《梁山伯与祝英台》。而上海越剧院策划演出的“‘越从海上来’——上海越剧院2016年新剧目北京展演”（5.10—15），则集中展示该院《甄嬛》（上、下本）、《风雪渔樵记》和《双飞翼》三台四场大戏，用影响广泛的新创作品表达对越剧传统的礼敬。包括绍兴小百花越剧团、杭州越剧院在内的众多越剧表演团体也开展丰富的演出纪念活动。在2017年春节将近之际，荟萃浙江省著名越剧团队组团进京展演，为越剧诞生110周年纪念画上了圆满句号。一系列纪念活动显示出越剧界在越剧两个传统之间进行的多元的艺术创造，此二传统即：中国戏曲悠久的古典传统和中国戏曲的现代传统。在此二传统中，越剧形成了多元的文化生态环境，在广大的江南农村，越剧紧密地嵌入传承既久的民俗生活中；在不断更新的现代城市文化生活中，越剧更多地吸引着都市年轻人的浪漫幻想，特别是以上海越剧院、浙江小百花越剧团、浙江越剧团、杭州越剧院、宁波小百花越剧团为代表的越剧艺术引领者们，拓展着更大的发展空间，寻求创造更具现代品质的戏曲道路。特别是城市越剧走在了越剧不断寻求现代突破的前沿，最值得当前中国戏曲所有前行者借鉴学习。在浙江省嵊州市打造越剧生态区的进程中，当代越剧在发展中产生的多种成功探索，以及各地越剧社群为越剧所做的各种成功努力，如越剧的“嵊州经验”“小百花现象”“杭越现象”，越剧的京津生存经验、越剧演唱唐诗的“进校园”方式，等等，都成为越剧与现代社会相偕并进的重要内容，值得其他戏曲剧种高度重视和学习。

上述四个方面的突出现象，实际是中国戏曲在寻求剧种发展、传统保护、时代创新、现代化创造方面，具有引领意义的文化现象。其中经验也许不可复制，但立足戏曲流播地域的文化接受规则，寻求院团发展的个性化途径，葆有戏曲核心的艺术传统，拓展戏曲潜在的发展空间，却是这些戏曲现象共同呈现的发展规律。2016年度其他相类的剧种展演和研讨活动，例如“‘上海的声音’——第二届上海（浦东）沪剧艺术节”（6.11—17）在全面展示沪剧表演院团艺术创造力时，也以“与城市同行，与时代同步”来凸显沪剧作为“上海的声音”的文化价值，力图强化沪剧在上海城市发展进程中的现代品质，寻求沪剧在现代城市中的发展道路。再如“‘靖烨杯’山西省第二届祁太秧歌大赛”（2016.12—2017.1）全面调动祁太秧歌在晋中地区的艺术爱好者，用比赛的形式促进祁太秧歌的普及提高和创新发展，以期拓展这一剧种在原生乡土中的生态空间。这些剧种活动正与前述四个现象所呈现的文化诉求是一致的，强烈的地域特色张扬了戏曲在原生本土的生存规律。

值得注意的是，众多戏曲传承单位在2016年度迎来了建团庆典，例如福建省芳华越剧团建团70周年、浙江省婺剧团建团60周年、山西省京剧院建团60周年等，这些代表性院团的周年庆典，集中地展现了对前辈艺人艺术人生的追怀、对历年艺术创作成就的回顾以及对院团未来发展的展望，实际张扬了戏曲表演院团历经成长、波折之后不可动摇的艺术自信。这些新中国成立前后成立的戏曲院团发展至今，不但成为剧种的形象名片，而且成为中国戏曲的文化名片，最值得戏曲界、文化界珍爱呵护！

三、戏曲学的导向与偏向

戏曲学科学术研究在2016年一如既往地按照学术规律展开。随着文化部对《关于支持戏曲传承发展的若干政策》的具体实施，全国戏曲普查工作在2016年度全面推进，基本数据得到采集整理。剧种、剧团相关数据的著录和普查，揭示了中国戏曲真实的生存面貌，为戏曲艺术的理论研究提供了基础数据。这在某种程度上，为全面梳理中国戏曲的艺术家底、推进中国戏曲的理论研究，提供了重要的学术保障。

《中国艺术研究院学术文库》由时代华文书局出版发行，该丛书在2013年以来的3年内，出版了中国艺术研究院在职和离退休学者的代表性学术著作115部，其中戏曲研究专著25部，占据了五分之一强，显示出戏曲研究是该院学术研究的重要领域。中国艺术研究院的戏曲研究历时65年，形成了所谓的戏曲“前海学派”。2016年3月31日，中宣部部长刘奇葆同志在中国艺术研究院专门调研戏曲研究成就，显示出对该院戏曲史论建设的高度重视。关于“前海学派”理论建构的研究，成为2016年度戏曲学理论建设的重要课题。

“前海学派”是中国戏曲进入现代转型以后，以强烈的文化自觉进行理论创新的一个学术团队，从国家戏曲文化传承和创造的角度而言，“前海学派”在65年中实际履行着国家戏曲智库的重要作用。从20世纪50年代以后，戏曲理论研究者以清醒的理性和自觉，面对中国戏曲崭新的发展契机，以适应时代精神的学术团体为依托，对艺术传统进行挖掘、整理、传承、革新，逐渐形成符合戏曲艺术规律的理论术语与学术范畴，这造就了“前海学派”的重要使命，即以体系化的理论建设推动中国戏曲的现代转型，全面实现传承与创造的良性兼容与有序发展。经过数十年的发展，“前海学派”始终保持着稳定的团队协作精神，用前后相续的学术成果，实现着戏曲理论体系的不断充实和完善。理论源于实践、理论联系实践、理论指导实践，已然成为这个团队独树一帜的方法和视角。特别是在张庚、郭汉城等先生的引领下，“前海学派”在实践中始终把握教学、科研、创作相互结合的思路，他们的学术思想和学术成果对遍及各地的戏曲理论工作者和戏曲艺术传承者产生了重要影响，同时引领戏曲理论界始终面向不断发展变化的戏曲，面向不断累积的戏曲理论，面向国家视野中民族艺术的走向，由此建设多元开放和独具民族化风格的戏曲理论体系。“前海学派”用民族化的戏曲术语概括中国戏曲传承既久的艺术思维，弘扬中国戏曲源远流长的艺术精神，将中国戏曲艺术的民族化建设塑造成一项伟大的系统学术工程。保持中国戏曲的民族品格，探索中国戏曲的民族理论体系，正是“前海学派”长期从事并已初见成效的工作。2016年7月13日至14日，由中国艺术研究院主办、中国艺术研究院戏曲研究所等承办的“‘前海学派’与中国戏曲：郭汉城先生对中国戏曲的贡献”学术研讨会在中国艺术研究院举行。会议深入探讨了郭汉城先生对中国戏曲的贡献，总结“前海学派”的理论成就，从多个角度阐明这些贡献和成就对当代戏曲传承与发展的重要推动作用，尤其是中国艺术研究院戏曲研究所中青年研究人员从多元角度总结“前海学派”的研究方法与研究成果，显示了该学术团体对于当前戏曲理论研究的深刻思考。

2016年度由中国艺术研究院戏曲研究所承担的国家级学术项目《中国大百科全书·戏曲》，广泛团结全国戏曲界的学术力量，按部就班地全面推进，第一批词条已经提供网络使用，项目预计2017年底结束。《中国大百科全书·戏曲》第三版在2014年立项，采用信息技术和网络技术，全面展示十数年来的研究成果，条目数量扩增至4 000余条，极大地扩展了知识容量和记录规模，通过文字、图片、音频、视频等多元内容，全面展现戏曲艺术的面貌，这一版本采用了网络版，极大地拓宽了知识词条对读者的普及程度。以戏曲研究的“国家队”来整合全国优秀学术力量，实现国家项目的集体攻关，代表了学术研究的一种重要思路和方法。

作为“前海学派”的学术延续，《昆曲艺术大典》的出版再一次推进了“前海学派”的戏曲学术成就。《昆曲艺术大典》编纂工程于2004年正式启动，是国家“十一五”“十二五”重大出版工程项目，历经12年的编撰工作，最终出版。全典共149卷，版面字数约为9 005万字，收录了昆曲在历史上的文字文献、谱录文献、图片资料、音像资料等重要艺术遗存。作为昆曲艺术申报人类非物质文化遗产代表作的申报单位，中国艺术研究院的戏曲研究机构一直高度关注以昆曲为代表的戏曲艺术，数十年如一日地搜集整理戏曲艺术资料，并且与戏曲院团密切协作，推动理论与实践的彼此交融。联合国教科文组织总干事伊琳娜·博科娃在《昆曲艺术大典》出版祝词中指出，该书“不仅在昆曲文化遗产的保存和传承方面具有不可替代的价值，其编纂和出版本身，也为非物质文化遗产在国际范围内的保护做出了示范性的榜样”。《昆曲艺术大典》的出版发行，当然也为中国戏曲其他剧种的艺术整理提供了学术样本。面对戏曲艺术资源不断流失、不断毁损的现实，戏曲界需要以《昆曲艺术大典》的整理工作为发端，全面完成对中国戏曲艺术资源的整理、对中国戏曲艺术体系的建设。

相关文化主管部门、文化艺术研究机构的工作，也在持续推进中国戏曲艺术体系的完善，例如，河南省文化厅主办的“河南艺术名家推荐工程”，持续对河南戏曲创作领域的名家进行集中研讨和文献出版，及时地保存并探讨了河南地方戏曲工作者在当代的艺术创造。再如，由文化部与北京市人民政府共同主办的中国京剧优秀青年演员研究生班（简称“青研班”）创办20周年纪念活动，概括介绍了从1996年起连续6届青研班、15个剧种、50多家戏曲院团、229名优秀学员的舞台艺术，相关的展演、座谈会、研讨会（9.17—10.8）对“制度创新，符合戏曲教育规律”的“青研班现象”[①]进行了理论总结。这些活动将戏曲理论研究视角聚焦到当前正在进行的艺术实践，显示了丰富的戏曲创作对戏曲理论提出的要求。

毫无疑问，全国戏曲理论界在学科建设方面虽有侧重和突破，但学科发展的长足推进力是不足的，尤其是体现在2016年度的汤显祖、莎士比亚逝世400周年纪念活动中。

汤显祖与莎士比亚的双峰并峙，早已经是文史界的共识，关于汤显祖的纪念活动亦相继不断。特别如浙江省遂昌从2006年至今，连续举办七届汤显祖文化节，显示了中国人对于这位文化先贤的崇敬与纪念。2016年成为中国戏剧界的“汤莎年”，与国家和地方政府大力地调动组织密切相关。从2016年年初由上海戏剧学院、上海人民出版社、上海古籍出版社三方联合举办“《汤显祖集全编》《汤显祖研究丛刊》新书发布会暨学术研讨会”开始，一直到2016年12月31日在北京、南京分别演出北昆版《临川四梦》和南昆版《临川四梦·汤显祖》，并由江苏演艺集团等单位于2017年1月1日主办“南京·汤显祖文化高层论坛”，2017年1月4日开启的广州新年诗会为农历丙申“汤显祖·莎士比亚2016广州戏剧文化年”画上句号，标志着2016年度中国举办汤莎逝世400年纪念活动圆满落幕。一年来的纪念活动遍及海内外，可以说，2016年成为中国人名副其实的“汤显祖年”。

在这一年中，在汤显祖的居官地遂昌举办了“2016浙江遂昌汤显祖文化节暨汤显祖、莎士比亚逝世400周年纪念活动”（4.8—10）；在汤显祖贬谪地广东徐闻举办了“岭南行与临川梦——汤显祖学术广东高端论坛”（6.22—23）；在汤显祖家乡抚州以“一往而深，筑梦临川”为主题，举办了“2016年汤显祖逝世400周年纪念活动暨第三届中国（抚州）汤显祖艺术节”“2016中国抚州汤显祖剧作展演暨国际高峰学术论坛”（9.23—27），以及“杜丽娘返乡省亲晚会”“2016国际戏剧大师汤显祖文化传播研讨会”（12.20—21）等25项纪念活动，以这些大的纪念活动为主体，由相关戏曲表演团体、高校、研究所等机构主办的汤显祖剧作演出、规模不等的汤莎纪念研讨会等活动接连不断。中国驻海外近30个中国文化中心全球联动，同步举办“‘跨越时空的对话’——纪念汤显祖和莎士比亚”主题活动，以主题展览、戏剧表演、学术讲座、学术研讨等150余场活动，着力向世界推介汤显祖的思想和艺术创造，提升了汤显祖的国际影响力。尤其是由文化部主办的“‘临川四梦’——纪念汤显祖逝世400周年优秀剧目展演”等系列活动（7.16—9.5），集中展现4家昆剧院团7场演出，规模盛大，堪称壮举，以及文化部主办的“纪念汤显祖逝世400周年座谈会”（9.14）、“‘跨越时空的对话’——中英纪念汤显祖、莎士比亚逝世400周年研讨会”（12.6），中共中央政治局委员、中央书记处书记、中宣部部长刘奇葆和中共中央政治局委员、国务院副总理刘延东分别出席并发表重要谈话，成为2016年度最高级别的汤显祖纪念活动。

纵观一年的汤显祖纪念活动，可以清楚地发现，中国戏曲界力图通过戏曲创作演出的方式，用艺术精湛的舞台创造来回应国家、社会和时代对中国戏曲精神的召唤；戏曲理论界亦通过学术的持续推进，来张扬汤显祖对于当代中国戏剧、当代中国文化的价值。正如王安奎在《汤显祖没有离开我们》一文中指出的：“纪念汤显祖，就是要弘扬汤显祖的精神，努力创作为人民所欢迎并且能够传之久远的作品。期待我们戏剧的高原不断扩大，并且能耸立起如汤显祖一样的高峰。”今天的纪念当然是期待中国戏曲界能够以高度的文化自信，来积极地延续中华传统文化的精神命脉和艺术命脉；当然也是期待通过中国戏曲人的共同努力，将中国戏曲的艺术遗产在世界范围内让人类共享。

事实上，具体的艺术实践和理论探索，与艺术高峰、学术高峰还存在着差距，在众多的汤显祖研究论文中，能够充分阐释汤显祖艺术精神的理论精品总是有限，这更加提醒戏曲理论研究者在汤显祖400周年纪念结束之后，不但要深入思考如何长效推进以汤显祖为代表的中国传统戏曲精神的发掘和

---

① 参见罗云川《“青研班”何以成为一种现象》，《中国文化报》2016年10月18日。

研讨，而且要深入思考如何全面地推进中国戏曲史论研究更上层楼、精益求精。例如，2016年度戏曲理论批评的现象：各地开始大量涌现出以“理论与评论人才培养”为主题的项目，以开班授课的方式来培训相关领域的理论人才，尤其是中国戏曲学院承担的2016年国家艺术基金人才培养项目“戏曲评论高级研修班”，在近三个月的时间里将观摩、讲座、评论相结合，以推进理论人才的培养和提升，而其他大多数的此类研修班远远未能达到如此严肃紧张的学习节奏。如果观察这些大多带有“速成”期待的研修班，就能发现：长效的理论养成在当前已经变得比较难得，对于人才的诉求与呼唤似乎已经让戏曲理论界淡忘了理论提升所具有的时间标准和质量标准。因此，重温习近平总书记在哲学社会科学工作座谈会上的讲话，就应该高度重视他对当前哲学社会科学发展的局限和问题的意见，即他所指出的：发展战略还不十分明确，学科体系、学术体系、话语体系建设水平总体不高，学术原创力不强；培养教育体系不健全，学术评价体系不够科学，管理体制和运行体制还不够完善，人才队伍总体素质有待提高。诸如此类问题显然是包括戏曲学科在内的艺术学科所共同面对并需要加以突破的。反观2016年度关于“前海学派”的建设反思，应该说，在契机与危机并存的发展道路上，戏曲理论的总结、提升与引领始终是中国戏曲良性发展的重要基础，以“前海学派”为代表的戏曲理论界面对着的是一个具有极大拓展空间的理论体系、艺术体系，中国戏曲理论界应该保持冷静的学术反思，以积极的学术建设，真正切实有效地推动中国戏曲理论体系的构建。

四、国家平台与国家导向

2016年度是戏曲界艺术创作和艺术展演的大年，在国家文化政策范畴中，戏曲的价值被大力强化，除京剧、昆曲之外，地方戏曲艺术的创作成就也被充分地肯定。虽然2016年度的京剧、昆曲艺术继续保持着创作和展演热情，不乏佳作力作和热点事件，例如，中国昆剧古琴研究会策划举办的“南昆正宗：昆剧名家经典展演”（6.10—13）、中国昆剧古琴研究会与中国艺术研究院戏曲研究所主办的“‘传统与现代’——中国昆曲艺术保护与发展国际学术研讨会”暨“‘雅乐正声’——首届全国昆曲曲社曲友雅集”（10.15—18）、江苏省演艺集团等主办的“首届紫金京昆艺术群英会”（11.30—12.18），都成为2016年度重要的京昆活动。但从国家的角度而言，2016年是特点鲜明的“地方戏曲年”。

在2016年公布的总计966项国家艺术基金2016年度资助项目中，包括了146项“大型舞台剧和作品创作资助项目”，其中戏曲项目总计49项①；159项“小型剧（节）目和作品创作资助项目”，其中小戏曲项目38项；223人组成的“青年艺术创作人才资助项目”，其中戏曲编剧创作人才13人；151项“传播交流推广资助项目”，其中戏曲类项目32项②；99项“艺术人才培养资助项目”，其中戏曲类项目

① 包括京剧4项、昆剧1项、地方戏曲44项。地方戏曲涉及晋剧、吉剧、闽剧、河北梆子、长沙花鼓戏、赣剧、武安平调落子、漫瀚剧、湘剧、秦腔、婺剧、歌仔戏、川剧、山东梆子、豫剧、藏戏、淮海戏、壮剧、上党梆子、淮剧、新疆曲子戏、黄梅戏、白剧、茂腔、平弦戏、蔚县秧歌剧、花灯剧、越调、越剧、蒲州梆子、眉户戏、二人台、邕剧、楚剧、陇剧、采茶戏等36个剧种的作品。

② 包括沪剧《挑山女人》传播交流推广、河北梆子《六世班禅》传播交流推广、“花开桃李梅”——十二地方戏曲剧种同城汇演越剧、《我的娘姨我的娘》传播交流推广、海路遗风·越剧万里行、祁剧《目连救母》传播交流推广、“昆曲荣耀”——北方昆曲剧院60华诞全国巡演、锡剧《珍珠塔》传播交流推广、越调《老子》传播交流推广、豫剧现代戏精品剧目巡演、越剧《莫愁女》传播交流推广、黄梅戏《大清名相》传播交流推广、京剧《黔人端菜》传播交流推广、楚剧《万里茶道》传播交流推广、“塞上明珠”——宁夏秦腔名剧黄河九省区巡演、京剧《天道行》传播交流推广、粤剧艺术中国行、新疆曲子戏《哈哈泉子的户儿家》传播交流推广、藏剧《六弦情缘》传播交流推广、“陇原情·系万家”——陇剧精品剧目巡演、京剧《生死愿》传播交流推广、“中国梦·道情情”——全国道情戏交流演出、京剧《七个月零四天》传播交流推广、曲剧《陈三两》传播交流推广、“走进太行山”——农村题材优秀剧目巡演、柳琴戏《沂蒙情》传播交流推广、评剧《小英雄雨来》冀东老区巡演、锡剧《一盅缘》传播交流推广、“互联网+地方戏曲”传播推广平台构建、“互联网+京剧”大数据建设与推广、运河戏曲数字博物馆、国粹“京”艳——京剧数字艺术展。涉及京剧、昆曲、沪剧、河北梆子、越剧、祁剧、锡剧、越调、豫剧、黄梅戏、楚剧、秦腔、粤剧、新疆曲子戏、藏剧、陇剧、道情、曲剧、柳琴戏、评剧等剧种。

32项[①]。戏曲项目在所有资助项目中占比近17%，居于各类艺术项目的前列。这些涉及众多戏曲剧种和戏曲形态的项目，实际上从国家层面确立了中国戏曲诸剧种作为国家艺术的艺术标准。这正与数十年来中国戏曲一直居于中国舞台艺术的核心位置密切相关。

2016年度由文化部主办的诸多演出活动，极大地提升了对中国戏曲尤其是对地方戏曲的扶持力度。由文化部推动的2016年度全国舞台艺术重点创作剧目、2016年度国家舞台艺术精品创作重点扶持剧目的遴选，力图在作品中坚持以人民为中心的创作导向，将社会效益放在首位，秉持正确的政治观、思想观、艺术观，创作思想精深、艺术精湛、制作精良的艺术精品。这一理念也集中体现在“第十一届中国艺术节”（10.15—31）的评奖工作中。

在进入中国艺术节评选的57部作品中，京剧、昆曲和地方戏剧目有25部，所占比例将近一半，显示出戏曲仍然是当代中国舞台艺术中最具创造性、最具影响力的艺术样式。而其中地方戏曲作品19部，呈现出旺盛的创作活力。这些戏曲参选作品汇集了近年来中国各省区市戏曲创作最高水平的作品，尤其是豫剧《焦裕禄》、评剧《母亲》、淮剧《小镇》以及京剧《西安事变》《康熙大帝》最终获得第十五届文华大奖。这几部作品在符合戏曲创作的“国家导向”的同时，实际上呈现出丰富多元的艺术创新。《焦裕禄》塑造了中国共产党优秀干部的楷模焦裕禄，以冷静而深沉的人民情结，一改以往好人好事、英雄模范的惯用创作模式，将叙事视角集中在焦裕禄与基层群众苦乐悲欢的时代生活中，张扬党员干部应该具有的精神操守与行为准则，成功塑造了徘徊在错误风气和正确理想之间进行精神抉择的基层干部形象。《母亲》回避了抗战题材在处理家国矛盾时的惯常技法，展现农村母亲在不断失去儿子、丈夫的痛苦中，对于土地和亲情的态度，用浓郁饱满的情感抒发，表现家国沦丧中广大民众的悲情和痛苦，以及在亡国灭种的危机中激发出来的怀乡护土、保家卫国的生命自觉。《小镇》聚焦当代中国的道德重建和人心世界的悸动变化，通过对人性与道德的考问，呼唤现代社会的理性与宽容，展现道德的深刻自省与人性的觉悟升华，成功地实现了国外文学经典的民族化创造和对传统道德观念的创新性拓展。《西安事变》和《康熙大帝》，一今一古，紧扣国家民族发展的大势，表现国家命运危亡之际的历史经验与时代发展趋向，尤其是通过流派艺术、传统技法拓展了新题材的舞台表现力。除此之外，在入选作品中，秦腔《狗儿爷涅槃》通过狗儿爷的生命遭际，展示2 000年来中国农民对土地的梦想和眷恋，是中国社会从传统到现代转型过程中农民心灵史的史诗再现；黄梅戏《小乔初嫁》通过民间视野来透视家国变乱以及柔弱的生命个体在危亡之际所承担的国家伦理，将黄梅戏不擅长的家国袍带题材、不完备的行当表演予以成功的拓展；湘剧《月亮粑粑》通过乡村女教师数十年的职业坚守，将普通人在日常工作重复中焕发出的生命情怀予以酣畅淋漓的挥洒。此外，晋剧《于成龙》、芗剧《保婴记》、评剧《安娥》《红高粱》、川剧《尘埃落定》，以及申报剧目中的沪剧《邓世昌》、吕剧《回家》、商洛花鼓《带灯》、梨园戏《御碑亭》，都显示出独特的艺术匠心和创作水准。

由中宣部文艺局、文化部艺术司主办的“全国梆子声腔优秀剧目展演”（9.28—10.19），汇聚了梆

---

① 包括戏曲评论高级研修班、全国艺术研究院（所）青年戏曲理论研究人才培养、昆剧《十五贯》娄阿鼠戏曲丑行表演培训班、京剧《野猪林》表演人才培养、评剧《秦香莲》表演人才培养、越剧《五女拜寿》表演人才培养，中国戏曲传统化妆、服装技术培训，京剧奚派表演人才培养、河北梆子武戏人才培养、全国豫剧常派艺术研修班、昆曲侯派艺术培训班、京剧叶派武丑青年演员培训、晋剧“丁、牛、郭、冀”流派人才培训、辽宁地方戏曲表演艺术人才培训、川剧中青年演员培训班、豫剧桑派表演人才培养、河北梆子音乐创作人才培养、藏戏培训班、山东梆子《墙头记》青年表演人才培训班、潮剧表演人才高级研修班、广西戏曲乐师人才培养项目、陇剧人才培养、秦腔青年表演人才培养、云南花灯《白扇记》表演艺术人才培养、黄梅戏伴奏人才培养、安多藏戏培训班、杖头木偶表演人才培训班、赣剧青年表演人才培养、楚剧音乐创作培训班、越调申派青年表演人才培养，云、贵、川地方戏表演艺术人才培训，晋剧《富贵图》青年表演人才培养。涉及京剧、昆曲、评剧、越剧、河北梆子、豫剧、川剧、藏戏、山东梆子、潮剧、陇剧、秦腔、云南花灯、黄梅戏、安多藏戏、赣剧、楚剧、越调、杖头木偶等戏曲剧种、流派艺术、剧目、音乐、行当以及理论评论等人才培养。

子腔21个剧种的32台优秀舞台作品。演出的剧目集中了传统戏、新编历史戏、现代戏的优秀代表作。由中宣部、文化部联合举办的“全国基层院团戏曲会演”（7.5—8.3）选调了全国31家基层院团（绝大多数为县级剧团，包括3家民营剧团）的31台精品剧目，涵盖了26个地方剧种或民族剧种，剧目中现代戏的比例超过50%，共有17台。

透过以上相关的国家平台所展示的戏曲艺术，可以清晰地看到：1. 中国戏曲的创造力仍然活跃，尤其是地方戏曲的创作水平非常突出；2. 在国家平台上展示的戏曲作品固然以宏大主题、主旋律作品为主，但是戏曲艺术在舞台呈现中仍然保持着题材、剧种、舞台再现等方面的多元创作趋向。国家主题，地方表达，正将艺术的国家标准与戏曲的个性化表现充分结合起来。即便在一人执导多部戏，如著名导演张曼君在中国艺术节上的五部作品，基本保持着“一戏一品”的高水平创作水准；3. 现代戏创作成就不容忽视，尤其是地方戏在表现现代题材方面游刃有余，已经具有成熟的表现技法，并且因剧种不同而呈现各具特色的艺术趋向；4. 少数民族戏剧的创作仍然不乏佳作，特别是在“第五届全国少数民族文艺会演”（8.16—9.14）中，傣剧、藏戏、壮剧等少数民族剧种保持着突出的创作活力，而汉族戏曲剧种创作的少数民族题材剧目仍然是戏曲创作一个不可缺少的题材领域；5. 传统戏和新编历史戏虽然在2016年度舞台创作中成果不够突出，但作为张扬剧种个性、展现戏曲古典情怀的载体，这类作品的欣赏趣味仍然是观众审美的重要内容，尤其是在中国戏曲的对外文化交流中，最能够展示戏曲的中国特色和文化品位。

在2016年度的国家艺术平台中，由文化部主办的“第十八届中国上海国际艺术节”（10.12—11.15），在42台舞台作品中，展演了北京京剧院、张军昆曲工作室、上海昆剧团、北方昆曲剧院、河南豫剧院青年团、太原实验晋剧院、天津评剧院、安庆市黄梅戏艺术剧院、浙江小百花越剧团、福建省实验闽剧院、泉州市木偶剧团的11部新创剧目。同时创意演出“‘600分钟600年’——中国戏曲经典名家盛荟”（10.21—23），汇集了7个省市、9个剧种、14位戏曲名家，展示中国戏曲经典代表作。这一国家艺术平台立足于现代都市上海的城市品位和国际化视野，在国际戏剧交流活动中，推出中国戏曲新创作品和戏曲新人，同时保持中国戏曲的民族品格与传统韵味，体现了将中国戏曲向世界舞台推广的导向。当然，如果参考2016年度由巴黎中国文化中心主办的“第七届巴黎中国传统戏曲节”（11.21—28）的演出标准：面对纯粹的外国观众、展现纯粹的中国故事和中国剧目、采取市场售票的方式、在国外城市的主流剧场演出，那么中国戏曲的推广将需要更加细致周到的市场评估，需要更加理性的剧目创作导向，需要更加吸引世界眼光的中国表达。

必须看到的是，以在国家平台上戏曲创作追求一定艺术高度的目标来衡量，中国各戏曲剧种的创作局限仍然比较明显：1. 剧种创作能力不均衡，在剧本文学和舞台创造上的平庸作品普遍存在；2. 剧种在秉持以人民为中心的创作导向时，比较多地出现对社会主义核心价值观、主旋律题材的简单化图解和粗糙化处理，多元化的戏曲风格仍显不足；3. 以“三并举”为中心的创作实践有所失衡，传统戏、新编历史戏的整体创作水准有所下降；4. 剧种个性在创新剧目中体现得不够充分；5. 丰富多元的行当艺术、精彩绝伦的技艺表现（武戏、特技）在戏曲舞台上被不断边缘化。

综合2016年度戏曲发展状况以及戏曲理论水平，在未来的戏曲扶持、推广工作中，需要高度重视以下几个方面：

1. 高度重视戏曲创作中以“三并举”为基础的多元创作方法，在大力完善现代戏创作的同时，要提高传统戏的技艺水平，增加剧种经典代表作的演出和推广力度；强化新编历史戏延续传统艺术品位的作用和作为；鼓励青年人才在积极探索小剧场戏曲的创作中，出人、出戏、出精品。尤其是符合剧种品格的经典作品，集中呈现剧种个性，既存在于大量的传统戏中，也需要在新创作品中被打磨出来，多元的创作方法不只产生市场转瞬即逝的消费品，同样也会催生紧贴时代和观众的艺术佳作。

2. 高度重视戏曲艺术体系的完整性再现，保持中国各类型戏曲样式在艺术呈现中的个性化表达，增强戏曲剧种的文化自觉，用规范严谨、精彩多元的舞台演出，来张扬戏曲剧种的文化品格。这种由剧种传承者群体共同认定的剧种文化品格，实际上就是充分尊重戏曲作为团队艺术的规律，按照戏曲剧种借助多元行当、整体协作来展示舞台创作。尤其是当前的舞台创作普遍呈现出行当艺术萎缩、戏曲技艺不断退化的艺术困境，每一个戏曲剧种独特的文化品格是需要通过戏曲传承者们及其舞台创造来实现的。

3. 高度重视经典剧目对推进中华优秀传统文化走出去的作用和价值，打造中国戏曲的“国家典藏”，将中国戏曲经典代表作以及当代创作的精品力作，纳入国家艺术的范畴，张扬中国戏曲多元的艺术价值，推动戏曲的“国家典藏”在国际舞台上充分展示中国故事、中国精神和中国传统。

4. 高度重视戏曲传承发展中的“专业化”特点，倡导“专业化保护”的艺术理念，探索符合戏曲传承发展规律的保护道路，充分尊重戏曲在技术层面和艺术层面的表演传统，综合“口传心授”和“学校教育”等教育成就，强化戏曲教育所秉持的“专业化”标准，提高戏曲后续传承人的职业水准和艺术境界。

5. 高度重视戏曲代表性团队和代表性传承者在戏曲传承发展中的作用，尤其是在2016年度，众多戏曲大家名家相继辞世，戏曲传承的任务更显艰巨，剧种代表性团队及其代表性传承者作为不可偏废的两个要素，要成为戏曲传承的核心内容。在此前偏向于戏曲代表性传承人的工作基础上，着力强化戏曲代表性团队的作用。

6. 高度重视戏曲史论研究在戏曲工作中的指导作用，鼓励戏曲史论研究对戏曲艺术遗产的挖掘、整理带动中国戏曲各剧种的传承者、研究者全面投入戏曲艺术遗产的记录整理工作中，实现对戏曲表演体系的理论研究与总结。

王馗　中国艺术研究院戏曲研究所所长、研究员

文化自信：2016戏曲创作演出纵览

◎ 傅谨

一

刚刚过去的这一年，“文化自信”显然最适宜被用作这一年度戏曲领域的关键词，它足以准确地总结与归纳这一年戏曲的特点。把“文化自信”看成贯穿这个年度戏曲创作演出的中心，几乎成为戏曲界的共识，这是改革开放30多年来出现的极为令人欣喜的转变。文化自信体现在戏曲创作演出的方方面面，其中最直接也最显要的表现形式，就是戏曲艺术家们数十年来第一次普遍表现出对戏曲特有的风格、手法以及戏曲传统之价值的高度认同。

文化部和陕西省人民政府共同主办的“第十一届中国艺术节”，无疑是2016年戏曲界最重要的展演活动。参与本届中国艺术节大型展演活动的作品多达57台，其中有25台戏曲剧目被选中参加艺术节的正式演出，接近全部参演剧目的一半，其中戏曲剧目，尤其是京剧、昆曲之外的地方戏，参演剧目的艺术水平，明显高于其他门类，这是专家和观众非常一致的判断与评价。而戏曲剧目的创作演出水平之所以表现出突出的优势，背后的根本原因，就是有着上千年历史积淀的戏曲本身的魅力获得了比以往更多的展现机会。

参加“第十一届中国艺术节”展演的戏曲剧目中，现实题材剧目也即一般所谓“现代戏”的比重较大，获得文华大奖的5台戏曲剧目里，只有京剧《康熙大帝》描写的是古代题材，其他剧目，包括3台地方戏，都是通常所说的“现代戏”。这样的结果固然出乎人们的意料，但是客观地看，近年来现实题材戏曲新剧目创作的进步，确实令人刮目相看。

现代戏创作演出的明显进步，首先源于对戏曲传统表现手法的自觉运用，而这样的趋势，是以戏曲现代戏的创作主体们对戏曲传统手法的价值认同为前提的。在文华大奖评选中名列榜首的豫剧《焦裕禄》就是一个最为显著的例证。该剧由河南豫剧院三团创作，贾文龙主演。20世纪50年代以来，河南豫剧院三团一直在现代戏创作演出方面有突出成就，在戏曲界有口皆碑。从1958年首演的《朝阳沟》到前些年的《村官李天成》，都产生过非常大的影响。但河南豫剧院三团因在现代戏创作演出中获得巨大成功的模式，与20世纪五六十年代以及改革开放以来戏曲理论界的一般认知，是存在明显差异的。数十年来，业内人士一直对戏曲现代戏的“话剧加唱”有诸多批评，然而，走“话剧加唱”的道路恰恰是河南豫剧院三团的特点，他们数十年前就形成了用“话剧加唱”的方式创作现代戏的特点，并且以这样的方式持续推出数十部作品，因此而成为戏曲界现代戏创作的一面旗帜。河南豫剧院三团这样的创作演出实践，是以20世纪中叶开始进入中国的苏俄现实主义戏剧观念为基础和支撑的，表演上的基本取向贴近于写实，力避以戏曲传统的表现手法塑造人物和推进剧情。在一个相当长的时间段里，河南豫剧院三团的这一取向确实受到鼓励，但是问题也显而易见，那就是除了唱腔以外，豫剧原有的丰富多样的表演手段，在这些新创作的现代戏里很难得到充分发挥，因此剧目的成功是以消解剧种特色为昂贵代价的。然而最近该院获得高度评价的《焦裕禄》，一改三团的原有模式，其中最有代表性的就是从表演身段、音乐唱腔到舞台风格，均呈现出更浓郁的民族风格。在“植树”“抗洪”等重要场次里，主演贾文龙率领演员们充分利用戏曲的功法，用各种翻扑跌打的手段，演出了主人公和群众扛树栽苗、扛沙包抵御洪水等一系列基于传统功法的身段，极具舞台效果；当然，同样的手法也经常出现在该剧的其他多个场景里，使得豫剧《焦裕禄》在河南豫剧院三团的众多创作剧目中，呈现出截然不同的风格。而这一表现手法体现了他们对戏曲现代戏的舞台形态重新认识，正与当下戏曲界的整体追求相吻合，汇入了戏曲界重新确立对中国式叙事结构和表现手法之深切认同的大趋势。

这里所说的大趋势，就是在现代戏创作中自觉地运用戏曲的尤其是本剧种特有的手法。多少年以来，戏曲理论家们一直强调现代戏的创作与表演需要更贴近生活和贴近人物，而传统的功法会成为达成这一目标的障碍。然而事实并非如此，不仅当年在“样板戏”的创作中，传统功法得到大量有效的运用，在近年的现代戏创作中，将传统功法化用于现当代生活的舞台表现中，更是优秀的导演和演员的普遍追求。从2016年的创作演出角度看，秦腔《狗儿爷涅槃》、评剧《母亲》、川剧《尘埃落定》等优秀剧目，都因为戏曲本体化手法在新创剧目中被自觉、成功地运用，深获好评。

现代戏对戏曲本体化手法的大量运用，打开了历史题材剧目创作的广阔空间。背离戏曲的表演美学规律生活化的戏剧观，不仅在现代戏创作演出中长期居于统治地位，其实也不可避免地影响历史题材新剧目的创作与表演。戏曲回归本体的趋势则与之恰好相反，它当然是从历史题材剧目领域开始，并且在取得显著成功后才开始反过来影响现实题材剧目创作的。因此，我们不难发现，2016年的戏剧作品里，晋剧《于成龙》、芗剧《保婴记》、京剧《康熙大帝》和黄梅戏《小乔初嫁》等多部历史题材戏曲作品在运用戏曲本体化手法时已经非常成熟，它们都充满了浓郁的戏曲味道。其中《于成龙》的主演谢涛和《康熙大帝》的主演王平，都是当代非常杰出的表演艺术家，他们娴熟的基本功，是戏剧人物生动感人和剧目传递出巨大思想力量的最好保障。

当我们在戏曲领域看到，无论是历史题材还是现实题材剧目的创作演出，当代戏曲逐渐倾向于更多地展现鲜明的民族特色和运用丰富的传统手法时，实际上看到的，是戏曲艺术家们对传统剧目与表现手法的价值与魅力的信赖在普遍提升。走过数十年的曲折道路，戏曲终于能够在整体上回到自身的发展轨迹上来，各剧种对风格迥异的唱腔和特色鲜明的身段的大量运用，越来越多地成为剧目创作中编导和演员塑造人物、表情达意和吸引观众的主要手段；而回归戏曲本体与戏曲新剧目创作水平的明显上升，两者之间的关联性是毋庸置疑的。戏曲有悠久而深厚的积淀，回归戏曲本体早已成为大多数参演戏曲作品和艺术家的自觉追求。如越剧《二泉映月》、晋剧《于成龙》那样简洁、精致、典雅且具有丰富表意性的舞台美术设计，因为与表演在美学上相通而相得益彰，更成为当代戏曲领域极受欢迎的新景象。“第十一届中国艺术节”上展演的20多部戏曲作品，用最直观的方式说明了“文化自信”对戏剧创作和演出积极而深刻的影响。

二

在全国各省市自治区内，如果说有一个省值得特别给予关注的，那无疑就是福建省。2016年，福建戏曲仍然表现出在全国戏曲界的引领作用。晚近几十年里，福建一直走在戏剧健康发展的前列。

2016年7月20日至31日，福建省举办了规模空前的“福建百折传统折子戏展演”，福建全省16个剧种和木偶戏的39家剧团参加了展演活动，在23场演出里上演了137出折子戏，其中多个剧种都有久已稀见演出的经典剧目重新回到舞台，体现了福建戏曲文脉悠长、积淀深厚的特点，更让我们看到激活传统的广阔前景，为戏剧界提供了戏曲传承发展的范例。在此基础上，他们又组织了这些传统折子戏的北京展演，在戏曲界又一次引起强烈反响。其中给人最深刻印象的，是莆仙戏旦行演员以蹀步为代表的极为精巧的身段，在表演上甚至比明清时期达到巅峰的昆曲更为细腻和雅致；还有出自宋元南戏《杀狗记》的折子戏《迎春牵狗》、出自《隋唐演义》的折子戏《敬德画像》等，均堪称戏曲表演中的极品。梨园戏、高甲戏、闽剧等剧种在挖掘传统方面，都有不少新的发现，其中闽剧民营剧团在参加展演时演出的某些剧目以及表演形态，是以往专家学者们未曾知晓和记录的，这提醒我们在推进戏曲传统的继承工作时，不仅要认识到这一工作的繁重与迫切性，更要格外关注民间遗存。

福建省对传统戏剧新一轮努力发掘，为全国各地戏曲文化遗产的继承与活化提供了一个极好的范本。无论是否因为受到福建省经验的启发，2016年传统经典折子戏的展演在全国各地都逐渐开始成为热点，对传统更深刻和全面的认知与把握，必将对今后相当长一段时间的戏曲发展，产生积极作用。

福建泉州梨园戏实验剧团创作演出的《朱买臣》和《御碑亭》，是在传统经典的继承的基础上，让沉寂已久的老戏重新焕发光芒的可贵努力。著名表演艺术家曾静萍在梨园戏《朱买臣》传统折子戏基础上，以“整旧如旧”的方式恢复上演了古本全剧，其中“进窑”和“托公”两场的表演均令人叹为观止；她同时还用梨园戏改编移植了京剧传统剧目《御碑亭》，为这部传统戏增添了梨园戏特有的色彩。这两出戏在北京和上海等地都引起强烈反响，曾静萍带着泉州梨园戏实验剧团的众多演职员多年潜心钻研，努力传承梨园戏特有的表演技法，让当代观众有更多机会领略古典戏曲的无穷魅力。他们创作演出的《朱买臣》和《御碑亭》，又一次证明了传统经典的再现十分有意义，而且其实并不容易。许多传统剧目要重现在今天的舞台上，确实需要为适应当下的剧场与观众，给予不同程度的加工与整理，但是多年来我们在对经典的加工整理方面，多半只注重于剧目的思想内容方面，然而对于传统戏的继承与发掘，更重要也更困难的，其实是表演的传承。只有当我们拥有像曾静萍这样卓越的表演艺术家时，传统戏的魅力才有可能得到充分展现。因此，发掘与继承传统剧目非常重要，更重要的是如何让传统经典剧目高水平地呈现在舞台上。而要实现后一个目标，就需要让演员重新回到戏曲艺术的中心位置，大幅度提升当代戏曲演员的表演水准。

福建省在继承和挖掘传统剧目方面有突出的成就，这些重要的艺术积累，同样也转化成了他们创作演出新剧目的基础。多年来，以梨园戏《董生与李氏》、闽剧《贬官记》等为代表，福建省经常有优秀的新剧目出现，而漳州芗剧团创作的《保婴记》，则是近年来福建戏曲新剧目创作最重要的收获之一。《保婴记》诙谐幽默又生动形象地讲述了一个温馨的中国民间故事，令人陶醉。而该剧不仅有十分精致空灵的舞台样式，更重要的是全剧通过众多戏剧人物——从女主人公尹三娘、县官到邻居三姑六婆们的善良品行，致力于挖掘和张扬传统社会绵延至今的伦理道德在当下民众日常生活中的积极意义，达到了很高的艺术水准。福建省京剧院2016年创作的《赵武灵王》是另一个值得高度关注的新剧目，这是个极具震撼力的古代政治悲剧，描写战国时期赵国的这位有雄才大略的君主传位次子后竟在沙丘之乱中被幽禁饿死的遭遇，不仅具有深刻的政治启示，也给演员提供了很大的表演空间。

福建戏曲在戏曲的传承、加工整理和创新三个方面均有突出成绩，30年来该省健康良好的戏曲生态，为戏曲事业的持续稳定的发展提供了非常重要的支持。福建省的优势不仅在于戏曲资源非常丰富，更在于有一批对戏曲的传统与价值持有坚定信念的艺术家和理论家，在20世纪80年代中叶以来几乎遍及全国的戏曲危机中，福建省仍是传统戏曲生长的绿地，雨过天晴，才有今天的收获。

三

如果说曾静萍是2016年度戏曲表演艺术的领军人物，那么，2016年度的戏曲领域，编剧郑怀兴、导演张曼君、舞美设计刘杏林都是这一领域里最有代表性也最具成就的戏曲艺术家。

张曼君导演近年进入她创作的黄金时期，2016年她有多达五部戏剧作品通过竞争十分激烈的初评程序，获得参加中国艺术节展演的机会。她导演的这五部作品分别涉及秦腔、评剧、黄梅戏、湘剧等多个地方剧种，这些源于众多地域的作品之所以能够脱颖而出，最主要的原因就是她对地方戏曲表演艺术传统的深刻领会与灵巧运用。另外她导演的河北梆子《孟姜女》虽然遗憾地未能入围，但是也给评委们留下了深刻印象。

张曼君的导演艺术风格非常鲜明而突出，她既擅长发挥各剧种本身的优势，同时也偏好于在自己的导演作品里，有意识地通过群众场面营造气氛，如秦腔《狗儿爷涅槃》和评剧《红高粱》，群众场面的作用既承继了传统戏曲中龙套的功能，同时又有新的开掘，她让这些群众演员构成了主要人物戏剧行动的延伸与扩充，形象地体现了主人公行为模式的普遍性，同时也丰富了舞台手段。张曼君在她的导演作品里，喜欢将地域风情融入剧情中，尽管这有可能淡化甚至扭曲剧种的特色，但是从舞台效果的角度看，当然有其意义；而且恰恰由于她几乎在每部作品里都注入具有民族民间风情的音乐与舞蹈元素，她的作品才绚丽多姿，颇具独特的价值。

郑怀兴是当代最重要的戏曲剧作家，他在20世纪80年代崭露头角，最近几年更进入了一个新阶段，其戏曲作品的数量和质量都远远超出同侪，为他奠定了在当代戏曲创作中首屈一指的地位。2016年他创作的晋剧《于成龙》和琼剧《海瑞》进入中国艺术节展演，同时汉剧《失子记》和京剧《赵武灵王》等新作品渐次被呈现在舞台上，多产且优质。如前所述，郑怀兴是在改革开放之初思想解放的大背景下崛起的剧作家，然而，同时代踏入剧坛的众多剧作家里，像他这样一直保持着当年情怀的编剧，即使不是唯一，也非常之罕见。直到今天，郑怀兴依然趋向于通过宏大题材提炼和表现深刻凝重的主题，力图通过人物命运，揭示社会政治方面具有重大意义的思想内涵。在他的作品里我们仍然可以看到古希腊和莎士比亚悲剧式的震撼，恰恰是由于这一不懈的努力和追求，他的作品才始终充满力量。尤其值得指出的是，尽管晋剧《于成龙》、琼剧《海瑞》等都是应地方政府邀约创作的“命题作文”，但他并不满足于应付式地迎合邀约方的需求，他对历史题材和人物命运的思考，使其作品既有对历史的反思，同时也有对现实生活的观照。当然还必须指出，郑怀兴的编剧技巧堪称圆熟，情节跌宕起伏，人物形象挥洒自如，每部戏都给人们留下深刻印象，同时也给演员极大的表演空间。

刘杏林的舞台美术设计在近年来的戏剧创作领域成就非常突出，他以少驭多，以简胜繁，如同水墨画般淡雅的色彩、简约而不简单的风格和极具东方美学韵味的表达，充分体现了戏曲传统舞台理念的视觉魅力。数年前为浙江小百花越剧团设计新版《陆游与唐琬》的舞台时，他找到了从竹影、白墙和黛瓦等中国传统园林里抽取出的一组经典美学元素，逐渐形成了以这种空灵写意的民族风情作为舞台主图案的新型舞台美术观念。近年来，他设计的越剧《二泉映月》、昆曲《红楼梦》、晋剧《于成龙》等有影响的作品，都足以代表晚近30多年来戏曲舞台美术领域发展所达到的高度。

张曼君、郑怀兴、刘杏林和曾静萍不仅是2016年度戏曲领域内的代表性人物，也在晚近很长一段时间里，代表了戏曲领域的发展方向。他们积累多年的努力所取得的成就，都是以对戏曲传统的高度认同为前提的，而这个共同点意味深长。

四

2016年是明代著名戏剧家汤显祖逝世400周年，纪念汤显祖的活动分为两个系列，除了有关汤显祖本身的纪念演出和研讨活动以外，还有相当多的演出活动是以共同纪念汤显祖和莎士比亚这两位东西方戏剧大师的名义开展的。

有趣的是，纪念莎士比亚的活动也并非与戏曲毫无关系。在某种意义上，戏曲界共同纪念汤莎的热情，要远远高于话剧界或外国文学研究界。实际上，用戏曲的形式演绎莎士比亚剧作的历史在中国很可能已接近百年，中国民众得以通过喜闻乐见的形式，近距离地接触莎士比亚的作品。新时期以来，有更多莎士比亚作品被多个戏曲剧种搬演。在2016年，戏曲界虽然没有特别组织莎士比亚作品的纪念性演出，但也并非毫无作为。江苏和上海的两位著名昆曲表演艺术家不约而同地创作了融汤莎于一体的新作。江苏省的武生名家柯军创排并主演的《邯郸记》由中英艺术家共同执导，选取该剧的四折，并在四折里分别融入莎士比亚《仲夏夜之梦》等四部剧作的片段，于2016年9月22日在伦敦首演；上海的小生名家张军创作了《我，哈姆雷特》，他集昆曲的生、旦、净、丑四个行当于一身，尝试着用昆曲演绎莎士比亚，借此体现出跨越东西方文化鸿沟的努力。两位代表当代昆曲表演之水平的优秀演员都以个体创作的方式，推出集汤莎之精华于一体的新演出，让我们看到了昆曲与世界对话的文化自觉。浙江小百花越剧团受共同纪念汤莎这一理念启发，新创并演出的《寇流兰与杜丽娘》让出自两位戏剧大师经典作品的人物在舞台上直接对话，这部由茅威涛主演的颇具想象力的作品，在中英两国上演时均激起强烈反响。莎剧中的悲剧英雄和中国古代文人的爱情绝唱别致地“混搭”，既展示了东西方不同文化认知的碰撞与交叉，更让观众在文化交融和对比中思考生命的意义。

由于适逢汤显祖逝世400周年，各昆曲剧团都有纪念性的演出活动。北京国家大剧院的汤显祖作品系列演出堪称这一活动的高潮，其中，上海昆剧院几代优秀演员以其最强阵容，首次完整地在国家大剧院上演了汤显祖的“临川四梦”。汤显祖一生中创作的《牡丹亭》《紫钗记》《邯郸记》《南柯记》四部作品，除《牡丹亭》久演不衰以外，其余三部在舞台上并不多见。上海昆剧团由沈昳丽和黎安主演的《紫钗记》，让我们切身体会了这部如同《牡丹亭》一样哀婉动人的经典剧目的魅力。上海昆剧团复排的《邯郸记》《南柯记》，也给观众留下深刻印象。苏州昆剧院的青春版《牡丹亭》经过十多年的磨砺后愈显精致，江西抚州采茶戏《牡丹亭》为汤翁的经典作品增添了乡梓情怀。北方昆曲剧院推出原创昆剧《汤显祖与临川四梦》，全剧把汤显祖一生的宦海沉浮作为主线，并且将他的四部作品以“戏中戏”的方式列为四章。数年前江苏省昆剧院就有过张弘编剧的《临川四梦·汤显祖》，北方昆曲剧院的新作继续了同样的思路，但更侧重于描写汤显祖和他的戏剧作品的关系，以及“四梦”对他人生的重要影响。短短一年里，汤显祖仅有的四部剧作被数十个剧种和剧团搬上舞台，说明在汤、莎两位戏剧大师的纪念活动中，至少在中国，汤显祖是无可置疑的主角。

在2016年的戏曲创作演出中，题材的局限性是不容忽视的现象，比如抗日题材的作品超量涌现，这一现象并不正常。因为它们中的相当一部分，原本是为了2015年纪念中国人民抗日战争胜利70周年而创作的。所幸抗战题材的作品不完全受特定的纪念主题所限，经过较长时间的加工打磨后，到2016年才成为戏曲舞台上较成熟的现代题材作品。红色题材京剧新剧目创作的升温，也比较值得关注。其中某些较优秀的剧目，在创作过程中能够努力摆脱样板戏时期的流行理念的束缚，为戏剧界对传统手法之认同提供了特定的表达方式。京剧全盛时代涌现出诸多流派，国家京剧院、北京京剧院、上海京剧院和中国戏曲学院在创作《浴火黎明》和重排《党的女儿》《江姐》时，不约而同地给予流派艺术的传承与发展特殊的关注。多年来，由于对西方戏剧观念的盲目迷信，戏曲的行当和流派被误认为是戏剧塑造人物的障碍。京剧艺术家们经过多年努力终于走出了这一误区，流派唱腔的运用让红色题材新剧目创作演出如虎添翼。充分调动京剧特有的手段，让剧目富有充盈的民族文化内涵，无疑是戏剧家对作品时代性的全新阐释，同时也是“文化自信”在红色题材新剧目创作演出中的体现。但是类似的作品并不多见，伪样板戏的创作思路依然有相当大的市场。

2016年，北京和上海分别举办了小剧场戏曲展演。在北京繁星戏剧村举办的“2016当代小剧场戏曲艺术节”从10月份拉开帷幕，在两个多月时间里有8个剧种的19台剧目参加演出，形态多种多样；2016年11月28日至12月11日在上海话剧艺术中心举行的“‘戏曲·呼吸’——第二届上海小剧场戏曲节”，同样有8个剧种的12台剧目参演。小剧场戏剧在中国的出现，最初是对20世纪80年代中叶之后的戏剧危机的回应，因而其主要取向就是试图运用各种新颖的形式探索，把观众吸引进剧场。对戏曲而言，近几年兴起的小剧场戏曲的新风潮，也是在同样的诉求下展开的。然而，在演出市场逐渐趋于成熟的背景下，仅仅依赖新奇的形式探索，已经不能满足观众对戏曲的不同需求。因此我们在北京的小剧场戏曲节看到，参演剧目里既有实验性和探索性的剧目，同时也有努力展现原汁原味的戏曲经典剧目，说明从剧场经营者到戏曲业内人士，对戏曲演出市场和观众都有了新的认识。上海小剧场戏曲节更因为有曾静萍、陈巧茹、王珮瑜、黎安等名角的加盟，通过他们高水平的表演，让观众在剧场里大饱眼福。上海小剧场戏曲节打出的“以新创反哺传统，以传统观照新创”的旗号，暗示了他们仍然在传统与创新之间的互动中犹豫不决，但是经典剧目的创排和优秀演员的精彩演出，已然成为京沪两地小剧场戏曲的主角。回到戏曲本体，显然在两地小剧场戏曲演出中也是其主旋律。

因此，“文化自信”贯穿在2016年全年的戏曲创作演出过程中。诚然，在这些创作、演出和活动的同时，对戏曲传统及其特有的表现手法之价值，依然有不少人心存疑虑，我们正走在通往“文化自信”的路上，而这条道路注定不会平坦，但只要掌握了这个方向，戏曲辉煌的明天，就可以期待。

原载《中国文艺评论》2017年第3期

傅谨　中国文艺评论家协会副主席、中国戏曲学院戏曲研究所所长

专题

汤显祖逝世400周年

【概况】

2016年是中国戏剧家汤显祖和英国戏剧家莎士比亚逝世400周年。为深入贯彻习近平总书记系列重要讲话精神，特别是在文艺工作座谈会上的重要讲话精神，落实习近平总书记2015年访英期间关于“中英两国可以共同纪念汤显祖、莎士比亚这两位文学巨匠逝世400周年，以此推动两国人民交流、加深相互理解”的要求，文化部等单位举办了纪念汤显祖、莎士比亚逝世400周年系列活动。

【浙江昆剧团举办一系列纪念活动】

2016年4月，为纪念汤显祖和莎士比亚逝世400周年、浙江昆剧团建团60周年、浙昆《十五贯》晋京演出60周年，浙江昆剧团举办了一系列活动。浙江昆剧团在浙江省杭州市举办浙、沪、苏三地联动杭州站启动仪式，并于4月1日至3日在浙江省杭州市举办了庆贺演出活动，演出剧目包括《十五贯》《雁荡山》《琴挑》《义侠记・挑帘》《惊梦》《长生殿・小宴》《鲛绡记・写状》《西园记・夜祭》等。其间举办了昆剧《十五贯》与当代昆剧传承发展暨浙江昆剧团60年艺术成就回顾与展望研讨会。

【“临川四梦”——纪念汤显祖逝世400周年优秀剧目展演】

2016年7月16日至9月5日，由文化部主办，文化部艺术司、国家大剧院承办的“‘临川四梦’——纪念汤显祖逝世400周年优秀剧目展演”在国家大剧院举行。上海昆剧团全部“临川四梦”、北方昆曲剧院《牡丹亭》、江苏省苏州昆剧院青春版《牡丹亭》、江苏省演艺集团昆剧院《南柯梦》等7台11场演出参与此次展演。其间，昆曲“临川四梦”学术研讨会于7月20日在北京举办。9月13日，由文化部主办的苏昆青春版《牡丹亭》重返北京大学百年纪念讲堂进行公益演出。

【纪念汤显祖逝世400周年座谈会】

2016年9月14日，“纪念汤显祖逝世400周年座谈会”在北京召开，中共中央政治局委员、中央书记处书记、中宣部部长刘奇葆出席会议并讲话。刘奇葆强调要礼敬优秀传统文化，增强中华文化自信，传承好先人创造的精神财富，推动中华文化血脉延续，把跨越时空、超越国度、富有永恒魅力、具有当代价值的文化精神弘扬起来。此外，参加座谈会的昆曲艺术家、中青年演员和院团长代表，国内昆曲研究、汤显祖学术研究专家代表以及汤显祖故乡抚州市代表，围绕汤显祖生平和艺术成就、汤显祖作品的时代影响及汤显祖学术研究现状等问题分别做了发言。

【礼敬优秀传统文化　增强中华文化自信——纪念汤显祖逝世 400 周年】

◎ 刘奇葆

汤显祖是我国明代杰出的文学家、思想家，是享誉世界的戏剧大家。2015 年 10 月，习近平总书记在访问英国时谈到，汤显祖与莎士比亚是同时代的人，提议在 2016 年他们逝世 400 周年之际，共同纪念这两位文学巨匠。今天我们纪念这位戏剧大师，研讨他的创作思想、总结他的艺术贡献，向其创作的伟大文学经典致敬，是贯彻落实总书记要求的重大举措，对于增强民族文化自信、推动中华文化传承发展、促进中外文化交流互鉴，具有重要意义。

汤显祖之所以能成为中国文学发展史上的一座丰碑，是跟他所处的历史时代、所受的文化滋养以及他个人不懈的文学追求分不开的。汤显祖生活的明代中晚期，是中国历史上思想极为活跃、经济迅速发展，被称作中国资本主义萌芽和人文思想启蒙的年代，这与莎士比亚、塞万提斯所处的欧洲人文主义和启蒙思想兴起的时代有相近之处，被恩格斯称之为“是一个需要巨人而且产生了巨人的时代”。这样的历史背景，对汤显祖的思想产生了深刻的影响。汤显祖出身于书香门第，年少时追求功名、饱读诗书，深受传统文化浸润。和历代文人士大夫一样，有着“修齐治平”的人生理想，为官时体恤民情、忧虑民生，始终保有一颗赤子之心，始终对底层百姓的苦难饱含深刻的同情。但他不媚世俗、不攀缘权贵、不随波逐流的人格个性，注定为他所在的封建官僚集团所不容，这恰好成就了他的文学理想。他转而辞官归乡，潜心钻研戏曲，创作并排演“临川四梦”，取得了巨大的艺术成就。历代文学评论家普遍认为，汤显祖的“临川四梦”是时代的扛鼎之作，是中国古代戏曲的集大成之作，具有永不褪色的艺术价值。400 多年来，以《牡丹亭》为代表的“临川四梦”，一直以不同的剧种、不同的声腔、不同的艺术样式，在中国和世界的舞台上演，散发出璀璨的艺术光彩。

汤显祖是中国文化艺术史上的耀眼明星，也是联合国教科文组织评选出来的百位世界文化名人之一。在 400 年后的今天，我们纪念汤显祖，回望历史、重温经典，感知大师作品的艺术魅力和当代价值，解读其文化基因和美学密码，对我们传承中华文化、繁荣文学艺术，有很多深刻的启示和积极的借鉴作用。

汤显祖是历史的，也是当代的。我们要礼敬优秀传统文化，坚定文化立场、延续中华文脉。在中华文明发展史中，文学艺术独具魅力。从诗经、楚辞、汉赋到唐诗、宋词、元曲以及明清戏剧和小说，产生了灿若星辰的文艺大家，留下了浩如烟海的文艺精品，展示着中华民族世世代代不懈的精神追求和独特智慧，为中华民族繁衍生息、发展壮大提供了丰厚的精神滋养，也为人类文明进步做出了重要贡献。汤显祖就是其中的杰出代表，成为中华文化的标志性符号。他的作品讲述是与非、善与恶、忠与奸的故事，褒扬家国情怀、优秀品格、善良人性，生动传递中华民族的积极价值追求，几百年来经久不衰，具有穿越时空的永恒魅力。《牡丹亭》深情抒发了热爱自然、热爱青春、追求幸福、追求美好的纯真情感，具有深刻的思想穿透力，蕴含着向上向善的价值观念、独特的美学精神，在今天仍然具有不可低估的时代价值。由苏州昆剧院演出的“青春版《牡丹亭》”连续上演十多年、演出 200 多场，深受观众欢迎，最近来京演出一票难求，就很能说明问题。我们要坚定中华文化自信，坚守中华文化立场，深刻认识中华文化涵育了中华民族特有的信仰追求、价值取向、道德品质、审美情趣，成为中华民族生生不息、自立自强的精神家园。我们要传承好先人创造的精神财富，传承好中华文化的美学精神和艺术神韵，推动中华文化血脉延续，把跨越时空、超越国度、富有永恒魅力、具有当代价值的文化精神弘扬起来。

汤显祖是高雅的，也是大众的。我们要坚守艺术理想，植根生活沃土、葆有人民情怀。汤显祖深厚的传统文化底蕴和丰富的人生阅历，使他的文学创作既不失高雅之韵，又接泥土芬芳。他的戏曲创作萃取诗词歌赋之所长，具有大雅大美的特点；同时，他主张“天地之性人为贵”“因百姓所欲去留”，使他的创作始终关注百姓的喜怒哀乐，体现了真挚的人民情怀，特别是深刻体察百姓疾苦，理解封建礼教对人性的桎梏和对妇女的摧残。《牡丹亭》就充分反映了追求个性解放和美好爱情的时代心声。他与民间艺人交朋友，反复揣摩“宜黄”唱腔，用心琢磨老百姓的生活用语，使他的戏曲作品念白和唱词自然、朴素、真切，贴近群众。他的“临川四梦”，无不雅中有俗、俗中有雅，深受广大人民的喜爱。这表明，文艺要处理好“雅”和“俗”的关系，真正的雅，是接地气的高雅，不能孤芳自赏、曲高和寡；俗是讲品位的通俗，不能降格以求、刻意迎合，不能庸俗、低俗，精神不能退场。今天的作家艺术家要向前辈先贤学习，坚守文艺理想、坚信文艺价值、坚持文艺品位，传承好传统文学艺术文质兼美、意境高远的优良传统，把真善美作为永恒的价值追求。要始终秉持人民情怀、植根生活沃土、保持现实温度，发扬传统文化艺术“接地气”“重生活”的优良品格，走进生活深处、走近大众心灵，从人民群众的审美需要中汲取灵感、提炼主题，使文艺创作获得旺盛的生命力。

汤显祖是老派的，也是维新的。我们要遵循艺术规律，坚持扬弃继承、不断转化创新。汤显祖注重向前人学习戏曲创作，精心研习元杂剧，悉心传承历代戏曲大家的美学优长，强调“填词平仄断句皆定数”，使他的创作与《西厢记》等经典作品一脉相承，并站在巨人的肩上迈向新的高峰。汤显祖主张借鉴传统，但也强调要遵时知变、不拘绳墨，倡导曲律当服从“词人语意”。在这样的创作理念指引下，他的“临川四梦”汲取传统戏曲精华，淬炼时代精神，创新艺术形式，成为中国传统戏曲现实主义与浪漫主义相结合的典范，也成为以昆曲为代表的南戏经典剧目。可以说，昆曲因汤显祖而大放异彩、因“临川四梦”而传之久远。任何一种文化艺术，都是在继承前人基础上发展起来的，也都是靠创新创造焕发出持久生命力。今天我们传承和弘扬传统文化，也要处理好“陈”和“新”的关系，扬弃继承、转化创新，做到“陈中有新”“新不离陈”。我们要在尊重传统、保持底色、遵循艺术规律的基础上，坚持古为今用、推陈出新，因时而变、探索创造，观照现实、服务当代，从有利于回应和解决现实问题、有利于助推社会发展、有利于培育时代精神和时代新人的取向出发，推动传统文化创造性转化和创新性发展，赋予其新的时代内涵和现代表现形式，更好地实现中华文化现代化。

汤显祖是民族的，也是世界的。我们要推动文化交流互鉴，彰显中国风格、展现独特魅力。因为闭关锁国和语言的障碍，汤显祖的作品很长时间只为中国观众所熟悉，直到20世纪初才为国外学者和观众所了解。资料显示，1916年日本汉学家青木正儿最早把汤显祖和莎士比亚相提并论，他认为东西方同时代产生两位伟大剧作家，是一个奇迹。汤显祖一旦被世界所发现，就引起了极大关注。20世纪30年代到50年代，梅兰芳应邀到美国、苏联、日本等国家演出《牡丹亭》，引起巨大轰动。现在，《牡丹亭》已为越来越多国家的人民所熟悉和喜爱，多语种译本纷纷出版，不同版本的剧作相继上演，形成了一股汤显祖热。这表明，越是民族的就越是世界的，一个民族的伟大作品终究会穿越时空、跨越国界，闪射出夺目的光芒。但我们也要看到，与同时代的莎士比亚相比，世界对汤显祖的认知和理解远远不够。莎士比亚作为英国的文化符号，已经成为国家软实力的重要组成部分。文化如水，是不同国家和民族相互了解和沟通的最好方式。今天，中国正大踏步走近世界舞台的中央，世界渴望了解中国。我们要抓住有利时机，大力推动中华文化走出去，积极促进中外文化交流互鉴，把汤显祖等最具标志性的中华文化符号宣介出去，把中国戏曲、中国书法、中华武术、中华医药、中华传统节日等最具代表性的中华文化载体推介出去，把诸子百家的思想智慧、诗词歌赋的美学精神、四大名著的艺术价值传播出去，充分展示中华文化的独特魅力，让世界了解一个文化的中国、多彩的中国、博大的中国。

（本文摘自中共中央政治局委员、中央书记处书记、中宣部部长刘奇葆同志2016年9月14日在纪念汤显祖逝世400周年座谈会上的讲话）

原载《中国戏剧》2016年第9期

【观点】纪念汤显祖逝世400周年座谈会发言选录

《牡丹亭》永远有着青春生命力

◎ 汪世瑜（昆曲表演艺术家）

400年前，汤翁与莎翁是东西方的两颗戏剧巨星，引领着东西方的戏剧发展和繁荣。今天我们满怀激情纪念戏剧宗师汤显祖逝世400周年，缅怀先祖，感慨万千。他的杰作《牡丹亭》是中国戏曲的永远范本，同时又是中国昆曲的救星。想当年昆曲演出团体几近绝迹，在一个国风苏剧团里有几名昆曲演员偶尔唱一两出昆曲，这个团堪称讨饭团，难以生计，但一出《牡丹亭》浪迹江南农村，尚能讨得一碗饭吃，才能把昆曲保存下来，才能有以后的《十五贯》，才能有以后的浙江昆剧团，才能有今天昆曲的盛况。再拿昆曲演员来讲，第一至第五届的梅花奖获得者的女演员几乎全是饰演汤显祖《牡丹亭》的杜丽娘。直至今天，所有的花旦演员，无论专业的还是业余的，都很喜欢杜丽娘这个人物，并学唱杜丽娘，演出杜丽娘。一曲【皂罗袍】响彻全国各个角落。

汤显祖《牡丹亭》的超人之处，不仅在于它同情封建社会受礼教束缚的男女，而且在于能赋予剧中男女以美好的理想，他们在现实中不可能得到的幸福，却在理想中实现。从《牡丹亭》题词中可以看出，汤显祖特别善于用“情”。这“情”就是人的真正感情，它包含对爱情的追求和对自由生活的向往。汤显祖在剧本的开场白中写道：“白日消磨断肠句，世间只有情难诉。”他用满腔热情挥写出男女之间的真爱，在剧中倾注了自己无限的感触。且每出戏都充满凄美的意趣，以情出戏，戏从心出，讴歌人性，善于圆梦，为情而死，为情而生。而在17世纪的中国，能写出这样特具东方浪漫主义色彩的作品是难能可贵的！

在汤显祖的笔下，青年男女那种令人难以启齿的生命本能的性冲动，变得那么神圣、高洁、美妙，这种青春欲望，透出生命的庄严与美丽，丝毫没有猥亵和淫秽的成分。从充满了诗情画意的文字中，我们深切地感受到那压抑人性、残害生命的封建礼教的丑恶，那活生生的淳朴而健康的生命，又是何等的可爱与值得尊重。

处处用情，处处含情，处处有情。《牡丹亭》是充满青春活力，充满青春个性，充满青春气息，充满东方浪漫主义色彩的一曲青春生命的赞歌。《牡丹亭》讴歌青春生命的真善美，鞭挞假恶丑。汤显祖用戏、用情、用性、用梦，创作出了充满人性光芒的不朽作品。

13年前，在知名作家白先勇的策划和鼓励下，我和昆曲表演艺术家张继青一起以汤显祖《牡丹亭》为蓝本，选择苏州昆剧院创作排练了青春版《牡丹亭》，重新谱写青春生命的赞歌，为的是能让古老的文学剧本与古老的昆曲撞击出一种与时俱进的时代强音。以最美好的爱情故事及青春靓丽的年轻演员，加上素雅甜美的舞台呈现，吸引当今有文化的年轻人接触汤显祖，接触昆曲，让他们喜欢汤显祖，喜欢昆曲，并且爱上汤显祖，爱上昆曲。

期待先圣汤显祖，期待古老昆曲这朵充满生命活力的牡丹花永放异彩。

缅怀巨匠　传承经典

◎ 杨凤一（北方昆曲剧院院长）

汤显祖是中国戏剧界的巨匠，虽然他离世距今已400周年，但他依然活在我们每位戏剧工作者的心里。他是我们中国戏剧的骄傲，是可与西方文坛巨匠莎士比亚比肩的人物。

汤显祖的情感思想和戏剧观的重心是“情”与“真”。他的著作“临川四梦”，集中肯定了“情”，即肯定了人在宇宙中的崇高地位。反对以理格情，承认人的情感生活和自然欲望，在创作中则表现为高扬人性大旗，抨击礼教对人性的扼杀。崇尚真，就是要把真情实感真挚而充分地表达出来，反映在创作上就是写真情、真人。这份至“情”与至“真”，一直引领并鼓舞着我们当代戏剧工作者的艺术精神，似血脉贯穿始终。

提起汤显祖，大家对他的作品耳熟能详。特别是“临川四梦”中的《牡丹亭》，久演不衰，历久弥新。《牡丹亭》原为宜黄腔而作，所获盛誉却在昆曲。自晚明汤显祖“四梦”系列与昆曲结缘，昆曲即以其清丽的音乐、悠扬的行腔、细腻的表演为“四梦”提供了绝佳的舞台。直到今天，全国七大昆曲院团依然上演着汤显祖的“临川四梦”。无论是充满浪漫主义色彩的《牡丹亭》，还是饱含哲学精神的《南柯记》，以及文化思想和情感丰富的《邯郸记》与《紫钗记》，都已成为我们昆曲人的一种“艺术记忆”，一种“艺术理解”，甚而是一份“艺术情怀”。汤显祖的作品是我们昆曲舞台上的艺术光辉，在中国和世界的舞台上，缤纷闪烁、绽放光芒。

2016年是汤显祖和西方文化名人莎士比亚逝世400周年。为了纪念两位文坛巨匠，全国昆曲院团也先后创排了与其相关的艺术作品，表达了我们对两位文坛巨匠的一份思念之情与敬畏之心。如江苏省演艺集团昆剧院的《南柯梦》、上海昆剧团的全本《临川四梦》、湖南省昆剧团的《罗密欧与朱丽叶》，以及我们北方昆曲剧院即将推出的原创昆剧《汤显祖与临川四梦》。这其中都离不开“传承发展”四个字。

传承的目的是发展，而发展是为了更好地传承。北方昆曲剧院创排大都版《牡丹亭》时，在尊重昆曲艺术表演的基础上，重新整合并体现了当代审美，强化体现了汤显祖的思想情感。

汤显祖的作品是昆曲艺术的经典，也是中华优秀文化遗产的代表，具有极大的文化价值。近10年来，国家实施了“昆曲艺术抢救、保护和扶持工程”，在全国范围内开展昆曲抢救、保护和传承工作，全国昆曲院团获得了极大的支持和鼓舞。传承发展优秀传统剧目是昆曲院团工作的重中之重。北方昆曲剧院作为全国7家昆曲院团之一，肩负着传承艺术经典、弘扬中华优秀传统文化的重任。相信身在当下的我们，通过对艺术大师的缅怀和学习，通过对经典作品的回顾和倾听，将会把优秀传统文化伟大的精神力量接续下去，薪火相传。

我看汤公与“汤学”

◎ 叶长海（上海戏剧学院学术委员会主任）

2016年，世界戏剧史走进了“莎士比亚年”和“汤显祖年”。汤翁和莎翁，这两位同时期的世界级戏剧家，在不同的文化背景与生活环境下，同样都创作出了脍炙人口、超越时空的剧作。

汤显祖一生学识广博，著述丰富。他的作品涉及历史、政治、教育、文化、哲学、宗教等方方面面，无不精当。但是，他之所以赢得生前身后的巨大声誉，首先还是因为他的戏曲作品“临川四梦”。这四梦的前二梦《紫钗记》和《牡丹亭》讴歌人间至爱至情，后二梦《南柯记》和《邯郸记》则着重揭露官场黑暗，感叹“人生如梦”。

“临川四梦”以其深刻丰富的思想精神、感人至深的情感力量及其无与伦比的艺术魅力，赢得了一代代读者、观众的热爱。而对“四梦”的研究也就随之而起。这种研究包括理论批评、评点改编等许多方面。三四百年来，研究从未间断。在历史上曾有三个较为活跃的阶段：第一个阶段是在“四梦”问世之初至明朝末年，这个阶段的重点是对剧本的评论，可以称之为“剧本论”；第二个阶段是在明末至清前期，主要是对“四梦”的改编以及对表演和演唱的探索，可以称之为“演唱论”；第三个阶段则是在20世纪50至60年代初，重点在研究《牡丹亭》其剧本的主题思想及其社会意义，可以称之为“社会论”。这三个阶段可以说是汤显祖研究史或“汤学史”上的三个重要时期。这一部“汤学史”中有许多重要篇章，曾对后世产生过影响与启示。但是这一部“汤学史”显然是不完备的。虽然论著不少，但大多只是围绕在对“四梦”本身，特别是集中在对《牡丹亭》的评论上，但这种评论常常偏于表层，而且有“众口一词”的倾向。而对汤显祖作为作家的个人经历以及当时的社会思潮、社会心理，其研究明显不足，对汤显祖的其他作品，如诗赋、理论文章更是很少研究，而且研究的角度也比较单一。可以说，这三个阶段过去之后，汤显祖研究显得停滞不前。

转机出现于1982年，以江西省的汤显祖纪念会为转折点，汤显祖研究又掀起一个新浪潮。今天，对汤显祖的研究可谓方兴未艾，一门初具规模的“汤学”已经展示在我们眼前。

但是，一个世纪以来，和中国人对于莎士比亚的熟悉相比，不但西方人对于汤显祖了解甚少，中国人也还没有真正走进汤显祖的世界。所以，我们遇到了一个严肃的历史使命，那就是要下功夫真正读懂汤显祖，同时我们通过努力，让世人了解一个真实的、生动的汤显祖。

近年来，由于中国人民对民族传统文化的重视，加以国际社会对“非物质文化遗产代表作”的关爱，大家对汤显祖的研究也随之深入，并引起了国内外学界与艺术界的共同关注。此时，又恰逢纪念汤公与莎翁逝世400周年，这种研究与交流遇到了一个大好时机。我们有信心让中国的“汤学”与西方的“莎学”一样，成为世界文化史上永放光华的精彩篇章。

唯有牡丹真国色　游园多是赏花人

◎ 俞玖林（江苏省苏州昆剧院青年演员）

作为汤显祖的代表剧目，青春版昆曲《牡丹亭》从2004年首演至今，已演出290多场，直接进场观众60万人次，通过其他媒介观看欣赏的超过1亿人次，在观众中掀起“昆曲热”，成为当代重要文化现象之一。

作为青春版《牡丹亭》中柳梦梅的扮演者，我在台前幕后亲自见证了昆曲这十几年的变化，今天用“感恩、传承、自信、使命”四个关键词总结我的体会。

第一个关键词是感恩，感恩时代，感恩师长。青春版《牡丹亭》剧组的每一位演员都说自己幸运，我们成长在一个开放包容的年代，在苏州遇上了昆曲最好的时代和区域环境，又在最好的年纪遇到青春版《牡丹亭》。青春版《牡丹亭》聚集了最好的剧本、最好的老师，经历了“魔鬼训练”，也感受到师长对我们无微不至的关心。更要感恩的是，中宣部、文化部对昆曲多年如一的扶持与保护。我最切身的体会就是“名家传戏”工程，让我们中青年演员有机会拜老艺术家为师，感悟他们的言传身教；而三年一届举办的中国昆剧艺术节，给了昆曲人一个沟通交流的机会，也是我们中青年演员学习进步的重要舞台。

第二个关键词是传承，不仅传承剧目，也传承艺术精神。舞台表演艺术具有特殊性，戏是活在演员身上的，只能通过鲜活的表演来传达美，传承也必须是而且只能是“戏以人传”。

昆曲600年，留下诸多经典折子戏，不仅有深厚的基本功，更有师承的神韵和筋骨。我在成长中得到汪世瑜和岳美缇等老师的指导，对我自己融会贯通和提高表演水平很有帮助。随着年龄的增长和表演的日趋成熟，我们这一辈演员正在成长为昆曲当代传承的中坚力量，也要开始总结自己的经验，帮助培养新生代，这对我们提出了更高的要求。

第三个关键词是自信，是艺术自信、美学自信，也是文化自信。昆曲是一门综合表演艺术，也是我国传统雅文化的集大成者，要传达昆曲的种种大美，我们演员首先要对它的大美有发自心底的自信。汪世瑜老师曾说过，昆曲是一个“骄子”，还是一个“富家子弟”，它的家藏财富很多，一句台词往往包含了两三个典故。对昆曲了解越多，对昆曲、对我们的传统文化越有自信。特别是在青春版《牡丹亭》走出国门之后，我更加深刻地感受到“只有民族的才是世界的”，我们的传统艺术同样可以登上世界舞台，向世界传递东方之美。

第四个关键词是使命，对于昆曲文化，既要有学习传承的使命感，也要有传播推广的使命感。我们的每一次演出都是一次致敬，我们每一位昆曲演员都应该既是昆曲文化的传播者，又是引领者。2015年习近平主席出访英国期间，提议中英两国共同纪念汤显祖、莎士比亚这两位文学巨匠逝世400周年。作为系列文化活动，我们青春版《牡丹亭》剧组近期已在国内连续巡演多场，再次受到多方肯定。

汤显祖没有离开我们

◎ 王安奎（中国艺术研究院戏曲研究所研究员）

汤显祖逝世400年了，但他一直没有离开我们。他的作品一直受到人民的热爱，他的思想和精神一直启迪着后人。

汤显祖是明代伟大的文学家、戏剧家。他的作品对后世的影响十分深远。曹雪芹的《红楼梦》中写林黛玉听到伶人唱《牡丹亭》引起了对自身境遇和人生的许多感叹，这一方面记述了《牡丹亭》对观众的艺术感染力，另一方面也可看出如曹雪芹这样的文学家对汤显祖作品的重视。洪昇创作了《长生殿》，时人称其为“一部闹热的《牡丹亭》”，洪昇因此颇为得意，也可看出人们是以《牡丹亭》作为创作标杆的。

汤显祖的“四梦”并不是专门为昆曲写作的，但它给了昆曲以丰厚的营养。许多京剧表演艺术家为了提高自己的艺术水平，也学习昆曲。京剧艺术大师梅兰芳对《牡丹亭》尤其重视和喜爱，他曾说：“这位著名的中国剧作家汤显祖，和英国大诗人莎士比亚生于同时，他们在十六七世纪里，为东西方文坛放出了光辉灿烂的异彩。”2001年，中国向联合国教科文组织申报昆曲为“人类口头和非物质遗产代表作”时，我们在论述昆曲的文化内涵时，也把汤显祖及其《牡丹亭》列为重要的一条，可以说，汤显祖助力我们的申报取得成功。当代的许多昆曲艺术家都对《牡丹亭》一往情深。岳美缇说：“我们这些人是跟着《牡丹亭》长大的，从小学，长大演，老了教。”张继青说：“老师给了我两碗饭，一是姚传芗先生的《牡丹亭》，另一个是沈传芷先生的《朱买臣休妻》。”张洵澎说：“《牡丹亭》融入了我们的血液。”梁谷音原来不演《牡丹亭》，但她说：“在我数十年的梦想中，最大的愿望就是要排演多少代名人排演过了的《牡丹亭》。就像杜丽娘一样，都只为心中那一个梦，我为《牡丹亭》相思几十年。”

为什么汤显祖的剧作有这样巨大而深远的影响？我想最重要的是，在他的作品中凝聚着深厚的中国传统文化，同时他又能把自己的创作与时代的现实生活紧密地联系起来，因此他的作品具有超越时空的典型性。明代的王思任评论“四梦”说：“《邯郸》，仙也；《南柯》，佛也；《紫钗》，侠也；《牡丹亭》，情也。”说明汤显祖的作品广泛地涵容了中国的传统文化思想。同时汤显祖又不是一位书斋中的文人，他一直关注着国家的命运和人民的疾苦。他的剧作通过古代故事生动而深刻地映照了明代的社会生活，在今天看来仍有强烈的现实感。中国戏曲是以抒情见长的，汤显祖剧作中表现的感情是剧作家真挚之情，是剧中人物真实之情，又是人民心中之情。明代的剧坛群星璀璨，汤显祖是这个时代和作家群中的一位杰出代表。明代的剧坛可以说形成了一片辽阔的高原，汤显祖是这片高原中的一座高峰。

汤显祖没有离开我们，他的精神依然在烛照着我们。纪念汤显祖，就是要弘扬汤显祖的精神，努力创作出为人民所欢迎并且能够传之久远的作品。期待我们戏剧的高原不断扩大，并且能耸立起如汤显祖一样的高峰。

纪念汤显祖　讲好中国故事

◎ 肖毅（中共江西抚州市委书记）

2016年是莎士比亚逝世400周年，我们积极响应习近平总书记“中英两国可以共同纪念汤显祖、莎士比亚这两位文学巨匠逝世400周年，以此推动两国人民交流、加深相互理解”的号召，紧紧抓住400周年共同纪念这一千载难逢的契机，深入开展汤显祖的研究，广泛宣传中国优秀传统文化，积极开展中外文化交流活动，唱响汤显祖这出大戏，向世界讲好中国故事。

广泛开展汤显祖研究和宣传，做好历史文化传承文章。抚州成立了汤显祖国际研究中心，建立了汤显祖国际研究中心网站，举办了系列汤显祖国际学术研讨会，出版了“汤显祖研究丛刊”，取得了一批新的研究成果。对汤显祖纪念馆进行修整改造，对汤墓、玉茗堂、砚池遗址等遗迹遗存进行修缮。组织创排了临川版、赣剧版《临川四梦》，拍摄了电视连续剧《牡丹亭》。目前，正在抓紧创排乡音版（盱河高腔）《临川四梦》、音乐剧《汤显祖》、大型实景剧《寻梦牡丹亭》。抚州市政府通过电视节目，向全球推介抚州文化和汤显祖。2016 年以来，北京、上海、江苏、浙江等地也利用不同形式、剧种，纪念汤显祖。可以说，全国掀起了一股“汤显祖热”。

积极开展中外文化交流与合作，向世界讲好中国故事。2016 年年初，美国加州海外侨胞在硅谷拉开纪念活动帷幕，抚州市政府、硅谷华侨华人联谊会等在硅谷联合主办了“纪念汤显祖、设立纪念日”座谈会。目前，硅谷汤显祖纪念馆正在筹建之中。为了突出“中英两国共同纪念汤显祖、莎士比亚”这个主题，我们与中国人民对外友好协会等在英国斯特拉福德主办了“共同纪念汤显祖和莎士比亚逝世 400 周年研讨会暨‘抚州文化周’”。在澳大利亚，“‘跨越时空的对话’——纪念汤显祖和莎士比亚逝世 400 周年展”于 2016 年 9 月 8 日在悉尼中国文化中心开幕。利用共同纪念汤显祖、莎士比亚活动，开展了文化交流，真正把汤显祖推向了世界，开启了抚州市同国外文化交流新篇章，探索了利用优秀传统文化向世界讲好中国故事的新路子。

挖掘和发挥文化优势，活跃地方社会文化经济。汤显祖的家乡江西抚州，素有“才子之乡、文化之邦”的美誉。悠久的历史，厚重的文化，留下了许多有明清特色的历史古村落和灿烂的临川文化。我们充分利用纪念汤显祖逝世 400 周年活动，围绕打造全国历史文化名城和中国戏都的目标，挖掘历史遗存，激活传统文化，带动文化和旅游产业，服务人民群众。一方面，重点打造以汤显祖故居为核心的文昌里历史文化街区、印刷出版过“临川四梦”的浒湾雕版印刷文化创意产业园、汤显祖求学地、洞天福地麻姑山等一批文化旅游基地；另一方面，挖掘传统文化，分别打造傩舞之乡、采茶戏之乡、狮舞之乡、畲舞之乡等。建立剧本创作基地、设置“临川四梦”传承班以及建设汤显祖大剧院、玉茗堂剧社等，把抚州市打造成写戏、看戏、演戏、评戏的戏都。

原载《中国文化报》2016 年 9 月 21 日

【“精彩江苏——中国昆曲英伦行”系列活动】

2016 年 9 月 25 日，以纪念汤显祖和莎士比亚逝世 400 周年为主题，由江苏省文化厅与苏州市人民政府共同主办的“精彩江苏——中国昆曲英伦行”系列活动在伦敦启动。9 月 26 日至 27 日，苏州昆剧院演员吕福海、周雪峰、刘煜、沈国芳等组成的数支演出团队在伦敦大学国王学院、剑桥大学国王学院演出昆曲《牡丹亭》折子戏。9 月 27 日，剑桥大学国王学院院士、社会人类学家艾伦 · 麦克法兰在国王学院主持召开“汤显祖与昆曲 600 年传承”专家对话。

【“跨越时空的对话”——中英纪念汤显祖、莎士比亚逝世 400 周年研讨会】

2016 年 12 月 6 日，由中国文化部与英国文化、传媒和体育部合作主办的“‘跨越时空的对话’——中英纪念汤显祖、莎士比亚逝世 400 周年研讨会”在上海举行。中国国务院副总理刘延东，英国文化、传媒和体育大臣布拉德利出席开幕式。文化部部长雒树刚、教育部部长陈宝生、国务院副秘书长江小涓、教育部副部长郝平、文化部副部长丁伟、外交部部长助理刘海星，以及中英汤显祖、莎士比亚研究专家、艺术家等参加研讨会。

中国戏曲学院原院长周育德和英国文化委员会艺术总监格谢菲尔德分别作为中英双方专家代表做基调发言。陆建德、叶长海、基廷、叶琳娜等中英学者围绕汤显祖与莎士比亚所处的时代背景、各自的人生经历、美学追求、作品传播、当代价值等，探讨两位戏剧大师对后世的影响及对人类社会的贡献。

第十一届中国艺术节

【概况】

关于“第十一届中国艺术节”的详细活动内容见本年鉴“总类卷”第 43 页。此不赘述。

【观点】十月长安花竞艳——第十一届中国艺术节地方戏剧目观后

◎ 安葵

“第十一届中国艺术节”于 2016 年 10 月在西安举行，参评的各类戏剧 57 台，其中地方戏剧目 19 台（还有很多优秀剧目因名额限制未能参加演出），从这些剧目可以看出，在习近平总书记文艺工作座谈会讲话精神的鼓舞下，广大戏曲工作者坚持以人民为中心的创作导向，努力向更高的艺术目标攀登，取得了令人可喜的成绩。本文简谈一下观摩地方戏剧目后的一些感想，从这些作品中可以看到戏曲艺术家的新追求，创作中积累的新经验教训，值得认真总结。

一、表现新时代、新人物的精神力量

近年来，各地都重视写当代的英模人物和历史名人，这对推动戏剧创作有积极影响的一面，因为这可以让这些英模人物和历史名人为广大群众所知道，同时用当地的戏曲剧种表现当地的人物也有其特别便利处。但是应该看到，并不是所有名人的事迹都适合用戏曲形式表现，戏曲需要有戏剧性，对题材有特殊的要求；另外，我们也不能满足于“打造地域名片”这一浅近的目的，应该努力表现英模人物和历史名人的精神力量。

在塑造英模人物的作品中，豫剧《焦裕禄》是成就比较突出的一部。作品不回避生活中的困难和挫折，同时又是在这些困难与挫折中表现出了焦裕禄这样一位共产党基层干部对党的事业的忠诚，对人民的热诚关心和敢于担当的精神。作品集中写了群众逃荒、为错划成右派的科技人员平反、买议价粮救荒、带病抗洪抢险等几个典型的事件，在每一个事件中都写出了焦裕禄真实的情感、认真的思考和果敢的决定。焦裕禄的根本出发点是人民的利益，“让群众吃饱饭这错误犯不了多大！”不能让群众挨饿，不能让群众蒙冤，要让群众的生活好起来，要让群众的积极性发挥出来，体现了一名共产党员真正的党性。他在病重期间，发现一名公社干部虚报粮食产量，在病床前对这名干部进行了严肃而又情真意切的批评。剧本写得好，演员贾文龙演得好，使我们仿佛看到了活的焦裕禄，人物的感情是真实的，又与观众的感情相通。

评剧《母亲》、湘剧《月亮粑粑》也都以真实的人物为原型，但它们都经过艺术的典型化创造。所谓典型化创造不只是说要进行艺术虚构，而且要求创作者对人物的精神做更集中的概括。一位普通的母亲，没有什么豪言壮语，但是面对日寇的侵略和残暴、狡猾的迫害，毅然牺牲自己的儿子，以保护八路军，保护乡亲。饰演《母亲》中母亲的演员王平以柔婉的白派唱腔唱出了母亲内心的痛苦和大爱。《月亮粑粑》中的一位乡村民办教师，几十年坚守在艰苦的教学岗位上，是什么力量使她克服种种常人难以忍受的困难？是对学生的爱和对教育工作的责任感。学生称她为“妈妈老师”，演员王阳娟以富有乡土气的表演表现出了人物的精神——看似柔弱的内心却无比刚强；虽然经受种种磨难却感受着实现

理想的欢乐。

二、扩大作品文化内涵的追求

优秀的古典剧作和传统剧目都是有丰富的文化内涵的，但是一般演出的大量传统剧目都是容易看懂的戏剧故事，思想内容也多是惩恶扬善、忠贞爱情、伦理亲情等。新创剧目不满足于这一层面，每出戏除了有不同的主题外，还追求比较丰富的文化内涵。因此，观众看戏不仅可以欣赏到精彩的艺术，还会引起对历史、文化的思考；但这样做就增加了创作的难度。

比如秦腔《易俗社》，除了要讲一个戏剧故事，还追求具有一定的文献性。因为易俗社是具有百年历史的近代最有影响的戏剧团体，不太了解易俗社详细历史的人要求通过看戏了解易俗社的历史，了解易俗社历史的人则要求这部作品能比较全面正确地表现出易俗社的风雨历程。但文献性与戏剧性是有矛盾的，一件件地叙述易俗社的历史故事不仅为舞台容量所不许，而且不符合戏曲观众的欣赏要求。现在编导一方面通过屏幕展示了许多重要的历史图片，通过叙述人简要地介绍易俗社的一些重要史实，清楚地表现了故事发生发展的历史背景；更重要的是通过典型化的手段塑造了高玉轩、刘天俗、关震易等艺术形象，在他们的身上体现出易俗社对戏曲事业的贡献和易俗人的精神。过去人们研究易俗社，多重视这一团体初创时期改良戏曲的勇气与作为，例如他们进步的社章、社规，《甄别旧戏草》等，秦腔《易俗社》更着重表现了他们在抗日战争时期的坚持和对革命事业的贡献，使我们加深了对这一不断前进的艺术团体的认识。

易俗社当年是一个男人的团体，但是根据剧团的条件和观众的审美需要，作品塑造了林梦云这样一个从喜爱秦腔的富家小姐到第一代秦腔女演员的艺术形象，她的艺术追求和感情历程成为这出戏情节的主线。这就使这部作品具有较强的戏剧性，同时也从侧面写出了易俗社的社会影响和成长发展。易俗社具有进步意义的剧目及其优秀演员的表演，对群众产生了巨大的吸引力，使各阶层的群众，包括女性，感奋起来，觉醒起来，以至于要投身进来。作品表现了林梦云与著名男旦演员刘天俗（根据刘箴俗、王天民等真实的人物虚构的艺术形象）的师徒情，与一直呵护她的演员关震易的兄妹情，两者都没有发展成爱情，但相知、相惜、相依，真挚，深切，因此是崇高的和感人的。

秦腔《狗儿爷涅槃》则以很大的时间跨度写出了农民生活变迁和磨难的历史，写出了他们的心灵史，看了使人感到震撼。外号被称为“狗儿爷”的农民陈贺祥，父亲因受到地主的欺凌而死，他自己幸遇翻身解放，分得了土地，又得到了地主祁永年的高门楼房子，但他的理想就是过上地主的生活，得到祁永年一样的荣耀，所以合作化土地归公等政策使他的愿望受挫，而“大跃进”等过“左”的政策使得农民吃不饱，以致陈贺祥变疯，妻子离去。几十年波澜起伏的岁月，通过一家人的酸甜苦辣体现了出来。经历过这个时代的人们不能不引起对历史的反思，当陈贺祥呼喊着要寻找贴心的八路军的时候，我们也深深感到，党的“不忘初心”、要时刻关心群众利益的思想是多么重要。

三、独特的视角和独特的发现

反腐倡廉是当前的一项重要任务，引起全国人民的关注。因此，许多地方历史上清廉的和与贪腐行为做斗争的官员都被挖掘出来，搬上舞台。但有追求的作家不走别人走过的路。琼剧《海瑞》和晋剧《于成龙》都是郑怀兴的作品，海瑞和于成龙都是别人多次写过的历史人物，但郑怀兴另辟蹊径。《海瑞》着重表现了海瑞在任淳安县令期间，与浙江总督胡宗宪之间的关系，写出了明代官场的复杂背景，在这样的环境中表现出海瑞是一位重情义、讲友情的官员，但同时又能保持古代文人的操守，绝不与贪腐者同流合污。

晋剧《于成龙》没有正面去写于成龙的清廉，而是选取了他被革职之后，又接受湖广巡抚张朝珍的慰留，去招抚啸聚山林的“暴民”，从而表现出了于成龙的政治远见和担当精神，也表现出只有清除贪腐的官吏才能安定民心，使历史故事具有现代启示意义。

中国各民族的历史都是厚重的，西藏由农奴制进到社会主义是伟大的历史跨越，要在有限的舞台时空中表现西藏的历史发展是很难的。川剧《尘埃落定》根据同名小说改编，通过“傻子”和卓玛命运的变化，表现了一个大时代的变迁，是十分高明的。

我们现行的戏曲创作生产体制，大多是由领导和剧团出题目请剧作家写，这也不是不能产生好作品，前面讲到的许多优秀的作品大多是这样创作出来的；但文艺创作最重要的特点是创作者必须有自己独特的发现，创作者自己要先被生活和题材感动，然后才能感动读者和观众。就这一点说，淮剧《小镇》的成功对我们有特别重要的启示。

剧作者徐新华开始是读马克·吐温的《败坏了哈德莱堡的人》等外国作家的作品受到震动，然后想写一个自己的剧本，酝酿时间长达十年。其间“我从没停止过因这个剧本所引发的人生思考，社会巨变、人世沧桑、生活磨砺、岁月积淀，它让我明白了这世间的颜色并不是非黑即白，其间还有灰色地带”。在这期间，她调动了自己所能调动的一切积累，不断进行思索。“发现了小说世界与现实世界超越时空的可怕对应，发现了面对诱惑时人性共同的弱点”，终于能“通过朱文轩的沉沦和自救，写出道德自我完善的艰难，写出知耻而后勇的可贵，写出自我救赎和道德担当的可敬”。[①]

我认为，《小镇》给我们的启示至少有如下几点：要鼓励作者对生活有自己的独特发现；要给作者充裕的积累生活、思考生活和准备创作的时间；对有独特发现的作品要给予特别的重视。

四、发挥剧种特色和地域特色的魅力

近年来人们认为地方戏存在的一个问题是“趋同化”，即在不少剧目中剧种的特点弱化，在舞台呈现上都有些京剧化或歌舞化。这一问题引起了大家的重视，在艺术节演出的地方戏中，上述问题得到明显的纠正，很多剧目剧种特点得到彰显，因而发挥了剧种特色和地域特色的魅力。

上面讲到的作品要有独特的视角，这既要从题材的特点出发，也要从剧种的特点出发。黄梅戏《小乔初嫁》写的是三国故事，京剧等剧种的三国戏多是表现上层人物的军事斗争和政治斗争，着重表现金戈铁马的气势和历史人物的政治谋略；但黄梅戏采取的是民间的视角。剧作家盛和煜认为，黄梅戏的特点在于“亲和”，因此他把《小乔初嫁》的主题定为“帝王伟业与老百姓世俗幸福的冲突”。作品通过小乔与其邻家姊妹叶儿和她的丈夫王小六的交往，把一场宏大的事件与民间生活联系了起来，使作品充满生活情趣，让观众感到亲切。小乔的行动、她与曹操的对话，都显示出了这一女性的不凡胆略，使这部作品比起早期黄梅戏有显著的提高，但又没有脱离黄梅戏民间的特点。

龙江剧《松江魂》表现抗日战争期间东北二人转艺人的遭遇和他们坚贞不屈的斗争。王肯先生曾说东北的民间艺术美学是“土野的美学”，龙江剧《松江魂》就体现了这种“土野”之美。唱腔和表演都是粗犷的，大开大合，大棱大角，但具有动人心魄的力量；人物性格是粗犷的，敢爱敢恨，直言快语，但粗中有细，他们的行动能使人感到情感的温润。这是一部东北人写的、东北人演的东北戏，地域特色鲜明。龙江剧是由二人转发展而来的，用龙江剧演二人转艺人的生活是非常得心应手的。《松江魂》在女主角山里红为龚黑子所感动时，化入了如二人转传统戏《洪月娥做梦》的场景，很热闹也很贴切；两个二人转艺人带着铁镣唱二人转骂日寇，既是真实的，又显示了艺术形式的独特性。《松江魂》的创排表明龙江剧在继续坚实地迈着发展创新的脚步。

看芗剧《保婴记》使我想起芗剧优秀保留剧目《三家福》。《三家福》表现了人们互相关心，济危扶困；《保婴记》同样表现人们的互相关心，但更提升到尊重生命的高度。按照世俗的观念，一个秀才与人有“私情”不合礼义，在母亲面前说谎是为不孝；小姐未婚而孕是为“伤风败俗”，三娘把小姐“拐走”属违犯法律。但剧中的人物在生命攸关面前，“是非莫论，救人要紧”，把保护人的生命放在第一位，这是一种强烈的尊重生命的意识。四个女人扮作轿夫抬着满月小姐走，满月不好意思，说：“我不应该让长辈抬我。”八姨等说：“你比啥人都大尊”，“有孕之女王母尊”。这是民间的观念，又是一种很

---

① 徐新华：《我的〈小镇〉》，《剧影月报》2016 年第 3 期。

现代的观念。剧中的所有人物都是好人，审案的县官像农民一样淳朴。看了这部作品让人感到人心是如此的美好，因而生活也是美好的。

五、总结经验，思考存在的问题，继续前进

以上只是个人在观摩“第十一届中国艺术节”地方戏剧目后的一些感受，列举到的剧目都是为了说明某个问题。其他很多剧目都可圈可点。如茅威涛主演的越剧《二泉映月》，曾昭娟主演的评剧《红高粱》，袁淑梅主演的评剧《安娥》，顾芗、张克勤主演的滑稽戏《探亲公寓》，壮剧《冯子才》，滇剧《水莽草》，粤剧《梦·红船》等，在艺术上都各有特点，给观众留下深刻印象。十月长安花竞艳，这次艺术的盛会必将成为奔赴艺术高峰的一个新的出发点。但我们在欣喜之余也应该看到，在前进的道路上仍然存在许多问题需要我们重视和认真思考。

在中央重视民族文化思想的指导下和一系列扶持戏曲政策的出台，各地都加强了对戏曲艺术的支持力度。现在应该警惕浮躁的思想。戏曲事业如其他事业一样，没有经费的支持是不能发展的；但是也并非有了钱就能出精品。一定要避免金钱和精力的浪费，不能急于求成。这是第一点。第二，应该在培养人才上下扎实的功夫。此次艺术节上出现了一位导演执导多部作品的情况，这显示了这位导演的创作才能；但从中也可看出，我们的创作队伍还不够大，后续力量不足。能够写出厚实的作品的作家也不多。作家和艺术家的培养要有更长远的计划，仅仅靠“采风”和办班的办法是不行的。第三，现在评论比以前受到更大的重视，但要让评论对创作发挥更切实的作用，仍需继续努力。对参评的所有作品，人们的评价都有所不同，这是很正常的。任何一部作品都不能说已经十全十美。创作者应该有听取各种意见的胸怀，吸取合理的、有用的意见改进自己的作品。批评者（包括专家）也不能认为自己的意见就是绝对正确的，一定让创作者按自己的意见改。互联网的广泛应用使评论更及时、更快捷和更普遍，让专业的评论与群众的评论结合起来，让创作者与观众、与搞评论的人更密切地沟通，这是应该努力去做的事情。

原载《当代戏剧》2016 年第 6 期

安葵　中国艺术研究院戏曲研究所研究员

【观点】解读“张曼君现象”——从第十一届中国艺术节张曼君现代戏谈起

◎ 张之薇

2016 年在西安举行的“第十一届中国艺术节”上一人多部作品参评的现象不属个例，但张曼君最为醒目。她的作品初评入选的总共有 6 部，其中参评的有 5 部，并最终以评剧《母亲》斩获第十五届文华大奖。值得注意的是，像张曼君这样在一届艺术节上参评作品比例如此之高、涉及剧种如此广泛的导演似乎还是少数。更值得注意的是，她的参评作品常常在地方戏组出现，并以现代戏居多。在这届艺术节上我们就看到除了黄梅戏《小乔初嫁》为新编历史戏之外，其余 4 部——秦腔《狗儿爷涅槃》、评剧《母亲》与《红高粱》、湘剧《月亮粑粑》——均为现代戏作品。而且不单单是在这届中国艺术节上，就是在三年前的“第十届中国艺术节”上张曼君同样以《妹娃要过河》《花儿声声》《八子参军》的现代戏作品亮相，加上她之前的《大红灯笼高高挂》《十二月等郎》等作品，可以说高产、现代戏、多剧种探索已然成为张曼君导演鲜明的标签，甚至可以称之为当前戏曲界一个值得瞩目的现象。而在当代现代戏创作难脱困境之际，她的现代戏为什么会脱颖而出？她又是怎么化解戏曲的内容和形式在当代社会的不适应症候呢？以及她的现代戏目前还存在什么问题的呢？这一直都是我想弄清楚的问题。

二

现代戏创作的确是个重要课题，并不是因为现代戏是“第十一届中国艺术节”上占据最高比例的戏曲类型，也不是因为近几年官方对国家院团以及基层院团有以现代戏创作为主的导向，而是因为自从新中国成立以来关于戏曲如何表现现代生活的问题就始终是个未解的难题。自1949年以来，党和政府把现代戏视为新社会以来戏曲创作的重点之一，纵使经历了“两条腿走路”“以现代剧目为纲”“三并举”以及京剧样板戏的历程，戏曲政策起起伏伏，但还是可以看得出现代戏这一类型从来没有被冷落过。为什么会如此？大抵因为现代戏始终被认为是表现现实生活的最佳方式，也是表现新社会正面人物、英雄人物以及社会主义建设新气象的最好手段，这就决定了现代戏与生俱来就流淌着宣教的血液。进入“新时期”，不可否认现代戏无论是在程式的创新还是内容的创新上都有佳作，但真正具备经典性的现代戏远没有新编历史戏多，因为作为古典艺术样式的戏曲，以及现代戏曲所应有的“现代”含义，在现代戏这一类型的创作中远未很好地实现。可以这样说，所有人都在等待一次现代戏真正的飞跃到来。而进入21世纪，张曼君渐入人们的视野。她导演的《马前泼水》虽然是一部小剧场京剧，却绝对无法令人忽略，因为我们可以从她对小剧场京剧的创作理念中看到今天的张曼君。她曾说：应特别强调小剧场京剧与小剧场话剧的区别，不能以过于凝滞的理性思辨干扰京剧艺术抒情言志的传统，应张扬京剧表演艺术的本体，尽可能淋漓尽致地展现京剧表演的技艺技巧优长，在努力探索并尽可能拨动观众思考的前提下，大力张扬京剧表演艺术的魅力。同时她提出了“寓思考于欣赏，融技艺于人物，呈深刻于浅显”[①]的创作理念。而今天看来这些创作理念已然极为娴熟地被运用在她的现代戏中。可以见得，如何处理戏曲文本中的内涵深度以及如何驾驭戏曲的歌舞技艺，越来越成为她创作的关键点，同时也是她探索现代戏曲的出发点。

本来，艺术作品需要内涵深度不证自明，然而戏曲到底需不需要“思想”在近几年却成为引人争论的话题。执其一端者邹元江先生曾经在《制约地方戏曲发展的观念问题》一文中说：“百年来的戏曲发展史从某种意义上来说就是戏曲作品的思想性的注入史，戏曲艺术家首要关注的并不是艺术自身，而是作品本身能否传递出‘深刻’的‘思想’。”[②]并且他将思想性与艺术性截然对立来谈，否定了“思想”对现代戏曲的重要性。而执另一端者如马也先生则认为，在戏曲中绝无独立的形式美，所有的艺术都要塑造形象，“象”背后的东西必然是“意”。[③]这个“意”在他看来就是“思想”。笔者认为，思想不一定等同于哲学的思辨，思想首先意味着反思与批判，思想的深度直接与探触人的灵魂深度成正比。如果说1949年以来的半个多世纪，戏曲创作，尤其是大多数现代戏创作，难逃意识形态的惯性，给艺术创作附加了更多的政治价值，从而导致了创作上的过分趋时。然而今天，一部合乎现代观众审美的现代戏曲，契合现代人心灵的思想表达与形式呈现无疑都是不可偏废的。

那么深刻的思想性究竟是怎样的呢？它绝不是简单的道德评价，而应该是超越道德之上的人性触碰。在这届艺术节上，由刘锦云编剧、张曼君导演创作的《狗儿爷涅槃》可为很好例证。刘锦云是小说创作出身，后成为北京人艺专职编剧。话剧长于思辨，促使他先天比大多数戏曲编剧更注重形象的复杂性，内涵的深刻性，他并不满足于单纯的歌颂与苦难的铺陈，而是力图超越人物形象去挖掘形成人物命运的历史、现实、社会的根源。这恐怕是秦腔《狗儿爷涅槃》优于当今大多数戏曲文本的原因。但反之或许会有人说，与同名话剧相比，秦腔《狗儿爷涅槃》没有实质的进步，言外之意否定了秦腔《狗儿爷涅槃》从剧本到导演再到表演全方位的创造。而实际上，不要忘记，戏曲编剧方法与话剧大大不同，长于抒情的特性常常被认为不善于表达深邃的思想。那么，如何将这一时间跨度长、历史背景

① 张曼君：《〈马前泼水〉对小剧场京剧的探索》，《中国戏剧》2001年第11期。

② 邹元江：《制约地方戏曲发展的观念问题》，载《中国古代小说戏剧研究》（第十一辑），甘肃人民出版社2015年版。

③ 参见马也于2016年11月26日在国家艺术基金人才培养项目“戏曲评论高级研修班”上的讲座。

风云诡谲的时代悲剧由话剧转化成戏曲？这同样需要创造。而刘锦云在继承中国戏曲编剧传统之余，还发挥秦腔剧种的特色，在保留了剧作原本思想高度的同时完成了戏曲审美的转换。一度创作的成功大大提升了该戏成为经典的可能性，二度创作中导演张曼君又通过丰富的舞台创造和演员的表现力将半个世纪狗儿爷的悲剧一层层呈现在舞台上，让观众感受到时代洪流下狗儿爷这一个体的悲剧，同时也是中国千千万万普遍农民的悲剧。但是如果刘锦云缺乏对戏曲体裁与形式最大化的尊重和理解，过分强调自我的主体性，找不到文本与戏曲表演最恰当的位置，恐怕结果就会完全不同。

另外，很多创作者在创作现代戏时，总是被题材决定论裹挟，认为现代戏因为题材的局限而无法实现足够的创作自由以及彻底的艺术性，从而先自行降低了现代戏创作时的艺术标准。然而，创作中题材固然重要，但是命题作文、政府宣教题材，或者说英模题材等，或许在创作者艺术至上的创作观念下也会发生神奇逆转，张曼君的很多作品就是例证。而在这届艺术节上由刘锦云编剧、张曼君导演的评剧《母亲》就属此列，同时包括由盛和煜编剧的湘剧《月亮粑粑》。

评剧《母亲》以密云“英雄母亲”邓玉芬为题材，讲述了抗日年代一位平凡母亲如何失去自己六位亲人的故事，这无疑是英雄人物题材的作品，也一定是命题作文。但是编剧刘锦云、导演张曼君却将这个具有“主旋律”意义的题材打造得异常动人，完全没有大多数同类题材的口号化、概念化、简单化，我想这得益于艺术家对现实生活的提炼能力和艺术创造能力。作为艺术创作者，一定要认识到任何英雄事迹都是人创造的，没有人只有事的英雄题材作品往往是生硬而难以动人的。因此，刘锦云给我们的“母亲”形象设定首先一定是个人，其次她是一个有血有肉的人，再次她是一位有情感的女人和母亲，至于“英雄”这个标签只是他人的解读。基于此，平凡个体面对艰难情境中的自我抉择就是显现邓玉芬血色的关键。她把自己的四个儿子都送上了前线，她把自己襁褓中的儿子捂死，她在日本人面前舍亲子认八路，每一个动机都构成了强大的戏剧性，这是强大母爱与现实情境的个体矛盾，在一系列行动中“这一个”母亲立了起来。不仅如此，刘锦云深谙戏曲是写情的艺术，深深懂得戏曲的戏剧性是在丰沛的抒情唱段中展现的，所以我们看到，在本剧的高潮认子、舍子一场，母亲对亲子的本能情感，母亲对八路军的复杂情感，舍子后母亲面对亲生儿子的心如刀绞，都是通过大段抒情来描写的。

作为导演，张曼君有介入一度创作的创作习惯，而刘锦云的作品最终呈现出的文本相信也与张曼君有不可分割的联系。在《母亲》中首先艺术观念是正确的，除了遵循戏曲的创作特点，也有对戏曲编剧样式的开拓，那就是剧中小仔这个人物的创造。通常传统戏曲都是顺序叙事，而刘锦云并不拘泥于此，一开场即是以母亲回忆来倒叙，而小仔作为一个特殊人物灵活地参与到母亲的回忆中。小仔在剧中是个刚出生不久就死去的婴儿，在现实生活中当然是不可能有语言和心理活动的，但是戏曲是个“说破”的艺术形式，怎么样让婴儿自己“说破”自己的心理，刘锦云采用的方法是让小仔成为一个可以超越时空、可以穿针引线、全知叙事的精灵人物。这样的创造与戏曲的假定性完全吻合，从而也使小仔被母亲捂死一场的歌舞化得以充分呈现，更妙的是将窒息前小仔的痛苦、可怜、无助与母亲的无奈、悲凉非常好地表现出来，同时从侧面表达了日本侵略者的残忍。

作为任何一部现代戏剧作品，将它的思想性和艺术性割裂来谈都是可笑的，要想击中现代观众的心，好的艺术观念绝不容忽视。直击灵魂，写活生生的人，个体的人，普通的人，无论是话剧还是戏曲都是必要的，而对于戏曲现代戏来说，让高尚道德、集体主义、无我的奉献回归到个体的觉醒、私我的情感、人性的焦灼上才是最佳的良药。

二

而除了内容之外，形式的创造更是当前现代戏创作中一个未解决的难题。对于戏曲来说，表演就是它的本体，在生活方式的转变下，曾经的戏曲表演方式已难以适应现代社会，戏曲的观赏性、写意性、形式美受到巨大的挑战，于是“话剧加唱”成为现代戏创作的魔咒。而实际上戏曲的形式美从来都不是可有可无的，要想把现代戏排成符合戏曲艺术规律的作品，不仅需要对程式进行化用，还需要重新探索歌舞叙事的其他可能性。而张曼君导演的创作观念“退一进二”与“三民主义”似乎为现代戏创作找到了一条出路。她的“退一进二”指的是：退回戏曲艺术本体自身；并把现代观念融入戏曲创作，在尊重戏曲本体的基础上进行现代阐释。她的“三民主义”指的是：民间歌曲、民间舞蹈、民间习俗。其实，从她创作小剧场京剧《马前泼水》时就可以看得出她“退一进二”的端倪，而在现代戏创作中，她于进退之间又充分大胆地对民间艺术资源横向借鉴、吸纳，最终形成属于她自己的现代戏表达语汇。有的人称之为“新歌舞叙事”，是突出了张曼君歌舞手段的“新”；而我宁愿将其称为歌舞戏三位一体的抒情叙事。之所以这样定义旨在强调张曼君作品语系中的戏曲本位。也就是说，张曼君作品的“变”与“新”并没有脱离戏曲本体规律的恒定性——歌舞戏三位一体的抒情叙事。

然而，张曼君作品中的歌舞究竟是怎样的呢？她的作品并不完全等同于传统戏曲程式化的歌舞，而是对戏曲化的歌与舞手段进行拓展，将民歌、民谣、民间舞蹈等非戏曲的民间艺术化用到她的戏曲舞台表现中，形成“轻程式化”的歌舞样式。如果说，一般意义上的歌舞无关情节，只是对情绪的直接抒发，更多体现的是形式美的话，那么戏曲程式化的歌舞则是“既能刻画人物、塑造形象，又能负载并表现剧本情节以及自由的时空环境”①。但是，似乎张曼君作品中的歌舞样态介乎两者之间。这可以从这届艺术节上她的《狗儿爷涅槃》《母亲》《月亮粑粑》《红高粱》等作品中看出。显然，这种独特的歌舞样式只属于张曼君作品。

比如，在她导演的湘剧《月亮粑粑》中有群舞场面，有山歌，有童谣，有民乐元素的运用，演员的舞蹈表演充分借用民族舞的肢体动作，同时搭配着非戏曲化的音乐和演唱，只是不但不令人觉得别扭，反而会觉得耳目一新。在第一幕第二场，学生们在“上课了，风停了，雪住了”的歌声旋律中登场，一段流畅的歌舞完成了乡村孩子们上学路上的嬉戏、升国旗的严肃、秦老师站在讲台上并开始上课等动作。这段明快的歌舞不仅交代了戏剧环境，也表现了孩子们欢喜雀跃的情绪，同时也参与了戏剧的叙事，最重要的是它没有削弱形式的美感。很显然，这段歌舞虽与戏曲化的歌舞有明显的区别，但也并非一般意义上的歌舞，它是将鲜明的节奏感与戏曲的叙事性、抒情性、虚拟性结合，同时又充分体现了戏曲自由的舞台时空观。诸如此类的歌舞段落在张曼君的作品中还有很多，它们的共同点就是歌舞的“轻程式化”，同时让歌舞手段参与叙事，并在抒情中推进情节发展，极富审美享受。我把张曼君这样的处理看作她对现代戏歌舞叙事的一种样式探索。

在戏曲这一领域，任何新鲜样式的出现都会招来非议，相信很多人会质疑张曼君的作品到底还能不能称为戏曲，更有学者以“鬼搞”②思维来定义张曼君。然而，戏曲本来的生态到底是怎样的？一言以蔽之，是运动的，而非凝固的，“万物皆备于我”成就了戏曲的辉煌，诸如京剧历史上谭鑫培、梅兰芳、杨小楼这些伶界大贤哪一个离得开“万物皆备于我”？时至今日，人们反倒忘记了戏曲是如何“长大成人”的？苏国荣先生曾经用“过程的集合体”③来界定戏曲，我非常认同。在这个过程的集合中，戏曲表现系统呈现出的是动态的优化和动态的淘洗，换句话说，继承是前提，但绝不是只有继承就够了。而于张曼君来说，采茶戏演员的出身，可以看作她创作的原点，来自基层戏曲土壤的经历同时又是梅花奖得主的履历，一方面给予了她最扎实的戏曲滋养，一方面也让她没有过多的程式包袱，加之两度进入中央戏剧学院学习导演，深受徐晓钟《桑树坪纪事》中诗化、综合戏剧观念的影响，因此，她具有了“万物皆备于我”的气魄，从而对民间艺术、西方戏剧、交响音乐等元素进行各种大胆的集合。

值得一提的是在她作品中经常运用歌队。歌队是古希腊悲剧中很重要的存在，常常起着戏剧转场、

① 马也：《戏曲艺术时空论》，中国戏剧出版社 1988 年版，第 104 页。
② 邹元江：《制约地方戏曲发展的观念问题》，载《中国古代小说戏剧研究》（第十一辑）。
③ 苏国荣：《宇宙之美人》，华文出版社 1999 年版，第 352 页。

提出问题、引领剧情、引导观众判断等作用，歌队的歌唱、吟咏在古希腊悲剧中更多担起了理性思考的任务。而在张曼君的现代戏中，她对歌队的运用并非对古希腊戏剧中歌队的直接照搬模仿，而是充分“中国化”，将其纳入戏曲的载歌载舞中，纳入戏曲的抒情表达中。

在秦腔《狗儿爷涅槃》中，歌队演员们拿着板凳或农具以酣畅淋漓、乡土味十足的老腔开场，之后他们时而是村民，时而是看客，时而是闲妇，时而充当全剧气氛的渲染烘托，时而又参与到剧中人的演绎中，形式极为灵活；最重要的是歌队载歌载舞的表演形式完全融入叙事，并与戏曲歌舞叙事的特点极为吻合。在评剧《红高粱》中，同样是让歌队演员在民歌旋律中登场，他们是红红的高粱坡上的男人和女人，他们是蓬勃的生命力，是豪爽的性情和跳跃的脉搏。他们与那个高粱坡上向上直立生长的红高粱那么和谐，但是美好的旋律被枪炮声打破，男人和女人由安详变成了惊诧、慌张、恐惧，散落的人群瞬间转换成了抗日的民兵。歌队在剧中既充当着这片热土中男人和女人的群像，他们也是送九儿出嫁的轿夫，是烧酒房中的兄弟，他们还是罗汉大哥受刑时沉默的村民。歌队的处理让整部戏在歌与舞中转场，让舞台时空无比自由。而在评剧《母亲》中，歌队拿着做针线活的竹篮和新纳的鞋垫在民歌曲调《望儿归》的歌声中登场，母亲生产时她们鼓盆而歌，以及《望儿归》的曲调被歌队载歌载舞地一再吟唱，歌队起到了点题、贯穿剧情以及对于情绪推波助澜的作用。古希腊戏剧中承担思辨性的歌队在这里承担了诗化的功能，用抒情的方式突出了中国平凡质朴的母亲群像，最终将千千万万个母亲形象延伸到伟大母性的心理空间之内。

另外，心理空间与现实空间的同台也是张曼君作品中经常出现的。在传统戏曲的舞台上时空是流动的，景随人动，浑然一体，其心理表达完全是附着在演员虚实相生的表演之中的，这就是所谓的“外师造化，中得心源”。而内心形象的外化则常常是话剧的表现方式，然而在张曼君的作品中这样的处理却很多。

在《月亮粑粑》中，秦老师和孩子们在电视中看“九七回归”一场，师生处于舞台前景的现实时空，而姜明科作为驻港部队代表一身戎装，则是作为电视时空处于后景，此时两个时空共处于一个舞台。而更为有趣的是，当姜明科走到左前演区，秦老师记忆中那个背着柴火的苦孩子姜明科佝偻着身形隐现在高大英武的姜明科身后时，此刻无疑变成了秦老师的心理空间。舞台时空的切割和自由转换在张曼君的创作中可以说比比皆是。同样，《狗儿爷涅槃》的第一场，老年狗儿爷划洋火欲烧门楼却屡划不着，鬼魂祁永年在身后窥探。二人虽已阴阳两界，却因为门楼而交织一生，人鬼对话，历数过往，老账从头算。这时祁永年的扮演者当场穿上马甲，戴上小帽，拿上皮鞭，顿时变成了活着的地主祁永年，而老年狗儿爷兀自站在那里看着眼前发生的一切。这分明是幻象，但是在戏曲不羁的时空观下，心理时空和现实时空同台，虚与实共生，完全符合戏曲的创作规律。

张曼君导演能够将戏曲化和非戏曲化段落有机融合在一起，其实她最关键的秘密武器就是把握住了戏曲无限自由的时空观。因此，我们看到了舞台上不断变换的虚拟场景下，既有快速流畅的节奏，也有给足时间舒展情感的抒情唱段，将戏曲的特性发挥得极为充分。

三

进入新世纪，张曼君声望日隆，获奖无数。她的作品，尤其是她涉足最多的现代戏，所呈现出的“张曼君样式”也渐渐引起戏剧界人士的讨论，在大多数戏曲现代戏创作始终走不出困局的今天，张曼君的现代戏，虽也不乏命题作文，但是她将自己的“三民主义”最大化地与戏曲结合，让我们脱离了对现代戏固有的印象，曾经原本极具宣教属性的现代戏充分浸没在强大的艺术审美之中时，出乎意料地让人惊艳，这是张曼君最值得称道的。但是，不可否认，风格化是艺术的一把双刃剑。随着张曼君的作品日益增多，风格雷同、手段重复，也成为人们谈论的焦点。如果纵观张曼君近十年的作品，除了“第十一届中国艺术节”几部参演作品之外，还有一些比较有影响力的，如 2005 年的花鼓戏《十二月等郎》、2011 年的黄梅戏《妹娃要过河》、2012 年的采茶戏《八子参军》、2012 年的秦腔《花儿声声》

等，就会发现成就她的是其引以为傲的“三民主义”，而让她的作品陷入雷同化、模式化的依然是她的“三民主义”。除此之外，对交响音乐的大面积运用，演员演唱时脱离戏曲演唱方法的民歌、美声痕迹，也成为她的作品被质疑不够戏曲化的重要因素。

那么，在戏曲界掀起波澜、引起诸多戏曲人关注的“张曼君样式”究竟是可以指向戏曲现代戏的未来，还是仅仅是作为戏曲多元化发展的一个方向而存在呢？这值得我们研究。总体来说，我认为，张曼君的择情而叙以及歌舞戏三位一体的原则是正确的，但如果在以下三个方面把握不当，可能未来的争议会越来越大。

（一）警惕样式的“歌舞剧化”倾向

质疑张曼君作品不是戏曲，最关键点就是她在戏曲中大量运用非戏曲化歌舞。她的歌舞手段一般是歌舞剧中歌舞的表现方法，如群舞、群体双人舞、剪影式舞蹈造型、主题咏唱、合唱等，这些手段初看让人耳目一新，可以说为戏曲注入了新鲜的血液，所以理论家给予她“新歌舞叙事”的美誉。众所周知，王国维对戏曲“以歌舞演故事”的精辟论述早已深入人心，歌舞也成为戏曲叙事的最重要手段。但是，此歌舞非彼歌舞，戏曲化的歌舞是通过演员的功法形成程式，再通过程式形成歌舞，最终达到与人物和戏剧性的统一，因此，衡量是否是戏曲化的歌舞第一要看其中是否具备戏曲的技术、功法，第二要看是否与人物塑造和戏剧性相结合。从这两点看张曼君作品中大部分的开场、结尾的歌舞均不属于戏曲化的，而仅能属于歌舞剧化的。当然作为现代戏，我们期待破格创新，尤其是在样式上。但如果说“话剧加唱”是对戏曲样式的伤害，那么“歌舞剧加戏曲片段”同样是对戏曲样式的偏斜。于是，这个度的把握就至关重要了。

如果作为导演的风格嗜好，仅在序幕和尾声佐以渲染情绪的非戏曲化歌舞，其实也无可厚非，但是如果在叙事过程中也大面积穿插表达情绪且并不参与叙事的歌舞可能就有些问题了。比如，黄梅戏《妹娃要过河》，笔者以为有非戏曲化舞蹈比例过重之嫌。当然，该戏讲述的是土家公主与客家船老大的凄美爱情故事，运用土家舞蹈、土家民俗以及土家民歌元素都是必然的。但是，抛开序幕，我们发现整部戏的舞剧场面非常普遍：第一场为女儿会，为土家姑娘和客家船工们的群体歌舞场面，演唱虽是黄梅调，但还是难掩舞剧的感觉；第二场土家寨茅古斯，是借鉴了土家茅古斯的民族舞蹈；第四场船工起锚的群舞；第五场阿朵出嫁，由演员独唱和群体演员合唱交相组成，尤其是群演的哭嫁舞蹈也是对土家哭嫁风俗进行借鉴之后的群舞；第六场船老大抢亲时的诸多歌舞场面，以及剧中的砍邪舞、摆手舞等土家风情的舞蹈。虽然黄梅戏发源于采茶调等民间小调，剧种本身就有轻程式、生活化的特点，而且唱腔以婉转轻快著称，但是像《妹娃要过河》这样整部戏群体歌舞的大场面不是在抒情的高潮时零星出现，而是几乎遍布每场，就不得不说这样的戏曲有向歌舞剧靠近的倾向了。

同样，在张曼君的作品中，唱的部分也会有对戏曲唱腔的溢出。这不仅指经常出现在她作品中贯穿全剧的主题吟唱，也指发生在戏曲演员表演时经常出现的民族、美声唱法，以及与演唱的非戏曲化相伴而生的交响音乐伴奏。我无意否定戏曲中交响音乐的介入，有样板戏在先，交响音乐已经成为丰富戏曲音乐的重要元素，但是当它成为某个戏曲作品的主体时性质就变了。在评剧《母亲》中就可以感觉到交响音乐的大面积运用，以及演唱时偶尔的民歌痕迹。而评剧作为一种相对成熟的戏曲剧种，本身具备丰富的音乐手段和唱腔，交响音乐的比重过大是不是会削弱剧种本身的韵味呢？

“戏曲化”是与现代戏创作相伴而生的问题，在20世纪80年代就引起广泛讨论，经过30年的实践创作，今天我们基本认可了“戏曲化”应该是戏曲创作需要遵循的标准，而“话剧加唱”则是应该避免的，但是如果从“话剧加唱”的样式又走向了另一个“歌舞剧化”的方向，难道这是戏曲所需要的吗？

（二）警惕结构的模式化倾向

作为戏剧导演，不能用一戏一格来苛责他们，同时要求他们做到在每一部作品中颠覆自我其实也是不切实际的，但是如果在一位导演的不同作品中看到了戏剧结构的模式化就是很可怕的事。什么叫模式化？根据百度百科的解释，又叫模块化，按照功能将一个软件切分成许多部分单独开发，然后再组装起来，每一个部分即为模块。其优点是利于控制质量，利于多人合作，利于扩充功能等。它最大的便利是利于控制，便于流水生产，也便于扩充。如果将“模式化”“模块化”“标准化”这些词用在科技生产上可能是优势，但是如果将其用在艺术生产上可能就相反了，发展到极致就可能走向艺术“八股”的境地。

我们从张曼君近十年的作品中可以看出一个明显的结构模式，这个结构显然与编剧无关，而是与导演的惯用手法息息相关的。她的序幕或开场一定是场群体的歌舞，经常有对民族元素的借鉴，演唱一般为全剧的主题吟唱；第一场则转变为戏曲化表演，音乐伴奏也是戏曲化的，接下来是戏曲与群舞、主题吟唱的交叉进行，而重要的抒情高潮点一定会有主题音乐的反复吟唱；尾声同样为群体歌舞。这其中主题吟唱是整体结构最重要的贯穿线，而主题音乐往往不是戏曲化的，而是汲取当地民歌小调后重新编曲后形成的。如《妹娃要过河》中的《龙船调》,《八子参军》中的《十月怀胎歌》,《母亲》中的《望儿归》,《花儿声声》中的《花儿》,《十二月等郎》中的《月望郎》,《狗儿爷涅槃》中的老腔，《月亮粑粑》中的湖南民谣《月亮粑粑》等。将民间小调入戏、将群舞场面入戏实际上就成为她创作中的一个模块，这些模块的基本功能其实就是发挥抒情功能，增加诗化意境。当然她的作品中还有一重要模块就是戏曲唱段，虽然张曼君的作品中有大量非戏曲化元素的运用，但她在涉及人物内心揭示时的重头戏依旧是通过戏曲唱段展示，并且能够发挥剧种的特色。比如《月亮粑粑》的第二幕，秦雅云的转正报告没有获批后，她有一大段内心戏。空舞台上，演员以一把椅子为支点，徒歌清唱，以梆子助节，而且滚唱自由，秦雅云通过对自己过往的回忆，将她对去与留问题的犹豫、焦灼、欣慰、满足感逐层表现了出来。正是这段非常重要的心理呈现，才决定了她之后的选择，而完全高腔的处理方式恰到好处地将人的情感倾泻而出。

但是在她的创作中，相信很多人都可以隐约感觉到，导演在运用相同元素创作，通过对不同模块的排列、组合架构全戏，这样的创作从单个模块角度来看是很美的，但是从整部戏来看有可能出现风格不够统一、不够有机的状况。如果从导演的创造来看，长此以往会陷入僵化的泥沼，在一定程度上抑制了灵光乍现的艺术思维。而从接受角度来看也有可能让观众陷入审美疲劳。

（三）警惕剧种的淡化倾向

和一些导演不同，张曼君很重视地方戏创作，在“第十一届中国艺术节”上她参评的五部作品全部是地方剧种。在长久以来地方戏新创作品乏力的环境下，她的努力和成绩能够让更多的观众看到地方戏和地方文化的巨大魅力。那么，剧种的魅力究竟何在？戏曲理论家王评章曾经说过：“一些优秀剧目，一些剧种的代表性剧目，无一不是有能让人一下子认出地方日常生活、文化心理、情感个性、历史经验积淀出来的特点，甚至包括抒情、叙事、行为的方式特点。”①

但是，戏曲对于我们现代观众来说是有密码的，这个密码对于京昆这样的大剧种来说可能是程式，但是对于一些小剧种可能就是蕴藉其中的久远的日常、生活、心理、伦理以及情感表达方式。正是因为有了这个密码，现代观众在欣赏戏曲时才会有隔膜，但是也正因为有了这个密码，现代观众才会熟悉她，以至于达成解码后，能够有巨大的审美愉悦。我认为，导演不能为了让戏曲更靠近现代观众而主动破码，用更通俗的艺术手段浸入戏曲，使其主体模糊，并发生转变。另外，还有一个值得注意的现象，很多创作院团在新创剧目的冠名问题上花样百出，如《八子参军》被冠以“赣南采茶歌舞剧”,《妹娃要过河》被冠以“土家风情黄梅戏”,《红高粱》被冠以“现代史诗评剧”；再比如2013年的《徽州往事》被冠以“原创黄梅戏舞台剧”，2017年年初浙江越剧团来京上演的《牡丹亭》被冠以“越剧音乐诗画剧”；等等。这种冠名的纷乱多样已经成为当今戏曲新创戏的普遍现象，而非个案。这其实暗示了主创在戏曲边界上观念的混乱以及对创新的热衷，或跨界集合，或同化浸入，暴露出的是当前创作

① 王评章：《戏曲本体的尊严与力量——王评章戏剧评论集》，海天出版社2017年版，第19页。

上对戏曲本体的疏离，对剧种意识的漠然。其实现代戏曲绝对是需要创新的，有时候出格也并不一定是坏事，但如果戏曲剧种自己的主体性受到了挤压、影响，乃至彻底丧失，这就是问题了。

2013 年，文化部出台了《地方戏曲剧种保护与扶持计划实施方案》，相信该方案的出台就是官方政府也渐渐认识到了地方剧种中那种沁入骨髓的个体性被消磨是件危险的事。而且近年来地方剧种的发展，尤其是新编戏、现代戏的创作在音乐设计、唱腔设计人才方面全国几乎大一统，地方戏的剧种性着实难保。但就是在这样的局面下，有知名学者竟然宣称：现代戏曲的成熟必然是与戏曲剧种的淡化相同步的。[①] 此种观点出现在一个戏剧理论学者口中的确很令人费解。说明目前地方戏的剧种性不仅在创作领域被模糊，也在理论领域被质疑，剧种的问题已经成为一个绝对值得关注的问题。

结语

张曼君是当今戏剧界的翘楚，更是“新世纪杰出导演”中迄今为止唯一女性。随着近几年她的作品越来越引起关注，“张曼君现象”已然成立，而“张曼君样式”也越来越引起我们的探讨。可以说，“张曼君样式”是与现代戏样式息息相关的，同时也与符合现代人心灵的现代戏曲息息相关。戏曲需要跟上时代，而采取什么手段，如何把握“正”与“变”的关系，如何理解歌舞叙事，如何处理表演与舞美的关系，是每一位当代戏曲导演需要思考的。张曼君在用自己的创造力进行探索。

原载《戏曲艺术》2017 年第 1 期
张之薇　中国艺术研究院戏曲研究所副研究员

① 参见吕效平于 2016 年 11 月 28 日在国家艺术基金人才培养项目“戏曲评论高级研修班”上的讲座。见微信公众号“国戏研究所”推送《吕效平：戏剧文体的嬗变与现代戏曲的基本特征》。

作品

北路梆子

【北路梆子《宁武关》】

2016年6月1日，由山西省忻州市梅琳北路梆子剧团创排的北路梆子《宁武关》在山西省忻州剧院首演。该剧由曲润海改编，赵景勃任艺术指导，夏松生导演，杨仲义主演。剧目以明末农民起义军领袖李自成与山西总兵周遇吉在宁武关的战事为背景，讲述了周遇吉面对诱降，正义凛然、忠肝义胆，毅然固守雁门关，最终失守拔剑自刎的故事。

汉剧

【汉剧《宇宙锋》】

2016年1月18日，由武汉汉剧院排演的汉剧《宇宙锋》在北京长安大戏院上演。该剧由郑怀兴编剧，石玉昆导演，王荔主演。剧目在保持传统汉剧《宇宙锋》“修本”“装疯”两折戏的基础上，增加了“指鹿为马”“匡赵联姻”“盗剑嫁祸”“雪中寻夫”等情节，讲述秦国权臣赵高陷害女婿匡扶一家，殃及女儿赵艳蓉被迫归娘家，不料秦二世欲纳其为妃，赵高为了权势，力劝女儿进宫，赵艳蓉决然不从，装疯抗命。

【汉剧《失子记》】

2016年1月28日，由武汉汉剧院创排的新编古代汉剧《失子记》在湖北省武汉市人民剧院上演。该剧由郑怀兴编剧，王荔饰演游玉兰，熊国强饰演程婴。故事脱胎于元杂剧《赵氏孤儿》中的“程婴救孤”，将程婴夫人游玉兰作为主角，描绘了她救孤、失子、育孤、失忆与还孤的无奈、复杂、矛盾的心路历程。

河北梆子

【河北梆子《赤霄赋》】

2016年6月24日，由天津河北梆子剧院创排的河北梆子《赤霄赋》在天津滨湖剧院首演。该剧由王寿山、姚可人编剧，欧阳明导演，陈春饰演汉光武帝。剧目讲述了汉光武帝刘秀执政初期，为保江山重用“强项令”董宣，并借汉高祖刘邦斩蛇所用的赤霄剑，向违法乱纪的皇亲国戚开刀、对贪腐官员问责的故事。

沪剧

【沪剧《回望》】

2016年10月11日，由上海沪剧院创演的沪剧《回望》在北京长安大戏院上演。该剧根据王愿坚的小说《党费》改编，由赵化南编剧，王海鹰执导，洪豆豆、金世杰、王祎雯、吴嘉倩、陈丹妮、毛珺宜、钱莹、丁叶波、施佳杰、朱麟飞、韩朝群等担纲主演。剧目以上海小姑娘替外婆去江西扫墓为切入点，追溯江西苏区女共产党员黄英忍受着失去丈夫的痛苦，在极其艰苦的条件下坚持斗争，揭露叛徒，帮助游击队员，最后英勇献身的故事。

淮剧

【淮剧《小镇》】

2016 年 10 月 18 日，由江苏省淮剧团演出的大型现代淮剧《小镇》在陕西省西安市人民剧院上演。该剧由徐新华编剧，卢昂导演，陈明矿和陈澄主演。剧目讲述了一个以道德闻名的千年小镇，一位老企业家悬赏 500 万元寻找多年前救助过自己的恩人。这笔巨款如同试金石，让平静的小镇掀起了波澜，同时也叩问着小镇人的道德良心。

黄梅戏

【黄梅戏《小乔初嫁》】

2016 年 1 月 5 日，由安徽省黄梅戏剧院创演的黄梅戏《小乔初嫁》在北京梅兰芳大剧院上演。该剧由盛和煜编剧，张曼君导演，何云、梅院军主演。剧目讲述三国时期，曹操兵犯东吴。东吴任命周瑜为兵马大都督，率军据长江天险抵御曹操。曹操施反间计，声称东吴只要献出绝代佳人小乔，便可罢兵。一时间，东吴君臣猜忌，军心涣散。为了江东数百万父老乡亲的安危，小乔于月夜乘一叶小舟过江，直赴曹营，击碎曹操的诡计。

【黄梅戏《李时珍》】

2016 年 5 月 12 日，由湖北省黄梅戏剧院创排的黄梅戏《李时珍》在湖北省黄冈市黄梅戏大剧院首演。该剧由余青峰编剧，韩剑英导演，张辉领衔主演。剧目讲述李时珍潜心医学，经过 27 载实地考察，写就鸿篇巨制《本草纲目》的故事。

晋剧

【晋剧《续范亭》】

2016年1月13日、14日，由山西省太原市晋剧艺术研究院实验二团创作演出的新编革命历史晋剧《续范亭》在山西省太原市青年宫演艺中心上演。该剧由孙国强编剧，何红星担任总导演，武凌云饰演续范亭。剧目以全面抗战爆发前的“华北事变”为历史背景，以中山陵剖腹明志为核心事件，以反侵略、反专制、反腐败为基本线索，以“决意东行”“雾锁金陵”“兄弟激辩”“报国无门”“剖腹明志”“震惊朝野”为全剧情节结构，着重抒写了续范亭将军的家国情怀和民族大义，颂扬他身先士卒唤醒国人一致抗日的爱国情怀与主张。

【晋剧《党的女儿》】

2016年7月1日，由山西省晋剧院创排的大型晋剧《党的女儿》在山西省太原市青年宫演艺中心首演。该剧根据同名电影和歌剧改编创作，由石玉昆导演，王晓刚作曲，田少华任唱腔设计，栗桂莲领衔主演。剧目以第二次国内革命战争、中央红军战略转移为历史背景，讲述了主人公梁玉梅及其他众多共产党员在经历一系列的生死离别、艰难困苦之后，最终以斩臂引火挽救了当地的游击队力量，献出了自己宝贵生命的感人故事。

京剧

【京剧《曙色紫禁城》】

2016年3月6日，由国家京剧院三团创演的京剧《曙色紫禁城》在北京梅兰芳大剧院上演。该剧由何冀平编剧，毛俊辉导演，高琛任副导演，袁慧琴主演。剧目讲述了20世纪初辛亥革命爆发前夜，受西方教育的清朝宗室格格德龄郡主来到紫禁城，面对专横的慈禧、绝望的光绪、一群争风斗气的后宫宫眷和迂腐不堪的八旗官宦，引发的一段故事。

【京剧《狄青》】

2016年8月4日，天津京剧院新编历史戏《狄青》在天津滨湖剧院首演。该剧由刘连群编剧，白云明导演，黄齐峰、凌珂、王嘉庆、王大兴、赵芳媛等饰演主要角色。剧目以中国传统故事“狄青风雪夺征衣”为蓝本，以武戏为主要呈现方式，讲述北宋名将狄青等人合力以“面具战”痛歼敌军、夺回征衣、擒拿奸佞的故事。

【京剧《奚啸伯》】

2016年8月6日，由河北省石家庄市京剧团创排的京剧现代戏《奚啸伯》在石家庄市人民会堂上演。该剧由王景恒担任编剧，张建国担纲主演、导演。奚啸伯为我国著名京剧表演艺术家，京剧“四大须生”之一。剧目主要讲述奚啸伯坚持学戏、“下海”唱戏以及担任石家庄京剧团团长期间的故事。

【京剧《党的女儿》】

2016年9月28日至30日，为纪念中国共产党成立95周年、红军长征胜利80周年，由国家京剧院根据同名歌剧创排改编的现代京剧《党的女儿》在北京梅兰芳大剧院首演。该剧由李莉编剧，杨小青、徐孟珂执导，青年演员付佳、郭霄、查思娜、田磊、李博、王越、胡滨等担纲主演。剧目以江西为故事发生地，描写红军长征期间，白色恐怖下的普通共产党员在极其艰险的环境下建立基层党组织，坚持顽强斗争，讴歌了年轻的基层女共产党员为了完成革命任务坚守革命信仰而献身的精神。

【京剧《浴火黎明》】

2016年10月13日，由上海京剧院创演的新编现代京剧《浴火黎明》在北京长安大戏院上演。该剧由李莉编剧，王青导演，杨扬、鲁肃、傅希如、董洪松等主演。剧目以1948年年初至1949年新中国成立前后的重庆为时代背景，描写和展示了一群年轻的中国共产党党员在狱中遭受酷刑，最终壮烈牺牲并留给我党八条诤言的历史事件。

【京剧《西安事变》】

2016年10月27日，由国家京剧院创排的现代京剧《西安事变》在陕西省西安市陕西广电大剧院上演。该剧由孟冰编剧，娄迺鸣、孙桂元导演，于魁智、朱强、李胜素、王越、胡滨、吕耀瑶、朱虹等主演。剧目讲述了以周恩来为代表的共产党人，在民族危亡的时刻，面对复杂的政治和社会环境，以民族大义和宽阔胸襟说服张学良、杨虎城二人和平解决西安事变，从而推动国共两党再次合作，最终促进抗日民族统一阵线建立的故事。

【京剧《江姐》】

2016年11月13日，为纪念中国共产党成立95周年、红军长征胜利80周年，中国戏曲学院改编复排的现代京剧《江姐》在北京国家大剧院上演。该剧于2001年由国家京剧院根据同名歌剧创排，阎肃编剧，谢平安执导，张火丁主演，填补了程派现代戏的空白。剧目讲述了1948年春，我军在全国范围内展开了战略反攻，地下党江姐冲破敌人封锁，奔赴川北革命根据地的故事。此次复排仍由张火丁主演，在保留原经典场次、经典唱段基础上，采用以民乐队为主的伴奏形式，对音乐配器、舞台美术、舞台节奏、武打等方面进行了新的编排与设计。

【京剧《柳荫记》】

2016年11月23日、24日，国家京剧院2016年重点复排的剧目《柳荫记》在北京梅兰芳大剧院上演。此次复排由京剧表演艺术家杜近芳、叶少兰亲授，国家京剧院青年演员付佳、张兵主演。剧目讲述了梁山伯与祝英台凄美的爱情故事，根据同名川剧改编，马彦祥编剧，郑亦秋导演，王瑶卿担任唱腔设计，1953年由杜近芳、叶盛兰领衔首演。

【京剧《大唐贵妃》】

2016年12月3日、4日，由北京京剧院与梅兰芳艺术基金会共同出品、北京京剧院与中国歌剧舞剧院联袂演出的交响京剧《大唐贵妃》在北京天桥艺术中心上演。该剧是梅葆玖先生的代表性剧目，也是他终身艺术成就的总结，于2003年首版演出结束后沉寂13年后再登舞台。该剧由郭小男执导，翁思再编剧，杨乃林等作曲，梅派传人胡文阁、张馨月携手老生演员朱强、杜喆主演。剧目讲述了唐明皇与杨贵妃在家国动荡之际缠绵凄婉的爱情故事。

昆剧

【昆剧《孔子之入卫铭》】

2016年1月22日，由中国戏剧家协会、北方昆曲剧院联合制作的昆剧《孔子之入卫铭》在北京天桥剧场首演。该剧由罗周编剧，曹其敬任总导演，徐春兰导演，袁国良、邵天帅、海军、史舒越、王琛等饰演主要角色。剧目讲述了孔子率领弟子周游天下推行仁政，在卫国被卫公和其妻待为上宾，却卷入卫公父子争斗，孔子尽力平息了一场两败俱伤的内乱。全剧重点在于从孔子在卫国所遭遇并深陷于其中的宫廷斗争，特别是骨肉相残中，揭示出孔子捍卫和传播自己理想的治世之道的坎坷与艰辛。

【昆剧《飞夺泸定桥》】

2016年6月18日，为纪念中国共产党建党95周年、红军长征胜利80周年、中国人民解放军建军89周年，由北方昆曲剧院与中央军委政治工作部歌舞团联合制作的原创昆剧《飞夺泸定桥》在中国剧院公演。20世纪60年代，北方昆曲剧院的前辈艺术家们就曾经创排过昆剧武戏《飞夺泸定桥》，此后又先后于80年代和21世纪初两度复排。而此次上演，除剧名外，形式和内容都与前作有着翻天覆地的变化。刘敏庚重新编写剧本，凌金玉任总导演，杨帆、朱冰贞、翁佳慧等主演。剧目讲述了红军在长征途中，以顽强的革命精神，克服万难，在48小时之内强行军320里，夺下泸定桥，为我军抢渡大渡河，打开新通道的故事。

【昆剧《我，哈姆雷特》】

2016年10月13日，由江苏昆山当代昆剧院制作的当代昆剧《我，哈姆雷特》在上海中华艺术宫首演。该剧是继2015年当代昆剧《春江花月夜》之后，主演张军、导演李小平、编剧罗周再度联手合作的当代昆剧作品。主演张军首次尝试用生、旦、净、丑四个行当应工，以昆曲独角戏的方式一人分饰多角，创新演绎莎士比亚名剧《哈姆雷特》。

【昆剧《醉心花》】

2016年12月18日，由江苏省昆剧院创排的新编昆剧《醉心花》在江苏省南京市人民大会堂首演。该剧由罗周编剧，李小平导演，单雯、施夏明领衔主演。剧目根据莎士比亚的名剧《罗密欧与朱丽叶》改编，讲述了姬、嬴两大家族有着世代仇恨，可是家族里的两个年轻人偏偏在一次邂逅中一见钟情，私订终身，最终双双殉情的故事。

闽剧

【闽剧《双蝶扇》】

2016 年 1 月 21 日，由福建省实验闽剧院新创排的闽剧《双蝶扇》在福建省闽剧艺术中心首演。该剧由王羚编剧，徐春兰导演，周虹、陈洪翔、陈言芳、江忠岩主演。剧目讲述了少女林梦卿和书生陈子霖自幼两情相倾，孰料二人婚期临近时，陈子霖因为身涉命案而被官府羁押刑狱。林梦卿的父母瞒下事实真相，把女儿易嫁给当地乡绅吴玉山。林梦卿、陈子霖、吴玉山三个人的命运因此而纠结在了一起。

评剧

【评剧《母亲》】

2016年10月24日，由中国评剧院创排的评剧现代戏《母亲》在陕西省西安市庆华文化宫上演。该剧由刘锦云编剧，张曼君导演，王平、张超群等主演。剧目讲述了抗日战争时期，密云的一个山村妇女邓玉芬，原本与丈夫和五个孩子过着平和安定的生活，但日本侵华战争的硝烟很快将他们的生活打乱。为了民族大义，邓玉芬的丈夫和儿子毅然参军、援军，在与日本侵略者的斗争中，最后均为国捐躯，铸就了一段可歌可泣的英雄事迹。

秦腔

【秦腔《狗儿爷涅槃》】

2016年1月11日、12日，由宁夏演艺集团秦腔剧院创演的秦腔《狗儿爷涅槃》在北京梅兰芳大剧院上演。该剧由刘锦云编剧，张曼君导演，李小雄、柳萍主演。剧目根据同名话剧改编，讲述了一个背负着中国封建经济及传统文化沉重包袱的普通农民——狗儿爷，在中国农村几十年大变迁背景下的命运波折。

【秦腔《丝路长城》】

2016年4月6日、7日，由陕西省戏曲研究院小梅花秦腔团创演的秦腔历史戏《丝路长城》在北京梅兰芳大剧院上演。该剧原为京剧剧目，以大唐西北边境马帮首领之女柳娘新婚之日被胡兵掳掠为切入点，以唐太宗做出开放边境、胡汉互市的重大决策，果断出兵平叛并继而德化天下、经略周边为时代背景，以“宫廷内院”与“民间百姓”两条线索相交错，展现了汉代开辟并经历了“三通三绝”的“丝绸之路”在800年后重新打通后，给沿途各国带来的福祉。

【秦腔《诗圣杜甫》】

2016年5月6日，由陕西省戏曲研究院小梅花秦腔团创演的新编秦腔历史戏《诗圣杜甫》在陕西省戏曲研究院剧场首演。该剧由党小黄编剧，石玉昆执导，青年演员王航领衔主演。剧目以杜甫一生从出仕的满怀抱负写起，历经坎坷流离，备尝艰辛，直至淡出官场，最终重新明确自己以诗存英明、弘正气、抒民声的人生价值，表现了杜甫贴近底层劳苦大众，为民众呐喊忧国忧民的家国情怀。

【秦腔《易俗社》】

2016年10月13日，由西安秦腔剧院创排的秦腔现代戏《易俗社》在陕西省西安市易俗大剧院上演。该剧由刘桂成编剧，卢昂导演，惠敏莉、陈超武、屈鹏、李卫平、韩丽霞、李洪刚等主演。剧目展现了易俗社从初创到西安解放30多年间曲折坎坷的发展历程。

【秦腔《三滴血》】

2016年12月3日，创排于1917年的秦腔经典剧目《三滴血》由陕西省易俗社重新编排后，在北京长安大戏院上演。该剧由范紫东编剧，取材于《阅微草堂笔记》，讲述的是一场关于“滴血认亲”的故事。剧目塑造了一个封建官僚的典型形象，批判了主观、教条的思维方式。

琼剧

【琼剧《海瑞》】

2016 年 1 月 1 日、2 日，由海南省琼剧院创演的琼剧《海瑞》在北京中国评剧大剧院上演。该剧由郑怀兴编剧，石玉昆导演，符传杰主演。剧目以历史人物海瑞为原型，以海瑞与胡宗宪之间的戏剧冲突为主线，通过讲述海瑞与胡宗宪的持续纠葛、同鄢懋卿之流的坚决斗争、对嘉靖皇帝犯颜直谏等系列故事，揭露了古代官场的各种丑陋现象，展示了一位两袖清风的清官形象。

山东梆子

【山东梆子《官箴碑》】

2016年3月28日，由山东省泰安市山东梆子艺术研究院创排的新编历史戏《官箴碑》在山东省济南市百花剧院首演。该剧由韩枫编剧，陈贻道导演，孙海龙、杨圣军等主演。剧目取材于泰安市曾真实存在的官箴碑。新任知府颜伯安子承父志，来到30年前父亲为官并在此立下官箴碑的地方——泰安。他上任第一天便遇到一桩盘根错节的人命大案，最终奉公执法的颜伯安为民申冤。

商洛花鼓戏

【商洛花鼓戏《带灯》】

2016年1月4日、5日，由陕西省戏曲研究院创演的商洛花鼓现代戏《带灯》在北京中国评剧大剧院上演。该剧由徐小强编剧、导演，李君梅主演。剧目根据贾平凹的同名小说改编，讲述樱镇的综治办主任带灯，为了改变樱镇的种种乱象，与各种不良势力不懈斗争的故事。

婺剧

【婺剧《宫锦袍》】

2016年7月8日，由浙江婺剧艺术研究院（浙江婺剧团）创编的婺剧历史戏《宫锦袍》在中国婺剧院正式公演。该剧由贾璐编剧，韩剑英导演，陈美兰、朱元昊、范红霞、黄庆华领衔主演。剧目以晚年武则天赐给狄仁杰的宫锦袍为贯穿全剧的线索，通过赐袍、赏袍、绣袍、哭袍等事件，着力表现了一代女皇武则天和名相狄仁杰“以天下之心为心”的民本思想，以及两位强者间相知相惜的知音之情。

湘剧

【湘剧《月亮粑粑》】

2016年9月8日、9日，由湖南省湘剧院编演的新编现代湘剧《月亮粑粑》在北京全国地方戏演出中心上演。该剧由盛和煜编剧，张曼君任总导演，王阳娟主演。剧目根据真实人物原型创作，截取三个不同时期的历史片段，讲述了山村女教师秦雅云在贫困小山村，30年坚守与奉献的故事。

盱河高腔

【盱河高腔《临川四梦》】

2016年10月16日，由江西省抚州市创排的盱河高腔乡音版《临川四梦》在北京国家大剧院演出。该剧由曹路生编剧，童薇薇导演，陈俐、吴岚等主演。剧目以抚州市国家级非物质文化遗产——广昌盱河高腔（孟戏）海盐腔为主唱腔，将汤显祖原本“临川四梦”全本共182出戏高度浓缩融为一体，摘选精彩片段重新编排演绎而成。

豫剧

【豫剧《长安梦》】

2016 年 4 月 23 日，由陕西省西安演艺集团西安豫剧院排演的原创豫剧《长安梦》在陕西省西安市索菲特人民大厦大剧院首演。该剧由杨林、雷琳静、甄业编剧，李利宏导演，徐俊霞、王凯主演。剧目以 1942 年河南旱灾，300 万人西出潼关大迁徙来陕为历史背景，讲述了女主人公小勤，为了生存奋力拼搏，终于站稳脚跟的经历。

【豫剧《无事生非》】

2016 年 7 月 3 日、4 日，由中国戏曲学院表演系创排的实验豫剧《无事生非》在中国戏曲学院大剧场上演。该剧由王绍军、蒋洪广改编并执导，中国戏曲学院表演系学生参演。《无事生非》原为莎士比亚喜剧作品，豫剧《无事生非》移植于黄梅戏的同名剧本。剧目通过两对青年男女的分与合，宣扬爱情和友谊的美好，揭示偏见与固执的可笑，批判阴谋与嫉妒的丑恶。

【豫剧《焦裕禄》】

2016 年 10 月 26 日，由河南豫剧院三团创作的豫剧现代戏《焦裕禄》在陕西省西安市人民剧院上演。该剧由姚金成、何中兴编剧，张平执导，贾文龙扮演焦裕禄。剧目选取了“火车站礼送灾民”“瓦窑村访贤举才”“强顶压力买粮救荒”“带病抗洪抢险”“痛斥浮夸风”“病房内泪别妻女”等典型故事，解读和诠释了“县委书记的榜样”焦裕禄的公仆情怀和崇高品质。

越剧

【越剧《鉴水吟》】

2016年1月17日、18日，由浙江省绍兴小百花越剧团创排的新编越剧《鉴水吟》在绍兴市百花剧场上演。该剧由黄先钢编剧，展敏导演，马臻由吴凤花饰演。剧目主要讲述绍兴历史上著名的马臻治水的故事。

【越剧《寇流兰与杜丽娘》】

2016年7月23日，由浙江小百花越剧团编排的越剧《寇流兰与杜丽娘》在英国伦敦孔雀剧院举行全球首演。该剧由沈林担任《寇流兰》剧本改编，胡小孩担任《牡丹亭》剧本改编，郭小男任总导演，茅威涛一人分饰寇流兰与柳梦梅，徐叶娜饰演杜丽娘。剧目讲述了古罗马传奇将军寇流兰为理想而战的悲壮人生，以及中国古代传奇杜丽娘与柳梦梅的故事。2016年是莎士比亚与汤显祖逝世400周年，该剧首次将莎士比亚的《寇流兰》与汤显祖的《牡丹亭》同置于一方舞台，以中国越剧的方式加以诠释。

【越剧《袁雪芬》】

2016年9月21日，由浙江省嵊州市越剧团排演的越剧现代戏《袁雪芬》在嵊州市越剧艺术中心首演。该剧由姜朝皋编剧，李利宏担纲导演，黄美菊、倪锦锦主演。剧目以20世纪40年代袁雪芬推动新越剧改革为主要内容，还原了袁雪芬在越剧发展史上的突出地位，弘扬她“只为越剧生、一生为越剧”的敬业精神和“清清白白做人、认认真真演戏”的做人准则。

粤剧

【粤剧《秦王孟姜》】

2016年5月10日，由新光中国戏曲文化基金和广州粤剧院联合出品的大型史诗粤剧《秦王孟姜》在广东省东莞市影剧院首演。该剧由李居明编剧，周公瑾导演，欧凯明、崔玉梅、彭炽权、陈振江主演。剧目根据中国古代孟姜女的传说重新编撰，突破为人熟知的孟姜女传说格局，以秦始皇与孟姜女二人的人生交织及情感纠葛作为故事主线，为雄才伟略的秦始皇赋予儿女柔情，将千古一帝秦始皇疾声厉色的表面及其内心的柔软呈现给观众。

【粤剧《红伶归来》】

2016年6月19日，由广州粤剧院创排的粤剧《红伶归来》在“第七届羊城国际粤剧节”上首演。该剧由练行村、李满编剧，王永庆执导，卜灿荣任唱腔设计，隋晓峰作曲，欧凯明、崔玉梅领衔主演。剧目讲述了20世纪四五十年代，著名粤剧艺术家红线女在香港大红大紫之时，毅然选择回归祖国，并最终再创艺术辉煌的故事。

纪事

展演·评奖

【首届新浪潮城市戏曲节】

2015年12月至2016年1月中旬，由中华世纪坛、聚橙网共同主办的“首届新浪潮城市戏曲节”在北京举行。本届戏曲节包括实验京剧《碾玉观音》《京剧女皇》《北国佳人》等11场跨界戏曲演出，以及以中国台湾地区的当代传奇剧场创始人吴兴国、昆曲武生兼文武老生柯军、京剧演员王珮瑜三人为核心的讲演会。

【全国地方戏优秀中青年演员汇报演出】

2015年12月17日至2016年1月19日，由文化部主办，文化部艺术司、北京市文化局承办，中国评剧院协办的“全国地方戏优秀中青年演员汇报演出”在北京中国评剧院、梅兰芳大剧院、长安大戏院举行。本次汇演，有来自全国19个省（市、自治区）的20台剧目入选，涵盖豫剧、评剧、秦腔、越剧、黄梅戏、汉剧、吕剧、扬剧等18个剧种。剧目包括传统经典剧目越剧《红楼梦》《梁山伯与祝英台》、豫剧《白蛇传》、汉剧《宇宙锋》等，以及超过半数的新编历史戏和现代戏。汇演期间还召开了专家点评会，对演员表演及剧目创作等进行点评、研讨。

【“致春天”——国家京剧院优秀剧目展演】

2016年3月2日至19日，由国家京剧院主办的“‘致春天’——国家京剧院优秀剧目展演”在北京梅兰芳大剧院举行。此次演出共计17场，特邀冯志孝、叶少兰、赵葆秀、谭孝曾、李祖铭等老艺术家，国家京剧院艺术家于魁智、李胜素、张建国、董圆圆、袁慧琴、李海燕等演出，并邀请北京京剧院王蓉蓉、朱强，天津青年京剧团孟广禄、赵秀君，上海京剧院史依弘，大连京剧院杨赤，湖北省京剧院朱世慧等登台。展演剧目既有《锁麟囊》《秦香莲》《白蛇传》《杨门女将》《武则天轶事》等经典传统剧目，又有现代京剧《智取威虎山》《西安事变》、新编历史京剧《曙色紫禁城》《伏生》等。此次展演还特别邀请了湖北省京剧院于3月13日上演《徐九经升官记》。

【中国豫剧优秀剧目北京展演月】

2016年3月12日至4月6日，由中共河南省委宣传部、河南省文化厅、（河南）中华豫剧文化促进会主办，河南豫剧院、恒品文化·戏缘承办的“中国豫剧优秀剧目北京展演月”活动在北京梅兰芳大剧院、长安大戏院、民族文化宫举行。来自河南、新疆、安徽、山西等院团的《五世请缨》《花木兰》《三哭殿》《程婴救孤》《朝阳沟》等23台大戏陆续上演，李树建、汪荃真、王惠、贾文龙等参与演出。活动期间还举办了“参演剧目和中国豫剧艺术研讨会”。

【第九届东方名家名剧月暨湖北省优秀戏曲剧目展演周】

2016年3月18日至4月24日，由上海浦东新区文化广播影视管理局、东方早报社、上海东方艺术中心管理有限公司联合主办的“第九届东方名家名剧月暨湖北省优秀戏曲剧目展演周”在上海东方艺术中心举行。湖北省京剧院、武汉汉剧院、湖北省戏曲艺术剧院、宁波小百花越剧团、浙江京昆艺术中心、北方昆曲剧院、上海沪剧院、上海昆剧团等戏曲院团在一个多月时间里上演了15台大戏19场演出。本届东方名家名剧月首次以“省”为单位特别策划，推出“湖北省优秀戏曲剧目展演周”，湖北省京剧院《徐九经升官记》《建安轶事》、湖北省汉剧院《王昭君》、湖北省戏曲艺术剧院楚剧《大别山人》、黄梅戏《妹娃要过河》5台剧目集中亮相。

【纪念越剧诞辰110周年暨首届全国越剧戏迷大会】

2016年3月27日，由浙江省文化厅主办，嵊州市人民政府、绍兴市文化广电新闻出版局承办的“纪念越剧诞辰110周年暨首届全国越剧戏迷大会”在越剧诞生地浙江省嵊州东王村举行。越剧名家茅威涛、赵志刚、吴凤花、方亚芬等前来参加祭祖仪式，并参加演出和论坛活动。论坛包括四部分，分别从政府责任、专家、戏迷和产业的角度展开研讨。

【第四届中华优秀戏曲文化艺术节】

2016年4月7日，由中共武汉市委、武汉市人民政府主办，中共武汉市委宣传部、武汉市文化局承办，武汉剧院、《武汉晚报》全程推广的“第四届中华优秀戏曲文化艺术节”在湖北省武汉市开幕。此届戏曲文化艺术节以“京津沪汉”戏曲群英会为主题，邀请了北京京剧院、天津京剧院、上海越剧院、苏州昆剧院、浙江省绍兴小百花越剧团、太原市晋剧艺术研究院一团、无锡锡剧院，以及湖北省京剧院、武汉京剧院、武汉汉剧院、武汉楚剧院等院团参加展演，共演出戏曲剧目30余场。

【第十四届江浙沪闽经典越剧大展演】

2016年5月6日至6月12日，由浙江省文化厅、中共绍兴市委宣传部、绍兴市文化广电新闻出版局主办，绍兴市演出有限公司承办的“第十四届江浙沪闽经典越剧大展演”在浙江省绍兴市举行。浙江小百花越剧团、上海越剧院、福建省芳华越剧团、南京市越剧团、浙江越剧团、杭州越剧院、绍兴小百花越剧团等国内越剧院团演出剧目30余场，其中既有观众熟悉的经典剧目，如《碧玉簪》《玉蜻蜓》《五女拜寿》《西厢记》《珍珠塔》《红楼梦》《莫愁女》《血手印》等，也有《玲珑女》《鹿鼎记》《枫落寒江》《长乐宫》等新戏首次与绍兴观众见面。开幕演出中，90岁高龄的越剧名家王文娟携弟子献上“千里共婵娟”——全明星版王派越剧专场。展演期间，绍兴剧院还举办了“全球越剧票友嘉年华”活动。

【“越从海上来”——上海越剧院2016年新剧目北京展演】

2016年5月10日至15日，由上海戏曲艺术中心主办、上海越剧院承办的“‘越从海上来’——上海越剧院2016年新剧目北京展演”在北京梅兰芳大剧院举行。近年来的新创剧目越剧《甄嬛》（上、下本）、《风雪渔樵记》、《双飞翼》陆续上演。

【国家大剧院小剧场戏曲优秀节目汇演】

2016年5月11日至6月29日，“国家大剧院小剧场戏曲优秀节目汇演”在北京举办。京剧《春日宴》、舞台剧《三岔口·2016》、昆曲《望乡》、“老生常谈——2016王珮瑜京剧清音会”等小剧场戏曲优秀节目陆续登台。

【江苏省优秀现代戏市场推广演出】

2016年5月20日至6月16日，江苏省优秀现代戏市场推广演出在陕西延安、北京两地举行。此次推广活动采用政府引导、市场推广的方式，文化厅只给予剧团、剧目宣传方面的支持，其余完全由剧团唱主角。江苏省11家剧团的12台优秀现代戏剧目参加此次推广演出。首站5月20日至23日在延安文化艺术中心上演淮剧《小镇》和情景朗诵剧《一代楷模——学习恩来精神》。第二站6月3日至16日在北京梅兰芳大剧院和中国评剧大剧院上演全部12台剧目。除首站剧目外，还包括淮剧《半车老师》、扬剧《花旦当家》、锡剧《三三》《夕照青果巷》《紫砂梦》、柳琴戏《血色秋风》、越剧《丁香》、滑稽戏《探亲公寓》、淮海戏《秋月》、话剧《民生巷11号》等。

【南昆正宗：昆剧名家经典展演】

2016年6月10日至13日，由文化部恭王府管理中心和中国昆剧古琴研究会共同推出的经典系列“良辰美景——恭王府2016非遗演出季”之“南昆正宗：昆剧名家经典展演”在国家图书馆艺术中心举行。昆曲在500多年的传播过程中，逐渐形成了南昆、北昆两个传承系统。此次展演选取了南昆重要代表院团江苏省昆剧院演出《西厢记》《幽闺记》《牡丹亭》《鲛绡记》《钗钏记》《燕子笺》等传奇经典中的16出经典折子戏。

【“上海的声音”——第二届上海（浦东）沪剧艺术节】

2016年6月11日至17日，由中共上海浦东新区宣传部（文广局）、上海市戏剧家协会、上海市群众艺术馆、上海沪剧院共同主办，浦东新区下辖各镇人民政府、浦东新区文化艺术指导中心、浦东新区文化馆、浦东新区上上文化服务中心、浦东文化传媒公司联合承办的“‘上海的声音’——第二届上海（浦东）沪剧艺术节”在上海浦东新区举行。上海市13家国有、民营沪剧表演团体参加了演出。活动内容包括演出、论坛、讲座、展览和下基层慰问等各类文艺活动30多场。其中，12场主体演出包括纪念中国共产党成立95周年“红色的丰碑”主题演唱会、《芦荡火种》《乡魂》《深秋的泪痕》《亲人》《白衣柔情》《家园春天》《梦中家园》《情与法》等；12场慰问演出，由沪剧小分队深入基层，为群众演出精彩折子戏；此外，本届艺术节还举办了面向百姓的广场露天演出、“沪剧与城市文化”专题讲座、“风中的紫竹调——沪剧主题展览”，还邀请了相关专家、学者在艺术节期间举办“与城市同行，与时代同步——沪剧艺术的传承与发展”文化论坛，研讨沪剧传承、发展之路。

【第七届羊城国际粤剧节】

2016年6月12日至19日，由广州市文化广电新闻出版局、广州市文学艺术界联合会、广州市振兴粤剧基金会联合主办，广州粤艺发展中心、红线女艺术中心、广州粤剧院有限公司、广州文学艺术创作研究院、广州歌舞院承办的“第七届羊城国际粤剧节”在广东省广州市举行。本届粤剧节以弘扬岭南文化为主题，以传承发展粤剧艺术为方向，以粤剧惠民为目标，共有《回馈》《户部黎公》《清宫遗恨》《金石牡丹亭》《昭君公主》《魂牵珠玑巷》《紫芸》《冲冠一怒为红颜》《秦王孟姜》《驼哥的旗》《北上》《白蛇传·情》《红伶归来》等13场粤剧，“‘岭南一粟’——欧凯明艺术专场”“古戏薪传”“‘桃花依旧笑春风’暨风腔艺术研究会成立晚会”“‘龙腾虎跃竞比高’——第二届武技跟斗大赛”“‘骏逸蜚声’——黎骏声粤剧艺术专场”等5场专场演出，以及51场全球粤剧私伙局（社团）大联展参加了此次粤剧节。粤剧节期间还举办了以脸谱游、粤韵操、听折子戏、看名伶画、画脸谱、化粤剧妆等六大内容为主的“织梦岭南·游园惊艳”粤剧主题活动以及相关粤剧讲座等活动。

【全国基层院团戏曲会演】

2016年7月5日至8月3日，由中宣部、文化部主办的“全国基层院团戏曲会演”在北京举行。此次会演包括来自全国31个省区市的31台剧目，其中现代戏17台。剧目来源于基层戏曲院团，绝大多数是县级院团，包括3家民营院团；涵盖26个地方戏曲剧种，如评剧、扬剧、沪剧、黄梅戏、川剧、婺剧、莆仙戏、秦腔、藏戏、新疆曲子、蒙古剧等。会演期间，文化部艺术司组织专家观摩，并在演出结束后召开“一剧一评”专家评议会，对剧目艺术质量进行评议。配合这次会演，7月29日，文化部还在北京召开基层戏曲院团发展座谈会。

【2016京津冀精品剧目展演】

2016年7月5日至8月30日，由京津冀三地文化厅局主办的“2016京津冀精品剧目展演”在天津举行。京津冀三地共11家院团的10台剧目参加展演，其中，北京和河北各3台、天津4台，包括评剧《红高粱》《从春唱到秋》、话剧《榆树下的欲望》、京剧《大保国·探皇陵·二进宫》《勘玉钏》《审头刺汤》、河北梆子《南北合》、章回鼓书《古城暗战》、芭蕾舞剧《天鹅湖》、昆曲《红楼梦》等。

【纪念淮剧进入上海110周年系列演出】

2016年7月9日、10日，为纪念淮剧进入上海110周年，上海淮剧团推出的两台重头戏“燕语抒淮”——施燕萍“筱派”传承演唱会、筱派传承淮剧折子戏专场在上海人民大舞台举行。筱派重要传承人之一施燕萍在演唱会上集中演出了《走上新路》《李素萍》《牙痕记》《秦香莲》《哑女告状》《皇后与疯女》《撼动生命》《窦娥冤》等优秀名剧的知名唱段。折子戏专场则上演了《秦香莲·闯宫》《白蛇传·断桥》《铡包勉》《女审》四出经典折子戏。

【福建百折传统折子戏展演】

2016年7月20日至31日，由中共福建省委宣传部、福建省文化厅联合主办的“福建百折传统折子戏展演”在福建省福州大戏院举行。在12天的展演时间里，福州各大剧院举行了23场演出，16个剧种、39家剧团共137出经典传统折子戏依次亮相。展演期间还举办了2场专题研讨会。

【第三届沪剧经典剧目展演】

2016年7月25日至27日，由中国国际文化传播中心上海总部和红蔓文化传播（上海）有限公司联合主办的“第三届沪剧经典剧目展演”在上海天蟾逸夫舞台举行。《陆雅臣卖娘子》《魂断蓝桥》《石榴裙下》三部经典剧目陆续上演。上海沪剧院演员钱思剑、朱俭、程臻、吉燕萍、洪豆豆、丁叶波、金世杰、朱君尧等担纲主演。

【“薪火相传”——北京京剧院名家携青年演员系列剧目展演】

2016年7月25日至31日，“‘薪火相传’——北京京剧院名家携青年演员系列剧目展演”在北京长安大戏院举行。展演精选了《赵氏孤儿》《玉堂春》《龙凤呈祥》《赤桑镇·遇后龙袍》《凤还巢》《吕布与貂蝉》《八珍汤》七出剧目，北京京剧院七位名家谭孝曾、赵葆秀、李宏图、朱强、陈俊杰、张慧芳、胡文阁携青年演员翟墨、谭正岩、郑潇、张凯、马博通、王瀛政、白金、路洁、张琎各演一出戏。

【湘戏晋京展演】

2016年7月26日至9月20日，由中共湖南省委宣传部、湖南省文化厅主办的“湘戏晋京展演”在北京举行。代表近3年来湖南舞台艺术创作最高水平的12台湖南戏剧精品集中亮相。这是湖南省首次大规模集中晋京展演具有鲜明湖湘艺术元素的湖南地方戏曲。这12台剧目分别是大型民族舞剧《桃花源记》、湘剧《月亮粑粑》《田老大》、花鼓戏《我叫马翠花》、巴陵戏《远在江湖》、音乐剧《天使合唱团》、京剧《辛追》、汉剧《孟姜女传奇》、湘剧《赵子龙计取桂阳》、花鼓戏《齐白石》以及同期参加全国基层院团优秀剧目会演的湘剧《烧车御史》和参演“第五届全国少数民族文艺会演”的舞剧《凤凰》。

【天津京剧院建院60周年系列展演】

2016年8月1日，天津京剧院建院60周年系列展演拉开序幕，展演持续到12月。《华子良》《洛阳宫》《狄青》《香莲案》《乾坤福寿镜》《康熙大帝》6台大戏陆续上演。

【南方戏曲会演活动】

2016年8月至10月，由中共北京市委宣传部、北京市文化局主办，中国评剧院承办的“南方戏曲会演活动”在北京举行。本次会演共有来自上海、江苏、浙江、安徽、福建、江西、湖南、广东、广西、四川10个省区市的16台剧目参演，包括四川省成都市川剧研究院的川剧《尘埃落定》、湖南省花鼓戏保护传承中心的花鼓戏《我叫马翠花》、福建省泉州市木偶剧团的木偶剧《卢俊义》、湖南省湘剧院的湘剧高腔《月亮粑粑》、四川省南充市非物质文化遗产保护中心的川北大木偶《龙门传说》、江西省南昌大学赣剧文化艺术中心的赣剧《红珠记》、广西壮族自治区南宁市民族文化艺术研究院（南宁市戏剧院）的邕剧《三进士》、浙江省衢州市西安高腔传习所的婺剧《孙膑与庞涓》、安徽省黄梅戏剧院的《黄梅音乐演唱会·唐诗宋词》、上海沪剧艺术传习所（上海沪剧院）的大型沪剧《回望》、浙江省宁波小百花越剧团的越剧《明州女子尽封王》、广东省粤剧院的粤剧《梦·红船》、江苏省扬州市扬剧研究所的扬剧《不破之城》、广东省潮剧院的潮剧《古城风雷》、江西省鄱阳县赣剧团有限责任公司的赣剧饶河戏《下河东》、福建省漳州市歌仔戏（芗剧）传承保护中心的芗剧《保婴记》。8 月 25 日，川剧《尘埃落定》作为开幕演出在全国地方戏演出中心上演，拉开了会演活动的序幕。

【“京武会”——武戏专场演出季】

2016 年 9 月 8 日至 10 日，上海京剧院推出“‘京武会’——武戏专场演出季”在天蟾逸夫舞台举行。演出期间共有 7 出武戏剧目轮番上演。来自天津的武生名家张幼麟携手上海京剧院武生奚中路和青年武生演员陈麟共同演出《金翅大鹏》；武生名家奚中路带来 2 出折子戏《金钱豹》和《状元印》；30 余位青年演员轮番登场出演《龙潭鲍骆》；数十年未现舞台的武旦大戏《取金陵》由上海京剧院武旦演员冯蕴饰演凤吉公主再现舞台。

【福建地方戏经典折子晋京展演】

2016 年 9 月 12 日至 24 日，由文化部艺术司、中共福建省委宣传部、福建省文化厅共同主办的“福建地方戏经典折子晋京展演”在北京举行。展演汇集了梨园戏、莆仙戏、闽剧、高甲戏、歌仔戏以及潮剧、闽西汉剧、北路戏、提线木偶戏、掌中木偶戏 10 个福建地方戏剧种，19 家院团陆续上演 39 出传统折子戏。

为配合此次展演，9 月 25 日，展演研讨会在北京中国艺术研究院举行，来自全国各地的专家与福建文化部门、戏曲界人士 50 余人，就本次展演、福建剧种传承实践的启示、折子戏与全本戏、经典与新创、继承与创新、变异与复古的关系等进行了研讨。

【纪念中国京剧优秀青年演员研究生班创办 20 周年系列活动】

2016 年 9 月 17 日，中国京剧优秀青年演员研究生班（以下简称“青研班”）创办 20 周年系列活动开幕演出在北京长安大戏院举行。此次系列活动包括青研班创办 20 周年庆典演出，纪念青研班创办 20 周年座谈会、研讨会等。其中系列演出于 9 月 17 日至 10 月 8 日推出，包括 19 台传统剧目和 1 场第六届青研班学员演唱会，汇聚了来自 16 家京剧院团、艺术院校第一至第六届青研班百余名艺术家和青年新秀。

青研班是在中央领导同志的亲切关怀下，由中宣部主导，文化部、北京市人民政府共同主办，北京市教委支持，中国戏曲学院承办的跨世纪高端京剧表演人才培养工程。自 1996 年开始至 2016 年连续举办了 6 届，涵盖京剧、昆曲、评剧、河北梆子、晋剧、越剧等 15 个剧种，共培养了来自全国 50 余家戏曲院团的 229 名学员。

【第二届辽吉黑蒙四省区地方戏曲优秀剧目展演暨吉林省 2016 年吉剧优秀剧目汇演】

2016 年 9 月 19 日至 30 日，由中共吉林省委宣传部、吉林省文化厅、辽宁省文化厅、黑龙江省文化厅、内蒙古自治区文化厅主办的“第二届辽吉黑蒙四省区地方戏曲优秀剧目展演暨吉林省 2016 年吉剧优秀剧目汇演”在吉林省长春市举行。本次演出活动以“艺术的盛会，百姓的节日”为主旨，涵盖吉剧、评剧、龙江剧、蒙古剧等多个剧种的 11 台优秀剧目及 2 台助演剧目。

【全国梆子声腔优秀剧目展演】

2016年9月28日至10月19日，由中宣部文艺局、文化部艺术司主办，中共河北省委宣传部、河北省文化厅和石家庄市人民政府承办，河北艺术职业学院执行承办，河北演艺集团、中共石家庄市委宣传部、石家庄市文广新局协办的“全国梆子声腔优秀剧目展演”在河北省石家庄市举行。此次入选的剧目由文化部组织专家投票遴选，最终确定来自北京、天津、山西、陕西、山东、河南、江苏、甘肃、宁夏、新疆等省区市的21个剧种、31台剧目和1台折子戏专场参加展演活动。在剧目选择上坚持传统戏、现代戏、新编历史戏“三并举”。

【第二十届中国少儿戏曲小梅花荟萃】

2016年10月3日至5日，由中国戏剧家协会、浙江省嵊州市人民政府主办，中国文学艺术界联合会戏剧艺术中心、浙江省嵊州市文化广电新闻出版局承办，浙江省戏剧家协会协办的“第二十届中国少儿戏曲小梅花荟萃”在嵊州市剧院举行。本届小梅花荟萃活动共有来自北京、天津、海南、辽宁等24个省区市及5个小梅花基地的100名个人选手、15个集体节目，分3天6场进行舞台呈现。

【“东方之韵”——上海戏曲艺术中心新剧目北京展演】

2016年10月11日至15日，上海戏曲艺术中心3部原创剧目沪剧《回望》、新编现代京剧《浴火黎明》、中篇评弹《林徽因》亮相北京长安大戏院，开启“‘东方之韵’——上海戏曲艺术中心新剧目北京展演”活动。3部剧目分别由上海戏曲艺术中心所属的上海沪剧院、上海京剧院、上海评弹团创排，都为2016年的新创作品。

【中外戏剧展演暨第六届中国木偶皮影中青年技艺传承展演】

2016年10月11日至18日，“第二届海上丝绸之路国际艺术节”之“中外戏剧展演暨第六届中国木偶皮影中青年技艺传承展演”在福建省泉州市举行。10月12日至18日，由中国戏剧家协会、福建省文化厅、泉州市人民政府主办的中外戏剧展演有来自7个国家和地区的24台剧目上演。10月12日至14日，由福建省文化厅、泉州市人民政府、国际木偶联会中国中心主办的“第六届中国木偶皮影中青年技艺传承展演”有来自全国各省区市的21支表演团队，上演了包括杖头木偶、铁枝木偶、提线木偶、布袋木偶和皮影戏等不同类型的57台剧目。

10月12日，作为此次艺术节的重要组成部分，戏曲保护传承和创新发展研讨会在泉州市举行。来自法国、新加坡、印度尼西亚、越南等国家以及中国台湾和地区的60多位戏曲名家，共同参与了20余个主题演讲研讨会

【2016当代小剧场戏曲艺术节】

2016年10月19日至12月30日，由北京市西城区文化委员会、北京戏剧家协会等主办，北京市文化局、北京繁星戏剧村等承办的“2016当代小剧场戏曲艺术节”在北京举行。本届艺术节共有8个剧种19台剧目参演，涵盖京剧、昆曲、越剧、粤剧等多种艺术形式，其中大部分作品是新创剧目。除

展演 19 台剧目之外，本届艺术节同时推出两个当代小剧场戏曲主题艺术展：“‘2016 未来艺术志’——剧场空间艺术展”“戏曲舞台作品展”“戏曲影像展”，并开展公益戏剧戏曲大讲堂、免费戏曲脸谱体验、戏曲进校园、社区惠民看戏曲等活动，以多样化的方式推广戏曲文化。

【2016·中国苏州虎丘曲会（第十七届）】

2016 年 10 月 22 日、23 日，由苏州市文学艺术界联合会、文化广电新闻出版局、园林和绿化管理局等单位主办的“2016·中国苏州虎丘曲会（第十七届）”在江苏省苏州市举行。一年一度的虎丘曲会是苏州历史上规模最大的群众性昆曲演唱活动，经历明、清两代，延续 220 多年，后因种种原因在清朝中期以后消失。2000 年，苏州市恢复举办虎丘曲会。本届曲会吸引了全国各地 60 家曲社，数量之多创历届之最。这些曲社不但来自江浙沪地区，还新增了安徽、河南、湖南、湖北、青海等地的曲社，曲友年龄涵盖老、中、青、少不同年龄层次，其中最小的不到 10 岁，最大的已 90 多岁。

【“2016 粤戏越精彩”——粤剧与全省地方戏曲剧种交流演出暨学术研讨会】

2016 年 10 月 28 日至 2017 年 1 月，由广东省文化厅主办，广东省艺术研究所与各分片区文化广电新闻出版局等单位承办的“‘2016 粤戏越精彩’——粤剧与全省地方戏曲剧种交流演出暨学术研讨会”分别在广东省的汕头、梅州、湛江、广州举行。此次会演突破了以往只在广州展演的模式，首次按地方戏曲所属区域和老百姓的观赏喜好将展演划分为潮汕片区、粤东北片区、粤西片区和广州片区。4 个片区的展演持续 13 天，共演出 18 场，汇聚了广东省的 36 个市县区的 42 家演出单位 70 台剧目，囊括了广东省全部 11 个地方戏曲剧种，演出剧目重点为本剧种的传统经典折子戏，侧重整理改编的或新编的本剧种折子戏，同时顾及有较高艺术水准的优秀新编剧目。

【第十届中国评剧艺术节】

2016 年 11 月 3 日至 9 日，由文化部艺术司、河北省文化厅、唐山市人民政府共同主办的“第十届中国评剧艺术节”在河北省唐山市举办。来自北京、河北、内蒙古、辽宁四省区市共 16 家院团 16 台剧目，包括传统戏、新编历史戏和现代戏参加了本次艺术节。艺术节期间将召开专家评议会，采取“一剧一评”方式对参演剧目进行点评。此外，艺术节期间还举办了评剧魏派艺术研讨、评剧票友大赛等主体活动。

【第七届王国维戏曲论文奖颁奖典礼暨“网络时代的戏曲走向”学术研讨会】

2016 年 11 月 18 日至 20 日，由中国艺术研究院、浙江省文化厅、浙江省文学艺术界联合会、浙江省海宁市人民政府联合主办，中国艺术研究院戏曲研究所、浙江省戏剧家协会、浙江省海宁市文学艺术界联合会承办的“第七届王国维戏曲论文奖颁奖典礼暨‘网络时代的戏曲走向’学术研讨会”在海宁市举行。中国艺术研究院、浙江省文学艺术界联合会、浙江省海宁市有关领导及国内知名专家、学者逾百人参与活动。此次戏曲论文奖共收到了论文 149 篇，经过初评、终评，最终评选出 20 篇获奖作品，其中一等奖 3 篇，二等奖 5 篇，三等奖 12 篇。

王国维戏曲论文奖是诸多全国性戏曲奖项中唯一由国家级科研机构支持的戏曲理论学术奖项，是全国性的权威戏曲理论学术奖。它以独立的品格和较高的学术水准赢得了全国戏曲工作者的青睐与积极参与，已经逐步成为我国提升戏曲理论研究水平、培养后辈戏曲理论研究学者的重要舞台，推动和加强了国家级文化科研机构与地方政府的合作，为区域文化发展和传统文化保护提供了强大智力支持，开创了一种颇有价值的理论研究模式。

第七届王国维戏曲论文奖获奖名单

一等奖（3 篇，按得票数排序）

张　真《平生风义兼师友——王国维曲学研究与日本汉学关系考论》

赵　君《大弦戏唱腔曲牌分类方式及乐学内涵研究》

杨　迪《戏棚、剧院、私伙局——19 世纪末至 20 世纪初澳门粤剧活动的场所变化》

二等奖（5 篇，按得票数排序）

任　荣《徽班考辨——兼论 20 世纪以来徽班之研究》

李莉薇《青木正儿的京剧观》

罗旭舟《朱有燉杂剧的整理与校勘——兼评〈朱有燉集〉的杂剧整理》

叶　萍《晚清至民国汉口地方政府戏曲管理方式的嬗变——以楚剧为中心的考察》

李亦辉《王骥德“本色”观辨正》

三等奖（12 篇，按姓氏拼音排序）

陈建华《电子传媒时代戏曲的危机与生机》

黄　蓓《当代戏曲发展的新形态与新路径》

纪永贵《论明代青阳腔滚调的特征》

刘　杰《从布依戏的深层内涵把握民族与国家的多重意义——以册亨板万布依戏为例》

刘　薇《别开生面——毛奇龄与清前期戏曲发展潮流》

彭秋溪《新见清代内府档案论〈曲海目〉的性质——兼谈〈曲海〉》

宋　波《浅说〈异同集〉》

王雪松《晚清伶人演艺收支述略——基于晚清笔记的一种考察》

王永恩《明清宫廷戏曲演出之比较》

贤骥清《民国时期海派机关布景溯源》

杨秋红《汤显祖传奇与元剧关系考论》

朱方遒《戏曲“表情”论》

【第七届巴黎中国传统戏曲节】

2016 年 11 月 21 日至 28 日，“第七届巴黎中国传统戏曲节”在法国巴黎举行。戏曲节期间共有 5 家中国传统戏曲院团，演出 7 场中国传统戏曲的经典剧目，分别为婺剧《吕布与貂蝉》《美猴王》、扬剧《吴汉杀妻》、汉剧《状元媒》、评剧《三看御妹》、京剧《锁麟囊》《野猪林》。本届戏曲节秉承把中国最传统的戏曲带给全世界的理念，坚持最为原汁原味的化装、布景、装饰以及表演手法，以便让法国观众切身地感受到最纯正的中国传统戏曲。戏曲节闭幕时，由法国汉学家和戏曲专家组成的评委会评选出了最佳演员及演出团体。戏曲节期间还举办了摄影家吴钢的京剧剧照展览，放映戏曲节评委季克梅拍摄的纪录片《梨园弟子》，由法国戏剧专家举办中国昆曲讲座，并在巴黎中国文化中心举办中法戏剧专家研讨会以及昆曲教学汇报演出等。

巴黎中国传统戏曲节由巴黎中国文化中心主办，每两年一届。从 2003 年至 2016 年已举办 7 届，共邀请了国内 30 家剧团，涉及 20 多个剧种，先后到巴黎演出。

【“戏曲·呼吸”——第二届上海小剧场戏曲节】

2016年11月28日至12月11日，由上海戏曲艺术中心主办的“‘戏曲·呼吸’——第二届上海小剧场戏曲节”在上海话剧艺术中心举行。本届小剧场戏曲节从全国各地的院团、个人工作室中遴选出12台剧目参加演出，其中委约剧目1台。12台剧目涉及8个戏曲剧种，分别是京剧、昆曲、越剧、川剧、粤剧、楚剧、梨园戏、河北梆子。参演剧目不仅有全新创意的新编作品，也有由传统戏改编而来的新剧目，另外传统戏和根据宋元南戏遗存整理演出的梨园戏剧目也亮相本届戏曲节。参演的12台剧目分别为实验昆曲《伤逝》、小剧场川剧《卓文君》、小梨园流派梨园戏《刘智远》(残本)、上路流派梨园戏《朱文》(孤本)和《朱买臣》(残本)、楚剧《刘崇景打妻》《推车赶会》、河北梆子《喜荣归》、小剧场昆曲《四声猿·翠乡梦》、小剧场粤剧《霸王别姬》、小剧场京剧《陌上看花人》、京昆合演《春水渡》、小剧场越剧《洞君娶妻》。

【首届紫金京昆艺术群英会】

2016年11月30日至12月18日，由中共江苏省委宣传部、江苏省文化厅、江苏省文学艺术界联合会、江苏省演艺集团、江苏省文化投资管理集团、新华报业传媒集团、江苏省广播电视总台联合主办的“首届紫金京昆艺术群英会”在江苏省南京市举行。本届群英会以“会古今风华，展京昆大美”为主题，共分剧目展演、讲坛论坛、展览展示三大板块，集中展示当今京剧、昆剧两大全国性剧种的艺术风貌和专业院团的艺术创新成果。剧目展演中有江苏省参演剧目9台，外省邀演剧目8台。另外还举行了“‘梨园新光’——优秀青年京剧演员专场演出”“‘昆韵春华’——优秀青年昆剧演员专场演出”“昆曲名家名段演唱会”。最终，经专家评审，群英会组委会研究决定授予国家京剧院、上海京剧院、天津京剧院、上海昆剧团、北方昆曲剧院、永嘉昆剧团、浙江昆剧团、湖南省昆剧团“京昆艺术紫金奖·特邀奖”，授予京剧《青衣》、昆剧《醉心花》、京剧《红菱艳》、昆剧《白罗衫》、京剧《胭脂河》“京昆艺术紫金奖·优秀剧目奖”，授予李亦洁、徐思佳、姚中文、王莹、俞玖林、唐荣、高飞、张坤、施夏明、单雯“京昆艺术紫金奖·表演奖”，授予张婷、王璨、陈丹娜、吴亮亮、陈嘉、徐思佳、徐栋寅、朱璎媛、翁育贤、周鑫“京昆艺术紫金奖·新秀奖”。

【“名家传戏——当代京剧名家收徒传艺”工程成果汇报演出】

2016年12月5日至11日，由文化部主办，文化部艺术司、国家京剧院承办的“名家传戏——当代京剧名家收徒传艺”工程成果汇报演出在北京梅兰芳大剧院举行。本次成果汇报演出剧目丰富、行当齐全、文武兼备，来自全国各地近40名学生共连续汇报演出7场，每场演出5出折子戏，包括《夜奔》《麒麟阁》《挑滑车》《徐策跑城》《失子惊疯》等。参演人员既有来自国家京剧院、天津京剧院、北京京剧院等国家重点京剧院团的青年演员，也有四川省成都市京剧研究院、河北省石家庄市京剧团等市级京剧院团的青年演员。

“名家传戏——当代京剧名家收徒传艺”工程已连续开展两年，是文化部“中华优秀传统艺术传承发展计划”的一项重要内容，通过以“师徒传承”为核心的传统教学模式，传授京剧经典传统剧目，建立京剧艺术传承创新机制，加大京剧艺术人才培养力度。

【李宏图从艺40周年剧目展演】

2016年12月9日至21日，“李宏图从艺40周年剧目展演”在北京长安大戏院举行。李宏图是北京京剧院领衔主演、叶派小生名家、国家一级演员、梅花奖得主，梅兰芳京剧团常务团长。此次展演共有5出剧目，其中《吕布与貂蝉》《罗成》《柳荫记》《周仁献嫂》是由李宏图精心挑选的最具叶派特色的传统经典大戏，而《连升三级》则是李宏图排演的新编戏中的佳作。展演演员阵容强大，汇集了京剧界的多位名家新秀，如朱强、陈俊杰、黄柏雪、韩胜存、张文洁、张馨月、窦晓璇等。

【2016年吉林省优秀戏曲剧目晋京展演】

2016年12月17日至22日，由吉林省文化厅主办、吉林省演出有限责任公司承办的“2016年吉林省优秀戏曲剧目晋京展演”在北京举行。吉林省戏曲剧院京剧团排演的京剧《杨门女将》、吉林省戏曲剧院吉剧团移植自歌剧的吉剧《江姐》、四平市艺术剧院有限责任公司创排的吉剧《罗密欧与朱丽叶》、吉林省东北风文化传播有限责任公司创排的吉剧《真假孙悟空》4台剧目陆续亮相。

会议 · 论坛 · 交流

【第二届中国青年文艺评论家“西湖论坛”】

2016年5月7日、8日，由中国文艺评论家协会、浙江省文学艺术界联合会主办，浙江省文艺评论家协会、中国文艺评论（浙江）基地、中国文艺评论家协会青年工作委员会承办的“第二届中国青年文艺评论家‘西湖论坛’”在浙江省杭州市举办。本届论坛分为学术演讲、专题研讨等环节，论坛围绕“戏剧的中国表达”主题，分别就“‘二度西潮’与跨文化互动”“价值构建与人文精神”“戏剧与民族化探索”“技术革新与新戏剧实践”“全媒体时代的戏剧评论”和“戏剧生态与文化传播”等话题展开研讨。其间，来自全国各地的近30位青年文艺评论家就当代中国戏剧艺术发展面临的新情况、新挑战和未来发展的对策等展开讨论。

【“‘前海学派’与中国戏曲：郭汉城先生对中国戏曲的贡献”学术研讨会】

2016年7月13日、14日，由中国艺术研究院主办的“‘前海学派’与中国戏曲：郭汉城先生对中国戏曲的贡献”学术研讨会在北京举行。

郭汉城自1939年起在晋察冀边区从事抗战教育，曾任中国戏曲研究院剧目研究室主任、中国艺术研究院副院长、文化部振兴京昆艺术指导委员会副主任。他参与了新中国戏曲改革、发展和传承的实践与理论工作，在戏曲理论与创作上有突出成就。与张庚共同主编了《中国戏曲通史》《中国戏曲通论》等著作，一起建立并推动了中国戏曲理论民族化体系的建设。在这两位前辈带领下，中国艺术研究院几代戏曲理论研究者共同组成的理论团队，被称为“前海学派”。

【戏曲艺术人才培养“千人计划”第一期高级研修班】

2016年7月15日，由文化部主办，文化部艺术司、中国戏曲学院承办的戏曲艺术人才培养“千人计划”第一期高级研修班在北京中国戏曲学院开班。入选首批戏曲艺术人才培养“千人计划”的学员共计135名。8月6日，配合此次研修班学习，中国戏曲学院还举办了戏曲编剧现状与对策学术研讨会。

为解决戏曲创作人才不足问题，提升我国戏曲人才的综合素质及专业实践能力，提高戏曲艺术整体创作水平，文化部在“十三五”时期实施戏曲艺术人才培养“千人计划”。自2016年开始至2020年，每年举办一期，分编剧、导演、作曲、舞台美术四个专业方向。

【“艺海观潮”——戏曲舞美创作现状专题研讨会】

2016年8月5日，由文化部艺术司、中国文化报社联合主办的“‘艺海观潮’——戏曲舞美创作现状专题研讨会”在北京举行。来自文化部艺术司、中国舞台美术学会和中国文化报社的近20位专家学者围绕当前戏曲舞美的发展概况，前瞻性地探究了未来行业发展的前景与模式。大家一致认为，戏曲舞美创作就是要结合实际，肯定优秀的舞台美术创作，反对不分作品、脱离实际的大制作，提倡简约的舞美之风，回归戏曲本体，给观众以想象的空间。当代戏曲舞台美术创作，既要坚守戏曲美学传统，又应符合当代观众审美需求；既要吸收声光电高科技手段，又要不失东方神韵。

【中国戏曲现代戏研究会第 28 届年会——湖南花鼓戏的发展暨中国戏曲喜剧的美学精神研讨会】

2016 年 8 月 24 日至 26 日，由中国戏曲现代戏研究会、湖南省文化厅联合主办，湖南省花鼓戏传承保护中心承办的“中国戏曲现代戏研究会第 28 届年会——湖南花鼓戏的发展暨中国戏曲喜剧的美学精神研讨会”在湖南省长沙市举行。中国戏曲现代戏研究会 40 多个团体的会员代表及各地专家、学者参加了本次年会。年会围绕“花鼓戏在当下的新发展”“中国戏曲喜剧的美学精神”两大议题进行了研讨。

【张火丁京剧程派艺术人才研习班】

2016 年 9 月 8 日，张火丁京剧程派艺术人才研习班在中国戏曲学院正式开班。研习班共招收 10 名学生，学期一年，由张火丁教授亲自授课，并组成理论、剧目和基础课程的专家群集中教授理论和专业课。张火丁京剧程派艺术传承中心还将大量安排学员舞台实践，通过传承中心的平台将优秀学员推向社会，促进流派和京剧的传承和发展。

【戏曲评论高级研修班】

2016 年 9 月 19 日，由中国戏曲学院和中国文艺评论家协会联合主办的国家艺术基金 2016 年度艺术人才培养资助项目戏曲评论高级研修班在北京开班。来自全国 24 个省区市的 30 名学员参加为期 3 个月的研修。此届研修班由中国文艺评论家协会副主席傅谨主持。主办方聘请了中国戏曲学院及全国各地优秀的戏曲艺术家、理论家和中国文艺评论家协会主席团成员、理事及各高校、科研院所的资深教授、学者授课。课程围绕时代需要、评论素养、写作实践设计展开，在 3 个阶段的研修中，除 72 天集中授课外，还赴陕西省观摩“第十一届中国艺术节”。

【加强地方戏人才培养工作会议】

2016 年 9 月 26 日，为贯彻落实《中共中央关于繁荣发展社会主义文艺的意见》及国务院办公厅《关于支持戏曲传承发展的若干政策》，贯彻落实文化部基层戏曲院团发展座谈会关于加强地方戏人才培养的精神，文化部在北京召开“加强地方戏人才培养工作会议”。文化部副部长董伟出席会议。

董伟指出，长期以来，戏曲教育为戏曲艺术的传承发展做出了重要贡献，但也面临诸多问题，如招生难、教学难、就业难。问题产生的主要原因是，在育人与用人两个方面，院校与院团在招生上供需脱节，在教学上校团脱节，在就业上学用脱节。

董伟强调，要探索“三结合”的人才培养模式：第一是供需结合，根据戏曲事业发展的需求制定戏曲人才培养规划和年度计划。地方院校主要为地方戏培养人才，中国戏曲学院等院校则要担负为全国培养高端人才的任务。要真正做到以需定培，供需结合。第二是团校结合，打通院校跟艺术院团之间的通道，建立双向机制。各地方戏剧团要跟相关学校建立联系，艺术院校应该更主动问需求，提计划，形成团校联动机制。积极解决艺术院校师资实践不足的问题，不断提高教学质量，盘活艺术院团人才资源。第三是学用结合，学以致用，严把招生关，把真正想演戏的好学生招上来。对院校地方戏人才培养质量的评估考核，既要建立相关标准，还要有实践检验，把学生到院团后登台表演情况作为重要考核指标。

文化部文化科技司、艺术司负责人和部分院校、基层戏曲院团负责人及相关专家参加会议。与会者还就戏曲人才培养经验和存在的问题进行了深入交流，并提出解决思路和建议。

【“传统与现代”——中国昆曲艺术保护与发展国际学术研讨会暨“雅乐正声”——首届全国昆曲曲社曲友雅集】

2016 年 10 月 15 日，由中国昆剧古琴研究会和中国艺术研究院戏曲研究所联合主办的“‘传统与现代’——中国昆曲艺术保护与发展国际学术研讨会”在河北省廊坊市举行。来自中国以及美国等地的近 40 位专家学者，围绕昆曲的保护、昆曲历史研究、昆曲剧目剧本研究、昆曲教学与传播等主题进行了研讨。

此次会议期间，还举办了“‘雅乐正声’——首届全国昆曲曲社曲友雅集”。来自中国以及美国的 17 家具有代表性的昆曲曲社和曲家曲友，进行了两场精彩的昆曲清唱表演。10 月 17 日、18 日，“雅乐正声”——首届全国昆曲曲社曲友雅集又移师北京，在恭王府大戏楼开唱，为昆曲爱好者呈献两场昆曲表演。

【中国戏曲教育联盟第二届理事大会暨全国戏曲形体教学研讨会】

2016 年 10 月 22 日，“中国戏曲教育联盟第二届理事大会暨全国戏曲形体教学研讨会”在北京中国戏曲学院举办。52 家联盟理事单位的 106 名代表、戏曲形体教育专家、中国戏曲教育联盟首期戏曲形体教学法研修班 70 名学员参加了本次大会。与会专家围绕“未来戏曲形体教学改革设想”“京舞体三结合形体教学法研究”“戏曲形体创编教学研究及戏曲形体创编研究”等主题进行了深入研讨。

中国戏曲教育联盟于 2015 年成立，是 52 家戏曲教育单位携手搭建的戏曲人才培养合作平台，为戏曲院校间进行教学、创作、实践、科研和交流、合作的重要渠道。

【京剧叶（盛章）派武丑青年演员培训】

2016 年 11 月 1 日，京剧叶（盛章）派武丑青年演员培训在北京中国人民大学开班。京剧叶派武丑艺术由著名京剧艺术家叶盛章创立。由于叶盛章离世已 50 年，其亲传弟子人数很少，代表性传承人张春华已 90 多岁高龄，其余健在者最年轻的也已年近七旬，武丑人才严重匮乏，叶派剧目演出机会较少，剧目因此流失严重。除了舞台表演人才匮乏外，叶派丑行艺术也非常缺乏足以承担传承任务的青年教师。此次培训是京剧武丑行当青年演员近年来首次大规模集中培训。培训分三个阶段，学员集中学习总时长近两个月，最终完成 10 出叶派武丑代表剧目的传承工作。其中，两出大戏《酒丐》和《徐良出世》采取挖掘、整理、恢复的方式进行重排；其余 8 出传承剧目为折子戏，包括传统版《三岔口》《秋江》《时迁偷鸡》《九龙杯》《时迁盗甲》等。2017 年 4 月，将在北京长安大戏院进行 3 场专场汇报演出。

【当代戏曲导演的时代责任学术研讨会】

2016 年 12 月 3 日，由中国戏曲学院、中国戏曲导演学会主办，中国戏曲学院导演系承办的“当代戏曲导演的时代责任学术研讨会”在北京举行。来自全国各地的 30 名戏曲导演、专家、学者参加了此次研讨会。与会代表结合习近平总书记在中国文学艺术界联合会第十次全国代表大会、中国作家协会第九次全国代表大会开幕式上的重要讲话精神，聚焦当代戏曲导演的时代责任，就戏曲如何传播主旋律和弘扬正能量，如何用艺术释放精神力量，建设社会主义核心价值观，实现传统戏曲文化创造性转化和创新性发展等问题进行了探讨。

【“京剧艺术传承与保护工程——挖掘抢救整理传统剧目”项目签约仪式】

2016 年 12 月 17 日，由中国京剧艺术基金会主办的“京剧艺术传承与保护工程——挖掘抢救整理传统剧目”项目签约仪式在北京长安大戏院举办。参加挖掘抢救整理传统剧目的京剧老艺术家、传承人、京剧界专家等 40 余人参加了签约仪式。在签约仪式上，中国京剧艺术基金会与福建省京剧院、吉林省京剧院、黑龙江省京剧院、沈阳京剧院、上海京剧院、中国戏曲学院、上海戏剧学院附属戏曲学校等单位负责人签订了“京剧艺术传承与保护工程——挖掘抢救整理传统剧目”项目协议书。11 部剧目被列为 2016 年度京剧传统剧目挖掘抢救整理项目，包括唐（韵笙）派的《二子乘舟》《闹朝扑犬》，高（庆奎）派的《赠绨袍》，梅派全出《天女散花》，富连成科班独有剧目、毛世来先生的代表作《南界关》，黄（月山）派的《火烧百凉楼》，李盛斌先生一脉的《花蝴蝶》，小生“三会”中较少见演的叶（盛兰）派《临江会》，尚（和玉）派的《四平山》等，中国戏曲学院青年教师李亚莉向中国台湾地区的杨莲英学习的《朝金顶》一剧，展示京剧舞台上鲜见的男武旦抄跤和旱水等技巧。91 岁的周仲博、86 岁的毕谷云、82 岁的贺春泰、78 岁的李幼斌，以及年逾古稀的叶少兰、马玉璋亲自传授指导。

人物纪念

【昆曲表演艺术家范继信逝世】

2016 年 1 月 21 日，昆曲表演艺术家范继信逝世，享年 77 岁。

范继信，生于 1939 年，原名范敬信，江苏省苏州市人。国家一级演员，工丑行。1954 年 8 月进入苏州民锋苏剧团学艺，1956 年转入江苏省苏昆剧团，在“继”字科班中习丑，副及净角，主工二面。1964 年开始兼任导演工作。他先从师徐凌云学习《狗洞》《拾金》《借茶》《活捉》《议剑》《献剑》，后陆续向汪传钤、华传浩、邵传镛、周传沧、徐子权、王传淞等老师学习。擅演《十五贯》《风筝误》《窦娥冤》《芦林》《写状》等剧目。20 世纪 80 年代开始，他在江苏省昆剧院陆续执导了《李慧娘》《焚香记》《关汉卿》《牡丹亭》《赵五娘》《绣襦记》等剧目。

【京剧表演艺术家王玉田逝世】

2016 年 1 月 29 日，京剧表演艺术家王玉田在上海逝世，享年 99 岁。

王玉田，生于 1917 年，安徽省芜湖市人。早年跟李克昌学习金派花脸，之后相继跟周信芳、谭富英、奚啸伯、芙蓉草、孙盛文、宋宝罗、高盛麟、王琴生、王金璐、李玉茹、童芷苓等名角儿搭档演出。他一生淡泊名利，对于金（少山）派花脸艺术有自己独特的理解，96 岁高龄还曾在北京登台演唱《铡美案》《牧虎关》里的经典唱段。

【越剧表演艺术家许金彩逝世】

2016 年 2 月 21 日，越剧表演艺术家许金彩逝世，享年 92 岁。

许金彩，生于 1924 年 1 月，浙江省嵊州市人。越剧一级演员，主攻花旦，生前为福建省芳华越剧团演员，曾与尹桂芳合作主演过《西厢记》《梁山伯与祝英台》《卖油郎》《杨宗保》《云中落绣鞋》《何文秀》《屈原》等剧目。

【粤剧表演艺术家罗家宝逝世】

2016 年 4 月 21 日，粤剧表演艺术家、国家级非物质文化遗产传承人罗家宝因病在广州逝世，享年 86 岁。

罗家宝，顺德人，1930 年生于戏剧世家，从小受粤剧熏陶，创立了独树一帜的粤剧“虾腔”艺术流派。代表剧目有《柳毅传书》《袁崇焕》《梦断香销四十年》等。

【秦腔表演艺术家米新洪逝世】

2016 年 4 月 22 日，秦腔花脸表演艺术家米新洪因病逝世，享年 88 岁。

米新洪，生于1928年，陕西临潼人。1935年开始学艺，1939年进入宝鸡新汉社。1950年前后加入广元县秦剧团。1956年，广元县秦剧团调天水市，从此米新洪扎根天水，曾任天水市秦腔剧团团长。代表剧目有《五台会兄》《铡美案》《斩单童》《赤桑镇》等。

【京剧表演艺术家梅葆玖逝世】

2016年4月25日，京剧表演艺术家梅葆玖因病在北京逝世，享年82岁。

梅葆玖，1934年出生于上海，是京剧艺术大师梅兰芳先生第九子，也是梅兰芳众多儿女中唯一继承父亲事业的人。他10岁开始学艺，13岁正式登台亮相，18岁开始和父亲同台演出。代表作有《霸王别姬》《贵妃醉酒》《穆桂英挂帅》《太真外传》《洛神》《西施》等。梅葆玖多年来一直扶持和培养梅派艺术接班人，弟子、学生遍布全国，为京剧事业的传承发展做出了积极的贡献。

【京剧表演艺术家李世济逝世】

2016年5月8日，京剧表演艺术家李世济因病在北京逝世，享年83岁。

李世济，1933年5月生于苏州。中国国家京剧院一级演员，国家级非物质文化遗产京剧代表性传承人，工青衣。幼年时期被程砚秋收为义女，开始学习程派。通过长期的舞台实践，她在继承程派传统的基础上，创造出一种有别于传统程派的新风格，将程腔大众化、普及化，使之更能为当代观众所欣赏，给程腔增加了新的活力，被冠以“新程派”。代表剧目有《文姬归汉》《锁麟囊》《英台抗婚》《梅妃》《陈三两》《武则天轶事》等及现代戏《党的女儿》《南方来信》《刘三姐》《刑场上的婚礼》《杜鹃山》等。

【粤剧表演艺术家陈小汉逝世】

2016年5月16日，粤剧表演艺术家陈小汉因病在广州逝世，享年80岁。

陈小汉，1936年8月生于三代粤剧世家，广东省台山市人。11岁入行学艺，15岁初露锋芒，拜粤剧大师薛觉先为师，并跟随著名粤剧表演艺术家靓少佳、罗品超，音乐名家尹自重，以及京剧名宿路凌云学艺，打下了坚实的基础。在潜心钻研粤剧唱腔艺术基础上，他集各家所长，结合自己的声线特点，领悟出一套简洁明朗、跌宕有致、声情并茂的演唱技巧，创立了粤剧唱腔“B腔”艺术流派。代表剧目有《别馆盟心》《梦会太湖》等。

【河北梆子琴师赵二宝逝世】

2016年5月18日，河北省河北梆子剧院琴师赵二宝因病逝世，享年73岁。

赵二宝，1957年凭其出色的艺术才华，考入河北省戏曲学校，师从安鹤修、曹海涌、周凤岐等，系统地学习了河北梆子板胡传统的伴奏方法。1958年随班入河北省跃进剧团。此后，便不断改革，勇于创新，吸收了京剧、豫剧、评剧和其他艺术形式之精华，融入河北梆子伴奏中，开河北梆子板胡伴奏之一代新风。此外，赵二宝先生还坚持河北梆子唱腔的改革，或设计或执笔或改编了不少河北梆子唱腔，如《穆桂英挂帅》《草船借箭》《苏三起解》《杨门女将》《大登殿》等，为后人留下了宝贵的艺术财产。

【京剧表演艺术家王金璐逝世】

2016年6月1日，京剧表演艺术家王金璐因病在北京逝世，享年97岁。

王金璐，1919年生于北京，1931年考入中华戏曲专科学校。14岁拜马连良为师。15岁后专工武生。曾与金少山、侯喜瑞、尚和玉、马德成、筱翠花、言慧珠、李洪春、奚啸伯等合作演出。1947年参与组织中华戏曲专科学校校友剧团。中华人民共和国成立后，任华东京剧实验剧团、上海京剧院演员，中国戏曲学院教授，中国京剧优秀青年演员研究生班导师。在武生行当里，堪称全才，能演武戏200余出，获称“武生泰斗”。

【京剧表演艺术家李毓芳逝世】

2016年7月28日，梅兰芳弟子、京剧表演艺术家李毓芳因病在北京逝世，享年91岁。

李毓芳，1925年生于北京，幼年随程玉菁先生学戏。1956年，拜京剧大师梅兰芳先生为师，深得梅派艺术神韵。常演剧目有《霸王别姬》《宇宙锋》《凤还巢》《贵妃醉酒》《穆柯寨》《春秋配》《玉堂春》《探母回令》《红鬃烈马》《女斩子》、新编剧目《拜月记》及现代戏《青春之歌》《党的女儿》《芦荡火种》等。

【越剧表演艺术家毕春芳逝世】

2016年8月14日，越剧表演艺术家毕春芳因病在上海逝世，享年89岁。

毕春芳，1927年7月14日出生，浙江省鄞州区人。1940年进上海鸿兴舞台科班学艺。1946年参加徐天红组织的天红剧团。1948年参加雪声剧团。1949年进东山越艺社唱二肩小生。1951年加入合作越剧团，与戚雅仙长期合作。成功塑造了《王老虎抢亲》中的周文宾、《白蛇传》中的许仙、《玉堂春》中的王金龙、《三笑》中的唐伯虎等人物形象。1980年起，在静安越剧团先后排演的《光绪皇帝》《卖油郎》和阿拉伯神话《天方夜谭》等剧目中，塑造了光绪皇帝、卖油郎、格洛梅王子等艺术形象。

【沪剧表演艺术家王盘声逝世】

2016年9月14日，沪剧表演艺术家王盘声在上海逝世，享年93岁。

王盘声，14岁师从陈秀山学艺，从艺70多年以来，塑造了一系列家喻户晓的角色，如《黄浦怒潮》中的林耀华、《金沙江畔》中的金明、《红灯记》中的李玉和、《雷雨》中的周萍、《被唾弃的人》中的柳文溪等。其唱腔潇洒悠扬、音清韵美成为沪剧流派中流传较广的一种，他留下的沪剧唱段《志超读信》《刘志远敲更》至今仍广为传唱。获得过2014年第24届上海白玉兰戏剧表演艺术奖“特殊贡献奖”，这也是白玉兰将年度大奖第一次颁给沪剧演员。

【京剧表演艺术家江新蓉逝世】

2016年11月4日，京剧表演艺术家、京剧大师程砚秋的弟子江新蓉在北京逝世，享年89岁。

江新蓉，1927年生于北京，6岁登台。中华人民共和国成立前，转入胶东文化协会胜利剧团、山东军区京剧团做演员；中华人民共和国成立后，在戏曲实验学校（中国戏曲学院前身）任教，后调任中国京剧院。在中南海怀仁堂演出程派戏《三击掌》时受到周恩来总理赞赏，1955年由周总理亲自介绍拜程砚秋先生为师。代表剧目有《窦娥冤》《红鬃烈马》《骂殿》等。

【京剧表演艺术家马长礼逝世】

2016年11月22日，京剧表演艺术家、北京京剧院老生演员马长礼因病在北京逝世，享年86岁。

马长礼，生于1930年，8岁从李洪春学戏，随张五善练武功。后入荣春社，先从王少芳、蔡荣桂、张盛禄学老生戏，后向刘盛通学余（叔岩）派戏。1945年出科后，他和姜铁麟组班到天津、保定、石家庄、太原等地演出。1949年，参加姜铁麟组织的北京青年京剧团。1952年，参加北京市京剧四团，与姜铁麟、吴素秋合作演出新编历史戏《伊伯尔罕》。1953年，调入北京京剧二团，和谭富英、裘盛戎合作演出。1954年，拜马连良为师，1955年，又拜谭富英为师。常演剧目有《捉放曹》《铡美案》《群英会》《伍子胥》《红鬃烈马》《苏武牧羊》及现代戏《沙家浜》等。

【京剧表演艺术家罗蕙兰逝世】

2016年11月28日，京剧表演艺术家、梅兰芳亲传弟子罗蕙兰因病在石家庄逝世，享年83岁。

罗蕙兰，1933年出生于南京一个梨园世家，12岁拜潘奎芳为师学习京剧。1952年，参加马连良京剧剧团，与马连良、谭富英、裘盛戎、袁世海、李多奎等诸多名家合作演出。同年，经马连良推荐，正式拜梅兰芳为师，并先后得梅大师传授《凤还巢》《宇宙锋》《贵妃醉酒》《霸王别姬》《三娘教子》等剧目。1961年，到河北省京昆剧团（今河北省京剧艺术研究院）工作后，移植、改编并主演的《宇宙锋》《王春娥》《武则天错断梨花狱》等广受赞誉。

【越剧表演艺术家周宝奎逝世】

2016年12月23日，越剧表演艺术家、国家级非物质文化遗产传承人周宝奎因病逝世，享年96岁。

周宝奎，原名周彩娥，1920年生于中国浙江省嵊县（今浙江省嵊州市）开元乡，上海越剧院女演员，擅长老旦，为中国国家一级演员，越剧周派（老旦）创始人，在越剧界有“老旦王”之誉。代表作有《碧玉簪》《红楼梦》《祥林嫂》《追鱼》《珍珠塔》等剧目。

【纪念京剧大师尚小云先生诞辰115周年专场演出】

2016年1月23日，由陕西省文化厅主办、陕西省京剧院承办、陕西省尚小云艺术研究会协办的“纪念京剧大师尚小云先生诞辰115周年专场演出”在陕西省西安市举行。尚小云先生之子、京剧表演艺术家尚长荣先生，尚小云先生之长孙女、京剧名家尚慧敏女士，尚小云先生之长孙、京剧名家尚继春，尚派传人张艳玲、周百穗、鞠小苏等出席演出，为广大观众奉献《失子惊疯》《双阳公主》《盗令》《昭君出塞》《御碑亭》《十三妹》等尚派经典名剧和京剧尚派名家名段演唱会。1月25日，尚派艺术传承与发展专题研讨会也在西安举行。

【“荀声而来·追荀大师”——纪念荀慧生大师诞辰115周年暨李素萍荀派艺术专场演出】

2016年1月28日、29日，由陕西省文化厅主办、陕西省京剧院承办的“‘荀声而来·追荀大师’——纪念荀慧生大师诞辰115周年暨李素萍荀派艺术专场演出”在陕西省西安市举行。陕西省京剧院演员、荀派传人李素萍演出了荀派名剧《霍小玉》《金玉奴》。

【袁世海先生百年诞辰纪念系列活动】

2016年3月25日至4月5日，袁世海先生百年诞辰纪念系列活动在北京举行。3月25日，由中国艺术研究院戏曲研究所、国家京剧院、中国民族摄影艺术出版社共同主办的袁世海先生诞辰百年暨《袁世海画传》出版学术研讨会在中国艺术研究院举行。《袁世海画传》由袁世海长女袁菁编著，全书包含1 000余幅珍贵图片，近12万字，百余位京剧艺术名家、评论家的点评赏析文字以及袁世海从艺年表。3月31日至4月3日，中青年表演艺术家于魁智、杨赤、刘魁魁、袁慧琴、翟墨、奚中路、窦晓璇、马翔飞，老艺术家赵葆秀、郑岩以及袁世海的长子袁少海等在梅兰芳大剧院演出了《红灯记·赴宴斗鸠山》《李逵探母》《霸王别姬》《九江口》《李逵与宋江》等由袁世海先生生前担纲重要角色的经典剧目。4月1日，由文化部、中国文学艺术界联合会、全国政协京昆室主办，中国戏剧家协会、国家京剧院承办的纪念袁世海先生百年诞辰座谈会在人民大会堂举行。文艺界和京剧界的知名人士以及袁世海先生多年的艺术合作者、弟子等共同缅怀这位京剧大师。4月5日，国家京剧院在梅兰芳大剧院召开了袁世海艺术研讨会，艺术家和专家学者研讨袁世海先生的表演艺术和艺德情怀。

【“温如玉兮长相握”——纪念马连良大师诞辰115周年京剧演唱会】

2016年8月21日，由北京戏曲艺术职业学院主办的“‘温如玉兮长相握’——纪念马连良大师诞辰115周年京剧演唱会”在北京长安大戏院举办。马连良的子女及马派传人马小曼、燕守平、朱强、杜镇杰、马崇杰、朱宝光、杜鹏、高彤、穆宇等三代演员登台演唱。此外，老北京京剧团谭富英、张君秋、裘盛戎、赵燕侠、李多奎“五大头牌”的传人谭正岩、薛亚萍、康万生、朱虹、杨伟兰亦参加此次演出。《淮河营》《白蟒台》《清官册》《苏武牧羊》《武家坡》《南天门》《甘露寺》等马连良早、中、晚期常演剧目中的经典唱段亮相演唱会。

【白登云先生诞辰110周年纪念系列活动】

2016年11月9日，由中国戏曲学院和中国戏曲学院附中主办的《一代鼓王——白登云先生京剧司鼓艺术》音像资料出版发布会暨纪念白登云先生诞辰110周年学术研讨会在北京举行。

白登云（1906—1990），杰出的戏曲音乐艺术家、教育家，著名京剧音乐指挥、鼓师，出生于河北省冀县（今河北省冀州市）。11岁时到北京，在各戏班从事打击乐伴奏。16岁开始正式担任京剧鼓师。19岁时已在京剧界颇有名气。1932年，正式拜著名鼓师鲍桂山和郭德顺为师，并兼学各派鼓师之长。1963年，调到中国戏曲学校任教。

白登云合作过的京剧表演艺术家众多，有杨小楼、金少山、余叔岩、梅兰芳、程砚秋、孟小冬、新艳秋、杨宝森、茹富兰、雪艳琴、赵桐珊、俞振飞、姜妙香、赵燕侠、李少春、张君秋、赵荣琛、李世济、李海燕等。他参加音乐创作的名剧有《江油关》《春闺梦》《荒山泪》《锁麟囊》《女儿心》《百花公主》《火焰驹》等。

《一代鼓王——白登云先生京剧司鼓艺术》音像资料收录了白登云先生1982年至1984年录制的部分内容，包括锣鼓的运用、锣鼓经的演示、唢呐曲牌和笛子曲牌、部分剧目和唱段的板鼓运用及节奏的把握等教学示范。

【纪念范钧宏先生诞辰 100 周年研讨会】

2016 年 12 月 29 日，由国家京剧院主办的“纪念范钧宏先生诞辰 100 周年研讨会”在北京举行。与会的文艺界领导、知名人士和专家学者共同研讨、总结范钧宏先生在戏曲创作和研究领域所取得的辉煌业绩和精神风范。

范钧宏 1955 年加入中国京剧院（现国家京剧院），是开院创始人之一，也是最早的一批创作人员。从进入剧院直至逝世的 30 余年里，创作改编了《猎虎记》《三座山》《战渭南》《调寇审潘》《白毛女》《蝴蝶杯》等剧本，独著或与人合著的《春草闯堂》《杨门女将》《九江口》《强项令》等，很多都成为京剧舞台上经典剧目。

出版

【《中国古代戏曲理论史通论》出版】

2016年3月，俞为民等著《中国古代戏曲理论史通论》由中华书局出版。该书在对历代戏曲理论资料汇总和梳理的基础上，对历代戏曲理论著作做了深入细致的研究，从理论上对古代戏曲理论加以总结。以历史的视角，对戏曲理论史上的一些重点理论家和重要论著加以深入的研究和论述，既对每一时期的戏曲理论有总体的研究和论述，又突出每一时期的重点理论家及其论著，对其加以专题研究与论述。

【《古本戏曲丛刊六集》出版】

2016年3月，中国社会科学院文学研究所主持编纂的《古本戏曲丛刊六集》由国家图书馆出版社出版。该书收录清代顺治到乾隆时期的传奇和戏曲别集77种，共计109出剧目。全书沿用前五集的开本和形态，制作成线装17函180册。所收剧目中，《昊天塔》《埋轮亭》《钟情缘》《百子图》《蟠桃会》等皆为孤本；《儿孙福》为康熙十年乌丝栏稿本；《双叩阍》为乾隆年间宁府抄本或稿本，目前原书已难以寓目；《西川图》为哈佛燕京图书馆收藏的原齐如山藏抄本，都是比较珍贵的传本。六集所选用底本中原有的题跋和批点等，全部予以保留，原书的扉页、题签也全部采用。各书曾有的收藏者和现有收藏单位的印章，也全部予以保留，力图最大限度地反映各书的原貌并体现曾经收藏和流传的情况。

【《梅兰芳全集》出版】

2016年10月10日，由中国戏剧出版社和北京出版社合作出版的《梅兰芳全集》在北京发布。全书共8卷600多万字，另附2卷梅兰芳经典唱片光盘。

该全集由梅葆玖担任名誉主编，中国戏曲学院教授傅谨担任主编。全集有以下特点：一是收录了新发现的著述、史料与文献。全集编纂过程中新发现的著述共200多篇，此外，还发现了梅兰芳访苏前中华民国驻苏使馆与梅兰芳就访演事宜的来往电报50余封，对展现梅氏当年访苏的真实情况提供了第一手资料。二是全集精装版附赠了中国唱片总公司首次整理并出品的《梅兰芳老唱片全集》，囊括了1936年之前梅兰芳灌制的全部唱片，共169面粗纹唱片42出剧目，是梅兰芳艺术鼎盛时期演剧活动的缩影，其中1936年梅兰芳演出《生死恨》的实况唱片尤为珍贵。三是对之前出版的梅兰芳作品进行了错讹纠校。

梅兰芳一生著述甚丰，既有《舞台生活四十年》《我的电影生活》《东游记》等20世纪五六十年代出版的单行本，也有由他的几十篇重要文章结集而成的《梅兰芳艺术散论》。2000年，梅绍武把以上各种图书及梅兰芳先生演唱的剧本汇总出版，并命名为《梅兰芳全集》，但梅兰芳的书信、诗词和散见于各类报刊的文章并未完整搜集整理。此次全集编纂团队主要由中国戏曲学院梅兰芳艺术研究中心和多所高校中青年学者组成。

【《昆曲艺术大典》出版】

2016 年 12 月 13 日，由中国艺术研究院与安徽出版集团时代出版传媒股份有限公司联合主办的《昆曲艺术大典》首发式在北京中国艺术研究院举行。中宣部、文化部、国家新闻出版广电总局、中国艺术研究院、中共安徽省委宣传部的相关领导，戏曲界、学术界、出版界的专家学者，《昆曲艺术大典》的编纂方和出版方代表，以及相关媒体记者近百人出席了首发式。

2004 年，中国艺术研究院启动了《昆曲艺术大典》编纂工程，时任中国艺术研究院院长、博士生导师、研究员王文章先生担任总主编，领导并参与全程编纂，周巍峙、郭汉城、刘厚生、顾笃璜担任总顾问，参与规划指导。12 年间，先后有全国（含港澳台地区）百余位老、中、青专家学者及出版工作者参与编纂和出版工作。

《昆曲艺术大典》所收内容为明代中叶以来 600 多年间昆曲最重要的文字文献、谱录文献、图片资料、音像资料文献、昆曲传承人的文化遗存等。其中，明清及近代有关昆曲艺术的理论典籍、史料文献、谱录文献等是《昆曲艺术大典》最重要的内容。全典版面字数约为 9 005 万字，其中整理编纂文字文献 2 230 余万字，影印文献 396 种（套）7 万多面，图片 6 000 余幅，录音 120 余小时，录像 400 余小时。成书 149 册，包括《历史理论典》15 册、《文学剧目典》14 册、《表演典》36 册、《音乐典》73 册、《美术典》8 册、《音像集成》2 册（含音视频硬盘一套）、《索引》1 册。《昆曲艺术大典》突破传统集成式图书编纂形式，借助文字文献、音像资料、图片资料等多种形式，立体形象、多层次、多侧面地展示中国昆曲艺术在舞台表演、传统文化历史等方面的遗存；同时，它最大限度地搜集、整理了各类昆曲文献，不仅有的版本文献是第一次使用，而且有的内容也是第一次被整体性纳入昆曲传承、保护和整理、研究的范畴，比如影印的曾长期藏于艺人之手的身段谱、总本、单头、题纲、串头等，为拓展昆曲作为舞台艺术方面的内容内涵提供了坚实的文献基础。

机构

【张君秋京剧艺术研究会成立】

2016 年 6 月 30 日，张君秋京剧艺术研究会正式揭牌。张君秋京剧艺术研究会是由民政部批准设立，文化部为业务主管单位，其宗旨为弘扬京剧艺术、传承发展张派艺术。张君秋之子张学浩担任会长，王文章、孙松林、吴吟秋为名誉会长，王婉华、张学敏、张学敏（天津）、曹宝荣、蔡英莲、杨淑蕊、杨永树为名誉副会长。

大事记

2015年12月至2016年1月中旬，“首届新浪潮城市戏曲节”在北京举行。

2015年12月17日至2016年1月19日，“全国地方戏优秀中青年演员汇报演出”在中国评剧院、梅兰芳大剧院、长安大戏院举行。

1月1日、2日，琼剧《海瑞》在北京中国评剧大剧院上演。

1月4日、5日，商洛花鼓现代戏《带灯》在北京中国评剧大剧院上演。

1月5日，黄梅戏《小乔初嫁》在北京梅兰芳大剧院上演。

1月11日、12日，秦腔《狗儿爷涅槃》在北京梅兰芳大剧院上演。

1月13日、14日，新编革命历史晋剧《续范亭》在山西省太原市青年宫演艺中心上演。

1月17日、18日，新编越剧《鉴水吟》在浙江省绍兴市百花剧场上演。

1月18日，汉剧《宇宙锋》在北京长安大戏院上演。

1月21日，闽剧《双蝶扇》在福建省闽剧艺术中心首演。

1月21日，昆曲丑行表演艺术家范继信逝世，享年77岁。

1月22日，昆剧《孔子之入卫铭》在北京天桥剧场首演。

1月23日，“纪念京剧大师尚小云先生诞辰115周年专场演出”在陕西省西安市举行。

1月28日，新编古代汉剧《失子记》在湖北省武汉市人民剧院上演。

1月28日、29日，“‘荀声而来·追荀大师’——纪念荀慧生大师诞辰115周年暨李素萍荀派艺术专场演出”在陕西省西安市举行。

1月29日，京剧表演艺术家王玉田逝世，享年99岁。

2月21日，越剧表演艺术家许金彩逝世，享年92岁。

3月，《中国古代戏曲理论史通论》由中华书局出版。

3月，《古本戏曲丛刊六集》由国家图书馆出版社出版。

3月2日至19日，“‘致春天’——国家京剧院优秀剧目展演”在北京梅兰芳大剧院举行。

3月6日，京剧《曙色紫禁城》在北京梅兰芳大剧院上演。

3月12日至4月6日，“中国豫剧优秀剧目北京展演月”活动在北京梅兰芳大剧院、长安大戏院、民族文化宫举行。

3月18日至4月24日，“第九届东方名家名剧月暨湖北省优秀戏曲剧目展演周”在上海东方艺术中心举行。

3月25日至4月5日，袁世海先生百年诞辰纪念系列活动在北京举行。

3月27日，“纪念越剧诞辰110周年暨首届全国越剧戏迷大会”在越剧诞生地浙江省嵊州东王村举行。

3月28日，新编历史戏《官箴碑》在山东省济南市百花剧院首演。

4月，浙江昆剧团举办建团60周年、《十五贯》晋京演出60周年等系列活动。

4月6日、7日，秦腔历史戏《丝路长城》在北京梅兰芳大剧院上演。

4月7日，“第四届中华优秀戏曲文化艺术节”在湖北省武汉市开幕。

4月21日，粤剧表演艺术家罗家宝逝世，享年86岁。

4月22日，秦腔花脸表演艺术家米新洪逝世，享年88岁。

4 月 23 日，原创豫剧《长安梦》在陕西省西安市索菲特人民大厦大剧院首演。

4 月 25 日，京剧表演艺术家梅葆玖逝世，享年 82 岁。

5 月 6 日，新编秦腔历史戏《诗圣杜甫》在陕西省戏曲研究院剧场首演。

5 月 6 日至 6 月 12 日，“第十四届江浙沪闽经典越剧大展演”在浙江省绍兴市举行。

5 月 7 日、8 日，“第二届中国青年文艺评论家‘西湖论坛’”在浙江省杭州市举办。

5 月 8 日，京剧表演艺术家李世济逝世，享年 83 岁。

5 月 10 日，史诗粤剧《秦王孟姜》在广东省东莞市影剧院首演。

5 月 10 日至 15 日，“‘越从海上来’——上海越剧院 2016 年新剧目北京展演”在北京梅兰芳大剧院举行。

5 月 11 日至 6 月 29 日，“国家大剧院小剧场戏曲优秀节目汇演”在北京上演。

5 月 12 日，黄梅戏《李时珍》在湖北省黄冈市黄梅戏大剧院首演。

5 月 16 日，粤剧表演艺术家陈小汉逝世，享年 80 岁。

5 月 18 日，河北梆子琴师赵二宝逝世，享年 73 岁。

5 月 20 日至 6 月 16 日，“江苏省优秀现代戏市场推广演出”在陕西延安、北京两地举行。

6 月 1 日，北路梆子《宁武关》在山西省忻州剧院首演。

6 月 1 日，京剧表演艺术家、教育家王金璐逝世，享年 97 岁。

6 月 10 日至 13 日，“南昆正宗：昆剧名家经典展演”在国家图书馆艺术中心举行。

6 月 11 日至 17 日，“‘上海的声音’——第二届上海（浦东）沪剧艺术节”在上海浦东新区举行。

6 月 12 日至 19 日，“第七届羊城国际粤剧节”在广东省广州市举行。

6 月 18 日，原创昆剧《飞夺泸定桥》在中国剧院公演。

6 月 19 日，粤剧《红伶归来》在“第七届羊城国际粤剧节”上首演。

6 月 24 日，河北梆子《赤霄赋》在天津滨湖剧院首演。

6 月 30 日，“张君秋京剧艺术研究会”正式揭牌。

7 月 1 日，晋剧《党的女儿》在山西省太原市青年宫演艺中心首演。

7 月 3 日、4 日，实验豫剧《无事生非》在中国戏曲学院大剧场上演。

7 月 5 日至 8 月 3 日，“全国基层院团戏曲会演”在北京举行。

7 月 5 日至 8 月 30 日，“2016 京津冀精品剧目展演”在天津举行。

7 月 8 日，婺剧历史戏《宫锦袍》在中国婺剧院正式公演。

7 月 9 日、10 日，为纪念淮剧进入上海 110 周年，上海淮剧团推出的两台专场演出在上海人民大舞台举行。

7 月 13 日、14 日，“‘前海学派’与中国戏曲：郭汉城先生对中国戏曲的贡献”学术研讨会在北京举行。

7 月 15 日，戏曲艺术人才培养“千人计划”第一期高级研修班在北京中国戏曲学院开班。

7 月 16 日至 9 月 5 日，“‘临川四梦’——纪念汤显祖逝世 400 周年优秀剧目展演”在国家大剧院举行。

7 月 20 日至 31 日，“福建百折传统折子戏展演”在福建省福州大戏院举行。

7 月 23 日，越剧《寇流兰与杜丽娘》在英国伦敦孔雀剧院举行全球首演。

7 月 25 日至 27 日，“第三届沪剧经典剧目展演”在上海天蟾逸夫舞台举行。

7 月 25 日至 31 日，“‘薪火相传’——北京京剧院名家携青年演员系列剧目展演”在北京长安大戏院举行。

7 月 26 日至 9 月 20 日，“湘戏晋京展演”在北京举行。

7 月 28 日，京剧表演艺术家李毓芳逝世，享年 91 岁。

8月1日，天津京剧院建院60周年系列展演拉开序幕。

8月至10月，“南方戏曲会演活动”在北京举行。

8月4日，新编历史戏《狄青》在天津滨湖剧院首演。

8月5日，“‘艺海观潮’——戏曲舞美创作现状专题研讨会”在北京举行。

8月6日，京剧现代戏《奚啸伯》在河北省石家庄市人民会堂上演。

8月14日，越剧表演艺术家毕春芳逝世，享年89岁。

8月21日，“‘温如玉兮长相握’——纪念马连良大师诞辰115周年京剧演唱会”在北京长安大戏院举办。

8月24日至26日，“中国戏曲现代戏研究会第28届年会——湖南花鼓戏的发展暨中国戏曲喜剧的美学精神研讨会”在湖南省长沙市举行。

9月8日，张火丁京剧程派艺术人才研习班正式开班。

9月8日、9日，新编现代湘剧《月亮粑粑》在北京全国地方戏演出中心举行。

9月8日至10日，上海京剧院推出“‘京武会’——武戏专场演出季”在天蟾逸夫舞台上演。

9月12日至24日，“福建地方戏经典折子晋京展演”在北京举行。

9月13日，苏州昆剧院青春版《牡丹亭》重返北京大学百年纪念讲堂公益演出。

9月14日，“纪念汤显祖逝世400周年座谈会”在北京召开。

9月14日，沪剧表演艺术家王盘声逝世，享年93岁。

9月17日，中国京剧优秀青年演员研究生班创办20周年系列活动在北京长安大戏院拉开帷幕。

9月19日，戏曲评论高级研修班在北京开班。

9月19日至30日，“第二届辽吉黑蒙四省区地方戏曲优秀剧目展演暨吉林省2016年吉剧优秀剧目汇演”在吉林省长春市举行。

9月21日，越剧现代戏《袁雪芬》在浙江省嵊州市越剧艺术中心首演。

9月26日，“加强地方戏人才培养工作会议”在北京举行。

9月28日至30日，现代京剧《党的女儿》在北京梅兰芳大剧院首演。

9月28日至10月19日，“全国梆子声腔优秀剧目展演”活动在河北省石家庄市举行。

10月3日至5日，“第二十届中国少儿戏曲小梅花荟萃”在浙江省嵊州市剧院举行。

10月10日，《梅兰芳全集》在北京发布。

10月11日，沪剧《回望》在北京长安大戏院上演。

10月11日至15日，“‘东方之韵’——上海戏曲艺术中心新剧目北京展演”在北京长安大戏院举行。

10月11日至18日，“第二届海上丝绸之路国际艺术节”之“中外戏剧展演暨第六届中国木偶皮影中青年技艺传承展演”在福建省泉州市举行。

10月13日，新编现代京剧《浴火黎明》在北京长安大戏院上演。

10月13日，当代昆剧《我，哈姆雷特》在上海中华艺术宫首演。

10月13日，秦腔现代戏《易俗社》在陕西省西安市易俗大剧院上演。

10月15日，“‘传统与现代’——中国昆曲艺术保护与发展国际学术研讨会”暨“‘雅乐正声’——首届全国昆曲曲社曲友雅集”在河北省廊坊市举行。

10月15日至31日，“第十一届中国艺术节”在陕西省西安市、延安市两地举行。

10月16日，盱河高腔乡音版《临川四梦》在北京国家大剧院演出。

10月18日，现代淮剧《小镇》在陕西省西安市人民剧院上演。

10月19日至12月30日，“2016当代小剧场戏曲艺术节”在北京举行。

10月22日，“中国戏曲教育联盟第二届理事大会暨全国戏曲形体教学研讨会”在北京中国戏曲学院举办。

10 月 22 日、23 日，“2016 · 中国苏州虎丘曲会（第十七届）”在江苏省苏州市举行。

10 月 24 日，评剧现代戏《母亲》在陕西省西安市庆华文化宫上演。

10 月 26 日，豫剧现代戏《焦裕禄》在陕西省西安市人民剧院上演。

10 月 27 日，现代京剧《西安事变》在陕西省西安市广电大剧院上演。

10 月 28 日，新编大型历史京剧《康熙大帝》在陕西省西安市上演。

10 月 28 日至 2017 年 1 月，“‘2016 粤戏越精彩’——粤剧与全省地方戏曲剧种交流演出暨学术研讨会”分别在汕头、梅州、湛江、广州举行。

11 月 1 日，京剧叶（盛章）派武丑青年演员培训在北京中国人民大学开班。

11 月 3 日至 9 日，“第十届中国评剧艺术节”在河北省唐山市举办。

11 月 4 日，京剧表演艺术家江新蓉逝世，享年 89 岁。

11 月 9 日，《一代鼓王——白登云先生京剧司鼓艺术》音像资料出版发布会暨纪念白登云先生诞辰 110 周年学术研讨会在北京举行。

11 月 13 日，现代京剧《江姐》在北京国家大剧院上演。

11 月 18 日至 20 日，“第七届王国维戏曲论文奖颁奖典礼暨‘网络时代的戏曲走向’学术研讨会”在浙江省海宁市举行。

11 月 21 日至 28 日，“第七届巴黎中国传统戏曲节”在法国巴黎举行。

11 月 22 日，京剧表演艺术家马长礼逝世，享年 86 岁。

11 月 23 日、24 日，京剧《柳荫记》在北京梅兰芳大剧院上演。

11 月 28 日，京剧表演艺术家罗蕙兰逝世，享年 83 岁。

11 月 30 日至 12 月 18 日，“首届紫金京昆艺术群英会”在江苏省南京市举行。

12 月 3 日，复排秦腔经典剧目《三滴血》在北京长安大戏院上演。

12 月 3 日、4 日，交响京剧《大唐贵妃》在北京天桥艺术中心上演。

12 月 3 日，“当代戏曲导演的时代责任学术研讨会”在北京举行。

12 月 5 日至 11 日，“名家传戏——当代京剧名家收徒传艺”工程成果汇报演出在北京梅兰芳大剧院举行。

12 月 6 日，“‘跨越时空的对话’——中英纪念汤显祖、莎士比亚逝世 400 周年研讨会”在上海举行。

12 月 9 日至 21 日，“李宏图从艺 40 周年剧目展演”在北京长安大戏院举行。

12 月 13 日，《昆曲艺术大典》首发式在北京中国艺术研究院举行。

12 月 17 日，“京剧艺术传承与保护工程——挖掘抢救整理传统剧目”项目签约仪式在北京长安大戏院举办。

12 月 17 日至 22 日，“2016 年吉林省优秀戏曲剧目晋京展演”在北京举行。

12 月 18 日，新编昆剧《醉心花》在江苏省南京市人民大会堂首演。

12 月 23 日，越剧表演艺术家周宝奎逝世，享年 96 岁。

12 月 29 日，“纪念范钧宏先生诞辰 100 周年研讨会”在北京举行。

中国艺术年鉴·2017

话剧卷

分卷主编：王　畔

年度述评

2016年中国话剧发展研究报告

◎ 宋宝珍

2016年中国话剧发展总体状况良好，以国家大剧院、中国国家话剧院、北京人民艺术剧院、上海话剧艺术中心为代表的国有文艺院团继续引领风潮，发挥了舞台艺术的标杆与导向作用；民营剧团依然保持着创作活力、惯性与韧劲，为适应当前的市场寻找属于自己的领地。整体演出市场保持了供求平衡，稳中求进；经典、改编、原创、实验等各种剧目各有收获，各显风采。

但是，值得注意的是，2016年的中国话剧仍然缺乏具有经典内涵或高峰潜质的优秀之作；演出市场虽有亮点，但不灿烂；总体格局数量可观，但质量有限；新剧目纷纷上马，同质化、简单化问题日益凸显，因此评论界不得不承认，这是一个积淀、摸索、渴望上升、寻求突破的年份。

一、回望历史 关注现实

近年来，在国家艺术基金的倡导、资助和扶持下，话剧原创剧目明显增多。

北京市艺术发展基金也于2016年启动。各地话剧院团十分重视从创作源头抓起，集思广益，积极努力，增强创作实力，提升艺术水平。中共上海市委宣传部、文广新局与上海剧本创作中心从全国调集有创作实力的剧作家和青年创作人才，加大力度助推有经典潜质的重要剧目。北京人民艺术剧院、国家话剧院、上海话剧中心、中国儿童艺术剧院等重点院团都设立了艺术委员会，对即将排演的剧目进行审核把关，以保障和提升艺术水准。

（一）新创话剧的重要收获

2016年适逢中国共产党建党95周年、红军长征胜利80周年，中国革命历史向来是话剧题材的丰富宝藏。中央军委政治工作部话剧团演出的《从湘江到遵义》，曾经作为2016年文化部艺术司“舞台艺术精品创作工程”重点项目予以立项资助。剧作家李宝群、王宏、肖力和导演宫晓东等一行人，为了还原历史真实、感悟先烈精神，沿当年红军走过的路线，行程2 000多公里，采访相关人员100多人次，参观红军纪念馆10余个，祭拜红军陵墓数十处，为戏剧创作打下良好基础。这样的创作姿态，表现在剧中则是凸显部队文艺的崇高感和庄严性。

此剧于2016年9月28日在北京八一剧场首演，题材宏大，场面恢宏，情境悲壮，感人肺腑。它以长征途中湘江战役—翻越老山界—通道转兵—黎平会议—强渡乌江—挺进遵义为叙事主线，展现中国工农红军所面临的乱云飞渡的危机局面，描绘红军将士们不畏强敌、英勇牺牲的壮举，表现毛泽东主席高瞻远瞩，摈弃以李德为代表的教条主义，带领红军战士向死而生，迎来中国革命的伟大转机——遵义会议。此剧成功塑造了毛泽东（赵旭饰演）、周恩来（刘劲饰演）、朱德（尹诗先饰演）、王稼祥（魏鹏饰演）、张闻天、博古、李德、林彪、彭德怀、刘伯承等重要历史人物；以叙事体、群像戏的方法，多场面、多角度、多声部、多时空地展现革命历史的雄浑壮阔，革命历程的艰苦卓绝，以及领袖、先烈、士兵、群众等的人格、胸襟、气魄。此剧的舞美设计具有现代技术的整合性和创新性，总体设计风格是写意的，局部却具有历史质感和写实性。难能可贵的是，此剧的叙事视角既有历史叙述、再现，又有现实对话、反思；既充分展现激战、行军的宏大场面，也细腻刻画母亲、妻子、挑夫等的鲜明个体。除此剧之外，2016年演出的革命历史题材的话剧还有《谷文昌》《红岩魂》《热土》《图云关》《雨花台》等。

北京人民艺术剧院的原创剧目《玩家》，以“十年磨一剑”的创作态度，历经反复修改提高，于

2016年8月25日在首都剧场首演。《玩家》的戏剧结构和情节模式具有《茶馆》式的京味特点和人文特色，它围绕一件稀世珍品元代青花瓷瓶的归属，展现了20世纪80年代、90年代、新世纪三个历史时期古玩市场一路热炒、飙升的趋势，进而表现出古玩收藏界人与物的蜕变轨迹。京城古玩界老行家靳四爷（冯远征饰演）手里有件元代青花瓷瓶深藏不露，却因徒弟、续妻女婿齐放一次“打眼”中了连环计，被迫让与香港商人。齐放憋足一口气，历经多年积攒，不仅建起了自己的古玩博物馆，还以巨资将旧物青花瓷瓶购回。可是香港老板传话说靳四爷的东西原本也是假的。当齐放、靳家儿子、四爷的知己都拿出手中的青花瓷瓶时，三只大瓶摆在众人面前，靳四爷挥杖将其一一击碎。那么真的到底在哪里？靳四爷说，假的都没了，真的就来了。戏剧以这种方式结尾，颇有昆山玉碎、断弦裂帛的艺术效果。“假作真时真亦假”，在古玩的去留、存废、真假、赔赚、有无之间，有悬念，有玄机，真正的玩家玩的是古玩，决不被古玩所玩，他们凭的是眼力，练的是心气，讲的是定力，守的是道义。若只图俗利，终将被人、物所玩。此剧风格沉实，语言风趣，主题透露出“玩家有赢就有输”“玩家有术亦有尽”的人生况味。

2016年，小剧场戏剧虽然演出总量不减，但是原创剧目不足。《俺爹我爸》《又见老爸》《幸福年》《原始一家人》纷纷主打亲情牌，在日常生活、家庭悲欢中，表现亲情温暖和爱的感悟。过士行编剧的三幕荒诞剧《青蛙》，以荒诞形式探讨日渐恶化的生态环境，以及人类自身的生存境遇。三拓旗剧团的新创剧《吾爱至斯》，延续既往的形体剧模式，展现患有阿尔茨海默症的老妻在街头走失后，两位老人在遗忘与回忆、寻找与错过、支撑与关爱中不离不弃。根据军旅作家马晓丽的同名小说改编的话剧《催眠》，关注人的心理变化、情感焦虑以及自我反思。经历汶川地震的特殊人物：心理医生、作家、某部队排长，他们在灾后邂逅，通过催眠和心理治疗，探索人性的自我完善和心灵救赎。《后海也是海》《我去哪儿了》《饭碗》等小剧场戏剧，从社会人生的不同角度，展现都市青年在面对事业迷茫、金钱诱惑、情感挫折时所遭遇的人生困惑和现实选择，颇能引发年轻人的情感共鸣。

值得一提的小剧场新创剧是黄维若编剧、赵淼导演、国家话剧院在2016年年末推出的形体戏剧《罗刹国》。此剧表现了一个诡异的灾变故事：中土之人马骥乘船出海，遭遇海难，顺水漂流，来到了一座岛中之国罗刹国，见到一群人不像人、鬼不像鬼的东西。戏剧以空的舞台、幽暗的光源，展示亦真亦幻的戏剧空间，以一个1.5米高、由两人操纵的皮影人充当大鬼，以身着传统中式服装、头戴傩戏面具的歌队成员，用戏曲身段扮演罗刹国的鬼魅。在罗刹国，是非颠倒，美丑异位，真即是假、假即是真，一切都与人的正常思维背离。他们的祖制陈规很快就将马骥的中土观念碾轧粉碎。马骥要想活下去，就得像罗刹国的魑魅魍魉一样面目黧黑，为此他不得不戴上假面具，在不知不觉中，马骥被面具异化，离人的本性越来越远，离鬼的世界越来越近。戏剧结尾时，马骥依然戴着面具，生活在罗刹人中间。他是选择周旋其间，还是已经完全被同化？没人能说出答案。此为一台关于生与死、人与鬼、美与丑、真与假、善与恶、爱与恨的寓言剧。

（二）第二届中国原创话剧邀请展

由国家艺术基金资助、中国国家话剧院与北京市西城区人民政府联合主办的“中国原创话剧邀请展”自2015年首次举办以来，已经成为令人瞩目的一大艺术盛事。2016年3月18日至7月3日，在由国家话剧院《杜甫》的演出拉开“第二届中国原创话剧邀请展”的帷幕后，来自全国国有院团、民营院团以及社区剧社的26部大剧场剧目、23部小剧场剧目，在国家话剧院剧场、天桥艺术中心、首都剧场等地进行了为期108天、总计179场的演出。

此届邀请展坚持以“重视原创、紧跟时代、艺术精湛、服务人民”为宗旨，开掘历史，关注当下，剧作内容更为多样。其中现实主义题材的剧目占到八成以上，主要有国家话剧院创排的《杜甫》《红岩魂》《中华士兵》《大宅门》《俺爹我爸》、上海话剧艺术中心的《1977》、北京人民艺术剧院的《故园》、解放军艺术学院的《大漠胡杨》、原南京军区政治部文工团的《小平小道》、安徽省话剧团的《徽商传奇》、内蒙古自治区话剧院的《北梁人家》、中国铁路文工团的《叩问》、重庆市话剧团的《朝天门》、贵州省话剧团的《图云关》、山东省话剧院的《孔子》、陕西人民艺术剧院的《白鹿原》、杭州话剧艺术中心的《生命密码》、广州话剧艺术中心的《去往何处》、西安话剧院的《麻醉师》、赤峰市话剧团的《热土》等。本届邀请展集中展示了中国话剧创作的整体实力、精神风貌和发展态势。

中国国家话剧院的话剧《杜甫》以杜甫励志效国、应试不中、困顿长安、安史祸乱、梦碎弃官、漂泊川渝等经历为线索，塑造他不同流俗、铮铮铁骨的知识分子形象。院长周予援曾透露，这部戏是他和编剧唐栋在2015年参加两会时相约创作的，在过去一年里，编剧唐栋三易其稿，煞费苦心。此剧集中刻画了杜甫“视国家为生命、以民生为己任”的家国情怀，展现了“诗圣”杜甫在战乱时代颠沛流离、理想幻灭的悲哀，以及他不以己悲、关爱众生的人文品质。刘佩琦塑造的杜甫形象耿介正直，忧愤深广。舞美设计以类似传统文人画的笔墨，展现遒劲、悲凉、旷远、苍茫的历史氛围和人生况味。导演王晓鹰努力开掘杜甫的卓越诗心、诗思、诗情、诗品、诗性，力图再现这位家喻户晓的历史名人、文化先驱的生命光辉。在舞台调度中，乐池里不时升起的诗魂形象，以铿锵苍凉的音调朗诵杜诗《三吏三别》《兵车行》《登高》《旅夜书怀》等佳篇名句，传达出中国式的诗学传统和含蓄蕴藉的美学韵味。

中国话剧曾经被认为是“都市艺术”“小众艺术”，只集中表现于京沪等繁华都市，近年来话剧的版图正逐渐向全国铺开，一些相对边远的省区，如云南、贵州、西藏、内蒙古等地，话剧艺术开始复苏，并展现了创作演出的生机与活力。云南省话剧院的《护国忠魂》（杨耀红编剧，常浩导演），“以蔡锷等人于1911年发动的推翻清政府统治、宣布云南独立的‘重九起义’为始，以蔡锷率领的滇军1915年打响的反对袁世凯复辟帝制、捍卫共和的‘护国运动’为终，讲述了蔡锷始终如一心向共和的生命轨迹，表现了滇军敢为人先、勇于担当的豪迈胆识和云南各族人民为此作出的贡献与牺牲”①。该剧展现了蔡锷将军与复辟帝制的封建势力的势不两立，顺应历史趋势，反映民族心愿，用一腔热血捍卫共和国体的英雄事迹。

西藏自治区话剧团演出的多媒体话剧《共同家园》（冯静编剧，白皓天导演），是一部弘扬民族团结的英雄史诗。它讲述了1840—1842年第一次鸦片战争期间，藏军第六“代本”军团两千藏族勇士奉道光圣旨，胸怀报国之志，翻山越岭远赴宁波，与清军联合，抗击来犯的英国侵略者。此剧既表现了自乾隆册封“代本”以来，西藏地区在政治、军事上即为中央属地的史实，也表现了清朝末期统治阶层的腐败昏庸，凸显汉藏忠勇之士抗敌卫国的肝胆血性。英国人以藏人不必为汉人卖命为由，劝降西藏勇士，在敌强我弱的情势下，勇士们慷慨陈词：我们是松赞干布的后代，我们也是文成公主的子孙！最后喋血沙场，含笑九泉。他们的发辫被幸存者带回雪域高原，建起了一座辫子坟茔。他们对祖国的忠诚，大地可知，苍天可鉴。此剧场面壮阔，气势雄伟，生动感人。

“第二届中国原创话剧邀请展”演出的剧目，主题涵盖了宗教、政治、军事、历史、文化、现实等各个层面，也涵盖了传统与现代、继承与创新多种戏剧形式。然而，由于剧目数量庞大，持续时间过长，艺术质量参差不齐，所以叫好又叫座的佳作尚嫌不够；而编剧意识偏颇、有瑕疵、有缺憾的演出却不时出现。戏剧评论家徐健就表示：“与庞大的展演剧目数量相比，毫不讳言，我对原创话剧的热情正在变得越来越纠结。一方面热情未减，另一方面是焦虑的递增。”② 热热闹闹的展演之后，如何切实总结经验，寻找不足，把话剧艺术推向新高度，仍然是需要探讨和解决的问题。

（三）儿童剧：还孩子以纯真童趣

中国儿童剧近年来发展迅猛，国有院团与民营演出团队各显身手，各自争取到自己相对固定的观众群和市场空间。

---

① 怡梦：《话剧〈护国忠魂〉缅怀“护国运动”》，《中国艺术报》2016年5月13日。

② 徐健在“第二届中国原创话剧邀请展”第二次论坛上的发言。见中国国家话剧院院刊《国家话剧》2016年秋季号，总第27期。

2016年，中国福利会儿童艺术剧院创作新剧目5台，演出361场，其他保留剧目全年演出474场，接待观众22.7万人次，平均上座率达83%。由其创作演出的儿童剧《泰坦尼克号》获得2016年度国家艺术基金项目资助；儿童剧《巴黎圣母院》获得上海文化发展基金会2016年度第一期项目资助；儿童剧《蓝蝴蝶》（原名《大顺子吼歌》）被列为上海舞台百部精品，获得了上海文化发展基金会2016年度第二期项目资助。2016年在上海演出的儿童剧还有经典励志成长童话剧《小鹿斑比》、亲子温馨音乐剧《泰迪熊》、经典儿童剧《拇指姑娘》、童话音乐剧《尼尔斯骑鹅历险记》、情景游戏式互动人偶剧《熊出没之缤纷王座》等。

在2016年少数民族戏剧会演中，唯一一台儿童剧是汪浩编剧、中国福利会儿童艺术剧院创排的《彩虹》。此剧反映城乡儿童不同的生活环境，却摒弃以往这类题材热衷于表现城乡矛盾、文化差异、性格抵牾等创作手法，而是以大爱情怀展现不同生长环境、不同知识背景下，孩子们共有的了解对方的热情、自然淳朴的天性以及对未知生活的憧憬、对爱与友谊的认同、对未来世界的探索，等等。

中国儿童艺术剧院近年来发展势头良好，演出总量递增。该剧院演出的《红缨》《东海人鱼》《宝船》《小飞侠》广受好评；而《中国故事之成语魔方》短剧系列的演出，则成为亲子教育的重要品牌；《拔苗助长》《哭竹生笋》《班门弄斧》《滥竽充数》《黔驴技穷》《自相矛盾》等，不仅让孩子们通过深入浅出的故事了解了其中的语义和内涵，而且以拟人化、形象化的手法，让孩子们对深奥费解的成语词组看得明白，记得住。

《时间森林》是2016年9月中国儿童艺术剧院重点推出的原创魔幻童话剧。剧中，一对孪生兄妹进入拥有魔力的奇幻森林，时间和生命在这里变得神奇而有趣，这里有打扫时光的老人，有时间树，有蘑菇钟，有回忆之车，有时间审判庭，还有令人担忧的消失巷……《时间森林》通过天马行空的想象，解读了“时间”与“生命”的意义，让孩子思考人生的快乐、时间消磨、有作为、徒伤悲等意味。此剧也传达着儿童剧特有的爱的意味，让观众感受时间的流逝，看到被寄托在时间中的爱，观照因生活节奏加快而忽略的时间和身边人。正如《时间森林》的导演焦刚所言，一部好的戏剧作品，一定能够引领观众从眼前的欣赏进入视觉和心灵的体验。该剧用一场奇妙、魔幻的冒险之旅带领大朋友和小朋友一起去探寻时间和生命的意义。

由中国儿童艺术剧院主办的“第六届中国儿童戏剧节”于2016年的暑期举行，以“点亮童心 塑造未来——共筑中国梦”为主题，历时49天，汇聚了美国、罗马尼亚、立陶宛、日本、韩国、西班牙、澳大利亚和中国台湾地区的25家儿童戏剧团体，呈现了一场儿童剧国际交流盛会。此届儿童戏剧节共有46部中外优秀剧目，共计演出215场，惠及观众16万人次。除北京主会场外，在济南、成都、宁波同时设立了分会场。此届儿童戏剧节的展演剧目包括中国儿童艺术剧院童话剧《马兰花》、肢体动漫剧《三个和尚》、益智趣味儿童剧《小吉普·变变变》、童话剧《小蝌蚪找妈妈》、儿童剧《小王子》，以及中国儿童艺术剧院与美国合作的《中国故事之成语魔方》系列；北京丑小鸭剧团儿童舞台剧《阿里巴巴与四十大盗》、北京儿童艺术剧院大型恐龙童话剧《你看起来好像很好吃》，以及西班牙欧蒙斯剧团儿童剧《影子神偷》、罗马尼亚坦达利卡动画剧院木偶剧《你是谁？》等。其中由国外经典名著改编而来的诗意童话剧《小王子》，让孩子们在小王子的传奇故事里，感受爱与责任、关心与呵护、悲伤与喜悦的可贵情感。

值得一提的是，中国儿童艺术剧院与美国蒙大拿州米苏拉儿童剧院2015年下半年互派艺术团项目，被列入第七轮中美人文交流高层磋商成果清单。本届儿童戏剧节还首次设立中日韩亚洲儿童戏剧板块，并继续依托“国际戏剧沙龙”与国内外同人分享创作经验和智慧，深化国际交流与合作，致力于将中国儿童戏剧节打造成为具有全球视野、中国情怀，洞悉最新创作动态，把握演出市场走向，聚焦中国儿童戏剧事业新发展的专业性行业盛会和知名品牌。

二、节庆增多 演出频繁

在2016年的话剧发展中，话剧的节庆活动显得比较频繁，大有“你方唱罢我登场”的势头。

（一）2016 首都剧场精品剧目邀请展演

2016 年 3 月 2 日至 31 日，“2016 首都剧场精品剧目邀请展演”如期举行，此次春季展演共有 5 部精品力作，开幕大戏是赖声川导演的话剧《冬之旅》。国内还邀请了重庆市话剧团的《朝天门》、辽宁人民艺术剧院的《秘而不宣的日常生活》。与之交错进行的国际单元演出有以色列哈比玛国家剧院的莫里哀喜剧《悭吝人》、罗马尼亚锡比乌国家剧院改编的古希腊悲剧《俄狄浦斯》。中国观众对这两台剧目并不陌生，并对国外同行的创意表示赞同。《悭吝人》以 15 块竖立的白色雕花门板，写意性地展现了阿巴贡的生活情景，门板的移动构成多变时空，它们初看起来像一张张竖起的钞票，典型地再现了吝啬鬼阿巴贡的人生支点，也表现了他诡秘、闭锁、忧患的焦虑心理。当他在红地毯下摸不到藏匿的钱款，用不流利的汉语高叫“小偷”时，引得观众哄然大笑。《俄狄浦斯》则以当代视角、倒叙手法以及演员训练有素的形体动作，将俄狄浦斯的人生悲哀串联在一起，演绎出一台带有原始神秘、恐惧、悲悯色彩的命运悲剧。“首都剧场精品剧目邀请展演”夏季演出于 7 月 8 日至 31 日举行，演出了立陶宛国家话剧院的《大教堂》、上海话剧艺术中心的《长生》、法国利摩日国立戏剧创作中心的《等待戈多》等剧目，由中央戏剧学院演出的契诃夫戏剧《樱桃园》则于 11 月 11 日至 13 日上演。

《大教堂》是一部令人印象较深的戏剧，其中不乏真相被撕裂的恐惧与令人压抑的死亡气息。被人们当成精神支柱的大主教马萨尔基斯，其实是虚伪邪恶的罪犯：他将年轻姑娘耶娃长期囚禁在地下室，以满足个人淫欲，耶娃生下的孩子被其藏匿弄死。然而当被囚禁的耶娃出现在众人面前时，作为受害者的她却遭受了围猎般的追杀：为了维护虚假的宗教威权，众人竟用手中的石块将其打死。该剧对社会生活的表现视角十分宽广，主教、市民、流浪汉、妓女等纷纷登场亮相，圣歌的出现、盲人的吟诵，都强化着宗教救赎的意味。《大教堂》的主题显然并不只是表现邪恶势力的被推翻，而是要在大教堂的修建与坍塌之间，探讨幻想破灭后精神信仰的重建。《大教堂》令人称道的还有其舞台装置艺术的独特景观：在幽暗阴冷的光线之下，一道道金属链条自空而降，悬吊在观众面前，像锁链的森林，给人以沉重、密闭之感。

（二）第三届天津曹禺国际戏剧节暨第六届林兆华戏剧邀请展

2016 年 3 月 22 日至 7 月 2 日，备受关注的“第三届天津曹禺国际戏剧节暨第六届林兆华戏剧邀请展”，虽移师天津，但其新闻的热度、观演的激情、剧目的话题性丝毫不减，在京津两地掀起了一波双城观剧的热潮。此届邀请展推出了立陶宛国家剧院的《英雄广场》、德国汉堡塔利亚剧院的《前线》、波兰华沙新剧团的《阿波隆尼亚》、波兰华沙多样剧场的《殉道者》、德国柏林邵宾纳剧院的《理查三世》、波兰 neTTheatre 剧团交互式话剧《藏匿》、波兰华沙跨大西洋剧团的《卡尔·霍克的影集》等当下欧洲最具实验性的前沿剧作，每一场之后举行的演后谈、研讨会都引发了戏剧界关于当代西方剧场美学的探讨热情。

本届戏剧节，享誉世界的波兰导演克里斯蒂安·陆帕执导的《英雄广场》与波兰著名中生代导演克日什托夫·瓦里科夫斯基执导的《阿波隆尼亚》被公认为是重头戏。2014—2015 年，陆帕导演的《假面·玛丽莲》和《伐木》曾来华演出，因此《英雄广场》备受瞩目。此剧根据奥地利作家托马斯·伯恩哈德的同名小说改编，戏剧的主人公舒斯特教授并没有出场，戏一开始，在他妻子与女佣的对话中，观众明白了教授已经自杀身亡。为了远离“二战”时期纳粹集会的英雄广场，身为犹太人的教授一直在剑桥教书，晚年时应本国召唤、按妻子意愿，他回到了祖国奥地利，住在英雄广场的对面。但是妻子和环境都让他无所适从，纳粹当年的喧嚣一直在他耳边环绕。与他形成反衬的是他的兄弟和两个女儿，他们放弃了对历史和现实的纠结与反思，在漠然顺应中打发日子。而教授的执拗和他超强的自我意志却把他推向了悲剧结局。陆帕以其惯常的庄严整饬的舞台风格，缓慢沉实的戏剧叙事，在除了背景屏幕近乎空旷的舞台上，冷静客观地展现了人性的维度和心灵的裂度。四个多小时的演出让习惯了快餐式文化消费的中国观众，找到并适应了一种静穆、沉重、心动的欣赏艺境。

《阿波隆尼亚》在欧洲演出获得过很高荣誉，它表现了三个女人的复仇悲剧：古老神话中，阿伽门农为获得战争胜利以女献祭，令其妻深恶痛绝，他一回家便被妻子杀死，儿子为替父报仇又杀死母亲；“二战”时期德军占领区的一位仁慈女性因为藏匿犹太儿童被纳粹发现，她的父亲无意替女儿开脱罪责，而是看着她被推向刑场，枪毙她的人正是身为党卫军的她的情人。人性的不确定性、亲情的软弱性、本能的无理性、角逐的冲动性、争斗的残酷性，让惯常的人与人的关系陷入一种令人瞠目而惊悚莫名的梦魇之境。舞台上封闭的透明空间，像两个巨大的几何模块，那是家的隐喻？是集中营的缩影？还是逃不出的地狱的象征？此剧的舞台意象复杂纷繁，木偶、小丑、现场演唱、肢体表演、情景间离、大段演说等，各种情境交互穿插，扭结反转，形成多向度、多意味的表意空间。导演似乎有太多的意念要表达，有些手段就显得肆意挥洒，给人的印象就不那么凝练、简捷和节制。

（三）第七届北京·南锣鼓巷戏剧节

2016 年 6 月 7 日至 9 月 4 日，为期 90 天的“第七届北京·南锣鼓巷戏剧节”由 6 个单元组成：国际邀请单元（9 部）——盛邀世界级大师之作；聚焦立陶宛单元（5 部）——东欧戏剧的瑰宝，为北京戏剧市场带来一股清流；是过去，也是未来单元（7 部）——以剧场纪录当下，回溯过去，坚持社会独立的人文思辨；文学剧场单元（24 部）——发掘当代中国那些能够走入内心深处、带来深刻生命体验的文学剧作；新生单元（17 部）——为剧场寻找新力量；独立剧场论坛——为独立戏剧人打开国际视野与交流平台。这些来自法国、立陶宛、意大利、英国、日本、韩国、美国、德国、挪威、马来西亚 10 个国家，以及北京、台湾、上海、山东、山西 5 个地区的 64 部作品，涉及话剧、戏曲、默剧、舞剧、装置艺术、音乐演奏、剧本朗读、行为艺术等多种演出形式。其中舞蹈《生命短舞》（意大利）选取 50 个非专业舞者，让他们打破自身的束缚，在舞蹈中感知生命的律动；《黑夜追逐着白天》（中英）选取到场的儿童参与表演，让他们在戏剧互动中敞开心扉；《爱的落幕》（中法）演绎了情感绝望中的一对男女以语言为武器，互相进行攻讦、责难；《三姐妹》（立陶宛）以心理现实主义细腻传神的表演，展现了契诃夫式的静水深流的戏剧性以及无法言说的忧伤；《马达加斯加》（立陶宛）则以生命视角展现了有关迁徙、寻找、归宿的家国情怀与人生无奈。

（四）2016 国家大剧院国际戏剧季

2016 年 6 月 10 日至 9 月 24 日，“2016 国家大剧院国际戏剧季”以“时代经典·世界交汇”为主题，邀请包括中国、德国、俄罗斯、英国、澳大利亚等国家和地区的 13 家院团，历时 107 天，共进行了 53 场戏剧演出。此次活动以国家大剧院原创话剧《样式雷》拉开大幕，国内参演剧目还有国家话剧院的《杜甫》、北京人民艺术剧院的《鱼眼》、辽宁人民艺术剧院的《秘而不宣的日常生活》等。从“第 52 届柏林戏剧节”“最值得关注”的 10 部剧目中选出的 3 台戏剧：反映移民问题的《共同基础》（柏林高尔基剧院演出）、重新演绎易卜生剧作的《约翰·盖勃吕尔·博克曼》（汉堡德意志话剧院演出）、贝克特的荒诞派戏剧《等待戈多》（柏林德意志剧院与鲁尔雷克林豪森节日剧院共同制作）作为“柏林戏剧季”板块参与本届戏剧季。在“致敬大师”板块，则邀请了历史悠久的俄罗斯瓦赫坦戈夫剧院的《假面舞会》（此为以戏剧形式演绎的莱蒙托夫的同名诗剧）、英国莎士比亚环球剧院为纪念莎翁逝世 400 周年而演出的《威尼斯商人》、德国柏林邵宾纳剧院演出的莫里哀经典喜剧《伪君子》，等等。其中《伪君子》以独特的演出方式令人称奇：其演区是竖立的形似铜钱、外圆内方、可以旋转的装置空间，演区内除了一把黑色皮椅别无他物，随着伪君子答尔丢夫对一家人欺骗伎俩的不断升级，演区发生了 4 次旋转，附着其上的演员身体被迫倾斜、撑持、拉伸、挪移、堆叠，其视觉效果不是令人轻松，而是以肌肉的扭曲和身体的失衡，给观众带来机械的不适性和压迫感。原来喜剧的结尾也被改动：原剧中国王下令处罚骗子，众人皆大欢喜；而这次演出却让骗子春风得意，受骗的一家人反而面临被扫地出门的悲惨结局。取笑一个诡计败露的骗子或许容易，取笑被骗子蒙蔽的自己或许就会笑出眼泪，这正是这一沉重的喜剧留给人们的警示。

（五）第四届乌镇戏剧节

如果让一个寂寂无名的小城在两三年内迅速走红，成为人们趋之若鹜的风景，那么采用什么方式才最有效呢？答案只能是戏剧。没有戏剧，也许就没有今天乌镇的热闹和生动，它不仅聚集了一众中外著名艺术家，也吸引了每年约40万的中青年戏剧观众。人们从四面八方围拢过来，为的是感受一种艺术的气场，也为了发现街角处的戏剧现象。

2016年10月13日至22日，“第四届乌镇戏剧节”如期举行，其主题为一个字——“眺”，其荣誉主席由导演林兆华担任，来自中国、法国、俄罗斯、日本、立陶宛、智利等国家和地区的22台剧目依次进行了近80场演出。戏剧节期间还举办了青年竞演、小镇对话等戏剧活动。演出中，孟京辉导演的《他有两把左轮手枪和黑白相间的眼睛》糅合喜剧元素，混搭政治隐喻，穿插段子、歌舞……以戏剧的魅力纾解现代人的焦虑。他的另一部戏《爸爸的时光机》，则让木偶与操纵木偶的人同时在观众面前表演，那么谁在控制谁？谁是谁的影像？或许原本就一体两面。林兆华导演的《戈多医生或者六个人寻找第十八只骆驼》改编自迪特里希·施万尼茨的作品，该剧讲述了5名精神分裂者的故事，这也是该剧在全球的第一次公演。德国当代戏剧大师弗兰克·卡斯多夫导演带来了他的代表作《赌徒》，波兰克拉科夫老剧院的扬·克拉塔导演带来了易卜生的《人民公敌》，立陶宛新生代导演维达斯·巴勒提斯带来了由他演绎的加缪的代表作《卡里古拉》，西班牙的卡尔斯·阿尔法罗带来了人偶剧《堂吉诃德》。此外，一批中国年轻导演的新锐戏剧也在此上演。

（六）2016北京喜剧艺术节

2016年10月20日至12月25日，“2016北京喜剧艺术节”如期举行，在为期67天的时间里，共有来自中外喜剧演出团体的12台喜剧持续进行47场演出。本届喜剧艺术节，共有来自俄罗斯、意大利、法国、美国、丹麦5个国家的5台喜剧陆续亮相，开幕大戏《瞧这一家人》，由俄罗斯圣彼得堡赛蒙扬奇剧团演出，挺着大肚子的母亲、酗酒成性的父亲、4个顽皮的孩子在舞台上笑料百出。演员们小丑式的白面孔、夸张的发型、滑稽的动作，使喜剧的即视感特别鲜明。法国小丑剧剧团BP Zoom演出的《B先生与P先生》没有复杂的情节，一个纸箱、两个气球可以制造出飞翔的情境，两把勺子的撞击可以奏响活泼的旋律，气泡、小凳子、绳子、帽子、鞋子、纸飞机，在他们手里都沾染了滑稽的魔力，成为他们信手拈来的搞笑工具。美国演员及导演蒂姆·罗宾斯带来了他为美国洛杉矶演员班剧团导演的《自由之路》，本剧的时空跨越中世纪与当代，演员们在即兴喜剧的戏里戏外跳进跳出，专家的夸夸其谈、台下的审查官的突然出现，形成了多线索、多层面的戏剧思辨。一场嬉闹风格的演出在结尾时竟然陡转成含泪的正剧。在本届喜剧艺术节上还演出了我国的《戏台》《暴风雨》《驯悍记》《帝国专列》《独自温暖》等。

2016年举办的戏剧节还有：1月在大连举办的“大连国际话剧艺术节”，3月在北京举办的“首届天桥·华人春天艺术节”，8月在北京举办的“第15届金刺猬大学生戏剧节”“第五届全国少数民族文艺会演”，9月在上海举办的“2016上海国际汤显祖·莎士比亚戏剧节”、在北京举办的“2016北京青年戏剧节”以及“2016两岸小剧场艺术节”，10月在西安举行的“第十一届中国艺术节”，11月在上海举办的“第五届中国校园戏剧节”“2016第十二届上海当代戏剧节”，等等。

综上所述，各地戏剧节虽然主题不同，形式各异，剧目繁多、参与者众却是大体一致的。这些戏剧节短的为期十天半月，长的为期两三个月，以致有的戏剧一年参加了好几个戏剧节，有的观众把众多的剧情混作一起。由于国家艺术基金对于资助剧目有演出场次的考评，所以一些演出团体不是花力气去开拓演出市场，而是热衷于到各个戏剧节赶场。北京戏剧家协会驻会副主席杨乾武曾尖锐地批评戏剧节的频繁和膨胀，他认为当今中国戏剧界是“过年过节，不过日子”。的确，天天过节，忙于应景，心理期待和喜庆氛围逐渐淡漠消融，潜心创作的心境被搅扰纷乱，还怎么能把戏剧的艺术水准从高原推向高峰？

三、纪念大师　演绎经典

2016年的中国话剧，一方面是剧目立项、演出市场对原创剧目需求量增长，另一方面是原创剧目在数量、质量上不尽如人意，两者之间的矛盾日益突出。因此，为解决这一问题，借着纪念古今中外戏剧家的名义，翻新演出诸如莎士比亚、易卜生、契诃夫、阿瑟·米勒、贝克特以及汤显祖、老舍、丁西林等名家名剧，不失为“救场”之举。

2016 年，为纪念莎士比亚逝世 400 周年，“永恒的莎士比亚”系列纪念活动于年初在国家大剧院启动。一系列有关莎士比亚作品及其影响的纪念活动持续全年。“来自全球 140 多个国家的人参与各项纪念活动，包括线上活动、舞台和电影表演、各类展览、朗读会、座谈会、研讨会，还有专门为课堂和英语学习者提供的教学资源。”①

5 月 21 日至 27 日，上海滑稽剧团首次携手英国 TNT 剧院，合作推出的莎士比亚的喜剧《仲夏夜之梦》于上海兰心大戏院上演。

8 月，由国家大剧院联袂英国皇家莎士比亚剧团合作导演克里斯·怀特，首次制作的话剧版莎翁名作《仲夏夜之梦》与观众见面。“演出并没有刻意陌生化或本土化，除了一些细微的调整，几乎完全依据朱生豪先生翻译的剧本，最大限度地保留了莎士比亚戏剧的原味。虽然某些人名、风俗、语词游戏有些隔膜，但随着戏剧本身的推进，莎士比亚戏剧的魅力完全展现出来了，一种天才般的想象、狂欢式的氛围感染了中国观众，尤其是结尾的闹剧表演，更是把气氛推向高潮，引起阵阵掌声和笑声。”②

9 月举行的“2016 北京青年戏剧节”，其负责人孟京辉号令一众戏剧青年，将莎士比亚的 37 部剧作和 1 部《莎士比亚十四行诗》尽数推上舞台，此举号称“莎士比亚全集总动员”。戏剧展演部分包括《哈姆雷特》《李尔王》《拥抱麦克白》《奥赛罗》《罗密欧与朱丽叶》《第十二夜》《威尼斯商人》《温莎的风流娘儿们》《驯悍记》《皆大欢喜》《裘力斯·凯撒》《十四行诗》12 部作品，均由国内青年导演执导。“北京青年戏剧节还设置‘创新短剧单元’，包含 12 部围绕莎士比亚戏剧作品进行创作的青年导演作品，以‘1＋1’拼合的方式与观众见面，包括《一报还一报》《科利奥兰纳斯》《雅典的泰门》《终成眷属》等”③，这些戏剧以解读、演绎、实验、前卫、解构、重构等多种形式，将莎士比亚的戏剧来了一轮意象重组。

此外，国内制作演出的莎剧还有新蝉戏剧中心制作的话剧《暴风雨》、中央戏剧学院导演系教授王晓凡执导的话剧《福斯塔夫狂想曲》等。

在来华演出的外国戏剧中，有英国皇家莎士比亚剧团的历史剧《亨利四世》(上、下)、《亨利五世》，英国莎士比亚环球剧院登台国家大剧院的《威尼斯商人》，立陶宛 OKT 剧院颠覆想象力版的《哈姆雷特》，德国柏林邵宾纳剧院在“第三届天津曹禺国际戏剧节暨第六届林兆华戏剧邀请展”上的压轴之作《理查三世》，波兰克拉科夫老剧院的获奖剧作“没有李尔”的《李尔王》，英国 TNT 剧院创作的莎士比亚的系列作品《暴风雨》《驯悍记》，意大利都灵国家剧院在“2016 北京喜剧艺术节”上演出的《皆大欢喜》，在第四届乌镇戏剧节上，丹麦共和剧团和虎百合乐队的《哈姆雷特》、罗马尼亚锡比乌粪剧团的《暴风雨》、中国香港爱丽丝剧场实验室的《哈姆雷特机器》也纷纷以现代手法演绎莎翁经典。英国国家剧院演出的《哈姆雷特》《李尔王》《奥瑟罗》《皆大欢喜》四部莎翁名剧 NTLive 版也相继在国内放映。

在纪念汤显祖逝世 400 周年系列演出中，中国国家话剧院导演孟京辉执导的新创话剧《临川四梦》作为年底向大师致敬的大戏，备受瞩目。该戏近四个半小时的演出，以《南柯记》为主线，将《牡丹亭》《紫钗记》《邯郸记》予以穿插表现，通过独具特色的孟氏解构，在梦与梦相连的起承转合中连接古人

① 《莎士比亚逝世 400 周年纪念活动启动》，《人民日报》2016 年 1 月 28 日。
② 彭磊：《〈仲夏夜之梦〉：最好的戏剧也不过是人生一个缩影》，《京华时报》2016 年 8 月 10 日。
③ 白瀛：《纪念莎士比亚逝世 400 周年　北京青年戏剧节进行“莎士比亚全集总动员”》，新华网，2016 年 6 月 17 日。

情感与现代哲思。在上海，由上海话剧艺术中心与英国壁虎剧团联合制作的舞台剧《惊梦》，从汤显祖的“临川四梦”和莎士比亚的《仲夏夜之梦》中提炼出“梦”和“爱”的主题，经重新诠释也取得了不俗反响。

2016年也是爱尔兰剧作家塞缪尔·贝克特诞辰110周年，其荒诞派戏剧《等待戈多》由多家剧团以不同风格多次在华演出，它们是德国柏林德意志剧院与鲁尔雷克林豪森节日剧院、法国利摩日国立戏剧创作中心、中国台湾当代传奇剧场。它们分别从不同的文化视角演绎关于“等待”的永恒主题，体现了别具一格的风格特色。其中法文版两个黑人演员表现了剧中流浪汉喋喋不休的唠叨和穷极无聊的等待；而中国台湾版则用中国戏曲元素表现了西方哲学意义上的荒诞，既阐释了贝克特的意象密码，又为剧作填充了东方式的哲思。

7月，贝克特的另一部名剧《美好的日子》由国家话剧院推出，与北京观众见面。剧中的“温妮是一个荒诞世界的理性残存者，这个形象充满悖论：她每天重复着刷牙、梳头、照镜子等一系列琐碎而机械的行动，但又渴望每天能学一点新的东西；她不停说话以打发睡眠以外的时间，但又明白不能一下子把知道的都说完；她活得艰难，困在沙堆里的身体感到疼痛，但她从不抱怨，‘不更好，也不更赖’就是她的生存哲学。温妮每日在刺耳的闹铃中醒来又睡去，她清醒地知道自己正一点点陷入死亡的沼泽，她也曾拿着手枪深思，但还是选择活下去”。“如何把长篇独白说得不让观众昏昏欲睡，对演员而言实在是一个考验，扮演温妮的演员冯宪珍以她几十年的舞台经验，轻盈自如地驾驭着大段混乱的台词。由于温妮在整部戏里始终处于沙丘之中，没有了肢体表现和舞台调度，她必须充分调动面部表情，且精准转换台词节奏。演员的表演风格夸张戏谑，与荒诞派戏剧以喜剧的手段表现严肃主题的方式相符合，声调的明与暗、高与低、轻与重推进情绪的流淌，来来回回的台词和行动并不是真的毫无意义，情感的张力一直在非常细微地变化着，此起彼伏。”① 显然冯宪珍的表演依然令人瞩目。

2016年也是国家话剧院排演外国戏剧较多的一年，尤其是在小剧场演出方面。1月，阿瑟·米勒的剧作《特殊病房》在先锋剧场上演。剧中，作为社会权贵阶层的莱曼在大雪封山的夜晚闯过禁区，不慎滑落山崖受伤住院，他的互不知情的两个妻子都来探望，于是形成婚姻与亲情、欲望与伦理的冲突。此剧揭示了现代社会的所谓精英人物的骄奢淫逸和道德崩溃。11—12月，国家话剧院小剧场又上演了《比萨斜塔》《长子》《爆米花》，前两部戏是俄罗斯剧作，后一部戏是英国剧作。国家话剧院的三位年轻导演发挥了各自的实力。

王剑男导演的《比萨斜塔》是一种错位、斜倚的婚姻关系的隐喻。剧中的一对中年夫妻在柴米油盐中消磨时光，在吃喝拉撒中湮灭激情，在一地鸡毛中发泄隐痛。他们既沉溺于现实，又渴望着超离，这是一部忧伤里藏着滑稽、嬉笑中含着泪滴的家庭悲喜剧。世界上的家庭有很多种，拧巴、纠结却胶着、黏合的当然也有很多，这就是《比萨斜塔》演出的现实意义。

常峣导演的《长子》表现了两个懵懂青年在早春的寒夜中，为寻求一个过夜的地方耍弄小聪明，让其中的一个冒充一个老汉的私生子。自身失业、儿子闹着离家出走、女儿即将远嫁的老人，内心孤独，他真诚地接纳了这个长子，并且将传家宝交到他手上。在真情的感召下，年轻人承认自己是假冒的儿子，但是他与这个家庭已经建立起某种情感关系，他心疼老人，暗恋其女，决定留下来，凝聚起这即将离散的家庭。这是一台包含着温暖和友爱的温情喜剧。

刘丹导演的《爆米花》揭示了“娱乐至死”的现代消费性艺术趣味对人性的腐蚀和戕害。获得奥斯卡大奖的电影导演布鲁斯执着于以艺术的方式展示色情暴力，并且振振有词，有一整套理论依据。可是一对无知的街头青年男女，痴迷于他的电影，并且按照电影的方式实施暴力犯罪后，潜入了他的

① 江润琪：《同你说话的日子就是美好的日子》，《北京青年报》2016年7月19日。

家庭。他们二人仅仅出于好奇，在导演家中玩起了电视直播，就像做游戏一般，举枪杀死了导演的临时情人、经纪人、妻子、女儿，然后这对视生命如儿戏的男女也相继开枪自杀。当人头像爆米花一样砰砰碎裂时，为暴力美学辩解的导演显得绝望、荒谬、可悲却又瞠目结舌，无能为力。

对国内优秀文艺作品的改编近年来也呈上升趋势。陕西人民艺术剧院演出的《白鹿原》以黄土高原上白、鹿两姓家族半个多世纪的恩怨纠葛、历史风云为图景，展现了时代风云变化中两个家族及其儿女的恩怨情仇，是一部具有史诗意象的大剧场戏剧。由歌队吟诵和民俗风情展现出来的演出风格古朴、苍凉，浓烈、浑茫。

范党辉改编、班赞导演的《丁西林民国喜剧三则》是丁西林短剧《一只马蜂》《酒后》《瞎了一只眼》的重新组合。三部剧均以婚恋为题材，再现了民国时期人们的情感特点和喜剧情态，机智幽默中透出含蓄，为当下的喜剧舞台带来了一缕淡雅幽香。同样讲述发生在20世纪20年代的民国故事的还有方旭改编的《二马》，以一对中国父子在英国伦敦的奇遇，在京味幽默和英式风趣之间展现东西文化的碰撞、个体生命的沉浮和难言的人生况味。张帆改编、李伯男导演的《老张的哲学》，则以信奉“钱能陪你，钱能通神”的老张的哲学与人生，让人们在笑声中深省现代社会和其中的自己。

在中规中矩忠实于原著的改编作品之外，另一些改编之作则力求在经典与现代中寻求新的艺术表达。林兆华导演的易卜生的《人民公敌》以“排练场”的样态与观众见面，胡军扮演的斯多克芒医生身穿破洞牛仔裤、红格子衬衫，手拿剧本不时在戏里戏外跳进跳出，他一会儿是剧中独战多数的主人公斯多克芒，一会儿是多事的代理导演、舞台监督，不停地指挥演员、灯光、道具，演出在看台词、冒场、纠错、重复中进行，《人民公敌》的戏剧叙事与场上演员的“我在演戏”之间，形成某种期待—瓦解—重建—反思的观演关系。可以说在《人民公敌》的内涵之中，林兆华注入甚至增加了某种艺术表现的新质。但是如何协调情境的稳定性与表演的游戏性之间的关系，让人们对于斯多克芒的勇气和斗志产生时代性认同，这仍需在文本和舞台调度上进行必要的调整。尽管人们对于林兆华不断“折腾”的演出方式不无疑惑，但是对于他不断自我突破、大胆创新的艺术抱负还是予以支持和肯定的。

为纪念费穆先生诞辰110周年，李六乙导演了话剧《小城之春》，他用堆叠的旧书垒砌的断壁残垣来表示传统文化经历战火之后的断裂感，以及人们走不出无形的围城的无奈感，用一种刻意压慢的戏剧节奏、大段的舞台停顿，来扩大人物心理的内在张力，让观众在时间的停滞里感受主人公在死水一样的生活中不得已的沉溺。而他导演的《万尼亚舅舅》，靠光影的明暗营造出的舞台空间，简约而充满隐喻色彩，独白式的对话，缓慢的节奏，让舞台沉浸在一种挥之不去的19世纪的忧伤与苦闷之中。

2016年，尽管在剧场形式上出现了“直面戏剧”“浸入戏剧”“形体戏剧”“叙事体戏剧”“IP戏剧”“多媒体戏剧”等多重探索，但是仍然存在深入生活不足、感悟人生不透、反映时代不准、表现生活不够的问题，以致选题思路狭窄、主题思想模糊、人物形象扁平、戏剧叙事简单等现象时有发生。

其一，艺术思想应当进一步开放，解决重大理论问题。艺术思想的活跃是创作思维活跃的前提和保障，戏剧家们不应当畏首畏尾，原地打转，理论模糊化、思想平庸化的问题应当解决。

其二，人文内涵需要加强，人民性应当鲜明。一些戏剧创作者受到庸俗社会学的影响，对艺术表现中的善恶、是非、美丑缺乏辨析力和评判力，有些戏剧人文内涵和思想价值不够丰富深厚。

其三，戏剧创作在一定程度上还存在着公式化、概念化、简单化倾向。必须尊重艺术规律，重视主体创作者的权力。现在的一些戏剧，领导出选题，商家来投资，作家出稿子，专家出建议，参与者众，意见分歧，有时候也让主创者云里雾里，无所适从。

其四，导演中心制虽有好处，但过犹不及。目前在戏剧导演方面存在着重场面、轻人物，重新创、轻打磨，重技术、轻艺术，重守成、轻创新的问题。

其五，目前话剧的表演功力、魅力有弱化趋势。话剧演员过多参与电视剧演出，已然对舞台艺术产生了负面影响。演员站在舞台上缺乏剧场定力，台词不清已经不是个别现象，心理线索、情感线索的断裂时有发生，肢体对情绪的感应力、表现力不足，这些都是亟待解决的问题。

其六，加强戏剧批评的文化自信。近年来，随着中国文艺评论家协会的成立，以及一系列文艺评论工作的开展，文艺评论的队伍建设、实力和成绩有所展示。但是，评论界也出现了重外国戏、轻本国戏，重保留剧、轻新创剧，重大剧场戏剧、轻小剧场戏剧的问题。尤其是对于外国戏剧往往褒之唯恐不及，却以贬低本土戏剧为能事，这显然是艺术重心偏移所带来的问题。

戏剧年复一年地发展，如一条大河滚滚向前，此间尽管有旋涡飞溅，有洪波翻卷，但是它的势能却一如既往，不舍昼夜，不断前行。

宋宝珍　中国艺术研究院话剧研究所所长、研究员

喧嚣与骚动

——2016 年话剧演出的几点思考

◎ 张晓欧

笔者自认为不是一个悲观主义者，但 2016 年的中国话剧舞台，实在没有什么激动人心的事情发生，或许，我们到了这样一个阶段：戏剧创作的状态稳健，如静水流深、波澜不惊，或者在沉淀、孕育着下一次爆发。但愿如是。

这是一个不好不坏的时代，在大众传媒与草率的评论者看来，话剧甚至站在时代的风口上，仿佛只要有一根神奇的指头轻轻一点，便会直上九重霄。如果你是来听故事的，那么“你相信了你编写的童话，自己就成了童话中幽蓝的花”，只是戏剧的使命远不是一个童话能够承载的。

2016 年最大的一个国际新闻、时政新闻、娱乐新闻是唐纳德・特朗普当选美国总统，在铺天盖地的新闻中，很少有人会留意这样一个与戏剧有关的事件：

11 月 18 日当选副总统的迈克・彭斯在罗杰斯剧场观看音乐剧《汉密尔顿》时不断被嘘，在剧终谢幕时，演员布兰登・迪克逊叫住了彭斯，拿出准备好的演讲稿读道：“我们是多元化的美国人，现在却处在震惊和焦虑中。我们担心新一届政府将不会保护我们、我们的星球、我们的孩子、我们的父母，以及维护我们不可剥夺的权利。但我们衷心希望这个节目能激发您来维护我们美国人的价值观以及代表我们所有人的工作。谢谢。”次日，当选总统特朗普则在一条推特中写道：“剧场必须永远保证是一个安全并且特殊的地方。然而昨晚《汉密尔顿》剧组却对一个这么优秀的好男人迈克・彭斯非常粗鲁。必须道歉！”①

笔者无意评价美国的选举文化与社会现实，只是想说，类似的事情在中国的剧场里似乎是不可能发生的。中国戏剧当然不必一窝蜂去搞“社会问题剧”，也不必简单地将剧场变为讨论政治问题的公共空间，但上述事件不只是为近年兴起的演员文化学研究增添了好材料，至少还提醒了我们，戏剧及戏剧工作者与现实社会生活的关联度是何等密切。

如果有谁认为时下遍地开花、俯拾即是的某些小剧场话剧表现的是现实，某些高大上的“主旋律戏剧”便是现实，轰轰烈烈地送戏“走基层”也是现实的话，那么，他对戏剧本质的认识还需要启蒙。

这一年，我们时不时会看到新剧场开张、剧场进驻商业圈等新闻，剧场或新建，或改造，丝毫不输于中国高歌猛进的房地产。据统计，自 1998 年至今，中国新建和改建的剧场多达 260 余个，目前国内剧院总数已超过 2 000 家。从这个意义上来说，戏剧市场的需求在上升，观众群在扩大，相应的是剧目在增多。来自北京市文化局的数字，2016 年戏剧演出场次 11 835 场，吸引观众约 461.9 万人次，票房收入为 5.74 亿元，占北京市演出总票房的 33.5%。其中，话剧、儿童剧共演出 8 928 场，贡献 3.17 亿元票房。而上海，仅上海话剧艺术中心全年演出剧目便有 45 台，其中新创 9 台，原创 12 台，复排 24 台，全年累计场次 881 场，观众总量约 36 万人次。从这些数字上看，颇有一些“中兴”的迹象。

题材方面，这一年出现了历史剧增多的现象，京沪两地都有大制作的历史剧登场，这些创作中虽然也有应景之作，还是看得出编导演的努力，是当下话剧创作中难得的一抹亮色。外国话剧的引进延续了近几年的态势，地域、流派的覆盖面也有所扩大，通过大小戏剧节、商业运作，从以往戏剧圈子

① 人民网（http://usa.people.com.cn/n1/2016/1121/c241376-28883301.html）。

延伸到普通观众，也引起了戏剧界不同的议论。如同无数中国的中产阶级寻找不到投资渠道，资本也在尝试撬动戏剧的生态，IP 戏剧之后，VR 戏剧、浸入式戏剧等纷纷出现。以往，戏剧思潮的演进往往是从内部发生，即便是如音乐剧这样的商业类型剧，也取决于剧本、演员、音乐等创作实力的增长，而浸入式戏剧，一开始便是戏剧与商业的合谋，它的走向如何，目前还不能轻易下结论。

一、历史剧的灵光乍现

历史剧是中国话剧的一个重要分支，20 世纪 80 年代中后期，曾经出现过不少有分量的作品，但 21 世纪以来，这一类型显得乏善可陈，及至《蒋公的面子》出现，虽不完美，仍使人眼前一亮。

这一年比较重要的历史题材话剧，有《北京法源寺》《聆听弘一》《杜甫》《大清相国》《伏生》《亲爱的，胡雪岩》《大先生》等。这些作品中有的并非 2016 年新作，却是在当年复排、巡演，并引起了更大的反响。

王晓鹰导演的三部历史剧，除《伏生》为复排，另外两部均为新作。《伏生》讲述了秦统一天下，通晓儒学的伏生被立为博士。后秦皇“焚书坑儒”，伏生将儒家大成之作《尚书》以奇特的方式保存下来，自己也走进了人生的极端困境。《杜甫》则以诗人励志效国、应试不中、困顿长安、安史祸乱、梦碎弃官、漂泊川渝等经历为主线，将其个人命运融于时代命运的大背景下，通过杜甫从求官到弃官的变化过程，表现他的政治抱负和仁者之心。根据畅销小说改编的《大清相国》讲述的是康熙朝名臣陈廷敬官场 50 载，最终功成名就，全身而退的故事。通过科考腐败案、山东百姓自愿捐粮案、云南库银亏空案等系列案件，多维度展现陈廷敬的故事，力图塑造出一个古代官员的典范。几部戏中，《伏生》最获好评，认为其折射了生命与文化的宏大命题。但舞台的呈现略显凌乱，剧中奴隶、家具、书籍、儒生、大臣等角色均由歌队演员通过面具的转换来表演，如此处理并不新鲜，且在一定程度上消解了故事的悲凉感。《杜甫》一剧被剧评者称为：只见杜诗，不见杜甫形象。“看到的是平均发力的剧情，似乎剧情只是在为引出那些千古名作而服务，并不打算为观众塑造一个立体、生动的杜甫。该剧也的确写到了杜甫的刚正、爱国、善良，但整个人物依然是扁平的，毕竟一个活生生的人并不能只靠一些褒扬的词句重叠而成。”[①] 毕竟，以古代文人为主角的话剧，从《李白》到《风月无边》，都是大家的参照系。

田沁鑫创作的《北京法源寺》《聆听弘一》是两部风格化鲜明的作品。前者以戏剧的视角观照戊戌变法中的人性，角度不在于对历史定论，而在于重新发现，发现在斑驳的历史里曾有一群志士热烈的激动。后者以电台调频输出的形式，以多人分饰为手段，营造多维度混搭，将“文化救世”的声音，从李叔同的口中传出，让观众聆听有关文化、艺术、原创等穿越时空的话题。[②]《北京法源寺》改编自李敖的同名小说，但同以往田氏改编萧红、老舍的作品一样，进行了颠覆性的处理，并增加了很多流行语。《聆听弘一》以民国时期的上海为背景，从播音员和演员的描述中，逐渐展现李叔同的人生历程和思想演变，弘一形象在舞台上并未出现，但无时不在。两部作品基本上延续了导演的创作风格。

香港话剧团的《亲爱的，胡雪岩》和文化乌镇股份有限公司投资出品的《大先生》，则给我们带来了惊喜。这或许是因为前者的创作语境与内地有异所产生的不同语态，而后者的编剧是一位从未涉足话剧创作的“菜鸟编剧”，或许惊喜是来自其创作思维不受约束的结果。

潘惠森编剧的《亲爱的，胡雪岩》，述说了这位晚清的传奇人物由发迹至失败的 40 年光景，用今人的眼光来看其如何在乱世之中寻找生存的价值。关于胡雪岩的故事多为稗官野史，对作者来说，如何选择是一个考验，正如林克欢所说：“这类作品的出虚入实、编织有无，其优长与否，便不在作者钩沉抉隐、索幽发微的学问功夫，不在治史的博见与精识，而在讲史者的情怀，在于一个好看好玩的

---

① 索语：《只见杜诗，不见杜甫》，《北京日报》2016 年 3 月 24 日。

② 以上介绍见于剧团发放的节目单。

历史故事背后所负载的文化旨趣与当代意识。”① 相比之下，李静编剧的《大先生》则是另外一个极端，主人公鲁迅是中国家喻户晓的人物，也是一个中国文化至关重要的符号，以往关于鲁迅的戏剧影视作品曾经有过，但这不是一部讲述鲁迅人生故事的作品，而是一部以当代人的眼光和当代的剧场美学来表现鲁迅精神世界的话剧，被一些鲁迅研究者称为“思想者的文本”。这两部新作让我们看到了历史剧创作新的可能。

2016 年，话剧舞台历史剧的频繁出现，原因是多方面的。首先，中国话剧具有的历史剧传统；其次，史学研究新视角与新成果的出现以及广泛传播；再者，一部分剧作家在面对复杂多变的现实社会时，自觉地选择了鉴古知今的路径。

历史剧从某种程度上来说属于历史研究的范畴，唐代刘知几提出，史家需兼史才、史学、史识，三者之间，“史识”最为重要。对于历史剧的创作，需要剧作家有洞察历史的眼光，而不是简单地复述史实或随心所欲地戏说。《伏生》的深刻之处，是在末尾揭示的，当九死一生的伏生从“焚书坑儒”的秦走出来，欣逢“独尊儒术”的汉盛世，他产生了这样的疑惑：将儒家学说奉为唯一的就是对的吗？而《北京法源寺》的遗憾在于，它虽然汇集了众多关于戊戌变法的史实，却没能揭示其失败的深层次原因，过多的枝蔓，相互矛盾的观念，又增加了这种混沌。反观两部被称为“非历史的历史剧”，《亲爱的，胡雪岩》深刻揭示了在一个集权制度下，商人与权力的关系，个人在历史旋涡中的无力与不确定性，引起观众强烈共鸣。《大先生》还原了作者心目中的真实的鲁迅，实际上是完成了一次对鲁迅形象的“解魅”，虽然也有朱安、许广平、周作人、胡适等历史人物的出现，但作者所着力的已非那些人人皆知的史实，而是直指灵魂深处。

历史是中国话剧的一座富矿，但需要有思想境界和人生阅历的创作者来挖掘。

二、“第二次西潮”的是是非非

当下，众多的外国剧目正通过各种戏剧展演活动来华演出，汇聚起一股观剧热潮，引起了诸多评论家的关注，他们甚至称之为“第二次西潮”，它不同于 20 世纪 80 年代伴随改革开放形成的“一度西潮”，在引进方式、引进规模、传播效果等方面都体现了新特点。

中国台湾地区的学者周慧玲做了这样的分析：“‘西潮’也许在某个历史过程显得特别突出，但它可能也是 20 世纪以来现代戏剧普遍常见的流动模式；我们处于一个交通越来越便捷、流通越来越快速的时代，区域间或跨区域的交流频繁发生，无论是美学交流，还是在彼此身上寻找灵感，或者是找寻新的观众（打开新的市场），这些都是持续进行的。”② 更重要的是，这些引进戏剧抢准了中国戏剧乃至文化界的一个空白，与行业和大众的需求一拍即合。

近年来的外国戏剧引进热潮中，政府、资本、民间都有推手。几个影响较大的戏剧节或展演都着力于此，并合力形成一道外国戏剧来华演出的新景观。“2016 年乌镇戏剧节”，在为期 10 天的戏剧盛宴中，便有来自德国、法国、俄罗斯、西班牙、日本、波兰、瑞士、澳大利亚、立陶宛、罗马尼亚、智利等国家和地区的 22 台剧目近 80 场戏剧演出。艺术节策展机构爱丁堡前沿剧展以精选剧目巡演的方式，向中国观众介绍与世界同步的好戏。2016 年全年推出 40 部戏共 335 场演出，覆盖上海、杭州、南京、扬州、北京、昆明、成都等 7 个城市，观众人数超过 10 万人次。他们已经可以把 2016 年 7 月、8 月在法国阿维尼翁和英国爱丁堡看到的好戏，在同年 11 月、12 月就带到中国。此外，林兆华戏剧艺术中心作为第一家邀请国外戏剧团体来京演出的民间戏剧机构，成功举办了 6 届“林兆华戏剧邀请展”，成为业界相当有口碑的剧展。

2016 年引进外国戏剧中较有影响的包括：罗马尼亚锡比乌国家剧院的《俄狄浦斯》、法国利摩日国立戏剧创作中心的《等待戈多》、以色列哈比玛国家剧院的《悭吝人》、以色列盖谢尔剧院的《乡村》、

① 林克欢：《讲史者的情怀——评〈亲爱的，胡雪岩〉》，《戏剧文学》2018 年第 12 期。

② 周慧玲：《他山之石：以台湾为例看现当代戏剧发展规律》，《上海艺术评论》2016 年第 4 期。

立陶宛国家剧院的《英雄广场》、立陶宛"无剧场"剧团的《卡里古拉》、波兰克拉科夫老剧院的《李尔王》《人民公敌》、波兰华沙新剧团的《阿波隆尼亚》、波兰华沙多样剧场的《殉道者》、俄罗斯瓦赫坦戈夫剧院的《假面舞会》、英国莎士比亚环球剧院的《威尼斯商人》，以及德国的柏林邵宾纳剧院的《理查三世》《伪君子》、柏林人民剧院的《赌徒》、柏林高尔基剧院的《共同基础》、德意志剧院的《等待戈多》、汉堡德意志话剧院的《约翰·盖勃吕尔·博克曼》等，欧洲戏剧占了绝对多数。

这些引进话剧基本呈现了当下世界戏剧创作多元化的面貌，一定程度上代表了目前世界剧坛的趋势与动向，不少剧目还实现了与国际戏剧演出的同步。颇具规模的外国戏剧演出激活了中国的戏剧市场，开阔了戏剧界的眼界，也引发了业内的探讨与争鸣。

德国高尔基剧院的《共同基础》在上海大宁剧院的两场演出在戏剧圈内引发了巨大震动和热议。一位戏剧制作人看完感叹："中国戏剧真是没戏了。"而一位上海戏剧学院副教授则感慨："看完《共同基础》，真心觉得我们和人家的基础完全不同，无论是创作者的出发点，还是观众的需求点，没有共同基础！"[①]

业内人士指出，这些欧洲剧目给中国戏剧的启示，最重要的一点是在思想和当代警示上，一些重量级的导演通常是知识渊博、思想深刻的知识分子，他们的作品善于从文化的纵深来思考和观察人类存在的意识，同时具有揭露社会现实真相的责任感和批判精神。这些正是中国戏剧的软肋。也有学者谨慎地指出，国内戏剧界对世界戏剧的隔膜与知识结构的陈旧、缺乏系统，加之有质量的戏剧评论的缺席，"使得此次'西潮'更像是由一次次剧目展演拼贴而成的'万国博览会'，看上去应接不暇、绚烂多姿，实际上让人左顾右盼、迷惑丛生。无论从受众基础、引进动力，还是从吸纳程度、影响效果上看，这都是一次未完成的'西潮'"[②]。

笔者认为，"西潮"也罢，一般的引进热也罢，到头来最重要的还是要解决中国本土戏剧的发展问题，进而促进戏剧形态的整体发展，其影响面既包含了创作者，也包含了观众。《共同基础》在上海的演出，戏剧圈的倾巢而动与票房的惨淡，折射了尴尬的现实，但仅仅依赖演出公司与售票网站的宣传，无助于观众对这些剧目的理解，而专业观众究竟能从中得到多少启示，还是个未知数。

如果将今天的中国话剧置于世界戏剧之林，究竟境遇会比中国足球好多少，实在不是一道很好回答的题。一个残酷的现实是，我们还不能和人家站在一个平面上对话，我们需要"第三次西潮"吗？

三、"浸入式戏剧"的表与里

戏剧是这样一种东西，一方面，在科技高度发达的今天，它面对着来自电子媒介的挑战；另一方面，现代技术又在戏剧排演中扮演着至关重要的角色，使得戏剧充满活力，并得以存活和延续。多媒体戏剧、VR 话剧、NTLive（英国国家剧院对演出进行高清拍摄与转播的"国家剧院现场"）项目在中国的启动等，都是戏剧不断变化发展的标志。

2016 年年末袭来的"浸入式戏剧"则是另一种今日中国剧坛正在发生着的事件。

2016 年 12 月 14 日晚，上海版《不眠之夜》正式首演。Immersive Theatre（"浸入式戏剧"，又译作"全息戏剧"或"超维度戏剧"）的概念最早起源于英国，它的鼻祖当属英国实验戏剧公司制作演出的《不眠之夜》。该剧由莎士比亚的《麦克白》改编而成，但将剧情设置在 20 世纪 30 年代的一座废弃酒店。在三个小时的演出时间内，观众只需戴上面具，便可以任意穿梭在这处被精心设计的演出空间中。

早在 20 世纪 60 年代末，激进艺术运动开始，为了摆脱单调的传统剧院观演模式，戏剧艺术家们就开始寻求一种利用其他环境作为演出空间的可能性。"浸入式戏剧"往往将演出环境置于立体的空间内——通常是一幢有多个房间的建筑物——演员在此空间内移动表演，观众则采取自主寻找的方式移

---

① 澎湃新闻（http://www.thepaper.cn/www/resource/jsp/newsDetail_forward_1489791）。

② 徐健：《"西潮东渐"与"守正创新"——对近十年外国戏剧引进潮的思考》，《戏剧艺术》2016 年第 3 期。

动观看，甚至参与其中。

“浸入式戏剧”也不是毫无来历的，有人说它其实是“环境戏剧的后现代延伸”。谢克纳提出的环境戏剧六项原则中，诸如戏剧事件是一整套相关的事物、所有空间都为表演所用、戏剧事件可以发生在一个完全改变了的空间里或一个“发现的空间”里等，在“浸入式戏剧”中都可以得到印证。[①] 纽约版的《不眠之夜》符合后现代戏剧的两个基本特征：弃绝线性的故事叙述，对感官的强烈吸引。

据称，上海版的《不眠之夜》并非纽约版的单纯复制，Punchdrunk 和上海文广演艺集团的制作团队希望这是一个比最初的波士顿版以及成熟的纽约版更高的 3.0 版本，或者是一个“改进版”或者“增强版”。

戏剧是艺术，更是商业，这个说法已经被广泛认同，强劲的市场促销与炒作，对于一个投资巨大的项目而言是必需的，对这一点，我们应该客观冷静地对待。从本质而言，《不眠之夜》已经不能简单地被看作一部单纯的戏剧演出，它颠覆了传统的演剧方式，创造了一种新的观演关系，这样的形式满足了观众的参与感，丰富了观剧体验。

我们无从得知它的投入成本，也不清楚其设定的盈利目标，仅就原有五层烂尾楼的改建、100 多个小场景的硬装软装和戏剧层面的布置、从美国的二手家具店里买来的整整 7 个集装箱的古董家具，以及接近三分之二来自纽约和伦敦的演员，便可以粗略想象出投资不菲。这就可以理解一些戏剧界人士的担忧：最终能否收回成本，甚至盈利？中国的戏剧市场尚在培育、观众审美视野尚待打开阶段，这样的后现代巨无霸是否契合国情？所谓的《麦克白》故事，虽然加进了若干上海本地元素，能否引起观众持久的热情？虽然欣赏表演艺术是一种文化消费，但又不仅仅是消费。毕竟，在文以载道的中国，人们还是希望一部戏剧作品能提供的不只是感官刺激。

在“知乎”和“豆瓣”上面，有许多网友讨论《不眠之夜》的帖子，可谓众声喧哗，但遗憾的是，迄今尚未见到来自戏剧界的权威的、专业的评论。

四、结语

简单地预测未来中国戏剧的发展趋势是不明智的，更何况，是在前景如此不明朗的当下。

2016 年，话剧舞台看似热闹，单在 11 月，上海就有 40 多部戏上演。但整体看来，好戏却非常有限，大部分演出剧目的质量不能令人满意，无疑，这反映了我们在创作体制、观念与方法上仍有不少值得探讨的问题。

虽然有《大先生》《聆听弘一》这样有个性的作品，但原创依旧低迷，喊了 20 年的“剧本荒”现象依旧存在，而短期的“快餐式”创作却屡见不鲜。由各级政府主导的各类基金，本意是为扶持原创，但在实际运作中却沦为制造平庸之作的平台，鲜有佳作。一些“主旋律”创作，因为理解肤浅、片面，成为新的假大空，这实际上是戏剧艺术的倒退。“剧作家如果对人生确有认识，又不回避人生的困境和人性的复杂，作品就会有深度。”[②] 中国社会正处在发生着深刻变化的历史阶段，戏剧的内容理应代表我们这个社会整个的变化，而且也代表戏剧所要承担的责任。

与“剧本荒”同样明显的是“评论荒”，理论与批评的弱化源于戏剧思想的弱化。在社交媒体时代，互联网上，往往是网友、观众对一台戏的评价莫衷一是，但戏剧界自身却难见客观、中肯的讨论，更不要说思想的交锋，戏剧批评得了“软骨症”。某些政府的表彰、媒体不负责任的吹捧，时常成为操纵戏剧的无形之手。且抬望眼，欧美戏剧已经发展到了用我们原有经验已难以想象的程度。田本相先生甚至说：“从思想到艺术，从戏剧观念到戏剧思维，从编剧、导演、表演艺术到舞台美术、舞台管理以及敬业精神，都可以看到我们的话剧确实是衰落了。”[③]

---

① 参见曹路生《国外后现代戏剧》，江苏美术出版社 2002 年版，第 53—61 页。

② 高行健、方子勋：《论戏剧》，联经出版事业股份有限公司 2010 年版，第 115 页。

③ 田本相：《新时期戏剧的“二度西潮”及其启示》，《文艺报》2016 年 4 月 11 日。

“波兰戏剧”近两年是国内戏剧圈的热词，中国观众从波兰戏剧中感受到艺术的震撼与艺术家对现实的关注。在戏中表现社会议题和民众关心的生存话题上，这样的选择，中国戏剧界已经很陌生了。近年来大众文化的兴起和高涨，市场化和消费主义氛围如阴霾般笼罩在中国戏剧之上，戏剧人摇摆不定，热衷于制造新名词。如今媒体一度热炒的“弹幕话剧”早不见了踪影，“IP 话剧”也在退潮。

2017 年将是中国话剧诞生 110 周年纪念，“纪念”常常是针对消逝的事物而言，中国话剧会一直存在，我们还是要追梦前行，莫忘初心！

张晓欧　上海戏剧学院副教授

对话与交流：2016 年外国戏剧引进与演出

◎ 张荔

近年来引进国外戏剧已进入常态化、规范化。每年形式多样的戏剧邀请展或戏剧节是引进国外戏剧的重要路径。各种既有戏剧展演和戏剧节，凭借自身口碑与实力有些已经形成一定的影响力和号召力。在之前的基础上，2016 年引进戏剧展演中的板块设计更专业精进、规划更具前瞻性，引进剧目的人文色彩、学科考量和艺术探索更具有自觉性，并呈现出了新的态势，构成了中国当代戏剧国际化创作和舞台演出的新格局。国外剧目的引进和演出与国产剧目的创作和输出并行，中外戏剧之间的对话与交流日益深化、稳步发展。

2016 年是莎士比亚和塞万提斯逝世 400 周年，也是爱尔兰剧作家塞缪尔・贝克特诞生 110 周年，因此，在引进的国外戏剧以经典剧作为主的同时，纪念三位作家的演出占一定数量且精彩纷呈，令人瞩目。此外，引进剧目对战争的反思与人性的拷问，令 2016 年外来戏剧格外宏阔凝重，成为我国当代戏剧演出史上值得铭记的一年。

一、剧目丰富　多元并存

2016 年，引进国外戏剧不论数量还是品质都有不俗表现。以时间为序，2016 年影响力较大的展演以及引进国外戏剧的艺术品貌样态，梳理如下。

2016 年 3 月—7 月，第六届林兆华戏剧邀请展

"林兆华戏剧邀请展"，作为近年颇受关注和好评的戏剧展演，2016 年已举办到第六届，本届邀请的国外剧目与之前五届相比而言，阵容更强，剧目更多，题材恢宏，艺术上多元共存。此届邀请展推出了立陶宛国家剧院的《英雄广场》、德国汉堡塔利亚剧院的《前线》、波兰华沙新剧团的《阿波隆尼亚》、波兰华沙多样剧场的《殉道者》、德国柏林邵宾纳剧院的《理查三世》、波兰 neTTheatre 剧团交互式戏剧《藏匿》以及波兰华沙跨大西洋剧团的《卡尔・霍克的影集》等当下欧洲最具实验性的前沿剧作。

2016 年，曾在 2015 年以话剧《伐木》引起反响的波兰戏剧大师克里斯蒂安・陆帕携其最新作品《英雄广场》三度亲临邀请展。该剧是根据奥地利作家托马斯・伯恩哈德同名作品改编而成，主要讲述了 1938 年希特勒在维也纳英雄广场宣告德奥合并时期，哲学家犹太人舒斯特教授的故事。舒斯特教授流亡多年后应邀回到维也纳，在面对英雄广场的居所里，选择了跳楼自杀。因为当年英雄广场上的欢呼声留在了他的记忆深处，现实的困境更让他无法自拔。该剧舞台布景极尽简单、留白之能事。第一、第三幕在教授家客厅里，凸显高大的窗户，为教授由此跳楼做了铺垫。第二幕在公园里，灰蓝色背景前只有一条公园长椅和偶尔的海鸟的鸣叫。全剧共三幕，以对话贯穿始终，几乎无故事，表演内敛，显示了陆帕导演掌控舞台叙事的强大功力。

《前线》是"第六届林兆华戏剧邀请展"演出成本最昂贵的特邀剧目，由德国汉堡塔利亚剧院的首席导演卢克・帕西瓦尔执导。这是德国汉堡塔利亚剧院和卢克导演的剧目第三次来华。这次来华演出的《前线》，以德国作家雷马克的小说《西线无战事》为故事架构，以四种语言交错展开叙事，力图全面、客观地展现战争对欧洲不同地区、不同种族造成的戕害。这部直面战争本身的剧作，从四种语言和四种不同角度展示年轻人在战场上的精神幻灭。全剧以肢体语言主导舞台叙事，呈现了战争的残酷，特别是战争对人身体和精神的摧残。该剧 2014 年于德国汉堡塔利亚剧院首演，同年亮相爱丁堡国际艺术节，获广泛赞誉。

《阿波隆尼亚》曾经参加阿维尼翁戏剧节，在欧洲演出获得很高荣誉，是一部关于三个女人的复仇悲剧，由克日什托夫·瓦里科夫斯基导演。该剧以拼贴的方式，将因藏匿犹太人而死于纳粹枪口下的波兰女性，与古希腊神话中为国家替丈夫牺牲的两位女性并置讲述。剧本结构宏大，围绕人性的黑暗与历史的残忍，直面当代社会问题，对过往历史大胆质疑，具有集体性反思；在深度反思中重新审视集体历史和个人记忆。剧中人性的不确定性、亲情的软弱性、本能的无理性、争斗的残酷性，让人与人之间的关系陷入了梦魇、压抑、无助的状态。该剧从历史、战争到文明的矛盾与冲突讲述历史，语言与肢体暴力及多媒体影音创作，构成了独特的剧场美学。

格热戈日·亚日那导演的《殉道者》同样是一部无法令人轻松的戏。为了让观众更好地理解进而欣赏这部戏，演出前特别安排了导演与观众的见面会，在见面会现场，格热戈日·亚日那导演用画图的形式向观众介绍剧情和他的想法。他指出，这部戏讲的是一个16岁年轻女孩的故事。这个女孩同自己的父母、老师和神父的关系都不太好，无法从他们身上得到交流和帮助。在成长的困惑中，她试图靠宗教信仰解决自己的问题。在这样一部戏中，对导演而言，这个女孩其实是一种象征，她代表了更多普通的人。这个故事其实是要讲一个非常敏感的人非常想和人接触，却无法和他人沟通，所以她就试图以别的方式寻找生活的含义。“殉道者”是一个敏感的人，一个无法被主流社会接受的边缘人。导演亚日那试图通过这部剧剖析产生反抗当代社会的宗教狂热现象及其原因，深度追问宗教和政治极端主义的根源、现代人的信仰、当代欧洲社会的思想危机和当代人的焦虑。

“第六届林兆华戏剧邀请展”展演了多部严肃戏剧，关涉人类的困惑甚至终极问题，特别是其中对所处社会问题的深度对话和尖锐反思，不能不触动我国戏剧创作者；而几部戏的艺术理念和富于创意的舞台呈现等都为国内戏剧创作提供了更宏阔的艺术视界。《英雄广场》《阿波隆尼亚》《理查三世》等均吸引了京津地区乃至全国各地大量戏剧专业人士和爱好者，但是，《前线》《殉道者》却遭遇了票房的遇冷，上座率欠佳。

2016年3月—11月，2016首都剧场精品剧目邀请展演（国际单元）

“2016首都剧场精品剧目邀请展演”历时九个月，其间国际单元演出与国内邀请剧目交错进行。就国际单元而言，春季演出了以色列哈比玛国家剧院的莫里哀喜剧《悭吝人》、罗马尼亚锡比乌国家剧院改编的古希腊悲剧《俄狄浦斯》。夏季演出了立陶宛国家话剧院的《大教堂》和法国利摩日国立戏剧创作中心的《等待戈多》等。邀请展在秋季演出了英国的《李尔王》NTLive影像版和波兰克拉科夫老剧院的《李尔王》真人版。

《大教堂》是2016年首都剧场邀请剧目中备受关注的一部戏。全剧充斥着阴森恐惧和令人压抑的死亡气息。该剧通过天才建筑师修建维尔纽斯大教堂的故事，以10段圣歌形式讲述了历史故事与哲学深意，涵盖了人的生存境遇、内在情欲，以及革命与镇压等人间万象。剧中原始欲望与宗教信仰，人、神、兽相互交织，以大教堂的修建和坍塌为象征，探讨幻想破灭后精神信仰的重建。《大教堂》舞台充满了象征性视觉语汇，舞台装置艺术高超精当。在幽暗阴冷的光线之下，一道道金属链条自空而降，悬吊在观众面前，令人联想，引人深思。全剧基调沉郁、凝重，自始至终用铁链、希腊多立克柱等营造、渲染气氛。所有力图挣脱命运锁链桎梏的主教、修女、琴师、国王、革命者等，连同建筑师本人，最终都被砌入希腊多立克柱，成为构建大教堂的材料。该剧对社会生活的表现由表及里，在揭示残酷现实的同时，凸显了宗教对现代人心灵的救赎。

《大教堂》是首次在本土之外进行演出，但这部讲述维尔纽斯大教堂建造者故事的作品，并未遭遇“水土不服”。中国观众不仅没有感到晦涩或隔膜，而且引发了对立陶宛戏剧更浓厚的兴趣和期待。相比之下，“2016首都剧场精品剧目邀请展演”首个外国剧目——以色列哈比玛国家剧院演出的莫里哀喜剧《悭吝人》或多或少令人失望。近年来以色列戏剧多次来京，例如《安魂曲》《乡村》等剧目有口皆碑，无论表现内容、演员表演还是舞台呈现，都是引进剧目中的上乘之作。2016年的《悭吝人》中国观众并不陌生，这部法国著名喜剧家莫里哀的经典巨作，自1668年首次登上舞台后，几百年来不断被世界各地剧院排演。该剧讲述主人公阿巴贡这个典型的守财奴、吝啬鬼的故事。该剧利用阿巴贡扮演者原本的谢顶特征，将其两侧仅剩的头发揪成尖形，进一步喜剧化了这个吝啬鬼的形象；厨师兼马夫的帽子和围裙均被巧妙两用，既符合剧本的规定情境，又加强了阿巴贡的吝啬特征。在舞台设计上最引人注意的是十几座可以移动位置的房门，它们不但是舞台上的布景，也是连接剧情的纽带，甚至被用来贯穿特定情境中角色的心理活动。该剧演员表演不乏机智的幽默和有趣的夸张，用希伯来语向中国观众展现了这部莫里哀名剧的希伯来风情。

罗马尼亚锡比乌国家剧院改编的古希腊悲剧《俄狄浦斯》取材于希腊神话传说，展示了人跟命运的冲突。这部被誉为十全十美的悲剧典范之作，不断被包括我国在内的世界各地戏剧家搬上舞台，也不断有新的解读和舞台演绎。罗马尼亚版《俄狄浦斯》保留了俄狄浦斯弑父娶母的故事原型，但是，不同于原著俄狄浦斯坚持要追究事实真相，而是真相一步步被逼出来的。因为俄狄浦斯作恶，造成了无法挽回的悲剧，他不但杀了父亲娶了母亲，还和亲人们大打出手，为争夺忒拜城血流成河，民不聊生。人民不能原谅他，认为这一切都是他作恶的报应，即使他刺瞎了眼，还是被人民逐出圣洁的森林。最后，舞台在天幕上不断倒塌的楼房中宣布："俄狄浦斯死了！"该剧经罗马尼亚国家剧院 2014 年改编后演出，广受赞誉。该剧的导演和主演都是该戏剧节的总监西尔维乌・普卡莱特，来华演出期间西尔维乌・普卡莱特还为中国观众带来一场精彩讲座，讲述了这部经典悲剧是如何融入现代元素被重新演绎的，以及罗马尼亚戏剧的发展史，等等。讲座让中国观众深入理解这部悲剧经典，更进一步了解罗马尼亚戏剧。

2016 年 6 月—9 月，第七届北京・南锣鼓巷戏剧节（国际单元）

"第七届北京・南锣鼓巷戏剧节"自 2016 年 6 月 7 日至 9 月 4 日举行，为期近 3 个月，由 6 个单元组成。本届作品来自法国、立陶宛、意大利、英国等 10 个国家，展现出多种戏剧演出形式。其中意大利舞蹈《生命短舞》选取 50 个非专业舞者，在舞蹈中感知生命的律动，打破自身的束缚。中英联合演出的《黑夜追逐着白天》选取现场儿童参与表演，在戏剧互动中展开想象、敞开心扉。中法联合创作的《爱的落幕》演绎了一对情感绝望中的男女互相攻讦、责难，引人思考爱的深意。立陶宛的《三姐妹》在心理现实主义中给人淡淡的忧伤，再现了契诃夫戏剧特有的魅力。立陶宛的《马达加斯加》通过迁徙和寻找，抒发了家国情怀和人生的诸多无奈。

本届南锣鼓巷戏剧节特别设立了"聚焦立陶宛"单元，推出里马斯・图米纳斯导演的两部戏，契诃夫的《三姐妹》和历史寓言剧《马达加斯加》。写于 1901 年的《三姐妹》讲述了一个关于过去世界的衰落、新世界的崛起以及人们如何试图融入时代的故事。时隔百余年，这个故事重返世界舞台，再次印证了作品跨时空的超越性。历史寓言剧《马达加斯加》同样具有浓郁的象征意味，象征立陶宛不懈独立的精神追求。剧的主人公卡兹米耶拉斯・帕克斯塔斯（1893—1960）通过购买土地等手段拓展其疆土，在立陶宛历史上永垂不朽。他努力让政府相信立陶宛这样一个岌岌可危的小国需要更多的土地来保存其基因库、金库、艺术品与书籍，以防战乱。剧中他是一个志在学习进取、逃离禁锢人的生活环境、征服世界并改变祖国命运的人。他人生的核心是国家、城邦及其安全。剧中帕克斯塔斯的对立面萨雷，集女性特质——柔弱、脆弱与对爱情的坚贞于一身，但等待她的只有无奈。里马斯・图米纳斯导演的这部作品充分展现了未了心愿的主题：帕克斯塔斯最终没能离开立陶宛前往马达加斯加，而萨雷也没有找到她年少时梦寐以求的一生挚爱。这两部作品，连同在国家大剧院演出的《假面舞会》，2016 年图米纳斯导演的三部作品应邀演出，令我国戏剧人感受和了解了其"幻想现实主义"的戏剧理念与创作实践。

2016 年 10 月—12 月，2016 上海国际汤显祖・莎士比亚戏剧节

为纪念东、西方文坛两位巨匠——汤显祖和莎士比亚逝世 400 周年，上海举办了"2016 上海国际汤显祖・莎士比亚戏剧节"。2016 年 10 月 7 日，上海话剧艺术中心与英国壁虎剧团联合演出的舞台剧《惊梦》在上海演出，拉开了戏剧节的帷幕。该剧也是英国教育协会"永恒的莎士比亚"纪念活动在中国的项目之一。伴随《惊梦》的上演，一系列以汤显祖、莎士比亚作品为主题的戏剧作品演出季、高峰论坛、工作坊及讲座先后在上海举行。戏剧节由四大板块组成，包括以汤显祖、莎士比亚作品和人生为主题的“汤莎戏剧作品展演”、展示汤显祖四大剧作合集的“临川四梦”、反映戏曲创新力量的“2016‘戏曲·呼吸’——第二届上海小剧场戏曲节”，以及围绕两位文学巨匠开展的汤莎高峰论坛及延伸活动。邀请的外国戏剧演出主要有：以两个小人物视角叙述哈姆雷特故事的英国当代经典话剧《罗森格兰兹和吉尔登斯吞死了》、意大利都灵剧院致敬莎翁全新创作的莎士比亚“四大喜剧”之《皆大欢喜》、韩国传统歌舞演绎莎翁名剧的《仲夏夜之梦》。此外还有内地和香港的话剧团等演出的9部风格各异的作品，从不同的文化立场和戏剧形式对汤显祖与莎士比亚的戏剧与人生进行了大胆探索与尝试。

《惊梦》的灵感同时来源于莎士比亚的《仲夏夜之梦》与汤显祖的“临川四梦”，该剧试图打破东方与西方、古代与现代、真实与梦境的边界。本剧戏剧构作喻荣军说，英国壁虎剧团是一家以全戏剧为工作方法的剧团，他们的创作方式是集体创作：总是围绕一个主题，然后发散开进行创作。莎士比亚和汤显祖的剧作作为我们的素材与来源，这就给我们一个全新创作的机会，这是自然的融合，而不是刻意生硬地去比较。导演里奇·鲁斯克则认为，虽然这是两个来自不同文化的经典文本，我们探讨的主题却是比较全球化的、穿越时空的。这部剧讲述了一个女人的恐惧、孤独、梦想、爱情。主角海伦娜时而置身于《仲夏夜之梦》，被卷入仙王与仙后的两性战争；时而闯入汤显祖的《牡丹亭》，让自己孤独的身影与中国戏曲中的杜丽娘重叠；时而又被抛回现实当中，却不知身在何处，也不知该何去何从。后来海伦娜终于找到了她梦中的男人，但当发现自己无法留住他时，她坠入了由幻象、梦魇和回忆构成的风暴中。在剧中，梦境与现实的边界彻底消失。中国古典文化和戏曲艺术与西方文化和英国戏剧的国际化合作，共同打造了一部有趣的全新的舞台剧。《惊梦》融会了肢体语言、音乐语汇和浓郁的视觉叙事。演出中，英国壁虎剧团延续了其一贯风格，叙事手段多元并存，相互作用，打破日常生活，凸显戏剧性。剧中舞台上的床是悬浮的，分裂的地板、卧室里的溪流等，无不是压抑日常欲望的舞台转化和艺术呈现。《惊梦》获得2016年“壹戏剧大赏”年度最佳舞美奖，颁奖词是：从《仲夏夜之梦》到“临川四梦”，集结旷古绝今的诗篇和颠倒时空的幻梦。上海话剧艺术中心和英国壁虎剧团联合打造的《惊梦》，展现了肢体与灯光的摩擦，营造出舞美覆盖语言的诡秘，抵达现实与梦境的边界。

2016年中外戏剧家联手共同创作的《惊梦》，为中外戏剧创作呈现了不一样的戏剧景观。它的诞生和反响预示了一种深度交流与共同探索相互促进的创作路径，意义重大。

2016年10月13日—22日，第四届乌镇戏剧节

2016年10月13日至22日，“第四届乌镇戏剧节”如期举行。本届戏剧节主题为“眺”，“立足经典，远眺未来”之意。林兆华导演出任本届乌镇戏剧节荣誉主席，整个演出单元由四大板块构成，分别是当代新经典系列、纪念莎翁系列、空间与身体系列、发现系列。来自法国、俄罗斯、日本、立陶宛、智利等国家和地区的22台剧目依次进行了近80场演出，戏剧节期间还举办了青年竞演、小镇对话等戏剧活动。当代经典系列剧目都以当代视角演绎戏剧经典。其中，开幕大戏《赌徒》是德国当代戏剧大师弗兰克·卡斯多夫导演的代表作。此外还有波兰克拉科夫老剧院的扬·克拉塔导演的易卜生的《人民公敌》，立陶宛新生代导演维达斯·巴勒提斯导演的加缪代表作《卡里古拉》，西班牙导演卡尔斯·阿尔法罗导演的人偶剧《堂吉诃德》。

话剧《赌徒》改编自俄罗斯作家陀思妥耶夫斯基的同名小说。故事讲述了身无分文的家庭教师阿历克赛·伊凡诺维奇，因参加一位破产的俄国将军举办的旅行派对，在德国城镇罗雷特堡的赌场里赢得巨款，并无可救药地爱上将军的继女波琳娜。可是，波琳娜对伊凡诺维奇很冷淡，甚至恶毒。全剧故事围绕几个人物展开，文学、戏剧表演和多媒体等舞台视觉影像相互交织，为陀思妥耶夫斯基这部作品赋予了当代含义：“在彻底的失控、邪恶、放纵和躁动下，一切都有可能，或者说，一切都没有意义。”由于语言障碍和文化隔阂，以及字幕翻译和技术等问题，该剧的演出效果不尽如人意。

2016年也是西班牙文学巨匠塞万提斯逝世400周年，来自西班牙的卡尔斯·阿尔法罗导演的人偶剧《堂吉诃德》，将长达82万字的小说浓缩在60分钟之内，把400年来影响世界的西班牙著名文学形象堂吉诃德与他的随从桑丘呈现在当代观众面前，他们大战风车、行侠仗义，在迷幻的烛光中充满奇思妙想，开始了疯狂冒险。日本新锐导演矢内原美邦以俄国戏剧大师契诃夫的代表作《樱桃园》为灵感创作了实验戏剧《樱之园》，全女版阵容，将故事框架搬到当代东京，在身体和语言的碰撞中进行戏剧实验。此外，为了提供更为丰富和多样的戏剧表演空间，乌镇今年还设立了全新综合表演空间“网剧场”。在更新观念、倡导多元戏剧发展，特别是吸引和影响更多青年观众等方面，乌镇戏剧节一直处于国内各大展演的前沿地位。

2016年10月20日—12月25日，2016北京喜剧艺术节（国际单元）

“北京喜剧艺术节”诞生于2009年，至今已成为京城百姓生活中一项不可或缺的喜剧盛事，由国家大剧院、北京喜剧院和北京大道文化节目制作有限公司等单位主办。本届北京喜剧艺术节从参演剧目的内容和形式上划分为“小丑不丑”“致敬莎翁”“喜剧原创”三大版块，共12台中外喜剧，演出47场。其中国际部分有来自俄罗斯、法国、美国、丹麦等国的喜剧陆续亮相。开幕大戏为俄罗斯圣彼得堡赛蒙扬奇剧团演出的《瞧这一家人》，是“小丑不丑”精神的典型体现。剧团的6位演员都来自俄罗斯第一个培养“小丑”的学校——Licedei学院，他们是戏剧与默剧系的首批毕业生。这部剧本来是13年前这几位学生的毕业汇报演出，讲述了一个问题多多的落魄家庭的幸福和温馨，后来经过不断修改终于成为经典。他们的表演融合英式滑稽戏、法式哑剧和俄罗斯式幽默。同样体现“小丑不丑”精神的，还有法国小丑剧剧团BP Zoom带来的小丑剧《B先生与P先生》、美国演员蒂姆·罗宾斯执导的《自由之路》、丹麦喜剧大师保罗·纳尼的《天外飞鸿》。

在《瞧这一家人》中，挺着大肚子的母亲、酗酒成性的父亲、四个顽皮孩子在舞台上嬉笑怒骂，笑料不断。演员夸张的发型、滑稽的动作，令全剧喜感轻松。《B先生与P先生》没有复杂的情节，一个纸箱、两个气球可以制造出飞翔的情境，两个勺子的撞击可以奏响活泼的旋律，气泡、小凳子、帽子、鞋子等在他们手里都有非同寻常的魔力，喜剧性信手拈来。《自由之路》是部穿越剧，该剧以意大利即兴喜剧诙谐幽默的形式，探讨艺术的真谛：一群捣蛋鬼演员打断了戏剧教授的讲座，并用幻灯片放映演示即兴喜剧。这群演员的感知方式与教授的非常不同。他们之间的分歧由此演变成了一场关于即兴喜剧灵魂的争论。他们探讨艺术的目的，思考历史是如何被书写的，审视哪些是好笑的、哪些是需要被解放的。该剧记录了演员与戏剧教授的辩论，他们对于“喜剧”认识的分歧演变成了一场关于喜剧灵魂的争论。演员们和教授共同探讨艺术的目的，思考历史的书写过程，审视喜剧表演涉及的丰富元素。全剧以意大利即兴喜剧诙谐幽默的形式呈现，又不乏探讨艺术真谛的严肃深刻。在中世纪与当代的穿梭中，演员不断跳进跳出，即兴喜剧十分活跃精彩。更可贵的是，该剧由多条线索组成，内涵厚重，且不乏思辨性。

2016年11月26日晚，丹麦著名喜剧表演艺术家保罗·纳尼携其经典肢体剧代表作肢体喜剧《天外飞鸿》在北京喜剧院演出。该剧创作于1992年，作品充满想象力和细节，时空把握精准，笑料比比皆是，被誉为喜剧百科全书。该剧也是在海外巡演场次最多、时间最长的丹麦舞台作品，历经20余年，演出1 000余场，足迹几乎覆盖所有欧洲国家。这部剧在过去的20年时间里生动呈现了15个同一主题但不同版本的故事，或辗转腾挪，或酩酊大醉，或惊悚，或如西部电影，或如默片，等等。演出样式变化多端，但有两个元素却始终如一，即没有任何语言，结局皆滑稽荒唐。该剧策划和主演保罗·纳尼1956年出生在意大利，1990年定居丹麦。在欧洲，他被誉为“启迪人类心智的小丑”，是在海外演出场次最多的丹麦表演艺术家，也是全球最受尊敬的喜剧大师之一。他的喜剧对时空把握精准，肢体语言独到，时尚且充满激情。保罗·纳尼获奖无数，其一人多面的演出被欧洲媒体称为启迪心智，激发灵感，滋养灵魂。

二、致敬大师　再现经典魅力

2016年引进的国外戏剧中，与历年一样，经典剧作同样是重点。因为纪念莎士比亚、贝克特等大师级作家，有关他们的戏剧演出自然成为其中的重中之重，众多舞台的精彩演绎集中再现了几位大师经典作品永恒的艺术魅力。

永恒的莎士比亚

2016年是莎士比亚逝世400周年，莎士比亚经典剧作的引进和演出与历年相比更加盛况空前。剧目繁多、形式多样，在艺术探索与舞台呈现上更有惊人之作。

2016年，为纪念莎士比亚逝世400周年，“永恒的莎士比亚”系列纪念活动于2016年年初在国家大剧院启动。此外，2016年国家大剧院邀请英国莎士比亚环球剧院演出的《威尼斯商人》、“2016上海国际汤显祖·莎士比亚戏剧节”意大利都灵剧院演出的《皆大欢喜》，以及韩国传统歌舞演绎的《仲夏夜之梦》等令莎剧演出精彩不断。“第四届乌镇戏剧节”也特设“纪念莎翁系列”，新锐的演出昭示了世界各地戏剧家对莎翁戏剧的继承、弘扬与发展。欧洲最具创新力的丹麦共和剧团与蜚声国际的英国摇滚乐团The Tiger Lillies（虎百合）演绎了全新的《哈姆雷特》。导演马丁·杜连尼艾斯将莎翁原著中的独白、剧情删繁就简，去芜存菁，以21首全新创作歌曲推进故事。罗马尼亚锡比乌龚剧团的人偶剧《暴风雨》将人与偶放在双层舞台之中，通过精湛的人偶表演，探讨了痛苦、耐心、希望与失望。

首都剧场为纪念莎士比亚逝世400周年，组织了两场《李尔王》演出。对于《李尔王》的故事，中国的观众并不陌生，但是这两场演出却不同寻常。NTLive影像版《李尔王》，在长达三个半小时演出中，李尔王的故事发生在了现代，由老戏骨西蒙·拉塞尔·比尔主演。另外一部《李尔王》由波兰唯一一家隶属于欧洲剧院联盟的剧院，也是波兰唯一一家由中央文化部直属的国家剧院克拉科夫老剧院演出。此次演出的《李尔王》的导演扬·克拉塔是陆帕的学生，而意外的是，剧中饰演李尔王的演员耶日·格拉雷克于演出前的2月不幸离世。为缅怀这位优秀的老演员，导演将全剧进行重新编排，并将格拉雷克生前的视频影像投射到舞台上，李尔王以过去演出中录制的声音出现，而舞台中间那个空的王位，便成了他的符号和替代，所有演员与国王的对戏，都以跟这把椅子的交流完成。这样，使天国里的“李尔”跨越生死，重现在舞台上。令人惊奇的舞台创造和艺术呈现让波兰版《李尔王》不同凡响，具有了先锋气质和思辨意味。扬·克拉塔导演以其不凡的创造能力完成了原本不可能完成的演出任务。

同样为纪念莎士比亚，“第六届林兆华戏剧邀请展”以德国柏林邵宾纳剧院的《理查三世》收官。该剧由柏林邵宾纳剧院艺术总监托马斯·奥斯特玛雅执导，并对莎翁原作做了新解读：丑陋、跛足的理查为清除敌对者不择手段，而坐上最高统治者宝座之后，他将满腔暴虐转向了真正的敌人——他自己。该剧癫狂的爆发式激情表演和纯熟、上乘的舞台呈现，让理查这个暴君形象令人瞠目。

2016年众多莎剧集中展演，体现了世界各国戏剧人对莎士比亚的敬意，演出所到之处也受到我国观众的呼应，尽管反响不尽相同。众多演出都涉及经典剧作的当代转化这个世界性话题，如何让经典剧作的舞台演出同样成为广为接受的舞台艺术的经典，是考量舞台创作是否成功的重要因素。由于地域、文化、种族和时代等多种复杂原因，包括莎翁剧作在内的经典剧作，跨时空、跨文化的国际化演出确实存在很多值得研讨的课题。莎剧演出的反响和状况也是引进国外戏剧演出现状的典型，由此同样折射出引进国外戏剧演出状况之一斑。

“戈多”永恒的“等待”

2016年是爱尔兰现代主义剧作家塞缪尔·贝克特诞生110周年，其代表作荒诞派戏剧《等待戈多》等以不同国度和各异的风格样式应邀来华演出，并展开了相关纪念活动。其中主要由德国柏林德意志剧院与鲁尔雷克林豪森节日剧院、法国利摩日国立戏剧创作中心等演出。两次演出分别从各自的文化立场和视角出发，重新演绎这部经典剧作，让“等待”这一永恒主题再现光彩。

《等待戈多》是贝克特的两幕悲喜剧，剧作内容呈现出与传统戏剧大相径庭的荒诞性。贝克特以戏剧化的荒诞手法，揭示了世界的荒谬丑恶、混乱无序的现实，以及现代人的生存状态和现代世界的荒诞。戏的主题即“等待”，象征着没有意义的生活。这正是荒诞概念中的人类无意义的生存写照。该剧于1953年首演，之后几十年里不断被世界各地搬演。2016年在首都剧场演出的法国版《等待戈多》，舞台极简，道具只有一棵树和一个石凳，在这个“什么也没有发生，谁也没有来，谁也没有去”的悲剧里，两个黑人演员表现了剧中流浪汉喋喋不休的唠叨和穷极无聊的等待，着重揭示人的心态、心理活动过程以及人的心理活动障碍。而柏林德意志剧院的《等待戈多》，舞美设计别具一格。在演出开始，聚光灯掠过，舞台中央露出了一块浅色，在仿佛开天辟地的光柱下，伴随锥形下沉的舞台，舞台中央站立起两个身影，然后又缓缓消失。在这个舞台中，主人公爱斯特拉冈和弗拉季米尔在黑色幕布包围起的有限空间里，没有任何道具地自由行动，连从坑中爬出的波卓和幸运儿也同样一无所有，两手空空。该剧饰演爱斯特拉冈的演员沃夫兰姆·科赫和饰演弗拉季米尔的演员塞缪尔·芬奇是德国表演界的两位“老戏骨”，他们用本真的表演出色地诠释了贝克特的剧作，将贝克特笔下那些毫无希望的人的存在状态及其存在的意义呈现在舞台之上。

《约翰·盖勃吕尔·博克曼》：怪诞的哲理诗剧

易卜生的《约翰·盖勃吕尔·博克曼》（下称《博克曼》）是“2016国家大剧院国际戏剧季”邀请剧目之一，由卡林·亨克尔导演、德国汉堡德意志剧院演出。这部颇具表现主义戏剧风格的舞台剧，充分彰显了德国哲学与文化艺术源远流长的传统以及德国当代戏剧在传承中的创新与精进。在《博克曼》的舞台创作中，该剧主创对易卜生经典文本给予了富有洞见的阐释，大胆的艺术创造贯穿全剧，这也是其舞台呈现受到普遍赞誉的前提。

剧中博克曼是个失败的银行家，小说中他生活中的客厅、花园、楼上楼下等场景，在舞台上变异为牢笼抑或停尸房般的人间炼狱。博克曼的妻子、亲友也从日常生活场景中抽离，来到这个人间炼狱，成为反常甚至癫狂的人。如此舞台创造，非深厚哲学滋养和表现主义艺术熏陶的德国艺术家难以实现。在导演二度创作中，博克曼的形象被削弱，他的妻子和妻妹得到强化，两人戴着面具，声音和肢体语言极度夸张变形。在癫狂怪诞的情境中，全剧的重头戏是人物之间在特定时刻的生命交集，因此，在特定时刻三个孤绝人久别重逢时的内心境遇和灵魂的搏斗与厮杀获得了极具张力的舞台演绎，戏的魅惑力也因此而生。舞台上的女性形象除了威尔顿太太常态出演外，几乎都扭曲变形，被“妖魔”化了。而在日常生活中，威尔顿太太恰恰是过着最有悖常理的生活：与比自己小十几岁（易卜生文本说小7岁）的老情人的儿子厮混，且看破红尘，及时行乐。

在这部象征手法无处不在的剧中，威尔顿太太同样具有象征意味。象征手法在这部剧中是对象征物的系统运用，具体到剧的人声、喘息、心跳、赞美诗等声音形象，以至灰色压抑而极具纵深感的舞台形象。剧中的象征有时是形而上抽象思想的有形标志，有时是具体人物事件的无形概括，怪诞之气十足，几近“风格的极致”。该剧舞台呈现中的象征运用系统化且多机巧，加之艺术想象力丰富，使这部剧拥有了哲理诗剧的美学品质。

在象征叙事中，与易卜生对灵魂的冲突与幻象的揭示相呼应，形成了该剧怪诞之美。在舞台上，怪诞是基调，也是氛围，映衬了主人公灵与肉的撕裂。剧中角色内心悲苦与外表滑稽并置，在黑色幽默中，怪诞之气十足。该剧舞台的怪诞之美主要体现在剧中极端情绪下人物怪异的舞台行动之中。滑稽怪诞与主人公哀苦、沉郁的情绪相辅相成。他们的痛苦是个人性的，源自内心深处，是具体的，形而下的，和一己私欲相关。同时，他们更是被社会挤压变态，被命运、权势，被前行的历史车轮无情淘汰出局的个体，他们的哀愁、困苦也是人类必须面对的共同命运。舞台上《博克曼》反常世界中的怪诞比比皆是。最典型的如艾勒隆重亮相和博克曼两次穿西服；此外还有姐妹夺子之争。为了遏哈特，姐妹俩大打出手。争夺中，她俩各自拉扯遏哈特一个衣袖，衣袖被一点点拉长，超出了正常衣袖的长度，无限拉长的衣袖将姐妹两人引向相反的方向，而遏哈特却纹丝不动，任凭衣袖被拉长、变形。在怪异的喜剧场景中，三个剧中人内在情绪、心理活动在夸张、变形中异常生动。再如，富吕达挣脱博克曼的折磨，被遏哈特带走。即将奔向新生活的富吕达舞台动作异常有趣。此时，一直木偶或僵尸般的富吕达，迈着轻快的舞步，脚步一颠一颠极有韵律地靠近遏哈特，那种顽皮女孩的伶俐可爱与此前判若两人……经由怪诞艺术，这些人物性格中的特殊性得到了超常放大，个性的特异处也得到了充分展现。

和诸多表现主义戏剧一样，为了有效表达被压抑和扭曲的内心情感，《博克曼》在舞台呈现中尤其重视表现人物的内心冲突，将心理活动有效外化，使人物的内心情境突显在情节发展的框架之中。因此，在剧中，两位女主人公内在的情绪和思想冲突的表现异常激烈，病态的喘息、厉声呼号，甚至歇斯底里地爆发式情感宣泄。演员本身略带嘶哑的嗓音、怪异的造型和肢体动作，也和剧的整体气质相吻合。特别是，大多时候，艾勒都佝偻着身躯，迈着畸形的步伐吃力走动着，并不时发出病态的喘息，整个人也神经兮兮，甚至时有疯癫状。在剧中，癫狂是艾勒的病态，更是一种隐喻，是其感情极致状态，也是被压抑的内在激情的外在投射与宣泄。“癫狂”是表现主义戏剧偏爱的手段之一，也是戏剧本质即酒神精神的凸显。尽管这部剧外在形态灰色阴冷，但流溢其间的是极度酣畅饱满的酒神精神。

好戏一定能让观众看到现场好的表演。《博克曼》从开幕诡异的乐声、人声开始，仿佛有一种魔力依附在演员身上，精湛的表演贯穿始终。特别是在演出现场，艾勒的扮演者表演能量超常，舞台动作具有浓郁的抒情性。她的表演打破了台词语言对表演的奴役，创造了一种新的、更为深刻的舞台上的新感性；不论是肢体语言还是声音形象都充满层次感，且富于变幻。剧中演员本色而出色的表演给人身不由己的代入感，在荒诞中体悟人物内心深层的真实——艺术的真实。正因如此，这部充满哲理思辨的戏，在极富想象力的艺术创造后，在舞台上精彩纷呈，很难说这部剧达到了表现主义戏剧的理想状态，但可以肯定的是，德国戏剧家挑战了时尚与戏剧经典，创造了一部源自人类共同境遇、源自生命与内心的哲理诗剧。

三、深度对话与交流

2016年中外戏剧交流在常态化的基础上日益精深和专业化。其中令人瞩目的是，引进剧目中关于战争、人性和人类终极命运的严肃戏剧，其思想性与艺术探索都对我国当代戏剧甚至文化艺术产生一定冲击。尽管这些剧目票房盈亏不尽相同，有的甚至相对惨淡，但其深远影响将在当下乃至中国戏剧演出史上获得彰显。与此前几年相同，伴随剧目展演，各种戏剧节和邀请展都举办了形式多样的受邀戏剧家或名剧讲座、工作坊和观众见面会、对谈或高峰论坛等相关活动，而2016年伴随展演进行的论坛强化了其对我国戏剧发展的指导性和借鉴意义。以国家大剧院为例，在国际戏剧季展演的同时，推出了两场颇具分量的高峰论坛，为众多戏剧人搭建了自由交流的话语平台，共谋中国当代戏剧的发展。同时各种展演中形式多样的戏剧普及、交流和教育戏剧工作坊等，让更多普通观众走进剧场，走进经典，领略戏剧艺术的魅力。

“2016国家大剧院国际戏剧季论坛”按演出规划，分门别类多元进行。第一单元论坛于2016年7月12日举行，由88岁的戏剧前辈、国家大剧院戏剧艺术总监徐晓钟亲自坐镇，数十位来自戏剧界、评论界和媒体的专家学者从大剧院国际戏剧季出发，围绕“面对当代语境，我国戏剧艺术与发展的考虑”展开讨论。与会嘉宾各抒己见，研讨长达近4个小时。此外，柏林戏剧节总监托马斯·奥贝伦德携手中央戏剧学院李亦男教授，举办了“当北京遇见柏林——告诉你一个你不知道的德国戏剧”主题戏剧讲座，与观众互动交流德国戏剧的发展与现状。特别值得一提的是，英国莎士比亚环球剧院带来了地道的“400年前的莎剧怎么演？——‘正宗’莎士比亚体验坊”，让观众零距离感受戏剧表演艺术的魅力。8月31日举办了第二单元的论坛，由导演、中国国家话剧院副院长王晓鹰主持，探讨“中国戏剧与当前国际戏剧的交流与借鉴”。论坛围绕三个议题展开，与会嘉宾分别就“戏剧艺术在当代语境下，如何进一步‘开拓’‘创造’‘求新’”“戏剧改编的探讨与成功经验分享”“如何将中华文化艺术美学体现融会在艺术创作中”等问题深入研讨。

本届国家大剧院国际戏剧季论坛意义重大，影响深远。它为戏剧专业人士提供了极其难得的学习交流机会，让同行之间能够相互观摩、交流经验，特别是，论坛讨论的议题都是基于我国戏剧现状和未来发展的前瞻性思考设立的，有极强的现实意义，充分体现了国家大剧院的文化担当和历史责任。

在2016年国际戏剧展演的观众对谈和讲座中，“首都剧场精品剧目邀请展（夏季单元）”立陶宛的《大教堂》的观众见面会别开生面，意味深长。

在演出之后举办的讲座中，担纲《大教堂》导演的奥斯卡·科尔苏诺夫与中国戏剧家协会主席、北京人民艺术剧院副院长濮存昕对这部作品以及戏剧艺术，分享了各自的看法。讲座中，濮存昕从不久前立陶宛国家话剧院来华演出的另一部作品《英雄广场》谈到他对立陶宛演员的欣赏。“他们的表演甚至可以说是为中国的戏剧工作者提供了一个典范：无论演员在台上说了多久的‘专业性题目’，最终还是要回归到最真实的东西——观众能感受到最真实的思想，人与人之间真实的感应，那种生命的感应。中国的表演教学以及中国剧团的演员们，在不断修炼自己演技方面，应该向他们学习。在看《大教堂》的观众中有不少是演员，我希望他们看了以后是有感受的，而且能将这些真实的感受融入今后的创作中。”在濮存昕看来，看戏有三个层次——可看，可赏，可品：“我们通过首都剧场精品剧目邀请展请来这些优秀的外国剧目，为的是提高自己，也是给观众更多‘可品’的机会。一部好戏，品味它的深意、它的内涵，那种后劲儿能绕梁三日，你会一直记得。奥斯卡·科尔苏诺夫说，戏剧是容易被淡忘的艺术。我以前没有想过这个问题，不过事实的确如此——对于过去那些优秀的表演艺术家，他们的表演如果没有留下影像，年轻的观众甚至不会认识他们，但他们是真的了不起。”

近年在引进国外剧目的同时，中外双向交流不断深入，已经构成新时期以来中国戏剧“二度西潮”现象，被学界关注和热议，并引发专家学者的学术研讨。

从中国话剧百余年发生、发展的历史可见，中国话剧的发展历史与引进、接受外国戏剧创作及其思潮动态与理论著述密切相关，在中国戏剧发展的历史结点处，曾经出现过三次西方戏剧大规模的潮流式引进，戏剧研究界称之为“西潮”。第一次是“五四”前后外国戏剧的引进，对中国话剧的诞生产生了直接影响；第二次是在20世纪50年代，在“向苏联学习”的社会思潮中，斯坦尼斯拉夫斯基体系成为中国戏剧权威，学习和效法势头强劲；第三次“西潮”发生在新时期之初的20世纪80年代，是改革开放社会思潮下，戏剧界思想解放的结果；近年是第四次，也是新时期以来的“二度西潮”。

较之之前新时期对国外戏剧的引进热潮，对于“二度西潮”的特点学界基本达成共识。首先，从引进方式上看，“二度西潮”经历了从以剧目排演、剧本理论译介为主，到以邀请外国剧团演出为主的全方位引进这一转变过程。其次，从与时代思潮关系看，“二度西潮”经历了从与时代共振到相对疏远的发展过程，反映出话剧在整个社会文化生态中功能、角色的变化。再次，从美学影响上看，“二度西潮”对中国本土戏剧发展的“推力”有所差异，20世纪80年代的“西潮”推动了戏剧从文本到剧场的革新，“二度西潮”的影响有待观察，但是，引进戏剧反衬出目前国内话剧观念混乱、思想僵化、艺术滞后。此次外国戏剧引进潮产生的文化土壤已经有了深刻变化，观众对戏剧的审美期待、接受水平也变得开放、多元，究竟它能给未来中国话剧的走向产生何种影响，仍需观望。从这个意义上而言，“二度西潮”是一次未完成的“西潮”，其意义不仅仅在于洞察世界戏剧发展，开阔视野，借鉴其经验，更在于更新思想和理念，吸收其精华。在世界戏剧格局中，确立中国戏剧自身的品格，打造只属于中国的民族化戏剧。

纵观2016年引进的外国戏剧剧目，不难发现：剧目品质参差不齐，口碑和票房两极分化的现象屡见不鲜。不能否认各种邀请展演及戏剧院团引进剧目日趋科学化，理性而有序，但选剧的标准、原则依旧存在问题，有的邀请展过于私人化，小圈子倾向严重，邀请展或戏剧节的主办方被小圈子控制，自娱自乐；有的邀请展或戏剧节存在过度炒作、过度消费的现象，与国内戏剧发展和观众需求产生矛盾。而且，一些不接地气、水土不服或品质平平的剧目影响了国内观众的观看兴致。与此同时，就总体而言，外国引进剧目的质量的确普遍高于国内剧目，这同样也引发一些学者的忧虑。有学者忧虑外国剧目引进如此发展下去，究竟会对中国戏剧产生怎样的影响？是启发与激励中国戏剧创作者提高其水平，使中国戏剧观众得到拓展、审美得到提升，还是会让中国原创戏剧失守市场阵地……无论如何，毋庸置疑的是，我国当代戏剧的发展必须与时代同步、与国际接轨，在世界戏剧整体格局中共存共荣，共同发展。值得肯定的是，有些戏剧展演不仅局限在北上广一线大城市，还延伸推广到二、三线城市，在天津、南京、杭州、西安、乌镇等地，在越来越多的城市，话剧已经拥有了稳定的观众群，而且越来越低龄化。而促进和发展当代戏剧，吸引更多观众特别是青年观众走进剧场，对于我国当代戏剧而言，任重而道远。

张荔　沈阳师范大学剧场艺术研究所教授

把生活酿成“酒”
——2016 年话剧创作演出综述

◎ 刘平

2016 年的话剧创作很多，舞台演出也很红火，各种展演一个接一个：“第十一届中国艺术节”“第二届中国原创话剧邀请展”“首都剧场 60 年纪念演出”“2016 首都剧场精品剧目邀请展演”“第六届中国儿童戏剧节”“第五届中国校园戏剧节”“2016 北京青年戏剧节”“第七届北京·南锣鼓巷戏剧节”“第 15 届金刺猬大学生戏剧节”，以及上海和全国各地举办的各种戏剧展演活动等，还有各话剧院团的常年演出安排，真可谓国有民营齐上阵，大小剧场竞争辉。艺术上也出现了一些可喜的现象。

一、在现实描写中思考

“接地气”，描写社会热点问题，是 2016 年话剧创作与舞台演出最突出的特点。艺术家们以高度的社会责任心和迫切的使命感，观察社会，思考民生，拷问人性，把“源于生活”作为创作的基础，把“高于生活”作为艺术追求的目标，把“寓教于乐”作为给观众交出的“答卷”，把艺术审美作为话剧创作的最高境界，执着追求，锲而不舍，获得了应有的收获。

（一）抓住社会热点，描写民生民情

抓住民生民情，思考社会热点问题，在剧本创作与舞台演出中越来越体现出“接地气”的风格特点。如《去往何处》《一诺千金》《北梁人家》《家事》《凤凰》《喊水村移民纪事》等作品。

《去往何处》（编剧蒲逊、唐栋，导演王筱頔，广州话剧艺术中心）是一部有思想力度的话剧，是令人们警醒的一部作品。该剧吸引观众的是戏中所体现出来的自省意识，揭示了自我意识中的“不自知”，直指人的心灵深处。童书鸿作为中医老字号“一真堂”的传世医生，一直以为“再生丸”因为药材被污染不能生产，一真堂不能开门为病人治病的原因是社会造成的，是受恶劣环境影响的结果。然而母亲的一番话却令他感到震惊。母亲说，一真堂普救含灵之苦，生生不息一百二十年，今天，不到十年的工夫你就关门了，原因是什么呢？“是人祸！我说的不是别的，是你！你的心不安静，给一真堂开错了方子，破坏了一真堂的平衡。你那个药材基地一下子把再生丸开发出二十几种保健药，满世界地招摇，名气是大得很啦，可这名气底下呢？是空的！”一真堂的宗旨是为了治病，不是卖药赚钱。母亲的话像是一把犀利的匕首刺痛了童书鸿的心，又像是一盆冰水浇醒了童书鸿那颗懵懂的心。他绝对想不到自己想发展一真堂的善良愿望却成了“关闭”一真堂的直接原因，他半生的辛劳得到的却是南辕北辙的结果！这对观众来说也是震撼人心的！

由此引发了人们更深入的思考。如阿娴妈，她明明知道女儿阿娴的白血病是吃了一真堂的再生丸才延长了三年寿命，现在童书鸿不给阿娴吃，是因为再生丸用的是打过农药的药材，药效没有了，阿娴吃了晕倒了。她也是种药材的，为了多挣钱用农药、用化肥，但她并不觉得自己有什么错，反而说：“再生丸用的药材不是我种的，你以为我不知道，我家东边那一片地种的才是再生丸的药材吧。”这是多么可怕的思维啊！鲁迅在评价俄国伟大作家陀思妥耶夫斯基的小说时说，陀思妥耶夫斯基是从“罪恶”中拷问出“洁白”来，那么《去往何处》正好相反，则是从“洁白”中拷问出“罪恶”来。它让我们警醒，更让我们反思。它提示我们：在雾霾围绕着的现实世界中，也许每个人都应该停一停盲目而匆忙的脚步，扪心自问：我该去往何处？童书鸿母亲的话也许不能直接解决今天社会现实中的问题，但指出了问题的症结所在，是启发我们思考的方向，是校正我们行为的一个标尺！

在现实题材话剧的原创作品中，大连话剧团演出的话剧《一诺千金》(编剧杨锦峰，总导演王晓鹰，导演刘丹、王剑男）透过亲情、恩情与友情讲述“承诺”的问题，给人们提出了另一种思考。剧中以周海燕、刘远、方晓然等知识青年下乡葫芦岛地区鲅鱼岛的生活为素材，在普普通通的生活中深入开掘人物在特定环境下成长过程中的隐秘故事，在历史的复杂中开掘出人性之真，赞扬了周海燕信守“承诺”的人格之美，抨击了方晓然忘记“承诺”的自私自利的行为，在喜怒哀乐之中让人们看到了人性的力量，增强了他们热爱生活的勇气和关爱他人的善心。周海燕这个人物最为感人。她从城里下乡到鲅鱼岛做赤脚医生，因为一次误诊导致陈大妈的女儿海花死亡。尽管这不是她的全部责任，但她看到陈大妈因失去女儿过度悲伤以致双目失明，便许下一个“承诺”——像女儿那样照顾陈大妈的生活。为此她付出了终生的代价。如果说这是她自愿的选择，那么她为了友情帮助方晓然抚养孩子，则招致了更多的怀疑与责难，村民不理解，多年的恋人离她而去，她心里有苦却说不出，眼泪只能往肚里流。在严峻的现实面前，周海燕没有改变自己的初衷，也没有放弃自己的“承诺”，而是一如既往地坚守着自己的人生“信念”。此情此景对观众的情感产生了极大冲击，使他们在人物的心灵搏斗中，看到了一种善的力量和坚毅的人格精神。

《家事》(编剧孙大逵，导演房蔚，山东省话剧院）则是从家庭琐事中开掘出了艺术的美。剧中最鲜活、最能体现青春活力的戏是三个孩子——莉莉、雷雷和小美的转变，尤其是他们在处于人生困惑之时的那次“聊天”，不仅写出了他们的内心情感，也写出了他们对生活道路选择的关切，以及对理想追求的渴望。剧中的雷雷和小美是“宅男”“宅女”，生活没有目标，人生没有理想追求，对什么都“无所谓”，对什么都没兴趣，大事做不来，小事又不做，对父母的话只当“耳旁风”，一切都我行我素。可是，有多少父母了解他们的苦恼呢？又有多少父母对他们只是“指责”“训斥”，而不是耐心地倾听他们的“诉说”呢？雷雷对爷爷说：“爷爷，我不想啃老，其实我早就烦透自己了！黑白颠倒，浑浑噩噩，晚上老失眠，我只能靠打游戏麻痹自己的神经了。每天也想着出去应聘，但又不敢面对现实。我活在自己的世界里，没有快乐，只有焦虑、抑郁……”他对莉莉说：“生活对于我来说是没有过不去的坎儿，只有过不完的坎儿。”而小美比雷雷更加“变态”，一心想着“出名”，为参加“选秀”刻意地“改造”自己，甚至不惜“糟蹋”自己的名誉，竟以“未婚先孕”在报纸头条“露脸”，来吸引人们的眼球。但出乎人们意料的是，就是这样一个“天不怕地不怕”、缺少“管教”的孩子，对自己却有着清醒的认识：“爷爷，我知道什么是廉耻，我知道人要活得有尊严，我去参加选秀就是想引起所有人对我的关注，寻找一点儿存在感。爷爷，我错了！”尤其是当他俩听了莉莉谈去青海支教的体会，谈贫困地区的孩子的纯洁、真诚，对知识的渴望时，不仅感动了他们，而且给他们的思想照进了一缕阳光，为他们的心灵开启了一扇窗户。莉莉说：“青春是什么？我觉得所谓青春就是尚未得到某种东西的状态，就是渴望的状态，憧憬的状态，也是具有无限可能性的状态。”“去支教前，我想自己要像太阳，照亮那块地方。到了那儿才发现，我只是一根火柴，照了一会儿亮。那就让我用毕生的时间，做一根持续发光发热的火柴。”莉莉的话深深地触动了雷雷的情感：“莉莉，听了你的话，我好像不那么烦恼了呢！”莉莉劝他发挥学美术的特长去搞设计，孩子们一定喜欢。小美也鼓励他做一个新时代的“创客”，她自己也想去体验一下，为雷雷搞设计做模特儿。看到三个孩子的转变，不仅洪老爷子一家高兴，连剧场里的观众也无比兴奋。可是，这样的效果不是“批评”“指责”甚至“打骂”能够得到的。正如洪老爷子对儿子洪钢说的：“不要老给孩子讲经验，你说再多也不如让他摔一跤，每个人该走的弯路一步都不会少。”这是该剧创作上的一大亮点，它既来源于生活，又高于生活，给观众认识生活带来了新的思考！

值得人们玩味的话剧是《玩家》(编剧刘一达，导演任鸣，北京人民艺术剧院)，该剧针对当下社会上出现的“信誉”缺失、价值观念混乱的现象，通过对历史人物的描写为当代人敲响了警钟。该剧描写老一辈收藏家靳伯安和年青一代收藏家齐放等在文物收藏过程中的经历与教训，在揭示真与假、人与物的关系过程中，展示了他们的人生理念、价值观念、为人之本、处世之道，让观众看到了人间正气与人格品质，给观众留下了深深的思考。在该剧的结尾，靳伯安愤怒地砸碎了三个元青花瓶子，粉碎了一些人想靠倒卖假古董发财的梦想，那情景不仅令剧中人“吃惊”，也大大地出乎观众的意料，震撼了他们的情感。该剧以幽默有趣的语言表现京味话剧的特点，以扎实的表演塑造了个性化的人物形象。

《北梁人家》（编剧林蔚然，导演吴晓江，内蒙古自治区话剧院）以拆迁改造民居为题材，写出了小人物复杂而真实的内心情感，塑造了鲜明的普通人形象。《凤凰》（编剧李宝群、王宏、肖力，导演宫晓东，浙江话剧团）描写了新一代浙商（民营企业家）的成长经历，反映了改革开放后中国经济发展的一个独特方面，引发了观众对这段历史的回顾以及对现实的深入思考。该剧比较成功地塑造了江秀秀和芦阿发这两个个性鲜明、有血有肉的人物形象，比较细腻地描写了他们的奋斗历程、爱情波折及由此产生的复杂心理和被扭曲的性格。《喊水村移民纪事》（编剧、导演王志洪，宁夏话剧院）写出了普通人的生活实态和他们的生活困境与理想追求，也写出了农村人的朴实与复杂。《长生》（编剧朱宜，导演蒋维国，上海话剧艺术中心）则写出了隐藏在“代沟”背后的种种家庭矛盾。

这些戏有的也许还存在着这样那样的不足，但剧中所体现的浓浓的生活气息非常难得，也是吸引观众的一个重要原因。

（二）回顾历史，不忘初心，增强责任意识，凸显担当精神

2016 年是中国工农红军长征胜利 80 周年，在众多的纪念活动中，有两台原创话剧——《从湘江到遵义》和《在路上》最值得关注。

《从湘江到遵义》（编剧李宝群、王宏、肖力，导演宫晓东，总政话剧团）最动人心魄的，是用敢于正视历史的勇气和艺术思维对中国革命者在失败中崛起的奋斗精神的细腻书写，以及对革命战争场面的恢宏表达。该剧是从中国工农红军在长征途中反思湘江失败开始的。年轻的革命领袖毛泽东、周恩来、朱德、张闻天、王稼祥等，面对失败，他们不计个人得失，为了民族的命运，认真地反思、分析失败的原因，找出症结，勇于承担责任，一心想从失败中找到一条正确的路，引导中国革命走向胜利！因此，“中国革命走什么路”的问题从一开始就摆在了这些当事人的面前。在分析与反思中，他们逐渐懂得了路线的重要、指挥的重要。航向不对，革命就会走上死路、绝路！而“指挥无方，害死三军啊！”（朱德）中国革命不能再听任不了解中国国情的“洋大人”瞎指挥了，应该相信自己，依靠自己的力量，扭转败局，去争取胜利！而遵义会议在中国革命历史上的重要意义就在于此。它不仅拨正了中国革命前进的航向，确立了毛泽东在红军中的领导地位，而且使红军从失败中振作起来，从血泊中杀出一条生路，奠定了中国革命走向胜利的基础。这种对革命历史真实的叙述和深刻的思想剖析，既给观众带来了思想震撼，也对观众的情感形成了巨大冲击。它使观众深切地感受到：方向找对了，道路走对了，事业才能有希望；理想不丢，信念不倒，革命才能够成功。而今天，我们的面前仍然存在着道路的选择、理想的指引、信念的坚守、不懈的努力与奋斗等诸多问题。长征，仍在继续；道路，依然曲折；事业，需要理想指引；成功，靠的是信念的坚守和百折不挠的奋斗精神。

武警政治工作部文工团创作演出的话剧《在路上》（编剧张晓宇，导演殷弘毅）的特点则是：把熟悉的故事写出了新意，把真实的历史艺术化，把普通人的生活性格化。剧中写活了“小人物”的真实情感，写出了“普通人”的“大境界”。故事感人，情节生动，人物鲜明。剧中以红军团长龙华英和国民党旅长李中明为代表，他们在北伐时期是患难与共的朋友，亲如兄弟。“四一二”反革命政变之后二人因人生观念和理想追求不同而分道扬镳，成为战场上的敌人，为此他们一直在争论。该剧可贵之处是不回避矛盾，敢于直面人生，在争辩、拷问中直击人的心灵，让灵魂颤抖，让思想绽放火花，让人性增添正气，让真理闪耀光芒！龙华英和李中明在“困龙山”一场戏中的针锋相对的辩论，你死我活的争斗，写得有声有色，热烈饱满，激动人心。该剧所体现的思想价值就在于，在追求真理、寻找中华民族生存之路的过程中，以艺术的手法展示了两种思想的交锋，两种人生观念的比拼，通过对生命价值的追问展示了两种信仰的较量。

《热土》（编剧黄伟英、艺风，导演宋国锋，赤峰市话剧团）以70年前延安鲁迅艺术学院的一大批文学家、艺术家受党中央的派遣，随十万大军奔赴东北开辟革命根据地的事迹为题材创作，描写知识分子在走与工农兵相结合的道路上的成长经历，塑造了以安波为代表的知识分子形象和冯玉兰、陈影匠等民间艺人的形象。《共同家园》（编剧冯静、尼玛顿珠，导演白皓天，西藏自治区话剧团）描写第一次鸦片战争期间，由2 000名藏族壮士组成的藏军奉清朝皇帝圣旨，奔赴东南沿海与宁波军民联合御敌、保家卫国、壮烈殉国的动人故事，讴歌了民族团结、血浓于水的手足之情，谱写了一曲弘扬民族精神、凝聚中国力量的英雄赞歌。《图云关》（编剧、导演杨昕巍，贵州省话剧团）根据抗日战争时期（1939—1945）中国红十字总会所属抗日救护总队在贵阳图云关的动人事迹创作而成，歌颂了这些包括不同国别医生参加的国际医疗队成员，为了支援中国的抗日战争做出了巨大贡献。《生命如歌》（编剧王元平，导演胡宗琪，山西省话剧院）歌颂了新疆维吾尔自治区老一代兵团战士的贡献与信念坚守，也通过描写他们与新一代兵团战士在经营理念上的矛盾，展现了他们与时俱进的反思精神与成长历程。

（三）突破真人真事的限制，塑造舞台艺术形象

近年来，以历史上真人真事为题材创作的戏剧作品不少，但写得成功的并不多，有的是陈列人物的模范事迹，有的则是写人物一生的“流水账”，写得不形象，缺少感动观众的激情，但话剧《董必武》和《麻醉师》的创作却给观众留下了深刻印象。

《董必武》（编剧赵瑞泰，导演黄定山，武汉人民艺术剧院）之所以在以真人真事为题材的作品中胜出，突出的特点是编剧选取了一个聪明的创作视角，该剧没有用编年史的方法写人物的生活经历，而是非常智慧地从董老漫长的革命生涯中，截取他一生中具有典型意义的事件，即1947年董必武在上海周公馆时期与国民党反动派一段斗智斗勇的惊心动魄的经历，集中力量深入开掘，既节省了笔墨，又突出了人物的品格与奋斗精神。其二是以动人的细节来表现人物的高风亮节。董必武作为一位老革命家，却自称“补丁”“龙套”，有着博大的胸襟、过人的胆识与舌战群敌的智慧。戏一开场就把董老置于斗争的风口浪尖上。国民党淞沪警备司令部少校副官林水生带领国民党军警包围了中共驻上海办事处，剪断电话线，抢走发报机，还强迫办事处进行人员登记和财产登记。就在双方举枪对峙、流血冲突一触即发之时，董必武风尘仆仆地出现在人们面前。面对敌人的蛮横无理，他首先以“理”压倒了敌人的气势——“你们想干什么?！想把这儿变成战场？你们想过没有，这儿真闹出事来，第一个下不了台的是谁呀？是你们的蒋总司令！整个社会——包括国民党内许多有识之士，都会责问国军怎么对他们总司令请来的客人如此刀枪侍候呢？国际舆论肯定要谴责你们，那会弄得老蒋先生很没有面子；更重要的是，民主人士要抗议，人心思安的全国老百姓不会答应，这个责任，你们一个人长三个脑袋恐怕也负担不起吧?”一听这话，刚才还凶神恶煞般的敌人自感理亏，都乖乖地放下了枪。董老乘势与林水生拉起了老乡的关系，非常大度地“请”他吃饭，实际是“将”了他一军，使他由此逐渐改变了对董必武等共产党人的看法。这次“见面”为日后的“送情报”“转移黄金”等情节埋下了伏笔。

一个民族的进步与壮大，需要整个民族全体成员的无私奉献，需要崇高精神的引领，这是民族大业得以发展的基础与根本。缺少了这些，便缺少了灵魂和前进的动力。文艺作品就肩负着鼓荡民族士气、振奋民族精神的重任，但它不同于通讯报道和报告文学以及展览等形式，它是以鲜明的人物形象承载着感人的事迹，达到“寓教于乐”的目的。在这类题材的文艺作品中，西安话剧院演出的话剧《麻醉师》（编剧唐栋、蒲逊，导演傅勇凡）无疑是一个佼佼者。该剧描写的是某军医大学附属医院麻醉科副主任、主任医师陈绍洋在工作中无私奉献、治病救人的动人事迹。从艺术层面上说，该剧是把英模人物的事迹提升到艺术层面来表现，写活了生活中的人物，塑造了一个鲜活的、有个性的艺术形象，突破了那种以展览好人好事、写英模人物的局限，使人物形象产生了感人的艺术效果。其特点是在普通中见个性，在琐碎中见精神，写出了人物的血肉和鲜活的生活气息，使观众在普通中感觉到一种不平凡，在亲切中受到一种精神震动。比如，陈绍洋平时在医院里总是像“救火队员”，马不停蹄地奔跑着救治病人，他的家人和同事们绝对想不到他的身体会出问题。然而，他患了肝癌，家人和医院领导都非常焦急，劝他安心治病养病。可是陈绍洋却有自己的想法，尤其是当他得知自己的病已是肝癌晚期时，他开始思考生命的意义。他想利用自己有限的生命，为那些盼望他做麻醉手术的患者多做些贡献。当他听到那些希望他做手术的病人的呼唤时，他又像一名战士一样勇敢地站起来，准备奔赴工作岗位，但妻子罗云和女儿陈潇潇都不同意——“你也是一个病人呀！医院里那么多麻醉科医生，有必要非得你去吗？”他停顿了一下，然后坚毅地回答：“我现在是个病人，但我还是个医生。医生的本分就是抢救生命。”“我既然选择了医生这个职业，我的生命就属于患者！”这掷地有声的回答，犹如生命的“宣言”，不仅“震惊”了妻子、女儿，使她们一时找不到反驳的理由，也“震动”了观众的心灵！该剧在歌颂英雄的同时，也大胆地揭示矛盾，直击社会上出现的给医生送红包和药商推销次品药等不正之风，把人物置于纷纭复杂的社会矛盾中去描写，在“名”与“利”的风口浪尖上去考验，突破了一些描写英模的戏不敢接触社会矛盾、极力回避矛盾的做法，为人物的人格成长提供了“典型环境”。该剧通过人物处理矛盾的方法和对不正之风的态度，突出陈绍洋的思想境界，增强故事的真实性和人物形象的可信度。

《孔子》（编剧丁如如、金然，导演丁如如，山东省话剧院）是一部内容深厚、寓意深刻的话剧。创作者站在历史的高度，以当代的视角，俯瞰孔子学说产生的时代背景与政治环境，对孔子不夸大，不缩小，不鄙视，也不拔高，塑造了一个比较真实的孔子形象。该剧既赞扬了孔子的理想追求、洁身自好的品质、知其不可为而为之的坚韧精神，也揭示了孔子学说与社会现实的矛盾，从而阐释了孔子学说真正的社会价值与存在意义，展示了传统道德与政权、战争的复杂关系，为观众提供种种关于现实的思考。陕西人民艺术剧院演出的《白鹿原》（编剧孟冰，导演胡宗琪），以其浓郁的地域特色和鲜活的人物形象获得好评。中国国家话剧院演出的《杜甫》（编剧唐栋，导演王晓鹰），塑造了杜甫“视国家为生命，以民生为己任”的家国情怀，以及知识分子在那个时代中的尴尬处境，给观众留下极深的印象。

二、在探索中开拓

尽管2016年的小剧场戏剧创作数量不是很多，但在艺术上依然进行着多方面探索。如《催眠》《罗刹国》《他口袋里的石头》《特殊病房》《爆米花》等。

《催眠》（原著马晓丽，改编、导演张福元，北京人民艺术剧院）从一个新的视角对内容进行深入开掘。与一般描写人与事的作品不同，它是把医学上的病理学知识与文学创作结合起来，从心理学的角度开掘人性与道德问题，从人物的内心隐秘之处寻找人物的病态根源，进而寻找自然病痛之根源——常常是因“心”痛而引起，使观众在新奇之中触摸到了心灵的脉搏。该剧描写了部队的某排长因长期失眠来找心理医生治病——“催眠”，而来医院深入生活的女作家对此非常有兴趣。巧合的是他们三人又是共同参加过汶川大地震救援工作的，而部队排长的“失眠”又是从汶川救灾后开始的，三个人之间自然就有了“共同”的话题。然而，就在心理医生和作家一步一步深入“分析”某排长的失眠原因时，观众发现，不只是某排长的失眠是因“心理疾病”引起，而作家和医生也存在着同某排长相似的“心理疾病”，只是程度不同而已。某排长因为独自占有了本该与战友“大兴兵”共享的荣誉而陷入深深的自责之中。他把灾区发生的故事倾诉给女作家，因此触动了女作家郁积多年的心结。女作家为自己没有照顾好“大兴兵”而懊悔，同时也对自己为拿到文化系统抗震救灾的“三等功”主动给领导打电话的行为而愧疚。心理医生因当年没有认真对待“大兴兵”的心理问题而遭到女作家的质询，现实中的他为了名誉、地位奔波于各种学术会议、做学术报告等事务中，从来不肯坦然面对自己遭遇的信仰危机，直到他们三人获得了直面自己的勇气，放下思想上的包袱，敞开心扉自省，“心”病解决了，生理的疾病也就自然地消除了，这比来自他人的“催眠”更有效。

《罗刹国》（编剧黄维若，导演赵淼，国家话剧院）以一个虚无缥缈的罗刹国的故事揭示了一个深刻的主题，揭露了那种以丑为美、以假为真的行为逻辑对人类健康肌体的侵害。该剧的出新之处还在于舞台呈现，导演以肢体语言为主，融入传统艺术的表演手段，用假面与动作相结合的形式，表现角色内心的复杂心理，既合情合理，又完整统一，比较好地表达了该剧的主题，并增强了该剧的舞台艺术表现力。

《他口袋里的石头》（编剧［爱尔兰］玛丽·琼斯，导演范崇人，上海话剧艺术中心）无论在内容上还是在舞台形式上都是一种新的探索。该剧描写的是被好莱坞大片占领的爱尔兰小镇的人们在追求希望和寻找归属感的过程中所发生的一桩桩意想不到的悲喜剧。舞台上只有两名演员，他们运用声音、形体等技巧在剧中扮演15个不同的角色。演员每当在台上对角色进行快速转换，以及惟妙惟肖的表演所产生的层出不穷的包袱时，都让现场的观众发出笑声。如果说，小镇上的人在渴求希望的时候迷失了自己，那么，当他们觉悟到寻找归属感的时候，又该怎么做呢？这同样也是留给观众思考的问题。

在纪念莎士比亚逝世400周年之际，有两台舞台剧最值得关注：一是中国戏曲学院一诺戏剧工作室演出的《皆大欢喜》（导演余凤霞、陈涛），一是西安的黑芝麻戏剧工作室在“2016北京青年戏剧节”上演出的《罗密欧与朱丽叶》（导演李垚）。两剧均以莎士比亚剧作中的故事为底本，在演出形式上大胆创新，充分发挥中国传统戏曲艺术的表演特点，以中国文化的元素解读、演绎莎士比亚的作品，有中国戏剧的风格特点；以中国化的语言表现外国人的情感，以戏曲化的表演风格演绎莎剧的故事，演出和谐完整，体现了莎剧的意蕴与主旨。

中国国家话剧院演出的小剧场话剧《特殊病房》和《爆米花》，虽说是引进的外国剧目，却引发了今天中国观众的深入思考。尤其是《爆米花》所揭露的“娱乐至死”对人们的戕害，更令人触目惊心。从舞台呈现上说，《美好的日子》和《晚安，妈妈》的演出也值得关注。《美好的日子》（国家话剧院）是贝克特的著名荒诞派戏剧，由邹爽导演，著名演员冯宪珍主演，演出了荒诞派戏剧的意蕴，吸引了大量观众，一票难求。《晚安，妈妈》由林荫宇和刘丹主演，充分展示了人物的生活时态与真挚情感。

此外，北京人民艺术剧院演出的《丁西林民国喜剧三则》《人间童话》、江苏省演艺集团话剧院演出的《激辩三十八天》、四川人艺演出的《饭碗》等，不论是在内容方面的开掘，还是在舞台表现形式上的探索，都体现着不同的艺术追求。

三、在寻找中前进

2016年民营戏剧的原创剧目不是很多，却展现了多样的艺术追求，如《启功》《老张的哲学》《大先生》《三昧》《二马》《谋杀电视机》《独自温暖》等作品。

《启功》（编剧胡薇，导演唐烨，北京桂湘文化艺术发展公司出品）是根据真人真事创作的戏，是一部难写的戏。但编剧通过著名教育家、书法家启功的普通生活小事，写出了人物的精气神。该剧的创作者以“竹”喻人，以“竹笋”成长为“高竹”来喻其历经黑暗与挣扎却能“坚”“净”自守的品格，提炼出“竹笋精神”来概括启功的人生轨迹——耐得住寂寞，经得起折腾，破土而出，甘愿奉献。有人看重启功的字画，但启功最看重的是教书育人，他说：“那些都是我的业余爱好，我还是喜欢教书。”为此，他特别重视修身养性，即使是在最困难的时刻，他也保持着乐观豁达的精神和孜孜不倦的学习态度。该剧还通过启功与各位师长如陈垣等人的交往，展现了他的成长过程，给今天的观众留下了深刻的思考。

《老张的哲学》和《二马》都是根据老舍先生的作品改编，描写的都是小人物的生活。《老张的哲学》（编剧张帆，导演李伯男，北京演艺集团和北京市曲剧团）描写老张爱钱如命，做了一辈子的发财梦，他的人生哲学归根结底就是一个“钱”字，“有钱能使鬼推磨，跟着时代潮流走，准有自己的饱饭吃”。而社会现实却偏偏不按老张的哲学行事，当老张的“发财梦”到头来落得一无所有时，他或许会明白，世界不太平，个人的“梦”是难得实现的！《二马》（编剧方旭、郭奕雯，导演方旭，北京市演出有限公司出品）是以京味儿的风趣和英式的幽默，描写了二马父子和英国房东寡妇母女的故事。就如两块面对面的哈哈镜，在嬉笑怒骂间照见两个古老帝国民族的德行——无端的傲慢和极端的偏见迷障着当事人的心灵，令人忍俊不禁。

《大先生》（编剧李静，导演王翀，文化乌镇股份有限公司出品）的主角是鲁迅，但导演解释说："很难说《大先生》写的是鲁迅的时代，它更多的是我们的时代。剧本提出了一个巨大的设问：如果鲁迅没有死，他会如何存在？鲁迅会如何评论，如何反抗，如何死去？"因此，"《大先生》写的也不是鲁迅的一生。它其实只写了鲁迅生命里的最后一分钟。在这一分钟里，鲁迅看到了前后百年的中国史，看到了中国人的伤痛和追寻"。因此，"《大先生》不是历史剧，舞台上的鲁迅也不是历史上的鲁迅，这是我们的舞台、我们的时代和我们的鲁迅。他写的每一个字都是我们自己的字。我们的敌人，就是他的敌人，我们的爱恨，也就是他的爱恨。今天在这里，我们不可能追忆鲁迅。我们，代表鲁迅"。很显然，创作者是借"鲁迅"的口在说"自己的"话。在舞台艺术形式方面，导演以"除了鲁迅，皆为傀儡"的构想对人物造型进行处理。舞台上只有"我"是肉身的鲁迅，其他角色皆为戴面具的傀儡。讲法治的胡适是兽笼傀儡，讲情怀的周作人是纸伞傀儡，追逐爱情的许广平是海洋般宽广灵动的傀儡，独裁者则是随意变换身形的蛇傀儡。剧作从鲁迅生命中的最后一分钟开始，在荒诞的意识世界，鲁迅与他心中最牵挂的人一一相会，在对话中常常产生争执。编剧充分发挥想象，创作出一个大跨度的时空，从不同角度展现鲁迅精神世界与周围复杂环境之间的关系，力求给观众提供一些思考。

《三昧》（编剧、导演一弛，北京博睿立方文化传播有限公司出品）是一部在戏剧舞台上表演的广播剧，有人叫"优声戏剧"。"三昧"是佛教用语，即止息杂念，使心神平静，是佛教重要的修行方法，借指事物的要领和真谛。该剧讲述了三个朋友从孩提时的纯情友谊，到不同历史时代成长过程中的情感矛盾，再到历经风雨后的情感回归，深谙人生的种种况味，令观众感同身受。三名演员都非话剧专业，池聘是北京市曲剧团演员，康大鹏是北京人民广播电台文艺广播《开心茶馆》主持人和曲艺编辑，陈曦是相声、快板曲艺演员，他们充分展示了不同于话剧演员的艺术表演才能。

《谋杀电视机》[编剧、导演庄一，中电联合建设有限公司、北京厚浪文化传媒有限公司、折腾（北京）文化传媒有限公司联合出品]是一出"平行时空 cult 剧"。大卫是一个以"毒舌"著称的文化杂志记者，常常以犀利的笔墨把当代流行电视文化批得体无完肤，自命为商业电视巨头 MSG 集团的天敌。有一天他下班回家，却赫然发现家中多了两个不速之客——飞哥和鸡仔。他们砸了大卫的电视机，并自称来自一个叫"谋杀电视机"的组织。不可思议的是，大卫竟然也加入了他们，闯入一户户主人外出未归的公寓，享受砸电视机的快慰。表面上看，他们砸电视机的行为是为了阻止电视流行文化商业化对人们的伤害。殊不知，他们的行为正是商业电视巨头们策划的、为电视流行文化商业化所做的一场"真人秀"的广告。他们是以自己的一片真诚卷入了一场危及这个世界的更大的阴谋中，而他们却并不自知。这样的结果令观众也感到惊愕！

《独自温暖》（编剧冯丽，导演王延松，北京市演出公司出品）是一部喜剧，剧场效果很好，但它不是靠搞怪、挠痒痒，而是通过人物性格的碰撞而产生了喜剧火花。一位生活在国外的老妇人，人生阅历丰富，心地善良但又性格乖戾，生活富足但又空虚寂寞。她与儿子的关系复杂而微妙，既有疼爱又夹杂着不屑，对儿子的婚姻也是冷嘲热讽。儿子想孝顺母亲，为她聘请了专职司机，可母亲却对司机不信任，对儿子的孝顺也表示抗拒。但司机的宽宏大度及对她的耐心照顾，逐渐融化了她的"乖戾"，引出了她的"善良"。经过一段时间的交往，她渐渐地觉得自己已经"离不开"这个司机兼保镖了，只是嘴上不愿意承认。戏就是从她与儿子，主要是她与司机的矛盾开始的。机智的语言，幽默的表达，怀疑中包裹着善良，依赖中潜伏着怀疑。每句话的背后都流露着人物的复杂心理，也体现着不同的性格特征。这些具有个性化的台词的"碰撞"与"交锋"，产生了一个个令人忍俊不禁的"包袱"，让观众发出了"会心的"笑声。这笑声舒展着筋骨，放松着心情，浸入肝脾，荡涤着不健康的情绪，萦绕在人们的心间。它告诉人们，每个人都需要爱，渴望温暖，只是这份"爱"与"温暖"是需要人们自己去营造的。不然的话，如果只是一味地"索取"，那么，即使别人给你的再多，你也是享受不到的。也就是说，想"独自"享受"温暖"，物质方面可以做到，但精神方面很难办得到。

《花事如期》（编剧邹静之，导演黄盈，龙马社出品）是前几年创排的剧目，2016年复排时换了导演，换了演员，舞台演出的面貌也焕然一新。剧中的故事情节不仅更流畅，而且更合理，人物关系的发展也自然了。而《捕鼠器》（上海现代人剧社出品）、《晚安，妈妈》（鼓楼西剧场出品）、《永远的尹雪艳》（上海恒源祥戏剧文化发展有限公司出品）、《海的沉默》（孙境导演工作室出品）等剧的演出，则表明了民营社团在舞台艺术方面的探索与提高。

值得关注的还有北京市东城区文化委员会开展的“2016‘东城故事’原创剧目展演”。多年来，东城区文化委员会为实现文化大发展大繁荣的目标，努力打造“戏剧东城”的品牌，以状写北京人的新生活、新风貌、新精神为主要内容，并把民间艺术非遗项目与话剧结合起来，调动民营剧团的创作积极性，仅2016年就收获了10台原创剧目。其中艺术质量比较好的有《将军里》《竹韵新声》《炒肝》等。

《将军里》（编剧张瀚伦、王乐，导演孙悦，李伯男导演工作室出品）写的是“京城第一棚户区”将军里改造的故事，但创作者没有“报告文学式”地去写“报道”，而是走进生活，塑造了几个性格鲜明的普通人形象，写出了他们在房屋拆迁改造过程中的种种复杂心态。《竹韵新声》（编剧李世儒、何靖，导演孙悦等，北京东城快板沙龙和孙悦戏剧工作室出品）把民间曲艺的快板艺术融入话剧之中，在描写人物的情感发展过程中，展示了快板说唱的艺术魅力，显得整个演出充满着活泼灵动的艺术氛围。《炒肝》（编剧李晓萌，导演孙哲，北京浩宸宏达文化传播有限公司出品）以北京百年老字号的炒肝店“义兴居”为素材，把传统饮食文化纳入话剧创作之中，既写出了人物的成长，对传统的传承，也展现了中国传统饮食文化的特色。当然，这些戏也都存在着一些不足，比如前两部戏的结尾有些简单，缺少艺术的力量。《炒肝》的某些场次也存在着直白简单的问题。但我相信，有生活的底蕴在，艺术上就有提高的余地。

四、在发展中成长

近年来，儿童剧演出市场一直比较火，出现了一些好剧目，形式风格也多种多样，受孩子喜欢的剧目越来越多，如《马兰花》《西游记》《古船》等。2016年创作的《红缨》《小兵张嘎》《公主的头花》《列那狐传奇》《中国故事之成语魔方（三）》《布莱梅乐队》等。

《红缨》（编剧杜薇，导演马彦伟，中国儿童艺术剧院）是以《歌唱二小放牛郎》这首歌为创作源泉，讲述抗日战争时期的一个少年英雄王二小的故事，比较成功地塑造了一个顽皮、机灵、有胆量、有正义感的抗日小英雄形象。当王二小怀着为亲人报仇的决心参加儿童团，为保护八路军的《晋察冀日报》，把日本鬼子带进八路军的伏击圈而壮烈牺牲时，人们怀念小英雄的歌声漫山遍野地响起，王二小的鲜活形象也屹立在舞台上，那情景真是感人至深。还有一直陪伴王二小的那头大水牛，也成为孩子们喜欢的亮点。

《列那狐传奇》（编剧王谦、胡成红，导演李大海，济南儿童艺术剧院）是根据世界经典童话《狐狸列那的故事》改编。列那是住在森林里的红狐狸，机智、勇敢，乐于助人。它先帮助朋友猫咪蒂贝尔从大灰狼那里抢回了丢失的口袋，又根据藏宝图的路线帮国王找到了宝藏，粉碎了大灰狼的阴谋陷害，受到朋友的爱戴。

《小兵张嘎》（编剧郭琰，导演黄凯，河北传媒学院）是一台多媒体儿童剧，根据徐光耀的电影《小兵张嘎》改编，把一个调皮捣蛋的“孩子王”塑造成了一个机智、勇敢、大胆、心细的抗日小英雄。

《布莱梅乐队》（北京丑小鸭剧团）是一部中韩合作的家庭音乐剧，以拟人化的动物来展示它们的梦想。对世界充满好奇心的小毛驴敦魁、热情乐观的英雄猫凯缇、因为口臭不敢随意说话的小狗多奇、梦想成为歌手的母鸡勒斯特，它们一路寻找来到传说中的布莱梅小镇，目的是要参加布莱梅乐队，实现自己的梦想，同时也赞扬了它们之间的友情和敢于冒险的奋斗精神。

把成语以故事的形式搬上舞台，是中国儿童艺术剧院近几年一直坚持的创作思路。2016年创作了

《中国故事之成语魔方（三）》，包括《疑邻偷斧》《竭泽而渔》《亡羊补牢》三个故事，其特点，一是以艺术的思维解读成语故事，思路新颖，富有想象力；二是从古代成语故事中开掘出现代寓意，故事编排完整，舞台表达清晰，有趣味性，有思考空间。

西安儿童艺术剧院举办“2016 西安国际儿童戏剧展演”，以“阳光少年　快乐成长”为主题，演出来自日本的亲子剧《变变变》、中国台湾地区的鞋子儿童实验剧团的《从前从前天很矮》、山东省济南儿童艺术剧院的《农夫与仙鹤》、甘肃省兰州市儿童艺术剧院的《传统的味道》、陕西省西安儿童艺术剧院的《公主的头花》等剧目，吸引了孩子们的兴趣，也开阔了艺术创作者的眼界。如《变变变》，舞台上只有一张桌子，用布蒙起来。三四名演员就用生活用具和玩具，如不同形状的木块、大大小小的球、不同颜色的布头、晒衣服用的塑料夹子、铁圈、竹棍、肥皂盒等，很神奇地变化出各种形状，甚至人物形象，配上故事，既好玩又好看。《农夫与仙鹤》用不同的木偶，如提线木偶、套手木偶等制作的仙鹤和农夫，在舞台上演绎一个神话般的爱情故事。《传统的味道》表达了在浮躁的社会中，如何坚持传统道德，如何发扬传统精神，而不是停留在形式上。《公主的头花》是 2015 年创作的剧目，2016 年又进行较大幅度的修改与提高，丰富了舞台表现力，增加了剧作的艺术趣味与审美观感。

2016 年是中国儿童艺术剧院建院 60 周年，剧院重排了经典名剧《马兰花》，根据今天孩子们的特点，在不改变经典作品主旨的基础上，内容上也做了适当的调整和修改，比较明显的是小兰被老猫推下水，但没有死，而是被人救起。小鸟也没有被老猫吃掉，而是被老猫打昏了。这些改动比较容易被今天的孩子们接受。

在中国儿童艺术剧院主办的“第六届中国儿童戏剧节”上，给观众留下深刻印象的还有《Scrap——废铜烂铁》《勇敢的朴爷爷》《足尖上的辛德瑞拉》《白色摇篮曲》等。《Scrap——废铜烂铁》（日本笑猫公司出品）完全利用生活垃圾堆里的各种被人们丢弃的垃圾——铁桶、水管、电风扇、铁锅等，敲出欢快的音乐。《勇敢的朴爷爷》（韩国越山剧院）把韩国的传统木偶作为舞台的各种角色，演绎出一台有故事有趣味的童话剧。《白色摇篮曲》（立陶宛 PADI DAPI 鱼舞蹈剧团）用肢体语言传达感情，整场黑白的色调，神秘中带着温馨；用超越语言的舞蹈，讲述了小兔子在她的梦想世界里畅游，与妈妈相见，与照顾自己的奶牛奶奶和鸭子重归于好的故事。《足尖上的辛德瑞拉》（罗马尼亚儿童喜剧歌剧院）以芭蕾舞的形式演绎了灰姑娘的故事。这些戏的演出让中国的小观众看到了丰富多彩的艺术形式，获得了不同的艺术美感。

五、在成长中提高

校园剧社是中国戏剧的摇篮。1907 年，中国留学生在日本组织“春柳社”演出《黑奴吁天录》，成为中国话剧诞生的开始。此后，南开大学新剧团、复旦大学的戏剧协社、田汉创办的南国社等校园剧社的演剧活动，为中国话剧的发展注入了活力。很多戏剧艺术家欧阳予倩、洪深、田汉、曹禺、赵丹等都是从校园走出的。近年来，全国很多省市如北京、上海、武汉、广州、沈阳、吉林、内蒙古、西安、重庆、陕西等每年都举办大学生戏剧节，校园戏剧有了更大的发展，创作水平越来越高。2016 年，由中国戏剧家协会和上海市文学艺术界联合会主办的“第五届中国校园戏剧节”则集中了全国校园戏剧创作的精英和优秀作品。中国校园戏剧节已经举办五届，每一届都产生了一些优秀剧目。就“第五届中国校园戏剧节”而言，也是好戏连台，看戏时产生的激动依然萦绕在心间。——青春、纯粹、淳朴、灵动，“校园戏剧大有可为”，这是我看第一场戏就产生的感想。

“第五届中国校园戏剧节”剧目优秀，演出完整，体现出校园戏剧创作演出水平的整体提高，是其首要的特点。如话剧《尘埃落定》（西南民族大学艺术学院）由阿莱同名小说改编，突出了该剧的民族特色与地域性。人物性格鲜明，表演有激情。此前，也有专业戏剧院校改编、演出过这部戏，但这台话剧是国内演出水平最好的。这些戏不论从剧本创作到舞台制作和演出水平，都达到了专业艺术院团创作、演出的水平，即使拿到市场上去演出，效果也不会差。

开拓创新，努力寻找能够发挥校园戏剧创作活力的新形式，是“第五届中国校园戏剧节”的第二个特点。如话剧《不要担忧》(上海戏剧学院)，以事实报道剧的形式，描写几名大学生深入安徽山区一所小学采风，关注留守儿童的生活与学习状况，体现了年轻学子关注现实、思考人生的责任意识。演出形式自由活泼，在舞台上展示生活的画面和思考的流动。肢体剧《1971》(根据莫言《蛙》改编，上海师范大学谢晋影视艺术学院)，以大量肢体语言表达人物的情感，演出流畅且具有美感。话剧《王阳明》(贵州师范大学)，以王阳明被贬贵州，谪居龙场的一段生活为主线，讲述了王阳明宦海沉浮的坎坷经历，以及他主张“知行合一”，坚守立德、立功、立言的人生信念。

表演上凸显校园戏剧的优势，呈现出一种青春、纯粹、淳朴、灵动的艺术韵味，增强了校园戏剧鲜活的生命力，是“第五届中国校园戏剧节”的第三个特点。这是所有本届校园戏剧节演出剧目所共有的，不仅那些大家公认的比较好的剧目如此，如话剧《生死场》(上饶师范学院音乐舞蹈学院)中扮演二里半的演员王承忠的表演，尽管还有一些模仿的痕迹，但不可否认演员的创造，他对话剧艺术的喜爱，使他完全沉浸在剧情和角色的创作之中。话剧《九儿》(山东艺术学院)中扮演罗汉的演员甄众的表演，自如、大方，没有丝毫表演的痕迹；剧中演配角的群戏演员的表演，非常淳朴、鲜活，具有一种野性、粗鲁的美。

六、经典带来的启示

话剧要想发展，促进原创提高水平是第一需要，交流、学习必不可少。中国话剧是舶来品，从一开始就是在学习、借鉴中成长的。那么，今天我们的创作依然需要学习，向自己的经典学习，向世界的经典学习。2016年，在中国舞台演出的话剧作品中，给观众留下深刻印象的有国外的《悭吝人》《李尔王》《大教堂》《等待戈多》，以及中国香港地区的《南海十三郎》等作品，特别是在舞台呈现与演员的表演方面，如何诠释经典作品，让中国观众大开眼界。

《悭吝人》(以色列哈比玛国家剧院)的演出特点是以简约的舞台设置演绎出非常丰富、复杂的内容，而演员的精彩表演把人物性格刻画得入木三分，增加了全剧的艺术美感。一开场，舞台上只有一扇门，演员就从这扇门进进出出。随着剧情的发展，增加到三扇门、五扇门……十七扇门，不断地在舞台上变化位置。每扇门的背后就是一个表演空间，一段戏演完了，“门”也随之移动。呈现在观众面前的是一个流动的舞台，是无数个变幻莫测的舞台空间，而演员就随着这样的“流动空间”把戏演活了，演出了人物的独特个性。如阿巴贡的爱财如命的吝啬，真是达到艺术表演的极致。创作人员把自己的聪明才智化为一个个艺术美点，深深地吸引着观众的目光。

在“2016首都剧场精品剧目邀请展演（秋季单元)”中演出了两台《李尔王》，一台是英国国家剧院放映的NTLive影像版《李尔王》，一台是波兰克拉科夫老剧院演出的《李尔王》，风格不同，艺术上各有千秋，舞台演出非常精彩。

英国国家剧院的《李尔王》的演出很震撼，演员的台词功夫好，表演富有激情，表现人物性格入木三分，以写实艺术的魅力打动了观众。波兰克拉科夫老剧院演出的《李尔王》开场非常漂亮，四个人抬着一把红色的空椅子，象征着权力的威严。李尔王的女儿、女婿和大臣们在椅子前面站成一排，背朝着观众，一袭黑色长袍面对椅子垂首而立，口中念念有词。那场面，庄严、肃穆、神圣，显示着艺术殿堂的威严，令观众心生敬畏。

《大教堂》(立陶宛国家话剧院)的寓意非常深刻，创作者以辛辣的笔触描写了大教堂的庄严、辉煌，以及那些发生在大教堂的、与大教堂的威名不相称的种种事件。大教堂的最后坍塌，实际预示着人们在精神上对大教堂的失望与绝望。该剧的舞美设计令人震撼，当那一条条冰冷的铁链由空中垂下时，人们顿时感到一种精神上的压抑，对大教堂的认识与思考也由此开始。天津人民艺术剧院演出的《榆树下的欲望》，比较好地表现了父子之情、夫妻之爱在金钱支配下的扭曲与变异，为今天的人们提供了镜鉴。法国利摩日国立戏剧创作中心演出的《等待戈多》，则体现了荒诞派戏剧的本质品位，对国内的荒诞派戏剧的演出具有启示性。

国内的一些描写真人真事的戏常常被写成“年代戏”，“编年体”，人物像木偶一样随着剧情游走，看不到性格，没有矛盾，更谈不上趣味。可是，中国香港地区来北京演出的《南海十三郎》（编剧杜国威，导演黄树辉），描写的是剧作家南海十三郎传奇一生的故事，不仅人物形象很鲜明，而且故事写得津津有味，没有丝毫的乏味感。该剧的成功对一些写人物的剧作家来说，无疑是一个启示，值得借鉴。

刘平　中国社会科学院文学研究所研究员

专题

新时期戏剧“二度西潮”研讨会

【概况】

2016 年 3 月 18 日至 20 日，由中国话剧理论与历史研究会、上海戏剧学院联合主办，中国艺术研究院话剧研究所、中国传媒大学戏剧戏曲学研究所、中央戏剧学院戏剧杂志社协办的“新时期戏剧‘二度西潮’研讨会”在北京举行。田本相先生在开幕式上致辞。与会学者就“二度西潮”的特征、启示和意义等问题进行了深入的探讨。

【观点】新时期戏剧“二度西潮”研讨会会议纪要

◎ 尤里

中国话剧理论与历史研究会名誉会长田本相教授，根据近年来在京、津、沪等大城市，大量外国戏剧来华演出的现象，提出新时期戏剧“二度西潮”的概念（新时期戏剧的“一度西潮”，是 20 世纪 80 年代，改革开放时期引进外国戏剧的浪潮）。在他的建议和倡导下，2016 年 3 月 18 日至 20 日，“新时期戏剧‘二度西潮’研讨会”在北京举行。

田本相教授在开幕式上致辞，认为新时期戏剧的“二度西潮”不但是新时期戏剧史而且是中国话剧史上一个重大的戏剧现象，应该给予高度的重视和科学的评估。他希望这次会议对“二度西潮”的起因、特征、意义、影响，以及经验、启示和问题进行深入的讨论。他在发表的论文《新时期戏剧的“二度西潮”》中，对这些问题进行了详细论述。

会议主要内容之一，邀请中国国家话剧院副院长罗大军、上海文广演艺集团副总裁喻荣军、话剧制作人袁鸿、北京人民艺术剧院经理林芝介绍举办外国戏剧展演的经验。

罗大军在介绍中谈到，中国国家话剧院是较早引进外国戏剧的剧院，已经先后举办了 6 届国际戏剧季，目的是把外国最好的戏剧引进来。其中的《战马》成为引进外国戏剧的典型范例。

上海话剧艺术中心在国际戏剧交流和合作方面做出了十分出色的成就。喻荣军指出，在过去 20 年里共排了 262 台戏，其中 84 台是国外的戏，约占所排戏的三分之一。2015 年，上海话剧艺术中心共排演 51 台戏，其中有 25 台是国外的戏，国外戏已占到一半，这是由市场决定的，同时也希望利用这些国外的戏来培养观众。他说，从 2013 年起，上海话剧艺术中心打算花 10 年时间来做 10 部外国经典剧目，邀请外国的原班人员，与剧院进行整体、系统、深入的全面合作。

独立制作人袁鸿先生介绍了“爱丁堡前沿剧展”创办的经验。从 2012 年到 2015 年，累计观众 15.86 万人。演出场次从 2012 年 105 场增至 2015 年的 138 场，共计 500 多场，累计近 16 万观众。票价最低是 30 元，最贵是 500 元，但更多情况下最贵的票价是 280 元或 380 元，由 120 元至 180 元构成了平均票价。所有的戏是靠票房、良心来循环。总之，“爱丁堡前沿剧展”旨在探索以很少的花费实现与外国戏剧的交流。他的发言引起与会者的重视。

北京人民艺术剧院剧场经理林芝女士回顾了 6 年来“首都剧场精品剧目邀请展演”的情况。她坦言，精品剧目邀请展演举办之初的 2011 年，担心观众不足，即使是莫斯科艺术剧院也只敢请 2 场，所以 2011 年、2012 年只演出了 2 场。2013 年以色列的卡梅尔和盖谢尔剧院，尝试做了 3 场，票基本售完。到 2014 年第一次有国外剧团主动来找，邀请展演扩展为 5 台剧目，每天演 3 场，共演出 15 场，总共 1.5 万名观众。因此，从整体上看，观众人数正在逐年递增。从剧目选择上看，邀请展演更倾向于引进经典作品和有学术价值的戏。另外，请有破冰意义的外国国家院团来中国，如白俄罗斯、塞尔维亚、罗马戏剧节的戏，让观众耳目一新。可以说邀请展演活动更像是观众与演出团体、国外剧团与北京人民艺术剧院共同学习交流的过程。

《新剧本》杂志主编林蔚然详细介绍了英国国家剧院现场 NTLive 项目在中国的引进情况。自 2009 年到今天，NTLive 项目共推出 7 季，共 50 部戏，每一场转播所需费用为 30 万英镑，约合人民币 280 万元。每年 NTLive 项目会有英格兰艺术委员会资金的支持和电影院的分成收入，2015 年全球收入达到了 610 万英镑，约合人民币 5 530 万元，本土观众 72.5 万人，其他国家观众 47.5 万人。短短 7 年已在世界上 50 多个国家 2 000 个场地进行放映，全世界 300 多家院线得到授权。2015 年，该项目正式在中国进行长期放映，但在中国并未采用实况转播，而是使用从英国寄来的数字电影进行拷贝，然后在影院放映，但画面没有任何差异，没有任何重拍。目前北京很多场馆都参与了放映，在 9 个月的时间里，放映场次达到 120 场，遍布 10 个省市，包括中国台湾地区。吸引了 4 万名观众，表明了市场的巨大潜力，也使得戏剧审美的前景具有无限的可能性。

戏剧导演、沈阳师范大学特聘教授王延松认为，“二度西潮”首先是在剧场里发生的现象，剧场经营者的自觉推动是值得肯定的。因此，他提出中国需不需要剧场经营者是一个值得思考的问题。

从不同的视角来观察“二度西潮”的现象，也是这次讨论会的特点之一。汤逸佩通过对新时期两次“西潮”的比较分析，着重阐述了新时期两次戏剧发生的重要转向与“西潮”的关系。他认为，如果说新时期“一度西潮”促使我们认识到戏剧就是戏剧，那么“二度西潮”促使中国戏剧界认识到演出就是演出，任何演出都有存在的理由，并不存在统一标准。同样，“二度西潮”中的戏剧，它们的叙事话语得到充分体现，不再仅仅是写实主义的话语，话剧演出增加了技艺的成分。因此，新时期“一度西潮”的产生促使中国戏剧建立了戏剧现代意识，“二度西潮”的产生则促使中国戏剧建立了戏剧行业意识。

杨乾武认为，“二度西潮”的本质是资本主义消费与生产的全球化，西方当代剧场最重要的特点是艺术家的自由精神，以及市场资本逻辑的舞台经济学的规则。他认为，如何从国外戏剧中发现当下中国社会的自我，与当代观众对话，而非仅仅在经典中说经典，这是值得我们思考的问题。

宋宝珍以“中国新时期戏剧的‘西方学’视阈”为题，对新时期“二度西潮”下的中国当代戏剧进行了深度剖析。她首先认为，新时期“一度西潮”是在 20 世纪 80 年代，而真正的“二度西潮”是从新世纪开始的。近年来的西方戏剧的引进来与中国话剧的走出去，反映了当代中外戏剧交流的文化意识和民族接受心理。在中外戏剧交流中，我们从想象西方剧场过渡到感受西方现代戏剧，从邀请外国导演执导剧场实践，过渡到同步引进有市场前景和社会影响力的西方名剧，合作完成艺术项目，这是不小的进步，但政府买单还存在一定问题。

徐煜认为，“二度西潮”在当代是一个不露声色的变化，不像“一度西潮”是由理论家主导进行声势浩大的大讨论，而更趋于润物细无声。新时期的“二度西潮”和之前的“西潮”在产生方式上有一定区别，后者主要侧重于对文本的解读上，而前者则侧重于西方戏剧的演出上。

关于“二度西潮”产生的原因和特征，也有着深入的探讨。

徐健认为，新时期“二度西潮”的产生是政府、剧院、民间三种力量合力推动的结果。与新时期“一度西潮”相比，无论从引进方式、与时代思潮的关系，还是在美学影响层面，都产生了深刻变化。

周靖波认为，新时期的“二度西潮”是五四时期和 20 世纪 80 年代“西潮”的合理延续，这次延续不再是戏剧观上的，而是经典化、市场化、拾遗补阙的过程。在引进国外戏剧的过程中，平等交流还不是主要的，更多是吸收，中国话剧的输出虽有，但输出和引进尚未达到平衡。

谷海慧从“二度西潮”的特征和产生原因进行了分析。她认为，中国当代戏剧的“二度西潮”具有市场主导、多元合作，引进规模大、作品多，眼界开阔，传播范围广、影响大等新的特征。产生“二度西潮”的原因从社会构成上来说，中国出现了城市中产阶层，当城市中产阶层比例增长后，作为其文化消费一部分的戏剧消费，戏剧市场的升温是必然的；从生产角度看，自20世纪90年代以来，我们的“剧本荒”问题一直没有得到解决。原创始终低迷，依赖于好底本的舞台剧非常有限，这无疑为西方戏剧的大量引进提供了契机。同时她认为，这一次中国戏剧人和观众的文化心理和审美态度都趋于开放和稳健，是“二度西潮”最积极的价值，大家都是它的受益人。

张文军认为，“二度西潮”的产生是由市场、国家、观众三个方面促成的。国家对文化创意产业的投入和扶持，以及观众整体素质的提升，使得对国外戏剧演出的需求变得十分迫切。因此，“二度西潮”不仅是艺术方面单纯的交流，对当下中国社会的变化、经济的发展以及整个文化生态都产生了巨大影响。同时他还认为，虽然目前国外剧目引进比较混乱，但在话剧文化生态建设的初期是有一定好处的，这有利于让观众进行有差别、有比较的观看，生态环境是一个包容性的东西，而非某一观念的主导，否则这种单一性会让话剧生态显得单薄。

王音洁认为，“二度西潮”的出现不仅归根于消费的问题、经济的问题，更是因为我们遇到了言说的伦理困境。我们如今面对的是自身具有知识生产力的戏剧，她以《伐木》为例，认为表演者持续的疲乏，与观众疲乏的观看同步，这一过程生产出了时间的现场，创造出了合乎伦理的东西。这样一种经验不光是审美的问题，更是言说方式的问题，是一种现场的伦理政治学。

如何评估“二度西潮”的影响、意义和启示成为讨论的重点。代表们对“二度西潮”总体上是给予肯定的，认为它已经产生影响，对于当代中国话剧的发展是有深刻的启示的。

胡薇认为，同国外戏剧演出相比，我国的表演艺术仍显僵化，中国戏剧人应该正视差距，重新认识自身的传统、特点和优势，扎根于本民族的文化背景，更好地借鉴中国传统戏剧的艺术经验，让戏剧创作回归到艺术本身。

刘明厚说，作为戏剧教育者，在“二度西潮”中受益良多，第二天就会将外国剧团演出的新内容融入教学之中，为戏剧教育的发展提供了新的思维方式和教学模式。

吴卫民从2015年《战马》在中国的首演中看到，戏剧演出当中多媒体的运用，正在改变戏剧艺术的表现成分和欣赏模式。因此，新媒体手段如何植入戏剧，开拓一个新空间、探索一种新的舞台语汇，正在成为一种舞台制作的时尚。

宋宝珍从《战马》在中国的演出中看到，国外戏剧的知识产权不仅包含文本和表演，技术也在保护范围之中，这意味着在演出时，所有的细节都必须按照统一标准进行。因此，在引进西方戏剧的同时，也在引进西方戏剧的一套管理模式和现代观念。

周安华以南京大学为例，从校园戏剧角度探讨了“二度西潮”中校园戏剧所起的作用。

王延松从导演角度认为，作为导演自己在“二度西潮”里看到了好的导演艺术。比如解读与呈现、传统与现代、传承与创新、艺术与技术等问题，国外导演在综合手段的运用上，在戏剧本体上下了大功夫。在“二度西潮”剧场艺术的现象里面，我们普遍看到了好的表演艺术，在这些表演艺术面前我们往往是失语的，因此需要有更多的批评家、研究家来研究表演艺术。最后，他希望“二度西潮”对于解决中国当代戏剧发展问题是一个可持续的过程，而不仅仅是一次浪潮。

王嘉嘉从沈阳师范大学校园戏剧——“东方扮演”《奥赛罗》赴英国莎士比亚环球剧院演出中看到，中国话剧要想走出去，建立与国外创作团体的联系和对话必不可少，开拓新的合作和创演模式势在必行。但更重要的是，需要开掘出具有东方戏剧特色的内容与演出样式。不论在阐释经典文本还是创排新剧作时，都能潜心植入东方人的文化特质，彰显中国人的现代审美精神，这样才能创作出跨越时代与文化的戏剧作品，开辟出新的演出天地。

张文军认为，“二度西潮”存在两点启示：第一，“二度西潮”为中国话剧再次打开窗口，让中国话剧界全面了解并直接面对西方当代话剧；第二，“二度西潮”让中国话剧在话剧日渐市场化的过程中树立起艺术信心。

在“二度西潮”的参照系下，研讨会对如何认识中国当代话剧进行了探讨。

徐健指出，如何避免“西潮东渐”变成“东施效颦”，如何让本土戏剧在交流中“取长补短”，真正参与到国际性的戏剧对话中，如何直面“西潮”过后，本土戏剧在处理传统与创新、技术与艺术、经典与当下等关系问题上留下的难题，实现话剧从技术层面向精神层面、诗意层面的转型等一系列课题，值得国内戏剧人深思。

李静认为，“二度西潮”是发生在剧场中，主导者是戏剧的实践者，它的参与者是戏剧人和戏剧观众，其特点在于观众对国外戏剧的观赏心态趋于平常。相比而言，中国戏剧的问题在于精神层面的不成熟，戏剧是哲学和艺术的孩子，如果在哲学和艺术层面没有深度，那么戏剧只流于表面和形式，不会赢得本土观众和国外戏剧界的尊重，所以自我认知和哲学意识的培养是很重要的。

胡志毅认为，近些年西方戏剧直接来华演出，而非此前主要是靠翻译国外戏剧并由中国的剧团演出，因此有一种参照。现在的时代不再是像印刷时代那样富于深刻性思考，电子媒介带来了图像时代的转变，因此戏剧与媒介有着密切关联。目前年轻人争相追捧西方戏剧，中国话剧面临西方戏剧的挑战该怎样回应，是需要进一步思考的问题。

张福海认为，剧本问题仍然是中国戏剧发展的瓶颈。他特别提出现代性是话剧本体论的实现。现代性是人性的问题，中国话剧的现代派意识是很淡的，中国戏剧需要一场现代主义的戏剧思潮，来拯救我们无可皈依的灵魂。

李扬也认为，中国话剧的问题是剧本创作之衰，剧本的生产体制存在一定问题。

徐煜认为，戏剧文学价值的衰落引起我们反思，即是不是要注重戏剧性？它是不是老套的代名词？戏剧性也是一个动态的、有生命力的、可塑性很强的一个概念。在西方当代戏剧中，戏剧性都是很具现代性的。

张荔从彼得·布鲁克《惊奇山谷》的“演场”美学中看到，很多年来我们过于从技术层面去了解导演艺术家，而忽视了他们对生命内在精神状态的追求。因此，关注导演艺术家的精神谱系，把对导演艺术的理解上升为对个体艺术家的人格和生命状态的理解，对理解他们的剧场美学是很有必要的。

徐珺指出，中国话剧的发展容易形成一种温和的自娱自乐的氛围，小众化的发展是中国话剧的局限和障碍，因此，如何让中国话剧的发展走出小众化的圈子，为大众服务，是在戏剧实践中需要格外关注的问题。

俞建村认为，在看待国外戏剧的态度上，应该用平实的眼光，不要过度追捧国外戏剧，而要多对本土作品予以鼓励。

袁鸿认为，当代中国话剧需要一种启蒙和再学习精神，物质不缺了，而缺的是精神。

高音认为，正如剧场先锋梅耶荷德所说：“新不是如我们所通常想的那样产生于对旧的取代中，相反，新产生于对传统形式令人赞叹的再创造中。”因此，西方戏剧的引进最终是为了做好我们的民族剧场，现代化不等同于西方化，立足民族的才是世界的。

研讨会对中国戏剧节存在的问题也有所探讨。

上海戏剧学院副院长宫宝荣教授从中西戏剧节的比较中，探讨了中国戏剧节面临的几点问题。他认为，戏剧节最根本的是剧目，从剧目安排上来看，中国的新兴戏剧节同国外老牌戏剧节相比存在一定差距：第一，我国的戏剧节主题不够鲜明，剧目邀请上比较杂乱。我们的戏剧节更多的是取决于主办方的趣味，而国外戏剧节如阿维尼翁戏剧节更多是由艺术家来主导。第二，剧目来源、地域比较狭窄。我们的戏剧节主要集中在欧洲或美国，而实际上阿维尼翁戏剧节和爱丁堡戏剧节是真正国际化的。第三，原创剧目缺乏。我们还处于一般戏剧引进的层面，对艺术家的成长和培养没有起到很好的作用。第四，我们的体量和规模效应是比较小的，存在很多国外剧目“一日游”的问题。像阿维尼翁戏剧节上演的剧目数量基本在335—350出之间，演出300多场，加上国外戏剧节有1 000多场，这就形成了很大规模，而中国乌镇戏剧节还远远赶不上。

谷海慧就国内戏剧节提出了自己的两点意见：首先，戏剧邀请展的主题和风格还需进一步明确；其次，偏重于商业化的戏剧节是否会成为戏剧人自己的狂欢？

李扬对近十年来中国戏剧节引进国外剧团、剧目过程中存在的问题进行了探讨。首先，是字幕问题。观演时打字幕的方式会让观众看得很累，看字幕看不了演员表演，看表演看不了字幕，因此同声传译的方式是否可以借鉴和普遍应用。其次，是引进国外剧目过程中存在内耗问题；再次，中国话剧走出去和国外戏剧请进来，在条件上是否存在对等性问题。这一系列问题都值得我们进一步思考完善。

原载《新世纪剧坛》2016 年第 3 期
尤里　中国艺术研究院戏剧戏曲学博士研究生

【观点】新时期戏剧的“二度西潮”

◎ 田本相

一、话题的缘起

中国台湾地区学者马森教授写过一部著作《中国现代戏剧的两度西潮》，其中谈到的“一度西潮”主要指五四时期引进外国戏剧的潮流，“二度西潮”指的是中国台湾地区 20 世纪六七十年代引进西方现代主义戏剧的潮流。在一次会议上，我对马森教授说，中国现代戏剧不只是两度“西潮”，中华人民共和国成立后还有引进苏联戏剧的潮流，以及新时期之初引进外国戏剧的潮流。提出“新时期戏剧的‘二度西潮’”这个题目，我借鉴了“西潮”这个提法。新时期戏剧的“一度西潮”，是指 20 世纪 80 年代伴随着改革开放而引进外国戏剧的浪潮。“二度西潮”则指的是近年来，大量外国戏剧在华演出的热潮。

虽然这些年我戏看得少了，也很少参加一些戏剧活动。但是，近年来，朋友非把微信给我开通了，想不到，这里能更及时地把戏剧的信息和论文传过来，让我知道有这么多的戏剧节，这么多邀请展，还有这么多外国戏剧的演出。我没有详细统计过，但 200 部是有的，仅是第六届戏剧奥林匹克，就有 45 部。这个戏剧现象引起我的重视。我觉得无论是从现实角度还是从历史角度出发，新时期戏剧的“二度西潮”都值得认真审视和评估，这就是我建议和筹划新时期戏剧“二度西潮”研讨会的原因。

我对于“二度西潮”是有一些不同意见的：对这样大规模地引进外国戏剧，有赞成的，有不大赞成的，也有表示怀疑的。比如，我认为：“外国剧目引进如此发展，到底会对中国戏剧产生怎样的影响？是启发与激励中国戏剧创作者提高其水平，使中国戏剧观众广度得到拓展、审美得到提升，还是会让中国原创戏剧失守市场阵地，中国戏剧创作者偷师外国引进剧目不得，只能转攻低端市场……问题的答案，恐怕只能再做耐心等待。”同时我还认为：“而这其中更深层次的问题或许在于，在我们本来就对当今外国戏剧的了解有限且滞后的大背景下，受限于各种复杂的原因，如今对外国戏剧的引进也多是散点式的，甚至偶发的，很多外国引进剧目究竟在当今世界戏剧版图中位居何处？引进方又因何原因将它们引进？答案含糊，致使如今的外国戏剧引进对于绝大多数中国观众而言，仍只能处于‘给你看什么你就看什么’的阶段。”①

还有一种反对意见，说某些外国戏剧演出是戏剧界的一次“洋务运动”，认为中国戏剧的崇洋媚外近年又被唤醒了，或者说一直没有消失过。从最早的俄罗斯，到德国、美国、英国，再到以色列、波

---

① 参见奚牧凉《2015 观戏笔记》。

兰、日本、韩国，这种玩意儿都成了可以被各国人尊为神明的偶像，其中提到《伐木》："说到洋剧本身，《伐木》有几个人真看懂了？又有几个人仅仅是表示自己不是剧中批判的人而玩命喝彩、装作陆帕知音的？"[①] 但是，也有人（包括我自己）发问：有多少个国家的戏剧可以是中国人站出来说自己绝对不用学的？又有多少个国家在学中国的戏剧？这里说的不是戏曲，也不是交流项目，而是从你的戏剧中获得艺术或者商业上的所求。这一点从中国戏剧的出口量上就能明白：自费或者政府公费演出交流的，恐怕至少占90%以上吧，至于对方全包全管还付钱的邀请演出，恐怕微乎其微。

这样的一些意见，不管人们是否赞成，但毕竟大胆地提出了问题，这正是值得深入讨论和评估的。

二、特点

从比较戏剧史的角度来说，我认为一部中国话剧史就是中国人接受外来戏剧以及戏剧思潮的影响，将其创造性地转化为中国话剧的历史。因为话剧毕竟是一个舶来品，外国戏剧对中国戏剧的影响是必然的，但是关键在于我们是怎样"接受"，就像鲁迅说的我们怎样"拿来"。

根据报章提供的资料来看，这次外国戏剧来华演出是有它的特点的，只要从历史角度来看，就格外清楚。文明戏时代，中国人对外国戏剧的接触主要是上海教会学校的演剧和中国留学生受到的日本新剧的影响，自然也有对外国戏剧的翻译。五四时期，新剧的倡导者号召以外国戏剧为榜样建设新剧，主要是翻译外国的剧作，另外留学欧美的影剧界艺术家，如洪深、张彭春、宋春舫等将导演制引进中国。左翼戏剧时期，左翼戏剧主要受苏俄戏剧的影响，更多的是我们演出外国的剧目，或翻译改编外国戏剧。抗战时期，基本上隔断了同外国戏剧的交往，但是，对苏俄的戏剧也有所翻译。中华人民共和国成立后，在向苏联学习的口号下，在戏剧界普及斯坦尼斯拉夫斯基体系，主要靠请来的苏联专家开办培训班，以及靠从苏联留学回来的专家来引进苏联的戏剧，主要也是翻译。间或也有苏联、日本的话剧到中国演出，都是作为外交中文化交流举办的。新时期的"一度西潮"，是在解放思想和改革开放的浪潮中，将西方现代派戏剧和布莱希特、梅耶荷德的戏剧及其理论介绍进来，主要还是翻译外国剧本和译介外国的戏剧理论，请外国专家来华导戏，但外国戏剧来华演出也不是很多的。

综上看来，这次以外国戏剧演出为主的"西潮"是独具特点的：

其一，这是一次具有空前规模的外国戏剧演出的浪潮。京、津、沪的大剧院以及各种戏剧节和展演，近年来此起彼伏，竞相推出，其数量之多、规模之大，都是空前的。如北京，国外戏剧类演出场次由2014年的220场增至2015年的362场，票房由2014年的2 467万元增至2015年的7 757万元。[②]

其二，这次来华演出的，有一些是世界一流的剧院和剧团以及一流的导演和演员，这也是前所未见的。

其三，可以说这是一次立体的、多元的外国戏剧的引进。和以前不同的是，它们是原汁原味的演出，让中国戏剧人和中国观众第一次集中地看到当前外国戏剧的某些真面目。俗话说，百闻不如一见。不但引进传统的话剧，引进著名导演的话剧，也引进了先锋戏剧以及肢体戏剧等。

其四，这次"西潮"基本上是主动地拿来，并非毫无选择。当然，它不是尽善尽美的，但对中国话剧来说，是有所受益的，甚至可以说受益匪浅。我相信它的价值和影响，将会逐渐地被消化、被吸收、被认识。这里有一个前提，即必须对它给予客观的评估、科学的总结。

三、原因

这一轮外国戏剧的演出热潮是怎样引发的？是"偶发"，还是有着必然的缘由？这也是值得研究的。

如果把"二度西潮"看作一次"偶发"的事件，或者看作由个体动机所启动的，我认为这不是客观的看法。依我看来，这次"西潮"涌来的原因，是带有某些历史的必然性的，也就是说它是风云际

① 参见杨申的《关于中国戏剧的几则闲话（1）（2）》。
② 《2015年北京市演出市场统计与分析》，《北京日报（文化产业评论）》2016年1月4日。

会的产儿。

我的看法不一定准确，但我认为国家大剧院是“二度西潮”的引领者。它较早地引进外国的歌剧、音乐剧、交响乐等，这种大胆引进并且成功的事例，让艺术界同行们看到，它能做到的，我们也可以做到。那么，引进外国戏剧演出的原因就绝非偶发的了。

首先，最重要的原因是我国经济的发展。政府加大了文化经费的投入，民间金融资源也有了一定的积累和投入戏剧的意愿，这就给举办这些活动提供了资金保证。不可否认的是，开放改革的氛围提供了历史的机遇。也就是说，“二度西潮”的原因之一，是经济发展到一定阶段，给文化建设，包括戏剧建设提供了条件。

其次，是社会对戏剧文化需求的结果。应当承认，新时期戏剧在经历严重的危机之后，近些年有所复苏，有所活跃，如北京剧场的演出可以说到达了历史最好的时期，每年有几千场的演出。但我们的话剧实在是不能满足观众的需求了：缺少好的剧本，缺少精彩的演出，缺少具有魅力的表演艺术家。尤其是在观众的文化诉求和鉴赏水平有所提高的条件下，我们的话剧专业化水准就显得落后了。观众期盼着能够看到一流的演出，希望从观看外国戏剧的演出中得到满足。

再次，从专业角度来看，无论是剧院还是戏剧工作者，也渴望与外国戏剧交流。他们渴望了解外国戏剧的现状，希望从中得到借鉴和启发，渴望中国的戏剧走出国门。因此，国家大剧院相继举办外国戏剧季，或者国际戏剧展，甚至提出将世界最好的剧目引进中国的剧场。国家话剧院、北京人民艺术剧院、上海话剧艺术中心，还有林兆华等，成为“二度西潮”的弄潮儿。

这里我不得不提到一个事实，尽管我们开放了，但是我们对外国当代戏剧的创作和戏剧思潮并不重视。单就剧本的译者来说，在全国已经少得可怜了，几乎看不到几个专攻戏剧的译者。20 世纪 80 年代初期还有一本《外国戏剧》杂志，但仅此一家也早停刊了。对于我们这样一个话剧大国来说，这是一个极大的讽刺。我最近看到宫宝荣教授主编的一个内部刊物《世界戏剧之窗》，真是欣喜若狂，每期都介绍外国正在上演的新剧，介绍世界著名的剧院以及演出的院团，等等。我就惊讶，我们的资金很多，一出戏就可以贴补数百万，为什么就不能办一个介绍外国戏剧的刊物，一个专门刊登翻译剧本的刊物，一个研究外国戏剧的杂志？由此看到“二度西潮”是多么值得给予好的评价！

从发展中国话剧的需求和满足观众的需求来说，引进外国戏剧的演出，可以说是新时期戏剧发展到一定阶段的必然需求，而且是迫切的需求。

四、评估

人们对“二度西潮”有不同的意见，但是，从我看到的文章来看，总体上还是肯定的。从历史上看，文明戏就是中国“一度西潮”的产儿，而“五四”新剧更是在开放的文化环境中形成戏剧文本创作的浪潮，以及导演制的引进。中华人民共和国成立后，引进苏俄戏剧，特别是引进斯坦尼斯拉夫斯基体系，对全国的话剧舞台艺术起到提升的作用。新时期戏剧更是在开放的声浪中，在西方戏剧浪潮的影响下，使中国舞台来了一次大变革。对于新时期戏剧的“二度西潮”，其影响是可以预期的，它的影响已经或者正在逐渐呈现出来。

其一，它让我们看到当前世界戏剧发展的现状。我们虽然不能说是全面地深入地了解，但还是看到大致的面貌。因为“二度西潮”时期来华演出的国家和地区还是比较多的，欧洲的就有英国、法国、德国、瑞典、瑞士、挪威、波兰，立陶宛等，其他还有亚洲的以色列，以及我们的邻国日本、印度、韩国等，过去从来没有来华演出的国家的剧团都请来了。还有从世界著名的戏剧节如英国的爱丁堡前沿剧展、法国的阿维尼翁戏剧节，以及戏剧奥林匹克等选来的戏，都具有代表性。请来的也是一些具有世界声誉的戏剧院团，如俄罗斯的莫斯科艺术剧院、以色列盖谢尔剧院、法国圣尼亚国家剧院、俄罗斯的亚历山大德里娜剧院、塞尔维亚的南斯拉夫话剧院、波兰华沙国家话剧院、德国柏林列宁广场剧院、德国塔利亚剧院、俄罗斯的莫斯科高尔基艺术剧院、德国柏林邵宾纳剧院、英国莎士比亚环球剧院、丹麦的欧丁剧院等，这些剧院的演出让国人大开眼界。

其二，我们的确看到了世界戏剧艺术多元发展的格局和趋势。一些名闻世界的“大导”，如英国的彼得·布鲁克、波兰的号称“欧陆剧场巨人”的克里斯蒂安·陆帕、德国的托马斯·奥斯特玛雅、日本的铃木忠志、美国的罗伯特·威尔逊等，引领当代导演艺术的潮流。

不同导演带来了不同的戏剧观念：对经典剧作的创意解读，与新媒体的结合，肢体戏剧的兴盛，等等，确实令人眼花缭乱，耳目一新。这里我只选取两个实例来说明：

一是多彩的《哈姆雷特》演出。来华演出的《哈姆雷特》竟然有十几个版本，不同的导演，不同的阐释，以及不同的导演风格和不同的舞台处理，从这个侧面就可以看到世界戏剧艺术发展的侧影。如托马斯·奥斯特玛雅的《哈姆雷特》，6名演员扮演20多个角色，跳脱角色，将观众纳入戏中，并以“激愤的表演手法，激昂的肢体动作与语言暴力”，在“写实的基调中，潜伏着巨大的剧场能量”。彼得·布鲁克的《哈姆雷特》，提出了在莎剧中寻找时代精神的理念，之所以将莎士比亚的戏剧搬上舞台是“为了赋予它现代的色彩”。他把戏剧的重音落在哈姆雷特的一句独白上：“生存还是毁灭，这是一个值得考虑的问题……”德国卢克·帕西法尔的《哈姆雷特》，以对莎士比亚剧作进行当代解读而著称。他对莎士比亚原作进行了大胆改编——原作仅被保留二十分之一。他的导演手法既充满诗意和平衡感，又富有冲击力。最让人印象深刻的，是他的舞台上出现两个哈姆雷特，两个哈姆雷特共同吼出现代人面对的近百个困境。美国罗伯特·威尔逊的《哈姆雷特机器》《哈姆雷特独白》，呈现出极其风格化的表演形式、空间几何舞美、印象画派式的灯光，以及极简主义的视觉等标志性的Wilson戏剧语法。法国文森特·马卡涅在2011年法国阿维尼翁戏剧节IN单元中，以一出《哈姆雷特——至少留下一具美丽的尸体》令整个艺术节震惊，绝对是今日最疯、最狠、最前卫的法国导演。他用鬼才的想象力和行动，彻底砸碎了莎翁的经典故事，疯癫、怪诞、愤怒、野蛮、色情、淫乱、暴力、血腥、杀戮、诗意、声嘶力竭、歇斯底里、浑身赤裸、口味极重，属于那种“初不能接受而后迷之”的类型。日本80岁的导演蜷川幸雄的《哈姆雷特》，则以东西方文化元素相互撞击、交融出独具创意并具有东方美感的舞台呈现。立陶宛的奥斯卡拉斯·柯斯诺瓦斯的《哈姆雷特》，对文本改动甚少，长达三个小时的演出，从台词角度而言，是对原著文本的忠实再现。但在这一版本之中，主角终于不再仅仅是哈姆雷特，还有布景、镜像、灯光、音效、表演，在舞台上一同呈现的是充满死亡和腐朽气息、黑暗罪恶、具有哥特风格的地狱！这一版本终于完成了地狱的信使——“苍蝇”这一意象未能在舞台上完成的使命。

第二个实例是“2015年天津曹禺戏剧节”引进的五部各具特色的欧洲大戏，它们同样展现了当代世界戏剧的最新创作理念和舞台呈现。德国柏林列宁广场剧院的《朱莉小姐》，利用六台摄像机同步拍摄舞台演出的场面，把即时的戏剧表演与即时的电视直播相结合；德国汉堡塔利亚剧院的《耶德曼》，以摇滚的方式重新诠释了这部在欧洲上演了百年的经典剧目；俄罗斯高尔基模范艺术剧院的《蘑菇沙皇》《在底层》，是最具有俄罗斯话剧风格的剧目，并把传统和现代结合起来；波兰华沙话剧院的《假面·玛丽莲》，用荣格的分析心理学理论解读了女影星玛丽莲·梦露的内心世界。这五部欧洲大戏代表了各自国家最高的戏剧水准，其中舞台技术的运用和表现方式的大胆开拓，“更代表了世界戏剧最前沿的发展成果”。德国歌德学院中国分院院长彼得·安德思说：“《朱莉小姐》将实时电影的戏剧方式提升到了一个新的水准，这种戏在欧洲都是难得一见的。”北京人民艺术剧院导演李六乙也感慨地说：“《假面·玛丽莲》是近十几年来国内引进的最高水准的戏剧之一。”①

又如日本的铃木忠志带来的《李尔王》等，体现出了他的“铃木方法”——“一种借鉴了传统能剧立足于下半身的表演，身体的最底层‘足’成了与舞台地板下面的祖先神明沟通的媒介，并着重开发演员的‘动物性能源’。铃木忠志用这种方法陆续排演了几部希腊古典剧本，成了被世界范围广泛认

① 参见翟志鹏《戏剧，带给一座城市的精彩》，《天津日报》2014年6月12日。

识的‘成功’导演。”[①]

其三，在邀请外国戏剧来华演出的过程中，中国戏剧舞台演出正在形成新景观，逐渐使外国戏剧的在华演出成为常态；这也是一个戏剧大国应有的常态，让观众经常得到欣赏外国戏剧的机会，也使戏剧人看到外国戏剧的新进展。这自然会丰富观众的艺术生活，给中国戏剧发展注入新的推动力。在引进外国戏剧，自然也会促进我们的戏剧走出去，有来有往，在这样的戏剧交流中，中国话剧和世界戏剧交汇起来，进入世界戏剧的大格局中去。

各种戏剧节和展演成为中外戏剧人交流的桥梁，濮存昕在参加“2015年天津曹禺戏剧节”时深有感触地说：“本届戏剧节邀请了欧洲著名的剧团来津，使观众坐在天津大剧院就可以博览天下艺术。像《假面·玛丽莲》，它第一次让中国观众走近了波兰戏剧，并让两国的戏剧工作者坐在一起对话。”

这样的戏剧交流让观众和戏剧都实现了过去难以实现的美学向往。一位记者看到：“每一部欧洲大戏上演前的导赏会上，大剧院的大厅里挤满了前来聆听讲座的观众；不仅如此，在演出结束后召开的主创见面会上，即使已经是夜里九十点钟了，观众仍久久不肯离去，每场都有超过500名观众留在剧场内与主演、编剧面对面地恳谈、交流。来自欧洲的演员们更惊诧于在这里找到了‘知音’。”“国家花纳税人的钱大手笔请来声名卓著的戏剧大师团，因场次限制到底无力惠及普罗大众，更多还是滋养了戏剧圈内人及近于圈内的资深观众的见识眼界。这份便宜，身为受惠者不能不暗自偷乐：好多年没这便宜占了！”[②]

其四，邀请外国戏剧来华演出让我们看到同世界戏剧的差距。如果敢于拷问自己，“二度西潮”是对中国话剧最尖锐的挑战，是全面的挑战。从思想到艺术，从戏剧观念到戏剧思维，从编剧、导演、表演艺术到舞台美术、舞台管理，以及敬业精神，都可以看到我们的差距。

在鲜明的参照系的对比下，有人极为感慨地指出：“与近十年前的艺术环境相比，今天的戏剧人似乎更容易获得创作的资本，也更容易寻找到各种平台和资源，但是说得不客气一点，当今的本土戏剧创作早已深陷于泥潭之中。一方面，创作者群体出现了明显断层，多年不见能带来惊喜的新人涌现；另一方面，戏剧的创作观念长期停滞不前，让人怀疑一些从业者已经放弃了思考。”[③]

上海艺术界在赞叹《战马》的同时，也在反复诘问自己：我们为什么没有创作出《战马》这样的作品？“我们没有一个剧院能有《战马》这般的勇气和耐心，愿意等待八年、十年甚至更长的时间，去做一部不知道最终结果的戏剧。但是，我们并不缺少生成《战马》灵魂的非洲偶戏这类的传统民间艺术。中国的传统民间艺术如此丰富，跑旱船、骑驴、哑背疯、舞龙、耍狮、踩高跷，我们的民间艺术家已经把这些传统艺术玩到出神入化的地步。民间艺术家的任务是传承传统技艺，而在现代化、城市化、国际化的进程中，更需要城市艺术家以发现的眼光将传统融入当代、引向世界、递进未来。我们对待传统艺术的态度，往往更强调原汁原味的传承，将之看作固态的，不可拆解、不可重组的。事实上，传统艺术应该是动态的，是能够被今天的艺术形式所融合和发扬的。”“《战马》的引进，成就的不仅是一个剧目，而是完成一套艺术生产体系的升级与制作理念的更新。”[④]

我们的差距究竟在哪些方面，究竟有多大，应该实事求是地给予客观的评估，只有正确地评估，才能制定出具有针对性的戏剧发展战略和方针政策。

当然，它也让我们思考：中国话剧究竟向何处去？中国话剧艺术究竟如何发展？让我们思考中国百年话剧是否有值得我们发扬的东西。在面对西方戏剧的浪潮时，我们是东施效颦还是走出自己的道路，像当年老一辈艺术家那样，致力于创造出具有中国作风、中国气派的中国话剧来？另外，在比较

---

① 孙晓星：《日本戏剧新的线索——身体和语言的衍变》，《上海戏剧》2016年第1期。
② 安莹：《围观“戏剧奥林匹克”之困惑》，《上海戏剧》2015年第1期。
③ 周健森：《本土戏剧创作早已深陷泥潭》，《北京青年报》2016年1月5日。
④ 《〈战马〉五人谈：一部引进舞台剧的启示》，《文学报》2016年1月11日。

中，也要看到我们的传统以及当前话剧发展的优势。

我们希望外国戏剧来华演出能成为常态，但是，我们也不能使中国的戏剧舞台成为外国戏剧叱咤风云的平台。

其五，外国戏剧的引进让我们看到世界戏剧也处于一个转型期，不但戏剧发展带有许多不确定性，世界戏剧原创力也有萎缩的态势。如 2015 年来华演出的剧目中出现了“改编扎堆”的现象。尽管这些改编剧目有着不可否认的特色，但是原创剧目的缺少，的确反映了当前世界戏剧原创力萎缩的严峻事实。这点是颇值得思考的。就拿一度盛行的后现代主义戏剧来说，虽然出现过一些轰动一时的剧目，但是没有出现过如浪漫主义、现实主义和现代主义的经典剧目和戏剧大师。不可否认，这的确反映了当代世界戏剧原创力的萎缩。这种现象不是孤立的，这种原创力的萎缩是与现代哲学的萎缩等因素紧密相连的。

五、余论

“二度西潮”提出的问题很多，单就外国戏剧演出来说，也有值得深刻检讨的地方。

外国戏剧引进的潮流还处于初始阶段，一拥而上，因此盲目引进、热而无序的现象还是有的，在这方面有着巨大的改进空间。

有一种意见认为，引进外国戏剧是国家的事业，但它也是戏剧院团的事业，也是戏剧经营者的事业，当然更是艺术家的事业。我认为国家应该给他们以有力的支持。

客观地介绍、宣传和开展准确而实事求是的剧评，很有必要。在引进这些剧目时，最好得到懂得引进这些戏剧的国家和地区的戏剧和语言的专家意见，那种单凭广告宣传或者一般性的介绍和评论，是有值得改进的。尤其是不懂外国戏剧语言的戏剧批评，往往是浮光掠影，不大可靠的。要想真正发挥引进戏剧的效果，必须具有眼光；要想将真正有艺术水准的戏引进来，还必须有真切的戏剧批评。我仔细看过一些评论，也是说好话的居多，剀切的批评还是少的。这也反映了我们戏剧批评对这样的外国戏剧演出浪潮缺乏准备，缺乏批评人才。

我们需要加强剧目的选择和管理，避免使这样的外国戏剧演出成为外国人在中国捞钱的活动；同时，也必须把“引进来”和“走出去”结合起来，实现平等的交流，不能只有进而没有出，要实现真正的戏剧交流。

显然，人们对于未来邀请外国戏剧来华演出是有期待的。

原载《艺术评论》2016 年第 5 期

田本相　中国艺术研究院研究员

作品

话剧

【话剧《玻璃动物园》】

2016 年 1 月 9 日至 24 日，在上海话剧艺术中心艺术剧院演出

编剧：田纳西・威廉斯（美）

导演：大卫・埃斯比约恩松（美）

出品：上海话剧艺术中心

内容简介：该版话剧《玻璃动物园》是上海话剧艺术中心携手美国百老汇幕后团队共同打造的作品。是“经典戏剧・上话重绎”系列，继《万尼亚舅舅》《太太学堂》《上海屋檐下》之后的第四部经典大戏，亦为上海话剧艺术中心 2016 年的开年大戏。此次为首演。

《玻璃动物园》首演于 1944 年，是剧作家田纳西・威廉斯的成名作。该剧展现了美国大萧条时期一个普通的美国家庭阿曼达一家所面对的严酷现实和悲惨结局，编剧对三个男女主人公的性格进行了深入剖析，具有深刻的现实意义。该剧也被认为是田纳西的一部半自传性质的戏剧，从美国南方家庭鲜活的角色中，可以看到田纳西自己家庭的影子。

【话剧《俺爹我爸》】

2016 年 3 月 11 日至 20 日，在中国国家话剧院先锋剧场演出

编剧：申捷

导演：李梦男

出品：中国国家话剧院

内容简介：小剧场话剧《俺爹我爸》为“第二届中国原创话剧邀请展”小剧场开幕大戏，此次为重新复排。该剧首演于 1997 年，时隔 20 年后，再次复排《俺爹我爸》，导演李梦男认为具有强烈的现实意义。过去的是时间，不变的是真情。

该剧讲述了两个有着不同生活经历的年轻人走进同一间大学宿舍，面对纷乱的外界生活，回忆起父亲给自己带来巨大影响的感人故事。

【话剧《杜甫》】

2016 年 3 月 18 日至 27 日，在国家话剧院剧场演出

编剧：唐栋

导演：王晓鹰

出品：中国国家话剧院

内容简介：话剧《杜甫》为“第二届中国原创话剧邀请展”开幕大戏、2016 年文化部中直艺术院团艺术创作补助资金重点资助剧目，此次为首演。

该剧以杜甫励志效国、应试不中、困顿长安、安史祸乱、梦碎弃官、漂泊川渝等经历为主要线索，

将杜甫颠沛流离、艰辛曲折的个人命运融于时代命运的大背景下，通过其从求官到弃官的变化过程，表现了杜甫报效国家的政治抱负和体恤民情的仁爱之心，塑造了一个正直怜悯、愤世嫉俗、铮铮铁骨的知识分子形象。

【话剧《大先生》】

2016年3月31日至4月3日，在国家话剧院剧场演出

编剧：李静

导演：王翀

出品：文化乌镇股份有限公司

内容简介：原创话剧《大先生》此次为首演，将全新的鲁迅形象搬上舞台。

该剧从鲁迅临终前的最后时刻展开：当来自“天堂”的两个使者快要把鲁迅和他的影子分开的时候，他心中最牵挂的那些人陆续与他相会，陷入对话和争执——他法律上的妻子、旧式女人朱安，为他撮合了不幸婚姻的母亲，曾经与他亲密无间后来反目成仇、信奉个人主义的二弟周作人和他的日本妻子羽太信子，他在《新青年》时期的同志、后来分道扬镳的自由主义者胡适，他后半生的伴侣、新式女性许广平，引他走进左翼联盟的“威严的中年人”和“不笑的青年”。主人公的幻想在这里达到了一个高潮，并转向另一度空间——“天堂”。这是一个荒诞的世界，鲁迅的意识停止在对它的最后想象中。舞台重新回到了人间的氛围。两位革命青年站在他的遗体面前，发出了慨叹。

【话剧《起飞在即》】

2016年3月31日至4月9日，在上海话剧艺术中心戏剧沙龙演出

编剧：赵潋

导演：蒋维国

出品：上海话剧艺术中心

内容简介：原创话剧《起飞在即》为上海市文学艺术界联合会中青年艺术家专项基金扶持项目，此次为首演。

该剧是一部结合理性和感性、融合科学元素和文艺情怀的作品，是上海话剧艺术中心第一次用话剧的方式来展现中国航空科学家的故事。该剧将视角对准一群为了让国产大飞机冲上云霄默默奉献的飞机设计师、试飞员、试飞工程师，把这个特殊群体的工作与生活搬上了话剧舞台。

【话剧《他有两把左轮手枪和黑白相间的眼睛》】

2016年4月7日至5月2日，在北京蜂巢剧场演出

编剧：达里奥·福（意大利）

导演：孟京辉

出品：孟京辉戏剧工作室

内容简介：话剧《他有两把左轮手枪和黑白相间的眼睛》此次为首演。

该剧改编自诺贝尔文学奖获得者达里奥·福的同名小说。此番是孟京辉第二度改编该作家的小说，第一次是1998年改编《一个无政府主义者的意外死亡》。

该剧的故事开始于一家精神病院，两个外貌神似、性格却截然不同的人，被阴差阳错地搞混了。

在分辨“真假乔瓦尼”的过程中，发生了一系列的荒诞事件，警察局、盗贼工会以及左轮手枪等重要线索纷纷出现，贯穿始终。整场诡谲疯狂的风波彻底结束后，故事再一次回到了精神病院。

【话剧《美好的日子》】

2016 年 7 月 16 日至 23 日，在中国国家话剧院先锋剧场演出

编剧：塞缪尔・贝克特（爱尔兰）

导演：邹爽

出品：中国国家话剧院

内容简介：话剧《美好的日子》此次为首演。

该剧是诺贝尔文学奖得主塞缪尔・贝克特继《等待戈多》之后的另一部荒诞派戏剧代表作。该剧的故事发生在一个荒芜之地，女主人公温妮在一个无法行动的状态下，借助生活必需品乐观地生活，在精神摇摆之时举起手枪却选择快乐着继续下去。该剧揭示了人们深陷在重复单调生活琐事中，变得麻木空虚，内心却向往“美好的日子”，表现了编剧贝克特对生命、时间、存在的哲学观。

【话剧《我为你押韵——情歌》】

2016 年 7 月 27 日至 8 月 7 日，在上海话剧艺术中心戏剧沙龙演出

编剧：冯勃棣

导演：杨景翔

出品：哲腾（北京）文化传播有限公司、台北创作社剧团

内容简介：话剧《我为你押韵——情歌》于 2011 年首演。

该剧从一位陷入困境的编剧和一位神秘女子的相遇为起点，以“押韵偏执”和许多红极一时的情歌歌名串起男女间感情的多样状态。押韵的台词、幽默犀利的文采，句句道破男女间矛盾复杂的情感。该剧也表达了对偶像张雨生的思念，重温许多人曾有过的青春与梦想。

【话剧《催眠》】

2016 年 8 月 20 日至 9 月 10 日，在北京人民艺术剧院实验剧场演出

编剧：张福元

导演：张福元

出品：北京人民艺术剧院

内容简介：原创小剧场话剧《催眠》此次为首演。

该剧讲述了在一家心理诊所里，作家、心理医生、部队某排长三个人怀着对同一个人的牵挂而偶然相遇，通过剧中人之间的相互倾诉，抽丝剥茧、层层深入，形成三重奏般又如罗生门式复杂多意的内涵。“催眠”是对焦虑的释放和对安宁的渴望，是对心灵的深度反省和质询。人生最大的幸福，莫过于身体和精神的健康。本剧希望能够温暖那些饱受心灵雾霾的人。

【儿童剧《时间森林》】

2016 年 8 月 25 日，在北京怀柔剧场演出

编剧：王薇

导演：焦刚

出品：中国儿童艺术剧院

内容简介：原创儿童剧《时间森林》为第六届中国儿童戏剧节闭幕大戏，此次为首演。

该剧是一部用魔幻方式演绎现实问题的儿童剧，虽然剧中的绝大部分故事发生在虚构的时间森林中，但也正是这种“隔离感”给观众创造了一个思考现实问题的空间。

该剧讲述了一对小学生兄妹唐高高和唐朵朵闯入时间森林，见证时间、感受时间、寻找时间的故事。这是一次寻找时间的旅行，也是一场关于成长的冒险。在这个过程中，他们找到了一些曾被遗忘却不应该被遗忘的东西，找到了时间的意义，找到了生命的价值。

【话剧《玩家》】

2016 年 8 月 25 日至 9 月 9 日，在北京人民艺术剧院首都剧场演出

编剧：刘一达

导演：任鸣

出品：北京人民艺术剧院

内容简介：原创话剧《玩家》此次为首演。

该剧围绕由冯远征饰演的大玩家靳伯安祖传的元青花瓷瓶展开。一个负载了靳家血泪的瓶子，一个 40 多年没人见过真容的瓶子，成为玩家之间一个不老传说。围绕着它的骗局乃至强取豪夺，营造出一个又一个悬念，吸引人一直看下去，也展现了不同玩家的层次和境界。有人玩着玩着发了，有人玩着玩着疯了，有人玩着玩着栽了，有人玩着玩着升华了，不同的层次和境界又带来不同的人生归宿。

【话剧《长恨歌》】

2016 年 9 月 3 日至 18 日，在上海话剧艺术中心艺术剧院演出

编剧：赵耀民

导演：苏乐慈

出品：上海话剧艺术中心

内容简介：话剧《长恨歌》首演于 2003 年，此次演出为 2016 年新排版本。

新版《长恨歌》的情感处理，变得更加内敛、理性与克制，由三幕组成，分别讲述了“上海小姐”王琦瑶在 20 世纪 40 年代、60 年代与 80 年代的人生。第三幕是相较于原来的版本变化最大的地方。一生追求体面的王琦瑶，却对爱情做出了最荒谬、最徒劳无用、最毫无自尊的挣扎，最后以毫无体面的方式被人谋杀。

【话剧《禁闭》】

2016 年 9 月 14 日至 10 月 2 日，在上海话剧艺术中心戏剧沙龙演出

编剧：让・保罗・萨特（法）

导演：刘姝辰

出品：上海话剧艺术中心

内容简介：话剧《禁闭》首演于 1998 年，此次演出为复排版。

该剧创作于1944年，中文又被译为《间隔》《隔离审判》《密室》，是萨特最重要的戏剧代表作品之一。剧本通过荒诞的手法，描绘了三个囚禁于地狱的罪恶灵魂之间的冲突和纠葛，深刻揭示了现代人与人之间既相互依存又互相倾轧的矛盾关系。

【话剧《戏台》】

2016年9月20日至21日，在广州大剧院演出

编剧：毓钺

导演：陈佩斯

出品：北京大道文化节目制作有限公司

内容简介：话剧《戏台》首演于2015年。

该剧讲述了民国军阀混战时期闻名全国的五庆班携大名角儿金啸天在德祥大戏院里进行为期三天的演出，班主和大戏院经理正沉浸在戏票售罄的喜悦之时，没想到一系列意外接连而至。侯班主和吴经理使尽全身解数拆东补西，然而，无论二人如何应对，事情却不受控制地朝着出乎所有人意料的方向发展。

【话剧《伪君子》】

2016年9月22日至24日，在国家大剧院戏剧场演出

编剧：莫里哀（法）

导演：迈克尔·塔尔海默（德）

出品：柏林邵宾纳剧院

内容简介：话剧《伪君子》作为“2016国家大剧院国际戏剧季”压轴大戏与中国观众见面。

作为法国古典戏剧的代表作品，《伪君子》讲述了伪装圣洁的教会骗子答尔丢夫混进富商奥尔恭家中，企图勾引其妻子，夺取其家财，最后真相败露，答尔丢夫锒铛入狱，奥尔恭幡然醒悟，一家人皆大欢喜的故事。

此次，柏林邵宾纳剧院带来的《伪君子》由导演迈克尔·塔尔海默创作于2013年，作品以一种当代的、极简主义的美学形式来表达。舞台上，一把椅子、几组站位，删繁就简，取代了中世纪法国贵族家庭的奢华与复杂；演员以假面式的装束、夸张的肢体动作颠覆古典戏剧的传统演绎方式；布兰希特体系下的间离效果使观众不受过多的外因干扰，将观剧体验直达作品所探讨的关于宗教、人性的根本主题。

【儿童剧《中国故事之成语魔方（三）》】

2016年10月1日至7日，在中国儿童艺术剧院假日经典小剧场演出

编剧：郭馨阳、曹曦、杨雯默

导演：杨成、何吉光、刘奇

出品：中国儿童艺术剧院

内容简介：儿童剧《中国故事之成语魔方（三）》此次为首演。

该剧由《疑邻偷斧》《竭泽而渔》《亡羊补牢》三个成语故事组成，用充满童趣的表现方式讲述了三个成语故事，每个都蕴含了独特的哲学智慧，或给人以警醒，或教人处世之道。

【话剧《比萨斜塔》】

2016 年 10 月 21 日至 30 日，在中国国家话剧院小剧场演出

编剧：娜·普图什金娜（俄罗斯）

导演：王剑男

出品：中国国家话剧院

内容简介：小剧场话剧《比萨斜塔》此次为首演。

该剧是一部俄罗斯现实主义题材作品，描述一对夫妻在争吵摩擦中斜而不倒的婚姻生活，表达人们对美好爱情婚姻生活的向往。

【话剧《长子》】

2016 年 11 月 11 日至 20 日，在中国国家话剧院小剧场演出

编剧：亚历山大·瓦连季诺维奇·万比洛夫（苏联）

导演：常峋

出品：中国国家话剧院

内容简介：小剧场话剧《长子》为“中国国家话剧院 2016 秋冬演出季”作品，此次为首演。

该剧是苏联剧作家万比洛夫的剧作，讲述了假长子变真长子的故事，从现代年轻人的眼光入手，着眼于老人和“空巢老人”这一群体，关注家庭危机中的敏感内容，探讨现代人在现实生活中的精神世界。

【话剧《亨利五世》】

2016 年 11 月 11 日至 27 日，在上海剧艺术中心艺术剧院演出

编剧：莎士比亚（英）

导演：欧文·霍斯利（英）

出品：上海话剧艺术中心

内容简介：话剧《亨利五世》由上海话剧艺术中心与英国皇家莎士比亚剧团首次联手共同呈现。此次为《亨利五世》新译本全球首演。

莎士比亚基于英格兰亨利五世国王生平，于 1599 年创作了《亨利五世》这部历史剧，着重描写百年战争期间的阿金库尔战役。

该剧基于原著改编，讲述了英格兰满目疮痍，年轻的亨利五世决意痛改过去，以博得皇戚和百姓的尊重。他窥伺邻疆法兰西土地已久，而法国太子的羞辱则坚定了他讨伐法国的决心，硝烟弥漫，一代明君就此踏上了统一国家的征途。

【话剧《二马》】

2016 年 11 月 16 日至 17 日，在北京人民艺术剧院首都剧场演出

编剧：方旭、郭奕雯

导演：方旭

出品：北京市演出有限责任公司、北京嘉会本末文化艺术创作有限公司、北京朴艺文化传播有限公司

内容简介：话剧《二马》此次为首演。

该剧改编自老舍同名长篇小说，该小说源自老舍先生早年旅英生活，既是他将西方文学叙述方式与中文小说相结合的尝试，也是他亲历了中西方文明的剧烈碰撞后对国民性的反思。

该剧以从中国前往英国伦敦的老马和小马为主要人物，讲述了二马与温都太太和小姐的爱情，华人在伦敦的境遇。

【话剧《喜剧演员的自由之路》】

2016年11月17日至20日，在北京喜剧院演出

编剧：蒂姆·罗宾斯（美）

导演：蒂姆·罗宾斯（美）

内容简介：2016年新创喜剧《喜剧演员的自由之路》，为“2016北京喜剧艺术节”演出作品。

该剧以意大利即兴喜剧诙谐幽默的形式，探讨艺术的真谛：一群捣蛋鬼演员打断了戏剧教授的讲座，并用幻灯片放映演示即兴喜剧。这群演员的感知方式与教授的非常不同。他们的分歧由此演变成了一场关于即兴喜剧灵魂的争论。他们探讨艺术的目的，思考历史是如何被书写的，审视哪些是好笑的，哪些是需要被解放的。

【话剧《爆米花》】

2016年12月16日至25日，在中国国家话剧院先锋剧场演出

编剧：本·爱尔顿（英）

导演：刘丹

出品：中国国家话剧院

内容简介：该版小剧场话剧《爆米花》为2016年新创剧目。

该剧根据经典喜剧《爆玉米花》改编，在文本和故事表达等细微之处与原剧大不相同。

该剧讲述了美国好莱坞电影导演布鲁斯在奥斯卡颁奖夜前后发生的一连串荒谬离奇事件，最终导致一场令人震惊和战栗的杀戮惨剧的发生。揭示了伴随着信息爆炸、文化井喷等一系列的社会现象，越来越多的人产生了“娱乐至死”的生活态度，由此带来了巨大的社会隐患和现实问题。

【话剧《罗刹国》】

2016年12月16日至2017年1月3日，在中国国家话剧院小剧场演出

编剧：黄维若

导演：赵淼

出品：中国国家话剧院

内容简介：小剧场话剧《罗刹国》为“中国国家话剧院2016秋冬演出季”新创剧目，此次为首演。

该剧由编剧黄维若创作于2008年，曾发表在《新剧本》杂志上。该剧取材于《聊斋志异·罗刹海市》，采用形体剧形式，玩转皮影、傩戏面具、现代舞、戏曲等多种民族文化元素，让传统文化在当代

话剧舞台上“活”起来。

该剧讲述了虚无缥缈的罗刹国位于一座四面环海的岛屿之上，那里住着面相丑陋、行动怪异的罗刹鬼。一个叫马骥的人类，遭遇命运安排落难至此，经历了种种奇遇。当马骥明白了罗刹国以丑为美的进阶标准，他开始学习和适应，渐渐磨灭了回归人类世界的希望，更是放弃了寻找为何飘落至此的缘由。目小红的出现，再次唤起堕落于此的马骥出逃与回归的想法，但这一切都太晚了。

【话剧《临川四梦》】

2016 年 12 月 23 日至 2017 年 1 月 8 日，在国家话剧院剧场演出

编剧：郭琪、汪洋、史航、孟京辉

导演：孟京辉

出品：中国国家话剧院

内容简介：话剧《临川四梦》为中国国家话剧院组建 15 周年院庆大戏，此次为首演。

“临川四梦”，又称“玉茗堂四梦”，是中国明代剧作家汤显祖“因情成梦，因梦成戏”创作的《牡丹亭》《紫钗记》《邯郸记》《南柯记》四大名剧的合称。四部剧作皆有梦境穿插其中，以梦境演绎了纷繁的人间事，表现剧作家对真情的追求和赞美。

该剧延续了孟京辉实验先锋的创作道路，以《南柯记》为故事主线，《牡丹亭》《紫钗记》《邯郸记》穿插在中间，表现形式从一个梦到另外一个梦，梦与梦之间还出现穿插和重合，充满了戏谑、幽默、荒诞。

纪事

戏剧节·展演

【第二届中国原创话剧邀请展】

2016年3月18日至7月3日，由中国国家话剧院与北京市西城区人民政府联合主办的“第二届中国原创话剧邀请展”在北京举行。

本届邀请展坚持以“重视原创、紧跟时代、艺术精湛、服务人民”为宗旨，集中展示了全国话剧创作的整体实力、精神风貌和发展态势。本届邀请展期间，主办方举办了两次主题论坛，邀请戏剧界专家学者及相关参演剧目主创人员，共同分析了当前中国原创话剧的创作态势，探讨了推动原创话剧繁荣的创作方向、基础环节和发展路径。

在108天的展演时间里，共有来自全国的49部原创剧目亮相，演出共计179场，包括由中国国家话剧院创排的《红岩魂》、内蒙古自治区赤峰市话剧团和内蒙古自治区赤峰市民族歌舞剧院创排的《热土》、原南京军区政治部文工团的《小平小道》、内蒙古自治区话剧院的《北梁人家》等作品。吸引观众累计9万余人次。

【2016西安国际儿童戏剧展演】

2016年4月9日至5月22日，由西安曲江新区管委会、西安市文化广电新闻出版局、西安演艺集团有限公司主办，西安儿童艺术剧院承办的“2016西安国际儿童戏剧展演”在陕西省西安市举行。

本次展演演出了日本道化剧团的《变变变》、北京手拉手儿童剧团的《小羊肖恩》、济南儿童艺术剧院的《农夫与仙鹤》等7部儿童剧。西安儿童艺术剧院和日本道化剧团还走进了西安市儿童福利院进行演出。

此外，来自陕西省、北京、上海及日本的儿童剧专家、评论家和表演艺术家还会聚西安儿童艺术剧院，就儿童剧的创作、导演、舞台设计、市场培育等进行了座谈研讨。与会专家认为，展演活动可以让各剧团在儿童剧的创作上互学所长，创作出更多更好的儿童剧。

【2016国家大剧院国际戏剧季】

2016年6月10日至9月24日，由国家大剧院主办的“2016国家大剧院国际戏剧季”在北京举行。

本届戏剧季以“时代经典·世界交汇”为主题，打造“中国原创”“柏林戏剧节”“致敬大师”三大演出版块。邀请包括中国、德国、俄罗斯等5个国家的13家院团，呈现53场演出。演出作品包括国家大剧院的《样式雷》、辽宁人民艺术剧院的《秘而不宣的日常生活》、柏林高尔基剧院的《共同基础》、汉堡德意志话剧院的《约翰·盖勃吕尔·博克曼》、北京人民艺术剧院的《鱼眼》、香港话剧团的《最后晚餐》等。

【第六届中国儿童戏剧节】

2016年7月8日至8月25日，由中国儿童艺术剧院主办的“第六届中国儿童戏剧节”举行。本届戏剧节以北京为主会场，以济南、宁波、成都为分会场，采取多省市联动办节模式。

本届戏剧节以“点亮童心　塑造未来——共筑中国梦”为主题，历时49天，涵盖优秀剧目展演、儿童戏剧交流以及戏剧嘉年华活动，汇聚中国、美国、日本、韩国、西班牙、澳大利亚等8个国家和地区的25家儿童戏剧团体，共46部中外剧目，演出215场，惠及观众16万人次。演出剧目包括中国儿童艺术剧院的儿童剧《马兰花》、浙江话剧团有限公司儿童剧《花木兰》、罗马尼亚坦达利卡剧院木偶剧《你是谁？》、中国儿童艺术剧院儿童剧《伊索寓言》、中国儿童艺术剧院大型儿童剧《小飞侠彼得·潘》、中国儿童艺术剧院人偶儿童剧《白雪公主与七个小矮人》等。

此外，戏剧节首设观众最喜欢的剧目网上评选活动，线上线下齐互动，使观看儿童剧更具有广泛的参与性与群众性。

【第15届金刺猬大学生戏剧节】

2016年8月6日至21日，由北京戏剧家协会、朝阳区文化馆及北京开心麻花演艺经纪有限公司联合主办的“第15届金刺猬大学生戏剧节”在北京举行。

来自全国各大高校的18部戏剧作品分别在9剧场和A33剧场两个场地演出30场。包括浙江大学黑白剧社演出的话剧《斯人独憔悴》、云南艺术学院戏剧学院“化”剧社演出的话剧《孤独的星空》、北京现代音乐研修学院表演系演出的话剧《同一屋檐》等。这些剧目或展现青年人生活状态、关注社会现实，或聚焦经典故事进行再创作，为北京大学生及戏剧爱好者带来独特的观剧体验。

本届戏剧节金刺猬奖被清华大学学生戏剧创作社原创话剧《失物招领》摘得。

【2016北京青年戏剧节】

2016年9月6日至25日，由北京市文学艺术界联合会、北京市团市委、中国国家话剧院主办，北京戏剧家协会和北京青年戏剧工作者协会承办的“2016北京青年戏剧节”在北京举行。在为期3周里，26部风格各异的戏剧在北京12家剧场轮番演出近百场。

本届戏剧节以“致敬大师”为主题，重现了莎翁的经典剧目，设置了“创新短剧单元”，围绕莎士比亚戏剧作品创作的优秀青年导演作品以“1+1”两两拼合的方式与观众见面。此外，本届戏剧节设置了舞美装置展和创新漫画展两项创新展览单元，全景展现莎翁经典的N种演绎可能，致敬莎翁，致敬戏剧观照时代的恒久精神。

本届戏剧节特邀展演单元邀请了来自日本、立陶宛、西班牙、丹麦的剧团，带来了中外戏剧人创作的携手之作，并设计了巴西剧本朗读环节，在紧密回应国际最前沿戏剧趋势的同时，使中外戏剧文化交融摩擦，交叉生长。

【2016国际儿童戏剧周】

2016年9月9日至18日，由文化部、陕西省人民政府主办，陕西省文化厅承办，陕西中贝元儿童艺术剧院、西安市群众艺术馆等联合组织执行的“第三届丝绸之路国际艺术节”之“2016国际儿童戏剧周”在陕西省西安市举行。本次活动，来自国内外的艺术家带来了音乐剧《一小那一抹红》、亲子剧*Good Morning*、儿童剧《和你在一起》《长袜子皮皮》《小王子》《红按钮》等10台剧目共计34场儿童戏剧演出。

本届戏剧周秉承高品质、公益性、惠民为民的原则，将艺术节延伸到校园，同时举办了中外少儿美术作品展、少儿钢琴演奏会等活动。

【2016 杭州当代戏剧节】

2016年9月20日至30日，由中国国家话剧院、中共杭州市委宣传部、杭州文化广播电视集团主办的“2016杭州当代戏剧节”在浙江省杭州市举行。本次戏剧节特邀剧目全是来自法国阿维尼翁戏剧节、英国爱丁堡戏剧节、东京国际戏剧节、乌镇戏剧节和澳洲阿德莱德艺术节中最具独特性和当代感的代表作品。如英国爱丁堡戏剧节的《无声麦克白》、东京国际戏剧节的《女孩X》、阿德莱德艺术节的《进攻舞蹈》等。除了来自五大戏剧节的剧目，还演出了多部先锋戏剧，如孟京辉的《我爱×××》、李垚的《罗密欧与朱丽叶》、沈巍的《一报还一报》等。

此外，本届戏剧节还举办了剧本朗读会、戏剧论坛、戏剧工作坊等戏剧活动。

【2016 上海国际汤显祖·莎士比亚戏剧节】

2016年10月7日至12月11日，由上海文广演艺集团、上海戏曲艺术中心与上海市戏剧家协会联合主办的“2016上海国际汤显祖·莎士比亚戏剧节”在上海举行。

本届戏剧节由四大板块组成，包括以汤显祖、莎士比亚作品和人生为主题的“汤莎戏剧作品展演”、展示汤显祖四大剧作合集的《临川四梦》、反映戏曲创新力量的“2016‘戏曲·呼吸’——第二届上海小剧场戏曲节”以及围绕两位文学巨匠开展的汤莎高峰论坛及延伸活动。演出剧目包括由上海话剧艺术中心与壁虎剧团联合呈现的灵感来源于莎士比亚的《仲夏夜之梦》、以两个小人物视角叙述哈姆雷特故事的英国当代经典话剧《罗森格兰兹和吉尔登斯吞死了》、意大利都灵剧院的莎翁代表作《皆大欢喜》，以及韩国传统歌舞演绎的《仲夏夜之梦》等。

12月3日举办的汤莎高峰论坛邀请了国内外20多名专家学者，以论题讨论的形式，探讨汤显祖与莎士比亚在当今社会的艺术价值与人文价值。

【第四届乌镇戏剧节】

2016年10月13日至22日，由文化乌镇股份有限公司主办的“第四届乌镇戏剧节”在浙江省嘉兴市乌镇举行。

本届戏剧节以“眺”为主题，意味着立足经典，远眺未来，分为“特邀剧目”“青年竞演”“戏剧嘉年华”“小镇对话”四大板块。来自13个国家和地区的22台剧目演出近80场。包括德国柏林人民剧院戏剧导演卡斯多夫的《赌徒》、林兆华导演的《戈多医生或者六个人寻找第十八只骆驼》、波兰导演扬·克拉塔的《人民公敌》、孟京辉导演的《他有两把左轮手枪和黑白相间的眼睛》等剧目。

本届乌镇戏剧节还邀请到德语剧作家彼得·汉德克等多位中外戏剧专家、学者、导演参加“小镇对话”。此外，还举办了“国际剧评家峰会”“中东欧16+1艺术总监峰会”“舞台美术峰会”“制作人未来峰会”等活动，来自世界各地的戏剧创作者、批评家、管理者共同就当代戏剧发展、戏剧创作与批评、舞台美学创新、戏剧交流与联动等问题进行了讨论。

此外，“戏剧大师肖像展”“中国先锋戏剧青年设计师提名展”“卡斯多夫影像展”，将戏剧的历史与传承、舞台空间的先锋性以及德国当代戏剧大师卡斯多夫的剧场美学创新以展览的方式呈现在戏剧节观众面前。

【2016 北京喜剧艺术节】

2016 年 10 月 20 日至 12 月 25 日，由北京喜剧院、北京大道文化节目制作有限公司、北京市演出有限责任公司共同主办，国家大剧院、北京天街集团有限公司与北京北奥集团有限公司名誉主办的“2016 北京喜剧艺术节”在北京举行。本届喜剧艺术节邀请多个国家和地区的优秀院团与艺术家，上演了 12 台剧目 47 场演出。

本届喜剧艺术节从参演剧目的内容和形式上划分为“小丑不丑”“致敬莎翁”“喜剧原创”三大板块。演出作品包括美国演员蒂姆·罗宾斯执导的《自由之路》、丹麦喜剧大师保罗·纳尼的《天外飞鸿》、莎翁名作《暴风雨》《皆大欢喜》《仲夏夜之梦》《驯悍记》以及新蝉戏剧中心的《帝国专列》、北京市演出有限责任公司的《独自温暖》、北京大道文化节目制作有限公司的《闹洞房》等。

【2016 第十二届上海当代戏剧节】

2016 年 11 月 5 日，由上海市文学艺术界联合会、上海文广演艺（集团）有限公司主办，上海话剧艺术中心承办，上海市戏剧家协会、上海话艺文化传播有限公司协办的“2016 第十二届上海当代戏剧节”在上海话剧艺术中心开幕。在接下来一个月的时间里，有 16 部国内外最前沿的当代戏剧作品在上海话剧艺术中心和 1933 微剧场的舞台上轮番上演。

本届上海当代戏剧节的主题为“传承与当下”，由特邀板块与展演板块两部分组成。特邀板块由 5 部风格迥异的剧场作品组成，分别为来自中国香港特别行政区的话剧《泰特斯 2.0》、来自日本的实验戏剧《自私鬼法茨的灭亡》、来自俄罗斯的抒情喜剧《宇航节前夜》、来自澳大利亚的话剧《暗夜潜流》、来自丹麦的肢体剧《格子间乾坤倒转》。而展演板块则汇聚了 11 部内容新颖、题材多样的创意先锋作品。此外，戏剧节还通过 3 部来自中国台湾地区的作品来“聚焦宝岛”，它们分别是话剧《那边的我们》、默剧《月亮妈妈》和创新京戏《夜奔》。

除了 16 部多元创意的戏剧演出，本届戏剧节延续了历届传统，举办演后谈、讲座、工作坊等多种延伸活动。

【2016 上海·静安现代戏剧谷】

2016 年 11 月 16 日至 30 日，由上海静安区人民政府和上海广播电视台联合主办的“2016 上海·静安现代戏剧谷”在上海举行。本届戏剧谷以“融”为主题，邀请了来自国内外的优秀剧团。演出剧目包括开幕大戏日本戏剧家铃木忠志的《咔嗞咔嗞山》、闭幕大戏中国国家话剧院的复排历史剧《伏生》、英国导演菲力克斯·巴雷特的浸入式戏剧《不眠之夜》，以及明星云集的话剧《谁没年轻过之麦田守望者》、大型历史话剧《大明四臣相》等。

此外，本届现代戏剧谷创造性地推出政府补贴计划，确保每张票价不超过 380 元，用实际行动鼓励更多市民走进剧场，让现代戏剧谷成为真正的市民戏剧节。戏剧谷在为期 15 天的时间里，除了演出之外，还举办了大师论坛、壹戏剧大赏、市民剧场、都市嘉年华等活动。

【第五届中国校园戏剧节】

2016 年 11 月 18 日至 26 日，由中国戏剧家协会、上海市文学艺术界联合会、上海市教育委员会共同主办的“第五届中国校园戏剧节”在上海举行。

本届校园戏剧节的主题为“青春绽放·梦想起航”，参演剧目共22部，包括话剧《王阳明》《理查二世》《星光里的朱丽叶》《尘埃落定》《大明四臣相》等。

本届校园戏剧节不设奖项，加强评论交流环节，首次增设“演后谈”板块。戏剧界专家、青年评论员以及大学生观众代表等与10台展演剧目的编、导、演人员在演出后进行现场深入交流，最大限度地发挥校园戏剧的启迪作用。同时还举办了“2016中国校园戏剧发展论坛”，论坛聚焦于校园戏剧的现状、遇到的障碍、发展需要的援助、未来发展趋势等主题，通过交流、建言献策等总结校园戏剧发展经验，指引未来方向。

此外，本届校园戏剧节还举办了戏剧家进校园讲座、俄罗斯导演大师课等戏剧教育活动，并发起成立“上海校园戏剧联盟”，以戏剧艺术育人树人。

【2016首届中国·银川国际青年戏剧节】

2016年12月2日至2017年1月7日，由银川市文化新闻出版广播电视局主办的“2016首届中国·银川国际青年戏剧节”在宁夏回族自治区银川市举行。

2016年是戏剧大师汤显祖逝世400周年，本届戏剧节以致敬大师汤显祖为初衷，定义主题为“唤”，意在呼唤、唤醒银川本土艺术爱好者及民众对戏剧的认识和热爱。

本届戏剧节演出了11部国内外及本土的特邀剧目、3部新生单元剧目，包括话剧《爱的债主》《嘎玛》《三滴水》等，此外还举办了10余场沙龙讲座、3个工作坊及各类跨界艺术展览活动。

大事记

1月20日，北京人民艺术剧院演员周正逝世，享年87岁。

1月22日，“‘快乐寒假’——百场精品儿童剧展演”在陕西省铜川市演艺中心开幕。

2月18日，英国皇家莎士比亚剧团开启莎翁历史剧“王与国”三部曲的中国巡演。

2月27日，话剧《回民干娘》研讨会在北京举行。

3月2日，“2016首都剧场精品剧目邀请展演”在北京开幕。

3月18日至7月3日，“第二届中国原创话剧邀请展”在北京举行。

3月22日，中国话剧协会华东大区话剧联盟成立大会在浙江省杭州市浙话艺术剧院举行。

3月22日，“第三届天津曹禺国际戏剧节暨第六届林兆华戏剧邀请展”在北京举行新闻发布会，该戏剧节于3月至7月在天津举行。

3月26日，话剧《嘿，是我》专家研讨会在北京举行。

4月1日，话剧《理查三世》作为2016年中韩双方交流剧目在韩国首尔明洞艺术剧场首演。

4月8日，中国国家话剧院话剧《向上走，向下走》剧组赴山西省长治市开展“高雅艺术进校园”活动。

4月9日至5月22日，“2016西安国际儿童戏剧展演”在陕西省西安市举行。

4月16日，太阳花儿童舞台艺术联盟在中国儿童艺术剧院成立。

4月19日，第二十届佐临话剧艺术奖颁奖典礼在上海话剧艺术中心艺术剧院举行。

5月4日，话剧《徽商传奇》研讨会在北京举行。

5月9日至22日，“第十三届上海市大学生话剧节”在上海举行。

5月10日，中国儿童艺术剧院在江西省抚州市黎川县开展中国儿童艺术剧院“温暖童心——经典儿童戏剧走进江西黎川老区”公益演出活动。

5月31日，中国儿童艺术剧院在中国儿童剧场举行建院60周年庆祝大会。

6月7日至9月4日，“第七届北京·南锣鼓巷戏剧节”在北京举行。

6月10日至9月24日，“2016国家大剧院国际戏剧季”在北京举行。

6月19日，北京人民艺术剧院演员韩善续逝世，享年79岁。

7月8日至8月25日，“第六届中国儿童戏剧节”举行，本届戏剧节以北京为主会场，济南、宁波、成都为分会场。

8月6日至21日，“第15届金刺猬大学生戏剧节”在北京举行。

8月9日至28日，“第八届先行青年创意戏剧节”在上海举行。

8月28日，北京人民艺术剧院演员、导演苏民逝世，享年90岁。

9月6日至25日，“2016北京青年戏剧节”在北京举行。

9月9日至18日，“第三届丝绸之路国际艺术节”之“2016国际儿童戏剧周”在陕西省西安市举行。

9月9日至10月9日，“穿越时空的中西对望——莎士比亚和他的‘时光之羽’展”在国家大剧院举行。

9月17日至22日，“2016年中国—东盟（南宁）戏剧周”在广西壮族自治区南宁市举行。

9月20日至30日，“2016杭州当代戏剧节”在浙江省杭州市举行。

9月28日至11月30日，“第十一届上海优秀儿童剧展演”在上海举行。

10月3日，“中国国家话剧院2016秋冬演出季”开幕。

10月7日至12月11日，“2016上海国际汤显祖·莎士比亚戏剧节”在上海举行。

10月13日至22日，“第四届乌镇戏剧节”在浙江省嘉兴市乌镇举行。

10月20日至12月25日，“2016北京喜剧艺术节”在北京举行。

11月5日，“‘跨越时空的对话’——纪念汤显祖和莎士比亚逝世400周年专题展览”在埃及中国文化中心举办。

11月5日，“2016第十二届上海当代戏剧节”在上海话剧艺术中心开幕。

11月8日至12月10日，“2016上海国际喜剧节”在上海举行。

11月16日至30日，“2016上海·静安现代戏剧谷”在上海举行。

11月18日至26日，“第五届中国校园戏剧节”在上海举行。

12月2日至2017年1月7日，“2016首届中国·银川国际青年戏剧节”在宁夏回族自治区银川市举行。

12月25日，中国国家话剧院组建十五周年庆祝活动在北京举行。

中国艺术年鉴·2017

音乐卷

分卷主编：陈　乾

年度述评

2016 年度中国音乐发展研究报告

◎ 中国艺术研究院音乐研究所《2016 年度中国音乐发展研究报告》课题组

2016 年 7 月 1 日，习近平总书记在“庆祝中国共产党成立 95 周年大会”上明确提出：“文化自信，是更基础、更广泛、更深厚的自信。”“十三五”期间的文化建设以“实施一个工程，构建四大体系”为建设重点。2016 年，音乐艺术在各方面的发展均充满活力，“深入生活、扎根人民”的原创作品大量涌现，音乐文化产业得到进一步规范，新媒体成为音乐传播的重要渠道，音乐理论“体系化”建构特征明显。

一、音乐演出与音乐创作

2016 年是“十三五”的开局之年，在经历了 2015 年演出市场回暖后，2016 年音乐类演出持续升温。以北京为例，据不完全统计，2016 年演出市场规模再次扩大，票房收入突破 17 亿元，比上年增加 10.7%，从票房收入来看，演唱会、音乐会等音乐类演出市场份额占比最大。[①] 从各大剧院、音乐厅的演出内容来看，国内歌剧舞台继续呈现出繁荣景象，无论是经典歌剧的制作上演还是原创歌剧的推出，都体现出了蓬勃的活力。

（一）剧院、音乐厅原创品牌系列音乐会

在专注打造系列音乐会的原创品牌上，国家大剧院一如既往地担当起国内歌剧艺术领域的引领者，在几个方面均有所突破。“中国交响乐之春”作为展现国内优秀交响乐团的平台已成功举办了五届，已有来自全国不同省市自治区及特别行政区的 50 家交响乐团，登上这个国家级的音乐舞台。该音乐节每两年举办一次，不但推动着中国管弦乐作品的演奏与交流，对中国交响乐的创作也起到了极大的推进作用。此次音乐节以“中国交响记忆”为主题，集结了中国交响乐团、国家大剧院管弦乐团、中央歌剧院交响乐团、中国国家芭蕾舞团交响乐团、北京交响乐团、贵阳交响乐团、台湾长荣交响乐团、上海国际青年管弦乐团等 12 家中国优秀交响乐团，共演出了 34 部交响乐作品，开启了中国交响的一次寻根之旅，可以说是一次对中国音乐文化的挖掘和传承。其中，既有中国交响乐团、中央歌剧院交响乐团等“老牌”交响乐团，也有国家大剧院管弦乐团、贵阳交响乐团、杭州爱乐乐团等交响乐坛的中坚力量。值得一提的是，贵阳交响乐团献演的“历史的回声”开幕式音乐会，演奏了中国早期管弦乐作品中几近失传的珍品中的代表作，上演的曲目中有最新发现的萧友梅首部作品《哀悼进行曲》；有黄自在 1926 年创作的《怀旧》，此曲一直被认为是中国交响音乐的“第一曲”；有李四光小提琴曲《行路难》，据上海音乐学院现代音乐室考证，此曲是有曲谱为证的中国最早一首小提琴曲；还有林声翕的交响诗三首《海·帆·港》，这些作品写于 1916 年至 1946 年间，绝大多数没有演出过；此外还有中央乐团交响乐队演出的贺绿汀《森吉德玛》、中国交响乐团与合唱团演出的吕其明《红旗颂》等多部经典作品。为挖掘并传承这些作品，国家大剧院从多所音乐院校图书馆和老一代作曲家亲友手中搜集到了珍贵乐谱，将作曲家的手稿重新打谱整理，通过当代管弦乐队的“再创作”，将它们搬上国家大剧院的舞

---

① 本节的统计数据，主要参考了国家大剧院网、上海大剧院网、广州大剧院网、天津大剧院网、中国文化市场网、中国交响乐团官网、中央民族乐团官网、上海交响乐团官网、广州交响乐团官网、浙江交响乐团官网、北京音乐厅官网、上海音乐厅官网、中央音乐学院官网、中国音乐学院网、中演票务通、永乐票务网、大麦网、搜视网、人民网、新华报业网、凤凰网、北京演出行业协会官网、新浪网、腾讯网、搜狐网等网站的相关资料信息。

台。第五届“中国交响乐之春”无论是前期对曲谱的深入挖掘，还是各院团独具风格的演绎，都呈现出国内交响乐近年来长足的进步，也体现出国家大剧院对各地青年院团的扶持。

“中国交响乐之春”聚焦国内院团，而一年一度的国家大剧院歌剧节则为中国了解世界、世界了解中国搭建了一个广阔的平台。国家大剧院正式运营以来，歌剧节已历七届，继 2015 年“歌剧连接世界”，2016 年又以“探索・经典”为主题，分为两大板块“中国原创致敬英雄”“世界经典中国制作”。与此同时，歌剧节举办的世界歌剧院发展论坛为来自海内外的歌剧艺术工作者搭建交流平台。从演出的安排上不难看出，此次歌剧节更加关注中国歌剧与世界的接通。本届歌剧节上演了由国家大剧院创作的中国歌剧新作《长征》、武汉歌舞剧院的大型原创歌剧《高山流水》以及天津音乐学院的大型原创歌剧《岳飞》，并推出国家大剧院全新制作的瓦格纳歌剧《唐豪瑟》与首部捷克语歌剧《水仙女》。《唐豪瑟》作为本届歌剧节的开幕大戏，由欧洲著名导演皮耶・阿里领衔打造。皮耶・阿里以尊重瓦格纳“整体艺术”的创作理念，以听觉、视觉的高度融合，在舞台上呈现中世纪游吟诗人唐豪瑟的故事。国家大剧院《水仙女》的制作上演不但具有弥补剧院经典剧目空白的意义，而且首次将 3D 效果引入歌剧舞台，以 3D 多媒体图像构成水天胜景，是一部具有超现实主义风格、富于童话色彩的优美制作。本届歌剧节除了国内外大型歌剧演出，也有独具创意的轻歌剧及中外经典的“儿童歌剧 GALA”，可谓“曲高和众”。从演出团体来看，国内院团力量正在兴起，上述三部原创中国歌剧不仅体现出地方院团创作水平的提升，也反映出政府近几年对艺术文化市场给予支持所取得的阶段性成果。

2016 年适逢红军长征胜利 80 周年，国家大剧院在长征题材系列演出中，重磅推出历时四年打造的歌剧《长征》，中国文学艺术界联合会、中国音乐家协会与国家大剧院主办的“‘永恒的丰碑’——纪念红军长征胜利 80 周年音乐会”，国家大剧院与四川爱乐乐团合作的大型交响套曲《长征》，以及中国戏曲学院京剧版《长征组歌》等。歌剧《长征》力邀作曲家印青、编剧邹静之、导演田沁鑫、指挥李心草等艺术家组成主创团队，以现实主义手法再现了中国工农红军长征的艰苦历程，歌颂中国工农红军为理想与信仰而奋斗牺牲的崇高信念，弘扬永不褪色的长征精神。音乐会吸引了近万名观众前来观看，首轮演出就收获了百分之百上座率，从两轮演出的票房火热程度来看，在大剧院八年来歌剧创作、演出史上尚属首次，一方面体现着长征精神在广大群众中历久弥新的感召力，另一方面彰显了国家大剧院在自制歌剧创作道路上的成熟。与其他题材不同，长征的故事没有太多的人物冲突和复杂矛盾，着重表现的是人在战胜自然、战胜自我的大无畏精神。整部歌剧既有气势恢宏的合唱，也有重要人物深情的独唱，又以宣叙调、重唱作为串联。其创新之处是以经典歌剧宣叙调的诵唱方法，替代中国歌剧常用的话剧式对白。此外，与单一采用民族唱法或者美声唱法相异，歌剧《长征》有意安排民族、美声两组主要演员领衔不同场次，这在中国原创歌剧发展历程上还是第一次，这种试验体现了中国歌剧在创作中的不断探索。系列演出从内容到形式，全方位多角度地将长征精神注入艺术创作与演绎中，赋予艺术作品强烈的时代感，为 2016 年中国歌剧舞台上留下了一抹绚丽的红。

本届歌剧节所举办的世界歌剧院发展论坛以“当代歌剧创作对本国文化的传承以及发展”为主题，对“世界歌剧创作的发展现状与前景”“歌剧院原创歌剧的创作、制作模式”“原创歌剧如何运用歌剧元素展现和传承本国文化”“中国原创民族歌剧创作的探索”四个议题展开探讨，体现出国内歌剧创作更加聚焦于对本土文化的传承与发展。

2016 年国家大剧院“老牌”音乐节，如“第八届国家大剧院五月音乐节”以“盛赞！巴洛克”为主题，通过 20 场各具特色、内容丰富的室内乐作品音乐会，为观众全景展现巴洛克音乐的独特魅力。8 月合唱节上演了 9 场不间断的合唱音乐会，从古典名作到民谣经典，从女声合唱到童声合唱，多角度呈现出合唱艺术的魅力。国家大剧院的演出季集中于新春、夏季、秋季三大季，在打造剧院本身影响力的同时，也彰显出北京作为国际文化艺术之都的向心力和凝聚力。从艺术创作生产的活跃度，到高水准的演出与艺术普及的开展，国家大剧院在 2016 年仍是我国音乐艺术演出的领航者。

2016 年上海音乐厅原创品牌项目“MINI 音乐节”的主题为“巴洛克遇上英格兰”，聚焦英国音乐，由世界知名乐团布里顿小交响乐团担任本次的驻节乐团，以三场音乐会、三场对谈、一场工作坊系统呈现了英国音乐发展史上具有里程碑意义的作品。值得关注的是，上海音乐厅在3月全新推出了“乐无穷”系列音乐会，上演了包括“‘折桂令——乱弹·三月’王珮瑜京昆演音会”“‘日与夜’——B6、宋思衡电子音乐与钢琴音乐会”“‘乐·影’——大提琴与芭蕾的对话”三场音乐会，旨在跳出音乐会传统的表现形式，以各种跨界、融合的形式将音乐创新进一步深入艺术内容本体中。

上海大剧院“2016—2017演出季”，以“古典对话未来”为主线，首推“辉煌俄罗斯”“非常歌剧”“汤显祖对话莎士比亚”系列，其中以马林斯基剧院航母级阵容为最大亮点。指挥大师、音乐总监瓦莱里·捷杰耶夫率领马林斯基剧院歌剧团、交响乐团、芭蕾舞团近400名艺术家为观众呈现了全舞台版歌剧《黑桃皇后》、芭蕾舞剧《罗密欧与朱丽叶》及交响音乐会，其中博物馆版《罗密欧与朱丽叶》创下上海大剧院建院18年来舞剧票房纪录。此外，上海大剧院3月7日重磅上演了由世界著名乐团莱比锡圣托马斯合唱团和莱比锡布商大厦管弦乐团演出的鸿篇巨制巴赫的《马太受难曲》，这部作品也是首次在中国内地完整献演。

天津大剧院原创品牌为春季的“曹禺国际戏剧节”和秋冬季的“国际歌剧舞剧节”，本届国际歌剧舞剧节上演了意大利米兰斯卡拉歌剧院芭蕾舞团的《吉赛尔》《巴赫无伴奏大提琴组曲》、俄罗斯马林斯基剧院芭蕾舞团的《罗密欧与朱丽叶》、波兰国家歌剧院出演的歌剧《旅客》等。其中，莫斯科斯坦尼斯拉夫斯基和涅米洛维奇－丹钦科音乐剧院献演的歌剧《霍万兴那》是首次登陆中国。而夏季品牌“打开音乐之门”也从2016年开始，升级为“世界青年古典音乐节”，同“曹禺国际戏剧节”和“国际歌剧舞剧节”一起，构成全年演出的三大支柱，架起天津与世界接轨的桥梁，全年演出达到600场。

（二）艺术节演出市场及院团演出与创作

我们从2016年艺术节演出市场可以看出，挖掘中国传统文化仍是2016年演出市场的重头戏，同时，在越来越趋向国际化的音乐节中，各大院团的艺术创作专注于挖掘本土文化，发挥院团自身特色，精心打造保留剧目，而在内容题材上还有待进一步突破。

2016年是莎士比亚、汤显祖逝世400周年，各大院团纷纷推出了主题系列音乐会。由文化部主办，在国家大剧院开展了“临川四梦”纪念汤显祖逝世400周年优秀剧目展演，汇集了上海昆剧团、北方昆曲剧院、江苏省苏州昆剧院、江苏省演艺集团昆剧院，共演出了7台优秀剧目。上海大剧院特别策划了“爱上莎士比亚”主题系列，推出11台剧目18场演出，涉及了戏剧、舞剧、音乐、歌剧几种形式。天津大剧院除了引进戏剧《理查三世》《李尔王》《罗密欧与朱丽叶》之外，还引进了《仲夏夜之梦》《暴风雨》《罗密欧与朱丽叶》等舞剧作品。“2016年广州艺术节”在广州大剧院开幕，依旧是低票价惠民，让市民走进剧场。广州艺术节除了上演莎士比亚的经典戏剧，还上演了法国原版音乐剧《罗密欧与朱丽叶》。

2016年9月12日，“第十八届中国上海国际艺术节”开幕，本届艺术节突出“融合”主题，集合了俄罗斯圣彼得堡赛蒙扬奇剧团、世界名团捷克爱乐乐团等国家的10多部作品，展现“一带一路”丰富的文化艺术资源。本届艺术节共上演50台剧目，其中境外剧目28台，境内剧目22台，参演剧目中，原创新作达25台，占总数的一半。演出剧目紧紧围绕“传承经典”“致敬大师”的主题，其中英国皇家莎士比亚剧团与上海话剧艺术中心联手推出了全新译本《亨利五世》。《我，哈姆雷特》也是艺术节的一大亮点，由昆山当代昆剧院艺术总监张军担纲主演，以昆曲独角戏的方式一人扮饰多角，创新演绎莎士比亚名剧《哈姆雷特》，这样的艺术实践体现了中西方艺术从文化内涵到表现形式的冲撞与交融。此外，在延续往年名团名剧的基础上，本届有不少“小众”代表作崭露头角，如云南红河州歌舞团的《诺玛阿美》，是新锐编导王舸的作品，他创新地将哈尼族的迁徙之路用恢宏的史诗篇章诠释出来。

“扶持青年艺术家计划”作为中国上海国际艺术节的重要板块，已创办运作5个年头，一直秉承“聚青年之创意才智，扬华夏之原创力量”的宗旨，为青年艺术家搭建了一个有传统继承、有观念探索、有艺术变革也有理想追求的扶持推广平台。5 年来，该计划共委约了 59 位活跃在各个领域的青年艺术家，制作出 50 部原创舞台艺术作品。

2016 年 10 月 9 日，“第 19 届北京国际音乐节”开幕，在 21 天内奉献 21 套 30 场精彩演出。其中与法国普罗旺斯国际艺术节深度合作联手推出的首个艺术项目歌剧《仲夏夜之梦》是首次在欧洲本土以外演出。本届北京国际音乐节开幕音乐会是国家大剧院管弦乐团与北京国际音乐节的首次合作，上演了勃拉姆斯的《命运之歌》《海顿主题变奏曲》与肖斯塔科维奇的《森林之歌》，他们的演奏着力挖掘古典主义内涵，充分诠释了勃拉姆斯在音乐创作中所刻意追求古典风格的音响张力。

2016 年国内院团继续深入贯彻习近平总书记在文艺工作座谈会上的重要讲话精神，以创作出无愧于时代的优秀作品为根本，以爱国主义的深厚情怀凝聚共识，将优秀传统文化创造性发展，以优秀文艺作品弘扬中国精神、传播中国价值、凝聚中国力量。“2016 年国家艺术院团演出季”集中展示了各院团年度重点创作的作品，中央歌剧院的歌剧《红军不怕远征难》在全景式展现红军长征悲壮历程的同时，重点刻画了陈龙湘、石虎、王勇、老郭、苗花等英雄人物，有红军师长，有连长，有炊事班长，有普通战士，还有在红军队伍里成长起来的赤卫队员。

中国歌剧舞剧院民族乐团创排的“‘国之瑰宝’——长征路上民族管弦音乐会”，集传统艺术精华与当代语境于一体，汲取了民族音乐中耳熟能详的旋律与当代观众的审美观念。其演出曲目特邀 10 多位风格迥异、特点鲜明的著名作曲家倾力打造，采用多种地方特色乐器与乐队组合的形式，创作出短小精悍、易于传播的音乐作品。2016 年中国歌剧舞剧院民族乐团在保留乐团常演经典曲目的同时，在演出配置方面，其选曲和编排更加清新现代、雅俗共赏，启用了更多的乐团青年演奏家和新节目，演出形式多样，同时开展了“高雅艺术进校园”的专场演出，对继承发展中华民族优秀传统文化、全面提升校园文化品位、推进校园文化建设具有重要意义。

如何在文艺创作中努力实现优秀传统文化的创造性转化、创新性发展，是各院团努力探索的创排方向。“2016 年国家艺术院团演出季”也涌现出一批展现优秀传统文化魅力的佳作。中央民族歌舞团的民族歌舞《花好月圆》融入维吾尔族、哈萨克族、藏族、朝鲜族、黎族、珞巴族、彝族等多民族的歌、舞、乐文化，深刻诠释了“中华民族一家亲，同心共筑中国梦”主题。中国歌剧舞剧院新创的舞剧《赵氏孤儿》通过挖掘经典的中国故事，运用舞蹈语言以及舞美、灯光等手段刻画人物，弘扬忠、孝、信、义的传统理念和民族道义，受到观众好评和喜爱。

由中国东方演艺集团与陕西省文化厅、陕西省志丹县人民政府联合出品，中国东方歌舞团演出的舞剧《兰花花》，作为建团历史上的第一部中国舞剧，填补了东方歌舞团艺术发展史的空白，拓宽了东方歌舞团的艺术创作视野，更是为艺术家们开启了舞蹈领域新的跨界尝试——从原来的中国舞、亚非拉及国外舞种切换到陕北人民淳朴、勤劳的生命舞步。在创作过程中，他们进一步探索了民族舞剧在题材选择、人物塑造、戏剧冲突、音乐效果、舞台美术等多方面的创作走向和美学风格。音乐配器上，用淳朴高亢的陕北信天游搭配深刻庄重的交响乐，加强了民族音乐的感染力和内在张力；在舞美上，将陕北地区特有的艺术元素与现代设计理念相结合，形象写实，表达方式写意。

“2016 年国家艺术院团演出季”中的展演项目除了着重对新作品的演绎，也有对经典作品的深入挖掘。中央民族乐团除了演出大型民族乐剧《又见国乐》，又与成都民族乐团共同推出了大型民族音乐剧《寻找杜甫》。该剧以杜甫生命中的三个重要阶段为创作主轴，采用大型民族乐团来塑造表现中国古代文化名人的艺术形象，融音乐、戏剧表演、诗词吟诵于一体。中国歌剧舞剧院对经典作品《小二黑结婚》进行了复排，此次歌剧《小二黑结婚》采用了民族管弦乐伴奏的方式，以现代理念重新编排、配器，既保留了原汁原味的地域性音乐风格，又融入了时尚元素和青春气息，同时，在表演样式、舞美设计、服装造型等方面也进行了新的探索，力求让小芹和小二黑在新的时期焕发出新的光彩。“2016 年国家艺术院团演出季”共推出 29 台剧目，演出 62 场，历时 2 个月。演出季期间，还开展了系列观摩交流、艺术评论、艺术惠民等活动。

2016年是中央乐团—中国交响乐团建团60周年。值此之际，中国交响乐团策划演出了一系列团庆活动，从5月27日的“粉墨春秋”京剧交响音乐会到“俄罗斯之夜”交响音乐会、从“龙声华韵”之《希望》到谭盾与斯特拉文斯基的“四祭”，连续4场团庆音乐会场场精彩，为观众展现了乐团在传播经典交响乐、传承民族交响乐、助力交响中国化、创新时代交响乐的努力与用心。

“第十一届中国艺术节”在陕西举办，其中陕西省文化厅特别推出根据同名长篇小说改编创作的歌剧《白鹿原》，成为2016年度歌剧艺术领域的“现象级”新作，并引发争议和探讨。作曲家程大兆身兼编剧与作曲二职，《白鹿原》的音乐创作将西方音乐技法、中国传统音乐技法与陕西民间音乐元素进行了有机结合，将陕西地方音乐元素植入歌剧音乐语言。陕西地区被纳入首批国家级非物质文化遗产名录的“碗碗腔”，以“戏中戏”的形式呈现，具有非常直接而强烈的艺术感染力。在咏叹调的创作上，作曲家显示出大胆的勇气，为剧中几个人物都谱写了有分量的咏叹调，尤其是田小娥在最后一幕的大段咏叹调，对于解释人物内心世界起到重要作用。但多年来我国歌剧创作存在的一个主要问题，即醒目旋律的缺乏，在这部歌剧中仍未得到突破。歌剧《白鹿原》中有感人的音乐，但缺少点睛之笔。宣叙调作为制约歌剧发展的因素之一，在这部歌剧中也存在着与汉语——不管是关中方言还是普通话——的抵触，在完成其作为人物对话和交代剧情的功能的同时，缺少音乐美。这部作品的问世也为中国新歌剧的创作提出了新的思考，即在用西方作曲思维表达中国传统故事和人物时，如何创作出亲近中国音乐语言特点的音乐主题，使东西方元素做到真正的融合。

2015年度国家艺术基金资助的一大批音乐机构、组织及个人，在2016年度也有大量优秀作品呈现。2016年6月26日，中国音乐学院“‘意象·净土’——民族管弦乐原创作品音乐会”在国家大剧院首演，音乐会借助古典诗词这个载体，用意象的方式解读中国音乐。该项目委约诸多重量级作曲家：高为杰的《山居》用“斐波那契数列”作为表现手法，把符合黄金分割比的音符排列纳入创作，用二胡、琵琶、古筝等民族室内乐形式演绎王维的诗词；瞿小松的《古调》选取了13世纪英国教堂的圣咏音乐元素进行创作；高平创作的琴箫与人声合作的《咏莲》一曲，在第四章的声乐部分加入女高音，咏唱了李商隐的诗作《赠荷花》，烘托出诗中唯美意境；刘长远依据李白诗词创作了《月下独酌》；杜咏创作的二胡与民族管弦乐队合作的《桃花源》；青年作曲家谢鹏创作的二胡、古筝与民族管弦乐队合作的《净土》。从曲目特点讲，音乐会展现出近年来民乐舞台上少有的新的创作思维、形式和气象，也体现出作曲家个性化的创作风格与浓厚的人文气息。

2016年11月9日，在国家艺术基金的支持下，中央音乐学院民族管弦乐团赴新西兰奥克兰市进行演出。在林涛教授的指挥下，音乐会以王建华教授领奏的民族打击乐《龙腾虎跃》（李民雄曲）开场，乐曲热烈、欢快，将观众带到了中国北方锣鼓喧天的热闹场景。戴亚教授演奏的笛子协奏曲《陌上花开》（郝维亚曲）、章红艳教授演奏的琵琶协奏曲《霸王卸甲》（周龙根据古曲改编）和石海彬副教授的唢呐协奏曲《唤凤》（秦文琛曲）等作品，通过作曲家采用的现代作曲技术和传统民族音乐的结合，以及艺术家精湛的演绎，向新西兰听众展示了中国民族乐器的演奏技巧和丰富的表现力。于红梅教授演奏的《长城随想》（刘文金曲）以辉煌磅礴的气势和娴熟的技艺，展示了二胡这一传统乐器丰富的表现力。管弦乐合奏《春江花月夜》（秦鹏章、罗忠镕编曲）则通过对传统乐曲的改编，表现了江南水乡美丽的景色和中国传统音乐的优美意境，引人入胜。音乐会令新西兰听众充分感受到了中国音乐的魅力。

（三）小结

2016年在各大院团音乐演出及创作中，原创歌剧呈现一路走高的态势，从创作到亮相舞台，一部优秀的原创作品不但与其主创团队的实力相关，也离不开自身平台所积累的艺术经验与基金支持。2016年度原创类的作品层出不穷，以北京为例，北京市文化局通过北京文化艺术基金、北京剧目排练中心、低价票惠民政策、北京市剧院运营服务平台等载体扶持原创作品，盘活社会资源，极大地繁荣了首都文艺舞台。2016年启动的北京市剧院运营服务平台推出142台剧目265场演出，观众达10余万人次。国家艺术基金 2016 年度资助项目立项共计 966 项，其中大型舞台剧和作品创作资助项目共 146 项。在立足本土文化的同时，需要探索的，除了对经典、宏大作品的精排，还要关注当下人民的生活，汲取富有时代意义的题材形式。

当下舞台艺术发展迅速，特别是随着新技术的运用，出现了一些新的舞台艺术形式，有些是依托新舞台技术形成的，还有一些是在融合多种已有艺术形式基础上形成的。国家艺术基金对艺术作品的创新也继续加大力度支持，为推动传统艺术形式在创新中发展，从 2015 年开始增设具有创新性、跨界融合特点的表演形式资助项目。与之相呼应，2016 年度各大剧院推出的经典歌剧新制作以及原创音乐会中，国内院团呈现出了新气象——更加追求演出的新形式、新融合，而创新和融合也应注意遵循基本的艺术规律，尊重现阶段的艺术接受能力，其主旨应该是“勿忘初心，服务于群众”，只有体现出作品的思想性、艺术性，才能创作出经受得住历史检验的优秀艺术作品。

在市民娱乐消费不断增多的演出市场中，各大剧院着重打造了一系列精品音乐会，而剧院要成为城市的文化客厅，首先要有好的剧目，要用优秀的文艺作品熏陶观众、影响观众。目前，国内很多剧院的定位都是综合性的，目的是提供多元化的舞台艺术，满足当地观众的精神文化需求，除了推广低票价优惠活动，以及配套的相关服务外，在剧目的选择上要兼顾不同层次、不同年龄段的观众，把握好艺术的风向标，这样才能吸引更多的观众走进剧院。

国内一线城市剧院在自身平台不断雄厚的同时，应该考虑的是，如何使其艺术氛围的影响力有效地辐射到周边城市，带动区域城市音乐艺术类市场的活跃。我国剧院的分布整体上东多西少，剧场的利用率也与此成正比，政府需要加强监管，制定鼓励政策，使演出市场进一步有序地繁荣，其中最为突出的是戏曲音乐演出市场。纵观 2016 年度戏曲音乐演出与创作，依旧是大戏占有主流市场，而我国目前地方剧种有 286 个，平均每两年就有三个剧种消失，全国有 74 个剧种目前只剩一个职业剧团或戏班在支撑，处于几近隐没的边缘。在歌剧、管弦乐、民乐演出不断升温的同时，小剧种所要面临的演出市场则越来越严峻。在舞台新技术以及网络信息科技不断发展的今天，为小剧种找到更为适合其生存的生态空间及演出空间，给大戏找到更切实的市场落脚点，以拉近戏曲与观众的距离，传播中国传统文化为主旨，是接下来我国文化市场发展所要探索的一条综合、均衡的发展道路。

二、音乐理论

在音乐理论研究方面，中国音乐史、民族音乐学、传统音乐学、乐律学等领域有了一系列的突破，通过跨界结合，学科视野与研究方法得到进一步扩展。西方音乐及作曲技术理论研究的深化，表现了中国音乐学者对于传统与现代、西方与中方音乐的探索与反思，国外音乐学术成果翻译、音乐教育、音乐美学等各领域也取得了丰硕成果。围绕音乐学各领域学术研讨会频频举行，对音乐学界理论研究的推动大有裨益，促使学术体系不断发展与成熟。

（一）中国音乐史学研究

音乐史研究一直是音乐学研究中的重中之重，在 2016 年度音乐史研究中，研究视角与方法更为多元，更加注重对相关学科方法论的借鉴与吸收。国内学者开始注重音乐与文化的结合，将音乐史研究与文化相观照进行研究，特别应该提到的是对于近现当代一系列音乐文化现象及其背后的文艺思潮研究，涉及音乐美学、音乐社会学等方面，极大地扩充了中国音乐史研究视角，呈现出“打破既有研究框架，寻求跨学科视角和路径”的“新史学”特点，对我国音乐史研究具有极其重要的社会意义与现实意义。而针对少数民族音乐史的相关论题的研究体现出学者们对于研究的薄弱环节意识的加强。此外，音乐史学科的建设也被一些学者关注。如何重写中国音乐史，使得音乐史脉络更为清晰，更为合乎事物发展的客观规律，依然是我们所要注意的。

1. 研究理念与方法论。正确的研究理念与好的研究方法如同指路明灯，在这里我们应强调理念的重要性，这要求音乐学研究者既要有宏观视野，也要有抓住微观研究点的能力，对中国传统音乐文化、人文音乐史应进行重新定位，努力拓展学术研究视野与研究范围，多地区、多民族、多学科兼容并蓄，既要关注音乐现象本身，也要关注音乐背后的深刻内涵。

《中国音乐学》（2016 年第 1 期）开设专栏，刊登“中国音乐文化史学术研讨会”的相关论文，其中，项阳的《回归历史语境“讲清楚”——以新的治史理念把握中国音乐文化的特色内涵》一文强调了中国传统音乐文化逻辑起点的意义，认为应把握传统社会用乐的整体观念，回到历史语境中说清楚，借助多学科研究理念进行拓展，从多功能为用的意义上来认知音乐文化在社会中的作用，撰述具有中国特色的音乐文化发展史。杜亚雄在《中国音乐文化史≠汉族音乐文化史》一文中认为，中国音乐史研究应重视各“少数民族文献”、“杰出的少数民族音乐家”及至今仍存活的“少数民族音乐文化遗产”，指出少数民族音乐文化遗产对于中国音乐文化史的重要意义。这些对音乐文化史研究的新思考，将推进中国音乐史研究向更深入的方向发展。

2. 中国古代音乐研究。在古代音乐研究方面，对音乐与文学关系的研究成为热点。包德述的《中国古代诗词歌曲词曲用韵的共生性特征探析》一文以部分实例为依据，对歌词的词韵及旋律发展进行分析，指出词曲用韵共生发展这一艺术特征所具有的独特审美趣味与文化意蕴。孙晓辉的《乾嘉音乐学术论略》一文区分了乾嘉学者音乐著述的主要类别与流派，并陈述了乾嘉音乐学术“重视礼乐名物制度的考证”“追步和发扬朱载堉乐律成果”“重视俗乐乐学考证”“重视管律研究”“阐发琴学和琴律”的总体特征。

在音乐考古学方面，方建军的《音乐考古学：名称、定义和学科属性》一文对音乐考古学的名称、定义、学科属性进行了界定。《音乐研究》（2016 年第 5 期）开专栏介绍了郭家庙曾国墓地的发掘、研究工作，将曾国历史上溯到西周早期，对于认识曾国的族属、礼乐制度以及两周时期江汉地区政治结构起到了极大的推动作用。

3. 中国近现当代音乐史。2016 年度近现代音乐史研究，主要关注点是在“音乐家创作与生平研究”“音乐社团及社会活动”“音乐教育”“音乐思潮与观念”等方面。一些学者以近现代音乐家为主要研究对象，立足历史事实对其音乐成就做出了较为客观的评价；刘瑾、何梦影、宫宏宇则分别就文化生态变迁与音乐的关系、不同地区教会音乐教育问题做了梳理，这为当代音乐教育发展及未来音乐文化重构提供了借鉴。

当代音乐的研究首先应关注“丝绸之路与当代音乐学术”问题。随着国家“一带一路”倡议的出台，“丝绸之路”问题又重回研究视野。作为古代东西经济贸易的重要通道，“丝绸之路”对音乐文化的发展也发挥了极其重要的作用。《音乐研究》（2016 年第 3 期、第 4 期）开专栏对相关问题进行研讨，收获了许多真知灼见，正如张伯瑜在《论丝绸之路音乐研究的意义》一文中所说：“丝绸之路是打破西方化进程的一个有效方式。以历史的眼光重新审视丝绸之路的音乐，不仅寻求音乐样态的多样性，也继续为多元的世界探索出一条未来之路。”流行音乐在当代音乐发展中异军突起，成为当代不容忽略的重要音乐类型。

4. 学术会议。由中国音乐史学会主办的“中国音乐史学会第十四届年会暨第九届全国高校学生中国音乐史论文评选‘上海音院出版社奖’颁奖大会”就中国音乐史料的发掘与研究、中国音乐史区域研究等方面展开探讨。考古学会议加大了对音乐事物进行音乐考古学视野下的研究，对音乐考古的研究对象和研究方法进行了积极的探索。湖北省叶家山、郭家庙、文峰塔等曾国墓地的发现为学界瞩目，使曾国面貌日渐清晰，将曾国历史上溯到西周早期，对于认识曾国的族属、礼乐制度以及两周时期江汉地区政治结构起到了极大的推动作用，有利于更为全面地揭示曾侯乙编钟的文化内涵。“《中国音乐年鉴》第十二届学术研讨会”对近年来音乐学界对于学科关系的新认识、学科之间的接通与整合做出重要讨论。由星海音乐学院主办的“2016 中国首届国际音乐文献翻译研讨会”从音乐文献翻译的概念理解、语言转换与翻译难题到音乐文献翻译在国际音乐发展和交流中的地位都进行了全方位探讨。《南京艺术学院学报》（2016 年第 2 期、第 3 期）对广州“流行音乐高层文化论坛”成果进行专题刊载，学者们或考察流行音乐不同历史时期的风格衍变，或分析新媒体影响下流行音乐的发展动态，或关注流行音乐对于当代学校教育的影响，这些有益思考都对推动当代音乐研究起着重要作用。

2016年度古代音乐史研究在音乐文献释读、古代音乐制度、音乐家音乐活动考察、古代乐器发展等多方面亦有相当的成果，展现出中国古代音乐史研究论域的不断扩展以及研究角度、研究层次的不断深化。

（二）乐律学研究

2016年度的乐律学研究，论文学术含量大为提升，成果较往年更为丰富。学者间的相互交流和碰撞，不断推动乐律学研究向更深更广的方向发展。一方面，乐律学的研究领域进一步拓展，学者们都本着务实的科学态度深入挖掘音律数理关系，同时又另辟蹊径，使得传统乐律学中的老问题获得了新的研究思路；另一方面，理论律学和应用律学的实践探索得到了更多的关注。

李玫的《蔡元定〈燕乐书〉解——“变”与“闰”解释中的王光祈之误》一文对“燕乐二十八调”中“变”“闰”的含义进行了重新解读，通过对蔡元定《燕乐书》中二十八调叙述体例的分析，对“变”“闰”二字的含义考释，对王光祈关于此二字所做解释提出疑义。刘勇通过对朱载堉原著的梳理，对朱载堉创制新法密律动机进行考察，解读朱载堉对于不同律制的思维方式，揭示了朱载堉律学思维的局限性。在明代朱载堉的异径管律研究中，相邻二律间管径比值问题一直为学界所关注，史凯敏的《朱载堉异径管律理论验证的再验证——与刘存侠先生商榷》一文以刘存侠对于异径管律的运算方法为研究基础，对相关问题提出了不同见解。

在乐学研究方面，陈应时的《论唐宋燕乐中的闰角调》一文以公元933年之前抄写的敦煌乐谱中两首琵琶曲谱为据，论证了唐代燕乐也存在“闰角调”的琵琶曲。李玫的《〈梦溪笔谈〉之“燕乐二十八调”文本分析》一文以《新校正梦溪笔谈》为底本，辅以《梦溪笔谈校证》，并与《元刊梦溪笔谈》26卷本对读，对沈括《梦溪笔谈》中燕乐二十八调理论的内容进行了重新解读。工尺七调问题一直是乐学研究的重点，李宏锋的《清代工尺七调系统的丰富发展与多类型并存》《元杂剧宫调的实践基础与乐学内涵》二文是通过对相关史料考古遗物和传统音乐遗存的梳理统计得出的乐学成果。前者认为现存诸多传统音乐品类中形态各异、结构不一的工尺调名系统，都是宫调理论历经明清工尺调转型与丰富发展后，“有序演化”与“因势讹变”的结果。后者以现存元杂剧宫调的乐学内涵为研究对象，认为元代宫调理论、音乐形态乃至音乐风尚在中国音乐史发展中发挥着重要作用。

以上涉及宫调问题的分析研究，为深入认知传统音乐形态特征，探知不同历史时期、不同乐种间蕴藏的传统音乐信息，学科建设以及民族音乐创作实践产生积极而重要的影响。相信乐律学研究的热潮还将继续延续，相关的学术交流将会不断拓展，对音律科学理论研究和实验探索将出现更多新成果，我国的乐律学传统能得到更好的继承与发扬。

（三）民族音乐学与传统音乐研究

田野考察是民族音乐学与传统音乐研究的重要研究方法，进行民族音乐学与传统音乐研究大都须建立在田野考察基础上。随着非遗工作的不断推动，从官方到民间，对当下音乐文化遗存的搜集整理研究越发深入、广泛，音乐学者们关注音乐事象与其生发环境的互动关系，同时强调对于历史脉络的整体把握。一系列研究成果相继面世，总体上学术较为规范，对于传统音乐研究的进一步展开具有一定的应用价值。但由于一些作者知识结构不够全面，部分研究仅限于对研究对象的浅层描述，而缺乏更为深入地结合历史、地域、文化层面的比较分析与研究，这是一个值得关注的问题。传统音乐研究在体裁研究（包括形态学研究）与文化阐释两个方面不断深入，两者相联系进行的研究也不断升温。戏曲、曲艺音乐研究一直在近年传统音乐研究中相对滞后，而少数民族音乐研究比例加强，除了汉族传统音乐研究外，还涉及了鄂温克族、朝鲜族、维吾尔族、壮族、苗族、黎族、柯尔克孜族、羌族、基诺族、佤族、傣族等少数民族的音乐文化研究。

1. 传统音乐本体研究。以传统音乐体裁为范畴的研究（包含形态研究）既是传统音乐研究中的重要领域，也是2016年度音乐学研究较为关注的一个方面，并在研究对象的历史衍化、形态特征、文化语境下的音乐构成等问题的探讨上有了新的推进。杜亚雄的《何谓中国音乐？——兼谈中国传统音乐的形态特征》一文从汉藏语系诸语言的特点出发，重新解读了中国音乐、中国传统音乐概念，探讨与中国传统音乐形态有关的一些问题，呼吁民族音乐学界将研究各民族“音乐传统”作为一个重点，创作具有民族传统音乐特点的音乐作品，发扬我国优秀的音乐传统。周来达的《昆曲曲牌唱调由何而来》一文对昆曲“字腔”与“过腔”的系统梳理，对于戏曲音乐的成因与演化方面的研究有着重大意义。王耀华的《泉州南音曲牌【绵答絮】考》一文将泉州南音曲牌【绵答絮】与历史上昆曲【绵答絮】曲牌相互联系进行考证，探讨泉州南音曲牌的历史演化过程，为考察曲牌音乐的发展提供了参照。此外，陈文革、孙可臻等都对不同传统音乐种类的历史来源及发展演化进行探究，这些学者的研究都有利于传统音乐研究的推进。

周青青的《我国民间音乐结构分析的历史、现状与探索空间》一文对中国民间音乐结构历史、当今分析手法进行梳理，王州与王耀华的《中国传统音乐纵向结构的构成要素特点及其结构功能》一文从声部思维、音高要素、节奏要素、音色要素等方面论述中国传统音乐纵向结构的构成要素特点及其结构功能。这两篇文章都从不同方面对中国传统音乐构成要素、方式进行了分析，对于了解中国传统音乐形态特点并探讨如何运用于创作，提供了有益的借鉴。

2. 文化变迁下的传统音乐传承模式。传统音乐的传承与保护一直以来是音乐学界的一个持续性话题，自20世纪初开始的民间音乐的搜集、整理工作的全面展开以及近年来不断掀起的非遗热潮工作的带动，抢救、保护了一批重要的民间音乐品种，为我们传统音乐文化传承立下了汗马功劳。那么，这些看似散落于民间的音乐形式在历史的长河中是如何传承与发展的？近年来，学者们越来越注重对于文化变迁中传统音乐传承模式的探索。当然，在当今的政治、经济及文化环境下，如何将理论应用于实践，如何自上而下对传统音乐进行有效的传承和保护，依然是我们所要思考的。

《星海音乐学院学报》“岭南音乐文化研究”专栏中，黄日进的《广东音乐之现状》一文比较了老一辈民间艺人与专业音乐教育中音乐人才培养方式的差异，揭示出音乐院校的民族器乐教学问题，表达了对传统广东音乐前途的担忧。赵旭超的《岭南珠玑“旱地龙船歌”调查报告》、陈蔚旻的《岭南筝乐发展的引路灯——小议陈安华的教育与艺术成就》二文分别对岭南珠玑“旱地龙船歌”、岭南筝乐相关问题进行调查研究。本专栏所刊论文是对岭南地区音乐研究成果的集中体现，使得岭南地区音乐文化获得更多关注，对于区域音乐学研究有一定的深化意义。张月的《民间礼俗用乐文化内涵探析——以高碑店吵子会为例》、萧萍的《不可僭越的民间礼乐——妙峰山进香花会中的“皇会”乐社研究》二文分别以高碑店吵子会、妙峰山进香花会中的“皇会”乐社为研究对象，探讨民间礼俗用乐情况，剖析传统音乐会社与民间礼俗之间的文化渊源。

3. 仪式音乐研究。仪式音乐是中国传统音乐文化中的重要组成部分，2016年度相关学术论文研究对象主要涉及佛教、道教、基督教以及民间信仰，这些研究成果多以个案进行考察，或讨论仪式音乐的结构模式与音乐形态，或从多个视角研究仪式与群体、仪式与传播、仪式与文化系统的互动关系等，从不同阐释路径提出他们对仪式音乐的认知。

朱海鹰的《浅析南传佛教音乐研究的意义与技术难点》一文对南传佛教中的相关问题进行了解析，就南传佛教音乐及其研究的意义、技术难点、禁忌、“一带一路”政策背景下如何看待周边地区的音乐文化等相关问题进行解析与讨论，指出宗教研究在人类文化发展及传统音乐文化研究中的重要作用。刘红的《陈国符道教音乐研究之理解与认知》一文系统阐述了陈国符对于道教音乐的理解，分析了其对于音乐研究的历史和现实意义。甘绍成的《清代以来四川道教广成坛使用的科仪与音乐——从〈广成仪制〉〈雅宜集〉谈起》一文根据清代四川道士陈复慧辑录和编著的《广成仪制》《雅宜集》，探讨清代四川道教广成坛使用的科仪和音乐，弥补了四川道教科仪音乐在清代研究方面的诸多不足。

4. 学科方法论。民族音乐学是涉及音乐的人类学研究，是从音乐方面进行人类学研究，或者说是为了人类学所进行的研究。《南京艺术学院学报》2016 年第 1 期“中国民族音乐学反思与建构”学术研讨会专栏，是对中国民族音乐学学科建设和发展方向的回顾，涉及音乐图像学、民族音乐学“本土化”理论建构、中国传统音乐的发展及其反思、当今德国民族音乐学界对学科名称的争议、民族唱法的“千人一面”等相关研究成果，是对南京会议以来民族音乐学研究经验的总结与反思，对未来民族音乐学研究的走向和发展具有积极意义。

伍国栋的《乐种构成理论框架的启迪和运用——袁静芳〈乐种学〉与我的乐种研究课题》一文将袁静芳《乐种学》理论框架与作者的乐种学研究课题实践作为考察对象，对《乐种学》一书的学术价值和学科构建意义，予以重新判断和评价，指出中国传统音乐的乐种学研究方法为世界民族音乐学发展提供了宝贵经验。萧梅的《“生态音乐学”团队的理念与实践》一文以上海音乐学院“生态音乐学”教研团队对中国传统音乐的研究为考察对象，分析了“生态音乐学”的发展过程与生态学或文化生态学所涉及的诸多相关问题。项阳的《构建中国音乐理论话语体系与教学实践之路——袁静芳先生的治学与研究》一文从“传统音乐理论”构建和亲身经历入手，对袁静芳先生的音乐学理论体系及治学方法进行分析，客观评价了袁静芳的学术人生对于中国传统音乐及理论教学所做的贡献。

近几年，随着研究方法的扩展和研究视域的扩宽，“跨界”“接通”“交叉”等概念的出现为传统的民族音乐学研究提供了新的研究思路，学科意识不断增强，既包括了微观的音乐形态研究，也包括了理论方法上的探讨，涉及历史学、考古学、人类学、民俗学等学科，形成了传统音乐研究多角度、多层面、多视域的学科发展景象。

《中国音乐》第 3 期、第 4 期开设“跨界族群音乐研究”专栏，刊载了诸多真知灼见，张伯瑜在《人群关系：跨界族群音乐研究的基本出发点》一文中指出：“跨界族群音乐现象实际探讨的是背后的人群关系，以及在此基础上形成的文化关系、身份认同与国家主义问题。无论是音乐、文化，还是人群关系、民族关系或国家关系，这些都是处在动态之中的，也就是说它们是不断变化的。”杨民康在《从跨界族群音乐研究到学科方法论跨界研究——兼涉中国民族音乐学从对象学科向思维学科转型的几点思考》一文中积极提倡跨界族群音乐研究乃至中国民族音乐学从对象学科向思维学科转型，意在强调其方法论指导和引领作用，最终塑造出一种兼及历史背景、文化思维、艺术实践和社会应用等多重境界的学科方法论意识与学术氛围。

5. 学术会议。中国传统音乐学会第十九届年会与北京民族音乐研究与传播基地学术年会以民族音乐学的学科体系为基础，研究多民族文化视野下的中国传统音乐研究，着重把握对传统音乐体裁形态和当下的传承、跨学科的研究理念，仪式音乐的研究和多民族视野下的传统音乐的研究等相关问题，同时挖掘“空村现象”等热点问题对音乐发展所产生的影响。“东方音乐研究学术论坛”“第五届世界传统音乐学会东亚会议”对东方区域音乐相关学科、东方音乐的历史与现状等方面展开讨论，同时将中国传统音乐置于东亚音乐的大背景之下，以更为宏观的视角把握中国传统音乐。由中央音乐学院主办的“第九届亚太地区佛教音乐学术研讨会”，强调佛教音乐抢救工作至关重要，将佛教音乐文献、佛教仪式的考察与研究，提升到了一个新的高度。“第二届燕赵音乐文化研讨会”研讨明清以降河间府的政治、军事、经济等人文生态下的俗乐勃兴以及冀中与冀东地方俗乐的流变样态，有力地促进了燕赵音乐文化的研究工作的开展。分别由南京艺术学院和西安音乐学院主办的“多维视角下的琴学研究学术研讨会”“西安鼓乐暨丝绸之路音乐国际学术研讨会”对古琴与西安鼓乐的历史与现状、传承与保护以及表演方面的美学问题进行交流。

在新的历史和学术环境条件下，跨界族群的研究视域与传统音乐对象门类互相沟通，对从更多角度挖掘中国传统音乐文化的历史与现状，进一步体味中华民族浓厚的音乐内涵不无积极意义。中国传统音乐似一方肥沃的土地，蕴含着取之不尽的、亟待发掘的资源，我们只有将中国文化自觉提升到一个新的高度，传统音乐研究才能在多元文化发展中不断前行。

（四）作曲技法与西方音乐研究

中国作曲技法的研究一直是我国音乐学研究的薄弱环节，2016年度关于作曲技法理论研究与创作实践成果，较之往年有了一定程度的丰富，高佳佳、赵瑾、胡筱铮等学者从和声、旋律、复调等角度探讨了中国声乐、器乐曲的当代创作思维。朱琳、石一冰的论文则是从文化背景、创作理念等方面对作品进行考察，如朱琳在《从传统文化中寻根，在跨界文化中发展——〈芬芳〉创作观念简析》一文中剖析了中国道家哲学、古典诗词等传统文化以及20世纪声学、分形等跨学科的理念。王旭青、瞿枫、张明坚分别以西方作曲家的作品为研究对象，从创作思维、创作背景及风格等角度对研究对象进行分析。中央音乐学院音乐学研究所主办的“2016当代音乐创作学术研讨会”，立足于音乐创作和表演实践，立足于音乐评论的作用与在音乐创作中的角色，探讨当代音乐创作中出现的问题，对当代音乐创作产生了有益的影响。作曲技法研究主要还是以传统形态、历史分析方法为主，在研究视角和研究思路上还有很大的成长空间，如何将作曲技术分析与人文内涵相结合，如何开拓研究方法和研究视角，如何使理论研究更好地为民族音乐创作服务，仍是未来值得关注的课题。

西方音乐研究选题角度趋向多元化，体现了中国西方音乐学界对国外音乐理论的思考及对西方音乐文化内涵的关注，关于音乐表演、音乐理论等方面的一批学术成果被介绍到国内，这为学界提供了新的学术信息，国内学者对“音乐学分析”概念的理解不断深化，对国外研究方法、研究理念的吸收，有助于国内音乐理论建设的完善及从不同视角反观中国音乐学发展。由上海音乐学院主办的“中国钢琴音乐经典百年回顾”学术研讨会，围绕“中国钢琴音乐的创作、研究、批评与推广”这一系列核心议题，分别从不同侧面进行深入的交流，旨在鼓励中国钢琴音乐作品的创作与表演，并推动中国钢琴音乐的教育、推广与研究。这次会议对于中国钢琴音乐的发展来说具有里程碑式的意义，它对中国钢琴音乐未来的走向具有重要的昭示作用。

（五）其他研究

音乐教育方面，《四川音乐学院学报》《星海音乐学院学报》《南京艺术学院学报》等期刊都开设了专门的音乐教育版块，体现出近年来学界对于音乐教育研究的重视。学者们一方面积极吸收借鉴国外高校音乐教育模式及其教学理念，另一方面深入考察国内音乐教育的现状与发展趋势，反思现代中国音乐教育出现的问题，探讨符合中国文化传统的音乐教育传承模式与方法。针对2015年第10届全国音乐美学学术研讨会，《南京艺术学院学报》对会议成果进行专栏汇报，就中国传统文化、古代文献及西方音乐研究中涉及的音乐美学观念展开辨析，对相关问题进行了深入研究，体现了积极的学科反思意识。

此外，在音乐心理学、音乐治疗、音乐评论方面也取得了一定的成果，音乐科技作为音乐学研究的新领域，其自然学科方法的介入将对音乐学研究领域和研究方法的扩展有着积极的作用。

（六）学术活动

2016年度各类学术会议，尤其是由全国性的学会、研究机构、专业院校主办的学术会议，如“第十届国际音乐考古大会”“2016中国首届国际音乐文献翻译研讨会”“第五届世界传统音乐学会东亚会议”“西安鼓乐暨丝绸之路音乐国际学术研讨会”“2016当代音乐创作学术研讨会”“中国钢琴音乐经典百年回顾”等，促使一批学术研究论题成为热点，带动学术成果大批涌现。学术会议趋向于议题针对性强、研讨群体集中、规格高而精等特点，有效提高了学术会议的研讨效率与学术含金量。

各学会年会作为音乐学研究领域重要的学术交流平台，历次会议主题都代表着学界研究的前沿与最新动态。如中国传统音乐学会“多民族文化视野下的中国传统音乐研究”的年会主题，反映出中国传统音乐研究对社会现状、新理念新思路、新兴学科等方面的密切关注；第十届国际音乐考古大会年会主题“人类学视野下的音乐考古”，体现了对音乐文物研究、声学与声景、音乐人类学等论题的关注；西方音乐学会第五届年会“西方音乐研究的中国视野和西学前沿”的会议主题反映出“中国视野”仍是中国学界在西方音乐领域的核心理念。音乐学科各专业学会作为该领域的学术组织，其年会议题反映出较近一段时期内该研究领域的研究重心，围绕论题产生的一大批学术成果促进了该学科领域的不断发展。同时，年会论文也不同程度地浮现“学术泡沫”，其中部分文论对热门理论盲目地追捧与套用，值得学界反思。

一批含金量较高的学术专题会议，如“第九届亚太地区佛教音乐学术研讨会”“多维视角下的琴学研究学术研讨会”“中国钢琴音乐经典百年回顾”等学术研讨会，推动音乐学术研究向纵深发展。尤其是“历史与田野”——中国礼俗仪式音乐学术研讨会，以中国礼俗仪式音乐为主要的研究对象，对民族音乐学、传统音乐理论等学科提出“历史与田野”等新的研究理念。会议着重对礼俗概念内涵与外延的界定、与国家制度之关系、背后体现的传统思想观念进行讨论。中国传统音乐、中国音乐史的研究极少关注的“礼乐”论题，尤其在雅乐、礼乐、俗乐、礼制、乐制等诸多基本问题上缺乏系统梳理与深入辨析。以本次会议为标志，礼乐研究成为中国音乐学界一个亟待广泛、深入探索的新领域。

同时，围绕老一辈音乐学家举办的学术研讨活动，如“赵沨艺术教育思想学术研讨会”“缅怀·弘扬——于润洋教授与中央音乐学院学术建设纪念研讨会”“郭乃安先生追思会暨学术思想研讨会”“孙继南先生追思会暨学术研讨会”“继往开来——中国传统音乐理论的继承与创新暨袁静芳教授八十华诞学术研讨会”“赵宋光先生前沿学术思想研究暨南北民间音乐呼应欣赏会”等，这些研究为当代音乐学者了解、学习前辈的经验和成果提供了借鉴，展示了老一辈学者的学术成果。探究其治学方法，追忆前辈严谨治学的精神，这是对前辈学术生涯的肯定，同时引发了学科体系、学术史等一系列话题的广泛讨论。

（七）小结

从2016年度举办的各类学术会议以及各学术杂志的专栏来看，音乐理论研究在研究视域、理念、方法上“跨界”特征明显，研究对象趋于“体系化”。

“跨界”概念，从前几年提出到被广泛运用，反映出音乐学研究的持续性，以及越来越明确的“问题意识”。在这种“意识”推动下，学术研究呈现“两极化”特点：其一，以“问题”为主导，尤其是方法论的“跨界”，促使各分支学科的“界限意识”逐渐模糊；其二，“问题”越发集中，针对性加强，研究方法“精细化”促进一些分支学科的“独特性”越发明显。

以上两种趋势促使研究对象趋于“体系化”。比如2016年度，“丝绸之路与当代音乐学术”“中国音乐文化史”“跨界族群音乐研究”“上海音乐历史与文化研究”等学刊专栏，“中国传统音乐表演体系”“音乐史学视阈下的中国电影音乐研究”等国家社科基金项目，以及“礼俗仪式音乐学术研讨会”，都体现出这两种趋势。与之相对应，音乐学研究的团队化、群体化亦日益明显。

同时，从研究成果看，仍存在一批亟待完善与开展的论域：

1. 对于中华礼乐文化的研究不足，如何“将传统文化讲清楚”，如何从音乐历史与音乐实践层面“将礼乐传统讲清楚”，成为中国传统音乐文化研究领域的一个重大课题。

2. 传统音乐研究与音乐史研究的学科壁垒有待进一步打破，横向的传统音乐研究与纵向的音乐史研究应当充分结合，形成一体，加强对“中国音乐文化”的整体认知，加强历史研究与田野考察相结合。

3. 音乐表演学科体系化研究不足。音乐表演作为音乐学科一个基本方面，对其各个子学科的学科体系缺乏系统性的总结与研究。

4. 音乐科技研究不足。综合人文学科与自然学科特点，是音乐学科的特殊性之一。近年来，在新兴学科方面的发展，如乐器工艺、歌唱声学、音乐数字技术等，相对于已经形成体系且颇具规模的国外同行研究而言，尚有较大差距，需要引起重视。

三、音乐教育

2016年是“十三五”开局之年。在音乐教育领域，如果说2015年是国家政策文件频频出台的一年，那么2016年则是文件精神走向落实的一年。除此之外，一些新的音乐教育形态也开始出现并显示力量。

（一）学校教育中传统音乐的地位在上升

2015年7月，《国务院办公厅印发关于支持戏曲传承发展若干政策的通知》（国办发〔2015〕52号）发布；2015年10月，中共中央发布《中共中央关于繁荣发展社会主义文艺的意见》，在“文艺工作的指导思想和方针原则”中首次提出“以中华优秀传统文化为根脉”，并在25条意见中专设“传承和弘扬中华优秀传统文化”为独立条目。2016年，各省、自治区、直辖市相继出台更加细化的“实施意见”，随之中国传统音乐的重要性更为清晰地体现出来，各地的“中华文化传承工程”“民族民间艺术保护与传承”“戏曲进校园”等活动明显积极起来。学校音乐课堂、校园音乐活动由之明显向传统音乐倾斜。

2015年9月，国务院办公厅印发《关于全面加强和改进学校美育工作的意见》（国办发〔2015〕71号），2016年各地也相继出台配套的中小学生艺术素质测评办法，音乐教育的地位明显上升，但是如何真正落实“素质教育”而不落入应试窠臼目前看来尚无有效解决方案。该意见指出，中小学在开设音乐、美术课程的基础上，要增加舞蹈、戏剧、戏曲等教学模块，这对于原有的音乐教室和音乐教师来说都具有挑战性。

2016年10月，教育部主办的“第9届全国普通高等学校音乐教育专业本科学生基本功展示活动”在河南大学举行。活动首次在钢琴演奏、歌唱与钢琴伴奏、自弹自唱、合唱指挥、中外器乐演奏外增加了“微课”单元，更加靠近“教学”，但不得不说其整体上还是音乐技能的比赛而非“音乐教育”的展示。

（二）高等专业音乐教育更加强调应用性

2016年4月，教育部首次发布《中国高等教育质量报告》，这也是世界上首次发布高等教育质量的“国家报告”。该报告显示，我国高等教育规模呈现井喷式飞速发展，但是教育质量却有下降趋势。这种现象在高等音乐教育领域更为明显。

2015年10月，经国家教育体制改革领导小组审议并通过的《关于引导部分地方普通本科高校向应用型转变的指导意见》（教发〔2015〕7号），由教育部、国家发展改革委、财政部正式印发。虽然大多数音乐院系对此尚有怨言，但是随着各地配套措施的出台，在2016年不少学校，尤其是出现招生困难的音乐院系，已经行动起来。今后向应用转型是大多数音乐院系、所有音乐院系中的大多数教学单位的工作重点，因为我国高等教育已经走过精英化阶段，正处于大众化阶段后期并向普及化迈进，对于艺术高考生来说还面临着文化课分数不断提高、艺考录取率相对较低、毕业生就业率较低等问题。

向应用转型，第一要认识到音乐学科本身就属于应用性学科，教育部本就指出师范、艺术、体育以及农林、水利、地矿、石油等属于行业背景突出、应用性突出的学科，音乐学科自然也属于“应用性”学科。第二要看得到高等音乐教育供需之间的结构性矛盾日益突出，课程设置应与产业发展、社会需求、艺术前沿有机衔接。第三要加强社会服务意识，提升社会服务水平，不能自顾自地“教”而不管学生需求以及社会对音乐人才的需求。

（三）社会音乐教育中素质教育成为热点

当高考越来越成为培养人才而不是选拔人才的通道，社会就越来越重视素质教育、疏离应试教育。2016年1月，阿里巴巴集团董事局主席马云在马云公益基金“重回课堂”的视频节目中指出了教育中“育”的短缺，强调了音乐、美术等课程的重要性，以其强大的个人影响力为社会上了一堂美育、素质教育的普及课。这一年，相继介入艺术教育的互联网巨头百度、阿里、腾讯、小米等开始发力；创始人来自阿里巴巴集团的“星空创联”则以音乐教育为主，注重“快乐学习”，在2016年已经建有百余家体验店；单北京睿卡音乐教育2016年就以音乐素质教育的方式培训少儿音乐教师约6 000人次。

如今的社会音乐培训中以考级为噱头的机构越来越少，宣称平衡孩子左右脑发育、协调孩子各方面素质全面发展的机构越来越多；以传统的音乐技术学习为主的培训机构越来越少，打着国际知名的少儿音乐教学法（素质教育）比如奥尔夫、柯达伊、达尔克罗兹等名号的机构越来越多。整体而言，社会音乐培训虽然因为师资、课程的不足，教育性还不理想，但是音乐的素质教育得到重视却是显而易见的事实。

2016年被称为“VR（虚拟现实技术）元年”，“阿尔法狗”（人工智能）在围棋上战胜九段成为全世界的热门新闻。继互联网艺术教育之后，一些机构开始试水AR（增强现实技术）科技，比如好美乐双语音乐教育集团的“多元感官智趣音乐教学软件”，就把虚拟现实和现实场景进行了融合。

四、音乐产业与流行音乐

（一）音乐产业

与电影市场在2016年“神话破灭”不同，音乐产业在2016年整体向好。这一年是分水岭，版权保护已初步显现效力，科技则催生出新的产业形式，并将引领2017年以至更远未来的风潮。

1. 数字音乐平台首次盈利。数字音乐是继卡拉OK市场、音乐培训产业之后的音乐产业第三大板块，2010年以来年均增长率超过20%的表现使其成为最抢眼、最具有发展前景的板块。

实体唱片越来越不成为一种日常文化用品，而成为收藏品。与之相对应的是QQ音乐领先其他网络平台在2016年第一次实现盈利。这一盈利具有拐点性质，因为它是全球第一家宣布盈利的网络音乐平台。

网络音乐平台的收入主要分为会员付费、数字专辑销售和广告营收三大块。目前中国的付费会员尚在培养和发展之中，以QQ音乐为例，其总用户数为4亿，付费用户数刚过千万，占比不到3%，不及Spotify等世界主流网络音乐平台比例的十分之一；2016年，随着免费音乐的急遽减少，流媒体音乐用户的付费意识在加强，更多人愿意花钱享用更高品质的音乐。数字音乐专辑具有中国特色，是会员付费和实体唱片购买之间的折中形式。QQ音乐约7 000万元的销售收入虽然在腾讯破千亿的规模中微不足道，但已能占到中国实体唱片总销售额的一成以上。广告营收虽然也是网络音乐平台收入的重要来源，但是音乐具有特殊性，时长不过几分钟，并且较少视觉介入，听音乐通常是其他行为的伴随行为而不是专门行为，所以广告营收在总收入中的份额很难增长。网络音乐平台需要利用流媒体的优势，挖掘更多的盈利点，比如秀场主播、演唱会推广、歌迷互动等变现形式。它更应该带动合作伙伴尤其是版权方的盈利，比如根据大数据得出人群的音乐喜好走向，帮助艺人安排活动举办地、商业广告类型等。

音乐产业的发展离不开知识产权的保护。国家版权局2015年7月发布的《关于责令网络音乐服务商停止未经授权传播音乐作品的通知》对于音乐产业具有重要意义，并在2016年产生显著效果。一些靠盗版音乐运营的中小型音乐流媒体纷纷倒闭，QQ音乐、网易云音乐、百度音乐等原本支付音乐版权费用的平台形成版权互授的巨头，开始具有盈利的可能。一方面，没有版权保护，就没有优质音乐生产的机制，在这种意义上大型数字音乐平台有利于音乐的发展；另一方面，这些数字音乐平台在当前阶段支付的版权费用还比较低廉，随着市场规范的形成将会有所改变。此外，这些平台还应该为版权方提供更多帮助，比如榜单、报表、后台服务等。版权方根据听众来源、收听设备等数据可以进行更为合理的渠道选择、广告预算等行为。

2. 教学科技强势进入音乐培训市场。音乐培训市场主要分为少儿音乐培训和音乐高考培训。2015年的数据显示，少儿音乐培训的总产值为600亿元，音乐高考培训为66亿元并处在下行渠道。因为音乐高考热的持续降温，2016年音乐高考培训同样在降温，少儿音乐培训则处在缓慢升温状态。

2016年3月人工智能“阿尔法狗”与韩国围棋九段李世石的对决成为全球新闻热点，最终“阿尔法狗”以4∶1的优势获胜。与之相配合，中国的少儿音乐培训市场力推“智能”，多媒体音乐教学系统得到广泛应用，出现尤克里里、小钟琴、非洲鼓等电脑音乐教学形式。甚至在师资要求较高的钢琴培训领域，也突破一对一、手把手的传统授课模式，出现多种一对多的智能钢琴教育系统，比如The

ONE 智能钢琴教室、库客智能钢琴教室等，珠江、海伦等钢琴制造商也都推出了各自的智能钢琴教学系统，并呈遍地开花之势。

到目前为止，这些智能音乐培训系统的使用还不尽如人意，尚无法与传统的音乐培训形式相抗衡。但是智能音乐培训充满各种可能性，随着科技的进步将迅速进行优化和迭代。

随着音乐高考的降温，传统的音乐培训方式也在转型，应试性的“考级”遭到越来越多的质疑，符合少儿身心健康与成长规律的素质教育越来越得到青睐。遗憾的是，市场上的音乐教师在学生时代接受的主要是“专业音乐教育”，缺少具备“音乐素质教育”能力的师资。

3. 卡拉 OK 更加多样化。随着互联网娱乐方式比如在线唱歌 APP 的扩张，KTV 中的客户呈现大龄化的趋势，与之相应的是钱柜、乐圣等 KTV 场所数量的减少。这些场所也并不只是 K 歌，而是提供酒水、餐点甚至电影、棋牌等其他服务。

与此同时，唱吧麦颂 KTV 却在 2015 年 20 家的基础上增长近 4 倍，在全国开设门店近百家。唱吧麦颂 KTV 是线上线下的结合，和手机 K 歌软件“唱吧”联手，通过一部手机即可实现全部服务操作。它打出“个人演唱会”的高体验牌，小包厢内有数块大屏幕，可以完成实体店与网上用户的实时互动；它还可以实现与明星“面对面合唱”，并与媒体合作尝试打造“普通人—唱吧知名用户—网红—明星”的明星孵化平台。

音乐产业的发展不可能只有产业没有音乐，虽然音乐面临各种困境，但人们不是不再喜欢音乐。音乐不仅具有听赏性，还具有伴随性；音乐弥散在人们的生活之中，也弥散在各个产业的各个环节。比如电脑游戏需要音乐，影视作品需要音乐，体育活动需要音乐，旅游产业需要音乐，网络页面也可能有背景音乐……音乐作品不能闭门造车，而要加强和其他产业的融合。在知识产权保护不力的情况下，很多产业使用音乐并不用直接和音乐内容商联系。随着法律对音乐版权保护力度的增加，音乐使用者需要和音乐内容商协谈，这为音乐产业提供了与其他产业融合的机会，也为更好的音乐生产创造了条件。

总体来看，2016 年中国音乐产业的链条还在调整，音乐产业的盈利模式还未确定，但是无论如何，曾经濒危的中国音乐产业，在 2016 年迎来了转机。

（二）流行音乐

2016 年是流行音乐的小年。这一年没有惊才绝艳的音乐作品，甚至也没有像《小苹果》那样品质不高但是传播极广的“爆款”作品。但这并不说明音乐生活的贫乏，而是证明流行音乐在 2016 年全面迎来了分众时代，人们再不被相同的标准束缚。这不是最好的生态，却至少是比以前更好的生态。

1. 主流流行音乐。2016 年的流行音乐还是主打选秀，没有哪家唱片公司愿意在前途未卜的时代来“重金打造”一张唱片。或者说，这一年唱片公司依然走在向文化传媒公司转型的路上，产品重点转向歌手、现场和单曲。在此情况下，李宇春的《野蛮生长》就堪称现象级的专辑：《野蛮生长》5 月起在 QQ 音乐独家平台线上销售超 600 万张，总销售额超 3 000 万元。《野蛮生长》围绕“野蛮生长”的主题，借鉴韩国 BIGBANG 发行的“MADE”的做法，分为“野”“蛮”“生”“长”四个迷你专辑（EP），每个 EP 由三首歌曲组成。这符合人们渐趋碎片化的音乐聆听习惯，也丰富了专辑的形式，使其具有结构性和故事性。专辑主打电子律动、爵士和世界音乐，是音乐工业精致的都市时尚产品，这从主创阵容即可看出：制作人张亚东、陈伟伦，词作家黄伟文、李格弟……曾经最具争议的“超女冠军”李宇春 10 年走来可圈可点。

这一年销售过百万张的数字专辑还有张艺兴在虾米音乐销售的 *Lost Control*（《失控》）。鹿晗在 2017 年元旦前四天发行的数字专辑 *Explore*（《探索》）也是轻松过百万。这些音乐更具有世界的眼光，涵盖 Hip-hop、节奏布鲁斯、电子舞曲等多种风格。

这一年传播度较广的专辑来自薛之谦。薛之谦出道 10 年，终于通过“段子手”的撒手锏跃上一线，频频登上各大卫视。专辑《初学者》10 首歌曲中薛之谦自己的创作超过四分之三，主打他擅长的平和式节奏布鲁斯情歌，其中的《演员》《绅士》《刚刚好》是近年来走红的歌曲，《演员》更在酷狗音乐上以25.7亿次的播放量荣膺“年度最火单曲”。

《达尼亚》是自我要求甚高的朴树的单曲。朴树把“让我沉入黑夜”的抑郁分配到了阴沉文艺嗓和吉他、电子乐构成的阴晦小调《达尼亚》中。朴树为拍《达尼亚》的MV自费百万，专程到波希米亚风的捷克布拉格取景，使其达到电影级别。

2. 民谣与摇滚。中国民谣歌手在2016年迎来转机，不仅仅是因为美国民谣歌手鲍勃·迪伦获得2016年度诺贝尔文学奖。2016年因为版权保护，网络上“百万盗版歌曲下架”，音乐唱作人终于迎来春天。李志《在每一条伤心的应天大街上》、赵雷《无法长大》在网易云音乐上过10万张的销量虽然不能跟大众明星李宇春相比，但过百万的销售额对于独立音乐人来说已经是之前无法想象的数字。《无法长大》符合“民谣”的字面意义，是城市小青年的日常谣唱，然而不见得符合伍迪·格斯里、皮特·西格以及鲍勃·迪伦对“民谣”的突出社会性之定义。《在每一条伤心的应天大街上》是李志的转变之作，专辑中的同名作品竟然是一首纯器乐曲，这与民谣之“谣唱”相距甚远，其他的歌曲也告别简单清奇，更注重编曲和音色实验，常用电吉他的啸叫、架子鼓的聒噪和电子乐的虚幻。

如果说民谣音乐在2016年的特点是作品一般、影响可观，那么摇滚乐则是影响一般、作品可观。“假假条”乐队挑国庆节这个特殊日子发行了首张专辑《时代在召唤》。专辑是垃圾摇滚、艺术摇滚、朋克的融合，并加入中国乐器小锣、唢呐等，音乐具有政治波普色彩，歌词则充满隐喻，晦涩难懂。这是一张具有国际水准的老到的唱片，其实主创兼主唱不过是二十出头的小伙子。《时代在召唤》注定是小众音乐，但它代表了2016年中国摇滚乐的态度。

与《时代在召唤》相比，台湾地区的“90后”摇滚乐队“草东没有派对”具有民谣的简约并且曲风统一，他们的首张专辑《丑奴儿》更能与当代青年共鸣。每个人心中都住着一个失败者，《丑奴儿》把这个秘密端了出来，比如《烂泥》：“我想要说的，前人们都说过了／我想要做的，有钱人都做过了”；比如《大风吹》：“大风吹着谁，谁就倒霉／每个人都想当鬼，都一样的下贱”……

3. 流行音乐传播。在传媒音乐传播方面，浙江卫视《中国好声音》已经走到了第五季，其更名《中国新歌声》不过是因为版权问题，形式与内容并没有改变；湖南卫视《我是歌手》也来到了第四季；央视综艺频道《中国好歌曲》则走到了第三季。这些曾经的现象级音乐节目虽然还有较高的收视率，但是实际影响已经和央视“春晚”一样明显下降。值得一提的是《盖世英雄》，这是中国首档电视EDM（电子音乐）节目，于2016年6月开始在江苏卫视播出。它的收视率虽然还不能和《中国好声音》《我是歌手》节目相比，但平均0.9%的收视率（共11期）足以把原本小众的电子音乐推到大众面前，并将撬动面向未来的电子音舞市场。

受众经过《中国好声音》《我是歌手》等一系列电视歌唱节目的轰炸，对于主流的商业流行音乐已经产生审美疲劳，独立音乐正在借网络之力向中心移动。线下的音乐节和剧场演出在21世纪以来有了大幅提升，在签约明星之外，小众音乐也有了更多的演出机会。“痛苦的信仰”配合《今日青年》发片，启动了百城巡演，李志、陈粒、赵雷等民谣歌手已经成为音乐节或剧场演出票房的保证，甚至刚出道的“草东没有派对”在大陆的第一次巡演竟然也出现一票难求的情况。

最轰动的演唱会来自王菲，她2016年年底的“幻乐一场”演唱会一方面被场内观众高度赞扬，一方面被一些网络视频观众指责严重走音。“幻乐一场”还是全球首场VR（虚拟现实）全景网络直播的演唱会——音乐领域的网络应用，中国又走在了前面。

（三）新媒体

不断更新的媒体技术激发了网络文化产业的发展。在“人人都有麦克风，人人都是记者，人人都是新闻传播者”的带动下，音乐产业市场开始向“自媒体”倾斜。一大批音乐微信公众平台的出现，是一个明显的例证。从音乐院校到音乐培训机构，从音乐学者、音乐家到音乐教师、音乐爱好者，成批的音乐微信公众号、微信群，都显示出音乐传播与交流方式的转变。伴随这些公众平台出现的，是大量的广告宣传与专业化服务，在2016年度明显地增多，这是音乐文化产业向新媒体转变的一个明显信号。

伴随新媒体的广泛运用，音乐资源被大量开发。传统的、现代的，中国的、外国的，各种音乐文献资料、音响影像，以及研究成果，都逐一被数据化。网络资源已经自发地形成，它不完全由任何单位和个人所左右和负责。譬如网盘工具，就成为很多图书馆、演出机构、研究机构、院校、学术组织，以及个人，都有不同程度参与使用的数据平台。

此外，网络传播为音乐教育打开一个新的渠道，大量的网络课程受到追捧欢迎。微课堂、微教学等的出现，一些音乐工作者个人利用自媒体进行网络授课，极大地提高了音乐的传播力度与广度。从市场营销来看，这是一种精准性的商业服务模式。这种模式已经通过自媒体得以实现，线上教学已经成为音乐教育机构及个人的一个重要的传播手段。

从市场来看，这些公众平台无疑是音乐产业潜在的专门的消费群体。针对不同群体，提供针对性的、专业化的服务，将成为音乐文化产业一个新的经济增长点。新媒体时代的音乐产业运营模式，将成为未来一段时间音乐文化产业需要深入探索的重要方面。

网络传播涉及资源生产者、传播者、消费者，如何快捷使用网络资源又切实保障各方权益，成为音乐文化产业的一个重要问题。如何有效保障音乐资源的所有者、制作者的版权，也将成为每一个音乐工作者、新媒体使用者必须面对的法律问题。

最为重要的是，从音乐教育层面看，大量的音乐教育资源缺乏有效的、正确的引导，受众对于良莠不齐、鱼目混珠的网络音乐教育缺乏甄别能力。这极易导致音乐教育受到负面的影响与冲击。因此，专业音乐教育机构应当在E时代为音乐教育的“去伪存真”“正确引导”担负更多的社会责任。

五、结语

当前，“文化自信”已经被提到一个非常重要的高度，“把传统文化讲清楚”是建立“文化自信”的基本前提之一。2016年是“十三五”的开局之年。文化部明确提出了“一个工程、四个体系”的主要任务。从2016年度的音乐学研究状况看，这些充满活力的学术工作就是对“构建中华优秀传统文化的传承体系”的积极实践与探索。2017年以及今后一段时期，应当全面推动“体系”研究，展开“中国民族音乐体系”的系列研究与当代建设，包括梳理中国各民族音乐体系，建设中国音乐理论话语体系，创建中国当代礼乐体系，探索中国传统音乐文化教育体系；同时，逐步健全中国音乐文化产业的相关制度，完善中国音乐文化产业市场。

“体系”的建立是一个循序渐进的累积过程，不可能一蹴而就，在短期内实现。音乐工作者、音乐机构与组织的管理者，对此应有明确而清醒的认识。相信未来的音乐学研究一定会继续为“提高国家文化软实力”“增强文化自信”，做出更多更大的贡献。

郭威　首都师范大学音乐学院副研究员
王纪宴　中国艺术研究院音乐研究所副研究员
张燚　海南师范大学音乐学院副教授
赵楠　中国艺术研究院研究生在读
刘新艺　中国艺术研究院研究生在读
李约翰　中国艺术研究院研究生在读

2016 年度中国歌剧、音乐剧发展研究报告

◎ 中国艺术研究院音乐研究所《2016 年度中国歌剧、音乐剧发展研究报告》课题组

2016 年是我国"一带一路"倡议实施的关键一年，是"十三五"规划开局之年，同时也是红军长征胜利 80 周年。围绕一系列重大主题，涌现出一批优秀音乐作品，中国歌剧、音乐剧在此带动下，整体发展较之 2015 年热度不减并迅速升温。《长征》《红军不怕远征难》《郑和》等爱国主义主题、红色主题的歌剧与音乐剧作品陆续登上舞台，占据了演出市场的主要位置；《小二黑结婚》《白毛女》《红河谷》《刘胡兰》等红色经典革命历史题材的作品也再次掀起复排热潮。外国经典歌剧作品在国内的制作上演也进一步呈现剧目与导演理念上的拓展之势。音乐剧作品体现了更加贴近现实生活、贴近观众的趋势。流行性音乐剧作品占据了国内演出市场的主流。

歌剧、音乐剧作为"舶来品"进入中国后，始终面临解决"民族化"和"市场化"两个关键问题。新时期以来，在"双百"方针以及"古为今用，洋为中用"的国家文艺政策导向引导下，歌剧、音乐剧形式逐步成为重要艺术创作手段，用以表现新时期以来中国人的情感与生活。从当下歌剧、音乐剧创作的繁荣势态来看，这种艺术表现形式在表现重大历史题材方面确实有较强的艺术感染力，但在表现内容和方式上始终存在较大的拓展空间和焦虑。表现内容如何为当下社会大众所关注，是否能够通过对故事的讲述真实反映当下社会所影射出的普遍心态和问题，抓住人性中的真善美加以弘扬，从而使得作品具有一定的时代穿透力；表现方式则涉及中西音乐观念之争，这两者从本质上而言都涉及如何更深入理解歌剧的民族化问题。如何使作为"舶来品"的歌剧、音乐剧与中国观众在审美认知层面上进一步产生共鸣，依然需要艺术创作者从思想层面进行深层次剖析和探索。

歌剧与音乐剧这两种艺术形式也面临着市场的考验。在世界歌剧市场普遍不景气的情况下，中国歌剧市场的繁荣与政府的政策导向和资金扶持有直接、密切的关系。中国观众还远没有形成歌剧作品的消费习惯。原创歌剧作品被业界认可但被市场冷落是客观存在的现象。歌剧、音乐剧市场要实现长期、稳定、可持续的发展，在进行市场化方面仍需要探索。

习近平总书记曾在文艺工作座谈会重要讲话中明确指出，"改革开放以来，我国文艺创作迎来了新的春天……产生了大量脍炙人口的优秀作品"。同时也不否认，在文艺创作方面，"存在着有数量缺质量、有'高原'缺'高峰'的现象，存在着抄袭模仿、千篇一律的问题，存在着机械化生产、快餐式消费的问题"。原创歌剧在艺术水准、社会影响力、受众接受度方面，还没有达到中国经典民族歌剧的高度和认可度。一些歌剧作品的创作存在"快餐化""流水作业"的情况，巨额的资金投入只换来几场演出，造成了文化资源、政策资金、人力、物力的巨大浪费。这些作品也无法面对市场化的严峻考验。

此外，我国歌剧、音乐剧的创作、演出仍集中于北京、上海、天津、广州这几大歌剧"重镇"。尽管相关院团进行了一系列歌剧普及活动，但客观来看，这些艺术形式距离普通大众仍有距离。歌剧仍是"高雅艺术"的代名词，如何扩大相关优秀作品的社会影响力，也是亟待解决的问题。

一、歌剧与音乐剧演出市场总体分析

北京、上海和广州仍然是国内歌剧、音乐剧创作及演唱市场的中心，集中了国内最优质的文化与人力资源。另外，很多城市的演出机构、歌剧院和音乐院校也推出了一批原创歌剧作品，这些歌剧作品突出地方文化资源与文化特色。

北京作为全国的文化中心，歌剧、音乐剧从数量、质量上仍居全国首位。其中又以国家大剧院为当之无愧的领军者。2016年国家大剧院上演的歌剧达19部共92场之多，其中今年的新制作有《歌女乔康达》《水仙女》《麦克白》《唐豪瑟》《长征》《阿凡提》6部，2部中国剧目均为2016年首演的原创，无论在上演剧目数量还是原创剧目数量及艺术质量上，都居于上乘。而《长征》演出场次及票房均创下了国家大剧院歌剧演出的多项纪录。另外，国家大剧院除上演了中央歌剧院的《蝴蝶夫人》和《莱茵的黄金》、天津音乐学院的《岳飞》、武汉歌舞剧院的《高山流水》、甘肃省歌剧院原创歌剧《貂蝉》之外，还上演了自制剧目《冰山上的来客》《卡门》《唐豪瑟》《茶花女》《塞维利亚的理发师》《费加罗的婚礼》《方志敏》《唐·帕斯夸莱》《这里的黎明静悄悄》等，达14部之多。

上海大剧院在2016年以“古典对话未来”为主线，推出了“辉煌俄罗斯”“非常歌剧”“汤显祖对话莎士比亚”三大特别策划，分为歌剧、音乐、舞蹈、戏剧、戏曲五大板块。演出季中，轻歌剧、喜歌剧、象征主义歌剧、真实主义歌剧、浪漫主义歌剧等集中呈现，盛况空前。如德彪西法语歌剧《佩利亚斯与梅丽桑德》、俄语歌剧《伊戈尔王》、莫扎特德语歌剧《女人心》(半舞台版)、意大利语歌剧《法斯塔夫》和《乡村骑士》、轻歌剧《蝙蝠》，以及在“‘辉煌俄罗斯’——马林斯基艺术节”上演的全舞台版歌剧《黑桃皇后》等。

天津大剧院近两年以“有歌剧的城市”作为口号，开始大量引进并独自制作歌剧。2016年，天津大剧院举办了“第三届国际歌剧舞剧节”，在为期4个月的时间里，共计19台剧目37场演出、15场活动讲座，其中在中国首演了穆索尔斯基歌剧《霍万兴那》，并先后上演了《旅客》《乡村骑士》《丑角》《图兰朵》等歌剧。

2016年国内歌剧舞台继续呈现繁荣景象，无论是经典歌剧的制作上演，还是原创歌剧的推出，都体现了蓬勃的活力。国家大剧院一如既往地担当起国内歌剧艺术领域的引领者，在几个方面均有所突破。《水仙女》不仅弥补了节目的空白，而且首次将3D效果引入歌剧舞台。在重大题材原创歌剧领域，国家大剧院历时4年打造的原创歌剧《长征》7月首演。根据同名长篇小说改编创作的歌剧《白鹿原》，成为2016年度歌剧艺术领域的“现象级”新作，引发争议和探讨。

2016年，经典民族歌剧复排、纪念红军长征胜利80周年成为年度热点。例如中国歌剧舞剧院对《小二黑结婚》等民族歌剧代表作的复排，体现出国家院团对社会主义文艺精神所做出的努力。在2016年各院团不断出新的演出市场中，这类带领观众回顾经典、回味时代精神的作品无疑赢得了广大群众的欢迎。在习近平总书记在文艺工作座谈会上做重要讲话之后，无论是音乐创作还是院团演出，不再盲目“炒作”热点，而是从中国当代音乐创作的实际出发，从大众音乐生活的实际出发，深度挖掘当代经典剧目的“闪光”之处，通过“唤醒”一代人记忆的方式，尝试重新建立起一种积极向上、洋溢朝气与干劲的时代精神与中国情怀。从一系列演出活动的影响来看，这种方式值得倡导。

以下就重点剧目做一点评。

（一）歌剧

1. 原创作品

《长征》：为纪念中国工农红军长征胜利80周年，国家大剧院力邀剧作家邹静之和作曲家印青耗时4年创作而成，于2016年7月1日在国家大剧院歌剧厅首演，由吕嘉指挥，田沁鑫、杨笑阳导演，国家大剧院管弦乐团、合唱团演出。该剧以现实主义手法忠实再现了中国工农红军长征的艰苦过程，歌颂了中国工农红军为理想与信仰而奋斗牺牲的崇高信念，并以此缅怀长征这一人类历史上的伟大奇迹。全剧时长近3个小时，共6幕9场，有名有姓的人物30余个，合唱队规模逾百人，是迄今为止国家大剧院演出规模最大的一部原创歌剧。

《长征》一经推出，就引起了业内广泛的影响。《国家大剧院》杂志中的《用艺术致敬〈长征〉》一文指出：“歌剧《长征》是作曲印青音符中的浪漫主义，是编剧邹静之剧本里的锦衣热油，是指挥吕嘉挥棒下的激情与信仰，是导演田沁鑫和杨笑阳脑中的朴素和本真，是舞美设计马岩松笔下的山河故事……"[①] 该文肯定了《长征》的高质量与创编团队所做的努力。娄文利从总谱、剧本、结构、歌剧样式和音乐语言等技术层面对该剧进行了深入的剖析，从"体现歌剧思维的剧本""体现歌剧思维的音乐结构""适合《长征》的歌剧样式""符合当代中国审美的音乐语言"等几个方面分析了该剧的艺术价值。娄文利认为，该剧"创作者从题材内容出发，在严谨的歌剧思维指导下，在经典民族歌剧、先锋派现代歌剧和军旅题材大型声乐作品之间找到了一种符合当代中国审美观的歌剧样式和音乐语言，艺术地再现了长征这一人类历史上的奇迹，弘扬了伟大的长征精神，其在宏观结构、具体技术、艺术风格上的探索与创新，为大型歌剧尤其是革命历史题材歌剧的创作探索出一条崭新的路径，其中的宝贵经验值得学习借鉴"[②]。

但也有人指出了该剧的不足及可待完善之处。高音撰文指出，与《长征组歌》相比，该剧略显稚嫩。从主题方面，高音认为："三个半小时的歌剧演出，我们看到的仅仅是一次行走的地理轨迹，缺乏的恰恰是一种历史的轨迹。历史感的缺失，其根源在于忽略对长征这一重大历史事件的深刻把握和史诗剧所强调的思想启示。在史诗剧的创作中，观点起决定性的作用。"在歌剧题材的民族性方面，作曲家印青做了很多的努力，从《中国工农红军歌曲选》中吸取红军长征沿途各地民间音乐的底色，如江西民歌、西藏弦子、贵州民歌，并在歌剧音乐整体创作中呈线性推进。在西洋歌剧的交响主体中交融了民族音乐的歌唱旋律，但在歌剧创作中体现中国作风和中国气派方面，该剧仍有很多亟待改进的方面。[③]

《白鹿原》：该剧继 2015 年 12 月在西安举行的音乐会版首演后，舞台版于 2016 年 5 月和 6 月分别在西安和北京两地上演。该剧改编自陈忠实的小说《白鹿原》，由程大兆作曲、编剧，易立明任导演。

《白鹿原》这样一部篇幅恢宏的长篇小说对其他艺术体裁的改编者构成了严峻挑战。程大兆身兼编剧与作曲两职，有其独到优势，首先能够更大程度地实现戏剧与音乐的统一构思。在歌剧中，更关键的问题不是在于对任何由文学到舞台的改编都不可避免的时间跨度、情节线索和人物数量及其活动范围的削减，而是在于这种深刻的复调思维和视野的失去。其中最典型的例证是无论在小说中还是在舞台上都非常令人瞩目的人物田小娥。比起小说原著，她在歌剧中的地位得到很大提高，成为贯穿全剧的女主角，她的唱段也最多。但在小说中，她虽然也是"被侮辱与被迫害的"不幸者，但她的性格和命运远非"被侮辱与被迫害的"单线思维所能概括和阐释的。在这个女性身上体现了陈忠实塑造人物的非凡功力，他笔下的这一女性形象冲破了长期以来人物塑造的禁锢，而在更高的真实度和更深的人性开掘方面回归于我国传统小说的伟大传统。她的妩媚与多情，她对黑娃的体贴和爱恋，与她后来的放纵、堕落和恶毒，有着同样的说服力，使得她成为整部小说中最让人难以评价而又最具可信度的人物之一。小说通过黑娃、鹿子霖和白孝文这三个与她有亲近关系的男性的视角，描写了她的魅力和性格，同时包括白嘉轩在内的长者，村民则始终以"婊子"的污秽之名谈及和称呼她，作者则始终刻意保持中立，不加褒贬，这是陈忠实作为小说家的杰出之所在。但在歌剧中，她的形象增加了更多善良和无辜因素，更贴近封建礼法牺牲品的传统观念。这在第三幕里田小娥成为鬼魂后演唱的大段咏叹调中体现得最为明显。歌剧《白鹿原》的线索也由原来的多重交织简化为田小娥与黑娃的爱情悲剧。

从叙事性方面来看，歌剧《白鹿原》实现了剧情的自我完整，而且就情节推动力、戏剧张力和冲突感而言，《白鹿原》也属于近年来歌剧创作中值得肯定的佳作。对经典歌剧的借鉴，也能较自然地嵌入整体线索。而最终决定一部歌剧是否能够屹立于舞台，有持久生命力的，当然还是音乐。很多剧本存在明显瑕疵的歌剧，之所以没有湮没在岁月中，甚至成为世界歌剧舞台上光彩绽放的名作，得益于音乐。有些歌剧甚至靠一首咏叹调辉映整部剧作，为了等待一首脍炙人口的咏叹调，听众愿意容忍剧

---

① 《用艺术致敬〈长征〉》(刊首语)，《国家大剧院》2016 年第 7 期。

② 娄文利：《大型革命历史题材歌剧创作的新路径——评印青歌剧〈长征〉的艺术特色》，《中国文艺评论》2016 年第 12 期。

③ 高音：《长征的剧场表达与歌剧艺术的民族化》，《艺术广角》2016 年第 5 期。

情的粗陋和荒诞，这种情形在美声时代几位作曲家罗西尼、多尼采蒂和贝里尼的创作中屡见不鲜。即使严谨如威尔第，他的《西蒙·波卡涅拉》也存在着明显的问题，但由于在序幕中就开始出现的威尔第“最令人难忘的天赐旋律”（音乐学家约瑟夫·科尔曼语）以及在关键时刻音乐与戏剧的结合所产生的戏剧冲突和心理揭示的真实感与震撼力，足以弥补缺陷。程大兆在《白鹿原》中的音乐创作将西方音乐技法、中国传统音乐技法与陕西民间音乐元素进行了有机结合，将陕西地方音乐元素植入歌剧音乐语言。陕西地区被纳入首批国家级非物质文化遗产名录的“碗碗腔”，以“戏中戏”形式呈现，具有非常直接而强烈的艺术感染力，这是《白鹿原》在音乐创作上的亮点和成功之处。在咏叹调的创作上，作曲家显示出大胆的勇气，为剧中几个人物都谱写了有分量的咏叹调，尤其是田小娥在最后一幕的大段咏叹调，对于解释人物内心世界起到重要作用。但多年来我国歌剧创作存在的一个主要问题，即醒目旋律的缺乏，在这部歌剧中仍未得到突破。这一问题其实不是我国歌剧创作独有的现象，即使像理查德·施特劳斯那样富有才华的作曲家，也做不到每一部歌剧都有《玫瑰骑士》的甜美悦耳的旋律。歌剧《白鹿原》中虽有感人的音乐，但缺少点睛之笔。宣叙调作为制约歌剧发展的因素之一，在这部歌剧中也存在着与汉语——不管是关中方言还是普通话——的抵触，在完成其作为人物对话和交代剧情的功能的同时，缺少音乐美。从莫扎特的《魔笛》、贝多芬的《费德里奥》、韦伯的《自由射手》这几部脱胎于德国歌唱剧的杰作，到比才的《卡门》，再到我国的戏曲，道白的方式始终为作曲家所远离，宁肯采取不尽如人意的宣叙调。这一问题值得思考和探索。

《郑和》：江苏省演艺集团继大型史诗歌剧《运之河》获得成功后，力邀唐建平作曲、黄维若编剧、邢时苗导演再度联手编排了歌剧《郑和》，并于 2016 年 10 月 20 日、21 日在南京保利剧院正式公演，云集了雷岩、周禹清、幺红、王传越、周晓琳、刘雨东、沈听等国内优秀的歌唱家。

歌剧《郑和》在大量的史料中比较好地选择了适合歌剧表现的素材，也比较准确地体现了郑和七下西洋的价值所在。《郑和》由“序幕 + 六场 + 尾声”组成，音乐、配器等均有匠心独运的设计。有研究指出，该剧的音乐向“纯歌剧化”贴近。郑和的动机与主题独具一格、不落俗套，超越且跳脱了典故与传奇中“三宝太监”的概念与模式。作曲家运用多段独白、咏叹和长叹，感人肺腑，动人心弦。具有抒情性咏叹调的大跳音型，与角色心潮起伏和大海扬波的同步共振，律动和鸣。① 也有报道指出，歌剧《郑和》源于历史，但是戏剧情境则是在历史背景下的虚构，因而音乐的体现不宜过于写实，这就要求作曲家要根据素材对音乐进行相应的调配。而对于民间和地方音乐元素的运用，作曲家坚持既要有地域风格，又绝不拘泥于某一地域的限制，让观众在作品中捕捉到某种似是而非的地域特征，但又是全新的创作和全新的体验。此外，作为航海题材的歌剧，该剧也非常注重音乐的交响性。②

此外，歌剧《郑和》作为“一带一路”倡议的有机组成部分，将远赴新加坡、马来西亚、印度尼西亚等友好邻邦巡演。

《蔡文姬》：2016 年 4 月 29 日至 30 日，由中共河南省委宣传部、省文化厅、省民委联合监制，河南歌舞演艺集团出品，河南省歌剧团、河南交响乐团、河南省舞蹈团联合演出的大型原创民族歌剧《蔡文姬》在河南艺术中心大剧院首演。该剧由关峡作曲，刘麟编剧，王湖泉执导，周虹担任艺术总监，由王庆爽饰演蔡文姬。

《蔡文姬》以蔡文姬的绝世才华与具有强烈悲剧色彩的人生为主线，深刻揭示了战争给人民带来的极大痛苦，展现和抒发了蔡文姬流落异乡、思念中原、期待和平的强烈愿望。全剧由“诘地问天”“烈火诗魂”“情满霜天”“铜雀传书”“旧怨新愁”“文姬归汉”“青史千秋”7 部分组成，表现了蔡文姬在创作《胡笳十八拍》《悲愤诗》时的哀怨和悲愤之情以及归汉后续写《汉书》的远大抱负和卓越成就。

《辛夷公主》：2016 年 11 月 6 日至 7 日，重庆市歌剧院原创歌剧《辛夷公主》在重庆国泰艺术中心

① 紫茵：《一只大船从天边漂来——听歌剧〈郑和〉首演》，《歌剧》2016 年第 12 期。
② 唯知：《启航，启航……——原创歌剧〈郑和〉观后》，《歌剧》2016 年第 12 期。

首度亮相。该剧由冯柏铭编剧，郝维亚作曲，易立明担任导演。故事从4 000多年前古老的粟特王国遭受一场可怕的瘟疫，王子带领百姓到尼雅国求药开始，讲述了尼雅国公主辛夷为救济百姓而遭遇种种磨难，在与巫师的较量中，为拯救千名幼童自断其臂，剜去双眼，最终只身离去。全剧表现了善与恶的较量以及善良与正义的胜利，被誉为是以现代歌剧演绎蛮荒之美的可贵尝试。虽然剧本在情节的连贯性以及人物性格的塑造等方面仍存在较明显的问题，但郝维亚的音乐创作显示出多方面的探索，包括现代技法与地方风格的融合，尤其是宣叙调在叙事性、朗诵性与歌唱性之间的融合。舞美方面，《辛夷公主》的舞台采取了两个巨大的半圆形，其立意旨在以视觉表现放大人类的情感能量，引入星球的概念以及宇宙大爆炸和陨石的意向造型，描绘出人类在面临毁灭性危难时刻的情景，从而突出主人公辛夷公主身上的正能量。

2. 复排作品

《小二黑结婚》：2016年9月23日，作为“2016年国家艺术院团演出季”的演出项目之一，由中国歌剧舞剧院创排的复排版民族歌剧《小二黑结婚》于北京保利剧院首演。该剧邀请当年小芹的饰演者乔佩娟、郭兰英分别担任顾问和艺术指导，复排的《小二黑结婚》采用了民族管弦乐伴奏的方式，以现代理念重新编排、配器。剧中主要人物由毋攀、赵阳、蒋宁、王娜、冯春霞、李亚男、高鹏、刘扬、常通、赵军辉等饰演。音乐总监关峡，指挥张峥。

1952年，《小二黑结婚》被改编成民族歌剧，由田川、杨兰春编剧，马可、乔谷、贺飞、张佩衡作曲。该剧在思想和内容上把握了原著的精髓，在音乐上吸取了戏曲“三梆一落”（山西梆子、河南梆子、河北梆子和评戏）的元素，音乐语言纯朴健朗，曲调充满草根气息，戏剧桥段幽默风趣，将包办儿女婚姻的旧派人物和冲破牢笼的新生人物呈现得活灵活现。

《星星之火》：2016年6月27日，作为辽宁省纪念中国共产党建党95周年主题大型演出活动，由沈阳音乐学院重新创编排演的大型经典民族歌剧《星星之火》在沈阳盛京大剧院上演。《星星之火》是新中国成立以来的第一部大型歌剧，也是第一部以东北抗联及抗日战争为题材的大型歌剧。该剧由作曲家、东北鲁艺音乐部部长、沈阳音乐学院首任院长李劫夫等人作曲，剧作家、东北鲁艺戏剧部实验剧团团长、导演侣朋等编剧。于1950年至1964年间在全国各地共演出了300余场。

《星星之火》剧中音乐采用民族民间音乐风格，以东北民间音乐、说唱音乐、地方戏为素材，吸收了河北梆子、二人转、皮影戏、大鼓等民间音调和语言特色。沈阳音乐学院本次复排该剧，是作为国际艺术基金项目。沈阳音乐学院发挥专业优势，在原剧基础上从人物塑造、戏剧冲突、音乐结构等多个方面进行了整体升级，既保留原有风貌又具有时代特色。

3. 外国经典歌剧制作

《水仙女》：2016年5月17日至22日，国家大剧院制作的首部捷克民族乐派歌剧《水仙女》于“国家大剧院歌剧节·2016”期间在国家大剧院上演。德沃夏克的歌剧《水仙女》自从1901年3月31日晚在布拉格民族剧院首演后115年间，始终没有机会作为全剧在中国登上歌剧院的舞台，因而，国家大剧院对此剧的制作上演具有弥补经典剧目空白的意义。《水仙女》是国家大剧院第一部运用3D效果的歌剧，这成为此次歌剧制作的一大亮点。国家大剧院版《水仙女》最可贵的是其整体艺术水准，从主演、指挥，到导演乌戈·德·安纳的舞台呈现，再到国家大剧院管弦乐团与合唱团的表现。镶嵌在歌剧中的《婚礼进行曲》以及富有捷克民间风情的舞曲，在斯洛伐克指挥家拉斯提斯拉夫·斯图尔指挥的国家大剧院管弦乐团演奏下，透出别致的明媚感。虽然在强奏时并不缺乏分量感，但即使在强奏时仍保持着轻盈和透明的质感。这样的音色证明了年轻的国家大剧院管弦乐团作为音乐会和歌剧“两栖乐团”日益成熟的对不同风格音乐的适应性。阿塞拜疆女高音迪娜拉·阿丽耶娃饰演的水仙女卢莎卡非常出色，她演唱的《月亮颂》不仅以婉转歌喉打动人心，而且，她的音色中有与卢莎卡这一角色高度契合的少女气息。饰演王子的斯洛伐克男高音彼得·博格尔，不仅对角色阐释得十分透彻，而且在高音区的游刃有余以及小号式的音色质感，让此前《唐豪瑟》等剧中男高音不够有力的缺憾烟消云散。

《佩利亚斯与梅丽桑德》：2016年9月8日，德彪西的歌剧《佩利亚斯与梅丽桑德》在上海大剧院迎来了中国首演。该剧由京沪两地艺术机构——新蝉戏剧中心、上海大剧院和上海爱乐乐团合作，这一制作具有填补该剧目在国内演出空白的意义。

歌剧《佩利亚斯与梅丽桑德》，就像导演易立明和他领导的新蝉戏剧中心在过去数年间陆续制作上演的巴托克的《蓝胡子公爵的城堡》、斯特拉文斯基的《俄狄浦斯》和布里顿的《螺丝在拧紧》一样，属于那种其艺术价值和它们的上演频率很不相符的杰作。如果立足于意大利歌剧，德彪西这部歌剧中的声乐旋律都属于宣叙调，是柴可夫斯基在谈到勃拉姆斯的音乐时形象比喻的塑像的基座，也就是说，人们所期待的基座之上的塑像从来不会出现。那么，由5幕12场构成、演出时间近3个小时的歌剧，何以能够作为划时代的艺术杰作而保持着其强大的生命力？

对于这一疑问，易立明在演出节目册的导演阐述中提供了具有思考性的答案。在他看来，威尔第或普契尼歌剧中的那些被人们听过很多遍的美妙片段，其实在被重新聆听和欣赏时更多的是被当作“美味佳肴”，也就是说，它们多少是作为娱乐或者一般意义上的审美欣赏而被接受的，现代主义歌剧不在这一范畴内，当代歌剧听众在欣赏古典歌剧的同时，还需要更多的思想空间，需要听到另外的一些东西，这些东西是难以通过优美的、连贯的音乐旋律来表达的。

《佩利亚斯与梅丽桑德》中国首演对听众的挑战不仅在于此，还在于易立明作为导演对此剧的独特舞台呈现。剧中原来的时空虽然并不明确，但仍有大致的提示：时间“不确定，但大约为中世纪”；地点是诗人虚构的国度“阿勒芒王国及其周边地带”。上海大剧院舞台上展现的是中国古代园林场景：贴在白墙上的亭子，中式靠背椅，假山石，圆弧形月亮门，月亮门之外是碧绿的湖水或海水，剧中的唱词中有大海、海上的灯塔和航船等意象。与舞美的中国元素契合的，是来自中国戏曲表演程式的手法：梅丽桑德的饰演者、有着一头美丽金发的法国女高音歌唱家索菲－玛琳·迪果，她有着京剧旦角的身段、圆场步和兰花指；作为剧中重要的象征符号之一的梅丽桑德的长发，以长度夸张的水袖作为替代。剧中梅丽桑德的丈夫戈洛的饰演者、身材修长挺拔的法国男中音歌唱家保罗·盖伊，在装扮和气度，尤其是拱手作揖方面，明显借鉴了京剧武生的表演程式。

将欧洲歌剧嫁接到中国的环境中，虽然是近年来世界歌剧舞台上屡见不鲜的尝试，但每一次都存在着风险，因为，如果这种嫁接之举仅仅出于导演个人的怪诞之念而成为晦涩难懂的自说自话，那么歌剧的表现力就会遭遇障碍。此次《佩利亚斯与梅丽桑德》首演之所以获得成功，在于导演逻辑的统一性与说服力——剧中的情感和思想并非限于一时一地，而是基于人性的共同性；同时也在于音乐呈现的高超水准——饰演四位主要角色的都是一流歌唱家，汤沐海指挥下的上海爱乐乐团，细致入微地挖掘出德彪西总谱中的意义蕴藏，并以明澈悦耳的管弦乐音色衬托着清晰的声乐线条，让印象派大师的音乐成为通往象征主义幽深世界的路径。

《乡村骑士》：汤沐海与天津交响乐团合作的歌剧《乡村骑士》采取的是音乐会歌剧形式。来自意大利的导演马可·甘蒂尼利用舞台上的一半空间，渲染出极具戏剧张力的舞台氛围，感染力之强烈，几乎不逊色于完整的歌剧舞台制作。就乐团在台上与歌唱家和演员的水乳交融来看，音乐会歌剧的优势则是毫无疑问的。甘蒂尼为《乡村骑士》的开头营造了静谧而神秘的氛围，乐队的谱台灯依稀映出指挥和演奏员的面孔，柔美缱绻的管弦乐奏响，将听者带到玛斯卡尼笔下西西里岛的晨雾缭绕中。来自意大利的另一位马可——男高音马可·弗鲁索尼，以他强有力的嗓音和出色的戏剧理解力，再次赋予图里杜这位“乡村骑士”丰满的人性内涵和复杂的内心世界；韩国女高音歌唱家金麟慧饰演的桑图查演唱的剧中最著名的浪漫曲《你知道吗？噢妈妈》，以壮丽、连绵的歌唱展现出人物苦痛绝望的内心世界，她在表演上的高度投入在很大程度上弥补了她在外表上与剧中人物的距离。这部感人至深的歌剧《乡村骑士》再次证明，歌剧的艺术价值和说服力来自优秀的原作以及各方面杰出的演绎为作品注入的全新生命。

4. 相关活动

“国家大剧院歌剧节”：2016年4月6日，一年一度的“国家大剧院歌剧节·2016”在北京国家大剧院开幕。本届歌剧节为期103天，集结了由国家大剧院、中央歌剧院、天津音乐学院、武汉歌舞剧院等演出团体的13台作品，共计44场演出。本届歌剧节以“探索·经典”为主题，一方面是指通过讲述中国故事、抒发民族情感、弘扬民族精神的中国歌剧新作，探索中国歌剧创作，通过轻歌剧GALA、儿童歌剧GALA探索歌剧呈现的形式；另一方面，通过意大利、德国等的多部西方歌剧名作，展现不同风格的西方歌剧作品。

歌剧节期间，国家大剧院推出中国原创歌剧《长征》以纪念中国工农红军长征胜利80周年。国家大剧院全新制作的瓦格纳歌剧《唐豪瑟》与首部捷克语歌剧《水仙女》也一并于本届歌剧节期间完成了首演。此外，武汉歌舞剧院歌剧《高山流水》、天津音乐学院歌剧《岳飞》、国家大剧院制作的轻歌剧GALA、儿童歌剧GALA，国家大剧院制作的威尔第歌剧《茶花女》、德沃夏克歌剧《水仙女》、罗西尼歌剧《塞维利亚理发师》，以及中央歌剧院《蝴蝶夫人》，均于歌剧节期间上演。

中国剧院管理论坛：2016年开年，国家大剧院就举办了首届中国剧院管理论坛。论坛着眼于国家文化建设和发展的大局，试图探索适合中国国情、具有中国特色的剧院运营模式。来自北京、上海、广东等12省市的29所艺术机构的高层管理者齐聚一堂，10余所艺术高校的学术专家建言献策，数十位艺术家、专业人士围绕论坛设置的七大议题，探讨剧院管理课题。

与此同时，刚刚开张不久的天桥艺术中心也借着韦伯音乐剧《剧院魅影》的大获成功，与伦敦南岸艺术中心共同举办了一场中英剧院管理论坛，其话题更具实用性和操作性，英国同行的很多经验都让人大开眼界。另外，上海交响乐团连续几年主办了乐团管理论坛。这个论坛关注的是音乐家以外的行政和后台技术支持这些非常细节的工作流程标准化、国际化，对绝大多数乐团都有非常好的实用性。

乔治索尔蒂学院大师班：2016年5月1日至5日，乔治索尔蒂学院大师班落户中国国家大剧院，由音乐教育家乔纳森·帕博、科拉蒂娜·卡波雷洛与女高音歌唱家芭芭拉·芙丽托莉担任导师，为中国青年歌唱家带来世界前沿的声乐教育。

乔治索尔蒂学院大师班自2015年12月启动报名，经过初选、复选的现场试音后共选出8名学员正式加入。授课内容以教授意大利写实主义歌剧和美声时期作品为主，包括戏剧表演、声音风格、发声方法、意大利语等多方面的指导培训。

“2016国家大剧院国际歌剧电影展”：2016年7月15日，由文化部艺术司、国家大剧院联合主办的“2016国家大剧院国际歌剧电影展”在北京开幕。此次电影展汇集了世界六大著名剧院的13部佳作，登陆中国八大城市院线。此次活动是中国举办的第一次国际性歌剧电影展映活动，也是中国歌剧电影作品首次在国际平台上的集中展示。

本届电影展上演的13部电影作品：由中国制作出品的电影共5部，分别是3D版《白毛女》《骆驼祥子》《阿依达》《纳布科》《参孙与达丽拉》，美国大都会歌剧院的《卡门》《唐·帕斯夸莱》《艺术家生涯》，英国皇家歌剧院《茶花女》《托斯卡》《唐·璜》，法国巴黎国家歌剧院的《霍夫曼的故事》，俄罗斯马林斯基剧院的《约兰塔公主》。

（二）音乐剧

2016年度音乐剧创作和上演同样呈现出繁荣之势，突出表现为音乐剧品种的增加和新创。

1. 原创作品

《烽火·冼星海》：2016年3月25日至26日，由中共广东省委宣传部、省文化厅指导，南方歌舞团创排的大型原创音乐剧《烽火·冼星海》于北京上演。该音乐剧共2幕8场，剧中27首歌曲涵盖了独唱、合唱、重唱、对唱多种形式，融入通俗、美声、流行唱法，并在舞台上运用了全息投影技术。

音乐剧《烽火·冼星海》讲述了人民音乐家冼星海在祖国正遭受侵略的抗日战争背景下，以音乐为武器投身抗战救亡运动，唤醒民族团结抗日，用“星海精神”鼓舞了一个时代的故事。

《再别康桥》：2001年，北京人民艺术剧院人艺小剧场，一群稚嫩青涩的青年人用并不成熟的唱功和演技，将以徐志摩同名诗作为蓝本创编的歌剧《再别康桥》展现在人们面前。这群年轻歌唱者以中国音乐学院学生为主——雷佳、薛皓垠、张海庆、张英席、金郑建，带头人是著名导演陈蔚。该剧是对室内歌剧的探索与尝试，首轮演出就演了25场，在业界获得好评。

15年匆匆而逝，当年的几位校园歌唱者如今大多已经为人父母，生活的阅历与舞台的历练让他们对角色的理解更加透彻和全面。陈蔚导演重招旧部，原班人马在国家大剧院音乐厅举办该剧创编15周年纪念情景歌剧音乐会。薛皓垠和王静、张英席和雷佳、金郑建和尤泓斐三对"徐志摩和林徽因"将轮番登场，令众多看着这部歌剧和这批青年歌唱家15年一路走来的人颇为感叹。

《新鹊桥会》：2016年5月6日至7日，由江苏省阜宁县杂技团联合盐城师范学院音乐学院出品，乐涛（北京）文化有限责任公司制作的杂技音乐剧《新鹊桥会》于北京世纪剧院上演。该剧总导演陈涛，祝和平、商子林任编剧，杂技导演由王晓乐担任。剧中主要角色分别由韩艺浓、王培杰、曹雪等演员出演。

《新鹊桥会》将中国经典神话故事进行解构，用戏中戏的结构为《牛郎织女》这个爱情故事融入现代元素，探讨古代的爱情观在当下的意义，提醒当代观众应该以什么样的态度面对情感以及爱情道路上的障碍。该剧将秧歌花鼓灯和西方踢踏舞融合，音乐上则运用了江淮民乐、戏曲打击乐与摇滚乐，并融入系列杂技元素。

《寻访满堂音》：2016年6月16日，由中共湖北省民族宗教事务委员会、湖北省演艺集团、鹤峰县人民政府联合打造，长江人民艺术剧院、鹤峰满堂音文化传媒有限公司创作演出的原创土家族乡村音乐话剧《寻访满堂音》在北京民族剧院首演。

《寻访满堂音》已被列入全国"少数民族地区艺术院团晋京展演项目"。该剧由长江人民艺术剧院和湖北省恩施土家族苗族自治州鹤峰县民间艺人联合演出，以鹤峰县非遗中心寻访濒危民间艺术"满堂音"传人覃文举，请他出山、带徒传艺的故事为主线，将土家族满堂音、山民歌、傩舞、花鼓灯等原生态艺术，以话剧和原生态歌舞相融合的视角，展示鄂西南民族地区的乡风、乡音、乡韵、乡情，展现当地的非遗文化。79岁的五句子山歌传承人舒乐堂、72岁的五句子山歌唢呐传承人印一松等演员参加了演出。

鹤峰满堂音是湖北省第一批省级非物质文化遗产，又名琵琶板，因其多在厅堂演出且吹、打、弹、唱同时发音而得名。鹤峰满堂音音乐节奏轻快活泼，富有弹性，旋律舒展流畅，口语性强，乡土风味浓郁。而此次参演《寻访满堂音》的许多民间老艺人都是第一次在北京演出。他们对于家乡的传统艺术文化能够登上首都舞台感到欣慰。

《天使合唱团》：2016年8月12日，作为中共湖南省委宣传部、省文化厅主办的"湘戏进京"展演活动剧目之一，由株洲市戏剧传承中心创作演出的儿童音乐剧《天使合唱团》在北京民族文化宫大剧院上演。

青春音乐剧《天使合唱团》改编自湖北作家邓一光的中篇小说《你可以让百合生长》。该剧由董芳芳编剧、刘岳作曲、易立明导演、徐瑛担任艺术总监，是2015年度国家艺术基金大型舞台艺术创作资助项目。全剧聚焦青少年成长问题，讲述了一群处于青春叛逆期的少年加入天使合唱团被音乐改变，从互相排斥到互相理解和关爱的励志故事。演出穿插使用交响乐、电子乐、爵士乐、乡村音乐、布鲁斯、阿卡贝拉等多种音乐元素展开故事叙述。

2. 复排作品

《窈窕淑女》：2016年4月29日，音乐剧《窈窕淑女》于上海大宁剧院首演，并以此展开为期两个月的中国巡演。该剧的中国首演团队由运作百老汇音乐剧全球巡演的美国大联盟制作公司出品。导演为杰夫里·B. 莫斯。在上海站演出中担任女主角的演员为奥罗拉·弗罗伦斯。该次巡演除上海站之外，还包括北京、广州、重庆、成都、厦门、珠海等8个城市，共计45场演出。

音乐剧《窈窕淑女》被称为“本世纪最棒的音乐剧”，自 1956 年百老汇首演以来，被译成 11 种语言，制成 500 万份拷贝在世界各地上映。

这部经典作品在国内演出后收到普遍好评。有报道指出，演出现场演绎焕发光彩、引人入胜。演员唱功、演技与表现力纯熟。奥罗拉・佛罗伦斯版本的伊莉莎现场唱功大放异彩，甚至优于电影版的配音，并且在角色变淑女后唱腔调整，以更靠近优雅的美声而不是音乐剧式的真声来处理伊莉莎复杂的内心变化。布景和造型华美复古，参考了电影效果。为了在长达 3 小时的演出中不让观众感到疲惫，现场表演加大了喜剧的成分，戏剧张力和喜剧效果更为生动、活泼。①

3. 相关活动

“中国音乐剧人才”培养计划：2016 年 4 月 6 日，由中国对外文化集团发起，联合中国东方演艺集团、英国真正好集团、澳大利亚国立戏剧艺术学院（NIDA）共同举办的“中国音乐剧人才”培养计划在北京启动，活动期间一并举行了“NIDA 音乐剧大师课”。

“NIDA 音乐剧大师课”由中国东方演艺集团、英国真正好集团、澳大利亚国立戏剧艺术学院开设，由澳大利亚国立戏剧学院老师授课，英国真正好集团提供音乐剧版权内容，中国东方演艺集团提供场地支持。该培训主要针对未来制作音乐剧中文版开设，并选取专业音乐剧演员参加，由中国对外文化集团制作的音乐剧中文版演出。

第五届“原创华语音乐剧展演季”：2016 年 2 月 27 日，由上海文化广场主办的第五届“原创华语音乐剧展演季”在上海开幕。活动选取包含中国台湾地区推选在内的 6 部音乐剧上演，分别是《摇滚・西厢》《梦@时代》《向左走向右走》《岳云》《天天想你》《凤凰浴火》。

《天天想你》将以故事演绎 23 首张雨生经典歌曲。《岳云》脱胎于中国儿艺经典剧目《岳云》，此次采用音乐剧形式来演绎经典。《向左走向右走》改编自几米同名绘本，邀请了中国台湾地区的知名流行音乐歌手担纲主演。《梦@时代》和《凤凰浴火》都尝试融合音乐剧与中国戏曲元素。《摇滚・西厢》则用流行和摇滚的表现形式重塑《西厢记》的故事。

三、歌剧、音乐剧理论研究

歌剧与音乐剧的理论研究，以民族化和市场化为核心。一些业内专家、音乐学家、理论研究者直面问题，对当前歌剧、音乐剧创作中出现的问题进行了深入的揭示，这对于歌剧、音乐剧未来的创作、发展大有裨益。

金晶撰文②指出，近些年来，中国原创歌剧无论从创作还是排演方面，都取得了可喜的成绩，全国各地都在争相排演具有地方文化特色的剧目，但是纵观中国的原创歌剧，无论从选材、剧本编创、音乐创作、演员选择以及舞台调度等方面都显示出了一定的局限性。剧目题材的尺度问题、中西方文化之间的差异、剧目制作及剧院运营问题等，制约着中国歌剧向更广阔的方向发展。只有直面问题、分析问题、采取有效的方法解决问题，中国原创歌剧才能不断发展、创新，走出国门，走向世界。金晶具体指出，由于政治因素、尺度问题和地域文化差异，中国原创歌剧创作先天就有局限性。由于快餐文化盛行，中国原创歌剧质量堪忧，这主要表现在各地兴建剧院风靡一时，尽管具有顶级的硬件设施，但并没有相应的歌剧演出，造成了极大的资源浪费。同时，剧目创作同样存在“流水线式”作业的问题。号称由“专业团队”打造的剧目实则就是打上某个“大腕儿”的名字，然后找来一些音乐学院的研究生或本科生，有负责编曲的，有负责配器的，有负责后期的，像是在流水线上生产产品一样制作歌剧。这种歌剧创作只能靠政府的扶持、企业的赞助来获取经费。这是对文化艺术事业的极度不尊重，对纳税人钱财的一种过度浪费现象。动辄上千万元的制作成本换来的是为数不多的几场演出，剧目演出结束后，服装、道具、舞台布景这些花费大量人力、物力、财力打造的配套设施被尘封起来，

---

① 吴昕雨：《〈窈窕淑女〉：重温 60 年前萧伯纳的糖衣炮弹》，《文汇报》2016 年 5 月 4 日。

② 金晶：《绸缪——浅谈中国原创歌剧之忧》，《音乐时空》2016 年第 2 期。

束之高阁，从此再无人问津。然后制作人再去打申请、拉赞助、“攒剧目”，“生产”下一部原创歌剧，这种恶性循环似乎正在全国蔓延开来。金晶同时指出，中国的歌剧需要发展，需要“师夷长技以自强”，需要认真学习西方歌剧的成功经验，而中国原创歌剧，有的是“戏曲改编”，有的是“话剧加唱”，还有一部分是“混搭”，这些方式都是对艺术的不尊重。同时，原创歌剧的发展不可操之过急。金晶指出的问题一针见血，直面我国原创歌剧在当前的问题，振聋发聩，值得相关从业者引起重视和反思。

也有专家从我国的经典歌剧作品中吸取其成功的经验，旨在为歌剧的民族化提供方向性的导引。于平撰文[①]指出，复排歌剧《小二黑结婚》在“人民性基础上的喜剧性和口语化说唱”和“戏曲板腔体的音乐思维”是该剧获得成功并保持长久艺术生命力的保障。前者表现在“喜剧性”仍然是这部歌剧吸引观众的要素。民间素有“戏者嬉也”的说法，但新歌剧作为新文化的建设必然要文以载道，结合起来考虑便是寓教于乐。后者表现在口语化的说唱和“上下句”的句式。于平指出，马可是我国新歌剧作曲家的杰出代表，主张向民族戏曲学习，以此丰富我们在戏剧音乐上的语言、语气和表现方法。马可向民族戏曲的深入学习，主要体现为新歌剧作曲中的戏曲板腔体音乐思维。这也就是为什么歌剧《小二黑结婚》的唱词也多以对称的“上下句”作为基本单位。于平认为，本土化与当代化仍是中国民族歌剧需要面对的双重难题。《小二黑结婚》作为成功的范本，其成功的经验可以为民族歌剧的创作提供有益的经验。

居其宏撰文[②]提出发人深省的命题：以《白毛女》为代表的民族歌剧，何以在时代变迁中历久弥新、魅力长存？他认为，《白毛女》在中国歌剧史上是第一部将深邃的思想主题和典型环境中典型人物的典型性格刻画结合得如此巧妙有机、展现得如此感人至深的剧目。在音乐上，《白毛女》音乐整体戏剧性思维的最大特色，则是在对待中外音乐文化遗产的继承和发展问题上如何遵循科学态度和辩证思维，创造性地合理兼用西方歌剧主题贯穿发展和我国传统戏曲中板腔体相结合的方式来展开戏剧性。70年来《白毛女》的演出传播史证明，用板腔体创作剧中人物的核心咏叹调，非但同样具有强大而丰富的戏剧性张力，且由于中国作曲家不同程度地采用西方专业作曲技法对之做了歌剧化处理，从而听来虽源于戏曲但又不同于戏曲，更加符合中国人民长期形成的审美习性，因此更能为广大观众所喜闻乐听。这种为中国民族歌剧所独有的音乐戏剧性思维，既与西方歌剧、中国正歌剧以主题贯穿发展为主要手段的音乐戏剧性思维大异其趣，又在歌剧审美的实际效果上异曲同工，因此堪称中国作曲家对人类歌剧艺术的最大贡献。而民族歌剧对于西方歌剧主题贯穿发展手法的大胆借鉴，以及专业化合唱、中西混合管弦乐队和重唱的使用，则为中国民族歌剧打开了与人类歌剧音乐戏剧性思维合理嫁接的世界性目光，为它注入了新意盎然的时代气质。居其宏同时指出，复排版《白毛女》成功之处在于该剧创演团队本着艺术创造中继承和发展的辩证思维，在一度创作、二度创作上均科学而艺术地回答了诞生于艰苦战争年代的红色经典如何面对当下观众的现代性审美这一重大命题。从一度创作层面说，复排版忠实于原版剧本中关于主题、人物和人物关系、情节架构和剧诗风格的设定，以及原版音乐中以“三梆一落”为基础的音乐语言和风格、运用戏曲板腔体作为音乐戏剧性展开的主要思维，原汁原味地保留了原版中所有深切优美、脍炙人口的唱段，意在彰显这部经典剧作原有的巨大艺术魅力。从二度创作的层面看，杨白劳、大春、赵大叔、黄世仁等主要角色的扮演者在演唱和表演方面都表现出饱满的激情和很强的实力，而扮演喜儿的青年歌剧表演艺术家雷佳在处理继承和发展这一对辩证关系上表现得最为出色，她的声乐演唱、舞台表演和形象塑造是全剧二度创作的最大闪光点，其成功经验值得认真总结。

复排版《白毛女》全国巡演获得巨大成功的事实证明，民族歌剧在我国歌剧艺术中是一个瑰宝、一朵奇葩，其光荣历史和丰富的创作经验蕴藏着强大的生命能量。只要当代歌剧家坚持以人民为中心的创作导向，继承和发展民族歌剧的优秀传统，拥抱时代，扎根生活，科学掌握继承与发展的辩证思

---

① 于平：《“小二黑”壮行“大歌剧”〈小二黑结婚〉复排观后》，《人民日报》2016年10月18日。

② 居其宏：《民族歌剧：在时代变迁中魅力长存》，《光明日报》2016年1月18日。

维，在认真总结民族歌剧历史经验中反思得失、兴利除弊，努力解决其中诸多复杂繁难的创作命题，那么，我国民族歌剧艺术的生命和魅力便永远不会穷尽，必在新世纪歌剧创演和广大群众的歌剧生活中闪耀出更加夺目的光彩。

黄定山撰文[①]指出，今天中国歌剧舞台演出分为三大类：一类是西方的世界著名古典歌剧，一类是20世纪五六十年代中国传统民族歌剧，再一类是中国当代的原创歌剧。其中，在艺术多元化的今天，互联网、电视电影、新兴艺术等对大众产生的影响力和吸引力是歌剧艺术远远无法比拟的，歌剧的发展与它的受众形成了一种渐行渐远的趋势。这是坚守在歌剧创作这片天地中所有艺术家面临的最大挑战和最深刻的忧思。黄定山进行了两点思考：其一是对“中国原创歌剧的民族化与当代性思考”。他认为，中国歌剧发展到今天，走过了一条引进—模仿—民族化的发展道路。在这一过程中，歌剧的民族化是其发展道路上最重要的环节，也是让中国观众热爱和熟悉歌剧艺术的重要因素。这决定了我们的歌剧艺术创作在主题的选取上必须具备主流意识，必须反映具有民族特色和时代要求的歌剧作品。然而，歌剧这一“舶来”的艺术品种在中国走过几十年的发展道路，在今天仅仅是“民族化”显然已远远不够了，歌剧的“当代性”问题应引起我们高度的关注。而另外，我们也需要探寻新的符合当代观众审美需求的歌剧表现方式，这里面包含了不拘一格的音乐风格，不同的戏剧结构和独特的歌剧舞台呈现方式，其当代性、时尚性、独特性、民族性都可以纳入创作视野；歌剧要探索以音乐为主体的舞台多元化表现方式，注重视听艺术的完美结合，在坚守歌剧音乐本体的前提下，调动一切舞台艺术综合表现手段，带给观众一场听觉、视觉全方位的艺术盛宴。

其二是对“歌剧的传统模式与多样性融合的思考”。黄定山认为，中国歌剧需要兼收并蓄，取他山之石。歌剧的展开方式应该是多样化的，传统的歌剧结构形式只是“其一”，而不应是“唯一”，创作者须打破歌剧的传统思维定式。我们要善于吸纳学习世界戏剧的各种流派，从编剧、作曲、导演、表演、舞美等方面全面地探索研究，为中国歌剧所用。黄定山总结道，中国民族歌剧的更加繁荣和发展有赖于不断创新，需要大胸怀，需要兼收并蓄，需要博采众长，需要为我所用，需要推陈出新。求新、求变、求精是中国民族歌剧繁荣发展的未来之路。

关于歌剧的市场化问题，傅玛丽撰文[②]指出，红色歌剧和《白鹿原》等作品的成功上演并不代表歌剧在中国拥有市场。在西方，因制作成本的大幅提升，歌剧院的亏损以及与艺术家的劳资纠纷日趋严重。在中国，歌剧市场还远没有形成。傅玛丽通过对“业界认可与市场冷漠”“高创作率与低成功率”等问题的分析，阐释了中国受众远没有为歌剧买单的消费习惯，很多人对歌剧的欣赏还仅仅停留在欣赏一些咏叹调上，而不是对歌剧的剧情和整部歌剧产生兴趣。

相比于歌剧，音乐剧在市场化方面取得了不错的成绩。黄启哲撰文[③]指出，上海文化广场几部“轻量级”音乐剧以低成本的制作博得了较高的市场回报。《向左走向右走》上座率近九成。在全国巡演的《梁祝的继承者们》首演反响不俗，两个月后即开启第二轮演出。在来自中国台湾地区的《天天想你》等音乐剧中，观众看到流行歌手的身影，唱爵士的王若琳、走小清新路线的魏如萱，加上此前的陈绮贞、许茹芸和品冠，谈不上炙手可热，但都有一批自己的忠实拥趸。他们的加入让音乐剧多了一层实验味道。音乐剧从小打磨，做市场测试，随着作品的成熟逐步做大，也是培育音乐剧制作团队和消费市场的一种路径。

四、结语

纵观2016年歌剧、音乐剧演出市场，整体呈现出前所未有的繁荣态势，演出场次和整体水准有了

---

① 黄定山：《民族歌剧的当代性与多样性探微》，《光明日报》2016年8月15日。

② 傅玛丽：《中国歌剧离市场有多远》，《北京商报》2016年7月6日。

③ 黄启哲：《观众愿意为“轻量级”音乐剧买单？》，《文汇报》2016年5月13日。

进一步提高，歌剧与音乐剧创作数量大幅上升，政府资助力度空前增加。题材得到更广泛的挖掘，艺术性有所提高，创新手法引起关注。歌剧、音乐剧受众规模逐步增加。原创歌剧、复排歌剧、国外经典歌剧在国内演出市场交相辉映，展示出歌剧这门艺术在我国的广阔前景。

但是，歌剧、音乐剧创作和演出方面的一些问题也比较明显，主要集中于民族化与市场化两个方面。中国原创民族歌剧如何“中国化”，使其符合中国观众的审美习惯与审美心理，这不仅是歌剧、音乐剧创编、演出包括理论研究的重中之重，也是中国歌剧、音乐剧之于世界歌剧、音乐剧史的价值和意义所在。总体看来，中国的民族歌剧在题材方面尚需拓展，主题深度仍需深入开掘，同时也应警惕主旋律基调所占比例过高，艺术性方面不够均衡，政府资助下的委约之作对于剧本与音乐的质量难以进行有效指导，从而影响水准和质量。部分原创作品存在“流水线”作业的情况，一些原创歌剧和大规模、大成本制作的歌剧首演或首轮演出之后的演出机会较少，影响了演出制作成本的回收，对于歌剧、音乐剧艺术的可持续发展带来一定的不利影响。

当前，歌剧、音乐剧创作与演出市场制度化建设仍处于探索阶段，一套相对完善的创作、演出运营机制及社会回馈系统均尚未成熟，很多创作、演出主体对于市场、受众都缺乏深入了解与多层面的分析。多媒体时代与文化多样性，是当代主流。一些院团对于多媒体时代的变化适应不足，还没有能够完全脱离“一部作品火十年”的传统思维模式。音乐工作者应当打破传统思维模式，尤其是管理者，应当明确创作、演出的受众，进行针对性的市场投放。歌剧与音乐剧相关从业者，除了继续完善自身的业务素质，更应该深入学习国家的文艺方针、政策，坚持以人民为中心的创作理念，反映人民的真实生活，反映时代的呼声，打造艺术精品；加强正确的导向，通过倾听受众，融入受众，进而影响受众，引导受众，从而推动积极向上的社会新风尚的形成。

王纪宴　中国艺术研究院音乐研究所副研究员
陈瑜　中国艺术研究院音乐研究所副研究员
郭威　首都师范大学音乐学院副研究员
孙茂利　中国艺术研究院《艺术评论》编辑部助理研究员
李玲　中国艺术研究院研究生在读

2016 年音乐美学年度热点研究述要

◎ 黄宗权

2016 年，中国国内音乐美学的研究呈现出一派繁荣景象，关于音乐美学研究的成果极为可观。一方面由于 2015 年度中国音乐美学学会 30 周年年会的顺利召开，很多会议成果于 2016 年陆续刊发（《南京艺术学院学报（音乐与表演）》还专门为此开设了专栏）；另一方面，对音乐美学学科的研究，近年来呈现出从“墙内开花墙外香”到“墙外开花墙内香”的转变——许多其他学科、其他领域的学者（尤其是文学、历史学专业的学者）也开始关注音乐美学问题。2016 年也不例外，这种趋向显然是越来越多的人文学者意识到，对音乐美学（音乐思想）问题的研究，是研究音乐问题的必由之路。

根据国内研究的一般情况，本文选择了国内各大学术期刊刊发的研究成果，逐一阅读，摘取有问题意识、有鲜明观点，且和音乐美学研究密切相关的研究成果，分为五大方面，现述要如下。

一、关于中国古代音乐美学思想研究

方建军的《〈保训〉与“中”的音乐思想本源》一文认为，从清华简《保训》的显示来看，从尧、舜、禹至商汤和周文王，都传承了“中”的思想观念。早期“中”的思想，执两用中，求取中正之道，运用于治国理政之中。先秦时期乐与政通，所以受“中”的政治思想影响，“中”的音乐思想倡导用“中声”或“中音”的技术手段，达到音乐“和”的目的。“中”即适中，“淫”即过度，因此在求“中”之时，应记取“勿淫”。“中”的音乐思想见于医和、伶州鸠和《吕氏春秋》的论述，儒家学派的子思、荀子等则有所发挥。“中”的音乐思想归属并非仅限于一家一派，而是在当时受到较为普遍的认可。

王晓俊的《晚清民国〈乐记〉研究转型考察》一文认为，《乐记》研究在晚清民国时期由盛而衰，以至发生范式转型。其中，“音乐”概念对古“乐”概念的置换，为这一转型提供了巨大动力，也迅速引起人们对《乐记》中儒家礼乐思想的误读。这一转型过程既是文化转型期国家理想对乐教理论的彻底摒弃过程，也是西方音乐格致中国传统音乐、西方学术启蒙中国现代人文精神的过程。它客观上刺激了中华民族主体意识的觉醒和中国音乐文化认同的发生。

王晓俊认为，这一过程经历了三个阶段，即“由盛而衰”（1840—1900）、“体系崩塌”（1901—1931）、“范式转型”（1931—1949）。具体表现为：（1）“经学”与“乐学”分离、“乐学”和“时乐”分离，亡国危机、西方文化传入和以西方教会教育为重要入口的西乐传播，终致晚清经学研究困境中的《乐记》研究迅速式微。（2）经“学制演变”建立的近代中国教育“以经科分入文科”，迅速分化了传统经学。在经学传承系统发生断裂、音乐学科体系逐步构建的历史进程中，传统乐学知识系统逐渐失去青少年载体，包括《乐记》研究在内的礼乐之学因沦为“封建文化”遭到批判继而被摒弃。（3）在新儒学思潮影响下，学者以“怀疑”“评判”的视角对中国传统文化取“精华”、剔“糟粕”，使往圣绝学得以薪传。但包括《乐记》在内的经学研究方法、研究立场、研究对象乃至表述方式均发生全面转型。

屈行甫的《论孔子“三月不知肉味”的音乐审美本质》一文认为，孔子的“三月不知肉味”并不是直接对《韶》乐的直接审美描写，而是借助肉在当时作为食物的珍贵与难得，以孔子学而忘食来反衬孔子对《韶》乐的专注与陶醉，展现了孔子的音乐精神和政治理想。

王新荷的《论白居易对儒家乐教思想的复归》一文归纳整理了白居易就专篇谈论音乐问题的诗文共 67 篇，从中探究白居易对“乐与政通”“礼乐相济”的论证，阐发了崇雅抑俗、力主恢复“正始之音”的音乐主张，并最终形成以疏越清缓为正宗的审美范式，表现出白居易对儒家乐教思想的复归。王新荷认为，这种归复并未流于表面，而是抓住了音乐“善政和情”的本质。

韩静的《从“诗为乐心，声为乐体”论古诗词艺术歌曲的美学品味》一文针对刘勰在《文心雕龙》中阐述乐府诗的特征时对诗歌与音乐的关系提出的“诗为乐心，声为乐体”的观点，对诗、乐、心、声、体的关系的归纳，触及歌曲的内在构成（诗）、传达介质（声）、主体作用（心）、存在形式（体）等关键要素，从古诗词艺术歌曲内在要素的依存关系并结合艺术实践的角度加以剖析，认为乐与诗的渊源关系在于传情达意，乐与诗的承载状态是情与境偕，乐与声的呈现标准是声和韵美。

王维的《〈吕氏春秋〉中的音乐美学思想研究》一文认为，《吕氏春秋》有关音乐的美学思想既具有自然性，也包含道义性，围绕音乐构筑起来的思想系统体现了《吕氏春秋》独特的认知形式，以及它包容天下的思想野心。同时也可以看出，这一体系的最终解释权实际上掌握在吕不韦等士人的手中，拥有了这一话语权就如同得到了政治形态的制约力量。尽管在政治斗争中，吕不韦最终“饮鸩而死”，但在思想史的价值上《吕氏春秋》为战国之后诸子百家的思想整合，为发挥乐论思想的文化功能做出了不可磨灭的贡献。

于亮的《儒道音乐美学思想统摄下的音乐情感论——以〈溪山琴况〉为个案的研究》一文认为，明代徐上瀛所著《溪山琴况》是一部古琴音乐美学思想的集大成者，也是中国传统音乐美学和琴学研究的重点。该文从儒道音乐美学思想对《溪山琴况》的影响、《溪山琴况》音乐情感与山水自然之关系的表述、《溪山琴况》的琴乐审美研究三个方面进行论述。在《溪山琴况》中，儒道两家思想是融为一体、合而为一的，“二十四况”追求“淡和”的审美观也源于儒道两家的美学思想。“淡而不伤、和而不淫”的审美准则是儒家思想的继承，“大音希声”“弦外之意”是道家追求的审美理想。儒道音乐美学思想统摄下的《溪山琴况》的琴乐情感是寄托在山水自然之中的，是作为主体的人对自然的真切感受和审美观照，是情与景、意与境、心与物的交融。

杨赛的《郑玄与汉代〈乐记〉校注》一文论证到，继许慎、马融和卢植相对零散的《乐记》校注之后，郑玄成为汉代《乐记》校注的集大成者。郑玄在马融和卢植校注的基础上，参照刘向的编次，对《乐记》做了校勘，轻易不改字。郑玄的注释包括释音义、释字词义、释句义、释节旨和释乐事五个方面，郑玄引《诗》《书》《周礼》《易》《春秋传》《论语》《礼记》注释《乐记》，注文与其他经注不重复。王念孙、王引之、熊十力等人对郑玄《乐记》校注的极少部分内容提出了质疑。郑玄的校注是我们理解《乐记》的基础。

王晓俊的《〈乐记〉“乐本篇”中的图腾之“乐”辨析》一文认为，中国历史上，“乐”的概念至少发生过三次变易：一是西周“礼乐”之“乐”变殷商以及以前的图腾之“乐”，二是汉代“五声八音总名”之“乐”变西周“音声舞容”之“乐”，三是近现代“艺术音乐”变“五声八音总名”之“乐”。《乐记》作为后儒对西周礼乐制度的追记，“礼乐”之“乐”是其讨论的主体。但其中仍然不可避免地存在殷商及以前的“乐图腾”观念。本文以“乐本篇”为例，分别讨论“及干戚羽旄谓之乐”“乐通伦理”“审乐知政”“郑卫之音”“桑间濮上之音”中所涉及的图腾之“乐”，认为，只有用“图腾之乐”这一“乐”观念阐释这些重要范畴，才能克服以往儒家经典注疏文献中存在已久的隔膜或误解。

朱新亮的《“性恶说”与荀子音乐思想》一文在先秦儒家音乐美学的总体框架下，试图通过对荀子的《性恶篇》与《乐论》文本的细读，对比串联，条分缕析，阐释了荀子《乐论》思想与“性恶说”的内在逻辑关联，从整体角度对荀子的人性论思想和音乐美学建立关联。文章认为，荀子之所以主张乐教论，是因为人之初“性本恶”，乐教及礼义教化能改变人的性情，就像对弯曲之木的矫正一样。在乐教的功能上，荀子通过礼乐教化使“性”“伪”“礼义”各方建立“化性起伪”的关系，通过乐教使普通人性由恶变善。荀子还与先秦儒家具有承变关系，即主张“引情向善”。朱新亮认为，《礼记·乐记》发展了荀子“人情之所以不免也”的音乐思想，却淡化了荀子音乐思想的人性论基础，更细致深入地分析了外物、人心、音乐的关系。

贾静的《〈乐府传声〉与传统美学精神》一文将清人徐大椿的《乐府传声》和“中华美学精神”建立关联，从艺术本体、审美体验和艺术境界方面挖掘《乐府传声》所蕴含的中国传统美学精神，认为《乐府传声》提出了三个方面的问题：（1）以“气”为本的生命精神；（2）“设身处地”“心会神怡”的审美体验论；（3）“声情合一”“形神兼备”的意境观。贾静认为，徐大椿在这部专著中现实了中华美学精神，并对当前的民族声乐理论具有借鉴价值。

陈燕婷的《南音“中和”美感之社会文化根源》一文把传统音乐的“中”的中国美学观念纳入研究视角，认为，南音“中和”之美的形成有其社会、文化根源，深受儒家礼乐思想影响。福建由于朱熹及其门人的影响，至今儒学底子深厚。礼乐思想首先从思想观念上对弦友产生影响，而后通过日复一日的中和礼乐之浸润，培养中和之礼节、中和之性情，从而完成儒家一再强调的对“人”的塑造。对传统南音的学习是伴随着南音文化的学习和浸润而逐渐养成的，与传统南音文化密不可分。传统方式培养出来的南音人，从思想到性情再到美感都非常稳固，不易变易，能够自觉地维护南音传统的中和风格和地位。

孙小迪的《朱熹对〈乐记〉的理学化阐释》一文认为，朱熹先后吸收了张载（横渠）的“心统性情”和程颐（伊川）的“理一分殊”“理即是气”的思想，并将其综合运用到对“四书”中《孟子》心性说和《中庸》中和说以及《乐记》动静说的诠释体系中。朱熹认为，伊川所谓的“七情”和孟子所谓的“四端”在未发之前皆为人性，发动之后而为情。这两种学说与《乐记》所论人性动静之说殊途同归。他将《乐记》所论“动静”的状态与《中庸》所讲的“已发、未发”的中和状态相对应，又结合《孟子》所论心性之说，统合成为其独有的理学诠释体系下的《乐记》解读。在朱熹对《乐记》的注疏中，看到了理学家对于人“心”“性”“情”的义理阐发。孙小迪认为，朱熹传承了先秦子思子和孟子一派的学术思想。它正是宋明理学发展到最后阶段，从内部生发出来的一个新的思想发展，即“程朱”与“陆王”都要回向儒家原典去加强立论的根据。儒家从“尊德性”转向“道问学”，对于心性论道统的追求成就了儒学复兴中道问之学和北宋道统学说背景下的理学新秀。

谭玉龙的《“雅者，美之至也”——朱载堉与明代中后期音乐雅俗观》一文提出如下论述：明代心学转向以后的音乐审美意识，受理学衰退、心学崛起的影响，出现了“是今非古”“扬俗贬雅”的倾向。这符合明中叶以后政治、经济等因素的巨大变化。朱载堉也顺应了时代的潮流，吸收心学之思，扬弃了明代官方所倡导的“是古非今”的音乐审美意识，而重倡“今乐犹古乐”的思想。同时，朱载堉打破了儒家对音乐、乐器的高低贵贱之分别，提出“道在人为而不在乐器”的观点，将音乐之雅俗（郑）归结为“人为”的创作（“操缦”等）。这就让远离现在、超越世俗的“雅”回到了当下，依附于“人为”。“雅”在“我”而不在“天”。朱载堉虽然重申“今乐犹古乐”的思想，可他的根本目的却是“借今乐而明古乐”。只有“古乐”才是“雅音正声”和“中和之音”，才能发挥纠正世风、和谐人心、维护统治的功能，因此，从“借今明古”的音乐美学思想上看，他又回到了程朱理学式的音乐审美观，与明代前期朱元璋、朱权、宋濂等人的伦理教化本位的雅正音乐审美观一脉相承。“雅者，美之至也”，始终是朱载堉音乐审美理想、创作、鉴赏等的出发点与归宿。朱载堉也构成了明代前期“崇雅尚古”与晚明徐上瀛等人崇尚“大雅”之音之间不可或缺的一环。

二、关于近现代音乐美学思想的研究

冯长春的《民族音乐文化身份的塑造——新中国建立17年的音乐民族化思潮》一文提出，“音乐民族化思潮”是中国近现代音乐发展中具有重要影响的音乐思潮现象。“十七年文学”时期，音乐民族化思潮在20世纪50年代初期、“大跃进”时期及“三化”大讨论等历史阶段各有不同的反映与表现。理论形态、音乐形态以及社会音乐生活反映出的民族化思想，共同建构了“十七年文学”时期音乐民族化思潮的发展与嬗变。音乐民族化思潮是塑造国家音乐文化身份的重要手段和新政权社会意识形态的重要组成部分。文章从四个方面进行论述：新中国成立初期音乐民族化的自觉探索；50年代前后的

“土”“洋”唱法之争；对民族风格的大讨论；“大跃进”中音乐民族化；“三化”大讨论中的民族化问题。文章认为，“十七年文学”时期民族化思潮呈现出以下几个特点：（1）中西音乐关系在新的历史条件下得到进一步发展；（2）音乐民族化的根本目的是使音乐更好地为工农兵服务；（3）体现了民族主义在音乐文化中的反映。

韩锺恩的《于润洋音乐学本体论思想钩沉并及相关研究钩链》一文借缅怀于润洋先生为契机而书写。他坦诚有感于学界以往对于润洋先生学术成就的关注，比较多地集中在历史与逻辑统一和音乐学分析等方法论问题上，而相对忽略了于润洋先生有关音乐本体论的研究，集中就于润洋先生有关同一性问题的论述与提出音乐是抽象的纯粹的形式语言命题，做初步钩沉，并提出相关研究钩链设想。他将于润洋先生的本体论构想概括为四个方面——形式观照、情感体验、历史解读、意义诠释——即所谓的“四位一体”。

冯长春的《中华人民共和国成立初期的工农兵音乐思潮》一文对新中国成立初期的相关音乐思潮展开论述，主要内容如下：发轫于“新音乐运动”之际的工农兵音乐思潮，在中华人民共和国成立之后的很长一个历史时期，一方面获得了进一步的发展，并在音乐实践中取得了一定的成就；另一方面则在经过一系列社会政治运动的洗礼后，在“左”的道路上一步步走向异化，阻碍了音乐文化的多样化繁荣发展，最终丧失了其原本具有的一些闪光的思想内涵。这一思潮在中华人民共和国成立初期的表现仅仅是其逐渐走向高潮的开始。由于这一思潮在音乐价值观上的“排他性”，即以工农兵音乐价值观作为最高和唯一标准，又由于这一音乐价值观始终与接连不断的政治运动联系在一起，所以在这一思潮统领下的音乐创作、表演、教育、批评等实践领域越来越滑向高产低质的下坡，其中尤以音乐创作为甚。狭隘地强调和片面地贯彻与政治相结合的路线，造成了音乐创作中普遍存在公式化、概念化、一般化的问题，最能体现为工农兵服务的声乐创作，尤其是群众歌曲，占有绝对的数量优势。音乐批评领域的突出表现则是对作为工农兵音乐对立面的所谓“资产阶级音乐”进行越来越猛烈的批判。

三、关于西方音乐美学家及美学思想的研究

鲁立的《意大利未来主义音乐对声音主义美学的先行探索与实践》一文探究兴起于20世纪初的意大利未来主义音乐在其美学理念中所强调的重新反思“音乐”和“声音”之间的关系，提出音乐创作应挖掘自然界和人类内心的声音，而非刻意遵循各种人为规则。鲁立认为，这种强调音乐回归声音的一系列观点与20世纪50年代出现的声音主义不谋而合。因此，该文对意大利未来主义音乐宣扬的美学理念及代表性的创作技法进行了分析，以比较的方式阐述它与声音主义之间的密切关联，尝试验证意大利未来主义音乐正是声音主义美学的先行探索者这一身份。

王慧娟的《一个作为音乐家的尼采——尼采音乐思想探析》一文认为，从本体论哲学上说，尼采的日神精神代表观念的世界，酒神精神则代表意志的世界。音乐艺术是酒神精神最典型的代表。合唱是一种本真的精神需求的表达。音乐与戏剧的关系在于，音乐不是戏剧的奴仆，音乐不是服从于戏剧，正好相反，音乐是世界的真正的理念，音乐是意志的本体，戏剧只不过是这一本体的外在映象而已。王慧娟认为，尼采一生都在借助希腊悲剧的酒神精神抵制现代文化的危机，以复兴欧洲文化。

宋瑾的《西方音乐阐释理论的历史梳理》一文认为，西方音乐阐释理论大致可分为中心主义和多元主义两类。前者主要存在于19世纪至20世纪中叶，后者基本上存在于20世纪后半叶以来的后现代主义及“之后”的时段。前者对音乐的释义，经历了作者中心、作品中心和读者中心的移动。相应的理论有历史释义学、结构主义和接受美学。后者则出现了从结果到过程、从作品到文本、从确定到随机、从中心到多元，以及从单一到多样的演变，涉及解构主义、多元对话理论、生态哲学美学等后现代主义及之后的理论。各种音乐意义的阐释理论或观点都有各自的历史语境，亦有各自的逻辑结构；从关系实在论哲学观点看，这些阐释理论或观点都具有自洽的合理性。时间先后并非进化，仅为历史分布。

四、关于音乐美学基本原理与学科问题

杨和平的《论20世纪日本音乐美学对中国的影响》一文通过分析社会历史文化背景，围绕日本美育理论、美学实践及音乐美学对中国音乐美学学科产生的影响，进行了学理层面的宏观把握。杨和平认为，康有为、梁启超着眼于社会学和政治学的视野，王国维侧重于心理学的分析，蔡元培与鲁迅倾向于伦理学的观照，他们呈现出不同的思想主张、美学观念，但都指向通过美育陶冶性情、改造国民、改造社会的共同目标。受日本影响的沈心工、曾志忞、李叔同、萧友梅、王露等人的音乐教育思想，赋予美育独特的实践意义，为我国院校音乐教育的启蒙奠定了中国音乐美学学科的实践层面的基础。此外，20世纪我国对日本音乐美学成果的译介，有效地促进了日本音乐美学在中国的传播，为中国音乐美学学科论域的建构、研究视野的拓展、研究方法的选择等，提供了有益参照。

韩锺恩的《基于艺术工艺学的美学情智并及合目的性的哲学终端》一文将“由音响结构力及其描写凸显的艺术问题”“通过听感官事实及其表述呈现的美学问题”“经音乐意义及其展现引发的哲学问题”，在“基于艺术工艺学的美学情智并及合目的性的哲学终端”的命题整合下，陈述如下立意：作为审美发生的一种不假思索的萌发、脱口而出的抒发、一气呵成的迸发，基于原始美学规范想象组织起来的音响产品，与声本体、听本体、情本体有结构关联的听感事实，以人为方式置入形而下、形而中、形而上层级的意义，并自行置入无形层级的本体存在。

郭一涟的《感性地听，并说着经验——对音乐美学学科语言的运思》一文主要探讨的是音乐聆听、感性直觉经验表述与语言之间的关系，即音乐美学学科的听、说问题。音乐音响在主体的知觉聆听之后成为感性经验，本文中的“感性”之定义指向了人类生存体验的感性，有别于一般认识上的“纯感性”。人在音乐中是用感性经验，并从中钩沉出关乎音乐却又不仅止于音乐的意义。对意义的反思促发了人对经验的言说，而正是借着本质的语言，才使人拥有了运思之能与听说之技。本文从海德格尔与伽达默尔的语言本体论中获得启发，试图觅寻并构建通达音响与意义的听说合一之路径，亦是为对音乐美学学科语言的合式学理定位之思索。

武文华的《感性经验描写的“植入”进程——当代中国音乐批评文论中的音乐审美问题研究》一文通过考察研究已做类分的当代中国音乐批评文论中的音乐审美问题，着重阐述其音乐审美价值判断的存在状态及表现方式，以说明感性经验描写在我国音乐批评写作中存在的必要性。音乐批评的本质力量，应该紧紧依靠音乐审美的价值判断，虽然审美判断的主观性难以避免，但最能够接近批评精神的自由状态及观照到音响的大美状态。感性经验描写直接关联音乐审美问题，行文的终极目的是给予音乐审美价值判断，它不是一个没有生成基础的音乐批评写作手段，它是能够融合六类文献类别中各自相关音乐审美的可行性经验并超越这些已有经验及范式的一种得体手法，它在当代中国音乐批评文论中的存在是必要的，有学术价值的。

王文卓的《论身体化的音乐审美经验》一文认为，在“身心二元论”的哲学背景下，西方近代美学把审美经验视为纯粹的精神活动。音乐审美感性论长期无法挣脱精神美学的藩篱，研究者难以正确看待身体在音乐审美经验中的重要性。具有意向性的身体积极地参与到了音乐审美对象的建构中，并有着明确的目标和细腻的表现形式。在群体性的音乐审美活动中，主体间具有身体的共情能力。主体间音乐审美行为的协同性对审美信息的传达及审美质量会产生重要影响。音乐审美缘身性与审美对象的属性及审美环境的类型有着密切关系，对象属性和环境类型决定了审美缘身性的程度和样式。

高拂晓的《论音乐表演艺术接受的三个维度》一文认为，将音乐表演视为社会文化艺术生活的一部分。音乐表演的研究角度从作品向表演者再向接受者转变的过程，是把音乐表演作为社会活动来研究的一个重要的理论转变。本文从接受美学的角度出发，论及了音乐表演在听众接受，社会体制与评价体系三个方面的问题，认为这三个方面构成了音乐表演接受学视野的三个重要维度。有关音乐表演的研究可以从这三个维度中发掘更多更深入的研究课题。

五、音乐美学新观念

何宽钊的《“表征”知识型视野下的古典主义和声》一文认为，17 世纪、18 世纪，西方思想家对将不准确的、模糊的“相似性”作为知识源泉的思维原则展开了批评，“表征”（representation）知识型逐渐取代了“相似性”（resemblance），知识型成为知识的主要构形基础。通过区分和比较发现事物之间的差异，通过区分和比较形成分类，最终建立起某种严格的秩序，进而达到知识的确定性。古典调性和声的配置逻辑暗合了“表征”知识型的构形原则，无论是大小调的织体形式，还是自然音和声体系、半音体系、和弦外音的分类原则和配置逻辑，以及古典奏鸣曲式的调性配置逻辑，均建立在以差异性为基础的“表征”知识型的构形原则之上。由此，在这一时期的古典调性和声的整体架构中，可以看到人们对分类和等级秩序的迷恋，音与音之间、和弦与和弦之间已经摆脱了彼此均等、相似的无差别性，各个不同的和弦结构、各具特色的和声进行，都受“表征”知识型的控制，被加以区分和分类，被置放于严格的秩序格栅中，形成严格规范的和声进行，构成有中心的等级模式。

王文卓的《音乐生态美学研究的三个层面》一文对音乐生态美学提出了研究方向界定，提出音乐生态美学是从生态学与生态哲学的视角来研究音乐审美现象和文化实践。该研究注重三个层面的理论问题：首先，是音乐审美生态批评。其主要任务是剖析并评价音乐作品所蕴含的自然生态思想与生态整体主义。针对音乐作品而展开的审美生态批评具有释义学特征，有着“视界融合”后新的意义的产生。其次，是音乐审美的听觉生态问题。音乐美学要研究音乐存在的生态环境及由环境变迁所引起的感性经验变化的现象，要研究人的听觉经验、声音形式与审美环境的关系问题。再次，是多元音乐文化的生态哲学研究。王文卓认为，音乐审美生态批评、听觉生态问题研究、音乐文化的生态哲学研究三个方面是目前音乐生态美学研究的基本方向。提出这三个层面的基础是生态学与生态哲学的基本观念。生态学的研究对象从生物学层面扩展至人文学科为音乐生态美学研究提供了理论视野与研究角度，而生态哲学的出现为从更高的理论层面把握多元音乐文化的基本面貌提供了依据。

侯燕的《“欢乐”与“悲伤”之辩——对蒙古族长调跨文化审美价值判断的追问》一文认为，在蒙古族长调的跨文化审美价值判断这个问题上，民间 / 学者、局内人 / 局外人给出了多元的审美经验描述和阐释。其中尤为突出的是，面对同样的音响感性样式，不同文化持有者在审美经验的判断上得出了长调音乐或“欢乐”或“悲伤”这两种完全相悖的结论。本文通过对蒙古族传统社会长调音乐审美价值观的探讨，以及跨文化审美价值判断的分析，指出长调音乐对“局内人”而言，其所呈现出的审美形态具有“欢乐”的情感价值属性。人对音乐的情感体验包含着两种心理活动成分，一种是情绪体验活动，一种是价值判断的思维活动。前者所具有的持续、稳定的特征是情感得以产生的基础，而后者是否能成功地介入情绪体验中来，则是情感得以产生的必要条件。无论长调所唤起的是审美主体“快乐”的还是“悲伤”的情感体验，均来自主体于自己所属的文化语境中对这一音乐直观感性样式聆听的审美判断。蒙古族人与作为“局外人”的我们，同样都是从审美聆听的路径进入的，但是因各自所属不同的文化语境，最终在审美判断的结论上分道扬镳。

纵观以上研究可以看出，上述研究呈现的特点是近年来美学学科研究走向的一个重要注脚。这些研究特点可以大致概括为两个方面：（1）音乐美学的研究越来越走向多元，渗透到了其他学科，或者说其他学科对音乐美学理论的应用越来越多；（2）对中国古代音乐美学问题的研究出现了极其明显的整体趋向，显示出研究者们对中国古代音乐美学问题的强烈而浓厚的兴趣。

鲍姆加登（Alexander Gottlieb Baumgarten，1714—1762）在创立美学学科的时候认为，美学是研究感性知识的科学。这种定义从一开始就决定了美学所具有的包容性，这一包容性特质一方面规避了美学学科自身的孤立性，使它容易进入其他领域，或与其他领域相通。而这一观点在近年来音乐美学的研究中似乎得到了某种验证。

黄宗权　福建师范大学音乐学院副教授、上海音乐学院贺绿汀中国音乐高等研究院青年研究员

2016 年度舞台音乐创作态势分析

◎ 陈乾

2016 年，在习近平总书记在文艺工作座谈会和中国文联十大、中国作协九大开幕式上的重要讲话精神的指引和激励下，广大音乐工作者坚持以人民为中心的创作导向，以创作无愧时代的优秀作品为根本，以爱国主义的深厚情怀凝聚共识，在对外来优秀艺术形式的借鉴和反思、对优秀传统文化的继承、创造、发展和转化中，创作出了一批弘扬中国精神、传播中国价值、凝聚中国力量的优秀作品。此举为展示当今中国音乐文化的繁荣与发展，吹响了振奋民族精神、攀登文艺高峰的号角。

一、基本情况

据统计，2016 年度舞台艺术重点创作：音乐剧共 7 台，其中原创剧目 6 台，移植改编剧目 1 台（新创剧目 3 台，修改提高剧目 4 台）；歌剧共 13 台，其中原创剧目 9 台，移植改编剧目 4 台（新创剧目 10 台，修改提高剧目 1 台，复排剧目 2 台）；音乐会共 43 台，其中原创音乐会 39 台，移植改编 4 台（新创 34 台，修改提高 2 台，复排 6 台）。

综合而言，2016 年度的音乐创作呈现出纪念主题、多元融合、保“陈”出新的特点。纪念中国共产党建党 95 周年暨红军长征胜利 80 周年、“第十一届中国艺术节”、民族歌剧、复排剧目、民族传统音乐文化等成为 2016 年音乐文化生活中的年度关键词，相当数量的音乐成果闪耀舞台，舞台艺术评论平稳推进。

在音乐创作层面，2016 年度首演作品的民族性、主体性特点较之往年更为突出。现实题材创作的比重有所提升，历史题材依然处于主导地位。在器乐创作层面，以国家院团为首的音乐团体，切实践行深入群众、深入生活的创作理念，推出了一批反映现实题材、反映当下群众生活和民族风情的优秀作品；在舞台音乐创作层面，年度歌剧创作在鼓励创排民族歌剧、稳步引进西方歌剧的同时，坚持“一手抓原创，一手抓复排”的“两手抓”策略，大力发展民族歌剧。音乐剧创作灵活多样，既有历史题材的大制作，也有小而精的现实都市题材的作品亮相；在新人新作的挖掘和扶持、传播和交流方面，文化部主办了“第十二届全国优秀声乐人才展演”，展演挖掘和推出了优秀的新人新作，为促进我国音乐事业的繁荣发展发挥了重要作用；继续推进优秀音乐作品“走出去”的力度，向全世界展示中国创作的新成果，扩大中华文化在国际上的影响力、传播力和竞争力。中央民族乐团凭借对民族音乐文化的传承和对当代中国音乐新作品的推广，荣获第五届“中华之光”——传播中国文化年度人物唯一集体奖。

二、年度亮点

经历了 20 世纪对西方作曲理论体系的全面学习与吸纳阶段，近年来，音乐创作者正逐步凸显其自我反思和评判意识，主要体现在对民族传统音乐的珍视与吸纳、创新与整合方面。聚焦 2016 年度音乐舞台，音乐创作更加关注现实、关注社会，并以创作弘扬当代中国价值观念、体现中华文化精神、反映国人审美追求的作品为方向，以创作满足人民群众精神文化需求的优秀作品为目标。综合而言，2016 年度舞台音乐创作的主要特征如下。

（一）紧扣两大主题，献礼纪念之年

庆祝中国共产党成立 95 周年和中国工农红军长征胜利 80 周年是 2016 年音乐创作的重点视域。围绕“不畏艰险踏征途”的革命精神主题，2016 年度国家级演出团体和各地专业院团、艺术院校、独立

创制团队怀着历史责任感和民族自豪感，新创并首演了一系列纪念主题作品，例如，中央歌剧院创排的歌剧《红军不怕远征难》和"'民族经典·中国咏叹'——中国经典歌剧音乐会"，中国歌剧舞剧院创排的"'国之瑰宝'——长征路上民族管弦乐音乐会"，国家大剧院创排的中国原创歌剧《长征》等。各省为纪念中国共产党成立95周年重点打造的作品，包括山西复排的歌剧《刘胡兰》、沈阳复排的民族歌剧《星星之火》、海南创排的民族歌剧《红色娘子军》、北京创排的歌剧《杜鹃山》和河南编创的民族歌剧《八月桂花开》等。

上述作品以"纪念"为主题，以诚挚的艺术创作向伟大时代的伟大精神致敬，向不畏艰险踏征途的革命先辈和为建设美好家园辛勤付出的劳动者致敬，引发了观众的爱国热情，广获各方好评与赞誉。

（二）立足传统文化，弘扬时代精神

中国传统文化根基深厚、源远流长，既是国家精神文明建设的支柱之一，又是艺术创作的不竭源泉。如何在文艺创作中努力实现优秀传统文化的创造性转化、创新性发展，也是2016年度音乐创作探索的方向。

一批展现优秀传统文化魅力、落实"深入生活、扎根人民"主题实践活动、传达"一带一路"倡议的作品相继首演。如中国交响乐团推出的"哈尼交响·欢乐新春"音乐会、"龙声华韵"系列音乐会之哈尼交响、"一带一路·乐音流韵"——印度作曲家作品音乐会，中央民族歌舞团创排的民族歌舞晚会《花好月圆》，中国少数民族精品音乐会第三季《湘桂琼》，东方演艺集团创排的情景歌舞《东方之爱》，中央民族乐团创排的民族管弦乐《山西印象》，甘肃创排的"飞天之夜"大型交响合唱《梦回敦煌》等。

与此同时，国家院团在艺术创作、民族文化资源的挖掘上，在帮扶地方院团、扶持少数民族艺术上，持续发挥领头雁的作用。例如，中央民族乐团帮扶甘肃、陕西、四川、重庆、贵州等分别创排的《陇上行》《甘声肃韵》《唐风雅韵》《寻找杜甫》《大地悲歌》《行歌坐月》等风格、题材、体裁各异的民乐作品，中国交响乐团"龙声华韵"系列交响音乐会，等等。上述帮扶和联合创作的成果，切实改善了此前交响乐和民乐演出中原创、新创"作品荒"的老大难问题，为交响乐和民乐的发展壮大做出了最务实的举措。不仅如此，国家院团对地方院团的帮扶还延伸至演出市场、经营管理等发展路径的长远规划上，"深入生活、扎根人民"，充分发挥国家院团在艺术上的示范性、导向性和代表性作用。

（三）历史、现实交织，题材、体裁纷呈

2016年，音乐界进一步树立"出作品""出精品"意识，加大了原创剧目的创作与生产。据年度音乐舞台剧目的首演统计，历史与现实题材依然占据主导地位，是年度音乐创作的又一突出特点。

年度首演的现实题材新作主要集中于音乐剧类目中，其余如交响合唱、民族管弦乐、交响音乐会、歌剧等体裁中亦有现实题材的作品出现，数量稳中有升。相对应的作品有儿童音乐剧《天使合唱团》、音乐剧《麦琪的礼物》、歌剧《白鹿原》、交响合唱《梦回敦煌》《雄关漫道》、民族管弦乐《山西印象》以及于"第33届中国·哈尔滨之夏音乐会"开幕式首演的大型交响音乐会"哈尔滨之恋"等。

重新发现历史，演绎历史是音乐创作者的不断追求。2016年度首演的历史题材的舞台剧目涵盖了包括歌剧、音乐剧、民族管弦乐、清唱剧等在内的多种体裁，包括民族歌剧《蔡文姬》、歌剧《辛夷公主》《郑和》、民族管弦乐音诗《孔子》、音乐剧《烽火·冼星海》《虎门销烟》《汤显祖》、大型交响组歌《孙中山》，以及大型民族交响音画《伟大的先行者孙中山》、民族清唱剧《大地悲歌》，等等。

2016年度新创、首演的作品题材、体裁多样纷呈，既有作为舞台剧目的歌剧、音乐剧类作品，也有交响乐、合唱及民族管弦乐类作品亮相。除上述提到的国家院团创排和帮扶地方院团创排的剧目之外，还有一批推原创促精品的音乐会活动，包括中国交响乐团的"龙声华韵"系列专场音乐会、多媒体电影音乐会、清唱剧音乐会和室内乐音乐会等，中央民族乐团推出的系列大型民族管弦乐系列音乐会、青年人才培养专场系列音乐会及节日主题音乐会等，中国歌剧舞剧院的民族歌剧、民族声乐作品音乐会等，都展示了国家院团的剧目创作能力和储备能力。上行下效，地方院团也有包括交响组曲

《通道转兵组歌》《江姐》《跟着太阳走》，民族管弦乐作品《长白松水图》《丝绸之路》，民族音乐会“海上生民乐”“北方情思”等大批原创作品于2016年首演。上述作品共同为丰富年度音乐创作、繁荣地方群众的音乐文化生活发挥了积极的作用。

（四）民族歌剧引热议，复排经典再争辉

一手抓原创，一手抓经典作品的复排，是2016年歌剧发展的又一重要特征。针对中国民族歌剧的传承与发展问题，以及以此开展的论坛与研讨，成为2016年度的热点话题。

2015年新版歌剧《白毛女》的成功巡演和3D舞台艺术片的成功首映，再一次彰显了优秀民族歌剧的影响力。文化部按照中央领导同志及部领导的指示精神，制定了《繁荣发展民族歌剧艺术实施方案》。2016年年初举行的中国民族歌剧传承发展座谈会以歌剧与时代、与群众相结合，走民族化的创作道路作为议题进行了研讨。会议认为，在新的历史条件下，民族歌剧创作必须坚持和发扬长期以来形成的优良传统，始终坚持以人民为中心的创作导向，为人民抒写、为人民抒情、为人民抒怀，抓住民族文化之本，突出民族特色，反映时代精神和现实生活。充分增强民族歌剧的时代感和吸引力，引发观众的共鸣。

继复排民族歌剧《白毛女》之后，又一部经典民族歌剧由中国歌剧舞剧院创排的复排版民族歌剧《小二黑结婚》于“2016年国家艺术院团演出季”期间首演。该剧从首演至今已有64年的历史，其巨大的艺术生命力和影响力使其复排后再次引发业界内外对于民族歌剧的热烈讨论。由此可见，复排不仅是对经典民族歌剧的致敬与普及，也是在探求“老剧”不老、挖掘经典舞台剧目的艺术价值中总结经验，是发展民族新歌剧道路上的新思路与新举措。

除了对中国原创剧目的复排之外，年度歌剧舞台还首演了西方经典歌剧《水仙女》《歌女乔康达》《唐豪瑟》《蝴蝶夫人》《莱茵的黄金》等。值得关注的是，中央歌剧院自2013年起为纪念瓦格纳诞生200周年启动了瓦格纳巨著《尼伯龙根的指环》系列，并于2016年以《莱茵的黄金》完美收官。

（五）演出活动精彩纷呈，国家院团实力卓著

2016年度的音乐演出风格多元出新，演出活动精彩纷呈。作为重要的文化品牌项目，2016年国家级的音乐演出和会演活动，已成为促进音乐创演发展的动力。“第十一届中国艺术节”“第五届全国少数民族文艺会演”“2016年国家艺术院团演出季”等活动为推动音乐艺术繁荣发展搭建了平台，为观众欣赏音乐艺术作品提供了机遇，也为各艺术门类之间的交流和借鉴提供了条件和可能。

歌剧、音乐剧等舞台演出活跃。2016年度的重大音乐活动几乎都特邀歌剧演出入驻，音乐剧展演集中于第五届“原创华语音乐剧展演季”和“中国·东莞音乐剧节”中，共上演了19部剧目、40余场次。在国外乐团纷纷访华、演出市场持续升温的大环境下，国家级艺术院团在重大艺术活动中展现了实力和担当，发挥了导向性、代表性和示范性作用。

大力推进惠民专场演出。包括各类营业性演出所推出的惠民票价等都对普及和繁荣群众的音乐生活做出最务实的举措：让舞台为群众降下门槛，将更多的观众请进“音乐现场”。除此之外，全国各地市及相关协会、剧院等主办的、为打造城市名片或文化品牌而生的国际音乐节、艺术节等，拓宽了音乐演出的渠道，为挖掘富有艺术潜质的剧作和创演人才提供了推介和展示的平台。“小而精”的展演模式为区域音乐创演推新人、上新作、繁荣城市音乐生活贡献良多。

（六）舞台艺术评论提升，理论研究稳步推进

2016年，中宣部、文化部加大了对理论工作者观照当下舞台创作、演出的引导。在国家级的重要文艺演出中搭建舞台艺术评论平台，对音乐热点剧目、热点现象召开研讨会；“第十一届全国声乐比赛”由“比赛”变为“展演”，并首次以“一人一评”的模式进行现场点评；在“2016年国家艺术院团演出季”期间，组织学者及乐评人观看演出季剧目、撰写评论文章，首次增加“演后谈”环节，并先后召开包括复排歌剧《小二黑结婚》在内4部剧目的演出座谈会；“第十一届中国艺术节”首次成立评论组，共刊发剧目评论文章20余篇，同时，还编印了参评剧目和文华表演奖获得者评论集。

《人民日报》《光明日报》《中国文化报》《文汇报》《文艺报》等报纸媒体加大对音乐评论的策划与版面。其中，2016 年度《人民日报》刊发了多篇针对民族歌剧的讨论，《光明日报》刊发了音乐类演出评论数十篇，并为民族歌剧的发展和传承问题设立“笔谈”版块，邀请王祖皆、居其宏、于平、关峡、唐建平、黄定山等歌剧研究者、作曲家、导演、音乐评论人等领域的“歌剧人”为民族歌剧的定位、发展、创作等层面撰写系列文章 10 余篇。

音乐理论研究稳步推进，多项专题研讨引发关注。在音乐学术研究领域，2016 年度的理论研讨主要以中国音乐发展现状的现实命题和对策为研讨核心，加强音乐学者的跨界对话与互动，承续音乐界前辈学人的历史担当和社会意识，促进中青年音乐学人介入当下中国音乐发展。涉及的内容有当代中国音乐文化的现状与反思、中国音乐创作的现实境遇与对策、中国音乐发展的本土文化关怀、中国音乐文化史研究的理念与内涵、中国音乐文化的国际推广与传播，等等。围绕中国民族歌剧的传承发展问题展开的论坛与研讨会，也被纳入 2016 年度理论研究的重点视域。

三、问题与建议

（一）主要问题

1. 现实题材作品分布不均：音乐剧创作侧重现实题材，而歌剧创作仍以历史题材为主。

习近平总书记在文艺工作座谈会上发表重要讲话两年来，音乐新作品中的现实题材作品总数呈现上升趋势，但不同体裁的现实题材作品创作存在明显差异，如音乐剧创作多以现实题材为主，新创剧目的现实题材占比超过 80%，器乐和声乐的新作中现实题材作品提升显著，占比可达 50%，歌剧新创剧目中现实题材所占比例不足 10%。

2. 省市各级舞台音乐创作的“外援”现象严重。

现阶段，音乐创作硬件环境飞速提升，物质基础殷实，但相应的软实力急需提升：优秀的音乐表演人才、音乐评论人才，以及专业的歌剧、音乐剧导演和编剧都呈现出匮乏状态。尤其在国家加大对地方文艺创作的资金投入后，部分省市采取跨省或赴京“高薪委约”的创作机制，导致音乐资源过于集中化——“一人身兼多部作品主创”的情况时有发生。相当数量的作品呈现出民族音乐元素单调、地域性特色模糊等缺憾。

3. 民族歌剧创作比重和质量有待提升。

自改革开放以来，在全国诸多歌舞团体、诸多作曲家和诸多新创剧目的现实分布中，民族歌剧创作所占比例较小。近年来，在文化部门的督导和指引下，各级院团对民族歌剧的重视和创作意识具有显著提升。但至今为止，能在群众中产生广泛影响或被群众熟知的新作品少之又少，民族歌剧成为音乐创作体裁中的高难度课题。

（二）意见与建议

1. 加大现实题材作品的创作力度。

贯彻落实“深入生活、扎根人民”的创作理念，从博大精深的中华传统音乐文化之中汲取养分，增强文化自觉和自信，以保有新鲜的思想敏锐性、具备足够的创作完成度，在时代生活的真切体验中秉持初心，产生无尽的创造力，为现实题材开创独特的艺术表达方式和思路。

2. 重视民族音乐精品创作。

引导艺术家把歌剧、音乐剧、交响乐等西方舶来的音乐形式和中华传统文化相结合，体现中国风格韵味、中华文化精神和中华审美追求。各级文化主管部门要加强艺术创作生产的长效机制建设。优化整合中央和地方的音乐资源，鼓励创作人才学习民族民间音乐传统，深入生活，卓有成效地出作品，出精品。加速音乐传播渠道的整合和利用，让中国的音乐文化走出去，在世界文化环境中发挥更显著的影响。

3. 厘清民族歌剧的概念和民族歌剧的创作内涵，对发展民族歌剧具有重要意义。

认清中国歌剧的现实依存，珍惜老一辈歌剧艺术家辛勤探索而创立的民族歌剧风格和传统，重视民族音乐文化，加大民族歌剧的创排工作。在创作中，有计划、有目标地复排一些经典民族歌剧来引导创作。选择典型环境中的典型人物，将深刻的思想主题与人物性格刻画相结合，合理采用西方歌剧主题贯穿的思维和我国传统戏曲相结合的方式来开展音乐的戏剧性思维，提升民族歌剧的可看性和可听性。各级艺术院团还应广泛学习、多方交流，以获得更为广泛的观众群体，为世界歌剧艺术贡献出更多的“中国经验”和“中国智慧”。

陈乾　中国艺术研究院音乐研究所副研究员

2016 中国音乐：纵横捭阖　听者无疆

◎ 张悦

2016 年 12 月 31 日，由中国爱乐乐团呈现的“启航——2017 中央电视台新年音乐会”在北京保利剧院举办，央视综合频道、综艺频道、音乐频道进行了同步直播。中国爱乐乐团携手中央电视台举办新年音乐会已经延续 16 届。特别值得一提的是，与往年以国外大师名作为主的曲目构成不同，2016 年的这场新年音乐会将“中国梦”作为主题策划，用音乐的语言全新讲述“中国梦”这一宏大的主题。无论是许多早已成为经典的红色老歌，还是全新创作的“中国梦”主题歌曲，这些作品都还是第一次出现在中央电视台新年音乐会的舞台上，由近 70 位著名歌唱家及演奏家与中国爱乐乐团同台演出，并通过荧屏向世界播放。2016 年，中国音乐也在这样的壮阔气象中匆忙而又缓慢地走过，激励着每一个人为实现梦想而不断向前。

唱响主旋律　谱写时代新声

在 2016 年音乐创作领域，主旋律音乐作品的创作一直保持活跃状态。2016 年音乐界在主题创作方面的重头戏是纪念红军长征胜利 80 周年。国家大剧院排演的大型原创歌剧《长征》于 2016 年 7 月率先上演，这部歌剧用磅礴而浪漫的音乐传承红色基因，用史诗般的力量向英雄致敬，产生了广泛影响。9 月 17 日至 18 日，由中国文学艺术界联合会、中国音乐家协会与国家大剧院联合主办的“‘永恒的丰碑’——纪念红军长征胜利 80 周年音乐会”在国家大剧院音乐厅举办。国内众多歌唱家与表演艺术家联袂，国家大剧院管弦乐团、合唱团共同精彩呈现，从 20 世纪 50 年代创作的《长征组歌》，到由毛泽东诗词改编的经典歌曲，再到国家大剧院原创歌剧《长征》中的精彩唱段，不同风格音乐旋律交织融合。

2016 年 10 月 24 日，“‘向人民汇报’——‘深入生活、扎根人民’主题实践活动成果汇报音乐会”在国家大剧院举行。音乐会集中呈现了习近平总书记主持召开文艺工作座谈会并发表重要讲话这两年来，中国音乐家协会积极开展“深入生活、扎根人民”主题实践活动的创作成果。其中既有从社会主义核心价值观组歌、社会主义核心价值观少儿声乐套曲中精选的歌曲，也有从音乐家赴西藏、甘肃、河北、福建等地和三峡工程一线采风创作成果中精选的歌曲，还有从“心中的旗帜”纪念中国共产党成立 95 周年优秀原创歌曲全国征集推选活动中精选的歌曲。此外，为践行国家“一带一路”倡议，2016 年 9 月 28 日在西安举行的“从长安再出发”大型交响音乐会，以及 11 月 8 日在北京开启的纪念孙中山先生诞生 150 周年民族音乐会“‘天下为公’——海峡两岸大型民族音乐会”交流巡演，都是 2016 年在主旋律创作领域的突出性呈现。

打通音乐平台　联手做大事

一年一度的北京国际音乐节 2016 年 10 月 9 日再度开启。在 21 天时间内，从国际名团演绎的经典名作，到前卫新鲜的歌剧大戏，观众通过现场、电台以及互联网等多种途径欣赏到 30 场精彩演出。特别值得一提的是，“第 19 届北京国际音乐节”充分体现了纵横捭阖、听者无疆的特点，中国古典音乐界两大领头艺术机构——北京国际音乐节与国家大剧院打破以往的一些局限，首次联手一起做大事。北京国际音乐节开幕式音乐会，首次登上音乐节舞台的国家大剧院管弦乐团和合唱团担纲演出，乐团首席指挥吕嘉率团献上勃拉姆斯、肖斯塔科维奇的管弦乐与合唱作品。其实音乐节自创办以来，从未停止过与国内重要艺术机构、表演院团的合作，不仅与上海交响乐团、广州交响乐团等京外乐团紧密合作，还与中国交响乐团、北京交响乐团等在京院团保持着良好的合作关系，近年来音乐节又邀请杭州爱乐乐团、青岛交响乐团、深圳交响乐团参演。而早在2016年4月，音乐节的艺术总监余隆赴国家大剧院执棒国家大剧院制作歌剧《茶花女》，其实就是一个鲜明的信号，而京城两大艺术机构首次合作也被双方共称为“强强联合，水到渠成”。

1956年7月3日，中国的国家乐团——中央乐团成立。1996年乐团重组，更名为中国交响乐团。时值六十华诞，中国交响乐团策划演出了一系列团庆活动，2016年7月29日，“中央乐团—中国交响乐团建团60周年庆典音乐会”在国家大剧院音乐厅奏响。这次音乐会集结了从中央乐团时期到中国交响乐团时期对乐团有重要贡献的8位指挥家同台，余隆、胡咏言、谭利华、邵恩、李心草、汤沐海、陈燮阳和已经96岁高龄的韩中杰依次登台，这对中国古典乐坛来说是2016年值得铭记的一幕。

以音乐之名吸引世界目光

2016年9月4日，杭州“G20峰会”期间，大型水上情景表演交响音乐会“最忆是杭州”在夜色中的西湖上完美呈现，这是国内首次在户外水上舞台举办的大型交响音乐会，也是史上前所未有的一场高难度音乐盛宴，给出席峰会的所有嘉宾留下深刻印象，也成为国人对这场盛会最为深刻的记忆之一。《春江花月夜》与《月光》合奏，《高山流水》与《天鹅湖》共舞，《采茶舞曲》与《欢乐颂》同台，东方古典乐曲与西方经典艺术完美融合，令人陶醉。

具有标志性意义的乐团出访来自中国爱乐乐团。2016年4月29日，中国爱乐乐团在乐团常任指挥夏小汤的带领下，开启为期9天的2016海上丝绸之路巡演，这也是继乐团去年横跨欧亚两大洲5个国家6个城市的2015丝绸之路巡演的继续。从印度尼西亚到斯里兰卡，再到印度，行程逾万公里——此次海上丝绸之路巡演是中国本土交响乐团的首次南亚之旅，也是中国本土的交响乐团首次在海上丝绸之路沿线国家举行大规模巡演，极具里程碑意义。

2016年7月6日，中国爱乐乐团在著名指挥家张国勇的率领下，在俄罗斯伊尔库茨克举行“中俄媒体交流年”专场音乐会。在音乐会的最后，上演了由中国爱乐乐团驻团作曲家邹野改编的乐曲《神圣的战争》。此曲是1941年6月底由时任红旗歌舞团团长的亚历山大罗夫创作的一首爱国歌曲，在苏联卫国战争期间传唱全国，此曲在中国也家喻户晓，成了中俄两国人民对战争年代的共同记忆。令人感到惋惜的是，2016年12月25日，俄罗斯国防部一架图-154飞机在黑海坠毁，机上包括64名亚历山大罗夫红旗歌舞团演员在内的92名乘客全部遇难，这也是2016年音乐界令人悲伤的一幕。

音乐综艺节目全面大爆发

近年来电视音乐综艺节目提供了越来越多的平台让一些歌坛老将尝到了甜头，但音乐选秀节目的疲软也令2016年与往年相比新人乏善可陈。

2016年热播的主流音乐类综艺节目除了《我是歌手》、《中国好歌曲》、《中国新歌声》（新版《中国好声音》）等王牌外，还有《我想和你唱》《看见你的声音》《谁是大歌神》《跨界歌王》等几档节目，其中《跨界歌王》是演员跨界唱歌节目，而《看见你的声音》《谁是大歌神》则是音乐与游戏结合的节目。浙江卫视的音乐悬疑推理节目《谁是大歌神》，集合了悬疑推理、素人比拼、歌唱对决等元素，不仅好听好看还好玩。音乐类综艺节目从最早的草根选秀，到后来的歌手比拼歌唱技巧，2016年特别流行歌手与素人组合以及歌手与游戏结合的音乐形式，激战正酣的《天籁之战》《声音的战争》节目也扎堆PK。2016年音乐类综艺节目明显的趋势是音乐游戏化节目的流行，如江苏卫视的《蒙面唱将猜猜猜》（《蒙面歌王》升级版）、北京卫视的《歌手是谁》、爱奇艺的《偶滴歌神啊》等都或多或少加入了“对口型、竞猜身份”等游戏化元素。在卫视综艺节目已过百部、网络综艺节目层出不穷的今天，音乐综艺节目的竞争格局进入白热化阶段。值得关注的是，虽然这些加入更多游戏化元素的所谓音乐节目大行其道，却再难出现如当年《中国好声音》和《我是歌手》这样全民皆看的年度“爆款”音乐综艺节目。在众多音乐节目的背后，是电视媒体与视频网站越来越多的合作与融合，而纯粹音乐的比例递减，综艺的成分大比例增加，对于音乐本身来讲，这并不是一件好事。

“小确幸”民谣风与数字音乐

“小确幸”是2016年引用率非常高的一个词，指微小而确实的幸福。最近两年民谣在异军突起，或许正应和了不少文艺青年“小确幸”的生活感受。民谣2016年在市场上颇受青睐，陈粒、赵雷的异军突起，在网易云音乐的播放下载中均很可观。不久前赵雷全新数字专辑《无法长大》在网易云音乐独家付费首发，专辑上线24小时销售即超过5万张，创下了独立音乐数字专辑售卖速度的新纪录。2016年11月7日，民谣乐队鹿先森发布了首张众筹原创专辑《所有的酒，都不如你》，专辑一经发出便获得乐迷的广泛好评，各平台评论数量迅速增长。鹿先森的大热单曲《春风十里》中一句歌词“所有的酒，都不如你”更是成为乐迷口中的金句。要说2016年的年度“爆款”歌曲，非电影《驴得水》中的插曲《我要你》莫属，此首歌曲原唱任素汐在同名话剧中便有精彩演绎，在电影上映之时更与老狼合唱为影片宣传，使得这首作品迅速传播，最近更是在更多音乐综艺节目中被多位唱将翻唱，尤其是著名歌手李健在12月24日的个人演唱会上应广大歌迷的要求翻唱了樊冲作词作曲的这首歌，更是掀起了又一轮高潮。

2016年数字音乐的增长趋势明显高于往年，数字音乐用户数量激增是体现之一。2016年7月网易云音乐对外宣布其用户数已突破2亿，而9月QQ音乐宣布其日活跃用户正式突破1亿。更多的人正通过数字平台与音乐亲密接触。11月8日《2016中国音乐产业发展报告》发布，该报告指出中国音乐产业总产值首次突破3 000亿元大关，在中国音乐产业主体规模稳步提升、产业结构不断优化的同时，以优质原创内容为核心、以突破产业边界为路径、以分享经济为纽带的“音乐+”发展模式成为音乐产业发展的新生态，“创新、跨界、融合”已成为中国音乐产业发展的新气象。

原载《中国艺术报》2016年12月30日
张悦 《中国艺术报》记者

专题

中国民族歌剧的传承与发展

【概况】

歌剧集音乐、戏剧、美术、表演等多种艺术形态为一体，被誉为舞台艺术皇冠上的明珠。在中国经历大半个世纪的发展，歌剧这个“舶来品”在本土化、民族化进程中逐步形成自己的特点和传统，诞生了许多家喻户晓的经典作品，深受广大人民群众的欢迎和喜爱。

2015 年，为纪念歌剧《白毛女》在延安首演 70 周年，继承优秀传统、弘扬经典作品、引导创作方向、培养艺术新人，文化部组织开展了一系列纪念活动，包括复排歌剧《白毛女》并于 11 月至 12 月在延安、太原、石家庄、广州、长沙、杭州、上海、济南、长春、北京 10 个城市巡演 19 场，行程超过 1 万公里，现场观众超过 3 万人；组织拍摄歌剧《白毛女》3D 舞台艺术片并举行首映式；召开了纪念歌剧《白毛女》首演 70 周年座谈会。纪念活动在全国引起了强烈的社会反响，受到了中央领导同志的高度关注。时任中共中央政治局委员、中共中央书记处书记、中共中央宣传部部长刘奇葆不仅出席观看了《白毛女》在北京的演出，还指示文化部组织召开座谈会，就歌剧与时代、与群众相结合，走民族化的创作道路进行研讨，并提出相关引导机制和举措。文化部部长雒树刚也在文化部 2015 年年终总结会上强调，要高度重视民族歌剧的传承发展，并对做好相关工作提出了要求。

因此，2016 年既是落实中央领导同志指示精神的具体举措，也是发挥歌剧《白毛女》的示范作用、推动民族歌剧传承发展的关键性时间节点。

【中国歌剧的现状与发展座谈会】

2016 年 1 月 7 日，由中共上海市委宣传部、上海市文广局主办，上海文化发展基金会、上海艺术研究所承办的中国歌剧的现状与发展座谈会在上海举行。座谈会上研讨了民族歌剧《白毛女》的成功经验。

作为中国民族歌剧的开山之作与里程碑，民族歌剧《白毛女》历经 70 载始终魅力不减，自 2015 年复排，全国巡演所到之处均掀起观看热潮。专家学者与歌剧表演艺术家们齐聚一堂，以《白毛女》为案例，梳理中国歌剧的发展历程，聚焦中国歌剧的未来发展。与会者一致认为，《白毛女》是中国歌剧的教科书，其成功带来的最大启示，就是中国歌剧只有民族化才有观众和未来。

【中国民族歌剧传承发展座谈会】

2016 年 1 月 20 日，由文化部艺术司主办的中国民族歌剧传承发展座谈会在北京举行。时任文化部党组成员、副部长董伟出席会议并讲话。中宣部文艺局、文化部艺术司、中国艺术研究院、中国歌剧舞剧院、中央歌剧院有关负责人，以及乔佩娟、王世光、王祖皆、黄奇石、居其宏、项阳、祝东力等专家、艺术家就歌剧与时代、与群众相结合，走民族化的创作道路进行了深入研讨。

【观点】坚持以人民为中心的创作导向 推动中国民族歌剧的传承发展
——中国民族歌剧传承发展座谈会发言摘要

为人民抒写、为人民抒情

◎ 董伟（文化部党组成员、副部长）

为促进歌剧事业的繁荣发展，2011年，文化部出台了《关于扶持发展歌剧、交响乐、芭蕾舞、民族音乐的阶段性指导意见》，同年开始举办中国歌剧节，每三年一届，至今已在福建、湖北举办两届，有力促进了歌剧艺术创作，受到了社会各界的广泛好评。2015年新版歌剧《白毛女》的成功巡演和3D舞台艺术片的成功首映，再一次彰显了优秀民族歌剧的影响力和在引领风尚、教育人民、服务社会、推动发展方面的重要作用，也再一次雄辩地证明：老百姓是热爱歌剧特别是民族歌剧的。民族歌剧尽管也面临着一些困难和问题，但其发展前景无限广阔，人民群众热切期待。在继承歌剧优秀传统的基础上，进一步繁荣发展我国的民族歌剧艺术，是各级文化部门和广大歌剧艺术工作者神圣的历史使命。

在新的历史条件下，民族歌剧创作必须坚持和发扬长期以来形成的优良传统，始终坚持以人民为中心的创作导向，为人民抒写、为人民抒情、为人民抒怀，把群众喜不喜欢、满不满意、认不认可作为作品成功与否的评判标准。对于中国歌剧艺术来说，抓住民族文化之本，突出民族特色，反映时代精神和现实生活，既是其历史使命，也是其立身之本；创作出具有中国精神、中国风格、中国气派的歌剧作品，既是中国歌剧艺术屹立于世界歌剧之林的必由之路，也是增加民族文化积累的重要途径。要增强民族歌剧的时代感和吸引力，引发观众的共鸣，就必须扎根人民、扎根生活，关注现实，反映人民的心声，就必须与时俱进，体现民族精神和时代精神。因此，既要弘扬中国民族歌剧的优秀传统和经典剧目，又要抓住“中国梦”“两个一百年”等重大现实主题，反映改革开放以来的历史巨变、人民群众的伟大实践和多彩生活，生动展示我国人民奋发有为的精神风貌和创造的辉煌业绩。

我们要坚持“两手抓”，在抓民族歌剧的同时，有计划地引进世界经典剧目并加以消化、吸收，学习借鉴国外歌剧在创作、演出、推广和管理等方面的成功经验，吸取外国的长处，繁荣发展我们的民族歌剧，同时，不断加大“走出去”力度，向全世界展示中国歌剧创作的新成就，扩大中华文化在国际上的影响力、传播力和竞争力。

我们拟从2016年开始，会同中宣部、财政部等部门，对民族歌剧的发展状况和在传承、创作、演出、普及推广和人才培养等方面存在的问题进行调研，提出相关引导机制和举措。当前，要重点抓好几项工作：一是加强对民族歌剧创作生产的引导，制定扶持民族歌剧传承发展的相关政策和创作规划，抓好经典民族歌剧的复排演出。二是搭建民族歌剧传播平台，精心组织中国歌剧节等活动，突出民族化的创作方向。三是大力培养民族歌剧艺术人才。针对民族歌剧艺术人才匮乏的问题，充分发挥艺术院校和歌剧院团的作用，通过院校共建、团校结合、举办培训班等多种方式，重点培养民族歌剧作曲、编剧、导演、表演等方面的人才。四是加强民族歌剧理论建设。通过举办民族歌剧论坛、研讨会等，深入研究民族歌剧的创作规律和艺术特点，深入研究优秀歌剧艺术家的创作经验，提升民族歌剧理论水平，出版民族歌剧理论文集、乐谱、剧本、优秀歌剧作品等。五是进一步加大民族歌剧的宣传推广力度。要充分利用传统媒体和新兴媒体，推动民族歌剧的普及和推广，让广大群众特别是青少年了解和热爱民族歌剧，为民族歌剧事业的繁荣发展营造良好的舆论氛围。

发展民族歌剧要有文化自信

◎ 陶诚（中国歌剧舞剧院院长）

中国歌剧舞剧院长期以来都是中国民族歌剧的主力军，一直在民族歌剧的土地上辛勤耕耘，在发展中国民族歌剧的事业上不遗余力。

民族歌剧首先应该解决质量和“高峰”的问题。我们要想打造出现在这个时代的新“高峰”，就必须不断地创新、不断地尝试。通过在艺术形式和内容上的创新，通过管理上的创新，争取新的突破。谈到管理上的创新，2015 年我院通过创排两部歌剧，确立了三个原则：一是时间，我们要控制在两个小时左右，现在的歌剧搞五六个小时是不现实的。二是我们的舞美设计必须考虑到全国各地剧场的条件和状况，保证我们的演出在全国动起来。如果都是以国家大剧院、保利剧院的舞美标准来打造，外地就无法演出了，就算演也是简版，这样是不行的。三是创作时一定要有创新，要有突破，让观众在欣赏过程中得到更多的文化信息。

2016 年我院要加大民族歌剧的创排力度，因为我们已经感觉到，从现在开始，未来的很长一段时间内，中国民族歌剧迎来了它的发展春天。在中国经济迅速发展的今天，应该体现出这样一种文化自信和文化自强。我们要一手抓创新，一手抓传承。我院打算每年传承一部经典的民族歌剧。2016 年已经启动了歌剧《小二黑结婚》的复排工作。

坚持创作、改编、移植“三条腿”走路

◎ 王祖皆（中国歌剧研究会主席）

歌剧是外来的艺术形式。老一辈歌剧艺术工作者一方面吸收西洋歌剧的创作经验和手法，另一方面也吸收了中国民歌、曲艺、戏剧的元素，开辟了中国歌剧的发展路径，所以才产生了《白毛女》这样一个里程碑式的作品，在它的带动下，又出现了《小二黑结婚》等一系列的经典作品，创造了中国歌剧的辉煌，唱段家喻户晓，影响遍及全国。

这些年歌剧发展呈现出多元化态势，从数量上来说，超过以往任何时期，但民族歌剧的参与者还比较少，大家关心得不够。本来在多元化的发展中，这一元应该成为重要的一元，但现在有点失衡。还有就是，歌剧创作存在脱离群众、脱离时代的现象，不大顾及群众的审美，不大观照今天这个时代。

如何推动民族歌剧的传承发展，我认为：一是要推动创作，认准方向。二是要强化领导。像《白毛女》的复排巡演的成功，就离不开文化部的支持和推进。三要优化主创。由于歌剧创作比较复杂，一定要强强联手，一体化操作。四是坚持创作、改编、移植“三条腿”走路。你有真实的生活体验了，你可以创作；如果你没有，可以根据我们的文学作品、电影来改编；还有些作品已经成为经典，如果觉得适合歌剧表现，可以移植过来。五是健全机制。“高峰”不是一下子就能出来的。我们要向数量要质量，向高原要高峰。是否能够找一些优秀歌剧作品，文化部象征性地出一些经费，把版权购买下来，供全国愿意排演的艺术院团和艺术院校使用，这样有利于民族歌剧的推广。

培养民族歌剧发展的土壤

◎ 牛根富（中国艺术研究院副院长）

民族歌剧在其发展的辉煌时期为我们留下了很多经典的优秀作品，它们的共同点就是根植于我们国家的优秀传统文化之上。

面对现在的现实情况，我们该如何走自己的民族歌剧发展之路？一是要认真研究我们国家民族歌剧的现实状态和目前我们创作的误区。二是培养民族歌剧发展的教育土壤。三是要利用现有的研究成果，坚持以人民为中心的创作导向，推动民族歌剧的传承与发展。我们的艺术要扎根生活、扎根人民，民族歌剧创作更需如此，很多经典的民族歌剧，如《白毛女》《小二黑结婚》等，都是扎根生活、扎根人民创作出来的，所以我们要坚持“双扎根”，创作生产出无愧于民族、无愧于时代的优秀民族歌剧作品。

任何一种艺术形式都是一个综合体，都不可能独立地成长和壮大，都需要相关的艺术门类去配合，

民族歌剧也是如此。中国艺术研究院活跃着各个门类的艺术研究所，我们要发挥我们的优势，把各大艺术研究所集中起来，从不同艺术门类的角度上，为中国民族歌剧的发展献计献策，共同发扬光大中国民族歌剧。

不懂中国戏曲写不好中国歌剧

◎ 黄奇石（中国歌剧舞剧院原副院长、一级编剧）

一个不懂中国民间戏曲、只会站在钢琴边上唱西洋歌剧咏叹调的演员，很难成为合格的中国民族歌剧的好演员。中国一代又一代有成就的歌剧表演艺术家，从王昆、郭兰英算起，很多是精通民歌与戏曲的，并有戏曲功底，或是曾经刻苦学习过戏曲。这在民族歌剧的表演实践中几乎是带有普遍性的，也可说是一种规律，很值得大家研究。

同样，中国的作曲家如果不懂得中国戏曲，不懂得中国民歌，就写不好中国歌剧，尤其是民族特色很鲜明的歌剧。记得前辈作曲家陈紫生前曾对我说过，当年他在延安鲁艺学习时，曾用印象派音乐的手法将何其芳《画梦录》中的名句写成了一首歌，他唱给老师冼星海听。冼星海听完说："如果你自己都弄不明白'印象派'是怎么回事，观众能明白能接受吗？"从这之后，特别是毛主席在延安文艺座谈会上讲话前后，号召"走出小鲁艺，走向大鲁艺"，陈紫有一个根本的转变，开始花大力气向民歌和民间戏曲学习。他后来除参加《白毛女》创作外，还写了《刘胡兰》《春雷》《窦娥冤》等歌剧。他之所以能取得这么大的成就，是与他向民间音乐学习的功夫密不可分的。

发展民族歌剧，陈紫认为离不开这样两个问题：一个是民族性，一个是时代性。民族性这个问题本来是不成问题的，因为艺术在根本上都是民族的。存在决定意识，你在中国，写出来的东西就是中国味的。中国人总是要说中国话、唱中国调，连衣食住行也无一不带有民族的风味与特色。每一个民族写的东西都是自己民族的东西、民族的腔调。即使是诺贝尔文学奖的评语，也都是强调作品要表现民族的生活、民族的精神。离开了自己本民族的特点，一味地跟在别人的后面学步很难成功。

另外一个是时代性的问题。王国维在《宋元戏曲考》中说过一句名言："一代有一代之文学。"同样，一个时代也有一个时代的"笔墨"。清代石涛说过："笔墨当随时代。"时代发展了，"笔墨"一定要变。《白毛女》便是那个时代的产物，它很好，有极大的开创性、创新性，我们必须把《白毛女》的成功经验借鉴过来。但是《白毛女》不能复制，无论什么经典都是不能复制的。在创作上我们不能"复旧"，不能走回头路，而必须沿着《白毛女》开创的歌剧之路继续往前走。前面的高峰都是先辈们创造的，而属于我们这一代人的新的高峰只会在后面，等着我们再去攀登、再去创造。我们不仅要继承包括中国民族歌剧、民间戏曲与西洋歌剧、音乐剧在内的一切中外音乐戏剧的优秀创作经验与成果，同时更要下大力气去创新，才能创作出无愧于时代的、具有"中国作风和中国气派"、为中国老百姓所喜闻乐见的新的歌剧作品。

要扶持地方院团的歌剧创作

◎ 王世光（中央歌剧院原院长、一级作曲）

关于歌剧的发展，我有如下几个建议：一是文化部要搞歌剧会演，这对于推动歌剧艺术创作和人才培养将起到很好的作用。二是创作上提倡解放思想。既要立志高远，也要细致地、脚踏实地地操作。我们不光要看到中央的院团，也要看到地方的院团。要扶持地方院团的歌剧创作，从剧本阶段就要关心他们，要调查研究、了解情况，有什么薄弱环节要给予支持，请一些专家去探讨剧本创作、编排、演出等，帮他们出出主意，使得一些缺点或不足在创作前期就可以避免。三是要鼓励院团吸收、培养一位到两位作曲家，不用多，找一大堆是不切实际的。如今，院团不再养作曲人才，这值得商榷。还是要培养院团自己的作曲家，让他在创作排练过程中进一步加深对歌剧的认识。四是在条件具备的时候，隔几年可以召开一次歌剧剧本研讨会。这种研讨会在1984年的时候开过一次，还是蛮有成效的。

民族歌剧须兼顾文学性和戏曲性

◎ 居其宏（南京艺术学院教授）

民族歌剧在创作上是存在一些问题的：一是在音乐形象的塑造上，女强男弱的问题一直没有解决。从《白毛女》开始，杨白劳的形象很好，但没有贯穿全剧。大春的形象倒是贯穿全剧，但塑造得不够。再看《小二黑结婚》，小芹形象很丰满，但二黑的形象就不够鲜明，包括《洪湖水浪打浪》《江姐》《党的女儿》《野火春风斗古城》都存在这样的问题。二是多种演唱形式的运用不充分，比如重唱一直比较弱，乐队在介入戏剧方面做得还不够，等等。三是音乐语言的出新如何让观众接受？是否能做到七分熟悉、三分新奇？过分熟悉了就陈旧，过分新奇观众又不能接受。四是剧本创作的问题，民族歌剧剧本跟一般的剧本是不一样的，创作者必须要懂得民族歌剧的特点，兼顾文学性和戏曲性。只有这几个问题解决好了，民族歌剧才能在前人的基础上更进一步。

歌剧艺术教育亟待加强

◎ 乔佩娟（解放军艺术学院原政委）

伟大的时代要有伟大的作品。创作塑造中国人民高尚灵魂的作品，是当务之急。所以，我认为，复排歌剧《白毛女》这件事情文化部抓对了，抓了一个正确的文艺方针，一个正确的方向，一个正确的创作方法和创作道路，回答了“为了谁、如何为”的问题，用实践告诉我们要创作歌颂人民的戏剧。田川同志生前曾说，中国的民族歌剧，又称新歌剧，走过了一条光荣而又曲折的道路。它有过辉煌的年代，也曾遭受过严重的挫折，但它仍然排除万难，迈开了前进的脚步。我们也应该像当年《白毛女》创作者们那样，到群众中去，特别是到“四化”建设的斗争中去，去熟悉新的社会生活，努力塑造“四化”的建设者、开拓者的先进人物形象，用英雄的形象鼓舞人民。同时，也要熟悉、尊重群众的审美情趣，创造为群众喜闻乐见、雅俗共赏的艺术形式，追求题材、体裁、风格和样式的多样化，使我们业已形成的民族歌剧更完美、成熟起来。

中国人和外国人是不一样的，中国人的喜闻乐见和外国人的喜闻乐见是不一样的，中国人喜欢听的、看的和外国人喜欢听的、看的也是不一样的。中国歌剧和外国歌剧即便内容是一样的、人物是一样的，但音乐语言也是不一样的，差别太大了。我们要传承发展中国民族歌剧，但也不排斥外来的，要学习借鉴而不要照搬。我们必须用中国的语言、中国的音调来创作民族歌剧。要抓创作、抓理论。创作队伍很重要，老一辈的优秀作曲家都是长期融入群众生活中，成天和戏班子接触。《小二黑结婚》里有很多段子都是山西民歌，我们的作曲家如果没有这个功力，走马观花，仅仅写几个音符点缀一下，肯定是不行的。要下决心，像以前那样，既学习演员的自我修养，又学习中国民族戏曲、民歌，每天学、唱、演。导演也好，作曲也好，演员也好，都要学，有这样一支队伍，才能出好的作品。理论也很重要，什么才是群众喜闻乐见的，我觉得要很好研究和琢磨这个事。

要重视艺术教育。民族的音调需要从民族中来，需要学生去学。我们要实现的东西，我们要做的事情，总得有人去做。谁去做？年轻人去做。我们的专家、艺术家要把经典的艺术作品一代一代传承下去，把我们中国的音调唱出去。

歌剧要反映时代主题和民族精神

◎ 俞峰（中央歌剧院院长）

近年来，中央歌剧院积极探索中国歌剧的创作和发展，推出了7部大型优秀原创歌剧作品，题材广泛、形式多样，弘扬正能量、唱响主旋律，其中有现实主义题材的、描写习近平总书记号召学习的优秀共产党员兰辉同志的《北川兰辉》，有抗战题材的《我的母亲叫太行》，有纪念辛亥革命100周年的《辛亥风云》，有反映近代中国服装工业发展和第一件中山服诞生的《红帮裁缝》，还有少数民族题材的《热瓦普恋歌》。其中，《红帮裁缝》获得了2014年中宣部“五个一工程”奖。

很多创作者认为体现核心价值观、主旋律、正能量的作品不好写，不能碰，对塑造当代英雄人物信心不足，因而造成现实题材歌剧作品寥寥无几。的确，创作现实题材作品有不少困难，比如题材的真实性使创作上容易受束缚，情节不易虚构，表现在舞台上易显得平淡，戏剧冲突不够。但难点一旦突破，往往就会成为亮点。

中国歌剧发展不到百年，一直在探索过程中，并呈现出多元化的发展趋势。用什么样的创作技法、什么样的唱法其实不是最重要的，重要的是要用什么样的音乐语言、什么样的表现形式，来反映时代主题和民族精神，这大概是需要我们共同探索的。

不能照搬照抄西方经验

◎ 项阳（中国艺术研究院音乐研究所所长）

作为民族歌剧，怎样能够把握和展现民族音乐文化的深层内涵？歌剧界对这个问题有比较深刻的认知，却在对这种外来形式是全面继承还是嫁接为用上多显摇摆，导致明白问题之所在，却在解决的层面裹足不前。

常常听到歌剧界的人们探讨中国戏曲是否为中国歌剧的问题，我们说这既是又不是。说是，真是可以将其作为中国既有的歌剧种类；说不是，还是因为中国戏曲是千百年不断创造积淀呈程式化样态，生旦净末丑行当齐全。在发展过程中又与方言关联，以致无论道白还是音调彰显区域特色。歌剧毕竟是外来形态，也有定规。在其“民族化”过程中，我们应保护其“父本”特征，但既然为“民族歌剧”，则要彰显民族特征以适应本民族人群审美之需要，又要与中国戏曲形成一定区隔。在下以为，从传统曲牌中汲取养料，把握板腔的实质性内涵，去掉传统戏曲的角色与行当，卸去戏曲表演的程式化，依歌剧人物形象和歌剧的多种音乐体裁以为创制，这难道不是中国民族歌剧？扎向海量曲牌中，认真学习板腔体，补上这一课再看效果如何，不妨一试。

跟戏曲一样，歌剧同样是以歌舞演故事。但歌剧不是中国传统戏曲，在把握这种外来形式的同时更应把握传统乐文化的内涵，而不是所有理念都从西方借鉴，否则还叫什么民族歌剧呢？谙传统曲牌和板腔体，并把握歌剧形式与思维，中国歌剧已经积累了相当多的经验，对民族歌剧的创作模式也逐渐清晰，但软肋还在对传统的把握上。歌剧在中国需要多次嫁接，把握好父本与母本方能不断走向成功。一边理念是原创，一边理念是旧瓶装新酒，两种原本相冲突的审美理念集合在一起，究竟怎样更好地融合值得期许。

歌剧要表达当下时代人们的喜怒哀乐

◎ 祝东力（中国艺术研究院马克思主义文艺理论研究所所长）

中国在文化领域始终面临两个方面的任务：一方面是现代化，另一方面是民族化。文化要现代化，是因为生产生活方式要现代化。也就是说，一个后发国家，必须实现从农耕到工业化、从乡土到城市化的升级，这样，文化也必须跟进。由于西方在现代化——工业化和城市化进程中曾遥遥领先，后发国家的现代文化建设，往往会模仿复制西方文化。这样，由于国情、传统和民族心理的要求，民族化就会成为后发国家文化建设必不可少的另一面。

歌剧本身就是“舶来品”，本土化、民族化的任务更突出一些。上一轮的民族化，从20世纪40年代中期直到五六十年代，应该说相当成功，涌现出一批民族歌剧的经典之作。改革开放后，再一次大规模引进西方文化，这一次，歌剧的情况可能要更复杂一些。前两年在保利剧院看歌剧《费德里奥》，国内院团演出，全场德语演唱。这样的演出的确可以演练技术，培养人才，但是目标观众是谁呢？不仅如此，这部歌剧创作于1805年，200多年了，听上去已经相当隔膜。因此，除了民族化，歌剧这种传统的、经典的艺术样式，还有一个现代化的问题。也就是说，歌剧要表达当下时代人们的活生生的经验、活生生的喜怒哀乐，歌剧不能搞成“洋”与“古”的结合。所以说到底，还是毛主席说的，“古为今用，洋为中用”。“古”和“洋”都是“用”，当下的中国才是“主体”。歌剧要面向群众，今天的群众是谁？从某种意义上可以说，当今文化消费的主体是“80后”“90后”，很快就是“00后”。歌剧能否赢得这个人群，能否赢得年轻人，是它能不能发扬光大的关键。电影已经做到了，话剧也已经做到了，歌剧能不能做到？这是一个非常大的挑战。

原载《光明日报》2016年1月28日

【观点】中国民族歌剧要反映民族精神和民族的时代心声

歌剧《白毛女》是在毛泽东延安文艺座谈会讲话精神指引下诞生的中国民族歌剧的开山之作，是歌剧艺术发展史上具有里程碑意义的经典作品。2015年是《白毛女》在延安首演70周年，由文化部组织复排的歌剧《白毛女》全国巡演活动在延安启动并获得圆满成功。2015年12月5日，《白毛女》在上海大剧院连演两晚，受到观众的热烈欢迎。

2016年1月7日，上海举行中国歌剧的现状与发展座谈会，研讨民族歌剧《白毛女》的成功经验。与会专家认为，《白毛女》历时70年仍然叫好叫座，在于它吸收了中国传统戏曲艺术的精华，采用中国北方民歌的曲调，将中国的民族艺术与西方的歌剧艺术相结合，创新性的复排保留了经典，也感动了当下的观众。事实上，从20世纪20年代首开先河的儿童歌舞剧《麻雀与小孩》《小小画家》，到延安时期的秧歌剧，再到歌剧《白毛女》及其后的《江姐》《洪湖赤卫队》……以中国民族音乐为基础、借鉴西洋音乐创作手法的中国歌剧正不断发展并被人们广泛接受。在中国歌剧新作不断出现但佳作缺乏的当下，本土化和民族化仍然应该成为中国歌剧未来发展的重要路径。

要去除歌剧神秘化、贵族化的认识

◎ 何占豪（作曲家）

开座谈会之前，我问了一些普通老百姓，中国歌剧有哪几部？他们讲出来4部：《白毛女》《江姐》《洪湖赤卫队》《红珊瑚》。这么多年了，我们创作了这么多部歌剧，老百姓只知道4部。这值得我们骄傲吗？我们所有的创作一定要人民群众喜闻乐见，只演一场不算繁荣，那叫一次性作品。

很多人说，歌剧是“舶来品”，中国现在还没有确定自己的歌剧标准。可是歌剧真是那么神秘吗？中国的戏曲不就是地方歌剧吗？按照外国的模式来写中国的歌剧，老百姓喜欢吗？我们歌剧的作曲家、剧作家能不能跨过这个“神秘”的关卡？

也有人说，歌剧是贵族艺术。我相信创作《白毛女》的时候没有那么多钱，创作《洪湖赤卫队》的时候也没有那么多钱。音乐语言是个关键问题。中国人有自己熟悉和喜爱的民族音乐语言，你不用这样的语言创作，很难感动老百姓。中国的民族音乐语言在广大的民歌中间，在中国特有的戏曲中间。创作《江姐》时，两位作曲家专门到我当时所在的越剧团里学越剧。民族音乐语言需要从小熏陶，融进血液里，而不是随便外加硬凑的。

把歌剧艺术当作国家文化艺术创作的一个战略重点

◎ 毛时安（中国文艺评论家协会副主席）

歌剧把声乐、器乐、文学、表演、乐队整个综合成一个完整的艺术整体，在某种意义上代表着一个国家艺术创作的综合水平和综合的实力。因此，要把歌剧艺术作为国家文化艺术创作的一个战略重点来对待，要有自信心拿出我们的民族歌剧作品。

中国歌剧现在的创作样式主要分学院式、西洋式和殿堂式三种。但歌剧其实还有另外一种可能性的样式，就是相对学院来说是民间的，相对西洋来说是中国的，相对殿堂来说是大众的。

我把以《白毛女》为代表的那样一批歌剧模式概括成“革命 + 传奇”。“革命”是指题材，在当时能够唤起我们建设新中国的自信心；“传奇”是指审美，《白毛女》的故事很有传奇性。在音乐上，《白毛女》实现了民族化，带来了音乐素材和唱法上的变化。唱法上的变化很重要，因为汉语的发声和意大利语、俄语都不一样，这种唱法上的变化，为中国歌剧开辟了一块新的天地。《白毛女》的作曲也给了我们很多启示，特别是最后一场，就是《小白菜》的旋律不断咏叹，保持得非常完整。实际上民歌中有大量好听的旋律，我们还是要在中国的民族民间音乐当中去尽最大的力量开发音乐素材，一旦开发出来，就是一座无穷无尽的音乐宝山。

创作具有中国独特音乐语言的歌剧

◎ 许舒亚（作曲家、上海音乐家协会主席）

我想从音乐创作上谈一谈歌剧如何民族化，中国歌剧未来如何发展的问题。歌剧在几百年的历史中发展出了各种流派。我们最熟悉的是意大利的歌剧流派，但是在 20 世纪初出现了另外一个很著名的俄罗斯学派，也诞生了很多好的作品，之后在英国、捷克甚至美国也都形成了各自的流派。

从音乐创作的角度来说，每个流派都有所不同。但它们都有一个共性，就是把音乐创作的语言和本民族的文化相结合。中国也是一样，从《白毛女》开始，到后来的《江姐》，等等，一直在探索我们自己的歌剧语言，出了很多好作品。今天，如何创作出具有中国独特音乐语言、让人一听就知道与意大利歌剧有所不同的歌剧作品，是我们这代人很重要的任务。如何用音乐去创作一个人物，是作曲家相当重要的责任。从历史上看，歌剧最早是宫廷剧，表现的是帝王将相，到新维也纳歌剧出现的时候，主角变成了社会中的普通人。这点很重要。我们的很多歌剧之所以能成功，包括《白毛女》《江姐》等，都是用普通人的命运来折射历史的进程。今天我们要想继续创作出这样的人物，需要把自己内心的感受投入进去，这样才可能会留下真正有价值的东西。

反映人民理想和追求的作品才能赢得民众

◎ 郦国义（文艺评论家、上海文化发展基金会秘书长）

歌剧《白毛女》是中国民族歌剧的开山之作，茅盾先生“毫不犹豫地称扬《白毛女》是中国第一部歌剧”，认为，“这比中国的旧戏更有资格承受这名声——中国式歌剧”。《白毛女》创作 70 年来，长演不衰，至今仍受到广大观众的青睐。《白毛女》的成功为中国歌剧的民族化发展，乃至整个文艺创作领域，都提供了宝贵的经验和有益的启迪。

《白毛女》带来的最重要的启示是，民族化，作品必须反映民族精神，抒发民族情怀，反映民族的时代心声。只有这样，作品才能赢得广大观众。《白毛女》取材于晋察冀边区河北某地的一个民间传奇“白毛仙姑”，它痛诉了当时广大农民血与泪的生活，揭示了“旧社会把人逼成鬼，新社会把鬼变成人”这样一个深刻主题，因而引起当时被压迫、受剥削的广大劳苦大众的强烈共鸣。

只有为民代言、为民呼唤、反映人民理想和追求的作品，才能赢得民众。我国民族歌剧的不少成功之作，比如《洪湖赤卫队》《江姐》，也都印证了这一创作和传播的规律。这两部作品分别创作演出于20世纪50年代末和60年代初，其中的不少唱段，如《洪湖水浪打浪》《看天下劳苦人民都解放》《红梅赞》等，至今脍炙人口。这些作品和那个时代的精神紧密相连，是当时民族精神风貌的体现，因而至今仍有它的生命力。当下我们的文艺创作，如何坚持现实主义的传统，深刻反映现实生活，“与人民同呼吸、共命运、心连心，欢乐着人民的欢乐，忧患着人民的忧患”，反映广大民众的喜怒哀乐，值得我们深刻反思。

好的歌剧作品需要强大的文学底本

◎ 杨燕迪（音乐学家、上海音乐学院副院长）

歌剧发展经历了漫长的历史。几百年来，从意大利到法国、德国，再到俄罗斯，歌剧每到一个国家都经历了民族化的过程。歌剧在中国也走过近百年，并且在此过程中形成了我们独有的民族歌剧的传统，以《白毛女》《洪湖赤卫队》《江姐》为代表，这些作品有一个非常强的优势，就是考虑到了中国老百姓的接受能力和接受可能，故事耳熟能详，曲调朗朗上口，带有很强烈的民族特色，中国老百姓特别喜欢。

改革开放以后，我们的歌剧界接受了一些现代派理念，探索怎么样用更加具有歌剧性的语言和方式来创作中国歌剧，也有很可喜的收获，最突出的就是刚刚去世的金湘先生，他的《原野》以我们所谓的真正歌剧样式作为基础，吸收了大量的现代音乐技法，同时也考虑到中国老百姓的接受能力。

进入21世纪以后，中国歌剧到底应该怎么做，应该说大家的共识不是很强。而国际上也面临新作乏力的局面，新创作进入保留剧目的比率很小。这就导致国内歌剧界很难从西方同行那里获得借鉴。对于中国作曲家而言，恐怕要在几个夹缝里，或者几个不同的方向或方面要找到某种平衡。

我建议中国新歌剧的创作一定要有好的文学底本。我们看《原野》《骆驼祥子》《雷雨》这些公认成功的作品，都是建筑在很好的文学底本基础上的，这也是世界歌剧的一个规律。从《费加罗的婚礼》一直到《卡门》，都有很好的文学底本。

只要旋律写得好，观众就喜欢

◎ 任桂珍（歌唱家）

我演了一辈子的歌剧，我的体会就是歌剧非得民族化不行。好的歌剧为什么得到群众欢迎？一个是人物动人，一个是剧本动人，再一个就是好听。中国好听的歌剧唱段大多有地方音乐的特色。例如，《刘胡兰》有山西地方音乐的特色，《红珊瑚》有河南、河北地方音乐的特色。中国歌剧扎根于民间音乐，很动人，很丰富。我们唱歌剧的年代，歌剧院要求演员学地方音乐，评戏、黄梅戏、越剧我都学过，非常有好处。我非常喜欢听常香玉和新凤霞的唱腔。我希望能够提高民族歌剧的地位，不要认为它是在西洋歌剧之下的。我们没有必要把好的东西丢掉，把别人的东西食洋不化地生硬搬过来。有时候我们去看一个歌剧，听一个音乐会，从头到尾没记住一句旋律。好听的歌剧，听了以后会哼出来。我就希望我们的歌剧唱段朗朗上口，容易唱，唱出来又很动人。

另外，我觉得我们现在可以写成剧本的素材很多，生活当中有很多值得我们去写去颂扬去发挥的正能量。《白毛女》的成功证明，民族歌剧只要题材好，旋律写得好，观众就喜欢。希望我们能够创作出更多好的歌剧作品来。

期待上海产生海派风格的优秀歌剧

◎ 罗怀臻（中国戏剧家协会副主席、上海戏剧家协会副主席）

在近百年中国歌剧的发展历程中，有三个方面是相辅相成的：一是世界著名的歌剧经典在中国的演出；二是按照世界歌剧的标准，运用中国题材全新创作的歌剧作品；三是用中国声音，中国的发声，甚至一些戏曲的、通俗的、民族的音乐语言来创作和演绎歌剧。

这三种歌剧同时存在。到目前为止，我们对中国歌剧民族化的探索仍然在进行中。其中我们最关注的是上海的歌剧创作。上海应该对歌剧在中国的传播和中国学派的歌剧诞生起重要作用。中国式的歌剧最早就是从上海起步的，从黎锦辉、聂耳开始，他们影响了后来民族歌剧的创作，在歌剧《白毛女》当中我们仍然能够看出上海在20世纪三四十年代的歌剧探索带来的影响。

歌剧可以从意大利语扩展到英语、法语、西班牙语，并在此过程中慢慢成熟。那么有没有可能在中国的语言中发展出成熟的歌剧？我们不要轻易放弃。我们期待上海产生有海派风格的优秀歌剧。此次最新版本的《白毛女》可以说在这方面给我们带来了很大启示。它不是简单的复排，而是融入了时代的观念，时代的审美，时代的声音，时代的技巧。因此，我们有一种温故而知新的感觉。

邵岭整理

原载《文汇报》2016年1月8日

【观点】“小二黑”壮行“大歌剧”——《小二黑结婚》复排观后

◎ 于平

2016年9月，复排后的大型民族歌剧《小二黑结婚》在北京保利剧院公演。该剧的上一次复排是为了纪念作曲家马可诞生90周年，此次复排由中国歌剧舞剧院担纲，作为“2016年国家艺术院团演出季”的重头戏亮相。这次复排，女主角小芹的首位扮演者、该剧编剧田川的夫人乔佩娟被聘为艺术顾问，歌剧表演艺术家郭兰英担任艺术指导，中国交响乐团团长关峡和原总政歌剧团团长黄定山分别担任音乐总监和总导演。这个复排阵营体现出该剧向经典致敬的庄重和严谨。

一位“土得掉渣”的作家和一首清纯透亮的歌

提起“小二黑”，最令人印象深刻的是一首清纯透亮的歌和一位“土得掉渣”的作家。这首歌便是歌剧《小二黑结婚》中的首支分曲——咏叹调《为什么二黑哥还不回还》；这位“土得掉渣”的作家便是创作了《李有才板话》《小二黑结婚》等深受老百姓喜爱的文学作品、“山药蛋派”代表作家赵树理。小说《小二黑结婚》创作于1943年，据此改编的歌剧创作于1952年。比较一下原著和剧作就会发现，改编其实也是一次真正的创作：编剧田川和杨兰春虽然借助了读者对原著的“前理解”，但人物设置更分明，人物性格呈现更敞亮，人物行动节奏更紧凑，人物矛盾冲突更跌宕。特别是围绕剧中首要人物小二黑，一是将其抗日英雄的身份由具体行动叙述改为既定人物格调，二是将其与小芹妈“三仙姑”的调侃删繁就简，由此提升了小二黑对周围群众的影响力，并强化了群众对他的支持力。

《小二黑结婚》故事的原型发生在1942年山西的一个偏僻山村。山村的抗日民主政权推动新婚姻法的贯彻，使“恋爱自由、婚姻自主”成为反封建、反陋习的突破口。按理说，这样的主题并不为当今时代的青年人所关注。青年人对这样一部民族歌剧经典的热衷，与它表现了一种怎样的婚恋观有关，也与它如何表现这种婚恋观有关。当“父母之命、媒妁之言”的旧式婚姻观只存留在传统戏曲故事中时，《小二黑结婚》作为“新歌剧”当然以“恋爱自由、婚姻自主”的表现为己任。如同新歌剧《白毛女》揭示的“旧社会把人逼成鬼，新社会把鬼变成人”，《小二黑结婚》作为新歌剧表现的是“旧陋习恋爱不自由、新风俗婚姻能自主”。今天的观众步入剧场，当然更想看到的是我们民族歌剧如何去表现这种自由婚恋观。

人民性基础上的喜剧性和口语化说唱

即便是未曾看过歌剧《小二黑结婚》的观众，大多也能哼出“清粼粼的水来蓝莹莹的天”，知道在小二黑和小芹这对恋人身旁有个“二诸葛”和“三仙姑”。也就是说，歌剧中作为核心人物、核心事件对立面的，不是觊觎小芹、朝思暮想“小芹的眉眼真不赖”的村委会主任金旺，而是愚昧驱动的专制：一边是测得“五行相克火克金，命相不对配不成”的二诸葛，一边是算来“前世姻缘由天定，不顺天意活不成”的三仙姑。事实上，二诸葛和三仙姑作为该剧核心人物的至亲，还代表着核心事件发生的境遇。“至亲”也许是偶然的个别现象，而“境遇”则是一种积淀已久的陈年陋习。因此，在地痞金旺和陋习“至亲”两类不同的戏剧冲突面前，编剧发挥了新政权、新世道、新规程的威力：对于地痞金旺，觉悟的群众坚信“山高挡不住太阳光，恶风暴雨一定不久长”，而对于陋习“至亲”，觉悟的群众则欢呼“新世道有了新规程，二黑和小芹自由结了婚”。

今天再看剧中反映的70余年前的那段历史，不得不承认“喜剧性”仍然是这部歌剧吸引观众的要素。民间素有“戏者嬉也”的说法，但新歌剧作为新文化的建设必然要文以载道，结合起来考虑便是寓教于乐。歌剧《小二黑结婚》的喜剧性不只体现在二诸葛、三仙姑的“不合时宜”，也体现在小二黑、小芹这对核心人物的“好事多磨”上。你看小芹心里想的是“我前晌也等，后晌也盼，站也站不定，坐也坐不安，背着我的爹娘来洗衣衫……猛听得树叶沙啦啦啦响，就像是二黑哥的脚步声，嗨！原来是刮了一阵风”，但当着好朋友的面，她嘴上说的却是“七月的桃八月的梨，九月的柿子红了皮。谁家的柿子谁去摘，我没有柿子着的什么急”。这其中“柿子”的隐喻当然也引来观众的会心一笑。其实，这部歌剧的喜剧性追求是奠定在人民性基础上的，是如古代乐论所言“迁而不淫，复而不厌，哀而不愁，乐而不荒”。

在剧作改编的当年，歌剧《小二黑结婚》就得到了原著作者的高度肯定，这特别体现为口语化的说唱和“上下句”的句式。比如小芹盼二黑回还时忆及：“你去开会那一天，乡亲们送你到村外。有心想跟你说上几句话，人多眼杂，我没敢靠前。”又如小二黑对着小芹坦言：“你要来看我，放大了胆，再也不用瞒着那旁人的眼；咱们的婚姻自做主，再不怕旁人来搅乱。咱们像响晴的天上自由的鸟，未来的日子比蜜甜！”还有如小芹与小二黑互相盼念的对唱，小芹唱：“隔山叫你，山搭腔，隔河叫你，河水应声响；一阵清风悠悠地吹，把我的叫声吹进庄。我在这崖畔上把你等，怎不见你来到这崖畔上？”小二黑唱：“远远听见好像你把我叫，又像是小河流水铃铃响；远远看见好像你把我等，原来风吹小树枝叶儿晃。站在高处东西望，趁着这夜晚人睡定。”小芹、小二黑合唱：“咱们把终身的事儿细商量，怎样能永远在一起，一同唱着过时光！”这种歌词撰写的风格，首先是基于赵树理原著的基本格调；其次也与二位编剧的经历相关，田川一直在军队文工团服务基层群众，杨春兰则是多年的豫剧演员；还有一个重要原因是不能忽略的，那就是以马可为代表的歌剧作曲家的音乐思维。

戏曲板腔体音乐思维值得大力倡导

马可是我国新歌剧作曲家的杰出代表。为歌剧《白毛女》作曲伊始，他就主张向民族戏曲学习，以此丰富我们在戏剧音乐上的语言、语气和表现方法。马可向民族戏曲的深入学习，主要体现为新歌剧作曲中的戏曲板腔体音乐思维。这也就是为什么歌剧《小二黑结婚》的唱词也多以对称的“上下句”作为基本单位。《小二黑结婚》的完整版共有42个分曲，此次复排共选用了34个分曲；这些分曲绝大多数的规模都大于歌剧《白毛女》的分曲，同时由于人物性格的多样化和人物情绪的转折性，板腔体音乐思维通过对骨干音的偏离与回归，以及通过不同板式的变化和转换，构成了诸多唱腔独特的完整性。特别是该剧中广为流传的这段“清粼粼的水来蓝莹莹的天”，这是中国民族歌剧第一首较为完整地运用戏曲板腔体音乐思维来展开音乐戏剧性的大段唱腔。实际上，稍后一些广为传唱的歌剧唱段，比如《洪湖赤卫队》中的“洪湖水呀，浪呀么浪打浪呀”，《红珊瑚》中的“一树红花照碧海”，《江姐》中的“红岩上红梅开”，等等，都是板腔体音乐思维结出的硕果，以至于学者居其宏认为：“中国歌剧作曲家在民族歌剧上借鉴戏曲板腔体作为戏剧展开性的手法，是中国作曲家在人类歌剧史上的重大贡献。”

经过多年探索，中国的歌剧创作正变得红火起来，但本土化与当代化仍然是它不得不面对的双重难题。在中国歌剧（以及早期的歌舞剧）现代以来的发展历程中，至少有两个现象值得关注：其一，中国现代歌剧的源头可以追溯到黎锦晖的儿童歌舞剧，最初的“创作”当时主要用流行乐歌来填词。这或许也可视为我们对一种舶来演剧样式所进行的描红，但我更看重的是他用流行的乐歌促进自己的作品流行的做法。其二，中国现代歌剧有一支自延安而来的，包括“秧歌剧”在内的“新秧歌运动”的传统，它自身体现出由小型秧歌剧《兄妹开荒》《夫妻识字》到大型歌剧《白毛女》《小二黑结婚》的创作历程。在这个传统中我更看重的是，中国歌剧创作绝不能脱离人民群众所置身的、所创造的社会生活这个文艺创作的唯一源泉。中国歌剧表现人民群众熟悉的生活是重要的，同样重要的是用人民群众在长期生活中创造的艺术手段去表现——以马可为代表的作曲家践行的戏曲板腔体音乐思维就是值得大力倡导的。事实上，这种音乐思维在“一白一黑”（《白毛女》和《小二黑结婚》）后曾一路飘“红”（《红霞》《柯山红日》《红珊瑚》《洪湖赤卫队》《江姐》等），这应该是我们解决本土化与当代化双重难题的有效手段，这便是“小二黑”壮行“大歌剧”的意义！

原载《人民日报》2016年10月18日

于平　南京艺术学院舞蹈学院院长

【观点】中国原创歌剧的当代性与民族性

◎ 陈乾

近十年来，中国原创歌剧新作不断。但是，民族歌剧的创作，无论从知名度还是影响力上都未曾出现能与《白毛女》(1945)、《小二黑结婚》(1953)、《洪湖赤卫队》(1959)、《江姐》(1964)、《党的女儿》(1991)和《野火春风斗古城》(2005)等经典之作相媲美的作品。在创新难度增大、观众审美分化等诸多因素的影响下，除个别重大题材（重点扶持的创作）之外，主动选择以民族歌剧体裁进行创作的团体或艺术家寥寥无几。与此同时，《白毛女》《小二黑结婚》等复排歌剧的相继呈现，却引发了业界内外的热议与观剧的热潮。当然，民族歌剧与其他形式的歌剧类型并无优劣之分，所有的概念和理论归根结底都是为了探寻，究竟怎样的创作更适合中国观众的审美并有利于中国原创歌剧未来的前途和良性的健康发展？

“当代性”诠释是中国民族歌剧矗立于现代社会的保鲜剂

中国民族歌剧绝大多数表现的是革命历史题材，革命英雄主义的主题。按照固有的经验而言，主旋律题材的艺术创作容易政治先行，以凸显教育意义。但通过上述经典作品的共性提取，我们发现，“走心”的创作是“以小见大”的：通过数个个性鲜明的人物，以合理的逻辑、跌宕起伏的情节和强烈的戏剧张力，讲述一个立意新颖且接地气的故事。

以复排歌剧《小二黑结婚》为例，复排版延续喜歌剧的形式，保留原作中质朴的语言和口语化的说唱方式。这部“高龄”作品的时代背景是反封建反陋习，倡导婚恋自由，以宣传和推动新婚姻法的贯彻实施。这样一个故事在现代社会上演，婚姻法显然不是吸引观众的亮点，而婚恋观却是紧贴生活的热点话题，放置于今日，仍旧具有现实意义。复排剧目的成功为我们揭示了在面对当今观众群体的现代审美和审美分化中，如何历经一度、二度创作之后，既提高了民族歌剧舞台呈现的质感，又完整地保留其艺术品质。因此，在突出民族歌剧艺术特征的同时，做好“民族性”的“当代”诠释，是民族歌剧与现代观众产生勾连的重要手法。这种“当代性”包含：一、在题材的选择上，贴近时代和大众生活；二、戏剧张力的提升，剧情的精练和紧凑；三、旋律上、写作上的“民族化”（如歌般优美的线性旋律思维），乐队编配上的“国际化”（多声语言和色彩调配的表现力）；四、幕与幕之间切换的流畅性，灯光舞美服装道具上的贴合性；五、舞台表演上，声音的松弛，符合逻辑的肢体表达等。

“民族性”挖掘是根治中国原创歌剧水土不服的良药

自中国歌剧诞生起，一辈一辈的艺术家就以创作中国气派、展现中国风采的歌剧作品作为艺术上的至高追求。历史证明，无论歌剧艺术家在艺术观念和创作风格上有何等差异，凡是流芳于歌剧史或流传于大众音乐生活之中的歌剧选段，如《清粼粼的水来蓝莹莹的天》《看天下劳苦人民都解放》《洪湖水浪打浪》《一道道水来一道道山》《红梅赞》《一抹夕阳》等曲目，无不具有鲜明的民族风格和华夏神韵。

近年来，不少歌剧艺术家在创作中加大了对民族民间素材的使用和创编。但仍有个别作品受限于创作者对民族民间音乐及地方戏剧、曲艺和方言等知识的匮乏，或欠缺将其加以融合的扎实功力，从而导致某部中国歌剧作品在音乐上不符合“中国耳朵”的审美习惯，在文学的表达上也不符合汉语语言逻辑和音乐发展互为统一的创作常识。类似作品在听众中难以产生共鸣，也在意料之中。因此，提升中国原创歌剧创作中对“民族性”的挖掘，是根治歌剧艺术这一“舶来品”在中国水土不服的一剂良药。需要强调的是，这种“民族性”挖掘与先锋观念和现代技法并不相悖。首先，文学脚本创作中的民族性体现在题材的选择、语言风格和文化认同中；其次，音乐创作中的民族性体现在“依字行腔”、地域风格和如歌般的音乐思维中。不少歌剧创作融入了鲜明的民族音乐素材，但因其整体创作技法过于“洋范儿”，没有将音乐与汉语的四声协调好，导致音乐本身因脱离了民族的传统韵律而显得生硬，产生的效果反而与创作初衷背道而驰。

时下，原创歌剧的“民族性”挖掘已不再停留于对民族民间音乐元素的符号性表达，更多的民族风格蕴藏于歌剧语言和旋律的神韵之上。更为出众的创作是将二者糅合，为整部作品的戏剧张力和思想表达服务。继承和发扬原创歌剧的“民族性”是立足国情、扎根生活、切实落实为人民而作的歌剧创作导向，是中国原创歌剧永葆魅力的法宝。

“民族性”不等于“老、旧、土”

成熟的歌剧观不以西方歌剧作为衡量中国歌剧风格和类型的唯一标准。中国原创歌剧的艺术特征是多方面的。但时至今日，将歌剧创作中的“民族性”等同于“老、旧、土”的观念在歌剧从业者或歌剧爱好者中仍然存在。民族性不是歌剧创作的唯一属性，却一定是本土歌剧区别于他国歌剧的重要属性之一。在此，我们要厘清民族化与国际化并不是二选一的关系，中国歌剧对西方歌剧形态的吸收和借鉴已有近百年的历史，应尽快将单项引进的模式扭转为双向输出。中国歌剧创作中的民族性思维，承载着中国民族民间音乐文化，形成了中国歌剧特有的表达方式。有朝一日，当中国歌剧能像法国歌剧那样在某些层面反作用于原发地意大利歌剧，便是中国歌剧艺术对世界歌剧艺术的伟大贡献。

一如不能给“民族性”贴上老化、陈旧的标签那样，“革故立新”也不是“当代性”的准确表述。在艺术多元化发展的今天，各行各业都在追寻最前沿的资讯，以最高科技的手法应对和追赶高速发展的现代社会。在歌剧层面而言，无论什么题材的作品——革命历史题材、现实主义题材，或神话传说、英雄人物等题材，都需要关注当代观众群体的审美，注重歌剧作品的当代性诠释。这种“当代性”体现在艺术表现手法上，更体现在整部作品宏观设计思路上的与时俱进，是在顺应时代发展的前提下探索多元化的艺术表现方式，全方位提升中国歌剧的现代质感，是挖掘中国歌剧独特魅力的有效尝试。

综上所述，中国原创歌剧的民族性和当代性探索，应在保持民间素材的独特神韵与当代风格的完美统一中，令观众产生“既熟悉又陌生”“既传统又现代”“既好听又好记”的审美感受。这便是中国原创歌剧艺术的永恒魅力所在。

原载《光明日报》2016年11月7日
陈乾　中国艺术研究院研究室助理研究员

“中国”主题交响乐之年

【国家大剧院第五届“中国交响乐之春”】

2016年4月8日至29日，由国家大剧院与中国音乐家协会联合主办的第五届“中国交响乐之春”在一场名为“历史的回声”音乐会中开幕。“中国交响乐之春”聚集了北京、上海、杭州、贵阳、沈阳、济南、西安、台湾等地的12家交响乐团。开幕音乐会由陈佐湟执棒，贵阳交响乐团演奏了20世纪50年代前的10部中国管弦乐作品。在21天的交响乐演出季中共演出了34部交响乐作品，其中，围绕该届“中国交响乐记忆”的主题，上演了12场以中国管弦乐作品为主的交响乐演出。

系列音乐会曲目既涵盖了广为流传的中国经典作品《瑶族舞曲》《节日序曲》《春节序曲》《十面埋伏》《梁祝》《嘎达梅林》《台湾舞曲》等，又呈现了《哀悼进行曲》《行路难》《海·帆·港》《花月正春风》等近百年来弥足珍贵的中国交响乐遗珠，还有《炎黄风情》《第四交响曲》《灿烂中华》《逝去的时光》等当代中国作曲家的杰作。12家交响乐团追溯中国交响的创作足迹，致敬中国作曲家先驱，完成了一场中国交响乐的“寻根之旅”。

“中国交响乐之春”每两年一届，是国家大剧院为中国观众打造的交响乐盛事，逐步成为一个优质的艺术品牌，以促进中国交响乐发展为己任，鼓励音乐创作，加强艺术普及教育，培养良好的观赏文化。

【2016年中国交响乐峰会】

2016年9月27日至28日，由中国交响乐发展基金会主办、苏州交响乐团和苏州文化博览中心共同承办的“2016年中国交响乐峰会”暨中国交响乐发展基金会第五届理事会会议在苏州举办。此次交响乐峰会共吸引了来自全国62个交响乐团120位参会代表。法国巴黎管弦乐团团长Bruno Hamard先生作为特邀嘉宾出席了本次会议。

会议总结了2016年中国交响乐发展基金会运作的四大项目：一是联合举办第五届“中国交响乐之春”活动，在推动中国交响乐作品发展的同时为中国早期交响乐作品在音频和视频资料、乐谱收集等方面进行全新的整理和保护，供广大音乐爱好者在将来查阅这些资料时能更加便利，给历史留下中国交响的痕迹；二是组织举办一系列巡演活动，为杰出的音乐家们提供了施展才华的时空平台；三是积极普及交响乐，进行交响乐推广工作；四是大力推广中国交响乐作品，推动中国指挥家、独奏家和中国交响乐作品的传播。

中国交响乐峰会是由中国交响乐发展基金理事会发起并举办。自1994年成立以来，以推动中国交响乐艺术的普及、提高与发展，加强国内交响乐界之间、与全球同行之间的沟通与合作为宗旨，为中国交响乐和高雅艺术的繁荣与发展发挥其应有的作用。

【中央乐团—中国交响乐团建团60周年庆典音乐会】

2016年7月29日，“中央乐团—中国交响乐团建团60周年庆典音乐会”在北京国家大剧院举行，余隆、胡咏言、谭利华、邵恩、李心草、汤沐海、陈燮阳和韩中杰等对乐团有重要贡献的指挥家依次登台。

《第一交响序曲》拉开音乐会的序幕，《哈尼印象》《心潮逐浪高》《春节序曲》、柴可夫斯基《第六交响曲》、贝多芬《第五交响曲》等中外经典之作奏响，中国交响乐团联合奥地利维也纳国家歌剧院网络直播平台，对该场演出进行海外直播。此外，庆祝乐团建团 60 周年系列活动，还包括 2016 年 5 月 27 日的“粉墨春秋”京剧交响音乐会、“俄罗斯之夜”交响音乐会、“龙声华韵”之《希望》、谭盾与斯特拉文斯基的“四祭” 4 场音乐会。

1956 年 7 月 3 日，中国的国家乐团——中央乐团成立。1996 年乐团重组，更名为中国交响乐团。

【观点】回眸历史　共相策勉——评国家大剧院 2016“中国交响乐之春·中国交响乐记忆”系列音乐会

◎ 李淑琴

“中国交响乐之春”作为国家大剧院 2007 年 12 月正式运营后的第一个演出季就推出的项目，至 2016 年 4 月刚刚闭幕的以“中国交响乐记忆”为主题的系列活动，已经成功地举办了 5 届。据笔者粗略统计，5 届共有来自全国不同省市自治区及特别行政区的 50 家交响乐团（或管弦乐队），还有一些欧美乐团，以该项目为契机，在国家大剧院音乐厅举办了近百场交响音乐会，全国 34 个直辖市、省市自治区和特别行政区中，目前仅三个省、两个自治区和一个特别行政区（即江西、河南、海南，广西、宁夏，澳门）尚未参与，而如深圳交响乐团则已三度进京参演，更有像北京交响乐团、中央歌剧院交响乐团这样一届不落的“铁杆儿”乐团。因此可以说，“中国交响乐之春”今天不仅已成为国家大剧院的品牌项目，也是展示全国各地乐团实力、推动全国范围内中国管弦乐作品的创作与演奏、历练青年音乐家及吸引更多人走进音乐厅欣赏音乐的一个国家级音乐平台。观察这项活动，不禁联想起中华人民共和国成立之初的全国文艺会演或首届全国音乐周。

20 世纪 50 年代的各种会演，是在文化部的直接领导与支持下，在各地方政府文化部门的大力配合下，经过逐层选拔，将全国各地优秀的民族民间艺术和新创作品汇聚京城集中展示的国家级文化活动。这些活动促进了政府对各地城乡民间音乐和民间艺术家的挖掘，推动和繁荣了音乐创作、表演及音乐生活，加强了各地文化部门、文艺工作者和民间艺术家的交流，形成了新中国初期的一股社会凝聚力，体现了高度组织化的社会主义新中国欣欣向荣的文艺景象。在这些活动中，尤其在 1956 年的全国音乐周上，北京和上海的交响乐团推出了《山林之歌》(马思聪)、《春节组曲》(李焕之）和《嘎达梅林》(辛沪光)、《黄鹤的故事》(施咏康）等优秀管弦乐新作。50 年代后期，全国性会演资金耗费巨大，国家财政难以继续承担，因此过渡到地方主办，如今的“上海之春”“哈尔滨之夏”即是 60 年代出现的会演后产物。改革开放以来，随着国家文艺院团体制的改革，50 年代全国性的文艺会演彻底走出了历史舞台，取而代之的是各种比赛和音乐节。不曾想，国家大剧院的“中国交响乐之春”似乎又有了当年会演的某些意味，给了来自全国各地的交响乐团不分高低，“切磋技艺，提高水平，繁荣创作，展示成果，团结奋进”[①] 的共同机会。不同的是，大剧院在中国音乐家协会、中国交响乐发展基金会等相关部门的合作下，依靠良好的运作，承担了这个浩大的项目，并且整个过程不像会演那样繁杂，来自各地的参演乐团类型也比较多样，仅从 2016 年参演的 12 家乐团来看，有国家级的中国交响乐团、中央歌剧院交响乐团和中央芭蕾舞团交响乐团，也有属于地方省级或市级政府部门的山东歌舞剧院交响乐团、

① 摘自国家大剧院第五届“中国交响乐之春”节目册。

杭州爱乐乐团和北京交响乐团，有如西安交响乐团和国家大剧院管弦乐团这样依托某个演出场所的驻厅或驻院乐团，更有如贵阳交响乐团、沈阳交响乐团、上海国际青年管弦乐团和中国台湾地区的长荣交响乐团这样的以个人或民营企业基金资助的乐团，而即使那些官方院团与以往完全由国家提供经费的体制也有了不同，体现了院团改革的“阵痛”后当今中国交响乐事业和市场所蕴含的活力与广阔的发展空间。

“中国交响乐之春”自2008年首届开始，即以推动中国本土作品的创作和演奏为旨趣，本届借中国管弦乐创作百年之历史机遇，大胆地集中在对历史作品的挖掘上，确定了“中国交响乐记忆”的主题，并事先做了大量准备工作，拿出了一份推荐曲目供各团选择，发挥了主办方的主导作用。同时，各团在同一主题和必演推荐曲目之下，又可灵活选择中外作品，整体呈现了多样的音乐会形式，如2016年4月8日陈佐湟指挥的贵阳交响乐团整场演奏1949年之前国人创作的管弦乐作品这样具有历史感的开幕式音乐会，4月9日和13日国家交响乐团和山东歌舞剧院交响乐团合作的作曲家鲍元恺、莫凡个人作品专场形式的音乐会，谭利华带领的北京交响乐团整场荟萃不同时期国人管弦乐作品经典的集锦式音乐会，等等，多数乐团则采用中西“混搭”形式，在音乐会曲目中加入了西方管弦乐作品。

在展演的中国作品中，既有中国管弦乐的开山之作《哀悼进行曲》（萧友梅），也有已被听众广为熟知的《晚会》（贺绿汀）、《森吉德玛》（贺绿汀）、《瑶族舞曲》（刘铁山、茅沅）、《春节序曲》（李焕之）、《嘎达梅林》（辛沪光）、《炎黄风情》（鲍元恺），小提琴协奏曲《梁山伯与祝英台》（陈钢、何占豪），钢琴协奏曲《黄河》（殷承宗、储望华、刘庄、盛礼洪、石叔诚、许斐星改编）等作品，以及尚未被当今听众广泛知晓的《怀旧》（黄自）、《台湾舞曲》（江文也）、《思乡曲》（马思聪）、《塞外舞曲》（马思聪）、《花月正春风》（周文中）、《山林之歌》（马思聪）、《十面埋伏》（王树）、《第四交响乐》（王西麟）、《逝去的时光》（陈其钢）等优秀作品，更有《海·帆·港》（林声翕）这样的自作曲家创作完成即静静地待在抽屉里或书架上几十年，本次被挖掘出来，首次以它原本的管弦乐音响呈现给听众的作品。最终12场音乐会共演奏中国管弦乐作品34部，约占12场总数50部管弦乐作品的70%。

从创作手法上看，虽然作品成熟度不一，但已经看出中国作曲家对管弦乐、交响乐的浓厚情趣以及多样的表达。贵阳交响乐团已是二度参加“中国交响乐之春”的演出，此番在指挥家陈佐湟的带领下，以作品的历史价值为取向，在音乐会上演奏的第一部作品《哀悼进行曲》，既是“中国交响乐记忆”开幕的亮相作品，也是中国管弦乐诞生的标志性作品，由中国的第一位音乐学博士萧友梅创作于1916年的德国。该作借对贝多芬第三交响乐中《葬礼进行曲》写作风格的模仿，表达了萧友梅先生对黄兴、蔡锷两位将军去世的悼念之情。之外，还演奏了黄自创作于美国，将所学之欧洲早期浪漫主义创作手法与个人情感细腻表达相结合的管弦乐序曲《怀旧》。有马思聪创作于抗战初期，根据小提琴独奏改编的借思乡和塞外舞曲抒发爱国情怀的《思乡曲》《塞外舞曲》，有贺绿汀20世纪三四十年代的电影音乐和风格清新的管弦乐小品《晚会》和《森吉德玛》，还有国家大剧院委托今人重新整理、首次亮相的林声翕的交响诗三首《海·帆·港》。在《哀悼进行曲》《怀旧》这两部中国管弦乐早期代表性作品中，作曲家在创作手法上尚未顾及中国音乐元素的加入，但以管弦乐形式表达了自己对社会的看法和个人内心感受。而《思乡曲》之后的作品，创作于抗战爆发后，其中《思乡曲》《塞外舞曲》以中国元素体现出民族气节，表达了爱国情怀，《晚会》和《森吉德玛》则民俗风味浓郁，因此使中国听众增加了对管弦乐这一外来形式的亲近感。同时作曲家的个人风格也在这些作品中得以体现。整场音乐会贵阳交响乐团在陈佐湟的带领下显示出了不错的水平。虽然在节目单和对作品的解说上存在个别疏漏，《塞外舞曲》不知何故木管演奏中出现错音，但整体上是一场颇具历史和学术价值的音乐会。以往这样的音乐会多半是在内部小范围进行，此次则在大剧院音乐厅公开演奏，古典音乐频道直播，听众基本满座，令人真正感受到国家大剧院的开拓与实干精神，同时也欣喜地看到国人文化品位的变化与提高。

汤沐海指挥的中国交响乐团“灿烂中华”音乐会，除一部《瑶族舞曲》，整场全部交给了作曲家鲍元恺创作的由24首各地民歌为主题创作的交响组曲《炎黄风情》。整套组曲沿用民歌标题，保留民歌完整旋律，围绕着原民歌风格进行和声、织体以及配器创作，有些乐曲中加入了板胡、三弦、唢呐和锣鼓等地域特色鲜明的中国乐器，可谓管弦乐队版的中国民俗画卷。尽管如此，将24首民歌完整地呈现也需要勇气，一是时间长，二是曲目多。另外前半部分弦乐偏重，借“中国交响乐记忆”主题，完整呈现倒是一次好机会。汤沐海用他准确传神的手势与肢体语言，带动着乐队演奏家和现场听众的情绪，可谓整场音乐会的“灵魂”人物，也由此再一次证明，某种程度上卓越的指挥家对一个乐队、一部作品的成功演奏所具有的举足轻重的作用。

与中国交响乐团的音乐会情况近似，山东省歌舞剧院交响乐团的音乐会，除一部施万春先生的《节日序曲》，也成了作曲家莫凡的专场音乐会，共演奏了莫凡创作的三部作品：交响诗《松・竹・梅》、琵琶协奏曲《长恨歌》和管弦乐组曲《灿烂中华》。乐团在杨又青的指挥下顺利地完成了整场音乐会，琵琶协奏曲《长恨歌》也给笔者留下了好的印象。此外，还有以诸位不同中国作曲家作品组成的专场，如沈阳交响乐团的“北国之声”音乐会，在郑小瑛的指挥下演奏了《嘎达梅林》、交响诗《二小放牛郎》（秦咏诚）及《雪里梅园》（徐振民）等作品。郑小瑛应是本届“中国交响乐之春”参演最年长的音乐家，几十年来，在推动中国交响音乐发展和走向听众上做了大量工作，此次音乐会的热情解说，仍吸引了不少听众。而北京交响乐团的“山林之歌”音乐会，其选择的三部不同历史时期的作品都极具代表性，因此将另有专家专门评论。笔者本人认为，在演奏上，除《山林之歌》略嫌排练不足，其他两部作品——大提琴与管弦乐队《逝去的时光》和《第四交响乐》的演出效果，在本届会演中确属可圈可点。

在“中西混搭”的七场音乐会里，因笔者未临杭州爱乐乐团的“梁祝”音乐会、上海国际青年管弦乐团“乐享经典”音乐会的现场，在此不妄做评论，其他留下较深印象的有指挥家张艺带领的中央芭蕾舞团交响乐团演奏的《十面埋伏》。在中国作曲家的交响音乐创作中，就共性而言，在对中国风格的追求上不少作曲家采用以中国民歌为主题进行创作的手法，前述马思聪、鲍元恺的作品均属此类。还有一种则通过改编传统器乐曲，特别是琵琶、古琴的长大套曲来实现。这些作品通常采用从原曲中提炼出“主导主题”对原曲结构精简压缩的手法，使整体结构更为紧凑完整。由已故原中央音乐学院作曲系王树教授改编的《十面埋伏》就是这样的作品，除在结构上改编的特点，该作品在配器上多选用各件乐器的中音区，同时有意识地运用各组乐器的不同演奏法，在指挥的准确诠释下，乐队的演奏成功地营造了松弛悦耳、干净而显得有节制的整体音响效果。另一场，在西安交响乐团的“黄河”音乐会上，除开场曲江定仙先生的《烟波江上》外，当属钢琴协奏曲《黄河》最具吸引力，听着现场的演奏，虽然给人“廉颇老矣”的感慨，但钢琴演奏家殷承宗先生和这部作品已成为一种符号而深深地镌刻在人们的记忆中，因此，就连殷承宗先生的返场加演钢琴伴唱《红灯记》“我家的表叔”等，也都赢得了观众热情的掌声。

整体上“中国交响乐记忆”对作品的选择是好的，选择一些以往鲜少上演、具有文人气质的作品的初衷，也可以被认同，其中包括早期国人创作的电影音乐。早期中国管弦乐的确有20世纪30年代通过电影传播的历史，但多数是西方作品，国人自己专门为电影创作的代表性管弦乐当属黄自为音乐喜剧片《都市风光》创作的片头曲《都市风光幻想曲》，因此，以笔者个人浅见，此次选择贺绿汀的两首电影音乐，无论从历史价值还是从艺术价值上讲，都不如选择黄自的电影音乐创作。此外，还有一些有价值的作品值得以后继续开掘演奏，如萧友梅的《新霓裳羽衣舞》（1923）、唐学咏的《忆母》（1929）、蔡继琨的管弦乐组曲《浔江渔火》（1936）、郑志声的歌剧《郑成功》（1940）的“场面音乐”《朝拜》《早晨》《小引》、萧淑娴的管弦乐组曲《怀念祖国》（1941）和张肖虎《降E大调钢琴协奏曲》（1945）。江文也和马思聪是1949年前中国作曲家中管弦乐创作成就最突出的两位，本次活动中演奏的江文也的《台湾舞曲》、马思聪的《思乡曲》和《塞外舞曲》均属较小型的作品，他们还有更具分量的《孔庙大晟乐章》《F大调小提琴协奏曲》等值得演奏。另外，一些驻华外籍音乐家的创作也被认为是中国管弦乐的一部分，如20世纪三四十年代俄裔作曲家阿隆・阿甫夏洛穆夫的作品，值得演奏。

“中国交响乐记忆”确定以“文人气质”为选择前提，也许是想追随中国传统文化精神，为中国交响音乐寻找更深的文化之根基。但毕竟20世纪上半叶是中华民族奋起抗争、追求独立自强的历史，在这个过程中，如同肖斯塔科维奇的交响乐反映苏联卫国战争一样，在中国，这样的作品不在少数，如冼星海的管弦乐、交响乐作品，20世纪五六十年代的一系列“革命历史题材交响乐”创作。以笔者拙见，这些作品也是值得继续上演的。只有更全面地展示以往中国交响音乐创作的历程，才能如国家大剧院陈平院长在致辞中所写到的，通过“寻根溯源，梳理中国交响乐创作的历史脉络，探寻中国交响乐的发展足迹，唤醒一份历久弥坚的中国交响记忆”，也才能达到“建立尽可能准确详尽，可以与后人共享的中国交响音乐资料库”[①]的理想。

笔者相信，“音乐的耳朵”是绝大多数正常人与生俱来的能力，只是囿于环境和受教育的不同，带来人们对音乐感悟的不同。中国交响乐文化的建立有赖于作曲家、演奏家和音乐厅这样的平台，还有一个重要环节不容忽略，即听众的广泛接受。据国家大剧院官方微信平台发布的信息，本届“中国交响乐之春”音乐会观众的上座率达九成。依笔者观察，这个数字是可信的。由于有“北京市惠民政策”的支持，低价位票价的设立，整个活动不仅吸引了京城普通百姓，甚至距离较远的郊区听众或远道而来的游客，也走进了剧院，体现了剧院在“人民性”维度上数年来投入精力所获得的回报，也是国家大剧院成功运作的一个重要成果。

通过观察，笔者试图对该项目的听众进行分析，认为大致可分为三个群体：第一个是相关从业者，如院团领导、指挥家、作曲家、学者和媒体人。这个群体关心音乐事业的发展，具有自己的鉴赏力和评判标准，但数量有限。第二个群体当属音乐爱好者。这个群体的人喜欢音乐，但鉴赏力不一，有的有很好的听觉和品位，也有些鉴赏力中等的观众。前者是剧院最好的听众资源，对后者行之有效的方式是名人效应，他们相信名人大家奏出的音乐就是好的，虽有附庸风雅之嫌，但追求自我提高也无不可。第三个群体当属京城普通听众和旅游者。这些听众虽然可能在乐章之间鼓掌、用手机拍照、说话，甚至睡觉打鼾，但能走入音乐厅，依然是件好事情。至少这些观众开始欣赏音乐。只要走进音乐厅，坐下来听听作品，感受一下氛围，以后可以再来。听众良好习惯的养成非一蹴而就，相信音乐厅的氛围能够感染大家，使更多人逐渐地静下心，从音乐中倾听个人生命中的律动和美好，也不枉国家大剧院为提升人们的幸福指数、改变快速经济发展所带来的浮躁的社会风气而奉献的一份力量。

最后，谈谈本人对表演问题的一些想法。作品是作曲家创作出来的，然而其生命力更在于被持续地演奏和不断地诠释，如此才能深入人心并积淀为一种文化。近几十年来，由于好作品的缺乏，我们更多关注的是中国的交响音乐创作，如“文革”后，指挥家们曾连续发表文章呼吁创作中国作品，强调其在一个国家音乐文化水平中的重要性，因此，1981年第一届全国音乐作品评奖就设定为交响音乐作品评奖，而这次活动确实收到了良好效果，如本届音乐会上演奏的《十面埋伏》《雪里梅园》就是当年的获奖作品，其他获奖作品如《云南音诗》（王西麟）、《交响幻想曲》（关峡）等也都在继续被演奏着。这之后的多次比赛以及20世纪90年代以来国内外的委约创作，为我们积累了尚可谓丰富的曲目。可以说，创作已经走在了国家整个交响音乐事业的前面，并开拓出一片国际性的空间。目前，就笔者浅见，演奏应该引起各方重视。只有很好地诠释才能吸引听众“音乐的耳朵”，只有不断地演奏才能为未来发展奠定坚实的基础。这需要名家大师的参与，如同本届指挥家之外，演奏家殷承宗、吕思清、谢楠等人的加入也使音乐会取得了良好效果。另外，在独奏舞台上我们不能只等嗟来之食，扶持年轻演奏家是不断赋予事业生命力和吸引听众的一项冒险但又非常有价值的工作。这次功成名就的指挥家、作曲家大胆扶持年轻人，国家大剧院音乐厅提供展示舞台已经做出了表率，值得引起各方重视。

回顾整个项目，从前期准备到整体运作，从持续的信息发布到音乐会后的跟进宣传，都非常成功。但客观地讲，我们的交响乐团或管弦乐队的演奏仍有很大的提升空间，仅本次活动对一些好作品的演绎就有不能令人满足之处。因此可以说，在推动创作、吸引观众的同时，当下更是提高演奏艺术质量

---

① 摘自国家大剧院第五届“中国交响乐之春”节目册。

的时刻。在此，笔者大胆断言，未来在继续为创作提供机会的同时，中国交响音乐文化的发展将进入演绎的时代。只有通过不断地演奏，夯实中国的交响音乐文化，才能对内，如同蒲方教授在节目册中写的，使“中国交响乐作品走向祖国各地，走进千家万户”，对外，为演绎中国交响音乐作品提供高质量的范本，以跟上当今中国文化越来越受到世界其他不同国家和民族关注的新动向，为国际交响音乐艺术的发展做出贡献。

原载《人民音乐》2016年第6期
李淑琴　中央音乐学院音乐学系教授

【观点】为中国交响乐事业发展不懈追求——记中央乐团—中国交响乐团建团60周年

◎ 刘森

“60年前建团之初，我不会想到在96岁时还能再次站在这个交响乐团的指挥台上，为她庆祝生日。”日前，在北京举行的“中央乐团—中国交响乐团建团60周年庆典音乐会”上，96岁指挥家韩中杰坐在轮椅上指挥中国交响乐团演奏了观众耳熟能详的《春节序曲》后感慨万千。在这场音乐会上，从中央乐团时期到中国交响乐团时期，对乐团做出重要贡献的余隆、胡咏言、谭利华、邵恩、李心草、汤沐海、陈燮阳、韩中杰8位指挥家依次登台。担任中央歌剧院副院长不久的中国交响乐团前任首席小提琴刘云志又一次坐在熟悉的首席位置，与乐团100多位音乐家共同带来最能体现乐团水准的8首中外经典之作。

为创作燃烧自己

1956年7月，中国的国家乐团——中央乐团成立，在北京举行了第一场音乐会。在60年前物资匮乏、信息不畅的时代，以李德伦、严良堃、韩中杰等为代表的指挥家带领中央乐团交响乐队、合唱队、室内乐队、独唱独奏小组和创作组的艺术家们，创造了一个又一个奇迹。中央乐团成立之初，只能演奏西方经典交响乐作品的部分乐章，但仅仅用了3年时间，乐团就成功演出了带合唱的大型交响乐作品——贝多芬《第九交响曲》。原中央乐团大管首席刘奇至今仍记得当时的情景：“那天，所有人都欢呼起来。当时观看演出的德累斯顿管弦乐团全体成员一直站着鼓掌，他们的双簧管首席表示，没想到中国有这么好的交响乐团，能把‘贝九’演奏得这么好！”

1979年，世界著名小提琴演奏家梅纽因与中央乐团在北京民族文化宫大剧院演出，他演奏的曲目有勃拉姆斯《D大调小提琴协奏曲》，由李德伦指挥。在演奏《D大调小提琴协奏曲》第二乐章时，梅纽因听到中央乐团双簧管首席章棣和的一段独奏，感到不可思议的美。演出结束后，两个人在后台见面，梅纽因才发现，章棣和的双簧管不是木管，而是有机玻璃的。他被中央乐团演奏家的境遇和对艺术的追求感动，回国不久，就专门定制了一支双簧管赠送给章棣和。20年后，章棣和吹着这支双簧管，与再次访华的梅纽因合作，共同演奏了勃拉姆斯《第四交响曲》，别有一番意义。

回忆起中央乐团在音乐创作和演出排练上的点点滴滴，很多老一辈艺术家都有无限感慨。91岁的原中央乐团合唱团独唱女高音翁若梅说，当时中央乐团的演奏家也搞创作，虽然没有委约，更没有稿费，但大家只要有想法就一起尝试。为了把《黄河大合唱》改编成钢琴协奏曲，主创人员住在排练场，一个星期没有回家，凭的是一股为创作燃烧自己的劲头。原中央乐团合唱团歌唱家章雪萍回忆起第一任团长李凌时说：“他是一个平易近人没有任何架子的老头儿，但是，他有能量在全国挖来顶尖的艺术人才。”章雪萍和老艺术家们永远也忘不了他们在菲律宾参加“第一届亚洲国际合唱节”获得第一名时的情景，更忘不了严良堃严格要求他们经常举行业务抽查和考试的情景。乐团精神薪火相传，1996 年，中央乐团重组后更名为中国交响乐团，乐团的精神一直传承。

现任中国交响乐团的代理首席赵坤宇从音乐学院毕业后就报考了中央乐团："1996 年重组后，原中央乐团的演奏员只有 20 多人留在乐队里，但是，中央乐团的精神，我们没丢。排练时敬业、演出时投入，始终将自己的理想融入音乐。这就是乐团 60 年的精神传承。"中国交响乐团首席常任指挥李心草见证了乐团重组后的发展，也目睹了乐团精神的传承。"中国交响乐团是中国掌握曲目量最多的交响乐团之一，放眼世界，我们的曲目量也值得自豪。我们还有一件法宝，就是对于中国曲目的积累。每年通过'龙声华韵'系列音乐会首演或推介的中国作品，成为我们最大的财富。"李心草说。

在李心草看来，国际巡演是考察交响乐团实力最好的方法之一。自 1999 年至今，李心草多次率领中国交响乐团在世界各地开展重要访问演出，而令他印象最深刻的是 2013 年的美国巡演："那一次巡演，无论是日程还是曲目量，在世界范围来说都是罕见的——51 天走了美国 16 个州的 29 座城市，演出 30 场。大家克服了很多困难，高水平完成了巡演，其中还有不少带病坚持完成演出的音乐家。这是中央乐团精神传承的最好体现。1987 年，中央乐团首次访美，为期 42 天的美国之行，他们为 24 个城市的 4.2 万名观众演出 26 场。"

以更加开放的姿态与世界接轨

"中央乐团—中国交响乐团的 60 年历史是沉甸甸的，它影响了几代人，我也是其中之一。对于西方的交响乐团来说，我们是一支年轻的队伍，但是对于中国交响乐历史而言，乐团积累沉淀的中国音乐文化足以给中国交响乐事业带来一笔丰厚的财富。"中国交响乐团团长、作曲家关峡说。60 年来，乐团培养了一批又一批艺术水准精湛的艺术家，培养了一批又一批热爱古典音乐的观众，但最重要的是，艺术家传承下来的为中国交响乐事业发展矢志不渝、不懈追求的精神，是乐团最引以为豪的财富。

如今，乐团站到了新的历史起点上，关峡考虑更多的是乐团如何以更加开放、包容的姿态与世界接轨。"就目前的状态来说，无论是从其世界影响力还是对中国交响乐的影响力来讲，乐团处于一个最好的时期。一方面，我们持之以恒地深入生活、扎根人民，在重庆建立'三下乡'基层联系点，在云南红河州建立了创作实践基地，在双向互动中多出作品。今年得到国家艺术基金支持，我们还开展了乐队首席及声部首席人才培养项目，大力扶持、帮助地方交响乐团声部建设。另一方面，我们还探索交响乐新的传播推广方式。团庆音乐会联手维也纳国家大剧院的直播平台和中国国家大剧院直播平台，向国内外直播音乐会盛况。以后凡有重大的音乐庆典和音乐会，我们会采取这种形式，积极探索运用新媒体手段传播推广交响乐。"关峡说。艺术家们表示，我国的交响乐事业正进入前所未有的大好时期，中国交响乐团力争不负使命和责任，为海内外观众创作演奏更多更好的艺术作品。

原载《中国文化报》2016 年 8 月 8 日
刘淼 《中国文化报》记者

中国音乐剧三十年

【概况】

我国原创音乐剧的发展，自20世纪80年代初至今，已有30多年历史，其间诞生了一批有影响力的剧目，锻炼出一批编剧、作曲、导演、表演、舞美设计、制作、理论评论和产业化运作等方面的人才。但就其整体艺术质量而言，还处在习近平同志在2014年10月15日文艺工作座谈会上的讲话中所说的，“有数量，缺质量”“有高原，缺高峰”的状况。为了改善这种状况，从根本上即作品的一度创作开始深化提高，使我国音乐剧这一新兴艺术品种，沿着中国特色文化艺术产业的轨道向前发展。

【培训】

音乐剧制作人研修班

2016年3月16日，由国家艺术基金全额资助、中央文化管理干部学院主办的“音乐剧制作人研修班”正式开班，来自全国各省市自治区的30位学员参加了该次为期2个月的脱产学习。

中央文化管理干部学院党委书记兼艺术学院院长周庆富出席了开班式并致辞，德稻大师、松雷音乐剧制作人李盾出席并讲话。该期培训班旨在培育、提升国内优秀音乐剧制作人的运行能力，针对音乐剧制作专业人才进行理论教学和实践指导，开阔专业视野，拓展学习思路，提升制作能力和水平。培训班邀请国内音乐剧领域制作人、著名词曲作家以及美国、韩国等国外制作人、专家、学者到堂授课。学员们通过理论学习、实践研讨、演出观摩、实地考察等形式与教师进行互动。通过此次培训，学员的制作水平和视野切实得到了提高，为繁荣我国音乐剧事业做出贡献。

NIDA音乐剧大师课

2016年4月6日至29日，由中国对外文化集团发起，联合中国东方演艺集团、英国真正好集团、澳大利亚国立艺术学院（NIDA）共同打造的“NIDA音乐剧大师课”开幕仪式在北京东方演艺集团举办。为期近一个月的大师班，邀请了包括中国东方演艺集团专业演员和编导等相关人才进行高水准的声乐、表演、舞蹈等全方位的深度培训。

中国对外文化集团董事长张宇、中国东方演艺集团董事长宋官林、澳大利亚国立艺术学院导师主任马克·加尔参加了开幕仪式。

该大师班共招收45名学员，于东方歌舞团进行脱产学习。所有学员需经过澳大利亚国立艺术学院和英国真正好集团的选拔。该选拔要求在音乐剧学习、演出方面有良好专业背景，尤其是擅长安德鲁·劳埃德·韦伯的音乐剧作品。该次“NIDA音乐剧大师课”采取小班教学模式，45名学员将被分为3组，每组15个人分开授课。课程设置针对声乐、表演、舞蹈三方面，包括舞蹈与角色性格化、表演技巧与情景练习、从文本到歌曲以及面试技巧。

音乐剧创作及理论评论人才培养培训班

中国音乐剧协会于2016年7月24日至8月23日在北京举办首期音乐剧创作及理论评论人才培养培训班。本期培训班是“国家艺术基金2015年度资助项目”，中国音乐剧协会为承担主体单位，聘请当今国内外资深专家、学者授课。该培训班主要培训从事音乐剧创作（编剧、作曲）及理论评论（艺术类）的人才，使其培训的学员成为我国音乐剧创作及理论评论队伍的生力军。

培训分四个阶段

第一阶段：集中授课——聘请专家为学员讲授。第二阶段：遴选剧本——从创作组学员中遴选2部至3部原创剧本，组建音乐剧制作团队；确定课题——理论组学员观摩剧目，确定撰文课题。第三阶段：创作类，一期制作——完成所选作品的台本修改、舞美设计小样、音乐创作及部分主体音乐的录制小样；理论类，撰文——根据课题撰写1.5万字以上有关音乐剧论文一篇，5 000字以上评论文章一篇。第四阶段：成果汇报——舞台呈现原创音乐剧作品主要片段及作品主体框架结构设计；有关音乐剧论文及评论文章各3篇至5篇。

具体要求

1. 个人报名或单位推荐：各地区（含中国香港、澳门、台湾地区），凡热衷于音乐剧创作（编剧、作曲）及理论评论（文艺类）的人员，不限年龄、单位，个人或单位推荐均可报名参加。

2. 报名者需提供的材料：编剧，应提供本人原创音乐剧或歌剧文字台本（含根据中国小说改编的）2本（每本均复印3份）或1部由本人编剧（包括与他人合作）已在舞台呈现的音乐剧图像资料及文字台本（复印3份）；作曲，应提供由本人作曲的一部音乐剧或歌剧（音乐时长均在60分钟以上）音频和总谱资料；理论，应提供由本人撰稿的5 000字以上2篇戏剧类评论文章或1部有关音乐剧、歌剧类艺术范围论著，以上文章及论著均已在报纸或杂志上公开发表（每篇文章及论著均复印3份）。

3. 学员名额：25—30名，从各地报名者中择优遴选作为该届培训班第一期学员，在北京进行第一阶段培训即集中授课30天。

4. 有关经费：在北京集中培训期间的食宿费、课时费、场地费、集体观摩费及有关书籍和学习材料等均由主办方负担。学员来北京的往返交通费用自理。

5. 作品选用：培训期间，选用学员创作的作品并征得本人许可后，加工、修改、展示（不含商业演出）等，均视为培训成果汇报，不付费用。

中国音乐剧协会

2016年3月16日

原载中国音乐剧协会网站

【观点】构建和谐共情的音乐剧生态

◎ 钱庆利

作为20世纪一种特殊的文化现象，音乐剧的产生已然成为当代世界范围内广受关注的音乐戏剧品种，它的多元综合的内生属性以及灵活、多样的外在形式所彰显出的通俗、时尚的艺术情趣，吸引了无数观众为其疯狂。这一被称为“朝阳产业”的艺术样式，不可避免地进入中国艺术家的学术视野并进行相关艺术实践，在30多年的引进、模仿、移植、原创的历史过程中，培育了一定数量的观众群体，产生了大量音乐剧作品，构成了市场的表象繁荣。然而一个不争的事实则是作品数量与质量之间的矛盾始终未得到有效的解决，尚未出现可以走向世界、成为人类共享的精品力作。这其中纵有诸多原因，但最根本的问题还在于创作本身及评论话语的严重滞后与失语。

为此，由国家艺术基金资助、中国音乐剧协会主办的音乐剧创作与理论评论人才培养培训班于2016年7月24日至8月23日在北京举行。来自全国各地50名学员参加了此次培训，培训班学员由音乐剧编剧、作曲、评论三大专业构成。举办此次培训班的宗旨，不独是回望中国音乐剧的发展历程，进行简单的相关经验、教训的总结，更为重要的是，为当下及未来的中国音乐剧发展问诊把脉，进而贮备专业人才。

音乐剧创作之首端——剧本

音乐剧创作流程高度复杂精密，在各环节的数度创作中，剧本之先是公认的程序。因此，主办方邀请了资深编剧为学员讲授剧本创作基本原理公开课。

作为剧本主讲老师的黄维若以“歌剧音乐剧构思的起点”为题，向学员讲述了歌剧、音乐剧创作起点的构思方法。他讲道：构思是创作的重要一环，从构思开始即已进入创造流程，好的构思即成功了一半。为了便于学员理解与掌握剧本构思起点的历史内涵与实际操作的可行性，黄维若借用清代戏剧理论家李渔的“结构”论（此“结构”为“编结与构想”之意），认为这种原始的构想即剧本的萌芽。那么，作为剧本构思的起点，其形态特征总是具体的。什么样的元素可作为戏剧构思的起点呢？黄维若进而以具体的实例进行阐述，诸如戏剧人物、事件、场景、高潮、结构、情节样式、理念等均可作为剧本构思的起点。对于以上可作为剧本构思起点的诸多方面，授课者呈现给学员的并非枯燥的空头理论，而是以信手拈来的一个个丰富而生动的实例来进行佐证。如对《雷雨》《悲惨世界》等经典名作剧本构思起点的深度解读，加深了学员对剧本构思元理论的理解，这其中也折射出授课者博观约取的理论功底及丰富的实践才能。当然，笔者认为，在所有关于剧本起点构思的方式方法中，具体怎么用，则完全取决于作品本身的需求以及剧作家的才情来进行选用。

与黄维若不同的是，廖向红的讲题为“音乐剧——剧本的创作特征”，主要讲述音乐剧剧本题材选择的基本要求。如剧本需有广泛的亲和力，要体现人之常情、人之常态、人之常理；剧本题材选择的三条基本途径，即文学名著、演艺生活、现实题材；剧本情节故事应追求完整性、复杂性、曲折性、生动性相统一；等等。

如果说黄维若从微观层面进行剧本创作可行性探索的话，那么，廖向红的讲座则主要站在宏观的立场来把控剧本创作。前者操作性强，后者提炼性高，两者各有千秋。音乐剧创作之中端——旋律写作是音乐剧创作的重要一环，但凡音乐剧史上的著名作品，无不是借力音乐取得成功的。如何与剧本形成合力，去推动环环相扣的戏剧进程，塑造丰富多彩的戏剧形象，是作曲家矢志不渝、毕生追求的终极命题。

作为音乐剧作曲主讲老师的金复载，以“音乐如何承载戏剧”为题，向学员阐述了音乐剧中的音乐应提供三种信息，即情感信息、文化信息、秩序信息。据笔者目力所及，剧本也同样隐含了上述三种信息，剧本与音乐提供的信息本质上是相同的，只是表现形式上有所差异。那么，音乐到底如何承载戏剧呢？金复载进而讲道：音乐可以营造气氛、塑造人物、形成结构。笔者认为，音乐营造气氛是显性的、浅层次的戏剧承载方式，塑造人物与形成结构均为隐性的戏剧承载方式。尤其是形成结构更加复杂，大到全剧的音乐结构布局，小至唱段结构布局，等等，金复载从作曲角度阐述得非常具体细致而精道，并有详细的实例支撑，对音乐剧作曲学员来说受益匪浅。

作曲家王祖皆做了“关于音乐剧创作的几点思考”专题讲座，作为中国音乐剧创作的早期实践者，他谈到中国音乐剧创作 30 多年的实践，有诸多问题值得总结，欲解决好这些问题就必须回到问题本身——创作。因此，王祖皆提出几点建议：

1. 创意基准与“青奇古怪”。意即没有创意就无新意、亮点，好的创意必须体现出创作者的智慧与创造力。因此，创意是个战略问题。王祖皆借用其岳父张锐先生（著名作曲家、二胡演奏家）的话，“生命贵常青，独创才出奇，美中必有古，神品无不怪”，说明艺术创作可以有缺点，不可无特点。

2. 音乐与戏剧孰轻孰重不可偏颇。这个问题业界一直争论不休，音乐剧中的音乐一定是戏剧的、人物的，要求音乐家为戏写音乐，剧作家为音乐写戏。

3. 加强现代性和民族性的双向追求。说到底，音乐剧是现代艺术，体现为都市化、时尚化、商品化等艺术特征。故此，音乐剧创作思维、审美特征等必须具有现代性。

4. 精准把握音乐形象。精准把握音乐形象是创作中的难中之难，要靠长期的艺术积累，靠丰富的艺术想象。如何写出“动听不易、动人更难”的戏剧人物音乐来，是考验作曲家的试金石。

5. 精心打造经典唱段。靠一首或几首经典唱段来使剧目获得传承是成功音乐剧的先决条件，古今中外，概莫能外。如《猫》中的《回忆》,《芳草心》中的《小草》等。

6. 精诚构建精彩场面。鉴于音乐剧由若干场面构成，因此，如何构建令人回味无穷、过目不忘的独立场面篇章则成为艺术家们大有可为且必须要为的关键所在。

傅显舟的讲题为“新世纪中国歌剧音乐剧创作研究”，从一个新的视角对中国音乐剧进行分类，如城市音乐剧、乡村音乐剧、戏曲音乐剧等。作曲出身的傅显舟不可避免地将论点集中在音乐剧的音乐创作上，提出如何进行主题设计与贯穿、戏剧歌曲类型与曲体结构等问题，对音乐剧创作具有启发意义。

另外，作曲家张卓娅、莫凡、赵光、三宝等人也都从各自的音乐剧创作实践角度来与学员们分享创作中的成败得失。如张卓娅的《小草》情怀，莫凡对《五姑娘》的厚爱，赵光对《海上音》的文化表达，三宝对自己多部音乐剧创作的体会，等等，都印证了当代音乐剧创作的三原则——求新、求变、求美。

音乐剧市场运作的核心——制作人

鉴于音乐剧是高度市场化的艺术，音乐剧文本经过剧本、音乐、表演诸环节的艺术创作后，最终被搬上舞台，使其化作魅力四射的现实音响，进而接受观众与市场的综合检验。推动这项任务的终极人物便是制作人。

集表导演与制作人于一身的英国学者马修·怀特以“西方音乐剧史”为讲题，将音乐剧的肇始源头推至古希腊，历经古罗马、中世纪乃至后世时代，音乐剧的神圣性日趋减弱，观演互动性、娱乐性、即兴性与时代性逐步彰显（笔者理解为马修·怀特的音乐剧史观来自西方歌剧，其学理依据是歌剧与音乐剧属同一家族的艺术品种）。特别是20世纪初，音乐剧在美国盛行，其主要原因是题材新奇，常被主流社会边缘化的社会底层人物被设置为主人公；故事叙述方式与彼时社会息息相关，易吸引普通观众。马修·怀特在讲述过程中不时穿插经典实例的艺术分析，尤其是结合音乐剧赖以生存、不断变化的文化土壤进行解析，向学员们勾勒出西方音乐剧演变的历史图景。

韩国金钟中以“中韩音乐剧产业的现状与未来”为题发表演讲，将自己多年来的音乐剧制作经验与学员分享。他谈到，中国音乐剧产业潜力巨大，有悠久的艺术传统与艺术资源，这是强项。在论及中国音乐剧发展的弱项时，金钟中毫不避讳，称中国音乐剧目前尚属初级阶段，硬件、演员及制作队伍尚需完备。中韩两国均属儒家文化圈，文化认同感一致。因此，中国可吸收韩国的成功经验，加强交流，在交流中求发展。

周志强提出“审美召唤结构系统”，对中国音乐剧的现状有其自身的价值判断。他认为，当下的中国音乐剧看似火热，其实是剃头挑子一头热——圈内热，市场的消费热潮尚未形成。高质量作品凤毛麟角，尚未获得最广泛百姓发自内心的认可。就音乐剧创作中如何搭建“审美召唤结构系统”，周志强提出，音乐剧创作应达到形散而神聚的艺术效果，多元素并不等于杂乱无章、随意堆砌，结构良性循环系统的建立是音乐剧之所以成为综合艺术的关键。为此，他提出三点建议：1. 题材与形式设计应照顾到最广泛的受众群体；2. 尊重“大众审美”，少走“小众路线”；3. 坚持以人为本、唯观众至上的创作原则。

观众与作品之间的沟通桥梁——评论

世间万物都是有待解读的文本。音乐剧评论即是对音乐剧作品的文本解读，与创作顺序恰好相反，评论是对文本的逆向解构，评论家通过自身对音乐剧艺术的综合把控，对音乐剧作品进行客观的历史评说，进而引导受众进行相关审美实践。

作为评论方向授课的主讲老师，居其宏做了两场专题讲座，在第一场讲座中，他以“音乐剧与当代舞台变革”为题，列出了时尚观念与引领时尚等8个问题，并对每个问题进行详尽的学理阐释。讲座从宏观至具体，理论与实例相结合，层层深入、鞭辟入里，信息量巨大，几乎涵盖了音乐剧艺术的全部内容。

如果说第一场讲座陈述了音乐剧艺术的应有状貌，那么，在第二场“我国音乐剧的当下状态与未来发展”讲座中，居其宏的论题涵盖音乐剧的当下状态、产业构成要素与四大误区、产业振兴基础与振兴建议等5个问题。在论述中国音乐剧的当下状态时，论者以剧目整体质量低下、过度包装、创演评论胡吹乱捧、各类评奖乱象丛生、硬件过度与软件疲软、原创演出市场萧条、产业链条远未形成等进行概括，直击问题要害。尤其在评论问题上，主办方公然触碰评论底线，在各类新闻媒体大肆自吹自擂，更有御用写手，不顾事实，将在闭门造车、技术崇拜、政绩工程、情感缺失、近亲繁殖、跟风炒作等不正之风阴霾下草率成章的作品，吹得天花乱坠，给观众以审美误导。

沈承宙作为中国音乐剧发展的全程参与者，具有绝对发言权。他认为，在中国音乐剧发展的第一个10年中，大量的优秀作品开始出现，如《芳草心》《搭错车》等。这一时期的音乐剧作品充满时代气息，绝大多数是现实题材，主创人员群众观念强。在第二个10年中，在浮躁的大环境熏染下，音乐剧也裹挟其中，作品晚会化倾向严重，创作中的短视行为屡见不鲜。沈承宙进而谈到，当下，将艺术与娱乐混为一谈的创作倾向日益严重，艺术虽有娱乐功能，但娱乐不一定有艺术价值。音乐剧创作应当承载着人类厚重的历史与文化，从人类文明的大格局中去体察音乐剧，可能会得到更多的启示。

作为评论学员，我认为，当下中国音乐剧创作繁而不荣、兴而不旺的一个主要原因之一，在于创作失去了批评的鞭策和佑护。为了避免招惹不必要的麻烦，评论家惯常采取慎开真口、圆滑世故的首鼠两端态度，套话、空话连篇，就是不见真话。音乐剧评论喑哑失语、乏力萎靡、单调乏味，缺少成色，批评成了温暾水。这种乱象丛生的音乐剧评论生态，必然会对音乐剧创作造成致命的伤害。这让笔者想起法国剧作家博马舍的一句名言：“若批评不自由，则赞美无意义。”实际上，批评与赞美是相互依存的联合体，若失去其一，则另者也难以存在。

结语

为期一个月的培训，各路音乐剧业内专家精心准备，倾囊奉出，围绕音乐剧艺术规律进行全方位、多角度的深入探讨，这在国内尚属首次。从这个意义上说，中国音乐剧协会功不可没。笔者有幸成为学员，也有点滴思考。

首先，当下甚至很长一段时间内要在培育观众上做足文章。引进经典剧目进行大范围公演（不能仅局限于北上广）是为一策。试想，观众若想与音乐剧艺术进行观演对话，他们的前期知识储备很重要，观众必须具备与作品之间进行交流所需的话语基础。唯有通过推广经典音乐剧作品，各阶层大众才能走近音乐剧，了解其艺术规律，方有可能与作品之间进行真正的良性沟通，这是发展音乐剧的前提。

其次，用音乐剧特有的陈述方式讲好中国故事。作为有悠久艺术传统的中华民族，史上不乏与音乐剧家族相似的体裁样式，如戏曲。深入挖掘具有中国独特审美特质的中国故事，用国际通行的音乐剧语言进行讲述，这是发展中国音乐剧的根本。因为，我们都是被文化传统培养出来的人，这是无法更改的事实。

为此，只要音乐剧创作者胸怀群众，以最广大人民群众的审美作为自己创作的标尺，评论家秉持客观公正的言说底线，音乐剧事业的良性生态方能最终建立起来。经过若干年的努力，我相信符合剧情、剧意、剧理且与观众共情的优秀音乐剧作品一定会涌现出来，让我们拭目以待。

原载《人民音乐》2016年第11期

钱庆利　南京艺术学院音乐学研究所副研究员

【媒体视点】中国音乐剧三十年，痛并攀爬着

◎ 张余

相较于走过百年历史的西方音乐剧，中国音乐剧实属年轻，从 20 世纪 80 年代中期至今不过 30 多年。一路走来，看似成长速度很快，但与欧美成熟的市场相比仍有较大差距。

中国的剧场数量和先进设施正在赶超全球领先水平，但巨额投资背后存在着内容匮乏的瓶颈，与之相对应的是，中国现有 2 000 多家演出公司和数万名演出经纪人，但能进行音乐剧市场化运作的不足 2%。如何调动现有资源，在培养受众的同时，创作演出更多优秀的、有较长久生命力的作品，值得每个业内人士关注。

中小型音乐剧是本土化发展的基础，要为创作建立一个完整的系统。音乐剧是具有平民性、年轻化特征的一个剧种，打造中小型音乐剧的思路，是培养观众和让音乐剧市场蓬勃发展的必经之路。

在欧美音乐剧涌潮中，原创剧攀爬艰难

中国原创音乐剧的雏形可以追溯到 1985 年沈阳市话剧团取材并改编于中国台湾同名电影《搭错车》的那部舞台剧。当时音乐剧还被称为“大型歌舞音乐故事剧”，4 年间巡演于全国，创造了演出 1 640 场的惊人纪录，至今无人能破。

《搭错车》的热潮过后，中国原创音乐剧出现了长达近 10 年的沉寂期，直到 1999—2001 年才呈现出一波井喷状态。《四毛英雄传》在全国大中城市巡演 4 年；黄梅音乐喜剧《秋千架》在北京首演；《西施》里王姬与胡文阁男女反串，以歌舞厅音乐剧的形式在北京金童玉女娱乐超市上演；上海市舞美艺术中心独立投资 500 万元制作音乐剧《夜半歌魂》；四川省艺术剧院制作的音乐剧《未来组合》在成都首演，由李海鹰和李婷主演；上海歌剧院创排的音乐剧《芳草心》《悟空》接连在日本东京和中国香港巡演；大型新寓言音乐剧《黄河神曲》、儿童音乐剧《她从雪山走来》、多幕音乐剧《桑兰》、大型古典音乐剧《杨贵妃传奇》、大型古典音乐剧《新白蛇传》、青春音乐剧《月光摇篮曲》等，几乎都是原创作品。中国台湾著名歌手蔡琴主演的翻版自国外的歌舞音乐剧《天使不夜城》，也分别在北京、上海上演。

虽然这一阶段的作品不少，但我们对音乐剧这种新的艺术表现形式的认知却极为匮乏。无论是对欧美音乐剧的历史、现状及其流行趋势的了解，还是对其艺术和商业化本性的理解，以及对艺术审美的系统观照和受众群体的市场消费心理分析等，我们都还处于探索阶段，而当中最为突出的问题，是当时专业人才的严重缺乏制约了本土原创音乐剧的发展。另一个特殊现象是，几乎所有原创音乐剧都由国有的话剧院团、音舞院团甚至歌剧院团在尝试，由于并没有出现音乐剧专业院团，对于这些体制内院团来说，这样的探索似是“不务正业”，也有些力不从心。故而，随着这一批原创音乐剧演出一阵之后，一切又似乎归于平静。

在国产音乐剧幼芽萌动的当口，国外音乐剧开始频频抢滩中国市场。继《悲惨世界》之后，2004 年，被誉为欧美四大音乐剧之一的《剧院魅影》在上海大剧院成功上演 100 场，引起极大轰动。此后 10 年间，伦敦西区与纽约百老汇的著名音乐剧接踵而来，《猫》《狮子王》《妈妈咪呀》《发胶星梦》《歌舞青春》等名作，几乎在 2004 年之后的五六年里，占据了中国音乐剧市场票房的 80% 以上。上海和北京更成为世界音乐剧名剧的展演码头。于是，一方面，欧美音乐剧的演出让中国观众领略到了音乐剧的巨大魅力，另一方面，在英、美、法等国音乐剧的冲击下，自 2001 年兴起的中国原创音乐剧不堪竞争，跌入谷底。

诚然，欧美音乐剧来袭对处于萌芽期的中国本土原创音乐剧冲击不小，但其带来的先进理念和优质表演，也毫无疑问地搅动了我们发展思路的一潭水。主要表现在三个方面：其一，不少艺术院校开

始创建音乐剧专业，招收培养音乐剧人才；其二，各地开始兴建剧院，为音乐剧演出创造条件；其三，音乐剧制作人、编导演、管理人才也在大量实践中快速成长。

2014年开始，原创音乐剧在政府扶持和新的文化产业格局中有了较大的生长空间。众多原创新剧目接连登上舞台。整个行业呈现出欣欣向荣之势。

过去30年，国产音乐剧以螺旋式上升的姿态，从纤纤萌芽到开枝散叶，虽然成绩卓著，但如何打造完整的文化产业链以及挖掘行业生命力和创造力的问题，已然成为值得每一个业内人士深思的问题。

从商铺进阶为专卖店，画形更需画骨

我曾把国外的剧场比作专卖店，你想看什么样的戏就到什么样的剧场去。而我们的剧场更像商铺，今天这个戏过来租场演，明天那个戏也可以租场演。其实，只有当我们的剧场从“商铺”模式转变成“专卖店”模式时，国产音乐剧市场才算有成熟的格局。

“十三五”期间，中国将新增上百座剧院，正快速成为世界上拥有最多豪华剧院的国家。仅以上海为例，未来3年，上海将新增6个1 000座以上的音乐剧剧场。未来，中国的剧院无论数量还是质量都将不输于任何一个欧美国家，但能否形成中国的百老汇或伦敦西区，仍是个未知数。百老汇和伦敦西区不只是一条街或一组建筑，它更是一个产业体系。当我们已经有了豪华的硬件配置时却严重缺乏支撑这些硬件的内容，这也凸显出巨额投资背后内容匮乏的瓶颈。

值得期待的是，文化部出台的文化产业倍增计划提出了支持有条件的城市建设演艺集聚区的概念，同时准备在国内组建10条左右的演出院线，展现了一个广阔的产业舞台和梯级的晋升通道，也将给观众提供更多样化的选择空间。

演艺集聚区的概念在国际上早已有之。一个剧场再宏大也是单调的，只有多样化的选择才能满足大众的需求。百老汇和伦敦西区持久的生命力，使戏剧演出真正成为人们日常社交生活的一部分，而不仅仅是一个高高在上的“艺术殿堂”。音乐剧内容本身的衍生收益（版权收益、衍生商品的销售收益）以及由集中的剧院群所产生的衍生效应（餐饮消费、广告赞助及其他商业活动）等，都决定着演艺集聚区模式的商业价值，而这种商业价值在各方（政府、投资人、制作方）之间的分享机制推动着演出文化产业的持续发展。

音乐剧产业随着演艺集聚区的打造引来了机遇，但如何完善这一条产业链，还需要考虑资源整合的问题。国际演艺集聚区的形成是政府扶持和投资增长长期作用的结果。伦敦西区的49家剧场中，受政府资助的剧场和商业剧场并存，前者在艺术探索上的成果，往往在转为后者后方能取得商业上的成功。美国百老汇的剧院同样呈现出营利性剧院和非营利性剧院并存的局面。除了39家营利性的百老汇剧场之外，还包括500多家以非营利性为主的外百老汇剧院和环百老汇剧院等，同时为不受百老汇赏识的戏剧工作者提供了演出机会。

对比之下，中国现在不缺乏优秀的剧院，也不缺乏优秀的音乐剧人，但如何将这些优秀音乐剧人的才华在剧院里呈现给观众，显然不是单靠打造出一个演艺集聚区就能完成的事情。这背后既需要完整的商业运作思路，还离不开政府的扶持与投资。当然，还需要给众多中小型制作的剧目生存和发展的机会。

力推中小型制作，夯实基础，百花齐放

2010年之后，中国原创音乐剧进入了体制创新时代，众多音乐剧制作演出的专业机构和优秀剧目不断涌现，且民营机构制作音乐剧不断扩大。上海地区出现了恒源祥戏剧公司的音乐剧《犹太人在上海》，上海锦辉艺术传播有限公司的音乐剧《小时代》，现代人剧社的音乐剧《小城之春》《理发师陶德》《德库拉伯爵》，七幕人生文化产业投资有限公司的音乐剧《Q大道》《一步登天》等。北京地区的代表有新绎剧社的《摇滚·西厢》、东莞塘厦松雷音乐剧剧团的《啊！鼓岭》，以及多方合作的《妈妈再爱我一次》、小柯剧社的音乐剧等，它们的出现也同样令人印象深刻。

新生的国产音乐剧还有走出国门、走向国际之势。保利集团旗下的剧院管理公司正在推进与欧美剧院谈判战略合作事宜，计划共同打造以音乐剧为主的国际演出联盟，合作开展音乐剧投资与世界巡演，并将中国剧目引入欧美。此前，保利集团已推动原创音乐剧《蝶》《三毛流浪记》赴东南亚、韩国等地演出，实现中国原创音乐剧在国外主流剧院巡演。

音乐剧的火爆其实是符合演出市场发展规律的。中国原创音乐剧应先从中小型制作开始，制作人要清楚地了解目前最缺少的是什么。在这场音乐剧的热潮中，不能只热衷于搞大制作，特别是在音乐剧的金字塔结构上，中小型音乐剧是本土化发展的基础，要为中小型音乐剧的创作建立一个完整的系统。音乐剧从来都不是高高在上的一个剧种，它是具有平民性、年轻化特征的，打造中小型音乐剧的思路，是培养观众和未来蓬勃发展的必经之路。

中国现在有 2 000 多家演出经纪公司和数万名演出经纪人，但真正能够进行市场化运作的不足 2%，制作中小型音乐剧或许可以成为把这些运营公司组织起来的一种思路。如果市场反应良好，可以加大或吸引投资进入大剧场，这既能够锻炼运作能力，也可以为将来做大剧目打下扎实基础。

制作中小型音乐剧尤其要重视的一点是切忌上新过快。作为一家剧团，如果 70% 的剧目是复演剧目，就能维持稳定的运营，而现在许多剧团亏损的主要原因，就是新剧目过多。尽管我们有数千家演出经纪公司，每年也有不少原创音乐剧作品问世，但由于中国的音乐剧在创作、表演和人才培养方面还刚刚起步，与国外的优秀音乐剧作品相比，中国的音乐剧还有着相当的不足和差距，中国音乐剧制作人群体还没形成规模和尖端人才，并缺少麦金托什这样的开拓者。国内还缺少音乐剧的产业化氛围，其结果就是纵使有大制作也无法持续演出，而在欧美成熟的音乐剧市场，不能连演五年以上的都不能算主流剧目。就中国目前的市场情况看，还找不出一部能够不间断连演一年的主流剧目。

为此，中国音乐剧制作人的道路还很漫长。

原载《解放日报》2016 年 12 月 1 日

张余　上海艺术研究所研究员

第五届中国·东莞音乐剧节

【概况】

2016年11月8日至12月9日，由中国音乐剧协会、中共东莞市委宣传部和东莞市文广新局主办的“第五届中国·东莞音乐剧节”在东莞举办。为期一个月的音乐剧节以“幸福城市　欢乐节拍”为主题，组织了13部优秀作品，在东莞6个剧院轮番献演37场。除了国内外音乐剧作品精彩展演之外，“第五届中国·东莞音乐剧节研讨会”于11月9日在东莞举行。中国音乐剧协会副会长顾夏阳，中国音乐剧协会副会长兼秘书长王道诚，中国音乐剧协会副会长、原国家话剧院院长周志强等专家、领导近30人参加了研讨会。该届音乐剧节特别对东莞原创音乐剧10周年进行实践总结回顾和理论提升，创编推出《东莞原创音乐剧十周年纪念文丛》，并开展了东莞原创音乐剧10周年展览等系列活动。

除了国内外音乐剧作品的展演之外，该届音乐剧节上，东莞市文广新局还组织开展小型音乐剧、音乐剧小品比赛，挖掘本地的音乐剧创作力量，开拓出本地音乐剧发展新渠道，推动全市音乐剧艺术的发展。

东莞是我国盛产精品原创音乐剧的文化名城：10年编创14部原创音乐剧，在全国上演近千场，包揽10多个国内外重要奖项。从2007年至今，东莞在国内最早提出打造“音乐剧之都”已经10年。

音乐剧节的盛况是东莞打造“音乐剧之都”的缩影。10年中，东莞通过组织展演原创音乐剧，举办系列品牌性、普及性音乐剧活动，逐步将“音乐剧之都”打造成为东莞的城市艺术品牌，成为备受业界关注的文化现象。其先后创编生产了14部具有影响力的音乐剧，成为国内生产原创音乐剧作品最多的城市，吸引了三宝、李盾、影子等全国音乐剧人才，成立了2个音乐剧基地，并形成了“政府扶持、指标监管、企业承办、项目办团、院线营销”的东莞音乐剧“五合一模式”。

自成立东莞（塘厦）音乐剧创作生产基地以来，该地先后出品多部原创音乐剧。其中，《爱上邓丽君》荣获广东省第八届精神文明建设“五个一工程”奖，“第五届大邱国际音乐剧节（DIMF）”最高奖等奖项。《王牌游戏》参加“第三届中国·东莞音乐剧节”演出，获得“优秀制作莞香奖”“最受市民关注奖”两大奖项；《妈妈再爱我一次》至今巡演160多场，获得大邱国际音乐剧节评委会大奖，中宣部戏剧类“五个一工程”奖。

第五届中国·东莞音乐剧节获奖剧目

我最喜爱的音乐剧：经典原版音乐剧《人鬼情未了》

最佳音乐剧：原创音乐剧《虎门销烟》

最佳剧本：原创音乐剧《虎门销烟》

最佳原创音乐：音乐剧《啊！鼓岭》

最佳编舞：音乐剧《啊！鼓岭》

最佳舞美：音乐剧《啊！鼓岭》

最佳音乐：音乐剧《音乐之声》中文版

最佳编曲：粤语爱情音乐剧《恋爱轻飘飘》

优秀音乐剧：原创粤语音乐剧《声梦情缘》、原创音乐剧《天使在身边》

优秀儿童音乐剧：儿童音乐剧《美人鱼》、亲子音乐剧《超级飞侠之乐迪的秘密任务》、儿童剧《超能战队——小白科研室》、儿童音乐剧《青蛙远征队》、儿童音乐剧《班级总动员》

【观点】广东东莞：打造“音乐剧之都”的梦想开花结果

◎ 谭志红

2016 年是东莞“音乐剧之都”建设的第 10 年。10 年来，东莞在音乐剧之路上坚持前行，先后创编生产了 14 部原创音乐剧，举办了 5 届音乐剧节，获得了韩国大邱国际音乐剧节最高奖、文华奖、中宣部“五个一工程”奖等奖项。如今，音乐剧的美妙音符正在东莞大地上绕梁回响，打造“音乐剧之都”的梦想正在东莞这片沃土上开花结果！

本地作品让音乐剧节更精彩

清道光十九年（1839），林则徐在广州禁烟，震惊世界。在烟鬼阿忠的妻子倩娘的帮助下，林则徐找到了销烟秘法，并在东莞虎门与众人一同销毁鸦片。2016 年 11 月 8 日晚，音乐剧《虎门销烟》在东莞玉兰大剧院首演。该剧由东莞市政府出品，东莞保利三宝演艺团出演，作曲三宝、编剧关山、导演黄凯联合打造。

在本届音乐剧节上，《虎门销烟》无疑是一部“最东莞”的作品，它不仅是东莞创编生产的第 14 部原创音乐剧，更是第一部东莞题材的原创音乐剧。该剧以中国近代史开篇的重大历史事件为题材，采取“大背景、小人物”的创作思路，通过对不同层次的人物描写，反映一个时代的基本特征，体现了思想性、艺术性、观赏性的统一。该剧将在全国 50 多座城市巡演 100 多场。中共东莞市委常委宣传部部长潘新潮说：“我们希望这部剧依托名家名作，开发名人名史，推广名城名片。”

作为东莞重点打造的本土重大历史题材音乐剧，《虎门销烟》写下了东莞音乐剧本地化的精彩篇章。近年来，东莞在打造“音乐剧之都”的过程中，既注重引进外来音乐剧人才创编生产音乐剧，也注重提高音乐剧的本地化水平。

经过 10 年的努力，东莞音乐剧的本地化色彩日渐浓厚，尤其是由本地团队生产的儿童音乐剧蓬勃兴起，丰富了莞产音乐剧的形式和内容。在本届音乐剧节上，东莞塘厦松雷音乐剧剧团的音乐剧《啊！鼓岭》、东莞塘厦蝶之舞儿童音乐剧剧团的儿童音乐剧《青蛙远征队》、东莞儿童艺术团的儿童剧《超能战队——小白科研室》、儿童音乐剧《美人鱼》和东莞市嗨嗨儿童艺术剧团的《蔬菜总动员》5 部本地团队生产的剧目将轮番上演。

东莞还注意培养本地市场和观众。本届音乐剧节继续坚持以“低票价、高水准”的宗旨，最高票价为 480 元，最低票价仅为 30 元，让普通百姓可以走进剧场感受音乐剧的魅力。同时，组织精品剧目到基层文化场馆演出，以拉近高雅艺术与市民的距离。本届音乐剧节还向全社会公开招募本地专业评委和大众评委，并开展小型音乐剧、音乐剧小品比赛。

中国音乐剧协会副会长顾夏阳认为，东莞的音乐剧节具有原创性、经典性、参与性三大主要特征。原创性即极力推动本地原创音乐剧；经典性即引进国际上的著名音乐剧；参与性即以低票价优惠原则，让更多东莞市民参与。

音乐剧塑造东莞城市新形象

“东莞音乐剧已经走过了 10 年的风雨历程。”潘新潮说。10 年前，东莞在国内所有城市当中率先提出打造“音乐剧之都”的口号，受到不少人的质疑。10 年来，东莞人顶住压力，不改初心，披荆斩棘，探索前行，向着“音乐剧之都”的目标一步一步地靠近。

东莞是“改革开放精彩而生动的缩影”，但是外界对东莞的总体印象还是制造业城市，在文化艺术领域没有产生应有的成就。而这一切从2007年开始改变。10年来，东莞在音乐剧领域开辟了新的领地，先后高标准地推出了14部原创音乐剧，5次主办“中国·东莞音乐剧节”。

“这些真正属于东莞的文艺精品和文化活动，在国内音乐剧生产领域赢得了较高的知名度和影响力。”东莞市文广新局副调研员李粤梅说。东莞探索性地实行市场运作的“五合一”模式，即“政府扶持、指标监督、企业承办、项目办团、院线营销”模式，正是东莞致力于中国原创音乐剧发展的有益尝试。

潘新潮说，音乐剧的加速发展塑造了东莞城市的新形象，它让世人看到，东莞不是文化沙漠，而是国际制造名城和国家文化名城；借机塑造了东莞人的新形象，让世人认识到，东莞人不是“土豪”，富裕的东莞人提高了文化品位，务实的东莞人增添了浪漫情怀，开放的东莞人拓展了国际视野；借机塑造了国产音乐剧的新形象，让世人认识到，国产音乐剧不是引进和改编，而是坚持原创、能出精品，前景光明。

东莞市文学艺术界联合会主席周汉标认为，东莞具有的海纳百川、厚德务实、勇于担当、敢为人先、百折不挠的城市品格决定了东莞要发展音乐剧，而音乐剧的发展又丰富了东莞的城市品格。音乐剧让东莞这个制造业城市拥有了浪漫和情怀，有了梦想和远方。

专家学者为东莞音乐剧点赞

10年来，东莞人在打造“音乐剧之都”的道路上从未止步，用一部部优秀的作品赢得了同行的认可、市场的欢迎和专家的好评。在2016年11月9日上午举行的“第五届中国·东莞音乐剧节研讨会”上，来自全国各地的专家为东莞音乐剧的10年风雨路叫好、点赞。中国音乐剧协会副会长兼秘书长王道诚说：“东莞开辟了中国音乐剧的一片绿洲！东莞因音乐剧而欢乐、而美丽！”顾夏阳则认为，东莞打造“音乐剧之都”的辉煌蓝图即将实现。

“我要再次为我之前对东莞音乐剧的质疑表示道歉。”南京艺术学院教授、音乐戏剧专家满新颖激动地说。他曾对东莞的音乐剧充满质疑，而当他认真审视每一部莞产音乐剧作品后，他成为东莞音乐剧的“铁粉”。

“我要为东莞在推动音乐剧发展中表现出来的坚定的文化定力点赞，为所有东莞音乐剧人的不懈追求和取得的成果点赞。”中国音乐剧协会副会长、国家话剧院原院长周志强说。他对东莞的“音乐剧之都”建设充满敬佩和欣慰，从中看到了音乐剧的希望和未来。

中国音乐剧协会顾问、上海大剧院原总经理钱世锦说，音乐剧不可能一下就成功，美国百老汇、英国伦敦西区不是一天建成的，东莞坚持到现在很不容易。中国音乐剧协会顾问、武汉歌舞剧院原副院长沈承宙深表赞同。他说，东莞10年前就提出建设“音乐剧之都”，具有远见卓识。东莞不仅仅生产剧目，还给全国艺术院校音乐剧表演学生提供了实践的平台和成长的机会。

“一提到音乐剧，首先想到的就是东莞。”中国音乐剧协会理事周英说。中国音乐剧协会理事、中国音乐剧教学专业委员会秘书长、中央戏剧学院教授张殷深以为然。她说，东莞正与北京、上海一起构成了音乐剧的北上莞版图。

注重精神塑造，讲好东莞故事

未来，东莞还将在“音乐剧之都”的道路上坚定地走下去。潘新潮说，只要坚持打造“音乐剧之都”，繁荣发展东莞文艺事业，就一定能够加快推进经济社会转型，加快建设文化名城和友善之城。只要加大力度培育一流的创作人员、一流的表演人员、一流的观众，东莞音乐剧之路就一定能走得更加稳健、更加辉煌，为东莞在更高起点上实现更高水平的发展做出更大的贡献。

东莞音乐剧中的多个人物角色给观众留下了深刻印象，如《蝶》中梁山伯的叛逆与不羁、《钢的琴》中陈桂林的不屈与执着、《聂小倩与宁采臣》中聂小倩的痴情与勇敢、《啊！鼓岭》中加德纳的执信与坚持，以及《虎门销烟》中林则徐“这个世界总得有个改变”的使命与担当。李粤梅说，未来东莞的音乐剧在思想主题上将继续注重思想、精神营造，通过艺术的方式展现内容的思想性及厚重度，尝试将现实主义题材与理想主义追求两种精神互相渗透融合。

同时，在题材规划上继续注重讲好东莞故事，创作出更多“有筋骨、有道德、有温度”的文艺作品，通过音乐剧的舞台叙事，外界对东莞有了更深入的认知，并使东莞因文艺赢得尊重；在表现形式上继续注重传统融合创新，在借鉴西方的同时，广泛借鉴我国优秀民间艺术的表现形式，使音乐剧在内容题材、音乐旋律、舞蹈表演等方面更贴近中国观众；在绩效评估上继续注重社会效益和经济效益的统一，进一步强化“中国·东莞音乐剧节”的品牌塑造，鼓励更多社会资本参与音乐剧的营销。

结语

有 13 部国内外优秀音乐剧前来参演，既有国外经典，也有国内精品和本地原创。

在开幕式上全国首演的《虎门销烟》，是东莞市首部本地重大题材音乐剧。

《啊！鼓岭》《青蛙远征队》《超能战队——小白科研室》《美人鱼》《蔬菜总动员》等多部本土原创剧目轮番上演。

低票价、高水准，最高票价为 480 元，最低票价仅为 30 元。闭幕演出经典原版音乐剧《人鬼情未了》开票当天，凡到售票窗口购票的观众均享 6 折优惠，创下了该剧在全球的最低价。

对东莞音乐剧 10 周年进行实践总结回顾和理论提升，进一步普及音乐剧、推广音乐剧和繁荣音乐剧，展现东莞“音乐剧之都”的建设成果和魅力。

原载《中国文化报》2016 年 11 月 22 日

谭志红 《中国文化报》驻广东记者

作品

器乐·声乐

【民族管弦乐音诗《孔子》】

2016年1月15日至16日，由山东歌舞剧院出品的民族管弦乐音诗《孔子》在济南历山剧院首演。作品由作曲家莫凡编剧、作曲，指挥杨又青、马帅执棒山东歌舞剧院民族管弦乐队演出。

作品展现了孔子50岁之后的人生历程，共分12段：梦想、战乱、办学、祭祀、抉择、离别、思念、围困、鸿雁、风雪、归鲁、大同，分别呈现了孔子在礼崩乐坏的年代奉行“有教无类、因材施教”的办学思想和恢复周礼的决心；失败后，于55岁寻求仁义礼的政治理想，直至周游列国14年后回到家乡向人们宣讲自己的大同理想。

【“哈尼交响·欢乐新春”音乐会】

2016年1月23日，由中国交响乐团推出的“哈尼交响·欢乐新春”音乐会在国家大剧院上演。指挥邵恩。

该音乐会首演了中国交响乐团入云南省元阳县村寨采风后完成的6部作品，分别是《彝乡情幻想曲》（郭小笛）、《哈尼纪念册》（赵石军）、钢琴协奏曲《哀牢山狂想》（张朝）、交响音画《“云之南”第二组曲》选段之“山里的孩子”（黄荟）、《哈尼印象》（邵恩）以及《交响组曲》（夏良）。

【交响声乐套曲《为你歌唱》】

2016年2月20日，由北京市文学艺术界联合会主办，全国公安文学艺术界联合会、北京音乐家协会、中国广播艺术团联合主办的原创大型交响声乐套曲《为你歌唱》——人民与人民警察的心灵之歌在北京中国广播剧院首演。

作品分为序曲《赤诚》和《兄弟》《牵挂》《期盼》以及尾声《为你歌唱》5部分。音乐会由伍嘉冀、王持久、张大力、田晓耕、尹铁良、廖勇、戚建波、王咏梅、宋小明、曲波、车行、陈哲、曹勇、艾明波等词曲作家共同参与创作；由指挥家许知俊执棒，吕薇、黄华丽、陈小朵、周强、杨阳、陈苏威、黄训国、张大伟、刘迪、王一凤、段妮娜等担任独唱，中国广播艺术团合唱团参加了合唱部分的演出。

【大型交响音乐史诗《成吉思汗》】

2016年2月29日，由唐建平作曲、蒙古族诗人阿古拉泰担纲文学执笔的大型交响音乐史诗《成吉思汗》在北京音乐厅上演。演出由姜金一执棒中国交响乐团及合唱团，由孙禹和蒙古族音乐组合安达组合共同参与了演出。

该作品于2008年首演，《成吉思汗》由序曲《长生天》、尾声《吉祥草原》及13个乐章共15部分组成。百余名演员调动交响乐、民乐、合唱等各种音乐表现手法，将蒙古族特有的马头琴、四胡、长调、呼麦等演奏演唱方法融为一体，具有浓郁的民族特色和艺术风格。

【大型交响合唱《梦回敦煌》】

2016 年 4 月 12 日，由中共甘肃省委宣传部、甘肃省文化厅等主办的“飞天之夜”大型交响合唱《梦回敦煌》于甘肃省兰州市首演。《梦回敦煌》是为迎接丝绸之路（敦煌）国际文化博览会的召开，以“一带一路”为题材，以“大敦煌”文化概念贯穿主线的交响合唱。作品由作曲家王世光担任音乐总监，指挥家许知俊执棒，彭德明任总导演，郑冰作曲，王彬作词。

大型交响合唱《梦回敦煌》由《序曲》和《丝路篇》《舞梦篇》《朝圣篇》组成，以 12 个乐章的形式呈现。第一部分《丝路篇》，由《向往敦煌》《丝路印迹》《敦煌的月牙》《两关怀古》4 个乐章组成；第二部分《舞梦篇》，由《梦回敦煌》《敦煌宝卷》《心灵画廊》《飞翔的精灵》4 个乐章组成；第三部分《朝圣篇》，由《听说的地方》《多彩丝路》《千佛呈祥》《朝圣敦煌》4 个乐章组成。

【大型音乐舞蹈史诗新版《编钟乐舞》】

2016 年 4 月 14 日至 15 日，由湖北省歌舞剧院创编的大型音乐舞蹈史诗新版《编钟乐舞》在湖北省武汉市首演。《编钟乐舞》全剧以湖北民间音乐和古老琴曲为素材，采用歌、乐、舞结合的艺术形式，将曾侯乙墓葬出土的编钟、编磬、建鼓、古琴、古瑟等数十种古乐器仿制品同台演奏，不仅上演了“金、石、丝、竹、匏、土、革、木”八音和鸣的场景，也呈现了古代楚国文化艺术、风俗民情、祭祀、农事、征战及宫廷宴乐等情景。新版《编钟乐舞》由汪斌担任总导演。

《编钟乐舞》于 1983 年首演，是湖北省歌舞剧院的代表性作品。新版与老版的区别在于，节目与节目之间有机联系，以《千古绝响》《乐舞阡陌》《八音合鸣》《楚韵千秋》等 4 个篇章呈现。

【民族管弦乐《山西印象》】

2016 年 7 月 23 日，国家艺术基金 2015 年度舞台艺术创作资助项目民族管弦乐《山西印象》于山西大剧院首演。该作品由王丹红作曲，演出由张列执棒。7 月 24 日，民族管弦乐《山西印象》首演专家座谈会召开。

该作品共 9 个乐章：《黄河之声天上来》《妹妹好》《小青马》《开花调》《乱弹琴声》《绣楼情》《走西口》《归故里》《晋风颂》。

【大型交响音乐会“哈尔滨之恋”】

2016 年 8 月 6 日，大型交响音乐会“哈尔滨之恋”于“第 33 届中国·哈尔滨之夏音乐会”开幕式首演，由指挥家汤沐海担任艺术指导与指挥。音乐会共分为 4 个篇章：琴弦上的乡情、松花江畔的歌声、城市历史文化的情怀、百年交响的经典旋律。音乐会由哈尔滨交响乐团与俄罗斯克拉斯诺亚尔斯克室内乐团合作演出。

【大型民族音乐剧《寻找杜甫》】

2016 年 8 月 20 日至 21 日，由中央民族乐团、成都民族乐团联合创排的大型民族音乐剧《寻找杜甫》在国家大剧院首演。

该作品由席强、师江策划，易立明执导，梁仲祺作曲，王爱飞编剧，中央民族乐团常任指挥何建国执棒。该剧以杜甫生命中的3个重要阶段为创作主轴，分为《田园》《离乱》《梦想》3个篇章，在音乐和戏剧中重构杜甫的人生境遇与内心世界，表现其忧国忧民、向往天下大同的情怀。《寻找杜甫》推出“音乐剧场”概念，演出现场除了乐器演奏声外，乐手的肢体声和吟诵声及任何舞台上发出的声响都作为作品的组成部分，多媒体等视觉元素的呈现也将作为演出的组成元素。

【大型民族清唱剧《大地悲歌》】

2016年9月11日，作为“2016年国家艺术院团演出季”的演出项目之一，由中央民族乐团和重庆民族乐团联合演出的民族清唱剧《大地悲歌》于北京国家大剧院首演。该剧由中央民族乐团、重庆演艺集团共同出品，是首部反映重庆大轰炸历史事件的民族管弦乐作品。该剧由中央民族乐团驻团作曲家王丹红担纲创作，陈心杰、王川平作词，许知俊指挥。作品通过《大轰炸》《山城之夜》《天堂》《希望之光》等10个乐章，用动人心魄的民族管弦乐揭露了侵略者的暴行，展现了世界反法西斯统一战线和中国抗日民族统一战线的伟业，歌颂了胜利与和平。

【钢琴协奏曲《新起板》】

2016年10月15日，由于京君创作的钢琴协奏曲《新起板》在国家大剧院“‘交响中国风’——国家大剧院中国作品主题音乐会”上首演。该作品主要以中国北方民间艺术（豫剧、板头曲、山西民歌、河北昌黎地秧歌）为素材，表现粗犷豪放的乡土风情。乐曲的标题“新起板”来自河南曲子中的一首开场曲《大起板》，音乐欢快明亮、乐观向上，“新起板”强调一个新字，奏出这个时代的新声响。乐曲的创作灵感来自作曲家去河南林县红旗渠采风时得到的印象，具有河南梆子鲜明的节奏，行腔酣畅，具有浓郁的地方特色。

【群笙交响《吹起芦笙唱丰收》】

2016年10月23日，徐超铭作曲、李光陆编配、中国音乐学院华夏鹤鸣笙乐团演奏的群笙交响《吹起芦笙唱丰收》于中国音乐学院华夏鹤鸣笙乐团——“鹤鸣妙语　莺歌簧韵”音乐会上首演。李光陆将该曲由芦笙独奏曲改编为群笙交响合奏形式，融合了芦笙、传统笙，高音笙、中音笙、次中音笙、低音笙、倍低音笙等不同音域音色，是少数民族芦笙与传统笙、改革现代笙融合的首次尝试。乐曲充分挖掘芦笙柔美音色及灵活多变的技巧优势，特别是运用芦笙强大的音响模拟特效，使之与高、中、低等其他多声部的笙交相呼应，表达了各民族喜庆丰收的欢乐场面。

【交响乐《天津组曲》】

2016年11月18日，由天津交响乐团委约作曲家叶小纲新创作的《天津组曲》于天津音乐厅首演。演出由张艺指挥天津交响乐团完成。

该作品是一部用音乐概括天津历史、自然景色和人文景观的作品，由《盘山天光》《杨柳青》《北塘暮色》《大沽风》4个乐章组成。整部作品充满民俗感，曲艺的“说唱”因素时有体现，曲中对天津时调素材的采用，给整部组曲添加了民俗韵味，展现了天津这一拥有浓厚历史积淀和丰富文化色彩的津门之港的风貌。

歌剧

【民族歌剧《红色娘子军》】

2016年1月20日，由中共海南省委宣传部指导，海南省文学艺术界联合会、中共琼海市委出品的民族歌剧《红色娘子军》在海南省歌舞剧院首演。剧本改编自同名京剧，讲述了海南岛上的穷苦女儿在红军的帮助下逃离压迫并成长为一名革命战士，最终为革命牺牲的故事。该剧由张萍担任总策划，王湖泉任导演，剧本由词作家王持久、王艳梅、陈道斌改编，朱嘉禾、王艳梅作曲，由海南省歌舞团担任主要演出团队，主演为王庆爽、汤子星、张海庆等。

【国家大剧院版歌剧《歌女乔康达》】

2016年1月27日至31日，由国家大剧院制作的歌剧《歌女乔康达》在北京首演，这也是这部诞生百余年的作品在中国的首场演出。四幕歌剧《歌女乔康达》由意大利作曲家阿米尔卡雷·蓬基耶利创作，选材自19世纪法国著名作家雨果的名剧《帕多瓦的暴君安杰罗》，后由歌剧作家阿里格·博伊托改写为歌剧脚本。国家大剧院版歌剧《歌女乔康达》由丹尼尔·欧伦执棒，皮埃尔·路易吉·皮兹导演。剧中主要角色由叶琳娜·波波夫斯卡娅、安德里亚·卡勒、叶卡捷琳娜·古巴诺娃、托马斯·卡则里、乔治·朱赛皮尼与孙秀苇、迟立明、牛莎莎、张峰、郭燕愉、关致京等饰演。

【国家大剧院版歌剧《唐豪瑟》】

2016年4月6日，由国家大剧院制作的瓦格纳歌剧《唐豪瑟》于北京国家大剧院首演。此剧同时也是为期103天的“国家大剧院歌剧节·2016”的揭幕作品。该剧由吕嘉执棒，导演、舞美设计为皮耶·阿里，剧中主要人物由恩德里克·沃特里希、芭芭拉·哈维曼、朱赛皮娜·皮翁蒂、马库斯·维尔巴等饰演。由莫华伦、孙秀苇、袁晨野、朱慧玲等华人歌者领衔的另一组主演阵容呈现的国家大剧院版歌剧《唐豪瑟》于4月7日上演。

【大型原创民族歌剧《蔡文姬》】

2016年4月29日至30日，由中共河南省委宣传部、河南省文化厅、河南省民族事务委员会联合监制，河南歌舞演艺集团出品，河南省歌剧团、河南交响乐团、河南省舞蹈团联合演出的大型原创民族歌剧《蔡文姬》在河南省艺术中心大剧院首演。

该剧由关峡作曲，刘麟编剧，王湖泉执导，周虹担任艺术总监，孙莹指挥。剧中主要人物分别由王庆爽、卢小川、李冬冬、宋洋润、朱昌铭、陈晓辉等饰演。该剧以蔡文姬的绝世才华与具有强烈悲剧色彩的人生为主线，深刻揭示了战争给人民带来的极大痛苦，展现和抒发了蔡文姬流落异乡、思念中原、期待和平的强烈愿望。全剧由“诘地问天”“烈火诗魂”“情满霜天”“铜雀传书”“旧怨新愁”“文姬归汉”“青史千秋”7部分组成，表现了蔡文姬在创作《胡笳十八拍》《悲愤诗》时的哀怨和悲愤之情以及归汉后续写《汉书》的远大抱负和卓越成就。

该剧为2015年国家艺术基金资助项目、中共河南省委宣传部2015年“中原人文精神”重点剧目、2015年河南省文化厅重点创作剧目、“第五届全国少数民族文艺会演”入选剧目。

【中央歌剧院版歌剧《蝴蝶夫人》】

2016年5月6日至7日，由中央歌剧院演出的歌剧《蝴蝶夫人》于“国家大剧院歌剧节·2016”期间在国家大剧院上演。中央歌剧院版《蝴蝶夫人》的主要角色由幺红、郭橙橙饰演巧巧桑，王丰、徐森饰演平克尔顿。该剧由李丹丹任导演，由中央歌剧院音乐总监兼首席指挥杨洋执棒。

《蝴蝶夫人》是意大利作曲家普契尼根据美国作家约翰·鲁特隆的同名中篇小说谱就的歌剧经典作品，于1904年2月在米兰斯卡拉剧院首演。该作品历经修改，是世界歌剧舞台上久演不衰之作。

【国家大剧院版歌剧《水仙女》】

2016年5月17日至22日，国家大剧院制作的首部捷克民族乐派歌剧《水仙女》于“国家大剧院歌剧节·2016”期间在国家大剧院上演。作品由斯洛伐克国家歌剧院首席指挥拉斯提斯拉夫·斯图尔携迪娜拉·阿丽耶娃、彼得·博格尔、纳坦·博格、斯黛拉·格里高里安、约拉娜·伏加索娃等歌唱家联合出演。国家大剧院管弦乐团担任现场演奏乐团。歌剧导演、舞美设计师为乌戈·德·安纳，舞台设计采用3D景观与中国园林式的效果呈现。5月18日，《水仙女》由周晓琳、拉迪斯拉夫·埃而格尔、田浩江、郭燕愉、柯绿娃等领衔的另一组阵容上演。

《水仙女》是捷克民族乐派作曲家德沃夏克流传于世界的歌剧经典之作，其创作灵感来源于安徒生的《海的女儿》、莫特·富凯的《水妖》等童话故事以及斯拉夫的民间传说，讲述了水仙女卢莎卡爱上人间的王子，但当他们走向婚姻殿堂之际，王子却移情别恋，最终，善变任性的王子幡然悔悟，并在水仙女的致命一吻中，与水仙女双双沉入湖底的故事。

【原创土家族乡村音乐话剧《寻访满堂音》】

2016年6月16日，由湖北省民族宗教事务委员会、湖北省演艺集团、中共鹤峰县政府联合打造，长江人民艺术剧院、鹤峰满堂音文化传媒有限公司创作演出的原创土家族乡村音乐话剧《寻访满堂音》在北京民族剧院首演。该剧已被列入全国“少数民族地区艺术院团晋京展演项目”。

该剧由长江人民艺术剧院和湖北省恩施土家族苗族自治州鹤峰县民间艺人联合演出，以鹤峰县非遗中心寻访濒危民间艺术“满堂音”传人覃文举，请他出山、带徒传艺的故事为主线，将土家族满堂音、山民歌、傩舞、花鼓灯等原生态艺术，以话剧和原生态歌舞相融合的形式，展示鄂西南民族地区的乡风、乡音、乡韵、乡情，展现当地的非遗文化。79岁的五句子山歌传承人舒乐堂、72岁的五句子山歌唢呐传承人印一松等演员参加了演出。

鹤峰满堂音是湖北省第一批省级非物质文化遗产，又名琵琶板，因其多在厅堂演出且吹、打、弹、唱同时发音而得名。鹤峰满堂音音乐节奏轻快活泼，富有弹性，旋律舒展流畅，口语性强，乡土风味浓郁。而此次参演《寻访满堂音》的许多民间老艺人都是第一次在北京演出。

【复排版民族歌剧《星星之火》】

2016年6月27日，作为辽宁省纪念中国共产党建党95周年主题大型演出活动，由沈阳音乐学院重新创编排演的大型经典民族歌剧《星星之火》在沈阳盛京大剧院上演。剧中音乐采用民族民间音乐风格，以东北民间音乐、说唱音乐、地方戏为素材，吸收了河北梆子、二人转、皮影戏、大鼓等民间音调和语言特色。国家艺术基金项目——歌剧《星星之火》专家研讨会于6月28日在沈阳音乐学院召开。该剧是新中国成立以来的第一部大型歌剧，也是第一部以东北抗联及抗日战争为题材的大型歌剧。该剧由作曲家、东北鲁艺音乐部部长、沈阳音乐学院首任院长李劫夫等人作曲，剧作家、东北鲁艺戏剧部实验剧团团长、导演侣朋等编剧。《星星之火》于1950年至1964年期间在全国各地共演出了300余场。

【歌剧《长征》】

2016年7月1日，为纪念中国工农红军长征胜利80周年，由国家大剧院创排的中国原创歌剧《长征》于北京国家大剧院首演。该部作品由印青作曲、邹静之担任文学创作，导演由田沁鑫和杨笑阳担任，吕嘉指挥。

该剧全剧共6幕9场，登场人物30余个，合唱逾120人，是国家大剧院迄今演出规模最大的中国原创歌剧。作品以“信仰”和“理想”为创作关键词，以现实主义手法表现红军从瑞金出发，历经湘江战役、遵义会议、夺取泸定桥、爬雪山、过草地，最终会宁胜利会师等重要历史事件。该剧由阎维文、王宏伟、王海涛、王喆、龚爽领衔主演。迟立明、刘嵩虎等参加了演出。

【复排版民族歌剧《刘胡兰》】

2016年7月21日，作为山西省纪念中国共产党成立95周年重点打造的作品，由中共山西省委宣传部指导，山西演艺集团组织策划，山西省晋剧院青年团、山西省交响乐团复排的民族歌剧《刘胡兰》在太原市青年宫演艺中心首演。

该剧是根据共产党员刘胡兰的英雄事迹改编而成，以山西民歌为基调，充分吸收山西梆子等民间音乐元素，使现代与传统有机融合，自然流畅地演绎了主人公的大义凛然和坚贞不屈，塑造了刘胡兰对党和人民无限忠诚的崇高形象。

该剧于1948年被首次搬上舞台，由表演艺术家郭兰英担纲主演，此次复排新作由郭兰英担任总导演。

【中央歌剧院版《莱茵的黄金》】

2016年9月20日，作为“2016年国家艺术院团演出季”的演出项目之一，中央歌剧院版瓦格纳乐剧《尼伯龙根的指环》之一《莱茵的黄金》于北京国家大剧院首演。指挥由朱曼担任，导演由王湖泉担任，剧中主要角色由於敬人、刘怡然、耿哲、王红、崔京海、田浩等饰演。

2013年，中央歌剧院为纪念瓦格纳诞生200周年启动了《尼伯龙根的指环》系列，这也是歌剧领域演出时间最长、演绎和演唱难度最大的超大规模作品。整个《尼伯龙根的指环》系列剧目时长17个小时，中央歌剧院每年推出一部，此前成功演绎了《女武神》《齐格弗里德》《众神的黄昏》。

【复排版民族歌剧《小二黑结婚》】

2016年9月23日，作为“2016年国家艺术院团演出季”的演出项目之一，由中国歌剧舞剧院创排的复排版民族歌剧《小二黑结婚》于北京保利剧院首演。该剧邀请当年小芹的饰演者乔佩娟、郭兰英分别担任顾问和艺术指导，复排的《小二黑结婚》采用了民族管弦乐伴奏的方式，以现代理念重新编排、配器。剧中主要人物由毋攀、赵阳、蒋宁、王娜、冯春霞、李亚男、高鹏、刘扬、常通、赵军辉等饰演。音乐总监关峡，指挥张峥。

1952年，《小二黑结婚》被改编成民族歌剧，由田川、杨兰春编剧，马可、乔谷、贺飞、张佩衡作曲。该剧在思想和内容上把握了原著的精髓，在音乐上吸取了戏曲“三梆一落”（山西梆子、河南梆子、河北梆子和评戏）的元素，音乐语言纯朴健朗，曲调充满草根气息，戏剧桥段幽默风趣，将包办儿女婚姻的旧派人物和冲破牢笼的新生人物呈现得活灵活现。

【歌剧《杜鹃山》】

2016年10月16日至17日，为纪念中国共产党建党95周年和中国工农红军长征胜利80周年，由北京歌剧舞剧院创排的歌剧《杜鹃山》于北京天桥剧场上演。由剧作家徐瑛、胡叠在原著编剧王树元的京剧剧本基础上进行改编，作曲郑冰，导演王冼平。该剧是北京歌剧舞剧院创作排演的第一部歌剧，由韩延文和吴春燕分别饰演柯湘，金郑建和郭建超扮演雷刚，高鹏扮演田大江，刘海桃扮演杜妈妈，刘月明饰演毒蛇胆，杨冲扮演温启久，李明阳饰演李石坚，杨闫乐饰演邱长庚。该次演出由中国电影交响乐团担任演奏。

【歌剧《红军不怕远征难》】

2016年10月19日至20日，为纪念中国工农红军长征胜利80周年，由中央歌剧院创排的原创歌剧《红军不怕远征难》在北京天桥艺术中心上演。该剧编剧胡绍祥，作曲雷蕾，导演陈燕民，指挥杨洋。剧中主要角色分别由刘怡然、阮余群、郭橙橙、李爽、王红、赵一峦、宋沣润等饰演。作品意在通过展现红军战士壮烈、英勇、默默地牺牲，讴歌革命先烈“革命理想高于天”的伟大情怀，让今天享受着长征胜利果实的人们了解长征不仅仅是词典里的一个词，还是一种足以惊天地、泣鬼神、驱邪恶、转乾坤的巨大精神力量。

【大型原创歌剧《郑和》】

2016年10月20日，由中共江苏省委宣传部组织、江苏省演艺集团打造的大型原创歌剧《郑和》作为“第三届江苏文化艺术节”的开幕戏在南京首演。该剧由唐建平作曲、黄维若编剧、邢时苗导演，主要角色由雷岩、幺红、王传越、周晓琳等饰演。该剧通过一幕幕舞台实景，重现了大明王朝时期，郑和统率宝船七下西洋，越过万里鲸波，历涉诸国万邦，开启航海外交先河。该剧的创作主旨为领略一代“航海外交家”的雄才伟业，感悟“海上丝绸之路”沿线国家间的历史情谊。

【歌剧《辛夷公主》】

2016年11月6日至7日，由重庆歌剧院、重庆交响乐团联合打造的史诗题材歌剧《辛夷公主》于重庆首演。该剧编剧冯柏铭、作曲郝维亚、导演易立明、指挥刘新禹。

该作品讲述了辛夷公主为拯救国家和民众而自我牺牲的故事。4 000 年前，“丝绸之路”上的粟特国发生了一场瘟疫，国民在王子的带领下跋涉到尼雅国寻求灵药，尼雅国公主辛夷为救济百姓遭遇种种磨难，在与巫师的较量中，辛夷为拯救千名幼童自断其臂，剜出双眼，只身远遁而去。

【歌剧《敦煌之恋》】

2016 年 11 月 13 日，国家“四个一批”人才资助项目、中国大型歌剧《丝绸之路》四部曲之一的《敦煌之恋》于国家大剧院首演。该剧由中国广播民族乐团主办，彭家鹏任总策划，刘长远作曲，王景彬编剧。

该剧以“丝绸之路”为背景，以敦煌壁画为题材，围绕公元 755 年唐朝安史之乱时期，通过展示莫高窟画工李工和石窟供养人粟特人女儿翟蜜儿之间悲欢离合的爱情悲剧故事，绘制出西域“丝绸之路”的生活画卷。作品本着“小人物展现大事件”的理念，通过展现唐朝时期敦煌人民的普通生活，描述了敦煌壁画绘制过程，表现了“丝绸之路”商贸活动的细节。该剧通过讲述主人公的生离死别故事，阐述了国家强盛与敦煌民运的关系。

【歌剧《鉴真东渡》】

2016 年 12 月 20 日，由江苏省演艺集团创排的歌剧《鉴真东渡》在日本东京首演。该剧由冯柏铭编剧、唐建平作曲。演出由江苏省演艺集团有限公司与日本每日新闻社共同承办，共计在日本东京、奈良和京都举办 5 场演出。

该剧讲述了大唐天宝元年（742）日本僧人荣睿和普照受遣，来中国邀请高僧前往东瀛弘扬佛法。鉴真应邀决意东渡，却受到弟子们的极力阻拦，但他不为所动，毅然启程，其间六次出海，历经千辛万苦，双目失明后依然不屈不挠，终于在公元 753 年到达东瀛，弘扬佛法，传播大唐文化。全剧分为《一渡幻海》《二渡愿海》《三渡迷海》《四渡觉海》《五渡心海》《六渡慧海》六部分，以国际通识的歌剧语言为载体，借鉴了中日民歌元素和佛教音乐的特点，将真实的人物故事和虚幻的场景相结合，歌颂了鉴真慈悲普度的悲悯情怀、海纳百川的开放胸襟，以及坚韧不拔的精神意志。

音乐剧

【原创音乐剧《微·信》】

2016年1月22日，由厦门闽南大戏院与中国台湾音乐时代剧场联合制作、两岸演员联合演出的原创音乐剧《微·信》在厦门闽南大戏院上演。

该剧以网络时代两岸都市男女的新人际关系为故事主轴，描述了科技使人与人之间的互动越趋冷漠的时代，人们如何通过网络的沟通新模式，重新找回拉近心灵距离的方法，并从中传递对于爱与信任的渴望与思考。该剧的艺术总监、编剧为杨忠衡，导演陈大任，制作人蚁薇玲，剧中主要角色由黄珺、刘明峰、刘令飞、陈品伶等饰演。

【原创流行音乐剧《天天想你》】

2016年2月27日至28日，由中国台湾广艺基金会推出的原创流行音乐剧《天天想你》在上海文化广场首演。该剧以中国台湾知名音乐人张雨生的同名歌曲《天天想你》为题，选取中国台湾已故歌手张雨生的23首作品谱写成一段横跨两岸的爱情故事。该剧制作人为王立民，编剧为刘毓敏，主要演员为萧闳仁、潘小芬、姜柏仁、钟琪等。

【音乐剧《烽火·冼星海》】

2016年3月25日至26日，由中共广东省委宣传部、广东省文化厅指导，南方歌舞团创排的大型原创音乐剧《烽火·冼星海》于北京上演。全剧共两幕八场，剧中27首歌曲涵盖了独唱、合唱、重唱、对唱多种形式，融入通俗、美声、流行唱法，并在舞台上运用了全息投影技术。该剧讲述了人民音乐家冼星海在祖国正遭受侵略的抗日战争背景下，以音乐为武器投身抗战救亡运动，唤醒民族团结抗日，用“星海精神”鼓舞了一个时代的故事。

【原创音乐剧《紫石街》】

2016年3月31日至4月2日，原创音乐剧《紫石街》于北京保利剧院上演。该剧根据中国四大名著之一《水浒传》中武松杀嫂的故事改编。该剧由万军担任制作人、编剧、作词、作曲、导演。作品摒弃了男欢女爱的情调，专注于表达“爱与伤害”的主题。该剧的音乐融合了古典、民乐、摇滚、电子乐，通过一系列的原创唱段讲述了发生在武松、西门庆、潘金莲之间的故事。该剧主要角色由党韫葳、左炜等饰演。

【音乐剧《窈窕淑女》】

2016年4月29日，音乐剧《窈窕淑女》于上海大宁剧院首演，并以此展开为期两个月的中国巡演。该剧由运作百老汇音乐剧全球巡演的美国大联盟制作公司出品。导演为杰夫里・B. 莫斯。在上海站演出中担任女主角的演员为奥罗拉・弗罗伦斯。该次巡演除上海站之外，还包括北京、广州、重庆、成都、厦门、珠海等 8 个城市，共计 45 场演出。

该剧自 1956 年百老汇首演以来，被译成 11 种语言，制成 500 万份拷贝在世界各地上映。作品主要改编自萧伯纳的戏剧作品《皮格马利翁》。故事发生在 20 世纪初的英国伦敦，语言学家希金斯为了完成一个赌局，要将一个粗俗的卖花姑娘伊莉莎改造成为一位气质优雅、谈吐高贵的淑女，在改造伊莉莎的过程中希金斯教授爱上了这个质朴的姑娘。

【音乐剧《士兵的故事》】

2016 年 5 月 6 日，音乐剧《士兵的故事》由中国交响乐团城堡室内乐团在清华大学蒙民伟音乐厅上演。该作品为斯特拉文斯基原作，以音乐、舞蹈、戏剧混搭，讲述一名士兵回乡途中，拉起心爱的小提琴，遇到魔鬼，用小提琴交换了魔法书，成为富翁，却失去了家人，为夺回小提琴与魔鬼周旋，最终魔鬼获胜的故事。

该剧采用“音乐 + 朗诵 + 戏剧 + 现代舞”的探索模式。城堡室内乐团由中国交响乐团优秀青年音乐家组成，擅长弦乐重奏、木管重奏、铜管重奏、室内乐歌舞剧、室内乐交响乐等演奏。

【杂技音乐剧《新鹊桥会》】

2016 年 5 月 6 日至 7 日，由江苏省阜宁县杂技团、盐城师范学院音乐学院共同出品，乐涛（北京）文化有限责任公司制作的杂技音乐剧《新鹊桥会》于北京世纪剧院上演。该剧总导演为陈涛，祝和平、商子林任编剧，杂技导演由王晓乐担任。剧中主要角色分别由韩艺浓、王培杰、曹雪等出演。

该剧将经典神话故事进行解构，用戏中戏的结构，为牛郎织女这个爱情故事融入现代元素，探讨古代的爱情观在当下的意义，提醒当代观众应该以什么样的态度面对情感以及爱情道路上的障碍。该剧将秧歌、花鼓灯和西方踢踏舞融合，音乐上则运用了江淮民乐、戏曲打击乐与摇滚乐，并融入系列杂技元素。

【儿童音乐剧《天使合唱团》】

2016 年 8 月 12 日，作为中共湖南省委宣传部、湖南省文化厅主办的“湘戏进京”展演活动剧目之一，由株洲市戏剧传承中心创作演出的儿童音乐剧《天使合唱团》在北京民族文化宫大剧院上演。

该剧改编自湖北作家邓一光的中篇小说《你可以让百合生长》，由董芳芳编剧、刘岳作曲、易立明导演、徐瑛担任艺术总监，是 2015 年度国家艺术基金大型舞台艺术创作资助项目。全剧聚焦青少年成长问题，讲述了一群处于青春叛逆期的少年加入天使合唱团被音乐改变，从互相排斥到互相理解和关爱的励志故事。演出穿插使用交响乐、电子乐、爵士乐、乡村音乐、布鲁斯、阿卡贝拉等多种音乐元素展开故事叙述。

【音乐剧《虎门销烟》】

2016 年 11 月 8 日，音乐剧《虎门销烟》在广东省东莞市首演。该剧由东莞市人民政府出品，东莞保利三宝演艺团出演，作曲三宝、编剧关山、导演黄凯联合打造。

作品以小人物烟民阿忠和妻子倩娘的情感与命运为切入点，采用相当数量的广东民间小调，经过重新填词讲述了道光十九年（1839），主政广州的林则徐开始禁烟，收缴了外国鸦片商的鸦片。但是林则徐不知如何处置这些缴获来的烟土，权宜之下只好去找烟鬼阿忠的妻子倩娘。在倩娘的帮助下，林则徐从阿忠口中得知了销烟的秘法。在东莞虎门，林则徐与众人一同销毁了罪恶的鸦片。

纪事

音乐节会

【中印音乐节】

2016年1月19日至27日，由中国文学艺术界联合会、印度文化关系委员会联合主办，中国音乐家协会、印度音乐家联合会承办的“中印音乐节”在印度举办。音乐节首次以“丝绸之路”为主题，中印两国音乐家同台演出。中国演出小组由王建国任团长，小组成员还包括箜篌演奏家崔君芝、笛子演奏家李增光、女高音歌唱家刘海燕、二胡演奏家于秋实、琵琶演奏家刘小菁等，胡一峰担任秘书长。演出小组分别在普吉拉特邦的艾哈迈达巴德市、马哈拉施特拉邦的那格浦尔市、恰蒂斯加尔邦的赖布尔市举行三场音乐会、三场新闻发布会、两次中印音乐工作坊，并参加了那格浦尔“文化之夜”等文化交流活动。

【“龙声华韵”系列音乐会之叶小纲作品专场音乐会】

2016年1月28日，中国交响乐团“龙声华韵”系列音乐会之叶小纲作品专场音乐会在北京音乐厅举办。演出由何塞－塞拉布里尔（乌拉圭）指挥中国交响乐团演奏叶小纲从1983年到2015年创作的多部交响作品，包括《锦绣天府》《冬》《青芒果香》《第一小提琴协奏曲》等。青年钢琴演奏家谭小棠，中国小提琴演奏家、柏林德意志交响乐团首席小提琴陆威等参加了演出。

【“一片丹心”——阎肃歌词作品合唱音乐会】

2016年2月4日，“‘一片丹心’——阎肃歌词作品合唱音乐会”在北京音乐厅举行。音乐会由中国交响乐团组织策划，作曲家黄钟声和金巍等编配，将由阎肃作词的歌曲进行分类组合，重新编曲，以合唱为主，分别演绎了《红梅赞》《江姐》《党的女儿》等作品。文化部部长雒树刚、副部长董伟等观看了演出。

【第五届“原创华语音乐剧展演季”】

2016年2月27日，由上海文化广场主办的第五届“原创华语音乐剧展演季”在上海开幕。活动选取包含中国台湾地区推选在内的6部音乐剧上演，分别是《摇滚·西厢》《梦@时代》《向左走向右走》《岳云》《天天想你》《凤凰浴火》。《天天想你》将以故事形式演绎23首张雨生经典歌曲。《岳云》脱胎于中国儿童艺术剧院的经典剧目《岳云》，此次采用音乐剧形式来演绎经典。《向左走向右走》改编自几米同名绘本，邀请了台湾地区的知名流行音乐歌手担纲主演。《梦@时代》和《凤凰浴火》都尝试融合音乐剧与中国戏曲元素。《摇滚·西厢》则用流行和摇滚的表现形式重塑《西厢记》的故事。

【国家大剧院歌剧节·2016】

2016年4月6日，“国家大剧院歌剧节·2016”在北京国家大剧院开幕。本届歌剧节为期103天，集结了由国家大剧院、中央歌剧院、天津音乐学院、武汉歌舞剧院等演出团体的13台作品，共计44场演出。本届歌剧节以“探索·经典”为主题，一方面，通过讲述中国故事、抒发民族情感、弘扬民族精神的中国歌剧新作，探索中国歌剧的创作历程，通过轻歌剧GALA、儿童歌剧GALA探索歌剧呈现的形式；另一方面，通过意大利、德国等的多部西方歌剧作品，展现不同风格的西方歌剧作品。

歌剧节期间，国家大剧院推出中国原创歌剧《长征》以纪念中国工农红军长征胜利80周年。国家大剧院全新制作的瓦格纳歌剧《唐豪瑟》与首部捷克语歌剧《水仙女》也一并于本届歌剧节期间完成了首演。此外，武汉歌舞剧院歌剧《高山流水》、天津音乐学院歌剧《岳飞》、国家大剧院制作的轻歌剧GALA、儿童歌剧GALA、国家大剧院制作的威尔第歌剧《茶花女》、德沃夏克歌剧《水仙女》、罗西尼歌剧《塞维利亚理发师》与中央歌剧院《蝴蝶夫人》均于歌剧节期间上演。

【第五届“中国交响乐之春”】

2016年4月8日至29日，由国家大剧院和中国音乐家协会共同主办、中国交响乐基金会支持的第五届“中国交响乐之春”于北京国家大剧院举办。4月8日，举办了开幕特别音乐会“历史的回声”——中国交响乐早期作品专场音乐会。音乐会由陈佐湟指挥贵阳交响乐团，演出了20世纪上半叶的中国早期交响音乐作品。演出曲目有黄自的《怀旧》（1929），马思聪的《思乡曲》（1937）、《塞外舞曲》（1937），贺绿汀的《大世界》（1937，出自电影《马路天使》）、《荒村夜笛》（1937，出自电影《春天来了》）、《森吉德玛》（1949）、《晚会》（1949），林声翕的交响诗三首《海·帆·港》（1944—1946）等中国最早、最具代表性的管弦乐作品。

该届“中国交响乐之春”以“中国交响乐记忆”为主题，聚焦中国交响乐跨世纪的发展脉络，将一批鲜少上演的中国早期管弦乐作品集中呈现。活动由来自全国的12家交响乐团参与演出，共展示29位中国作曲家的34部作品，旨在通过这些作品寻根溯源，追寻中国交响乐的发展足迹，挖掘、弘扬中国音乐文化，推动中国交响乐的繁荣。

【“中国故事·喜马拉雅之光”——叶小纲与国家大剧院管弦乐团音乐会】

2016年4月18日，由中国音乐家协会主办的“‘中国故事·喜马拉雅之光’——叶小纲与国家大剧院管弦乐团音乐会”在国家大剧院音乐厅举行。该场音乐会由国家大剧院管弦乐团演奏，上海歌剧院合唱团、中国歌剧舞剧院歌剧团、中国交响乐团附属少年及女子合唱团联合演出。演出由胡咏言指挥，路琦、於敬人、查理·奥尔布赖特、石倚洁、刘珅、吉炜、李乐、张英席、黄英、周晓琳、孙砾、濮存昕、白岩松等参加了演出。音乐会上演了作曲家叶小纲创作的6部交响乐作品，分别是《地平线》《将进酒》《星光》《喜马拉雅之光》《蓝天交响曲》《和平祭》。

【今虞琴社成立80周年音乐会】

2016年4月29日，传统古琴社团——今虞琴社成立80周年音乐会在上海音乐厅举行。在音乐会上，《普庵咒》《忆故人》《秋月照茅亭》《岳阳三醉》《平沙落雁》等多首古琴名曲，以古琴独奏、琴箫合奏、琴歌演绎、大提琴等多种形式演奏。作曲家赵晓生还在其钢琴作品《琴韵》中，描摹、展现古琴音乐的意蕴。今虞琴社是中国当代历史最悠久的传统古琴社团。1936年3月，琴学泰斗查阜西与彭祉卿、徐元白、庄剑丞、樊少云等一众同道，在苏州创立今虞琴社。1937年12月，在上海另立分社。自沪社成立以后，琴社的重心渐移上海，其活动延续至今。

【第33届“上海之春”国际音乐节】

2016年4月28日至5月18日，“第33届‘上海之春’国际音乐节”在上海举办。该届音乐节，由来自10多个国家的近40家演出单位，上演了51台音乐演出，其中，新人新作音乐会19台。音乐节还推出了以“一带一路”音乐资源为素材的新作品。上海音乐学院于5月8日至14日举办了“音乐开放周”。“第33届‘上海之春’国际音乐节”网络钢琴展演和“2016全国青少年钢琴人才E展演音乐会”也于该届音乐节期间举办。

【第八届国家大剧院五月音乐节】

2016年5月1日至21日，“第八届国家大剧院五月音乐节”在北京国家大剧院举办。开幕式音乐会由钢琴演奏家鲁道夫·布赫宾德与德累斯顿国家管弦乐团联合演出了3部莫扎特钢琴协奏曲。该届五月音乐节以“盛赞！巴洛克”为主题，邀请世界级乐团和艺术家，集中上演了20场巴洛克时期的经典室内乐作品。巴赫、亨德尔、维瓦尔第等作曲家的作品相继上演，如巴赫无伴奏小提琴作品全集、《哥德堡变奏曲》《勃兰登堡协奏曲》《水上音乐》等。英国古乐学会乐团、奥甸海顿爱乐乐团、英国布里顿小交响乐团、国王歌手合唱团等音乐团体，郑京和、曹秀美、吕思清、李飚、盛原、沈凡秀等中外演奏家陆续登台。

【“致敬维瓦尔第”音乐会】

2016年5月7日，英国古乐学会乐团于上海音乐学院贺绿汀音乐厅上演“‘致敬维瓦尔第’音乐会”。2016年是巴洛克时期的作曲家维瓦尔第逝世275周年，英国古乐学会乐团特意将此次亚洲巡演的主题定为纪念维瓦尔第，演出作品包括弦乐协奏曲《田园》、赞美诗《在涌动的大海上》等。女高音歌唱家薇薇卡·让诺与乐团合作演唱了维瓦尔第赞美诗《在涌动的大海上》以及亨德尔的康塔塔《残酷的让我落泪》等作品。

由已故英国指挥大师克里斯多夫·霍格伍德于1973年创建的英国古乐学会乐团至今已有40多年的历史，这支以演奏巴洛克时期音乐作品而著称的乐团被誉为“古乐界的天团”。

【第三期全国优秀青年词曲作家高级研修班】

2016年5月9日至13日，由中国音乐家协会主办的第三期全国优秀青年词曲作家高级研修班在广东省东莞市塘厦镇开班。来自全国各地的50多位青年词曲作家参加研修。中国音乐家协会分党组书记、驻会副主席韩新安为学员做了专题讲座。研修期间，张千一、王晓岭、王晓锋等词曲专家为学员授课、点评；为庆祝中国共产党成立95周年，主办方还将委约参加研修的每位青年词曲作家围绕建党95周年主题创作一首新作品，并择优推荐出15首作品编辑录制出版。

【“龙声华韵”系列音乐会之杜鸣心作品专场音乐会】

2016年5月19日，中国交响乐团“龙声华韵”系列音乐会之杜鸣心作品专场音乐会在北京音乐厅上演。音乐会由邵恩执棒，小提琴演奏家宁峰、女高音歌唱家阮余群参加了演出。徐沛东、叶小纲、俞峰等音乐界人士聆听了音乐会。

音乐会上演了芭蕾舞剧《牡丹仙子》组曲、交响音画《祖国的南海》和杜鸣心不同时期创作的 5 段小品，包括《青葱岁月》《我把你热恋》《梦幻》《快乐的女战士》《我亲爱的》等，音乐会以《第一小提琴协奏曲》收尾，并加演了哈萨克民歌改编的作品《嘎哦丽泰》。

【国家大剧院中外歌剧经典合唱音乐会】

2016 年 5 月 23 日、25 日、30 日和 31 日，国家大剧院举办两台四场“国家大剧院中外歌剧经典合唱音乐会”。国家大剧院合唱团在指挥家吕嘉和孟幻的分别执棒下，从 27 部大剧院制作歌剧中精选出 40 余首合唱曲目，演出了中国原创歌剧《西施》《赵氏孤儿》《山村女教师》《日出》《这里的黎明静悄悄》《冰山上的来客》《方志敏》等，西洋经典歌剧《阿依达》《罗恩格林》《漂泊的荷兰人》《卡门》等多部歌剧中精选出的混声、男声、女声及童声合唱作品。

【“粉墨春秋”京剧交响音乐会】

2016 年 5 月 27 日，“‘粉墨春秋’京剧交响音乐会”在北京音乐厅上演。这是中央乐团—中国交响乐团团庆 60 周年系列音乐会的首场演出。音乐会上演了鲍元恺的第三交响曲《京剧》、关峡的交响幻想曲《霸王别姬》和 1960 年由杨牧云、邓宗安、张孔凡、刘玉宝等老一辈中央乐团音乐家创作的《穆桂英挂帅》。三部作品共同展现了 60 年来音乐家为民族艺术与交响乐结合所做的努力。继开幕式音乐会后，团庆系列音乐会共有 5 场演出，包括 6 月 11 日汤沐海执棒的“俄罗斯之夜”交响音乐会，6 月 18 日邵恩执棒的“龙声华韵”系列音乐会之《希望》交响音乐会，7 月 3 日谭盾执棒的谭盾与斯特拉文斯基的“四祭”交响音乐会和 7 月 29 日余隆等 7 位指挥家轮流执棒的“中国交响乐团 2015—2016 音乐季”闭幕式音乐会。

【第三届中国民歌合唱节】

2016 年 6 月 22 日，“第三届中国民歌合唱节”于贵州省凯里市落幕。本次合唱节共有来自包括中国港澳台地区的全国 97 家合唱团、4 000 多人参赛。《迎客歌》《狮子山下》《欢乐聚会》《新疆好》《彝族敬酒歌》《追梦人》等独具民族特色的民歌作品悉数上演。合唱节期间，还举办了中国港澳台地区及最具少数民族特色地区的合唱团专场音乐会、中国民歌合唱研讨会等主题活动。前两届中国民歌合唱节分别在广东中山和内蒙古呼和浩特举办。自本届起，合唱节落户黔东南。黔东南州是全国苗族侗族人口最集中的地区，被誉为“苗岭明珠”，享有“百节之乡”“芦笙的故乡”等美誉，拥有中国最具特色的民族多声部合唱艺术，也是世界级非物质文化遗产——侗族大歌的重要流传地。

【“意象·净土”——民族管弦乐原创作品音乐会】

2016 年 6 月 26 日，由中国音乐学院与北京和景文化古典音乐研究中心、中华诗词研究院共同举办的“‘意象·净土’——民族管弦乐原创作品音乐会”在国家大剧院音乐厅开幕。这是我国第一次由音乐家、文学家、史学家共同打造的民族音乐新作展演，是一场古典诗歌与民族音乐的交响。《山居》《古调》《月下独酌》《咏莲》《桃花源》《净土》《江南》等新作悉数上演。作曲家高为杰、瞿小松、刘长远、高平、杜咏、谢鹏、王夔，指挥家金野、刘顺，歌唱家吴碧霞，演奏家张维良、邱霁、巫娜、王华、王洋，以及华夏民族乐团、紫禁城室内乐团等参与了演出。该音乐会被列入2015年“国家艺术基金资助项目”。

【“信念永恒”——庆祝中国共产党成立95周年音乐会】

2014年6月29日，“‘信念永恒’——庆祝中国共产党成立95周年音乐会”在北京举行。习近平、李克强、张德江、俞正声、刘云山、王岐山、张高丽等党和国家领导人与首都各界3 000多人共同观看了音乐会。音乐会演出了《历史选择》《浴血荣光》《青春誓言》《激情岁月》《人民向往》《信念永恒》6部分，还演出了《七律·长征》《延安颂》《保卫黄河》《山丹丹开花红艳艳》《绣红旗》《我们走在大路上》《咱们工人有力量》《唱支山歌给党听》《北京喜讯到边寨》《我爱你，中国》《春天的故事》《在希望的田野上》《为了谁》《党啊，亲爱的妈妈》《光荣与梦想》等时代之歌。

【第二届音乐创意人才扶持项目总评音乐会】

2016年7月10日，由文化部、财政部支持，中国演出行业协会、中国娱乐行业协会主办，浙江音乐学院承办的“第二届音乐创意人才扶持项目总评音乐会”在浙江省杭州市举办。本届总评音乐会以“梦飞扬”为主题，由来自全国各地的31组选手现场演绎了各自入选的原创音乐作品。该项目于2015年9月启动，从1 060组中甄选了31组进入扶持计划总评音乐会。在此届总评音乐会上，选手现场表演原创歌曲，专家、观众组成的评审团对选手的表演进行现场打分，按照总分排名，最终选出10组音乐人（或团队）为2016年度音乐创意人才扶持项目入选者。小柯、郑洋、张树荣、科尔沁夫等做了现场点评。

音乐创意人才扶持计划是以作品征集、评选、奖励、推广等方式来培养和扶持音乐创意人才，通过征集代表当代中国音乐风格的作品，支持音乐创意作品成果转化和市场推广，探索音乐创意人才培养与发展的创业模式，致力于建立“好的作品有好的市场，好的作品捧出好的人才”的扶持机制。

【2016国家大剧院国际歌剧电影展】

2016年7月15日，由文化部艺术司、国家大剧院联合主办的“2016国家大剧院国际歌剧电影展”在北京开幕。此次电影展汇集了世界六大著名剧院的13部佳作，登陆全国八大城市院线。此次活动是中国举办的第一次国际性歌剧电影展映活动，也是中国歌剧电影作品首次在国际平台上的集中展示。

该届国际歌剧电影展上演的13部电影作品有：由中国制作出品的电影共5部，分别是3D版《白毛女》《骆驼祥子》《阿依达》《纳布科》《参孙与达丽拉》，美国大都会歌剧院的《卡门》《唐·帕斯夸莱》《艺术家生涯》，英国皇家歌剧院的《茶花女》《托斯卡》《唐·璜》，法国巴黎国家歌剧院的《霍夫曼的故事》，俄罗斯马林斯基剧院的《约兰塔公主》。

【第十三届中国国际合唱节暨国际合唱联盟合唱教育大会】

2016年7月26日，由文化部外联局、国际合唱联盟、中国对外文化集团公司、北京市教育委员会、北京市西城区人民政府和中国合唱协会共同主办的“第十三届中国国际合唱节暨国际合唱联盟合唱教育大会”在北京人民大会堂开幕。文化部部长雒树刚，文化部副部长丁伟，北京市政协副主席、国家大剧院院长陈平，国际合唱联盟主席安德森与相关国家驻华使节出席了开幕式。

本届合唱节开幕音乐会由德国籍作曲家老锣担任音乐总监，开场《茉莉花》，中场《黄河船夫曲》，尾声《谢谢你来到这个世界》和《欢乐颂》共上演4场千人大合唱。

在本届中国国际合唱节期间，由来自全球44个国家和地区的238家合唱团共参加20个大项204场合唱活动，包括合唱教育大会、评测展演、大师班工作坊、合唱新作品音乐会、“集爱之夜”公益音乐会等。

【中央乐团—中国交响乐团建团60周年庆典音乐会暨2015—2016音乐季闭幕音乐会】

2016年7月29日，“中央乐团—中国交响乐团建团60周年庆典音乐会暨2015—2016音乐季闭幕音乐会”在北京国家大剧院上演。中共中央政治局委员、国务院副总理刘延东，文化部部长雒树刚、副部长董伟等与首都观众一起观看了演出。

韩中杰、余隆、胡咏言、谭利华、邵恩、李心草、汤沐海、陈燮阳8位指挥家集结，分别指挥演出了《激情燃烧的岁月》主题曲、《哈尼印象》《心潮逐浪高》《希望》第一乐章、《春节序曲》，以及瓦格纳、柴可夫斯基、贝多芬的经典作品。

中国交响乐团是1996年经文化部批准在原中央乐团（1956年成立）基础上成立的国家乐团，钢琴协奏曲《黄河》即由该团创作并首演。乐团通过“龙声华韵”系列音乐会，力推关峡、叶小纲、谭盾、陈怡等当代作曲家的作品，参与出访欧洲、亚洲、大洋洲、北美洲的主要国家和地区，并在“金砖国家领导人峰会”“博鳌亚洲论坛”“APEC峰会”等外事活动中担任演出乐团。

【第33届中国·哈尔滨之夏音乐会】

2016年8月6日至20日，“第33届中国·哈尔滨之夏音乐会”在哈尔滨举办。该届哈尔滨之夏音乐会共推出6大板块48项主要演出及活动，包括开闭幕2场演出、3项国内外展示评比、青年音乐家活动周、惠民特价图书展、18项中外经典演出活动和逾千场群众文化活动。其中，全国声乐比赛首次由“比赛”改为“展演”。

国内外展示评比活动板块包括“第十二届全国声乐展演”“第四届国际手风琴艺术活动周”；中外经典演出活动板块则涵盖了莎拉·布莱曼独唱音乐会、韩国首尔音乐剧《图兰朵》、空政文工团新创音乐剧《嘎丽娅》、理查德·克莱德曼钢琴独奏音乐会等18项演出活动；青年音乐家活动周板块主要以东三省高校艺术学院为主体，以推出青年音乐人才为导向，分为学术研讨会、大师讲座、舞台演出3部分内容。此外，活动期间，还举办了“盛世欢歌·相约哈夏”群众文化活动板块和惠民特价图书展销会板块。

【第十二届全国声乐展演】

2016年8月9日至13日，由文化部、哈尔滨市人民政府主办，文化部艺术司、哈尔滨市文化广电新闻出版局承办的“第十二届全国声乐展演”在“第33届中国·哈尔滨之夏音乐会”期间举办。

本届展演规定，各省区市和部队系统只能报送8名（组）歌手（演唱组合），文化部直属艺术院团、中央和国家机关有关部委所属艺术院团、音乐艺术院校只能报送3名（组）歌手（演唱组合）。活动自2016年6月报名启动，共报送歌手（演唱组合）199名（组），其中美声组71名（组）、民族组102名（组）、流行音乐组26名（组）。经专家遴选，共选出50名（组）歌手（演唱组合）参加展演，其中美声组20名（组）、民族组20名（组）、流行音乐组10名（组）。展演期间举办5场音乐会，其中美声组2场、民族组2场、流行音乐组1场。美声组、民族组音乐会全部由哈尔滨交响乐团现场伴奏，流行音乐组音乐会由流行乐队现场伴奏；首次开展“一人一评”机制，并举办了专场汇报音乐会。

全国声乐展演的前身是创办于1985年的全国声乐比赛。作为声乐专业领域的政府赛事，全国声乐比赛推出了幺红、戴玉强、吴碧霞、雷佳等歌唱演员。按照《关于全国性文艺评奖制度改革的意见》精神，从第十二届起，全国声乐比赛取消评奖，改为展演活动，届数保持不变。

【中国少数民族精品音乐会第三季“湘桂琼”】

2016年9月29日，作为“2016年国家艺术院团演出季”的演出项目之一，由中央民族歌舞团演出的“中国少数民族精品音乐会第三季‘湘桂琼’”于北京民族剧院首演。音乐会演出了苗族花鼓、黎族鼻箫、京族独弦琴、瑶族民歌、土家族民歌等。

【中外合唱作品经典荟萃音乐会】

2016年10月11日，作为“2016年国家艺术院团演出季”的演出项目之一，由中国交响乐团合唱团演出的“中外合唱作品经典荟萃音乐会”于北京音乐厅首演。指挥王琳琳、钢琴伴奏李玥。音乐会上演出了瓦格纳、勃拉姆斯、莫扎特、威尔第等作曲家的经典歌剧节选《德意志安魂曲》《入境的客人》《哦，命运女神》，以及中国经典合唱作品《牧歌》《美丽的草原我的家》《等你到天明》《思念》等。

【“交响中国风”——国家大剧院中国作品主题音乐会】

2016年10月15日，由指挥家张艺、钢琴家陈萨、琵琶演奏家张强携手国家大剧院管弦乐团，演出了“‘交响中国风’——国家大剧院中国作品主题音乐会”。音乐会上演了赵季平、杜鸣心、于京君和商沛雷4位作曲家的作品。其中，由国家大剧院委约旅澳作曲家于京君创作的钢琴协奏曲《新起板》进行了世界首演。音乐会结束后举行了“演后谈”，作曲家莫凡、唐建平、常平，雷蕾，指挥家陈琳，钢琴教育家潘岚、泰尔、吴元，中央音乐学院教授李淑琴、蒲方，音乐评论人陈志音、谷悦等18位业内人士同此次音乐会作品的创作者作曲家杜鸣心、于京君、商沛雷，以及琵琶演奏家张强、钢琴演奏家陈萨、指挥家张艺等，进行了交流与研讨。

【第五届中国·东莞音乐剧节】

2016年11月8日至12月9日，由中国音乐剧协会、中共东莞市委宣传部和东莞市文广新局主办的“第五届中国·东莞音乐剧节”在东莞玉兰大剧院举办。该届音乐剧节以“幸福城市　欢乐节拍”为主题，兼顾国外名剧、国内精品和本土原创，共上演13部音乐剧，37场演出。其中有大型音乐剧《人鬼情未了》、经典音乐剧《音乐之声》（中文版）、香港粤语音乐剧《恋爱轻飘飘》、广东电台音乐之声团队《声梦情缘》等；并组织音乐剧《啊！鼓岭》、儿童音乐剧《美人鱼》《青蛙远征队》《班级总动员》等剧目开展巡演。

除了国内外音乐剧作品精彩展演、专业学术论坛会之外，该届音乐剧节还特别对东莞原创音乐剧10周年进行了总结回顾和理论提升，创编推出《东莞原创音乐剧十周年纪念文丛》，并开展东莞原创音乐剧10周年展览等系列活动。

会议 · 评奖

【北京民族音乐研究与传播基地学术年会】

2016年1月9日至10日，由北京民族音乐研究与传播基地中国音乐研究所主办的北京民族音乐研究与传播基地学术年会在北京举办。会议主要围绕国乐艺术沙龙·中国音乐“历史书写”的知识体系和遗产问题与国乐艺术沙龙音乐学术传统的传承与创新两个问题进行讨论。参加会议的主要是来自中央音乐学院、中国音乐学院、中国艺术研究院等高校、研究机构的专家和学者。会议提出了三点思考：1. 在国家工业化、现代化和农村城镇化的过程中，乡村问题可能是一个极其重要的问题。2. 在空村现象已经出现的今天，农民的流动已经使传统意义上的音乐学田野调查发生了巨大变化。3. 在民间音乐难以“在地化”的时期，我们该做点什么？

【海峡两岸“追寻中国梦”歌曲创作征集评选】

2016年4月6日，由中国音乐家协会、中共福建省委宣传部、福建省文学艺术界联合会共同主办的海峡两岸“追寻中国梦”歌曲创作征集评选活动，经过初评、复评、终评三轮次专家委员会评审，最终遴选出20首优秀展播（演）作品，其中10首被推荐录制。名单如下：

优秀展播（演）10首推荐录制作品（排名不分先后）

歌曲名称	词作者	曲作者
《出海》	屈塬	章绍同
《当奉献成为一种习惯》	蒋舟	肖山
《海之梦》	王晓岭	印青
《丝路琴声》	魏德泮	张千一
《天涯共此时》	孙红莺	陈丁
《我的思念风知道》	杨玉鹏	曾令荣、陈丁
《我的兄弟，你好吗？》	葛逊、蔚鸫	蔚鸫
《希望》	蒋舟	蒋舟
《心相守魂相牵》	晨枫	云峰
《有梦的人生就是不一样》	李立群	陈警跃

优秀展播（演）10 首作品（排名不分先后）

歌曲名称	词作者	曲作者
《海峡之望》	张进	邱倩文
《家贫子读书》	唐炳椿	李菲
《老家，不老的乡愁》	秋枫	章绍同
《年华》	杨玉鹏	曾令荣
《同根兄弟》	梁铂文	梁铂文
《让爱走下去》	谢立明	刘丹
《蔚蓝的梦》	马宝亮、贺磊	冯丹、伍林发
《我们都是海洋的孩子》	虞文琴	黄慧琴
《我想去台湾》	陈维东	刘明扬
《香莲茶，香连两岸》	魏联	郭孟雍

【“继往开来”——中国传统音乐理论的继承与创新暨袁静芳教授八十华诞学术研讨会】

2016 年 5 月 6 日至 8 日，由中央音乐学院主办、中央音乐学院音乐学系承办的“‘继往开来’——中国传统音乐理论的继承与创新暨袁静芳教授八十华诞学术研讨会”在北京举办。来自全国各地以及英国、澳大利亚、韩国的音乐学家 200 多人参加了活动。周青青主持，王次炤、王耀华、樊祖荫、陈应时、吕锤宽、伍国栋、郭树荟、项阳、李晋源（韩国）、冯志莲、多杰仁宗、韩军、傅利民相继做了主题发言。河北省雄县韩庄音乐会表演了文套大曲《泣颜回》、武套《小三套》。

研讨会期间还举办了袁静芳《中国传统音乐研究》英文版和《启迪与传承——袁静芳学生论文集》图书首发式。

【“中国钢琴音乐经典百年回顾”学术研讨会】

2016 年 5 月 10 日至 11 日，由上海音乐学院主办、上海音乐学院音乐学系承办、上海音乐出版社及上海音乐学院出版社协办的“中国钢琴音乐经典百年回顾”学术研讨会于“第 33 届‘上海之春’国际音乐节”期间在上海音乐学院举办。该研讨会为“中国钢琴音乐经典百年回顾”系列活动之一，以“中国钢琴音乐创作的研究与批评”为主题，旨在推动对中国钢琴音乐作品创作、表演以及时代审美价值等的研究。研讨会以中国钢琴独奏作品作为研究对象，面向全国学者及相关专业的硕士、博士研究生征稿。探讨会对中国钢琴音乐的创作、研究、批评与推广进行了梳理与讨论。

【国家艺术基金“青年合唱指挥人才培养”项目】

2016年5月18日，国家艺术基金“青年合唱指挥人才培养”项目正式在北京启动。该项目由中央音乐学院指挥系教授、中国合唱协会及中国音乐家协会合唱联盟艺术顾问杨鸿年主持。项目分两个阶段实施，历时5个月，其中集中培训一个月。通过社会公开报名、初试和复试，从全国388名报名者中遴选出50名学员参加培训。由严良堃、杨鸿年、吴灵芬、俞峰、唐建平、刘晓耕、田晓宝、徐坚强、杨力、沈浩、孙嘉艺、王天阳等授课。

“青年合唱指挥人才培养”项目旨在依托中央音乐学院和中央音乐学院指挥系，对入选学员进行从理论到实践的集中培训，旨在培养指挥实践能力并兼具较高学术研究水平的合唱指挥，发掘并打造合唱指挥领域的青年人才。

【第五届华乐论坛暨“新绎杯”杰出民族管弦乐指挥评选】

2016年6月16日至18日，在文化部艺术司与新奥集团支持下，由中国民族管弦乐学会和新绎文化发展有限公司主办的第五届华乐论坛暨“新绎杯”杰出民族管弦乐指挥评选颁奖活动在北京市和河北省廊坊市两地举行。

6月16日，由中国民族管弦乐学会会长刘锡津在颁奖音乐会上宣布了获奖指挥家名单，胡炳旭、陈澄雄、黄晓飞、阎惠昌、叶聪、王甫建、洪侠、彭家鹏、张列、刘沙10位指挥家获得“杰出民族管弦乐指挥奖”，指挥家朴东生、夏飞云荣获“杰出贡献奖”。获奖指挥家于北京音乐厅同台指挥上海民族乐团演绎了各自的代表作品。6月17日至18日，第五届华乐论坛在廊坊举行，依据论坛惯例，10位指挥家的指挥艺术作为第五届华乐论坛核心论题，举办指挥家与评论者“1＋1”创作研讨会。来自全国及海外音乐教育家、指挥家、评论家共计100余人参加本届论坛。

【中唱优秀音乐家出版基金项目发布首批专辑】

2016年6月27日，“中唱优秀音乐家出版基金项目”发布首批专辑，包括男低音歌唱家彭康亮的《中国近代经典艺术歌曲——西风的话》、笛箫演奏家张维良与箜篌演奏家吴琳的《箫的叙说——箫与箜篌的经典呈现》、爵士音乐人、歌手谷峰的《谷萨诺瓦Ⅱ——风带我走吧》、青年古筝演奏家张小群的《谐——张小群古筝独奏专辑》、青年唢呐演奏家石海彬的《普天乐——石海彬唢呐演奏专辑》。发布会由中国唱片总公司举办。“中唱优秀音乐家出版基金项目”主要面向艺术上趋于成熟且有一定影响力的中青年音乐家，由双方共同策划出版选题，支持原创音乐、跨界音乐作品出版，鼓励中青年音乐家参与民族音乐的创作表演。

【中国传统音乐学会第十九届年会】

2016年7月11日至14日，由中国传统音乐学会主办，内蒙古艺术学院、内蒙古音乐家协会承办的中国传统音乐学会第十九届年会在内蒙古自治区呼和浩特市举行。

年会分为主题发言和5个分会场进行，有238名代表发表学术报告，内容涵盖了传统音乐的当代传承、跨学科视野下的传统音乐研究、多民族文化视野下的中国传统音乐研究、北方草原文化中的音乐研究、新研究5个领域。同时，大会还为青年学者和博士、硕士研究生开辟了青年论坛专场。

中国传统音乐学会成立于1986年，是对包括少数民族传统音乐文化在内的中华民族传统音乐文化，以及对世界各有关民族、地区和国家的传统音乐文化进行音乐学和文化学性质研究的专业学术团体。

【第19届亚洲及太平洋地区管乐大会暨2016北京管乐节】

2016年7月14日至18日，由文化部批准、北京市立项，北京市文学艺术界联合会、北京音乐家协会等共同主办的“第19届亚洲及太平洋地区管乐大会暨2016北京管乐节”在北京举办。

该次活动由中国、韩国、日本、马来西亚、美国等国家和地区的53家乐团、200多位艺术家和3 000多名音乐爱好者参与。北京管乐交响乐团、日本横滨全明星管乐交响乐团等国内外乐团在北京国家大剧院、中山公园音乐堂等场馆举办各类音乐会及讲座。

开幕式音乐会由指挥家李方方执棒乐队演奏作曲家大卫·马斯兰卡的作品《第四交响曲》和由中国作曲家陈黔创作、取材于藏戏和藏族民间传说的《雪莲》等作品。活动期间，除了演出，还举办了论坛、大师班、音乐辅导与交流等活动。

【纪念周巍峙同志诞辰100周年座谈会】

2016年7月15日，“纪念周巍峙同志诞辰100周年座谈会”在北京举行。中共中央政治局委员、中央书记处书记、中宣部部长刘奇葆出席座谈会并讲话。周巍峙同志家属、家乡代表和艺术家代表出席座谈会。

周巍峙同志是音乐家、编辑家、文艺评论家，是杰出的艺术教育和管理工作者，曾创作或参与组织创作了《中国人民志愿军战歌》、音乐舞蹈史诗《东方红》等作品，并主持编纂了《中国民族民间文艺集成志书》。

【中国民族管弦乐学会第六次全国会员代表大会】

2016年8月8日，中国民族管弦乐学会第六次全国会员代表大会在河北省廊坊市举行。部分省市地方民族管弦乐学会、中央民族乐团、中国广播民族乐团、中央音乐学院、中国音乐学院等文艺社团、专业院团、艺术院校的代表，中国港澳台地区的代表，以及新加坡、日本、马来西亚、泰国等国代表共150余人参加大会。大会审议了中国民族管弦乐学会工作报告和关于《中国民族管弦乐学会章程》的修改报告，并选举了新一届学会领导班子。刘锡津连任中国民族管弦乐学会新一届会长。

学会成立于1986年8月8日，由彭修文、秦鹏章、朴东生三位民乐家发起创建。2016年是中国民族管弦乐学会成立30周年。中国民族管弦乐学会是经文化部批准、在民政部注册登记、具有法人资格的国家一级社会团体，是在全国范围内由致力于中国民族管弦乐艺术传承发展的音乐家组成的民间学会团体。

【“鼓乐新纪”——西安鼓乐暨丝绸之路音乐国际学术研讨会】

2016年9月17日至18日，由文化部、陕西省人民政府主办，陕西省文化厅、民进陕西省委、西安音乐学院共同承办的“第三届丝绸之路国际艺术节”之“‘鼓乐新纪’——西安鼓乐暨丝绸之路音乐国际学术研讨会”在西安音乐学院举行。研讨会邀请了来自国内外的40多位专家、学者，举办了“西安鼓乐音乐文化”“丝绸之路音乐文化”“西安鼓乐素材创作”3场主题学术报告会。西安鼓乐传统曲牌展演由西安鼓乐都城隍庙鼓乐社、大吉昌鼓乐社、东仓鼓乐社、南集贤东村鼓乐社、何家营鼓乐社、南集贤西村鼓乐社等6家百年乐社和西安音乐学院青年鼓乐艺术团等联袂出演。

【2016中国首届国际音乐文献翻译研讨会暨星海音乐学院国际音乐文化交流周】

2016年10月13日至17日，由星海音乐学院主办，星海音乐学院岭南音乐文化研究中心、科研处承办，中国·西方音乐学会协办的“2016中国首届国际音乐文献翻译研讨会暨星海音乐学院国际音乐文化交流周”在广州举办。

会议期间，来自德国、日本、韩国、新加坡、中国的18位音乐学家、音乐理论家等就音乐文献翻译的议题举行了24场研讨与学术报告会。该届研讨会的议题包含中外音乐文献翻译和出版的历史与现状，音乐文献翻译在中外音乐教育和社会音乐发展中的地位与作用，音乐文献翻译的概念理解、语言转换与翻译难题，音乐文献翻译在国际音乐发展和交流中的地位，音乐文献翻译方向研究生的培养等方面。

【第五届中国管乐周】

2016年10月15日至16日，由中央音乐学院主办、中央音乐学院民乐系管乐教研室承办的“第五届中国管乐周”在中央音乐学院举行。“弘扬继承、繁荣发展中国民族管弦乐艺术，搭建中国民族管乐界交流平台”是该届管乐周的主旨。该届管乐周囊括了唢呐、笙、竹笛、管子等专业，在音乐会曲目、演奏家的选择上都与以往四届有不同的侧重点，并邀请了全国各地的管乐专家，以求在风格上多元，通过音乐会讲座分享目前国内管乐发展的现状和前沿思想。此届管乐周举办了两场音乐会和三场学术讲座。首场音乐会由中央音乐学院民乐系管乐教研室教师胡志厚、戴亚、杨守成、石海彬、袁非凡、王磊、张维维，以及吴彤、杜如松、周东朝等演奏家联袂奉献。第二场音乐会“优秀学生音乐会”，则由在国内外重大音乐赛事中获得佳绩的民乐系管乐专业学生用不同风格的民族管乐作品演绎。学术讲座邀请到了演奏家吴彤、杜如松，音乐学家张伯瑜，分别从管乐艺术背后的人文精神、文化内涵和传统音乐语言等方面做出讲解。

【中国（上海）国际乐器展览会】

2016年10月26日至29日，由中国乐器协会、上海国展展览中心有限公司等多部门机构共同主办的“中国（上海）国际乐器展览会”在上海举办。共有来自33个国家和地区的1 900余家国内外企业参展，吸引了90 125名海内外观众，逾13万人次参观。在展会中，音乐猫智能乐器在众多参展产品中脱颖而出，获得由主办方颁发的行业科技创新评选最佳人气大奖。中国（上海）国际乐器展览会于2002年创办。它汇聚国内外知名品牌和商家，为中国乐器走向世界、让世界同行了解中国搭建平台。参展企业和展示产品包括从产品设计制造到音乐教学培训等方面，基本辐射行业全貌。

【中国音乐家协会音乐评论学会第六届年会暨第六届中国音乐评论“学会奖”、第七届“人音社杯”音乐书评奖活动】

2016年11月12日，由中国音乐家协会音乐评论学会与中国文艺评论家协会音乐舞蹈委员会联合主办，广西艺术学院承办的中国音乐家协会音乐评论学会第六届年会暨第六届中国音乐评论“学会奖”、第七届“人音社杯”音乐书评奖活动在广西艺术学院南湖校区音乐厅隆重举行。中央音乐学院教授王次炤、南京艺术学院音乐学研究所教授居其宏等领导嘉宾参加了开幕式。开幕式由中国音乐家协会音乐评论学会副会长、上海音乐学院副院长杨燕迪教授主持。

此次两项比赛评委会由王次炤、杨燕迪、戴嘉枋、居其宏、陈荃有、张弦、明言等学者组成，共收到各类乐评、书评近400篇。来自全国多所高校及艺术类专业机构的近200名专家学者齐聚一堂，共同探讨当下音乐评论所面临的突出问题和发展方向。

音乐评论学会作为中国音乐家协会的二级学会，现有会员200余人。自2006年起，年会每两年举办一次，已成功举办过5届，举办院校包括南京艺术学院、福建师范大学等国内高校。

【首届北大歌剧论坛】

2016年11月25日至26日，由北大人文学部、中国歌剧研究会、中国文化报社理论部、人民音乐出版社《歌唱艺术》杂志联合主办，由北大歌剧研究院承办的“首届北大歌剧论坛”在北京举办。

论坛分为“中国美声·中国歌剧音乐会”和研讨会两部分。“首届北大歌剧论坛”以定义“中国歌剧”和“中国美声”为主题，旨在将歌剧的世界发展史和中国“民族歌剧”的概念相参照，对“中国歌剧”进行审视和讨论。

【2016·福州·西方音乐学会第五届年会】

2016年12月8日至10日，由中国·西方音乐学会主办、福建师范大学音乐学院承办、上海音乐出版社协办的“2016·福州·西方音乐学会第五届年会”在福建省福州市举办。来自全国21个省73所高校约200名专家学者参加了会议。

该届年会核心议题为“西方音乐断代史研究”。与会专家学者通过专题发言和自由讨论与座谈等方式，围绕西方音乐断代史的相关理论问题、国外西方音乐断代史著作、西方艺术断代史中的音乐史、西方音乐断代史的教学研究，以及西方音乐断代史中的作曲家、作品、体裁等议题进行深入的探讨与交流。

人物纪念

【古籍修复专家李文如逝世】

2016 年 2 月 5 日，古籍修复专家、中国艺术研究院音乐研究所副研究馆员李文如因病在北京逝世，享年 92 岁。

李文如（1924—2016），原名李焕国，河北省枣强县人。古书鉴别、古书装订专家。编印了大量的音乐书刊、乐谱，为音乐研究所的资料收集、整理和保存做出了重要贡献。曾发表《谈谈中国旧书装订修补法》(合,《图书馆学通讯》1957 年第 6 期)，编辑《中国音乐期刊目录》(合)、《华文音乐期刊篇目资料汇编 1950—2000 年》(合)、《二十世纪中国音乐期刊篇目汇编》(合)。

【作曲家王建中逝世】

2016 年 2 月 11 日，作曲家、钢琴家、音乐教育家、上海音乐学院原副院长王建中因病在美国新墨西哥州逝世，享年 83 岁。

王建中（1933—2016），祖籍江苏省江阴市，生于上海市。1950 年考入上海音乐学院，先后就读于作曲系、钢琴系。1958 年毕业留校任教。20 世纪 70 年代任中央乐团创作员。80 年代赴上海音乐学院执教，历任该院作曲系副教授、教授、副系主任、副院长。他创作改编的许多钢琴作品成功地将中国的民族民间音乐与西洋乐器的表现手法融为一体，其代表作有《山丹丹开花红艳艳》《绣金匾》《翻身道情》《百鸟朝凤》《梅花三弄》等钢琴改编作品。原创钢琴作品有《托卡塔》《诙谐曲》《变奏曲》《小奏鸣曲》《组曲》《情景》等。

【词作家阎肃逝世】

2016 年 2 月 12 日，词作家、空政文工团创作员阎肃因病在北京逝世，享年 86 岁。

阎肃（1930—2016），原名阎志扬，汉族，河北省保定市人。曾历任西南军区文工团分队长、空军政治部歌剧团编导组组长、空军政治部文工团创作员等职，先后创作了《江姐》《党的女儿》《我爱祖国的蓝天》《敢问路在何方》《雾里看花》《长城长》《故乡是北京》等作品，并参与策划“祖国颂”“回归颂”“长征颂”“复兴之路”等 100 多场文艺活动。荣获文华奖、“五个一工程”奖、中国歌剧艺术金葵花终身荣誉奖、第十二届“中国戏剧奖终身成就奖”、第八届“中国音乐金钟奖终身成就奖”等国家和军队奖项。中宣部于 2015 年 12 月授予阎肃“时代楷模”的荣誉称号。

【古筝演奏家陈安华逝世】

2016 年 3 月 1 日，古筝演奏家、教育家、星海音乐学院教授陈安华因病在广州逝世，享年 76 岁。

陈安华（1940—2016），广东省潮州市潮安县人，当代岭南古筝流派传人。1958—1960 年入潮安庵埠业余汉剧团（前身为创建于晚清的“咏霓裳”儒乐社），学习汉剧演唱和扬琴演奏，受吴思明先生古筝启蒙，后受教于潮筝演奏家陈海吾（又名陈世哲）。入广州音乐专科学校民乐系后，师承客家筝演奏家罗九香，毕业留校后，向潮筝演奏家苏文贤学习潮州筝艺。1964 年赴沈阳音乐学院进修，向古筝演奏家赵玉斋学习鲁派筝乐和创作筝曲，后又赴郑州分别向古筝演奏家任清志、曹东扶学习豫派筝乐，因此南北筝艺融于一身，著有《中国岭南筝谱》、潮州筝曲选《锦上添花》（与林毛根先生合作）。出版 CD、VCD、密纹唱片、录音带等个人独奏专辑和教学专辑共 10 余种。1975—1980 年，与汕头乐器厂合作，研制出 36 弦七声音阶变调筝。

【女高音歌唱家周小燕逝世】

2016 年 3 月 4 日，女高音歌唱家、音乐教育家周小燕因病在上海逝世，享年 99 岁。

周小燕（1917—2016），出生于武汉。毕业于巴黎俄罗斯音乐学院，中国近现代声乐教育奠基人之一。上海音乐学院原副院长、上海音乐学院终身教授。被誉为“中国之莺”，其先后荣获了中国音乐艺术最高荣誉奖——首届“中国音乐金钟奖终身成就奖”、“法国国家军官勋章”等。其代表作品有《长城谣》《最后的胜利是我们的》《蚌壳》《老师，我总是想起你》《紫竹调》。

大事记

1月4日，大型民族音乐剧《又见国乐》在国家大剧院举行年度收官演出。

1月9日至10日，北京民族音乐研究与传播基地学术年会在北京举办。

1月10日，“‘古诗新唱’——黑龙江省2016年新年音乐会”在黑龙江省哈尔滨市举办。

1月10日，“敦煌大讲堂”——刘德海琵琶讲座在中央音乐学院音乐厅举行。

1月10日，“‘上海引翎者·雪夜琴话’——2016古琴新年音乐会”于上海东方艺术中心举办。

1月14日，“全家福：‘青春之歌’中央民族乐团新春音乐会”（“青少年民族管弦乐作品展演”音乐会）在国家大剧院音乐厅举行。

1月15日至16日，民族管弦乐音诗《孔子》在山东省济南市首演。

1月19日至27日，“中印音乐节”在印度举办。

1月23日，“哈尼交响·欢乐新春”音乐会在国家大剧院举办。

1月26日至2月13日，中国歌剧舞剧院民族乐团赴欧洲巡演。

1月28日，中国交响乐团“龙声华韵”系列音乐会之叶小纲作品专场音乐会在北京音乐厅举办。

2月4日，“‘一片丹心’——阎肃歌词作品合唱音乐会”在北京音乐厅举行。

2月12日，词作家阎肃因病在北京逝世，享年86岁。

2月19日至26日，中国广播民族乐团赴美国交流演出。

2月20日，原创大型交响声乐套曲《为你歌唱》——人民与人民警察的心灵之歌在北京中国广播剧院首演。

2月27日（当地时间），“2016年伦敦首届中国新年音乐会”在英国伦敦举办。

3月4日，女高音歌唱家周小燕在上海逝世，享年99岁。

3月25日至26日，大型原创音乐剧《烽火·冼星海》于北京上演。

3月29日，北京音乐家协会摇滚音乐分会在北京成立。

3月29日，民族音乐文化产业研究委员会在北京成立。

3月31日至4月2日，原创音乐剧《紫石街》于北京上演。

4月6日，海峡两岸“追寻中国梦”歌曲创作征集评选活动结果揭晓。

4月6日，“国家大剧院歌剧节·2016”在北京开幕。

4月6日，“中国音乐剧人才”培养计划在北京启动。

4月8日至29日，“第五届‘中国交响乐之春’”于北京国家大剧院开幕。

4月12日，大型交响合唱《梦回敦煌》于甘肃省兰州市首演。

4月14日至15日，新版《编钟乐舞》在湖北省武汉市首演。

4月18日，“‘中国故事·喜马拉雅之光’——叶小纲与国家大剧院管弦乐团音乐会”在国家大剧院举行。

4月18日，“共担社会责任　传承文化瑰宝”——中国交响乐团与北京国宏文化产业发展院合作启动仪式暨《哈尼交响》采风作品回归红河音乐会新闻发布会在北京举行。

4月26日至27日，中国交响乐团福建省厦门市、福建省福州市创作基地挂牌。

4月27日，“一江春水向东流”音乐会在北京民族剧院上演。

4月28日至5月18日，“第33届‘上海之春’国际音乐节”在上海举办。

4 月 29 日，中国爱乐乐团开启为期 9 天的“2016 海上丝绸之路”巡演。

4 月 29 日，音乐剧《窈窕淑女》在上海大宁剧院首演。

4 月 29 日，“今虞琴社成立 80 周年音乐会”在上海音乐厅举行。

4 月 29 日，百老汇音乐剧《窈窕淑女》在上海首演。

4 月 29 日至 30 日，大型原创民族歌剧《蔡文姬》在河南省郑州市首演。

4 月 30 至 5 月 1 日，北京民族乐团在北京民族文化宫大剧院推出情境音乐会“乐话北京”。

5 月 1 日至 5 日，乔治索尔蒂学院大师班落户中国国家大剧院。

5 月 1 日至 21 日，“第八届国家大剧院五月音乐节”在北京国家大剧院举办。

5 月 4 日，“中央民族歌舞团 2016 年春季演出季”的闭幕演出“五月的鲜花”中外校园名曲音乐会在北京民族剧院举办。

5 月 6 日，赵季平作品音乐会于“第 33 届上海国际音乐节”期间在上海举办。

5 月 6 日，音乐剧《士兵的故事》在清华大学蒙民伟音乐厅上演。

5 月 6 日至 8 日，上海音乐学院原创音乐剧《海上音》在上海上演。

5 月 6 日至 8 日，“‘继往开来’——中国传统音乐理论的继承与创新”暨“袁静芳教授八十华诞学术研讨会”在北京召开。

5 月 6 日至 7 日，中央歌剧院版歌剧《蝴蝶夫人》于“国家大剧院歌剧节·2016”期间在国家大剧院上演。

5 月 6 日至 7 日，杂技音乐剧《新鹊桥会》在北京世纪剧院上演。

5 月 7 日，上海民族乐团“2016—2017 演出季”开幕音乐会“大梦东方”在上海举办。

5 月 8 日，英国古乐协会在“第 33 届上海国际音乐节”期间于上海上演了维瓦尔第、亨德尔作品音乐会。

5 月 9 日至 10 日，“中国钢琴音乐百年经典展演”及配套“经典回顾”学术研讨会在“第 33 届上海国际音乐节”期间举办。

5 月 9 日至 13 日，第三期全国优秀青年词曲作家高级研修班在广东省东莞市开班。

5 月 10 日至 11 日，“中国钢琴音乐经典百年回顾”学术研讨会在上海音乐学院举办。

5 月 12 日，“第三届中国国际提琴及琴弓制作比赛展”在北京国家大剧院举办。

5 月 17 日至 22 日，国家大剧院制作的首部捷克民族乐派歌剧《水仙女》在北京国家大剧院上演。

5 月 18 日，国家艺术基金“青年合唱指挥人才培养”项目在北京启动。

5 月 19 日，“龙声华韵”系列音乐会之杜鸣心作品专场音乐会在北京音乐厅上演。

5 月 21 日，“乐队首席与声部首席人才培养”项目在北京启动。

5 月 23 日、25 日、30 日和 31 日，国家大剧院举办两台四场“国家大剧院中外歌剧经典合唱音乐会”。

5 月 23 日至 27 日，中国音乐家协会第二期深入学习贯彻习近平总书记文艺工作座谈会重要讲话精神专题研讨班在吉林省长春市举办。

5 月 27 日，“‘粉墨春秋’京剧交响音乐会”在北京音乐厅上演。

5 月 27 日，上海音乐学院师生联袂出演的意大利歌剧《爱之甘醇》在上海上演。

5 月 31 日至 6 月 1 日，“‘寻找最美的歌声’——献给孩子们的歌剧音乐会”在北京国家大剧院举办。

6 月 3 日，“2016‘彼岸花开’民族地区艺术院校晋京展演”活动在北京民族剧院开幕。

6 月 15 日，“新疆民歌合唱专场音乐会”北京民族剧院上演。

6 月 16 日，原创土家族乡村音乐话剧《寻访满堂音》在北京民族剧院首演。

6 月 16 日至 18 日，第五届华乐论坛暨“新绎杯”杰出民族管弦乐指挥评选颁奖活动在北京市和河北省廊坊市两地举行。

6月22日，“第三届中国民歌合唱节”于贵州省凯里市落幕。

6月22日，中国音乐家协会第三期深入学习贯彻习近平总书记文艺工作座谈会重要讲话精神专题研讨班在山东省济南市开班。

6月26日，“‘意象·净土’——民族管弦乐原创作品音乐会”在国家大剧院音乐厅开幕。

6月27日，大型经典民族歌剧《星星之火》在辽宁省沈阳市上演。

6月27日，“中唱优秀音乐家出版基金项目”首批专辑发布。

6月29日，“‘信念永恒’——庆祝中国共产党成立95周年音乐会”在北京人民大会堂举办。

6月30日，大型现代山歌音乐剧《风雨白石龙》在广东省深圳市首演。

7月1日，原创歌剧《长征》于北京国家大剧院首演。

7月2日至15日，“2016上海夏季音乐节（MISA）”在上海举行。

7月8日至9日，“第二届乐团艺术管理论坛”在上海举行。

7月10日，“第二届音乐创意人才扶持项目总评音乐会”在浙江省杭州市举办。

7月10日，中央民族乐团“在水一方”经典老歌专场音乐会在北京举办。

7月11日至14日，中国传统音乐学会第十九届年会在内蒙古自治区呼和浩特市举行。

7月14日至18日，“第十九届亚洲及太平洋地区管乐大会暨2016北京管乐节”在北京举办。

7月15日，“2016国家大剧院国际歌剧电影展”在北京开幕。

7月15日，“纪念周巍峙同志诞辰100周年座谈会”在北京举行。

7月21日，复排歌剧《刘胡兰》在山西省太原市首演。

7月23日，民族管弦乐《山西印象》于山西大剧院首演。

7月26日，“第十三届中国国际合唱节暨国际合唱联盟合唱教育大会”在北京人民大会堂开幕。

7月29日，“中央乐团—中国交响乐团建团60周年庆典音乐会暨2015—2016音乐季闭幕音乐会”在北京国家大剧院举办。

7月30日，大型交响组歌《孙中山》在广东省珠海市开启全球巡演。

8月6日，大型交响音乐会“哈尔滨之恋”于“第33届中国·哈尔滨之夏音乐会”开幕式上首演。

8月6日至20日，“第33届中国·哈尔滨之夏音乐会”在黑龙江省哈尔滨市举办。

8月8日，中国民族管弦乐学会第六次全国会员代表大会在河北省廊坊市召开。

8月9日至13日，“第十二届全国声乐展演”在“第33届中国·哈尔滨之夏音乐会”期间举办。

8月11日，原创歌剧《雷雨》在英国伦敦大剧院上演。

8月12日，儿童音乐剧《天使合唱团》在北京上演。

8月13日至16日，“第七届箭丽国际打击乐艺术节”在山西省太原市举办。

8月14日，“‘蓝色狂想曲’北京管乐交响乐团音乐会”在北京国家大剧院上演。

8月19日，韩国音乐剧《洗衣服》在北京天桥艺术中心亮相。

8月20日至21日，大型民族音乐剧《寻找杜甫》在国家大剧院首演。

8月29日，中国青年指挥选手柴昊夫在匈牙利布达佩斯举行的第12届多瑙河国际指挥大师班暨比赛中夺得第一名。

9月7日，中央歌剧院创排的“‘民族经典·中国咏叹’——中国经典歌剧音乐会”在北京国家大剧院举办。

9月9日，中国歌剧舞剧院创排的“‘国之瑰宝’——长征路上民族管弦乐音乐会”于北京国家大剧院举办。

9月10日，大型民族管弦乐音乐会“北方情思”在北京中山音乐堂举办。

9月10日，“‘汉斯·格拉夫与国交’交响音乐会”于北京国家大剧院举办。

9 月 11 日，民族清唱剧《大地悲歌》于北京国家大剧院首演。

9 月 17 日至 18 日，“第三届丝绸之路国际艺术节”之“‘鼓乐新纪’——西安鼓乐暨丝绸之路音乐国际学术研讨会”在陕西省西安市举办。

9 月 20 日，中央歌剧院版瓦格纳乐剧《尼伯龙根的指环》之一《莱茵的黄金》于北京国家大剧院首演。

9 月 23 日，复排版民族歌剧《小二黑结婚》于北京保利剧院首演。

9 月 24 日，“京津冀古乐交流展演暨第七届智化寺音乐文化节”在北京智化寺开幕。

9 月 29 日，“中国少数民族精品音乐会第三季‘湘桂琼’”在北京民族剧院首演。

10 月 1 日至 4 日，河北省“首届民族器乐艺术展演周”在河北省石家庄市举行。

10 月 11 日，“中外合唱作品经典荟萃音乐会”在北京音乐厅首演。

10 月 13 至 17 日，“2016 年中国首届国际音乐文献翻译研讨会暨星海音乐学院国际音乐文化交流周”在广东省广州市举办。

10 月 14 日“欢天喜地中国鼓——陈佐辉与他的朋友们”打击乐专场音乐会在广东省广州市举办。

10 月 15 日，“‘交响中国风’——国家大剧院中国作品主题音乐会”在北京国家大剧院举办。

10 月 15 日，钢琴协奏曲《新起板》在“‘交响中国风’——国家大剧院中国作品主题音乐会”上首演。

10 月 15 日至 16 日，“第五届中国管乐周”在北京中央音乐学院举行。

10 月 16 日至 17 日，原创歌剧《杜鹃山》于北京天桥剧场上演。

10 月 19 日至 20 日，原创歌剧《红军不怕远征难》于北京天桥艺术中心首演。

10 月 20 日，大型原创歌剧《郑和》在江苏省南京市首演。

10 月 26 日至 29 日，“中国（上海）国际乐器展览会”在上海举办。

10 月 30 日，黑龙江省民族管弦乐学会陶笛专业委员会成立庆典暨“首届黑龙江省陶笛艺术节”在黑龙江省哈尔滨市开幕。

11 月 6 日至 7 日，原创歌剧《辛夷公主》于重庆首演。

11 月 8 日，音乐剧《虎门销烟》在广东省东莞市首演。

11 月 8 日至 12 月 9 日，“第五届中国·东莞音乐剧节”在广东省东莞市举行。

11 月 13 日，歌剧《敦煌之恋》于北京国家大剧院首演。

11 月 25 日至 26 日，“首届北大歌剧论坛”于北京举办。

12 月 9 日至 12 日，“2016 全国钢琴教学研讨会暨《钢琴艺术》杂志创刊二十周年庆”于上海举办。

12 月 16 日至 18 日，意大利马西莫贝里尼剧院制作的歌剧《乡村骑士》与《丑角》在天津大剧院上演。

12 月 20 日，原创歌剧《鉴真东渡》在日本东京首演。

中国艺术年鉴·2017

舞蹈卷

分卷主编：杜　蕾

年度述评

2016 年中国舞蹈热点现象述评

◎ 王阳文　王杰

对于中国舞蹈而言，2016 年是不平凡的一年，是舞蹈在创作、理论、教育、交流等方面全面发展的一年，也是在学科建设、培养目标、行业取向方面积极调整的一年。本文从创作实践、学科发展、理论研究三个层面进行梳理，对 2016 年度中国舞蹈热点现象予以评述。

一、创作实践

舞蹈作为一门舞台表演艺术，创作一直是其发展的核心部分，2016 年舞蹈创作整体呈现出一片繁荣的景象。大型舞剧、舞蹈诗、舞蹈专场火热上演；"舞蹈双周""桃李杯""荷花奖""全国舞蹈比赛"相继展开；北京舞蹈学院、中央民族大学舞蹈学院、解放军艺术学院以及其他舞蹈专业院系全面启动创作实践，推动了舞蹈行业整体的创作进程。就 2016 年舞台创作而言，呈现出欣欣向荣的局面。

（一）大型舞剧全面上线

舞剧一直被认为是舞蹈艺术的最高表现形式，纵观舞蹈发展，经典舞剧都集中体现着一个时代、一个国家的精神文化。2016 年的中国舞台上演的大型舞剧作品有《杜甫》《传丝公主》《丝路长城》《丝绸之路》《七尺》《仓央嘉措》《桃花源记》《家》《王羲之》《昭君》《兰花花》等，数十部大型舞剧的产出极大地丰富了中国观众的欣赏需求，且展现出中国舞蹈事业蓬勃发展之势。这一态势与国家对艺术的政策支持息息相关，2013 年年底文化部确立启动国家艺术基金项目，从 2014 年到 2016 年，支持了大批舞蹈项目，舞剧创作即是其中的重点之一，2016 年上演的大型舞剧大多在此项目之列。国家的支持一方面极大地推动了舞剧的创作实践，另一方面在舞剧创作的内容与形式、主题与风格层面也出现了一定的同质化倾向。

首先，"丝路"主题舞剧的集中涌现。2016 年先后上演了 5 部以"丝绸之路"为主题的大型舞剧：陕西歌舞剧院的《丝绸之路》、西安演艺集团的《传丝公主》、北京歌舞剧院的《丝路长城》、三亚市艺术团的《南海丝路》，以及甘肃省歌舞剧院复排的舞剧《丝路花雨》。这之外还有以敦煌舞蹈风格探索为出发点的教学剧目《步步生莲》，以敦煌题材进行实验性编创探索的《莲花》，这在舞蹈创作实践方面不得不说是个热点现象。

"一带一路"的提出是中国深化改革开放和推进经济发展的政治主张和策略，"丝路"主题的集中涌现无疑是对国家策略在文化创新方面的回应。这一实践表明了舞蹈界能够积极参与到国家层面的文化建设中，但同时也体现出过于"扎堆""趋同"的创作态势。以上"丝路"主题的舞剧创作，大多以"丝绸之路"沿线的地域、人文和历史风貌为表现内容，将其予以舞蹈化的再现，基本保持爱情双人舞结合地域风格舞段为呈现方式，在创作手法、表现形式方面具有一定的同质性。其中舞剧《丝绸之路》试图摆脱戏剧冲突 + 风格舞段的结构，以"丝绸之路"为背景，呈现以类型人物为舞段内容的结构方式，但由于表达过于抽象，并没有实现预期效果。

其次，有关名人遗迹舞剧创作的井喷。与"丝路"题材相似的还有以某个地方的历史名人为主题的大型舞剧在 2016 年集中涌现，如呼和浩特民族演艺集团的《昭君》、安徽省花鼓灯歌舞剧院的《大禹》、重庆歌舞团的《杜甫》、浙江歌舞剧院的《王羲之》等。在此基础上还有以地缘景观遗址为主题的大型舞剧也集体亮相，如包头市民族歌舞剧院的《水旱码头》、海南省歌舞团的《东坡海南》、吉林市歌舞团的《梦回乌拉》、湖南省歌舞剧院的《桃花源记》等，均是国家艺术基金的支持项目。这些大型舞剧基本都以宣传地方文化、历史为出发点，挖掘当地名人遗迹，结合舞蹈艺术表现形式，或以人物情感为线索，或以地方风情为板块，通过舞剧的形式将地方文化展现于舞台之上。正如基金项目建设目的所提出的“很好地激发全社会的创造力”，如此大规模的舞剧建设在世界范围的舞台上也可算是屈指可数，很大程度上调动了创作机构与个体的积极性，极大地丰富了2016年的中国舞台，也很好地响应了国家艺术文化建设的政策。但就对塑造艺术经典的贡献而言尚有差距，大型舞剧在历史考证、舞蹈语言、表现形式、舞剧结构等方面还可以继续探索，以国家支持与社会创造之合力，共同推进中国舞剧事业的发展。

除此之外，舞蹈专业院校也纷纷加入舞剧创作的行列，北京舞蹈学院的《傩·情》、中央民族大学舞蹈学院的《永远的马头琴》、解放军艺术学院的《七尺》等舞剧创作体现了高校在科研、教学上的整体水平，也以舞剧的创作实践参与到国家文化建设中来。南京艺术学院成立了中国当代舞剧研究中心，将进一步推进舞剧理论探索，促进中国舞剧的发展与提高。

（二）实验创作渐成气候

2016年的中国舞台除了大型舞剧外，还上演了多部实验性的小舞剧和舞蹈剧场，大部分是年青一代舞蹈创作者的艺术实践，体现出中国舞蹈创作的先锋意识。如王家明《冷·狂欢》、李超《你好陌生》、杨畅《回到原点　遇见日子》、念云华《大象·一念》、杨志晓《红楼无梦》、王圳冰《遥遥南水》、宋欣欣《我和妈妈》，以及舞蹈剧场《唐诗逸舞》、肢体作品《插销》、舞剧《肥唐瘦宋叁·西游》。这些作品在题材的选择、语言的运用、内容的呈现方面都试图有新的探索，力求在舞蹈创作琳琅满目的今天，发出青年舞者自己的声音，以舞蹈的方式去思考人生、表达态度、追寻理想。这些创作的面世得益于中国舞蹈家协会“青年舞蹈人才培育计划”（简称“培青”）和中国上海国际艺术节“扶持青年艺术家计划”（简称“扶青”）的开展。从2014年开始的“培青”计划是为青年舞蹈人才提供支持的项目，为青年舞者的探索和创新搭建平台，三年以来推出了多部原创作品，为中国舞蹈创作实践注入了活力。尤其在2016年，共推出了7部作品，都具有一定的代表性。与此同时，2016年的“扶青”计划还专门开设了舞蹈影像专栏，推动了舞蹈跨界创作实践。中国上海国际艺术节学习欧美经验，开创“扶青”计划，实行委约创作机制，为更多的青年舞者提供相对宽广的舞台，让青年人施展才华，有机会从事自己喜好的舞蹈创作，也为中国舞蹈界输入了新鲜血液。北京舞蹈学院王玫教授评价说：“培青基本没有‘行话篓子’，基本为体制外搞舞蹈的一群，体制内搞舞蹈的不多几个，但却是一直认真跳舞的一群人。”①“培青”与“扶青”计划的作品与之前大型舞剧所体现的历史叙事、民族叙事不同，更多关注个体感受和生命的当下价值，由此形式上也是以现代舞为主。

提到现代舞不得不说到每年7月举行的“北京舞蹈双周”，这已经成为中国舞者和观众一年一度的狂欢夏令营。2016年是舞蹈双周的五周年，邀请到来自10个国家和地区的舞者，有62部作品上演，其中包括不少国际作品。从此次的活动来看，“编导的创作越来越娴熟，心态也更加沉稳和踏实，没有急功近利的宏大之舞，没有无病呻吟式的自我宣泄，也没有让人无法捉摸的虚幻之舞。编导渐渐从表现走向了表达，努力在高手云集的现代舞之林中走出自己的道路”②。

“每部艺术品都是艺术家的自传”，这些年轻的编导通过创作表达态度，通过舞蹈表达想法，形式只是他们借用的手段，创作充满了实验性的挑战。虽然这些创作中也免不了过度私人化而带来理解上的阻碍，也有诸多值得仔细推敲和提升的空间，但是这种带有实验性的舞蹈创作无论从数量、质量，还是从国际性、前沿性来看，都已形成一定规模，也已经逐渐被国人接受，还具备了一定的国际影响力。

---

① 王玫：《侧看——“2015青年舞蹈人才培育计划”》，《舞蹈》2016年第1期。

② 陈鸿、殷鹏：《别样夏日　舞动京城——观2016“北京舞蹈双周”》，《舞蹈》2016年第10期。

（三）从舞蹈比赛到展演的转型

说到2016年的舞蹈创作活动必须提及各大舞蹈比赛的回归与转型。“桃李杯”“荷花奖”“全国舞蹈比赛”“少数民族文艺会演”一直是舞蹈界的大事件，自举办以来，推出了不少经典作品，也涌现了一大批优秀的舞者和编导。近年来国家对文艺评奖进行改革，根据《关于全国性文艺评奖制度改革的有关意见》的精神对奖项进行了大幅压缩，很多比赛因此被取消。经过调整之后，2016年舞蹈界很多具有影响力的比赛重新启动，并且把比赛改为了展演。这种改变不仅是表述方式和参加形式的变化，还将促使舞蹈行业取向的根本性改变，一方面为舞蹈创作提供了更为宽松的平台，另一方面促进了对舞蹈创作的纯学术探讨。

“桃李杯”停办五年之后在2016年的重新开启，既意味着舞蹈行业传统的复苏，又承载起新的社会使命。专家提出“在抛弃了评奖，抛弃了高精尖选拔之外，能够安心创作，静心教育，给创作和教育留下一片绿色真空”[①]。“全国舞蹈比赛”首次以展演的形式呈现，采用了现场演出和专家点评、研讨交替进行的方式。研讨会同时发出肯定与批评的不同声音，中国舞蹈家协会主席冯双白、老一代的著名编导舒巧、年青一代的编导王舸都提出了当前舞蹈创作的不足。由中国文学艺术界联合会、中国舞蹈家协会主办的“第六届中国舞蹈节”暨第十届中国舞蹈“荷花奖”当代舞、现代舞评奖活动中，参会专家们就“荷花奖”现当代舞建设和理论反思、舞蹈评奖与现当代舞创作、现当代舞现状与前瞻等问题各抒己见，进行了激烈的讨论。可见脱离了比赛名次的争夺，人们不必再为微弱比分去计较，注意力能够更加集中在作品本身。从比赛到展演，去除了功利、争奖，留下的是对舞蹈作品的纯粹探讨，促进中国舞蹈创作的良性循环。

二、学科发展

2016年舞蹈学科在原有基础上呈多元化、丰富化发展趋势。

首先，从国家对艺术类考试的重视，新政也逐步加大力度，严格规范“艺考”标准、加大统考范围、提高文化课分数线以及注重对综合能力的培养，这些方面都体现出各高校舞蹈学科在规范中建设，并以积极培养人才的态度提高专业质量。从2016年年初的“艺考”上看，总体报考的人数依然有上升趋势，尤其是一些地方院校开始扩招艺术类舞蹈专业的学生，这意味着舞蹈人才需求不断扩大，也是舞蹈专业普及发展的必然结果。北京舞蹈学院的舞蹈招生考试自2015年学校改革教育体系，分为表演学院、创意学院、人文学院以及新增设的教育学院，从2016年起在招生人数上有明显增加，本科生拟定招收325人，网上报名3 178人，经过几轮严格的筛选，最终获得文化课考试资格的考生总计947人。中央民族大学舞蹈学院招生考试专业方向主要是舞蹈表演及舞蹈学（舞蹈教育），2016年面向全国招生108人。北京师范大学舞蹈系招生考试本科招收人数依然是30人，网上报名742人，获得文化课考试资格的考生120人。上海戏剧学院舞蹈学院招生考试主要分为舞蹈表演（芭蕾舞、中国舞）以及舞蹈编导专业，舞蹈专业预计招收87人。首都师范大学舞蹈学专业招收人数为35人，其中福建省、陕西省舞蹈专业只招文科生，其余省份均文理兼收。当然，考试中依然会出现一些问题，考生为了追求考试的名次，而失去舞蹈专业的真正内涵与精华，注重外在的表现，忽视内在素质修养的提升。在这一点上艺术院校就要回归到教育本身，进行反思和改正，从源头做出修改，培养综合能力，不仅仅是专业技能知识的训练，更重要的是文化底蕴、艺术审美水平的提高。可以说现今的社会为艺术类的发展营造了一个很好的环境，应该借助这个好趋势，深刻地挖掘和探索艺术领域的精华，逐渐完善舞蹈教育体系以及人才培养方式，加强学科建设，使舞蹈类专业发展更加全面和细致。

其次，我国近代教育家蔡元培先生早在1917年就提出了“美育”的思想，其美感教育作为特色教育思想，包含了重大的历史意义和研讨价值。因此，在高等教育舞蹈美育前进的道路上，实施多元化

---

① 孟梦、刘海栋：《又见“桃李”别样开——第十一届全国“桃李杯”舞蹈教育教学成果展示侧记》，《舞蹈》2016年第10期。

的新理念势在必行。2016 年 6 月 5 日由北京舞蹈学院主办、北京舞蹈学院教育学院承办的“首届舞蹈美育研讨会”和 6 月 8 日由北京师范大学艺术与传媒学院举办的“‘致道　游艺　美天下’——第二届中国美育现状与发展论坛”，又一次开辟了舞蹈学科发展的新方向。中国艺术研究院舞蹈研究所所长欧建平在“从素质教育到创意舞蹈”的发言中，就中外少儿舞蹈教育的理论与实践，首先探讨了素质教育的本质，即以提高全民族素质为宗旨，然后放眼国际欧美国家的类似课程与拉班的“教育舞蹈”。他针对中外“应试教育”与“素质教育”两种不同教育形态进行对比，结合中国舞蹈“创意不足”的困境，做了深刻的反思。随后他又以美国加州大学罗伯特·奈特的研究成果为基础和依据，以“非结构化的环境”为关键词，揭示了环境对学生创意造成限制的客观原因，引发与会者的深刻思考。美国纽约大学的 Susan 教授主旨发言后，中国舞蹈家协会主席冯双白就对 Susan“舞蹈教育包含舞蹈训练，但舞蹈训练不一定包含舞蹈教育”的观点给予了肯定，并做出补充，揭示了将艺术创作单纯归结于身体技法而忽视舞蹈教育本体的客观存在及内部原因。冯双白也对此次大会的文化内涵及历史根基做了详解，还以在神情表演上捕获人心的《千手观音》，以及甘肃酒泉玉门地区儿童教育实案为例，强调了舞蹈艺术教育和人格教育融合的重要性。冯双白引入具体案例的发言引发了与会者激烈讨论。美国纽约大学的 Magill 教授做了题为“聚焦课堂”的发言，分别就运动科学的发展现状、运动科学之于舞蹈教育的功用做了简要介绍。从学科发展的角度考量，研讨会传递着以全新的舞蹈教育理念，展示了舞蹈美育课堂的教学经验，表现出在新时代下，以学生为主体、以教师为主导的多元融合的舞蹈教学内容，其教学形式被现场的 200 多位参会人员接受和认可。然而，这一表象并不是代替高校传统舞蹈教学的主流地位，而是在为舞蹈美育提供增补性的观念与价值。

最后，从总体上看，高校开展的舞蹈美育工作较为活跃，如舞蹈节、舞蹈活动、美育教育研讨会等有声有色，潜力很大，应顺着时代的新发展与新潮流，逐步实现多元化的转型。但是，中小学生由于处于应试教育中，一直受到升学压力的影响，美育教育发展相对较为缓慢。相比之下，基础教育中舞蹈美育仍属于薄弱环节，一些地方及学校对舞蹈美育教育不够重视，对舞蹈育人的功能认识不到位，重比赛轻普及、偏少数轻全体、重应试轻素养，部分学校应付、推脱、挤占艺术课程的现象依然存在。因此，从整体舞蹈学科发展的角度，美育问题有待于我们深入思考。2016 年 4 月的“全国第五届中小学生艺术展演活动”、8 月的“第四届‘荷花少年’全国舞蹈展演”以及 2016 年“‘小荷风采’精品剧目全国巡演”等，不断开展更多有利于中小学生艺术培养的活动。这些活动的进行，一方面能够激发更多中小学生对舞蹈的兴趣以及参与度，另一方面也在检验着舞蹈美育实施的程度及教学成果，得到了全国各省区市舞蹈家协会和学校、老师的大力支持，也使得活动规模和表演的艺术品质，都上了一个全新的台阶。可以说，校园舞蹈展演活动已经成为推进舞蹈美育的新途径，所有获奖的作品堪称典范，既有独特的舞蹈风格，充分展现了学生风采，又能在舞台上表达得淋漓尽致。从节目的编排、服装、道具，到所有中小学生对作品的解读、完成程度，都能够达到专业舞蹈演出的水平。但是与此同时，华丽光彩的舞蹈作品背后到底是什么在支撑？我们不得不反思舞蹈比赛是否真的推进了舞蹈美育教育？是否真正落实到各地方中小学每一位学生身上？校园舞蹈展演活动中舞蹈比赛获奖作品，以深圳高级中学的代表作品《不想说再见》为例，能够看出所有参加比赛的学生一定是经过层层选拔，而且都是受过非常严格且长时间的专业训练，身体素质以及舞蹈状态都达到了一定的水平；作品的编创也是请来香港舞团的编导为其量身创作，因此在这一系列条件的基础上，所打造出来的舞蹈比赛作品，完全能够与专业的舞蹈演出、舞蹈比赛比美，尽管得到了很高的评价，但是失去了我们举办中小学舞蹈比赛的意义。

国家努力地在推进中小学舞蹈美育教育，就是要把舞蹈作为普及教育而不是少数人的教育，舞蹈的作用也不应该仅仅局限于舞蹈比赛以及专业名次上面。就某一方面来说，是不是应该尝试着让中小学舞蹈比赛的评价标准与专业舞蹈比赛的标准有所区别，不应该站在专业比赛的角度去评价中小学舞蹈比赛。反之，在基础教育的广泛推动下，也许就会出现“中小学的舞蹈中专”这一奇怪又常见的现象。看似在实行普及美育教育，实际上仍然在层层挑选适合专业标准的学生参加各类舞蹈比赛。舞蹈比赛的目的是希望通过舞蹈的交流、展演等活动增强学生对舞蹈的兴趣，提高审美水平，促进学生全面发展；这也是推行舞蹈美育教育的重要途径。但是，比赛的评价标准致使各学校为了拿到好的成绩而忽视舞蹈美育教育这一理念，当然，这其中仍然还有其他的原因，例如，学校的荣誉、教师的职称、学生个人希望得到舞蹈方面的认可、家长迫切希望自己的孩子能够有所专长等诸多因素。

从这些现象来看，一方面由上至下推行舞蹈美育教育，提倡舞蹈要面向全体学生，平等对待每一位受教育者；另一方面由下至上实施舞蹈美育教育的方法仍然是按照传统思想、视角去看待问题，从而使舞蹈美育教育没有落在实处，因此基础教育的舞蹈美育应进一步增进。

三、理论研究

行业的发展、学科的探索离不开理论研究的支撑，2016 年舞蹈理论研究也是百尺竿头，涌现出一批有深度的理论文章和专著。

首先，对舞蹈学科体系建设和舞蹈文化建设的关注。中国古典舞无论是对舞蹈学科的结构，还是对国家文化建构都具有重要意义，2016 年聚焦于古典舞的理论研究和实践探索值得关注。《北京舞蹈学院学报》连续三期刊登了于平教授的文章《学科建设视野中的中国古典舞》，《舞蹈》杂志刊登刘建教授的文章《中国古典舞前世今生的问答》，北京舞蹈学院中国古典舞系推出科研教学剧目《粉・墨》，西北民族大学舞蹈学院推出“敦煌舞教学训练体系及作品展示”，北京师范大学舞蹈系推出“中国古典舞特色课程研讨”等。对于中国古典舞定位、内涵与发展的探讨并非当下的新话题，但为舞蹈理论层面的不断思考提供了学科发展的原动力。理论研究的深挖与反思，教学实践的拓展与体系化，都将中国古典舞的发展推向了一个高度。古典舞的发展还离不开古代舞蹈资源的支撑，而对于中国古代舞蹈的研究一直停留在通史概说层面，2016 年度在舞蹈史的研究上有所突破，出现了一批带有考古性质的舞蹈史专题研究。如《铎舞考》《唐代舞马演出形态新探》《唐人咏〈白纻〉乐府诗异文校释》《汉画艺术中的鼗鼓舞形象》等学术论文，这些研究聚焦在中国历史中的具体舞蹈上，对其形态的分析、意义的阐述为舞蹈实践者提供更为切实的理论根据，有利于对中国古典舞题材和形象的挖掘。

其次，对民族民间舞蹈文化一直保持高度关注。我国幅员辽阔，民族众多，丰富的区域文化和民族文化孕育出多彩的民间舞蹈，舞蹈理论对民间舞蹈的关注从未停止。2016 年度在诸多关于民间舞蹈的研究中，有的集中于对舞蹈形态的解读，如《基于舞蹈生态学视角的莽人传统舞蹈形态分析》《湘西侗族扦担舞的舞蹈形态与舞意分析》《试论闽南“拍胸舞”生活形态与剧场形态的共时性存在》《梅州客家舞蹈“铙钹花”的符号解读》《傣族象脚鼓舞舞蹈形态研究》等；也有借助人类学、民俗学等交叉学科的视角与理论予以文化解读，如《“红灯会”民俗歌舞的村落生态景观》《科尔沁蒙古族“博”歌舞仪式的人类学解析》《“非遗”视域下的陕北秧歌“二人踢场子”文化研究》《舞蹈人类学视野下桐柏县丧葬仪式的文化解读》《聆听、体验与反思——对“斯农热巴”的人类学解读》等；还有对从民间提炼到课堂舞台过程的思考，如《朝鲜民族教坊舞表演类型及其传承保存研究》《岭南舞蹈教材建设研究》《高校民族舞蹈文化传承及其“心授性”与“规训性”》《关于安代舞中专课堂实践的思考》等。

最后，对舞蹈基础理论进一步探索、舞蹈评论多元化发展。基础理论是学科基石，为舞蹈研究提供认识论与方法论。2016 年关于舞蹈基础理论的探讨主要集中在舞蹈美学方面。如《论中国舞蹈美学方法论的发展态势与建构依据》《接受美学视域下的舞蹈接受方法探析》《“简化”与“丰富”：美学视野中的东方舞蹈》等。相较于基础理论，舞蹈评论更为丰富和多元，有集中于舞蹈评论写作的研究，如《舞蹈批评四问》，更多的是对舞蹈作品、舞蹈现象的评论性文章，如《中国舞剧的未来之路》《在〈家〉中寻找家——中国舞剧创作闲谈》《舞剧〈十面埋伏〉的形式与内容》《中国主流舞剧国际性的文化表达——兼论从国际舞评看芭蕾版〈牡丹亭〉的国际识别》等，可谓数量与质量都达到了一定高度。除此之外，随着自媒体的发展，微信、微博上也出现一大批即时性舞评，由于这些评论往往是以匿名或化名的形式，其作者的态度更加明确，评论立场各有不同，2016年度的舞蹈评论呈现一种多元发展的态势。

同时，我们也应该认识到舞蹈学科理论研究的不足。作为以实践为主体的艺术学科，理论研究相对薄弱，对于舞蹈学科来说更加明显。就2016年国家社科基金艺术学项目来看，除了艺术学科总体没有重大项目以外，舞蹈学科也没有重点项目。两项一般项目分别是，《舞蹈语言的设计——当代舞蹈创作应用理论研究》（中国艺术研究院，胡晶莹）、《云南舞蹈文化史研究》（云南省民族艺术研究院，徐畅海）；两项青年项目分别是，《长江流域舞蹈文化研究》（南京艺术学院，叶笛）、《空间实践与舞体表达——古镇胜芳的舞蹈人类学景观》（大连大学，孙淼）。2016年国家艺术基金资助了"全国舞蹈艺术理论及评论人才培养"项目（云南省民族艺术研究院主办），在全国招收了50名从事舞蹈理论及评论的学员集中培训，这是国家艺术基金首次以舞蹈理论及评论人才培养为主资助的项目。2016年出版的理论著作值得一提的有：《中国舞蹈生态学研究》（中国文联出版社，资华筠）、《舞蹈批评导论及精品赏析》（上海音乐出版社，贾安林）、《新时期中国"新舞蹈"史述》（上海音乐出版社，于平）、《中国古典舞的形式研究》（高等教育出版社，田湉）等。可见，理论研究方面还有更加广阔的发展空间。

四、结语

总体来说，2016年舞蹈事业在各方面都取得了长足的进步。无论是问题还是成绩，都从不同的角度引发了我们的思考和对未来舞蹈事业的展望。各种舞蹈作品的创作，展示了我们舞蹈界勇于探索拼搏的精神，专家提出的舞蹈学科宏观建设方面的建议，为舞蹈发展展现了一幅蓝图，也是我们奋斗的目标。2016年中国舞蹈界丰富多彩的舞蹈交流活动，如"2016海峡两岸青少年舞蹈交流与展演""2016北京中外舞蹈院校展演暨北京卓越人才（舞蹈）培养高校联盟系列活动""2016国际艺术教育高端研讨会"等，都大力推动了舞蹈事业的发展，也为舞蹈的普及做出了贡献。总之，2016年是舞蹈界的丰收之年，发展之年，也是对未来的畅想之年。祝愿中国的舞蹈事业繁荣昌盛！

原载《民族艺术研究》2017年第1期

王阳文　北京师范大学艺术与传媒学院讲师
王杰　北京师范大学艺术与传媒学院副教授

2016年度舞蹈发展概述

◎ 杜蕾

2016年，距离习近平总书记在文艺工作座谈会上发表重要讲话已经过去了两年，而即将过去的2016年也是作为国家“十三五”规划的首年，在各级文化主管部门的扶持引导和广大文艺工作者的努力推动下，在“紧抓创作这个中心任务，不断提高创作质量，努力推出一批优秀作品”这一精神的指导下，舞蹈艺术呈现出繁荣的局面。回顾全年，舞蹈艺术在创作以及其他方面都取得了一些新的进展与成效，尽管长年积累的老问题依然存在，但是特点突出、具有探索精神的舞蹈创作，以及富有民族精神、弘扬中华文化的舞剧作品不断呈现。据统计，2016年度舞台艺术重点创作，舞剧共37台，其中新创剧目22台，修改提高剧目12台，复排剧目3台。

民族舞剧继2015年的创作繁荣之后，热力不减，主要舞剧作品有表现西藏革命历史题材的《太阳的女儿》、具有蒙古族传统舞蹈元素的《我的贝勒格人生》、讲述鄂尔多斯传说的《库布其》，以及广西的舞蹈诗《侗》、云南的歌舞乐诗《目瑙纵歌》等。

“纪念建党95周年”“红军长征胜利80周年”作为2016年的创作主题，代表性的舞剧有雷动天下的《九死一生·长征》，小型作品有中央芭蕾舞团的《长征　长征》，院校方面有东北师范大学的舞剧《浮生》、解放军艺术学院的舞剧《七尺》等。

2016年，东方歌舞团有了首部舞剧《兰花花》，上海有了首个现代舞节“D现代舞展”，杨丽萍的舞剧《孔雀之冬》首演。首部文艺志愿者主题公益儿童舞剧《梦》在北京上演。《桃花源记》（以田园诗人陶渊明为题材）、《仓央嘉措》、《杜甫》，以及《关公》、《昭君》、《舞姬》等历史人物题材的作品陆续登上舞台。

一、年度舞蹈创作概况

（一）重拾文化自信、展示地域风采，“丝路”题材遍地开花

2016年是“一带一路”倡议提出的第三年及国家艺术基金实施的第二年，在政府的指引和帮扶下，“丝路”题材与西部及少数民族地区的舞剧出现了繁荣的局面，“丝路”主题的舞剧有：用纯舞剧的形式表现以长安为起点的古“丝绸之路”的辉煌，彰显和平、开放、包容、互信、互利的丝路精神的舞剧《丝绸之路》；改编自同名京剧，表现唐太宗李世民经略周边、胡汉互市故事的《丝路长城》；讲述盛唐时期与丝路沿线国家睦邻友好，将桑树和蚕种带入拂菻国的李宁儿公主故事的《传丝公主》；以及《丝海梦寻》《南海丝梦》等舞剧。

（二）深入人心、观照历史，革命历史题材献礼纪念主题

2016年是中国共产党成立95周年和中国工农红军长征胜利80周年，现实舞剧创作精彩纷呈，其中革命历史题材的舞剧创编呈现出两大看点：一个是以芭蕾舞和现代舞的创编方式对于革命历史题材的诠释。中央芭蕾舞团青年编导们创作的“征程——新人新作荟萃”晚会呈现出的精选作品与长征精神紧密相连，作为对长征这一历史壮举的最好纪念。其中，由中央芭蕾舞团新一代编导费波、王思正编创的作品《长征　长征》，借由一位导游和一位垂暮老兵的“对话”，表达出两代人对人生征程的理解。现代舞者所做的革命题材和主旋律题材的作品，在整体风格上都取得了良好反响，比如杨威的《红梅赞》和李捍忠的《延安保育院》，后者还被定位为“红色旅游文化产业”项目，取得了双向的收益。2016年，在文化部“国家艺术基金2016年度资助项目”中，由北京雷动天下现代舞团演出的舞剧

《九死一生·长征》在创意、舞蹈、多媒体、舞美设计以及空间运用等方面，进行了精心的设计和研发，利用奔跑、行走、爬行、站立等现代舞的形体语言，再现了史无前例的红军长征，通过一个个碎片式的艺术段落组接成一部叙事宏大的舞剧，在借助数字多媒体技术实现的舞台效果方面，以及在演出剧场的硬件设施方面都有了新的突破，提高了舞台呈现效果。

另一个是来自高校的创作力量也在献礼之年将视角锁定在红色主题上。其中有中国人民解放军艺术学院以新民主主义革命为时代背景创作的舞剧《七尺》，树立了6个在不同阶段的革命者的形象，整部舞剧中没有口号和表层的呐喊与愤怒，而是通过舞者的肢体语言，深层次地挖掘中国人民骨子里、血脉中的那份红色经典的永存价值。东北师范大学创作的舞剧《浮生》以家国蒙难、命运沉浮的抗日战争为历史背景，以现代编舞视角诠释崭新的审美观念，演绎了母亲惨遭杀害的年幼兄妹三人在人生路上挣扎前行的不同命运遭际。

（三）关注西部、文化自省，民族历史与传说题材集中亮相

经过了2015年度的积累与沉淀，西部题材的民族舞剧在2016年继续保持高扬的势头。民族历史和传说题材在舞剧创作中显示出多样化的表现，主要有：将蒙古族古老的贝勒格舞蹈元素进行挖掘、整理后打造的一部原创民族舞剧《我的贝勒格人生》；以鄂尔多斯地区流传的神奇花传说作为主线，讲述鄂尔多斯传说的民族寓言舞剧《库布其》；采用3D舞蹈的艺术形式，全景化、多角度地展现侗族人民的精神生活，再现三江侗族自治县人民生活场景和民俗风情的舞蹈诗《侗》；以历史为线索，展示云南边疆景颇族人民浓郁的民俗风情的歌舞乐诗《目瑙纵歌》；以藏族特有的热巴、锅庄、弦子、藏戏等舞蹈风格为素材，通过面具、鼓等道具来展示人们对生命的敬畏的舞蹈诗《生息》等。

（四）关爱少年儿童、关注特殊群体，主流喧闹之余，公益舞蹈继续发声

把创作扎根在民间，把舞台搭建在基层，把服务延伸至小众群体，创作出更多富有群众立场和生活温度的优秀文艺作品。继2015年的中国首部老年人公益舞剧《红舞鞋》之后，2016年度主流创作之外的小型原创力量继续面向公益。其中，两部公益作品都选择了对少年儿童的关爱，一部是公益题材时尚轻舞剧《26分贝》，该作品由刘岩执导，以现代舞、街舞、默剧为剧情表现基点，以特殊儿童小石头和默剧演员安吉尔的情感交流为故事主线，聚焦弱势群体，关注儿童心灵成长，通过张弛细腻的舞蹈语言娓娓讲述世界的爱与美好，以舞剧的艺术形式表现听障人士反馈给社会积极、乐观、温暖的生活态度，并反射到每个人的内心深处。另一部是反映文艺志愿者主题的公益儿童舞剧《梦》，该剧是首都文艺志愿者在北京、新疆、西藏、内蒙古等地区开展文艺志愿服务活动过程中获得的灵感与启发，通过舞剧的形式讴歌文艺志愿者的高尚情怀，展示社会责任与价值。

二、年度舞蹈活动和演出

2016年，各类艺术节与展演活动层次多样、丰富多彩。"第十一届全国优秀舞蹈节目展演""第十五届文华大奖""'歌舞中国'——2016全国少数民族电视歌舞展演""中国·宁夏第四届回族舞蹈展演""海峡两岸青少年舞蹈交流与展演""'小荷风采'精品剧目全国巡演""第11届全国'桃李杯'舞蹈教育教学成果展示"活动等，这些以政府为主导的展演、艺术节等活动影响广泛，凸显了政府的导向和力量。而部分以市场机制为基础进行的演出与活动，也取得了良好的经济效益与社会影响。

（一）去比赛，推展演，循序舞蹈创作环境，优化舞蹈发展生态

2016年，作为已有35年历史的"全国舞蹈比赛"，根据中央《关于全国性文艺评奖制度改革的有关意见》精神，自第十一届起取消评奖，改为展演活动。"第十一届全国优秀舞蹈节目展演"从全国31个省区市、新疆生产建设兵团、部队系统、文化部直属艺术院团、中央国家机关有关部委所属艺术院团、艺术院校报送的585个节目中遴选62个节目参加展演，其中独舞11个、双人舞8个、三人舞2个、群舞41个。展演期间组织了4台节目8场演出。为纪念中国共产党成立95周年和红军长征胜利80周年，本届展演突出"中国梦"主题，鼓励反映时代精神和现实生活，弘扬社会主义核心价值观，具有中国精神、中国气派、中国风格的作品参演，取得了良好的社会反响，充分发挥优秀文艺作品的引领作用。

（二）一场一评，搭建沟通桥梁，发挥舞蹈评论的价值与审美的引领作用

第十一届全国优秀舞蹈节目展演组委会以邀请舞蹈及相关领域的专家观看演出的形式，于每场演出后举办舞蹈创作研讨会，让节目主创和表演者与专家交流创作心得，对舞蹈创作观念、方法等深入研讨，并根据展演情况和专家推荐意见，从参演节目中遴选一批代表当前舞蹈创作水平的作品，举办舞蹈精品晚会在“第十一届中国艺术节”期间专场演出。

（三）国家形象、国际水准，艺术传播与惠民普及的担当

2016年是中央芭蕾创意工作坊自2010年问世以来的第7个年头，对于年轻力量的培育与扶持，已初见成效，并积淀为中央芭蕾创意工作坊的一大品牌。2016年的第七届中央芭蕾创意工作坊晚会以“征程”为主题，共包含10位编导的6部作品，这6部作品分别是李明、周兆晖的《前行》，李敏（特邀）的《彼岸》，王琪的《木兰情》，费波、王思正合作的《长征　长征》，李俊、李旸、苏洋合作的《彼时此地》等。2016年作为纪念建党95周年特别献礼，中央芭蕾舞团的《芭蕾精品荟萃》在陕西关中白鹿原上演，为蓝田老区人民演出了《红色娘子军》片段和《长征　长征》。而2016年编创并首演的新作品《木兰情》和《长征　长征》两部作品也是由中央芭蕾创意工作坊在陕西采风创作而成。中央芭蕾创意工作坊的深入基层，让更多的基层百姓看到、看懂并参与到舞蹈艺术的现场体验中。

国家大剧院原创策划的系列舞蹈板块除了具有国际水准的艺术品牌“国家大剧院舞蹈节”之外，作为国家大剧院特别策划的舞蹈类品牌项目，“中国舞蹈十二天”自2012年诞生至今已经成功举办4届。每年精选出6台12场小剧场舞作呈现给观众，凭借着高水准、多元化的舞蹈演出在观众中赢得了良好口碑，为中国民族经典艺术、本土优秀舞蹈作品展示提供了优质平台。2016年，赵汝蘅、冯双白、陈维亚、刘敏、罗斌、蒙小燕6位在舞坛极富影响力的领军人物出任推荐人，为观众力荐6位杰出青年舞蹈家及他们的原创作品：刘芳、曾明推出了以猴王为主题的现代舞《悟空》；李敏创作了芭蕾与现代碰撞、更是东西方舞蹈精神的交流的作品《以爱之名》；藏族青年舞蹈家白玛次仁的作品《藏传——根》；周莉亚尝试将舞蹈、话剧和戏曲三种艺术门类跨界融合的舞蹈作品《药》；赵栩可以生动的舞蹈艺术语言来探索为人处世之道的舞蹈作品《方圆》；谢欣与以色列著名编舞家戴顿先生合作的舞作《未·知》，用现代舞艺术的探索精神来表达对生活、对未来的探索。

（四）南北两大现代舞阵营遥相呼应，进一步推进舞蹈国际化交流

从2012年开始的“北京舞蹈双周”2016年继续前四届的丰富多彩，分成“焦点舞台”“另类平台”“青年舞展”“大师班”“舞蹈营”“艺人谈”等环节，让参加者全方位地感受现代舞的魅力。2016年展演周的两大节目板块“焦点舞台”及“另类平台”共邀请到来自10个国家和地区的共15部作品，专为原创生力军开设的交流平台“青年舞展”共有来自20个国内外城市近200人47个参演节目，其中包括7个国际作品。其中有北京雷动天下现代舞团的大型舞剧《九死一生·长征》、广东现代舞团的新作《天堂之日》、以色列平头舞蹈团的《微尘宅事》、桑吉加为香港城市当代舞蹈团创编的新作《烟花·冷》等。此项活动在2016年在运营方面有一点值得一提，此次活动是由“北京舞蹈双周”和山西省艺术职业学院合作完成，把第一周的“舞蹈营”转移到提供资源的山西省太原市举行，这一行为使中国现代舞聚集的焦点，从首都扩展到太原，一定程度上拓宽了其他地区的艺术视野。

广东现代舞周，作为中国首屈一指的现代舞盛会，以不同类型的现代舞演出以及诸多非大众视野的现代舞团或者现代舞创作者的参与而成为南部舞蹈活动的盛宴。2016年是广东现代舞周的第13年，今年的展演阵容更见特色及规模，来自11个国家及地区的艺术家参与演出，其中包括已成为观众每年期待的以色列，以及首次在舞蹈周出现的立陶宛、瑞典以及新西兰。演出方面，有展演深度的艺术交流及合作的大型作品，也有首次于舞蹈周亮相的家庭及儿童节目，当然也少不了站在国际前沿的舞作。而始于2013年的社区节目板块，将现代舞的表演与周边的一些社区相结合，根据社区的不同特点进行创作，并向公众免费表演，充分践行文化惠民的指导精神。

三、结语

2016年，随着各类艺术基金的支持、各种青年扶持计划的出台以及地方政府的投入，在舞蹈创作生产进一步繁荣的状态下，原创新创作品的雷同问题也进一步凸显。如“一带一路”倡议的“丝路”题材、民族史诗、民间传说以及历史人物题材等。虽然舞剧从结构到语汇都体现出各位编导鲜明而又迥异的创作个性，但是在题材的雷同上，也反映出模式化制造对于创作方向的影响。这种扎堆式的创作普遍缺乏深度，情感虚化，对于舞剧的市场化以及观众的培养造成了很大的阻碍。许多作品急功近利，缺乏对“深入生活、扎根人民”这一指导思想的深刻解析与理性践行，在娱乐与传媒发展迅速的新时期，忽视人民群众的心理需要，离优秀作品娱乐大众、指引精神的初衷相去甚远。

如何讲好中国故事，在大的国际传播视野下凸显中国舞剧本身的中国符号需要反思。中国舞剧不乏精致的服装、华丽的舞美以及优秀的演员，但是整体的舞剧创作去除服装和舞美，舞蹈肢体语言的匮乏与雷同现象比比皆是。中国舞蹈的动作语言在本体性上的欠缺，身体的符号的模糊，以及站在世界角度，我们中国风格、中国符号、中国故事如何在世界语言体系里面得到表达和认可，等等，这些方面都值得我们反思，这也是中国舞蹈进行国际传播的关键。

整体来看，2016年大型舞蹈作品的数量和品质与小型舞蹈作品的质量反差加大，代表地方文化形象的大项目做的过多，投入大，集中了大量舞蹈界创作力量，致使百姓喜闻乐见的小型作品少人问津，大多小型作品集中在地方院校或是部队，或是艺术家个体，整体上参差不齐，水准比较杂，跟大型作品反差加大。大型作品包装得越来越精美，投入得越来越大，尽管舞台上的精细程度有所提高，相比之下，那些有助于挖掘传承民间文化精髓并表达当下情感风貌的小作品却凸显出重视不足的问题。

创新是文化永不衰竭的动力。通过2016年度舞蹈创作的梳理，我们可以关注到以下几点：首先，扶持文化创新的政策和资金精准投放，相关部门应加强对舞剧创作的政策支持和补贴的“透明化”。其次，引导资金更精准地投向那些扎根人民的精品舞蹈创作；再次，继续推进青年人培养计划，给予有潜质的年轻编导更大的空间和自由度；最后，注意扶持和引领的方向，对于2016年度的优秀作品要有智慧地、有远见地、持续地追踪关注，并集思广益，有目的性、有前瞻性地引导辅助，逐渐完善帮扶整体机制。

杜蕾　中国艺术研究院《中国艺术年鉴》编辑

专题

第十一届全国优秀舞蹈节目展演

【概况】

2016年9月5日，由文化部、湖北省人民政府主办，文化部艺术司、湖北省文化厅承办的“第十一届全国优秀舞蹈节目展演”在湖北省武汉市举办。“全国舞蹈比赛”始终以鼓励和发展中国原创舞蹈作品为己任，以提高我国舞蹈创作和表演水平、促进舞蹈艺术的繁荣为宗旨，推出了一大批影响了几代人的舞蹈作品和优秀舞蹈创作者、表演艺术家，这当中有许多人迄今仍然活跃在舞台一线。

【观点】第十一届全国优秀舞蹈节目展演第一次研讨会发言摘编

为充分发挥展演的导向示范和学术交流作用，演出期间，首次开展了“一场一评”，即为每一台节目举办一次研讨会。国内艺术界知名专家、艺术家齐聚一堂，对舞蹈创作的观念和方法进行集中研讨。

全国优秀舞蹈节目展演的前身是创办于1980年的“全国舞蹈比赛”，截止到2016年已成功举办了10届。据不完全统计，10届“全国舞蹈比赛”一共颁发了45个创作一等奖，49个表演一等奖，其中，《金山战鼓》《水》《海浪》《雀之灵》《奔腾》《小溪·江河·大海》等一批获得一等奖的作品荣获了“中华民族20世纪舞蹈经典作品”的称号，对舞蹈界、艺术界产生了深刻而久远的影响，成为一个时代的标志和高峰。

“全国舞蹈比赛”还多次引发了中国舞蹈界关于舞蹈创作、舞蹈表演、舞蹈分类等问题的学术讨论。比如“第一届全国舞蹈比赛”引发了关于“舞蹈创作中语言风格与情感表现、叙事关系”的讨论，第三、第四、第五届引发、助推了学界关于舞蹈分类的学术探讨。在过去30多年里，“全国舞蹈比赛”的赛制、分类、评价标准等，都为推动中国舞蹈的创作、表演做出了积极的探索，也推动了舞蹈理论研究与舞蹈评论建设，许多当时颇为“大胆”“前沿”的理念最终成了舞蹈界的某种共识。可以说，“全国舞蹈比赛”给业内搭建了一个进行学术交流的平台，在专家与专家之间、专家与主创人员之间、专业圈子与普通群众之间建立了一个相互学习、相互沟通的渠道。

按照中央关于评奖改革的有关精神，从第十一届开始，“全国舞蹈比赛”改成了展演，在依然鼓励创作、推出新人的同时，更加重视“评”的工作。只是这个“评”不是评奖，而是评论。展演活动营造了一个良好的评论氛围，通过多层面、多维度的评论，引发深入思考，正视、反思现有的创作问题，从而形成舞蹈创作、表演与评论之间的良性互动，促进创作与评论共同发展。

2014年10月，习近平总书记在文艺工作座谈会上肯定了改革开放以来我国文艺创作所取得的成绩，同时，也指出了文艺创作方面存在的有数量缺质量、有“高原”缺“高峰”，抄袭模仿、千篇一律，机械化生产、快餐式消费等问题。近年来，舞蹈创作的数量无疑是众多的，20世纪八九十年代全国学跳一个获奖节目的局面得到了根本性的改观，但能引发关注和讨论的作品少了，能推动、反哺舞蹈评论与理论的作品就更少了。在琳琅满目的舞蹈创作中，同质化现象越发突出，跟风式创作屡见不鲜，脱离现实、脱离群众“为艺术而艺术”的创作甚至成为时髦，追求过度包装、品位不高的媚俗作品也不在少数，浮躁之风大行其道。

当前，舞蹈创作和其他文艺创作一样，要认真学习贯彻习近平总书记讲话精神。一是要坚持以人民为中心的创作导向。文艺创作为什么人的问题是根本问题，也是社会主义文艺的本质问题，是文艺能不能够获得更多人民群众的拥护，是不是能够有更深厚的文化土壤的问题，是我们要长期坚持、一以贯之地在创作中予以体现的问题。这不仅是舞蹈界，也是文艺界要始终坚持的创作方向问题、根本问题。二是要讲好中国故事，弘扬中国精神。中国精神是社会主义文艺的灵魂，应该与中华民族优秀的传统文化血脉相连，同时又体现着时代的精神。讲好中国故事，最终是为了反映中国精神。过去60多年，中国舞蹈艺术家创作出了一批既有中国民族文化意蕴又反映时代精神的作品，在社会上引起了很大的反响，甚至成了一代人的记忆。而今，我们比任何时候都更接近中华民族伟大复兴的梦想，如何以多元的形式、多维的角度讲述好当代中国故事，是时代交给我们的任务，也是人民寄予我们的厚望。三是要加强评论建设，树立中国舞蹈评论自身的品格。舞蹈评论是舞蹈创作的一面镜子、一剂良药，不仅要引导创作、提高审美、引领风尚，更要树立起自身的品格，建立起自己的评论体系，避免以西方理论、审美与创作观念机械、粗暴地剪裁我们的舞蹈的现象。要立足于历史、人民、艺术的基点，实事求是，以马克思主义文艺理论为指导，继承、创新中国古代文艺批评理论的优秀遗产，倡导说真话、讲道理的舞蹈评论氛围。

吕艺生（北京舞蹈学院学术委员会主任）：在今天探讨中国舞蹈艺术，一是要有历史高度，二是要有国际宽度。中国舞蹈艺术真正的辉煌是在今天，舞蹈作品和从业人员数量巨大，有了数量才能够谈到质量。中国舞蹈需要找到一种能够有效沟通的语言进行自我言说。许多年来，中国舞蹈工作者创造了中国历史上和世界其他国家所没有的当代中国舞风，其特点一是主题明确，二是结构清晰，三是人物塑造鲜明，四是技巧高超，五是服装、布景华美。当然，我们的舞蹈创作表演还是存在一些问题的，比如在结构方式、人物塑造、灯光运用、服装穿法、设计风格等方面趋于雷同，我们对艺术的评判标准几十年来发展变化较少，有些创新性的作品得不到包容和支持。其实，中国的许多传统艺术都是包容性的、多元性的，这值得舞蹈工作者吸收借鉴。太过着力于相互借鉴而原创力不足的问题，必须引起更大的重视和更多的探讨。

赵汝蘅（中国舞蹈家协会名誉主席）：这次展演没有用太炫酷的舞台技术，让观众能够看到并专注于舞蹈本身，值得肯定。舞蹈是一门丰富的艺术，集文学、音乐、戏剧、美术和舞蹈技术等于一体。但是从我们这一代人起，中国舞蹈界出现了知识断裂的问题，缺少综合性人才，不善于讲故事，创作出来的作品不立体。究其原因，在于教育。我们目前的舞蹈教育太偏重于技术层面，演员的自我修养也不够，这对于当下的舞蹈创作来说是一个很大的问题。关于创新与继承，我在工作中不愿意用“打造精品”的说法，因为精品是不可能“打造”出来的。精品是磨出来的，不经过各种磨炼，不听取各种批评，是成就不了精品的。我们一定要重视继承，一个剧团没有保留剧目就不能成为优秀剧团，不好好抓继承，创新也就无从谈起。世界上优秀的剧团、舞团都是先抓好保留剧目，然后再谈新的创作。目前，中国舞蹈创作的趋同现象较为严重，与演员年龄、状态不符的节目也时有出现。舞者从别人那里“拷贝”了很多东西过来，但是没有放进自己心里。他们做动作，但不知道自己跳的是什么内容，演员缺乏内心触动，也就很难打动观众。此外，我们的舞蹈评论要正确认识自己，正视问题，不要自吹自擂，要多听取观众的意见，让作品真正为他们所喜爱。

丁伟（中央民族歌舞团团长）：我曾在“第三届全国舞蹈比赛”中获得金奖，当时非常希望有专家指出我的作品的问题或不足，但是一直没有这样的机会。所以我很高兴今天有这么多专家来为创作建言献策。作为导演，我知道排一个节目非常难。创作一个节目就像养育一个孩子，需要我们全身心地投入、哺育。但有些舞者对自己的“孩子”并不精心，创作中缺乏自我的问题比较严重。我在年轻的时候也很怕别人说我不会编舞，于是我编的节目能让演员一分钟做80个动作，如今有的编导甚至能让演员一分钟做200个动作。现在看来，这没有什么意义，动作虽然多，但内容苍白而缺乏思想。我希望年轻的编导静下心来，功利心不要太重，要好好地琢磨一下自己要做什么，要说什么。看到这次有许多少数民族题材的节目参加展演，我很高兴。少数民族的歌舞要与时俱进，更好地反映新生活、新时代，勇敢表达自己内心的感受。

王晓岭（原北京军区战友文工团团长）：我喜欢什么样的舞蹈呢？第一，我喜欢新的题材，或者在老题材中发现新意。我们处在一个急速变化的时代，在生活中发现新的题材并非没有可能。像参演节目《书的流离》，描写抗战时期的西南联合大学，这种题材极少在舞蹈中出现。虽然节目本身还缺少独特的、具象的支撑点，但我觉得还是不错的。第二，我喜欢看生动、鲜活、有情趣的作品。也许很多人认为舞蹈是小众艺术，但我认为它应该是大众艺术，或者说，舞蹈是兼有大众艺术特色的一种小众艺术，但它应该向大众艺术方面发展。我有两点想法：第一，舞蹈创作应该把主要精力放在发现新的生活上，如果没有这个，就很难和时代同步、和大众同步。一旦脱离时代和大众，技巧再高也于事无补。第二，我们缺乏把生活转化为舞蹈语言的能力。用什么方式可以把新生活表现出来，生活与舞蹈相接的那个点在哪里？这是个很难的问题。我认为真正的好舞蹈一定要以大众化的视角发现新生活，并转化为舞蹈语言，引起人们的重视和震撼。

娄乃鸣（国家一级导演）：我在做语言类节目的导演时，有时觉得演员的话多得不得了，但还是不能表达我想要的东西，可是对舞蹈来说，演员一句话也没说，但已经什么都说了，所以很能打动我。我认为舞蹈通灵，就在于舞蹈是一个动作通向另一个动作，一个调度通向另一个调度，用一个人或者两个人就能把整个舞台空间占满，抓住观众的心。与观众的深度沟通，这是语言类节目关心和探讨的问题，我觉得在这方面舞蹈做得很好。

冯双白（中国舞蹈家协会主席）：第一天的演出整体水平不错，但也存在千人一面的问题，有一些雷同，缺少真正新鲜的、感动人的内容，不同的作品带来了似曾相识的感觉，有时候会让你感到有一点沮丧。重点谈谈3个节目。双人舞《夫妻哨》的空间处理非常有意思，表现了男女主人公的共同坚守。两位演员完成了我所见过的最大、最密集、最高难度的双人舞技巧，完成质量非常高，准确性控制得非常好。独舞《潜行者》和《盒子》的演员都非常棒，对身体的训练和控制非常好。编导给演员较大的发挥空间。3个节目都有独到之处。同时提一些意见。我认为《夫妻哨》技术性动作密度太大，大到影响了我对作品情感的贴近。我们有时候希望作品能来得更加亲切、自然一些，这是一个分寸问题。《潜行者》的编导在表现身体微妙变化方面是很高级的，但也存在与《夫妻哨》相同的动作密度过大的问题。跳《盒子》的演员身体、技术都很棒，可是他沉浸在自己的世界里，没有传达出作品所要表现的思想。这使我想到，现在的编导之所以创新不足，是不是因为我们太自恋了？我们太自恋于自己的技巧和动作，而没有想到观众想要什么。

罗斌（中国舞蹈家协会分党组书记、副主席）：首先感谢组委会组织了这届展演，其次感谢组委会组织了这场研讨会。这样的研讨让我们在“后比赛时代”找到了自己的行业感觉和推动艺术创作的手段和方法，我很赞成。舞蹈不能是只给自己看，只给圈里人看的，你总是忽视观众对你的认识能力，你就只能被大众嫌弃，找不到自己的生存空间。舞蹈艺术的一个核心点在于观念，一定要用肢体表达思想，思想观念是肢体背后最重要的支撑点。许多人发现我们的舞蹈创作千人一面，更严重的问题是我们喜欢千人一面而不喜欢创新。我们认为创新了就不符合老师的要求，老师也认为创新了就不像自己的学生，就不对了。可是艺术探索本来就是无穷尽的，就是要创新，我们必须认清这个问题。重点谈4部作品。《萨吾尔登·礼赞》的演员肢体表现力很强，气质也不错，但在表演上还可以再进一步，更有内涵，能够走到观众心里。《李逵当官》有点像《孔乙己》，又有点像《林冲》，他的性格、文化支点在哪里？舞蹈动作和动态形象构成里的几个关键点怎么去流转？逻辑怎么去延伸？我希望编导和演员再仔细想想。《女儿歌》的结构有点旧，我希望动作的发展再学术一点，就是内在的表意逻辑要有递进关系，这样才能突出这个原生性极强的素材。进入艺术表达的时候无法抓住创作者的主体表意点，也无法把这些点串成一个有效逻辑，作品就显得太过“原生”了。艺术作品还是应该具有一定的艺术浓度。关于《向往》，我认为作品不能只是一个动作的发展，还要有构图上的丰富性，以更多的流动性完成群舞的表意，现在处理得太简单了，有些平面化。求学的题材非常有冲击力，但形式感和情感两者之间的契合点掌握得不够理想。

欧建平（中国艺术研究院舞蹈研究所所长）：我主要研究外国舞蹈，每年在世界各地看 100 多场演出，发现二三十岁的这一批舞者有一个问题，那就是无效传播。如果没有体系化的语言，没有基本的审美标准，舞蹈就会沦为无效传播，就是在无意义地宣泄情绪，尤其是现当代作品。我想和年轻人说，不要以实验性、先锋性、前卫性、探索性等术语来掩饰自己的空洞。没有想法也要编舞，在台上乱蹦乱跳、乱喊乱叫，这是没有意义的，浪费自己的青春，也浪费资源。我认为好的作品应该是"四合一"。一是技术。没有技术就没有职业艺术，就没有专业水准。但是千篇一律地使用技术，没有为塑造人物服务，没有创新，也是不行的。二是抒情。没有情就没有味道。三是立意。作品背后真的要说点什么，不但要说明白，而且要说得巧妙。四是造型。舞蹈是流动的、变化的过程，但是一直从头流动到尾，没有相对静态的形象留下来，也会让人无法把玩和审美。

许锐（北京舞蹈学院舞蹈学系主任）：我们总是在小圈子里就舞蹈谈舞蹈，在创作中谈动作和调度等，不是说这些问题不可以探讨，而是探讨多了总觉得是在一个迷宫里，绕来绕去出不来。我们其实需要跳出来，"功夫在舞外"，有了对生活的兴趣、热爱、探索、感悟，我们才能走出迷宫。记得有一次，我们请林怀民到北京舞蹈学院做讲座，他的讲座题目是"看电影，谈编舞"，一开始是谈电影和他的人生，根本没有谈编舞，但是他说到了怎么做对比、铺垫以及理解人物内心，其实这些都是舞蹈中积淀的东西。重点谈几部作品。《傣家的女儿傣家的雨》是一个样式化的作品，很美，看点在于编舞和演员的表现。《只为途中与你相见》的情感、内容、立意都不错，技法非常漂亮。《刀》让我们看到了原生性较强的舞蹈，但"刀"作为道具还可以在文化的范畴进行提炼，更加舞台化一些。《俊脸脸》让我想起从 20 世纪 80 年代到今天一直存在着的风情歌舞，这个舞蹈非常鲜明地表现了地域文化和风土人情，但内容和题目还有点不太贴合，道具鞋底用得太多，有点抢戏。

罗群整理

原载《中国文化报》2016 年 9 月 8 日

【观点】思"当代中国舞风"——第十一届全国优秀舞蹈节目展演观察

◎ 澄水　长水

创立于 1980 年的舞蹈专业领域最高赛事"全国舞蹈比赛"，陪伴舞蹈艺术的发展整整 33 载。截止到 2016 年，历时 10 届的"全国舞蹈比赛"，共颁发创作一等奖 45 个、表演一等奖 49 个，积累了大批精品佳作，培养了大批优秀青年舞蹈创作、表演人才，其中的《金山战鼓》《无声的歌》《水》《海浪》《雀之灵》《小溪 · 江河 · 大海》《奔腾》等，都是经过时间检验与实践的试金，最终被认定为"中华民族 20 世纪舞蹈经典作品"；而当今舞蹈界的中流砥柱陈维亚、赵明、丁伟，杨丽萍、黄豆豆、山翀等一批舞蹈编导家、表演艺术家，也是通过参加"全国舞蹈比赛"脱颖而出，无论是艺术创作还是艺术家，唯有放置在时间的纵轴与空间的横轴之中合纵观照，才能对应出其在历史长河中所应有的精准维度。

由文化部、湖北省人民政府主办，文化部艺术司、湖北省文化厅承办的"第十一届全国优秀舞蹈节目展演"，于 2016 年 9 月 5 日至 9 日在湖北省武汉市举行。按照中共中央办公厅、国务院办公厅《关于全国性文艺评奖制度改革的有关意见》精神，"第十一届全国优秀舞蹈节目展演"首次取消评奖，改"比赛"为"展演"，自 2013 年 7 月至 2016 年 9 月，从"第十届全国舞蹈比赛"华丽转身为"第十一届全国优秀舞蹈节目展演"，看似形式上发生了重大的变革，而其不忘初心且与时俱进的宗旨——"以党的十八大精神为指导，全面贯彻落实科学发展观，坚持'二为'方向和'双百'方针，立足构建社会主义核心价值体系，发现优秀舞蹈编创、表演人才，提高我国舞蹈创作和表演水平。”[①]——却是在“第十一届全国优秀舞蹈节目展演”中得以更为彻底的强化。本届展演采用了现场演出和专家点评、研讨交替进行的方式，研讨会在对每场展演的每一部作品进行具体细致的分析与点评的同时，还针对当下舞蹈创作观念、方法、手段、创新及舞蹈批评等突出问题进行深入研讨，从而还原了 1980 年设置该项赛事的初衷，全方位搭建舞蹈艺术的交流平台，也使得这一活动的举办方以及参演、评价双方重新回归理性。无论是比赛还是展演，评价体系或许不足以成为衡量创作全态的标尺，但由此带来的对于舞蹈艺术的理性反思非常珍贵，只有理论与实践并行不悖、比翼齐飞，才能真正促进舞蹈艺术创作繁荣健康发展。正如文化部艺术司诸迪司长所言：“要加强评论建设，树立中国舞蹈评论自身的品格。通过多层面、多维度的评论引发深入思考，正视、反思我们现在创作中存在的问题，从而形成舞蹈创作、表演和评论之间的良性互动，促进创作与评论的共同发展。”此番深意经由“第十一届全国优秀舞蹈节目展演”得到了一次较为通透的践行与弥散。

那些与我们的记忆发生链接的舞蹈作品《庭院深深》《无言的战友》《刀锋》《俏花旦》《阿嫫惹牛》等尚未走远，新一轮的舞蹈创作接踵而至。本届展演作品的创作类型丰富，题材选择新老斑驳、宽泛多样。就舞蹈创作的体裁来看，参与最终展演现场的作品涵盖了民族民间舞、当代舞、现代舞、古典舞、芭蕾舞、国标舞六大舞种；就舞蹈的表现形式来看，以群舞为主。其中绝大部分是从民族和民间的深厚沃土中走出来的，包括 23 部民族民间舞蹈和以民间素材作为创作基点的 5 部当代舞作品，几乎占据了半壁江山。中央政治局委员、中央书记处书记、中央宣传部部长刘奇葆同志曾言明“深入挖掘民族舞蹈艺术宝藏，保持我国舞蹈自古以来多姿多彩、百花竞艳的艺术生态，充分运用富有民族审美情趣和艺术特色的舞蹈元素、符号，弘扬光大我国民族民间舞蹈的艺术魅力”[②]，近年来已成为当下舞蹈创作的自觉追求。一时代有一时代之舞蹈，一时代之舞人也无法逃避一时代之舞蹈问题，借用参与并见证了新中国舞蹈艺术发展的北京舞蹈学院学术委员会主任吕艺生之语：“我们创造了历史上、世界上所没有的当代中国舞风。”此风吹拂，所有古今流变和中西荟萃所碰撞出的华彩与问题都会聚焦于当下，以舞蹈的形式陈说，而针对所有问题和过程的直面与反思，则是一代舞人面对历史、时代的自觉迎拒与选择。

一、退步向前　良药苦口

近些年，舞蹈界有“两多”“两高”被我们经常挂在嘴边：“两多”是创作作品数量之多与舞蹈创作问题之多；“两高”是投入舞蹈创作的价格水平之高与媒体评价之高。面对“两多”与“两高”现象，产生出不同的两种意见：一种是基于当下中国舞蹈创作总量在时空的纵与横下比较而生的绝对优势，谓之“进步”者，如吕艺生先生将“我们创造了历史上、世界上所没有的中国当代舞风”归结为五个特点：一是主题明确；二是结构清晰；三是人物塑造鲜明；四是技巧高超；五是服装、布景华丽。另一种意见与之相左，认为“中国当下的舞蹈创作同比十年前退步了”，无论是直觉判断或细细思量，此语绝非意气用事。当然此话题一经抛出，其求解的过程即便建立起一个庞大芜杂的参照系与评估体系亦是难求终果，但是若能通过召唤起强大的危机意识来引发舞蹈界“退步原来是向前”的一种愿景，亦不负此番研讨会难得的赤诚相见。

进步与退步原本不是双刃剑的问题，更不是向左或向右的问题，我们能不能犀利地看到“退”之所在，并敢于直面它存在的事实，而不是顾左右而言他的大而化小、小而化了呢？尤其是对提纯概括的“中国当代舞风”既指向中国当代舞蹈创作的鲜明特点，也成为众多问题滋长的温床，我们能不能保有一分为二的理性思考，而不是变成一句新鲜出炉的赞语？比如，我们一谈到题材多样、主题鲜明能否自审一下这是否等同于作品内涵的无限丰富性与思想的深刻性？又如，谈及“结构清晰”是否可

---

① 引自《第十届全国舞蹈比赛章程》。

② 刘奇葆：《在中国舞蹈家协会第十次全国代表大会开幕式上的讲话》。

以掩盖形式创新的严重不足？再如，“人物塑造鲜明”庇护的是一个有血有肉的灵魂还是徒有空壳？而“技巧高超”的光环下是否藏匿着喧宾夺主的“技术野蛮”？那个由“华丽的服化道”层叠出来的舞蹈真身是否深陷“资源诅咒”？研讨会针对本届展演的作品现身说法，用四天的时间将舞蹈创作的诸多问题一并摊开在阳光下，直面舞蹈创作真诚地进行批评，“刺刀见红”地直抒胸臆也得以窥见舞蹈评论近年来越来越强化的守土意识。正如中国舞蹈家协会主席冯双白所言：“原来历来的方针政策，是以表扬、鼓励为主，但是这么多年的实践证明表扬得太多了以后，问题如果不能直率地说出来，常常我们进步不大。这次表扬的话少说点，不足的多说点。习近平总书记在文艺工作座谈会讲话的时候特别指出的，就是要重视文艺批评，把评论做好。要想把评论做好，真诚是第一位的。1980 年的‘全国舞蹈比赛’开了一个时代的风气，这一次我们也希望能开一个新的风气。”

针对当下舞蹈创作“表扬与自我表扬，炒作与自我炒作，造势与自我造势”的不正之风，著名编导家舒巧呼吁：“理论家不要淡化自己的功能，编导们千万要征求尖锐的批评，不要要求炒作、捧场，修饰批评言语……批评就要让你痛，痛了才能反弹，才能去形成作品。”舒巧指出：“舞蹈创作者与舞蹈评论者有着不同的思维方式，二者不可或缺，应当结为‘夫妻’。创作和评论是两条腿的关系，有两条腿才能走路。现在没有舞蹈批评，创作者总是期望舞蹈评论的人说好话，这样就是一条腿在单蹦，单蹦的结果是蹦几下就跌倒，跌倒可能还不是跌在平地。习近平总书记说我们现在只有高原、没有高峰，年轻编导就误以为自己在高原上，得了一等奖就是高峰了。其实可能你还在坑里，连平地都不是。”她从《奔月》的创作经历谈及从 1980 年至 1984 年整整持续 4 年的关于舞剧民族化问题的大辩论是她一生最好的学校，也正是长期同舞蹈批评的论战与博弈，在不断地批评与自我批评中理清了自我的创作思路，支撑并激励了自己 60 余年的舞蹈创作。中国舞蹈家协会分党组书记、驻会副主席兼秘书长罗斌站在舞蹈理论家的角度对舒巧的谈话做出回应，并提出了舞蹈理论者的主体责任担当，他认为：“舞蹈理论相比其他艺术门类，面向着更加广阔的荒原，舞蹈理论者需要拓荒，要有理论成果、学术成果，为整个行业的发展和舞蹈事业的建设服务。舞蹈实践和舞蹈理论需要保持各自相对的独立性，才具有各自完善的可能。”

表面来看，“实践是检验真理的唯一标准”早已是教条式的圣经，事实上近年来舞蹈理论的缺失、批评的失语一直以来都是舞界的顽疾。一方面是舞蹈创作的一意孤行，另一方面是舞蹈批评始终无法深入，或停留于观后感的浅尝辄止，或是形而上层面的隔靴搔痒，总之缺少剥洋葱般鞭辟入里的舞评，不能切中问题的核心要害。生逢此时的研讨会，或许可促使舞蹈创作和评论各自的傲慢与偏见能得以一次有效的弥合，亦不负布袋和尚“六根清净方为道，退步原来是向前”的劝勉。

二、摈弃虚空　正气内存

无论是精彩的中国舞步，深情的人民舞步，还是果敢的时代舞步，所有古今流变和中西荟萃所碰撞出的华彩与问题都会聚焦于当下。以舞蹈的形式陈说，一个富有活力的民族的舞蹈文化，首先应该具有对现实的观照以及现世的情怀，才能在不断地取其精华、弃其糟粕的过程中于内部发现和产生推动文明继续向前的动力。然而就本届展演来看，正如中国艺术研究院舞蹈研究所研究员茅慧指出的，当下中国舞蹈创作“往往都在往回看，要么面向民族传统，要么是古代，对当下生活这么失语，这么没有体会，我觉得我们编导是不是太幸福，没有很宽大的胸怀体会不幸、苦难和那些需要人类更多关怀的情感，所以你的情感就会比较狭窄，快乐就会比较肤浅，想深刻就会变得很装”。不少专家站在了价值理性的高度上提出了作品要“说什么”的问题，当然这一问题的提出不仅仅是针对此届展演作品，而是对当下舞蹈创作中普遍存在的“形式大于内容”“内核缺失”“失语”“乱语”等种种有关作品内涵问题的立场鲜明的一次讨伐。

早在 20 世纪 30 年代，中国新舞蹈艺术的先驱吴晓邦先生就高高举起了“为人民而舞”的旗帜。真正“深情的人民舞步”不仅需要通过自上而下的舞蹈观念的彻底转变，走出“小舞蹈”的禁锢，更需要走向广阔的真实的世界。中国舞蹈家协会副主席、中央民族歌舞团团长丁伟坦言："大多数的少数民族舞蹈依旧发生在遥远的时间与空间，不能勇敢说出自己心里的话，一直沦落为花边，沦落为色彩。我们如今真实地活在这个新时代下，不是生活在深山老林里面，不是打着火把过日子，我们少数民族同胞也使用微信，为什么我们的情感和表达方式还是深山老林的表达方式呢？为什么不能表达对于新生活的渴望。"一语中的，击中了那些依旧停留在对民族风情的平行展示或者是按部就班地假以舞蹈之手将民间文化符号浮表的做法。本届展演的民族民间舞蹈创作因"艺术眼光"的严重缺失，无法进行独特发现与创造，而普遍存在与人民、与生活、与时代严重疏离的问题。即便有凤毛麟角者也是以当代手法、眼光对民间文化的重组和再阐释，但是由于缺少足够的"人民舞步"的深情动力，缺乏妥帖、恰当且相互交融的艺术表现形式去支撑传统向当代的情感演进，缺乏真正具有说服力的再造民间传统的当代意义价值阐释，最终舞蹈对于人民新生活的发现与创造不够鲜活，也就难以真正地打动人心。像《女儿歌》《俊脸脸》《舞动的琴弦》《花帽子》《傣家的女儿傣家的雨》等作品虽然运用民间的舞蹈素材和具有代表性的民间文化符号来完成地域风情的展现，但由于舞蹈对美的发现仅仅停留在形式的最表层，既缺少审美的提纯，也没有足够精准、凝练的舞蹈形象去承载形式的意味，也就无法通过任何"线条、色彩以某种特殊方式组成形式或形式间的关系，激起我们的审美情感"（[英]克莱夫·贝尔《艺术》）。当然此中也不乏《布衣者》(中央民族大学舞蹈学院）试图向民族的历史和文化的纵深走去。虽然有专家针对《布衣者》的问题指出了中央民族大学多年来依旧无法走出舞蹈组合编排的创作桎梏，就舞蹈形式的情感传递效度来看，该作对于藏族舞蹈风格的呈现和热巴艺人传承传统、信仰和精神的礼赞略显疏离，从而滞碍了舞蹈情感的延续和层层递进直至推向最高潮，但是舞蹈的整体结构完整而流畅，对于节奏节点的把握和切换准确、到位；音乐、灯光的使用考究、干净、单纯，与舞蹈动作的延展、队形的调度配合默契；演员表演的内心体验真实、质朴……即便是将舞蹈组合做到极致，也能从中见出编者与舞者对待艺术的真诚，加之《布衣者》真正沉淀下来向民族文化和民族性格纵深走去的态度决心，也足够令本届展演中的其他同类民族民间舞蹈作品难以望其项背。

另一方面的反思来自编导内部。作为当下舞台一线的新生代力量，青年舞蹈编导王舸坦言："中国的舞蹈作品一直就是镶边，没有太多有文化的作品，都还在外缘思考徘徊，就像很多人编杯子，会把舞蹈编得跟杯子很像。"但是在他看来，"编舞不应当只想到这一层，杯子能装水，而喝水可以保住生命……在挖题材、探讨问题的时候，还需要往深处去思考，创作的功力不只在作品本身"。本届展演中仅有的三个古典舞作品现身说法，分别表现出了当下中国古典舞创作中存在着的突出问题：《李逵当官》尚需寻找到独属于李逵这一人物特性的主题动作语汇，如何用舞蹈来表现中国古典式幽默的谑而不虐尚需寻找到文化的支点以及符合舞蹈规律的情感逻辑推衍方式；《月移水影》用中国古典舞语汇对于"观物取象""立象以尽意""言有尽而意无穷"等中国独特审美范畴的探索尚需更具意味的"象"去精雕细琢舞蹈的形式，以及如何实现舞台意境的理深而幽隐；至于《初莲》则首先需要解决舞蹈对于莲、叶基本形态感觉的把握，以及确立究竟是要表现中国古典式的芙蓉出水之美抑或是"小荷才露尖尖角"之美等何种审美范畴这样一些最基本的问题，而非流连于"把技术放置于创作之前的'技术野蛮'"，以及舞蹈过程中的自我陶醉和表现。

而针对当代舞、现代舞一类在语汇表达上更具时代性优势的作品而言，中国艺术研究院舞蹈研究所所长欧建平直言不讳："现当代舞作品如果还只是无意义的宣泄情绪，这是没有意义的，浪费自己的青春，浪费国家的资源。"以本届展演中的《盒子》《心尘》为例，专家们指出了这一类型的中国现代舞创作依旧沉迷于"小我"情绪的宣泄不能自拔，舞蹈立意不清，观念不明问题。欧建平结合西方现代舞的发展历史指出，现代舞产生、发展于特定的历史时代，有其深刻的文化和社会根源，现代舞的理念先行不能等同于形式的无意义和无意味。反观当下的中国现代舞创作，应该重新回归理性的时代思考，而非以实验性、先锋性、前卫性和探索性来遮挡自身的空洞。

拓宽舞蹈的内涵与外延，任何舞蹈形式都不能成为附着在作品主题上的镣铐，或者成为买椟还珠的那个“榜”。无论是中国舞蹈家协会名誉主席赵汝蘅之语：“我们把好东西真正搬到舞台上，搬给老百姓，而不是我们圈里的自娱自乐，应该让老百姓认可我们这些东西，让它真正成为好的作品。”还是著名词作家王晓岭之语：“如果一个作品在舞台上提不起人的兴趣，不生动，不鲜活，不好看，成活率都不高，何谈艺术的高峰了。”或者是全总文工团国家一级导演娄乃鸣声情并茂地指出：“舞蹈编导和演员的内心为什么长出这些激情来？内心有没有激情爱上这些动作？有没有激情表演完全过程？……行动的艺术应该是目不识丁者都应该懂的东西，因为它是为人民服务的。”专家的发言目标一致指向了作品的“生命力”，唯有有血有肉、有灵魂的艺术作品，才能够承载中国舞步、人民舞步与时代舞步的艺术使命。

三、千人一面　千舞一面

布封说“风格即人”，玛莎·格雷姆坚信“身体不会撒谎”，任何舞蹈作品的创作都是人的发现和创作，每一个作品，精巧或者拙劣，典雅或者媚俗，深厚或者肤浅，都会诚实地带着编舞者和表演者的气息，以及其中包含着的审美态度、阅历，甚至脾气性情。因此，创作的根本问题还是人的问题，是舞蹈的教育问题。北京舞蹈学院教务处处长许锐站在一个教育者的立场，反思了中国舞蹈的教育问题，同时提及了北京舞蹈学院的教育改革现状。人民舞步、时代舞步的不够昂扬根本原因还在于创新能力的不足，突出表现为一如既往的千人一面和千舞一面。不少专家与吕艺生同感：“15 个节目，看到第 8 个，就已经忘了第 1 个和第 2 个节目，因为结构方式、人物塑造、灯光、服装、设计风格都一样……我们使用的标准还是几十年前的，没有新的发展。”丁伟则将此妙喻为“作品应该是每个编导自己孕育的，不是隔壁老王的。全国舞蹈比赛已经进行到第十一届，以前一直在谈模仿的问题，抄袭的问题，没有自我的问题，在今天比原来还要严重”。罗斌则通过理性推导指明为何不同年龄段的专家都在说“千人一面”这个词：“我们学了 30 年的个性，最终把个性淹没在同一性里，同一性的技术里，如今舞蹈创作的体量太大了，顽疾突显，这个脓疮自爆一下把我们自己吓着了。”

任何的创新都是针对原来的传统而言。一方面，对传统的继承仍是创新的前提，站在前人的或巨人的肩膀上从来都是无可厚非的。比如赵汝蘅就强调了继承的重要性，认为“一个剧团如果没有保留剧目就不能成为剧团”。尤其是民族民间舞蹈创作一定是要在对传统继承基础上的个性化创造，此届展演深获好评的民间舞蹈作品《悠然情韵》即是保留传统舞韵，注入新的内涵，在创作方式、表现方式上大胆尝试全新的编创手法，在传统花鼓灯动作的缝隙间寻找“变”。编导运用了阴阳对比的编排手法，打破了花鼓灯原本的动作连接，比如“三点头”，第一个点头保留传统姿态与方向，第二个就转过身了，连同舞蹈所用的《渔舟唱晚》的古曲，彰显了创作者追求“做一个带有花鼓灯元素的中国风的气韵流畅的舞蹈作品”。北京舞蹈学院教授田露在赞同作品之余也表达了鲜明的观点：“我看到很多民间舞在舞台上堆砌素材，想告诉别人自己知道多少素材，那只是大自然的搬运工，如果民间舞要做创作，一定是对大自然的理解和认识，不是大自然的搬运工。”

另一方面，创新需要在之前所建立的传统或者是在“已有”“已存”中进行超越性的创造。《舞蹈》杂志执行副主编张萍就此以四个版本的《黄河》为例，谈及了舞蹈语言手段的创新不等同于舞蹈创作的创新性问题。对于参展作品芭蕾舞《黄河赋》与国标舞《黄河》，在肯定了其用不同舞种手段对经典形象进行大胆演绎的实践性的同时，也指出其必然存在的有限性问题。取材于抗日战争时期的救亡歌曲《黄河大合唱·黄河钢琴协奏曲》在创作中运用了西洋古典钢琴协奏曲的表现手法，在曲式结构上又融入了船夫号子和陕北民歌的中国民间传统音乐元素，其本身就是一个“西体中用”下的创造性典范。舞蹈语言的属性（芭蕾、国标）并非掣肘创作的根本性问题，但除了语汇风格的差异性外，结构方式、情感方式、构图与流动都同 1988 年的《黄河》高度同质，其创作的层面一定是不高的。事实上，面对这样一个经典的、极具召唤性的音乐形象，是进行简单的舞蹈形象连接，从而依靠音乐形象获得情感抒发，还是站在 1988 年创作的 20 世纪经典古典舞《黄河》的肩膀上，通过舞蹈形象获得全新的审美体验，从而实现具有超越性价值的创造，才是问题的关键。在她看来，“每一个编导首先要成为真正的自己……要明白自己追逐的是哪一个层面的‘道’，然后才能决定选择用怎样的‘术’去进行创作”。即使创作者任凭感性冲动，不选择更高级的创作观与艺术观，评论者也要对创作呈现有清醒的辨析，将作品放置在一个全维度下进行客观且专业的评价，妄言与粉饰有时会导致很多显而易见的问题绵延。

在为数不多的三个古典舞里，《李逵当官》是唯一塑造人物形象的作品，有专家反问：“它不像《孔乙己》吗？似乎还有一点像《林冲》，那么《李逵当官》的性格、文化支点是哪几个？它在动作和动态形象构成的过程中这几个点怎么去流转，怎么去延伸自己的逻辑？即便说创造选择无限抽象甚至极度简化，只提炼李逵的诙谐，这个诙谐的层次怎么才能是李逵而不是‘李鬼’，旧瓶装新酒可以，关键是那个酒新吗？”所有的问题都是指向创造力的匮乏。归根结底，当下中国舞蹈的千人一面和千舞一面，在于当今中国舞蹈的创造力和创新能力的疲软，既缺少真正有力量的文化底蕴支撑，也没有足够有说服力的保留剧目不断接续自身的传统。当下的中国编导普遍缺乏成熟稳健的个人风格，而风格的确立，是时代、民族和艺术家在艺术上超越幼稚阶段，摆脱各种模式化的束缚，从而逐渐趋向成熟的标志。并且唯有多样且具有一定数量的舞蹈创作个人风格，才能出现流派的风格，才能在同古今、中西的比较之中实现对该流派风格的审美价值判定。唯有在这个层面上，舞蹈才能真正具有与社会、文化、时代思潮对话的自信与空间，舞蹈的理论和实践也才能相互融通，并且真正打开各自的局面。

其实，“我们自出生就有创作的才能，内心就有这样的一个体系。创作是我们的自然需求。但好像根据体系，我们是不应当会创作的”（《斯坦尼斯拉夫斯基全集》）。舞蹈的技艺与技法虽然本为中性，却也往往容易因为它所提供的便利和捷径，将舞蹈的创作和演员的表演推向程式化的匠艺、伪装和做作。人类自出生就具有的创作才能，其中的智慧永远来自伟大的生活以及伟大的生活哲学，对于这一智慧的发现，不可能一蹴而就，而是需要长时间的自我修为、经历、磨炼和沉淀，唯有如此，艺术的创作和表演才能最终弥散出那么一点点自然而然的滋味。正如某专家指出“古之学者为己，今之学者为人”的当下要义，认为艺术的造化取决于艺术家的自我修为。艺术家在创作的时候先要圆满自己的人格，只有先修为自己才能用作品去修为别人，养化人的精神、情感和行为，否则只能沦为技术的匠人。

四、大题小做　小题大做

就全国优秀舞蹈节目展演这一类型的小舞蹈创作来说，任何主题理念都需要经由具体的舞蹈结构和动作形式在短短的 5 到 10 分钟里集中输出，其方式无非两种：大题小做和小题大做。

总体来看，由于舞蹈的“大题小做”需要强大的结构能力和艺术眼光取舍，因而对于编导的功力有着很高的要求，本次展演中此类作品的表现普遍欠佳。研讨会上，关于“大题小做”的讨论集中于《彩虹桥》《长恨》《刘胡兰》三部作品之上。青年编导王舸认为，结构是《彩虹桥》的致命伤，由一个女孩的死引起两个民族之间的战争不符合情感的逻辑，舞蹈最后的高潮之所以推不上去在于前面的铺垫不够，也不够准确。针对此舒巧指出，《彩虹桥》是一个舞剧题材，一个小篇幅的舞蹈无法承载。任何体裁的舞蹈创作首先要选对题，然后一定要找到恰好的表达方式，一般来说，一个舞蹈小节目其实就是一个细节，创作的时候是要先把感情抽象起来上升到一定高度，然后再浓缩，找到细节。有关细节提炼不够精准以及舞蹈情感不够浓缩和提纯的问题在作品《长恨》上也有所体现，冯双白一针见血地指出：“《长恨》之所以还不够劲，是因为编导没有把所有的艺术元素集中在‘长恨’这两个字上，而这一作品解题的关键恰在于是爱江山还是爱美人这一世界性的命题上。群舞没有起到‘人物情感扩大化’的助力作用，也就没有有效地帮助完成长恨的情感表达；长绫的道具使用也或多或少地游离于长恨的情感之外。”同样，艺术眼光的缺失更严重地表现在作品《刘胡兰》中，罗斌指出：“作为当代中国历史永恒的题材，《刘胡兰》可以是舞剧、群舞，甚至是独舞，无论哪种形式，如何在舞蹈的动机里完成编导今天对于刘胡兰形象的解读才是真正关键的问题。但是现在作品的问题在于一会儿戏剧化，一会儿情景化，一会儿哑剧化……想要表现的点太多，运行的结构不够专一，无法让人明确主创的主题和立意。”

相比较而言，本届展演中舞蹈的“小题大做”则是喜忧参半，其中不乏可圈可点之作。比如《哥哥》和《父子》，均得到了现场专家的一致肯定，原总政歌舞团团长左青指出：“《哥哥》作品情感是真实的，是饱满的，使我想起黑格尔曾经有一个关于悲剧人物的阐述，他认为在人物的情感之中，夫妻情、兄妹情、姐弟情等这一类情感在悲剧人物中是最敏感的。这个作品从现实的生活中去挖掘这个东西，我觉得这一点是难能可贵的。”作品“通过把生活化的动作经过极致的艺术加工呈现在舞台上，凝练地表达了小情趣、小情怀”。当然，也有专家提出这两部作品对于生活语言的舞蹈化转化程度不够，在形象的塑造和行为的设计上还缺乏极致、情感推进，缺少层次问题。但总的来说，此种接地气的现实题材创作对于当下舞蹈的意义尤为值得褒奖和肯定。关于舞蹈“小题大做”的问题同样出自舞蹈的结构，比如《田埂地垄一片云》选择将民间的素材虚化，进行意韵性的表现，但是由于结构的过满和道具使用的过于直白，最终呈现的艺术品质欠佳。罗斌进一步指出了《田埂地垄一片云》的问题在于“舞蹈的结构无法支撑理念跳跃的合理性，又要说田埂，又要说情怀，田埂和情怀是一种硬切的方式，在舞蹈表意层面上有很多细节跳过去了……一个最长 10 分钟的群舞作品要说的其实就是一个点，要把这个点淋漓尽致地掰开了、揉碎了说，小题大做，在反观的时候就会觉得一加一大于二，读出了动作、形态、形象背后的东西”。同样，“硬切”问题还出现在《淮河边的玩灯人》中。

无论是舞蹈创作的小题大做，还是大题小做，舞蹈的审美张力最终都需要经由作品结构得以输出，艺术作品除了本身所具备的显性结构和隐性结构以外，还存有审美接受的未知结构，也就是说作品能够留下多少想象的空间，召唤出观者多少内心的感思与体悟。事实上，无论是中国古代所谓的“羚羊挂角，无迹可求”，还是伊加登提出的艺术作品的“召唤结构”，舞蹈艺术之所以能够成为艺术的关键在于其能否建立起舞台视觉形式层面（包括舞蹈的动作、造型、服饰、灯光、布景等）、形式结构层面（包括舞蹈的戏剧性、人物关系、和道具的关系等）乃至意义与意味的集合层面的各自召唤和相互联结，舞蹈艺术才能真正成为艺术本身。

持续五天的展演活动，我们欣喜地看到由舞蹈比赛走向舞蹈展演所带来的评论与创作对话的有序进行，看到了舞蹈批评重新回归理性与客观，也在年青一代舞蹈编导面对批评的虚心与真诚中有足够的理由相信他们的年轻有为，以及中国舞蹈的未来。当然，问题的严重程度也同样发人深省，很显然，当下中国舞蹈的总体现状与发展并没有跟上经济迅速腾飞的步伐，马克思关于艺术生产与物质生产发展不平衡的“魔咒”再次生效。倘若缺少真正自觉自省的力量和痛彻心扉的改革勇气、智慧，这些长期以来一直诟病舞界的悬而未决的实践和理论问题仍将继续无限地内循环下去。

当代芭蕾大师莫里斯·贝雅说：“每个时代都应该创造属于自己的典礼仪式，在一个日益由大众构成的世界里，如果除宗教之外，还有一种内心的宗教，那一定是艺术，舞蹈就是这个世纪的仪式。”

那么，我们的仪式呢？

原载《舞蹈》2016 年第 10 期

澄水 《舞蹈》杂志编辑

长水 《舞蹈》杂志编辑

第十届中国舞蹈“荷花奖”

【概况】

2016年11月1日至3日，由中国文学艺术界联合会、中国舞蹈家协会主办的“第六届中国舞蹈节”暨第十届中国舞蹈“荷花奖”当代舞、现代舞评奖活动在北京举行。本届当代舞、现代舞评奖初评从5月截至8月初报名结束，共有来自全国31个省区市的373个作品报名参评，包括当代舞作品244个、现代舞作品129个，其中33个作品入围最终评比。总政歌舞团的《看齐·看齐》、四川省绵阳市艺术学校的《滚灯》和四川省歌舞剧院有限责任公司的《永远的川军》排名当代舞组前三位；空政文工团的《盒子》、上海歌舞团有限公司的《彼时此刻》和解放军艺术学院的《雏行》排名现代舞组前三位。为覆盖更多受众，此次评奖继续在网络上进行直播。评奖活动期间，中国舞蹈家协会还举办了当代舞、现代舞发展研讨会，就“荷花奖”现当代舞建设和理论反思、舞蹈评奖与现当代舞创作、现当代舞现状与前瞻等问题展开深入研讨。

【第十届中国舞蹈“荷花奖”舞剧·舞蹈诗终评】

2016年11月27日至12月9日，第十届中国舞蹈“荷花奖”舞剧·舞蹈诗终评在上海国际舞蹈中心举行。13天的评审期间，通过评审团观看终评作品的现场演出，并经过12位专家评委的讨论和投票，最终产生了5个第十届中国舞蹈“荷花奖”舞剧奖，5个奖项不分等级，获奖作品分别是：重庆市歌舞团《杜甫》、上海芭蕾舞团《哈姆雷特》、中央民族歌舞团《仓央嘉措》、四川省歌舞剧院《家》、上海歌舞团有限公司《朱鹮》。

【观点】走出改革阵痛　迈向创作高峰——《舞蹈》杂志专访罗斌

作为中国舞蹈界内最具权威的评奖，中国舞蹈“荷花奖”就像一面镜子，在第十届中国舞蹈“荷花奖”评奖过程中出现的问题及现象，不仅为表面之“象”，更有深层“内因”所在，对于“内因”的深度分析，既是站在一定高度对本届评奖做全局把握，也是俯视直入于创作内核的火眼金睛。第十届中国舞蹈“荷花奖”当代舞、现代舞评奖已顺利落幕，《舞蹈》杂志特别专访了第十届中国舞蹈“荷花奖”当代舞、现代舞评奖的评委之一、中国舞蹈家协会分党组书记、驻会副主席兼秘书长罗斌，以期继续发酵与深入本届“荷花奖”所呈现出的理性思考。

《舞蹈》：如何评价第十届中国舞蹈“荷花奖”评奖的整体水准？

罗斌：本届评奖的艺术水准，整体上比上一届有进步，尤其是现代舞比上次的质量要更高，每一个作品所呈现出的综合性艺术状态比之前要成熟。但真正来参赛的多数都是散见的、民间的、个体的或者是院校的作品，较少院团或者舞团的作品，所以比赛整体呈现出的对于现代舞的理解程度，未必达到了中国现代舞创作的最高水准。其实现代舞未必真正适合于比赛，因为现代舞比赛的量化标准很难统一。就作品成熟度来说，很多赛场上的现代舞作品虽然不如院团的现代舞作品和现代舞团的作品状态好，但是跟以往相比确实有所提升。假如说艺术有一个综合性的感知指数的话，那这次的确是有了普遍提高。原来我们认为群舞的创作更容易具有艺术上的感染力，而且以往的比赛也具有这样的特点，但在本次评奖中，群舞作品并没有进入前三名排位，质量较高的都是单双三作品。造成这个现象的原因是这次单双三作品的创作者，比如像谢欣这样在国内很新锐的编导，参加过中国舞蹈家协会"培青"计划及各种比赛演出，使得她良好的艺术实践及国际经验得以进一步发散，体现在她的作品里，表现出了较好的质感。

《舞蹈》：本届评奖暴露出当代舞领域的哪些问题？

罗斌：就当代舞而言，部队文工团作为当代舞的参赛主体，现在正处在一个转型期，这就影响到了本届"荷花奖"当代舞的参赛状态。总政歌舞团的《看齐・看齐》这个作品可以说保持了原有的风范，但我们更期待当代舞不管是在题材还是在做法上都能够有所突破。当下当代舞的创作唯有打破瓶颈，寻求一种新的理念和做法，才能产生一个质的变化。中国舞蹈"荷花奖"当代舞蹈比赛已经举办10届了，应该有所变化，有所更新，甚至有革命性的东西出现了，必须突出这一点，评奖向前走，才有价值有意义。然而现在作品思维模式都偏保守，对题材挖掘的角度不够多样，表现也不够细腻。艺术就是要用艺术家的眼睛去发现普通生活中的不平凡，这需要在一个相对宽松、稳定和有激情的创作状态和创作氛围里实现，现在这个东西似乎受到了威胁，除了一些在客观上的转型，可能更多跟创作者的心态有关。因为艺术创作特别讲究大的社会氛围、文化信息、创作心态和审美的融合完整的建构，现有的社会如果有些躁动不安，艺术创作领域就会相应生成一些负面的、不尽如人意的结果。艺术创作是对创作者主体的精神表现，创作者如果不给自己激励、责任和感动，就很难让作品有广阔的表述空间和较深的表现力度。

《舞蹈》："荷花奖"比赛定位较以往有何调整？

罗斌：自2014年开始，国家艺术评奖制度的政策倾向就已经从原来的具有一定的覆盖面、有一定的"鼓励"诉求、功能化定位转向到为"打造艺术高峰"服务的任务上，这成为现在评奖开展的动因。虽然这一评奖目标早已确立，但这届比赛看起来仍然是传统比赛的余波，并没有达到期待中的高峰，很多参赛作品的创作者本人没有意识到要为"打造艺术高峰"不懈努力，首先在思想领域就没有进入这样一种状态，更不要谈物质准备和实践上的创作准备了。想要打造"高峰"，首先在认识上要有更新，才能在更新的基础之上重新去挖掘，去提炼，去打磨。严格说来，从2014年开始，我们就已经开始分舞种进行评奖方式的改革，但是前些年比赛的惯性仍然在延续，若要真正到达期望中的高峰状态，还需要时间的积累。

《舞蹈》：为什么会有瓶颈期停滞不前的状态？

罗斌：在现代舞没有进入中国之前，我们强调的是传统的编舞方式。20世纪八九十年代现代舞技法进入中国之后，以北京舞蹈学院为代表的所谓编导技术的推广，现代舞"解构—重构"的动作构建过程为编导带来了新的思路，改变了原有的风格性创作的瓶颈状态，所以很长一段时间大家沉醉在这样一种所谓的科学构建动作的过程之中，这种构建动作的思维方式一直影响到现在，全行业仍在进行思维动作的探索，于是又形成一种模式，表现于形态上的同质和内容上的雷同。现代舞不像古典舞一样具有风格性，也没有技术含量定型和对于形式本身的把玩性，所以不像戏曲、芭蕾、西洋歌剧一样具有固定模式，因此很难去反复欣赏和玩味，这也是现代艺术与古典艺术最大的不同。古典艺术本身就有规定好的模式，大家必须这样"动"，反而是动着动着，每一个个体"动"出了一点点的个性。例如梅兰芳的"动"和程砚秋的"动"不一样，虽然都是在一个系统下，却有不同的艺术特色。相反，现代舞没有固定模式，每位编导都按照自己的模式运动，如果走来走去大家都一样的话，就感觉不到语言的个性，丧失了艺术感染力，导致作品的同质感。当下的舞蹈创作需要重新探索，第二次寻找到发展的内驱力，这必将是一个很痛苦的过程。

《舞蹈》：如何打破作品雷同的僵局？

罗斌：动作是有"语义"的，"语义"需要搭建逻辑，任何语义都是一种逻辑呈现。对于舞蹈创作而言，想要把握动作的逻辑，不管是个体的还是群体的，都要有一个建设过程，这个建设过程是需要研究的，所有的包括古典舞、芭蕾等在内的现成舞蹈语汇都是研究的成果。以前我们注重的是动作的形式语言建设，大家一窝蜂进入动作研究领域，然而动作逻辑的发掘是有限的，久了就成了现在的雷同状态，所以需要转向注重语义层面的建设，因为语义是无法重复的，每一个创作者都有自己的语义构建，若用动作逻辑去阐释语义上的无限性是完全有可能的。语义要去阐释、发掘、研究，重新用语义系统搭建起和动作逻辑之间的关系，构成一个融合的整体。我并不同意“从个性出发到共性结束”这样的观点，这里所谓的“共性”是在认识层面体现出一些共性的哲学层面有价值的思考，体现了价值判断上的共性，例如艺术表现情感这就是共性认识。但不同编导所使用的表述方式一定具有个性特征，能否打动观众则在于功力深浅。认识价值上的共性不能绑缚表述时的个性手段，这正是艺术的魅力所在，每一个创作者都应该在形式层面与动作语义层面搭建起自己的逻辑。

最后，罗斌表示，连续成功举办了10届的中国舞蹈“荷花奖”评奖，曾涌现出了不少中国舞蹈艺术的精品之作，希望中国舞蹈“荷花奖”的改革能再度激活中国舞蹈创作与创新的动力，以“精品”创作之追求，促进中国舞蹈从“高原”走向“高峰”的跨越与迈进。随着第十届中国舞蹈“荷花奖”当代舞、现代舞评奖顺利落幕，芙蓉亭立，驻足凝视——我们又将再次立于一个新的时间起点，面对现当代舞，面对“荷花奖”、面对舞蹈艺术，我们的思索不该止步。正如英国哲学家赫夫洛克·埃里斯所说：“如果我们漠视舞蹈艺术，我们不仅对肉体生命的最高表现未能理解，而且对精神生命的最高象征也一样无知。”

原载《舞蹈》2016年第12期

作品

舞剧·舞蹈诗

【舞剧《老山颂》】

2016年1月12日，由中共云南省文山壮族苗族自治州委宣传部、文山壮族苗族自治州文产办监制，文山壮族苗族自治州文广体局、文山壮族苗族自治州民族文化工作团创作演出的舞剧《老山颂》在云南艺术剧院实验剧场首演。该剧以王建川烈士为原型，通过高水平的舞台艺术，讴歌英勇的中国人民解放军和英勇的文山各族人民共同打造的“艰苦奋战、无私奉献”的老山精神。

该剧由序《铜鼓声声·硝烟烈》、第一幕《龙树下的誓言》、第二幕《烽火飞彩虹》、第三幕《英雄显神威》、第四幕《老山兰之兰》、尾声《星空明月·老山赋》组成，塑造了壮族女护士侬凤妹，老山英雄连报话兵王建，老山英雄排雷兵、小号手王川，老山英雄连老团长孙有勇，英雄母亲王妈妈等人物形象，揭示了“一家不圆万家圆”“亏了我一个，幸福十亿人”的无私奉献的主题。

【舞剧《26分贝》】

2016年1月22日至23日，由中国文学艺术基金会·刘岩文艺专项基金主办，央视（北京）娱乐传媒有限公司、人民政协报文化传媒有限责任公司出品的公益题材舞剧《26分贝》在中华世纪坛上演。该剧旨在呼吁大家关注弱势群体，关注社会特殊人群，关爱他人，共建和谐社会。该剧从儿童的视角出发，以听障儿童小石头和默剧演员安吉尔的情感交流为主线，传递了乐观积极的生活态度。

【舞剧《莲花》】

2016年3月15日，由中国当代舞剧编导家、北京闲舞人舞蹈工作室艺术总监赵小刚编导，北京闲舞人文化传播有限公司制作出品的舞剧《莲花》在北京保利剧院首演。该剧根据乐僔和尚在敦煌开凿莫高窟第一个洞窟的历史传说改编而成。编者借鉴大量敦煌壁画及彩塑中精美的肢体语汇描绘“塑匠”在求索自我生命原点的旅行中，背负着彩塑走过万水长路的修习过程，赞颂了人类对于真爱真善之本源的执着追求及美好夙愿。

【舞剧《桃花源记》】

2016年4月9日，由湖南省歌舞剧院有限责任公司创排的舞剧《桃花源记》在湖南大剧院首演。该剧将湖湘舞蹈元素和现代舞蹈相结合，塑造了具有湖湘特色的桃花、渔郎、陶渊明形象，讲述了诗人陶渊明偶遇一位痴癫渔郎，从而展开了一段偶入桃花源和再寻桃花源的传奇历程。

【舞剧《哈姆雷特》】

2016年4月15日，由上海芭蕾舞团和上海大剧院联合制作的原创芭蕾舞剧《哈姆雷特》在上海大剧院首演。这是首部将悲剧《哈姆雷特》改编为芭蕾舞剧的作品。该剧由著名编舞大师德里克·迪恩创编，舞美设计是马修·伯恩的御用美术设计雷兹·布拉泽斯顿，他为舞剧设计了既有贵族风格又有简约现代感的舞台效果，服饰上则体现了英式惯有的精致和打破时空界限的多样性，西装、牛仔、面具、翅膀，都为舞剧主题渲染出强烈色彩。

【舞剧《罗密欧与朱丽叶》】

2016 年 4 月 20 日至 24 日，由中央芭蕾舞团重排的舞剧《罗密欧与朱丽叶》在北京天桥剧场首演。2016 年是戏剧大师莎士比亚逝世 400 周年，莎翁作品在全世界范围内被频频搬上各种形式的舞台。

此次中央芭蕾舞团演出的《罗密欧与朱丽叶》，出自一代芭蕾大师、斯图加特芭蕾舞团的缔造者约翰·克兰科之手，此版本被认为是当今世界上最优秀、最完整且最具观赏性的芭蕾舞剧版本之一。中央芭蕾舞团曾于 2006 年首演该剧并获成功。10 年后重排，剧中担纲主演的首席主演王启敏和主要演员曹舒慈、盛世东等都曾在 10 年前的演出阵容中。

【舞剧《杜甫》】

2016 年 4 月 28 日，由重庆歌舞团创排的舞剧《杜甫》在施光南大剧院首演。该作品的内容依托史实，浓缩了杜甫从求官、做官、弃官到入世、处世、出世的全过程。全剧通过聚焦诗人杜甫的人生经历，并结合其创作的诗歌，展现了杜甫笔下的唐朝。全剧共分为四幕，其中包括杜甫应试不中、困顿长安、经历安史之乱、漂泊川渝等重要人生历程。该剧通过歌舞的形式将杜甫颠沛流离的个人命运巧妙地融于时代命运的大背景下。

【舞蹈诗《生息》】

2016 年 5 月 4 日，由上海市舞蹈家协会与上海戏剧学院舞蹈学院、上海戏剧学院青年舞蹈团合作完成的藏族舞蹈诗《生息》亮相第 33 届“上海之春”国际音乐节。作品以藏族特有的热巴、锅庄、弦子、藏戏等舞蹈风格为素材，通过面具、鼓等道具来展示人们对生命的敬畏。

【舞蹈诗《侗》】

2016 年 7 月 8 日至 9 日，由广西柳州市艺术剧院打造的舞蹈诗《侗》在广西南宁剧场上演。整部舞蹈诗以一个满怀乡愁游子的视角，带领观众走进遥远的侗寨，勾画出《养根》《坡会》《思春》《月也》《踩月亮》等 11 幅侗族生活画卷，采用 3D 舞蹈的艺术形式，全景式、多角度地展现侗族人民的精神生活，生动再现三江侗族自治县人民自然、和谐、幸福的生活场景和民俗风情。

【舞剧《家》】

2016 年 7 月 27 日至 28 日，由四川省歌舞剧院有限责任公司创排的舞剧《家》在国家大剧院上演。该剧分为四幕，由两场婚礼和两场葬礼贯穿：大少爷觉新的包办婚礼、丫鬟鸣凤的被逼出嫁以及高老爷的葬礼、少奶奶瑞珏的死亡。该剧是国家艺术基金 2015 年度资助项目，也是 2016 年度国家舞台艺术精品创作工程重点扶持剧目唯一入选舞剧。

【舞剧《传丝公主》】

2016年7月30日至31日，由西安演艺集团歌舞剧院创排的民族舞剧《传丝公主》在国家大剧院上演。该剧以唐玄奘《大唐西域记·瞿萨但那·麻射僧伽蓝及蚕种的传入》和现存于伦敦大英博物馆的唐代木版画《传丝公主》为史料依据，讲述了盛唐时期与丝路沿线国家睦邻友好，通过大唐公主和亲联姻，将桑树和蚕种带入拂菻国，以丝绸送去温暖、美丽、福祉的中国故事。

【舞剧《我的贝勒格人生》】

2016年8月3日，由内蒙古民族艺术剧院原创的民族舞剧《我的贝勒格人生》在内蒙古民族艺术剧院音乐厅上演。这是国内首部将蒙古族古老的贝勒格舞蹈元素进行挖掘、整理后打造的一部原创民族舞剧。本剧讲述了主人公收获爱情，又失去爱情，经历了人生的酸甜苦辣之后，最终懂得爱情真谛的故事。

【舞剧《东坡海南》】

2016年8月5日，由海南省歌舞团、北京舞蹈学院青年舞团、海南省歌舞团附属芭蕾舞蹈学校创作演出的原创民族舞剧《东坡海南》在国家大剧院上演。该剧依据史实艺术再现了苏东坡在海南三年的独特经历。苏东坡笃行“黎汉一民、华夷同樽”，为黎民办学兴教，为百姓治病行医，与当地黎汉同胞结下了深厚友谊。该剧以黎族舞蹈贯穿，并通过现代服装和音乐对传统黎舞进行改造和提升。

【舞剧《赵氏孤儿》】

2016年8月17日，由中国歌剧舞剧院原创的民族舞剧《赵氏孤儿》在国家大剧院上演。该剧以《赵氏孤儿案》为蓝本，以舞剧的表现形式突出中华民族千古不变的道义精神。该剧讲述了春秋时期，晋国贵族赵氏被奸臣屠岸贾陷害而惨遭灭门，唯一的骨血托付给门客程婴，以程婴为首的一批舍生取义的壮士，为了赵氏孤儿的安全不惜牺牲生命，程婴甚至牺牲了自己的亲生骨肉，从此走上了一条千秋忠义的漫长路。

【舞剧《英雄·玛纳斯》】

2016年8月18日，由江苏省无锡市演艺集团有限公司歌舞剧院与新疆维吾尔自治区阿合奇县歌舞团联合制作，两地演员共同演出的舞剧《英雄·玛纳斯》在北京民族剧院上演。

长篇英雄史诗《玛纳斯》于2009年入选世界非遗名录。史诗以玛纳斯及其子孙共八代人为主线，叙述了柯尔克孜族人民抵御外侮、保家卫民的英雄事迹，表现了忠诚、勇敢、包容的民族精神。数千年来，民族史诗《玛纳斯》仅靠民族内部口头传唱，为了更好地传承和保护史诗，舞剧《英雄·玛纳斯》将传唱了几千年的民族英雄史诗搬上舞台。该剧包括《血色巨子》《磨劫砺志》《民族之光》《子孙万代》四幕，展现了玛纳斯波澜壮阔的一生。

【舞剧《库布其》】

2016年8月26日，由鄂尔多斯民族歌舞剧院创排的舞剧《库布其》在内蒙古自治区鄂尔多斯首演。该剧由序、第一幕《重生起贪欲》、第二幕《盗花灾祸起》、第三幕《残芳泣英魂》、第四幕《大爱惊天地》和尾声组成，以千百年来鄂尔多斯地区流传的神奇花传说作为主线，向人们讲述了人与自然和谐相处的必要性。

【舞剧《浮生》】

2016年9月22日至23日，由东北师范大学原创的舞剧《浮生》在北京舞蹈学院举行修排后首演。该剧以家国蒙难、命运沉浮的中国人民抗日战争为历史背景，以现代编舞视角诠释崭新的审美观念，演绎了母亲惨遭杀害的年幼兄妹三人在人生路上挣扎前行的不同命运遭际。全剧气势恢宏，构思独具匠心，通过个体经历的苦痛和抉择，展现了中华民族在危难来临之际的觉醒与抗争，表达了对战争的理性反思和对人性的真诚思考。

【舞剧《兰花花》】

2016年9月24日至28日，由中国东方演艺集团与陕西省文化厅、延安市志丹县人民政府联合出品，中国东方歌舞团演出的舞剧《兰花花》在北京天桥艺术中心演出。该剧讲述了兰花花与杨五娃相互爱恋，情深意笃。在一次新春社火上，兰花花被大地主周老财看上，想让她嫁给自己尚未成年的幼子，由此演绎了一出人间悲剧。

【舞剧《七尺》】

2016年10月22日至23日，由中国人民解放军艺术学院原创的舞剧《七尺》在国家大剧院首演。该剧以新民主主义革命为时代背景，树立了“先驱者”“觉醒者”“长征者”“自觉者”“行动者”“解放者”六个在不同阶段的革命者形象，并通过头、膝、脚、腰、背、手这六个意象构成了六个篇章，表现了一个革命者，一个堂堂七尺男儿是如何历经各种磨难后站立起来的。

【舞剧《孔雀之冬》】

2016年10月25日，杨丽萍舞剧《孔雀之冬》首演新闻发布会在昆明举行。杨丽萍携小彩旗及作品主创人员等出席。《孔雀之冬》是2012版《孔雀》中的“冬”一幕，独立成章，是对生命涅槃重生的全新思索和叩问。

【舞剧《傩·情》】

2016年11月7日，由北京舞蹈学院青年舞团、江西省南丰县石邮村傩班联合主演的非物质文化遗产研创舞剧《傩·情》在国家大剧院上演。全剧围绕中国古老的“傩”文化，以舞蹈独有的方式生动诠释了中国传统文化精神的源远流长。南丰傩舞，俗称“南丰跳傩”，因其动作简朴、刚劲，极具原始舞蹈风格，被誉为“中国古代舞蹈活化石”。2006年5月，南丰傩舞作为一项古老的民间艺术被列为首批国家级非物质文化遗产。北京舞蹈学院师生又进行了舞台化、舞蹈化的再造，用想象力和创造力演绎出他们理解的傩文化，形成了传统与现代的完美结合，最终共同表达了追求美，追求文化自信、民族自信的文化核心。

【舞剧《梦回乌拉》】

2016年12月10日，由吉林市歌舞团创排的民族舞剧《梦回乌拉》在吉林省吉林市首演。该剧以明末东北女真各部落的纷争为历史背景，通过讲述乌拉国公主阿巴亥传奇跌宕的短暂一生，精心勾勒了女主人公与父亲满泰、多其木格、努尔哈赤之间的情感，表现了阿巴亥纯真、高洁、赤诚的心灵世界。全剧在深情讴歌阿巴亥明大义、有担当、心系家国的民族情怀的同时，生动展示了她对人间大爱与和平的呼唤。

【舞剧《人民音乐家》】

2016年12月27日，由天津歌舞剧院创排的舞剧《人民音乐家》在天津大礼堂首演。该剧分为《暗夜星辰》《多情的土地》《歌唱祖国》三幕，以《没有共产党就没有新中国》《在希望的田野上》《歌唱祖国》三首歌曲的创作为线索，分别截取了青年曹火星历经抗战烽火、中年施光南忍受艺术寒冬、老年王莘受困轮椅之中的片段，用舞蹈肢体语汇，写意地表现三位作曲家冲破人生困境，用生命谱写时代之声，把全部的艺术激情奉献给祖国和人民的精神。

【舞剧《昭君》】

2016年12月9日，由中国歌剧舞剧院与呼和浩特民族演艺集团联袂打造的民族舞剧《昭君》在国家大剧院上演。该剧从汉时与匈奴在边塞累有战事开始讲述，倾诉了汉皇“宁边思倾国”、昭君“请缨赴塞上”、最终终老塞上，完成和亲使命、促成民族团结和谐的一段历史佳话。舞剧在从战争到和平的演变发展过程中刻画了昭君在面对无奈与苦楚、家国与个人的种种心路历程，体现了女性在面对“和亲”这一政治行为时的大义与勇气，从而表现出华夏民族的大爱情怀与家国情结。

纪事

展演·艺术节

【第八届天津市舞蹈艺术节】

2016年5月7日，由中共天津市委宣传部和天津市文学艺术界联合会主办、天津市舞蹈家协会承办的“第八届天津市舞蹈艺术节”开幕式暨“天津市文联‘送欢乐下基层’与民同乐慰问演出”活动启动。在开幕式后的慰问演出中，迪丽娜尔、王晓燕、李香宇、程邵旋以及天津歌舞剧院歌舞团、天津音乐学院舞蹈系、天津体育学院体育艺术系、天津师范大学音乐与影视学院舞蹈系、天津市南开文化宫、天津市九九老年舞蹈团以及天津市青少年活动中心的小演员们一起，为观众奉献了风格多样、特色鲜明的舞蹈节目。

天津市舞蹈艺术节自2002年成功举办首届以来，每两年举办一届。本届舞蹈节期间还举办了21场系列展演以及“天津舞蹈力量”舞蹈专场晚会、“第八届天津市舞蹈艺术节”闭幕式暨精品舞蹈晚会和名家专题讲座等多项各具特色的专场演出和活动。

【中国·宁夏第四届回族舞蹈展演】

2016年6月21日至23日，由中共宁夏回族自治区党委宣传部、中国舞蹈家协会、自治区文学艺术界联合会、自治区民族事务委员会主办，宁夏舞蹈家协会承办的“中国·宁夏第四届回族舞蹈展演”在银川市举办。活动的主题是“扎根人民生活，弘扬民族文化，发展回族舞蹈”。该届展演共有来自北京、四川、内蒙古、宁夏等10余个省区市的32件作品入围，其中宁夏本地作品21件。汇报演出分为《花儿美》《花儿俏》《花儿情》《花儿飞》四个篇章，演出在《盖碗飘香》中拉开序幕。此次展演分三场，并召开了“全国回族舞蹈发展创作座谈会”。

【第十一届全国优秀舞蹈节目展演】

2016年7月9日至13日，由文化部、湖北省人民政府主办，文化部艺术司、湖北省文化厅承办的“第十一届全国优秀舞蹈节目展演”在武汉举办。

“全国优秀舞蹈节目展演”的前身是创办于1980年的“全国舞蹈比赛”，至今已成功举办10届，推出了一大批优秀舞蹈作品，发现、培养了一大批创作、表演人才，为提高我国舞蹈创作和表演水平、促进舞蹈艺术繁荣发展发挥了重要作用。按照《关于全国性文艺评奖制度改革的有关意见》精神，从第十一届起，“全国舞蹈比赛”取消评奖，改为展演活动。此届展演共收到全国31个省区市、新疆生产建设兵团、部队系统以及文化部直属艺术院团、中央国家机关有关部委所属艺术院团、艺术院校报送的节目585个，最终遴选出62个节目参加本届展演，其中独舞11个、双人舞8个、三人舞2个、群舞41个。展演期间组织了4台节目8场演出。

【“陪伴你成长”——中国舞蹈考级10周年全国教学成果展演】

2016年7月12日至14日，由中国舞蹈家协会主办的“‘陪伴你成长’——中国舞蹈考级10周年全国教学成果展演”在北京举办。此次展演邀请了山西、河南、云南、湖南等28个省区市参与，参选单位共47个（包括各省级舞蹈家协会、考区及独立承办单位），推选节目近300个，最终共58个节目入选，近1 500名少儿参演。

中国舞蹈考级自2006年获得文化部批准以来，已培养上百万名舞蹈学子，截至2016年6月，共开办师资培训班累计超过5 000个，培训中国舞蹈考级教师6万余名，发放数十万张考级师资证书，保证了中国舞蹈考级的权威性和科学性，建立了行业引导的范式。数百万少儿舞蹈爱好者获得了中国舞蹈家协会的全国等级考试证书。

【2016海峡两岸青少年舞蹈交流与展演】

2016年7月25日至30日，由中国舞蹈家协会主办、内蒙古艺术学院承办的“2016海峡两岸青少年舞蹈交流与展演”在内蒙古自治区举办。这是该活动自2010年创办以来，首次在大陆少数民族地区举办。

此次交流展演主要包括人文采风、民族舞交流课、两岸论坛、舞蹈展演4部分。来自中央民族大学、北京师范大学、首都师范大学、台湾艺术大学等海峡两岸数所高校舞蹈系的学生共同体验生活、感悟艺术。两岸学子共同排演群舞《塔林毕斯贵》，并在闭幕式上演出，受到观众好评。

创立于2009年的海峡两岸青少年舞蹈交流与展演是中国舞蹈家协会的常设品牌活动，以“海峡两岸　共舞未来”为主题。本次活动无论是在形式上还是在内涵上都加大了民族艺术的比重，旨在弘扬两岸少数民族优秀传统舞蹈文化，增强两岸学子同根同源的认识，增进两岸青少年之间的友谊和感情。

【D现代舞展】

2016年7月30日至8月2日，由上海市文学艺术界联合会指导，上海市舞蹈家协会主办，上海荣誉文化传播有限公司承办的“D现代舞展”在上海举办。这是上海第一个现代舞的大型专业性舞展，共有来自中国、美国、新加坡、韩国、西班牙、丹麦、法国、印度、菲律宾的21个现代舞团近200名现代舞者参加，有22个风格迥异的现代舞作品分别在兰心大戏院和白玉兰剧场献演，另有6个作品在广场演出。

作为以推动现代舞交流为首要任务的艺术互动，“D现代舞展”按国外顶尖艺术节的惯例，设置了很多交流环节，包括讲座、对话、推介会、快速约会以及每天的交流酒会。这些丰富的交流活动，从学术层面到商业推介，从经验分享到理念碰撞，从正式约会到轻松交流，各种形式在短短4天中交替，给中国现代舞者走出去与国际交流提供了重要的平台。

【2016中国舞蹈十二天】

2016年8月5日至24日，由国家大剧院与中国舞蹈家协会共同举办的“2016中国舞蹈十二天”在国家大剧院举办。该活动上演了6台12场原创舞蹈精品。国家大剧院力邀赵汝蘅、冯双白、陈维亚、刘敏、罗斌、蒙小燕6位在当代舞蹈界极具影响力的“前辈”出任推荐导师，“一对一”推荐6位杰出舞坛“后辈”及其原创新作。其中，国家大剧院舞蹈艺术总监赵汝蘅推荐的是青年舞蹈家李敏的作品《以爱之名》，中国舞蹈家协会主席冯双白推荐了青年舞蹈家谢欣及其作品《未・知》，导演陈维亚推荐了青年编舞家赵栩可担任编导的作品《方圆》，中国舞蹈家协会副主席刘敏诚推了青年舞者刘芳、曾明共同创作的《悟空》，中国舞蹈家协会分党组书记罗斌推荐了优秀青年舞蹈家周莉亚作品《药》，中央民族大学舞蹈学院院长蒙小燕则推荐了藏族青年舞蹈家白玛次仁的《藏传——根》。

【第 11 届全国“桃李杯”舞蹈教育教学成果展示活动】

2016 年 8 月 14 日至 19 日，由文化部主办，山东省文化厅、山东省教育厅、山东艺术学院承办的第 11 届全国“桃李杯”舞蹈教育教学成果展示活动在济南举办。其间，来自中国、美国、加拿大、新加坡等国家和地区的 46 所院校共计 110 个舞蹈节目进行展演。

本届全国“桃李杯”是该项活动从比赛转型为教育教学成果展示的首届，在内容、形式上多有创新：一是围绕教学需求设置展示内容，青年组要求为新创剧目，少年组则强调学习经典教学剧目，同时将精品课设为展示活动的重要内容。二是首次增设专业研讨环节，与会专家围绕舞蹈教学课程设置、教学剧目创作、民族舞文化传承等进行研讨。三是不以舞种分类，而是按照教育层次组织展示，将群舞组融入少年组、青年组，在保证专业性的同时兼顾观赏性。

“桃李杯”创办于 1985 年，每三年举办一届。30 多年来，“桃李杯”在检验专业舞蹈教学成果、发现选拔新人新作、繁荣剧目创作等方面发挥了重要作用，已成为我国舞蹈教育领域交流学习的重要平台。

【第二届北京新舞蹈国际艺术节】

2016 年 8 月 15 日至 31 日，北京市朝阳区文化馆联手北京 9 当代舞团、元艺术空间共同举办的“第二届北京新舞蹈国际艺术节”在北京举行。其间，来自美国、加拿大、匈牙利等 7 个国家的 50 余位艺术家上演了 18 场精彩的舞蹈演出。

该届艺术节通过形成“讲、跳、演、评、观、拍、论”的新舞蹈立体环境，创造舞蹈艺术的新磁场：开设了 10 个专题工作坊，内容涵盖即兴舞蹈、双人舞技术、当代舞蹈编创等，舞蹈爱好者可以跟随来自国内外的艺术家展开学习与交流；与中国舞蹈家协会“培青”计划联合举办舞蹈影像培训营，由国内相关舞蹈学者及新媒体艺术家授课，并进行舞蹈影像现场拍摄的指导和实验；增设驻地艺术家联合创作项目，为内地舞者、编创者与国际艺术家提供国际化交流与创新的实践平台。

【“醇美·舞所不在”——2016 国家大剧院舞蹈节】

2016 年 10 月 9 日至 12 月 11 日，由国家大剧院举办的“‘醇美·舞所不在’——2016 国家大剧院舞蹈节”。本届舞蹈节分“足尖传说”“东方之美”“现代舞韵”“未来之星”四大板块，从芭蕾到现代舞，从久演不衰的经典到首次上演的原创新作。中外优秀舞者共上演了 18 台 38 场精彩演出。“足尖传说”板块精选世界名团摩纳哥蒙特卡洛芭蕾舞团舞剧《仲夏夜之梦》、斯图加特芭蕾舞团舞剧《罗密欧与朱丽叶》，以及上海芭蕾舞团芭蕾舞剧《天鹅湖》和《国际明星芭蕾精品荟萃》四台作品。“东方之美”板块汇集了张继钢、沈伟、许芳宜、沈培艺、金星、高艳津子等国内舞蹈明星名团的舞蹈作品。“现代舞韵”板块邀请了美国保罗·泰勒舞蹈团、詹妮弗·穆勒舞蹈团、以色列巴切瓦舞蹈团三支蜚声国际的现代舞团，以各自具有代表性的现代舞作品向观众传递现代舞的魅力。本届舞蹈节为中国舞蹈新生力量提供广阔的展示平台，邀请了解放军艺术学院、晓星艺术基金、“中国梦”青年舞蹈编导共同参与，不遗余力地推出本土青年舞蹈人才，发挥舞蹈节的人才效应和社会效应。

【“向人民汇报”——“深入生活、扎根人民”文艺创作成果展演舞蹈专场】

2016 年 10 月 18 日，由中国文学艺术界联合会、中国舞蹈家协会主办的“‘向人民汇报’——‘深入生活、扎根人民’文艺创作成果展演”舞蹈专场在北京上演。该活动旨在通过一批优秀作品的集中展示，鼓励更多的编创人才投入通过舞蹈来反映时代要求和人民心声的队伍中。

【“中国梦”——青年舞蹈人才培育计划成果展演暨优秀剧目巡演】

2016 年 11 月 16 日，由中国文学艺术界联合会、中国舞蹈家协会、中国文学艺术基金会主办的“‘中国梦’——青年舞蹈人才培育计划成果展演暨优秀剧目巡演”在北京举行。本次展演汇集了 2016 年“培青”计划获选的 7 位青年编导的 7 部原创舞蹈作品，涉及古典、现代、民族等多个题材。

比赛·评奖

【“红棉杯”2016年广州市中青年舞蹈家才艺大赛】

2016年5月20日，由广州市文学艺术界联合会、广州市舞蹈家协会联合主办的“‘红棉杯’2016年广州市中青年舞蹈家才艺大赛”在广州举行。本次大赛共收到来自专业院团、群众团队的芭蕾舞、中国舞和现代舞等53个作品。在初评的基础上，18个优秀舞蹈作品进入决赛。经过紧张激烈的角逐，大赛最终评选出最佳才艺奖8名、最佳表演奖5名、最具潜力奖5名。

【第五届上海国际芭蕾舞比赛】

2016年8月3日至4日，由上海市人民政府主办，上海国际舞蹈中心发展基金会、上海市舞蹈家协会、上海大剧院艺术中心共同承办的“第五届上海国际芭蕾舞比赛”在上海大剧院举行。

本届芭蕾舞比赛是该赛事时隔9年后恢复举办。相较往届，本届参赛选手呈现出地域分布广、竞技水平高的特点，共汇集了来自中国、美国、俄罗斯等16个国家的专业芭蕾舞选手。本届比赛共有近百名选手报名参赛，其中，少年组选手占42%，成年组选手占58%。经过初赛评审，有78名选手进入复赛，其中外国选手41人，国内选手37人，是迄今为止国内举办的芭蕾舞比赛中外国选手参赛最多的一次。

除了开幕演出、比赛、颁奖演出外，大赛期间还穿插进行了大师班、国际芭蕾发展论坛、芭蕾大师进校园、芭蕾夏令营等活动，不仅为专业选手提供更广阔的学习与交流平台，也让芭蕾这一高雅艺术走近普通爱好者。

活动

【“舞动中国”——2016 中国舞蹈新人新作晚会】

2016 年 1 月 5 日，由中国文学艺术界联合会、中国舞蹈家协会主办的“‘舞动中国’——2016 中国舞蹈新人新作晚会”在北京天桥剧场上演。本场晚会涵盖了民族民间舞、古典舞、芭蕾舞、现代舞、街舞等多种类型，聚集了近年来舞蹈界的 15 部优秀之作，有延边大学艺术学院编排的朝鲜族女子群舞《觅迹》，北京舞蹈学院青年舞团、中国歌剧舞剧院共同演绎的舞剧《水月洛神》，上海歌舞团原创舞剧《朱鹮》，北京军区战友文工团的群舞《步调一致》，总政歌舞团舞剧《铁道游击队》，新疆艺术剧院歌舞团群舞《刀郎麦西来甫》等作品。

【纪念戴爱莲先生诞辰 100 周年专场晚会】

2016 年 5 月 11 日，“纪念戴爱莲先生诞辰 100 周年专场晚会”在北京天桥剧场举行。当晚以戴爱莲代表作《荷花舞》开场。中央芭蕾舞团青年演员王济禹演出了《艾斯米拉达》，巴黎歌剧院芭蕾舞团演员雷蒂夏・普约与中央芭蕾舞团演员盛世东演出了芭蕾舞剧《吉赛尔》片段，朱妍、张剑、王启敏、曹舒慈演出了《古典女子四人舞》片段，孙瑞辰、孙海峰、武思聪、滕建凯演出了《男子四人舞》。在戴爱莲先生的大力推动下，由世界芭蕾大师纽里耶夫无偿为中央芭蕾舞团排演的芭蕾舞剧《堂・吉诃德》选段将整场纪念晚会推向了高潮。

【中国舞蹈家协会街舞委员会北京联盟成立】

2016 年 7 月 8 日，中国舞蹈家协会街舞委员会北京联盟在北京成立。中国舞蹈家协会主席、中国舞蹈家协会街舞委员会名誉主任冯双白，中国舞蹈家协会分党组书记、中国舞蹈家协会街舞委员会主任罗斌，中国舞蹈家协会街舞委员会常务主任兼秘书长夏锐出席成立大会并致辞，同时为街舞委员会北京联盟和相关人员颁发牌匾、聘书。中国舞蹈家协会街舞委员会目前在全国已有 20 多个省级联盟成员，北京联盟的成立意义非凡。中国舞蹈家协会街舞委员会副主任苏惠担任街舞委员会北京联盟常务副主任一职。

【上海国际舞蹈中心正式对外开放】

2016 年 10 月 1 日，筹建 4 年多的上海国际舞蹈中心正式对外开放。上海国际舞蹈中心位于虹桥路 1650 号，中心包含上海芭蕾舞团、上海歌舞团、上海戏剧学院舞蹈学院及附属舞蹈学校 4 家单位、2 个剧场、6 幢保护建筑。中心大剧场至 2016 年年底已策划安排演出 35 场，首演剧目为芭舞剧《哈姆雷特》。启用之后的上海国际舞蹈中心汇聚了“两团两校”最优质的舞蹈资源，力图打造上海乃至全国最优秀的舞蹈艺术展演平台。1 078 座的大剧场与 291 座的实验剧场，让上海国际舞蹈中心剧场可以覆盖各类舞蹈演出的需求。

【舞剧《昭君出塞》公益慰问演出】

2016年10月8日，由文化部公共文化司主办、中国歌剧舞剧院承办的中国歌剧舞剧院民族舞剧《昭君出塞》演出暨慰问首都外来务工人员和老年人专场演出活动在北京天桥艺术中心举行，邀请来自建筑、装潢、航天、老年大学和社区老年人团体的700余名外来务工人员和老年人现场观看演出。

交流

【中国—中东欧国家舞蹈文化艺术联盟成立】

2016年5月9日，由中国文化部与北京市人民政府共同主办的2016年“中国—中东欧国家艺术合作论坛”在北京开幕。此次论坛以“跨文化合作”为主题，来自中国及阿尔巴尼亚、波黑、保加利亚、克罗地亚、捷克等16个中东欧国家的著名艺术家深入研讨，共同寻求艺术合作的未来。论坛举办期间，《中国—中东欧国家舞蹈文化艺术联盟成立宣言》签字仪式在北京舞蹈学院举行，标志着中国—中东欧国家舞蹈文化艺术联盟正式成立。联盟旨在通过搭建中国与中东欧国家舞蹈界之间的合作伙伴关系与交流平台，发挥联盟成员的优长与积极性，整合与共享资源，深化双方在舞蹈领域的交流合作、互学互鉴和共同进步。

【“民族舞剧表演人才培养”计划开班】

2016年7月4日，由国家艺术基金资助、中国歌剧舞剧院主办的“民族舞剧表演人才培养”计划在北京开班。该计划围绕中国民族舞剧资源，邀请赵青、陈爱莲、山翀等舞蹈名家授课，通过两个月的培训，力求在中国民族舞剧的表演特性方面打开窗口，加深学员对舞剧表演的认识，拓宽中国民族舞剧发展视野。

为发挥国家级文艺院团的导向性、示范性、代表性作用，中国歌剧舞剧院主动向偏远地区文艺院团发出邀请，最终参加培训的30名学员多来自新疆、云南、海南、广西、湖南等地。

【第二届中国—中东欧国家舞蹈夏令营】

2016年7月16日，由文化部主办，文化部外联局与中共云南省红河哈尼族彝族自治州州委宣传部、德宏傣族景颇族自治州文体广电（新闻出版）局和中共贵州省黔西南布依族苗族自治州州委宣传部共同承办的第二届中国—中东欧国家舞蹈夏令营分别在德宏、红河举行开营仪式。本届夏令营共有来自中国14个省区市和10个中东欧国家的舞蹈专业师生100余人参与，他们兵分两路，在德宏和红河采风、学习，并与当地民间艺人开展交流，随后在贵州会合进行集体创作。

【2016北京中外舞蹈院校展演暨北京卓越艺术人才（舞蹈）培养高校联盟系列活动】

2016年10月23日，由北京舞蹈学院主办的“2016北京中外舞蹈院校展演”暨北京卓越艺术人才（舞蹈）培养高校联盟系列活动在北京舞蹈学院开幕。来自世界各国的14家舞蹈院校及院团的代表，以及来自教育部、文化部、北京市教委、北京市文化局、外事局以及参与此次活动的各国驻华使馆等的领导嘉宾参与了相关活动。本次中外舞蹈院校展演以“文化引领·文化传承·文化交融”为宗旨，通过举办舞蹈精品展演、大师工作坊、学术研讨、主题文化展等活动，为国内外舞蹈艺术家搭建一个沟通交流的平台，让中外舞蹈人参与其中，展示优秀的教学成果，借鉴成功的教学经验，实现资源共享、艺术交流、人才培养、未来合作。

人物纪念

【舞蹈理论家彭松逝世】

2016年9月10日，中国舞蹈理论家彭松在北京逝世，享年100岁。

彭松（1916年6月1日至2016年9月10日），山东省济南市人，汉族。1940—1944年先后就读于国立戏剧专科学校和国立音乐院分院。师从吴晓邦、戴爱莲学习舞蹈。

从1944年开始，在重庆育才学校（重庆育才中学前身）工作，担任舞蹈教员，并任舞蹈组主任。其间创作了《乞儿》《猴戏》《弃婴》《火苗》《快乐的人们》《向民主小姐求爱》等一批优秀舞蹈作品。1945年，与戴爱莲分路去川北、西康等少数民族地区采集舞蹈，创作了舞蹈《嘉戎酒会》《端公驱鬼》。1946年，彭松和戴爱莲与育才学校的师生一起在重庆举办“边疆音乐舞蹈大会”。1947年，在上海参加创立中国乐舞学院，向上海各大学普及边疆舞蹈。1948年，到北平，在各大学教授舞蹈，创编了《团结就是力量》等舞蹈，并在戴爱莲主持的舞蹈训练班任教。1948年8月，进入华北大学一部学习，曾任华北大学文工一团舞蹈组长、华大三部艺术干部训练班教员及舞蹈队副队长。此后，任中央戏剧学院舞蹈团艺术科长。

1954年，北京舞蹈学校（北京舞蹈学院前身）成立，任民间舞蹈教研组组长，主持编写中国民间舞蹈教材。1956年，参加中国古代舞蹈史研究小组，参与辑录编辑《全唐诗中的乐舞资料》和编写《中国舞蹈史》长编教材。1959年，到兰州艺术学院任教，担任舞蹈教研室主任。

作为北京舞蹈学院第一批教授，彭松还曾担任中国舞蹈家协会第一届秘书长，中国舞蹈家协会顾问，兼任香港演艺学院客座教授，联合国教科文组织国际舞蹈理事会理事，国际舞蹈理事会中国委员会副主席等职。

2009年，荣获中国文学艺术界联合会、中国舞蹈家协会颁发的“中国舞蹈艺术终身成就奖”；2010年，荣获第三届“华鼎奖”（最受群众喜爱的老艺术家）。

在个人著述方面，著有《中国舞蹈史》（秦汉魏晋南北朝部分）、《中国古代舞谱》等；主编《中国古代舞蹈史纲》；曾任《中国大百科全书·音乐舞蹈卷》《当代中国舞蹈》编委和撰稿人。

研讨会

【文化部 2015 年度舞蹈发展形势分析会】

2016 年 1 月 22 日，文化部艺术司组织举行了“2015 年度舞蹈发展形势分析会”，舞蹈界专家和学者对过去工作进行了总结，广大舞蹈工作者静心创作，更新理念，开展评论，深入生活，扎根人民，努力出精品、攀高峰。会议中，与会专家也针对新时期以来舞蹈界出现的问题和现象，提出一系列意见和建议。

【纪念戴爱莲先生诞辰 100 周年座谈会】

2016 年 5 月 12 日，由文化部、中国文学艺术界联合会主办，文化部艺术司、中国舞蹈家协会、中央芭蕾舞团承办，北京舞蹈学院协办的“纪念戴爱莲先生诞辰 100 周年座谈会”在北京人民大会堂举行。文化部党组书记、部长雒树刚，中国文学艺术界联合会党组副书记、副主席李屹出席会议并讲话。文化部副部长丁伟主持会议。

戴爱莲是我国著名舞蹈艺术家、教育家，当代舞蹈艺术先驱者和奠基人之一，生前创作演出了舞剧《和平鸽》和舞蹈《荷花舞》《飞天》《春游》等一批优秀作品，整理了《西藏舞》《狮子舞》《红绸舞》《剑舞》等民间舞作品，同时还培养了一大批舞蹈艺术人才，在国内外舞蹈界享有很高声誉。

中国舞蹈家协会主席冯双白，北京舞蹈学院原院长吕艺生，戴爱莲之女叶明明，中国宋庆龄基金会副主席、中国侨联顾问唐闻生，中央芭蕾舞团团长冯英在座谈会上发言。

【纪念中国舞蹈史研究 60 年学术研讨会】

2016 年 11 月 12 日，由中国艺术研究院舞蹈研究所主办的“纪念中国舞蹈史研究 60 年学术研讨会”在北京举行。会议邀请了王克芬、刘恩伯、刘峻骧等曾经为中国舞蹈史付出心血的舞蹈史学家亲临会场，还汇集了来自各地的多名舞蹈史研究专家，吸引了百余位有志于此的青年学者齐聚中国艺术研究院。

此次研讨会分为开幕仪式、成果介绍和学术研讨三个部分。研讨会既是回望历史，向前辈舞蹈专家学者致敬，也是总结中国舞蹈史研究 60 年来的丰硕成果和宝贵经验，更是为这个领域的未来发展之路集思广益，群策群力，以期继续推动中国舞蹈史研究在理论与实践诸方面的稳步前行。

【纪念吴晓邦先生诞辰 110 周年研讨会】

2016 年 12 月 16 日，由中国艺术研究院舞蹈研究所主办的“纪念吴晓邦先生诞辰 110 周年研讨会”在北京举行。研讨会共分为“开幕式”“各界领导人缅怀大师贡献”“故乡人追忆大师往事”“历代学生追忆大师风范”“天马弟子追忆大师德行”“研究生回忆大师风采”“新生代研究大师的最新成果”“闭幕式”共 8 个环节，展出了吴晓邦先生个人的 20 余部著作和讲义，以及中国舞蹈家协会与各地分会、吴晓邦舞蹈艺术馆编辑出版的论文集、浙江学者裘樟清撰写的《吴晓邦美学思想论稿》、吴晓邦先生的第四代弟子欧建平用英文为国际学术界的最高平台——牛津大学出版社的六卷本《国际舞蹈百科全书》和美国圣詹姆斯出版社的《国际现代舞词典》撰写的“吴晓邦”条目的样书等。

吴晓邦先生的长子吴卫江代表同是舞蹈大师的母亲盛婕及其家人致辞，感谢中国艺术研究院举办这场纪念父亲110岁寿辰的研讨会，并替母亲盛婕表达了向研究院捐献吴先生的珍贵手稿，以及他们多年来共同收藏的舞蹈书籍和史料的意愿，希望能继续为舞蹈事业发展提供一点帮助，做出一点贡献。次子吴继光则用激扬的诗歌追忆了父亲不平凡的一生，并表达了对父亲的深切怀念。

大事记

1 月 5 日，“‘舞动中国’——2016 中国舞蹈新人新作晚会”在北京天桥剧场上演。

1 月 12 日，舞剧《老山颂》在云南艺术剧院实验剧场首演。

1 月 22 日，文化部艺术司组织召开了“2015 年度舞蹈发展形势分析会”。

1 月 22 日至 23 日，公益题材舞剧《26 分贝》在中华世纪坛上演。

3 月 15 日，舞剧《莲花》在北京保利剧院首演。

4 月 9 日，舞剧《桃花源记》在湖南大剧院首演。

4 月 15 日，芭蕾舞剧《哈姆雷特》在上海大剧院首演。

4 月 20 日至 24 日，舞剧《罗密欧与朱丽叶》在北京天桥剧场重排首演。

4 月 26 日，歌舞乐诗《目瑙纵歌》在北京中央民族剧院首演。

4 月 28 日，舞剧《杜甫》在施光南大剧院首演。

5 月 4 日，舞蹈诗《生息》在“第 33 届‘上海之春’国际音乐节”上演。

5 月 7 日，“第八届天津市舞蹈艺术节”开幕式暨天津市文联“送欢乐下基层”与民同乐慰问演出活动启动。

5 月 9 日，2016 年“中国—中东欧国家艺术合作论坛”在北京开幕。

5 月 11 日，“纪念戴爱莲先生诞辰 100 周年专场晚会”在北京天桥剧场举行。

5 月 12 日，“纪念戴爱莲先生诞辰 100 周年座谈会”在北京人民大会堂举行。

5 月 20 日，“‘红棉杯’2016 年广州市中青年舞蹈家才艺大赛”在广东省广州市举行。

5 月 22 日，公益儿童舞剧《梦》在北京民族剧院上演。

6 月 3 日，法国国立舞蹈中心洛林芭蕾舞团首次登临国家大剧院。

6 月 21 日至 23 日，“中国・宁夏第四届回族舞蹈展演”在宁夏回族自治区银川市举办。

7 月 4 日，“民族舞剧表演人才培养”计划在北京开班。

7 月 8 日，中国舞蹈家协会街舞委员会北京联盟在北京成立。

7 月 8 日至 9 日，舞蹈诗《侗》在广西南宁剧场上演。

7 月 9 日至 13 日，“第十一届全国优秀舞蹈节目展演”在湖北省武汉市举办。

7 月 12 日至 14 日，“‘陪伴你成长’——中国舞蹈考级 10 周年全国教学成果展演”在北京举办。

7 月 16 日，“第二届中国—中东欧国家舞蹈夏令营”分别在云南省德宏州、红河州举行开营仪式。

7 月 25 日至 30 日，“2016 海峡两岸青少年舞蹈交流与展演”在内蒙古自治区举办。

7 月 27 日至 28 日，舞剧《家》在国家大剧院上演。

7 月 30 日至 31 日，舞剧《传丝公主》在国家大剧院上演。

7 月 30 日至 8 月 2 日，“D 现代舞展”在上海举办。

8 月 3 日至 4 日，“第五届上海国际芭蕾舞比赛”在上海大剧院举行。

8 月 3 日，舞剧《我的贝勒格人生》在内蒙古民族艺术剧院音乐厅上演。

8 月 5 日，舞剧《东坡海南》在国家大剧院上演。

8 月 5 日至 24 日，“2016 中国舞蹈十二天”在国家大剧院上演。

8 月 14 日至 19 日，第 11 届全国“桃李杯”舞蹈教育教学成果展示活动在山东省济南市举办。

8 月 15 日至 31 日，“第二届北京新舞蹈国际艺术节”在北京举行。

8月17日，舞剧《赵氏孤儿》在国家大剧院上演。

8月18日，舞剧《英雄·玛纳斯》在北京民族剧院上演。

8月24日，“第二届北京新舞蹈国际艺术节”在北京朝阳区文化馆开幕。

8月26日，舞剧《库布其》在内蒙古自治区鄂尔多斯首演。

9月10日，中国舞蹈教育家、理论家、编导家，中国现代民族舞蹈教育建设先驱，中国当代舞蹈史学重要奠基人，北京舞蹈学院建校元老、资深教授、离休干部彭松逝世，享年100岁。

9月22日至23日，舞剧《浮生》在北京舞蹈学院举行修排后首演。

9月24日至28日，舞剧《兰花花》在北京天桥艺术中心演出。

10月1日，上海国际舞蹈中心正式对外开放。

10月8日，舞剧《昭君出塞》演出暨慰问首都外来务工人员和老年人专场演出活动在北京天桥艺术中心举行。

10月9日至12月11日，“‘醇美·舞所不在’——2016国家大剧院舞蹈节”在国家大剧院举办。

10月18日，“‘向人民汇报’——‘深入生活、扎根人民’文艺创作成果展演”舞蹈专场在北京上演。

10月22日，舞剧《吴祖光梦别新凤霞》在陕西省西安市上演。

10月22日至23日，舞剧《七尺》在国家大剧院首演。

10月23日，“2016北京中外舞蹈院校展演”暨北京卓越艺术人才（舞蹈）培养高校联盟系列活动在北京舞蹈学院开幕。

10月25日，舞剧《孔雀之冬》首演新闻发布会在云南省昆明市举行。

11月1日至3日，“第六届中国舞蹈节”暨第十届中国舞蹈“荷花奖”当代舞、现代舞评奖活动在北京举行。

11月7日，舞剧《傩·情》在国家大剧院上演。

11月12日，“纪念中国舞蹈史研究60年学术研讨会”在北京举行。

11月16日，杨丽萍舞剧《孔雀之冬》在昆明市云南艺术学院实验剧场首演。

11月16日，“‘中国梦’——青年舞蹈人才培育计划成果展演暨优秀剧目巡演”在北京举行。

11月27日至12月9日，第十届中国舞蹈“荷花奖”舞剧·舞蹈诗终评在上海国际舞蹈中心举行。

12月10日，舞剧《梦回乌拉》在吉林省吉林市首演。

12月16日，“纪念吴晓邦先生诞辰110周年研讨会”在北京举行。

12月27日，舞剧《人民音乐家》在天津大礼堂首演。

中国艺术年鉴·2017

曲艺卷

分卷主编：王　晶

年度述评

2016年度中国曲艺发展研究报告

◎ 吴文科　蒋慧明　高苹　王晶

曲艺是一个品类庞杂的艺术门类，也是一项行当众多的文化事业。全国有56个民族，在960多万平方公里的国土上分布着包含说书、唱曲和谐趣等至少500个曲种。在信息掌握难以周全、资讯占有十分有限的状况下，要对2016年度中国曲艺的整体发展做出总结与研判，实在非常困难。但窥斑见豹，根据所能了解到的资料，对包括创作表演、交流传播、教育研究、传承保护等在内的总体情况进行扫描和梳理，并参照以往发展的基础和应当具备的要素，尽可能地进行较为客观的评价，对总结经验、砥砺前行，推动中国曲艺走向更加健康的持续发展之路，也有一定的价值与意义。

一、赛事评奖较为集中，活动成色有待提升

2016年是中国曲艺界具有品牌效应的重大比赛与评奖活动较为集中的年份。由中央政府文化主管部门和全国性行业组织举办的专业赛事与评奖，包括文化部主办的第十七届群星奖曲艺类节目评选和中国文学艺术界联合会与中国曲艺家协会主办的第九届中国曲艺牡丹奖评选，是2016年度最为重要的比赛与评奖活动，也是观察2016年度曲艺创演成就和发展状况的主要窗口。

群星奖曲艺类节目评选是文化部每三年举办一次的政府奖项。虽然范畴属于群众文艺且性质为业余创演，但在许多曲艺表演团体因改革转制而实际走向解散的时代氛围下，一些转入各地文化馆系统而被储存起来并主要开展公共文化服务的专业曲艺创演人才，事实上充实和拉升了基层群文曲艺创演的专业水平。再加上政府近年来对于公共文化服务工作和群众文艺创演活动的强力投入，原本属于业余性质的群文曲艺创演，实际上具有很强的专业水准。特别是本届群星奖的评选，属于中央巡视和文艺评奖制度改革之后举行的第一次评奖，奖项数量较之以往被大幅度压缩，入围节目的甄选标准因而更加严格。经过半年多的初赛和复赛的层层筛选，拿到10月份赴西安参加"第十一届中国艺术节"的门票即入围本届群星奖曲艺门类现场决赛的节目，全国只剩下21个。最终有5个节目即京韵大鼓《丰碑》(北京)、淮河琴书《轧狗风波》(安徽)、快板书《羊续悬鱼》(广东)、谐剧《一分不能少》(重庆)和故事《军婚药方》(武警)获奖。

中国曲艺牡丹奖是中国文学艺术界联合会和中国曲艺家协会每两年举办一次的行业最高奖，本届是严格落实全国性文艺评奖改革要求之后的第一次评奖。奖项设置从原有的6个减少为4个，获奖名额也做了大幅压缩。本届评奖活动从2月至9月历时半年多，经过了报送、初评、分赛区比赛和终评四个阶段，并在评选细则中特别新增了对于参评者艺德方面的相关要求，既看作品，又重人品。最终评出节目奖5个：中篇苏州弹词《牵手》、山东快书小品《都是"考"官惹的祸》、杭州滩簧《美丽的红马甲》、四川盘子《心如莲》、中篇苏州弹词《徐悲鸿》；表演奖6人：马伟（扬州评话）、郭玉麟（苏州弹词）、吴文（四川谐剧）、刘引红（长子鼓书）、陈春兰（温州鼓词）、陈梅生（河南坠子）；新人奖5人：师亚峰（山东快书）、李国靖（快板书）、王声（相声）、程露影（广西文场）、陈祥平（绍兴莲花落）；文学奖4个：数来宝《第三者》(作者孙铭泽、周玉峰)、锦歌《凌波情》(作者黄秀宝、王文胜)、四川清音《莲花开》(作者秦渊)、小品《一碗长寿面》(作者周炜、王铁军)。这些获奖成果涉及18个不同曲种，覆盖了全国，包括少数民族地区以及部队系统，共有18个文艺单位及个人和5个体制外曲艺班社与个人领誉。同时，为褒扬老一辈曲艺家为事业做出的突出贡献，在取消原有"终身成就奖"的同时，特别授予了北京相声艺术家陈涌泉和温州鼓词艺术家阮世池两位老曲艺家"中国文学艺术界联合

会终身成就曲艺艺术家”荣誉称号。

可以肯定的是，上述两个全国性的权威比赛和评奖极大地调动了业界的创演热情，也推出了一批较为优秀的人才与作品。特别是奖项的压缩和标准的提升，对于矫正一个时期以来比较浮躁的创演心态，强化德艺双馨的发展导向，发挥了明显的引领作用。比如群星奖的评选，无论在曲种的多样性与题材的丰富性方面，还是在艺术的专业性和思想的导向性方面，都有较大的改进，反映出基层群文曲艺工作者在创演实践中的文化自觉和艺术自信都在不断增强，能够较好地把握曲艺的本体特征并正确运用曲艺的创演规律。同时，群星奖的评选善于将地域文化、时代色彩与当代审美较好地统一起来，从而为群众曲艺创演和公共文化服务提供示范。又如牡丹奖的评选，不仅通过分赛区的同台竞技增强了业界的专业交流，而且通过对于评选标准的艺德引入强化了行业发展的伦理导向。从获奖情况来看，表演奖尤其是新人奖的杠杆作用发挥得较为明显，相当一批年轻演员借此趋于成熟，并获得业界认可，极大充盈了专业曲艺创演的人才队伍。

但也必须承认，即便是这些较为权威的赛事与评奖，也存在一些遗憾与不足。比如群星奖的部分参评节目，存在着宣传痕迹较重的标语口号，有些节目在编排上过于倚重电声配器的音乐伴奏，个别节目甚至有着“歌舞化”和“戏剧化”的痕迹，一定程度上削弱了曲艺作为“演员以本色身份采用口头语言‘说唱’叙述”式表演的本质特征。又如牡丹奖继续将不属于曲艺的“小品”（戏剧）纳入了评选范围，重视短小节目的投注而忽视长篇节目的参与，且在压缩奖项时取消了“理论奖”的设置，显然是对曲艺本体的不够重视和理论工作的相对忽视，不利于曲艺事业全面健康的持续发展，需要在未来的工作实践中继续加以改进和完善。

二、交流传播趋向活跃，曲本创作依然贫弱

举办各类性质的交流和展演活动，是当今曲艺界进行专业交流与艺术展示的主要方式。2016 年度范围较大和层级较高的曲艺交流和展演活动有 5 月在安徽省合肥市举行的第四届“包公杯”反腐倡廉曲艺作品征集及展演、7 月在内蒙古自治区呼和浩特市举行的“第六届全国少数民族曲艺展演”、7 月在北京启动的“第五届全国道德模范故事汇基层巡演”、8 月在福建省福州市举行的“第七届全国少儿曲艺展演”和 10 月在河北省河间市举行的“第三届‘中国河间·西河大鼓书会’”等；为庆祝一些特殊的时间节点而举办的专业展演活动，影响较大的有中国文学艺术界联合会和中国曲艺家协会于 6 月间在北京民族宫大剧院举办的“向党汇报——纪念中国共产党成立 95 周年优秀曲艺节目展演”，以及全国各地举办的一些庆祝红军长征胜利 80 周年的曲艺展演等。

而日常性的曲艺创演及交流活动，则以相声较为活跃，尤其是体制外的民营班社积极参与。除了 9 月举办的“第七届天津相声节”、11 月在北京举办的“第七届北京青年相声节”和 2015 年开始启动并在 2016 年度于海内外演出多场的《姜昆“说”相声》专场演出等，许多民营班社的曲艺创演和交流也在 2016 年度出现了不小的热潮且各具特色。比如“第七届天津相声节”继续将相声艺术作为丰富天津旅游文化的重要内涵加以强化，已然成为天津文化旅游的主要品牌。而本届天津相声节以每天一场、每场持续 8 小时计时收费的演出方式，连续 4 天，聚拢起全国 25 个省市自治区 50 个演出团体的 150 余位演员参与，并使表演的曲种由相声扩展到了天津快板、北京评书、山东快书、四川评书、四川金钱板和双簧等，形成了以相声为主拉动其他曲种共同参与的联动效应。同时，由天津谦祥益文苑出面承办的民营公助运营模式，以及兼顾公益性慰问演出的活动导向，使得交流展演的社会效益空前释放，受到了市民的普遍欢迎。再如北京青年相声节以青年演员的参与为主要特色，以“相声新作品比赛”为核心内容，把推出新人新作视为根本目的，立足北京，面向全国，增进了全国范围特别是民营相声班社之间的艺术交流，也推动了相声新人和新作的涌现。又如 4 月在江苏省南通市举办的“首届‘通州杯’全国曲艺小剧场新作展演”和 11 月由谦祥益天津相声俱乐部发起并联合各地民营相声团体推出的“相声大格局，全国皆阵地”合作演出举措，一方面昭示出民营相声团体在整个曲艺发展大格局中

正发挥着越来越积极主动的重要作用，另一方面也预示着相声小剧场的发展经过近十年的大浪淘沙正逐渐走向正轨。其中西安青曲社、上海田耘社、成都哈哈曲艺社、重庆逗乐坊等京津以外地区的相声班社，在各自呈现出本土化、市场化、偶像化经营发展特点的同时，也为整个曲艺事业在市场经济时代的创新发展进行了有益的探索。而像相声老将姜昆领衔的专题晚会《姜昆“说”相声》在国内外巡演，至2016年度姜昆一行足迹遍布北京、上海、郑州、深圳、张家港、连云港、福州、沈阳以及温哥华、洛杉矶、拉斯维加斯、奥克兰、墨尔本等全球多个城市，推出了《新虎口遐想》等思考当今人生百味的新作品。这些作品讲述社会变迁，慨叹时代发展，引起了较强的思想共鸣，反映出姜昆对“相声与时代”审美命题的深度关切。

一些曲艺团体与组织经年开展的“下基层”“进社区”“送欢乐”公益性演出，以及中国曲艺海外交流活动，2016年度也呈活跃与上升趋势，特别是旨在向海外推介中国曲艺的各种品牌交流活动，如“第九届巴黎中国曲艺节”“第四届德国中国曲艺周”“中国曲艺海外行”“‘笑留人间’——2016年国际相声艺术交流大汇演（马来西亚）”等，对展示中国曲艺独特风采、服务当地华人友好社团、增进中外艺术文化交流，均发挥了积极的作用。

同时，许多地方曲艺表演团体的创演热情在2016年度有所提高，对于原创节目的推出也比较努力。如北京曲艺团以京韵大鼓、梅花大鼓、单弦牌子曲、河南坠子、北京琴书和铁片大鼓六个曲种共同演绎一个连贯故事即“章回鼓书”形式的整台节目《古城暗战》，江苏省无锡市以众筹方式投资打造的中篇苏州弹词《徐悲鸿》，上海市评弹团推出的中篇苏州弹词《林徽因》等，都属于主流专业曲艺团体新出的原创性节目。有的还获得了第九届中国曲艺牡丹奖的节目奖，如中篇苏州弹词《徐悲鸿》。这说明，一个时期以来原创节目比较缺乏的局面，正在逐步改变。曲艺节目的创新发展正在迎来新的局面。

随着公共文化服务体系建设的日益推进，曲艺的知识普及和现代传播，也在2016年度趋向活跃。各地文化馆、图书馆和非物质文化遗产传承保护单位等，都不同程度地开展了大量公益性的曲艺讲习活动，如四川的巴蜀大讲堂、天津的海河文化大讲堂等，分别举办了不同主题的曲艺讲座。8月，中国文化馆协会2016年年会在宁夏银川举办，设立了包含群文曲艺创演内容的专题论坛。“曲艺进校园”也很流行。一些曲艺从业者及班社还纷纷借助微信公众号、微博与网络直播平台等媒介方式，进行曲艺文化的普及推广与传播交流，大大增加了传播曲艺的途径和方式，对曲艺的知识普及、文化传播与艺术传承，尤其是对年青一代接受传统的曲艺文化，起到了积极的作用。而如4月18日在江苏省泰州市开馆的中国评书评话博物馆，则使曲艺文化的传播多了一个专题化的窗口。

毋庸讳言，无论是前述的各类展演、活跃的相声社团、频繁的公益演出、积极的海外交流，还是可贵的原创追求，以及多样的传播努力，都在不同程度上存在一些问题乃至偏向。重要的如“第六届全国少数民族曲艺展演”，就有许多节目存在着严重的“歌舞化”倾向；可贵的如“第七届全国少儿曲艺展演”，也有着儿童节目成人化的不足；活跃的如各地的民营相声社团，尽管异军突起，但从演出阵容与节目质量看，也存在着年轻演员基本功普遍欠缺和缺乏原创新节目的问题。而疲于应付频繁演出的日常状况，又使演出的节目多为主题散漫的老活翻新或不切合相声规律的网络笑话拼凑。有些节目甚至哗众取宠，格调不高，虚火较旺却浑然不知，不利于自身艺术的健康持续发展；包括一些演出红火的新创节目，如中篇苏州弹词《林徽因》等，因在艺术的呈现上具有明显的“戏剧化”因素和倾向，而被业界议论乃至诟病；至于动机不乏崇高的一些公益性演出，如“下基层”“进社区”“送欢乐”活动，也在一定程度上存在着局限性与弊端：形式主义的意味和止于宣传的偏向较为明显，一味地“白送”演出也在某种程度上不利于培育正常健康的艺术鉴赏接受土壤和文化产品流通市场，客观上存在着破坏普通群众自行买票看演出的文化消费习惯与审美鉴赏意识。凡此均使2016年度的曲艺创演与交流传播，总体上呈现出作品较多但佳作偏少的状况。能够真正打动人而具良好口碑的原创走红节目及艺术形象塑造，极为匮乏。这也反映出长期以来困扰曲艺界的曲本创作问题和本体认识问题，依然没有得到有效的解决。能够让人记住，从而真正叫得响、立得住、传得开、留得下的精品力作，还不是很多。重形式技巧、轻思想内容，实用主义盛行、艺术理想欠缺，包括投入上重包装、轻内涵，多声光电、少精气神的偏颇倾向，未能根本扭转，致使形式大于内容、技术大于艺术、题材决定动机、宣传色彩太浓等。这也从一个侧面折射出，业界对于曲艺本体特征的认识和艺术规律的把握做得还不够。认真提高自身技艺，深刻继承曲艺传统，依然是繁荣发展曲艺的根本所在。

与之相应，媒体对于曲艺文化的传播，由于专业知识的欠缺，也依然存在着这样那样的错讹与尴尬。就连一些比较权威的大众传媒，也在涉及有关曲艺的宣传报道中存在一定的遗憾。极端的例子如《人民日报》2016 年 1 月 13 日第 5 版转载《解放日报》1 月 12 日刊登的原题为《当高台花鼓遭遇荧屏“毒舌”》的文章并将题目修改为《传统曲艺如何觅得“风口”》时，作者和编者都将本属民俗舞蹈的山西稷山高台花鼓，误作了曲艺形式；《光明日报》2016 年 7 月 25 日第 9 版的报道《新疆百年乡村曲子浴火重生》，也将该书属曲艺的“新疆曲子”误作了“戏曲剧种”，即“曲子戏”。其他一些文艺类报刊在有些报道中对于曲艺和戏剧的含混认知与模糊表达，同样不利于曲艺的知识普及、文化传播、艺术传承和健康创新，非常值得引以为戒并不断改进。

凡此种种，均使 2016 年度社会各方尤其是曲艺业界在推动曲艺由“高原”向“高峰”迈进的道路上，虽很努力但有待提升，依然还在“爬坡”的途中。

三、学术研究稳步推进，教育培训有所提振

学术研究是寂寞的事业，有关曲艺的学术研究，更是一项冷僻的工作。尽管曲艺的学术机构及从业人员极为稀少，但 2016 年度的曲艺研究仍然稳步推进。一方面，有关曲艺的学术成果有所出版，代表性的如北京时代华文书局 2016 年 3 月出版的《民国曲艺史》和中国文联出版社 2016 年 5 月出版的《中国少数民族曲艺研究》，在选题上均填补了各自领域的空白，也提供了进一步深入研究的基础；中国文联出版社 2016 年 8 月出版的《新时期文艺思潮概览》，也辟出专章，发表了《新时期曲艺思潮述评》，为梳理、总结新时期以来近 40 年曲艺创演的潮汐脉动提供了点线面结合的专门思考。3 月 28 日在天津师范大学成立的“马季艺术研究会”，标志着有关曲艺的艺术家研究，因着地域文化的亲缘依托，被赋予了温馨的情感色彩。5 月在上海师范大学成立的由唐力行教授担任主任的“中国苏州评弹文化研究中心”，显示出有关苏州评话和苏州弹词的学术研究，已然超出了曲艺学及艺术学的边界，渗透或者说浸染到了历史学、社会学、文献学和文化学等更加广阔的领域。而由中国曲艺家协会设立的中国首个曲艺艺术研究基金在 1 月份的创立，对于推动曲艺的专门研究，也是一个不小的福音。该基金的设立旨在推动曲艺的实践性和针对性研究，推进曲艺的学科建设，促进曲艺的高等教育，为曲艺艺术和曲艺事业健康发展提供智力支持。设立之初即发布开展了 10 项课题的研究资助，并采取面向社会公开招标和特别委托的方式确定课题的承担主体。

有关曲艺的学术活动，2016 年度也积极开展，主要的如 5 月 15 日至 17 日在江苏省扬州市举行的“第六届中国曲艺团长高峰论坛”，来自全国各地 50 多个曲艺团体与机构的 70 多位负责人及代表出席。论坛围绕“曲艺创演：由‘高原’到‘高峰’”的主题，紧扣曲艺在市场经济条件下创演艰难的现实困境与跨越“高原”迈向“高峰”的时代使命，进行了深入的讨论，并向全国同行发出了旨在传播论坛成果的“第六届中国曲艺团长高峰论坛”倡议书。再如 5 月 21 日在江苏省苏州市举办的“苏州评弹艺术研究座谈会”，有来自北京、上海、江苏、浙江等地的 50 家单位的专家学者参加，全面总结和梳理了苏州评话和苏州弹词研究所取得的成绩及存在的问题，并提出了相关的对策与建议。又如 6 月 16 日至 17 日在北京举办的“第二届全国高等院校曲艺教育峰会”，有来自全国 35 所大中专院校和科研单位的负责人及专家学者和曲艺创作、表演、研究、传播及一些高校曲艺社团的学生代表共 80 余人参加。峰会主题是“曲艺学科专业建设”，论题涉及曲艺目前的生存环境和曲艺人才的社会需求与培养目标，包括曲艺教育现状、问题及对策，曲艺高等教育中的专业设定、教学大纲、课程师资、教材教法

等。会后发布了《关于加快推进中国特色曲艺学科建设的倡议书》。另如7月在“第六届全国少数民族曲艺展演”期间举行的“少数民族曲艺创作座谈会”、8月在“第七届全国少儿曲艺展演”期间举行的“当代少儿曲艺教育与发展研讨会”和10月在河北省河间市举办的“第三届‘西河大鼓发展论坛’”等，也都对相关的议题，展开了深入的思考和有益的讨论。

在此语境下，教育部2016年度在高等艺术职业教育的专业目录中，增加了“曲艺表演”专业。北京戏曲艺术职业学院不失时机地于6月1日举办了创设曲艺专业的专家座谈会，邀集业界同行就课程设置、教材编写、师资吸纳、学生培养等问题进行研究，并在10月9日正式宣告成立北京戏曲艺术职业学院曲艺系，明确将于2017年开始招生，其中大专班招收学员10名，包括鼓曲专业5名、评书专业5名；中专班招收5名，均为鼓曲专业。

有关曲艺人才的社会培训，2016年度有着较大的发展。其中具有标志性的事件，是两个国家艺术基金2015年度的资助项目即北方曲艺表演人才培训班和苏州弹词流派演唱青年人才培训班分别于2016年度顺利实施并结项。前者共有包括鼓曲、诵说、伴奏三个专业方向的32名学员参加了培训，课程设置按照专业艺术特色的不同，分别以“理论＋技巧＋鉴赏＋实践”的方式进行，专题讲座与交流互动相结合，经验分享与案例研讨相结合，集中学习与采风考察相结合；后者采取一对一式授课辅导和集中讲授相结合的方式，对参加培训的青年曲艺人才由知识理论到表演技巧点线面结合地进行较为系统和细致的训练。两个培训班在北京和苏州分别举办了培训成果的汇报展演，较好地体现了旨在落实人才强国战略，适应国家艺术事业发展对高层次特殊紧缺人才需求，推动曲艺传承、发展与创新的培训宗旨与追求目标，收到良好的效果。

据有关方面统计，目前全国已有12所高等院校开展了与曲艺专业相关的本科和研究生教育，8所大专院校和16所中专学校招收培养曲艺创作与表演的专门人才，包括北京大学在内的20余所高校及科研机构开设与曲艺相关的课程或开展了曲艺科研。但是，与有着1 500年左右信史和至少500个以上现存曲种的庞大艺术门类以及文化传承和人才培养的客观社会需求和历史性责任相比，应当说，目前的曲艺教育，尤其是曲艺的高等教育和学术研究，远远不能满足社会的需求，也无法达致历史的使命。亟待国家和社会为此做出更为巨大而又积极的努力。

正因如此，有关曲艺的行业教育和专业培训，就更值得重视。业界也于2016年度做出了相应的努力。一是整个曲艺界为了贯彻落实习近平总书记在文艺工作座谈会上的讲话精神，陆续于全年分批在各地举办了总共13期达数千人的学习贯彻习近平总书记文艺工作座谈会重要讲话培训班。从思想认识到专业操守等方面，全面强化行业队伍的思想艺术素质。二是各地各级的行业组织，实施了各种专门的创作与提高培训班等培养计划，比如4月在银川举办的宁夏首届曲艺创作表演培训班，有来自自治区各地的近50名学员参加了培训。再如12月在山西省大同市举办的为期三天的第八届全国曲艺创作高级研修班，有来自全国各地的53位曲艺创作者参加了学习研修。这些培训活动不仅极大地满足了全国各地曲艺从业骨干的专业提高诉求，同时也鼓励了曲艺从业人员的创作演出及研究热情，为曲艺的人才建设和专业提升提供了智力保障。在现代曲艺的学校教育相对薄弱的情况下，无疑弥补了诸多知识欠缺的发展短板，有力提振了曲艺发展的内在动因。

四、生态业态亟待完善，传承保护任重道远

作为综合性的表演艺术，曲艺的发展既是本体自身的事情，也是全体社会的事情。既要行业内部的努力，也要外部环境的支撑。其中，相应的政策环境条件与社会伦理价值对于曲艺的发展繁荣，同样重要。

2016年度的曲艺发展，从自身行业的业态构成看，尽管由于教育部在艺术职业教育的专业设置上增加了“曲艺表演”而激起了一池春水，直接推动了北京戏曲艺术职业学院曲艺系的诞生，并给大专层次曲艺表演人员的现代化培养打开了一扇窗户，开辟出一条道路。但放眼整个曲艺行业的内部生态，

绝大多数曲艺表演团体的工作架构，仍未将曲本创作以及专业人员的培养和孵化纳入亟待弥补的短板，加以特别的重视和修补；有关曲艺学术刊物的缺失，依然没有改变的条件；许多专业曲艺表演团体伴奏人员的缺乏状况，也较少有改变的举措；整个行业从业人员的专业素质，由于缺乏起码的专门的系统职业训练，存在着创新跑偏而浑然不觉的尴尬，以及改革创新常常变成改行创伤的事与愿违的效果。这些尴尬与遗憾的存在，之所以沉疴难起，不全是哪一个部门或者某一个个体的错误，也非一朝一夕的问题，亟待通过制度层面的顶层设计与改进，包括国家学术管理“学科目录”的修订和高等教育“专业目录”的完善，加以全面协调和兼顾统筹。

同时，曲艺的创作和表演实践表明，技术的进步和艺术的沉降，已然形成了一种相互销蚀的逆袭；原本形式与内容的有机结合，由于内容创作包括曲本原创的欠缺和思想魅力的贫弱，本该增光添彩的发达技术手段，反倒成为消弭艺术效果的显性“杀手”。诸如声光电的大量使用，使得本来就缺乏精气神的节目生产，只剩下了形式的外壳；比比皆是没有琴师和弦师的专门伴奏而由伴奏带伴奏的所谓唱曲“演唱”，实际上是使演员在为伴奏带“伴唱”。其实际的艺术表达效果，由于“红花”和“绿叶”的身份错位，也就可想而知；至于许多唱曲表演，由于演唱者缺乏专门的专业训练，将唱曲的“说唱”弄成歌曲的“歌唱”之表演错位，更是随处可见而成为无以复加的怪事。这都提示我们，曲艺要想健康持续地发展和繁荣，深入学习、继承和发扬自身本体的优秀艺术传统，实在是到刻不容缓的时候了！

而对曲艺发展的期望，正如一个时期以来广泛开展的非物质文化遗产保护工作所努力的那样，必须首先要从其艺术的传承和保护入手，通过学习和继承传统，来掌握曲艺的规律。这既是一个理论自觉的过程，也是一个文化自信的过程，更是一个树立自豪的过程，同时会是一个实现自强的过程。而对曲艺类非物质文化遗产的保护，除了必要的人力、财力、物力的投入和法律行政手段的保障，学术和智力的投入，因而更加重要也更待凸显。只有明白了曲艺的特点，掌握了曲艺的规律，才能更好地传承和保护曲艺的艺术。而从 2016 年度国家非物质文化遗产数字化保护试点工作的实施情况来看，诸如凤阳花鼓等曲种的数字化资源采集和著录保存工作，之所以不很理想，一个非常重要的原因，就是基层具体从事传承保护工作的专业人员，没有将作为曲艺的“凤阳花鼓”与作为舞蹈的“花鼓灯”、作为民歌的“凤阳歌”及作为戏曲的“花鼓戏”等虽有着历史渊源但各自并不相同的艺术类型区别开来的缘故。因此走了许多不必要的弯路，花了许多没有用的工夫，当然也浪费了许多不该浪费的经费。教训是比较深刻的。

为此，在考察 2016 年度的曲艺发展并思索改进措施的时候，提醒并呼吁社会各界，尤其是曲艺业界，在从事各种具体和实际的曲艺工作，尤其是创作表演和传承保护的实践进程中，一定要把对于曲艺的本体认识和传统继承放到更加重要的位置来对待。所谓“失之毫厘，谬以千里”，事与愿违和南辕北辙的种种教训提醒我们，只有在“低头拉车”的同时，不要忘记“抬头看路”，对曲艺的创作表演和传承保护，才会不离正轨，阔步前行！曲艺的历史发展和艺术进步，因而比任何时候都更加需要正确理念的有效引领，包括学术理论的强力牵引。

吴文科　中国艺术研究院曲艺研究所所长，研究员
蒋慧明　中国艺术研究院曲艺研究所副研究员
高苹　中国艺术研究院曲艺研究所助理研究员
王晶　中国艺术研究院曲艺研究所助理研究员

2016中国曲艺艺术发展报告

◎ 董耀鹏　耿波

一、发展概况

2016年，是当代中国文艺发展历程中具有里程碑意义的一年。习近平总书记在文艺工作座谈会上发表重要讲话两周年后，又在中国文学艺术界联合会第十次全国代表大会、中国作家协会第九次全国代表大会开幕式上发表重要讲话。两篇讲话熠熠生辉、相得益彰，凝练地表达了中国特色社会主义文艺理论创新的最新成果。对于广大曲艺工作者来说，习近平总书记系列重要讲话精神犹如一缕春风轻抚心灵，犹如一场春雨滋润心田，精神得到了洗礼，思想得到了武装，信心得到了增强。全国30余万曲艺工作者，在一如既往地大力弘扬社会主义核心价值观和中华优秀传统文化的基础上，以更加坚定的文化自信、更加清醒的理论自觉、更加饱满的精神斗志，在反映时代呼声、展现人民奋斗、振奋民族精神、陶冶高尚情操方面勇于担当、守正创新，做出了艰巨努力和积极贡献。

"社稷经纶地，风云际会期。"以习近平同志为核心的党中央对包括曲艺界在内的文艺界提出了殷切期望，时代和人民为广大曲艺工作者提供了展示才情的广阔天地。一年来，曲艺人"快马加鞭未下鞍"，不辞辛劳，敬业奉献，为基层人民群众送去欢笑、传递温情、播种幸福，引导人们找到思想的源泉、力量的源泉、快乐的源泉。一年来，曲艺人"胸中日月常新美"，始终坚持以人民为中心的创作导向，不断推进曲艺创新创造，提高曲艺创作质量，一批有筋骨、有道德、有温度，有骨气、有个性、有神采的精品佳作纷纷涌现。一年来，曲艺人"风物长宜放眼量"，坚持战略思维、底线思维和问题导向、目标导向，不回避问题，不遮掩矛盾，不做灰色文化的"橡皮擦"，努力构建行业建设的良好生态。一年来，曲艺界不忘初心、不负嘱托，不计名利、不辱使命，深入生活、扎根人民，唱响主旋律、弘扬正能量，用作品说唱、用人格影响、用行动担当，向人民提供了丰富的精神食粮，向世界展示了中华文化的魅力，为实现中华民族伟大复兴中国梦贡献一份力量。

（一）自觉用马克思主义文艺观武装头脑、指导实践，掀起深入学习贯彻落实习近平总书记系列重要讲话精神的热潮

按照中央要求和统一部署，中国曲艺家协会根据全体会员和曲艺骨干分布情况，组织调动全国35个团体会员、中直专业曲艺团体和中央军委政治工作部宣传局各方力量，开展中国曲艺家协会会员大培训。培训覆盖了包括少数民族地区在内的19个省区市，培训人数达3 000余人，占中国曲艺家协会会员人数半数以上。使命感与责任感的提升、理论自觉与行动自觉的增强、职业精神与思想境界的提高，成为此次大培训中广大曲艺工作者最大的收获。在第一期培训班中，中国曲艺家协会主席姜昆向全国曲艺工作者发出号召：要打磨作品、锤炼艺品、修行人品，不断提高艺术水平；要敬重舞台、正视奖台、珍惜平台，努力实现艺术追求；要勇于创先、力求创新、做到创优，持续推动曲艺发展；要保持自信、提高自觉、实现自强，大力弘扬中国精神。通过深入学习研讨，广大曲艺工作者更加坚定了信心，责任感、使命感显著增强。"几分使命感，一片责任心""提气、提劲、提精神，荣誉感、责任感、压力感，出人、出书、出效益""曲艺传承，不仅要传技艺，更要传品德、传精神，曲艺人应该站在全局的高度，多做真正有益于行业的事"等感受，成为广大曲艺工作者的强烈心声和情感共鸣。

（二）始终围绕中心、服务大局，在实现中华民族伟大复兴中国梦的进程中找准曲艺的价值和定位

拥有家国情怀和为民情愫是曲艺人的优良传统。2016年，曲艺界秉持传统，在国家重大事件、重大战略中，充分发挥好自身在讲好中国故事、弘扬中国精神、传播中国声音方面的独特优势。围绕纪念中国共产党成立95周年、纪念中国工农红军长征胜利80周年，全国各地老、中、青、少四代曲艺工作者精心创作编排了一批歌颂共产党好、社会主义好、改革开放好、伟大祖国好等弘扬时代主旋律的曲艺作品，展现了自觉的使命担当。

四川省巴中市革命老区的曲艺工作者运用四川盘子、四川荷叶、四川车灯、四川清音、四川扬琴、谐剧等多种曲艺形式，艺术地反映出红军到来之前的苦难、红军到来时的甘甜、红军离开之后的守望，从而彰显了共产党是人民主心骨的大主题。上海评弹团举办了红色经典作品专场，以评弹开篇、评弹选回等形式讴歌了刘胡兰、白求恩、王孝和等一批共产党人饱蘸热血写就的历史壮歌，生动再现了爱国主义的革命篇章。围绕“一带一路”“扶贫攻坚”“西部大开发”“中部崛起”“东北老工业基地振兴”“京津冀一体化协同发展”等一系列国家规划，广大曲艺工作者用自己熟悉和擅长的艺术形式，通过采风创作、慰问展演、结对帮扶、研讨培训、对外交流等多种方式，取得了四两拨千斤的良好效果。应当说，在全党全国各族人民共同书写波澜壮阔伟大而生动的篇章实践中，在国家发展、民族崛起、时代创新、人民追求幸福的进程中，曲艺作为中华优秀传统文化的重要组成部分，始终在场，从未缺席。

（三）深入生活、扎根人民，把最好的精神食粮奉献给人民群众

“问渠那得清如许？为有源头活水来。”曲艺之所以最具生活底色、温度和气韵，之所以俗中含雅、雅中有俗，之所以易于为人民群众所喜闻乐见，根本原因在于曲艺来自民间、来自生活。纵观在2016年各种舞台上绽放光彩的优秀曲艺作品，无一不是深入生活、扎根人民的成果。数来宝《第三者》、杭州滩簧《美丽的红马甲》等获得牡丹奖的作品，都是从生活中的人和事入手，淋漓尽致地表现了人民群众的喜怒哀乐，获得了专家和观众的高度评价。在创作的道路上，曲艺总是愿意把目光投向生活的最深处。75岁的著名评书表演艺术家田连元，为了把第五届全国道德模范金汉的事迹演绎得更加精彩，多次主动前往金汉所在单位北京人民艺术剧院做面对面的采访，深入了解金汉在见义勇为时的详细情况，最终将《好汉金汉》立体鲜活地呈现在舞台上，赢得了观众一致赞誉。活跃在全国各地的60多位曲艺作家，用38天时间深入贵州、四川、广西、湖南、江西五地革命老区，与老红军和烈士遗属促膝交谈，到革命遗迹和博物馆寻访觅踪，走进历史，走进人物心灵世界，挖掘一手素材，最终创作了一批弘扬民族精神、讴歌英雄人物的佳作。来自人民就要回报人民。曲艺名家新秀尽展曲艺“小、快、灵”的优势，把更多的脚步留在革命老区、少数民族地区、边远地区、贫困地区。在南水北调移民村、在希望小学、在海军舰队，曲艺家们把有艺术性、思想性和观赏性的作品送到最需要的人民群众中去，释放笑的温暖、笑的启迪和笑的力量。坚持以人民为中心已经成为广大曲艺工作者始终铭记于心的行动标尺。

（四）曲艺家协会主导作用的发挥，各方合力的形成，广大曲艺工作者的积极参与，共同构建曲艺行业建设的大格局

《中共中央关于繁荣发展社会主义文艺的意见》明确提出，文学艺术界联合会、作家协会履行“团结引导、联络协调、服务管理、自律维权职能，在行业建设中发挥主导作用”。在中国曲艺家协会的大力提倡、践行和指导下，全国各级曲艺家协会组织充分运用和搭建各种有效的手段、载体和平台，将中央赋予的新职能落地生根，引导广大曲艺工作者与党同心同德、与时代同频共振、与人民同声相应，主导曲艺界行业建设向上向好发展。曲艺界行风建设是曲艺家协会组织抓牢行业建设的一条主线，是曲艺家协会组织履行新职能的切入点和突破口。《中国曲艺工作者行为守则》发布一年多以来，在各种场合、各种传播平台，“崇德尚艺、担当使命”成为曲艺界的热词。与此同时，学术界、文化界、法律界、新闻传媒界也广泛参与行风建设，发挥各自优势和作用，在智力支持、保障维权、舆论引导等方面贡献积极力量。一个极富典型意义的例证就是，2016年10月在江苏省徐州市召开的曲艺界加强行风建设座谈会上，来自全国各地的曲艺工作者代表，张颐武、岳岫山等文化学者、法律界及新闻界人士共120余人济济一堂，为加强曲艺界行风建设把脉献策，在业界乃至社会上产生了巨大反响，曲艺名家新秀和其他广大曲艺工作者在微博、微信朋友圈纷纷转载点赞。在曲艺界大力倡导行风建设的牵引下，曲艺界行业教育、行业管理、行业服务等行业建设各个方面都取得突破性进展，呈现出良好的发展态势。全国会员大培训如火如荼，曲艺高等教育和学科建设持续发力，曲艺教育实现了向战略广度和战略纵深发展。以第九届中国曲艺牡丹奖为代表的评奖办节、展演展示、培训研讨、志愿服务、对外交流等各种活动，坚持既看作品又重人品，整个行业管理更加注重示范性、引领性，把好人员关、作品关的导向管理成为主要内容。中国曲艺家协会通过搭建创作、表演、评论、学习、交流、传播的广阔平台，提高行业服务的针对性和贴近性，为广大曲艺工作者提供技艺交流、风采展示、活动开展的信息，提升他们的参与感、主体感、获得感。可以说，曲艺行业建设全面开花，大曲艺格局正在建立。

一年来，有了科学理论的指导，曲艺人的脚步是坚定的，展现出高度的自信与自觉；有了使命责任的担当，曲艺人的脚步是坚实的，歌颂祖国，礼赞英雄，弘扬真善美，传播正能量；有了服务人民的坚守，曲艺人的脚步是愉快的，把欢乐和幸福永远留在人民心中；有了创造历史的志向，曲艺人的脚步是深厚的，那些彪炳史册的大事件永远会让关注支持喜爱曲艺的人们回味和津津乐道；有了改革创新的勇气，曲艺人的脚步是奋进的，平等互助、敬业乐群、融洽和谐、奋发有为的良好曲艺生态正在形成，曲艺界呈现出积极健康向上的良好发展态势。

二、传承与创新

传承与创新是艺术发展必须面对和解决的重大命题。在中国曲艺发展史上，传承与创新的平衡始终不易处理：只重传承，容易故步自封、抱残守缺，而一味标新立异则很可能偏离轨道、流于下品。曲艺艺术的传承与创新是一项整体工程，需要拥有系统思维、战略思维，做好统筹兼顾、协调发展。

（一）曲艺秉持文以载道、以文化人的传统，进一步创新弘扬社会主义核心价值观的方式和载体

曲艺界有“说书唱戏劝人方”“唱字两个曰，用口来醒世”的艺谚，这是曲艺千百年来在思想教化方面独具价值的精辟概括。仁义礼智信、温良恭俭让、孝悌忠信、礼义廉耻等，是古代中国所推崇的主流价值观。一直以来，民间的曲艺人不约而同地把这些主流价值观融入说书唱戏当中，用说唱传统题材内容的铁骑、银字儿、公案、侠义等实现价值观的传输。曲艺以其浓厚的人间烟火气息让人天然产生好感，顺着人情世故劝善去恶，它的力量在“化”而非“攻”。在对人的善化中，国家大业、民族大义、人之伦常自然而然入于心中，这正是中华传统曲艺“文以载道”“以文化人”的核心要义。

社会主义核心价值观倡导的“富强、民主、文明、和谐、自由、平等、公正、法治、爱国、敬业、诚信、友善”，这24个字继承了中华优秀传统文化，体现了社会主义先进文化，吸收了世界文明有益成果，本质上就是“讲仁爱、重民本、守诚信、崇正义、尚和合、求大同”等中华传统价值理念的传承与创新。2016年，曲艺在价值观方面进一步把握时代脉搏、关注现实生活，强化了传播价值观的传统，把弘扬社会主义核心价值观作为作品创作和各种活动平台的主题。

2016年，助力“扶贫攻坚”，温暖说唱“双联”；配合反腐倡廉，“包公杯”薪火相传；讲好中国故事，曲艺当仁不让；礼赞道德模范，深入基层巡演。各级曲艺家协会组织用此类平台和载体高举社会主义核心价值观旗帜的活动比比皆是，遍地开花。在四川，“成都榜样”巡演；在上海，曲艺党课走进社区；在陕西，陕西快板讲述陕西故事。在这些平台载体中脱颖而出的作品，大都聚焦现实题材，讲述人民生产生活中的真实故事，反映人民喜怒哀乐的真情实感，让人们从身边的人和事中体会真情真谛，感受大爱大道。在“双联”行动主题晚会中，相声《结穷亲》、单弦彩唱《梦想成真》、小品《爱满“潘”桃园》等以诙谐幽默的方式展现出扶贫工作给老百姓生活带来的新变化新景象；在“包公杯”作品征集中，《糊涂圈儿》《文明猴儿》《寇准还乡》《一奶同胞》《还曰吗》《幸运精灵》一批弘扬真善美、鞭笞假恶丑的作品立在舞台并广泛传播；在“中国精神·中国梦”优秀曲艺作品征集中，长子鼓

书《起乳名儿》等作品获得资助。《起乳名儿》围绕民间习俗，追根溯源，由个人之“名”溯及国家民族之“名”，用精巧的构思、生动有趣的语言自然而然地升华到对国家民族之爱。在传播价值观上，曲艺的传承与创新实现了从自发到自觉、从依靠传统经典曲目到聚焦现实生活、从手段单一到方式载体丰富多样的华丽转身。

2016年曲艺以文载道的传承创新还体现在对曲艺处理现实问题之艺术形式的深入探索上。在第四届“包公杯”反腐倡廉曲艺作品征集中，孙晨创作的《糊涂圈儿》广受好评。他深有体会地说：“参加第一、二届‘包公杯’时，连优秀作品名单都没上，渐渐发现自己以前的作品在讽刺上用力过猛，把腐败分子原始的丑态放大了，把滑稽和丑陋当成了思想，而不是提炼提升，去做进一步的深度思考，作品应该躲开一些大家能看到的‘大’，去找一些小的切入点，绕到事件的背后去结构作品，这样往往能获得意想不到的结果。”越来越多的曲艺人开始意识到，曲艺的本质属性是艺术，艺术把握时代、反映现实有其独特的方式，曲艺不是传声筒，唯有尊重其艺术规律，才能具有最大的艺术感染力。

（二）曲艺界行业管理和行业自律取得新突破

中华曲艺千百年来的发展，因传承的需要、传播的诉求、生计的压力等诸多因素影响，形成了许许多多约定俗成、行内公认的规矩和传统。“场与场，隔一丈”“场上无大小，场下立规矩”“江湖赚钱江湖用，江湖倒了江湖扶”“说书唱曲，平地抠饼”“得师不得传，磕头也枉然”……这些规矩和传统延续至今，有其积极进步的一面，但也有其历史局限性。特别是在今天，经济飞速发展、社会巨大变迁、科技日新月异，导致人们的利益诉求不同、思想观念多元多样多变，这也必然体现在曲艺工作者的身上。显然，单单依靠传统的行业规矩难以面对曲艺环境、业态、格局的深刻调整，创作、传播、消费的深刻变化，新曲艺组织和新曲艺群体大量出现。行业引导、管理、服务的体制机制和方法手段亟须改革创新。

体制机制上的创新最具有根本性和持久力。在深入调研、充分吸收传统行业规范精华、广泛吸收曲艺工作者意见建议基础上，中国曲艺家协会于2015年出台了9条72字的《中国曲艺工作者行为守则》（以下简称《守则》），对曲艺与祖国和人民、与时代和生活，曲艺的目标和价值、继承创新发展、舞台和理想、师承和门派、文艺批评、道德底线、使命职责进行了明确阐释，树立了新时期曲艺界的行业规范。2016年，中国曲艺家协会制定了与《守则》相配套的《中国曲艺工作者行为守则实施办法》（以下简称《办法》），列出负面清单，明确奖惩措施：对先进典型、优秀曲艺工作者给予表彰奖励；对违反《守则》的从业人员，根据性质和情节轻重以及社会影响，采取不同方式进行提醒、纠错和处理。《守则》与《办法》一正一反，互相补充，为加强曲艺界行业自律提供了配套的、有力的制度保证。制度再好也要靠人执行。为此，中国曲艺家协会成立了行风建设委员会，由德高望重的曲艺家和新闻界、文化界、教育界、法律界等领域代表组成。行风建设委员会作为曲艺界自律性纠错机构，职责就是推动《守则》以及实施办法落地生根。应当说，当前曲艺界已经初步建立起守则立规、办法奖惩、委员会监督三管齐下的行业自律模式。

行业组织的灵魂和精神还在于“祖述师德”。在中国曲艺发展中，德艺双馨的前辈灿若星斗。2016年是高元钧诞生100周年，曲艺界开展了一系列纪念活动，向大师致敬，学习他植根生活说唱百姓的深厚情怀、勇于改革敢于创新的非凡魄力、苦心孤诣精益求精的传世匠心、注重教育善于总结的宽广眼界。为弘扬相声大师马季艺术风格、做派修为，马季艺术研究会在天津师范大学成立。为纪念粤曲一代宗师小明星诞生105周年，星腔专场演出在广东佛山举办。这些活动通过对具有典范性、示范性曲艺大师的挖掘与当代宣传，通过发挥老一辈曲艺家和德艺双馨曲艺工作者的示范带头作用和巨大感召力量，进一步提升行业认同感，引领行业风气持续向上向善。

（三）曲艺创演传播平台多元化成为曲艺创作表演新格局

创作是曲艺艺术发展的中心环节。而创作作品除了需要曲艺作者个人劳动之外，孵化作品的平台也十分重要。和往年以样，作为联系广大曲艺工作者的群团组织，曲艺家协会搭建的各种创作与演出平台依然是推动曲艺创作创新的绝对主力。据不完全统计，全年中国曲艺家协会通过搭建平台、指导推动、采风创作、展演展示等不同方式，共推出875篇作品，其中现实题材作品150余篇，占17%，很多作品堪称思想精深、艺术精湛、制作精良。第九届中国曲艺牡丹奖节目奖获奖作品苏州弹词《牵手》，以江苏省张家港市“中国好人”陈利芳的故事为题材，构思精巧，入情入理，尤其“劝妻”部分充分运用了评弹说理细腻、深情款款的艺术特征，写得既催人泪下又真实可信，具有极高的艺术价值与现实价值。荣获第四届“包公杯”一等作品的相声《糊涂圈儿》、数来宝《文明猴儿》在讽刺形式的创新上令人耳目一新，前者刻画了一个揣着“明白”装糊涂的官僚形象，后者以猴写人、曲尽世情，入木三分地写出了官僚主义和形式主义作风的丑态。

电视综艺平台对曲艺创作也有着巨大的推动力量。2016年各类春节联欢晚会中，小品、相声仍是大众期待的热点。曲艺小品《吃面》《放心吧》《网购奇遇》，相声《西游新说》《我知道》以及苏州评弹的亮相引来众多好评。此外，喜剧类电视综艺节目引发强势关注，这些节目通过商业运作，在优酷、乐视、爱奇艺等热门视频网站上播放和被制作成小视频在小咖秀、美拍等APP上推出，成为人们模仿的热门视频。《我爱满堂彩》《欢乐喜剧人》《笑傲江湖》《跨界喜剧王》《喜剧总动员》等节目，主打内容大多为小品、相声、快板等，国内专业曲艺院团和曲艺小剧场演员纷纷登场。这些喜剧类电视综艺平台娱乐消费倾向十分明显，但也出现了如曲艺小品《拍马屁》《两肋插刀》等口碑之作。

2016年还有一种现象引起业界关注。跳出曲艺小圈子的视野局限，从扩大曲艺影响力和传播力上，一些曲艺人做出了大胆的尝试和探索。江苏广播电视总台推出的“金陵相声大会”，将广播元素与相声结合，将新媒体互动接入舞台表演，引入UGC（User Generated Content，用户生成内容），以品评年度大小事为主题，引导网友献计献策，共同参与节目内容的创作。河南歌舞演艺集团打造的方言话剧《老街》，用众多知名曲艺演员演绎马街书会七百年活态传承曲艺的传奇。上海评弹团将“众筹”模式引入中篇弹词《林徽因》前期创作和后期运作当中，版权和股权双管齐下，演员、观众和相关人员成为投资者和受益者，在扩大市场影响力的同时让古老的说唱艺术变得时尚可感。辽宁卫视推出的《欢乐饭米粒儿》，每集实质上都是一个曲艺小品，但贯穿的人物角色、一条微而不断的故事线索、小品的快节奏、密集的包袱点，使之连续起来形成一个独创小品剧。2016年，曲艺对新的传播平台载体手段进行了热情拥抱。在与戏剧、电视、电影、新媒体等多元交融中，曲艺创演更加复杂：演员与观众、演员与网民、现场观众与网民都随机发生着千变万化的沟通交流。正如著名曲艺作家、评论家崔凯所言：新的受众群被激活，新的观演生态正在形成；队伍结构发生明显变化，格局品位显著提高；曲艺进驻网络平台，艺术形式和业态不断创新。

（四）用新的理念和方式做好保护与传承，推动曲艺生态建设稳步前进

《非物质文化遗产蓝皮书：中国非物质文化遗产保护发展报告（2016）》谈及，当前国务院在127个曲艺类国家级非遗项目中，在151名曲艺类代表性传承人中仍有40余项曲艺类国家非遗项目没有国家级继承人，凸显了曲艺传承的不均衡和传承保护的紧迫性，需要以一种新的姿态来实现曲艺的传承和保护，从而推进曲艺生态建设。

在中国曲艺家协会的强力推动下，中国曲艺之乡建设稳步推进。曲艺之乡意味着当地党委政府高度重视曲艺艺术传承发展，对于曲艺给予的政策扶持、资金投入、人才培养、阵地建设都是十分可观的。这些曲艺之乡常年举办各种展演展示、创作培训等活动，凝聚了当地曲艺工作者、挖掘了地方曲艺资源、打造了群众性曲艺活动品牌、营造了良好的曲艺氛围和发展环境。截至2016年，中国曲艺之乡达到55个，覆盖了全国20个省区市，涵盖了近百个曲种，具有良好曲艺生态的中国曲艺之乡在全国各地已经星罗棋布。

河南省宝丰县、山西省长治市就是这些曲艺生态保护区的代表。宝丰县政府常年举办马街书会，不断为历经数百年沧桑的民间曲艺圣地注入新的生机和活力。来自全国各地的曲艺人汇聚在此，以地为台，以天为幕，倾情演出，每年都能吸引二三十万人前来观看。有专家指出，马街书会的魅力在于

“活态流变”，它作为曲艺人的家园与圣地，所起的曲艺生态保护作用正引起各界认同与关注。长治市民间曲艺队伍达200多支，常年活跃在山西、山东、河南、河北等省开展演出。全市拥有国家级曲艺曲种传承人4人、省级曲艺曲种传承人16人、市级曲艺曲种传承人41人，形成了稳定的曲艺传承队伍，实现了曲艺事业的薪火相传、生生不息。

2016年，在说书大家柳敬亭的故乡江苏省泰州市，中国首家评书评话博物馆正式揭牌，藏品达1 700件（套），成为评书评话展示、研究、培训以及比赛和演出的基地。此类曲艺博物馆的不断出现，意味着曲艺的传承保护又多了一种更加系统、更加全面的手段和方式。一直以来，曲艺十分注重在青少年儿童中的传承。2016年，“第七届全国少儿曲艺展演”在福建省福州市举办，集中展示了全国各地少儿曲艺教育的成果。在四川岳池、巴中，江苏张家港，大连西岗等中国曲艺之乡，曲艺走进了校园，经常可以见到成百上千名少年儿童一起演绎四川清音、四川盘子、苏州评弹、快板等传统曲艺艺术的壮观场面，让人们看到曲艺后继有人的勃勃生机。

2016年，曲艺的传承与创新不拘于一格、不泥于一态，在创作表演、价值观传播、行业管理、平台搭建、生态建设诸多方面固本培元、守正创新方面，取得了实实在在的效果。曲艺的传承与创新形成了良性互动，必然成为曲艺向前发展的根本动力。

三、活动与交流

2016年，广大曲艺工作者胸怀大局、把握大势、着眼大事，深入基层一线，奔赴世界各地，把社会主义核心价值观、中华优秀传统文化和中国声音广泛传播。

（一）把握时代脉搏，发出时代先声，各类主题实践活动蓬勃开展

“中国梦”是时代主题，贯穿曲艺家协会工作始终。2016年3月10日，“温暖——甘肃省‘双联’行动和精准扶贫精准脱贫主题晚会”在北京举办，晚会用相声、评书、鼓曲、小品等丰富多样的艺术形式展示了甘肃精准扶贫精准脱贫工作的阶段性成果。6月28日至29日，“向党汇报——纪念中国共产党成立95周年优秀曲艺节目展演”在北京举办，老中青三代200余名曲艺工作者汇聚一堂，热情讴歌和赞颂了中国共产党在各个历史时期走过的光辉道路和取得的举世成就。7月27日，在中央文明办、中国文学艺术界联合会指导下，中国曲艺家协会启动“第五届全国道德模范故事汇”基层巡演，历经三个月时间，行程两万多公里，深入北京、河北、河南、黑龙江、江西、福建、山东、重庆、青海、甘肃、吉林、江苏、浙江、四川等省（市）开展了56场基层演出，现场观众4万余人，间接受众达数亿人。8月18日至22日，“送欢笑到基层”活动首次走进西藏自治区，标志着这一品牌在全国31个省（区、市）实现了全覆盖。8月22日至9月29日，“深入生活　扎根人民”曲艺名家新秀重走长征路主题实践活动持续开展，在一个多月时间里，曲艺名家新秀深入贵州、四川、广西、湖南、江西五地革命老区，创作了歌颂伟大长征精神的曲艺作品30余篇。一年间，中国曲艺家协会加大“结对子、种文化”力度，在四川南江基层联系点扶持建立了5支星火曲艺小分队，为当地百姓送去温暖，为国家贫困县发展添柴助力。“送欢笑到基层”为民、惠民、乐民活动常年举办，千余名曲艺工作者走进甘肃省陇南市、内蒙古自治区和林县台格斗村、江西省于都县、西藏自治区拉萨堆龙希望小学等，送去45场慰问演出。

（二）突出导向性、示范性和牵引性，全国性曲艺评奖成功举办

中国曲艺牡丹奖是经中央批准，由中国文学艺术界联合会、中国曲艺家协会共同主办的全国性曲艺专业奖项，每两年评选一届，2016年迎来了第九届。和往届不同，第九届中国曲艺牡丹奖是曲艺界严格落实全国性文艺评奖改革各项要求之后的第一次评奖，备受关注，其牵引性、导向性和示范性尤为突出。本届牡丹奖共收到全国各地参评作品332个，历时9个月，经过筛选、初评、分赛比赛和终评，最终山东快书小品《都是“考”官惹的祸》等5个节目获节目奖、数来宝《第三者》等4篇作品获文学奖、马伟等6人获表演奖、师亚峰等5人获新人奖。本届评奖呈现出十分鲜明的特点：一是奖项缩减、竞争激烈。节目奖、表演奖、文学奖、新人奖的获奖名额与报送数比分别是3.7%、3.8%、

4.8%、3.6%，淘汰率均超过了95%。二是业界聚焦、参与广泛。活跃在舞台上的曲艺中坚力量广泛参加，既有深受群众喜爱的知名曲艺演员，也有多次站上牡丹奖舞台的资深实力演员，还有近年来崭露头角的曲坛新星。同时最广泛地吸引了全国各地的民营曲艺社团和演员参加。三是曲种丰富、色彩多样。本次比赛涉及80个南北曲种，既有曲艺小品、相声、评书、山东快书、快板书、二人转、苏州评弹、河南坠子、福建南音、四川清音、广东粤曲等具有深厚群众基础、流传广泛的大曲种，也有潞安大鼓、温州鼓词、四川金钱板、南平南词、杭州小热昏等地域色彩鲜明的小曲种和"一个人撑起一个曲种"的珍稀曲种。四是佳作涌现、展现繁荣。本届牡丹奖比赛中涌现出一大批现实题材作品，弘扬真善美，鞭笞假恶丑，颂扬祖国和民族，礼赞人民和英雄，扬正气、接地气、有灵气，让评委和观众耳目一新。五是新人辈出、引人瞩目。本届参与牡丹奖比赛的年轻演员整体实力不俗，基本功扎实，风格清新洒脱，形象富有朝气，说、弹、唱、演俱佳。许多曲艺新人的表演已经具备了相当的艺术水准，在名家面前毫不逊色，展现出曲艺艺术薪火相传、承接发展、后继有人的喜人景象。

另外，由文化部主办的第十七届群星奖也如期揭晓，群口快板《羊续悬鱼》、谐剧《一分都不能少》、故事《军婚药方》等5个曲艺作品获奖。这些作品在第九届中国曲艺牡丹奖评奖中表现不俗、令人瞩目，展现出群星奖在繁荣和提高群众性曲艺创作中重要的牵引推动作用。

（三）坚持出作品、出人才，曲艺展演展示和研修培训丰富多彩

作品是立身之本，人才是事业之基。2016年，中国曲艺家协会在推动曲艺创作方面持续发力，注重在创作、人才、展演的良性互动中打造曲艺精品。7月9日至11日，中国曲艺家协会举办"第六届全国少数民族曲艺展演"，来自17个省区市、20多个少数民族的360余名曲艺工作者在内蒙古呼和浩特集中展示了33个具有鲜明民族特色的优秀曲艺节目，呈现了三年来少数民族曲艺事业取得的辉煌成就，激发了少数民族曲艺工作者创新发展的热情。8月8日至13日，在福建省福州市举办"第七届全国少儿曲艺展演"，来自全国19个省区市和香港、台湾地区的700多位曲艺小演员携50个优秀少儿曲艺节目先后亮相，其中70%的作品都是原创新作，8场少儿曲艺演出全面反映了当前少儿曲艺的蓬勃生机。12月12日至17日，在山西省大同市举办第八期全国曲艺创作高级研修班，通过名师授课、专家点评、汇报交流等形式，为曲艺创作者打造切磋技艺、提升能力的有效平台。"牡丹绽放"——曲艺英才培育行动实施一周年来，叮当、暴玉喜、任平、夏吉平、杨菲、贾冰、庄丽芬、苗阜、刘芋君、陈靓首批10位入选者共参加曲艺家协会各种活动136次，艺术水平、道德水准和责任意识显著提高，培育已显见成效。此外，中国曲艺家协会还举办了首届"'通州杯'全国曲艺小剧场新作展演""第二届'走马杯'讲好中国故事曲艺展演""第四届'包公杯'反腐倡廉曲艺作品展演""第四届全国相声小品优秀节目展演""第十一届河南宝丰马街书会"等系列展演展示活动，推出了一批曲艺作品和曲艺人才。

（四）注重实践中的理性探索，曲艺理论和学科建设不断夯实

学术理论的前瞻性、基础性、支撑性在很大程度上影响和决定着曲艺事业所能达到的高度和水平。2016年，曲艺理论和学科建设投入进一步加大，曲艺研究总结前人成果更加全面、与现实结合更加紧密、话题探讨更加深入。2016年年初，中国曲艺家协会主席姜昆联合徐沛东、阎维文、吴长江、赵宝刚、巩汉林、冯双白、黄宏、言恭达、尹力、谭利华、魏积安等20多位全国政协委员提出《设立曲艺学科，为曲艺高等教育破题》的提案，再次呼吁建立曲艺学学科，得到教育部积极回应和支持。中国曲艺艺术研究基金设立，采用公开招标和特别委托方式，对10项曲艺学学科建设基础性、应用性和曲艺事业发展前瞻性、实战性课题提供资助，切实为曲艺艺术和曲艺事业健康发展提供学术支持和对策建议。全国高等院校曲艺首批教材逐一进入编写阶段，其中《中国曲艺发展简史》《中华曲艺书目内容概览》《中华曲艺图书资料名录》即将面世。6月，"第二届全国高等院校曲艺教育峰会"在北京举行，深入探讨曲艺高等教育实践中亟待解决的问题和推进曲艺学科专业建设的办法，全国35所大中专院校和科研单位负责人、国务院学位委员会艺术学学科评议组专家联合发出《关于加快推进中国特色曲艺学科建设的倡议书》。全年各类曲艺展演展示活动坚持热运作与冷思考相结合，围绕民间曲艺传承与发展、践行五大发展理念、廉政文化传播与建设、行风建设、当代少儿曲艺教育与发展等事关曲艺事业持续健康发展的重要问题开展座谈研讨。

（五）深化对外和对港澳台地区文化交流，中华传统曲艺绽放光彩

作为中华传统艺术百花园中的一朵奇葩，曲艺在讲好中国故事、传播中国声音、弘扬中国精神、展现中国风貌方面独具价值。2016年，中国曲艺家协会深化实施中华曲艺海外行工程，大力开展国际性曲艺展演，将中国的优秀曲艺作品传播到世界各地。全年组织代表团奔赴巴拿马、法国、德国、西班牙、葡萄牙、爱尔兰、哥斯达黎加、智利等国开展10场展演、8次联欢以及曲艺讲座、艺术沙龙等活动，进一步扩大了中华曲艺海外行活动的品牌影响力和传播力，赢得当地观众的热烈欢迎与高度赞誉。6月和9月，相继举办“第九届巴黎中国曲艺节”和“第四届德国中国曲艺周”活动，其间共组织8场曲艺展演，其中法国人和德国人表演中国的相声和快板，不仅让当地观众大开眼界，也更好地展示了中国曲艺的独特魅力。此外，还组织艺术家赴韩国和马来西亚参加当地艺术节表演，用笑声凝聚起中国与周边友邻国家的文化共识。中国曲艺家协会坚持“走出去”和“请进来”相结合，2月，邀请日中文化交流协会代表团来华访问，应邀组派艺术团于7月赴日举办“中国曲艺的魅力Ⅲ”鉴赏交流活动，恢复了与日中文化交流协会中断7年之久的民间文化交流。10月16日至24日，举办“第六届海峡两岸曲艺欢乐汇”，12月11日至17日，举办“中华曲艺情港澳展演”，8场充满乡音乡愁与民族情怀的艺术盛宴、5场主题讲座和论坛等交流活动在大陆与台湾、内地与港澳之间架起了友谊与交流的桥梁。中华曲艺用幽默丰富生活，用欢笑连接世界，用中华优秀传统文化强化中华民族同根同源的骨肉亲情。

四、问题与原因

在建设社会主义文化强国、实现中华民族伟大复兴中国梦进程中，曲艺正在迎来它的又一个“黄金时代”。然而，在这一进程中，曲艺发展仍有不容忽视的问题。

（一）曲艺创作创新原动力还有待进一步激发

创新是一切艺术的生命。改革开放初期，曲艺人能够推陈出新，引社会风气之先，创作出了《如此照相》《虎口遐想》《武松打虎》《巧立名目》等一批经典作品。时至今日，在曲艺日常表演的场所和舞台，在各曲种各代表人物中，表演的作品还是以传统经典的作品居多，新作品很少。特别是在曲艺小剧场中，既受市场和观众欢迎又讲品位和格调的作品少之又少，面向观众的作品大都以逗笑作乐为主，思想性、艺术性比较匮乏，甚至低俗庸俗媚俗、脏臭包袱、伦理哏仍屡见不鲜。一些小剧场演员为了突出娱乐性和猎奇效应，居然重排了内容陈旧不堪且多年不演的作品，诸如《金龟铁甲》《官衣贺喜》《张双喜捉妖》《托妻献子》《抬寡妇》等。

究其主要原因，在于文化体制改革后形成的一些瓶颈问题使曲艺从业者缺乏主动创新的动力。新中国成立前，曲艺是一种高度商品化的艺术，“平地抠饼”、养家糊口是当时曲艺创新的动力。新中国成立后，曲艺演员获得了“文艺工作者”的身份，体制为他们提供了优渥的条件，“说新唱新”、歌颂新社会是当时曲艺创新的动力。如今，随着文化体制改革的深入，曲艺界开始了市场化的变革。体制内对处于创作旺盛时期的中青年演员不再具有巨大的吸引力，即使是体制外曲艺工作者，在与市场经济角力的时候，目光也从小剧场更多地投放到了资本化运作的传播平台。曲艺在与广播、电视、网络和新媒体等传播平台交互中，解决了小剧场观众少、票房低的问题，但在形式创新上绞尽脑汁，导致内容创新动力不足。一些在小剧场摸爬滚打的曲艺演员，在大众传媒、娱乐公司、资本联合打造的平台上获取全国知名度后，将面临合同期内无尽的商演、大量的娱乐新作，极易导致创作才情、创意、精力被掏空。

另一方面，全国有助于推动创新创作的平台仍很稀缺。当前，在市场上比较活跃的曲艺小剧场，诸如北京嘻哈包袱铺、西安青曲社等都十分重视作品创作。嘻哈包袱铺要求演员在一定周期内必须拿出一定数量的新作品，青曲社也经常组织创作团队走进基层采风。但由于商业化演出任务繁重、日常生活支出高，很多曲艺小剧场演员难有太多时间进行踏实创作，这是导致曲艺小剧场能出新作但难出精品的根本原因。中国曲艺家协会组织的全国曲艺创作高级研修班和各种采风创作活动，有名家指点，有交流互鉴，能够增长见识、掌握第一手资料，往往受到广大曲艺工作者，特别是曲艺小剧场演员欢迎。这从侧面反映了曲艺界对新作品、好作品的如饥似渴。关于曲艺创作，民间也有非常高的热情和创作意愿，例如在第四届“包公杯”反腐倡廉曲艺作品征集中，来稿新作品就达 1 000 多篇。然而，相较于曲艺界的渴求与民间的热情，平台资源仍很稀缺，创作所需投入的精力和时间仍显不够，亟须在体制机制上理顺。

（二）泛娱乐化背景下曲艺创作表演出现不良动向

在当前文化格局更为开放和多元的形势下，在消费主义、享乐主义、拜金主义、极端个人主义等错误思潮影响下，一部分曲艺人迷失了方向，以“群众喜欢”为借口，以追逐经济利益为目的，产生了审美观、价值观的扭曲，唯点击率至上、收视率至上、眼球至上。2016 年上半年，一些迎合低俗趣味的曲艺作品依然在不少主流媒体、大众平台上亮相传播。

在“泛娱乐化”的大前提下，在最短的时间内娱乐观众成了一些曲艺人的首要目标，导致曲艺创作呈现出短、平、快的特质，向互联网借力成为必然，造成了曲艺的“段子化”。不少演员则直接从网络笑话、段子中获取创作的素材，再将这些笑话改头换面地融入作品里。由于互联网记录了当下社会最热门的话题、年轻人最新的表达方式，紧跟互联网的话语就等于把准了“时尚”的脉搏，这种创编方式蔚然成风，以致在很长一段时间里，曲艺行业内似乎都默认，作品里要是没有从网上吸取段子就不够前卫。此外，“段子化”的曲艺也迎合了大众快节奏的娱乐需求。当演员们选择了大家都熟悉的网络段子时，无须再进行反复的铺垫和解释，能很快引发观众的笑声。为了满足观众求新求异的欣赏趣味，演员们总是在追逐新的内容和表达形式。当他们创作出新的节目后，通过电视、互联网等渠道传播开去，很快会被其他演员跟风模仿，但又很快会被更新的节目取代。于是，曲艺由原先百听不厌的耐用品，变成了淘汰率极高的消耗品。

更有甚者，部分曲艺从业者对曲艺本体已经觉得不太重要，也无所谓把握曲艺自身的艺术规律，对其他艺术形态不是借鉴而是大量借用。为了增强感官刺激，声光电大肆包装，服装化装过分夸张。有的演出团队在曲艺表演中大面积引入伴舞，出现了异化，最终扭曲了曲艺的形态。

（三）师承制度中的糟粕仍有残余

对于曲艺群体来说，师承关系有着至关重要的作用。改革开放以后，曲艺界传统逐渐复兴，师承制度又浮上地表，相声界兴起了“拜师热”。这股“拜师热”虽有积极的一面，但其消极的影响也暴露无遗。

在市场经济大潮中，传统师徒之间的关系很难避免逐利性和功利化。本着“广撒网，多捞鱼”的原则，有些师父开始大规模地收徒、收义子。有的师父还把弟子分为“授业”和“副业”两类，“副业”的弟子可能是某一企业的老板或某一行业的领军人物，拜师只是为“玩票”。他们因拥有可观的社会资源，或是有助于扩大师父的社会影响，而被师父收入门下。师徒之间往往没有正式的传授关系。而徒弟在选择师父时，也更倾向于选择有社会影响的“名师”，而非技艺高超的“明师”。在这样的环境下，不少师徒关系其实是很疏远的，自然谈不上技艺的传授了。

这种师承关系不仅流于形式，还沿袭了很多传统的糟粕。由于师父具有行业资源、社会地位和名望优势，师徒之间形成了一种“养父子关系的学徒制”，这是一种非常严格的等级制度，师徒之间是绝对的不平等关系，徒弟必须对师父绝对服从。师父很容易形成一言堂的作风，有权决定包括徒弟收入分配在内的大小事务，徒弟只有依附师父才能实现自我价值。2016 年，郭德纲和曹云金师徒之争引起了社会的广泛关注，在业界产生了负面影响，深究事件的真正起因或者根源，主要是班社制度与现代商业管理、旧时师徒伦理关系与现代商业伦理关系，围绕着利益分配、个人发展、名誉得失等核心问题，泛起了矛盾与冲突。这种事件集中暴露出曲艺界在师徒关系上存在的上述问题。

（四）曲艺界尚未形成适应新时期行业规范的伦理支撑

任何一种行业的有序运转都离不开行业规范与伦理的维系。比如，在曲艺传统行业中，以“搭桌”演出来接济有困难的艺人，以“盘道”接纳在他乡卖艺的艺人，为了避免争夺客流，“撂地”的场子要有一定的距离，前场的演出不能“刨活”影响后场的演出，等等。这些规范体现出曲艺人在自身利益与行业情义之间寻找平衡的努力，确保了艺人群体的长久存在，也潜移默化形成了曲艺人为了集体必须遵循的行业伦理。

新中国成立后，曲艺界提倡新式的职业规范，大大弱化了原先的行业伦理。改革开放后，随着师承关系的恢复，特别是社会分工日益加大，行业内部治理成为大势所趋，曲艺界重新建立行业伦理与规范成为业界的热切期盼。在中国曲艺家协会大力倡导下，《中国曲艺工作者行为守则》作为曲艺界新时期的行业规范，意义重大。

然而，目前的问题是，曲艺资源的分配开始遵循市场经济规律，谁适应市场的情形、通晓大众传媒的运作，谁就能积聚起更多的资源，乃至有些个人能够动员千万粉丝的力量迅速淹没主流声音。对于部分曲艺人在跨界影视传媒行业而产生的不良影响，单凭曲艺行业规范已经难以形成有效的约束力，亟待与其他行业规范做好衔接或形成合力。另外，在传统曲艺行当里，老艺人是行业的权威，在市场化冲击下，他们的文化权威正逐渐衰落。年青一代更倾向于以市场经济运作模式来处理问题，在一些小剧场的后台，尚能看到老演员教导年轻演员而年轻演员却不以为然的情景。权威的失落必然造成行业规范与伦理对演员约束的减弱。在逐利的过程中，一些演员把利益放在了首位，置道义与伦理于一边。尽管他们强调传统，但传统的行规并没有真正发挥作用，“夺回艺名”“逐出师门”“革出家谱”这套惩戒方式仅仅成为他们用来树立个人威权、实现个人利益的工具，对传统权威的滥用，只能造成传统权威的破产。因此，在当下环境中，如何在市场利益与行业规范中取得平衡，树立起行业协会的权威性就变得十分必要。

五、趋势与建议

2016 年，曲艺人不忘本来、吸取外来、放眼未来，曲艺队伍肩负神圣使命，再集结再出发，曲艺艺术迎来了繁荣发展的历史性机遇。通过对 2016 年曲艺艺术发展的梳理盘点，分析研判，不难发现曲艺艺术未来的发展趋势。曲随时代，曲艺事业必须因势而谋、应时而动、顺势而为。

（一）在坚定文化自信、坚持服务人民、勇于创新创造、坚守艺术理想方面将更加发力、有所作为

习近平总书记在中国文学艺术界联合会第十次全国代表大会上对广大文艺工作者提出了四点希望：一是坚定文化自信，用文艺振奋民族精神；二是服务人民，用积极的文艺歌颂人民；三是勇于创新创造，用精湛的艺术推动文化创新发展；四是坚守艺术理想，用高尚的文艺引领社会风尚。总书记的殷切希望，是包括曲艺界在内的全国文艺工作者的努力方向和行动指南。

曲艺的文化自信在于，它是绵延五千多年灿若星河的中华文化中的一朵奇葩，素有礼赞英雄侠义、弘扬爱国主义的传统和优势，在反映时代呼声、展现人民奋斗、振奋民族精神、陶冶高尚情操方面具有不可替代的重要作用。曲艺来自民间、植根生活，讲究“不隔语，不隔音，紧要的是不隔心”，曲艺作品和艺术表达方式具有重生活、接地气、亲百姓、连民心的天然品性；曲艺是文艺轻骑兵，具有小快灵的独特优长，能够迅速深入边远地区和生产生活一线。曲艺经过千百年来不断地演化和发展，至今仍有 400 多个曲种。每个曲种、每个经典作品都是创新的结果。曲艺小品的出现就是典型的集成创新。曲艺人经常讲“一遍拆洗一遍新”，说的就是作品要从艺术实践中获得演出效果的反馈，不断地加以打磨，才能做到精益求精。曲艺界有“未曾学艺，先学做人”“人保活、活保人”的艺谚，这些都道出了作品、艺品、人品之间的辩证统一关系，点明了德行人品对于从艺及创作的前置性地位和决定性作用。

在中华民族伟大复兴进程中，“上接天线、下接地气”、善讲故事的曲艺将有极大的用武之地，国家建设、民族崛起、时代发展等“大事”，人民生活疾苦、喜乐忧愁等点滴“小事”都会由曲艺参与和见证。在坚持服务人民中，曲艺植根民间、文艺轻骑的优势将发挥得淋漓尽致。曲艺和曲艺人在秉承传统的同时，将以更加开放的视野和胸怀推动创造性转化和创新性发展，用自己立得起、行得端、走得正的人格魅力和立得住、留得下、传得开的优秀作品向祖国、向时代、向人民交出一份满意的答卷。

（二）曲艺高等教育和学科专业建设进入快车道，曲艺正式进入高等院校指日可待

2016 年 5 月 17 日，习近平总书记在哲学社会科学工作座谈会上的重要讲话中鲜明指出：中国特色哲学社会科学要体现继承性、民族性，体现原创性、时代性，体现系统性、专业性。要构建一个全方位、全领域、全要素的哲学社会科学体系。要重视发展具有重要文化价值和传承意义的“绝学”。这无疑给曲艺理论建树、学术繁荣点亮了希望灯塔，为曲艺学学科建设带来了新的动力。

继首届全国高等院校曲艺教育论坛成立全国高等院校曲艺教育联盟后，曲艺学学科建设取得了突破性进展。《曲艺亟待进入高等教育体系》《设立曲艺学科，为曲艺高等教育破题》的全国政协提案，受到社会广泛关注；中国文学艺术界联合会九届八次全委会工作报告鲜明提出要协同促进曲艺等艺术门类学科建设，推动开展高等学历教育，建立规范系统的教学体系；北京戏曲艺术职业学院曲艺系成立，其背后蕴含的是曲艺作为一门独立的艺术正式进入高等教育专科招生专业目录；教育部办公厅印发的《关于公布第八批“精品视频公开课”名单的通知》中，《中国评书艺术》赫然在目；高校曲艺本专科教育、曲艺课程、曲艺科研机构相继设立，民族艺术逐渐得到重视；中国曲艺艺术研究基金课题正式立项，许多立项单位被列为纵向省部级课题或者横向国家级课题，有力提升了曲艺研究在高等院校的学术地位，成为撬动曲艺学学科建设的强力支点；《曲艺学科专业建设取得新进展——曲艺专业化教育结构问题与对策研究》（崔凯，《曲艺》2016 年第 7 期）、《说唱之美滋润心灵——中国曲艺学学科建设扫描》（郭晓、张斐然，《艺术教育》2016 年第 10 期）、《曲艺亟待进入高等教育体系》（姜昆，《中国文化报》2016 年 3 月 8 日）、《关于建设中国曲艺学学科体系的构想》（董耀鹏，《中国艺术报》2016 年 5 月 13 日）等一批曲艺学科建设理论成果问世；11 本全国曲艺高等教育系列教材正在紧锣密鼓地进行编撰，将由高等教育出版社出版；辽宁科技大学、中国戏曲学院、四川师范大学、北京城市学院等一批高等院校正在积极开展符合本校实际的具有专业特色的曲艺本科招生工作。经过持续不断地艰苦努力，曲艺学学科建设取得许多实实在在的成果，目标越发明确，呼声越发高涨，基础越发夯实，探索出了一条通往高等院校教育的正确之路，打开了中华传统曲艺走进高等院校的光明前景。

（三）曲艺界行业建设日趋制度化、规范化、战略化

2016 年，曲艺界着眼于构建风清气正的行业环境，将行风建设放在关系曲艺事业繁荣发展的理论高度、战略高度、全局高度，积极探索、先试先行，制定出台了一系列举措，做出了艰巨努力，取得了突破性进展和阶段性成果。整个行业建设正朝着制度化、规范化、战略化的方向积极迈进。

行业教育是基础。曲艺界行业建设需要不断提高曲艺工作者的学养、涵养和修养，加强思想积累、知识储备、文化积淀、艺术训练。全国曲艺家协会会员大培训已经过半，2017 年将实现全覆盖。理论一经掌握群众，就会变成物质的力量。以马克思主义文艺观中国化最新成果为指导，广大曲艺工作者势必在作品创作、人格修为上取得新的进展。随着以马克思主义为指导的中国特色曲艺学学科建设和曲艺高等教育的破局，大批具备较高政治素养、文化修养、艺术素质的复合型现代曲艺专业人才即将被培育出来。“牡丹绽放”——曲艺英才培育行动首批 10 位入选者经过两年的跟踪培养，在业界树立了良好的口碑并发挥了较大的影响力，已经具备了成为曲艺界行业领军人物和各曲种代表性人物的基础。

行风建设是突破口和切入点。通过《中国曲艺工作者行为守则》《中国曲艺工作者行为守则实施办法》的发布和中国曲艺家协会行风建设委员会的运行，行业自律将不再是挂在嘴上的口号，不再是稻草人和纸老虎，曲艺界行业自律的良性运行机制正在逐步形成和完善。

行业服务管理是重要抓手。“既看作品，又重人品”“社会效益、社会价值第一”等将成为各种评奖办节、展演展示平台的重要导向。用文艺评论的方式引导曲艺创作表演将成为常态。曲艺大师纪念活动、曲艺名家新秀示范演出、中国曲艺牡丹奖得主和曲艺界优秀共产党人的先进事迹等将对广大曲艺工作者起到重要的榜样示范作用。针对广大曲艺工作者最关心、最紧迫、最现实的诉求，创作、表演、评论、学习、交流、传播的广阔平台将进一步搭建，广大曲艺工作者将获得更多的技艺交流、风采展示、活动开展信息。曲艺维权工作将成为曲艺家协会组织吸引和服务曲艺工作者新的着力点。

随着中国文学艺术界联合会深化改革的逐步实施，包括曲艺家协会组织在内，需要改革创新体制机制，工作向基层倾斜，服务向最广大曲艺工作者拓展，实现转型发展。通过在行业建设中下好一盘棋，精心布局，充分发挥团结引导、联络协调、服务管理、自律维权职能，巩固行业建设主导地位，曲艺家协会的组织活力、向心力、吸引力、影响力、凝聚力将不断增强。

（四）曲艺活动与新媒体融合趋势加快，以新媒体为载体的曲艺虚拟社区化日益成型

近期以来，曲艺出现了较大规模的“触网”，代表性曲艺人大部分是“80后”“90后”，他们思维活跃、新意迭出，在坚守传统曲艺内在精神的前提下，积极赋予曲艺各种新形式。2016年，在曲艺与新媒体融合的过程中，有个趋势日渐明显：新媒体的扩散效应使曲艺的跨界性日益突出，曲艺与其他文化艺术形式之间的边界越来越模糊，人们通过曲艺活动在交互媒介空间中形成了虚拟性的社区认同。2016年，以曲艺杂志社数字化出版和新媒体营销项目工程实施为标志，适应传统媒体和新媒体融合的趋势，越来越多的曲艺家协会组织和曲艺团体开始树立互联网思维，寻求线上线下多方位合作，注重发挥网络、微信、微博以及手机APP等新媒体的作用，加强曲艺从业者之间的信息沟通交流，扩大曲艺艺术的辐射面和影响力。“江苏曲艺”“河南曲艺”微信公众号打造创作者与表演者沟通的平台。西安青曲社和中国最大的数字网络电视（IPTV）运营商“BesTV”联合推出“曲苑”频道上线。新媒体和传统媒体融合发展，将传统的曲艺艺术与现代声光手段、舞台艺术及各种新型传播手段融合在一起，打破了传统的“表演—接受”关系，使演员、观众及各种粉丝人群围绕曲艺形成了复杂的交往关系，促生了人们在这种交往关系中的“在一起”的虚拟社区体验。根据观察，相比其他网上文化活动，新媒体平台上曲艺活动“活跃度最高”“话题最集中”“舆论导向最具冲突性”，这充分说明，“曲艺+新媒体”不是简单地获取了新工具的问题，而是蕴含着更大的生态培育力量。可以预见，随着新媒体对人们生活渗透的日益深入，“曲艺+新媒体”必将走上更加迅速的进化之路。

针对当下曲艺发展问题，把握曲艺发展的整体趋势，我们提出如下四条建议：

1. 进一步增强广大曲艺工作者为人民说唱的宗旨意识和服务意识

当下曲艺发展出现了一味迎合观众低级趣味而呈现出消费化、娱乐化以及传统曲艺糟粕不断“借尸还魂”的现象。根本原因在于一部分曲艺人的价值观与社会主义核心价值观存在的偏离和错位，但对整个业界形象的影响不容小觑。

曲艺发展曾经存在一个人为误区，即认为曲艺是“小道”，认为它的优势在于混迹“杂巴地”，专门迎合人们的低级趣味，一门心思挑逗人们内心的消极情绪。在曲艺小剧场兴起的一段时间中，这种取向却获得了很多观众的追捧，但时间一长，观众对曲艺这种取向渐渐生厌。

在市场化大潮中，曲艺自由职业者大量出现，据不完全统计，占全国曲艺工作者60%。由此带来了许多问题：在竞争环境中容易竞争过度，唯利是图；缺乏社会归属感与身份认同感将容易使其言论失当，造成消极的社会影响；数量庞大的自由职业者是曲艺文化传承的有生力量，但劳动者合法身份的缺失与社会认同的缺席必将导致其文化自觉的缺位。归根结底，这些问题在于曲艺自由职业者的“自由”性。曲艺自由职业者类似于行业中的“鲶鱼”，他们频繁地越界，但其越界一方面给一味守成的曲艺队伍造成了冲击，另一方面，在他们的越界中也潜藏着可观的曲艺创新契机。因此，对曲艺自由职业者从业问题应特别给予关注，在新形势条件下探索曲艺家协会组织与引导自由职业者的方法与手段，成为特别紧要的问题。

曲艺要发展，要有大格局，必须广泛团结曲艺工作者，特别是曲艺自由职业者，与他们交朋友，为他们谋发展，引导他们树立积极的人生观和正确的价值观，将自己的创作与人民大众大多数人的利益联系在一起，从而实现自我价值和社会价值。这是曲艺发展的头等大事。

2. 曲艺行业建设应持续推进制度化、规范化

行业建设是当前曲艺发展的重中之重，在中国曲艺家协会的推动下，曲艺行业建设工作成绩巨大，行业自律的制度化、规范化都已取得显著成果，在曲艺行业内部取得了积极反馈，同时在社会上也产生了良好评价。

曲艺行业建设的制度化、规范化应持续推进，不断完善，为行业自律打下真正具有约束力和权威性的框架。《中国曲艺工作者行为守则》的发布与中国曲艺家协会行风建设委员会的成立，是曲艺行业制度化、规范化的巨大实绩。然而，对久已缺乏制度与规范的曲艺行业而言，会出现部分业内人员与业内行为对制度规范的反弹。面对反弹，必须依据制度规范加以引导，并依据行业内公序良俗给予公开谴责，以强化行业制度规范的权威性。同时，在行业制度规范具体执行中根据实际出现的新问题吸纳情况进行适当调整，或做好与其他行业规范的衔接，使之逐步完善，成为最广大曲艺工作者所认同的约束信条。

3. 进一步推动曲艺传统媒体与新媒体融合发展传播

在日益加速的媒介化进程中，曲艺活动与新型媒介间的融合必将越来越深入。因此，试图忽视或否认未来曲艺传播的媒介更新将越来越快是不现实的鸵鸟心态，进一步推动曲艺传播在传统媒体与新媒体融合中的手段创新才是适应时代的明智之举。“曲艺＋新媒体”相比其他的网上文化活动更容易使人们产生一种虚拟的社区认同感。这种虚拟的社区认同感是人们在电子化时代现实认同弱化的一种补偿，它通过曲艺的形式重新建立了人与人之间的交际与交往关系，刷新了人们的社会角色，而使人们在网络空间中获得积极健康的存在体验。曲艺应充分利用媒体融合发展、网民数量庞大、市场前景广阔的重大契机，迎头赶上，把视野延伸到网上，把网络受众放在心上，创作适合网络传播的作品，用积极开放的态度正面对待、善加引导，从而使曲艺发展在新型媒介空间中开拓出一片沃土。

4. 进一步发挥理论评论对曲艺事业发展的推动指引作用

曲艺艺谚有云，“评书无评如目无睛”。曲艺评论是曲艺创演的一面镜子和一剂良药，是对曲艺创演的审美评价和曲艺发展实践的理性观照。曲艺评论是揭示曲艺作品的美和缺点的科学，应做到是其是，非其非，辩证思考，客观公正，健康理性，向上向善。没有曲艺评论，很难说曲艺创演能够沿着正确的轨道砥砺前行。因此，加强和改进曲艺学术批评和评论就显得尤为紧要。

一是切实把曲艺评论提到更加突出的地位，让评论家及时到达创演现场。在重大主题活动中，组织评论家对曲艺作品进行跟踪评价，举办专题研讨，不断增强曲艺评论的针对性和时效性；有意识地将曲艺评论环节前置，与创作表演同频共振，有效发挥曲艺评论对创演的指导作用。二是启动曲艺评论人才培养计划，集结曲艺评论队伍，扩大曲艺评论的参与度和关注度。吸引专业人才加入曲艺评论研究队伍，将更多学有专长、用有特长的优秀评论人才团结在曲艺家协会组织的周围。建立优秀曲艺理论评论人才库，扎实推进特约评论员队伍建设，定期举办曲艺评论家研修班，把现有的曲艺评论“游击队”历练成长为“正规军”。三是通过开办微信公众号等新媒体工具弥补评论阵地的不足，扩大曲艺评论的社会覆盖面和影响力。在充分利用现有传播阵地的基础上，积极整合各级各类曲艺评论传媒资源，有效拓展曲艺评论的传播空间，掌握话语权，努力形成多点发声、共同发声、正确发声的曲艺评论传播格局。四是完善曲艺舆情信息搜集报送分析机制，及时了解和准确掌握曲艺最新动态和趋势，加强调查研究，及时对新思潮、新现象、新问题进行精准分析和科学研判，切实发挥曲艺评论的导向引领作用。

董耀鹏　中国曲艺家协会分党组书记，中国文艺评论家协会副主席
耿波　中国传媒大学副教授

专题

中国艺术研究院曲艺研究所庆祝建所 30 周年

【概况】

2016 年 12 月 10 日，中国艺术研究院曲艺研究所举办 30 周年所庆，并举行了“‘奠基与提升’——中国艺术研究院曲艺研究所成立 30 周年学术座谈会”，会议邀请了全国曲艺界和学术界的同行代表，汇聚一堂，研讨交流，回顾展望，共同欢庆。座谈会由曲艺研究所所长吴文科主持，中国艺术研究院常务副院长吕品田致欢迎词，中国艺术研究院院长、中国非物质文化遗产保护中心主任连辑在会议结束时发表了重要讲话。文化部艺术司和中国曲艺家协会为中国艺术研究院曲艺研究所成立 30 周年发来贺信；连辑院长并为曲艺研究所成立 30 周年题词：“随风潜入夜，润物细无声”，罗扬主席为曲艺研究所成立 30 周年题词：“理想引领前行，促进曲艺繁荣”。除了召开学术座谈会，中国艺术研究院曲艺研究所还在文化艺术出版社出版了名为《三十而立：中国艺术研究院曲艺研究所成立三十周年纪念》的学术文集，在 12 月 9 日的《中国艺术报》上推出了题为《激扬学术理论，推动曲艺繁荣——中国艺术研究院曲艺研究所成立 30 周年巡礼》的专版文章，构成了纪念成立 30 周年的系列内容。

【观点】中国艺术研究院曲艺研究所成立 30 周年巡礼

◎ 吴文科

中国艺术研究院曲艺研究所是在老一辈无产阶级革命家、党和国家重要领导人、曲艺界的良师益友陈云同志的亲切关怀下，在老一辈文艺家尤其是曲艺界众多专家艺术家如音乐家吕骥，曲艺家陶钝、罗扬、骆玉笙、侯宝林等和中国曲艺家协会等专业机构的合力推动下，于 1984 年开始筹建、1986 年正式成立的我国唯一国家级曲艺研究学术机构。主要职能是组织开展中国曲艺的基础史论研究和发展状况调研，收集整理古今中外有关曲艺的各种史料文献，策划编纂曲艺研究的专业书刊，培养孵化曲艺研究的学术人才，为承续曲艺传统、繁荣曲艺创演、传扬曲艺文化、开展专业咨询提供学术支撑。沈彭年、陈义敏、姜昆先后担任所长，贾德臣、蔡源莉、熊志强先后担任副所长，张亚昕曾任学术秘书。现任所长吴文科，副所长田莉。在该所工作过的知名人士，有著名相声作家梁左等。

建所 30 年来，曲艺研究所在组织开展曲艺研究、承担完成重大项目和培养孵化学术人才等方面，发挥了国家平台、学术中坚和工作骨干等核心作用。几代学人筚路蓝缕、呕心沥血、坚守阵地、开拓进取，完成并推出了一大批具有学科奠基意义的基础史论性重要学术成果，包括集体或个人编著的学术著作《说唱艺术简史》（中国艺术研究院曲艺研究所编，文化艺术出版社 1988 年版）、《“说唱”义证：曲艺论集》（吴文科著，中国文学出版社 1994 年版）、《中国曲艺史》（蔡源莉、吴文科著，文化艺术出版社 1998 年版）、《中国曲艺・杂技・木偶戏・皮影戏》（陈义敏参与主编，吴文科、蔡源莉参与编写，文化艺术出版社 1999 年版）、《中国曲艺艺术论》（吴文科著，山西教育出版社 2000 年版）、《中国曲艺通论》（吴文科著，山西教育出版社 2002 年版）、《中国曲艺通史》（姜昆、倪钟之主编，人民文学出版社 2005 年版）、《中国曲艺概论》（姜昆、戴宏森主编，人民文学出版社 2005 年版）、《曲艺综论》（吴文科著，北京时代华文书局 2015 年版）、《苏州评弹散论》（吴文科著，古吴轩出版社 2015 年版）、《民国曲艺史》（蔡源莉著，北京时代华文书局 2016 年版）和“全国艺术科学规划重大研究项目”《中国艺术通史》的“曲艺”章节［吴文科任“清代（上）卷”副主编及明、清两卷“曲艺”章节撰稿人，北京师范大学出版社 2006 年版］等。其中的部分著述，获得了全国及省部级以上的奖项。如吴文科著《中国曲艺艺术论》2002 年获第 13 届“中国图书奖”，《中国曲艺通论》2003 年获“全国优秀艺术图书奖”，侯鑫参与编辑的《侯宝林相声全集》（14 片 CD）2004 年获国家新闻出版总署颁发的优秀音像制品奖，贾德臣参与编纂的《中国艺术百科辞典·曲艺卷》2006 年获文化部第二届文化艺术科学优秀成果二等奖，蒋慧明的文章《从农村大炕走进城市包厢的二人转》2006 年获第四届中国曲艺“牡丹奖·理论奖”，吴文科以主编《中国大百科全书》（第二版）“曲艺”学科的条目稿在 2009 年 9 月获得了中共中央宣传部和中华人民共和国新闻出版总署的联合表彰，等等。

由中华人民共和国文化部、国家民族事务委员会和中国曲艺家协会于 1986 年年初联合启动编纂、2011 年年底全部完成出版、前后历时 25 年的“国家社科基金资助重大项目”暨“国家艺术科学规划重点项目”《中国曲艺志》（29 卷，约 3 000 万字，新华出版社及中国 ISBN 中心出版）的编纂工作，主要是由曲艺研究所的部分专家学者具体参与承担编纂组织和学术审定工作并得以最终完成的。《中国曲艺志》总编辑部就设在曲艺研究所，蔡源莉研究员和吴文科研究员先后担任总编辑部主任，二人因在该项目编纂工作中的长期辛勤贡献，先后同获中华人民共和国文化部颁发的“编审成果奖”和“特殊贡献个人奖”。

此外，曲艺研究所的研究人员还各自申报承担了一些不同层级的科研项目，或受聘担任了较为重要的专业职责。如贾德臣研究员 1997 年申请承担“全国艺术科学‘九五’国家重点研究课题”《中国当代曲艺发展研究》；吴文科研究员 2001 年受聘担任《中国大百科全书》（第二版）“曲艺”学科主编，2016 年又受聘担任《中国大百科全书》（第三版）“曲艺”学科主编；田莉副研究员 2003—2006 年申请承担“全国艺术科学‘十五’规划国家年度课题”《中国古代说唱艺术批评史》，2010 年申请承担文化部立项课题《中国曲艺当代发展问题的研究》；蒋慧明副研究员 2007 年申请承担“文化部文化艺术科学研究项目”《相声表演艺术研究》。

曲艺研究所一直秉承“学术服务社会，理论联系实际”的办所方针，坚持立足自身，“开门办所”。不惟故纸堆，不做空学问。30 年来，先后搭建了各种学术交流和艺术观摩的专业平台，独立组织或联合开展了一系列共计 50 多个（次）全国性或地域性的学术研讨与艺术观摩活动，如“首届中国曲艺美学研讨会”（1992 年 2 月，北京）、“孙书筠京韵大鼓艺术研讨会”（1999 年 5 月，北京）、“侯宝林相声艺术国际研讨会”（2002 年 11 月，北京）、“‘相声与文学’研讨会”（2004 年 2 月，天津）、“中国曲艺团长高峰论坛”（2006 年至 2016 年隔年分别在苏州、广州、扬州、济南、北京和扬州连办六届）、“夏雨田优秀曲艺作品研讨暨武汉说唱团晋京学术观摩展演活动”（2006 年 7 月，北京）、“生活与思想：当下曲艺创作研讨会”（2007 年 4 月，合肥）、“对话学术：苏州评弹艺术团赴中国艺术研究院学术观摩演出”活动（2007 年 5 月，北京）、“全国传统曲艺保护与发展学术研讨会”（2007 年 7 月，泰安）、“马季艺术人生座谈会”（2007 年 12 月，北京）、“苏文茂相声艺术研讨会”（2008 年 3 月，天津）、“纪念相声大师侯宝林诞辰 90 周年艺术研讨会”（2008 年 5 月，北京）、“绍兴莲花落百年纪念学术研讨会”（2008 年 11 月，绍兴）、“程永玲四川清音艺术研讨会”（2009 年 6 月，成都）、“浙江曲艺传承保护论坛”（2009 年 7 月，杭州）、“江苏常州地方曲艺发掘抢救学术观摩展演及研讨活动”（2009 年 10 月，北京）、“浦东说书传承保护学术研讨会”（2009 年 11 月，上海）、“苏州弹词《雷雨》研讨会”（2010 年 5 月，北京）、“中国曲艺·江南论坛”（2011 年 5 月，常熟）、“中国曲艺传承论坛暨名师高徒学术观摩展演活动”（2011 年 11 月，义乌）、“周良与苏州评弹研究学术研讨会”（2012 年 5 月，苏州）、“湖南非物质文化遗产曲艺类项目传承研讨班”（2012 年 7 月，常德）、“常德‘鼓书’进京学术观摩展演”及“常德‘鼓书’传承发展学术研讨会”（2013 年 10 月，北京）、“曲艺学研究生培养工作座谈会——庆祝曲艺学研究生培养工作开展 10 周年”（2013 年 12 月，北京）、“大运河流域曲艺学术交流展演及研讨活动”（2014 年 8 月，济宁）、“扬州曲艺进京学术观摩展演”及“扬州评话传承发展学术研讨会”（2014 年 9 月，北京）、“全国‘鼓书’观摩交流座谈会”及“湖南常德·全国‘鼓书’学术邀请赛”（2014年和2016年连办两届，常德）、“常德‘鼓书’传承保护田野调查（系列）活动”（2015年7月，常德）、“中国河间·西河大鼓书会”及‘西河大鼓发展论坛”（2014年以来连办三届，河间）、“上海浦东·全国宣卷传承论坛”及“‘周浦杯’全国宣卷学术邀请赛”（2015年11月，上海）、“苏州评弹艺术研究座谈会”（2016年5月，苏州），等等。同时，为增强研究力量，提升学术水平，还曾通过中国艺术研究院先后聘任相声艺术家侯宝林和马三立、山东快书艺术家高元钧、京韵大鼓艺术家骆玉笙等为特约研究员。本所的部分学者也受聘担任了全国其他一些高等院校和科研院所的兼职研究员或教授。

进入21世纪以来，随着中国艺术研究院艺术科研、艺术创作、艺术教育三足鼎立办院方略的逐步实施，曲艺研究所采取多项措施，一方面着力提升学术研究的专业水平，另一方面努力强化学术交流的内外效能。不仅创办设立了面向所内外并辐射曲艺业界与研修学子的高端专业学术讲坛——中国艺术研究院曲艺研究所“学术报告会”，不定期地邀请所内外的学界同人，就各自研究的最新成果与心得、曲艺学术研究与艺术创演的最新动向与传承状况等，进行专题讲座和互动交流。自2012年3月创办以来，“学术报告会”已陆续举办了8期；而且，所内的高级研究人员还在中国艺术研究院研究生院担任教职，招收培养“曲艺史论”方向的硕士研究生和“曲艺学”专业的博士研究生，同时招收和培养“曲艺创作与表演”方向的专业硕士生，接受访问学者。为中国艺术研究院研究生院开设并讲授“曲艺学导论”“曲艺理论”“中国曲艺史”“曲艺批评”“曲艺鉴赏”等专业基础课程，是目前国内唯一招收培养不同层次曲艺学研究生的专业机构，为培养曲艺研究和创作表演的各类高端人才，发挥了重要作用。

在欢庆建所30周年之际，中国艺术研究院曲艺研究所全体同人深切怀念和感戴为创建曲艺研究所发挥了重要和关键作用的老一辈无产阶级革命家、党和国家重要领导人、曲艺界的良师益友陈云同志及其亲切关怀；深切怀念和感谢为了曲艺研究所的创建和发展竭尽呼吁和推动之力的老一辈文艺家，尤其是曲艺界的众多专家艺术家，包括已故的著名音乐家吕骥，著名曲艺家陶钝、骆玉笙、侯宝林和健在的罗扬同志等以及中国曲艺家协会等同业组织；同时，也深切怀念为曲艺研究所的初创付出了辛勤劳动和重要贡献的首任所长沈彭年先生，以及英年早逝的著名相声作家梁左先生；深切怀念并感谢通过长期主持《中国曲艺志》的编纂工作，为曲艺研究所的学术积淀和人才成长提供特殊助力的已故学者王波云先生及健在的罗扬、周良等前辈学者。30年的风雨历程和辉煌成就无不说明，曲艺研究所每一项工作的开展及每一个成绩的取得，都离不开全体同人的协力同心，更离不开社会各界尤其是党和政府与各级领导的关心指导，也离不开业界同人与各级组织的支持配合。在未来的发展中，曲艺研究所将继续坚持自身优良的学术传统，秉承“学术服务社会”的宗旨和“理论联系实际”的学风，立足学术，面向艺术，开门办所，开拓创新。继续将基础研究摆在首位，继续将现状调研作为重点，继续把国家需要作为首选，继续使个人优长充分发挥。力图将曲艺研究所办成曲艺研究名副其实的国家平台、学科龙头、学术重镇和人才高地，成为有力激扬学术理论、有效推动曲艺繁荣的真正“国家队”和“思想库”，为中华文化的永续发展和中华民族的伟大复兴，做出自己应有的贡献！

原载《中国艺术报》2016年12月9日
吴文科　中国曲艺家协会副主席，中国艺术研究院曲艺研究所所长、研究员

【媒体观点】中国艺术研究院曲艺研究所成立30周年学术座谈会举行

◎ 欣文

2016年是中国艺术研究院曲艺研究所成立30周年。12月10日，“奠基与提升”——中国艺术研

究院曲艺研究所成立30周年学术座谈会在北京中国艺术研究院举行。来自文化部艺术司、中国曲艺家协会和北京、辽宁、江苏、福建等省市曲艺家协会的有关负责人，以及表演艺术家刘兰芳、姜昆、冯巩、田连元等全国曲艺界、学术界代表50余人济济一堂研讨交流，共贺中国艺术研究院曲艺研究所成立30周年，回顾、展望曲艺研究所的发展。中国艺术研究院院长连辑出席。

曲艺研究所1984年开始筹建、1986年正式成立，是我国唯一的国家级曲艺研究学术机构，主要职能为组织开展中国曲艺的基础史论研究和发展状况调研，收集整理古今中外有关曲艺的各种史料文献，策划编纂曲艺研究专业书刊，培养孵化曲艺研究学术人才，为承续曲艺传统、繁荣曲艺创演和传扬曲艺文化提供学术支撑。座谈会上，与会人士高度评价曲艺研究所成立30年来取得的成就，并结合曲艺事业发展对其今后发展踊跃建言。

今后，曲艺研究所将继续坚持自身优良的学术传统，秉承“学术服务社会”的宗旨和“理论联系实际”的学风，立足学术、面向艺术，开门办所、开拓创新；继续将基础研究摆在首位，将现状调研作为重点，把国家需要作为首选，打造曲艺研究名副其实的国家平台、学科龙头、学术重镇和人才高地。

原载《中国文化报》2016年12月12日

欣文 《中国文化报》记者

【媒体观点】承续曲艺传统　传扬曲艺文化

◎ 徐健

2016年是中国艺术研究院曲艺研究所成立30周年。12月10日，该所以召开“‘奠基与提升’——中国艺术研究院曲艺研究所成立30周年学术座谈会”的方式庆生。

中国艺术研究院曲艺研究所是我国唯一的国家级曲艺研究学术机构，成立30年来，该所围绕自己的主要职能，组织开展中国曲艺的基础史论研究和发展状况调研，收集整理古今中外有关曲艺的各种史料文献，策划编纂曲艺研究的专业书刊，培养孵化曲艺研究的学术人才，为承续曲艺传统、繁荣曲艺创演和传扬曲艺文化提供学术支撑；完成并推出了《说唱艺术简史》《中国曲艺史》《中国曲艺通论》《中国曲艺通史》《中国曲艺概论》等一批具有学科奠基意义的重要学术成果，具体承担了国家重大科研项目《中国曲艺志》（29卷）的编纂组织和学术审定工作，为我国曲艺的学术研究、学科建设、文化传承和创演繁荣，做出了积极而又重要的贡献。

与会者高度评价了曲艺研究所成立30年来取得的成就，希望面向未来的曲艺研究所能继续坚持自身优良的学术传统，秉承“学术服务社会”的宗旨和“理论联系实际”的学风；继续将基础研究摆在首位，将现状调研作为重点，把国家需要作为首选，将曲艺研究所办成曲艺研究名副其实的国家平台、学科龙头、学术重镇和人才高地，成为有力激扬学术理论、有效推动曲艺繁荣的真正“国家队”和“思想库”。除了召开学术座谈会，曲艺研究所还出版了名为《三十而立：中国艺术研究院曲艺研究所成立30周年纪念》的学术文集。

原载《文艺报》2016年12月14日

徐健　中国文艺评论家协会会员、《文艺报》新闻部主任

第六届中国曲艺团长高峰论坛

【概况】

2016年5月15日至17日，由中国艺术研究院曲艺研究所发起组织，全国各地各类曲艺团体和机构及其主要负责人积极参与的“第六届中国曲艺团长高峰论坛”在江苏省扬州市举办。本届论坛的主题是“曲艺创演：从‘高原’到‘高峰’”，旨在通过深入学习和贯彻习近平总书记在文艺工作座谈会上的重要讲话精神，紧密联系各自实际，探讨并交流各地各类曲艺团体在合力推动曲艺创演由“高原”向“高峰”迈进过程中的主攻方向与现实路径，在为曲艺创演的现实瓶颈深感忧虑的同时提出改善曲艺创演现实困境和推动曲艺创演发展繁荣的策略，奋力推进中国特色社会主义曲艺事业的发展繁荣。

【观点】第六届中国曲艺团长高峰论坛倡议书

◎ 第六届中国曲艺团长高峰论坛全体与会代表

通过论坛交流，我们来自全国50多个曲艺创演、研究、教育、传播、保护和服务团体与机构的70多名代表，在为曲艺创演的现实瓶颈深感忧虑的同时，提出并形成了改善曲艺创演现实困境和推动曲艺创演发展繁荣的诸多共识。为强化本次论坛的题旨认识，扩大论坛交流的实际效能，在论坛闭幕之际，特向全国同行及有关方面发出如下倡议：

（一）曲艺是历史悠久、传统深厚、品类繁多、特色独具的艺术门类，在建设中国特色社会主义文化强国、全面建成小康社会和实现中华民族伟大复兴中国梦的历史进程中，具有特殊价值，担负重要使命。全国曲艺工作者，尤其是身处创作表演第一线的广大同人，一定要继续发扬深入生活的优良传统，坚持服务百姓的职业本真，自觉肩负神圣职责，切实履行光荣使命，依靠自己的辛勤努力，持续推出大量思想性和艺术性俱佳的精品节目，不断满足各地民众的曲艺欣赏需求。

（二）各地各类曲艺团体和机构是繁荣发展我国社会主义曲艺事业的主要阵地。在进行曲艺创作和表演、开展曲艺研究与评论，以及培养曲艺人才、传承曲艺艺术、传播曲艺文化、组织曲艺活动和提供曲艺服务的过程中，要把社会效益放在首位，把出人才和出精品作为主导，尊重并维护曲艺自身的艺术规律，将推进曲艺事业的全面繁荣和持续发展作为核心目标。尤其面对市场经济的社会环境，要正确处理好经济效益与社会效益的关系，正确处理好节目数量与创演质量的关系，正确处理好发展自身行业和培育文化生态的关系，各司其职、形成合力，努力为扭转当前曲艺界存在的不良创演及经营倾向做出自己的贡献。

（三）为切实改进各地各类曲艺团体与机构的相应工作，当前尤其要按照习近平总书记2014年10月15日在文艺工作座谈会上的重要讲话精神，仔细对照检查，努力贯彻执行。特别要牢记创作是自己的中心任务，作品是自己的立身之本；牢记“万丈高楼平地起”“树高千尺不离根”的基本道理，扎根中华文化沃土，坚持曲艺美学精神；坚守艺术理想，不当市场奴隶；不断提高学养、涵养、修养，加强思想积累、知识储备、文化修养和艺术训练，通过奉献优秀节目培育核心价值，引领时代风气。

（四）一个时期以来，曲艺创演中不同程度地存在着内容与格调的粗鄙化、浅陋化和低俗化倾向。把低俗当通俗，甚至庸俗和媚俗的东西，在相当一些创演实践以及节目中大量存在；拿残疾人的生理缺陷开涮搞笑和颠覆传统、恶搞经典、消解崇高等早已被前辈所唾弃、被历史所淘汰，缺乏善美情怀的节目与表演，不时沉渣泛起；违背自身艺术规律的“戏剧化”“歌舞化”“杂耍化”等偏误现象，在“创新”的名义下时有所见，极大破坏了曲艺的传统，严重败坏了曲艺的声誉。对于这些不良倾向，要自觉予以抵制。以此坚守曲艺本体，弘扬曲艺传统，维护曲艺特性，推动曲艺繁荣。

（五）大力培育德艺双馨、富于理想的曲艺新人，不断推出思想精深、艺术精湛、制作精良的曲艺精品，是推动曲艺创演跨越“高原”迈向“高峰”的根本途径，也是各地各类曲艺团体与机构的工作本分。为此，必须树立远大理想，确立崇高目标，深具善美情怀；坚持以人民为中心的创演导向，秉持向上、向善、向前的价值追寻；不在为什么人的问题上发生偏差，不在价值目标上迷失方向。为此，一定要深刻继承传统，夯实艺术基本功，坚持开拓创新，致力精益求精；不见利忘义，不丧失操守；善于进取，勇于担当。用自身的真情投入和不懈付出，自觉践行曲艺团体的自身使命。通过构筑艺术高峰的有益实践，不断焕发引领风尚、教育人民、服务社会、推动发展的正能量，切实推动我国社会主义曲艺事业的健康发展与持续繁荣。

原载《中国艺术报》2016 年 5 月 17 日

【观点】合力推动曲艺创演向“高峰”攀升

◎ 吕品田

曲艺历史悠久、传统深厚，是中华民族艺术文化的重要组成部分。在建设中国特色社会主义文化强国的历史进程中，发挥着不可替代的重要作用。全国各地的曲艺创作表演团体、曲艺学术研究机构、曲艺人才培养部门、曲艺传承保护单位、曲艺经营传播行业和曲艺协作服务组织，是推动曲艺创演、升华曲艺理论、培养曲艺人才、承续曲艺血脉、传播曲艺文化、发展曲艺事业的重要依托和主要阵地，分别担负着创作、表演、研究、教学、传承、传播、保护、发展以及组织引导、联络协调、服务管理、自律维权等重要职能；是繁荣发展曲艺创演、整理传扬曲艺文化、切实确保曲艺活力和全面推进曲艺事业的核心力量。面对一个时期以来曲艺创演有数量、缺质量，有“高原”、缺“高峰”的堪忧现象，各级各类曲艺专业团体和机构，更是负有不可推卸的主体责任。如何突破创演瓶颈，推动曲艺走向繁荣，便成为大家义不容辞的艰巨使命。在这样的情势下，本届中国曲艺团长高峰论坛将交流的主题确定为“曲艺创演：由‘高原’到‘高峰’”，非常及时也十分必要。对于凝聚思想智慧、探求理论支撑，无疑有着重要的作用与意义！一定会在畅所欲言、各抒已见和深入切磋、相互启迪的过程中，共同探寻有效突破创演瓶颈并大力推进创演繁荣的切实路径，以此谋求破解当前曲艺创演有数量、缺质量现实困境的有效办法，为曲艺舞台的绚丽多彩提供相应助力。

中国艺术研究院曲艺研究所作为国家级的曲艺学术研究机构，成立 30 年来，先后组织编写和出版了《说唱艺术简史》《中国曲艺史》《中国曲艺通论》《中国曲艺通史》《中国曲艺概论》等一系列具有学科奠基意义的重要著作，部分研究人员还长期参与并具体承担了国家重大科研项目《中国曲艺志》的编纂组织与学术审定工作，为曲艺的学术研究和艺术繁荣，做出了积极而又重要的贡献。近年来，随着中国艺术研究院艺术科研、艺术教育、艺术创作“三位一体”总体发展格局的形成，曲艺研究所在继续深化学术研究的同时，一些高级研究人员也招收和培养硕士和博士研究生，成为目前全国唯一招收“曲艺学”研究生的科研与教学机构，是培养曲艺高端人才的重要阵地。

10年前，曲艺研究所秉持“理论联系实际”的学风和“学术服务社会”的精神，发起创办了旨在“强化行业内部协作意识，交流事业经营有益经验，促进学术艺术良性互动，推动曲艺创演健康发展”的“中国曲艺团长高峰论坛”，并团结全国各曲艺表演团体、曲艺研究机构、曲艺教育部门、曲艺保护组织、曲艺传播单位和曲艺行业协会的负责同志，先后在苏州、广州、扬州、济南和北京成功举办了五届，得到了有关各方的积极支持与社会各界的普遍赞誉。本届论坛能在江苏省扬州市继续顺利举办，表明这种学术与艺术的双向互动，得到了大家的积极响应，赢得了业界的广泛认可，已然成为发展繁荣曲艺事业的重要品牌活动，值得继续坚持和不懈努力。

扬州作为中国曲艺的艺术重镇，不仅产生过扬州评话、扬州弹词和扬州清曲等重要曲种，而且涌现过王少堂、张慧侬、王万青等声贯南北的曲艺大家及众多引人入胜的经典节目。本届论坛举办之际，正值扬州市曲艺研究所举办“弦歌扬州梦——包伟个人曲艺专场”及该所国家艺术基金资助项目——扬州弹词《梅兰芳·蓄须明志》的验收活动。这为论坛活动增添了丰富而又独特的内涵，通过观看和参与，也为曲艺工作者近距离观摩、考察和学习、借鉴扬州的曲艺工作及最新成就，提供了十分难得的便利条件。扬州市文化广电新闻出版局及扬州市曲艺研究所为论坛活动的成功举办，付出了巨大的辛劳与努力；扬州也是迄今唯一两次承办第三届和第六届中国曲艺团长高峰论坛的地方，对本论坛的贡献尤为巨大。这种热情参与的精神和积极无私的奉献，值得我们学习和礼赞！

原载《中国艺术报》2016年5月30日
吕品田　中国艺术研究院常务副院长

【观点】扎实推进扬州曲艺的创演繁荣

◎ 季培均

扬州是中国首批24座历史文化名城之一，有6 000多年的文明史、2 500年的建城史，2015年是扬州建城2 500周年。扬州自古就是中国曲艺重镇。扬州出土的西汉说书俑，表明扬州曲艺的渊源至少可追溯至2 000年前。《陶庵梦忆》记载扬州清明时，“老僧因果，瞽者说书，立者林林，蹲者蛰蛰”。这表明在明代的时候，扬州曲艺活动就已经非常繁盛。从明末的柳敬亭开始，扬州曲艺更为成熟，特别是清中叶以来，由于扬州经济、文化高度发达，曲艺活动达到鼎盛，一时间扬州曲艺流派纷呈、人才辈出。至民国时期，扬州曲艺又进入一个新的高峰，书场林立、曲艺从业人员众多，仅扬州评话一个曲种的艺人就有300人左右，更产生了一代宗师王少堂。

扬州的曲艺样式有扬州评话、扬州清曲、扬州弹词，还有道情、鼓书、讲经等。其中，扬州评话、扬州弹词、扬州清曲被列入国家级非物质文化遗产名录。一个城市有这么多曲种，同时有三个曲种列入国家级非遗，这在全国也是不多见的。其中，如扬州评话，据胡士莹在其《话本小说概论》中的研究，中国评话最初的中心即在扬州，后来仍然是主要的中心。王派《水浒》、康派《三国》《皮五辣子》《八窍珠》《绿牡丹》等说书节目，均独具艺术魅力；再如扬州清曲，不仅直接滋育了扬州的地方戏——扬剧，更是影响了辽宁“昆高笛曲”、湖北“恩施扬琴”、“广东南音”、“四川清音”、“云南扬琴”、江西“赣州南北词”、湖南“常德丝弦”、河南“大调曲子”、江西“九江清音”、“贵州文琴”、湖北“襄阳小曲”等南北数十个曲种。

近年来，扬州市贯彻落实习近平总书记在文艺工作座谈会上的重要讲话精神，在有关各方的精心指导下，积极推动扬州曲艺的艺术传承与创新发展。

一是坚持以人民为中心的工作导向，牢牢把握曲艺工作的根本目标。坚持深入生活、扎根人民，从基层汲取创作源泉，先后新创作了获得中国曲艺牡丹奖节目奖的作品——中篇扬州弹词《盛世红伶》、国家艺术基金舞台艺术创作资助项目扬州弹词《梅兰芳·蓄须明志》，以及长篇扬州评话《王少堂》等；并组织艺术家深入街道、社区，开展曲艺书场进社区、曲艺下乡活动，在全市 16 个书场每年免费演出 1 300 多场。深入学校，开展高雅艺术进校园活动，每年组织 3 场左右曲艺综合演出与曲艺讲座，每年开展百余场曲艺授课活动。

二是构建以人才为核心的工作格局，夯实扬州曲艺的发展基础。积极培养曲艺新人，开办中专学历曲艺班，在多个中小学广泛开展曲艺兴趣班；不断推出拔尖人才，选送一批优秀曲艺人才到高等艺术院校深造，刘芋君、康康、马伟、谭敏等先后获得中国曲艺牡丹奖新人奖及江苏曲艺芦花奖表演奖；努力打造领军人才，2014 年举行了马伟扬州评话专场演出，本届论坛期间，举行包伟扬州弹词专场演出。

三是拓宽以项目为重心的工作路径，重点开展曲艺创作项目。2016 年开展了为十大清曲填词活动，收到投稿千件。积极开展曲艺传承保护项目，每年整理出版一本扬州传统曲艺曲本。系统开展老艺术家艺术档案整理工作，2015 年进行了杨明坤版《皮五辣子》的拍摄、整理和出版研究工作，出版了 100 集 4 500 分钟的 DVD 光盘，120 万字的杨明坤版《皮五辣子》图书。广泛开展扬州曲艺传播交流项目，在“走出去”方面，2014 年，扬州市曲艺研究所代表江苏曲艺参加“向人民报告——庆祝新中国成立 65 周年暨说唱中国梦优秀曲艺节目展演”；2015 年，扬州市曲艺研究所随中国曲艺家协会组织的中国曲艺艺术团，赴法国、意大利进行 5 场文化交流演出。同时，还先后赴香港、上海、苏州等地举办专场演出。在“引进来”方面，组织了苏州、徐州、常州、扬州“四州书荟”，还邀请苏州、天津等地曲艺团体来扬州交流演出。

本届中国曲艺团长高峰论坛的主题是“曲艺创演：从‘高原’到‘高峰’”。相信全国各地领导专家的交流意见，会对扬州的曲艺发展提供新的启示。过去扬州在曲艺创演方面做了一些努力，也取得了一些成绩，但离曲艺“高原”还有一定距离，要达到“高峰”更是任重道远。这次论坛活动的举办，对扬州曲艺界而言，无疑是一次非常重要的学习与提高的机会。我们要沉下来、潜下去，虚心向来自全国的领导和专家学习请教，认真消化、不断落实，以更扎实有效的工作推动扬州曲艺的发展。

原载《中国艺术报》2016 年 5 月 30 日

季培均　中共扬州市委宣传部副部长、扬州市文广新局局长

【媒体观点】推动曲艺创演由“高原”向“高峰”迈进

◎ 吴文科

2016 年 5 月 15 日至 17 日，由中国艺术研究院曲艺研究所、中国说唱文艺学会、江苏省扬州市文化广电新闻出版局和中国曲艺团长高峰论坛理事会联合主办，扬州市曲艺研究所承办的“第六届中国曲艺团长高峰论坛”，在江苏省扬州市成功举行。

中国曲艺团长高峰论坛是中国艺术研究院曲艺研究所发起组织，全国各地各类曲艺团体与机构及其主要负责人积极参与，旨在“强化行业内部协作意识，交流事业经营有益经验，促进学术艺术良性互动，推动曲艺创演健康发展”的一个由学术引领的开放式和松散型专业交流平台。自创办以来，已于 2006 年 6 月、2008 年 11 月、2010 年 6 月、2012 年 12 月和 2014 年 12 月在苏州、广州、扬州、济南和北京分别举办了 5 届。本届论坛的举办，同样得到了有关方面的大力支持和全国同行的积极响应。来自全国各地 50 多个曲艺团体与机构的 70 多位负责人及代表出席了论坛活动。

从事曲艺创作、表演、教育、研究、传承、传播和联络、协调、服务等工作的各地各类曲艺团体

与机构，是繁荣发展我国社会主义曲艺事业的基本力量，肩负着推动曲艺事业不断前进的神圣使命。通过各自的经营实践，体现发展曲艺和服务大众的历史担当，是他们义不容辞的现实责任。与会代表重温习近平总书记2014年10月15日在文艺工作座谈会上的重要讲话精神，围绕“曲艺创演：由‘高原’到‘高峰’”的主题，结合各自实际，直面实际问题，紧扣曲艺在市场经济条件下创演艰难的现实困境与跨越“高原”迈向“高峰”的时代使命，深入思考，热烈讨论，奉献各自心得，形成诸多共识，并在论坛闭幕时向全国同行与相关方面发出倡议，集中表达了他们对于尽快扭转曲艺创演有数量、缺质量之堪忧现状的积极态度与坚定意志，以及与之相关的多方思考与价值追求。

论坛期间，全体与会代表还出席观看了“弦歌扬州梦——包伟个人曲艺专场”暨扬州市曲艺研究所创作完成的国家艺术基金资助项目——扬州弹词《梅兰芳·蓄须明志》的验收活动，考察了扬州市的曲艺传承保护与事业发展情况。

摘自《中国艺术报》2016年5月30日

吴文科　中国曲艺家协会副主席，中国艺术研究院曲艺研究所所长、研究员

第六届全国少数民族曲艺展演

【概况】

2016 年 7 月 9 日至 11 日，由中国文学艺术界联合会、国家民族事务委员会、中国曲艺家协会、呼和浩特市人民政府共同主办的“第六届全国少数民族曲艺展演”在内蒙古自治区呼和浩特市举办。

来自蒙古族、回族、藏族、维吾尔族等 20 多个少数民族的 360 多名曲艺工作者，通过 3 场优秀节目展演、2 场基层“送欢笑”惠民演出和 1 场少数民族曲艺创作主题座谈会，同台竞技、深入交流。参加展演的 33 个节目中，既有反映少数民族风俗风貌的原创作品，也有弘扬时代主旋律的精品佳作；既有史诗般的历史故事、神话传说，也有为争取幸福生活、美满爱情而斗争的颂歌；既有经典的传统优秀作品，也有把握时代脉搏、关注社会热点的现实题材作品。展演节目形式涵盖了我国少数民族的主要曲种，包括好来宝、藏族说唱、扎年弹唱、宁夏坐唱、壮族末伦、盘索里等。

【观点】从第六届全国少数民族曲艺展演看曲艺文学创作的平庸与困惑

◎ 邱有源

在美丽青城呼和浩特举办的“第六届全国少数民族曲艺展演”期间，很高兴能与中国曲艺家协会副主席郭刚、马小平以及中央民族大学音乐学院博士生导师柯琳教授，内蒙古大学艺术学院教授李树榕，大同数来宝表演艺术家柴京云等几位专家一起参加全国少数民族曲艺创作座谈会。通过观看来自全国 17 个省市自治区 20 多个少数民族展演的 33 个曲艺节目，现就当下少数民族曲艺文学创作的现状谈谈个人的几点看法。

一、曲艺文学的经典化与媚俗化

曲艺文学泛指曲目创作，过去主要为民间说唱曲本。历代艺人往往根据听众的思想感情和审美，将枯燥的书目内容逐渐说唱到完美的地步，如《水浒传》的故事，在南宋时只有《醉翁谈录》中的《花和尚》《武行者》《石头孙立》《千面兽》等少数篇章。经过各个时期的说书艺人的不断充实而丰富起来，才有了明代施耐庵的著作《水浒传》文本，直到现在评话艺人王少堂编写的《水浒》评话，仅《武松》部分的篇幅就达 100 万字之多。那么同一部作品在不同的曲种中，有着不同的艺术表现手法，不同流派风格的艺人也有不同程度的再度创作。因此从这个意义上说，曲艺文学历来是口头说唱与个人创作相互配合、相互补充的一种文学形式。而曲艺文学始终占主导地位。自 20 世纪 80 年代以来，随着各种文学样式新的语境的出现，曲艺文学也在发生变化并逐渐成为衡量、判断当代文坛艺苑一个时期艺术成就的重要标准。如果说在当下语境中的曲艺文学由于语言特征和由此产生的局限性而难以被人们关注的话，或许只有汉族区域如相声小品和部分鼓曲类作品最有可能成为精品。毋庸置疑，任何民族在任何时期都有自己的艺术经典，最明显的就是曲艺。无论唐代的变文，还是宋代的诸宫调，以及 13 世纪流行的元曲等曲艺形式，都融入了历代作家的文学创作成果，如关汉卿、王实甫、马致远、罗贯中、施耐庵、吴承恩等文学巨匠的许多杰作，都因唱本说书的框架结构、情理气势的翻滚变异和情节起伏的传奇色彩而著称于世。蒲松龄的俚曲，韩小窗、罗松窗等人的子弟书，以及老舍的抗战鼓词、李季的长篇叙事唱本、赵树理主编的《说说唱唱》和已经出版了 500 多期的《曲艺》杂志都成了我国曲艺文学史上的经典。仅就少数民族曲艺而言，我国作为一个多民族的国家，每个民族都有属于本民族的曲艺品种。如藏族的“《格萨尔王传》说唱”和“折嘎”，蒙古族的“好来宝”和“乌力格尔”，壮族的“蜂鼓”和“末伦”。维吾尔族的“达斯坦”，白族的“大本曲”等曲艺形式都有其特色鲜明的代表作品，这些作品无疑成了各民族的曲艺经典。

由于曲艺文学在时间维度上不断遴选、沉淀无检验的历史过程，以及对经典的崇拜和敬畏，尤其是少数民族多样性的审美标准、检验尺度和语境方向不尽一致，无形中加大了我们厘定少数民族曲艺经典的难度，于是给曲艺界带来一种新的焦虑，就是我们今天还需要曲艺文学的经典吗？我们需要什么样的曲艺文学经典呢？对此西方一位叫布鲁姆的作家曾做出很好的回答：任何文学作品如果没有经典，我们就会停止思考。毫无疑问，没有曲艺文学的经典之作就不可能产生民族的深刻影响力。因此经典曲艺文学是一种超时空的不朽力量，犹如语言对一个民族的思维方式的支配是不以人的意志为转移的。作为全国规格最高、范围最广、影响最大的少数民族曲艺展演，其初衷就是展示最优秀的曲艺作品，其优秀的含义完全与经典等同，能体现出曲艺的基本价值取向，让曲艺作家以潜心于创作经典的境界去从事创造性的精神活动。这就是当下提倡的精品生产的认识过程。

客观地说，全国少数民族曲艺展演已举办了六届。在历届全国少数民族曲艺展演中，少数民族曲艺获得曲艺最高奖牡丹奖文学奖和创作奖的作品不多，只有广西的瑶族铃鼓《蝴蝶歌飞》、哈尼族小三弦弹唱《白鹇姑娘》。由于作品本身具有的价值意义——某种恒久的艺术价值和精神超越性意义而体现的独一无二，我认为这便是作品所具有的经典性。

相对而言，“第六届全国少数民族曲艺展演”诚如斯言：虽然整体上了一个台阶，却缺乏精品，缺乏众望所归的巅峰之作。一些艺术家评价较高的岱日查《戒酒》、壮族末伦《堵寨门》、盘索里《春香歌·爱之歌》、畲族绍鹊苟《最美畲乡金凤凰》、苗族说唱《苗寨相亲会》、壮族蜂鼓说唱《抢啃》、单弦《夏夜景》等作品，从题材、内容到演唱风格、舞台呈现都能给人耳目一新的感觉。这些作品大都涉及乡土叙事，所演绎的多属新时期农村变革、风尚更新的主题取向，反映了一种强烈的文化认同和乡愁情怀。而在传统与现代交替以及岁月冲刷与沉淀的时空中，原来的乡村生活及其文化形态正在分崩离析，古老的农耕文化面临解体，各民族的传统民俗有的便宿命般地消亡而成为绝唱，有的则被新的时尚取而代之。这种以传达民俗风情、追寻传统为线索的叙事方式，负载着现实功业和精神超越的双重期待。其他有些作品在文化内涵上缺少深层思考，在语言上缺少足够的艺术穿透力，有些注重故事情节的诉说和环境的渲染，却遮蔽了人物更为丰富的情感而看不出鲜活的血肉，尤其是缺乏对人在一种特定生存境遇中生命存在状态的深刻洞察，说唱的人物形象生动者不多，出彩者更少，使观众看后少有审美回味和精神领悟，而留下的印象只是各少数民族的华丽服饰和优美舞蹈。

值得一说的是，我国少数民族区域普遍注重演员服饰、舞蹈动作，尽情地表现各民族能歌善舞的特性，因此在曲艺展演中有时会增加一些与内容本身无关的舞蹈和载歌载舞的歌舞表现形式来渲染曲艺气氛，烘托故事情节的展开。这些形式的运用，对一些作品的舞台呈现的确能起到一些好的艺术效果，但如果运用过多或过滥，片面追求这种花哨，也就成了歌舞或表演唱了，且有媚俗之嫌疑。

二、曲艺文学的精英化与民俗化

新时期以来，曲艺曾有过辉煌壮观的历史，但是在现代文化的冲击下，曲艺似乎好景不再。在当下的文化语境中所呈现的曲艺文学，通常是主旋律曲艺文学、精英曲艺文学与大众化曲艺文学并存不悖、互为渗透的格局在前所未有地倾斜。

曲艺文化的精英化与民俗化本身是现代性的相互制约又相互补充的统一体。精英化作品的价值意义在于：精英化突出文学的审美本质和思想情怀，强调艺术的超越意识和高雅品质，突出精神力量和人格力量，注重生存的敏锐体验和感悟，深刻洞悉和对社会、对人生的批判性探索中追求生命存在的终极意义。在曲艺文学构建上，精英化作品更能自觉坚守民族、历史、时代的最高形态的体现，因而精英化作品本身就是人文关怀、哲学思辨与诗性智慧的结晶，所以能让人在接受艺术熏陶的同时，感受一种震撼和启迪。民俗化是通俗化的一种载体，通俗不是粗俗，更不是低俗，通俗就其本质而言，是化雅为俗，俗中见雅。通俗与高雅是一对审美意义上的风格概念，而非现实生活的价值判断。

“第六届全国少数民族曲艺展演”的民俗化曲艺节目较多，这些作品是对现实生活的一种展示。有些作家失去了对生活与文学最本质的激情，导致笔下日常性风俗有余而当代性情怀不足，注重对现象性的直接展示而遮蔽了对现实性的艺术呈现，内容空洞，文本简单，有的近乎说明书。且不谈这类作品的舞台呈现状态如何，至少在文本上缺少严肃的创作态度。因此，笔者必须强调：要重视曲艺文学的创作性，即充分体现作品原创性的思维方式、独特而深切的生活体验和卓越的艺术创造力。简言之，这是一种具有超越意味的审美创造精神和价值境界追求，是曲艺文本最为本质的价值诉求和优秀曲艺作品的普遍化价值标准，必须维持创作性的“道统”，反之，一旦偏离这种“道统”，也就失去了优秀作品的本质意义。

三、曲艺文学的民族化与宣传品

曲艺作品的民族化是指曲艺家运用本民族独特的曲艺形式、艺术手法来反映现实生活，使曲艺具有鲜明的民族特色和民族风格。民族化是一个民族文学艺术成熟的标志之一。曲艺作品要达到民族化，要求曲艺家，尤其是曲艺作家，必须熟悉本民族广大人民群众的生活、思想感情、审美意趣和艺术爱好，批判性地继承本民族曲艺的优良传统，创造性地吸收其他民族的曲艺优势并把它们有机地结合起来，才能创作出为人民群众所喜闻乐见的优秀曲艺作品。

民族化是当今中国一切文化创作的时代命题。那么，什么样的艺术创作才是民族化的呢？如何实现民主化及其民族风格与个性风格的统一呢？马克思在《共产党宣言》中指出：“各民族的精神产品成了公共财产，民族的片面性和局限性成为不可能，于是由许多民族和地方的文学形成了一种世界的文学。”曲艺作品如果没有民族特点，在当今背景下也就意味着创作的雷同化和一般化。如同鲁迅先生所说：“有地方色彩的，倒容易成为世界的。”

民族化的作品必须以艺术的审美价值为最高准则，否则便会成为几种可能：一是展览馆式的民族展示，浮光掠影的搜集，或服饰荟萃、风情大观、婚嫁葬礼展览；二是题材决定论的民族艺术描绘，认为写的是民族地方的题材，或叙说了民族性的神话和传说，就是民族化的；三是原汁原味的民族风情呈现，认为民间形式就是民族化的主要源泉和重要标准；四是照搬传统式的民族艺术复制，如把戏剧化的表演形式装进曲艺品种，把民族化等同于传统化；等等。凡此种种，都是对民族化的一种片面理解。实践证明，凡是不经过任何加工、改造、提高的民族艺术都是难以适应现代人的审美要求的。民族化作品不是民族风俗的复制品，而是寓于个性风格之中的优秀作品，必须以实现艺术价值为最高标准。民族化作品不是把艺术家统一在固定的风格上，而是通过艺术家的创造，通过个性风格的形成，通过艺术价值的实现，汇集、呈现出风格各异、特色鲜明的优秀作品。

在“第六届全国少数民族曲艺展演”的曲目中，我们可以欣赏到各少数民族的文化符号和标识，却少有激动人心的民族文化标杆，甚至尚有极个别的宣传品，有着从曲目名称到说唱内容，通篇都是口号式的宣传，无疑影响了民族化艺术的纯粹性和影响力。毋庸讳言，“第六届全国少数民族曲艺展演”的曲目，其诗意品质和说唱艺术上堪称完美之作的不多，使人联想到近年来曲艺界尤其是曲艺文学创作的平庸与困惑——一个文学精神贫乏、艺术氛围嘈杂的时代，“第六届全国少数民族曲艺展演”体现了这个时代曲艺家们所有的尴尬和困惑。然而曲艺事业总充满希望，在希望的背后一定是曲艺文学创作的新高地！

原载《曲艺》2016年第9期

邛有源　国家一级编剧，广西曲艺家协会主席

【媒体观点】第六届全国少数民族曲艺展演在呼和浩特举办

◎ 马李文博

2016年7月9日至11日，由中国文学艺术界联合会、国家民族事务委员会、中国曲艺家协会、呼和浩特市人民政府共同主办，呼和浩特市文化新闻出版广电局承办的“第六届全国少数民族曲艺展演”在内蒙古自治区呼和浩特市举办。此次活动通过3场优秀节目展演、2场基层“送欢笑”惠民演出和1场少数民族曲艺创作主题座谈会，集中展现了广大少数民族曲艺工作者贯彻习近平总书记在文艺工作座谈会上的重要讲话精神和中央民族工作会议重要讲话精神、坚持以人民为中心的创作导向、传承和弘扬中华民族优秀传统文化所取得的优秀成果。

本届参加展演的33个节目来自全国14个省区市的20多个少数民族，有360多名演员参与演出。参演队伍既有专业院团，也有来自少数民族地区的民间曲艺工作者。既有传统作品，也有把握时代脉搏、关注社会热点的现实题材作品，较为全面地反映了当前少数民族曲艺发展的状况。

中国曲艺家协会分党组成员、副秘书长曲华江表示，本届展演的整体规模和节目水平进一步提高，各地参展节目的地域特点更加鲜明，民族特色更加浓厚，创作者对于少数民族优秀的传统文化自觉发扬光大，来自基层的少数民族文艺工作者能够担负起不断挖掘中华民族传统文化内涵的时代责任，是文化自信的体现。

记者看到，展演作品对于少数民族传统文化有不同程度的挖掘，有的是新发掘的曲艺种类，如黎族说唱《赶鸟歌》、畲族绍鹊苟《最美畲乡金凤凰》都是第一次在全国性的展演上亮相，也是在地方曲艺家协会和文艺工作者的共同努力下新培育的曲种。有的是传统曲艺形式和新的题材通过编排有机结合，如蒙古族岱日查《酒戒》和壮族蜂鼓说唱《抢喃》为特殊场合形成的说唱找到了新的表现题材。有的是通过少数民族传统曲艺与小品结合，获得新颖独特的艺术效果，如回族弦鼓说唱《选举》、藏族喇嘛玛尼《好门巴》，传统曲艺起到了增强叙事、转场换幕、情感升华等作用。有的是在传统曲艺中加入少数民族元素，使它更具有情绪的感染力和艺术的表现力，如由蒙古族传统好来宝改编成的群口好来宝《大地之印》《和平之赞》《火山草原察哈尔人》。有的是原汁原味地呈现，如蒙古族陶力《格斯尔》、哈萨克族冬不拉弹唱《我心爱的黑眼睛》、朝鲜族盘索里《春香歌·爱之歌》、维吾尔族十二木卡姆《莱帕尔》等。

本届展演，现实题材原创作品占节目的60%以上，题材涉及医疗卫生、食品安全、精准扶贫、留守儿童、农村旅游、富民政策、“十个全覆盖”、大学生村官等。中国曲艺家协会副主席、宁夏曲艺杂技家协会名誉主席郭刚表示，现实题材作品发挥了曲艺“轻骑短刃”的特点，面对现实反应快速，和中央政策紧密结合。

这些现实题材作品大都有矛盾冲突的故事和特色鲜明的人物。展演节目的创作者坚持以人民为中心的创作导向，深入实地采风，把老百姓身边的真人真事，用少数民族语言和当地流行的曲艺形式来表现，使主旋律作品与当地人们的生活更加贴近，对弘扬社会主义核心价值观和宣传少数民族政策有很好的效果。

在7月11日召开的“第六届全国少数民族曲艺展演”创作工作座谈会上，有关专家对作品提出了更高的要求。与会者一致认为，优秀的曲艺作品不仅要有人、典型性的故事，还要有情和有趣，只有这样才能在设计矛盾冲突的基础上对人物的挖掘更为深入，更加贴近人民。要想从宣传品提升为艺术品，首先要明确曲艺就是讲故事，讲故事要引人入胜，手段要多样，让人感觉有趣，切忌过于直白。作品不要贴标签、局限在某个命题上，曲艺的教化功能不是说教，只要聚焦百姓的故事，歌颂真善美、鞭挞假恶丑，都可以用曲艺有趣生动的形式来表现。

展演期间，中国曲艺家协会主席姜昆带领曲艺名家新秀和优秀少数民族曲艺节目分赴呼和浩特市和林县台格斗村和蒙牛工业园区，为当地村民、企业员工送去了惠民演出。

原载《中国艺术报》2016 年 07 月 13 日
马李文博 《中国艺术报》记者

【媒体观点】广西参加第六届全国少数民族曲艺展演综述

◎ 黄晖

2016 年 7 月 9 日至 11 日，“第六届全国少数民族曲艺展演”在内蒙古自治区呼和浩特市隆重举行。来自青海、云南、福建、内蒙古、广西、新疆、天津等 14 个省（区、市）的 360 多名曲艺工作者相聚青城，共襄民族曲艺盛举。广西曲艺家协会组织全区报送曲艺节目，并组织广西曲艺家协会主席团及专家对报送作品进行了认真的评议，共推荐 6 件作品，其中 4 件入选此次展演，参演数量位列 33 个参演作品第二位；展演作品得到了中国曲艺家协会专家评委的一致好评，并在展演作品评议会上得到表扬。

少数民族说唱艺术在民间被称为“百科全书”，具有永恒的魅力，有深厚的文化积淀和背景，其根植于古老文化的土壤里，通过各民族先民的一代又一代努力，特别是与民间艺术家们不断的发展和创新分不开。本次广西三种参加少数民族曲艺展演的民间说唱是地道的广西民族民间文化的产儿，是散发着泥土芳香的民间艺术形式。

壮族蜂鼓，壮语称“岳”，是壮族人民以蜂鼓作为主要伴奏乐器，用壮语或桂北官话进行演唱的一种文艺形式。壮族末伦，是广西壮族的代表性曲艺品种，是用壮语演唱的一种坐唱曲艺形式，由当地民间歌曲发展而成，以唱为主，多宫、羽调式，旋律优美，风格爽朗，亲切朴素，富有感染力，曲式结构多属单乐段，周而复始。

瑶族铃鼓，是节日饮宴时的一种说唱土别。土别是劝酒时铃鼓即兴编出的笑话或故事，声腔则综合采用瑶族民歌。主要伴奏乐器为铜鼓和带铃的鼓棒。

本次参演的广西作品将把握正确舆论导向，充分发挥群众喜闻乐见的优势，将唱响时代主旋律、传播正能量、讲好广西故事作为节目创选的优先考虑条件。参演作品中既有讲述“改变旧观念，壮乡奔小康”的《抢嘀》、也有表现壮乡人民对“新科技”向往的《堵寨门》、更有以入选 2015 年度感动中国人物的都安“校长爸爸”莫振高真人真事为原型的《瑶山教育的好儿郎》等曲艺节目。

原载广西文联网 2016 年 7 月 19 日
黄晖 广西文联网记者

纪事

活动·展演

【首届四川曲艺新人新作评选颁奖典礼暨展演】

2016年1月19日，由中国曲艺家协会、四川省文学艺术界联合会、四川省曲艺家协会、中国曲艺杂志社承办的“说唱四川·歌颂中国”曲艺创作工程——“首届四川曲艺新人新作评选颁奖典礼暨展演”在四川省川剧院举行。四川省文学艺术界联合会党组书记、常务副主席蒋东生，中国曲艺家协会曲艺杂志社副主编宋洪发，四川省文学艺术界联合会党组副书记、副主席李兵，党组副书记刘建刚，四川省曲艺家协会主席林戈尔，四川省曲艺家协会常务副主席、秘书长李蓉等以及数百位观众参加了颁奖典礼并观看了展演。

本次活动的评选工作采用全国征稿，由四川省曲艺家协会组织专家组对近百件作品进行初评，中国曲艺杂志社组织专家组对初评入选的17件作品进行研讨，并与创作者面对面地进行交流、指导。最终，12件作品、10位曲艺新人脱颖而出。蒋东生、宋洪发、李兵、刘建刚、林戈尔为荣获优秀曲艺新作和优秀曲艺新人称号的代表颁奖。

【章回鼓书《古城暗战》组建仪式】

2016年3月16日，由北京曲艺团打造的章回鼓书《古城暗战》在北京举行了建组仪式。建组仪式由快板演员郭迎欢主持，北京演艺集团艺术生产负责人董宁，北京演艺集团艺术生产管理部副总经理肖瑶，研究人员黄磊，北京曲艺团副团长、艺术总监种玉杰，北京曲艺团党支部书记、副团长王跃明，北京曲艺团团长助理马小祥，章回鼓书《古城暗战》的编剧解喜兰，导演邵泽辉，以及各位主创和演员、乐师参加了活动。

这是北京曲艺团自2015年9月复建后，首次创排推出的大型原创剧目，采用了多个北方鼓曲曲种，讲述一段解放战争时期，我党在北平的地下情报组织为保卫党中央与敌人斗智斗勇、建立不朽功勋的故事。

【中国评书评话博物馆揭牌】

2016年4月18日，中国评书评话博物馆在泰州正式揭牌。中国曲艺家协会主席姜昆，评书表演艺术家田连元、连丽如、王丽堂、李伯清，评弹表演艺术家盛小云，曲艺艺术家崔琦和来自全国各地的众多曲艺家参加了揭牌仪式。

中国评书评话博物馆展厅分为“千年流变”“一代宗师”“万壑争流”“百尺竿头”“十年树木”5个展区。与多数博物馆一样，中国评书评话博物馆将通过图片、文字、实物、影像等手法来展示中国评书评话的历史、发展和成就。“千年流变”主要介绍中国评书评话的源流、发展史。“一代宗师”主要介绍评书评话大师柳敬亭从出生、流亡、漂泊到成为一代宗师的故事。“万壑争流”主要介绍晚清以来中国评书评话艺术的发展演变，保存有部分评书评话艺术家的演出录音。“百尺竿头”主要介绍现代评书评话艺术的现状和发展。“十年树木”则是近现代评书评话研究成果的回顾。博物馆还用“汉代说唱俑”来营造氛围。说唱俑是一种汉代石刻，是古人在说唱时以小鼓击节伴奏的造型。说唱俑常用写实主义的手法刻画出说唱表演艺人的生动形象，具有很高的艺术价值。中国评书评话博物馆的汉代说唱俑是通过高仿技术复制而成的。此外，还有小泥塑，用来还原柳敬亭说书的故事。博物馆还用动漫视频的形式展示柳敬亭说书的场景。藏品目前达 1 700 多件（套），包括多位艺术家的手稿、道具、演出服等。

【第四届“包公杯”反腐倡廉曲艺作品展演】

2016 年 5 月 23 日至 24 日，由中国曲艺家协会、中共合肥市纪律检查委员会、合肥市监察局主办的“第四届‘包公杯’反腐倡廉曲艺作品展演”系列活动在安徽省合肥市大剧院举行。中国文学艺术界联合会副主席陈晓光，安徽省委常委、省纪委书记王宾宜等领导观看了演出。

演出由评书表演艺术家田连元、张杰兰主持，展演节目有闫淑平、佟长江二人转《寇准还乡》，苗阜和王声演出的相声《糊涂圈儿》，李菁和王磊演出的数来宝《文明猴儿》，李伟建、武宾表演的《还曰吗》等。此外，还有展现合肥廉政传统文化的歌曲《清官谣》、京歌《包公颂》、歌舞《做人》《六尺巷》《忠诚》。第四届“包公杯”从 2015 年 5 月 15 日启动以来，共收到稿件 1 141 篇，涵盖了 81 个曲艺种类，包括相声、小品、鼓曲、唱曲、快板书、评书、山东快书、柞水渔鼓、宜城兰花筒、粤语白榄、芗曲说唱等。

【第四届全国京东大鼓艺术节】

2016 年 6 月 13 日至 8 月 18 日，由天津市文化广播影视局、宝坻区人民政府联合举办，天津市群众艺术馆、天津市非物质文化遗产保护中心、宝坻区文化广播电视局承办的“第四届全国京东大鼓艺术节”在天津举办。

本届艺术节历时两个多月，邀请到了李少杰、杜来、汤敏、王大海等全国著名艺术家参加。其间举办了“第四届全国京东大鼓艺术节”开幕式暨纪念董湘昆先生诞辰八十九周年文艺演出，确立全国京东大鼓星火日，表彰京东大鼓星火传人，纪念董湘昆先生诞辰仪式，津南区、滨海新区、河东区和宝坻区四地京东大鼓收徒仪式，全国京东大鼓名家深入基层演出交流季，京东大鼓艺术系列讲座，发布宝坻区非物质文化遗产代表性项目及传承人，“第四届全国京东大鼓艺术节”闭幕式暨京东大鼓传承基地汇演等 10 余项活动。活动吸引了北京、天津、河北、黑龙江、吉林、辽宁、山西、山东、宁夏和内蒙古等 10 余个省市自治区广泛参与。据不完全统计，参与人数达 10 万人（次）。

【向党汇报——纪念中国共产党成立 95 周年优秀曲艺节目展演】

2016 年 6 月 28 日至 29 日，由中国文学艺术界联合会和中国曲艺家协会主办、中国文学艺术基金会资助的“向党汇报——纪念中国共产党成立 95 周年优秀曲艺节目展演”在北京民族文化宫大剧院举办。中国文学艺术界联合会党组书记、副主席赵实，全国政协教科文卫体委员会副主任胡振民，中宣部副部长景俊海，中国文学艺术界联合会党组副书记、副主席李屹，中宣部文艺局副局长、巡视员孟祥林，中国曲艺家协会主席姜昆等领导嘉宾与来自首都的社区居民、曲艺爱好者等近 2 000 人现场观看了演出，共同庆祝中国共产党成立 95 周年。

中国曲艺家协会从 2016 年 2 月开始节目征集工作，共收到全国各地报送的优秀节目 83 个，经过认真遴选，最终精选出 22 个优秀曲艺节目参加展演。本次展演节目内容精彩，曲种丰富，既有大家熟悉的相声、小品、快板书、山东快书、单弦、京韵大鼓、山东琴书、河南坠子、陕北说书、苏州评弹等曲艺形式，也有不常出现在首都舞台的洛南静板书、徐州琴书、常德渔鼓、凤阳花鼓、萍乡渔鼓、上海说唱、桂林渔鼓等地方曲艺形式。演员们用丰富多彩而又各具特色的曲艺形式感悟历史、讴歌时代、抒发情感，表达广大曲艺工作者与祖国同呼吸、共命运、心连心的责任和担当。

【第五届全国道德模范故事汇基层巡演】

2016 年 7 月 27 日，由中央文明办、中国文学艺术界联合会主办，中国曲艺家协会承办的“第五届全国道德模范故事汇基层巡演”启动仪式在中国人民大学明德堂举行，以示范推动各地通过文艺形式宣传道德模范，培育向上向善、诚信互助的社会风尚。中国文学艺术界联合会党组书记、副主席赵实，中央文明办专职副主任夏伟东，中国文学艺术界联合会党组成员、副主席李前光，中国人民大学校长刘伟，中国曲艺家协会分党组书记、驻会副主席董耀鹏等出席启动仪式并观看演出。夏伟东、李前光分别在启动仪式上致辞。

演出从第五届全国道德模范中选取主人公先进事迹，精心创作成数来宝、相声、长子鼓书、故事、二人转、清曲说唱等曲艺节目，用栩栩如生的艺术表现，集中展示道德模范的先进事迹和崇高品德，生动诠释社会主义核心价值观的时代内涵，抒发对道德模范的真情礼赞。

【第七届全国少儿曲艺展演】

2016 年 8 月 8 日至 13 日，由中国曲艺家协会、中国关心下一代工作委员会办公室主办，福建省文学艺术界联合会协办，福建省曲艺家协会承办的“第七届全国少儿曲艺展演”在福建省福州市举办。

8 月 11 日，主承办方有关领导和曲艺界专家、曲艺工作者以及少儿曲艺教育工作者代表结合展演节目举行座谈，深入分析了少儿曲艺在创作表演等方面存在的问题。8 月 12 日，曲艺名家新秀和优秀少儿曲艺节目赶赴福建省福清市，为当地群众送去惠民演出。来自全国 19 个省区市以及香港、台湾地区的 700 多位曲艺小演员和曲艺工作者展演了 50 个少儿曲艺节目，涵盖了相声、评书、小品、快板、快板书、数来宝等为人们所熟知的曲种，也呈现了评弹、南音、南词、岔曲、响板、粤曲、金钱板、莲花板、答嘴鼓、陕西快板、山东快书、音乐说唱、渔鼓说唱、福州伬艺、福州评话、桐乡三跳、河南坠子、豫东琴书、山东渔鼓、四川谐剧、四川清音、上海锣鼓书、绍兴莲花落、公安说鼓子等地方特色浓厚的曲种。作品 70% 为原创，既有反映学生日常学习生活的校园题材，也有以少儿视角关注社会热点的现实题材，还有讲述历史故事、英雄事迹的题材，小演员们的演绎真情实感、充满童趣。

【第七届天津相声节】

2016 年 9 月 7 日至 11 日，由天津市文学艺术界联合会、市文广局、红桥区政府、中国曲艺家协会相声艺术委员会主办，天津市谦祥益文化传播有限公司承办的“第七届天津相声节”在谦祥益文苑举办。李金斗、尹笑声、田立禾、常贵田、李伯祥、魏文华、魏文亮、王鸣禄等相声名家共同出席了开幕式。

本届相声节为期 5 天，共有来自 25 个省市自治区的 50 个演出团体的 150 余位演员参加演出。相声节期间，演员们为观众带来包括相声、天津快板、评书、山东快书、四川评书、四川金钱板、太平歌词、双簧等具有不同地域文化特色、不同艺术风格的精品和新作。演员代表表示，这是一次与全国同行切磋学习的机会，9 月 7 日，来自全国各地的相声代表举行了“第七届天津相声节高峰论坛”，为天津相声节出谋划策并对全国曲艺演出场所调研课题等展开研讨。

【北京戏曲艺术职业学院成立曲艺系】

2016 年 10 月 9 日，北京戏曲艺术职业学院（以下简称北戏）曲艺系成立暨教学汇报展示活动在少儿戏剧场举行。

北戏与曲艺结缘多年，自 2012 年起开设选修课，面向全院数百名大专学生开设评书选修专业课。截至目前，走进北戏评书课堂的学生已过百人，走进北戏书馆的观众近万人。2016 年 1 月 11 日，北戏把书馆开到了平谷，北戏书馆平谷分馆每周一面向平谷百姓开讲评书，受到平谷当地百姓的欢迎。近几年学院拓展曲艺教学，分别在高职部和中专部开展评书专业和鼓曲专业教学。2015 年至 2016 年，地方戏曲系中专部连续两年开办曲艺专业面向社会招生，现有十几名学员在校学习京韵大鼓、梅花大鼓、单弦、西河大鼓等曲种的演唱及伴奏。2016 年 10 月 9 日，北戏师生还为观众带来了京韵大鼓《长征》、山东快书《吃元宵》、快板《说大话》、评书《温酒斩华雄》等教学成果汇报演出。

【第九届中国曲艺牡丹奖颁奖仪式】

2016 年 10 月 15 日，由中国文学艺术界联合会、中国曲艺家协会、中共江苏省委宣传部、江苏省文学艺术界联合会主办的第九届中国曲艺牡丹奖颁奖仪式于在江苏省徐州市举办。全国政协原副主席、中国文学艺术界联合会主席孙家正，中国文学艺术界联合会党组成员、副主席李前光，江苏省政协副主席、党组副书记罗一民，中国曲艺家协会主席姜昆，中国曲艺家协会分党组书记、驻会副主席董耀鹏等领导参加了颁奖仪式。

从 2016 年 2 月至 9 月，经过报送、初评、分赛区比赛、终评四个阶段，最终从 132 个申报节目奖、154 个申报表演奖、83 个申报文学奖、137 个申报新人奖的作品和人员中，评出节目奖 5 个、表演奖 6 个、新人奖 5 个、文学奖 4 个，共 20 个。各奖项的获奖名额与申报数比分别为 3.7%、3.8%、4.8%、3.6%，淘汰率均超过了 95%。这 20 个奖项共包含 18 个曲种，覆盖了东、西、南、北、中、少数民族地区和部队系统，涉及 18 个国有院团、文化馆、群艺馆和个人，5 个体制外曲艺组织和个人。

【第三届“中国河间·西河大鼓书会”】

2016 年 10 月 18 日至 21 日，由中国艺术研究院曲艺研究所、河北省群众艺术馆、河北省曲艺家协会、河北省非物质文化遗产保护中心、河北杂技频道、河间市人民政府共同主办的“第三届‘中国河间·西河大鼓书会’”在河间市举办。

本届书会期间，来自京、津、鲁、晋等地的 40 多位曲艺家相聚河间，同时举办西河大鼓传承与发展论坛、京津冀鼓曲名家交流展演、送欢笑下基层文化惠民演出等活动。西河大鼓是我国北方较早的鼓书和鼓曲形式之一，至今已有 200 多年的历史，流行于冀中一带及河南、山东、北京、天津、内蒙古及东北地区，曾有过“大鼓书”“梅花调”“西河调”“河间大鼓”“弦子鼓”等名称，1920 年在天津被定名为“西河大鼓”，它的唱腔简洁苍劲，风格似说似唱，地域韵味浓厚独特。很多书目在不同程度上反映了劳动人民的喜怒哀乐，情节曲折生动，语言亲切感人。2006 年，西河大鼓被列入第一批国家级非物质文化遗产名录。

【第八届安徽曲艺节】

2016 年 11 月 3 日，由安徽省文学艺术界联合会主办、安徽省曲艺家协会承办的“第八届安徽曲艺节”在宿州市开幕。

本届安徽曲艺节历时一个多月，在全省不同城市设立了分会场，不仅活动精彩纷呈，更将触角延伸至高校，让大学生也能一睹传统曲艺的风采。曲艺节由大学生曲艺展演、鼓王争霸赛、曲艺舞台剧专场演出、优秀曲艺展演、全省曲艺比赛、“我们的沃土·我们的梦”千名艺术家下基层慰问演出、“第八届安徽曲艺节”颁奖晚会等形式多样的活动组成。此届曲艺节共有来自全省16个地市的曲艺家协会及有关部门、艺术院校、企业文联、曲艺（团）社等25个单位的160余人参加，此届艺术节展演的曲目既有群众熟悉喜爱的相声、小品、快板书、山东快书，也有地域风格浓郁的安徽大鼓、安徽琴书、淮北大鼓、界首渔鼓、黄梅大鼓，题材广泛，风格多样，内容新颖，继承与创新并举。包括开幕式、比赛、闭幕式及颁奖晚会等活动。希望通过举办此届曲艺节，激发全省曲艺工作者的创作活力和创作激情，推动曲艺创作和曲艺表演艺术质量的提高，促进曲艺传承创新发展。

【第七届北京青年相声节】

2016年11月13日至20日，由北京市文学艺术界联合会主办，北京曲艺家协会、北京市石景山区文化馆承办的“第七届北京青年相声节”在北京举行。

本届北京青年相声节的主题为“相声新作品比赛”，自2016年8月启动以来，组委会陆续收到了来自北京、天津、河北、辽宁、山东、浙江、贵州、安徽、湖南、内蒙古、甘肃11个省市自治区的共69件作品。11月13日至17日，各地选手经激烈角逐，由常贵田、赵连甲、李立山、崔琦、赵福玉、马云路、李伟建7位知名艺术家对节目进行了6场现场比赛点评，评选出一等奖6名，二等奖12名，三等奖18名，组织奖10名，并于19日在石景山文化馆举办了优秀获奖作品展演并颁奖。北京曲艺家协会自创立“北京青年相声节”这一品牌活动之初就得到了社会各界的广泛关注和大力支持，经过几年发展，活动的内容、形式和规模不断扩大，社会影响力与日俱增。通过各种形式的展演、比赛、培训、交流，北京青年相声节已经享誉全国，对北京相声传承乃至全国相声艺术和相声小剧场的发展都起到了推动和促进作用。

【第四届全国相声小品优秀节目展演】

2016年12月9日至11日，由中国文学艺术界联合会、中国曲艺家协会共同主办的“第四届全国相声小品优秀节目展演”在北京民族文化宫大剧院举办。

姜昆、李金斗、李建华、石富宽等来自北京、陕西、湖南、广东、山西、辽宁、安徽、台湾地区等11个省区市和20家演出单位的150多位曲艺名家演出了一年来新创优秀相声小品和合肥“清风颂”反腐倡廉优秀曲艺节目，三场演出主题鲜明、题材广泛，内容丰富、风格各异。本届展演荟萃了一年来在全国性曲艺推选展演活动中涌现出来的优秀相声小品节目，集中展示了广大曲艺家和曲艺工作者学习贯彻习近平总书记系列重要讲话精神，积极响应并切实开展“深入生活、扎根人民”主题实践活动所取得的丰硕成果。

【“奠基与提升”——中国艺术研究院曲艺研究所成立30周年学术座谈会】

2016年12月10日，中国艺术研究院举行了“‘奠基与提升’——中国艺术研究院曲艺研究所成立30周年学术座谈会”。会议邀请了全国曲艺界和学术界的同行代表，汇聚一堂，研讨交流，回顾展望，共同欢庆。来自文化部艺术司、中国曲艺家协会和北京、辽宁、江苏、福建等省市曲艺家协会的有关负责人，以及表演艺术家刘兰芳、姜昆、冯巩、田连元等全国曲艺界、学术界代表50余人济济一堂研讨交流，共贺中国艺术研究院曲艺研究所成立30周年，回顾、展望曲艺研究所的发展历程。中国艺术研究院院长连辑出席活动。

曲艺研究所1984年开始筹建、1986年正式成立，是我国唯一的国家级曲艺研究学术机构，主要职能为组织开展中国曲艺的基础史论研究和发展状况调研，收集整理古今中外有关曲艺的各种史料文献，策划编纂曲艺研究专业书刊，培养孵化曲艺研究学术人才，为承续曲艺传统、繁荣曲艺创演和传扬曲艺文化提供学术支撑。座谈会上，与会人士高度评价曲艺研究所成立30年来取得的成就，并结合曲艺事业发展对其今后发展踊跃建言。今后，曲艺研究所将继续坚持自身优良的学术传统，秉承“学术服务社会”的宗旨和“理论联系实际”的学风，立足学术、面向艺术，开门办所、开拓创新；继续将基础研究摆在首位，将现状调研作为重点，把国家需要作为首选，打造曲艺研究名副其实的国家平台、学科龙头、学术重镇和人才高地。

会议·论坛

【2016 年全国曲艺家协会工作会议】

2016 年 2 月 25 日至 28 日，“2016 年全国曲艺家协会工作会议”在西安举行。来自中国曲艺家协会各团体会员单位、各曲艺专业艺术委员会、各相关院团和曲艺小剧场的负责人以及部分省级文学艺术界联合会和行业文学艺术界联合会领导、中国曲艺家协会第七届理事会理事、中国曲艺家协会会员、曲艺培英行动入选者等近 200 人参加会议。

本次会议旨在学习贯彻讲话精神、开展会员培训研讨、总结表彰 2015 年工作、安排部署 2016 年任务，团结引导全国广大曲艺家和曲艺工作者为进一步推动曲艺事业繁荣发展，实现中华民族伟大复兴中国梦做出更大贡献。

【原创中篇评弹《林徽因》研讨会】

2016 年 4 月 15 日，由上海市文广局、上海市文学艺术界联合会指导，上海文化发展基金会文艺评论专项基金和上海戏曲艺术中心联合主办，上海评弹艺术传习所（上海评弹团）承办的“原创中篇评弹《林徽因》研讨会”在上海市文学艺术界联合会举行。上海市文学艺术界联合会党组书记、专职副主席宋妍，上海市文广局艺术总监吴孝明，上海戏曲艺术中心总裁张鸣，上海曲艺家协会主席王汝刚，以及毛时安、罗怀臻、徐锦江、郑逸文、阎小娴等 30 余位专家学者和该剧主创人员出席会议。

宋妍代表上海市文学艺术界联合会对评弹《林徽因》首演成功表示祝贺，对该项目在运行中所采取的系列创新举措给予高度评价。吴孝明表示，评弹是上海曲艺的重要种类，专家学者在研讨会上的建言献策将促进该作品以及评弹艺术更好地发展。与会嘉宾则认为，该作品是在习近平总书记文艺工作座谈会讲话精神的指导下，通过深入挖掘，将林徽因这一富有中国传统美德的女性代表鲜活展现在观众面前的优秀作品。该作品在服装、音乐、灯光、舞美、化装等方面的创新探索以及利用新媒体手段的宣传推广也是其一大亮点。同时，大家也对《林徽因》文本中情节选择、故事结构、演员二度创作等问题提出了建设性的意见和建议。上海评弹团团长秦建国及编剧窦福龙代表《林徽因》主创人员对专家学者的真知灼见致以诚挚的感谢。他们表示，将根据大家的意见对作品进行修改、打磨，力争将该剧打造成上海评弹团的精品力作。

【苏州评弹艺术研究座谈会】

2016 年 5 月 21 日，由中国艺术研究院曲艺研究所、江苏省曲艺家协会、苏州市文学艺术界联合会等联合举办的“苏州评弹艺术研究座谈会”在苏州市会议中心举办。中国曲艺家协会副主席吴文科、盛小云，国家社科重大项目“评弹历史文献资料整理与研究”首席专家、上海师范大学唐力行教授，苏州市文学艺术界联合会艺术指导委员会顾问周良，苏州市文艺评论家协会主席、苏州大学教授朱栋霖，江苏省曲艺家协会副主席孙惕，苏州市曲艺家协会主席袁小良、苏州市委政策研究室潘讯等专家出席座谈会。

专家学者认为，目前苏州评弹理论研究已经取得了不少成果，尤其是 2015 年 12 月出版的评弹研究丛书，包括苏州市文学艺术界联合会编选的《评弹文论选辑》三卷，吴文科的专著《苏州评弹散论》和周良的专著《苏州评弹传统书目论集》，内容十分丰富。其中仅《评弹文论选辑》就选录了 80 位作者的 114 篇文章，总字数达 60 万字。但是目前苏州评弹还存在研究成果推广不够、理论与舞台实践“两层皮”、研究人员青黄不接等现象，应进一步加强研究，用研究成果指导苏州评弹创作和表演，让这门受地域和方言限制的精美艺术更好地传承和发展。

【第二届全国高等院校曲艺教育峰会】

2016 年 6 月 16 日至 17 日，由中国曲艺家协会、北京城市学院主办的“第二届全国高等院校曲艺教育峰会”在北京召开。全国 35 所大中专院校和科研单位的负责人和专家学者、首批高等教育曲艺类专业教材编写负责人、中国曲艺艺术研究基金课题负责人和曲艺表演、创作、研究、传播及高校曲艺社团代表等 80 余人，围绕会议主题进行了广泛深入的交流讨论。

本届峰会以“曲艺学科专业建设”为主题，深入研讨推进曲艺学科专业建设切实可行的路径、办法，并针对曲艺高等教育实践中亟待解决的问题进行广泛交流。与会专家就当前曲艺学科专业建设和高等教育实践中的重点、难点等问题进行深入探讨，提出加快建设曲艺学科体系的思路和对策，达成了长期开展高等院校曲艺教育教学交流合作的共识，并向曲艺界和教育部门发出《关于加快推进中国特色曲艺学科建设的倡议书》。

【当代少儿曲艺教育与发展主题研讨会】

2016 年 8 月 11 日，由福建省文学艺术界联合会主办的“当代少儿曲艺教育与发展主题研讨会”在福州举行，来自福建、上海、河南、四川、香港、台湾等地的曲艺家参加了本次会议。

研讨会针对当前少儿曲艺创作、教学、演出等层面存在的问题，来自全国各地的专家学者共商良策，并就不少有益做法和创新方式进行深入交流。随着少儿曲艺演出活动在全国各地的蓬勃开展，作为“文艺轻骑兵”的曲艺受到了越来越多少年儿童的热爱，许多曲艺家、曲艺工作者深入学校、文化宫，参与孩子们的曲艺教学、辅导和传习，对传承和弘扬曲艺艺术做出了有益的多样探索。福建省曲艺家协会副主席、福州市曲艺团团长陈晓岚在发言中表示，曲艺进校园成为福州市曲艺团去年的重点工作之一，但单靠一个院团的努力是不够的，曲艺的传承和发展还要靠顶层设计的支持。中国曲艺家协会副主席、上海市曲艺家协会主席王汝刚在会上表示，少儿曲艺表演要体现童真童趣，童言无忌，中国艺术样式的传承需要宣传和弘扬，家长可以引导、培养孩子的兴趣，因人施教，切记一窝蜂地选择热门行当。会议期间，来自各地的专家学者也结合自身经验和体会，就各自研究的少儿曲艺发展问题各抒己见。

【中国曲艺家协会第十期深入学习贯彻习近平总书记文艺工作座谈会重要讲话精神专题研讨班】

2016 年 9 月 21 日，中国曲艺家协会第十期深入学习贯彻习近平总书记文艺工作座谈会重要讲话精神专题研讨班在浙江省杭州市余杭区举办。参加此次研讨班的学员主要来自浙江省的中国曲艺家协会会员、中青年曲艺骨干和曲艺管理干部，共 180 余人。

中国文学艺术界联合会党组成员、副主席李前光授课《实现中华民族伟大复兴需要中华文化繁荣兴盛》；浙江省文学艺术界联合会党组书记、副主席、书记处常务书记田宇原授课《学习习近平总书记重要讲话精神，自觉增强文化自信》；中国曲艺家协会分党组书记、驻会副主席、秘书长董耀鹏授课《端正价值观和创作观，为人民奉献更多更好的精神食粮》。研讨班组织学员共同观看了阎肃同志先进事迹报告会录像，观摩了“第九届中国曲艺牡丹奖全国曲艺大赛”余杭分赛区的表演。

【第八期全国曲艺创作高级研修班（山西・大同）】

2016年12月12日至17日，由中国曲艺家协会、中国文学艺术界联合会人事部、中国文学艺术基金会、山西省文学艺术界联合会共同主办的第八期全国曲艺创作高级研修班（山西・大同）在大同举办。中国曲艺家协会分党组书记、驻会副主席兼秘书长董耀鹏做动员讲话，山西省文学艺术界联合会党组成员、副主席和悦致辞，大同市委副书记、宣传部部长高键致辞，中国曲艺家协会副主席、山西省文学艺术界联合会副主席马小平主持开班仪式。

中国曲艺家协会副主席、宁夏回族自治区文学艺术界联合会名誉主席郭刚，中国曲艺家协会副主席、辽宁省文学艺术界联合会副主席、辽宁省曲艺家协会主席崔凯，中国文学艺术界联合会人事部综合处宋智勤，中国曲艺家协会快板艺术委员会委员、大同市曲艺家协会主席柴京云，中国曲艺家协会绍兴莲花落艺术委员会委员、绍兴市曲艺家协会名誉主席汪嘉宝等领导、专家出席开班仪式。暴玉喜为本期研修班的班长，来自全国的53位曲艺创作者参加学习，为期5天，授课内容包括专家授课、分组过稿、观摩演出、创作采风。

人物纪念

【相声演员张德武逝世】

2016 年 2 月 17 日，相声演员张德武因病在北京逝世，享年 53 岁。

张德武，本名张承武，1990 年毕业于北京教育学院艺术系，后在丰台实验学校从事美术教学。自幼就对相声等曲艺感兴趣，1978 年向北京曲艺曲剧团演员刘晨学习相声。2005 年加入德云社，拜张文顺为师，其间参与德云社影视剧《县长老叶》剧本编写。后加入北京星夜相声会馆，参与创作 2011 年中央电视台春节联欢晚会上李菁、何云伟的相声作品《独家录制》。经常上演的相声段子有:《恭喜发财》《杂学唱》《打灯谜》《大上寿》《大相面》《黄鹤楼》《全德报》《规矩论》《买卖论》《当行论》《二进宫》《写对子》《树没叶》《论梦》《洪洋洞》等；创作相声段子有:《话说乙方》《戏曲杂谈》等。

【曲艺理论家倪钟之逝世】

2016 年 2 月 18 日，曲艺理论家倪钟之在天津逝世，享年 80 岁。

倪钟之，天津人，中国著名曲艺理论家、教育家。1957 年毕业于天津城市建设学校（今河北工业大学)。1958 年在天津《海河说唱》上发表论文《试谈相声的欣赏》，引起学术界的注意。曾任中国北方曲艺学校研究员、中国曲艺家协会理事等职务，2009 年被中国曲艺家协会授予“新中国曲艺 60 年”突出贡献曲艺家。他的著作《中国曲艺史》《中国相声史》《中国当代曲艺史》等均被国内外学界称为“填补中国艺术史学科空白”之作。

【曲艺理论家薛宝琨逝世】

2016 年 2 月 28 日，曲艺理论家薛宝琨在天津逝世，享年 81 岁。

薛宝琨，毕业于北京大学中文系，著名曲艺理论家。1972 年，薛宝琨调入南开大学中文系任教，历任南开大学中文系副教授，东方艺术系教授、艺术理论教研室主任，天津市曲艺家协会主席团委员，后担任中国曲艺家协会理事，中国曲艺家协会顾问。著有专著《侯宝林评传》《中国的曲艺》《中国人的软幽默》《怎样欣赏戏曲艺术》《中国说唱艺术史论》《相声大词典》《中国曲艺大词典》等。

【相声表演艺术家黄铁良逝世】

2016 年 6 月 11 日，相声表演艺术家黄铁良因病逝世，享年 79 岁。

黄铁良，1937 年 9 月生，满族，相声演员，原名黄德义，北京人。1950 年拜侯宝林为师，在相声改进小组学习。1952 年参加北京市曲艺工作团。1954 年参加抗美援朝曲艺服务大队，后到北京曲艺三团工作。1957 年到天津从事曲艺工作。1958 年参加和平区相声队，先后参加了上百段相声的宣传演出。擅使贯口，如《地理图》《报菜名》《夸住宅》《八扇屏》等。

【山东快书艺术家李洪基逝世】

2016年9月25日，山东快书艺术家李洪基因病逝世，享年83岁。

李洪基，山东栖霞人。1949年参加中国人民解放军，后转为海军青岛基地文工队。1953年成为山东快书艺术家高元钧的弟子。1957年调入海政文工团，任专职山东快书演员。1993年离休。表演了《侦察兵》《师长派车》《张文祥劝娘》《将军当兵》《夜闯沉船礁》《英雄炮长雷振海》等一大批部队题材的山东快书作品。

【相声表演艺术家回婉华逝世】

2016年11月14日，相声表演艺术家回婉华因病在北京逝世，享年88岁。

回婉华，天津人。1940年跟随周德山、刘万亭学相声，后拜马寿岩为师，为张寿臣义女。1978年调回北京青年曲艺团教相声，任艺委会主任。以捧哏为主，捧、逗、泥缝儿，单口俱佳，对各类相声段子均较熟悉。曾与孙玉奎、刘宝瑞合作改编《朱夫子》，收入《传统相声集》。代表作有《五红图》《论捧逗》《对对子》《铃铛谱》等。

研究著述选目

【著作选目】

书名：《今夜星光灿烂（长庆艺术团曲艺小品作品选）》
作者：胡玉珍、李鸿明（主编）
出版社：石油工业出版社
出版时间：2016 年 1 月

书名：《民国曲艺史》
作者：蔡源莉
出版社：北京时代华文书局有限公司
出版时间：2016 年 3 月

书名：《听声　耳畔苏州・评弹》
作者：潘讯
出版社：古吴轩出版社
出版时间：2016 年 3 月

书名：《中国少数民族曲艺研究》
作者：柯琳
出版社：中国文联出版社
出版时间：2016 年 5 月

书名：《松阳高腔口述剧本的记录整理与研究》（非物质文化遗产研究与保护丛书）
作者：杨和平、刘建超
出版社：苏州大学出版社
出版时间：2016 年 6 月

书名：《那些花儿——邓立鹏文艺作品集》
作者：邓立鹏
出版社：石油工业出版社
出版时间：2016 年 7 月

书名：《笑果累累》
作者：梁定东
出版社：上海书店出版社
出版时间：2016 年 8 月

书名：《走进春天——曲艺名家李文秀鼓曲、评书演唱选集》
编者：赵连甲
出版社：水利水电出版社
出版时间：2016 年 9 月
书名：《说书小史 · 谜史》
作者：陈汝衡、钱南扬
出版社：河南人民出版社
出版时间：2016 年 10 月

书名：《三十而立》
作者：吴文科
出版社：文化艺术出版社
出版时间：2016 年 12 月

书名：《李润杰曲艺作品集》
作者：李少杰
出版社：天津人民美术出版社
出版时间：2016 年 12 月

【文章选目】

姜昆：《曲艺奇葩王毓宝》，《天津日报》2016 年 1 月 8 日。

陈建华：《现代传媒与当代相声》，《艺术广角》2016 年第 1 期。

周思明：《创新曲艺要大胆尝试》，《中国艺术报》2016 年 2 月 1 日。

吴文科：《影响海峡两岸曲艺交流的主要问题》，《中国艺术报》2016 年 2 月 22 日。

李治邦：《相声的传承与创新》，《天津日报》2016 年 2 月 24 日。

党铁九：《以相声为例　看曲艺的传承和创新》，《中国艺术报》2016 年 2 月 26 日。

徐玉红：《以方言说唱“笑揭人性”》，《中国艺术报》2016 年 2 月 26 日。

中国艺术研究院曲艺研究所：《2015 年度曲艺：一曲动人心弦的“欢乐送”》，《中国文化报》2016 年 3 月 1 日。

姜昆：《曲艺亟待进入高等教育体系》，《中国文化报》2016 年 3 月 8 日。

李前光：《推出更多无愧于民族无愧于时代无愧于人民的曲艺精品力作》，《中国艺术报》2016 年 3 月 14 日。

曲毅勇：《中国曲艺发展的现实困境与解决策略》，《戏剧之家》2016 年第 6 期。

苏宇、陈晨、张莉：《色达格萨尔说唱艺术调查》，《黄河之声》2016 年第 7 期。

马利利：《河南大调曲子传承与发展新途径研究》，《戏剧之家》2016 年第 7 期。

张晓慧：《河南坠子的生存状态及成因分析》，《音乐创作》2016 年第 4 期。

温济聪：《相声新生代：旧瓶装新酒》，《经济日报》2016 年 4 月 10 日。

李姗、王荣：《浅析大众传媒对相声艺术保护与传承的影响》，《大众文艺》2016 年第 7 期。

张强：《关于四川扬琴发展与创新的一些思考》，《艺术科技》2016 年第 4 期。

沈之骅:《薛宝琨：化曲为情，与艺相伴》,《曲艺》2016 年第 4 期。

周长楫:《答嘴鼓曲艺艺术的特点》,《曲艺》2016 年第 4 期。

张蕴和:《深切怀念薛宝琨老师》,《曲艺》2016 年第 4 期。

楚子:《诗意地栖居在观演双方共同构筑的曲艺时空中》,《曲艺》2016 年第 4 期。

杨振伟:《搭乘新载体　探寻新沃野——当今乡土曲艺生存环境与传播途径之我见》,《曲艺》2016 年第 4 期。

谢磊:《闲暇、生计与文化——对北京八角鼓票房的历史考察与流变思考》,《文化艺术研究》2016 年第 2 期。

纪德君:《古代小说经典的民间重构——清代车王府鼓词〈西游记〉论略》,《学术研究》2016 年第 4 期。

严佳:《听相声还是看相声》,《光明日报》2016 年 4 月 25 日。

韩秀丽:《简论苏州评弹的师承传统》,《山西高等学校社会科学学报》2016 年第 4 期。

康修机、胡少婷:《江西民间曲艺中动漫元素的探究——以江西傩戏为例》,《大众文艺》2016 年第 8 期。

陈建华:《现代电视与当代说唱艺术兴衰——以相声为例》,《海南师范大学学报（社会科学版）》2016 年第 4 期。

卫才华、岑建如:《太行山说书的历史成因与社会特征》,《中北大学学报（社会科学版）》2016 年第 2 期。

毛海英:《东北大鼓当代活态传承的策略研究》,《艺术教育》2016 年第 5 期。

晓然:《中国非物质文化遗产之河南坠子》,《中国工会财会》2016 年第 5 期。

刘光辉:《音乐美学指导下东北大鼓的活态传承与发展》,《乐器》2016 年第 5 期。

于静敏:《20 世纪 50 年代河南坠子在开封发展的调查研究》,《黄河之声》2016 年第 9 期。

董耀鹏:《关于建设中国曲艺学学科体系的构想》,《中国艺术报》2016 年 5 月 13 日。

陆益、李凌:《地域文化影响下的苏州宣卷》,《文化学刊》2016 年第 5 期。

吕品田:《合力推动曲艺创演向“高峰”攀升》,《中国艺术报》2016 年 5 月 30 日。

陶韵嘉:《古老的汉族曲艺——扬州清曲》,《北方音乐》2016 年第 11 期。

夏宁竹:《新媒体网络环境下曲艺如何发展》,《文艺报》2016 年 6 月 20 日。

秦建国:《培养曲艺创作人才是当务之急》,《中国艺术报》2016 年 7 月 8 日。

李新风:《应将曲艺纳入中国现代艺术体系》,《中国艺术报》2016 年 7 月 8 日。

刘大坚:《湖南武冈丝弦的现状分析及发展思考》,《艺术评鉴》2016 年第 3 期。

柯琳:《中国少数民族曲艺有了理论建构》,《新华书目报》2016 年 7 月 29 日。

李闽惠:《山东快书的起源发展及社会意义》,《大众文艺》2016 年第 14 期。

陈东妮:《浅析吉林琴书的艺术特征与兴衰》,《当代音乐》2016 年第 15 期。

石羚、忘川:《论“校园曲艺”与高校曲艺社团的朋辈教育模式》,《曲艺》2016 年第 8 期。

许秀林:《相声的戏剧性——〈扒马褂〉艺术赏析》,《曲艺》2016 年第 8 期。

吴冕之:《刍议说唱“普通话”的福建南平南词》,《曲艺》2016 年第 8 期。

潘勋:《琴与“情”——记四川杨派（中和调）竹琴第二代传人罗大春先生》,《曲艺》2016 年第 8 期。

周思明:《完善曲艺评价机制标准的若干思考》,《曲艺》2016 年第 8 期。

赵连甲:《借鉴传统　深入生活——记相声表演艺术家马季》,《曲艺》2016 年第 8 期。

杨谨瑜:《口头传播与民间信仰——以山西临县三弦书盲艺人为个案》,《江汉论坛》2016 年第 8 期。

金银琴:《现代信息技术环境下非物质文化遗产数字化保护系统设计——以浙江曲艺为例》,《图书馆界》2016 年第 4 期。

谢秀敏:《“襄河道”坠子变迁的个人记忆与身份建构——坠子姐妹花的口述资料研究》,《四川戏剧》2016年第7期。

韦佳:《曲艺(说唱)创作中传承与创新之我见》,《大众科技》2016年第8期。

周熙婷:《凤阳花鼓(花鼓小锣)曲目中的明清俗曲考述》,载《第十七届明史国际学术研讨会暨纪念明定陵发掘六十周年国际学术研讨会论文集(下册)》,2016年版。

金萌:《论河南省濒危曲种的价值与开发》,《洛阳理工学院学报(社会科学版)》2016年第4期。

于鹏:《兰州太平歌研究综述》,《大众文艺》2016年第16期。

孟影:《琴书艺术浅谈——兼议安徽琴书的发展前景》,《艺术评鉴》2016年第6期。

卫才华:《太行山说书人的社会互动与文艺实践——以山西陵川盲人曲艺队为例》,《民族艺术》2016年第4期。

李天一:《东北大鼓与地方民俗文化》,《戏剧之家》2016年第17期。

徐志强:《苏州评弹与苏州方言保护》,《江南论坛》2016年第9期。

李萍:《西部少数民族曲艺档案的文化价值与记忆功能》,《广西民族大学学报(哲学社会科学版)》2016年第5期。

农伟培:《20世纪末叶壮族曲艺音乐研究回顾与展望》,《歌海》2016年第5期。

龚奎林、阮晓春:《论永新小鼓的传承与创新》,《影剧新作》2016年第3期。

王时雲:《论变文与诸宫调的联系》,《艺术评鉴》2016年第7期。

鲁斯琴:《蒙古族乌力格尔艺术漫谈》,《内蒙古艺术》2016年第2期。

吴文科:《民族艺术的一面旗帜——纪念山东快书表演艺术家高元钧百年诞辰》,《曲艺》2016年第9期。

邱有源:《从第六届全国少数民族曲艺展演看曲艺文学创作的平庸与困惑》,《曲艺》2016年第9期。

楼一宸:《他山之石,可以攻玉——剧作法对相声创作的三点启示》,《曲艺》2016年第9期。

包澄洁:《以现代曲目为经典的曲艺家马增蕙》,《曲艺》2016年第9期。

吴可:《作为一门学科的曲艺》,《曲艺》2016年第9期。

王连成:《高派(元钧)山东快书艺术的系统研究之声音与情态系统》,《曲艺》2016年第9期。

学曲:《金声玉振——记骆派京韵大鼓艺术家陆倚琴》,《曲艺》2016年第9期。

音希:《搭建少数民族曲艺理论基础构架的〈中国少数民族曲艺研究〉》,《曲艺》2016年第9期。

曲艺编辑部:《重视创作表演对曲艺理论研究的基础性作用》,《曲艺》2016年第9期。

党志刚:《从河南坠子〈玉堂春〉看“赵派”艺术特色》,《曲艺》2016年第9期。

杨昌一:《别具一格的傣族章哈》,《曲艺》2016年第9期。

吴文科:《曲艺创作生态变化启示》,《人民日报》2016年9月16日。

张玭文:《布依族“八音坐唱”的文化内涵》,《文化艺术研究》2016年第3期。

罗海燕:《从津门百年曲艺看文化认同》,《天津日报》2016年9月28日。

徐洁:《小剧场艺术市场化革新的困境及应对策略——以黑龙江传统戏曲为例》,《山西档案》2016年第5期。

王艳:《河洛大鼓的文化嬗变边缘化与保护传承》,《戏剧文学》2016年第10期。

何世彤:《山东琴书及其当代传播》,《音乐传播》2016年第3期。

吴文科:《返璞归真　返本开新》,《中国文化报》2016年9月30日。

陈洁:《广播媒介与苏州评弹文化的传播》,《音乐传播》2016年第3期。

康琤琤:《兰州鼓子的艺术特征与传承发展研究》,《北方音乐》2016年第18期。

杨浩藜、傅薪颖:《沧州木板大鼓的昨日与今朝》,《大众文艺》2016年第18期。

郭晓、张斐然:《说唱之美　滋润心灵——中国曲艺学学科建设扫描》,《艺术教育》2016年第10期。

姜昆、董耀鹏：《曲艺在拥抱时代服务人民中彰显最大价值》，《中国艺术报》2016 年 10 月 10 日。

张莲玉、喻辉、罗升泽：《探析中国说唱传统对韩国盘索里发展产生影响的可能性》，《星海音乐学院学报》2016 年第 4 期。

赵广群：《论相声创作与表演中学“唱”的运用》，《曲艺》2016 年第 10 期。

李寅飞：《受众视角下的当今曲艺生存态势》，《曲艺》2016 年第 10 期。

栗健：《浅谈评书艺术纳入高等教育的必要性和可行性》，《曲艺》2016 年第 10 期。

李明德：《相声名家背后的故事》，《曲艺》2016 年第 10 期。

严西秀：《幽默——曲艺创作中最智慧的手段》，《曲艺》2016 年第 10 期。

崔琦：《曲艺与幽默》，《曲艺》2016 年第 10 期。

徐开麟、徐小桃：《独脚戏的幽默所产生的艺术审美效应》，《曲艺》2016 年第 10 期。

杨韵：《中国传统曲艺与戏曲元素影响下的民族声乐发展探析》，《艺术评鉴》2016 年第 9 期。

陈燕婷：《南音与南曲关系考析——以“大迓鼓”为例》，《中国音乐》2016 年第 4 期。

付雪梅、冯予、景冬影：《赫哲族“伊玛堪”的传承与保护——以贯彻我国〈非物质文化遗产法〉为视角》，《产业与科技论坛》2016 年第 19 期。

刘迅、王梓力：《岳池曲艺的文化构建与活态传承》，《四川戏剧》2016 年第 9 期。

蓝鹰、周伟、牛会娟：《也论四川清音的源起与形成——从清代巴县官府档案管窥清音的蛛丝马迹》，《四川戏剧》2016 年第 9 期。

杨立影：《日本明治大正时期社会思潮与传统曲艺刍议》，《渭南师范学院学报》2016 年第 20 期。

孙伯翰：《新乡市长垣县“落腔”历史考源》，《戏剧之家》2016 年第 20 期。

沈秋农：《谈古论今话评弹》，《文汇报》2016 年 10 月 24 日。

农伟培：《论壮族曲艺“蜂鼓说唱”的发展脉络》，《当代音乐》2016 年第 20 期。

孙正广、彭萍：《传统曲艺形式渔鼓的基础研究及数字化保护——以萍乡为例》，《大众文艺》2016 年第 20 期。

陈晓：《湘北大鼓艺术特征研究》，《北方音乐》2016 年第 20 期。

姜昆：《倡导优良行风　加强行业建设》，《中国艺术报》2016 年 11 月 2 日。

许迪迪：《东北大鼓的保护与传承》，《当代音乐》2016 年第 21 期。

初征：《赫哲族伊玛堪音乐特征探究——以〈希特莫日根〉为例》，《音乐创作》2016 年第 11 期。

郑东来：《曲艺进入高等院校教学实践的分析》，《教育观察（上半月）》2016 年第 11 期。

周卫萍：《论婺剧滩簧唱腔的结构特征》，《浙江师范大学学报（社会科学版）》2016 年第 6 期。

于雅琳：《淮海地区曲艺类非物质文化遗产现状的思考》，《艺术评鉴》2016 年第 11 期。

忘川：《走正路　曲艺才有出路》，《曲艺》2016 年第 11 期。

姜庆玲、忘川：《曲艺院团应发挥行风建设排头兵作用》，《曲艺》2016 年第 11 期。

朱运桃、胡展：《扬州说书艺术与市井文化初探》，《曲艺》2016 年第 11 期。

曲华江：《当前对外文化交流中曲艺的价值与意义》，《曲艺》2016 年第 11 期。

陈睿睿：《浅谈在非物质文化遗产视野下的曲艺传承与保护》，《曲艺》2016 年第 11 期。

杜佳：《风清气正是艺术发展的生命线——“德艺兼修担当使命”加强曲艺界行风建设座谈会召开》，《曲艺》2016 年第 11 期。

安书琴：《中国“说唱”艺术的精粹——潞安鼓书》，《大众文艺》2016 年第 21 期。

崔凯：《交互媒介下的曲艺生态新格局》，《人民日报》2016 年 11 月 18 日。

马志飞：《当代文化语境下的曲艺传播与身份认同》，《新闻爱好者》2016 年第 11 期。

王惊雷：《“凉州贤孝”艺术研究》，《旅游纵览（下半月）》2016 年第 22 期。

张蕾：《非物质文化遗产的保护与传承——以河南坠子为例》，《戏剧之家》2016 年第 22 期。

颜晓双：《触碰民族曲艺艺术风格的流脉——乌坎、摩苏昆、伊玛堪的研究及保护传承》，《黑河学院学报》2016年第7期。

苏润鑫、张珂：《新机遇下滨州莲花落的发展创新》，《北方音乐》2016年第22期。

王晶：《潍县说书艺术发展探究》，《艺术教育》2016年第12期。

达晶晶：《试论山东郓城县方音概况——以莲花落〈杨晓琼叫街〉选段为例》，《文教资料》2016年第34期。

吴文科：《传播视角下的北京评书及其发展走势》，《文艺报》2016年12月7日。

李仁莉：《濒危文化保护场域中南阳鼓词的流变和传承》，《戏剧文学》2016年第12期。

王晔：《非物质文化遗产视域下黑龙江少数民族曲艺音乐的保护与传承——以达斡尔族乌钦、赫哲族伊玛堪、鄂伦春族摩苏昆为例》，《黑龙江民族丛刊》2016年第6期。

曲艺编辑部：《努力筑就时代的曲艺高峰》，《曲艺》2016年第12期。

吴文科：《新时期以来有关苏州弹词的批评论争及其学术意义》，《文化艺术研究》2016年第4期。

吴文科：《树立文化自信　攀登曲艺高峰》，《中国文化报》2016年12月20日。

朱勇：《论河南坠子"非遗"保护的新思路》，《戏剧之家》2016年第24期。

杨冬梅：《试论河南濒危曲种声腔发展的特点》，《洛阳师范学院学报》2016年第12期。

金士友：《长白山文化生态场域与地方曲种研究的拓展》，《文艺争鸣》2016年第12期。

季建莉：《弹词开篇〈杜十娘〉曲本的美学品格——以吴文科的〈略谈曲艺文学的美学品格〉为批评尺度》，《山西大同大学学报（社会科学版）》2016年第6期。

唐沛东：《兰州太平歌研究综述》，《艺术评鉴》2016年第14期。

李莉：《山东落子生存现状调查与传承研究——以济南市长清区落子艺人徐立平为研究个案》，《艺术评鉴》2016年第14期。

杨筱东：《同里宣卷的文化传承与现状研究》，《艺术百家》2016年第S1期。

大事记

1 月 4 日，相声表演艺术家常宝霆因病逝世，享年 86 岁。

1 月 5 日，“第五届全国曲艺团长高峰论坛”在北京举行。

1 月 9 日，“宁波市第二届故事会”举办。

1 月 9 日，常熟市评弹团评话演员陈燕燕收徒。

1 月 12 日，上海曲艺家协会召开第七届主席团第四次会议。

1 月 19 日，“首届四川曲艺新人新作评选颁奖典礼暨展演”在四川省川剧院举行。

1 月 21 日，山西省曲艺家协会第六次会员代表大会举行。

1 月 25 日，辽宁省曲艺家协会第八次会员代表大会举行。

1 月 25 日，中国创立首个曲艺艺术研究基金。

1 月 30 日，《北京曲艺 60 年》画册及系列丛书首发式在北京举行。

1 月 31 日，九曲相声社在莘县文化馆举办“九曲相声汇报演出”。

2 月 1 日，上海曲艺家协会 2015 年度工作总结表彰大会举行。

2 月 7 日，“中华曲艺海外行·巴拿马站”首场演出。

2 月 17 日，相声演员张德武因病在北京逝世，享年 53 岁。

2 月 18 日，曲艺理论家倪钟之在天津逝世，享年 80 岁。

2 月 19 日，评书表演艺术家刘兰芳在马街书会收徒。

2 月 21 日，“元宵曲艺新作展演”在兰心大戏院上演。

2 月 25 日至 27 日，中国曲艺家协会深入学习贯彻习近平总书记文艺工作座谈会重要讲话精神培训研讨班举办。

2 月 25 日至 28 日，“2016 年全国曲艺家协会工作会议”在陕西省西安市举行。

2 月 28 日，曲艺理论家薛宝琨在天津逝世，享年 81 岁。

3 月 2 日至 3 日，广西曲艺家协会第七届二次主席团扩大会暨《广西曲艺优秀作品集》编写工作启动会。

3 月 15 日，浙江省故事作品加工会举行。

3 月 17 日，“第五届全国道德模范故事汇创作会”在北京举行。

3 月 20 日，青年鼓曲演员苏继华专场演出举行。

3 月 28 日，相声演员孙承林在济南收徒。

3 月 28 日，天津师范大学成立马季艺术研究会。

3 月 29 日，“笑满三湘——送欢笑下基层”启动仪式暨首场文艺演出活动。

3 月 30 日，四川省曲艺家协会第六届五次主席团会举行。

4 月 3 日，纪念山东快书艺术家高元钧诞辰一百周年活动举行。

4 月 10 日，山东省艺术研究院国家级非物质文化遗产（山东快书）传承基地授牌仪式举行。

4 月 15 日，“四川省少儿曲艺创作研讨会”举行。

4 月 15 日，“原创中篇评弹《林徽因》研讨会”在上海举行。

4 月 17 日，青年鼓曲演员李月群专场演出举行。

4 月 18 日，中国评书评话博物馆在江苏省泰州市揭牌。

4 月 20 日，“走近大师”非遗讲座常祥霖专场在天津举行。

4月23日至25日，“首届‘通州杯’全国曲艺小剧场新作展演”在江苏省南通市举行。

4月23日，“纪念相声前辈常宝堃（小蘑菇）牺牲65周年座谈会”举行。

4月25日至28日，浙江省举办“第五届故事会”。

4月30日，河南坠子演员李玉萍曲艺艺术专场演唱会举行。

5月7日，“第五届中国天津曲艺文化旅游嘉年华”举行。

5月10日，“全球微粤曲大赛研讨会”举行。

5月12日至13日，章回鼓书《古城暗战》在民族文化宫大剧院上演。

5月14日，刘引红长子鼓书进京汇报专场演出在北京举行。

5月14日，“深圳市第八届‘鹏城杯’新人新作曲艺（创作）大赛”颁奖典礼举行。

5月15日至17日，“第六届中国曲艺团长高峰论坛”在江苏省扬州市举行。

5月16日，“四川曲艺流动讲堂”暨广安市2016年曲艺培训班在四川省岳池县开班。

5月19日，北京联合大学群声曲艺团成立十五周年庆典演出举行。

5月21日，“苏州评弹艺术研究座谈会”在苏州市会议中心举行。

5月22日，青年京东大鼓演员王文磊专场在天津老舍茶馆举行。

5月23日至24日，“第四届‘包公杯’反腐倡廉曲艺作品展演”在安徽省合肥市举行。

5月26日，山西省文学艺术界联合会举办曲艺家文艺志愿“曲艺进校园”活动。

6月1日，“北京戏曲艺术职业学院曲艺系暨北京评书传承基地成立两周年研讨会”举行。

6月1日，北京戏曲艺术职业学院举行创设曲艺专业座谈会。

6月8日至11日，“2016山西沁州书会”系列活动举行。

6月9日，骆派京韵大鼓演员刘春爱收徒。

6月11日，相声表演艺术家黄铁良逝世，享年79岁。

6月12日，北京市东城区少年宫被授予“北京市青少年曲艺教育基地”。

6月13日，“2016巴黎中国曲艺节”举行。

6月13日至8月18日，“第四届全国京东大鼓艺术节”在天津举办。

6月14日，金派梅花大鼓专场演出举行。

6月16日，“中国曲艺海外行西班牙站”文化交流活动举行。

6月16日至17日，“第二届全国高等院校曲艺教育峰会”在北京举行。

6月17日，谐剧表演艺术家沈伐重庆收徒。

6月18日，弦师白慧谦先生北京收徒。

6月20日至22日，陕西省曲艺家协会第六次会员代表大会举行。

6月22日，曲艺理论家、作家高玉琮先生收徒。

6月22日，“哈尔滨相声文化节”举行。

6月23日至24日，“第九届中国曲艺牡丹奖全国曲艺大赛”举行。

6月25日，“首届北京单弦（岔曲）节目展演”举行。

6月26日至27日，2016年天桥文化系列活动举行。

6月27日，相声表演艺术家田立禾收徒。

6月28日，“‘牡丹绽放’——曲艺英才培育行动座谈会”举行。

6月28日至29日，“向党汇报——纪念中国共产党成立95周年优秀曲艺节目展演”活动在北京举办。

6月29日，广东省曲艺家协会第八届主席团十次会议举行。

7月4日，中国曲艺代表团到日本进行中国传统艺术访日交流演出。

7月5日，“第二届‘宣南杯’京津冀鼓曲大赛”启动仪式举行。

7月9日至11日，“第六届全国少数民族曲艺展演”在内蒙古自治区呼和浩特市举行。

7月27日，“第五届全国道德模范故事汇基层巡演”启动仪式在北京举行。

8月5日，天津相声表演艺术家杨志刚先生收徒。

8月8日至13日，“第七届全国少儿曲艺展演”在福建省福州市举办。

8月24日至25日，“第九届中国曲艺牡丹奖全国曲艺大赛”举办。

8月27日，天津相声演员夏璟华收徒。

9月2日至6日，“2016内蒙古戏剧曲艺节”举办。

9月7日至11日，“第七届天津相声节”在谦祥益文苑举办。

9月8日，“纪念高元钧诞辰100周年座谈会”举行。

9月11日，“薪火相传——单弦、岔曲艺术展演”举办。

9月21日，中国曲艺家协会第十期深入学习贯彻习近平总书记文艺工作座谈会重要讲话精神专题研讨班在浙江省杭州市余杭区举办。

9月25日，山东快书艺术家李洪基逝世，享年83岁。

9月25日，上海市建立曲艺创作活动基地成立。

9月27日，“第四届德国中国曲艺周暨中华曲艺海外行德国法兰克福站展演”举办。

10月9日，评书表演艺术家田战义在收徒。

10月9日，北京戏曲艺术职业学院曲艺系成立暨教学汇报展示活动在少儿戏剧场举行。

10月9日，哈尔滨市曲艺家协会第五次代表大会举行。

10月12日，“第二届京津冀（廊坊）‘京东大鼓书会’”在河北省廊坊市开幕。

10月15日，第九届中国曲艺牡丹奖颁奖仪式在江苏省徐州市举行。

10月16日，“德艺兼修担当使命：加强曲艺界行风建设座谈会”举行。

10月18日至21日，“第三届‘中国河间·西河大鼓书会’”在河北省河间市举行。

10月19日，“曲艺情　宁波梦——张红坤曲艺专场演出”举办。

10月25至27日，“首届广西曲艺展演”举办。

10月29日，宁波曲艺家协会举办《北方曲种的鉴赏》讲座。

11月2日，绍兴莲花落表演艺术家倪齐全收徒。

11月3日，“第八届安徽曲艺节”在安徽省宿州市举办。

11月14日，相声表演艺术家回婉华因病在北京逝世，享年88岁。

12月9日至11日，“第四届全国相声小品优秀节目展演”在北京民族文化宫举办。

12月10日，“‘奠基与提升’——中国艺术研究院曲艺研究所成立30周年学术座谈会”举行。

12月12日，“包公杯”反腐倡廉曲艺作品征集活动举办。

12月12日至17日，第八期全国曲艺创作高级研修班（山西·大同）在山西省大同市举办。

中国艺术年鉴

2017 + 下

王福州　主编
中国艺术研究院《中国艺术年鉴》编辑部　编

文化艺术出版社
Culture and Art Publishing House

《中国艺术年鉴·2017》
编辑机构人员

主　编

王福州

执行主编

吴　昊

分卷主编（按内文卷本顺序排序）

丛玲玲

张乃锋

王　畔

陈　乾

杜　蕾

王　晶

张啸涛

周进生

郝　斌　周　延

许　平　顾骁瑾

傅　秋

中国艺术年鉴

2017 + 总目录

下册目录

电视艺术卷……557

分卷主编：张啸涛

美术卷……631

分卷主编：周进生

中国艺术年鉴·2017

电影卷

分卷主编：张啸涛

年度述评

现实关怀、情感力生产与全球化的可能性

——2016 年中国电影发展态势与对策

◎ 丁亚平　储双月

2016 年，中国电影市场没有延续近年来快跑的惯性，在全球电影市场趋冷、北美电影市场增长乏力的环境下增速放缓。面对中国国产片票房收入本土市场占比减少而国际销售有所提升的现实，以及中国电影国际影响力和能见度不及美国、英国、法国、印度、日本的事实，中国电影的发展应该立足于本土实际，借鉴世界一流电影强国建设的经验。

一、总体发展情况：趋于理性与更多开放式竞争

中国电影产业的发展和繁荣需要在统一开放、公平竞争的电影市场环境下进行，《中华人民共和国电影产业促进法》（以下简称《电影产业促进法》）2003 年酝酿、2015 年草案公布、2016 年正式出台，对进一步规范电影市场秩序、促进中国电影产业健康有序的发展意义重大。《电影产业促进法》为中国迈向电影强国提供了专项法律支撑，强化了电影的产业属性。一、理顺政府和市场关系，使市场在资源配置中起决定性作用；二、简政放权，激发市场活力，提高公众参与度和知晓率；三、健全政府扶持和激励机制，推进“政府监管、企业自控、影人自律、社会监督”四位一体的道德诚信体系建设；四、加大开放力度，引入更多竞争，增加创新驱动，把电影产业作为提升国家文化软实力的重要途径。

与《电影产业促进法》督促并扶持国产电影沿着健康、理性轨道前行同步，2016 年中国电影在近年来以票房收入增速全球第一高位运行之后放缓，投融资、内容生产、电影消费趋于平稳。根据国家新闻出版广电总局电影局通报，2016 年全国电影总票房为 492.83 亿元，同比增长 11.83%；城市院线观影人次为 13.72 亿，同比增长 8.89%；国产电影票房收入为 287.47 亿元，占票房总额的 58.33%，同比减少 1.74%。国产电影海外票房和销售收入 38.25 亿元，同比增长 38.09%。2016 年我国共生产电影故事片 772 部、动画电影 49 部、科教电影 67 部、纪录电影 32 部、特种电影 24 部，总计 944 部；故事影片数量和影片总数量分别比上年增长 12.54% 和 6.31%。全年票房过 1 亿元的影片 84 部，其中国产电影 43 部，而 2015 年分别是 81 部、47 部；票房过 10 亿元影片 9 部，其中国产电影 5 部，2015 年分别是 8 部、5 部。此外，全国影院数 8 011 家，同比增长 24%；全国银幕总数已达 41 179 块，同比增长 30.2%；在线购票高度普及，达到 75.66%。中国银幕数首次超过北美成为世界第一，而影院数和银幕数大幅增长所带来的人口红利减弱，影院压力增大。随着互联网为电影投融资、内容制作、宣发营销方面搭建了快捷而实用的互动平台，社交媒体对观众消费心理影响力显著增加，再加上观众欣赏水平提高和观影需求差异化，导致国产电影多元化发展，但在本土市场受欢迎程度却有所降低，倒逼引进的国外影片的平均质量有所提升。

2016 年，中国电影总体特点和发展现状可以归结为以下五个方面。

第一，题材类型多样化趋势明显，平均制作水准和技术完成度上升，新导演、新势力不断成为关注焦点，行业跨界融合现象不断涌现。奇幻片、动作片仍然是票房贡献率高的主力类型，这类影片主打视觉奇观的同时又兼顾喜剧、冒险等其他类型元素，成为贺岁档、春节档、暑期档、国庆档的领跑影片。奇幻爱情片《美人鱼》以 33.91 亿元刷新中国影史票房纪录，奇幻动作片《西游记之孙悟空三打白骨精》、警匪动作片《湄公河行动》、动作喜剧片《澳门风云 3》、奇幻冒险片《盗墓笔记》的票房收

入均超过10亿元，因故事情节在编排铺陈、场面调度或动作戏设计、人物塑造渲染上效果显著而搅动了市场热情。爱情片《北京遇上西雅图之不二情书》、动画剧情片《大鱼海棠》、喜剧片《我不是潘金莲》《驴得水》、青春片《七月与安生》、悬疑片《罗曼蒂克消亡史》《追凶者也》等优质影片，以跌宕起伏的剧情、独特精巧的结构、严肃深邃的主题，因口碑持续性发酵而获得满意票房。动画片和剧情片（包含文艺片）脱颖而出，青春片、爱情片表现差强人意，中小体量影片的质量有所提升。毕赣执导的《路边野餐》、周申和刘露联合执导的《驴得水》都是新导演首部院线长片，作者风格较为突出，出手不凡。青年导演程耳执导的《罗曼蒂克消亡史》出人意表地追求形式上的华丽新奇，给中国影坛带来新鲜的血液和新的增长点。小说、话剧、动漫、文学、游戏领域的热门IP通过商业授权不断向电影领域拓展，形成同步借力起跑和关联整合的局面。

第二，中美合拍片、内地与香港合拍片引起较多国际关注度，中国电影人在中外合拍中“主动创作”意识和话语权、影响力有所增强。中美合拍片《长城》目前已赢得海外票房收入9 633万美元，内地与香港合拍片《叶问3》获得海外票房收入3 274万美元，《美人鱼》海外票房收入2 373万美元，《西游记之孙悟空三打白骨精》海外票房收入827万美元。[①] 在2016年各国家和地区总票房收入排名前20名的影片大部分由美国影片垄断的严峻形势下，《美人鱼》《长城》在新加坡排行榜分别位列第11名、第15名，《美人鱼》《澳门风云3》《长城》在马来西亚分别位列第3名、第7名、第10名。奇幻、动作、民族传统文化元素，导演或明星的国际号召力以及题材本身的高知名度，都有利于制作精良的电影具备在血脉同根或文化同源国家（地区）与类型经验丰富、工业化水准高的好莱坞商业大片进行同台竞争的实力。另外，《长城》登陆全球30多个国家主流院线，在马来西亚、新加坡、印度尼西亚、菲律宾、泰国、土耳其、罗马尼亚、匈牙利、捷克、埃及、法国、比利时、荷兰、乌克兰、墨西哥、保加利亚、拉脱维亚等多国取得首周末票房冠军。[②]《长城》是文化输出的成功范例，让世界感受到了中国形象、价值观的东方魅力，它的故事讲述方式、动作设计和视觉特效、画面和音乐较为适应文化多样性的国际市场。

好莱坞正站在“中国即将成为影响世界电影叙事方式的主要势力的分水岭上”[③]，开始调整为中国市场定制影片的游戏规则，其中有3部影片的中国票房收入远超北美。以中国故事、中国元素为基础合拍的动画片《功夫熊猫3》，票房收入在中国为1.44亿美元，在北美为1.43亿美元。《魔兽》因在北美市场遭遇剧情空洞、套路化的恶评，仅收获4 722万美元票房，但因迎合了游戏玩家而在中国获得2.11亿美元票房。《比利·林恩的中场战事》以120帧／4K／3D新技术摄制，在北美仅收获173万美元票房，但依靠华人导演李安的高知名度在中国获得了2 374万美元票房。另外，提升亚裔群体形象日益成为好莱坞制片的共识，姜文、甄子丹的戏份在2016年最受欧美市场欢迎的影片《星球大战外传：侠盗一号》中不是无足轻重，而是人设立体化被赞有趣、接地气，气场十足。

第三，网络大电影在院线电影整体不振的2016年实现了数量和市场规模的爆发式增长。全年上线的网络大电影约2 500部，日均上线7部，市场规模达10亿元。普遍选择优质平台独家发行，网络自制电影表现出色。播放量TOP10中，腾讯视频独播的有5部。占比20%的优质影片占据了80%的票房分账，网络大电影进入“内容为王”的时代。题材和类型逐渐多元化，喜剧、动作为主力类型，原生IP产生了连续性影响力，投资、制作水准向中小成本院线电影看齐，成熟化和精品化趋势明显，工业化水准走高，开始与院线电影、游戏、网剧、文学联动或融合。[④] 网络大电影的风生水起，为视频行业提供了新的增长点，助力年轻电影人为院线电影储备专业力量。

---

① 数据来自Box Office Mojo网站。

② 《〈长城〉热度蔓延多国　票房登顶开创中国电影纪录》，新华网，2017年2月8日。

③ 《中外合作美国篇：内地市场正在改变好莱坞玩法》，腾讯娱乐网，2016年7月4日。

④ 《2016网络大电影年终盘点：爱奇艺公布近三年票房分账榜单，十大趋势还原真实网大市场》，中国网，2017年1月13日。

第四，电影产业面临强大挑战或将重新洗牌，机遇与风险双链互动。从2016年电影制作和发行等综合实力上考量，中国六大电影公司排名为中影、光线、博纳、乐视、华谊、安乐。中影因产业链基本齐备且参投其他公司很多成熟的大项目而稳坐泰山，华谊因人才流失呈现颓势，光线和乐视注重迎合年轻观众抓住互联网思维、明星导演而表现良好，博纳倚重香港导演在风险中找到机遇，安乐分享香港导演资源以精准独到的眼光稳扎内地。以国产影片参与发行指数作为评估标准，中影、华夏、联瑞、猫眼、四海、禾和为中国六大电影发行公司。发行市场变数增多，保底发行盛行但失败案例占三成，整体权力结构尚未定型。2016年是互联网发行元年，猫眼、微影时代、百度糯米、淘票票等互联网发行公司迅速崛起，以观众C端为入口做观影用户导流，补充线下发行短板。院线行业集中度加强，大者恒大局面明显。万达、广东大地、上海联合、中影星美、中影南方、中影数字、广州金逸、横店影视、浙江时代、华夏联合等中国十大电影院线均同比增长10%以上，共获67%的票房市场份额。

第五，文化影视行业大公司在国内并购重组遇冷，通过收购、参投、合资等形式参与世界顶级娱乐资源的整合，借助资本力量出海取经或借此提升品牌、股市价值。中国对外收购影视产业63.9亿美元，同比增长13倍多。万达影视控股公司并购了美国传奇影业、卡麦克院线、欧洲欧典院线，以及国内一批院线和时光网，涉及影视制作、发行、放映各个环节，成为世界第一院线，占全球12%的票房市场份额。阿里影业宣布与美国安培林影视公司达成战略合作，并参投《星际迷航3：超越星辰》《忍者神龟2：破影而出》等。中国文投控股收购欧洲最大的特效公司Framestore。国内文化影视行业巨头纷纷进军欧美谋求布局，而对方也寄希望于中国资本来寻求转机，进而长驱直入中国乃至亚洲市场。

二、切入现实的三条进路：政治推演、英雄/勇士成长、人类隐喻

2016年票房高企的国产片呈现出一种较为普遍的趋向，那就是对现实的高度关注。对当代中国的发展承担更多的人文观照和价值引领，是中国电影的责任和使命，也是电影能够产生热烈的市场反应的捷径或曰明智之道。当然，那些没有直接聚焦现实生活的影片，仍然可以通过具有中国气质、中国味道的过往故事实现创作者对当下中国人的生存状态与生命认知的映射。

（一）主旋律荫护下的过甚与癫狂：政治推演

主旋律反映的应该是主流价值观，是不同国家民族、不同社会阶层都能普遍接受、达成共识的价值观。它实质上寻求的就是人类社会普遍认同的价值观的最大公约数。《湄公河行动》的编剧、导演皆为擅长拍摄警匪动作片的中国香港导演林超贤，该片摆脱了空洞说教腔调，把英雄主义、爱国主义这些主流价值观置于警匪动作片的类型框架之中予以阐释。影片取材于2011年13名中国船员在湄公河金三角水域遇袭惨案，借用中国香港丰富的商业类型片创作经验讲述了惩恶扬善、振我国威的缉毒故事，使得“用强大的力量坚决捍卫中国公民的海外利益”这一国家意识深入人心。两位个性鲜明的缉毒警察孤身犯险、卧底追凶，由短兵相接、拳拳到肉至横跨海陆空的冷热兵器交火，从金三角突击毒枭升级到国际军事特种作战领域，宏大、硬朗、生猛之风中见出两位主角的真性情、真人性。娃娃兵、肉身炸弹、虐杀俘虏等政治敏感元素毫不避讳地出没于影片中，彰显出正邪交战的悲壮与惨烈，也反衬出中国决心惩治黑恶势力的强国风范。影片去除了香港警匪片的暗黑之风，回到热血燃情的正义性，展现了国家对个体公民生命的珍视与尊重，有血有肉、铮铮铁骨的硬汉正是出于此不惜肝脑涂地捍卫国家形象。

人性的可能深度、叙事节奏不仅让人迅速入戏而且牢牢抓住人心，这是香港警匪动作片、动作悬疑片的卖点。近年来，香港导演在与内地合作过程中，较好地做到了港产片表现方式与内地主旋律元素的交融，从风格到价值观产生了新鲜的东西，《十月围城》《智取威虎山》就是其中的成功范例。2016年，内地与香港合拍的警匪动作片《寒战2》、动作悬疑片《反贪风暴2》继续在善与恶的较量、情与理的冲突之中执着于人性复杂性的纵深开掘，除了打造动作戏、情感戏之外，更为重要的是把警匪题材、黑社会题材延伸至政治领域，精心构造隐藏在背后的政府、权力机构与黑社会之间博弈的文

戏。如果说《湄公河行动》是主旋律题材找到了警匪动作片这一突破口而得以焕然一新，那么，《寒战 2》《反贪风暴 2》则是警匪题材、黑社会题材主动与政治寻找对接口。三部影片虽然在内地票房收入分别为 11.81 亿元、6.78 亿元、2.09 亿元，但在 2016 年香港总票房收入排行榜中都没有进入前 100 名，也就是说它们的创作制作策略主要是针对内地市场的发展趋势和主体诉求而做出的调整。《寒战 2》在警匪激烈打斗与追逐之外，原本探讨的是安全执法、司法公正、三权分立等职权价值观，慢慢转移到城市政治不能为英殖民遗留势力或境外敌对势力操控的主题。影片弘扬保城卫国的主旋律，显而易见是对“一国两制”制度的践行和迎合。影片结尾处郭富城饰演的警务处处长直接道出家国情怀稍显生硬、直白，但可视之为这部警匪动作片急切靠拢政治所做的努力，或者说是一种刻意的点题。以往香港电影极力规避的政治在《寒战 2》中得到了淋漓尽致的呈现，直面政治是这部影片对警匪动作片做出的变奏和拓展。《反贪风暴 2》虽然也展现了廉政公署、警界与黑社会之间的角力，但是错误地把重心放在警匪动作戏、双雄模式上，而不是民生最为关注的、如片名所示的反贪问题。影片浓墨重彩地展现了香港导演最擅长的枪战、街头追车、黑社会火拼场面，却没有将反贪作为核心剧情来演绎法治与政府或权力运作之间的冲突与对抗，给人以思绪凌乱之感。

《铁道飞虎》用动作喜剧片的商业外壳包装了抗日战争题材，创作者用动作、幽默、明星对红色经典影片《铁道游击队》进行了重新改装，意欲重现《智取威虎山》的商业成功，把侵华日军弱智化、漫画化，使小人物的实力和能量夸张化，显然有违历史真实。相对而言，《智取威虎山》在各类反派形象塑造上更为出彩，并以此衬托出战斗的艰辛与不易。以娱乐性作为出发点固然无可厚非，《铁道飞虎》竭尽全力地使用各种动作创意、笑料包袱和惊险刺激的战斗场面，再现的却是《铁道游击队》生逢的 20 世纪 50 年代的革命乐观主义精神。国际影坛上不乏一些经典之作让战争与幽默成功对接，无论人物的外在行为是多么的过火和癫狂，但影片毫无例外地皆立足于战争的残酷性与毁灭性。该片的主题是小人物也能干出一番大事业，留给观众的只是隔阂很深的抗日激情。距离原作 60 年的现在，经典翻拍如果还不能让观众在大笑之后咀嚼出真实而又沉重的历史大味道，表达不出一种不以意识形态划线的生命意识，那么就可以说是背离了它的本义。

《我不是潘金莲》剑走偏锋，把农妇的平民意识的觉醒与中国官场政治勾连在一起，底层小人物十余年上访的敏感题材刚中而应、行险却遇顺，实现了商业与艺术的双丰收。推诿卸责、不作为、向上级瞒报是地方基层的官场生态，而首都却体察民心、体恤民情，从普通百姓的角度去想问题、办事情，铁面无私、严肃查处。影片同时在形式寓意上予以呼应，地方基层用圆滑世故的圆形画框，而首都北京用刚正廉明的方形画框。即使下梁有点歪也无妨，因为上梁很正，这就确保了影片能够框定在政治正确的范畴内。吸引观众眼球的不是女主角李雪莲与其前夫的情感纠缠，而是她诉之于能够为其改善遭人唾弃境遇的所谓公正的第三方，影片由此尽展从法官、县长、市长升级到全国人民代表大会首长而随之逐步拉开帷幕的官场百态。官场作为一种现实的客观存在成为影片探究的对象。偏执的李雪莲从被前夫污蔑为荡妇“潘金莲”，到为自己的不幸遭遇向法院申诉的“小白菜”，再到因遭地方基层官员不正当举措沦为受害者“窦娥”，直至熬成十余年来坚持不懈进京上访全国人民代表大会的“白娘子”。一边是人格尊严的病态诉求，另一边则是遥不可及的虚妄的公正理想。官员越真实，结果越荒诞。影片对中国社会几千年来形成并延续着的大一统超稳定结构具有重要支撑作用的官场潜文化进行了讽喻，也对当下百姓与官员之间的现代期望——价值模型做了一定反思。

（二）能力越大，责任越大：英雄 / 勇士成长

《西游记之孙悟空三打白骨精》《盗墓笔记》《澳门风云 3》《绝地逃亡》等影片采取实用主义制片策略，不是建立在意识形态或艺术表达的基础之上，而是建立在适应自己生存和发展的现实需要，即以确保影片的商业价值为指向。强调英雄 / 勇士的道义精神以及社会责任与担当，成为这些影片的共同趋向。

喜剧类的警匪动作片《澳门风云 3》《绝地逃亡》作为香港与内地的合拍片，还是较多地保留了自己的港产片本色和精神内核，成熟的类型片经验和不受意识形态约束的自由发挥，保证了这两部影片能最大限度地满足大众文化消费需求。无论是《澳门风云3》中的赌神还是《绝地逃亡》中的警察，都还停留在旧式英雄塑造层面上，表现出谐趣英雄舍去名利去保护友情、爱情等个人层面的道德情义，兼及对社会正义的捍卫。插科打诨、明星汇聚、异域风情、劲爆而又险象环生的追逐戏，泾渭分明的正邪大对抗，给观众带来大量无关痛痒的观影体验。观察现实生活的眼光缺乏锋芒和锐气，故事讲述全然不见刚性，是两部影片口碑不佳的病根。

虽然说《西游记之孙悟空三打白骨精》很大程度上是凭借反派白骨精形象的深度和故事本身的丰满度获得人气值的，不过东方超级英雄孙悟空形象仍然可圈可点。《盗墓笔记》将明知不可为而为之的浪漫武侠情怀融入两位勇士形象塑造之中，一位深沉忧郁，另一位清新灵动。两部影片将个人与社会之间的冷漠、放逐、反抗等各种联系，放大到英雄/勇士各自完整人格之中，让观众看到他们在拥抱超我过程中被提升、丰富、支持和扩大。既往的紧箍咒、传统的梦魇，让英雄/勇士的意识和无意识领域清晰地分裂成两半，无法沟通，影片较为充分地展示了他们成长的心路历程。骄傲、恐惧、“合理化”的暴力等自我中心主义作为陌生存在，在社会参与之中逐渐被抛弃。为了更好地承担历史使命和社会责任，自我以社会的意象得到重新改造，变得勇于分担人生或另一个生命的孤独和百般苦难，审慎地使用自己的能力。能力越大，责任越大，英雄/勇士为了摆脱桎梏自己的心魔，在成长过程中开始切实地改变自己与现实对话的方式。

（三）拷问人性之殇：人类隐喻

聚焦草根阶层与既得利益群体之间的血腥对抗，展现小人物的挣扎和灵魂救赎，向来是周星驰喜剧电影创作的主要关注视角。演员的无厘头台词、面部表情与身体表现力的结合，以及自贱自嘲式娱乐，赋予了周星驰电影天马行空的剧情想象和华丽夸张的特效设计内在的肌理。《美人鱼》起始于此，将霸道总裁与美人鱼童话般纯粹的爱情故事演变为环保、生态、人与自然和谐共处的主题。周星驰在访谈中对《美人鱼》的创作主旨这样总结道：“它其实是关于整个地球的事，是关于地球环境是怎么样（的主题）。是通过源于（美人鱼）这种生物的角度去看人类自己，以及人类现在做的事情对地球的影响会是怎么样的那种方向。”① 远古人类与人鱼本该和平相处，但人类越进步就越暴戾，经济利益驱动下的资源开采对人类及其他生物的生存环境造成巨大破坏和影响。人类贪婪、邪恶和爱好杀戮的习性，非但没有随着几千年来人类文明触角的延伸而得到反思和遏制，反而正残酷地掠夺地球有限的珍贵资源。周星驰喜剧电影创作含有较为鲜明的时代气息和社会热点问题，通过社会底层小人物的生存境遇更多表达了香港人在自己生活的地方处处受制无法掌控自己命运的无奈感、无力感。《美人鱼》显然超越了周星驰以往影片的本土视域，使得人类正在饮鸩止渴的隐喻更易得到认同，拥有更为广泛的观众基础。

由张艺谋执导的中美合拍片《长城》因在剧情上做减法未能达到国内观众预期的内涵深度和故事精彩度，但是凭借好莱坞一线大片巨制水准、浅易生动言简意赅的叙事还是实现了“向世界讲述中国故事”这一全球目标市场的定位。影片以美国人的角度同时又由中国导演、中国演员来讲述中国故事，实际上说明它具有50%的中国血统。怪兽饕餮是中西文化结合的产物，具有较高的国际通行性。中国传统文化将饕餮视为人类社会贪婪的象征或永无餍足的境遇自况，而“不可贪恋”正是基督教文化的第十诫。饕餮的智商、种族特性及内部构成接近《独立日2》《安德的游戏》等好莱坞电影中的地球物种，分工明确、战术严密的集团作战体系又似乎来自中国古代兵法，让人类措手不及。也可以说，饕餮隐喻着人类自掘坟墓的必然命运。无影禁军用信任、牺牲精神感化了为生存、金钱而战的欧洲雇佣军，中国集体主义与西方个人主义价值取向首次正面碰撞，并散发出东方文明的神采流韵。长城、烽火台、秦腔、花式击鼓、大鼓、孔明灯、火药、五色无影禁军在张艺谋驾轻就熟的场面调度和超历史想象之下，作为能够体现国家尊严和民族利益的形象、文化标识被成功输出国门。中华传统文化元素

---

① 波米、李征、宋如辉：《周星驰：我对我所有的作品都不满意，包括〈美人鱼〉》，凤凰娱乐，2016年2月2日。

在跨国电影制作中的应用、中国形象的塑造以及中国故事和价值观的表述方式，日益成为当下中外合作中无法回避的重点和难点。

三、艺术与情感力生产：文化寻根、自我追寻、历史残蜕

不同于国产商业大片立足于令人愉悦的消费文化来精心打造不可抗拒的感官 / 美学上的魅力，艺术电影往往以个人风格打上作者电影的烙印，而那些带有作者化探索的文艺片不再满足于理性化、小众化表达，而是努力寻找个人表达与商业性之间的结合点，试图把控住形象魅力与剧作内涵的平衡。它们往往从反类型、反传统与延伸角色认同出发，来创造多维度、个性化的角色，展示出精准细腻的情感表现力，满足观众欣赏口味多元化的发展趋势。在电影市场追求质量优势和原创能力的趋向下，艺术电影、文艺片以及新导演、年轻导演纷纷浮出水面，引起市场青睐。2016 年 10 月 11 日，全国艺术电影放映联盟在第 13 届中国长春电影节上正式启动。这一政府扶持行为为艺术电影提供了跨越式发展机遇，有利于创建中国特色电影美学体系，助力中国电影适应文化多样性和观众细分化的市场。艺术电影开始有了越来越多的发行渠道，不断向院线市场输送电影创新型人才，而这些因为处女作或早期作品获得国际荣誉和口碑的新导演、年轻导演又后续不断地获得资本市场的信赖和支持。毕赣因《路边野餐》获得多项国际奖之后成立荡麦影业，完成了华策影业独家领投的千万级别天使轮融资。以艺术电影制作为主业的天画画天影视公司，不断推出新导演电影计划，为他们提供更多发展机遇。这些新动向有助于艺术电影的制作、发行按照资本市场的逻辑运作。

（一）爱情 / 人生的价值与意义探讨：文化寻根

《北京遇上西雅图之不二情书》超越了前作爱情片的类型定位，将澳门赌场公关焦娇与洛杉矶房产中介罗大牛各自平行发展的人生线因阴差阳错的书信往来彼此牵连交织，由爱情 / 人生价值观探讨的笔友逐渐变成灵魂契合的恋人。焦娇从小挣扎在因父嗜赌被人追债居无定所而又极度渴望摆脱贫困和动荡的底层社会，经过与学霸、富豪、诗人三位男性无果而终的短暂交往，不断挫败却依然硬朗、决然，女性精神成长的命题在这条叙事主线上饱满鲜活起来。在因父母离异少年时代就移居洛杉矶的华人大牛这条叙事副线上，他经历了美国同事移情别恋、华人母子求学买房、华人老夫妇归国卖房，慢慢抛弃原先精明计较的实用主义生活哲学，变得淳朴忠厚值得信赖。影片并没有局限于男女主角之间信任和亲密关系的建立，而是以此作为基点辐射不同社会阶层、不同年龄段、不同地域中国人的认同危机。一些社会热点问题被严密地编织进跌宕起伏的故事情节中，漂泊在外的异乡人生存务实层面的想家、成才、归国动机与渴望安全感、存在感、归属感的理想主义精神诉求形成内在的艺术张力。诗意盎然的书信抒情、庄严典雅的仪式化场景，让影片从浪漫爱情的表层叙事潜入深层次意义上的寻找灵魂栖息、精神皈依的家园渴望与文化寻根。

《北京遇上西雅图之不二情书》借助简洁精美的古典诗词传递出文学化气息和家国情怀，动画剧情片《大鱼海棠》则让民间传说、古典文学、上古神话的丰厚意蕴和积淀从画面意境之中悠悠地渗透出来。显然，两部影片的寓意和中国古典哲理寄托着创作者意向性和表现性的个人追求。《大鱼海棠》把我国丰富的传统文化资源转化成具有精致中国风的诚意之作，就题材内容、造型风格和表达形式而言，是动画电影民族化的一次较为成功的实践。影片撷取《逍遥游》《山海经》《搜神记》和“女娲补天”“七仙女下凡”等故事元素点缀或串联其中，散发出一股充满浪漫与奇遇的东方神秘魅力，带领似曾相识的观众进行历史记忆的追寻和文化传统的寻根。影片讲述了神界少女椿在青梅竹马湫的甘愿牺牲之下让人间少年鲲重生且与鲲同回人间生活的三角恋爱故事。但是，三人之间的情感纠葛以及椿为了爱情不惜牺牲生命和背叛族群利益的故事主线，很难与观众产生强烈的情感共鸣。至为关键的是，故事本身信息含量和情节点饱和度不足，没有真实可信地勾勒出人物的深层动机和悲剧轨迹，也没有构建出神界、人间、阴间按照不同逻辑运行的三重世界观。人间好人死后灵魂变成鱼，坏人死后灵魂变成老鼠，佛家的因果报应作为道德前提，的确赋予了影片结构灵感，是富有创意的。鱼头人身的灵婆掌管

着好人灵魂却在暗地里做着“非法”交易，丑陋、诡异的鼠婆子掌管着见不得人的灵魂，玩世不恭而又粗鄙庸俗，这两处人设精彩到位且让人印象深刻。然而，影片浅尝辄止，没有让椿、鲲、湫对爱情、高洁、自由的追求与对现存统治秩序或平庸生活的反抗来构成不可调和的矛盾冲突，营造更大的叙事张力，让观众从角色认同达到情感代入。如果仅仅是满足于佛家的顺其自然、道家的无为而治，那么就无法解释椿为何偏偏要遵从个人欲望而违背族群集体的决策。可见，影片没有贯穿圆融统一的整体价值观。

（二）与青春、时间对话：自我追寻

《七月与安生》的叙事焦点不在少男少女之间的青涩情爱，而在两位女性各自对青春成长的感悟、对爱情的定位以及对人生价值的理解和实践。回到生命本体，男女爱情的戏份退而求其次不占主导，是这部影片不落俗套、艺术创意上超过以往国产青春片的地方。七月流火，安之若命，七月与安生宛若一对互为灵魂镜像的双生花，一动一静，相互独立又相互构造，正如女性一体两面的双重人格。缺乏父爱的七月倔强叛逆，面对复杂的社会环境和艰难的生存选择，挤压并伪装出雄化女性的强悍。安生家庭幸福、生活安逸，因有长辈护佑时时散发出女性本质的温顺，反过来又成为她应对人生的保护色。两人在少女时代以纯洁之心坦诚相待、不分你我，异性家明的介入让这对情如手足的姐妹产生你我之别，七月远走他乡、安生留守静候也未能改变两姐妹爱上同一个男人家明而发展成为你中有我、我中有你的心灵事实，直至最后安生不辞而别、七月留守下来独自接受命运的安排。岁月蹉跎，时光流逝，安生变成了七月，七月变成了安生。影片虽然为两人的最终命运安排了三种开放式结局，却统统指向两人被对方人生态度渗透、重构的事实。无论是注重外部世界探索的开拓性女性意识，还是关注自身命运反思及价值内审的内向性女性意识，在影片中都没有出现精神方向上的两极化或者人格上的两极化，以致最终造成人格的分裂和心性的迷失。因此，安生和七月不完全是女性一体两面的受害者，而仅仅是漂泊者、孤独者在与青春对话的过程中实现对人之自我的探寻。认识自我的终极目的，是更好地接纳自己，做好自己。因为香港青年导演曾国祥执着而诚挚，影片显得清丽脱俗，达到了一种纯粹到极致的美。

对自己存在意义的质询，对自我与世界关系的追寻，同样贯穿于带有浓郁的诗化探索意味的《路边野餐》之中。该影片讲述了已过知天命之年的小镇诊所医生陈升在寻找侄子卫卫的路途中，偶遇过去、现在、未来的超现实故事。导演毕赣在备受国内外影坛交口赞誉的42分钟长镜头内，予以深层次文本意义上的时间空间化，即过去、现在、未来作为三大不同时间点在潜意识层面被拆解和重述。随意穿插其中的诗歌，更是强化了导演化时间为空间产生美感的创作意向。此外，该片在表面意象和细节设置上，随处可见的钟盘和手表、墙上倒转的时钟、广播多次播报野人新闻以及摄影机圆周运动的轨迹等，无一不在提醒观众对时间的主观感受：流逝变快、停止、倒流、循环往复。时间在一个个空间场景中得以具体化呈现，被重新组装或被雕刻乃至为观众所理解。毕赣如同雕塑家，用梦幻中的情感、颜色去涂抹或塑造陈升与世界的关系图景，表达对生死两茫茫、受到命运戏弄、记忆苏醒的无限感慨。导演显然是在刻意厘清纷至沓来的各种思绪，将过去、现在、未来的文本交汇在那些充满纯真、怀旧、乡愁、离别、重逢等情感的空间场景之中，让观众不断地触摸具象并逐渐看到男主角一直苦苦追寻的那个原本隐形的自我。

（三）在历史的残蜕间道尽人性沧桑

关于20世纪三四十年代上海滩的浮世绘和叱咤风云，黑帮火拼、枭雄谍战、贵族情调、红色革命向来是电影创作重点展现的故事情节或情境。《罗曼蒂克消亡史》在商业类型与作者电影两个维度上都做出了过火的尝试，对叙事及形式、典雅情趣的极致追求和对血腥、暴力、情色场面的直观描写，使其在众多陈腔滥调的同类影片之中鹤立鸡群。非线性叙事、全程上海方言的台词对白、每个角色诸多性格元素对比中的强烈反差、风格化镜头语言、精致考究的服装置景，固然提升了影片的品位和格调，但也加深了观众理解上的难度。一些刻意为之的慢镜头、对称构图、俯拍镜头，以及充满文艺腔调的叙述方式，造成内容与形式剥离，给人以拿腔拿调、得意忘形和过于自恋之感。影片讲述的是黑帮大亨陆先生和日军间谍渡部两个男人之间的殊死较量，凸显中日两国民族性格的差异。黑帮大亨人情练达却坚决以民族大义为重，日本军国主义分子冥顽不化而又残暴骄矜。导演程耳将黄金荣、杜月笙、戴笠、胡蝶等重要历史人物的民间逸闻趣事巧妙地织入剧情，借此表现醉生梦死、风情绮丽的旧上海在炮火连天的战争环境中幻灭了，而人性沧桑就在历史的残蜕间显现。在家国道义面前，同是柔美女子，小五可以舍身杀敌，小六则贪生和苟安。浮华、动荡的乱世，人性也在风雨中飘荡不定，有的变态畸形，有的刚烈豪勇，有的顾全大局，有的幽暗隐忍。喧嚣过后一切归于平静。

梁漱溟的乡村教育运动、鲁迅的国民性批判，是20世纪上半叶影响中国社会最为深远的重大思想理论成果，构成表面对峙、实质互补的正负两极，前者坚决发扬中国传统文化的精华，后者猛烈抨击中国传统文化的糟粕。由同名话剧改编而成的电影《驴得水》具有鲜明的个人特质和作者意识，没有为国产片商业化大潮所裹挟，而是特立独行地回眸历史，追求一种探测人性深度、鞭挞知识分子灵魂的思辨性。这部荒诞喜剧片起始于梁漱溟源于社会改良主义思想的乡村教育实验，却终于启蒙与改良失败后鲁迅对国民劣根性的胆识批判。影片讲述了一群品行不端却致力于改造中国农民“贪、愚、弱、私”的知识分子从大城市来到偏远乡村进行乡村教育实验，为了应对教育部特派员调查他们谎报“驴得水”老师赚取教育经费的丑事，每个人都降低了道德底线卸下伪装暴露出了本来面目。铜匠经过外在形象的身份包装和一个暑假的知识洗礼，扮演“驴得水”老师加入知识分子文明行列之后，却将知识作为公权力来行私欲。功利型文化只能培养出精致的利己主义者，影片于此正式宣告乡村教育实验的失败。知识分子在民国时期官员 / 权势面前的懦弱和退让，知识分子在自己群体中的尊严守护，知识分子面对农民时的优越意识，皆在影片中得到展示和批判。民国时期的乡村建设最终沦为寄托知识分子启蒙与改良理想、逃避现实社会矛盾、不敢面对真实自我的乌托邦。影片对个性鲜明、前后反差极大的知识分子形象予以漫画式呈现，揭示了民国时期知识分子精神层面上的信仰缺失，对当代教育乃至整个社会都具有醒世价值和现实意义。

四、新问题、新增长动力和发展方向

虽有产业政策的大力支持和影院建设的急遽增长，快速扩容的中国电影票房市场在国内观众消费能力增长有限的严峻形势下剩下来的可供想象的空间不大，市场竞争空间日趋逼仄，再加上投资和制作主体呈现日益多元化，观众消费观念日趋更新和消费需求的多层次与群分化，中国电影急切需要处理好不断存在的这种工业、商业、艺术、社会层面的多重要求和多面向压力。当下中国电影面临的问题主要有以下四个方面：

第一，缺乏更加多元化、商业化、高层次的国产片来满足中国电影市场的消费胃口。《长征》《我的战争》等历史片着眼于浩瀚历史烟云，但观念和叙述形式陈旧，拘囿于原有的主题和叙事格局，不善于捕捉历史留存的争议、疑点问题，未能将大揭秘与观众对历史真实的高端需求紧密结合起来。合乎逻辑而又富有传奇色彩的历史人物、活生生的人性，以及从对当下现实的追问来深刻切入历史反思，可以带来更多话题，增进观众对历史片的理解和思考。喜剧片、青春片、爱情片在2016年的口碑和票房表现普遍不如往年，原先主打的王牌如“怀旧”“小鲜肉”“IP”力有不逮，不能拯救剧情老套乏味缺乏新意、审美趣味不高等弊端，关键在于创作者对当下社会的热点问题、现实矛盾和生存困境等各种现实生活形态缺乏关注度和深刻思考，缺乏时代感和现实性。这些类型片急功近利之作太多，没有注重提供文化含量、精神品位和更高层次的艺术审美享受。

第二，中国电影没有形成最具出口价值的片种，不能适应文化多样性的国际市场，国际竞争力和能见度仍然较低。《长城》《叶问3》《美人鱼》《澳门风云3》这4部奇幻片或动作片的国际总票房收入占比分别是36.1%、20.9%、4.9%、4.3%，远远低于2016年全球排名前100名的美国电影国际总票房收入一半以上的平均占比。法国奇幻动画片《小王子》的国际总票房收入占比达88.2%。日本动画片

《你的名字》在中国内地的票房收入仅次于日本本土，以5.47亿元票房创下日本电影在中国内地的票房纪录。就日本动画片海外销售数量来看，中国已经成为继美国之后的第二大市场，2016年有10部日本动画片在中国内地上映，其中《哆啦A梦》的中国内地票房收入为1.03亿元。其实，早在2015年中国购买日本动画播放权和游戏改编权销售额已达164.4亿元。相较于美国、法国、日本，中国还没有找到自己最具出口价值的类型片，国际影响力和知名度仍然不尽如人意。

第三，中国电影的发展过多依赖票房市场，全产业链不完善，营利模式单一，社会开放程度和市场化程度有待提高。"互联网+资本"市场的新思维改变了整个媒介环境，电影生态发生改变，使原先的自上而下的、以传播者为本位的单向传播变成了双向的甚至是发散式的传播，受众的主动性不断得到增强。随着优化用户体验度、增强用户参与度的媒介形式和平台不断涌现，社交媒体对影片传播和票房收入的影响力得到放大，一部影片上映初期没有获得良好口碑就很难引起持续性关注，如果后来影片的话题性盖过前部，那么前部就会失去原有的先发效应而被取代。内在和外在的诸多因素导致大片趋于失势，这不仅是中国电影也是美国电影面临的普遍性问题。但是，在"互联网+"时代，好莱坞六大电影公司在IP版权资源开发、内容制作、宣发及营销方面加速布局泛娱乐产业链，带动媒体集团整体业务的拓展。美国电影向全球急速扩张的国际战略和成熟健全的全产业链机制扭转了美国电影本土票房市场增长乏力的问题，而这恰恰是中国电影产业短时间内不能改观的现实。票房收入、版权、衍生品等方面的综合性收益是衡量电影产业是否成熟的标志，而中国电影的发展几乎被票房市场绑架，版权和衍生品开发在中国还有很大的想象空间。

第四，国内电影技术与艺术复合型人才培养和自身电影科技水平有限，不能完全倚重国内人才和科技力量完成商业大片生产，中国电影工业体系尚未完全建立。据中国电影合作制片公司统计，2016年，获准立项的合拍故事片达89部，合作对象覆盖了17个国家和地区，合拍片的立项数量和合作国别创历年新高。其中，内地与香港合拍54部，中美合拍10部，大陆与台湾地区合拍8部，三者占所有立项合拍片数量的81%。另外，内地与澳门合拍立项1部，华语合拍是主流。中国电影合作制片公司审查通过的合拍片达71部，在2016年国产片票房排行榜前10名中有8部为合拍片。① 合拍片的类型很多，市场表现差异也极大。由此可知，中国香港电影人对国产商业大片的票房贡献极大，国产商业大片制作非常依赖英美技术和编剧力量，由中国内地主导的优质合拍片并不多，中国电影的工业化程度不高。

面对种种问题，需要从以下四个方面来解决：

首先，中国电影不能总是以票房市场为导向，而要发挥价值引领作用。中国电影创作总是千方百计地收集观众的兴趣爱好和关注焦点，根据自身对观众观影取向的了解来生产电影。一味地迎合观众和市场往往会失去自己。中国电影人需要持续不断地为电影市场注入活力，为观众提供更加丰富、多元的观影选择，提升观众对多样化国产片的容纳能力和接受能力。

其次，中国电影需要找到在文化上对国际市场、海外观众有价值的信息，或者说提供能够引起外国观众共鸣的内容。国产电影国际输出的数量和质量双位缺席，加大了中外合拍片完全依赖国内本土市场赢取票房收入、收回制作成本的商业风险。而且，这也不能说明中国电影成功地走了出去。完全凭借画面和视觉特效制胜的电影可能无法与好莱坞商业大片在国际市场正面竞争，但我们可以依靠原创力和进取心生产那些充满锐气和胆识的中等成本制作影片。目前的事实就是，除了印度、中国、日本之外，2016年世界许多国家和地区的前20名影片几乎皆由美国电影垄断或统治，而美国电影的核心竞争力就在于适应文化多样性相当高的国际市场，相比较其他民族国家的电影更易在世界范围内被接受和认可。也就是说，中国电影因种族、语言、文化背景、意识形态等构成的社会文化背景被国际市场拒之门外。这就是中国电影在具有文化亲缘性的东南亚市场的欢迎度普遍高于其他地区的根源所在。

① 《2016年合拍片立项89部 国产片票房前十80%均为合拍》，中文互联网数据资讯中心，2017年1月13日。

区域化生产当然是解决中国电影国际传播瓶颈问题的捷径，但是对于将提升国家文化软实力视为重要使命的中国电影来说，还是需要正视并解决文化折扣的问题。不借助丰满立体的艺术形象和巧妙得当的表达方式，而是片面地从自身利益和文化优越感出发，对中国主流的意识形态和价值观念进行生硬的文化渗透和扩展，显然是不足取的。中国电影除了需要提供原创、稀缺性价值内容之外，还要保持中立立场给予国际观众观影过程中价值判断的自主选择权。

再次，中国电影业需要不断完善全产业链，让资本输出真正变为文化软实力的输出。中国影业大公司虽然在2016年加快了国际合作的步伐，但很多还是停留于资本输出和为世界先进电影产业管理经验交学费。中国不是电影强国的客观事实永远是跨国公司合作过程中不能逾越的障碍。中国电影只有综合实力强大、产业链完整、品牌影响力广泛、代表世界电影先进生产力、拥有经验丰富并卓有成就的产业管理团队，才能真正推动国产电影走向世界。除了提升中国电影质量之外，还要做好上下游及周边产业链布局及其延伸，围绕生产、营销、发行、衍生品开发等产业链环节做好社会资源、商业资源的配置，打通或者说整合一切社会生活架构，增强媒介融合和跨界合作，加速电影产业重构和升级。

最后，从内容生产能力、文化软实力、法治环境、专业化程度和行业服务水平等指标来建设中国电影工业体系。

中国电影与世界上唯一拥有完整工业体系的美国差距很大。明星制、专业化、衍生品开发、跨界渗透与融合、全球化是美国电影工业的重要标识。有鉴于美国产生巨大体量级电影工业的优势形成经验，针对中国电影发展中出现的各种难点和困惑，我们还需要着眼于互联网快速崛起的全球大环境，建立健全完备的政策法规体系、专业化的制作团队、成熟的制片体制、公平开放式的竞争环境，同时还要加快与全球影视行业资源的整合和匹配，全面推进全球电影市场的分工合作，提升自身的文化软实力。

丁亚平　中国艺术研究院电影电视研究所所长、研究员
储双月　中国艺术研究院电影电视研究所副研究员

2016 年度中国电影创作与产业发展

◎ 支菲娜

2016 年，中国电影生机盎然，全面发展。全年生产故事片 772 部，保持世界第三，质量总体提升；全国电影票房 492.83 亿元，保持全球第二大电影市场地位，票房增速为 11.83%，远超全球电影票房 0.78%[①] 的增速，也远超美国（2.2%）、日本（8.5%）、韩国（-3.33%）等国的票房增速；全国电影银幕数 41 179 块，取代美国位居世界第一；观影人次为 13.72 亿，取代美国位居世界第二。中国电影正不断深化改革，着力推进从电影大国向电影强国的转变。

2016 年，电影系统贯彻习近平总书记在文艺工作座谈会和中国文学艺术界联合会第十次全国代表大会、中国作家协会第九次全国代表大会开幕式上的重要讲话精神，大力推动电影业发展。电影创作水平逐年提升，电影市场化改革不断深入，电影产业进一步繁荣。中国保持全球第二大电影市场的地位，电影产业多项指标增速保持全球领先地位，中国仍是全球电影产业发展的重要动力。

目前，中国电影发展重心逐渐从量的积累向质的提升转变，进入从快速增长转向平稳发展的新态势。基于中国电影产业发展过程中出现的新情况、新趋势、新问题，国家新闻出版广电总局将 2017 年定为“电影质量促进年”和“电影市场规范年”，加快推动电影创作从“高原”迈向“高峰”，推动电影产业发展转型升级。

一、创作生产能力持续增强

2016 年，电影创作生机勃勃，涌现出许多优秀作品，实现了题材、叙事、表现手段等多方面的新突破，创作质量明显提升。

（一）主题主线创作佳作频出

2016 年，围绕建党 95 周年和工农红军长征胜利 80 周年重大主题主线，推出了一系列优秀作品。

在纪念建党 95 周年方面，《大火种》《老阿姨》《难忘的岁月》《毛丰美》《古田会议》《我的战争》《砥砺》等影片，从不同侧面生动描述了中国共产党不同历史阶段的人物事迹，塑造了共产党员的光辉形象。《大火种》再现了共产党员和群众用生命保护中国首版《共产党宣言》并如火种般传播开来的故事，全面深刻地反映了共产主义理想在齐鲁大地上生根发芽成长的伟大历程。《毛丰美》以现实主义与浪漫主义相结合的手法，以电影故事情节和现实人物访谈影像内容相交织的视听语言，描绘了紧跟党走、心怀群众、勇于创新的基层共产党员干部形象。

在回顾长征光辉历程方面，一些影片以微小叙事为切入口，通过撷取漫漫长征历史的细部片段，以独特的人文深度再现长征和长征精神。如《勃沙特的长征》，以红军长征时期发生在贵州的真实历史事件为依托，描写红军与英国传教士勃沙特之间的故事，表达了对生命的尊重与热爱。一些影片坚持顶层叙事，史诗般地展现了峥嵘岁月，如《领袖 1935》，别出心裁地以 1935 年为时间节点，围绕四渡赤水前后惊心动魄的历史展开，从周恩来的视角来推进叙事。一些影片用坚持革命现实主义手法再现历史，例如：《勇士》，以高度的工业化水平，表现了红军将士在敌人围追堵截中勇渡大渡河、飞夺泸定桥的英勇事迹；《血战湘江》，以实地、实战、实拍回顾了湘江战役的艰难，歌颂了共产党人在长征路上绝境求生的英雄气概，在重大革命历史题材创作方面具有开拓意义；《遵义会议》对重大历史转折关头的历史

---

① 数据来源：MPAA。MPAA 在计算全球电影票房时，对中国电影票房以未计算网络售票服务费的 457.12 亿元为基数，因此全球电影票房及其增幅计算结果略有偏差。

人物的塑造突破了脸谱化表达，体现了历史文献电影的特色。此外，《长征》等纪录电影也为红军长征胜利 80 周年主题创作添上了厚重的一笔。

（二）主旋律电影叙事不断创新

2016 年，继《林海雪原》之后，多部红色经典题材被重新搬上银幕。歌剧《白毛女》3D 舞台艺术片运用数字立体电影技术和环绕立体声，极大拓展了《白毛女》的舞台空间，让观众能够在影院身临其境地感受舞台表演的魅力，进一步增强了舞台艺术精品的感染力、影响力和辐射力，是利用高新技术手段重温红色经典的重要尝试。改编自《铁道游击队》的《铁道飞虎》融合动作、喜剧等经典类型，叙事张力充沛，人物形象立体，成为红色经典改编的另一成功之作。

当代题材的主旋律电影创作聚焦普通个体，通过个体与个体之间、个体与社会之间良性关系的构建，传达社会主义核心价值观。如《湄公河行动》，坚持类型化叙事，在保证视听效果的同时，又流畅自然地将维护社会大义与个人爱憎相融合，使影片产生了热烈的市场反应，获得良好的口碑。

（三）多类型、多样化电影创作进一步升级

2016 年，国产各类型影片在不断尝试中逐渐走向成熟。喜剧片、青春片、动作片等传统类型依然占据主导地位，佳作迭出，纪录电影等新类型积极探索市场。

国产魔幻类电影创作活跃。《美人鱼》是“现代都市童话 + 环保主题”的结合。《西游记之孙悟空三打白骨精》这一古典传统题材，用现代视听语言重新包装，成为年度重构经典的代表作。《盗墓笔记》《长城》等影片则展示了原创玄幻题材巨大的市场空间。

都市爱情题材电影《从你的全世界路过》《北京爱上西雅图之不二情书》、都市青春片《陆垚知马俐》《七月与安生》等，受到多个年龄层的观众的认可。

警匪题材电影创作在多类型融合方面取得新突破。有《寒战 2》《三人行》《使徒行者》等典型的香港警匪片，也有多类型合一的创新作品，如《湄公河行动》《追凶者也》《火锅英雄》等。

动画电影创作积极探索传统文化与现代技术的结合点。中美合拍的《功夫熊猫 3》突破了近年来不少动画片叙事紊乱、人物设定单薄、视听语言水平低、世界观简单低幼等瓶颈，延续系列作品前两集的积累，塑造了一系列丰满、风趣又具有中国精神的人物形象，实现了单纯而不单薄、厚重而不沉重的价值表达，获得了国内和海外市场的广泛认可。动画片《大鱼海棠》取材于《庄子・逍遥游》，创作者多年磨一剑，积极学习好莱坞成功创作经验来表现中国传统文化，拓展了动画电影演绎中国传统经典故事的范畴。2016 年获得备案公示的约 40 部动画影片，均依托于“中国经典民间故事动漫创作工程”，取材于嫦娥奔月、大禹治水、敦煌飞天、牛郎织女、木兰从军、封神演义等民间传统题材。

纪录电影创作取得重要突破。合拍片《我们诞生在中国》是中国首次探索动物主题的纪录电影，不但在国内获得了 6 654 万元票房，而且 2017 年 4 月 21 日在北美上映后总票房超过 1 000 万美元。《我在故宫修文物》《舌尖上的新年》《生门》等影片在选题、表现手法、营销手段等方面着力创新，展现了纪录电影良好的发展前景。

艺术电影创作成绩斐然。《路边野餐》《长江图》《箭士柳白猿》《塔洛》等小众艺术电影获得评论界一片好评。《一句顶一万句》《百鸟朝凤》《驴得水》等影片在文化深度和艺术高度上均有新开掘。2016 年，更多优秀影片参与国际节展竞争，全年有 95 部次国产影片在国际电影节上获得 135 个奖项，其中《长江图》《我不是潘金莲》《不成问题的问题》等斩获多个国际奖项。

二、电影市场活力持续增强

2016 年，行业管理部门加大市场调控力度，电影市场多项指标继续增长，市场活力进一步增强。某些指标增幅下降，这是中国电影产业从低起点的“增量”迈向高阶段“提质”的速度转换。

（一）生产制作能力增强

电影产量平稳增长。电影生产制作热情仍然高涨，各类电影生产能力持续提高，产品提质增效

势头强劲。2016 年全国共创作生产故事影片 772 部，动画片、科教片和特种影片的产量维持较高水平（见表 1）。

表 1　2012—2016 年各类影片生产情况

年份		2012	2013	2014	2015	2016
合计		893	824	758	888	944
故事片	故事片（部）	745	638	618	686	772
	在总产量中的占比（%）	83.43	77.43	81.54	77.36	81.78
其他各类影片	动画影片（部）	33	29	40	51	49
	纪录影片（部）	15	18	25	38	32
	科教影片（部）	74	121	52	96	67
	特种影片（部）	26	18	23	17	24
	在总产量中的占比（%）	16.57	22.57	18.46	22.74	18.22

数据来源：国家新闻出版广电总局电影局（自 2012 年起，供电视播出的数字电影生产数量并入故事片类计算）。

电影合拍业务进一步拓展。中国电影业的快速发展，吸引越来越多的国家和地区前来合作。2016 年，对外合作进一步拓展，中国与爱沙尼亚签署国家间电影合拍协议，并更新了与加拿大在 1987 年签署的合拍协议。至此，中国已与 14 个国家签署了电影合拍协议（截至 2017 年 5 月签约国家达 16 个）。2016 年 1 月还签署了《中华人民共和国国家新闻出版广电总局与阿拉伯埃及共和国文化部关于电影合作的谅解备忘录》。通过加强对外合作，中国电影工业制作水平进一步提升，合作对象进一步增多，覆盖 17 个国家和地区，较往年有明显拓展。合作影片已经成为“中国制造”的重要品牌，《长城》《美人鱼》《七月与安生》等，在票房表现和艺术水平上各领风骚，并在国际上引起广泛关注。其中《长城》是中国电影“走出去”的全新探索，开启了内地导演执导好莱坞电影的先河。

市场主体发展壮大。2016 年，在行业主管部门、相关部门的共同努力下，市场主体建设取得重大进展。8 月，中影股份和上影股份先后在上海证券交易所挂牌上市，成为第一批上市的国有电影企业。中影股份是综合实力最强、影响力最大、产业链最完整的影视行业龙头企业第一股。幸福蓝海影视文化集团股份有限公司也在深交所创业板上市。以华谊兄弟影业、博纳影业、万达影视、光线影业、乐视影业为代表的民营公司也获得进一步发展。一些影视企业不断探索商业电影运作并取得成功，一些影视企业与海外优质资源的加强合作，提升了中国在全球电影市场的影响力。

（二）电影产业主要指标持续向好

一是电影产业主要指标继续向好（见表 2）。2016 年全国城市电影票房 492.83 亿元，保持全球第二的市场地位，同比增长 11.83%，相较 2003 年以来年均逾 30% 的增速显著放缓，但在全球电影大国中仍居首位。2016 年全国观影人次 13.72 亿，同比增长 8.89%，已超过美国，继印度之后位列全球第二。按照全国总人口计算，中国人均年观影次数已近 1 次，在北、上、广、深四大城市，人均年观影次数接近或超过美国的 4.1 次。① 2016 年全国平均票价为 35.92 元，同比增长 2.70%，这个增长主要

① 北、上、广、深四大城市人均年观影次数根据国家统计局和中国电影发行放映协会公布的数据计算。美国人均年观影次数根据 MPAA 公布数据计算。

是网络售票环节增加的电商服务费带来的。同时，由于多方面的原因，单块银幕票房年产出为 119.68 万元，同比下降 14.1%。

表 2　2012—2016 年电影产业发展基本指标一览

年份	2012	2013	2014	2015	2016
票房（亿元）	170.73	217.69	296.39	440.69	492.83
院线（条）	45	45	47	48	48
银幕数（块）	13 118	18 195	23 592	31 627	41 179
新增银幕数（块）	3 832	5 077	5 397	8 035	9 552
新增影院数（家）	646	1 048	1 015	1 042	1 612
观影人次（亿人次）	4.66	6.17	8.34	12.6	13.72
平均票价（元）	36.25	35.28	35.54	34.98	35.92
单块银幕票房年产出（万元）	130.15	119.64	125.63	139.34	119.68

二是电影产品供应进一步丰富。2016 年上映的国产影片 415 部，较上年的 300 余部有明显增长。国产影片日均投放市场数量已逾 1 部。进口电影供应进一步体现“多国别、多样化”，全年共上映进口电影 102 部[①]，数量较往年有明显增加。以第一出品国来看，进口电影的对象国涉及 19 个国家[②]，进口电影对象大国仍为美国，全年共公映美国为独立 / 第一出品国的影片 46 部，其中包括 32 部进口分账大片和 14 部进口买断影片[③]；此外还公映了 11 部以日本为独立出品国的影片。进口片涉及剧情、动画、奇幻、爱情等多种类型，这种结构调整有利于迎接外部挑战，适应未来市场格局变化。

三是国产电影市场份额继续保持过半水平。2016 年共有 86 部影片票房过亿元，其中国产电影 45 部，进口电影 41 部。国产电影票房 287.47 亿元，市场份额为 58.33%。高品质的国产电影在市场上获得更多认可，票房前十名影片中，国产电影占了 6 部，《美人鱼》更是突破近年来单片票房纪录，高达 33.93 亿元[④]，显示出优质国产影片的市场影响力（见表 3）。

表 3　2012—2016 年国产电影和进口电影市场份额情况

年份		2012	2013	2014	2015	2016
国产	票房（亿元）	82.73	127.67	161.55	271.36	287.47
	票房比例（%）	48.46	58.65	54.51	61.58	58.33
进口	票房（亿元）	88.00	90.02	134.84	169.33	205.36
	票房比例（%）	51.54	41.35	45.49	38.42	41.67

数据来源：国家新闻出版广电总局电影局。

---

① 数据来源：国家新闻出版广电总局电影局。
② 数据来源：根据公开数据整理。
③ 数据来源：《美国电影协会举办答谢会　展望中美合作新图景》，腾讯娱乐（http://ent.qq.com/a/20170112/018907.htm），2017 年 1 月 12 日。
④ 数据来源：中国电影发行放映协会编《2016 中国电影市场报告》，中国电影出版社 2017 年版，第 311 页。

（三）影院建设热情空前高涨

全国城市影院市场进一步扩容，建设热情空前高涨。2016 年全国拥有电影银幕 41 179 块，超过美国，成为全球银幕数最多的国家。其中，新增银幕 9 552 块，日均新增银幕 26.17 块，日均银幕增量达到新高。全国新增影院 1 612 家，创近年来新增影院数量新高。影院总数达到 8 011 家，平均每家影院拥有 5 块以上银幕，影院平均体量较往年有所扩大。① 城市院线总数保持 48 条不变，但出现了局部的兼并和重组现象，有利于优化院线资源配置。

利用高新科技提升影院信息化建设水平，120 帧放映成为年度热点现象。上海影城、北京博纳悠唐影院是全国仅有的 2 家可放映 120 帧 / 4K / 3D 电影的影院，120 帧 / 4K / 3D 影片《比利·林恩的中场战事》在排映时引发高度关注。高新技术格式银幕数量快速增长，尤其三、四线城市的高新技术格式银幕建设显著提速，激光放映加快推广。2016 年，IMAX 银幕总数达 384 块，影院数达 361 家，覆盖全国 32 个省（区、市）的 138 个城市；中国巨幕银幕总数 185 块，影院数量 158 家，覆盖全国 28 个省（区、市）的 83 个城市。

（四）衍生产业快速发展

2016 年，电影衍生产业快速发展，在衍生品产业、影视园区发展和大型电影节展方面均有较大突破。

在衍生品产业方面，电影企业积极拓展经营空间，提升影响力和竞争力。中影股份与美国福斯公司、香港安乐影业签署战略合作，开拓电影衍生品版权开发项目近 10 个，涵盖玩具、模型、家具用品、服饰鞋帽、3C 数码产品、影院包材、贵金属、文具等，并开发了自有品牌“工农兵”系列产品。上影股份开拓游戏授权业务、第三方合作的衍生品开发等业务形态，自主开发经典动画电影《大闹天宫》中的孙悟空形象手办等，并与线上销售平台、肯德基等餐饮企业广泛合作，衍生品销售收入超过 500 万元。

全国影视园区发展进一步加快。与此前各地重点建设影视园区不同，电影小镇和电影主题公园成为 2016 年的新热点。如重庆市打造的电影小镇项目，已吸引重庆金山文化创意产业园、华侨城大型文化旅游综合项目、重庆创意公园等项目落户。华谊兄弟已规划在 14 个省布局 20 个电影小镇。2016 年，广东、江苏、河北均启动了影视主题公园项目规划，吉林省的长影世纪城营业收入达 7 685 万元，初步体现了影视园区的经济潜力。

在中国电影产业快速发展的推动下，大型电影节展日趋繁盛。无论是较为成熟的上海国际电影节，后发优势明显的北京国际电影节，还是起步仅三年的“丝绸之路国际电影节”，都具有了相当的规模和影响力。其中，北京国际电影节的参展国家数、参展影片数等多项指标在上年基础上呈倍数增长（见表 4）。一些地方也积极举办区域性电影节展，促进电影文化国际交流，培育地方文化氛围，带动地方经济发展。如云南省的“首届澜湄国际电影周”、甘肃省的“第五届中国（嘉峪关）国际短片电影展”等。

表 4　2015—2016 年中国举办的国际电影节展基本情况

时间	国际电影节名称	届次	参赛 / 展映影片数（部）		参展国家数（个）	
			2015年	2016年	2015年	2016年
4月	北京国际电影节	6	360余	2 329	40余	105
6月	上海国际电影节	19	2 096	2 403	108	114
9月	丝绸之路国际电影节	3	103	242	近30	35

数据来源：根据公开数据整理。

① 数据来源：国家新闻出版广电总局电影局。

（五）科技支撑力量更加强劲

2016 年，中国全面提高电影科技创新与应用能力，科技对电影产业的支撑力量更加明显。电影制作技术水平和服务能力全面增强；电影国际化发行放映技术保障体系基本建立，影院信息化管理与服务体系全面建成，电影市场技术监管服务体系不断健全，信息化影院建设初具规模；与电影高新技术相关的国家重点实验室和创新工程中心逐步建立，具有自主知识产权的电影技术装备研发、生产与应用水平不断提高；电影产业链服务的大数据分析处理系统建设加强。中国电影科学技术研究所已建成电影大数据分析处理系统，通过开展大数据分析，可为电影行业的剧本创作、演员选择、宣传、发行、影院排片、放映、投资等整个产业链服务。国家数据平台新一轮改造升级，有利于电影市场技术监管。VR、AR 等先进影像技术的研发与应用成为行业热点，快速推进。

三、电影“走出去”行稳致远

2016 年，中国电影全年海外销售收入 38.25 亿元，这是中国电影海外销售收入连续四年快速增长（见图 1）。

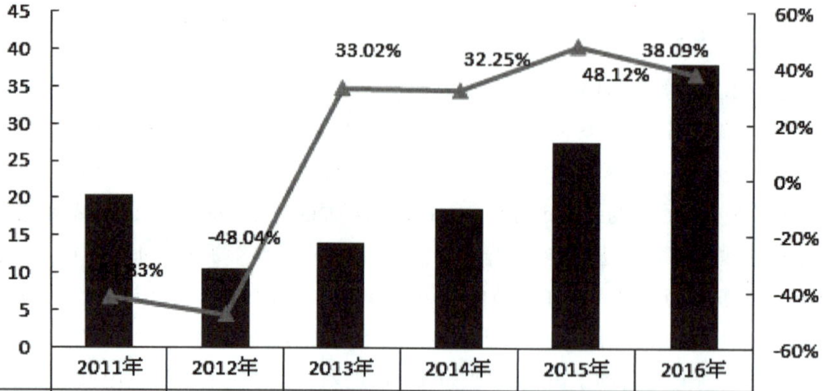

	2011年	2012年	2013年	2014年	2015年	2016年
综合收入（亿元）	20.46	10.63	14.14	18.7	27.7	38.25
增长率	-41.83%	-48.04%	33.02%	32.25%	48.12%	38.09%

图 1　2011—2016 年中国电影海外综合收入情况

数据来源：国家新闻出版广电总局电影局。

电影海外销售收入的增长，得益于打通了新的有效渠道，开拓了新的销售方式。2016 年 1 月，华人文化控股集团、华狮电影发行公司共同搭建的“中国电影　普天同映”国产电影全球发行平台在北京正式启动。“普天同映”平台采用与海外院线和影院进行票房分账的市场化模式，每月至少在亚洲、欧洲、北美、澳洲的主流影院与中国内地同步上映 1 部中国影片。经过一年多的摸索和布局，“普天同映”平台初步形成“三步走”的发展步骤：第一步是在世界重要的华人聚集区传播和放映中国电影，以获得中国电影在华人聚集区的票房份额，让海外华人共享中国电影的发展成果。第二步是通过海外华人聚集区的放映，带动所在地区的外国观众感受中国电影、中华文化的魅力，引发当地外国观众对中国电影的关注和消费。第三步是在未来逐步形成中国电影的全球营销网络。

2016 年春节期间，影片《西游记之孙悟空三打白骨精》通过“普天同映”平台，在亚洲、欧洲、北美、澳洲 9 国共计 57 座城市的 89 家主流影院上映，并在 11 座华人聚集的海外大城市举办首映式，观影人次达 11.6 万余人次，总票房 660 余万元人民币。4 月，华人文化成立华人影业，在全球范围开拓院线、音像、互联网和电视播映等多渠道、多层次的市场，在 10 多个国家拓展了 20 余条院线直接排片渠道，逐步建立了针对海外华人的宣发体系，尝试了《陆垚知马俐》《盗墓笔记》《一句顶一万句》

《28 岁未成年》等多部新片的海外发行推广。

"普天同映"平台的建立体现了国家新闻出版广电总局对推动国产影片走向世界、增强中国电影在全球范围的感召力、影响力的决心。这一平台是中国电影界积极释放内生动力、推动中国电影"走出去"的重要渠道，也开辟了传播中国故事、弘扬中国精神的新渠道，为中国电影找到了新的增长点。

四、电影管理与政策日趋完善

2016 年，《中华人民共和国电影产业促进法》（以下简称《电影产业促进法》）的出台对中国电影产业发展具有里程碑式的意义，以此为契机，一系列针对性强、含金量高的政策措施相继制定发布，一个具有中国特色的电影发展政策法规体系基本建立。

（一）加强立法，为产业发展护航

2016 年，《电影产业促进法》和《中华人民共和国公共文化服务保障法》（以下简称《公共文化服务保障法》）获得全国人大常委会审议通过，是文化法治建设取得的重要进展，也为电影产业发展助力护航。

《电影产业促进法》从法律层面确立了"电影作为产业"的属性，立足于中国电影产业发展的现实需要和未来趋势，用法律的形式巩固和升华了多年来电影产业改革发展的政策措施和成功经验，并就进一步简政放权、繁荣电影创作、规范电影市场等问题明确了法律规范。该法对进一步优化电影产业发展环境，释放市场活力，推动创作生产更多更好的优秀电影作品，推动电影进一步大力弘扬社会主义核心价值观，推动电影市场秩序进一步规范，具有重大意义。《公共文化服务保障法》再次赋予农村电影放映工程以法律保障，并首次以法律形式明确规定了农村电影放映的基本要求。这两部法律对电影发展将产生深刻影响。

《电影产业促进法》和《公共文化服务保障法》是依法促进电影产业繁荣发展的新起点。当前，国家新闻出版广电总局和各省（区、市）正在根据《电影产业促进法》制定配套的制度规范，对相关法条进行完善、细化，推动电影进一步发展。

（二）加强资金扶持，促进电影市场健康发展

2016 年，国家出台了一系列具体政策，促进电影产业进一步发展。

电影事业发展专项资金自成立以来，对电影产业发展发挥了扶持、鼓励和引导作用。2016 年 2 月，财政部、国家新闻出版广电总局出台了《中央级国家电影事业发展专项资金预算管理办法》（财教〔2016〕4 号，以下简称新《办法》），以优化电影事业发展专项资金的管理使用。2016 年是按照新《办法》收缴电影事业发展专项资金的第一年，全国共收缴 22.9 亿元，比 2015 年增长了 8.24%。为更好地发挥电影事业发展专项资金对电影产业发展的促进作用，国家电影事业发展专项资金管理委员会先后下发了扶持国产影片的三个通知，即《关于对优秀国产影片进行奖励的通知》（电专字〔2016〕1 号）、《关于奖励优秀国产影片海外推广工作的通知》（电专字〔2016〕2 号）、《关于奖励放映国产影片成绩突出影院的通知》（电专字〔2016〕3 号），对优秀国产影片生产放映进行精准扶持。

此外，国家新闻出版广电总局还发布了《关于遴选优秀影视作品进行译制资助有关事宜的通知》（新广电办发〔2016〕17 号），推动优秀影视作品对外传播。国家新闻出版广电总局制定了《电影精品专项资金使用程序管理规定》《资助项目单位使用电影精品专项资金管理规定》，进一步规范电影精品专项资金管理，扶持优秀影片生产。

各省级行政管理部门出台相关措施，用好财政资金，扶持本地电影产业发展。如甘肃省修订《甘肃省精品剧目、影视精品专项资金管理办法》、福建省出台《关于支持电影发展若干经济政策的实施意见》等。另外，一些中西部地区加大了对电影业的扶持力度，如《江西省国家电影事业发展专项资金扶持电影创作生产实施细则（试行）》，是江西省出台的第一个专门扶持电影创作生产的重要政策，主要有助于激励该省电影市场主体生产更多具有较高思想艺术水准和市场价值的电影作品。

（三）加强电影管理，进一步立规明矩

促进电影产业发展需要政府更好地发挥行政管理作用。2016 年，行业管理部门落实全面深化改革和全面依法治国的发展要求，进一步加强电影管理，保障电影产业健康有序的发展。这些管理政策的内容主要有：

一是推动行政审批改革。2016 年 2 月，国务院出台《关于第二批取消 152 项中央指定地方实施行政审批事项的决定》（国发〔2016〕9 号），取消“电影制片单位以外的单位独立从事电影摄制业务审批”，取消“改建、拆除电影院和放映设施审批”，取消“电影放映单位变更业务范围或者兼并、合并、分立审批”，取消“电影院加入院线审批”。5 月，国家新闻出版广电总局《关于修改部分规章的决定》（国家新闻出版广电总局令第 8 号）出台，废止《电影片进出境洗印、后期制作审批管理办法》（国家广播电影电视总局令第 29 号）等规范性文件。这些简政放权措施在《电影产业促进法》中得以法律形式固定下来。

二是严格整治市场秩序。电影行业管理部门加大对偷瞒漏报票房、盗版盗录等行为的惩处力度。2016 年 1 月，国家新闻出版广电总局电影局开展“百日电影市场专项治理活动”，中国电影发行放映协会也配合发布《关于开展电影市场秩序专项治理活动实施方案》，重拳治理电影市场，赢得广泛好评。3 月，针对《叶问 3》票房异常波动等情况，国家新闻出版广电总局电影局对相关各方进行严厉排查惩处，着力营造了风清气朗的行业环境。9 月，湖北卫某因盗录盗播电影被判处有期徒刑 10 个月，罚金 5 000 元，该案成为中国因盗录盗播电影被判刑第一案。

支菲娜　国家新闻出版广电总局发展研究中心电影所副所长、副研究员

两地合拍的突破与香港本土的坚守
——2016 年度香港电影综述

◎ 赵卫防　杨鸽　曹菁

2016 年是香港与内地签订 CEPA(《内地与香港关于建立更紧密经贸关系的安排》) 协议的第 13 年，两地电影发展也已处于后融合时期，香港影人和公司更多地涌向内地电影市场。与 2015 年香港电影的产量和票房相比，2016 年的香港电影表现相对平稳，没有产生较大差距。但在两地合拍以及本土化制作的产业格局下，类型多元化倾向开始凸显，且合拍片展现出了强劲势头，两地文化理念的结合有了创新的表达，反观内地电影的制作，则没有明显变化。

一、香港电影产业基本情况

2016 年的香港电影总体趋势较稳，全年票房总收入为 19.47 亿港元，与 2015 年的 19.86 亿港元相比下跌 1.96%。2016 年度香港共上映影片 348 部，较上 2015 年 332 部增长了 16 部，增幅为 4.82%；其中上映香港影片 61 部，非香港影片 287 部，相较于 2015 年都有了小幅增长。在 61 部香港影片中，港产片占 19 部，39 部是香港与内地合拍电影，还有 3 部是香港与内地以外其他地区合拍的电影。在 287 部非香港影片之中，26 部是华语片，261 部为外语片。[①]

表 1　2016 年香港地区上映影片票房前十名

名次	影片名称	累计票房（万港元）
1	《美国队长3：英雄内战》（美）	11 265
2	《尸杀列车》（韩）	6 800
3	《寒战2》（合拍）	6 625
4	《蝙蝠侠对超人：正义曙光》（美）	6 229
5	《奇异博士》（美）	5 979
6	《死侍：不死现身》（美）	5 800
7	《美人鱼》（合拍）	5 524
8	《优兽大都会》（美）	5 187
9	《海底奇兵2》（美）	4 952
10	《变种特攻：天启灭世战》（美）	4 936

数据来源：香港电影工业协会（MPIA）。

① 相关数据来自香港电影工业协会（MPIA）。

表 2　2016 年香港地区上映香港影片票房前十名

名次	影片名称	累计票房（万港元）
1	《寒战2》（合拍）	6 625
2	《美人鱼》（合拍）	5 524
3	《赌城风云3》（合拍）	2 463
4	《西游记之孙悟空三打白骨精》（合拍）	1 564
5	《使徒行者》（合拍）	1 087
6	《危城》（合拍）	1 021
7	《我的特工爷爷》（合拍）	971
8	《北京遇上西雅图之不二情书》（合拍）	951
9	《树大招风》（合拍）	925
10	《S风暴》（合拍）	871

数据来源：香港电影工业协会（MPIA）。

由以上两表可总结出 2016 年度香港电影的一些特征：

从表 1 可以看出香港地区影片票房的前十名依然是进口影片占据主体，且与前几年情况相同的是票房前十名中香港影片的所占比重依然很小，仅有《寒战 2》与《美人鱼》两部影片上榜，可见在进口大片的冲击下，香港电影的影响力依然处于孱弱状态。但分别位列第三和第七的《寒战 2》和《美人鱼》在一定程度上又显示出了一定的实力，尤其是《寒战 2》，不仅在香港上映的影片中排名第三，更是以 6 625 万港元的票房突破了在香港上映的华语影片的票房纪录，在香港电影表现持续平稳的情况下，《寒战 2》依然能够打破香港电影市场的票房纪录，这对于香港电影的产业发展有着巨大的意义。

从表 2 可以看出香港电影市场已经由原来的以港产片为主体逐渐过渡到以内地与香港的合拍片为主体。与 2015 年 23 部港产片、32 部合拍片相比，2016 年港产片已减少了 19 部，而合拍片则增长了 39 部。这一趋势的变化也与表 2 中的 2016 年票房前十名的电影均为两地合拍片相符合。在这些合拍片中，爱情、喜剧、动作、犯罪、奇幻等类型均有呈现，这也证明香港与内地自 2003 年签订 CEPA 协议之后由生涩转向成熟进入深度融合时期，合拍片逐渐为两地观众所接受，同时也标志着香港影人"北上"由水土不服到策略转变再到融入内地的发展变化。随着对身份文化追求与本土文化焦虑的消解，以及香港影人对香港在地性极致美学的减弱，原本对合拍片持排斥态度的香港观众逐渐在两地文化的融合中接受了合拍片的存在。

在 2016 年香港与内地的合拍片中呈现出较好票房的《美人鱼》、《寒战 2》、《西游记之孙悟空三打白骨精》、《赌城风云 3》(《澳门风云 3》)、《使徒行者》等也都在内地获得了可观的票房，尤其是《美人鱼》以约 34 亿元的票房打破了以往的电影票房纪录，除去电影创作者与电影本身，这也与两地观众的审美转变有关，意味着两地观众也在不断地摸索与磨合之中开始相互适应。但两地文化的磨合之中自然也会有不相融现象的存在，2016 年于内地上映的《湄公河行动》《摆渡人》等影片在内地取得的成绩并没有与在香港的票房成绩成正比，一方面是《湄公河行动》所代表的主旋律文化在香港的缺失，另一方面观影习惯、文化冲突、价值观的差异等依然会导致水土不服现象的出现。在香港上映的华语片也并无突出的影片，在内地市场既有票房又有口碑的《我不是潘金莲》《长城》以及于 2015 年在内地上映 2016 年于香港上映的《寻龙诀》《夏洛特烦恼》等影片所传达出的内地价值观使得香港观众很难产生共鸣，以致很难获得相应的票房。这表明虽然两地电影已经进入后融合时期，但是在香港影人北上进行摸索与寻求用港式理念与内地文化的接轨之时，内地影人也应在传统文化的基础上进行吸收与借鉴，两地文化的真正融合不在于强硬的组合与拼贴，而是在文化差异的基础上寻求共通之处以达到真正融合的目的。

2016 年两地的合拍片中香港影人与香港公司依然占据着主要位置，在 2016 年的国产片票房前十中，两地合拍电影占了 6 部，有 5 部影片的主创为香港导演，周星驰的《美人鱼》以约 34 亿元位居榜首，《西游记之孙悟空三打白骨精》《湄公河行动》《赌城风云 3》也分别以约 12 亿元、12 亿元、11 亿元的票房紧随其后。安乐公司参与的《北京遇上西雅图之不二情书》也收获了 7.87 亿元票房，位居第九，《叶问 3》（2015）以 7.70 亿元票房排名第十。由此可见，在两地合拍的大背景下，参与到合拍电影中的香港影人和公司在一定程度上是颇有收获的。反观 2016 年的纯港产片则都没有收获较好的成绩，呈现出日渐式微之态，其中在 19 部港产影片中《失恋日》以约 635 万港元的票房排在第一名，大部分影片并未在内地上映，题材稍有突破的《点五步》在内地上映时仅取得 300 多万元的票房。纯港产片的集体失语不仅与当下两地的深入融合有关，更与香港老牌导演的集体北上、新一代导演的崛起以及影片质量与内容有着不可分割的联系。

综上所述，2016 年的香港电影票房基本与 2015 年的持平，并无较大浮动，在港产片减少的情况下伴随着的是合拍片的增加。面对着外语片占据香港市场主体的情况，纯港产片的地位日趋下降的同时也与合拍片的数量及票房差距日益明显，但合拍片的增加在一定程度上也不失为抵御外来影片强势冲击的有效途径。而且在两地进入后融合时期的大背景下，合拍片与纯港产片都呈现出多元化的类型创作，在保持爱情、奇幻、文艺等类型的同时，动作、警匪类型也开始进行突破与回归。

二、动作类型的多元化呈现

2016 年随着合拍片的类型多样化，动作类电影呈现出了强劲的势头，在香港上映的票房前十名影片中有 6 部影片是动作类电影，其中《寒战 2》、《树大招风》、《 S 风暴》（《反贪风暴 2》）是香港警匪类动作片，《寒战 2》以 6 625 万港元位列香港上映影片中的第三名，且突破了香港电影市场的华语片票房纪录。《寒战 2》是香港导演梁乐民继 2012 年《寒战》之后的第二部影片，在第一部中李家俊被捕入狱之后，其背后的庞大势力逐渐浮出水面，双方的对峙向着更加胶着的状态发展。20 世纪 90 年代在警匪类电影创作进入瓶颈期寻求新的发展方向时，以《暗战》（1999）为代表的警匪类电影开始从纯粹的打斗场面转向人物的内心，在动作元素的运用下夹杂着情感戏的表达。《寒战 2》是对这一类型的再次创新，影片将政治斗争、警匪、悬疑、动作等元素融为一体，警匪对立的模式逐渐被警察与警察之间的政治权力的角逐战替代。影片将权力争斗置于整个警察总部，凸显出隐藏在权力争夺下的政治危机，同时也对利益纷争与复杂环境压力下的人性给予了多个层次的呈现。《寒战 2》中的“香港是亚洲最安全城市”的宣告突出了香港警局的存在价值以及不可动摇的维护香港安全与公正的理念，影片没有延续之前警匪片中对政治的隐喻、折射，而是将警匪连接到政治，直接把政治斗争元素融入其中呈现于银幕之上，这使其有了更加深刻的社会内涵。除了《寒战 2》，2016 年上映的警匪类影片还有《 S 风暴》，2014 年《反贪风暴》一经上映，便因大胆揭露香港政府高层的贪污受贿问题而受到关注，2016 年的《 S 风暴》依然是围绕着保障香港社会廉洁的香港廉政公署展开，将警察、廉政公署、匪徒等角色置于马会赌球这一全新的事件之中，不同于《寒战 2》所偏重的政治斗争，《 S 风暴》以反对贪污受贿为主题追求的同时表达出要守护社会公平和公义的信念，传达出香港的公正廉洁不容侵犯以及廉政公署存在的意义；而且《 S 风暴》增加了对动作元素的运用，枪林弹雨的比拼、紧张刺激的追捕打斗使得影片在视觉奇观上为观众展现了一个更为复杂真实的空间。

2016年值得关注的动作类电影还有杜琪峰、游乃海监制的《树大招风》以及杜琪峰导演的《三人行》。影片《树大招风》讲述的是性格不同、做事风格也不同的三大贼王各自的命运以及最后时刻的交织，影片的独特之处在于由三位导演各拍一段之后再组合在一起进行统一剪辑，从中可以看出影片在表现三人时的叙事特征和影像风格上的差异。影片中带有杜琪峰式的宿命论思想，一直想聚首的三人原来早已在同一空间里邂逅，本应该是三人聚首干大事的高潮式结局，却始终没有逃脱各自命运的安排，这正应了那句“山雨欲来风满楼，树大招风皆成空”。影片在表达出“九七”回归前香港与内地的动荡百态的同时也传达出港人“九七”时期的身份认同焦虑。影片《三人行》依然是一部很杜琪峰式的作品，带有作者性和先锋实验性质，将故事设置在广东的一家医院，不同于《树大招风》里的三人都是匪徒，这部影片将警察、匪徒与患者的关系作为影片的交织点，在警匪类型的外衣下于这一空间将作者的人生体验以及对生与死的理解呈现了出来。影片在记录时代变化的同时展现出人的生存状态以及荒诞的宿命。《三人行》的票房尽管不理想，但在影片内容的表达上可以说是警匪片的另辟蹊径。

除了以上所提的警匪类动作影片，2016年的影片中《我的特工爷爷》将动作与亲情进行结合呈现了一部不一样的动作片，影片以亲情作为全片开始的基调，独自在家并患有阿尔茨海默病的退休特工老丁，因多年前不小心将自己的亲孙女弄丢，而和亲孙女年龄相仿的邻居家的女孩春花则成了老丁的情感寄托，在春花深陷险境之时，爷爷利用自己曾经的特工身份与功夫和歹徒展开斗争。与大量利用现代科技的动作大片相比，影片中更多的是近身肉搏的格斗动作，展现出了真实的功夫属性。在激烈的打斗戏中亲情的温暖更是被影片作为一个重要的方面展现出来。此外，整部影片透露出一种怀旧色彩，爷爷对往昔威风时期的怀念其实也是洪金宝作为香港黄金时代的开创人之一对香港电影最辉煌时期的怀念。“在动作类型已不再成为华语主体类型的当下，其一直在进行回归主体的努力，《我的特工爷爷》努力适应当下主流观众的受众诉求，以情怀表达和动作创新彰显出了这种努力，并取得了较佳的效果。”[①] 因此，影片在对当下日渐衰落的香港电影思考的同时也传达出近几年港产片中一直饱含的“情怀”元素。

北上以来，很多香港导演成为内地主旋律文化的叙述者，从《十月围城》(2009)、《建国大业》(2009)、《风声》(2009)，到《智取威虎山》(2014)、《建军大业》(2017)等，其中具有标志性意义的是2016年林超贤的《湄公河行动》，影片在内地取得近12亿元票房的同时也使得主旋律电影进行了成功的转型升级。《湄公河行动》是在新的国家意识形态下由主旋律电影向新主流大片过渡的典型案例，影片以“10·5”湄公河大案这一真实事件为原型，讲述了在金三角地区两艘来自中国的商船上的13名船员无故蒙上了贩毒罪名且全部被杀害，为了洗刷这13名船员的冤屈，中国云南省缉毒队队长高刚和潜藏在金三角的情报员方新武展开了合作，在历经艰险后把糯卡这一犯罪团伙绳之以法，还13位中国公民以清白。香港导演林超贤从关注纯粹个体生命状态和情感状态的港式人文理念出发，将其与内地的主流价值观相融合，实现了主旋律电影从“人人为国家”的呼唤到关注个体、关注小人物的“国家为人人”的转变，尊重每个人的生命的价值选择与立场成为影片表达的核心。同时影片将香港电影中的类型化叙事、市场化运作和商业化包装与内地的主流文化进行了较好的融合与对接，虽然主旋律文化在香港的缺失以及对内地主流价值观的接受程度使其在香港上映时的票房不太理想，但影片是华语商业电影在主旋律领域的新开拓，这不仅是香港电影创作者对这一类型的创新表达，更是为北上创作者提供了一个具有突破意义的路径。

2016年在香港上映的合拍片中还有一个值得关注的现象是由电视剧改编而来的电影，近几年《变节》(2011)以及《冲上云霄》(2015)等电影的出现也和这一现象相吻合，2016年电影《使徒行者》《导火新闻线》的出现更是对这一现象的发展。首先是2014年TVB《使徒行者》的出现曾引起一波话题浪潮，它不仅成为2014年TVB收视之冠，而且在豆瓣上获得了8.1的评分，可谓是一部口碑收视

---

① 赵卫防：《〈我的特工爷爷〉：情怀表达与动作创新》，《中国电影报》2016年4月13日。

双赢的电视剧。继电视剧版成功之后，《使徒行者》这个原生IP便推出了同名的电影版，电影延续了电视剧的背景设置：围绕卧底展开的警匪斗争，在情节上对电视剧进行了延续，在丁小嘉回归警队后一位自称康Sir生前的卧底与她取得联系，于扑朔迷离中开始了一场“谁是卧底”的游戏。在人物的设置上古天乐、张家辉以全新的角色加盟，而吴镇宇更像是剧版里的苗侨伟与林峯的结合体的警察角色，原剧中的欢喜哥在电影中也以假死重新出现在观众面前。“谁是卧底”的猜测成了在影片中牵动观众的主线，虽也有很多人诟病，但阿蓝与少爷两人的情谊也让观众看到了时代记忆中港产片正在逐渐褪去的兄弟情谊，而且影片在香港上映的本地影片票房中位列第五，在内地获得的近6亿元票房也是对这一影片的肯定。另一部是在香港相对较少的与新闻记者题材有关的影片《导火新闻线》，电影也是由同名电视剧衍生而来，吴孟达加盟影片演绎了一个全新的故事，讲述闪报和囧报为了网络点击量而竞争的同时遇上了为女报仇的智叔在电视台绑架人质事件，并揭露了隐藏在背后的政治的黑暗面。囧报和闪报两种截然不同的新闻观也正是和影片中“救人重要还是新闻重要”所表达的价值观。影片中剧情的发展不免使人觉得新闻记者应该保持自己的道德价值与责任感，新闻工作者在面对新闻时应该是一个客观、冷静的旁观者，可是影片中记者涉入案件以及最后的理想结局也引起观众对其是否合理的疑惑。在每一个新闻面前都是对人性的拷问，希望就如方凝在最后所说的，一个记者或者传媒应该用谦虚的自觉和求知的渴慕去处理新闻。

三、爱情类型的创新化表达

2016年在香港上映的电影中，爱情题材的影片明显增多且都呈现出了不同的特色，首先是周星驰导演的《美人鱼》以33.9亿元票房打破中国电影的票房纪录，影片以童话故事《美人鱼》为原型，由一段人鱼之恋引发观众对人与社会、人与自然关系的思索，同时也展现出一种大爱情怀。影片将爱情、喜剧、魔幻等类型元素融为一体，对传统的童话故事进行解构和颠覆。“周星驰的影片尤为偏爱通过童真的元素或童话的形式来挖掘电影中的高概念意义及价值，如《功夫》(2004)里的棒棒糖和如来神掌，《长江七号》(2008)中可爱的七仔，《西游降魔篇》(2013)的儿歌三百首，等等，格林兄弟说过童话是能‘表现特殊生命的东西’。因而周星驰电影对童话元素的放大，无疑是将人作为‘阐释群体’以童话形式在电影这一异想世界中的延伸。”① 在影片结尾当刘轩乘坐飞行器来拯救姗姗使观众想到《大话西游》(1995)里的那句众所周知的“我的意中人是一位盖世英雄……”这些不仅是对以往周星驰电影中元素的借鉴，也是其电影的重新表达与情怀的延续。周星驰电影是在喜剧的外壳下有着悲剧的内核，传达出深刻的人文关怀。这部影片依然有无厘头喜剧风格的印记，在嬉戏、调侃、随意的无厘头语言和行为之下有着深刻的社会内涵。将传统的浪漫的美人鱼故事置入现代都市生活之中，用一句“假如地球上连一滴干净的水、一口干净的空气都没有，你挣再多的钱也是死路一条”，直接引出影片所灌输的对生态文明的思考。尽管影片上映之后褒贬不一，且运用“文明都欠星爷一部电影”打出情感牌，但以往隐藏在周星驰电影喜剧之下对草根的人文关怀在这部影片中依然存在，同时影片中所蕴含的环保理念也是其对主题的创新表达，引人思考。

继《北京遇上西雅图之不二情书》在上映的香港影片中排名第八之后，由香港新生代导演曾国祥执导的影片《七月与安生》，虽在香港与内地市场都未获得较好的票房回报，但影片获得了第36届香港电影金像奖的12项提名以及第53届台湾电影金马奖的7项提名，且因最后诞生了两项金马奖最佳女主角奖而引起了较多的关注。影片改编自庆山的同名小说，讲述两个一起长大但性格完全不同的女孩对人生的选择以及成长过程。不同于之前两地合拍电影中的爱情片或者青春片，这部影片采用双女主模式，在因为爱上同一个男生而互生嫌隙的三角恋情节之下更多呈现出的是两个女生的蜕变与成长。整部电影以女性视角来进行巧妙的叙事，透过青春的外衣表达出对自我的找寻和鲜明的女性反叛意识

① 左亚男：《童话之巅：〈美人鱼〉中周星驰延续的情怀及作者元素的再现》，《热点评论》2016年第2期。

以及对自由选择人生的思考。七月与安生这两个人物形象的设置更是当下很多年轻女性的自我写照，对过怎样的人生以及如何度过的人生价值的拷问也是影片所传达出的意义与信念。因此，《七月与安生》让观众看到了不一样的成长与青春，这也是其对爱情、青春题材电影的突破与创新。

除此之外，2016 年度香港本地生产的影片中也有一部分是爱情题材的影片，首先是占据 2016 年香港本地影片票房榜首由香港著名青年导演、编剧叶念琛执导的爱情片《失恋日》。与导演一贯的“爱情小品”式电影不同，这部影片除了讲述一位普通香港女白领的情感困惑外，也添加了更多的亲情元素。其故事不仅着眼于女主人公一次普通的失恋事件，更是借由女主人公的一次痛苦失恋表达出在香港这个人情淡漠的大都会中每个人所面临的欲望和选择，还有感情的相互博弈。叶念琛近些年一直坚持拍此类型影片，已经形成了自己的风格，而其影片所取得的票房成绩也证明了香港市民对此类型影片的需求和认可。另一部引起香港电影人关注的爱情电影是由袁剑伟执导，张学友、林嘉欣主演的《暗色天堂》。袁剑伟之前拍摄了很多广告片和歌曲 MV，该部影片是他的电影处女作。故事采用了倒叙的叙事形式，抽丝剥茧为我们呈现了一个关于爱情与宗教的故事。信奉基督教的牧师杜天明同时兼任非营利机构的行政总裁，他潇洒倜傥、风趣幽默、积极进取，对世界充满野心。充满着魅力且多年来被女性爱慕的他一直不为所动，直到遇到了新来的下属米歇尔。纯真执着的米歇尔吸引了杜天明的注意，但在一次醉酒拥吻发生争执后杜天明却被米歇尔告上法庭。故事一开始显得错综复杂，男女主人公各执一词，观众难辨真相。然而正如影片一开始所言，“真相一直存在，只是人们发明了谎言”，牧师杜天明和米歇尔都只相信自己相信的那部分，都笃定自己说的是真相，然而最终浮现出的事实却让双方都无法面对。这部影片将镜头对准一个微小的“法吻”，在其背后，主创者却借由这个故事去探讨宗教真义，揭示人性虚伪。由于特殊的经济、政治、文化背景，香港的宗教政策较内地宽容，这就造成了在狭小的地理空间里却混杂了多种宗教机构和团体。人们处于这样的环境之中，各自笃信着自己的宗教，其混乱的氛围与嘈杂的世俗生活却让人们更加迷失。《暗色天堂》通过对男女主人公各自性格细致入微的描摹刻画，体现了香港电影一贯注重对纯粹个体的人性关怀，其独特的港式人文理念在影片中多有闪现。除了上述两部获得一定的票房收益且有些艺术追求的影片外，2016 年度香港本地的大多数爱情题材影片，如《 PG 恋爱指引》《绑架丁丁当》《爱在深秋》等，都落入了粗制滥造的窠臼，其仅几十万港元的票房收入也证明了香港本地观众对此种影片的冷落。

四、其他类型片

2016 年的香港电影不论是两地合拍片还是港产片都呈现出了多元化的特征，除了以上所提及的电影，还有几部独具特色的影片也给 2016 年的香港电影添上了一抹色彩。首先是香港特有的饱含浓郁本地情怀的文艺片，在 2016 年的动作片层出不穷之时，一部描述香港底层小人物日常生活的影片的出现带来了不一样的惊喜与温暖，由罗耀辉执导的长篇处女作《幸运是我》，以患有认知障碍的芬姨和生活窘迫的阿旭的相遇相知相伴为叙事线，影片在展现出香港生活的真实面貌的同时渗透着一股深切的人文关怀，就像影片导演所说的：“影片一方面想引起社会对认知障碍患者的关注，同时也想强调城市生活中陪伴的重要性。”① 这延续了香港文艺片一贯的表达手法和蕴含的人文情感。

在运动题材上继 2015 年的《破风》和《全力扣杀》之后，2016 年香港电影《点五步》也是对运动、青春的表达，影片以棒球运动为题材讲述了卢校长组建新界第一支名为“沙燕”的棒球队，通过棒球这一运动来表达阿龙等人在青春里的成长。影片将香港电影最辉煌的 20 世纪 80 年代的记忆自然且流畅呈现的同时也传达出一代人的香港精神。除了《点五步》这部具有香港在地性元素的影片，港产片《选老顶》《老笠》也具有鲜明的特色以及本地化风格。《选老顶》作为一部黑帮题材的影片，很容易使人想到之前的《黑社会》（2005），这部影片依然是围绕“话事人”这一事件而展开，与《黑社会》

① 朱德蒙：《〈幸运是我〉：再艰难也不放弃生活》，《山东商报》2016 年 8 月 26 日。

（2005）相比，这部影片更多的是对香港黑帮生态的微观呈现与表达。导演邱礼涛的电影经常与人们生活中的社会问题相关联，这部《选老顶》直指香港选举制度，并夹杂着一些讽刺意味，影片中充斥着的不满情绪其实也是人们在时代的进步中对社会改变的诉求。与《选老顶》同期在香港上映的影片《老笠》（“老笠”的意思是“打劫”），讲述了一个叫阿平的小人物在便利店上班的第一天所遭遇的种种意想不到的经历，影片一开场就奠定了黑色幽默式的整体基调，黑白与彩色色调的不断转换以及犹如过山车式的反转剧情使得影片的表达张力十足。黑色幽默、血腥暴力、无厘头狂欢等元素嫁接组合在一起展现出生活的黑色与荒诞，同时也可以看出影片所表达出的香港电影的困境以及年青一代重生给香港带来的希望，因此，可以说这是一部个性化十足的另类本地化电影。此外，在香港电影中由邱礼涛执导，老牌港星林家栋、许志安等主演的影片《凶手还未睡》是2016年度香港电影较少的惊悚犯罪片。香港电影中的经典类型片在近几年日渐减产，其质量也无法与香港电影黄金时代的此种类型影片相媲美。此部《凶手还未睡》虽然其宣传中以惊悚犯罪元素为主，然而整部影片的故事形式与类型营造却偏离了惊悚片的类型范式，显得不伦不类又毫无新意。但是影片中独特的“港味”，仍然将此影片与其他地区的同类型影片区分开来。

香港情色片一直是香港电影表达的独特性存在，继2015年的三级片《鸭王》展现出“男妓”这一行业的生活百态，从侧面表达出香港社会中所存在的问题之后，2016年《鸭王2》的出现则更偏向于呈现“女妓”这一职业角色，影片对第一部的情节做了某些延续，阿峯被称为“鸭王”后成为调教女性如何大胆追求接受性爱的老板，影片中依然充斥着大量的裸露和性爱镜头。情节发展到即将结婚的阿峯最后被人捅死不免使人感到命运的捉弄，导演以情色片来透视社会的复杂以及底层人物在生活中的追求与无奈，其荒诞的欲望之下更是人性的扭曲与城市的生存困境。

除以上所说，2016年郑保瑞的《西游记之孙悟空三打白骨精》、刘伟强的《赌城风云3》等影片也都在两地获得了不错的票房成绩，所以说2016年可谓是香港电影风格多元化、类型汇聚的一年。在与内地文化融合的同时，老一代的香港电影人也由原来的水土不服到逐渐成为内地市场的重要力量，他们已经加速融入内地市场，逐渐摆脱了原来单一的生搬硬套模式，与内地的文化、市场、制度等进行真正的接轨。但新生代导演的作品则大多被内地的审查制度拒之门外，只好在当地小成本电影市场中寻找生存空间。在电影工业的不断发展以及社会变革的过程中，两地的电影合作态势不断加深，这也将成为香港电影发展的必然趋势以及新的标识。

赵卫防　中国艺术研究院电影电视研究所副所长、研究员
杨鸽　中国艺术研究院研究生院硕士研究生
曹菁　中国艺术研究院研究生院硕士研究生

2016 年度电影频道出品概况

◎ 赵小青

截至 2016 年年底，国产电影 772 部（其中包括频道出品 49 部），银幕数 41 179 块，全年票房 492.83 亿，城市院线观影人次为 13.72 亿，同比增长 8.89%。伴随整个中国电影制映规模持续扩大，新媒体的内容产业也在迅猛跃进。2014 年，爱奇艺首次提出网络大电影的概念和标准，很快网络大电影迎来爆发式发展。根据爱奇艺提供的数据，2015 年网络大电影全网上线超过 650 部，其中爱奇艺上线 622 部，约占全网的 95%。2016 年网络大电影全网上线超过 2 000 部，其中爱奇艺上线 1 800 部，约占全网的 90%。截至 2016 年年底，网络播出电影数量超过 6 600 部，其中网络大电影 3 100 部。

处在电影和新媒体爆发式发展大环境下的电视台的生存发展已困难重重。此外，各电影机构和新媒体对人才的吸纳能力更让电视媒体备感压力。制作机构的实力、产品的投资规模、播映平台、个人名利的获得等直接影响到创作者或创作团队的去向。

电影产业、互联网特别是移动互联网等新媒体飞速发展的今天，以电视为主要市场并设法走向院线的频道出品既有来自外部的强烈冲击，也有电视环境的内部竞争。严峻形势下，能否迅速建立一套适应形势需要的机制，关系到频道出品的兴衰。

一、年度产量、题材占比及主要类型

2016 年，频道出品继续实行减量提质制片方针，内容题材以现实及革命历史为主，风格以通俗为主兼顾多样化，其类型主要有军事战争、喜剧、爱情、涉案、古装动作、民国动作、传奇、惊险、人物传记等。全年总产 49 部，其中，现实题材 21 部，占总 42.86%；革命历史题材 13 部，占总 26.53%；民国动作、古装动作等 15 部，占总 30.61%。

二、创作概要

（一）院线电影

自 2012 年电视电影被纳入整个国家电影生产统计范畴后，以“小电影”为本，打造进入院线的“大电影”就成了电影频道的电影梦。在新的电影格局中，是否积极参与电影市场的占有，关系到电影频道在中国电影发展中能否成为电影主力军一员的前途问题。作为新兵，开始勇敢试水，2012 年《万箭穿心》的成功为频道出品打造院线电影树立了信心，但美誉度不够。2014 年 4 月 29 日，在第 14 届电影频道电影百合奖工作会上，电影频道节目中心主任曹寅特别提出要打造有票房回报的院线电影。2015 年 12 月 18 日，曹寅在第 15 届电影频道电影百合奖工作会上表达更为急切：“抓住机遇，迎接挑战，乘势而上，奋发有为，在新的形势下必须大力改变以往单一的电影制作模式，加快电影频道出品电影的升级迭代，积极参与主流电影市场竞争。”

在此工作任务要求下，2016 年，有《不成问题的问题》《闭嘴！爱吧》《让我怎么相信你》三部院线电影制作完成。

《不成问题的问题》由电影频道节目中心、北京电影学院青年电影制片厂联合出品。梅峰、黄石编剧，梅峰执导，范伟领衔主演，殷桃、张超、蒋中炜、梁霆炜、王梓桐等主演。该片改编自老舍先生 1943 年发表的同名短篇小说，是一部三幕寓言黑白片，讲述的是中国抗战时期重庆郊外一座农场在主任丁务源的管理下走向衰败的故事。梅峰说，他在剧本写作过程中查阅了大量民国资料，当时的报纸及影像资料都是单色的，因此，他认定黑白就是对那个特殊年代最贴切的形容与写照。在影片制作过程中，梅峰导演及其他主创人员用了半年时间共同构思、探讨影片风格，在片场仅用了两天时间便确定了全片少特写、多中远景的摄影特点，以及冷静、客观的叙事视角，终于形成了该片中国水墨画般的独特美感。此外，范伟出神入化的表演也令人击节，是影片一大看点。该片于2016年10月29日在日本“第29届东京国际电影节”首映。其因艺术成就得到国内外业界高度赞誉，曾于2016年11月3日，在“第29届东京国际电影节”上获得最佳艺术贡献奖，并获2016年第53届台湾电影金马奖获最佳男主角奖、最佳改编剧本奖。《不成问题的问题》获得极高美誉，但有回报的院线电影还是没有着落。

《闭嘴！爱吧》《让我怎么相信你》是投资规模较大、演员有一定市场影响力的作品。该片由电影卫星频道节目制作中心领衔，北京柏乔文化传媒有限公司、北京影行天下文化传播有限公司等九家公司联合出品，北京柏乔文化传媒有限公司承制，Moneff（韩国）协拍，大地时代文化传播（北京）有限公司院线发行、合一影业网络发行、爱奇艺影业海外发行、北京影行天下文化传播有限公司宣传，是一部从院线到网络、从国内到国际的商业电影项目。该片为现代时尚爱情片，由韩国导演成始治（也译作成时翕）执导，编剧赵重勋、自由极光、林蔚然，男女主角分别由中国知名男歌手、演员张艺兴和韩国知名女歌手、演员郑秀晶饰演。影片讲述的是一个中国歌星创作能力枯竭，七年来过着忙碌又麻木的生活，他在决定找回初心的过程中，在首尔结识了一个韩国女孩，发生了一场异国恋情。

《让我怎么相信你》由电影频道节目中心领衔，恒信天地影业（北京）有限公司、上海盛乔影视传媒有限公司、中亿国星（上海）股权基金管理投资有限公司、青年电影制片厂联合出品。该片由马未都任文学顾问，编导梁青儿、梁小凉，主演梁天、杨荞安、文松、闫妮。这是一部笑中有泪的喜闹剧，讲述了关系疏远的父女通过云南之行一同成长并修补关系的故事。2016年12月，该片斩获“第8届澳门国际电影节”金莲花最佳影片大奖，导演梁小凉获得最佳新人导演奖。由于制片方对该片某些地方不满意，影片尚未发行放映。

在电影产业化方面，电影频道无论是经验还是机制都跟不上形势，再加上电影市场变化规律难以把握，打造有回报的院线电影的成功概率非常渺茫。电影频道很清楚制作发行院线大电影自身的不足，同在2015年年底“第15届电影频道电影百合奖工作会”上，曹寅就特别提到改革问题：“我们是事业单位，在向大电影的转型的过程当中，一定要用公司化的形式进行运营。电影频道成立自己的影业公司已经变得迫在眉睫，通过公司制实现体制机制创新，引进各方面的人才，引入社会资本，积极参与主流电影市场的竞争，从而在项目策划、剧本开发、拍摄制作、宣发、植入、营销、后产品开发、融资等环节，逐步顺应市场的需要。”

（二）现实题材

2016年现实题材创作主要涉及的主题为爱情、公安、家庭伦理、儿童、老年等，类型涉及爱情、音乐、警匪、喜剧等。相比2015年，好片数量占比有所下降，为院线打造的《闭嘴！爱吧》《让我怎么相信你》出现上映故障。但《走出尘埃》的出现，因其优良品相在很大程度上还是映亮了这年的现实题材群落。该片由电影频道节目中心、泰州众道影视文化发展有限公司出品，谢晓东、张小北编剧，谢晓东执导，秦勇、冯波领衔主演。该片讲述了一个人到中年的前乐队主唱在经历浮沉后，在爱人与朋友的支持与陪伴下，重新踏上人生征程的故事。该片于2016年6月2日在“第19届上海国际电影节”首映，秦勇获“亚洲新人奖”最佳男演员奖。这是谢晓东的导演处女作，影片叙事沉稳流畅，故事观照现实，准确刻画了人到中年潦倒而无奈的心境，同时表达了对生活和人性的信任。谢晓东毕业于北京大学化学系，曾赴美留学，回国后创办电影公司，开始他的“电影人”之路。在《走出尘埃》之前，他担任的基本是编剧加制片人的角色，如《一年到头》《梦之队》《无形杀》《我是植物人》《大明劫》等。谢晓东虽作品不多，但无论制作还是影像、叙事的电影化追求以及主题表达都有上佳表现。黑豹乐队前主唱秦勇首次触及银幕出演男主角方和平，由于这个故事太接近他的真实遭遇，他对角色有切肤的理解。他不需要表演，他展现的就是生活中的自己。因此，影片有一种靠人为造不出的动人的真实。20多年过去，秦勇的嗓音依然清亮有魅力，电影内容让你品咂人生滋味的同时，插曲也给人带来欣赏的愉悦。

此外，《都是为你好》《无效申请》《白鲸之恋》《罪恶终结者》，也在选材、制作、人物塑造、主题立意方面各有优长。《都是为你好》是一部公路片，通过素昧平生的一老一少不期相遇的故事，探讨了家长和孩子间如何相处的问题。《无效申请》是一部别开生面的军旅题材，取材于驻铁路运输军代表的工作与生活，展现了该岗位的重要性，歌颂了当代军人和家属的奉献精神。

从收视率看，这些影片大多位居上星频道同时段前列。除了《走出尘埃》因有意回避戏剧性和矛盾冲突，欠缺“娱乐价值”而成绩略低外，其他作品都有满意回报，甚至达到娱乐片才有的成绩。

表 1　2016 年电影频道出品现实题材电影收视率排名

电影名称	上映日期	收视率（%）	市场份额（%）	同时段收视率排名
《无效申请》	2016年10月24日	1.194 5	3.669 9	2
《都是为你好》	2017年1月9日	1.440 8	4.634 0	4
《走出尘埃》	2017年3月17日	0.462 6	2.865 6	5

（三）革命历史题材

2016 年革命历史题材的电影有 14 部，与往年相比较，比例不低，从题材内容看，也较为丰富，辛亥革命、土地革命、抗日战争、解放战争直至新中国成立之初都有表现。内容有：梨园界人士投奔革命，如《梨园将军》；红军与国民党的血战，如《血战漫川关》《尖刀班》；飞虎队援华期间普通村民对其的救助，如“铁翼重生系列”；与日本细菌残余部队的斗争，如《恶魔之牙》；内蒙古壮士的抗战，如《弓马啸西风》；解放战争期间国共两党的决战，如《陈赓晋南大捷》；新中国成立之初的剿匪，如《7 把枪》；等等。但这些影片总体质量一般，其病或在观念、套路陈旧，或在故事不完整，或在制作粗糙，总之，在频道出品的革命历史题材上，2016 年表现平平。相对而言，《梨园将军》《血战漫川关》《弓马啸西风》《恶魔之牙》或题材或叙事或风格还可圈点。改编自真实人物潘月樵事迹的《梨园将军》，讲述的是辛亥初年京剧老生投奔革命的故事，该片选材有新意，虽艺术平常，但创作态度端正认真；《血战漫川关》，讲述的是 1932 年 11 月，红四方面军在徐向前带领下，面对蒋介石强兵围堵，胜利突围漫川关的战役，该片作为红军长征胜利 80 周年献礼片，题材有分量，且叙事细腻，人物真实；《弓马啸西风》，讲述的是发生在内蒙古草原的抗日故事，其价值在选材有新意，且影像风格彪悍张扬，具有强烈的地域风貌及人物性格特点。（《恶魔之牙》归在“类型片”一节，此不赘述。）

革命历史题材电影受众一直稳定，是频道节目收视率的保证，基本上不会出意外。

表 2　2016 年电影频道出品革命历史题材电影收视率排名

电影名称	上映日期	收视率（%）	市场份额（%）	同时段收视率排名
《7把枪》	2017年4月7日	1.697 6	5.320 7	1
《铁翼重生·枪林弹雨》	2016年10月7日	1.576 8	5.082 7	3
《陈赓晋南大捷》	2017年3月6日	1.541 0	5.162 9	2
《尖刀班》	2016年10月20日	1.308 1	4.225 4	2
《铁翼重生·血肉跑道》	2016年11月29日	1.292 1	4.109 0	2
《血战漫川关》	2017年3月12日	1.282 2	4.075 8	4
《弓马啸西风》	2017年2月12日	1.209 0	4.529 6	1
《铁翼重生·万能之王》	2016年10月4日	1.106 9	3.517 8	6
《梨园将军》	2016年10月9日	0.788 0	2.919 5	6

（四）以系列片为主的类型片

2016 年的类型片创作，在影响力和播出效果上以系列片占优，但从故事创新、制作和艺术层面看，单片质量要高一筹。

2016 年有 4 个系列：军事战争片“共和国名将系列”，完成《陈赓晋南大捷》《血战漫川关》2 部；古装喜剧动作片“毛驴县令系列 2”共 9 部全部完成；抗战片“铁翼重生系列”完成 4 部；民国传奇动作片“弹无虚发系列”完成《弹无虚发之夜光盗影》《弹无虚发之乱世情仇》2 部。4 个系列中“毛驴县令系列 2”影响最大。该系列是在 2014 年《毛驴县令 1》的市场良好表现下上马的，制作团队基本没变，男主角和总导演依然是潘长江，女主角由中国香港著名喜剧演员苑琼丹替代了同样来自香港的恬妞。该系列沿用《毛驴县令 1》的动作加喜剧风格，可以说是“成功模式”的重复。总体而言，在制作、创作力、想象力方面较前者略有逊色，但市场表现依然良好，甚至超过前者，两次在黄金时段播出，收视成绩不凡，有的居然达到 2% 以上的收视率，全国卫星频道同时段排名中，该系列多部位居第一。在电视市场竞争如此激烈的环境下，实属难得。

表 3　2016 年电影频道出品“毛驴县令系列”收视率排名

电影名称	上映日期	收视率（%）	市场份额（%）	同时段收视率排名
《毛驴县令之虎口拔牙》	2016年12月9日	2.139 9	6.635 0	1
《毛驴县令之打虎上山》	2016年12月3日	1.979 8	6.374 8	1
《毛驴县令之赌命考官》	2016年12月2日	1.957 6	6.345 4	1
《毛驴县令之宛如格格》	2016年12月5日	1.920 1	6.185 0	1
《毛驴县令之草鞋公主》	2016年12月7日	1.853 1	6.039 6	1
《毛驴县令之天外来客》	2016年12月6日	1.847 0	5.973 1	1
《毛驴县令之一奶同胞》	2016年12月4日	1.804 1	5.774 8	1
《毛驴县令之赌命考官》	2016年8月14日	1.665 3	5.319 0	2
《毛驴县令之五官争功》	2016年12月8日	1.644 8	5.379 5	1
《毛驴县令之非我莫属》	2016年12月1日	1.638 5	5.291 0	1
《毛驴县令之虎口拔牙》	2016年9月11日	1.508 5	5.054 7	2
《毛驴县令之天外来客》	2016年8月28日	1.452 7	4.568 8	2
《毛驴县令之一奶同胞》	2016年9月4日	1.289 3	4.063 6	3
《毛驴县令之草鞋公主》	2016年9月4日	1.254 8	5.174 3	3
《毛驴县令之五官争功》	2016年8月21日	1.153 8	3.668 6	5
《毛驴县令之打虎上山》	2016年8月21日	1.047 6	4.992 5	2
《毛驴县令之非我莫属》	2016年8月14日	1.044 9	5.212 0	2
《毛驴县令之宛如格格》	2016年8月28日	1.000 1	4.7128	2

“共和国名将系列”有 2 部：《陈赓晋南大捷》，讲述的是陈赓 1946 年率部转战晋南前线，采取运动战、近战、夜战和集中优势兵力打歼灭战等办法，歼灭号称“天下第一旅”的国民党王牌部队的故事；《血战漫川关》，在上文革命历史题材一节中有介绍，此不重复。

“铁翼重生系列”用 4 个故事讲述美国飞虎队员在援华作战中遭遇困境，生死之间得到乡村百姓的保护救助，化险为夷的过程。无论制作还是创作，质量都很一般。

“弹无虚发系列”两个故事讲的都是辛亥革命时期仁人志士在西北大漠保护国宝不被日本人夺走的故事。大漠、沟壑的地貌和动作戏带来一定新意，但故事、主题老套，整体质量平庸，暂未播出。

总体而言，2016 年的系列片创作，鲜有佳作，整体质量逊于从前，虽获得很高的播出成绩，但如同烂片也卖座一样，收视率掩盖不了自身的诸多不足。古装动作片和军事战争片无论如何粗制滥造都有好的收视表现，对创作者是很有意义的提醒。这个稳定的观赏喜好当倍加珍惜，这是一个大有可为可以很好发展的片种类型，万不可因观众喜好就可随意打发，否则败了观众的胃口，绝了自己的后路。

表 4　2016 年电影频道出品类型片收视率排名

电影名称	上映日期	收视率（%）	市场份额（%）	同时段收视率排名
《恶魔之牙》	2016年11月28日	1.954 7	6.315 8	1
《骆驼客2：箭在弦》	2016年11月25日	1.504 2	4.362 4	2
《白鲸之恋》	2016年10月4日	1.174 8	4.462 6	1
《罪恶终结者》	2017年5月25日	1.125 8	4.120 8	3

2016 年类型单片创作数量不小，整体质量不低，其中现实题材中的爱情片《白鲸之恋》、警匪片《罪恶终结者》、民国传奇动作片《骆驼客 2：箭在弦》、抗日惊险悬疑片《恶魔之牙》等表现突出。《白鲸之恋》是一部制作认真、格调清新的爱情故事，其中海洋馆中白鲸动物的表演是影片的最大亮点，为人称道。《罪恶终结者》讲述的是缉毒警的故事，影片贵在电影语言的娴熟和人物关系的大胆设置，故事很有想象力，制作精良。憾在结尾没有结好。《骆驼客 2：箭在弦》延续《骆驼客》风格，将西北风情和人物性格进行了着意刻画，虽然着力张扬了骆驼客诚信高于生命的信仰，但相比后者，该片缺乏一种“崇高”感。《恶魔之牙》改编自真实历史事件，讲述我军管会人员在抗战结束后，追踪暗藏在中国境内的日本 731 部队潜伏者的故事。故事曲折有悬念，其中套马杆的运用带来新颖的视觉效果。

总体而言这批类型单片都体现了制作团队对佳作精品的倾心追求，品相不俗，播出后获得收视率美誉度双丰收。

三、重点片简介

《不成问题的问题》　编剧：梅峰、黄石；导演：梅峰；主演：范伟、殷桃、蒋中炜、王梓桐

抗战时期，距重庆市 30 多里的树华农场，由多个股东共同投资，养些鸡鸭，种些蔬菜水果，但农场一直亏损。农场丁务源主任为人活络圆滑，其在上任的半年间，将有经验的工人换成自己的亲戚。他对工人的怠工、偷鸡摸狗的行为视而不见。为此股东招聘了从英国归来的尤大兴，尤主任带着太太明霞走马上任后显出了专业知识和管理能力，但严格和刻板的态度使工人们不满。一场明争暗斗在新旧两个农场主任之间上演。丁主任巧妙地促成农场租客，一个自认是“全能”艺术家的秦妙斋与尤主任产生矛盾，自己在中间充当好人。秦妙斋发现明霞接受了工人“贿赂”的鸡蛋，趁机煽风点火，联合工人把尤主任赶下台，丁主任复职。明霞、尤大兴黯然神伤地离开了农场。而后，秦妙斋也被丁主任交给了宪兵。树华农场恢复了旧态，到了夏天，各种果树比往年多结了三倍的果实，那是尤大兴管理的结果，然而，农场依然是赔钱的。

这部改编自老舍同名小说的电影，让原本只以三个男人为主角的故事，加入了女性的成分，让农场这个小社会变得更为复杂，很好地体现了小说以“黑色幽默的形式讽刺了中国式人情社会的冷酷真相”。该片上映后好评如潮，尤为业界盛赞，被称为一部耐人寻味的“真正回归电影艺术本质的艺术电影”，“一部如同诞生在民国时期的老电影”，“职场最佳教科书”，“所有人都能看懂的文艺片”。

《走出尘埃》 编剧：谢晓东、张小北；导演：解晓东；主演：秦勇、冯波

曾红极一时的摇滚歌手方和平，因家庭变故退出歌坛，过着平平淡淡的生活。眼下这个蓬头垢面、为生活奔波操劳的男人身上早已看不到曾经那个摇滚青年的激情和风采。作为代驾司机的方和平，每天晚上在酒馆等待喝醉的客人，听着他们的唠叨，对于自己歌迷酒后的疯狂释放也早已麻木；作为儿子的方和平，每天都要照顾患阿尔茨海默病的母亲，和女友温存一夜之后，第二天醒来的第一件事就是回家给母亲做饭。这个方和平，与大多数人一样，没有远大理想与抱负，过着见招拆招的生活，只想与善良、仗义的女友夏晓云走完余生。为追求收入稳定，他拿出积蓄准备盘下一家餐厅，却遭欺骗，又在电视台音乐选秀节目的操控下，遇到自己毫不知情并已长大成人的私生子黄一冰。前尘往事和现下尴尬险些击倒了这个男人。最终，女友的温厚和血亲的温情，让他重拾生活的信心。

这是一部有别于一般音乐片的音乐片，导演并不想拍一个作为摇滚明星的方和平，所以影片虽然有大段的演唱，但都是作为陪衬存在，重点在人生的滋味。从摇滚歌星变成平凡的中年男，得有多少戏剧故事和心理冲突，但影片把这一切都从容抹去，只留下方和平见招拆招的现实态度和务实精神。在这个梦想廉价的年代，“梦想”一词早成为一碗被熬制太久的鸡汤，失去了原来的味道。而在《走出尘埃》中，梦想被现实取代，转换成方和平为母亲做的一顿饭，女友为方和平买的一把吉他，梦想在这部电影中不是浮在半空中那些虚无缥缈的东西，它是触手可摸的，又是那么接地气。那是“而今识尽愁滋味……却道天凉好个秋”的深知生活真滋味的无奈和成熟。

《都是为你好》 编剧：郝哲；导演：李威；主演：赵君、孙锡堃、曹艳艳、张志宏

男孩周成爱好画画，崇拜信赖学校的一位男老师。母亲认为画画影响主要课业，极力阻止，周成愤而去投奔在外地工作的父亲，却意外发现父亲早已与母亲离婚再娶。受到伤害的周成决定远离他们，在躲避父亲追赶时，钻入老丁的汽车。毫无交集的一老一少就此走在一起。老丁得知周成情况后决定把他安全送回家，周成也知道了老丁父子之间十多年无法化解的恩怨。一路上，两人经历了许多事，结下了如同父子的情感。他们终于到了婚礼现场，原来老丁的儿子就是周成崇拜信赖的老师。得到成长的周成回到家庭，老丁父子间的冰雪也在融化。

一场公路奇遇，三段父子亲情。固执的老丁和叛逆的周成在旅途中结为忘年交，在与彼此的碰撞中换位思考，终于理解了各自亲人的苦心与期盼。故事主题发人深思。为人父母者也好，为人子女者也罢，所有亲情中的“都是为你好”，其实都需要有一颗包容的心，需要站在对方立场上设身处地地关心和理解对方。

作为一部公路片加伦理片，影片节奏舒缓、流畅，沿路风光明媚，洋溢着暖意。一老一小的表演自然真挚。

《梨园将军》 编剧：吴怀洁；导演：高力强；主演：赖迦童、徐阁

京剧生角潘月樵致力于京剧改良运动，与夏月珊等进步艺人一起创建了中国第一座近代剧场“上海新舞台”，上演了大量具有进步思想的新戏曲，针砭时弊，宣扬革命。有一次，他与孙中山爱将陈其美相遇，相互欣赏，在陈其美的引领下，潘月樵加入同盟会，走上革命道路。辛亥革命爆发，潘月樵组织了一支梨园敢死队，攻占清军兵工厂江南制造局，救出陈其美。上海光复后，陈其美被推举为上海督都，遂任潘月樵为督都府调查部长等职，衔至少将。潘月樵联合上海进步艺人、商界票友，在上海新舞台举行义演，筹款捐赠给上海军政府，为革命军募集军饷。后鉴于官场纷扰，仍回头从事京剧艺术，并办平民学校，让贫家子弟免费就读，后因反对袁世凯称帝被通缉，悬赏五万金购其头颅，潘月樵逃到一小镇隐姓埋名。

一段从伶人到将军的传奇经历，描绘了上海京剧界伶人们在辛亥革命中英勇抗争，甚至付出生命，人物命运跌宕起伏，展现了辛亥革命从风起云涌到失败的全过程，主题深刻，格局宏大。该作品是梨园与革命相结合的人物史，充满时代特色和传奇性，搬上银幕后，国粹韵致和革命战火，台上的英雄形象和台下的热血将军，交织出别样的时代图景和新颖的艺术形象，是一次有价值的创作尝试。

《骆驼客2：箭在弦》 编剧：沙丽琼、高峰；导演：高峰；主演：张玉龙、张煜龙、蒋君燕、成梓宁、张烨

民国年间，新疆哈密府快枪队横征暴敛，控制商道。一日，快枪队队长被骆驼客二尕射杀于大漠中。官府随即发出悬赏，逼迫刀客配合官府追捕二尕。善良的柳叶姑娘深爱二尕，执意随二尕逃亡。他们在沙漠里奄奄一息，被一支驼队所救，刀客追踪到他们，与驼队展开搏杀，最终两败俱伤。驼队把头“临终”前将一只木匣交给二尕，恳求他本着骆驼客的诚信，将木匣送给主人。最终，二尕历经磨难将木匣送到。不料，木匣里装着的竟是二尕的悬赏通缉令，接货的正是追杀二尕的官府快枪队，那个驼队把头其实是快枪队队长的管家。在弓箭与快枪的对决中，二尕射杀了对方头目，自己也饮弹身亡。虽然在这场阴谋中，骆驼客的诚信遭到利用、践踏，但二尕以自己的牺牲，弘扬了骆驼客的诚信精神。

影片延续《骆驼客》的风格，在大漠风情和民族特色中展现骆驼客的诚信品格，同时在人物之间相互交织的爱恨情仇中，塑造了一批有血性、重情义的大漠儿女。

故事很有设计感，结局出人意料。

该片制作精良，画面及叙事节奏展现了电影艺术的魅力。影片所选外景地貌呈现出新疆多姿多彩的奇异风光。其原生态表演真实地体现了西部人的性格特点。花儿、射术、骑术、摔跤等民族民间体育艺术形式的有机融入，渲染出浓郁的地域文化特性，也营造出一定的视觉奇观。其人物塑造，女子柔美痴情，男子剽悍守信，令人难忘。

相比于《骆驼客》，该片无论主题的升华还是动作戏设计及表现都略逊一筹。主角的塑造较为失败，其诚信勇猛有余，智慧不足，最后的英雄落难太过人为。作为一名出入江湖的骆驼客，他可以单纯善良诚信，但不可毫无防人之心。最后若有智慧化险为夷，将更加符合该人物的职业特征，也会极大满足观众的英雄期待。

《无效申请》 编剧：曲江涛；导演：张馨；主演：丁海峰、马泽涵、孙涛、李依馨

在铁路运输军代处工作了22年的军代表冯庭明的就要上大学的女儿小贝得了脑癌，高额的医疗费和对女儿疏于关爱的愧疚，让冯庭明不得不做出退役的选择。手术和化疗并没有控制小贝的病情，父女间的隔阂也越来越深。老冯开车带小贝回访自己曾工作过的地方，得知父亲工作性质的小贝深深理解了父亲的倾心奉献。老冯在第一次驻守的小站里写下了退役申请书。老冯的申请书没有获得领导批准，因为信的末端有小贝偷偷写下的批示：无效申请。

影片改编自我军交通运输行业真人真事，讲述了一位铁路军代表全心全意投身军交事业的感人故事。其镜头贴近铁路军代表的工作和家庭，既表现了当代中国军人在强军伟大征程中的历史担当与情怀，也表现了他们作为普通人的家庭生活和困境。影片采用纪实手法，以平静包含激荡，呈现出一种平实质朴、坚毅执着的军人气质。影片围绕冯庭明在事业和家庭的两难选择的心理描摹、外部行为以及人际关系，展示了当代军人和他们家属的奉献、牺牲、情怀、境界。

《血战漫川关》 编剧：夏宇立；导演：王加宾；主演：夏添、沈保平、马嘉宏

1932年10月，鄂豫皖苏区第四次反“围剿”失败，红四方面军被迫西行转移。蒋介石亲率10万大军围追堵截。张国焘不懂军事，偏好个人决断，不断给红军行动造成困难。徐向前顾全大局，一再忍让。为消灭红军，蒋介石阴谋在漫川关设伏。据此，徐向前主张迅速行动，抢在敌军前面越过漫川关，却因张国焘干扰，红军丧失了先机之利，以致到达漫川关前，立即陷入数倍于己的敌军包围。危急中，徐向前主张部队集中突围，并当机立断，指挥部队开辟突围通道。而张国焘却命令部队分散游击，并逮捕关押了突击作战指挥员，致使集中突围计划受阻。生死存亡关头，徐向前挺身而出，与张国焘激烈抗争，坚决抵制错误决策，释放被关押的指挥员，精心部署指挥部队拼死搏杀，获得陈昌浩、李先念、王树声等将领支持，突出险境，保存了实力。

该片属重大革命历史题材，特为纪念红军长征胜利80周年而作，生动再现了我军历史上一段鲜为人知的峥嵘历程。首先，该片贵在题材开掘，有关红四方面军的银幕故事较为鲜见，具体表现红军内部领导层斗争的更为稀有，这是一次长征故事的成功拓展。其次，作为军事战争片，敌我智勇的较量表现得很充分，在塑造我方智勇足够之时，敌方的能力也没被小觑。实力悬殊的较量，加之内部错误路线的干扰，命运之战，扣人心弦。最后，故事描述细致，人物塑造丰满。存亡之际，外部大兵压境，内部矛盾对立碰撞激烈。人物塑造丰满真实，徐向前的克制睿智果决，张国焘的自以为是，以权压人。笔法理性，既不拔高也无丑化。

该片不足之处在于美术方面，红军要冲破蒋介石的封锁线，打的是突围战，指挥部应该随着突围部队移动，但影片中的指挥部设在民房，桌椅板凳地图文件齐全，给人指挥部不随部队突围之感。另外，一场血战之后，红军官兵衣服过于整洁，对真实性造成损害。

《毛驴县令之赌命考官》 总编剧：谷凯；编剧：江伟、佟岩；导演：曹华；主演：潘长江、苑琼丹（中国香港）

县令伍四六怀疑科考有弊，来京面圣，碰到落榜秀才们游街闹事，遂从九门提督阿克占手下救出本县才子毕须中。伍四六押上性命查案，作弊的后台阿克占决定拉拢他，被拒后派出杀手，但又被皇上的圣旨打断。阿克占最终搞到题目，做好手脚，怎料伍四六道高一丈，考场上令众多作弊考生破绽百出。伍县令妻子麻翠姑叫来四衙役暗中相助，大堂上，棺材头交代出主谋阿克占，而后发生连环灭口案，险象环生。伍四六参阿克占不成，反被对手以“江南反诗案”送入牢房。麻翠姑找到唯一幸存的作弊考生崔大宝，劝其反水成功。伍四六被暗杀前，被麻翠姑救下。阿克占布置人手，堵死所有去往皇宫的路口，最终伍四六使计带着关键证人崔大宝混进皇宫扳倒了奸臣。

这是“毛驴县令系列2”中的一部。延续系列1的喜剧加动作、嬉笑间借古喻今、针砭时弊的模式。继续塑造一位骑着毛驴主持公道、伸张正义、为民请命的清官县令。作为一部娱乐片，该片完成到位，以通俗剧笔法，讲述了一个百姓喜闻乐见的惩恶扬善故事；剧情曲折丰富，笑料充分，动作戏设计精彩。潘长江的名气和表演为该片抬色不少。这是一部极具“潘氏喜剧”特征的作品，直截了当、夸张的肢体语言和表情为其特色，但不失流畅、朴实、幽默、生动，极易为观众接受与喜爱。

电影频道出品电影2016年国内外重要奖项及提名：

1. 第19届上海国际电影节

《德兰》荣获金爵最佳影片奖

秦勇（《走出尘埃》）获得“亚洲新人奖”最佳男演员奖

2. 第29届东京国际电影节

《不成问题的问题》荣获最佳艺术贡献奖

《走出尘埃》入围竞赛单元“亚洲未来”获最佳导演和最佳影片提名

3. 第53届台湾电影金马奖

梅峰、黄石（《不成问题的问题》）获最佳改编剧本奖

范伟（《不成问题的问题》）获最佳男主角奖

4. 第47届纳什维尔国际电影节

《甘南情歌》《骆驼客2：箭在弦》荣获优秀国际电影奖和田纳西州州长特别奖

5. 第20届“北京放映”

《孙子从美国来》荣获中国电影国际传播突出贡献奖

6. 第8届澳门国际电影节

《让我怎么相信你》获金莲花最佳影片大奖

四、结语

2016 年“制作高水准的艺术电影”这一目标取得可喜成果，《不成问题的问题》《走出尘埃》凸显了电影频道出品的一个历史高峰，尤其前者，以别具一格的艺术品相赢得国内外业界高度认可，为电影频道出品赢得荣誉，极大提升了电影频道出品的形象。在为提升电影频道节目市场份额方面，除了以创收视为目的的娱乐片取得优异成绩外，其他各类作品也做出了喜人贡献，尤其主旋律作品，像纪念红军长征胜利 80 周年的《血战漫川关》、表现铁路交通系统军务的《无效申请》。表现伦理亲情的《都是为你好》等革命历史及现实题材更是取得了社会、市场的良好反馈。[①] 由此看，电影频道出品在双轮驱动（既制作为本台各频道播出的低成本电影，又制作能进入院线的“大电影”，并在艺术和票房上得到认可）的艰难尝试中，有了一定的收获，也在与变幻莫测、云谲波诡的电影市场的进一步接触中，收获了经验与教训。

2016 年总产 49 部，豆瓣评分 4.5 以上的影片有 13 部，占比 26.53%。相比于 2015 年总产 40 部，豆瓣评分 4.5 以上的 16 部，占比 40% 的情况，好片比例大幅降低。观察 2016 年主创，优秀影片基本出自“老导演”之手，梅峰、谢晓东、高峰、高力强、张馨、王加宾、林晓丽、吴卫东、李威等，除了他们的“年长”和“业龄长”特征外（年龄大都在 50 岁以上，甚至有的超过 60 岁，与电影频道合作大多超过 10 年以上），还有一个现象值得注意，这些高分作品一是来自导演参与编剧，如《不成问题的问题》《走出尘埃》《骆驼客 2：箭在弦》《罪恶终结者》；二是出自老编剧之手，比如：《梨园将军》的编剧吴怀洁，10 多年前就参与电影频道出品创作，有《神偷特工》《刺杀吉川》等 10 多部作品出自他手；《白鲸之恋》的编剧柳桦，毕业于中央戏剧学院，曾有《洪湖赤卫队》等多部电视剧作品，也为电影频道创作了《红财神》《生死船票》《医者童心》等 10 多部作品。以上现象一方面告诉我们，要想出佳作，必须依靠具有艺术素养、创作经验丰富、业务娴熟的创作者；另一方面，也提醒我们，要想持续健康地发展，必须发现并吸纳富有艺术才华的年富力强者，形成老中青兼具的阵容。双轮驱动制片模式的有效运行，一支搭配合理的优秀创作队伍，是其重要保障。

目前影视业发展欣欣向荣，新媒体的网络大电影和网络电视剧更如朝阳，融资形式灵活多样，人才争夺激烈异常，人才流动极其便捷。为适应形势发展，社会各影视公司运营方式的调整可谓朝夕变幻，顺势则昌，逆势则亡。电影频道脱胎于计划经济模式，其资产管理、业务运作、人员使用都在原有模式下运行，对新形势的不适日益凸显。虽然在政策允许下实施了一系列改革，但无论观念、能力还是运营方式离形势的要求还有距离，如此下去，打造走向院线大电影的理想还未实现，曾经创下品牌的供本台各频道播出的小电影也很可能失去自己的观众。

赵小青　中国艺术研究院电影电视研究所研究员

---

① 本文中所列播出数据，均选自该片在黄金时段播出的最好成绩。“收视率同时段排名”的“同时段”，指的是全国卫星频道同时段。

2016年度中国动画电影创作、产业及理论研究综述

◎ 张啸涛

2016年度的中国电影产业开始步入理性发展阶段，据国家电影事业发展专项资金管理委员会办公室（以下简称“国家电影专资办”）统计，相比较而言，动画电影市场表现却比较突出。2016年进入商业院线的中外动画电影新片62部，票房收入70.05亿元，同比增长约58.90%。全年制作完成国产动画电影49部，其中有39部进入院线放映，票房收入23.43亿元，同比增长约14.10%。上映的62部动画电影中，有13部票房过亿，超过了2015年的8部，但是只有《大鱼海棠》和《熊出没之熊心归来》是国产动画电影。票房排名前二十的动画电影中，引进与合拍动画电影有14部。仅《疯狂动物城》的票房就有15.3亿多元，一部影片就占到全年动画电影票房的约21.84%。相较于2015年，2016年的国产动画电影票房金字塔结构分化更加明显，票房超过亿元的有2部，5 000万至1亿元的有3部，1 000万至5 000万元的有9部，票房为千万元级别以下的有25部（见表1）。

表1　2016年度国内放映动画电影票房排行

排名	片名	累计票房（万元）	首日票房（万元）	首周票房（万元）	上映日期	产地
1	《疯狂动物城》	153 064	2 243	15 517	3月4日	美国
2	《功夫熊猫3》	100 256	10 708	33 943	1月29日	美国、中国
3	《你的名字》	57 701	7 629	28 653	12月2日	日本
4	《大鱼海棠》	56 552	7 201	22 719	7月8日	中国
5	《愤怒的小鸟》	51 423	5 350	19 741	5月20日	芬兰、美国
6	《冰川时代5：星际碰撞》	44 745	5 527	28 505	8月23日	美国
7	《爱宠大机密》	38 928	3 440	19 432	8月2日	美国
8	《熊出没之熊心归来》	28 810	5 665	10 571	1月16日	中国
9	《海底总动员2：多莉去哪儿》	25 430	2 477	11 960	6月17日	美国
10	《海洋奇缘》	22 706	1 332	8 546	11月25日	美国
11	《航海王之黄金城》	10 737	2 368	6 978	11月11日	日本
12	《哆啦A梦：新・大雄的日本诞生》	10 368	1 627	5 438	7月22日	日本
13	《火影忍者剧场版：博人传》	10 325	1 915	6 161	2月18日	日本
14	《新大头儿子和小头爸爸2：一日成才》	9 058	1 722	5 404	8月19日	中国
15	《小门神》	7 870	2 807	6 228	1月1日	中国
16	《逗鸟外传：萌宝满天飞》	7 776	489	3 481	9月23日	美国
17	《神秘世界历险记3》	6 552	946	3 953	7月29日	中国
18	《鼠来宝4：萌在囧途》	6 269	727	3 694	1月26日	美国

（续表）

排名	片名	累计票房（万元）	首日票房（万元）	首周票房（万元）	上映日期	产地
19	《魔发精灵》	5 479	444	3 252	10月28日	美国
20	《鲁滨逊漂流记》	5 367	954	3 999	10月4日	比利时、法国
21	《摇滚藏獒》	3 966	352	2 462	7月8日	中国
22	《圣斗士星矢：圣域传说》	3 788	927	2 938	2月26日	日本
23	《冰雪女皇之冬日魔咒》	3 573	999	2 125	12月31日	俄罗斯
24	《年兽大作战》	3 453	911	3 253	2月8日	中国
25	《名侦探柯南：纯黑的噩梦》	3 113	522	2 309	11月25日	日本
26	《樱桃小丸子：来自意大利的少年》	2 589	491	1 899	9月23日	日本
27	《精灵王座》	2 514	619	1 743	8月19日	中国
28	《疯狂丑小鸭》	2 341	130	337	10月3日	中国
29	《蜡笔小新：梦境世界大突击》	2 246	313	1 644	11月4日	日本
30	《阿里巴巴2：所罗门封印》	2 205	120	270	4月30日	中国
31	《太空熊猫英雄归来》	2 103	110	232	4月2日	中国
32	《超能太阳鸭》	2 007	407	1 536	7月15日	中国
33	《麦兜·饭宝奇兵》	1 897	491	1 289	9月15日	中国
34	《托马斯和朋友们：多多岛之迷失宝藏》	1 797	449	901	2月20日	英国
35	《海洋之歌》	1 552	187	842	8月12日	丹麦、法国、卢森堡
36	《青蛙总动员》	1 256	216	480	4月30日	中国
37	《诺亚方舟漂流记》	1 239	201	766	8月12日	德国、比利时、卢森堡、爱尔兰
38	《我叫MT之山口山战记》	1 217	306	971	6月17日	中国
39	《龙珠Z：复活的弗利萨》	1 100	194	916	10月21日	日本
40	《我是哪吒》	994	338	560	10月1日	中国
41	《果宝特攻之水果大逃亡》	835	190	462	1月23日	中国
42	《刺猬小子之天生我刺》	819	144	612	7月22日	中国
43	《泰迪熊之玩具大战》	754	268	661	6月9日	中国
44	《马小乐之玩具也疯狂》	742	116	264	4月30日	中国
45	《神兽金刚之青龙再现》	722	195	611	9月15日	中国
46	《斗龙战士之星印罗盘》	620	425	563	6月1日	中国
47	《糖果世界大冒险》	506	22	198	5月27日	中国
48	《青蛙王国之冰冻大冒险》	434	108	371	2月19日	中国
49	《丑小鸭历险记》	432	153	284	7月2日	中国
50	《回马亭》	402	—	—	3月10日	中国
51	《水果宝贝之水果总动员》	393	303	361	6月1日	中国

（续表）

排名	片名	累计票房（万元）	首日票房（万元）	首周票房（万元）	上映日期	产地
52	《功夫四侠》	247	75	132	12月17日	中国
53	《新木偶奇遇记》	242	5	37	9月30日	中国
54	《超级幼儿园》	227	56	97	12月31日	中国
55	《白雪公主和三只小猪》	177	38	124	8月26日	中国
56	《少年师爷之大禹宝藏》	163	19	65	7月22日	中国
57	《动植物大战》	145	79	119	6月1日	中国
58	《小蚂蚁之环球大冒险》	111	2	38	5月27日	中国
59	《皇帝的新装之圣诞大明星》	88	21	41	1月1日	中国
60	《猿创世界之熊孩子部落》	87	19	47	1月23日	中国
61	《热血雷锋侠之激情营救》	63	5	31	10月21日	中国
62	《吉祥宝宝之我是食神》	30	10	24	8月19日	中国

数据来源：国家电影事业发展专项资金管理委员会办公室提供。

2015年，国产动画电影《大圣归来》取得了9.5亿元的票房成绩，相比较而言，该片在创作美学、制作技术和宣发方式上都取得了很大的进步，成为中国动画电影产业史上一部具有里程碑意义的作品。《大圣归来》在票房和评论上取得的成功，触动了资本市场对动画电影这一电影类型的重视，也激发了更多影视公司参与制作动画电影的热情。

一、政策导向促进国产动画电影的发展

2016年，从国家层面到地方层面都出台了一系列的政策和规划，目的是鼓励广大电影工作者创作出优秀的电影作品，为电影产业的发展提供更为广阔的空间，为中国能够实现从电影大国步入电影强国的行列保驾护航。3月8日，国家电影事业发展专业资金管理委员会发布《关于对优秀国产影片进行奖励的通知》（电专字〔2016〕1号），从2017年开始，每年由优秀国产影片评选委员会评选出20部优秀国产影片，参评影片明确规定为四种类型，其中包括优秀动画影片，最高奖金额度不超过600万元。11月，全国人大常委会第二十四次会议表决通过《中华人民共和国电影产业促进法》，作为我国文化产业领域的第一部专门法规，对我国电影的创作、发行和产业的保障做出了详细的规定，确保我国电影的创作和产业可以健康发展。

与国家政策相呼应，在各省市的“十三五”规划和2016年文化工作计划中都对影视和动漫产业做出了详细的更具地域针对性的相关政策规划。北京市在2016年文化工作计划中提出，要进一步办好“动漫北京”这个品牌活动；浙江省在《浙江省文化产业发展“十三五”规划》中提出，加大对“中国国际动漫节”这一平台的建设力度；深圳市在《深圳市文化发展“十三五”规划》中提出，办好“深圳动漫节”，推动深港澳在影视和动漫等产业上的分工协作和优势互补。重庆市在《重庆市文化发展“十三五”规划》中提出，要构建西部动漫文化节的业态升级。北京市、浙江省、重庆市、深圳市将动漫产业作为文化产业发展的重要组成部分，多年来一直走在全国的前列，与国家的宏观政策形成了合力，为从业者提供了条件优渥的平台，推动我国动画电影的创作和产业不断发展。

在国家和地方政策导向的推动下，2016年国产动画电影产量稳定、票房增长、产业发展。在国家层面更注重中华民族传统文化的保护和发展的整体氛围之中，国产动画电影一直保持着取之于传统文化、发扬民族文化精神的创作传统，在《大鱼海棠》《小门神》《年兽大作战》等代表作品中都有明显的体现。累计票房10亿元，总票房排名第二的中美合拍动画电影《功夫熊猫3》更是使用“中国功夫”和“大熊猫”这两个代表中国文化的经典符号，表现民族美学思想的故事内容，获得了世界观众

的共鸣。

二、国产动画电影的创作类型及审美分析

2016年，我国生产49部动画电影（不包括真人与动画结合的电影特效），其中39部进入国内商业院线放映。从创作角度分析，影片创作类型多样、题材丰富，既有挖掘民族传统文化、注重民族美学风格的《大鱼海棠》《年兽大作战》《小门神》和中美合拍的《功夫熊猫3》，也有非常受孩子欢迎的电视系列动画片的剧场版，如《新大头儿子和小头爸爸2》《熊出没之熊心归来》等，还有改编自知名漫画的作品，如《麦兜·饭宝奇兵》《摇滚藏獒》等，此外，《我叫MT之山口山战记》等作品改编自热门网络游戏，以及原创动画电影《神秘世界历险记3》《精灵王座》等，影片创作的取材资源非常多样，受众目标的设置范围也有所拓展。

纵观2016年度国产动画电影的创作美学风格，除了故事内容取材于中国传统文化，形象设计、影像风格具有浓郁的民族文化特色之外，在影像制作技术上也取得了很大的进步。大多数的国产动画电影都使用三维技术制作完成，进入院线的39部国产动画电影中有27部是使用三维技术制作，10部是二维动画电影，2部是二维与三维技术结合制作的动画电影。

作为针对中国市场定制的中美合拍影片《功夫熊猫3》以浓郁的民族风格获得了中国观众的喜爱。影片依托“中国功夫”“大熊猫”“中华美食”等民族文化符号，在影像的设计上大量汲取传统的山水、建筑、园林等民族传统美学元素，并对传统思想“儒、释、道”进行了现代意义的思考。该片是“功夫熊猫”系列的第三部电影，由乔纳森·阿贝尔、格伦·伯杰编剧，吕寅荣、亚历山德罗·卡罗尼执导，杰克·布莱克、凯特·哈德森、布莱恩·科兰斯顿等原版配音，黄磊、成龙、白百何、王志文、周杰伦、杨幂等担任中文版配音，中国电影股份有限公司、梦工场动画影片公司、上海东方梦工厂文化传播有限公司（简称东方梦工厂）出品。《功夫熊猫3》是第一部中美合拍的动画片，其出品方之一是成立于2012年，由中方控股55%，首轮投资达3.3亿美元的东方梦工厂，这意味着它在中国上映时不再占用进口分账大片配额，而获得了与国产片一样的43%的票房分账待遇，因此，该片与以往的动画制作不同的是，角色嘴形的动画制作是针对英文和中文两门语言设计的。该片于2016年1月29日在中国和北美地区同时首映。《功夫熊猫3》讲述的是正义与邪恶抗争的艰难却终将胜利的故事，这也许是世界通例，而如何取得胜利，却具有东方特色而意味深长。影片叙述了凡间遭遇灵界跑出的恶霸牛——天煞，天煞为了称霸天下，企图吸尽所有凡间高手的能量，而其含义实际上就是恶势力要统辖世界。为此，这头巨无霸甚至将熊猫阿宝的智慧师父和更具有威望的超能神龟都打败并且吸走能量。几乎要大功告成即将霸占天下时，天煞却遭到似乎表面上萌态十足甚至茫然不知自身能力几何的熊猫阿宝的拼死抵抗。在熊猫村民齐心协力的反抗下，用“气功”之力摧毁了天煞，成就了神龙大侠的威力，还凡间太平。就情节论，创作者的设计逻辑具有本土特色韵味：你不想争斗却受难无穷，只有大家团结合作才能抗争强权，需要精神领悟才能获得取胜法宝的连带关系，而弱小只要无惧残暴就可能焕发超人力量打败敌人，等等，这一系列设计因素的后面，的确充满着中华元素和情感逻辑，令人有亲近感。《功夫熊猫3》中贯穿着关于认识“我是谁”的命题，这一命题是当代西方商业电影惯常使用的叙事要素，这一构筑的追问的确显示了中外合拍的文化倾向，影片的这一追问最后落脚在东方精神的强大氛围中。具体到影片对于本土化的感知的强化是多方面的，包括中国性的元素故事：围绕熊猫父子相认团圆和兄弟姐妹亲人其乐融融地聚合来渲染“合家欢”的氛围。东方民族的认祖与群体宗族的阖家团圆的习俗，在该片中得到相当程度的展现，那彼此相认的场面，从坡上滚下来的情态，让其乐融融的聚合场面充满了动人色彩。还有形象形态的设置：神奇的龙在最后氤氲而成的“神龙大侠”，在呈现中国传说和符号表现上，都是地道的表现。那沉稳的老龟半闭目的安然不变的神态，也是东方人特别习惯的认识呈现。狐狸师傅的机敏善变和颔首思考的神态，不仅是角色的符号性使然，也是容易得到认同的体现。当然，电影的主导对象是熊猫，阿宝和父亲在一起相认时的肚子对撞的情形让人

忍俊不禁。重要的是影片全方位地展现民族元素，比如影片一开始阿宝出场时的表现，伴随它登上高处的进程，以及悠扬的竹笛演奏，音乐的地域性显而易见，而后既有西乐的钢琴，也有东方的二胡等，在视听上已经不拘一格地适应现代观众观影世界化的全面期望。尤其是影片突出了“气功”的主导追求话题，将之贯彻情节始终，气功原本是东方玄妙的对象，具有文化意味。

二维动画电影《大鱼海棠》的创作历程颇为曲折，前后耗时12年。2004年，编剧、导演梁旋就制作了一部7分钟的Flash短片，讲述了主人公椿艰辛的报恩之路，同时也细腻地展现出椿、湫、鲲三个人物复杂的命运纠葛。但限于当时的制作成本和技术水平，在其他方面难以实现较大的突破。历经12载，终于在2016年，这部经过反复推敲和打磨的国产动画电影以崭新的面貌呈现在观众面前。该片由梁旋编剧，梁旋、张春执导，季冠霖、苏尚卿、许魏洲、金士杰等配音，彼岸天文化有限公司、北京光线影业有限公司、霍尔果斯彩条屋影业有限公司出品，2016年7月8日国内公映。影片无论是角色设计、人物刻画、服饰搭配、建筑风格的选取，还是场景画面的造型设计，都展现出了中国传统文化元素的韵味。《大鱼海棠》的整体造型设计与传统文化的融合不是单一方面的简单结合，而是全方位、多角度的深度融合，主要通过角色的造型、服饰、语言、性格的设计，动画场景、建筑造型和整部影片的画面风格，全面呈现中国传统文化元素。《大鱼海棠》中主要人物的名字都源于经典的先秦名著，但又不是简单地照搬照抄，而是从中提炼出新的文化意涵。椿、湫、鲲源于《庄子·逍遥游》，其中女主人公椿的名字，暗喻生命极长的存在，与剧情及人物命运相吻合。另一个主人公鲲的名字同样源自《庄子·逍遥游》，“鲲之大，不知其几千里也”，如此大气的名字，暗示出鲲为了救椿不惜舍弃生命的大义凛然。湫源于战国《高唐赋》，“湫兮如风，凄兮如雨”，湫出于对椿的挚爱，宁愿舍弃自己的生命去挽救椿的生命，这句诗也成了湫命运的缩影和写照。此外，《大鱼海棠》中其他的人物形象也都能够找到相应的历史出处。例如，椿的爷爷的形象源于《山海经》中的后土大神。作品将原有人物形象与剧情需要相结合，创造出了这个正义的角色，而且与整部作品的风格相融，增强了作品的文化厚重感。《大鱼海棠》的主旨围绕着报恩展开，为了正义和情义而不惜舍弃自己的生命，这种舍生取义的大无畏精神，正是几千年来中华民族优秀品质的集中体现。动画场景是人物活动和情节演进的空间与舞台，同时也体现出动画作品的主旨及韵味，并映衬出人物的内心变化。《大鱼海棠》中的建筑造型设计和场景设计十分独特，将场景与中国的古典文化元素紧密地融合于一体。在自然风景的设计中，这部动漫作品巧妙地运用竹林、小桥流水等中国传统风景画中的元素，逐步推动故事情节的展开。《大鱼海棠》中的自然场景设计汇集了国内多地的自然风光，例如，主人公椿和湫骑马路过的梯田就是我国岭南地区和云贵地区所特有的景致。梯田错落有致和层叠弯曲的线条，正是出自大自然的鬼斧神工。主人公椿成人礼之后化作大鱼俯视到的人间美景，是以我国的凤凰古镇为原型，并融合了其他古城特点的景象。人间的富庶繁荣，万家灯火，打造出了如诗如梦的氛围。福建客家土楼是闽南地区客家人独特的生活场所，被誉为东方文明的璀璨明珠。闽南地区的客家人最早由中原地区迁徙而来，其间饱受困苦和折磨，因此客家人更加注重团结互助。福建客家土楼采用环形闭合建筑，既有利于族人之间的联系和沟通，同时也能保护族人的安全。《大鱼海棠》中的建筑风格也借鉴了这种环形土楼的设计。例如，影片主人公椿的家族住处设计原型，就是来源于龙岩市永定区的承启楼，并对承启楼进行了还原和艺术加工。《大鱼海棠》中围楼的一砖一瓦以及挂在屋檐上的红色灯笼，为影片带来了神秘和浪漫的色彩，同时也展现出了中国古代最为和谐朴素的民风。《大鱼海棠》中还反复出现了廊桥，廊桥也是我国独特的客家文化的集中体现。影片中出现的廊桥原型是福建著名的风雨桥——济行桥。济行桥距今已经有400余年的历史，始建于明朝，是我国著名的客家古建筑之一。《大鱼海棠》中出现的廊桥画面，向世人展现和传播了我国古代的精美建筑风格。《大鱼海棠》中的方圆两楼毗邻而立，寓意天圆地方，而天圆地方正是我国古人最基本的宇宙观和世界观。在场景建筑物的色彩搭配方面，《大鱼海棠》也匠心独运。影片中如升楼是灵婆的住所，灵婆掌管人的生死，高高在上，因此如升楼的外部采用了代表高贵的红褐色砖墙设计。红色不仅符合整部影片的视觉风格，也是我国传统文化所崇尚的色彩，体现出了灵婆的威严和神秘感。如升楼内的家具设计借鉴了明式家具的设计风格，而存放灵魂的层层架子，则采用了类似于我国古代寺庙中的藏经阁的设计。《大鱼海棠》不仅在角色定位、服饰造型和建筑造型设计等方面融入了中国传统的文化元素，而且整个影像画面都融入了古朴的中国风。《大鱼海棠》整体画面风格的灵感源于中国古代的山水画，其以形神兼备的创作理念和创作原则进行构建，呈现出如水墨画般的缥缈朦胧。在具体的画面构建过程中，制作团队和导演组特意使用了中国山水画中的“留白”手法，去营造神秘和空灵的意境，给观众以无尽的遐想。例如，灵婆的使者乘一叶小舟离开的场景，月影婆娑，海中一叶扁舟若隐若现，与远处的群山和云团相应，美不胜收。《大鱼海棠》正是在深度挖掘和传承中国优秀传统文化的基础上，实现了对作品风格的把控和对细节的精雕细琢，在取得良好票房成绩的同时也传播了中国传统文化，赢得了广大电影观众的口碑。尽管《大鱼海棠》受到了“叙事情节薄弱”的批评，但抹杀不了这部作品的价值和取得的成就，而这正是得益于蕴含在作品当中的传统文化元素。

三维动画电影《小门神》直接使用民族传统文化符号作为片名。该片编剧、导演为王微，高晓松、白客、于心怡、毕啸岚、易小星、季冠霖等配音，追光人动画设计（北京）有限公司出品，2016年1月1日在国内公映。传统文化与现代生活的冲突构筑成影片叙事的主题：一是传统文化中的“神仙”在当代生活中的失落；二是坚持传统经营方式的小英馄饨店抵抗老胡快餐店的挤垮和兼并行径。人间和天庭都面临着传统与当代的冲突。将门神神荼和郁垒贴在大门之上，希望能够得到门神的庇佑是中华民族的传统，但是到了当代，在各种文化潮流和社会生活的冲击下，人间不再关注神仙，神界失去“香火”，门神、土地爷、八仙等小神仙们都面临下岗失业的危险，天庭为了解决无所事事的神仙们的再就业问题，开办了一个培训班。神荼和郁垒也接到了由夜游神送来的培训通知。然而在培训中，性格倔强的郁垒对一切都感到格格不入，终于在土地爷那里打听到了年兽的下落。为了让人们重新重视门神，郁垒想出了解开年兽三道封印让年兽吓唬人类的主意。剧情发展的另一条线索是小英母女回到外婆的小镇上继承了祖传的馄饨店，而馄饨店能够历经几代人屹立不倒的奥妙就在于一罐已经烧了一百年的老汤。但是小镇人也在接受着让人眼花缭乱的新事物，包括希望挤垮馄饨店的老胡快餐店。在歪打误撞中，神荼来到了小英馄饨店打工，成为传统文化精神的保卫者。影片中，“神仙下凡”的设定使得电影具有趣味性和戏剧性，郁垒要全力以赴地释放出年兽并击败年兽，而大部分的神仙则早已接受了自己被冷落的现状，纷纷打算迎合新时代，如韩湘子准备转行吹黑管，财神爷开始研究股票等。中华民族传统中描述的神仙始终是与人类息息相关的，将神仙世俗化、人格化，仙人们如长辈亲人般细致并亲切地庇护着芸芸众生，人们也用长辈的称谓称呼各位神仙，如“土地爷”“财神爷”“观音娘娘”等，不少神仙其实是由凡人经过修炼或考验化身为仙的。因此，影片中的神仙也如同凡人一样，会因为迷茫而犯错，同时也会在得到经验教训后成长。电影的开始和结尾都使用皮影戏的形式，设置“戏中戏”的叙事结构，介绍了门神的来历，也给影片画上了句号，使用这种传统的艺术形式头尾呼应。《小门神》中的两个平行世界，一是仙界，二是人间，影像设定的传统韵味都十分浓厚，以凌霄宝殿为代表的建筑都采用红墙朱漆的古代皇家建筑风格，人间小镇则是以苏州古镇作为创作素材，小桥流水，黑瓦白墙，充满了诗情画意。影片在配乐上也注重民族特色，例如，在郁垒试图冲破封印时，采用二胡伴奏，情感跌宕起伏，含有强烈的不甘与愤怒，淋漓尽致地体现了角色内心矛盾的情感。《小门神》完成了一种在叙事内容、人物精神以及整体美学风范上与传统文化紧密结合的实践。

三维动画电影《熊出没之熊心归来》是系列动画片《熊出没》的第三部剧场版电影，该片由丁亮、林永长、林汇达、叶天龙、陈为强、王强、张秉君执导，徐芸、万秦、崔铁志编剧，张伟、张秉君、谭笑、赵肖宇、万丹青、孟雨田等配音，深圳华强数字动漫有限公司、优扬（天津）动漫文化传媒有限公司、乐视影业（天津）有限公司、深圳华强文化科技集团股份有限公司、珠江影业传媒股份有限公司出品，2016年1月16日在国内公映。《熊出没之熊心归来》在电影叙事技巧上比较有特点，叙述从熊大的迷失开始，在角色设置上遵循了重塑“英雄”的经典结构。森林里勇敢、正直的领袖熊大因为泥石流而流落到陌生的马戏团，因为对熊二、吉吉等森林动物的失望，在马戏团过着平凡的生活，但马戏团里老弱病残的动物却激发出熊大的正义感和保护欲，他设计出精彩、高难度的节目帮助濒危的马戏团起死回生，从而成为周边镇子里一颗冉冉升起的新星，熊大沉浸在新身份里，即使熊二历经艰辛找来，也不愿意回到森林。然而，此后影片情节的演进却出现主要角色叙事行为的断裂，故事突然转向马戏团团长的欺骗阴谋，情节时而又游离到马戏团没落小动物如何实现理想的段落。影片的情节排铺虽然颇有新意，却设计了三个互相倾轧的故事内核，第一个故事，可以称之为迷失英雄的自我寻找，这是商业电影的经典叙事，将故事安排在马戏团嘉年华的表演中，影像的绚烂和动感非常吸引小观众的注意力，迷失英雄重拾自我的心路历程，在成年人看来也不会显得幼稚，整体建构出“合家欢”式的观影心理，但是，影片的剧情并没有在这个故事上贯彻到底，熊大的迷失似乎只是闹了一个孩子式的别扭。为了弥补剧情编排的弱化，剧情的发展又进入一个悬念推理的迷云中，熊大、熊二抽丝剥茧，层层推进，破坏了邪恶的马戏团团长的阴谋诡计。在嘉年华的氛围中用推理破解悬疑还不够，创作者还要表现马戏团众小动物失落的理想。影片的后半部分一会儿表现对马戏团老板神秘箱子的怀疑，一会儿又展现马戏团动物们的内心戏，意图强化失落的理想，紧接着是紧张的追杀动作，然后又返回马戏团嘉年华式的音乐剧，观众的观影心里节奏感觉比较纷乱，对情节发展的认知不容易弄清楚。《熊出没之熊心归来》在角色的塑造上，黑风在矛盾挣扎中传递出的人性真实就以往国产动画而言颇为罕见，也多了几分深度叙事的可能性。在表演空中飞人的段落中，熊大险些高空坠落，黑风搭救时勾起回忆，二人所处的相似情境使得他们的命运产生了奇妙的联结。影片在影像上使用火车追逐、山洪暴发、空中飞人、艰苦训练等经典场面，剧情铺设异常紧凑、高潮迭起，而且在使用俯仰镜头的大场面中，制造出强烈的感官冲击力。

三维动画电影《摇滚藏獒》由艾什·布兰农执导，艾什·布兰农、郑钧等编剧，郭麒麟、郭德纲、冯小刚、于谦等中文配音，卷轴 FX 创意工作室（Reel FX Creative Studios，美国）、曼多图片公司（Mandoo Pictures Co.，美国）、华谊兄弟传媒股份有限公司、时代天骄文化传媒有限公司出品，2016 年 7 月 8 日在国内公映。该片是由中国投资制作，好莱坞动画团队在技术上鼎力相助，耗时六年精心打磨的作品。影片以中国特有的藏獒为主角，以“热爱”为主题，构筑追求音乐梦想的励志故事，传播反功利主义的价值观，是一部覆盖全年龄段的“合家欢”式动画电影。该片讲述藏獒波弟在山村长大，本该子承父业担当村庄卫士，却爱上了摇滚乐。为了追求音乐梦想，它进入城市，寻找乐队未果，拜师学艺受挫，屡遭狼群算计，但它坚持不懈，不仅拯救村民，还弥补了亲情上的裂痕，最终梦想成真。《摇滚藏獒》在角色形象、场景设置和故事结构上，均以传统好莱坞类型片的二元化方式来处理，以对比来凸显矛盾：羊群和狼群，小镇青年和超级明星，平静乡村和繁华都市，梦想价值和功利主义，这些二元矛盾有效推进了叙事，如小藏獒从乡村到都市的经历、猫王从功利主义向理想初心的回归，构成了围绕守卫家园的职责和追求音乐梦想展开的叙事结构冲突，蕴含其中的则是追逐梦想和人生成长的过程。在这些元素的基础上，《摇滚藏獒》严格按照类型推进叙事以及配置各种“场景性”元素，其主体是动画片与音乐片的有机结合。影片是根据歌手郑钧同名漫画改编。郑钧将自身追逐音乐梦想的经历融入其中，并全程参与制作过程。影片的主题曲《热爱》和许巍、朴树创作的多首歌曲与影片主题、叙事推进和角色心理渲染相得益彰。在此基础上，影片又设置了一系列喜剧情境，在喜剧营造的轻松氛围和戏剧张力下又融入了犯罪、动作等元素。在影像表现上，多种类型元素之间的转换自然，犯罪桥段的黑色低光，音乐演出的绚烂多彩，与中国功夫的动作场面交相辉映。影片在制作上亮点很多，但是也暴露出目前国产动画电影普遍存在的问题，就是情节设置过于低幼，还因为制作时是以英语台词为底，所以中文版存在配音口型不完全对应等问题。

动画电影在中国长期被视为儿童专属品，这种意识也导致了中国动画作品的“低幼化”及由此导致的观众群体低龄化。中国动画电影经过十几年的精心培育，已经到了一个临界点，急需突破“低幼化”的创作瓶颈，如何赢得本土电影观众的充分认可，2016年呈现在观众面前的国产动画电影进行了各种有益的尝试。

三、理论研究状况

2016年动画艺术研究相关著作，共收集中国（仅内地）出版的各类相关著作合计11部（含报告、专著、合著、编纂书籍、教材、文集），以此为依据，本部分将对年度内这些研究著作进行梳理和分析，分为理论研究、创作研究、产业研究三个部分，进而探析动画艺术领域内学术研究的发展动向与创新成果，从而呈现2016年度中国动画研究领域的总体面貌。

（一）理论研究

《动漫研究：理论与实践》[①] 主要从艺术、媒介和产业三个方面对动漫展开深入研究，认为动漫既是最受观众欢迎的艺术样式，又是最自由的传播媒介，其不仅具有重要的审美价值，而且可以形成一个跨越多个产业包括文化创意产业和传统产业的巨型产业。全书从现实实践出发展开相关的理论研究，既有典型的案例分析，又有深入的学理探讨，力求建构起一个独特、完整的理论体系。《什么是动画》[②] 从动画本体、中国动画以及动画文化和教育三个方面对动画艺术进行了相对全面和深入的探讨。其中对动画本体的构成、数字技术与动画的关系等动画本体理论亟待解决的问题提出了全新的见解。对中国动画理论研究的得失、中国动画的表演、剪纸动画与水墨动画等传统问题也能从历史开掘翻出新意。对美国动画、欧洲动画、日本动画的部分作品亦能从社会文化、政治、教育等不同角度进行阐释。首次梳理、辨析了教育动画的理念及范畴。《重新理解动画——动画概论》[③] 为动画专业的概论类书籍，涉及动画的起源、历史、定义讨论、类型划分和初阶创作指导，兼顾深度与广度。该书共4章，包括结语和后记等内容，试图探索理解动画的合理化、客观化、学院化的新视角，打开读者的思路，让其对动画有新的认识。该书对动画的定义、分类、历史、产业、实验、制作流程及创意等多方面均有深入浅出的论述，充分拓宽了读者的视野，呈现出动画的多样性与复杂性。《动画艺术辞典》[④] 是我国第一部动画艺术方面的综合性工具书，系统全面、科学完备地梳理了动画的相关知识，作为动画创作理论的综合性工具书，目的是为读者提供动画创作的完备理论知识和必备的艺术修养。该书包括了动画艺术史、动画电影电视理论、动画制作技术、动画常用术语、动画市场及预算、动画制作机构、动画软件、各国动画院校及动画教育、中外电影展及影视评奖、中外影视机构及政策法规、中外影视动画报刊等几大方面，系统介绍了中外动画的全貌和动画艺术的发展状况，对于读者开拓视野、学习和了解经典动画片的精髓、了解动画大师的奋斗历程、分析和借鉴成功的经验、启迪智慧、勇于创新大有益处。

（二）创作研究

《好莱坞动画电影类型研究》[⑤] 以电影为媒介，以商业电影类型化为视角，对好莱坞动画电影进行梳理，研究类型化对动画电影的影响、动画与电影的媒介互动、动画电影类型的形成与革新等一系列问题。该书后半部分还以迪士尼公主类型为样本，细致地探讨了这一动画电影为成功的亚类型从形成到发展，最终产生品牌效应的过程。《中国动画导演创作研究》[⑥] 是一部国内少见的能够在大量史实基础上对中国动画导演进行研究和梳理的著作。对包括上海美术电影制片厂特伟、钱运达、阿达、胡进庆、戴铁郎等对中国动画有杰出贡献的艺术家进行了深入剖析。对研究中国动画、明确中国动画未来

---

① 盘剑：《动漫研究：理论与实践》，浙江大学出版社2016年版。
② 聂欣如：《什么是动画》，复旦大学出版社2016年版。
③ 刘书亮：《重新理解动画——动画概论》，电子工业出版社2016年版。
④ 孙立军主编：《动画艺术辞典》，中国电影出版社2016年版。
⑤ 王波：《好莱坞动画电影类型研究》，社会科学文献出版社2016年版。
⑥ 曹小卉主编，刘娴、张丽著：《中国动画导演创作研究》，中国电影出版社2016年版。

发展路径具有积极意义。

（三）产业研究

《动漫蓝皮书：中国动漫产业发展报告（2016）》[①] 沿用固有的理论研究框架，通过宏观、中观和微观的多层次研究分析，精准把握中国动漫产业的发展环境，在对2016年中国动漫各领域全年发展状况进行分析的同时，也对中国动漫产业的未来发展趋势进行了科学分析和预测判断。全书在结构上分为总报告、行业报告、生产创作、品牌运营、案例研究、国际发展、教育科研、大事记等几大部分，对中国动漫产业全年的总体及细分板块、热点问题进行了分析。该书除了一如既往地研究分析中国动漫产业总体发展，电视动画、动画电影、新媒体动漫、动漫玩具市场等细分行业外，还着重对互联网动漫、动画电影、IP等热点问题结合《西游记之大圣归来》等案例展开剖析，希望能够对产业实践进行理论化梳理。此外，为扩展中国动漫产业的国际视野和加强借鉴参考，书中还加强了对美国和日本等发达国家的动画电影的分析，并首次进行中外对比研究。《"动画+"：中国影视动画产业转型升级研究》[②] 以中国影视动画产业作为研究对象，提出把转型与升级作为推进中国影视动画产业发展的战略举措，从宏观（产业）和微观（企业）两个视角入手，构建和提升中国影视动画产业发展的持续竞争优势。作者特别注重实证研究、案例研究，专程到国内各大动漫展会、生产企业、传媒、院校、协会和相关机构进行实地调研，考察了央视动画、奥飞动漫、华强方特、玄机科技、淘米、蓝弧文化等数十家企业，访谈了蔡晓东、蔡志军、尚琳琳、沈乐平、路伟、王巍、汪海兵等几十位领军人物。《动漫产业分析与衍生品开发》[③] 共有6章内容，分别包括动漫产业化起源、新世纪动漫产业的发展变革、动漫产业的产业媒介、动漫产业衍生产品的基本概念等，主要阐述了动漫产业从兴起到发展的全过程，对动画、漫画的起源发展到变化扩展进行了综合的分析和思考。以时间为线索从新世纪动漫产业的发展变革入手，对中西方动漫行业的发展状况进行全方位比较。以产业媒介为研究重点，通过影院媒介、电视网络媒介、互联网媒介、纸媒介、数字互联网媒介在动漫产业发展过程中起的作用以及媒介之间的相互关系，分析阐明了不同媒介的属性特征与不同发展历史时期的定位。书中对动画产业的衍生品开发则从起源到发展以及在传播过程中所形成的消费市场展开了细致的说明，并且分析了消费人群对动漫衍生品的需求以及衍生品产业和社会其他行业之间渗透发展的关系，对动漫行业产业化后的动漫产业的社会地位以及人员结构变化进行了分析和反思。最后回顾了中国动漫产业一路发展以来的挫折以及所获得的成果，并且展望了中国动漫产业未来的发展前景。《中国动画产业政策及创新研究》[④] 从中国动画产业的发展阶段定义入手，对新中国成立以来中国的动画产业政策进行了较为细致的梳理，厘清了我国动画产业组织政策、产业结构政策、产业技术政策、产业布局政策以及国际贸易政策等制度的变迁过程及当下的政策体系构成，并采用多种方法对动画产业政策的有效性与针对性进行了研究，认为制度的供给并不能很好地满足制度的需求。在此基础上，《中国动画产业政策及创新研究》提出了调整动画产业政策体系的一些建议与意见，对于促进动画产业的发展具有积极的意义。《中美动画产业启示录》[⑤] 是中国动画界领军人物孙立军教授组织编写的专业论文集，对中国动画产业发展的现状、特点、策略等进行了梳理，同时对美国动画产业的发展战略、模式、具体方法等进行了观察与分析。书中注重中美动画产业间的横向比较，力求通过对比找到中国动画产业发展的瓶颈并探讨对策，涉及创意、生产、营销、传播、版权等产业链条的各个环节，对中国动画领域的管理机构、研究机构、教育机构、制作机构以及动画制作人等都有借鉴和参考价值。

纵观2016年中国动画艺术研究著作成果，可以发现，中国动画艺术研究越加凸显了独立性，研

---

① 卢斌、牛兴侦、郑玉明主编：《动漫蓝皮书：中国动漫产业发展报告（2016）》，社会科学文献出版社2016年版。
② 张慧玲：《"动画+"：中国影视动画产业转型升级研究》，社会科学文献出版社2016年版。
③ 余春娜、孔中：《动漫产业分析与衍生品开发》，清华大学出版社2016年版。
④ 刘斌：《中国动画产业政策及创新研究》，中国传媒大学出版社2016年版。
⑤ 孙立军、孙平编：《中美动画产业启示录》，社会科学文献出版社2016年版。

究者更多从动画艺术本体出发对其创作美学、类型、观念、产业进行了更加深入的思考。整体而言，2016 年动画艺术研究著作稳步增加，在研究的程度上不断加深，具有较强的理论意义和应用价值，在研究方法上提供了许多创新之处，为我国动画艺术研究、艺术创作实践、产业发展提供了新的智慧。

四、结语

2016 年，《大鱼海棠》的公映让中国观众感受到了国产动画电影的进步，该片在文化创意、艺术创作、影像制作和宣传发行方面都有长足的进步。中美合拍动画电影《功夫熊猫 3》为“合家欢”式动画电影标示出一个高度。此外，《熊出没之熊心归来》《新大头儿子和小头爸爸 2：一日成才》及《神秘世界历险记 3》等目标观众为“亲子”人群的国产动画电影，在影像制作和剧情编排上都有所提升。由中国投资、使用好莱坞技术团队制作的《摇滚藏獒》，虽然最终在票房上没有取得预期的目标，但是突出音乐元素，将大量的流行音乐与动画结合，丰富了中国动画电影的创作类型。纵观全年，国产动画电影亮点频出，但是就整体情况而言，我国动画电影行业还有很大的提升空间，虽然有《大鱼海棠》《熊出没之熊心归来》和中美合拍动画电影《功夫熊猫 3》票房过亿，但是，在进入院线的 39 部国产动画电影中有 28 部票房低于千万，国产动画电影的整体质量问题依然严峻。在影片宣传发行策略的制定和执行方面，很少有根据动画电影的特点制定出相应的规划且能够完成好宣传预案的影片。动漫作为文化在国内还不成熟，作为文化产业与动漫大国相比较差距更大，国家发展动漫产业的一个重要原因就在于动画作品承载的社会价值和产业价值，在现代社会，优良的动画制作已经成为文化传播的利器。随着中国电影市场的进一步扩大，国外优质动画电影进一步引进，相比较之下国产动画电影的质量差距就会显现得更加突出，制作出更多有诚意、有亮点的精品是国内动画电影从业人员亟待解决的问题。

张啸涛　中国艺术研究院《中国艺术年鉴》编辑部副研究员

文件辑录

【《中华人民共和国电影产业促进法》】

中华人民共和国主席令（第五十四号）

《中华人民共和国电影产业促进法》已由中华人民共和国第十二届全国人民代表大会常务委员会第二十四次会议于2016年11月7日通过，现予公布，自2017年3月1日起施行。

中华人民共和国主席　习近平

2016年11月7日

中华人民共和国电影产业促进法

目　录

第一章　总　则

第一条　为了促进电影产业健康繁荣发展，弘扬社会主义核心价值观，规范电影市场秩序，丰富人民群众精神文化生活，制定本法。

第二条　在中华人民共和国境内从事电影创作、摄制、发行、放映等活动（以下统称电影活动），适用本法。

本法所称电影，是指运用视听技术和艺术手段摄制、以胶片或者数字载体记录、由表达一定内容的有声或者无声的连续画面组成、符合国家规定的技术标准、用于电影院等固定放映场所或者流动放映设备公开放映的作品。

通过互联网、电信网、广播电视网等信息网络传播电影的，还应当遵守互联网、电信网、广播电视网等信息网络管理的法律、行政法规的规定。

第三条　从事电影活动，应当坚持为人民服务、为社会主义服务，坚持社会效益优先，实现社会效益与经济效益相统一。

第四条　国家坚持以人民为中心的创作导向，坚持百花齐放、百家争鸣的方针，尊重和保障电影创作自由，倡导电影创作贴近实际、贴近生活、贴近群众，鼓励创作思想性、艺术性、观赏性相统一的优秀电影。

第五条　国务院应当将电影产业发展纳入国民经济和社会发展规划。县级以上地方人民政府根据当地实际情况将电影产业发展纳入本级国民经济和社会发展规划。

国家制定电影及其相关产业政策，引导形成统一开放、公平竞争的电影市场，促进电影市场繁荣发展。

第六条　国家鼓励电影科技的研发、应用，制定并完善电影技术标准，构建以企业为主体、市场为导向、产学研相结合的电影技术创新体系。

第七条　与电影有关的知识产权受法律保护，任何组织和个人不得侵犯。

县级以上人民政府负责知识产权执法的部门应当采取措施，保护与电影有关的知识产权，依法查处侵犯与电影有关的知识产权的行为。

从事电影活动的公民、法人和其他组织应当增强知识产权意识，提高运用、保护和管理知识产权的能力。

国家鼓励公民、法人和其他组织依法开发电影形象产品等衍生产品。

第八条　国务院电影主管部门负责全国的电影工作；县级以上地方人民政府电影主管部门负责本行政区域内的电影工作。

县级以上人民政府其他有关部门在各自职责范围内，负责有关的电影工作。

第九条　电影行业组织依法制定行业自律规范，开展业务交流，加强职业道德教育，维护其成员的合法权益。

演员、导演等电影从业人员应当坚持德艺双馨，遵守法律法规，尊重社会公德，恪守职业道德，加强自律，树立良好社会形象。

第十条　国家支持建立电影评价体系，鼓励开展电影评论。

对优秀电影以及为促进电影产业发展作出突出贡献的组织、个人，按照国家有关规定给予表彰和奖励。

第十一条　国家鼓励开展平等、互利的电影国际合作与交流，支持参加境外电影节（展）。

第二章　电影创作、摄制

第十二条　国家鼓励电影剧本创作和题材、体裁、形式、手段等创新，鼓励电影学术研讨和业务交流。

县级以上人民政府电影主管部门根据电影创作的需要，为电影创作人员深入基层、深入群众、体验生活等提供必要的便利和帮助。

第十三条　拟摄制电影的法人、其他组织应当将电影剧本梗概向国务院电影主管部门或者省、自治区、直辖市人民政府电影主管部门备案；其中，涉及重大题材或者国家安全、外交、民族、宗教、军事等方面题材的，应当按照国家有关规定将电影剧本报送审查。

电影剧本梗概或者电影剧本符合本法第十六条规定的，由国务院电影主管部门将拟摄制电影的基本情况予以公告，并由国务院电影主管部门或者省、自治区、直辖市人民政府电影主管部门出具备案证明文件或者颁发批准文件。具体办法由国务院电影主管部门制定。

第十四条　法人、其他组织经国务院电影主管部门批准，可以与境外组织合作摄制电影；但是，不得与从事损害我国国家尊严、荣誉和利益，危害社会稳定，伤害民族感情等活动的境外组织合作，也不得聘用有上述行为的个人参加电影摄制。

合作摄制电影符合创作、出资、收益分配等方面比例要求的，该电影视同境内法人、其他组织摄制的电影。

境外组织不得在境内独立从事电影摄制活动；境外个人不得在境内从事电影摄制活动。

第十五条　县级以上人民政府电影主管部门应当协调公安、文物保护、风景名胜区管理等部门，为法人、其他组织依照本法从事电影摄制活动提供必要的便利和帮助。

从事电影摄制活动的，应当遵守有关环境保护、文物保护、风景名胜区管理和安全生产等方面的法律、法规，并在摄制过程中采取必要的保护、防护措施。

第十六条　电影不得含有下列内容：

（一）违反宪法确定的基本原则，煽动抗拒或者破坏宪法、法律、行政法规实施；

（二）危害国家统一、主权和领土完整，泄露国家秘密，危害国家安全，损害国家尊严、荣誉和利益，宣扬恐怖主义、极端主义；

（三）诋毁民族优秀文化传统，煽动民族仇恨、民族歧视，侵害民族风俗习惯，歪曲民族历史或者民族历史人物，伤害民族感情，破坏民族团结；

（四）煽动破坏国家宗教政策，宣扬邪教、迷信；

（五）危害社会公德，扰乱社会秩序，破坏社会稳定，宣扬淫秽、赌博、吸毒，渲染暴力、恐怖，教唆犯罪或者传授犯罪方法；

（六）侵害未成年人合法权益或者损害未成年人身心健康；

（七）侮辱、诽谤他人或者散布他人隐私，侵害他人合法权益；

（八）法律、行政法规禁止的其他内容。

第十七条　法人、其他组织应当将其摄制完成的电影送国务院电影主管部门或者省、自治区、直辖市人民政府电影主管部门审查。

国务院电影主管部门或者省、自治区、直辖市人民政府电影主管部门应当自受理申请之日起三十日内作出审查决定。对符合本法规定的，准予公映，颁发电影公映许可证，并予以公布；对不符合本法规定的，不准予公映，书面通知申请人并说明理由。

国务院电影主管部门应当根据本法制定完善电影审查的具体标准和程序，并向社会公布。制定完善电影审查的具体标准应当向社会公开征求意见，并组织专家进行论证。

第十八条　进行电影审查应当组织不少于五名专家进行评审，由专家提出评审意见。法人、其他组织对专家评审意见有异议的，国务院电影主管部门或者省、自治区、直辖市人民政府电影主管部门可以另行组织专家再次评审。专家的评审意见应当作为作出审查决定的重要依据。

前款规定的评审专家包括专家库中的专家和根据电影题材特别聘请的专家。专家遴选和评审的具体办法由国务院电影主管部门制定。

第十九条　取得电影公映许可证的电影需要变更内容的，应当依照本法规定重新报送审查。

第二十条　摄制电影的法人、其他组织应当将取得的电影公映许可证标识置于电影的片头处；电影放映可能引起未成年人等观众身体或者心理不适的，应当予以提示。

未取得电影公映许可证的电影，不得发行、放映，不得通过互联网、电信网、广播电视网等信息网络进行传播，不得制作为音像制品；但是，国家另有规定的，从其规定。

第二十一条　摄制完成的电影取得电影公映许可证，方可参加电影节（展）。拟参加境外电影节（展）的，送展法人、其他组织应当在该境外电影节（展）举办前，将相关材料报国务院电影主管部门或者省、自治区、直辖市人民政府电影主管部门备案。

第二十二条　公民、法人和其他组织可以承接境外电影的洗印、加工、后期制作等业务，并报省、自治区、直辖市人民政府电影主管部门备案，但是不得承接含有损害我国国家尊严、荣誉和利益，危害社会稳定，伤害民族感情等内容的境外电影的相关业务。

第二十三条　国家设立的电影档案机构依法接收、收集、整理、保管并向社会开放电影档案。

国家设立的电影档案机构应当配置必要的设备，采用先进技术，提高电影档案管理现代化水平。

摄制电影的法人、其他组织依照《中华人民共和国档案法》的规定，做好电影档案保管工作，并向国家设立的电影档案机构移交、捐赠、寄存电影档案。

第三章　电影发行、放映

第二十四条　企业具有与所从事的电影发行活动相适应的人员、资金条件的，经国务院电影主管部门或者所在地省、自治区、直辖市人民政府电影主管部门批准，可以从事电影发行活动。

企业、个体工商户具有与所从事的电影放映活动相适应的人员、场所、技术和设备等条件的，经所在地县级人民政府电影主管部门批准，可以从事电影院等固定放映场所电影放映活动。

第二十五条　依照本法规定负责电影发行、放映活动审批的电影主管部门，应当自受理申请之日起三十日内，作出批准或者不批准的决定。对符合条件的，予以批准，颁发电影发行经营许可证或者电影放映经营许可证，并予以公布；对不符合条件的，不予批准，书面通知申请人并说明理由。

第二十六条　企业、个人从事电影流动放映活动，应当将企业名称或者经营者姓名、地址、联系方式、放映设备等向经营区域所在地县级人民政府电影主管部门备案。

第二十七条　国家加大对农村电影放映的扶持力度，由政府出资建立完善农村电影公益放映服务网络，积极引导社会资金投资农村电影放映，不断改善农村地区观看电影条件，统筹保障农村地区群众观看电影需求。

县级以上人民政府应当将农村电影公益放映纳入农村公共文化服务体系建设，按照国家有关规定对农村电影公益放映活动给予补贴。

从事农村电影公益放映活动的，不得以虚报、冒领等手段骗取农村电影公益放映补贴资金。

第二十八条　国务院教育、电影主管部门可以共同推荐有利于未成年人健康成长的电影，并采取措施支持接受义务教育的学生免费观看，由所在学校组织安排。

国家鼓励电影院以及从事电影流动放映活动的企业、个人采取票价优惠、建设不同条件的放映厅、设立社区放映点等多种措施，为未成年人、老年人、残疾人、城镇低收入居民以及进城务工人员等观看电影提供便利；电影院以及从事电影流动放映活动的企业、个人所在地人民政府可以对其发放奖励性补贴。

第二十九条　电影院应当合理安排由境内法人、其他组织所摄制电影的放映场次和时段，并且放映的时长不得低于年放映电影时长总和的三分之二。

电影院以及从事电影流动放映活动的企业、个人应当保障电影放映质量。

第三十条　电影院的设施、设备以及用于流动放映的设备应当符合电影放映技术的国家标准。

电影院应当按照国家有关规定安装计算机售票系统。

第三十一条　未经权利人许可，任何人不得对正在放映的电影进行录音录像。发现进行录音录像的，电影院工作人员有权予以制止，并要求其删除；对拒不听从的，有权要求其离场。

第三十二条　国家鼓励电影院在向观众明示的电影开始放映时间之前放映公益广告。

电影院在向观众明示的电影开始放映时间之后至电影放映结束前，不得放映广告。

第三十三条　电影院应当遵守治安、消防、公共场所卫生等法律、行政法规，维护放映场所的公共秩序和环境卫生，保障观众的安全与健康。

任何人不得携带爆炸性、易燃性、放射性、毒害性、腐蚀性物品进入电影院等放映场所，不得非法携带枪支、弹药、管制器具进入电影院等放映场所；发现非法携带上述物品的，有关工作人员应当拒绝其进入，并向有关部门报告。

第三十四条　电影发行企业、电影院等应当如实统计电影销售收入，提供真实准确的统计数据，不得采取制造虚假交易、虚报瞒报销售收入等不正当手段，欺骗、误导观众，扰乱电影市场秩序。

第三十五条　在境内举办涉外电影节（展），须经国务院电影主管部门或者省、自治区、直辖市人民政府电影主管部门批准。

第四章　电影产业支持、保障

第三十六条　国家支持下列电影的创作、摄制：

（一）传播中华优秀文化、弘扬社会主义核心价值观的重大题材电影；

（二）促进未成年人健康成长的电影；

（三）展现艺术创新成果、促进艺术进步的电影；

（四）推动科学教育事业发展和科学技术普及的电影；

（五）其他符合国家支持政策的电影。

第三十七条　国家引导相关文化产业专项资金、基金加大对电影产业的投入力度，根据不同阶段和时期电影产业的发展情况，结合财力状况和经济社会发展需要，综合考虑、统筹安排财政资金对电影产业的支持，并加强对相关资金、基金使用情况的审计。

第三十八条　国家实施必要的税收优惠政策，促进电影产业发展，具体办法由国务院财税主管部门依照税收法律、行政法规的规定制定。

第三十九条　县级以上地方人民政府应当依据人民群众需求和电影市场发展需要，将电影院建设和改造纳入国民经济和社会发展规划、土地利用总体规划和城乡规划等。

县级以上地方人民政府应当按照国家有关规定，有效保障电影院用地需求，积极盘活现有电影院用地资源，支持电影院建设和改造。

第四十条　国家鼓励金融机构为从事电影活动以及改善电影基础设施提供融资服务，依法开展与电影有关的知识产权质押融资业务，并通过信贷等方式支持电影产业发展。

国家鼓励保险机构依法开发适应电影产业发展需要的保险产品。

国家鼓励融资担保机构依法向电影产业提供融资担保，通过再担保、联合担保以及担保与保险相结合等方式分散风险。

对国务院电影主管部门依照本法规定公告的电影的摄制，按照国家有关规定合理确定贷款期限和利率。

第四十一条　国家鼓励法人、其他组织通过到境外合作摄制电影等方式进行跨境投资，依法保障其对外贸易、跨境融资和投资等合理用汇需求。

第四十二条　国家实施电影人才扶持计划。

国家支持有条件的高等学校、中等职业学校和其他教育机构、培训机构等开设与电影相关的专业和课程，采取多种方式培养适应电影产业发展需要的人才。

国家鼓励从事电影活动的法人和其他组织参与学校相关人才培养。

第四十三条　国家采取措施，扶持农村地区、边疆地区、贫困地区和民族地区开展电影活动。

国家鼓励、支持少数民族题材电影创作，加强电影的少数民族语言文字译制工作，统筹保障民族地区群众观看电影需求。

第四十四条　国家对优秀电影的外语翻译制作予以支持，并综合利用外交、文化、教育等对外交流资源开展电影的境外推广活动。

国家鼓励公民、法人和其他组织从事电影的境外推广。

第四十五条　国家鼓励社会力量以捐赠、资助等方式支持电影产业发展，并依法给予优惠。

第四十六条　县级以上人民政府电影主管部门应当加强对电影活动的日常监督管理，受理对违反本法规定的行为的投诉、举报，并及时核实、处理、答复；将从事电影活动的单位和个人因违反本法规定受到行政处罚的情形记入信用档案，并向社会公布。

第五章　法律责任

第四十七条　违反本法规定擅自从事电影摄制、发行、放映活动的，由县级以上人民政府电影主管部门予以取缔，没收电影片和违法所得以及从事违法活动的专用工具、设备；违法所得五万元以上的，并处违法所得五倍以上十倍以下的罚款；没有违法所得或者违法所得不足五万元的，可以并处二十五万元以下的罚款。

第四十八条　有下列情形之一的，由原发证机关吊销有关许可证、撤销有关批准或者证明文件；县级以上人民政府电影主管部门没收违法所得；违法所得五万元以上的，并处违法所得五倍以上十倍以下的罚款；没有违法所得或者违法所得不足五万元的，可以并处二十五万元以下的罚款：

（一）伪造、变造、出租、出借、买卖本法规定的许可证、批准或者证明文件，或者以其他形式非法转让本法规定的许可证、批准或者证明文件的；

（二）以欺骗、贿赂等不正当手段取得本法规定的许可证、批准或者证明文件的。

第四十九条　有下列情形之一的，由原发证机关吊销许可证；县级以上人民政府电影主管部门没收电影片和违法所得；违法所得五万元以上的，并处违法所得十倍以上二十倍以下的罚款；没有违法所得或者违法所得不足五万元的，可以并处五十万元以下的罚款：

（一）发行、放映未取得电影公映许可证的电影的；

（二）取得电影公映许可证后变更电影内容，未依照规定重新取得电影公映许可证擅自发行、放映、送展的；

（三）提供未取得电影公映许可证的电影参加电影节（展）的。

第五十条　承接含有损害我国国家尊严、荣誉和利益，危害社会稳定，伤害民族感情等内容的境外电影的洗印、加工、后期制作等业务的，由县级以上人民政府电影主管部门责令停止违法活动，没收电影片和违法所得；违法所得五万元以上的，并处违法所得三倍以上五倍以下的罚款；没有违法所得或者违法所得不足五万元的，可以并处十五万元以下的罚款。情节严重的，由电影主管部门通报工商行政管理部门，由工商行政管理部门吊销营业执照。

第五十一条　电影发行企业、电影院等有制造虚假交易、虚报瞒报销售收入等行为，扰乱电影市场秩序的，由县级以上人民政府电影主管部门责令改正，没收违法所得，处五万元以上五十万元以下的罚款；违法所得五十万元以上的，处违法所得一倍以上五倍以下的罚款。情节严重的，责令停业整顿；情节特别严重的，由原发证机关吊销许可证。

电影院在向观众明示的电影开始放映时间之后至电影放映结束前放映广告的，由县级人民政府电影主管部门给予警告，责令改正；情节严重的，处一万元以上五万元以下的罚款。

第五十二条　法人或者其他组织未经许可擅自在境内举办涉外电影节（展）的，由国务院电影主管部门或者省、自治区、直辖市人民政府电影主管部门责令停止违法活动，没收参展的电影片和违法所得；违法所得五万元以上的，并处违法所得五倍以上十倍以下的罚款；没有违法所得或者违法所得不足五万元的，可以并处二十五万元以下的罚款；情节严重的，自受到处罚之日起五年内不得举办涉外电影节（展）。

个人擅自在境内举办涉外电影节（展），或者擅自提供未取得电影公映许可证的电影参加电影节（展）的，由国务院电影主管部门或者省、自治区、直辖市人民政府电影主管部门责令停止违法活动，没收参展的电影片和违法所得；违法所得五万元以上的，并处违法所得五倍以上十倍以下的罚款；没有违法所得或者违法所得不足五万元的，可以并处二十五万元以下的罚款；情节严重的，自受到处罚之日起五年内不得从事相关电影活动。

第五十三条　法人、其他组织或者个体工商户因违反本法规定被吊销许可证的，自吊销许可证之日起五年内不得从事该项业务活动；其法定代表人或者主要负责人自吊销许可证之日起五年内不得担任从事电影活动的法人、其他组织的法定代表人或者主要负责人。

第五十四条　有下列情形之一的，依照有关法律、行政法规及国家有关规定予以处罚：

（一）违反国家有关规定，擅自将未取得电影公映许可证的电影制作为音像制品的；

（二）违反国家有关规定，擅自通过互联网、电信网、广播电视网等信息网络传播未取得电影公映许可证的电影的；

（三）以虚报、冒领等手段骗取农村电影公益放映补贴资金的；

（四）侵犯与电影有关的知识产权的；

（五）未依法接收、收集、整理、保管、移交电影档案的。

电影院有前款第四项规定行为，情节严重的，由原发证机关吊销许可证。

第五十五条　县级以上人民政府电影主管部门或者其他有关部门的工作人员有下列情形之一，尚不构成犯罪的，依法给予处分：

（一）利用职务上的便利收受他人财物或者其他好处的；

（二）违反本法规定进行审批活动的；

（三）不履行监督职责的；

（四）发现违法行为不予查处的；

（五）贪污、挪用、截留、克扣农村电影公益放映补贴资金或者相关专项资金、基金的；

（六）其他违反本法规定滥用职权、玩忽职守、徇私舞弊的情形。

第五十六条　违反本法规定，造成人身、财产损害的，依法承担民事责任；构成犯罪的，依法追究刑事责任。

因违反本法规定二年内受到二次以上行政处罚，又有依照本法规定应当处罚的违法行为的，从重处罚。

第五十七条　县级以上人民政府电影主管部门及其工作人员应当严格依照本法规定的处罚种类和幅度，根据违法行为的性质和具体情节行使行政处罚权，具体办法由国务院电影主管部门制定。

县级以上人民政府电影主管部门对有证据证明违反本法规定的行为进行查处时，可以依法查封与违法行为有关的场所、设施或者查封、扣押用于违法行为的财物。

第五十八条　当事人对县级以上人民政府电影主管部门以及其他有关部门依照本法作出的行政行为不服的，可以依法申请行政复议或者提起行政诉讼。其中，对国务院电影主管部门作出的不准予电影公映的决定不服的，应当先依法申请行政复议，对行政复议决定不服的可以提起行政诉讼。

第六章　附　则

第五十九条　境外资本在中华人民共和国境内设立从事电影活动的企业的，按照国家有关规定执行。

第六十条　本法自 2017 年 3 月 1 日起施行。

作品

电影

【电影《路边野餐》】

电影《路边野餐》出品人：唐季礼、花子；监制：丁建国、沈暘；导演、编剧：毕赣；主演：陈永忠、郭月、余世学等；发行：北京合瑞影业文化有限公司。2016 年 7 月 15 日国内公映。

影片讲述在贵州黔东南神秘潮湿的亚热带乡土，大雾弥漫的凯里县城诊所里，两位医生心事重重，活得像幽灵。陈升为了母亲的遗愿，踏上火车寻找弟弟抛弃的孩子；而另一位孤独的老女人托他带一张照片、一件衬衫、一盒磁带给病重的旧情人。去镇远县城的路上，陈升来到一个叫荡麦的地方，那里的时间不是线性的，人们的生活相互补充和消解。他似乎经历了过去、现在和未来，重新思索了自己的生活。最终，陈升到了镇远，只是用望远镜远远地看了看孩子。把老女人的信物给了她旧情人的儿子，一个人再次踏上火车。他分不清这个世界是他的记忆，还是他对这世界的一个浮想。

获奖：

1. 第 37 届法国南特三大洲国际电影节最佳影片“金气球”奖（毕赣）；
2. 第 52 届台湾电影金马奖最佳新导演、国际影评人费比西奖（毕赣）；
3. 第 52 届台北金马影展亚洲电影观察团推荐奖（毕赣）；
4. 第 68 届洛迦诺国际电影节当代电影人单元最佳新导演银豹奖、最佳处女作特别提名奖（毕赣）；
5. 第七届中国电影导演协会年度青年导演奖（毕赣）；
6. 第 24 届北京大学生电影节艺术探索奖。

【电影《罗曼蒂克消亡史》】

电影《罗曼蒂克消亡史》出品人：王中军、杨受成、王中磊等；监制：利博雅、王中磊、张大军等；制片人：胡晓峰；导演、编剧：程耳；主演：葛优、章子怡、浅野忠信、杜淳、钟欣潼、倪大红、袁泉、闫妮、霍思燕、杜江、韩庚、王传君等；出品：华谊兄弟传媒股份有限公司、英皇影业有限公司等。2016 年 12 月 16 日国内公映。

影片讲述 20 世纪 30 年代的上海，战争之下，繁华落尽。叱咤风云的帮派大佬陆先生答应不甘寂寞的交际花小六演电影的女主角，但是小六和男主角勾搭上被要求离开上海，陆先生的妹夫渡部在途中把小六带回家囚禁成为性奴。管家王妈把不苟言笑的车夫引荐给了陆先生做贴身侍卫。淞沪会战前夕，日本人计划把陆先生杀死，身为间谍的渡部同意杀死陆先生，陆先生的家人全部被杀。陆先生委托老五和车夫，杀掉投靠日本人的帮派二哥。抗战结束前夕，陆先生找到被囚禁的小六，与她一起前往吕宋岛。佯装成国民党高级将领的车夫，当面杀死了渡部的大儿子，小六同时举枪击毙渡部。1949 年，陆先生独自一人去了香港，从此销声匿迹。

获奖：

1. 第 67 届柏林国际电影节首届“亚洲璀璨之星”最佳制片人奖（胡晓峰）；
2. 第八届中国电影导演协会年度导演奖（程耳）；
3. 第 24 届北京大学生电影节最佳影片奖；
4. 第 31 届中国电影金鸡奖最佳美术奖（韩忠）。

【电影《驴得水》】

电影《驴得水》出品人：林良忠；制作人：萨琪日；制片人：林良忠；导演、编剧：周申、刘露；主演：任素汐、大力、刘帅良、裴魁山等；出品：北京开心麻花娱乐文化传媒有限公司、北京斯立文化传播有限公司。2016 年 10 月 28 日国内公映。

影片讲述一群“品行不端”却怀揣教育梦想的大学教师，从大城市来到偏远乡村开办了一所学校。学校待遇惨淡、生活艰苦，但老师们都自得其乐，每天嘻嘻哈哈打成一片。然而教育部特派员要来突击检查的消息打破了安宁，因为学校有一位“驴得水老师”隐藏着不可告人的秘密。就在所有人都担心丑事即将败露的时候，一个神奇天才的出现拯救了大家，然而谁能料到真正的麻烦才刚刚开始。

获奖：

1. 第 12 届华语青年影像论坛年度新锐女演员奖（任素汐）；
2. 第 14 届广州大学生电影节最受大学生欢迎的电影、最受大学生欢迎的银幕角色（任素汐）。

【电影《七月与安生》】

电影《七月与安生》出品人：陈乐；制作人：陈乐、陈可辛、许月珍；监制：陈可辛、许月珍；导演：曾国祥；编剧：林咏琛、李媛、许伊萌、吴楠；主演：周冬雨、马思纯、李程彬等；出品：极客影业（上海）有限公司、嘉映影业有限公司、阿里巴巴影业集团有限公司等。2016 年 9 月 14 日国内公映。

影片讲述“13 岁”的友谊奏响了青春序曲的第一个音符。七月与安生从踏入中学校门的那一刻起，便宿命般地成了朋友。她们一个恬静如水，一个张扬似火，性格截然不同，却又互相吸引。她们以为会永远陪伴在彼此的生命里，然而青春的阵痛带来的不是别的，而是对同一个男生的爱。18 岁那年，她们遇见了苏家明，至此，成长的大幕轰然打开。

获奖：

1. 第 53 届台湾电影金马奖最佳女主角奖（周冬雨、马思纯）；
2. 第 36 届香港电影金像奖最佳原创电影音乐奖（金培达、波多野裕介）；
3. 第 24 届北京大学生电影节最佳编剧奖（林咏琛、李媛、许伊萌、吴楠）；
4. 第 17 届华语电影传媒大奖最佳编剧奖（林咏琛、李媛、许伊萌、吴楠）；
5. 第 23 届香港电影评论学会最佳女演员奖（周冬雨）。

【电影《追凶者也》】

电影《追凶者也》出品人：曹保平、刘博、王同元等；制作人：吴慧君、曹保平、付云云等；监制：梁同裕；制片人、导演：曹保平；编剧：张天辉、阳建军、曹保平；主演：刘烨、张译、段博文、王子文、谭卓、王砚辉、颜北等；出品：和和（上海）影业有限公司、上海电影（集团）有限公司、万达影视传媒有限公司等。2016 年 9 月 14 日国内公映。

影片讲述中国西南边陲某小镇发生一起凶案，一名摩的司机被残忍杀害，身上的钱、手机还有摩托车都被抢走，性情憨厚耿直的汽车修理店老板宋老二因为和死者猫哥有过恩怨而变成了警方和村民的怀疑对象。在警方毫无头绪的情况下，宋老二只能依靠自己的力量开始追查凶手，为自己洗刷冤屈。他顺着死者失窃的摩托车轮胎印记找到了落魄古惑仔王友全，此时王友全与纯情女友杨淑华突然分手正准备南下，他认定王友全就是凶手，并且想要将王友全扭送法办。然而，当王友全讲述了自己如何偷走摩托车的过程之后，宋老二才开始发现，凶手另有其人，凶案背后也藏着巨大的阴谋，出狱不久的夜总会领班董小凤正为带舞女萍姐远走高飞做着最后的准备。因为这起谋杀案，宋老二、王友全和董小凤三个人的生活都彻底改变了，三人的命运彼此牵连，在荒蛮西部上演了一场追凶大戏。

获奖：

1. 第 19 届上海国际电影节最佳男演员奖（刘烨）；
2. 第八届中国电影导演协会年度男演员奖（张译）；
3. 第 12 届华语青年影像论坛年度新锐录音师奖（德格才让）。

【电影《我不是潘金莲》】

电影《我不是潘金莲》出品人：綦建虹、王中军、宋歌、王中磊、冯小刚；监制：王中磊、张大军；制片人：周茂非；导演：冯小刚；编剧：刘震云；主演：范冰冰、郭涛、大鹏、张嘉译、于和伟、张译、赵立新等；出品：北京耀莱影视文化传媒有限公司、华谊兄弟传媒股份有限公司、北京文化—摩天轮文化传媒等。2016 年 11 月 18 日国内公映。

影片根据刘震云同名小说改编，讲述了一个普通的农村妇女李雪莲被丈夫污蔑为“潘金莲”，为了洗刷清白，与上上下下、方方面面打了十年交道，在十多年时间里，从镇到县，由市至省，再到首都，广阔天地中，一路与形形色色的大男人斗智斗勇、周旋不断。县长史为民是李雪莲第四次告状时找到的人，最终结果是他非但没有帮上李雪莲反而还被其拉下马，并改变了一生的命运。

获奖：

1. 第 31 届中国电影金鸡奖最佳导演奖（冯小刚）、最佳女主角奖（范冰冰）、最佳男配角奖（于和伟）；
2. 第 53 届台湾电影金马奖最佳导演奖（冯小刚）；
3. 第 24 届北京大学生电影节最佳导演奖（冯小刚）；
4. 第八届中国电影导演协会最佳影片奖、最佳编剧奖（刘震云）、最佳女演员奖（范冰冰）；
5. 第 41 届多伦多国际电影节特别展映单元国际影评人费比西奖；
6. 第 64 届圣塞巴斯蒂安国际电影节金贝壳奖最佳影片奖、银贝壳奖最佳女演员奖（范冰冰）；
7. 第 11 届亚洲电影大奖最佳电影奖、最佳女主角奖（范冰冰）、最佳摄影奖（罗攀）。

【电影《湄公河行动》】

电影《湄公河行动》出品人：于冬；监制：黄建新、梁凤英；制片人：黄建新、梁凤英；导演、编剧：林超贤；主演：张涵予、彭于晏、冯文娟、吴旭东、孙淳等；出品：博纳影业集团等。2016 年 9 月 30 日国内公映。

影片讲述 2011 年 10 月 5 日清晨，两艘中国商船在湄公河金三角流域遇袭，船上 13 名中国船员全部遇难，并在船上发现 90 万粒毒品。这宗枪杀 13 名中国船员的血腥冤案，掀起了悲剧的序幕。面对矛头指向中国运毒、颠倒是非的舆论，为了还遇难同胞一个清白，中国决定派出缉毒精英，组成此次案件的特别行动小组，以高刚为队长，潜入金三角查明真相，竭力揪出案件的幕后黑手。然而缉拿真凶的过程并非他们想得那么简单，事件的进展扑朔迷离，通往真相的道路更是险象环生。

获奖：

1. 第 31 届中国电影金鸡奖最佳故事片奖；
2. 第 14 届精神文明建设“五个一工程”优秀作品奖；

3. 第 20 届上海国际电影节之第 3 届成龙动作电影周最佳动作导演奖（林超贤）；
4. 第 24 届北京大学生电影节最受大学生欢迎男演员奖（张涵予）、最佳观赏效果奖。

【电影《美人鱼》】

电影《美人鱼》出品人：周星驰、王长田、喇培康、杨巍、杨震华等；监制：江平、周星驰、江玉仪；制片人、制作人、导演：周星驰；编剧：周星驰等；主演：邓超、罗志祥、张雨绮、林允；出品：中国电影股份有限公司、星辉海外有限公司、和和（上海）影业有限公司等。2016 年 2 月 8 日国内公映。

影片讲述富豪刘轩的地产计划涉及填海工程，威胁靠海为生的居民。因为人类对大海及生态的破坏，美人鱼只能被赶到了一艘破船里艰难生存，背负家族秘密的美人鱼珊珊被派遣前往阻止填海计划。刘轩是一个靠自己努力才取得成就的人，虽然表面有钱但实则空虚寂寞的他和珊珊在交手过程中互生情愫。刘轩最终因为爱上珊珊而停止填海工作，但珊珊因意外受伤而消失于大海里。

【电影《火锅英雄》】

电影《火锅英雄》出品人：曹华益、张家鲁、赵方、杨巍、张航；制作人：陶昆、李宁；制片人：陶昆、李宁；监制：陈国富；导演、编剧：杨庆；主演：陈坤、白百何、秦昊、喻恩泰等；出品：新丽传媒股份有限公司、工夫影业股份有限公司、万达影视传媒有限公司、和和（上海）影业有限公司等。2016 年 4 月 1 日国内公映。

影片讲述在布满防空洞的重庆，三个从初中就“厮混”在一起的好兄弟合伙开了一家火锅店，名为“老同学洞子火锅”。由于经营不善，几人落得只能转让店铺还债。为了店铺能“卖个好价钱”，三人打起了“扩充门面”的主意，自行往洞里开挖。没想到，在扩充工程中却凿开了银行的金库。就这样，濒临倒闭的火锅店和银行金库仅有“一洞之隔”，看着眼前随手可得的成堆现金，在“拿钱还是报案”的思想拉锯战中，三兄弟偶遇另一个女同学，初中时给老大写过情书、现在在银行上班的于小惠。四个老同学因为这个“洞”而打开重聚之门。由此，这个略显尴尬的洞引发了一个令人意想不到的故事。

动画电影

【动画电影《大鱼海棠》】

动画电影《大鱼海棠》出品人：王长田、张春、李晓萍；制作人：易巧、陈洁、吴洋、刘同等；监制：陈志良、梁旋；导演：梁旋、张春；编剧：梁旋；制片人：易巧、陈洁、吴洋、刘同；配音：季冠霖、苏尚卿、许魏洲、金士杰等；出品：彼岸天文化有限公司、北京光线影业有限公司、霍尔果斯彩条屋影业有限公司。2016 年 7 月 8 日全国公映。

影片讲述在天空与人类世界相连的海洋深处，生活着掌管着人类世界万物运行规律的“其他人”。居住在“神之围楼”里的女孩“椿”,16 岁生日那天变作一条海豚到人间巡礼，被大海中的一张网困住，一个人类男孩因为救她而落入深海死去。为了报恩，她需要在自己的世界里帮助男孩的灵魂—— 一条拇指大的小鱼，成长为比鲸更大的鱼并回归大海。历经种种困难与阻碍，男孩死后终于获得重生，但这一过程却不断地违背“神”的世界规律而引发种种灾难。

获奖：

1. 第四届北京电影学院动画学院奖“最佳新人导演奖”(梁旋、张春);
2. 第 16 届上海电视节动画项目创投最具创意奖；
3. 第 14 届中国动漫金龙奖最佳动画电影金奖；
4. 第 15 届布达佩斯国际动画电影节最佳动画长片奖；
5. 中国文化艺术政府奖第三届动漫奖。

【动画电影《熊出没之熊心归来》】

动画电影《熊出没之熊心归来》导演：丁亮、林永长、林汇达、叶天龙、陈为强、王强、张秉君；编剧：徐芸、万秦、崔铁志；配音：张伟、张秉君、谭笑、赵肖宇、万丹青、孟雨田等；出品：深圳华强数字动漫有限公司、优扬（天津）动漫文化传媒有限公司、乐视影业（天津）有限公司等。2016 年 1 月 16 日全国公映。

影片是“熊出没”系列的第三部动画电影，讲述被泥石流冲走的熊大被马戏团所救并收留，后来成为马戏明星，开始新的生活，面对森林动物神秘失踪的危机和马戏团背后的秘密做出抉择的故事。

【动画电影《小门神》】

动画电影《小门神》出品人：张强、张勇、孙忠怀、曾良、刘勇；制作人：于洲；导演、编剧：王微；配音：高晓松、白客、于心怡、毕啸岚、易小星、季冠霖；出品：追光人动画设计（北京）有限公司、北京中联华盟文化传媒投资有限公司等。2016 年 1 月 1 日全国公映。

影片讲述门神神荼和郁垒是两兄弟，因为近些年人间不再关注神仙，神界经济萧条，门神、土地爷、八仙等小神们面临下岗失业的危险。于是，门神郁垒决定去人间，做一番惊天动地的事情，证明门神的价值。郁垒和神荼先后来到人间，遇到了小镇上的单亲母女小英和雨儿，之后发生了一系列意想不到的事。

【动画电影《年兽大作战》】

动画电影《年兽大作战》制作人：宁浩、徐峥、尹哲、张翼等；制片人：王易冰、尹哲、张翼；导演：张扬、编剧：慕星、邢爱娜；配音：雷佳音、周冬雨、陈赫、陶虹、郭涛、郭子睿、刘仪伟、沈腾、张一白、王迅、郝云、谢娜、熊乃瑾等；出品：东阳坏猴子影视文化传播有限公司、西藏一格万象影视传媒有限公司、北京华盖映月影视文化投资合伙企业等。2016 年 2 月 8 日全国公映。

影片讲述年兽为了拯救春节，来到人间，他不仅当起了小学老师，还帮小女孩沙果找回自信，并给予她父爱般的关怀，同时，邪恶的大鱼则在暗地里妄图摧毁春节，年兽联手从天庭退休的众神仙，组成过年者联盟，准备迎战大鱼。大鱼撺掇年兽毁了钥匙，想彻底消灭春节，令其身份变得十分可疑，而这把掌管开启春节的神秘钥匙，意外掉落人间被沙果捡到，年兽和沙果，一个性格暴躁但善良，一个倔强又执着，这两个人撞在一起一路斗智斗勇，在千钧一发之际，年兽不顾性命救出沙果，并携手年兽家族开启战斗模式，一起踏上拯救春节的旅程。

【动画电影《青蛙王国之冰冻大冒险》】

3D 动画电影《青蛙王国之冰冻大冒险》出品人：郑立国；监制：高金晔；导演：常光希、彭飞、林健峰；编剧：郑立国、彭飞；配音：孙楠、石仁茂、买宝瑶、姜瑰瑾等；出品：吉林禹硕影视传媒股份有限公司、吉林动画学院、吉林纪元时空动漫游戏科技集团股份有限公司等。2016 年 2 月 19 日全国公映。

影片讲述了在青蛙王国中，包杰的失踪引出了水晶蛙的传说。传说有了水晶蛙，青蛙们就不用冬眠。于是在国王的号召下，英勇的小雨点、吉克公主、贵公子等人开始了神秘未知的水晶蛙寻找之旅。最后大家团结一致，成功的找到水晶蛙，解救了危机中的青蛙王国。

纪录电影

【纪录电影《生门》】

纪录电影《生门》制作人：戴年文、张桂平、赵军等；监制：陈梁；导演：陈为军；出品：上海唐德影院管理有限公司、苏宁环球影业投资有限公司、北京中视文公文化传媒有限公司等。2016 年 12 月 16 日全国公映。

中国的国情使每一个小生命来到这个世界上都充满了仪式感、焦灼感，故事性十足。而妇产科就是一个高度浓缩了的滚滚红尘。在这里集结了生与死的挣扎、舍与得的纠结、老与少的代沟。《生门》基于这样的生育背景，决定将镜头深入病房。拍摄团队耗时 700 多天，在中南医院多机位跟踪拍摄了两年，素材量达 500 个小时，形成 80 多个故事，最后从拿到拍摄对象授权的 40 个完整故事中选取了 4 个故事。影片并未回避在这个为生命而设的战场上的“残酷”。在紧张之余，镜头也没有漏掉产房里的人间温情，医患之间带有幽默感的交流、手术成功后在医务室里医生露出的腼腆的微笑，这些瞬间都被真实拍摄下来。

【纪录电影《舌尖上的新年》】

纪录电影《舌尖上的新年》出品人：倪政伟、曹文华、方军等；制作人：胡震鹏、杨向华；监制：胡震鹏、杨向华、霍汶希等；导演：陈磊、邓洁、李勇；编剧：陈磊；解说：李立宏；出品：北京东海麒麟文化传播有限公司、东海电影集团有限公司、浙江视通文化传播有限公司、英皇（北京）影视文化传媒有限公司等。2016 年 1 月 7 日全国公映。

这是一部关于“重回时间”“寻找年味儿”的纪录电影，透过中国广袤大地上奇绝的年货食物，串接一个个新年故事，展示东方的文化习俗，用鲜活的镜头语言保存一部民族生活史和文化档案，带观众重寻旧日的习俗和年味儿。从海风肆虐的温岭石塘，到微风娴静的苏州园林；从崇山峻岭中的重庆酉阳，到祭神传统深厚的闽南；从黄土高原上的古老城墙，到香港最后的村庄元朗。为了找到最诱人的新年美食，《舌尖上的新年》剧组脚步遍布全国 35 个地点，寻访到 60 多种美食，拍摄了 1 万多分钟的素材，最终 85 分钟的成片中呈现出 24 个地点的 43 种美食。

纪事

节展·评奖

【中国金鸡百花电影节首届国际微电影展映】

2016年1月26日，由中国电影家协会微电影工作委员会、国际传播工作委员会、北京亚细亚影视制作发行有限公司等主办的“中国金鸡百花电影节首届国际微电影展映”在北京举办。本届国际微电影展映面向海内外广泛征集作品。一个半月的时间，组委会共征集到微电影作品7 000余部，其中国内外高校报送6 000余部，政府、企事业单位报送1 000余部。所报作品中有海峡两岸暨香港、澳门地区作品100余部，国外作品200余部，分别来自美国、俄罗斯、意大利、英国、法国、韩国和加拿大等国家。

经西南大学文学院200余位师生、100余位影视专业人士初评，共评出入围作品200余部，含国外入围作品18部；又经过20多位国家级影视审查委员会成员、艺术家的终评，评出优秀作品70部，其中国内作品63部，国外作品7部。“中国金鸡百花电影节国际微电影展映”注重公益性、学术性，具有全媒体、多终端展映等特色。收集到的作品涵盖剧情片、纪录片、动画片三大类别，均体现出题材新颖、故事生动、镜头语言丰富、审美品位高等特点。

【第23届北京大学生电影节】

2016年4月9日至5月8日，由国家新闻出版广电总局、北京师范大学艺术传媒学院等主办的“第23届北京大学生电影节”在北京举办。国产影片主竞赛单元征集到300余部国产新片，大学生原创影片大赛征片量达4 033部，大学生主持人大赛报名人数突破2 000人，大学生摄影大赛收到了超越上届15倍之多的1.5万幅摄影作品，大学生设计大赛也收获并嘉奖了更丰富的设计成品，青年剧本创意大赛首次与腾讯影业合作，为青年创作者搭建更优质的平台。此外，本届大影节首次创设的“飞鹰原创”微电影大赛也征集到海内外数千部短片作品，鼓励以微电影的形式弘扬社会正能量。除了各项精彩赛事之外，本届电影节也举办了多样化的电影活动，以彰显文化品牌。华语新片点映平台邀请到《火锅英雄》《坏蛋必须死》等9部国产新片进行点映，并举行主创见面活动，推动更多优秀的华语电影走进校园。各主题的学术文化活动也全面开花，如举行新媒体影评与传统影评的“春天对话”“影像、媒介与民族文化传播”“非洲电影发展及中非影视合作前景”等学术研讨会；邀请中国台湾地区的著名电影导演李行、朱延平，澳大利亚著名女导演娜迪亚·泰斯开展“电影大师面对面”系列活动；进行“致敬：90年中国动画艺术经典”及戏曲片、纪录片、动画片的特别评选推荐等。

第23届北京大学生电影节主竞赛单元获奖名单

最佳影片奖	《师父》
评委会大奖	《一个勺子》
组委会大奖	《老炮儿》
最佳导演奖	贾樟柯（《山河故人》）
最佳编剧奖	陈思诚（《唐人街探案》）
最佳男演员奖	冯小刚（《老炮儿》）
最佳女演员奖	白百何（《滚蛋吧！肿瘤君》）

最佳观赏效果奖	《寻龙诀》
艺术探索奖	《塔洛》
最佳处女作奖	《少年巴比伦》
最佳新人奖	央金拉姆（《河》）
最受大学生欢迎男演员奖	李晨（《梦想合伙人》）
最受大学生欢迎女演员奖	杨千嬅（《可爱的你》）
最受大学生欢迎导演奖	苏有朋（《左耳》）

【第六届北京国际电影节】

2016 年 4 月 16 日至 23 日，由国家新闻出版广电总局、北京市人民政府主办，国家新闻出版广电总局电影局、北京市新闻出版广电局（北京市版权局）、北京市怀柔区人民政府、北京北控置业有限责任公司共同承办的“第六届北京国际电影节”在北京举办。此届电影节主要包括六大主体活动，即开闭幕式、“格瓦拉 + 微票儿”北京展映、“北京策划”主题论坛、电影市场、电影嘉年华，以及“注目未来”单元、纪录单元、“经典京剧电影”单元、网络电影单元、电影音乐会、电影沙龙及行业对话、新片发布等 200 余项活动。

4 月 23 日，随着“天坛奖”各个奖项的成功颁发，“第六届北京电影节”落下帷幕。从 4 月 8 日电影展映环节开始，到颁奖典礼结束，本届电影节共持续 16 天。北京国际电影节取得的成绩，一方面得益于中国电影市场的发展，中国电影票房一路走高，电影市场资本充足，中国人追逐国产片的热潮也在逐渐推高；另一方面也得益于北京作为文化中心的地域特点。此次北京国际电影节设置了 20 个展映单元，共有 500 多部中外电影参与展映，场次达上千场。除了展映活动，本届电影节作为一个有效的电影市场交易平台共签约 163.31 亿元的交易额。

“天坛奖”获奖名单

奖项名称	获奖名单
最佳影片奖	《帮派》（阿根廷）
最佳编剧奖	桑迪亚哥・米特雷、马利亚诺・林纳斯［《帮派》（阿根廷）］
最佳导演奖	克里斯蒂娜・罗森达尔［《理想主义者》（丹麦）］
最佳男主角奖	路易斯・霍夫曼［《地雷区》（丹麦）］
最佳女主角奖	多洛莉丝・房兹［《帮派》（阿根廷）］
最佳男配角奖	金士杰［《师父》（中国）］
最佳女配角奖	克捷万・特斯克哈卡娅［《命运女神》（格鲁吉亚）］
最佳摄影奖	马里乌斯・潘度卢［《喝彩》（罗马尼亚）］
最佳音乐奖	苏内・马丁［《地雷区》（丹麦）］
最佳视觉效果奖	王程程［《滚蛋吧！肿瘤君》（中国）］

【第 19 届上海国际电影节】

2016 年 6 月 11 日至 19 日，由国家新闻出版广电总局、上海市人民政府主办的“第 19 届上海国际电影节”在上海举办。本届上海国际电影节从面向世界、面向未来、面向产业、面向大众等 4 个方面精心布局，展示了世界电影多元文化，呈现出世界最新电影技术，为繁荣中国电影创作、推动中国电影产业发展提供了很好的平台。其间共收到来自 114 个国家和地区的影片 2 403 部，展映近 600 部中外佳片，场次达 1 360 场，票房超过 2 000 万元，创下历史新高。

第 19 届上海国际电影节金爵奖获奖名单

最佳影片奖	《德兰》[导演：刘杰（中国）]
评委会大奖	《德州见》[导演：维托·帕尔米耶（意大利）]
最佳导演奖	安提·乔金恩 [《恶之花》(芬兰）]
最佳女演员奖	藤山直美 [《团地》(日本）]
最佳男演员奖	刘烨 [《追凶者也》(中国）]
最佳编剧奖	安德瑞拉斯·格鲁伯 [《汉娜睡狗》(德国 / 奥地利）]
最佳摄影奖	郭达明 [《皮绳上的魂》(中国）]
艺术贡献奖	《雾》[导演：罗斯顿·乔夫（菲律宾）]
最佳纪录片奖	《当两个世界碰撞时》[导演：海蒂 – 勃兰登堡、马修 – 奥泽尔（秘鲁）]
最佳动画片奖	《小怪物茉莉》[导演：泰德·西格尔（德国）]

第 19 届上海国际电影节亚洲新人奖

最佳影片奖	《葬礼》(印度）
最佳导演奖	陈宇诘 [《再见女儿》(中国台湾）]
最佳编剧奖	瑞阿姆·普拉塔·瑞迪 [《葬礼》(印度）]
最佳男演员奖	秦勇 [《走出尘埃》(中国）]
最佳女演员奖	孙怡 [《欢爱》(中国）]
最佳摄影奖	朴汀彭·阿鲁潘 [《万里送行舟》(泰国）]

第 19 届上海国际电影节电影频道传媒大奖

最受传媒关注影片奖	《盛先生的花儿》
最受传媒关注导演奖	杨子（《喊·山》)
最受传媒关注编剧奖	杨子（《喊·山》)
最受传媒关注男主角奖	钟汉良（《三人行》)
最受传媒关注女主角奖	颜丙燕（《盛先生的花儿》)
最受传媒关注男配角奖	腾格尔（《快手枪手快枪手》)
最受传媒关注女配角奖	艾丽娅（《盛先生的花儿》)
最受传媒关注新人导演奖	朱员成（《盛先生的花儿》)
最受传媒关注新人男演员奖	林柏宏（《六弄咖啡馆》)
最受传媒关注新人女演员奖	颜卓灵（《六弄咖啡馆》)
最受传媒关注年度演员奖	谢霆锋
最受传媒关注年度影片奖	《大唐玄奘》《烈日灼心》《老炮儿》
特别荣誉奖	《霸王别姬》

【第 16 届中国电影华表奖】

2016 年 6 月 24 日，由中共中央宣传部、国家新闻出版广电总局主办的“第 16 届中国电影华表奖颁奖典礼”在北京举行。现场从 2014 至 2015 年度的 28 部提名影片中选出 20 项大奖。

第 16 届中国电影华表奖获奖名单

优秀故事片奖	《狼图腾》《智取威虎山》《战狼》《百团大战》《捉妖记》《破风》《解救吾先生》《失孤》《亲爱的》《西游记之大圣归来》
优秀编剧奖	邢原平、贾茹（《土地志》）
优秀导演奖	徐克（《智取威虎山》）
优秀男演员奖	刘德华（《失孤》）
优秀女演员奖	白百何（《滚蛋吧！肿瘤君》）
优秀农村题材影片奖	《真爱》
优秀少数民族题材影片奖	《天上的菊美》
优秀少儿题材影片奖	《家在水草丰茂的地方》
优秀青年创作影片奖	《滚蛋吧！肿瘤君》
优秀音乐奖	陈其钢（《归来》）
优秀摄影奖	赵非（《太平轮·彼岸》）

【第七届“中国影协杯”优秀电影剧作评选】

2016 年 9 月 4 日，由中国电影家协会、电影频道节目中心、湖北省潜江市人民政府主办的第七届“中国影协杯”优秀电影剧作推选活动在北京举办表彰典礼，《伞头和他的女人》(编剧牛建荣)、《闯入者》(编剧王小帅、方镭、李非)、《老炮儿》(编剧管虎、董润年)、《烈日灼心》(编剧曹保平、焦华静)、《心迷宫》(编剧忻钰坤、冯元良)、《我是路人甲》(编剧尔冬升)、《解救吾先生》(编剧丁晟)、《开罗宣言》(编剧刘星)、《告别》(编剧德格娜)、《一个勺子》(编剧陈建斌)获得“十佳电影剧本”荣誉。

“中国影协杯”是国内电影文学界一年一度总结经验、表彰先进、探讨学术的专业性活动，目的是鼓励和繁荣电影文学剧本创作、提高影片质量、促进电影事业发展。该活动自 2009 年创办以来，已成功举办六届。本届活动的推选范围涵盖了 2015 年度在国内正式公映及在电影频道放映的国产故事片。

【第五届中国（嘉峪关）国际短片电影展】

2016 年 9 月 22 日至 24 日，由国家新闻出版广电总局、甘肃省人民政府主办的“第五届中国（嘉峪关）国际短片电影展”在甘肃省嘉峪关市举办。该届电影展吸引了国内外杰出影视制作团队及短片电影界制作人、专家学者近 500 人参加。电影展以纪录片为纽带，通过国际性、专业性、学术性的纪录片主题活动，开展“讲好中国故事”纪录片文化跨界高峰论坛，“影像还原历史”国际论坛，“保护共有家园”自然类纪录片主题论坛，“印度主题日”活动启动仪式、论坛及展映，“以记录名义——理想照耀中国”主题纪录片优秀作品推介、优秀纪录片展映、纪录片推介交易等一系列活动。

【第 13 届中国长春电影节】

2016 年 10 月 11 日至 15 日，由国家新闻出版广电总局、长春市人民政府等主办的“第 13 届中国长春电影节”在吉林省长春市举办。长春是新中国电影的发源地，创办于 1992 年的长春电影节是经国家广播电影电视部批准同意举办的、中国第一个以城市命名的国家级电影节。本届电影节以纪念中国工农红军长征胜利 80 周年的鸿篇巨制《勇士》作为开幕影片，以展现中国电影人的家国情怀。电影节的影片征集呈现高质量。中影集团、上影集团、长影集团、华谊兄弟、保利博纳等 40 余家电影厂商出品的220余部优秀华语影片参赛参展，集结了华语电影人近两年来的优秀创作成果。电影节期间，还分别开展向大师致敬经典影片展映单元、华语新片展映单元、华语新生力量优秀电影展映单元、港澳台经典电影展映单元、国外优秀影片展映单元等活动。

电影节于10月15日闭幕，“金鹿奖”的各个奖项一一揭晓，共颁出金鹿奖11个奖项。《大唐玄奘》不仅拿下最佳华语故事片奖和最佳摄影奖，男主角黄晓明更是凭借此片蝉联金鹿最佳男主角；最佳女主角由白百何凭《捉妖记》获得；井柏然和王珞丹则成为最佳男女配角。

第13届中国长春电影节“金鹿奖”获奖名单

奖项名称	获奖名单
最佳华语故事片奖	《大唐玄奘》
评委会特别奖	《百团大战》《老阿姨》
最佳编剧奖	彭三源（《失孤》）
最佳导演奖	尔冬升（《我是路人甲》）
最佳男主角奖	黄晓明（《大唐玄奘》）
最佳女主角奖	白百何（《捉妖记》）
最佳男配角奖	井柏然（《失孤》）
最佳女配角奖	王珞丹（《烈日灼心》）
最佳摄影奖	孙明（《大唐玄奘》）
最佳音乐奖	黎允文（《破风》）
最佳视觉效果奖	《智取威虎山》

【成龙电影回顾展】

2016年11月16日至22日，由中国电影家协会主办的“成龙电影回顾展”在北京开幕。《功夫之王》《绝地逃亡》《大兵小将》《十二生肖》《辛亥革命》《天将雄师》《神话》7部影片在北京金鸡百花影城展映。11月13日，在第八届美国电影艺术与科学学院理事会奖颁奖典礼上，成龙被授予“奥斯卡年度终身成就奖”，这是“奥斯卡”首次将终身成就奖授予中国电影人。作为深受好莱坞欢迎的东方面孔，成龙凭借一身中国功夫打破了中西文化之间的隔阂，又凭借独特的表演风格找到了中西文化的平衡语境，对弘扬中国精神、传播中华文化产生了重要影响，为促进电影艺术交流、推动中国电影乃至世界电影的繁荣发展做出了突出贡献。

【第七届中国国际新媒体短片节】

2016年11月25日至30日，由国家新闻出版广电总局主办、深圳广电集团承办的“第七届中国国际新媒体短片节”在深圳举行。本届短片节包括开幕式暨金鹏短片导演原创扶持计划发布典礼、国际短片交流展映、光明新区草地短片嘉年华、高校日活动、深圳城市主题短片竞赛等5个活动板块。

《不和谐音》获最佳导演奖，《我的爸爸曾志伟》获最佳剧情短片奖，《天梯上的孩子》获最佳纪实短片奖，《伙伴》获最佳动画短片奖，《北京深处》获最佳大学生短片奖。

国际短片交流展映活动集中展映了从110个国家和地区收到的4 132部参展短片中选出的41部短片作品。国际短片交易市场吸引了来自加拿大、英国、法国、西班牙、意大利等18个国家和地区的影视机构参展。

会议

【第三届南京电影论坛】

2016 年 6 月 6 日，由中国电影家协会、南京艺术学院、江苏省电影家协会主办，中国电影家协会电影收藏工作委员会、中国电影家协会海峡两岸电影工作委员会等承办的“第三届南京电影论坛”在江苏省南京市举办。活动邀请了来自全国各地以及国际电影业界的专家学者汇聚一堂，就“电影人研究”“口述历史与研究方法”“电影业研究”“早期电影放映业考证”“电影个案研究”，以及多场次学术放映进行深度研讨，共同展望了“理想主义与电影情怀”这一论坛主题。

南京艺术学院电影馆在论坛期间开馆，其既是民国电影资料馆，也是南京崔永元口述历史研究中心和“电影传奇”馆的南京艺术学院分馆，展厅中陈列着关于电影史的各种珍贵手稿、资料、连环画以及电影明星使用过的大小物品，不仅包括南京艺术学院收藏的部分电影文献史料，更有 500 件展品是从崔永元“电影传奇”馆的珍贵藏品中精挑细选出来的。

【第二届“中国电影新力量”论坛】

2016 年 10 月 14 日，由国家新闻出版广电总局电影局主办，电影资料馆、第十三届长春电影节组委会、长春市新闻出版广电局、《当代电影》杂志社承办的“第二届‘中国电影新力量’论坛”在吉林省长春市举行。本届论坛的主题为“聚焦质量，共赢未来”。论坛邀请了国内多位著名导演、编剧以及制片人分别就如何进一步提升国产电影品质提出了看法。与会者表示，“中国电影新力量”论坛已成为品牌项目，搭建起了管理层、学术界和创作者直接对话的平台。中青年电影人代表、电影公司负责人、新闻媒体记者共百余人参加了论坛。

【第 11 届中国北京国际文化创意产业博览会国际电影产业发展研讨会】

2016 年 10 月 26 日，由北京市新闻出版广电局和北京电影学院联合主办的“第 11 届中国北京国际文化创意产业博览会国际电影产业发展研讨会”在北京举行。来自北京理工大学、AMD 中国、THE FOUNDRY、乐视、派华文化等研究机构和企业的 10 余位行业专家共同研讨了 VR 虚拟现实技术与电影工业艺术形式之间的结合、虚拟现实技术对中国电影产业未来发展的影响等问题。

【第 11 届华语青年影像论坛】

2016 年 11 月 22 日至 25 日，由中国电影家协会、武汉市人民政府主办的“第 11 届华语青年影像论坛”在湖北省武汉市举办。本届论坛主要活动包括“当代视觉艺术高峰会”、“青年电影的融资渠道与市场选择”主题峰会、青年影人沙龙、“互联网时代的武汉影视产业发展”圆桌会、年度青年导演峰会、闭幕式暨年度新锐影人推介盛典等。

华语青年影像论坛旨在推介华语电影新人、鼓励华语原创作品。本届论坛共征得来自海内外华人导演的影片300余部，经选片委员会筛选，共评出入围影片35部，新锐影人推介入围影片20部。本届论坛新锐影人推介委员会由著名导演、中国电影家协会副主席冯小刚主持，委员包括江平、张杨、刘恒等,《师父》《火锅英雄》《长江图》等20部影片的优秀电影人将角逐新锐影人环节的各个奖项。

出版·发布会

【2015中国电影国际影响力全球调研数据发布会】

2016年3月18日，中国文化国际传播研究院与《现代传播》杂志社在北京师范大学联合主办了“2015中国电影国际影响力全球调研数据发布会”。中国文化国际传播研究院院长黄会林发布了调研数据。

十八大以来，中央连续制定一系列文化发展战略，力求“讲好中国故事，传播好中国声音”。“一带一路”倡议更是为中国电影的海外传播指明了重要方向。“一带一路”倡议构想集中反映出中国文化希望走出国门、寻求合作与发展的主动姿态，也为中国电影“走出去”提供了新契机。因此，2015年度“中国电影国际传播”调研项目着力调查中国电影在“一带一路”倡议地区的传播和接受效果。调研共回收1 800份有效问卷，涉及6个地区46个国家31种母语的人群。调查结果经SPSS专业统计软件处理后得到近40万条相关数据。中国文化国际传播研究院研究团队对调研数据进行了深入研究，总结出大量研究结果。

“中国电影文化的国际传播研究”数据调研项目自2011年启动以来，已经连续进行了5届，在数据调研的基础上形成了8万多字的调研报告和4本论著（《银皮书：中国电影国际传播年度报告》），在电影研究学者与电影从业者中的影响力不断扩大，为中国电影国际传播理论研究提供了数据基础和创新依据。

【《中国电影观众满意度调查报告（2015）》正式出版】

2016年3月22日，中国电影资料馆编写的《中国电影观众满意度调查报告（2015）》正式出版。全书共收录2015年度中国电影观众满意度调查春节档、春季档、暑期档、国庆档、贺岁档五档期及年度报告。

“中国电影观众满意度调查”是国家新闻出版广电总局电影局委托中国电影资料馆和咨询公司联合开展的调研项目，该项目利用现场采访观众、在线调查一线从业者和电影专家的方式收集数据，再通过大数据挖掘进行分析，从思想性、观赏性和传播度三个维度对国产电影进行评估，逐步建立了一套独立于票房统计之外的综合评价体系。

【《2016中国电影产业研究报告》《2016中国电影艺术报告》发布暨2016中国电影发展论坛】

2016年5月25日，由中国电影家协会、中国文学艺术界联合会电影艺术中心举办的“《2016中国电影产业研究报告》《2016中国电影艺术报告》发布暨2016中国电影发展论坛”在北京举行。两份报告是中国电影家协会组织数十位行业专家经过严密的调研、分析和研讨形成的对2015年中国电影行业的梳理、汇报和思考，以深入的分析、翔实的数据和大量的实践案例为基础，对产业整体以及产业链的各个环节进行归纳总结，并提出了对于建设具有中国特色电影市场的战略思考和发展建议。发布会后，近百位国内一线知名影视学专家、产业研究者、理论评论工作者、自由影评人针对电影理论评论话题展开交流，并投票产生了《老炮儿》《烈日灼心》《刺客聂隐娘》《山河故人》《狼图腾》《十二公民》《捉妖记》《滚蛋吧！肿瘤君》《解救吾先生》《一个勺子》10部2015年度最值得推荐的影片。

【《中国电影批评年鉴·2015》出版】

2016年10月1日，由北京电影学院主导、电影学者贾磊磊主编的《中国电影批评年鉴·2015》出版。该书系统梳理了2015年度我国电影批评的现状与特征，深入探讨国内电影批评的方法、标准及价值，归纳2015年度电影学著作中的电影批评问题，既突出了我国电影批评中的前沿命题与关注焦点，又呈现了不同视角下对于同一部影片的不同阐释与论争，并且辟出“中国电影批评年度力作”版块，对具有特色的电影批评文章加以推介。作为我国第一部电影批评年鉴，《中国电影批评年鉴·2015》以促进电影批评的学科建设为主旨，基于电影艺术的本质特征与内在属性，本着客观的立场、公正的态度，从学术角度完善电影艺术批评的体系建设，加强电影批评的学科独立性与学术规范性，使其成为与电影理论和电影史学比肩并立的学科体系。书中所涉观点虽然主要针对2015年的中国电影，但其代表的却是2015年中国电影批评的学术高度。

【全国艺术电影放映联盟正式启动】

2016年10月15日，全国艺术电影放映联盟在“第13届中国长春电影节”上宣布正式启动。根据国家新闻出版广电总局工作部署，受电影局委托，电影资料馆组织了联盟筹建工作，并与华夏电影发行有限责任公司、上海暖流文化传播有限公司、万达电影院线股份有限公司、百老汇电影中心、北京微影时代科技有限公司作为共同发起单位发布了《全国艺术电影放映联盟共同宣言》。万达电影院线、百老汇电影中心等院线在全国31个省、自治区、直辖市共48个城市精选了100个影厅作为联盟核心影厅，保证每天安排3场、每周安排10个黄金场次放映艺术电影。目前联盟正积极推进内容策展、系统测试等工作，首轮放映将于11月下旬正式展开。按照电影局的部署，联盟还将继续扩展400个次核心影厅，并逐步接纳3 000块动态放映银幕。

人物纪念

【电影事业家汪洋诞辰百年纪念活动】

2016 年 3 月 27 日，著名电影事业家汪洋诞辰百年纪念活动在北京举行。国家新闻出版广电总局以及中国电影集团公司、中国电影家协会、中国电影资料馆、中国电影制片人协会、中国电影导演协会等机构的相关领导，与电影艺术界百余名人士和汪洋的家属亲友齐聚一堂，共同缅怀新中国人民电影事业的开拓者、红色电影事业家汪洋的卓越人生。

汪洋，出生于江苏省镇江市，1935 年进入明星影片公司，1938 年加入中国共产党，转战各地开展抗日救国的文艺宣传活动。1946 年，经晋察冀军区党委批准，受命组建晋察冀军区政治部电影队，记录和拍摄了许多重大战役和事件，多次获得嘉奖。1949 年 10 月 1 日正式成立北京电影制片厂，从筹建、生产计划、人员组织到电影创作，无不倾注着汪洋的心血。在担任北京电影制片厂长的 35 年间，汪洋组织创作的《祝福》《早春二月》《红旗谱》《林家铺子》《小兵张嘎》《烈火中永生》《一盘没有下完的棋》《小花》《骆驼祥子》《茶馆》《末代皇帝》《红楼梦》等优秀影片，对一代代观众产生了巨大影响。与此同时，汪洋还把北京电影制片厂办成了培养电影人才的大学校，以水华、成荫、凌子风、崔嵬为代表的“北影四大帅”名震影坛，将北京电影制片厂打造为中国电影的一块金字招牌。1998 年，汪洋在北京病逝。

【李少白、邢祖文电影史学思想暨《电影史学的维度：李少白学识与人格研究》《治史有凭　勤勉厚德：邢祖文学识与人格研究》研讨会】

2016 年 5 月 26 日，由中国艺术研究院影视研究所主办的“李少白、邢祖文电影史学思想暨《电影史学的维度：李少白学识与人格研究》《治史有凭　勤勉厚德：邢祖文学识与人格研究》研讨会”在北京举办。

李少白、邢祖文是中国电影史学的奠基人。1958 年至 1962 年，两人作为主要撰写者，在收集、翻阅、整理大量文献资料的基础上，参与撰写了《中国电影发展史》，奠定了中国电影史学的基石。两人的人生命运与学术生涯随着这本书的起伏而变化，在经历了劫难之后，他们重新回到中国艺术研究院，为中国艺术研究院影视所的学术发展和中国电影研究人才的培养无私奉献、勤勉工作。与会专家们追忆了李少白和邢祖文的生平事迹、人格魅力、治学态度以及史学观念，强调了当下电影史研究对两位前辈学者的治学传承和人格传承的重要性。

大事记

1月26日，“中国金鸡百花电影节首届国际微电影展映”在北京举办。

3月18日，“2015中国电影国际影响力全球调研数据发布会”在北京师范大学举办。

3月22日，中国电影资料馆编写的《中国电影观众满意度调查报告（2015）》正式出版。

3月27日，著名电影事业家汪洋诞辰百年纪念活动在北京举行。

4月9日至5月8日，“第23届北京大学生电影节”在北京举办。

4月16日至23日，“第六届北京国际电影节”在北京举办。

5月25日，“《2016中国电影产业研究报告》《2016中国电影艺术报告》发布暨2016中国电影发展论坛”在北京举行。

5月26日，“李少白、邢祖文电影史学思想暨《电影史学的维度：李少白学识与人格研究》《治史有凭　勤勉厚德：邢祖文学识与人格研究》研讨会”在北京举办。

6月6日，“第三届南京电影论坛”在江苏省南京市举办。

6月11日至19日，“第19届上海国际电影节”在上海举办。

6月24日，“第16届中国电影华表奖颁奖典礼”在北京举行。

8月25日，“中国·北京第13届数字电影论坛”在北京举办。

9月4日，第七届“中国影协杯”优秀电影剧作推选活动在北京举办表彰典礼。

9月22日至24日，“第五届中国（嘉峪关）国际短片电影展”在嘉峪关举办。

10月1日，《中国电影批评年鉴·2015》出版。

10月11日至15日，“第13届中国长春电影节”在吉林省长春市举办。

10月14日，“第二届‘中国电影新力量’论坛”在吉林省长春市举行。

10月26日，“第11届中国北京国际文化创意产业博览会国际电影产业发展研讨会”在北京举办。

10月27日，国家新闻出版广电总局公布“2016夏衍杯电影剧本征集”评选结果。

11月16日至22日，中国电影家协会举办“成龙电影回顾展”。

11月22日至25日，“第11届华语青年影像论坛”在湖北省武汉市举办。

11月25日至30日，“第七届中国国际新媒体短片节”在广东省深圳市举行。

12月14日，“电影史学科建设高端论坛暨《中国电影通史》《世界电影史》发布会”在北京举行。

中国艺术年鉴 · 2017

电视艺术卷

分卷主编：张啸涛

年度述评

2016年度中国电视艺术发展研究报告

◎ 许婧

2016年，中国电视业渐入制播分离、媒介融合的佳境，从政策到产业、从平台到受众、从人才流动到节目类型，无不显示出鲜明的发展方向。传统电视和网络平台与新媒体的合作日趋密切，推动了电视行业的版权意识、IP观念和制作水准的转变，电视节目的多元化和品质内涵得到强化，依靠单个IP制造话题的热点降低。

真人秀日益娱乐化，存在大量节目雷同、重复的同质化现象，但在政策干预下，素人参与的节目数量渐多。而且，整体上从之前以引进欧美和韩国节目模式为主的惯例，切换到“小步快跑”节奏，开启了“一买二仿三自研”的创新研发阶段。以央视和省级卫视“五强”为龙头的体制内媒体实力雄厚，保持“综N代”品牌节目依然大制作的支柱地位，并愈加重视有本土或地域性文化特色的节目研发，如央视1套再推大型文化栏目《中国诗词大会》，北京卫视“跨界”主题的系列节目不断衍生，东方卫视主打喜剧综艺和脱口秀节目于嬉笑怒骂中再显“海派”开放意识。总之，中国综艺节目正驶上“有意思”和“有意义”的快车道。

全年现实题材电视剧播出完成50%，上星古装剧以IP和周播剧为主未超过15%，与中国共产党建党95周年、纪念工农红军长征胜利80周年的优秀电视剧展播形成年度播剧特色。业内传统根基深厚的专业制作力量因独树一帜的内容品质而挺立潮头，特别是侯鸿亮团队在电视剧和网剧的制作上双管齐下，风生水起，其对艺术和商业的最佳平衡征服了业界和观众，赢得“山影出品，必属精品”的美誉。随着多年来国内观众对海内外优秀电视剧的耳濡目染，文化素质和艺术鉴赏水平得到长足提高，电视剧制作和收看的分众化趋势明显，广电政策也显示了包容多元审美趣味与强调经济效益、社会效益并重的审慎引导。同时，自媒体发声常态化，来自专业和大众两股势力对影视创作的批评，正在构建行业常识，勾勒出一个逐步走向完善的艺术评价体系的雏形。

不可否认，2016年中国电视业的问题突出而尖锐，对国产剧专业门槛和艺术质量的强调、节目审查和播出标准的诘责、收视率规模性造假链和产业腐败的痛斥、行业制度建设和从业者荣誉感的呼吁，以及演员艺德艺风的职业底线讨论等成为焦点。

一、试错—容错—纠错的文化管理和年度潮流

随着以影视节目为代表的大众流行文化对中国社会广泛的渗透和影响，文化问题便成为国家宏观政策的中心议题，相应地，文化管理在规约、干预、调控、形塑文化生产机构和文化实践方向上便具有了重大意义。2016年国家新闻出版广电总局针对电视剧和综艺节目出台了一系列重要的规定，及时调整并把控创作与制播不偏离中国传统文化和主流价值观的导向。简而言之，目前的广电管理对象主要有三类：行政机制架构内的传统媒体、以互联网视频网站为代表的商业媒体和内容制作商。随着商业媒体近年来的风云崛起之势，以及制作的代表性网剧和网综越来越不可小觑的影响力，传统的广电管理模式也相应地紧跟变化的市场节奏，线上线下的标准化步调终趋一致。

2016年2月27日，在全国电视剧行业年会上，国家新闻出版广电总局首次明确指出“将加强管理网剧和网络自制节目”，走中国特色的网络剧发展之路。具体表现在：电视不能播的网络也不能播；加强对网站自审的审核员的培训考核；24小时不间断监看网络剧，提高要求，及时发现问题“苗头”，防止成片后再下架。

5月12日，《国家新闻出版广电总局办公厅关于进一步完善规范电视剧拍摄制作备案公示管理工作的通知》发布，对经过备案审核公示的剧名不宜更改事宜，以及申报时必须提交1 500至2 000字的剧情梗概并说明思想内涵等做出具体规定，以落实社会效益的优先原则。之前，公示的仅是剧名、题材、集数、制作周期和200字左右的剧情简介。自12月19日起，网剧、网综、网络大电影等网生内容一律实行备案登记制度，遵循与电视剧备案时一样的名称和内容等规定，且不得擅自拍摄重大题材和特殊题材，需经相关归口行业主管部门协同审核。至此，线上线下标准一致。

6月6日，国家新闻出版广电总局发文“全国省级电视台签署《恪守媒体社会责任，反对唯收视率自律公约》”，要求电视台在电视剧购销合同中不签订以收视率和收视率排名定价、议价的条款。国家新闻出版广电总局电视剧司在2月19日召开的“2016电视剧播出工作会议”上曾倡议电视台不与民营机构签署“收视对赌协议”。12月中旬，因电视剧《美人私房菜》收视率过低被浙江卫视撤档事件，中国电视剧制作产业协会（简称“中制协”）首次揭露收视率造假“黑产业链”，曝光了一集高达30万元至50万元不等的收视率购买黑幕，坐实了行业收视率造假的潜规则，“裸播”成为年度新词。

6月20日，国家新闻出版广电总局发布《关于大力推动广播电视节目自主创新工作的通知》，明确支持鼓励自主原创节目，限制引进境外版权节目数量和播出时段：全国上星综合频道每年在19：30—22：30播出的引进境外版权模式的节目最多2档；每年新开播引进境外版权节目只允许1档，第一季不得在19：30—22：30播出，且均需提前两个月向国家新闻出版广电总局备案。此举标志着国家新闻出版广电总局将大力扶持研发有自主知识产权的创新创优节目，叫停“天价”版权引进和恶性竞争的行为，改变原创节目比例低、精品少、影响弱等问题，树立文化自信、文化自觉、文化自强的民族意识。同时，在上星频道“920”节目带按照“全国一盘棋”的思路，力推多样化、差异化节目，避免雷同重复和类型集中。

8月26日，国家新闻出版广电总局党组在中纪委监察部网站发布《中共国家新闻出版广电总局党组关于巡视整改情况的通报》，声明在电视剧拍摄制作和甄选上继续整治抗战“神剧”“雷剧”，加强电视剧的播出调控，协调优秀电视剧上星播出；解决过分强调收视率、点击率的问题，坚决遏制“天价”片酬和明星炫富问题；限制泛娱乐尤其是真人秀节目的播出，严控明星及子女参加真人秀节目，遏制追星炒作之风。演员缺乏职业操守仅凭颜值出镜的行径将受到抵制。

9月1日，《国家新闻出版广电总局办公厅关于进一步加强电视剧购播工作管理的通知》发布，明确了电视剧购播过程中应以品质为核心的评价体系，不得指定演员，不以明星大腕为议价标准，宣传时突出电视剧思想内容和艺术风格，不得过度炒作明星。

在文件具体实施过程中，实时动态调整尤为重要，像原计划东方卫视与腾讯视频台网联动的周播剧《鬼吹灯之精绝古城》，先在国家新闻出版广电总局电视剧司备案，后因故撤销重新审核批复后改为纯网播。可见，即便是行政主管部门对线上线下内容备案公示的标准做了统一规定，电视不准播的网络也不行，但毕竟成片远比公示的内容复杂，而电视剧和网剧的受众各有其精准定位，仍然要正视并区分传播时所面对的不同诉求。传统平台广泛的传播覆盖面，决定了其品质内容尤以传播主流价值为重，正如电视剧购播通知中重申强调的“要坚持思想性、艺术性和观赏性相统一的原则”。这充分体现了政府发挥影响力所在，考虑“受众意识”，在电视剧和网剧审查环节完善程序，及时进行同中有异的灵活调控。同时，强化网剧内容的广电监管是大势所趋，2016年全国已备案剧目中，网剧部数、剧集数均高于电视剧，与2013年以来的网剧年产量相比是“划时代”的拐点。

需要注意的是，国家新闻出版广电总局2016年6月出台的关于创优创新工作的新规，虽不能说是针对年初轰动业界的关于《中国好声音》的荷兰版权纠纷，但中国各卫视有如此多引进版权模式的电视节目，不能说不存在巨大隐患。况且，西方个人主义价值观，或者某种生活方式，借助节目潜移默化地渗透最为危险，背后是价值观安全及其文化殖民的关系问题。全球化导致的价值观之虞已引起法国和其他很多国家的注意。另外，曾经不高的境外版权引进费，短短3年半的时间暴涨近4亿元人民币，在国内行业法尚不完善、竞争规则混乱之际，荷兰版权方 Talpa 难逃浑水摸鱼之嫌，通过“一女多嫁”引发鹬蚌相争而坐收渔翁之利。版权之争不过是导火索，新规为国内懒于创新的现状敲响了警钟，也为国外版权方在巨大的中国市场暴利敛财的行为画上了句号。

关于神秘的“限韩令”，国家新闻出版广电总局并未正式公开发文，但央视和各卫视包括网络平台的相关负责人均得到通知。自此，韩国明星参演的影视剧、综艺节目、代言等，以及根据韩国影视改编的作品逐渐淡出屏幕。已拿到引进韩国节目模式批文的国内自制综艺不在限制之列，但要么更名，要么在线播出，已有视频画面的或被剪掉形象，或打马赛克覆盖，甚至更换代言人。到 2017 年 2 月 24 日，网站“暂停更新一切韩国节目”。国家新闻出版广电总局 2015 年实施的“限外令”规定：视频网站引进海外剧必须进行完整剧的“先审后播”。韩剧适应中国政策调整得最快，2016 年 2 月 24 日便与爱奇艺同步播出《太阳的后裔》，这是韩国首次将“边拍边播”改为“先拍后播”模式后第一部中韩同步播出的韩剧，引发中国年轻人追剧，各方收益颇丰。由于政治、军事和历史等诸多原因，在下半年，尤其是第四季度，这个虽无一纸公文的“限韩令”，让风行中国 20 多年的“韩流”感受到实实在在的阻力，新词“被下车”开始在韩国娱乐圈流行。这种现象不足为奇，任何一个国家的文化管理都是民族利益、民族尊严高于一切。

从国家新闻出版广电总局对全媒介内容的标准建设到边界监控，从新规发布到行业协会联动释放出的信号看，适应技术进步和娱乐方向的试错—容错—纠错正在成为广电监管的特色，社会效益优先的长效机制在逐步推进中。今天，把发展中的问题和方向视为“新常态”的两个基本内涵正在成为共识，中国电视艺术作为文化产业进程中的“排头兵”，始终在大众文化和意识形态的双重竞合中寻求主流话语权的新认同。广电政策面对民众高涨的娱乐诉求和媒介技术的迅猛突进，也始终走在一条试错—容错—纠错的监管之路上。不可否认，产业发展初期的宽容和路径依赖，使得管理和引导常常是被动而滞后的，但文化与权力关系的核心问题之一，是对文化实践方向的绝对控制和基本形塑能力，影响文化变量的因素离不开经济、市场、政府和社会。2016 年人们已经感受到“污文化”趣味袭来的潮流，它并非沾染淫秽的脏口，但确实是时下年轻人喜好的带点“好色而不淫”的性感语言游戏：“以网络为载体，借助语言偏离的手法，通过避免直接开黄腔的方式以达到社交互动、解压娱乐目的的一种属于青年群体的亚文化形式。”①

其实，从很多年度流行语脱胎自电视节目，也可洞察大众文化潮流。电视早已是融入人们日常生活方式的一部分，并借助高度日常化的媒介、网络和社交软件建立起潜在的社会联系。IP、网感、游戏化、二次元、萌文化、视觉化表情包等突出的青年文化流行现象，与年度流行语高度互文，一道成为见证社会变迁、记录大众心态和反映民众诉求的窗口。

素有“语林啄木鸟”之称的杂志《咬文嚼字》于 2016 年 12 月 14 日公布的“2016 年十大流行语”，与电视艺术有密切关联的词语多达 6 个：“工匠精神”是对专业、敬业、精益求精等“技艺合一”品质的怀旧，借此表达对当下商品社会不讲质量与底线的不满，也可引申到对影视产品唯收视率和票房论英雄的焦虑。央视 2015 年播放的电视专题片《大国工匠》，展现了遍布社会各阶层、技术一流、人品上佳的众多“当代匠人”。而“匠人”一词早在春秋战国时期就有记载，齐国《考工记》将“知者创物，巧者述之守之”谓之匠人，“工匠精神”是源自中国久远传统的“人文信仰”；“洪荒之力”出自 2015 年的热播剧《花千骨》，因奥运选手自带幽默的调侃广为流行；至于“友谊的小船，说翻就翻”和“葛优躺”均脱胎于情景喜剧，即美剧《老友记》的《友谊的小船说翻就翻》的漫画，以及《我爱我家》（1993）中的画面，当时未有感觉，此时被摘出别有意味。这种二次元漫画与表情包文化，被视作当语言和文字无法言表、难以道破负面情绪时，暂以“颓废”的视觉化图谱无伤大雅地抒发不满的途径。有意思的是，都是以经典电视剧讽喻现实，借助带有温暖底色的“怀旧”达成减压的心理，不

① 流行词及其释义见《新京报》“黄集伟专栏”2016 年 12 月 20 日。

只是折射出了今不如昔的失望，还反映了作为大众文化风向标和社会生活晴雨表的电视剧，在社会心理和审美趣味上“改朝换代”般的迁移。与视觉化相映成趣的是，网友还会通过一些独特的方式解压，如“蓝瘦，香菇”（意指难受、想哭）这种以谐音代表心绪的流行语，体现了年轻人真切感受到压力却下意识地暴露其生存语境的游戏化心理，其自我安慰时极富二次元萌态趣味的视觉化表达方式，正是能引发他们普遍情感共鸣的审美日常化表征。生存于丰满的理想和骨感的现实中，年轻人面对“撕裂”的态度具有互联网时代不乏自嘲和诙谐语感的特质，但绝不会真的无计可施。这一年中像高晓松的名句“世界不止眼前的苟且，还有诗和远方”，因其与“70后”“80后”强烈的怀旧心理产生共鸣，而超越了略带贬义的“心灵鸡汤”语境，让“诗和远方”成为与“物质现实”相对立，撩起某种“乡愁”意味的网络流行语；“小目标”是王健林做客访谈节目《鲁豫有约》时，与年轻人分享经验之谈：“先定一个能达到的小目标，比方说我先挣它一个亿。”让他意外的是“一亿元小目标”在自媒体时代火了。成功人士如此轻描淡写的“大实话”对普通人实属非分幻想，暴露了悬殊却无法弥合的阶层与视野之差，吃瓜群众只有围观与自嘲的份了。

中国已经进入电视节目的分众化时代，媒体行业的人才流动和受众思维观念的转变在2016年变得寻常。有线电视和卫星电视带给“电视”最为深刻的变化，就是促成了电视观众最早的分众化现象，以方便服务于不同社群、不同层次、不同喜好受众千差万别的需要，以及越来越重要的海外传播诉求，电视节目的制作和编排越发多样化。这种看法在世界范围内得到普遍认同，而技术进步永无止境，特别是互联网时代，新媒体新技术在全球更大地刺激了对电视剧和其他电视节目需求量的猛增。湖南卫视、东方卫视、北京卫视和江苏卫视等已开辟周播剧场，湖南卫视独有3档剧场：周日晚10点档周播剧场，周一、周二黄金档“金鹰独播剧场”和周三、周四晚10点档“青春进行时剧场”。周五、周六、周日是各省级卫视的综艺节目带。真人秀、日播剧、周播剧和网络剧等与不同受众群达成“约会意识”。

印刷时代的“文字”和“文本”，对应的思维是“文以载道”和“寓教于乐”，其所强调的“思想”和“意义”往往大于娱乐；而伴随技术进步进入视觉时代的“图像”和“视频”，则强调“震惊”和“冲击”，娱乐属性前所未有地摆在首位，中国不可避免地进入娱乐时代。这与经济学家对“中国正向消费社会转型”的论断和商务部公布的数据不谋而合。2015年年底，中国社会消费品零售总额突破30万亿元人民币，消费对国内生产总值增长的贡献率是66.4%[①]，到2016年10月底，贡献率升至71%[②]，这意味着从2015年开始国内消费成为经济发展的“新引擎”，推动转型的关键因素之一便是互联网技术。而娱乐产业消费增速最快的是电视剧和综艺节目，超过了游戏和电影。其中，视频付费的主流目标受众是“90后”和“00后”而非“80后”，这已得到印证。“根据腾讯网的一次市场调研，腾讯视频的主流观众群体年龄段是16岁至28岁。”[③] 为“90后”做节目，做“90后”爱看的剧是当下中国视频网站的核心发展思路，它们提供了一个与传统电视媒体话语表达过于主流、价值观过于正统的不一样的极富“网感”的体验。

“春江水暖鸭先知”，新技术变革导致人才的需求和流动，商业媒体崛起的4年与央视主持人的辞职潮重合，大大小小的电视台中很多传统媒体人纷纷“下海”，或跳槽到视频网站，或到内容制作公司担任CEO。体制内精英外流的背后，是制播分离大势所趋的结果，也是中国电视“制片人制度”从新闻向娱乐节目蔓延的结果，无所谓好坏对错，职业选择与时代、技术、观念和改革密不可分。事实上，目前引起反响的网综、网剧的制作商，几乎全是体制内人才再创业的结果。他们所做的内容与传统电视最大的不同，并非传播平台的变化，而是注意力经济和大数据支撑下的“受众思维”，唯有资本既牵

---

① 数据来源于观察者网（http://www.guancha.cn/economy/2016_01_31_349890_s.shtml）。

② 数据来源于中国发展网（http://www.chinadevelopment.com.cn/news/cy/2016/10/1090007.shtml）。

③ 万佳欢：《“太子妃”的爆款之路》，《中国新闻周刊》2016年第5期。

绊又保障，却无须再顾及太多的条条框框，真实、尖锐、有趣、互动是内容生产的核心，互联网思维提供的试错和容错空间相对灵活广阔，带给曾经的体制内电视人“海阔凭鱼跃，天高任鸟飞”的自由，譬如综艺节目中，马东与爱奇艺联手制作的《汉字英雄》《奇葩说》，哈文与优酷合作的《偶像就该酱婶》等都是典型。

人才的流动是跨国性的，不限于中国体制内外，曾供职MBC（韩国三大电视台之一）长达29年之久、号称“综艺教父”的制作人兼导演金荣希于2015年到中国发展，他给湖南卫视献上的“投名状”是2016年的开年大手笔——围绕“孝道”和“100%真实”的纪录片式综艺节目《旋风孝子》。由他原创的《我是歌手》《爸爸去哪儿》，曾分别在2013年1月和10月制作播出了中国版的第一季。从《爸爸去哪儿》的“亲子”思路，到延伸联想的“孝道”理念推出《旋风孝子》的微妙，都是围绕核心人物创意延展的结晶，媒体行业的发展、变迁趋势具有普遍性。电视综艺不断在强化“娱乐性”，金荣希的经验是：“不超过20%的公益性、教育性，加80%以上的趣味性、娱乐性”，意在让观众完全感受不到“在教你”而心生厌烦倦怠，“娱乐”因此变成一件教化民众的“非常好的武器”[①]。

电视人和网综的渗透与合作也是方方面面的。黑龙江卫视联手腾讯视频在2016年12月29日播出的国内首档明星读信节目《见字如面》，总导演正是执导了《中国汉字听写大会》和《中国成语大会》的关正文；制作了《奔跑吧兄弟》《爸爸去哪儿》《二十四小时》《旋风孝子》的星驰传媒，也是腾讯视频热门网综《抢戏天王》的制作商。

网综异常活跃，但其以真人秀、脱口秀和访谈三类节目为主，类型相对单一，资金投入有限，真正留得住观众的节目还不多，目前缺乏堪与现象级电视综艺媲美的节目。而电视综艺在不断升级，表现在大制作、话题性、多样化和中国特色的文化原创节目不断涌现上，如《真正男子汉》《中国式相亲》《中国诗词大会》等。

随着不满35岁且占“零电视家庭”半数的年轻群体的出现，“后PC时代”通过手机、平板观看流媒体视频渐成趋势，内容需求迫在眉睫，版权问题变得格外严峻。从2016年4月13日开始，歌华有线电视机顶盒回看功能的“电视剧专区”中，大部分电视剧常规只提供7天内的更新剧集。一方面，这是针对“一剧二星”出现的有利于出品方新剧版权多方出售的利益最大化举措，不仅在二轮、三轮播放中获得相对较好的收视效果，也能保证甚至刺激精良制作的资金投入；另一方面，这与对电视节目版权的空前重视不无关系，它与国家版权局相继于2016年2月4日和2017年1月20日发出禁止未经授权通过网络传播“央视春晚”的通知，可以互为印证，规定除了获得央视国际网络有限公司授权的机构外，其他任何机构和个人未经许可，不得通过互联网、移动互联网、IPTV、OTT平台提供传播央视春晚音频和视频的直播、点播、下载等服务。违反规定且情节严重的越轨行为，版权行政执法部门将依法查处。[②] 央视春晚每年都是高居收视率榜首的节目，以此为信号，相关部门对版权和自主研发节目的重视，是一枚硬币的两面，将互为促进，“内容为王”是所有平台竞争的制胜法宝。

2016年的广电举措和大众文化趣味间的包容与引导显示，网剧、电视剧、真人秀的尺度不断探寻可以放大的边界，而监管之手也始终在坚持文化底线和媒介伦理的基础上，不断拉近与公序良俗的距离。主管部门开始严肃地正视娱乐是电视传播的必要手段，允许新媒体试错、容错，最终在纠错中完成“传统媒体”和“新媒体”内容的标准化建设。

应该反思的是，2016年影视IP如火如荼，综艺节目的版权之争和另类出新也是变本加厉，2017年则会有更多的影视界大腕投身综艺烧旺这把娱乐之火，脱口秀的日子注定不好过，还会给犀利观点、

---

① 符遥：《金荣希：娱乐是一件很好的武器》，《中国新闻周刊》2016年第4期。

② 《国家版权局：禁止未经授权网络传播猴年央视春晚》，网易新闻（http://news.163.com/16/0204/19/BF0MMGKV0001124J.html?urlType=origin）；《国家版权局：禁止未经授权通过网络传播央视春晚》，网易娱乐（http://ent.163.com/17/0124/21/CBJ04F1700038FO9.html）。

深度对话类节目带来致命的杀伤力，看电视看视频的受众中还有多少人需要深度？大多数只需要热闹、娱乐、名人效应和粉丝拥趸。在某种意义上，脱口秀和谈话节目是最接近“文字”和“文本”，可能具有思想内涵的节目样式。是时代的无奈，还是管理粗疏、治标不治本？行政管理在根本上不限制真人秀数量乃至不整合全国电视媒体，问题将会积重难返。

二、显影：基于历史与现实的电视节目制作

2016 年的电视专题片、电视纪录片和综艺节目、真人秀，以自身特有的艺术形态，彰显了大众媒介传播之于社会生活的关注。

电视纪录片和电视专题片在 2016 年成为承载国家身份与民心民愿的相册，恰逢中国共产党建党 95 周年、工农红军长征胜利 80 周年，重要的电视文献片和电视专题片自 7 月开始密集播出，如 32 集文献片《筑梦路上　1921—2016》、9 集系列纪录片《红军不怕远征难》等。这与 10 月底到 2017 年年初播出的反腐专题片和以优秀党员为主题的专题节目，形成了历史辉煌和从严治党、坚守信念的现实呼应，如 8 集反腐专题片《永远在路上》、电视专题片《榜样》。

电视纪录片在 2016 年也产生了备受好评的现象级作品。小成本的 3 集纪录片《我在故宫修文物》电视首播时并未引起过多关注，却因吸引了很多“80 后”“90 后”而意外地在弹幕网站 B 站走红。它从故宫文物修复工作者的角度，分门别类地讲述了故宫稀世文物的修复故事，豆瓣评分高达 9.4，高于《舌尖上的中国》(9.3 分）和《琅琊榜》(9.2 分)，成为年度“现象级”事件，被认为是“2016 年‘二次元’平台受众需求‘逆袭’传统影视创作的一次‘意外惊喜’”[①]。文物修复师们代代相传的精湛技艺和工匠精神，以及朴素的“择一事终一生”的修身理念打动人心，这种静水深流正是浮躁现实暌违已久的古老的记忆和情怀。86 分钟的同名电影版自 2016 年 12 月 16 日上映，21 天取得 622 万元的票房，电视纪录片《舌尖上的中国》年初应景地推出电影版《舌尖上的新年》也仅有 192 万元的票房，能在影院上映已是幸事。毕竟有网络受众和院线受众的差异、媒介叙事和观赏心理的区别，为电视观众制作的免费欣赏的电视纪录片，本就没有成本回收的票房压力，与专门针对院线制作的纪录电影和商业大片不能相提并论。

无独有偶，还有一部以一名“90 后”普通青年通过环球摩托车旅行，寻访同龄人记录青春梦想的纪录片《世界上的另一个我》也获得豆瓣 9.3 分的高评，原因是传递了新一代年轻人激昂向上的生活方式、理想和情怀，片中所言“见识和经历，让你成为一个有故事的人”，弘扬了青春正能量，让年轻人产生共鸣。

上海广播电视台和上海市卫计委联合拍摄的 10 集新闻纪录片《人世间》，围绕构建和谐医患关系的良好愿望，诚实地再现了医生和患者面对生死共同谱写的生命之歌，搭建起温暖人心的沟通桥梁，因此，也深深地感染了观众。

与此同时，中国历史文化正在成为让世界观众“着迷的主题”，英国广播公司制作并播出的系列纪录片《中华故事》代表了西方世界热切了解中国的愿望。而中国五洲传播中心与英国雄狮电视公司合拍的电视系列片《中国春节——全球最大的盛会》则成为英国民众的热门话题，引发社交媒体热议。约翰・皮尔格摄制的纪录片《即将到来的对华战争》是对西方媒体抱有偏见报道中国的回应，指出真正构成威胁的是美国。导演通过访谈和事实，展现出“西方电视新闻展示的是中国在南海修建飞机跑道，咄咄逼人，却从不报道中国正在被美国 400 个军事基地所包围和威胁这样的事实”[②]。

可以说，2016 年无论是电视纪录片对古老传统、文化历史、民生热点和中国新青年风尚的生动记录，还是电视专题片的形象化政论起到的舆论动员效应，都起到了导向正确、反响热烈的积极效果。

---

① 许晓青等：《“二次元”如何传递正能量？——盘点 2016 网络动漫平台新现象》，中国新闻网（http://www.chinanews.com/sh/2016/12-20/8098917.shtml）。

② 新华网（http://news.xinhuanet.com/politics/2016-12/14/c_1120118552.htm）。

2016年堪称“真人秀变脸”之年，在版权模式、自主创新与热点话题上进行的改版和升级力度较大，全年播出的综艺节目数量也超过往年。中国真人秀从对欧美和韩国节目模式“一买二仿”过度依赖的初级阶段，开始走向自研。这得益于国家政策的调控和引导，同时，“小成本、大情怀、正能量”一直是国家新闻出版广电总局倡导的电视节目理想的制作方向。

2016年年初，除了《中国好声音》的版权之争，还有《四大名助》抄袭韩国KBS电视台《你好》的版权风波，以及《欢乐喜剧人》始乱终定的归属争端。不少热门真人秀由于版权问题或不合规制纷纷更名，有的在赛制上做些改变，谈不上更多的创新，是换汤不换药的权宜之计。《中国好声音》被判决停止使用“中国好声音”名称后，浙江卫视遂将7月中旬播出的第5季改名《中国新歌声》，舞美、logo、导师滑椅、主持人等相应地进行调整和改版。

国家新闻出版广电总局严控明星子女参加真人秀的“限童令”2016年得到落实，消费“萌娃”和对未成年儿童潜在的强烈示范性诱导、过度娱乐却不经心理评估而对当事人造成的伤害，以及炒作“星二代”旨在撬动粉丝经济的目的一并被抑制，仅有少量节目如《二胎时代》《音乐大师课》被保留，《爸爸回来了》《加油小当家》等明星亲子真人秀退出荧屏。湖南卫视已制作完成的《妈妈是超人》和《爸爸去哪儿4》转为网播，分别在第二、第四季度登陆芒果TV，《爸爸去哪儿4》升级了原来单一的明星亲子模式，增加“鲜肉爸爸”和“素人萌娃”的实习父子模式，并致力于呈现多元化的家庭模式。

全年的热门真人秀集中在音乐竞赛、明星厨艺、户外体验、明星竞技和喜剧综艺等5个类型上，20多档体育真人秀收视则黯然失色。音乐类节目超过40档，《我是歌手4》和灿星制作的《中国新歌声》《蒙面唱将猜猜猜》依然领跑收视；北京卫视从《最美和声》转身，开始打造全类型“跨界”品牌系列真人秀，率先推出《跨界歌王》，做好了与2017年衔接的战略转移；东方卫视推出两档原创音乐节目《天籁之战》和《加油！美少女》，探索星素结合和少见的女子演唱团方式。明星美食真人秀收视稳定，醉翁之意不在酒，多是凭借美食诱惑和明星八卦趣闻，为女性观众量身打造展现明星另一种男士魅力的取巧节目。浙江卫视的《12道锋味3》《熟悉的味道》《食在囧途》、江苏卫视的《星厨驾到3》、湖南卫视的《透鲜滴星期天》、安徽卫视的《谁是你的菜2》等皆然。《奔跑吧兄弟4》虽致力于“剧情式综艺”的创新，但过于明显的剧本痕迹被观众诟病，不少同类户外真人秀到了“综N代”疲态尽显，后继乏力，索然无味，原因是“哪儿都走，就是不走心”[①]。同时，东方卫视《极限挑战2》、湖南卫视《真正男子汉》、浙江卫视《挑战者联盟2》、江苏卫视《我们的挑战》《我们战斗吧》《非凡搭档》等，各自制作了以明星“职业体验”为新鲜主题的明星竞技类户外挑战节目，这些展现正能量的“主题性”节目，因契合时代脉搏而异军突起；同类节目的差异化是吸引观众所在，浙江卫视的《二十四小时》是连续剧悬念式“航海”“穿越”等元素的户外真人秀，区别以往明星旅行纪实真人秀（如东方卫视《花样男团》和《花样姐姐2》），山东卫视的《花漾梦工厂》也是针对各行业的绝技和人体潜能的极限挑战节目。喜剧类节目中，东方卫视最多，有《今晚80后脱口秀》《欢乐喜剧人2》《笑傲江湖3》《笑傲帮》《笑星闯地球》《今夜百乐门》等，还有浙江卫视《王牌对王牌2》《喜剧总动员》、北京卫视《跨界喜剧王》等。这些节目因开发了不同的喜剧形式（如爆笑脱口秀、话题、竞演、选秀、场景等）在全年风头甚健，将人气小品演员、跨界文体明星、各界名人名流等悉数纳入。其中，国防教育真人秀《真正男子汉》是比较特别的星素结合的军事体验类节目，让明星深入一线部队，在一些适度的军事训练科目中，经历像战士一样的“成长”。因此，摆脱了以往功利、露骨的“虐星”方式，将明星的素养和真性情与爱国主义教育巧妙融合在一起，引领观众感受军人的苦与乐、服从与纪律、个人和集体的关系，因此，得到国家新闻出版广电总局认可。“《真正男子汉·空军篇》作为一档既有意义又有意思的

---

① 《环球两万公里寻找“另一个我”——没有明星的真人秀纪录片》，新华网（http://news.xinhuanet.com/politics/2016-09/07/c_1119524145.htm）。

真人秀，将会成为国家新闻出版广电总局引导和调控真人秀的样板之一。”① 可见，星素混搭只是形式，只有具备了核心内容和有意义的价值取向才是代表进步的优秀节目。

不可否认，很多真人秀以“创意”为名涉足新鲜概念或行业体验，依然无法摆脱浮夸之风和打明星牌博取收视率之嫌，知名综艺几乎概莫能外。歌华有线机顶盒回看专区推荐的热门综艺集结了各卫视支柱节目，其中，真正素人参与的节目比例和含量极低。国家新闻出版广电总局 2015 年 7 月发布的“限真令”提倡增加素人因素的节目，但现实是，没有明星大腕，品牌商不会为“大片式”综艺买单。因此，素人参与的节目主要集中在音乐类，如《天籁之战》《梦想的声音》《我想和你唱》《看见你的声音》《偶滴歌神啊》《隐藏的歌手》《谁是大歌神》等，其他类型节目由于大制作成本的广告诉求，有明星参与利于植入品牌或代言。事实上，现象级综艺至少 70% 的费用都支付给了明星，没有明星，招商无望，看那些养眼的“花式广告”便一目了然，羊毛终究是要出在羊身上。但是，“审美疲劳”是任何缺乏核心价值和品牌实力的综艺节目无法跨越的“综 N 代”之痒，中国娱乐节目的激烈竞争将加速疲劳指数，提高节目淘汰率。潜心打造可持续性的“有内涵”的内容节目远比一时的热闹 PK 更紧要，“风物长宜放眼量”，向来是优胜劣汰，如同中国人推崇“老字号”一样，都是时间越久含金量越高的金字招牌。综艺“常青树”《快乐大本营》从 1997 年首播以来，每年都位列收视率前十榜单；江苏卫视《最强大脑》的不可复制性、东方卫视主打脱口秀和喜剧节目，都是立足长远的考虑；央视既有《艺术人生》《星光大道》等走过 10 多年历程的标杆性栏目，又有新锐原创栏目《中国诗词大会》(2016 年获得第 22 届上海电视节白玉兰奖最佳综艺栏目奖)，其代表的长于制作文化类节目的示范性接力，都是可以预见到的令其走得更久的立台的根本战略。

娱乐真人秀的版权之争是市场和利益的冲突，背后是中国电视台竞争激烈的生存意识和品牌突围的双重压力。中国各级电视台和网络媒体平台所肩负的职能与职责的大小强弱并不同，节目的尺度和底线也有差别，但在市场化过程中，随着国际国内局势和文化多元、价值多元的蔓延，党对媒体领导和监管的喉舌地位在不断强化。

央视承担了更为重要的宣传任务和导向作用，很多时候，收视率不是唯一的衡量指标，如寻人公益节目《等着我》、文化节目《艺术人生》《文化访谈录》等都是央视保护性节目。继《中国汉字听写大会》《中国成语大会》《中国谜语大会》后推出的知识性、励志性文化节目《中国诗词大会》，立足传统文化中古典诗词的意境美和人文智慧内涵，回答了“原创性”的真谛，不仅仅是激励学生爱好中国文化，提高审美素养，还激发了国人对中国传统文化由衷的热爱和温暖的诗意。北京卫视《传承者之中国意向》也从文化传承项目的角度让观众感受传统文化之美。省级卫视相对宽松，恪守政策底线之余，有较多选择和发挥空间，既有以娱乐为本强势立台的湖南卫视，又有后起之秀东方卫视不断开发《金星秀》《中国式相亲》等针对社会尖锐问题的节目。那些勇于创办文化节目的卫视尤为可贵，虽囿于地方的传播力局限，或者欠缺“娱乐性”无法同纯娱乐节目的收益相比，普遍面临招商难困境，但示范意义巨大，如河南卫视的《汉字英雄》《成语英雄》、四川卫视的《诗歌之王》、黑龙江卫视的《见字如面》等。从央视到地方文化类节目的制播，口碑好，反响热烈，与国家政策和当地政府的支持分不开。期望所有节目都获利并不现实，各级电视台综艺节目顺应时代娱乐的同时，也应该具备“以俗养雅”的平衡意识。归根到底，文化内涵是节目具备核心价值的一个重要因素，而评价一个电视台核心竞争力的综合指标中不只是“娱乐”，综艺节目研发和编播的多元化体系构建是关键，盲目跟风则无异于自戕。

网络平台的综艺节目则是游走在娱乐“极致化”的边沿，像《奇葩说》《吐槽大会》等都是广电管控比较严格的典型。主流网站多条腿走路，加大自制投入时，与电视台在综艺节目上展开密切合作，除了购买人气节目的版权项目，还联手开发新节目。2016 年年末两档节目引人注目：一档是黑龙江卫

① 《广电总局：〈真正男子汉〉是优秀真人秀的模板》，网易娱乐（http://ent.163.com/16/1222/22/C8U3AVLB00038FO9.html）。

视和腾讯视频合作的《见字如面》，用一种极简的朴素形式，通过明星阅读信札让观众走进历史和文化，令人耳目一新，它与北京卫视的《档案》用不同的呈现方式，让人看到立足于本土文化的原创空间是多么广阔；另一档是东方卫视首创"父母亲属陪儿女相亲"模式的真人秀《中国式相亲》（搜狐娱乐购买播出权），首播后就一石激起千层浪，批评者认为是以"猎奇"为主的审丑式话题炒作，是婚姻包办的时代变种，甚至用"巨婴理论"来分析中国父母和孩子的关系。这档由金星主持的相亲节目的口号是"一人脱单全家光荣"，显然不同于《缘来非诚勿扰》中年轻人之间相对单向的对垒和选择的节目形式，而是折射出"婚姻不是两个人的结合，是两个家庭社会关系的结合"的深层含义。这个理念并不新鲜，是2006年由王海鸰编剧的电视剧《新结婚时代》中明确奉上的观点，只不过10年后戏剧性地出现在综艺节目现场。每一期节目都如同现场版的家庭伦理剧那样热闹，汇集了"妈宝男""直男癌""优质男"，也有"女汉子""颜值控""轻熟女"，还有父母们饱含人生见识的挑剔眼光和条件。两代人观念的碰撞如同社会的一面镜子，而在中国家长相亲、逼婚背后，既是含辛茹苦半生奉献后对孩子出于深爱的干涉，又源于中国文化深厚的家庭观念，像"百善孝为先""不孝有三，无后为大""子孙满堂"等，结婚因此被父母看作孩子长大的"成人礼"。节目刺激了那根敏感的社会神经，反映了社会急剧变迁中的代际矛盾，以及转型社会婚姻观念的多元裂变。

从传播角度看，《中国式相亲》显示的中国式真人秀研发的方向、类型和表现尺度到底在哪里，才是更深层次需要思考的问题。什么时候，中国电视真人秀走心而不虐心，艺人跨界不再耍宝或制造噱头，脱口秀犀利智慧而不恶毒，明星做饭不为炒八卦，亲子节目关注心理和伦理的健康尺度，综艺节目做慈善不是偶一作秀，星素结合不是徒有其表的形式主义，等等，这些都是对一档好节目的常识性预期，电视综艺应该不止于话题和有趣。

三、变革：电视剧的生存语境与审美趣味

中国电视剧今日生存的竞争环境是开放性的，内有日播剧和周播剧的样态之分，以及与网剧的趣味之别，外有海外剧的引进与鉴赏，是在百花齐放和兼收并蓄中发展的。2016年，电视观众和网络视频用户最喜爱的四类节目占比分别为：电视剧类约67.1%和57.3%、新闻时事类约65.8%和34.5%、综艺娱乐类约52.1%和48.6%、电影类约31.1%和39.3%。无疑，电视剧仍是两个用户群最喜爱的节目类型。[①] 这奠定了电视剧和网剧比翼齐飞的基础。

2016年，中国电视剧所处的媒介叙事语境和审美趣味更具竞争与挑战的意味。网络综艺和网剧日益直击人心的"娱乐化"态势，不断以极致的话语和视觉触碰公序良俗，让各种话题在吸引网民注意力最有效的24至72小时内，发挥其近水楼台的"舆论发酵"优势。而碎片化的新媒体点播与观看特点伴随着碎片化的吐槽和社交，更具宣泄意味，审美渐次退后。《太子妃升职记》是别具特殊美学风格的"网络化产品"，充满夸张变形、恶搞爆笑、拼贴穿越等元素，人设和制作"自带吐槽效应"，凸显纯粹"网感"。该剧是一种新颖的后现代逻辑支撑的审美趣味，很难成为主流风格，实际上，其"另类"的做法即便在网剧中也无出其右，是特别针对"90后""00后"目标受众群的定制产品，传统电视受众甚至"80后"都不在其考虑中。由于注入了"e时代"少年轻谙熟的亚文化元素，有足够引爆话题的"槽点"和"趣味"，令他们看得很"嗨"，通过社交互动中的"共同语言"确立了群体归属感。受教于经典艺术启蒙的几代人则很难接受并理解对传统如此放肆的颠覆与肢解，引发巨大争议在意料之中。

2016年的古装剧IP大多声誉不佳，跨年大剧《芈月传》陷于编剧署名口水战、歪曲史实和芈月"白莲花"形象的吐槽困境中，豆瓣评分较低。全年没有诞生一部《琅琊榜》那样受到推崇的古装历史剧精品。原班人马制作的《欢乐颂》较之逊色，然而，在剧作、制作和影响力上仍是堪可称道的现象

① 《30个省13.14亿人｜2016有线数字电视仍居家庭收视主导》，传媒+（http://www.media-plus.cn/p/news/article/sec/8a2c5c5258d8560b0159675878612df9?date=2017-01-04）。

级作品。这两部剧的题材类型一古一今，但在叙事上一致性地将传统观念与现代意识集大成，在“受众意识”和价值引导上游刃有余。而《好先生》《中国式关系》《小别离》《金水桥边》《少帅》《父亲的身份》《好家伙》则无愧于年度挽尊之名。

（一）分众化趋势：传统电视剧和网剧各美其美

2016 年多部网剧成为“爆款”，风头甚健。年初的《太子妃升职记》备受争议，却因“另类”风格受到一众小年轻的格外拥趸；年末的悬疑剧《法医秦明》背离职业剧的浮夸叙事固然令人生厌，但仍以不同于以往刑侦剧的“尸语者”破案方式和“重法证”的新颖剧情取胜；《余罪》塑造了一个电视荧屏上少见的新生代中国警察，其“成长”轨迹中因可感可知的世俗和人性，修正了好警察“生来如此”的印象；《最好的我们》让人油然怀旧，重温你我的青春，被视作猴年最火的网剧；还有侯鸿亮团队出品的两部：刑侦题材“悬爱”剧《如果蜗牛有爱情》和以专业标准制作的规格比电视剧高的《鬼吹灯之精绝古城》，都让人无法漠视网剧正在成为电视剧强悍对手的事实。

虽说网剧生产是良莠不齐的井喷，但热门网剧精准的受众思维、品牌策略和独辟蹊径的创新意识在不断加强，充满“网感”的叙事方式和对特殊题材的挖掘，包括对审查禁忌的规避，都显示了不可小觑的“脱俗”水准，冲击着传统审美。网剧制作已是业界大趋势，不甘落伍的一批实力型知名导演纷纷加盟，可谓与时俱进，例如管虎的《鬼吹灯之黄皮子坟》、张黎的《武动乾坤》等都在摄制中。越来越多专业力量的投入，在制作水准和艺术品质上必然会将网剧引向“精品制造”的方向，客观上讲是明智的双赢之举，其意义是超越平台媒介属性进行优势互补的机制性换血，整体提升国剧品质。继侯鸿亮团队以精品生产取胜后，张黎的转型格外引人期待。在《少帅》之前，以艺术审美和深刻史观见长、擅长呈现复杂多义的历史语境，并在影像叙事和镜头语言上有着鲜明风格化标签的“张黎制造”，总能生产多年后令人感慨回味的“惊艳”之作，豆瓣高分电视剧中，至今名列榜首的是张黎执导的《走向共和》（2003 年，9.6 分）和《大明王朝 1566》（2007 年，9.5 分），评价人数均近 2 万[①]，两部作品当年都是或争议鼎沸或收视遗珠，10 年后蓦然回首备觉经典。

以《花千骨》缔造营销奇迹的慈文传媒曾预测过“2016 年网络剧将迎来盈利时代，精品网络剧最高的制作成本将超过 10 万元每分钟，单集售价超过 500 万元，盈利能力超越传统电视剧”[②]。这样的自信建立在“90 后”“00 后”已是视频付费和点播的消费主力。国家新闻出版广电总局网络司网络视听节目备案库数据显示，2016 年 1 月 1 日—11 月 30 日，视频网站备案的网络剧为 4 430 部共计 16 938 集。[③] 相比之下，2016 年电视台播出的电视剧，除了少数如《芈月传》《欢乐颂》等师出有名的“现象级”大剧、构思精致叙事奇巧的都市情感剧《好先生》，以及反映现实热点、文化传统和革命信仰的《小别离》《中国式关系》《金水桥边》《少帅》《父亲的身份》《好家伙》等严谨剧作，几乎都被网剧充满朝气的青春再现和刑侦题材夺去风头。当然，这与电视受众和视频受众使用新媒体情况不同，因而客观导致影响力效果差异有关。爱奇艺、腾讯、乐视、搜狐等主流视频网站都诞生了年度热剧，虽屡被审查纠偏但从未改剑走偏锋路数，一路在“涉险”中求得新旧媒体区别的独特性。不同于影史上传统文学改编提升了电影的艺术地位，今天的网络文学“守得云开见月明”逆向上位，借助爆款网剧和现象级电视剧成为转化最快、价值潜力巨大的素材库，关于网络文学争议多年的身份问题迎刃而解。视频网站滋养了网络文学而最终获益，成为彼此成全的救命稻草，同根同宗、相亲相爱的“血缘纽带”，让“网感”从最初就建立起逻辑自洽的“素材—平台—受众”这一贯通上下游的产业链。

---

① 豆瓣评分 9.5 分的电视剧还有 1987 年版的《红楼梦》，截至 2017 年 3 月 8 日有 53 378 人打分。数据参见豆瓣网（https://www.douban.com/doulist/3038463/?start=0&sort=seq&sub_type=）。

② 《慈文传媒：2016 年网络剧盈利能力将超越传统电视剧》，每经网（http://www.nbd.com.cn/articles/2016-06-08/1011577.html）。

③ 《CNNIC：2016 年第 39 次中国互联网络发展状况统计报告 · 网络娱乐篇（九）》，中文互联网数据资讯中心（http://www.199it.com/archives/560194.html）。

中国电视剧2016年的发展在一定程度上折射出世界性趋势，全球电视剧生产在基本面上呈现出电视产业正在变革的总态势，电视剧首当其冲。媒介技术的进步加速分众化是不争的事实，商业化程度最高的美国最为典型，全年制作了455部电视剧，超过往年，原因是分众化导致制作方要根据不同人群的喜好制剧，从而拉升作品数量。[①]在线平台尤其是奈飞公司，制作了难以仿制的精品剧集《黑镜》《卢克·凯奇》《青春韵律》《纸牌屋》等，而有线电视公司HBO制作的《西部世界》《罪恶之夜》《离婚》《权力的游戏》等依旧彰显强大的创新意识和制作电视剧的实力。不只是与电影续集系列保持同步，还在改编、翻拍中同样注入怀旧、致敬元素和反思现实、探索未来的思潮。

中国电视剧在部数上与美国涵盖新旧媒体平台的数量相仿，然而，与其电影化制作风格、剧情密度和集数则大相径庭，中国周播剧是较为接近的类型，但制作上的进步难掩质量欠奉的“形似神不似”，特别是片头片尾和叙事上仿效英美剧制作风格的不在少数。2016年，一线省级卫视“五强”除浙江卫视外均开辟了周播剧场，只有湖南卫视和东方卫视已成气候，江苏卫视的《九州天空城》和北京卫视的《新边城浪子》都是“试水”。而且，中国目前的周播剧有名无实，仅仅提高了制作水准的精良指数，并未有完整意义上根据季播规律和电影化叙事密度创作的周播剧。相反，过度依赖IP和明星偶像，普遍存在电视剧集数长、情节散漫、节奏拖沓、不会埋伏笔等问题。即便是口碑好的周播剧，也基本是师法电影“高概念”模式的传统电视剧制作。

2016年，全国生产完成并获得《国产电视剧发行许可证》的剧目共计334部14 912集[②]，同比2015年，部数和集数均呈现出下滑态势，但现实题材占比同比上升为2011年以来的最高，历史题材占比同比下降为2011年以来的最低，重大题材的部数和集数则达到21世纪以来最低。这与网剧激增导致的数量分流和平台对题材鲜明的好恶取舍密切相关，而除重大题材之外，电视剧越拍越长的注水问题丝毫未变。显然，这是一个有意思、有意味、标志转折的数据。自此，中国电视剧和网剧的商业化转向、泛娱乐化生产、世俗化审美趋势加剧，全面凸显了大众文化的“娱乐”属性。重大题材所彪炳的官方主流文化、专业娱乐主义主导创作制作见长的精英文化，以及资本喧嚣中良莠不分，体现“快餐”“速食”特点的大众文化，成为中国电视业娱乐产业的版图。

从豆瓣网超过千人基数的评分看，2016年50部热播电视剧和网剧（港台导演标记为“港导”或“台导”，数据截至2017年2月14日，括号内的数字为豆瓣评分）有:《一起同过窗》(网剧，8.7)、《最好的我们》(网剧,8.6)、《遇见王沥川》(台导,8.3)、《鬼吹灯之精绝古城》(网剧,8.2)、《余罪1》(网剧,8.2)、《好家伙》(8.0)、《三八线》(7.9)、《灵魂摆渡3》(网剧,7.8)、《小别离》(7.8)、《父亲的身份》(7.6)、《陈二狗的妖孽人生》(网剧，7.4)、《如果蜗牛有爱情》(周播剧，7.4)、《大嫁风尚》(7.4)、《远得要命的爱情》(7.4)、《欢乐颂》(7.3)、《太子妃升职记》(网剧,7.3)、《中国式关系》(7.1)、《法医秦明》(网剧，7.1)、《搭错车》(台导，7.0)、《小丈夫》(6.9)、《少帅》(6.8)、《猎人》(6.8)、《旋风十一人》(港导，6.8)、《好先生》(6.6)、《女不强大天不容》(6.4)、《麻雀》(6.3)、《因为爱情有幸福》(台导，6.3)、《微微一笑很倾城》(港导，6.3)、《北上广依然相信爱情》(6.3)、《咱们相爱吧》(6.1)、《女医·明妃传》(港导，6.1)、《兰陵王妃》(港导，5.9)、《胭脂》(5.8)、《老九门》(周播剧，港导，5.6)、《警花与警犬》(5.5)、《新萧十一郎》(港导，5.5)、《新边城浪子》(周播剧，港导，5.5)、《我是杜拉拉》(台导，5.5)、《诛仙青云志》(周播剧，港导，5.4)、《煮妇神探》(港导，5.3)、《青丘狐传说》(港导，5.3)、《芈月传》(5.2)、《九州天空城》(周播剧，5.1)、《亲爱的翻译官》(4.9)、《锦绣未央》(港导，4.8)、《解密》(4.6)、《美丽的秘密》(台导，4.3)、《寂寞空庭春欲晚》(港导，4.3)、《武神赵子龙》(港导，3.3)、《幻城》(周

① 《2016：美国电视剧怀旧年》,《参考消息》2016年12月29日。

② 数据来源于国家新闻出版广电总局官网（http://www.sarft.gov.cn/art/2017/3/30/art_38_32862.html）。全年334部14 912集剧目中，题材比例为：现实题材剧目190部8 617集，分别约占总比例的56.89%、57.79%；历史题材剧目138部6 067集，分别约占总比例的41.32%、40.69%；重大题材剧目6部228集，分别约占总比例的1.80%、1.53%。

播剧，港导，3.0）。

以上统计显示，周播剧和网剧纷纷上榜，且名列前茅，但2016年度没有诞生一部豆瓣评分超过9的剧目；口碑垫底的多是中国香港导演执导的古装、武打、玄幻题材剧，两地在文化理念和创作方法上相去甚远的人文境界，导致港人涉足内地影视剧时总是难以摆脱江湖传统和戏仿搞笑路数，在剧情、人物和价值观处理上的种种“不合拍”，给人以过度娱乐化印象，尤其是历史剧，整体风格可笑、夸张而不严肃，有相当大的文化违和感；台湾导演一贯擅长悲情、苦情、虐恋的情感剧，延续着汉文化根脉之风；同名网剧的第2季或第3季普遍不如第1季口碑高；国产电视剧的制作力量根基深厚，但创新有限，评分人口基数普遍低且分值多中庸，但能够兼顾各类收视群体。

结合豆瓣评分和其他数据考察电视台选剧播剧效果，东方卫视眼光独到，年头年尾两部跨年大剧《芈月传》和《锦绣未央》话题不断，令其黄金时段平均收视跃居全国第二。梦想剧场播出的《少帅》《女医·明妃传》《旋风十一人》《欢乐颂》《胭脂》《中国式关系》《微微一笑很倾城》《谜砂》等，以及周播栏目剧《新婚公寓》《老九门》《如果蜗牛有爱情》等，要么热播，要么成精品，要么具有探索性，基本入围各种收视率、点击量、话题度和口碑度的排行榜。一个重要原因是兼顾了年轻人、中老年女性这两个主要受众群。湖南卫视播剧则一向定位于年轻女性，存在类型单一、重颜值、偶像化、制片偏港台风格、口碑差、收视率高等特点，如《亲爱的翻译官》《麻雀》《解密》《美丽的秘密》占有年度热播剧收视率TOP10的4席[①]，但综合艺术指标明显不及东方卫视。

从政策对市场的引导看，国家新闻出版广电总局推荐了4个类型共20部电视剧，其中，纪念建党95周年和工农红军长征胜利80周年的主旋律剧目5部：《海棠依旧》《彭德怀元帅》《东方战场》《绝命后卫师》《彝海结盟》；响应国家反贪倡廉的公检法题材5部：《小镇大法官》《人民检察官》《金水桥边》《谜砂》《警花与警犬》；弘扬爱国主义主题的抗战、谍战和军事题材6部：《三八线》《冯子材》《父亲的身份》《好家伙》《解密》《陆军一号》；聚焦都市生活和民生疾苦与时代同频共振的现实题材4部：《好先生》《欢乐颂》《小别离》《安居》。20部剧在豆瓣评分中，《解密》最低，入选有些名不副实，主要是沾了麦加同名畅销小说和保密破译题材“政治正确”的光，它在年度热播剧收视率TOP10中位列第四。《好家伙》《三八线》《小别离》《父亲的身份》《欢乐颂》《好先生》《警花与警犬》等口碑不错，还有10部剧评价人数虽不足千人，豆瓣评分却不低，且多精品：《海棠依旧》（8.0）、《安居》（7.8）、《金水桥边》（7.6）、《人民检察官》（7.3）、《谜砂》（7.2）、《东方战场》（6.8）、《绝命后卫师》（6.7）、《彭德怀元帅》（6.6）、《小镇大法官》（6.2）、《陆军一号》（4.8）。仅有两部剧因不够评价人数而无评分。

多媒体时代，电视剧和网剧面对分众化趋势的差异制作、专业力量的艺术提升和国家政策的宏观调控与引介，在2016年立竿见影，基本发展趋势良好。

（二）现实题材：文化维度、人生况味和时代欲望

中国现实题材电视剧年年量大而质忧，主要症状是：蹭热点、拼话题、凑故事，导致情节悬浮[②]、剧情荒唐、PPT剧盛行[③]、价值观模糊，缺乏实质性创新和精神追求。生活虽是最好的创作源泉，但缺乏慧眼和初心的创作，必然罕见深度和内涵。2016年也不例外，全年有新意的剧作有限，题材创新和叙事方法创新可谓最大亮点，以往少见的翻译、建筑、出版、足球、低龄留学甚至敏感的神鬼题材，都成为引人关注的故事背景。有意思的是，新题材领域的开拓都无意定位于行业剧或职业剧，只是借此背景表现都市精英阶层的纯爱、情感，展现社会个体对人生价值、理想与幸福的诸多追求，某种程度上是中国全面进入小康社会后，大众阶层新的奋斗目标的欲望投射或者现实反思。

---

① 《爆款电视剧有啥“套路”？几条总结爆款诞生规律》，东方网（http://mini.eastday.com/a/170122101748415-2.html）。

② “悬浮剧”是2016年出现的新词，指那些脱离中国现实根基和人物情感逻辑，将舶来的各种俗套、桥段、极端情境集于一身的电视剧类型。

③ 指演员演戏时不追求演技，只需摆摆样子露个脸，仰赖后期制作的电视剧拍摄现象。

《遇见王沥川》《中国式关系》《咱们相爱吧》均以建筑设计师或从事城市规划设计的行业作为主人公的职业背景，建房理念与做人底线互为隐喻，在讲述情感故事中辅以职业道德和为人准则的多线叙事，透视爱情观、人生观和价值观的变形与矫正。相应地，也出现了具有跨国视野的中产阶级生活方式，《亲爱的翻译官》《遇见王沥川》中主人公的翻译身份、优美的法语和北欧异域风光，贡献了十足的话题和赏心悦目的画面。演员胡歌主演的《旋风十一人》是少见的中学生足球题材，开播时搭上了天时地利人和的“东风”——国足出线如愿挺进2018年俄罗斯世界杯预选赛亚洲区十二强、中超比赛风头正盛、欧洲五大联赛如火如荼。如果说2015年的电视剧《虎妈猫爸》中的父母还在为“学区房”纠结，2016年的《小别离》则反映了低龄留学热的爱与痛，并与综艺节目《中国式相亲》产生互文，戏剧性地呈现了“中国式父母”面对孩子不同成长阶段的各种典型状态。《小别离》虽然从中国大都市里贫富不等的三个代表性家庭展开叙事，但对孩子的期望和付出毫无二致。中国式父母“望子成龙、望女成凤”的心理，注定了“一辈子操心”，绝不会让子女输在起跑线上，无论是有条件还是没条件的家庭，都愿意给孩子提供更好的受教育和实现人生“小目标”的机会。

《好先生》被盛赞为“国产都市剧的新实验”，被编剧李潇称为“太阳型”人物关系的架构极富新意，即以陆远为圆心，所有人物都与之建立不同身份关系的叙事，由此，观众看到了这个人物的不同侧面，人生的无限可能性由此生发。这种围绕核心人物构建放射型人物关系，呈现过去与现在、生死与阴阳、悬疑与爱情、恐怖与温暖等两极交错的复杂情感叙事，为都市剧罕见。紧凑剧情中大量叠加的闪回，人生与美食的主题互喻、潜台词丰富的人物对话、张弛有度的精彩表演、电影大片的画面质感和充满意境的空镜头等，让这部42集的电视剧余味悠长，毫不拖沓，超越了类型界限。可贵的是，这个“人生逆袭”的故事并非成功与否的世俗标准，而是超越自我的境界升华，尤其是剧中对生者和死者蕴含哲理的“对话”的智慧处理，拓宽了都市情感剧、家庭伦理剧和偶像剧的多重叙事疆域，中青年偶像搭配在提升类型剧艺术品位的同时，也兼顾了分众趋势下的审美趣味。该剧英文片名 *To Be A Better Man* 对题旨的概括更准确，即“成为一个更好的人”，换言之，真正的成长是人格完善，并不局限于年龄大小，这是中国现实题材电视剧中诠释“成长”时难得而少见的深刻洞见和睿智主题。

《好先生》圆形套层结构的空间叙事十分精致，几近完美地承载了该剧的寓意，无论是陆远从已故好友彭海家里望向窗外，还是观众透过窗户看到陆远与彭海的母亲与女儿成为情感上的“一家人”，抑或是夜深人静和独处空间中陆远与彭海幻影的“人鬼交流”，无不整合了记忆与现世的不同时空对话，达成银幕上下、镜像内外、阴阳两世的隐喻。

《中国式关系》的故事讲得深入浅出，把剧中每个人所生存其中的社会机制和社会关系的特定意义构造——渗透着中国人伦道德和阶层身份的“文化规则”，通过男女主人公“建筑者”的身份设置与人文理想呈现出来。在世俗层面，又将官场政治和中国人对房屋的感情与养老情结巧妙地嫁接。房子是中国社会各阶层获得“安全感”的普遍心理寄托，所谓“安居乐业”，而剧中事业线、爱情线背后浮现的“老有所养”的普遍社会愿望，正是通过“造房子”（“老年公寓”项目）展现了“家”从形式（建筑）到内涵（情感）的升华与完满。同样，《咱们相爱吧》也强调了建筑的传统文化、环保、自然和人文的内涵。电视剧中职业道德的伦理化内涵和电视纪录片中对工匠精神的膜拜，都可以看作2016年中国电视带给观众对抗现实焦虑的艺术抚慰。

《欢乐颂》号称“中国版《欲望都市》”。该剧将现实社会中时代女性的所有欲望、挣扎、困惑和焦虑的痛点，体现在阶层、身份、教养、世俗和“三观”的较量中。以贝多芬名曲《欢乐颂》开场，似乎奠定了生存奋斗和追求幸福的欢乐基调，以至于有观众干脆视其为婚恋指南、职场宝典和人生规划手册，却完全忽略了5位女性享受单身乐趣和脱单艰难的处境。现代的精英女性已在经济上独立自主，与其说渴望传统婚姻家庭“一地鸡毛”般的生活，不如说更享受短暂而美妙的单身时光，“欢乐颂”更像是单身女性的“自由颂”。成功男士在剧中的配角设置形同“打酱油”，在剧情功能上起到“窈窕淑女，君子好逑”的衬托作用，因此，剧中5位女性的择偶条件各有各的苛刻，走入婚姻对她们更像是一场冒险之旅。该剧对流行文化和大众时尚的把握精准，故事安置于上海这个繁华的欲望都市中再恰当不过，能实现从人物到剧情乃至品牌植入逻辑自洽的真实呈现。5位女性代表的市井风、乡土气、碧玉范儿、海归味和半瓶子醋晃荡的生猛“富二代”，连同各自的“欲望”一起汇入物质社会喧嚣的消费主义浪潮中。

《生命中的好日子》充满怀旧意味，描述了特殊年代阴差阳错的爱情和改革开放对中国人生活的深刻影响，如同诗句“假如生活欺骗了你”在那个特殊年代的流行一样，带有奋发向上改变命运的正能量励志元素，这是今天匮乏的精神力量。《遇上王沥川》将小清新和甜虐情节融合为纯爱绝恋，还原了网文意趣，是2016年难得没有被吐槽的IP剧，在传统电视剧与网剧平分秋色的热播剧网络口碑排行榜上，甚至排在第2位，超过了《小别离》《欢乐颂》《如果蜗牛有爱情》《好先生》的评分和名次。[①]《女不强大天不容》并非单纯的行业剧，它展示了现代人普遍面临变局和动荡时如何应对焦虑的努力，以及站在人生、事业和情感的十字路口重新选择的勇气。女主角郑雨晴那句台词“我是女人，但我有士大夫的魂魄”，反映了今日女性已成为主宰自己命运的人生强者。同样，《好先生》也不是刻意展现一个落魄米其林三星大厨的行业剧，而是看他潦倒落魄、倒霉至极后的人生自救与反弹，还有如何激发自身潜在能量和光芒的故事。《亲爱的翻译官》是以行业剧背景包装的青春时尚偶像剧，如同剧版“小时代”，法语翻译职业是人设绚丽的“装点”，是另一个王子与灰姑娘相爱的“玛丽苏”故事。

2016年现实题材电视剧的题材创新令人耳目一新，但多少带有新瓶装旧酒的意味，其背离职业剧的叙事走向，一定程度上显示了特殊行业领域专业创作力量的薄弱。

（三）历史题材：历史正剧、偶像谍战与古装IP

2016年全年电视剧播出“类型档期化”的特点突出。年初是古装剧和现实题材IP剧混搭，6月、7月是纪念建党95周年电视剧展播，暑期档周播栏目剧投放适合年轻人口味的古装、玄幻偶像剧。9月21日国家新闻出版广电总局发布《关于开展纪念长征胜利80周年优秀电视剧展播的通知》，并推荐11部重点剧目。[②] 10月底，央视和卫视都进入纪念工农红军长征80周年优秀电视剧展播活动月，《千里雷声万里闪》率先拉开序幕。这些红色题材电视剧基本是中青年演员合作阵容，或是以青春视角切入的小人物成长与国家命运融合的长征故事，或是大家庭中两代人关于主义信仰与人生道路选择的史诗正剧，打通了西北大地上的粗犷民风和革命之火燎原的内在相似本质。像《红旗漫卷西风》延续了《人间正道是沧桑》的叙事模式，把国事往家事里写，以家事映射大时代风云。

历史表述与深刻史观的有效话语建构从来都是衡量历史剧、年代剧优秀与否的一个重要标准。

张黎执导的《少帅》又“宿命般”地成为年度被低估的历史剧，其豆瓣评分和微博口碑指数自开播后明显飙升，收视率最终差强人意，或许是饰演少帅的演员文章和历史上真实少帅的作为都有争议的双重因素影响所致。但编剧姜奇涛老辣的剧作功力，张黎驾驭历史剧有“夺心”之能的“历史回音壁”之效，众多老演员收放自如、拿捏有度的表演，都传神地再现了历史韵味。剧中，李雪健扮演的“东北王”张作霖超越了相去甚远的外形局限，已臻化境地塑造了一代乱世枭雄，还原了一段极为复杂的历史语境。他的表演贡献了2016年精彩绝伦的艺术形象，是目前为止影视剧中意味深长、别具一格的张作霖形象。公安题材年代剧《金水桥边》描写了中国普通人朴实无华的人生、理想和信念。该剧采用“哼哈二将”与“欢喜冤家”的戏剧化情感叙事，讲述了一对来自旧时代却身份迥异的公安战友在新中国成立初期的工作、生活、友情和亲情的恩怨人生。异性兄弟彼此惺惺相惜又误会迭生的“秤不离砣、砣不离秤”的主线索，串起四合院4个家庭友爱互助的年代往事，以及从新中国成立之初到

① 《爆款电视剧有啥“套路”？几条总结爆款诞生规律》，东方网（http://mini.eastday.com/a/170122101748415-3.html）。

② 国家新闻出版广电总局推荐的11部重点剧目是：《红星照耀中国》《彝海结盟》《长征大会师》《掩不住的阳光》《绝命后卫师》《红旗漫卷西风》《骡子和金子》《十个连长一个班》《红色护卫》《我是红军》和作为压轴剧播出的《三军大会师》（播出时改名《淬火成钢》）。

改革开放前30年的历史变迁和中国社会大事件。该剧注重细节，时代特有的道具物件、社会背景、人们的思维与交往方式，乃至新中国成立以来公安队伍几次制服“换装”都如实还原，富有年代质感。

谍战剧和抗日剧每年都是深受欢迎的类型，《父亲的身份》的人物关系是亮点，导演高群书将原剧本中的“双雄”设定颠覆性地改为“雌雄对决”，吸引了俞飞鸿首次出演谍战剧，她与陈建斌精彩的对手戏颇受好评。谍战剧关于国共“身份模式”的叙事并不鲜见，该剧特别之处是“父亲”一开始就在“内在聚焦”的视点下被定性为“有身份的”，让怀疑和被怀疑者的较量自始至终保持张力，奠定了全剧“以情绪为基础”的紧张悬念、缜密推理和压力节奏的叙事模式，从而产生“出人意料的结果”。该剧将共产党人称为“有身份的”的新鲜表述，意味着“红色政权”确立前暧昧而危险的存在。同时，在敌对立场和动机中加入家庭情感元素，而双方信仰又未纠结于个人恩怨的公报私仇，于是，站在“我方”立场上描写“他者”覆灭的悲剧性命运，便带有双重隐喻，彰显了政党先进性的纯粹。

《父亲的身份》和《金水桥边》虽题材有异，但都表现了共产党人对“信仰”的坚守，以及还历史上“有身份者”和“不明身份者”以清白的历史态度。

《猎人》以新政权成立前炎城的“政保事业”为故事背景，讲述了国共双方政权更替前夕的最后较量，区别于常见的“单元剧”叙事模式。该剧围绕挖出国民党潜伏特务搞破坏的任务，将看似散沙的一个个怪案、奇案串联成一桩完整的反特谍战大案。《猎人》不像《告密者》那样承继了中华人民共和国成立初期反特电影的衣钵，其定位于对年轻观众的取悦意图更明显。该剧结合悬疑、推理、谍战等元素，汲取英美剧常见的案件侦破模式，在人物“私家侦探”的身份设置和“风衣”造型上，带有明显模仿英剧《神探夏洛克》的痕迹。《代号》是继《潜伏》《借枪》后“龙一谍战三部曲”的最后一部，被视为民国版“史密斯夫妇”。《代号》与《猎人》一样都是谍战探案双线并行，相似的“风衣”造型，相似的主演形象气质。不同的是，《代号》人设上的多重身份对应的立场更复杂，演绎的是亦敌亦友、温情脉脉的家庭伦理谍战故事，这已成为中国谍战剧中一类典型的风格模式。

不只是《猎人》《代号》令观众对复制的“新意”产生了极度的陌生，业界对IP剧的热捧也让2016年的电视剧普遍“刷颜值”却忽视剧作基础的现象格外突出，热播古装剧、言情剧继续走青春偶像化路线，谍战剧也沦为“鲜肉剧”，只有偶像没有逻辑，只见颜值没有历史。《解密》《麻雀》《胭脂》《双刺》《潜伏在黎明之前》都是典型剧目，若没有张鲁一、祖峰等演技派撑场几乎失去艺术看点。这同时也成为年度制作的一个显著特色：即便是并不耐看的鲜肉型谍战剧，由于“关键对手”角色或“准主角”的演技在线，也能镇住场子。《麻雀》在热播剧收视率TOP10中仅次于《芈月传》和《亲爱的翻译官》，自有其可取之处，除了李易峰、周冬雨、张若昀的偶像因素外，很多观众被张鲁一浑身是戏的演技吸引，他成功塑造了毕忠良这个复杂多面的形象——既多疑阴险又呵护家庭、既可恨可叹又可爱可悲、时刻游走在矛盾纠结中的汪伪处长。年度衍生的新词“整容般演技”，褒奖的正是那些能够挽救剧情下滑的演技派实力演员，与饱含贬义的“流量明星”相对应，两者都是注意力经济时代，是演员对待职业的不同态度和市场回响。

2016年的谍战剧从以往党派、阶层间关于身份、立场的“非血缘”关系的外部之争，转向亲人间分属不同阵营的情感和信仰的考验与选择，《父亲的身份》中的国共之家、《代号》中的姐弟夫婿、《麻雀》中的生死兄弟和可望而不可即的爱、《双刺》中被激活的静默者在亲情和信仰间如履薄冰心力交瘁的保家之举、《胭脂》中反目成仇的闺蜜和最后关头的民族情感凝聚。

IP剧在2016年除了侯鸿亮团队出品的《欢乐颂》《如果蜗牛有爱情》《鬼吹灯之精绝古城》胜出，《老九门》《寂寞空庭春欲晚》《亲爱的翻译官》《锦绣未央》《极品家丁》《是！尚先生》等几乎集体沦陷。《幻城》《九州天空城》《山海经之赤影传说》《仙侠云之凡》等魔幻剧的特效怪异、幼稚、敷衍，美瞳彩发的人物造型全无历史韵味，颇有穿越感，类型框架和价值观体系不伦不类。《诛仙青云志》在服饰、造型和场景上算是中规中矩的制作，没有多少恶评，但叙事散漫，食之无味，弃之可惜，收视一路下滑，如强弩之末。这些剧无一不是炙手可热的偶像出演，成本动辄上亿。

年度古装剧值得一提的是《女医·明妃传》。与电视剧和网剧对行业题材超越“职业剧”的背景化处理相反，该剧更具古装职场剧的气质。作为寄寓了青春励志元素的医疗剧、宫廷剧、爱情剧，编剧只取真实历史人物一瓢，参照了金庸武侠小说历史大背景下演绎个人传奇的叙事方法，一方面虚构了3条“玛丽苏情节”的情感线，一方面贯穿济世救民、匡扶天下的民本思想。而奸宦祸国觊觎皇位的宫廷内斗，只是推动叙事的动机，阳光励志的女主角与阴谋无关，完全是中国版的“大长今”。

2016年的IP、颜值和大投入都抵不过扎实的改编和制作，IP剧显露出不再是灵丹妙药的败象。在6月上旬举办的上海电视节上，参赛白玉兰奖的电视剧一多半题材是投“90后”所好的古装、玄幻类型，现实题材作品只有20%。伴随网文成长的“90后”格外青睐IP改编的古装剧，但恰恰是古装魔幻、仙侠、宫廷IP在2016年从香饽饽变为费力不讨好的“鸡肋”，维持其收视率、点击量和话题热度的多是吐槽、失望和不满，与其在制作和专业性上受到的激烈批评成正比。究其原因，IP地位膨胀过快，网络内容需求激增而原创又跟不上市场过热的需求！网文创作的低门槛带来的“野蛮生长”，使写作者动笔时虽未见得是冲着日后影视剧的改编机会，但起步就带有模仿、拼贴、复制甚至抄袭的痕迹，后现代逻辑横行的网络时代，做到一部作品全部情节都是原创实属困难。再遇上不懂创作、制作，只认演员名气和颜值的金主，“双低”门槛遭遇的结果可想而知。“投资方中心制”取代“导演/制片中心制”成为必然，IP泛滥、天价片酬、制作费失衡都与此有关。当然，片面地批评颜值决定论和天价片酬没有实质意义，是舍本逐末的表象之见。若是兼顾剧本、创作、制作和演员敬业精神，在项目分配科学合理的基础上无可厚非。

四、孽力回馈：行业腐败和产业乱象的反思

2016年是中国电视业的多事之秋，版权争端屡现，抄袭手段升级，收视率规模性造假东窗事发，实实在在地让行业腐败暴露在阳光下，“收视率是万恶之源”一语成谶。粉丝圈的黑话“孽力回馈”恰如其分地点中了行业唯独不重视剧作质量、成风已久积弊难革的困境。

11月，两宗侵权案宣判：于正编剧的《美人制造》未对原作《邪恶催眠师》构成抄袭；《芈月传》署名纠纷历时一年多尘埃落定，驳回原著小说作者全部诉讼请求。电视剧《红高粱》剧本再起风波，引发新一轮著作权纠纷。《锦绣未央》热播期间，被网友爆出原著涉嫌抄袭200多本小说，范围之大令人瞠目，拼贴复制神器“写作软件”浮出水面。一切凸显了版权保护的重要性，也让人看到编剧行业的混乱，以及从业者法制观念和契约精神的缺失，业界对网络小说的趋之若鹜，加剧了网文作者和编剧的对立。

“自媒体”仿佛是一面时代的“照妖镜”，所有问题和乱象几乎都会浮出水面。在社会诚信体系和行业立法尚未健全时，盲目热钱和非专业“掘金者”全无行业门槛的涌入，诞生了没有羞耻心和荣誉感的产业畸形发展的怪胎。《美人私房菜》因收视率过低被撤档爆出行业通行的购买收视率的潜规则，《孤芳不自赏》别出心裁的“绿幕抠像”和“滥用替身和配音演员”引发众怒。“无良制作”一再刷新国产电视剧粗制滥造全无底线的新纪录。

真人秀对明星的“过度消费”和高酬劳，是造成很多明星档期紧、无暇认真演剧的一个重要原因。一季真人秀至少需要三个月，有的明星跨几个节目串场演出，很难演戏时“走心”地琢磨剧情和人物。当然，“真人秀”有一个名副其实的好处，鉴于其三大特征“人造情境”“自由表现时空”“全程真实记录”，明星绝无可能像在电视剧中那样滥用文替、武替、后期抠像制作，必须全程参与，真人竞技，这真是一种讽刺。

同样，艺术创作的整个过程也从过去“心无旁骛”地为艺术而艺术，过渡到资本时代对得起“投资”的“讲诚信”，整个行业的失规乱矩让“叫好又叫座”的作品变得难上加难。电视剧“注水”的经年痼疾是愈演愈烈，本质上，剧集长短因剧情而定，并非一概短好长不好，关键看剧情的单位浓度高低。《芈月传》81集不觉长，《老九门》48集，却迟迟不入正题，入了正题再跑题，叙事让人不知所云。

69集的《麻雀》和55集的《诛仙青云志》，情节叙事密度都比较低，初始引人入胜的“悬念”最后变得无关紧要。有的剧目每集开头加5至10分钟的前情对接，导致重复剧情过多。电视剧投资成本的水涨船高、电视台购剧成本的日益攀升、广告商博取利益最大化的广告植入“硬着陆”等，造成了制作和播出的各环节达成谋取私利的默契，甘愿“自毁长城”地“注水”。

中国离影视产业的工业化还有相当的距离，但是，行业中已不乏走在前列的表率和成功案例。以主流视频网站和制作公司为例，腾讯“泛娱乐”产业链的打造，与业界知名影视实体公司做“大娱乐”产业构架的思路如出一辙，都是效仿好莱坞电影工业化生产的精密运作方式，以及六大公司的操作惯例。首先制订A级片、B级片、C级片式“片单计划”组合拳，接着寻找优质合作对象，包括导演、监制、制片、宣发等各个重要环节上的团队，如正午阳光制作的《鬼吹灯之精绝古城》，完全是按照企鹅影业的计划推进，并如期在2016年12月开播。

如今气势如虹的侯鸿亮团队早在2011年就组建了隶属于山影的东阳正午阳光影视有限公司，因共同制作了《战长沙》《父母爱情》《北平无战事》《琅琊榜》《伪装者》《他来了，请闭眼》等电视剧声名鹊起，2016年再次贡献了不失水准的三部年度作品《欢乐颂》《如果蜗牛有爱情》《鬼吹灯之精绝古城》，“东阳正午阳光出品”也成为精品剧的品牌标签。其选择IP的独到眼光和二度创作后鬼斧神工般的再造能力，如同它的制作实力一样老道，经它翻新的原著获得有如神助一样脱胎换骨的新生，从《伪装者》到《欢乐颂》皆然，所谓“化腐朽为神奇”不过如此，难怪被剧评人由衷折服：“正午阳光真是默默地干着买二、三流IP、做一流电视剧的勾当啊！”并在对比其他IP改编剧的前世今生后一语中的：“一流IP也可能是赔钱货，二、三流IP也可以成就爆款，发大财。怎么做、谁来做将成为一部IP作品成败的关键，电视剧的成败又回到真正的创作者手中，不要以为二次创作就不是创作，很多时候它甚至比第一次创作（原著IP）更重要。”① 如此赞誉并非孤例，专栏作家韩浩月的感受与之相仿：“国产电视剧这两年普遍质量不高，所以，但凡尊重创作、有点职业态度的从业者，拿出基本合格的作品，都会得到超其真实质量的好评。同理，《鬼吹灯之精绝古城》其实并没有一些粉丝神化得那么好，但也能算得上一部合格的工业化生产的作品。”他认为，电视剧工业化重要的标志之一就是大量专业人才“致力于创作经典而不是生产一次性消费品。”②

在多元文化共存的格局下，电视剧已经从过去摆在家庭中央位置媒介放送后供合家相聚、观看、讨论、交流的模式演变为“公共空间”的“客厅”，其在媒介时代的内涵和外延得到了溢出艺术文本的多元拓展，不再只是审美、教育，更是社交、体验、游戏的娱乐需求。不可否认，“思想精深、艺术精湛、制作精良”是行业艺术实践的准则，雅俗共赏、寓教于乐、老少咸宜、官民同乐、各美其美则是较为理想的大众文化传播效果。

毫无疑问，严肃地对待“娱乐”，将焦点放在认识论上而非美学上，是认识“电视”作为“一种修辞工具”的开始：“电视本是无足轻重的，所以，如果它强加于自己很高的使命，或者把自己表现成重要文化对话的载体，那么危险就出现了。具有讽刺意义的是，这样危险的事正是知识分子和批评家一直不断鼓励电视去做的。这些人的问题在于，他们对待电视的态度还不够严肃。”③

许婧　中国艺术研究院电影电视研究所研究员

① 小麦：《〈欢乐颂〉买三流IP制作成一流电视剧》，《新京报》2016年4月28日。

② 韩浩月：《〈鬼吹灯之精绝古城〉资本对大IP的一次正确消费》，《新京报》2016年12月28日。

③ [美]尼尔·波兹曼：《娱乐至死·童年的消逝》，章艳、吴燕莛译，广西师范大学出版社2009年版，第16、17页。

2016 年度中国电视产业发展状况综述

◎ 李岚

2016 年，中国电视产业进入改革发展的关键时期。全国广电系统以习近平总书记系列重要讲话精神为指引，顺应新形势、新任务、新要求，引导新供给，形成新动力、新消费和新业态，推动电视服务产品化、精细化、精准化，延伸产业链，提升价值链，不断提高质量和效益，促进电视产业转型升级，形成新的发展格局。

一、中国电视产业规模稳步扩大，结构日趋合理

2016 年，中国电视产业实现稳步增长，增幅持续放缓，产业结构进一步优化。传统电视业务收入占比逐渐收缩，而基于融合业务的新兴产业快速发展，收入不断增长。电视广告收入在创收中的占比逐渐降低，2016 年全国电视广告收入 1 004.87 亿元，同比下降约 5.66%（见图 1），在创收中约占比 23.2%；以版权收入为主的其他收入约为 1 864.9 亿元，占比超过约 43%。

截至 2016 年年底，全国有线广播电视用户数达 2.28 亿多户，在中国家庭的普及率超过约 50%，是中国主流电视的收视方式。其中数字电视用户超过 2 亿户，数字化率超过约 88%（见图 2）。高清数字电视用户渗透率超过约 30%。以宽带业务为主的“三网融合”业务大幅增长，收入超过 122 亿元，同比增长超过约 44%。

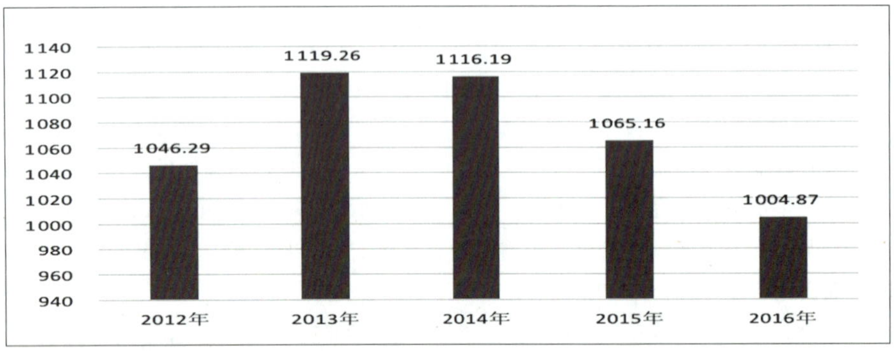

图 1　2012—2016 年全国电视广告收入情况（单位：亿元）

图 2　2011—2016 年全国有线广播电视、数字电视和付费数字电视用户增长情况

传统有线网络收入增势放缓，2016 年，“三网融合”业务（包括互联网接入、付费点播、基于广电网络提供的综合服务等）和以新兴业务为主的其他网络业务收入达 375.9 亿元，增幅超过约 17%。

二、内容生产转型提质，专业化程度不断提高

当前，广电节目制作机构规模持续扩大，专业化、集中化趋势明显。2016 年，全国共有经审核合格的《广播电视节目制作经营许可证》机构 14 389 家，同比增长约 40.6%。其中民营机构 12 925 家，占近九成。越来越多的制作机构主营单一节目类型的创作生产业务，专业化程度进一步提升。北京、浙江、上海、广东、江苏五省（市）的制作机构占全国总量约 64%，产业集群辐射带动效应明显，区域集中化凸显。广播电视节目栏目、电视剧、动画片、纪录片等内容创作生产水平不断提升，创新创优力度加大。

（一）文化类、科教类节目持续创新

近年来，在国家新闻出版广电总局以“公益、文化、原创”为发展方向的政策调控下，歌唱、选秀等娱乐类电视节目大幅减少，文化类、科教类节目渐渐成为电视荧屏上的风景线。2016 年以来仅全国卫视陆续研发推出的文化类、科教类电视节目就多达四五十档。文化类、科教类节目已成为“920”时段的重要构成。各卫视都已经或正在推出至少一档文化类节目进入晚间黄金档，一些节目已经在竞争更为激烈的周末黄金档播出，《朗读者》《加油！向未来》牢牢锁定央视综合频道周日黄金时段，《见字如面》成为黑龙江卫视周六晚黄金档的主打节目，等等。

文化类、科教类节目已经呈现出原创化、模式化、全网化的制作传播特征。一是植根本土，注重原创，从传统文化、地域文化中不断汲取自主创新的养分，传承中华精神，彰显时代风貌。如山西卫视的《人说山西好风光》、安徽卫视的《百家姓》、贵州卫视的《我在贵州等你》等。二是从品牌策划上高度重视节目模式的形成，形成规模化、系列化传播优势。中央电视台的《中国诗词大会》《中国成语大会》等“大会”系列模式，河北卫视的《中华好诗词》《中华好民歌》《中华好家风》等“中华好”系列模式，东方卫视的《诗书中华》《喝彩中华》等“中华”系列文化 + 综艺节目模式，等等。三是传播方式注重全网推广、互动传播。文化类、科教类节目综合运用“三微一端”宣传矩阵、大数据服务、VR 视频、网络直播等多种融合传播方式，加强节目全网推介。

（二）电视剧产品结构更加优化

2016 年，电视剧产业进入了提质升级期，产量总体平稳。全国电视剧制作投资额约 128.53 亿元，同比增长约 6.79%。全年全国制作完成并获得发行许可的电视剧共有 334 部 14 912 集。发行部数比 2015 年减少 60 部 1 628 集（见图 3），电视剧制作进一步回归理性。题材比例进一步优化，现实题材剧

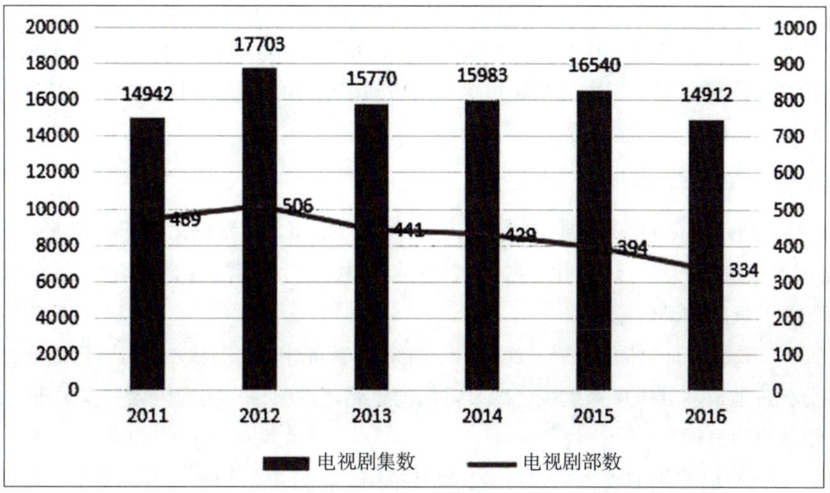

图 3　2011—2016 年全国生产完成并获得发行许可证的电视剧数量

目共计 190 部 8 617 集，分别约占总比例的 56.89%、57.79%，其中，当代题材约占总部数的 53%，现代题材约占总部数的 4%。历史题材剧目共计 138 部 6 067 集，分别约占总比例的 41.32%、40.69%，其中近代题材占总部数的近 30%，古代题材占总部数不到 12%。重大题材共计 6 部 228 集，分别约占总比例的 1.80%、1.53%。

（三）电视动画生产制作更加理性

2016 年，全国获得发行许可证的各类电视动画片共计 260 余部 12.5 万多分钟，比上年减少 10 余部，分钟数同比下降超过 9%（见图 4）。动画制作企业投资生产更加理性，因政策补贴而蜂拥进入动漫行业的现象得到极大改观，劣质动画片去库存、减存量，电视动画片年产量从一度飙升的 26 万分钟，回落至近两年来的 12 万分钟至 13 万分钟，生产制作整体趋向合理。

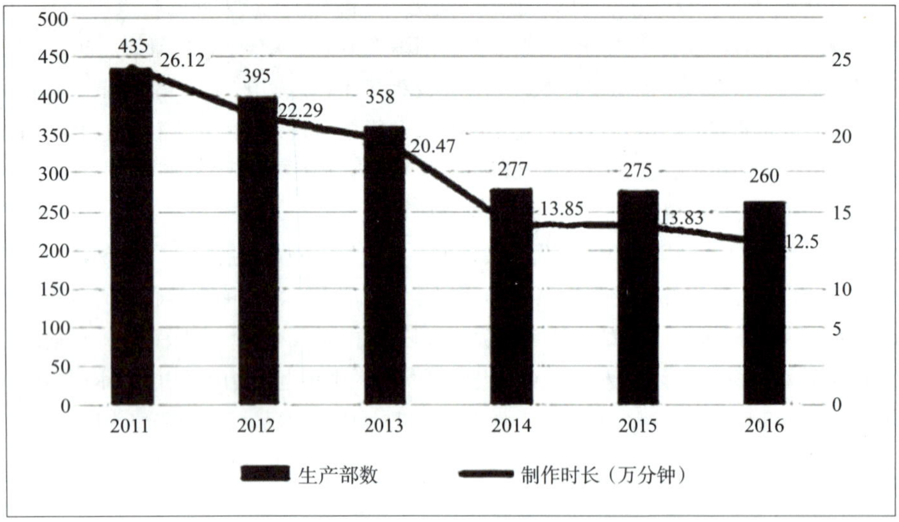

图 4　2011—2016 年中国电视动画公示与完成情况

（四）纪录片市场进一步成熟

自 2010 年以来，国家新闻出版广电总局实施了一系列推动纪录片发展的重大政策举措，有效缓解了播出市场需求不足的矛盾。中国纪录片已拥有中央电视台科教频道、纪录频道、北京广播电视台纪实频道、上海广播电视台纪实频道等 4 个覆盖全国播出的专业上星频道。2014 年实施的电视上星综合频道调控政策规定使纪录片进入上星综合频道。纪录片播出优质平台需求大幅增长，有力地拉动了国产纪录片的产量与播出。2016 年，电视纪录片播出量约 4.8 万小时，《本草中国》等多部精品纪录片相继在各级卫视黄金时段播出，收视率甚至超过了同时段播出的热门综艺节目。央视通过新闻频道、科教频道、纪录频道等打造纪录片精品播出平台。

三、媒体融合纵深发展，逐步形成产业模式

随着中央及广电行政部门相关重要支持性政策陆续出台发布，革新的力量正在快速渗透，电视媒体和新兴媒体正加快从相“加”迈向相“融”。2016 年，电视产业伴随着媒体融合发展的深入推进，进入结构调整转型升级的关键阶段。

一是广电媒体加快内部一体化布局。2016 年，全媒体新闻中心、“中央厨房”已经成为许多省级广电媒体及部分先进地市、县级广播电视台融合发展的重要建设项目，实现内容一次采集、多种生成、多元传播，传播效果明显提升。

二是进一步增强智能终端的整合力，打造移动传播矩阵。广电机构普遍开通微信、微博、微视频

以及客户端，“三微一端”已成为广电媒体重要的融合传播社交平台。各级广电媒体纷纷开通了频率频道、栏目、节目、主持人等多层次微博微信账号，形成集群化态势；推出了系列移动客户端，形成各具特色的移动产品体系和规模化发展态势。央视新闻中心在自主建设的“三微一端”互动平台上搭载节目互动需求和系列新媒体原创产品，实现新媒体内容与频道的有效互动链接。

三是积极探索平台化的融合方式，通过平台化运营打通各种媒体、各种渠道、各种终端、各种资源之间的通道。2016年，各级广播电视台加紧建设智能开放、弹性高效、绿色安全的广电融合媒体制播云平台。如湖北广播电视台组建的“长江云·湖北新媒体云平台”，能够为全省媒体提供高品质、低成本的互联网多终端一体化解决方案，具备承载1万多个新媒体产品的支撑能力与内容集控能力。

四是建立跨区域融合服务平台，探索跨区域资源整合和资源共享的运行方式，实现广电产业的集约化、规模化发展。央视牵头建立联合发展模式，吸纳全国37家省级和计划单列市广电机构入驻央视新闻移动网矩阵号，建立集管理、搜索、授权、引用、转发等多功能于一体的媒资共享机制。“无线苏州”通过为加盟媒体提供融合发展技术与平台支撑，演化为跨地区发展的综合平台，共与全国数十家传媒机构形成紧密合作关系。通过联合开发、运营融合媒体产品，山东广电“轻快”APP为全国市县级电视台提供移动互联网平台入口，成为基层广电发展移动网络新媒体业务的有效模式。

李岚　国家新闻出版广电总局发展研究中心信息所所长、研究员

2016 年度中国电视动画片发展状况综述

◎ 裴旖旎

2016 年，作为国家全面实施“十三五”规划的开局之年，也是推进供给侧结构性改革的攻坚之年。在国家大力推进供给侧结构性改革、实施创新驱动发展战略的背景下，2016 年中国电视动画的总体创作在调控数量、提质增效、内容为王、技术创新方面更进一步；产业发展则仍处于企业转型和协同融合的探索阶段，各类型动画生产企业依然在前进中摸索着适合国内市场环境生存与发展的理想模式，呈现出多种经营模式并存、各自坚守独特发展生态圈的特征。

一、政策持续利好，电视动画生产稳中求精

自 2004 年起，国家广播电影电视总局为促使国产电视动画的生产力和创作力得到极大解放，实施了以需求拉动增长的战略，相继推出多项利好政策。如 2008 年出台的《关于扶持我国动漫产业发展的若干意见》，从扶持民族原创、完善产业链条，完善支撑体系、加快平台建设，改进管理服务、优化发展环境等方面提出了若干具体措施；2010 年、2011 年和 2012 年相继推出的《关于金融支持文化产业振兴和发展繁荣的指导意见》《动漫企业进口动漫开发生产用品免征进口税收的暂行规定》《文化部“十二五”时期文化产业倍增计划》，分别从融资、信贷、保险等金融领域和免征进口税收政策等方面为国产动画行业营造了良好环境，国产电视动画产量由此逐年上升，并于 2011 年达到顶峰。但是，在数量上得到迅速增长的电视动画制作却在质量方面凸显出整体偏低、缺少精品的问题，具备良好口碑、较高知名度和广泛影响力的精品佳作少之又少。因此，为了突破有产量没质量、有作品无精品的困境，从 2014 年起，国家新闻出版广电总局相继出台《关于进一步加强和改进电视动画片创作和播出工作的通知》《2015 年扶持成长型小微文化企业工作方案》等相关政策，将动画制作的政策导向和工作重心逐步转移到质量的提升和精品的推出上，并把内容优势作为动画作品的核心竞争力加以强调，鼓励小微文化企业推出原创作品，将提高原创能力作为推动精品创作、品牌搭建的主要着力点和关键突破口。经过几年的摸索，在政策调控和市场杠杆的双重引导下，2016 年国产电视动画生产由数量增长转向质量提升的趋势更加明显，在稳步发展中逐步向实施精品工程战略转变。

（一）电视动画备案和完成情况保持稳定，动画生产企业回归理性。

2004 年至 2014 年 10 年间，中国电视动画在项目备案方面起伏较大，存在一定的泡沫和投机行为，而近 3 年备案数量的波动幅度在正常范围内，这说明国产动画企业整体回归理性，显示出实际的生产创作能力（见图 1）。

2016 年，国家新闻出版广电总局备案公示的国产电视动画总量为 425 部，比 2015 年的 405 部增加了约 4.9%；分钟数则由 2015 年的共计 315 950 分钟降到 2016 年的 232 135 分钟，同比减少了约 26.5%[①]，呈现出近 3 年生产总量在下滑中趋向稳定的特点。同时，从投资生产完成率角度考察，2013 全年备案公示的国产电视动画剧目数量为 465 部共计 327 955 分钟，全国制作完成的国产电视动画片为 358 部共计 204 732 分钟，可见在备案数量和生产数量持续下滑的同时，投资生产完成率却创下最高纪录，即约 60.2%；2014 年电视动画生产总量跌幅最大，投资生产完成率约为 48.9%；2015 年电视

---

① 数据来源于孙立军、孙平、牛兴侦主编《数字娱乐产业蓝皮书——中国动画产业发展报告（2017）》，社会科学文献出版社 2017 年版，第 88 页。

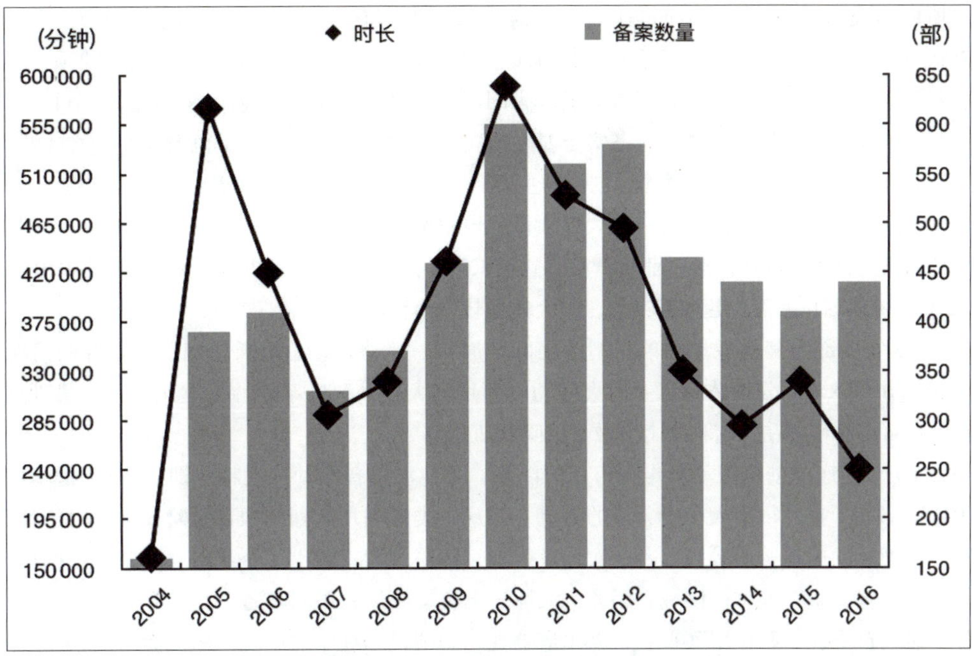

图 1　2004—2016 年全国电视动画备案情况

动画生产总量跌幅最小，同比 2014 年生产动画部数多出 55 部，有较明显的回暖态势，投资生产完成率为 45%；2016 年电视动画生产总量延续了近几年较低的下降率，根据国家新闻出版广电总局发布的《国产电视动画发行许可证》目录显示，2016 年电视动画获得发行许可证的数量为 261 部共计 125 053 分钟，比 2015 年核发的 273 部共计 138 273 分钟少 12 部 13 220 分钟[①]，整体趋于稳定，投资生产完成率为 53.4%[②]。这一数据显示，虽然 2012 年至 2016 年的生产数量大幅下降，但近 3 年投资生产完成率始终保持相对稳定的数值，充分显示出国产动画企业盲目的投资和开发有所缩减（见图 2）。

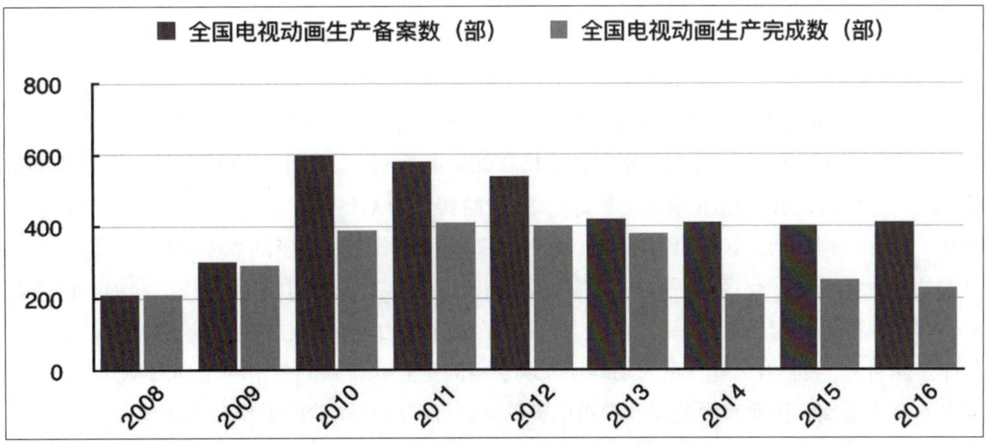

图 2　2008—2016 年国产电视动画备案与实际生产创作对比示意图

① 数据来源于孙立军、孙平、牛兴侦主编《数字娱乐产业蓝皮书——中国动画产业发展报告（2017）》，社会科学文献出版社 2017 年版，第 94 页。

② 数据来源于姜艳琴《2008—2016 年中国学龄前儿童电视动画发展研究》，《艺术评鉴》2017 年第 15 期。

之所以形成这一局面，一方面是由于近几年备案企业中有一部分是新生力量，投资少、规模小，主要依靠地缘优势和政府扶持进行发展（以西北省份和少数民族集中地区为主），其新建项目数量少、体量不大而致使生产总量下降；另一方面也因为国产电视动画制作数量持续高速增长，节目片源存量过于庞大，市场无法同步消化产品，备案企业中有实力、发展稳定的大型动画制作企业在作品有价无市的情况下自觉调整，不再将数量作为创作的主要目标，"少而精"的发展思路提上了日程，致力于集中打造成熟的品牌项目，因此新项目及大型项目的申报数量有所减少，致使生产总量下降。但无论是哪种情况，都充分表明国产动画企业生产心态趋于求稳，对项目的研发和投资力求于谨慎中出精品。

（二）电视动画作品形式趋向系列化，由大体量转向小而精

与2015年多部大型电视动画项目制片比例增加，一部动画片总时长达到上万分钟的情况相反，2016年没有出现8 000分钟体量以上的大型动画项目，大多采取以系列片为主的备案形式进行申报，总体态势趋向小而精，在一定程度上分散了风险和压力。

自2004年国产原创电视动画走向市场化以来，企业项目备案的一大特点即为策划大型电视动画片，达到一部上千集、每集大于十分钟的体量。但这一类型制片计划的项目风险较大：由于特殊的制作手段，动画片的成本普遍较高，若一次性投产项目体量过大，超出了企业本身能够承受的压力，极易陷入经营不善、生存艰难的困境。因此，大体量电视动画项目虽然具备一定的品牌力量，但其缺陷也十分明显：首先，从制作层面来看，大体量电视动画项目不利于前期剧本的沉淀与纠错。一旦大型项目得以确立，就意味着要及时建构出作品庞大的世界观、塑造众多的人物、呈现体量较长的故事内容。在动画片最为关键的后期制作当中，一旦项目开启，剧本几乎不能再有所改动，若前期没有将剧本打磨成熟，后期试图纠错和改动则非常困难，不但会使整个项目进程受阻，也会给企业造成巨大的损失。其次，大型项目的质量很难始终保持优质水准。项目庞大，制作周期则会相应变长，制作期间难免会出现无法预期的变化，特别是在人员构成方面，参与制作的人员变动很可能会导致动画项目的质量无法保证。再次，大型项目的投资巨大，资金链条相对脆弱，资方数量相对较多而机制复杂，短期收回成本的可能性较小，因此会格外需要资金实力雄厚的企业扶持。一旦资金链条断裂，企业受到的损失将无法估量。因此，在2016年的项目备案中，诸多企业纷纷舍弃大体量的动画片项目，而多选择以系列片为主的备案形式，以每年推出系列中的一至两季为制作方式，规避了一定风险。

在2016年的425部备案项目中，备案数量排名前10位的项目（含系列）分别为："宝宝乐学堂"系列，片长26 450分钟；"喜羊羊"系列，片长6 492分钟；《清明上河图》，片长4 745分钟；《贝贝汉》，片长3 536分钟；《汉字的故事》，片长3 125分钟；"新大头儿子和小头爸爸"系列，片长2 656分钟；"中原"系列，片长2 600分钟；"星原小宝"系列，片长2 392分钟；"零捌学糖之被吃掉的成语"系列，片长2 340分钟；"蛋计划"系列，片长2 006分钟。以上总计56 342分钟，约占年度备案分钟数的24%。[①] 数据显示，2016年备案数量前10位的特点为系列片占比增加，相比2015年只有"宝宝乐学堂"这一系列动画，2016年增至7个系列。系列片的增加虽然使部数得以增加，但集数和分钟数被增加的部数稀释了，反而有所减少，因此没有出现体量特别大的电视动画片。这种举措使企业不但规避了制作风险，同时延续了品牌效应，将更多的创作精力和资金贮备用于精品打造，令项目规划更趋合理。同时，"宝宝乐学堂"系列动画片采取了不同企业联合共同打造一个动画系列的创作模式（由蚌埠水木易卡通文化传播有限公司和无锡亿唐动画设计有限公司共同创作），这种由各个企业集结自身优势、规避自身短板、共同分担风险和利益的创作方式成为2016年电视动画创作的又一特点。

二、电视动画创作坚持正确导向，讲好中国故事

党的十八大以来，国家新闻出版广电总局深入贯彻落实习近平总书记系列重要讲话精神，始终坚

① 参见孙立军、孙平、牛兴侦主编《数字娱乐产业蓝皮书——中国动画产业发展报告（2017）》，社会科学文献出版社2017年版，第93页。

持以人民为中心的工作导向，紧紧抓住创作生产优秀作品这一中心环节，大力推动国产电视动画发展，着力提高讲好中国故事的能力，广泛推动优秀作品传播，积极促进国内外交流，形成政府扶持引导、行业齐心协力、社会广泛参与的良好氛围，涌现出一大批弘扬时代主题、具有鲜明中国风格、社会评价与市场反响俱佳、深受青少年喜爱的优秀动画作品，呈现出进一步转型升级、繁荣发展的良好局面。2016年，围绕“庆祝中国共产党成立95周年和纪念红军长征胜利80周年”的主题，由国家新闻出版广电总局指导扶持，推出动画“三部曲”：《最可爱的人》《犟驴小红军》《翻开这一页（第二季）》，在中央电视台和省级动漫频道、少儿频道展播，让广大青少年重温了中国革命史上的难忘岁月，感受到英雄主义和爱国主义的崇高情怀。在2016年度国产动画发展专项资金项目评审会上，经国家新闻出版广电总局季度推荐优秀国产动画片项目初审、总局专项资金项目评审委员会终审并公示，最终确定2016年度国产动画发展专项资金获奖作品18部，奖励资金共计290万元。其中，一等奖3部，奖金30万元，由《熊猫和小鼹鼠》（央视动画有限公司）、《最可爱的人》（北京广播电视台）、《犟驴小红军》（上海炫动传播有限公司）获得；二等奖5部，奖金20万元，获奖作品为《聪明的顺溜之雄鹰小子》（济南军区政治部电视艺术中心）、《小济公》（央视动画有限公司）、《泡泡美人鱼》（上海今日动画影视文化有限公司）、《成长不烦恼》（无锡广新影视动画技术有限公司）、《翻开这一页（第二季）》（湖南金鹰卡通有限公司）；三等奖10部，奖金10万元，获奖作品包括《棉花糖和云朵妈妈》（央视动画有限公司）、《京剧猫》（上海炫动传播有限公司）、《中国巧姑娘之黄道婆》（上海炫动传播有限公司）、《超级皮皮克（第二季）》（苏州工业园区金笛创意国际文化有限公司）、《阿优学科学》（杭州阿优文化创意有限公司）、《小鸡彩虹》（宁波市暴风动漫有限公司）、《秦时明月伍：君临天下（上）》（杭州玄机科技信息技术有限公司）、《黄梅谷传奇》（安徽天同人合文化传播股份有限公司）、《熊熊乐园》（深圳华强方特动漫有限公司）、《百鸟衣》（广西广电影视传媒发展有限责任公司）。

在创作题材上，2016年电视动画创作展示出更加丰富的特点。在国家新闻出版广电总局推荐播出的优秀作品中，有表现儿童多彩生活的《棉花糖和云朵妈妈》《成长不烦恼》；有从小学生视角选取生活中鲜活有趣的故事，教育孩子们要懂得仪表之礼、仪式之礼、言谈之礼、待人之礼、行走之礼、观赏之礼、游览之礼、餐饮之礼等八种礼仪的《加油吧！三二班（第二季）》；有聚焦悠久历史和传统文化的《中国巧姑娘之黄道婆》、《孟子学堂》、“秦时明月”系列；有取材于民间故事的《小济公》《壮锦的故事》《百鸟衣》；也有融入多种文化元素、具有国际视野的《熊猫与小鼹鼠》《半斤八两》；等等。这些作品都受到小观众及家长的欢迎。

（一）社会主义核心价值观题材动画创作深入人心

习近平总书记在中国文学艺术界联合会第十次全国代表大会、中国作家协会第九次全国代表大会上的讲话中指出：“社会主义核心价值观是当代中国精神的集中体现，是凝聚中国力量的思想道德基础。”当代动画创作应坚持最根本的价值引领，要有导向意识，注重社会效益，贯穿融入社会主义核心价值观，以深刻的情节和动人的形象，生动鲜活、潜移默化地反映当代中国人特别是青少年的思想、情感和审美，用有筋骨、有道德、有温度的优秀作品成风化人、凝聚力量，引导广大青少年树立正确积极的人生观、价值观、世界观。

2015年至2016年，国家新闻出版广电总局联合教育部全国动画专业教育指导委员会、中国传媒大学等单位，启动了“第一届社会主义核心价值观动画短片创作扶持活动”，引导高校动画专业师生在毕业设计等创作中聚焦社会主义核心价值观。活动启动后，全国22个省区市66所高校动画专业师生踊跃参与，创作出多部短小精悍、艺术性强、弘扬真善美、充满正能量的优秀作品。如以展示亲情孝道、感恩之心为主题的《父与女》，以反映爱国奉献、爱岗敬业为主题的《回家过年》，以表达平等和谐、诚信友爱为主题的《码头》，以向劳动者致敬为主题的《冬日卡片》，还有以中国传统水墨画风格表现人与自然和谐相处的《梅花三弄》等动画作品，均得到国内外评审专家和专业人士的高度认可。无论就国产动画创作而言，还是针对评优而言，都为今后的动画创作题材和方向带来诸多启示。

（二）“中国梦”主题动画创作硕果累累

近几年来，国家新闻出版广电总局积极组织实施“中国梦”主题动画创作工程，围绕党和国家重大主题、重大活动、重要节点，组织创作动画精品，唱响主旋律，传播正能量，引导青少年儿童树立正确的历史观、民族观、国家观、文化观，培育青少年的远大理想和对美好生活的追求，拓宽了动画创作的题材范围和内容素材，彻底改变了国产动画以往只聚焦在小花草、小动物等狭窄视野的创作主题。2014 年至 2016 年，国家新闻出版广电总局连续组织推出了三个动画“三部曲”，分别是：2014 年的“爱国三部曲”——《戚继光》《英雄冯子材》《翻开这一页》,2015 年的“抗战三部曲”——《地道战》《鸡毛信》《渊子崖保卫战》,2016 年的“庆祝中国共产党成立 95 周年和纪念工农红军长征胜利 80 周年”三部曲——《犟驴小红军》《最可爱的人》《翻开这一页（第二季）》。这些优秀作品在全国动画专业频道、少儿频道和上星综合频道进行了展播，广泛受到少年儿童、家长和老师的热烈欢迎和由衷赞赏。

其中,《翻开这一页（第二季）》于 2016 年 6 月播出后，全国平均收视率约为 0.42%，市场份额约为 2.48%，排名居同时段所有频道第 5 位、省级卫视第 1 位。《翻开这一页》“中国梦”系列动画由湖南广播电视台金鹰卡通频道负责制作，创新采用了名嘴老师读书的形式串场，以真人加动漫的表现手法来还原教科书上的题材。其内容题材均取材于中小学语文课本中的近现代 26 个经典党史故事和伟人故事，包含伟人故事和重大事件两大系列，对 26 堂语文课经典进行解读，分别制作成 26 集动画片，每集 12 分钟。其中,《毛主席在花山》《朱德的扁担》《军神》《倔强的小红军》《邓稼先》等伟人故事，深入挖掘了老一辈无产阶级革命家的人文价值精髓，从另一视角为中国共产党人当时的中国梦做出生动解读。而《金色的鱼钩》《狼牙山五壮士》《丰碑》《飞渡泸定桥》《老山界》《卢沟桥烽火》等经典课文也以动画片的形式被生动演绎出来，大大增添了故事的可看性。《翻开这一页（第二季）》是《翻开这一页》的续集，其作为中国共产党建党 95 周年献礼动画片，从青少年的视角出发，用动画的形式再次演绎小学语文、思品（道德与法治）、历史等课本中近现代 11 个经典党史故事和伟人事迹，还原了革命先辈在历史年代里的奋斗精神，用视觉和听觉丰富小学课本的内容，使得书本中的人物和故事更加丰满鲜活。

《犟驴小红军》则作为红色题材的创作典范在国产电视动画中独树一帜。该动画由上海广播电视台及上海炫动传播有限公司联合出品，是 2016 年度国家新闻出版广电总局“中国梦”主题重点动画项目，也是纪念红军长征胜利 80 周年的献礼作品。该动画片的策划起始于 2014 年，此后两年多时间里，国家新闻出版广电总局、中共上海市委宣传部、上海市文广影视管理局以及上海市文化发展基金会等不仅给予高度关注，提供资金和专家资源，还深入参与调研和策划，为该片的项目推进提供了有力的组织保障。2016 年国庆期间，该动画片除了在上海哈哈频道播出外，还登陆东方卫视、浙江卫视、江苏卫视、旅游卫视、青海卫视、宁夏卫视、银川电视台等多家电视台联播。《犟驴小红军》以青少年为主要收视群体，主人公的设置锁定为少年小战士的成长历程。片中除了讲述长征中爬雪山过草地的艰难险阻，还特意加强了对剧中人物勇敢、团结与友爱精神的刻画。

值得一提的是，虽是注入童心与想象的动画片创作，但片中的故事都源于生活。该片总制片人鱼洁介绍，主创团队曾冒着严寒兵分两路前往川西和云贵地区重走长征路，探访老红军战士，详细了解当年红军长征的点滴细节，力求把长征故事用最真挚的感情真实地讲述出来。在主创团队看来，这不只是一次基于红军长征故事的青少年版艺术创作，更是一个关于“家、国、梦”美好主题的中国励志故事。

（三）中华优秀传统文化和民间故事成为电视动画创作取材源泉

近年来，各动画制作机构创作了《小济公》《中国巧姑娘之黄道婆》《孟子学堂》《京剧猫》《飞跃五千年》《黄帝史诗》《百鸟衣》，以及“秦时明月”系列等聚焦中华民族悠久历史和博大精深传统文化的优秀动画作品，深受少年儿童欢迎。

以 2016 年推出的《秦时明月伍：君临天下（上）》为例，该系列电视动画的创作始于 2007 年，改编自中国台湾地区的武侠小说作家温世仁遗作，由杭州玄机科技信息技术有限公司制作，沈乐平执导。

该动画凭借着雄浑大气的风格以及剧中所蕴含的悠远深厚的中国文化因素而受到欢迎，目前已经连续制作了多部系列动画。此外，该动画片不仅已被制作成大电影，其真人版电视剧也在拍摄计划之列。“秦时明月”系列也因此被称为中国动漫界的扛鼎之作，“一亿目光关注的中国动画品牌”。在挖掘中国历史史料和展示中华优秀传统文化方面，“秦时明月”系列做到了寓教于乐，受众年龄段的跨度也极为宽广，且能启发未成年人对中国古代历史和典故产生兴趣，从而激活中国传统优秀文化在电视动画中的生命力。全剧的背景从秦始皇统一六国建立中国第一个大一统的帝国开始，到西楚霸王项羽攻陷咸阳结束，时间跨度长达 30 年，讲述一个体内流淌着英雄之血的少年天明经过无数冒险磨难，最终成长为盖世英雄，凭一己之力改变历史进程的热血励志故事。故事场景磅礴大气，气势恢宏，既有东海蓬莱仙岛的幽静洞天，也有西域楼兰古国的黄沙古道，既有千军万马的搏命厮杀，也有江湖儿女的缠绵悱恻，其间还穿插着“孟姜女哭长城”“白马非马”等在中国流传千年的民间故事，可称得上是一部针对海内外年龄层跨度极大的武侠奇幻巨作。该动画剧情融武侠、历史、奇幻于一体，引领观众亲历两千年前风起云涌、瑰丽多姿的中国古代世界，在浓郁的中国风中又注入鲜明的时代感。尤其具有新意的是，剧中将春秋战国之际所盛行的诸子百家一一写入了故事之中，将儒、墨、道、法、纵横、阴阳等本是学术、政治之间的竞争切换成了武侠门派之间的斗法，意欲在弘扬中华武侠文化的同时，兼顾成年人群体，用所涉及的诸多历史人物、历史知识和典故，展现中国优秀传统文化，起到对民众人文素养的熏陶作用。

而“秦时明月”系列也并不仅仅简单地复制中国元素，而是运用 3D 技术，以多种艺术元素来诠释中国优秀传统文化之魅力。它一改此前动画影片《宝莲灯》《花木兰》对中国传说故事的套用及《怪物史莱克》《忍者神龟》对中国功夫的诠释，而是通过对中国传统文化的解读和领悟，充分调动中国元素符号，折射出中国传统文化特有的气息与风采。譬如，该动画将传统的中国动画艺术赋予国际化流行时尚内涵，在画面中融入中国传统的动画技巧，采用工笔画和水墨画融合的手法表现武侠玄幻的场景，同时还融入剪纸、木偶、皮影等独特的手法，极大地凸显了中国元素的特色。特别是在景物描绘中，墨色山水的融入不仅展示了美丽的风景，也交织着简约的现代时尚元素，使得世界各国的观众都能从中感受到传统中蕴含着现代美的中国意境和风貌。“秦时明月”系列动画是杭州玄机科技信息技术有限公司旗下最重量级的注册品牌。杭州玄机科技信息技术有限公司致力于打造“秦时明月”全品牌战略，包含“秦时明月”系列动画、CG 电影、小说、游戏、图书、真人电视剧等众多产品内容。自 2007 年该动画系列片登上荧屏，新媒体的点击量突破 20 亿次，更囊括了法国戛纳电视节亚洲展映会最佳作品、日本动漫产业白皮书推荐、亚洲电视节 3D 最佳推荐影片奖等诸多国际奖励。“秦时明月”已成为当下中国最具影响力的原创动画品牌之一。

（四）中外合拍中国主题动画片佳作频现

习近平总书记指出：“社会主义文艺要繁荣发展起来，必须认真学习借鉴世界各国人民创造的优秀文艺。”动漫是在世界各国都颇为流行的文化产品，专业化、市场化程度高，国际交流活跃。近年来，国家新闻出版广电总局多次组织动画机构和动画人才开展国际培训、业务交流，支持动画机构参与各类国际动画专业节展，在交流互鉴中看到差距短板，明确努力方向，学习先进经验，取长补短、开拓创新。曾参与过培训的上海炫动传播有限公司还与美国迪士尼公司联合拍摄了电视动画片《半斤八两》，以中国经典的石狮子形象，讲述了 28 个温馨而有趣的中国故事。

以国宝大熊猫为主角的《熊猫和小鼹鼠》也是成功的中外合作项目。故事背景讲述的是一只捷克的小鼹鼠意外地捡到了玩偶熊猫和和，并与和和成了亲密的好朋友。但和和后来被小主人带走，小鼹鼠非常想念这位曾经朝夕相处的好朋友，决定到熊猫的故乡——中国四川去寻找它。经过长途跋涉，小鼹鼠沿着“丝绸之路”到达四川，来到熊猫和和的家。两位小伙伴再次相见，非常开心，熊猫和和热情地邀请小鼹鼠留在了自己的家乡。相处期间，两位小伙伴由相识、相知，到成为最好的朋友，共同度过了欢乐的时光。还有那些憨态可掬、热情善良的森林伙伴，演出了森林里一系列有关宽容、理解、和谐、友爱，以及看似平和却充满了惊奇和冒险的温馨小故事。每一个故事都以幽默的方式告诉孩子们生活中的道理，引导孩子们领悟其中的真谛，帮助孩子们在快乐中体会人与动物以及与大自然之间的亲密关系。该动画采用中国形象，融合国际先进的表现形式和技术手段，生动讲述了中国故事，传播中华文化，受到国内外广大少年儿童喜爱。它既是中捷双方首次在儿童动画领域的合作，也是中华文化与世界文化交流与融合的成功范例之一。

三、坚持内容为王，电视动画生产企业积极探寻发展之路

在2015年的企业转型基础上，2016年电视动画生产企业加速转型发展，体现为多种经营模式并存、各自坚守独特发展生态圈的特点。这些生态圈的形成和企业所处的地域、企业的规模以及企业的启动资金、后援力量等因素有着非常重要的联系。按照生存模式和运营生态圈大致分类，则体现为以下几类企业运营模式。

（一）跨界新媒体合作型，即紧抓时代脉搏，求新求变

作为国内领先的大型动漫企业，广东奥飞动漫文化股份有限公司（以下简称奥飞动漫）是这一类型的典型代表。近几年来，奥飞动漫制定了以IP为核心，运用强有力的IP运营能力，激发公司多元产业群全面加速发展，同时借助互联网渠道不断优化各业务板块的运营模式，紧紧围绕内容为王、互联网化和走向国际的“泛娱乐”的发展战略，向多领域、国际化的目标持续迈进，逐步构建起“泛娱乐”产业生态圈的宏伟蓝图。经过20多年的发展，奥飞动漫已积累并打造了诸多知名IP，并在发展其原有影视动漫业务和动漫玩具主营业务的同时，拓展手机游戏、形象授权等业务，借助资本市场的力量，将产业版图积极向上游文化产业进行扩展，构建起一条从内容创作、媒体传播、形象授权、产品设计到市场营销、衍生品生产销售的完整动漫产业链。2015年，奥飞动漫更是大刀阔斧进行产业整合，成功收购“有妖气”平台，将平台上4万个具备深层潜力的IP收入囊中，为并购和整合优质IP资源、强化精品创作优势奠定了进一步发展的基础。此外，奥飞动漫于2015年正式将触角伸入VR、AR新领域，在VR方面布局的领域涵盖了技术、设备、IP、内容、衍生品等诸多方面，初步构筑VR生态圈雏形，并先后参股了拥有全球领先惯性动捕技术的北京诺亦腾科技有限公司、国内最早的全景视觉应用机构之一的北京互动视界文化传媒股份有限公司等，足以证明奥飞动漫将以IP内容为核心，整合产业资源，全力推进“IP+科技”产业大融合，为面对移动互联网和智能时代的来临做出了更长远的规划和打算。2016年，奥飞动漫在以IP为首、内容为王，整合产业资源，全力推进自身向国际化、多领域扩展的发展道路上持续前进，意欲构建IP创造、IP传播与IP衍生产业相互协同发展的泛娱乐产业布局。

（二）执着坚守型，即致力于本土原创，怀揣中国动画之梦

这类动画生产企业往往致力于创造更具原创性、追求更高艺术水准及一流剧情的作品。其中颇具代表性的企业之一为杭州玄机科技信息技术有限公司，其全力打造出中国原创动漫旗舰品牌“秦时明月”系列动画。该系列以高起点、高定位、高质量以及精彩的剧情，几年来获得了广泛好评。当然，作为中国目前最为精致的一部3D电视动画，其身后的明日科技（中国）有限公司发挥了强大的支撑作用，高额投资为这部系列电视动画片的技术含量和艺术水准提供了坚强的后盾，也为稳扎稳打地开发周边产品提供了可靠的保障。

值得一提的还有目前中国内地品牌效应最佳的广东原创动力文化传播有限公司，其代表作《喜羊羊与灰太狼》在国产原创动画电视电影的制作、发行、销售及相关知识产权产业化开发方面，形成了一条相当完整、规范的产业链，取得了巨大的经济利益和社会效益，成为当代中国文化产业创新发展的典范。若遵循这条中国原创动画发展的有效路径，能够发掘出更适合中国可持续性发展的文化创意产业发展道路，将让所有中国动画人的梦不再遥远。

（三）加工型，即以技术力量博上位

此类企业大多处于小、散、弱的局面，主要从事动画制作外包服务，并以长期大量的加工收益支

撑少量的动漫原创。有的企业致力于动画频道广告代理，有的转向动画电影发行，有的依靠“玩具＋动画”的方式成功转型，有的专注于动画配音，有的钻研VR、AR等动漫和科技的结合方面，有的则力推海外发行业务，综合运营和原创能力皆十分有限。因此，它们作为幕后公司，难以有合适的渠道将公司制作的少量原创作品推广出去。这些公司通常很注重技术力量的提升，因为只有拥有专业技术过硬的团队，才能在业内获得良好的口碑。但正由于没有知名的原创作品，难以获得融资制作出属于自己的经典动漫作品，所以，资金有限且无后援支撑的此类小型动画企业发展极其缓慢。这当中较具代表性的是总部位于武汉的江通动画股份有限公司。公司成立之初，经历了国内外高品质的二维、三维动画及影视特效等外包制作服务的层层打磨，最后才制作出小有知名度的几部原创动画作品，如《天上掉下个猪八戒》等。另如广州市啦比豆豆动画设计有限公司，也试图通过自己的方式进行良性运营。该公司由从广东原创动力文化传播有限公司独立出来的几位元老级动画人创建，是从无到有经营起来的、以做国内外各种高质量电视动画外包单为主的公司。这家年轻的公司不但积极地吸收、积累外包单的生产制作经验，且不断吸纳动画制作领域的新秀人才，逐步进行自己原创作品的制作与推广，《拉比系列短片》《豆豆一家亲》等动画通过短小精悍的剧情内容、轻松幽默的角色形象，以及采用微信平台推广的方式尝试慢慢进入市场。另外，还存在部分学院派动画专业人才建立的小型动画公司：《功夫兔与菜包狗》从获得动画学院奖开始，荣获业界多个奖项，并趁热打铁将其动画短片衍生发展成系列动画作品，借助网络平台进行包装和推广，制作并联合淘宝网站出售其动画衍生产品。此外，以几千元资金开始制作《罗小黑战记》系列动画的寒木春华动画公司，以自给自足的微薄资金不懈地坚持着动画原创制作，并逐步获得市场认可和收益，虽步伐缓慢，却勇气可嘉。

四、电视动画播出稳步增长，播出平台亟待多样化

2016年，中国电视动画在播出时长方面仍保持稳步增长。据央视索福瑞数据显示：2016年全国36个主要城市动画节目的播出时长为1 340 252小时，较之前一年增长了106 719个小时。全年人均收视时长呈现反弹态势，约为5.75分钟/人。[①] 这一数据表明，2016年度动画作品本身的质量和吸引力保持良好发展态势，经典系列动画品牌继续维持了前两年的强劲势头，在收视和市场份额排名上占据了重要位置。2016年，全国36个主要城市收视率前10名的动画片为110部，其中海外引进动画片7部，国产片103部。[②] 在103部国产片中，3部为国产经典动画片（《三个和尚》《狼来了》《大闹天宫》），其余100部排名靠前的动画片主要集中在几个核心品牌的系列片上，如“熊出没”系列、“新大头儿子和小头爸爸”系列、“猪猪侠”系列、“喜羊羊与灰太狼”系列、“赛尔号”系列、“阿优”系列、“大耳朵图图”系列、“超级飞侠”系列、“百变马丁”系列等。可见，优秀动画片源的核心品牌效应、忠实观众群以及内容创作、技术制作达到较高水准是播出和收视同步提升的前提。无论是老牌经典作品，还是产业化后生产的原创动画片，电视动画的故事内容、人物形象以及优质口碑才是其获得更多播出机会、延续良性收视的决定性因素。

据央视索福瑞媒介研究对2016年4岁至14岁观众群体6：00—24：00的收视数据显示，在央视/卫视收视前20名中，湖南金鹰卡通频道、中央少儿频道和北京卡酷少儿频道成三足鼎立之势，并占据收视前三甲。除上海炫动卡通频道外，广东嘉佳卡通频道和江苏优漫卡通频道也进入收视前20名。从收视市场份额来看，以上六大少儿卫星频道在4岁至14岁群体中，约占所有卫星频道21%的市场份额。[③]

---

① 参见孙立军、孙平、牛兴侦主编《数字娱乐产业蓝皮书——中国动画产业发展报告（2017）》，社会科学文献出版社2017年版，第96页。

② 参见孙立军、孙平、牛兴侦主编《数字娱乐产业蓝皮书——中国动画产业发展报告（2017）》，社会科学文献出版社2017年版，第97页。

③ 参见孙立军、孙平、牛兴侦主编《数字娱乐产业蓝皮书——中国动画产业发展报告（2017）》，社会科学文献出版社2017年版，第106页。

可见，动画专业频道在这一年龄段群体中具有强势地位。虽然当前有以上六大动画专业频道为广大青少年观众提供动画节目，但从收视率和覆盖率来看，真正具有全国影响力的专业频道也只有湖南金鹰卡通频道和央视少儿频道，其他频道的竞争力可以说相当微弱。而对于逐年增加的电视动画节目数量来说，播出平台单一、播出形式匮乏，仍然是2016年国产电视动画所面临的严酷现状。因此，为优质内容提供多渠道的播出平台和多样化的播出形式成为动画产业下游环节中亟待解决的问题。播出机构和平台作为中国电视动画的承载体系和传播介质，在动画作品播出和内容管理方面起着至关重要的作用。如何科学有效地发挥播出机构和平台的调节引导功能，使优秀作品及时与受众见面，关系到电视动画的良性发展。通过历年全国36个主要城市动画节目播出的数据可以看出，目前能够形成IP效益的动画片多投放在省级上星频道和省级非上星频道上，并且，能够保证一定的播出时长和收视时长（如六大动画专业频道）。同时，收视率较高的动画片均在网络播出平台上得以投放，极大地扩展了播出范围和收视范围，并通过网络的便捷性和交互性，在动画企业和动画片的相应网站、公众号、微博上和观众形成互动，进一步拓宽了动画作品的播放空间，延续了口碑的效应，从而加大了作品的影响力，为构建核心品牌、培养观众忠诚度提供了有利条件。

2013年，国家新闻出版广电总局推行各少儿动画频道负责人参与优秀动画片评选的新举措，并在评选之后鼓励其购买、播出优秀动画片，初步建立起选优播优、质优价良的良性机制。若对2016年统计出的全国36个主要城市收视率前10名的动画片资源进行分析，可以发现，在国产电视动画播出的行政管理方面，国家新闻出版广电总局积极开办少儿频道和上星动画频道，着力构建各级电视台动画栏目构成的动画播映体系，将播出机构与平台的建设作为振兴国产动画产业的强力推手。2014年起，国家新闻出版广电总局要求每家电视上星综合频道平均每天8：00至21：30之间至少播出30分钟国产动画或少儿节目，为国产电视动画片开辟了优质的播出平台。在此基础上，国家新闻出版广电总局还要求充分运用互联网、手机、VR等新兴媒体，不断拓展国产电视动画的传播渠道，形成上星频道和地面频道、专业频道和非专业频道、传统媒体和新媒体共同发展、互为补充的动画播出体系。这也促使了动画制作机构不仅为传统播出媒介生产和创作，同时主动根据互联网等新兴媒体需求有针对性地创作动画节目，为互联网、移动电视、网络电视、手机终端等新兴媒体提供适合其播出特性的优质动画作品，从而满足不同年龄层次和观看渠道的受众需求。

近年来，国家出台各项政策和文件，采取多种行政和经济手段，积极建设国家动画产业基地和动画教学研究基地，完善播映体系，规范动画市场秩序，致力于保护和促进动画产业的发展，对国产动画事业的推动达到了前所未有的深度和广度。但事实上，无论是国产电视动画，还是国产动画电影和漫画等创意作品与相关产业，能够健康、良性、可持续发展的关键在于，动画生产制作机构能够在故事编排、形象设计、市场研究等前期工作上加大投入，精心策划重点项目，加强品牌意识和市场意识，将打造优质作品作为核心。优质作品和经典品牌的创造是动画产业发展的根本，没有高质量的作品，产业体系不但无法充分发挥作用，甚至会透支动画企业信誉，影响动漫品牌搭建和维护，使整个产业体系空转而造成损耗。因此，只有动画产业发展的立足点定位于提升作品质量、提高动画制作机构自身的原创能力，才可能为国产动画的健康发展夯实基础。

裴旖旎　中国艺术研究院研究室副研究馆员

2016 年度中国纪录片创作、传播及理论研究综述

◎ 张啸涛

从 2016 年度的中国纪录片创作中，我们可以感受到中国步入新时代后的发展脉搏。创作机构通过年度重大题材的呈现与传播，为国家宣传战略提供了助力，也为中国现代化发展和传统文化的有效输出进行了探索。在媒介融合的发展环境中，纪录片灵活利用网络平台和社交媒体，呈现出多种样式，新媒体的发展为纪录片的繁荣与市场化进程提供了新的可能性。在理论研究领域，2016 年度有关纪录片理论研究的论文发表及专著出版数量稳步提升，表现出学界对中国纪录片创作及理论体系建设在研究进路上的深入探索，在学科建设上具备持续研究的整体环境及内在动力。

一、政策导向效果明显

2016 年度的中国纪录片行业，政策导向进一步显现。市场主体更加多元化，中国纪录片在类型化、题材多元化探索等方面取得初步成果，并逐步改变“叫好不叫座”的困局。互联网和电影院线作为重要的媒介平台已经开始展现其潜力，纪录片在国际传播方面的传播力、影响力得到进一步认可。

自从 2010 年国家广播电影电视总局颁布《关于加快纪录片产业发展的若干意见》这一标志性政策，政策与市场形成了推动中国纪录片产业发展的两股动力，中国纪录片真正由事业发展转向产业发展，面临前所未有的好形势。随后的几年时间，政策导向进一步走向深入化和多面化，政策推动效果进一步显现，并逐步转化为市场红利。首先是政策导向下播出平台的扩展，2016 年 1 月 1 日，随着湖南金鹰纪实频道正式上星播出，在纪录片专业播出平台方面，形成了以央视纪录频道作为国家级专业频道为首，外加北京纪实频道、上海纪实频道、湖南金鹰纪实频道三家省级纪录片专业上星频道的纪录片电视播出平台“1 + 3”格局。另外，包括要求省级卫视频道的纪录片播放时长每天不少于“30 分钟”，对优秀的国产纪录片优先予以安排播出等政策，使纪录片进一步转化为市场需求。“一剧两星”政策更是成为纪录片进入“920”节目带[①]的重要推手。这些管理政策都直接刺激了纪录片的市场需求，活跃了纪录片的生产创作。

管理部门也出台了精品扶持计划，2016 年，国家新闻出版广电总局开展“百人百部中国梦短纪录片扶持计划”，在资金上支持了 32 部作品（见表 1）。同时，在“优秀国产纪录片及创作人才扶持项目”中，支持 63 部优秀作品及人才、栏目、机构等 11 个项目。在政策、资金、技术发展等多重合力下，中国纪录片产业化发展在深层次结构和多重领域都发生着重要改变。

二、中国纪录片在电视媒体的发展状况

2016 年，中国纪录片还是以四家专业纪录片频道、央视综合频道、央视科教频道和省级卫视频道为主要制作播出平台。四家专业纪录片频道在行业内占据着主要位置，央视综合频道、央视科教频道和省级卫视频道更加重视纪录片的制作与播出。央视纪录频道和上海纪实频道在经典栏目的制作和市场拓展方面经验丰富，已经树立起良好的品牌声誉。央视综合频道和省级一线卫视频道因其传播能力和收视率的绝对优势，在中国纪录片的发展格局中也处于非常重要的地位。尤其在央视综合频道和一线卫视频道的“920”时段，在管理政策导向的支持下，纪录片的收视率和产业市场都获得发展空间。

---

① 2015 年 1 月 1 日，“一剧两星”新政正式实施，连同 2012 年颁布的“限娱令”，原 21：20 — 22：00 间的卫视第三集电视剧时段，只能由非娱乐节目填充，业内所称的周间“920 节目带”应运而生。

表 1 2016 年度“百人百部中国梦短纪录片扶持计划”作品名单

序号	项目名称	导演	申报单位
1	《“女蛟龙”炼成记》	赵亚南	青岛市电视台
2	《中国新农民》	钟倩、任民、霍宏宇、蒋新建、武丹、张汇源	中国农业电影电视中心
3	《城市穿行者》	吴嘉勇	深圳市缉熙文化传媒有限公司
4	《书香——最美的故事》	李慧颖	广西电视台
5	《我的奥运后》系列	方方、胡雁也 分集导演：王文锴、赵翊君、肖湘祁	湖南快乐金鹰纪实传媒有限公司
6	《阿里木江：让艾德莱斯从制造走向智造》	陈晨、王海霞	新疆电视台
7	《踮起脚尖》	何宜昌	浦东人民广播电台
8	《返乡》	宋薪宏	辽宁广播电视台
9	《一双手中的一带一路》	赵奇	天津广播电视台国际频道
10	《中国桥、中国人》	陈会	北京广电新视点电视节目制作信息中心
11	《木的琴》	宋满朝	陕西全景记录影视传媒有限公司
12	《乡野日记》	李枫	湖南广播电视台国际频道
13	《为家乡歌唱的嘿羽》	秦郑华、李景方、孔孟熙	北京中视瑞辰科技传媒有限公司
14	《马背上的学堂》	梁云	扬州市广播电视台
15	《全家福》	晋伯虎	芜湖市广播电视台
16	《村里达人》第二季	池建新	北京科学教育电影制片厂
17	《益西卓嘎》	高广元	北京时代辰星影视文化传播有限公司
18	《看见》	金华青	杭州投创广告有限公司
19	《寻找声音的故事》	刘亚男	吉林动画学院 吉林一线传媒有限公司
20	《大自然的守护者》	王卉予	北京致真将来文化传媒有限公司
21	《油条哥》	刘志胜	河北九星文化传播有限公司
22	《棒球少年》	欧大明	北京新维盛世影视文化传媒有限公司
23	《青春中国创业记》	刘丹、解敏	湖南广播电视台金鹰纪实频道
24	《快递员窦逗》	张晓颖	北京科学教育电影制片厂
25	《零号球队》	邓峥嵘	天津电视艺术发展有限公司
26	《金兰》	张雪川	南昌市电视台
27	《瑶山梦》	韦庆林	河池市广播电视台
28	《平措的远行》	袁航	北京三人文化传媒有限公司
29	《大力山的姑娘》	刘培温	浙江雨农影视传媒有限公司
30	《绿水青山》	夏莎	北京金缕歌文化传媒有限公司
31	《高原种“氧”兵》	江君	中国教育电视台
32	《当他们渐渐老去》	张洁	北京广播电视台纪实频道

资料来源：《关于 2016 年度“百人百部中国梦短纪录片扶持计划”评审结果公示的通知》，国家广播电视总局网（http://www.nrta.gov.cn/art/2016/10/27/art_113_31919.html）。

2016年，四家专业纪录片频道、央视综合频道、央视科教频道和省级卫视频道全年共播出纪录片约77 600小时，同比增长约1.6%；首播节目总量为24 600小时，同比增长约2.5%。[①] 与往年相比，新节目增长速度放缓，资源向重大题材项目集中。

2016年，中国纪录片年生产总投入34.7亿元，同比增长约15%；年度产值超过52亿元，同比增长约12%。[②] 由此可见，中国纪录片产业在2016年度出现了盈利空间，虽然项目投资的回收还是主要依靠传统的贴片广告模式，但随着传播形式的多元化，知识产权保护意识的加强，出现了多媒体播出销售许可权、品牌拓展及地面活动等新型盈利模式，今后还可以利用项目品牌推动本土旅游产业、房地产项目开发及特色产品销售等获得更大盈利的产品开发模式。

央视纪录频道2016年平均日收视率约为0.562%，全国覆盖收视人群为10.7亿人，覆盖率约为74%，收视份额年平均增长率约为30%。[③] 2016年，作为国家级专业纪录片频道，央视纪录频道集中资源和人才优势，制作播出《筑梦路上》《长征纪事》等多部重大选题文献纪录片，播出《超级工程（第二季）》《功夫少林》等精品纪录片，展现出推动国家宣传战略、注重创新及精品意识、努力拓展青少年观众群的发展理念。

上海纪实频道是国内开播比较早的纪录片专业频道，开播于2002年1月1日，隶属于上海东方传媒集团。2009年，成立隶属于上海文化广播影视集团有限公司的全资子公司真实传媒有限公司，独立负责运营上海纪实频道的产品和营销。2015年，真实传媒有限公司成立子公司云集将来传媒（上海）有限公司，集中资源专注负责纪录片精品的制作和营销，而且又成立两个合资子公司，利用社会资金完成频道市场化机制的建构，市场机制赋予上海纪实频道极大的活力，在品牌建设、精品制作、营销模式、培养人才等完善各项结构体系方面，取得了很好的成绩。2014年6月16日，上海纪实频道上星开播。2016年6月6日，上海纪实频道开始承办国家新闻出版广电总局主办的优秀国产纪录片及创作人才扶持项目表彰活动，自此以后每年该项活动都由上海纪实频道承办。2016年，上海纪实频道制作播出了《西藏—— 一个隆起的神话》《格萨尔的英雄草原》《海上丝绸之路》《理想照耀中国（第二季）》《跟着贝尔去冒险（第二季）》《海岸中国》《亚洲时代》《喀什传说》等11个精品节目。《亚洲时代》分为“年轻的大陆”“下一个中国”“12亿的革新——印度”“中日韩经济三国志”“中国梦”“致富之路·亚洲之路”6集，通过介绍亚洲各大经济体的发展过程，分析亚洲经济版图的构建，为观众呈现出中国和亚洲各经济体为世界经济做出的贡献；《伟大的一餐》运用4K技术，用技术的突破展现内容的文化质感；百集微纪录片《喀什传说》详细介绍了南疆悠久的历史、民族文化和地理风光。上海纪实频道利用品牌节目精准定位目标观众群，在收视份额覆盖上与央视纪录频道并驾齐驱。

2016年1月1日，湖南金鹰纪实频道正式上星开播。金鹰纪实频道定位在为国家主流宣传战略助力，注重传播社会主义核心价值观，以宣传党的政策为目标，制作播出了《我铸忠魂》《筑梦桐冲口》《我为祖国守边卡》等纪录片，在作品产量上取得了很好的成绩。2016年，北京纪实频道利用环境优势，与北京国际纪实影像创意创业基地一起举办了第六届北京国际电影节纪录单元，扩大了北京纪实频道的影响力。

2016年江苏卫视播出的《本草中国》取得约0.83%的收视率[④]，并通过贴片广告实现投资的回收，该片以中国非物质文化遗产中药传统制剂和制作技术传承人为切入中医药世界的入口，引领观众了解传承千年的中国传统文化。2016年收视率排名前4位的纪录片除排名第三位的《本草中国》，其余3部《永远在路上》《长征》《一带一路》均由央视综合频道制作播出。到目前为止，综合频道的传播能力还

---

① 参见张同道主编《中国纪录片发展研究报告（2017）》，中国广播影视出版社2017年版，第11页。
② 参见张同道主编《中国纪录片发展研究报告（2017）》，中国广播影视出版社2017年版，第11页。
③ 参见张同道主编《中国纪录片发展研究报告（2017）》，中国广播影视出版社2017年版，第11页。
④ 参见张同道主编《中国纪录片发展研究报告（2017）》，中国广播影视出版社2017年版，第10页。

是专业纪录频道无法企及的，但专业纪录频道通过集中资源、培养专业人才更具备建构栏目品牌的优势。2016 年央视纪录频道占据了纪录片收视率前 10 的 6 席，也说明专业纪录片频道具备的资源优势。在央视平台，除纪录片频道和综合频道外，财经频道、科教频道和中文国际频道在纪录片的制作传播上都有很好的表现。江苏卫视、东方卫视和浙江卫视等一线卫视已经制作播出过有影响力的纪录片作品，开始建立纪录片品牌。山东卫视、广东卫视、天津卫视、安徽卫视、吉林卫视、新疆卫视等省级卫视也有非常积极的探索。山东卫视创立了纪录片中心，集中资源在加强原有纪录片节目的基础上推出了新的纪录片栏目，并在逐步提高纪录片在电视节目中的比重。广东卫视希望建立纪录片品牌，通过自主创新、关注地方文化、加强融媒体建设等措施在省级卫视中脱颖而出。

三、新媒体拓展纪录片发展空间

2016 年，中国纪录片虽然还是以电视频道作为主要制作传播平台，但是每一部取得高收视率的作品，无一不是获得了新媒体的助力。2016 年网络点击量最高的 10 部作品里，前两部是网络首播的纪录片《地球脉动（第二季）》和《了不起的匠人》，一部是纪录电影《我们诞生在中国》，还有两部是与电视传播收视前十重合的是中央电视台综合频道的《永远在路上》和江苏卫视的《本草中国》，其余 5 部，《寻味顺德》《新疆味道》《极致玩家》《我在故宫修文物》属于中央电视台纪录频道，《人间世》属于上海广播电视台新闻频道（见表 2）。由此可见，社会关注度高、制作精良的作品不但能够获得跨界追捧，还可以在不同的传播平台上互相助力。

表 2　2016 年度全网纪录片点击量排行

序号	片名	播出单位	网络点击量（亿次）
1	《地球脉动（第二季）》	腾讯	7.6
2	《了不起的匠人》	优酷	6.3
3	《永远在路上》	中央电视台综合频道	6.2
4	《我们诞生在中国》	电影院线	3.2
5	《寻味顺德》	中央电视台纪录频道	2.56
6	《我在故宫修文物》	中央电视台纪录频道	2.0
7	《新疆味道》	中央电视台纪录频道	1.27
8	《本草中国》	江苏卫视	1.05
9	《极致玩家》	中央电视台纪录频道	0.57
10	《人间世》	上海广播电视台	0.54

数据来源：美兰德视频网络传播监测与研究数据库，2016 年 1 月 4 日—2017 年 1 月 1 日。

2016 年，中国新媒体发展迅速。在线视频市场整体规模约 609 亿元，同比增长约 56%，用户付费约占 19.3%，增长趋势显著。纪录片通过新媒体开辟出新的传播空间。2016 年，互联网在线纪录片（包括纪录片栏目和纪录专题片）视频点击量约 114.2 亿人次，约占所有视频点击量的 1.39%。[①] 电视频道制作的纪录片借助新媒体平台可以得到更持久、更广泛的传播，在这样一个数字时代，新媒体与纪录片进一步融合。新媒体灵活的市场机制，吸引了大量传统媒体的制作人才，新媒体纪录片制作迅速成熟，甚至反哺电视媒体。2016 年乐视推出的纪录片《传家》，选取了 50 个典型的华人家庭，紧扣喜事、新生、团聚、友情、闲趣和传承 6 项传统文化的人文精神，展现中国人的习俗伦常和情趣品位，以及

① 参见张同道主编《中国纪录片发展研究报告（2017）》，中国广播影视出版社 2017 年版，第 12 页。

代代相传的生活观念和处世哲学，在央视纪录频道等电视平台播放后获得良好的口碑。2016 年网络点播量最高的《地球脉动（第二季）》为腾讯与英国 BBC 联合制作；《了不起的匠人》为优酷自制，并邀请娱乐明星林志玲加盟解说；而《我在故宫修文物》在新媒体获得极大关注的经历说明，新媒体的受众定位与受众接受比较容易吻合。现阶段，电视依然拥有强大的传播力与影响力，电视与新媒体的融合将为纪录片打开新的发展空间。《寻味顺德》《传家》等节目通过电视与新媒体的合作，不仅创造了文化影响力，也为纪录片产业的发展做出了贡献。

多元的媒介传播平台和盈利方式，为民营公司制作的纪录片提供了生存空间。民营公司 2016 年总投入约 6.47 亿元，同比增长约 24%，市场份额则由约 17% 增至约 21%。[①] 北京大陆桥文化传媒股份有限公司在 2016 年年初完成股份制改造，全年生产投入约 4 000 万元[②]；北京伯璟文化传播有限公司制作的党史文献纪录片《重生》，通过新媒体平台获得关注，最终在 27 个平台上播出，该公司全年生产投入、节目时长、营业收入都处于增长状态；东方良友影视传媒（北京）有限公司在故事片发行领域取得了很好的成绩，如今依托自身优势在纪录片发行领域也收获颇丰。有效吸引民间资金，为纪录片产业创造盈利空间是新媒体发展为中国纪录片创作提供的一条新路径。

新媒体不断衍化，发展出了许多新型媒介形态，纪实短视频就是在很短的时间获得巨大关注的新形态。这类通过微信公众号用短小精悍的生活纪录来适应当下碎片化传播的传媒生态，通过主题化短视频的传播，获得大量的观看流量后向门户网站发展，从而形成有影响力的新媒体平台。如专门生产生活方式类纪实短视频的“二更”“一条”“即刻”等新媒体平台都获得多轮风险投资，在 2016 年发展迅速。爱奇艺等大型视频网站则尝试对自设的纪录片频道实行会员付费观看，新媒体为纪录片繁荣与市场化进程提供了新的平台。由于数码技术的进步，摄像设备日益小型和便携，操作更简化，价格更亲民，甚至使用手机都能够拍摄出高画质的视频，这些因素降低了纪录片创作的门槛。每一个普通人都可以根据不同需要拿起身边的器材，记录社会、记录生活，并通过微信、微博等媒体平台传播出去。从社会学含义的角度观察，如今已经步入全民记录、全民传播的时代，这一发展趋势为中国纪录片的多元化发展和产业结构完善起到了不可忽视的作用。

四、纪录电影社会关注度提升

2010 年，纪录电影《外滩》首次在国内院线放映，随后几年，纪录电影稳步发展。2015 年《喜马拉雅天梯》和《旋风九日》分别创下 1 700 万元和 1 100 万元的票房收入，引起业界的关注。2016 年，纪录电影延续了这种良好发展态势，《舌尖上的新年》《我们诞生在中国》《那美》《生门》《我在故宫修文物》5 部纪录电影进入院线放映。相较于 2015 年度有 8 部原创纪录电影，数量有所减少，另外有 6 部往年上映的纪录片还在继续放映，再加上引进的《地球四季》，12 部纪录片总票房约为 8 292 万元，其中，《我们诞生在中国》的票房为 6 654 万元。[③] 与往年比较，2016 年度国产纪录电影的社会影响力更加广泛，除了上述影片观众能够耳熟能详外，以众筹方式持续放映一年的《我的诗篇》，让从业人员看到了纪录片行业生态环境的改变。2016 年度有影响力的纪录片在题材的选择上主要有三个趋向：一是对民族传统文化的呈现；二是对我国丰富资源的展示；三是对社会现实和底层民众生活的叙述。这三个方面契合了当代观众对传统文化的精神需求和对现实生活的关注。《我们诞生在中国》展示了我国丰富的自然资源，画面虽然全部来自实地拍摄的自然生物，但采用了更为故事化的、带有虚构成分的剪辑手法，如小金丝猴淘淘的故事就采取了鲁迅说的“杂取种种人，合成一个”的手法，演绎成一个因二胎妹妹到来失宠离家出走，后又浪子回头勇救妹妹于老鹰之口的拟人化故事，导演陆川本人称其为“自然电影”。《我在故宫修文物》和《生门》这两部于贺岁档同一天上线的纪录片，一个是相对轻松的

① 参见张同道主编《中国纪录片发展研究报告（2017）》，中国广播影视出版社 2017 年版，第 137 页。
② 参见张同道主编《中国纪录片发展研究报告（2017）》，中国广播影视出版社 2017 年版，第 138 页。
③ 参见张同道主编《中国纪录片发展研究报告（2017）》，中国广播影视出版社 2017 年版，第 162 页。

关于工匠精神的文化命题，一个是有关生与死的沉重话题。《我在故宫修文物》和《舌尖上的新年》一样，都是先有电视版纪录片继而因良好口碑在大型视频网站获得了很大的点击量，然后拍摄成为院线电影。《我在故宫修文物》先是在B站（bilibili）获得极大关注后，摄制团队乘势而上，以电影版来反映故宫深处“择一事终一生”的文物修复师的匠人匠心。《生门》的摄制组在武汉大学中南医院多机位跟踪拍摄700多天，用4个高危产妇生育早产儿的故事来结构全片，大量生动的细节和真实的情感引发观众强烈共鸣。

表3 2016年度国产纪录电影票房排行

序号	片名	场次	观影人次	票房（元）
1	《我们诞生在中国》	110 233	2 059 091	66 537 386
2	《我在故宫修文物》	33 229	200 002	6 075 399
3	《舌尖上的新年》	12 640	57 832	1 908 427
4	《我的诗篇》	861	60 540	1 795 365
5	《生门》	6 596	34 562	1 006 109
6	《根据地》	616	11 096	226 158
7	《胜利大阅兵》	243	7 427	157 894
8	《那美》	98	5 094	135 680
9	《铁血残阳》	218	2 513	62 910

数据来源：张同道主编《中国纪录片发展研究报告（2017）》，中国广播影视出版社2017年版，第164页。

2016年，在“阿姆斯特丹国际纪录片电影节”（IDFA）的评奖中，范俭拍摄的《摇摇晃晃的人间》获得主竞赛单元评委会奖，王久良拍摄的《塑料王国》获得新人单元评委会奖。该电影节是世界范围内最大的纪录电影节，有两部中国纪录电影同时获奖，证明了中国纪录片在艺术创作上取得的成绩。

国有企业一度垄断纪录电影的生产，主要是由中央新影集团、八一电影制片厂和各地方电影制片厂出品，在多元媒介传播平台形成后，越来越多的民营公司开始投资纪录片制作，2016年一部分受到观众关注的作品可以发现民营资本的身影，例如北京澳亚恒生文化传播有限公司制作的《西方人眼中的长征》、北京五星传奇文化传媒有限公司制作的《极地》、东方良友影视传媒（北京）有限公司制作的《汽车百年Ⅱ》等。整体而言，现阶段纪录电影在产业领域还属于摸索发展时期，行业生态环境的优劣制约着产业的发展，但是，总体的发展趋势是越来越成熟、越来越规范。

五、纪录片创作的类型及美学特征

2016年，中国纪录片创作类型多样，出于国家宣传战略的考虑，重要历史事件或人物是纪录片创作与播出的重大选题。如为纪念工农红军长征胜利80周年，《长征》《永远的长征》《薄复礼的长征》《震撼世界的长征——纪念红军长征胜利80周年》《长征纪事》《红军不怕远征难》等长征题材纪录片在中央电视台各频道及地方卫视播出，以不同的叙事风格对这一人类史和军事史上的伟大史诗性事件进行全景式再现与艺术性表达；为了纪念中国共产党成立95周年，展现中国共产党的发展历程，文献纪录片《面向世界的中国共产党》《筑梦路上》《重生》《致未来书》等创作播出；展示中国文化的纪录片《孔子》在海内外播出，以国际视角来观照历史人物，把历史时空与现实时空有机而自然地交织穿插在一起；历史题材的代表作品有《历史的拐点》；国家重要主题纪录片《一带一路》《穿越海上丝绸之路》《海上丝绸之路》等，分别从不同角度阐释国家宣传战略的重大主题；《本草中国》《中国文房四宝》《传家》《功夫少林》等人文题材纪录片则以精美的影像和生动的故事，充分发挥了纪录片作为弘扬和传承中华优秀传统文化载体的功能。在现实题材的创作上，系列纪录片《人间世》和纪录电影《生门》聚焦医疗、医患等社会现实问题,《摇摇晃晃的人间》《塑料王国》等在国际上取得了一定的传播效果和社会反响,这也反映了现实题材纪录片的当代价值。

(一)为国家政策宣传提供助力的重大主题纪录片

1.表现革命历史题材的文献性作品

2016年适逢工农红军长征胜利80周年,中国共产党成立95周年,一系列展现我党革命历史的纪念性作品应运而生。长征作为人类史和军事史上重要的历史事件,无疑成为2016年度纪录片创作的重大选题,全年制作播出了《长征》《永远的长征》《薄复礼的长征》《震撼世界的长征——纪念红军长征胜利80周年》《长征纪事》《红军不怕远征难》等表现这一题材的众多历史文献纪录片,题材虽然相同,但叙事体系和角度,以及表现风格各有不同。

8集文献历史纪录片《长征》由中央电视台科教频道摄制。该片展示了1934年10月,中央红军从江西于都出发,穿越11个省,翻越苍茫雪山,跋涉荒芜草地,行程二万五千里,平均年龄不到30岁的红色铁流历经两年的战斗历程。直到1936年10月,工农红军三大主力会师于陕北,工农红军长征胜利结束。中央电视台通过全景式再现、国际化视角的叙述、亲历者口述、数据量化解读等手法,充分调动各种艺术手段,希望通过找寻真实的细节,展示中国工农红军对未来的信仰、对革命的信念以及严肃的纪律、坚强的精神和作风,努力发掘长征中红军战士从个人到集体的革命观和群众观,力图将文献历史纪录片《长征》打造成一部具有国家立场和国际视野的影像之作。

8集文献历史纪录片《永远的长征》,由中共中央党史研究室、北京前锋视线国际文化传媒有限公司联合摄制。该片用史诗般的叙述方式、情感充沛的解说,再现了中国工农红军各路军的长征历程,以中央革命根据地第五次反"围剿"失败为切入点,详尽剖析了"左"倾错误的军事指挥的后果,以及中国革命所面临的重大抉择。影片强调"文献书写"的创作方式,分析策略精简而细腻,用8集分别呈现出我党我军在长征中的伟大历史转折——遵义会议的具体情况;以张国焘为代表的一些红军将领,面对革命的挫折,分裂红军、分裂党的诡谲阴谋;各路工农红军转战南北的艰辛与奇岖;呈现出红军战士在革命的征程中挑战生命极限的悲壮;为观众展示了长征既是革命的征程,也为继续革命播撒火种;长征既是挽救革命、挽救党的征程,也是挽救民族危亡的征程。本片突出长征精神的当代诠释,高歌不忘初心,继续前进,走好我们这一代人的长征路。

4集文献历史纪录片《薄复礼的长征》由江苏省广播电视总台、南京电影制片厂摄制。该片从一位跟随工农红军长征的英国传教士的视角,记述了工农红军的英勇事迹,解读出长征的伟大与传奇。该纪录片对红二六军团西征及红二方面军长征历程的史料挖掘及展现非常充分,填补了红二方面军长征史纪录片的空白,在工农红军长征史上,红二方面军具有非常突出的胜利经验,他们在建立根据地、宣传长征精神、不断壮大队伍等方面,都做出了重要贡献。在红二方面军到达陕北后,毛泽东主席曾经赞扬说:"你们一万人,走过来还是一万人,没有蚀本,是个了不起的奇迹!"《薄复礼的长征》记述英国传教士薄复礼与工农红军队伍之间的生动故事,这位传教士撰写的《神灵之手》是向世界介绍长征的第一部著作,比《西行漫记》早一年。该纪录片也形象生动地呈现了薄复礼所看到的场景,比如工农红军战士上党课学知识、很多穷苦群众不断参加到红军队伍中,这些细节都很好印证了工农红军长征的真实历史。书中写道:工农红军是一支纪律严明、爱护群众,特别能吃苦、特别能战斗的军队;红军的高级将领,则是充满着追求精神、决心建立共产主义政权的共产党将军。该片记述的主人公所具备的神职人员身份,确立了他中立者的视角,因此他对红军的评价,视角更独特、更客观、更具有说服力,生动的故事和别具一格的表现形式,也易于为中外观众所接受。

8集历史文献纪录片《震撼世界的长征——纪念红军长征胜利80周年》由中央电视台军事节目中心《军事纪实》栏目的制作团队策划、摄制。该片从国际视角全面展现80年前的长征,栏目组不仅在国内各地走访拍摄,还先后奔赴美国、英国、法国、德国、瑞士、澳大利亚、俄罗斯、日本、新加坡、加拿大等国家,深入挖掘中国工农红军长征所蕴含的伟大意义,以及长征奉献给全人类的精神财富。

该片是我国第一部以国际化视角、采取国际主流叙事理念来解读“长征”的纪录片。这是一部全球范围内的中国工农红军长征影像志。摄制组历时两年，采访与长征相关的当事人及其后人，包括美国前情报研究助理国务卿陶涵在内的世界顶级专家，并严谨细致地搜集共产国际顾问李德回忆录手稿、孙中山夫人宋庆龄亲笔书信、斯诺原声录像、英国传教士薄复礼采访录音、中国台湾的绝密档案等珍贵史料，打造出了一部内容翔实、视野开阔、叙事严谨、画面精致的文献纪录片。《震撼世界的长征——纪念红军长征胜利 80 周年》分为“红色迷雾”“凤凰浴火”“艰难抉择”“伟大转折”“突出重围”“挑战极限”“坚定北上”“精神永存”8 个篇章，以长征发生的时间为叙事顺序，以历史事件的推动者和见证者为切入点，回顾了从 1934 年第五次反“围剿”失败决定实施战略转移到 1936 年中央红军到达陕北的重大历史节点和历史事件，采用国际视野对这一段革命历史进行解读。

2016 年为了纪念中国共产党成立 95 周年，展现中国共产党的发展历程，记录中国共产党重要历史和重要人物的一批大型文献纪录片创作播出。

文献纪录片《面向世界的中国共产党》由中共中央对外联络部、上海广播电视台摄制。该片从中国共产党的对外工作角度，展现中共如何通过前瞻性思维准确认识世界、科学判断形势，积极主动地调整中国与世界的关系，引领中国同世界关系发生积极变化。在半年多的制作过程中，摄制组跟踪拍摄了十多个来华访问的政党代表团，其中有执政党，也有在野党，记录了他们与中国共产党开展党际交流的生动场景。摄制组还专程前往罗马尼亚、匈牙利、德国、法国、比利时、日本、美国、巴基斯坦等国拍摄，专访了包括陆克文、基奎特、克里・布朗、马丁・雅克等近百位各国政党政要和重要智囊。中央党校、中央文献研究室、中共中央对外联络部大批专家、学者、官员接受了专访。该片从阿拉伯海到德国法兰克福，从布加勒斯特到瓜达尔港，从上海中共一大会址到马克思故居，聆听不同的声音，分享各自的经验，探讨共同的挑战。

32 集理论文献纪录片《筑梦路上》由中共中央宣传部、中共中央文献研究室、中共中央党史研究室、国家发展和改革委员会、国家新闻出版广电总局、中央档案馆、中央军委政治工作部联合摄制，中央电视台承制。该片紧紧围绕近代以来实现中华民族伟大复兴的中国梦这一主题，以 95 年来中国共产党领导人民大众进行的革命、建设、改革的伟大历程为叙事线索，撷取党史上数十件大事，用“讲故事”“析事理”的手法，深刻展现中国共产党团结一致，带领全国各族人民经历“寻梦、追梦、筑梦、圆梦”之路，充分反映了中国共产党为中华民族和中国人民立下的丰功伟绩。

文献纪录片《致未来书》由中共中央党史研究室和中共江苏省委联合出品，中共南京市委、中共江苏省委宣传部、中共江苏省委党史工作办公室和江苏省广播电视总台联合摄制。该片表现了共产党人的信仰和信念，摄制组收集整理了大量雨花台烈士留下的遗书、信件、诗词，为观众讲述了烈士们生前鲜为人知的真实故事，摄制组选择最能体现烈士精神的文字和话语，进行展开和深度解读，以此揭示革命先烈崇高的精神世界，宣传和弘扬共产党人的世界观、人生观和价值观。创作人员寻访相关烈士人物 50 多位，奔赴近 20 个省份，行程 4 万多公里，还远赴俄罗斯、美国查找烈士资料，其中不少珍贵资料是首次公开。

2. 展现国家发展规划的重大题材文献纪录片

“一带一路”倡议是 2016 年中国纪录片创作的重大主题。《一带一路》《穿越海上丝绸之路》《海上丝绸之路》分别从不同角度阐释国家宣传规划的重大主题。

6 集文献纪录片《一带一路》由中共中央宣传部、国务院新闻办公室“纪录中国”传播工程重点立项，中央电视台科教频道摄制。全片共分 6 集，分别是“共同命运”“互通之路”“光明纽带”“财富通途”“金融互联”“筑梦丝路”，全面解读“一带一路”重大构想，以“丝绸之路经济带”和“21 世纪海上丝绸之路”为主线，以反映“一带一路”建设对中国及沿线国家和地区带来巨大变化、造福沿线各国人民为主要内容。摄制组累计行程 20 万公里，足迹跨越亚、非、欧、美四大洲。该片以宽广的视野、多维度的视角对“一带一路”沿线 30 多个国家进行了拍摄，涉及巴基斯坦卡西姆电站、斯里兰卡科伦坡南港、白俄罗斯中白工业园、希腊比雷埃夫斯港、肯尼亚蒙内铁路等几十项重点合作项目以及联合国教科文组织、国际货币基金组织、哈萨克斯坦纳扎尔巴耶夫大学、乌兹别克斯坦撒马尔罕古城、埃及亚历山大港、西班牙足球学校等社会经济和历史人文内容，反映了中国与沿线国家推动基础设施互联互通、加强经贸金融产业合作、增进人文交流和生态合作等方面的重要进展。同时，摄制组对新疆、福建等20多个省区市的“一带一路”建设工作进行了实地拍摄。该片记录了国内外60多个普通人物与“一带一路”的故事，用事实和事例印证“一带一路”“不是中国一家的独奏，而是沿线国家的合唱”的宏大主题。50余位具有国际影响力的各界人士，从历史、政治、经济、社会、文化等不同角度评价中国“一带一路”倡议，凝聚起“一带一路”对实现人类利益共同体、责任共同体和命运共同体有重大作用的国际共识。

8集文献纪录片《穿越海上丝绸之路》由中央新影集团、中国国际电视总公司和中共广州市委宣传部联合摄制。该片在对32个人物的生活纪录中，以“寻路”“家承”“原乡”“连枝”“薪传”“问道”“脉缕”“轮回”8个篇章，透过现实场景显影历史图像，跨时空重绘“海上丝路”的人文地图。该片创作历时2年有余，开篇《寻路》讲述了航海家翟墨重走“海上丝路”，马来西亚作家吴恒灿到广州寻访唐代“海上玄奘”义净的足迹，以及法国青年航海家制造仿古帆船“广州女士号”，广州梁氏家族创办的五常号瓷庄、茶商进入广交会等故事，还涉及粤剧文化传播及汕尾林孟德与文莱合作渔业养殖等细节刻画。该片立足于“一带一路”倡议的背景，既梳理从汉唐以来长达2 000年的古代“丝绸之路”，也讲述发生在当代“海上丝绸之路”上的故事，带领观众重新发现“海上丝绸之路”厚重的历史和文化精神。《穿越海上丝绸之路》采取纪实手法，通过记录客观事件来讲述人物故事，全程没有出现人物采访，而是“带着历史的意识拍摄现在正在发生的故事”，利用现实场景展现中华文化通过“海上丝路”与国际交流的厚重历史和文化精神。

7集文献纪录片《海上丝绸之路》由上海广播电视台、广东广播电视台、泉州广播电视台联合摄制。该片以沿线各国的经贸往来、文化交流为出发点，以历史交往为背景，以现实中鲜活的人物故事为主体内容，打通历史与现实、本土与国际，不仅展现“海上丝绸之路”曾经的文明与辉煌，更突出当今的风貌和成就。摄制组跨越亚洲、非洲、欧洲、大洋洲近20个国家实地拍摄。印度尼西亚、马来西亚、泰国、新加坡、菲律宾、缅甸、越南等国家是最主要的合作对象和拍摄地。该片以生动而真实的镜头，记录下这些国家的人们坚守、探索、奋斗、追逐梦想的传奇故事，从航运、经贸、科技、文化、移民、梦想等多层面展现建设21世纪“海上丝绸之路”对沿线各国社会的经济发展、文化繁荣所产生的深远影响。

（二）展现民族历史和传统文化的纪录片

我国悠久的历史和传统文化给当代纪录片创作提供了广阔的呈现空间，因此，展现民族历史和文化传统的纪录片创作水平普遍比较高，是中国纪录片创作的强项，题材的类型也便于创作者在视听语言和叙事方式上不断创新。

6集系列纪录片《孔子》由中央电视台科教频道、英国雄狮公司、中国国际电视总公司和中国山东大众报业集团联合拍摄。该片从春节家庭团聚追溯孔子学说，在现代生活和国际语境里讲述了孔子生平与学说，在跨越3 000多年历史的进程中，对孔子自身、孔子学说及其传承进行梳理，充分展现孔子思想的时代生命力及其对中国和世界的深远影响与现实意义。摄制组先后向杜维明、艾凯等数十位海内外儒学研究专家进行学术调研，采访了来自世界各地的孔子后裔，体现孔子思想跨越时空和国界的影响力。

5集系列纪录片《功夫少林》由中央电视台与河南电视台联合摄制。该片是一部展示现代少林功夫的纪录片，摄制组用长达2年的拍摄周期，详细、深入地记录了少林功夫在全国乃至世界各地的发展状况，围绕“绝学”“秘笈”“神兵”“江湖”“天下”5部分讲述少林功夫的绝技以及功夫背后的文化。

26集系列纪录片《历史的拐点》由中央电视台摄制。该片以情景再现的方式诠释中国历史的5个拐点:《商鞅变法》《汉匈之战》《澶渊之盟》《下西洋》《甲午战争》，是一部反思历史的系列纪录片。摄制组在制作过程中，深入历史的节点，试图揭示中国历史变化的内在动因。作为大众传媒产品的纪录片不能无视观众期待戏剧故事与影像奇观的愿望，情景再现因此成为纪录片尤其是历史纪录片的重要表现方法。《历史的拐点》正是一部全片情景再现的纪录片，主要场景都由演员出演，时间愈早便愈以表演为主。《甲午战争》尚有确切的历史遗迹、档案和照片，前 4 部分几乎就是再现加采访。该片内容建立于历史文献基础上，史书记载、专家讲解、遗址以及流传至今的民俗为其历史真实性提供了保证，所讲述的故事尽管也是高潮迭起，却都出自《史记》《汉书》《资治通鉴》等正史。

10 集系列纪录片《本草中国》由国家卫生计生委宣传司支持，国家中医药管理局办公室指导，中国人口文化促进会监制，上海笃影文化传媒有限公司投资及项目统筹，上海东方传媒集团云集将来传媒（上海）有限公司摄制。该片通过介绍相关中医应用表现中草药背后的中式审美，采用“境界”“时间”“分寸”“相遇”“双面”“年华”“沉浮”“解构”“本草地图”“新生”10 集主题结构，每集围绕一个既定主题展开，从现代人生活的角度出发，寻找符合内容的相关中药材。《本草中国》传播中国传统医药文化的独特魅力，有利于弘扬优秀中华传统文化，具有很强的艺术感染力。

6 集系列纪录片《传家》由视袭时代（北京）文化传媒股份有限公司、乐视联合摄制。该片分为 6 集系列人文纪录片和 30 集微纪录系列短片两部分，以“家、人、事、情”为内容脉络，深度挖掘中国传家智慧与生活文化，生动演绎那些被渐渐遗落的家传之美，从现代生活里发掘流传至今的文化传统。《传家》系列短片则是在短短 5 分钟内，讲述中国人多年的习俗伦常，以及代代相传的生活观念和处世哲学。

6 集系列纪录片《中国文房四宝》由安徽广播电视台、安徽广电集团联合摄制。该片从历史、情感、文化、现实四个维度，反映了文房四宝演进的历史脉络、蕴含的丰富情感、承载的文化传统。作为书写工具与记录载体，文房四宝关系着中华文明与文化的传承，它的特性同时成就了独树一帜的中国书画艺术。摄制组选择从原料采集与工艺成型、名流大家与书写工具的互动、匠心独具的技艺流程、不同时代的风尚、国际交流与传播、当下遗产生活等 6 个方面，解读文房四宝的今世与前生。该片拍摄不仅仅局限于器物本身，通过每一位与文房四宝相关的制作者、使用者、收藏者、研究者、传播者可感可触的故事，体现出文房四宝背后的文化内涵、中国人独特的审美理想和高超的创造能力。该片的拍摄地除了传统的文房四宝原产地，如湖州、宣城、黄山、肇庆之外，还涉及中国大陆近 20 个省市自治区和台湾地区。近 60 位现实人物的纪实拍摄和近 30 位历史人物的再现拍摄，遍访文房四宝代表性产地、藏有重要文物的博物馆、古都和书画大家的故居，有远赴日本、韩国和欧洲的拍摄，完成了“从东亚的作业现场到丝路的遗址遗迹”的穿行。历时两年的拍摄制作，摄制组在呈现文房四宝广泛的地域性和影响力的同时，还着力表现了工匠精神在当下的继承与创新——前无古人的抄纸场面、鼠须笔的研制、巨砚的诞生、用纸的纤维制作时装、复活漆烟墨的技法等，可以感受到古老的工艺仍然保持着旺盛的活力。

（三）表现社会现实题材的纪录片

社会现实题材的纪录片创作注重深入当下的社会生活，关注人文关怀的社会需求，呈现复杂多元的社会面貌。2016 年，《人间世》与《生门》是社会现实题材纪录片的代表作品，播出后引发了广泛的讨论，这两部作品都是创作者经过长期跟踪拍摄，聚焦热点问题，并且呈现出高度的戏剧化叙事。

10 集系列纪录片《人间世》由上海广播电视台和上海市卫计委联合摄制。该片以医院为拍摄地点，聚焦医患双方面临病痛、生死考验时的重大选择，展现了一个真实的世态。在中国社会中，医患关系是社会焦点之一，医患矛盾也是社会焦点问题，然而《人间世》让医生与患者的心灵在生命与爱的“琴弦”上获得了强烈的共振，收获了理解与宽容。该片没有纠缠于众说纷纭的医患矛盾，明智地回避了对自己能力之外的医疗体制改革之类的话题进行评说。然而它在纷繁综错的事象中鞭辟入里，直接抓住了其所强调的意旨，最优选的方式就是理解，这种理解，一定是互相的。

2016年11月23日，在荷兰首都举办的“第29届阿姆斯特丹国际纪录片电影节”（IDFA）闭幕。中国范俭导演、薛明摄影的纪录电影《摇摇晃晃的人间》获得长片竞赛单元评审团特别奖。影片记录了农村脑瘫女诗人余秀华成名之后离婚的曲折历程。2015年，余秀华因一首《穿越大半个中国去睡你》的诗在网络受到追捧，使她从无数民间诗人中脱颖而出，成为中国最著名的诗人之一。评委会评价该片：从一开始，这部电影就以一种诗意、亲密、有力的方式探索了人类经历的复杂性。主人公的力量与影片拍摄技艺相得益彰。拍摄一部关于诗歌的影片而又不陈词滥调，实属不易，但该作品通过拍摄一个敏感而非凡的女性做到了这一点。

王久良导演的纪录电影《塑料王国》获得第29届阿姆斯特丹国际纪录片节主竞赛新人单元评审团大奖，该片由CNEX视纳华仁纪录片基金会、北京泰岳文化传播有限责任公司、东方良友影视传媒（北京）有限公司联合出品，作品展示了塑料垃圾如何屡禁不止、危害环境的现实，呈现出社会的复杂形态与艰难进程。

（四）展现工匠精神的纪录片

工匠精神是近年来政府倡导的舆论导向之一，因此出现了行业类纪录片创作的小高潮，在2016年，《工匠精神》《了不起的匠人》《我在故宫修文物》等作品相继播出。

3集系列纪录片《我在故宫修文物》由中央电视台摄制播出。该片是故宫博物院建院90周年纪念的献礼纪录片，重点记录故宫书画、青铜器、宫廷钟表、木器、陶瓷、漆器、百宝镶嵌、宫廷织绣等领域的稀世珍奇文物的修复过程和修复者的生活故事。《我在故宫修文物》第一集讲述青铜器、宫廷钟表和陶瓷的修复故事，第二集是木器、漆器、百宝镶嵌、织绣的修复故事，第三集为书画的修复、临摹和摹印。该片第一次完整呈现世界级的中国文物修复过程和技术，展现文物的原始状态和收藏状态；第一次近距离展现文物修复专家的内心世界和日常生活；第一次完整梳理中国文物修复的历史源流；第一次通过对文物修复领域“庙堂”与“江湖”互动，展现传统中国四大阶层“士、农、工、商”中唯一传承有序的“工”的阶层的传承密码，以及他们的信仰与变革。《我在故宫修文物》在新媒体平台播出后获得非常大的关注，因此被改编为电影上映。

六、理论研究状况

2016年度纪录片研究主要著作为《经典全案——世界纪录片产业论丛》，论文主要集中在纪录片相关理论研究、纪录片类型研究、纪录片创作研究、新媒介平台下的纪录片发展及纪录片产业研究等几个方面。

张同道主编的《经典全案——世界纪录片产业论丛》（中国广播影视出版社2016年版）延续了2011年张同道教授提出的全案研究法，将一部纪录片视为从创意到传播的动态过程，分为创意、立项、制作模式、视听文本、传播策略和传播效果6个环节，汇融传播学、管理学、文化美学和市场营销，建构一种多学科交叉的研究模式。该书从21世纪以来全球纪录片中选择25部经典案例，既有外国名片《蓝色星球》《海洋》《寻找小糖人》等，也有中国经典《英和白》《故宫》《舌尖上的中国》等，以及中外合拍的《红跑道》《归途列车》《西藏一年》等。这些不同类型的经典案例有效阐释了社会和市场因素如何制约纪录片创作与传播，并最终影响了作品价值和美学形态。对25部中外纪录片经典案例与重要人物进行立体研究，从而提出关于中国纪录片发展的战略思路。

在纪录片相关理论研究方面，肖平、张洁在《从非事件到事件：一个真实现场的设定——比尔·尼科尔斯关于纪录片创作论述的几点思考》（《现代传播（中国传媒大学学报）》2016年第11期）一文中认为，在纪录片的真实性方面，从尼科尔斯的观点出发，强调了导演面对对象真实的非表现性尊重，认为“告知与观看”是其中的基点。杨击在《纪录片三论：源起、构造和真实性》（《新闻大学》2016年第6期）一文中认为，在20世纪60年代纪录片经历了语态和真实性挂钩的极端事件，语态不再成为其真实性的限制，透过纪录片认知世界的朴素思想依然有效。

在纪录片类型研究方面，阎春来在《影像，抵近纪录精神的原乡》（《现代传播（中国传媒大学学报）》2016年第9期）一文中认为，如《乡村里的中国》探讨了纪录片核心审美特征，以期抵近记录精神的原乡，廓清纪录片认识上芜杂模糊的观念，推动了纪录片创作的健康发展。对于战争题材纪录片，赵曦、张明超在《和平年代战争题材纪录片的价值再发掘》（《现代传播（中国传媒大学学报）》2016年第2期）一文中认为，在和平时代，其呈现出“价值多元”的整体样态并有待深入挖掘。闫东在《在世界格局中定位中国抗战历史——八集大型纪录片〈东方主战场〉导演阐述》（《中国电视》2016年第8期）一文中认为，《东方主战场》以民族大义为基点，客观深入地剖析、解读中国抗日战争，是一部优秀的作品。张宗伟在《论新时期以来重大题材文献纪录片的创作》（《中国电视》2016年第9期）一文中认为，重大题材文献纪录片在核心价值构建、政治文明传播方面发挥了不可替代的重要作用。温细鎚在《谈谈文献纪录片的“国际范”》（《中国广播电视学刊》2016年第4期）一文中认为，我国的文献纪录片也伴随着“走出去”战略，在叙事立场、叙事价值观、叙事视角与视野等多个环节逐渐国际化。邵雯艳在《历史纪录片的当代性》（《中国电视》2016年第10期）一文中认为，历史题材纪录片承载着不同时代和境遇下主体对于历史的认知解读、价值判定甚至情感体验。聂欣如在《历史、科教类纪录片的美学与合法性》（《新闻大学》2016年第6期）一文中认为，通过演绎美学来指向客观世界，之所以能够为观众接受，主要是因为观众对于科学的信仰。

在纪录片创作研究中，关于纪录片拍摄理念，武新宏在《寻找“旁观”与“介入”的适度距离——关于纪录片拍摄理念的思考》（《电视研究》2016年第1期）一文中认为，记录者应当保持“旁观”与“介入”的适度距离。刘洁在《纪录片：在场与伦理道德的紧张》（《现代传播（中国传媒大学学报）》2016年第10期）一文中认为，纪录片在场与伦理道德的紧张直接关切到一个基本问题和突出矛盾，即“在场”的资源获得、资源使用、资源传播的权力与“在场”的被拍摄者的权利保护之间的不可调和性。在故事性构建方面，倪祥保在《纪录片故事性构建方式及传播效果》（《现代传播（中国传媒大学学报）》2016年第7期）一文中认为，各种类型纪录片创作几乎都更加努力，甚至非常刻意地追求故事片一样的故事性，这使得纪录片创作传播在获得空前商业性成功的同时，必会影响直接关注当下生活并具有积极批判意义的纪录片创作。在拍摄视角方面，刘广宇、曹钢在《纪录片发展之地方视角研究》（《西南交通大学学报（社会科学版）》2016年第2期）一文中认为，当纪录片发展越来越倾向于经国家走向国际和市场的时候，地方视角却是不可或缺的，因为“地方”曾经产生过许多纪录片的传世之作，涌现过强大的纪录片创作群体。尹兴、尹燕在《国家认同与边疆少数民族形象电视传播的编码策略——对新疆卫视纪实栏目〈东西南北新疆人〉的镜像考察》（《现代传播（中国传媒大学学报）》2016年第8期）一文中认为，在边疆少数民族电视节目的编码策略方面，大型互动人物报道《东西南北新疆人》从“边疆熔炉”“榜样示范”“心理认同”“观众介入”等方面给予了我们诸多深刻启示。田维钢、张仕成在《历史的温度：纪录片〈旅顺记忆1904—1905〉的叙事张力》（《中国电视》2016年第9期）一文中认为，《旅顺记忆1904—1905》全片在情景再现、叙事结构和声音运用方面，充分展现了历史纪录片的叙事张力。刘蒙之在《从宏大叙事到微末叙事——纪录片〈我在故宫修文物〉的创作理念创新》（《现代传播（中国传媒大学学报）》2016年第9期）一文中认为，《我在故宫修文物》引发了关注的热潮，其摆脱了宏大叙事的桎梏，以人为本、平民视角、微末叙事，真正做到雅俗共赏，让普通观众找到了精神的共鸣。

在传播研究方面，对于受众的解读增多。陆敏在《纪录片艺术性的受众解读初探——基于张以庆纪录片“豆瓣影评”的分析》（《现代传播（中国传媒大学学报）》2016年第6期）一文中认为，受众与纪录片导演之间的互动达成默契的基础在于，导演能否以动人的方式激发观众基于真实生命的情感共鸣，而观众又能否在感动的同时调整内心期待。张梓轩、许晖珺在《中外合作纪录片的国际受众解码——基于〈改变地球的一代人〉国际网络用户的研究》（《现代传播（中国传媒大学学报）》2016年第6期）一文中认为，要想进一步开展有效的国际传播，就需要对国际受众的反馈进行了解与研究，而在媒介融合的背景下，互联网用户对纪录片及相关影视节目的收看，成为衡量节目收视情况的重要指标，这就更加突出了用户在传播研究中的重要性。张龙、蒋烨红在《中国藏文化题材纪录片国际传播中的"东方主义"困境与出路探析》(《中国电视》2016年第3期)一文中认为，部分表现中国形象的纪录片在国际传播中陷入了"东方主义"的困境，一方面，"东方主义"成为西方观众接受中国藏文化纪录片的强大阻力；另一方面，内在的"东方主义"又在牵制着我们自己的创作和传播逻辑。我们应当客观记录真实影响，切实改进国际传播话语。王玉、乔武涛在《基于国家形象建构视角下的纪录片传播——以〈本草中国〉为例》(《电视研究》2016年第12期)一文中认为，纪录片具有的真实特性、人文情怀、审美价值及记录社会发展变迁、促进国际文化沟通等政治、交流和社会化功能，使其成为提升国家软实力、推动国家形象传播的一种理想载体与方式。

纪录片产业研究方面，宋维才在《妥协中创新　边缘处开拓——对当前中国电影纪录片创作与市场的思考》(《当代电影》2016年第8期)一文中认为，2015年《旋风九日》和《喜马拉雅天梯》的出现具有重要的标志性意义，表明只要纪录电影在创作观念、创作手段以及营销策略上求新求变，电影纪录片的投资和市场空间还是比较乐观的。整体说来，应当在妥协中创新，边缘处开拓，国家也必须统筹协调资金资助与市场救助政策。万彬彬在《试论IP与纪录片及其对中国纪录片产业发展的影响——从纪录片〈舌尖上的新年〉谈起》(《中国电视》2016年第4期)一文中认为：应当针对纪录片的类型特点，开发优质IP，以IP运营为核心，打开纪录片产业链建构的格局。在传媒行业以及互联网公司以IP为核心实施"泛娱乐"战略的"互联网+"时代，纪录片产业的未来值得关注。

七、结语

在现阶段，我国观众已经初步具备一定规模的纪录片消费能力，在国家政策、新媒体发展、国家重大主题创作等多重因素的合力作用下，中国纪录片的创作模式、传播模式都有了创新。传统媒体和新媒体的融合也给予纪录片一个非常广阔的生存空间。在2016年，有一定数量的纪录片成为社会关注和讨论的热点。纪录片本身具备的艺术特征和传播特性使之成为国家战略对外传播和国家文化软实力建设的有力工具，也是呈现国家舆论导向的重要载体。因此，各级政府都给予纪录片的摄制播出极大的资源支持。在现实题材的创作中，纪录片可以利用轻便的摄制工具和灵活的传播方式紧跟社会热点，反映民生疾苦，助力社会进步。纪录片研究也逐年成为学术研究的热点领域，这也是与中国纪录片的发展相辅相成的。中国纪录片的创作和产业已经进入不断上升的阶段，但目前还是处于初级发展时期，在产业发展的各项机制、体制、人才培养与使用及观众培育等方面还有很大的进步空间。

张啸涛　中国艺术研究院《中国艺术年鉴》编辑部副研究员

文件辑录

【关于进一步加快广播电视媒体与新兴媒体融合发展的意见】

广播电视媒体与新兴媒体融合发展是大势所趋，是广播电视媒体革新图存、赢得未来的必由之路。为深入贯彻党的十八大及十八届三中、四中、五中全会精神和习近平总书记系列重要讲话精神，全面落实中办国办《关于推动传统媒体和新兴媒体融合发展的指导意见》，促进广播电视媒体转型升级，提升广播电视媒体在网络空间的传播力影响力公信力和舆论引导能力，现就进一步加快广播电视媒体与新兴媒体融合发展提出如下意见。

一、总体要求

1. 指导思想。以习近平总书记系列重要讲话为指导，认真履行党的新闻舆论工作的职责和使命，始终坚持以人民为中心的发展思想，通过持续创新加快推动广播电视媒体与新兴媒体深度融合，不断巩固壮大主流宣传思想文化阵地，为协调推进“四个全面”战略布局、落实五大发展理念、决胜全面建成小康社会、实现中华民族伟大复兴的中国梦提供坚实的思想舆论支撑。

2. 基本原则。广播电视媒体与新兴媒体融合发展应坚持以下原则：

坚持正确方向。牢牢坚持党性原则、马克思主义新闻观、正确舆论导向和正面宣传为主，把正确舆论导向要求贯穿到广播电视媒体融合发展各环节、全过程。大力传播正能量，深化“中国梦”主题宣传，激发全社会共同奋进的精神力量。着力壮大广播电视主业，始终把社会效益放在首位，实现社会效益和经济效益相统一。

坚持协同创新。用深度融合的战略谋划，推动广播电视媒体和新兴媒体在内容创新、渠道拓展、平台运营、流程再造、组织重构、安全保障等各个环节的协同演进和一体化发展，通过双向驱动、并行并重、资源共享、此长彼长，实现广播电视媒体与互联网从简单相“加”迈向深度相“融”的根本性转变。

坚持因地制宜。发挥广播电视媒体的品牌优势、区位优势、资源优势和公信力优势，找准与新兴媒体深度融合的切入点和着力点，通过重大项目驱动战略实施，通过局部突破带动整体融合，通过特色服务打造竞争优势。把握分众化、差异化传播趋势，在构建舆论引导新格局中发挥主导作用。

3. 总体目标。力争两年内，广播电视媒体与新兴媒体融合发展在局部区域取得突破性进展，形成几种基本模式。在“十三五”后期，融合发展取得全局性进展，建成多个形态多样、手段先进、具有竞争力的新型主流媒体，打造出数家拥有较强实力的新型媒体集团，基本形成布局合理、竞争有序、特色鲜明、形态多样并具有可持续发展能力的中国广播电视媒体融合新格局。

二、重点任务

4. 树立深度融合发展理念。把握媒体融合发展大势，增强广播电视媒体与新兴媒体深度融合的紧迫感。以深度融合思维统领广播电视发展顶层设计和媒介资源配置，推动广播电视媒体与新兴媒体融为一体、合而为一。按照一体化发展理念，推动频率频道与广播电视媒体网站、移动客户端等新兴媒介资源有机整合，推动节目、技术、平台、人才等生产要素共享融通，实现广播电视节目向产品转变、观众听众向用户转变、分类传播向协同传播转变、传媒服务向现代传媒及综合信息服务转变。完善管理制度，推动网上网下、不同业态统一导向要求和内容标准。

5. 加快融合型节目体系建设。融合发展必须坚持内容为王，以内容优势赢得发展优势。坚持内容为王，必须增强广播电视台的节目原创能力和节目集成能力，构建面向多渠道、多终端传播的节目资源体系。强化“新闻立台”，改进新闻采编，进一步提高新闻发布及时性和节目内容权威性，把握舆论引导主动权。树立精品意识，实施品牌战略，提升节目品质，加大对影视剧、综艺、文化益智、生活服务、社会公益等各类节目内容创作生产的投入。鼓励采取自主原创、联合制作、联合开发、委托制作等方式，创新节目模式和内容，积聚种类多元的优质节目内容版权资源，做大做强节目库。开发节目版权的不同表现形态和呈现方式，为节目版权价值最大化奠定基础。增强广播电视台在原创品牌节目中的主导权，让广播电视台真正做讲好中国故事的主力军，旗帜鲜明引领文化时代风尚。积极利用互动、虚拟现实（VR）等新技术创新节目形态，激发用户参与节目创作热情，增强节目吸引力。

6. 加快融合型制播体系建设。以制播云平台为核心建设融合型的节目制作与播控体系。整合升级现有制播平台的计算、存储和网络资源，统筹各类采编渠道和各种播出方式，构建集采编、制作、存储、发布、安全管控、运营于一体的广播电视制播云平台。根据制播安全需要，建设广播电视制播公有云、私有云、混合云和专属云，并通过规范性接口、网络安全设备、通信策略等明确制播云平台体系安全边界，确保信息传输和系统安全。提升制播云平台业务基础、运营支撑、公共能力、资源适配、平台开发接口等服务能力，优化平台内容生产、内容汇聚、内容管理、内容开发、协同管理、数据分析等功能，适应节目内容多渠道采集、多方式呈现、多平台发布、多业务融合发展需要。

7. 加快融合型传播体系建设。统筹广播电视网、电信网、互联网等多种信息网络，构建泛在、互动、智能并具有信息安全保障的节目传播覆盖体系。充分利用有线、卫星、无线等广播电视网络资源，建设广播电视网络协同传播平台。积极利用电信网、互联网、移动互联网等网络资源，大力发展网络视听节目服务和综合信息服务；在广播电视媒体主导集成播控平台的前提下，稳妥、规范开展 IPTV、互联网电视等广播电视类新业务；以广电为主导，建设几个大型视频平台、音频平台和新闻资讯平台，大幅度提升广电在新兴媒体领域的影响力，为打造新型主流媒体和新型媒体集团奠定基础。适度借力商业平台传播技术和渠道，利用微博、微信公众号等社交媒体方式，“以我为主”发展融合新业态。推进节目制播与社交网络平台对接互动，利用社群吸引用户参与节目制作和传播，丰富用户体验，增强平台黏性。

8. 加快融合型服务体系建设。发挥广播电视媒体公信力优势和广播电视节目表现形态优势，依托制播云平台和各种传播资源，大力开展综合信息服务，积极融入现代服务业。努力寻求广播电视与政务、商务、教育、医疗、旅游、金融、农业、环保等相关行业合作与融合的有效路径，积极参与智慧城市、智慧乡村、智慧社区和智慧家庭建设。加快建立跨区域融合服务平台，推动全行业融合型服务业务协同共进。

9. 加快融合型技术体系建设。抢占网络信息技术制高点，开展云计算、大数据、智能技术等关键技术研发和应用，完善以云平台、大数据等先进技术为核心的广播电视融合技术支撑体系。通过整合和升级广播电视台内网资源、利用公有云服务等方式，建设广播电视制播云，推动全国性融合媒体制播云建设。利用云技术、云服务完善 IPTV 集成播控平台、手机电视集成播控平台、互联网电视集成平台等广播电视新媒体平台。建立用户大数据平台，深入分析用户的群体分布特征和多样化个性化需求，以用户数据、用户画像作为节目创新和服务创新的重要参考，做到精准生产、精准传播、精准服务。健全运营支撑系统，增强广播电视媒体直接面向用户提供服务能力。推动智能电视操作系统 TVOS 在广播电视智能终端应用，促进广播电视媒体终端智能化、标准化。

10. 加快融合型经营体系建设。树立一体化营销理念，把增强广播电视媒体整体实力作为主要经营目标，推动各类经营性业务协同发展。依托优质内容和创新平台，开发付费服务市场。创新广告经营模式，在融合发展领域培育新的广告经营增长点。面向市场深度挖掘版权内容价值，延伸版权内容产业链，实现长尾效应。借助社交网络的交融混合传播力，着力经营节目和产品的粉丝圈，深耕不同粉丝社群的潜在价值，延伸服务空间和产业价值。依托广播电视节目丰富的信息承载能力，开发从线上到线下的各类新型业务，力争从信息服务、电子商务、实体经济等多个领域获取收益。

11. 加快融合型运行机制建设。把握新闻传播规律和互联网发展规律，按照媒体融合发展需要，重构广播电视业务流程和运行机制。以广播电视新闻制播为基础，打造新闻信息的“中央厨房”，做到一次性采集、多媒体呈现、多渠道发布。以融合性业务为核心，整合广播电视资源，做大做强广播电视主业。建立融合协调机制，统一协调融合发展中的资源调度、流程对接等工作。发挥市场在资源配置中的积极作用，探索以资本为纽带加快融合发展，参与控股或参股互联网企业、科技企业，开展对互联网企业有关特许经营业务实行特殊管理股制度试点。探索跨区域资源整合和资源共享的运行方式，实现新媒体业务的集约化、规模化发展。借助社会力量加强融合项目的技术研发和市场开拓。

12. 加快融合型人才队伍建设。坚持政治家办台办网，在关键岗位、核心岗位配备政治坚定、业务精湛、作风优良的专业人才。探索人才激励措施，建立科学合理、适应新媒体特点的人才激励机制，凝聚人才，激发活力，鼓励创新，调动从业人员融合发展积极性。加强新兴媒体内容生产人才、技术研发人才、资本运作人才和经营管理人才的培养引进，优化人才结构。加强全媒型、融合型、专家型媒体人才培训，造就一批拔尖创新人才。推动人才在广播电视媒体与新媒体平台之间合理流动，激发人才创新活力。

三、实施保障

13. 加强组织领导。高度重视广播电视媒体融合发展，主要负责同志要亲自抓、负总责。各级新闻出版广电行政部门要从多方面创造条件支持加快广播电视媒体与新兴媒体融合发展。各级广播电视台要把媒体融合发展作为一把手工程，对广播电视媒体融合工作进行统一领导、统一调度、统一管理；要加强统筹规划，制定进度安排，确立重点项目，依靠项目驱动加快深度融合；要安排熟悉情况、了解新兴媒体的班子成员落实具体工作。

14. 加大政策扶持力度。国家新闻出版广电总局将从完善法规、行业准入、内容建设扶持、行业秩序规范等多个层面支持广播电视媒体融合发展，重点扶持一批新型主流媒体和新型媒体集团。各级新闻出版广电行政部门要加强辖区内融合发展重点项目的规划与设计，争取将广播电视媒体融合发展项目纳入当地经济社会文化发展规划；要探索设立广播电视媒体融合发展专项资金，现有的文化产业发展专项资金要向广播电视媒体融合重大传播平台、重点项目适当倾斜；要规范广播电视媒体引入金融资本和社会资本参与融合发展项目。各级广播电视台要以良好的公信力及优质服务保障，争取地方政府的公开信息、数据、资金等媒体合作资源优先提供给当地广播电视媒体融合发展项目；要加大对新媒体业务和媒体融合项目的直接投入，积极争取财政补助资金支持，并将全台一定比例的创收收入用于新媒体平台的建设和运营。

15. 加强知识产权保护。加强节目内容版权保护，加大对盗版、盗播等侵权行为的查处力度，维护著作人权益。完善节目版权交易制度和交易平台建设，为节目版权交易提供便利条件。推动版权保护相关技术研发应用，提升对盗版、盗播等侵权行为的追溯能力。发挥行业协会作用，强化行业自教自律，增强行业正版化意识。强化节目、信息制作传播中相关版权、商标权、专利权、商业秘密等知识产权保护意识，支持从业机构尽早申请获取相关权益。

16. 完善融合考评体系。把广播电视媒体融合发展推进成效纳入广播电视台领导班子考核体系。统筹收视收听率调查、专家评价、新媒体平台传播指数等指标，探索建立适应广播电视媒体融合发展需要的节目综合评价体系。尊重新兴媒体发展规律，把广播电视媒体综合效益的提升作为主要考核目标，避免向新媒体业务硬压经济指标和追求短期利益，给新媒体业务和融合平台必要的培育周期与成长空间。建立健全基于全媒体、大数据的节目传播综合评价标准体系，引导行业协会、第三方服务机构等单位客观提供节目综合传播监测数据服务，确保数据的公正性和权威性。

国家新闻出版广电总局办公厅

2016 年 7 月 18 日

【国家新闻出版广电总局关于 2015 年度“百人百部中国梦短纪录片扶持计划”评审结果公示的通知（新广电发〔2016〕55 号）】

各省、自治区、直辖市新闻出版广电局，新疆生产建设兵团新闻出版广电局，中央三台、中央新影集团、中国教育电视台、解放军总政治部宣传部：

根据《国家新闻出版广电总局办公厅关于开展“百人百部中国梦短纪录片扶持计划”的通知》（新广电办发〔2015〕98 号）精神，我司先后组织纪录片业内专家学者进行了线上、线下两次评审，评审牢牢聚焦中国梦、现实土壤、奋斗情怀，坚持优中选优。目前，2015 年度“双百计划”评审已经产生。为保证评审项目的客观、公正，现将评审结果予以公示：

序号	作品名称	导演	申报单位
1	《从市长到农夫》	李良生	南昌市电视台
2	《北京向东》	张勇健	中央电视台科教频道
3	《青春无国界》	裴永忠、袁航、张迪、廖沐凯	中国教育电视台
4	《扔石头的棒球小子》	王璐	北京科学教育电影制片厂
5	《创业街》	马胜康	中央电视台科教频道
6	《雪线上的忠诚》	赵坚	中央新影集团
7	《新面孔》	高昕	中央电视台
8	《蓝海潜爱》	鹿敏、高忠	中央电视台
9	《晚安，北京》	齐葳	中央新影集团
10	《我想有个家》	曲楠、许芝翔、方磊	北京东方之子文化发展有限公司
11	《会飞的河》	李林	广州市广播电视台
12	《田埂上的芭蕾》	王越	央视纪录国际传媒有限公司
13	《进城十年》	张洁	中央电视台
14	《追梦人系列（暂定名）》	王穆丹、霍明、钱敏杰、夏敏、谢寒、王心	北京科影传媒有限公司
15	《创客行》	李涛	上海广播电视台纪实频道
16	《夜中的蓬蒿》	马婉婷	北京科学教育电影制片厂
17	《庙会》	郭东升、郭炜炜	北京五星传奇文化传媒有限公司
18	《中国队长》	林婕、黄康源、江小玲、孙泗淇、张超、王越、张晗、罗赛	央视纪录国际传媒有限公司
19	《李登海》	许黎萍、姜常涵、刘镇、崔海鹰、张修奇	烟台市广播电视台

（续表）

序号	作品名称	导演	申报单位
20	《豆豆和小语》	张棚珲	重庆广电纪实传媒有限责任公司
21	《溜索法官》	刘姗姗、周欢	北京三多堂传媒股份有限公司
22	《522公里》	李超、万志云	北京中传杨帆影视文化发展有限公司
23	《足球小将》	徐玮超	北京中传杨帆影视文化发展有限公司
24	《“淘宝村”的故事》	焦波、剧玺博	江苏电视台
25	《我在中国》第4季《丝路上的我们》	王喆	中国国际广播电台
26	《信念》	王兴丽	北京华夏传奇文化科技有限公司
27	《一个都不能少》	谢宇	湖北翰墨星文化传媒有限公司
28	《生命的赞歌》	朱一民、贺祝平	贵阳一民影视艺术有限公司
29	《新工人的歌唱》	刘无	北京科学教育电影制片厂
30	《飞的代价》	海金星、胡久荣	河南华之杰文化传播有限公司
31	《我是创客》	王伟达、张璐	中央电视台
32	《苹果树下》	李汝建	大连市广播电视台
33	《绝壁长廊——凿出来的幸福生活》	马志丹	广东广播电视台
34	《飞舞吧·少年（30分钟版）》	宋奇	上海大万文化传播有限公司

国家新闻出版广电总局

2016年3月18日

【国家新闻出版广电总局办公厅关于公布2015年度国产纪录片及创作人才扶持项目名单并拨付奖励资金的通知（新广电办发〔2016〕72号）】

各省、自治区、直辖市新闻出版广电局，新疆生产建设兵团新闻出版广电局，中央三台、中央新影集团、中国教育电视台、中央军委政治工作部宣传部：

为大力支持和鼓励国产纪录片的创作、生产和播出，奖励对国产纪录片发展有重要贡献的优秀人才、制作机构及播出机构，国家新闻出版广电总局在2015年四个季度推荐优秀国产纪录片的基础上，按照客观公正、优中选优的原则，经评审委员会评审，并通过总局政府网站及中国纪录片网公示，最终确定11类63个优秀作品、人才、栏目和机构等获评2015年度优秀国产纪录片及创作人才扶持项目，现予公布。

优秀国产纪录片扶持项目获评作品由总局安排，在中国纪录片网和“纪录中国”APP移动平台展播。中国纪录片网和“纪录中国”APP移动平台须按国家法律规定确保总局扶持项目版权不因展播受到侵犯。

扶持项目奖励资金由总局拨付至相关选送单位，由选送单位严格按照国家有关政策规定，分发至获奖单位和个人。

2015年度国产纪录片及创作人才扶持项目评选结果

一、优秀短片

1.《把光明点燃》，真实传媒有限公司制作，上海市文化广播影视管理局选送

2.《追梦》，南京广播电视集团制作，江苏省新闻出版广电局选送

3.《“纸”有一个梦想》，北京广播电视台纪实频道制作，北京市新闻出版广电局选送

4.《一起长大》，北京广播电视台纪实频道制作，北京市新闻出版广电局选送

5.《留住时光的小火车》，四川广播电视台制作，四川省新闻出版广电局选送

6.《百牛渡江》，北京科学教育电影制片厂制作，北京科学教育电影制片厂选送

7.《从脑瘫儿到职业拳击手》，广东卫视制作，广东省新闻出版广电局选送

8.《伞王》，四川广播电视台制作，四川省新闻出版广电局选送

9.《戏曲“芭蕾”》，湖南快乐金鹰纪实传媒有限公司，湖南省新闻出版广电局选送

10.《人心枣魂》，广东广播电视台，广东省新闻出版广电局选送

二、优秀长片

1.《90后指挥家》，中央电视台制作，中央电视台选送

2.《乡村里的春晚》，湖南快乐金鹰纪实传媒有限公司制作，湖南省新闻出版广电局选送

3.《中国珍稀物种·黑颈鹤》，真实传媒有限公司制作，上海市文化广播影视管理局选送

4.《喜马拉雅天梯》，杭州潜影文化创意有限公司，浙江省新闻出版广电局选送

5.《掘进长江》，中央电视台制作，中央电视台选送

三、优秀系列片

1.《第三极》，北京五星传奇文化传媒有限公司制作，北京市新闻出版广电局选送

2.《中国人的活法》，中央电视台制作，中央电视台选送

3.《记住乡愁》第一季，中央电视台制作，中央电视台选送

4.《胜利日——大阅兵2015》，解放军电视宣传中心制作，中央军委政治工作部选送

5.《西藏》，北京广播电视台制作，北京市新闻出版广电局选送

6.《长城，中国的故事》，中央新闻纪录电影制片厂（集团）制作，中央新闻纪录电影制片厂（集团）选送

7.《野性的呼唤》，中央新闻纪录电影制片厂（集团）制作，中央新闻纪录电影制片厂（集团）选送

8.《高考》，中央电视台纪录频道制作，中央电视台选送

9.《河西走廊》，甘肃省广播电影电视总台制作，甘肃省新闻出版广电局选送

10.《藏羚羊大迁徙》，北京角百灵文化传媒有限公司制作，北京市新闻出版广电局选送

四、优秀理论文献片

1.《东方主战场》，中央电视台制作，中央电视台选送

2.《铁在烧——志愿军第63军铁原战记》，解放军电视宣传中心制作，中央军委政治工作部选送

3.《外国人眼中的南京大屠杀》，江苏省广播电视总台制作，江苏省新闻出版广电局选送

4.《胡耀邦》，中共中央党史研究室、中央新闻纪录电影制片厂（集团）联合制作，中央新闻纪录电影制片厂（集团）选送

5.《大后方》，重庆广播电视集团（总台）、重庆广电纪实传媒有限责任公司、中央电视台科教频道、中国教育电视台联合制作，重庆市文化委员会选送

五、优秀导演

1.《第三极》，导演曾海若，北京市新闻出版广电局选送

2.《大后方》，导演团队徐蓓、曾磊等，重庆市文化委员会选送

3.《铁在烧——志愿军第63军铁原战记》，导演迟鹏，中央军委政治工作部选送

4.《外国人眼中的南京大屠杀》，导演曹海滨，江苏省新闻出版广电局选送

5.《高考》，导演史岩、贾丁，中央电视台选送

六、优秀撰稿

1.《日本战犯忏悔备忘录》，撰稿樊志远、詹先玲，中央新闻纪录电影制片厂（集团）选送

2.《我从汉朝来》，撰稿团队徐欢、张越佳等，中央电视台选送

3.《冰心》，撰稿王韧，上海市文化广播影视管理局选送

4.《铁在烧——志愿军第63军铁原战记》，撰稿魏纪奎，中央军委政治工作部选送

5.《大后方》，撰稿团队徐蓓、曾磊等，重庆市文化委员会选送

七、优秀摄影

1.《野性的呼唤》，摄影范鑫，中央新闻纪录电影制片厂（集团）选送

2.《河西走廊》，摄影团队冯百钦、刘永等，甘肃省新闻出版广电局选送

3.《河狸的故事》，摄影团队蔡志刚、刘冬等，新疆维吾尔自治区广播电影电视局选送

4.《园林——长城之内是花园》，摄影团队李建明、马天亮等，中央电视台选送

5.《迁徙——在寻找幸福的路上》，摄影周卫平、余小龙，云南省新闻出版广电局选送

八、优秀栏目

1.《大师》，真实传媒有限公司，上海市文化广播影视管理局选送

2.《回家》，吉林电视台，吉林省新闻出版广电局选送

3.《纪实天下》，北京广播电视台纪实频道，北京市新闻出版广电局选送

4.《体育人间》，中央电视台，中央电视台选送

5.《我的纪录片》，湖南卫视、湖南广播电视台金鹰纪实频道，湖南省新闻出版广电局选送

九、优秀制作机构

1. 中央新闻纪录电影制片厂（集团）

2. 北京广播电视台纪实频道

3. 湖南快乐金鹰纪实传媒有限公司

4. 真实传媒有限公司

5. 中央电视台科教频道

十、优秀播出机构

1. 中央电视台科教频道

2. 南京市电视台教育科技频道

3. 山西广播电视台卫视频道

4. 北京卫视

5. 河北电视台卫视频道

十一、优秀组织机构

1. 浙江省新闻出版广电局电视剧处

2. 甘肃省新闻出版广电局宣传处

3. 上海市文化广播影视管理局广播电视与网络视听处

国家新闻出版广电总局办公厅

2016年6月24日

作品

电视剧

【电视剧《好先生》】

电视剧《好先生》42集。出品人：苏晓、贾轶群、贾跃亭、王茂亮等；制作人：张为为、水磊；导演：张晓波；编剧：李潇、于淼、张英姬；主演：孙红雷、江疏影、王耀庆、车晓、张艺兴等；出品：上海柠萌影视传媒有限公司、陕西文投（影视）艺达投资有限公司、乐视网信息技术（北京）股份有限公司、北京长江文化股份有限公司。2016年5月31日首播。

该剧讲述了旅美米其林三星厨师陆远，因一场肇事车祸携挚友女儿回国，与新欢旧爱及一系列的人事产生纠葛的故事。

【电视剧《中国式关系》】

电视剧《中国式关系》36集。出品人：马珂；制作人：张翼芸；监制：张翼芸、陈辉、蒋小平等；制片人：张翼芸；导演：沈严、刘海波；编剧：张蕾；主演：陈建斌、马伊琍、赵立新、胡可、叶一云、代旭等；出品：天津天马映像影业有限公司、上海九只鹿影视制作有限公司等。2016年9月7日首播。

该剧讲述45岁的马国梁是某国家事业单位副主任，35岁的江一楠是受海外教育长大的建筑设计师，两人的世界原本风马牛不相及，却因为一个老年公寓的项目而交织在一起，见证了彼此事业与情感的巨变。

获奖：

第23届上海电视节最佳导演奖（沈严、刘海波）、最佳编剧奖（张蕾）。

【电视剧《金水桥边》】

电视剧《金水桥边》52集。出品人：李春良、肖凯林、胡满泉等；监制：霍志静、张恒、严澍等；导演：刘飚；编剧：苏霆；主演：黄志忠、柯蓝、李乃文、王伟、梁冠华、倪大红等；出品：北京欢乐源泉影视传媒有限公司。2016年3月22日首播。

该剧讲述1949年的北京，国民党特务频繁作乱，一场大火烧掉了北平电车厂，让北京公共交通受损。战斗英雄出身的孙光大转业到公安局，与经验丰富但又一身坏习气的旧警察钱有根一起调查此案。在钱有根的帮助下，孙光大破获了一个又一个重大的案件。孙光大帮助钱有根解救了赵春花，成立了家庭。钱有根的弟弟钱有财的死在孙光大、钱有根两人心中埋下化解不开的误会。孙光大想化解误会，给钱有财平反，唯有抓住当事人张友一，可张友一异常狡猾，数次逃过警察的搜捕。最后，孙光大终于抓住了张友一，钱有财的冤屈得到平反。钱有根经历一系列的波折，最终喜欢上了孙光大的儿子孙卫国，把孙卫国当成了自己的女婿，并把自己的破案绝学传授给孙卫国。

【电视剧《父亲的身份》】

电视剧《父亲的身份》36集。出品人：张小波、贾跃亭；监制：汪恒、殷妮；导演：高群书；编剧：

金海曙、雷薪琳；主演：陈建斌、俞飞鸿、冯恩鹤、曹卫宇、齐溪等；出品：北京凤凰联动影视文化传播有限公司。2016 年 4 月 21 日首播。

该剧讲述 1948 年年初，青城发生了一起美军被刺杀案件，特别调查局要员俞北平被派往青城调查此案。他深知委派自己调查此案的深层目的，旨在甄别自己的身份。深陷危机的俞北平在青城见到失散多年的亲生女儿。女儿身份神秘，正在调查自己。俞北平与现任妻子的女儿徐丹妮在青城上大学，思想“左倾”，对父亲特务身份嗤之以鼻，正爱着一名有家室的教授，这让俞北平很苦恼。俞北平一方面要完成组织交给的最高任务，一方面还要小心翼翼保护着自己的两个女儿。最终，大女儿为保护他而牺牲，小女儿直到和父亲分离，才恍然明白：父亲是一名真正的共产党员。但从此两人永隔天涯。

【电视剧《好家伙》】

电视剧《好家伙》45 集。出品人：李春良、李莉、李晨；制作人：李立功；监制：张恒、兰晓龙、李晨、严澍；导演：简川訸；编剧：兰晓龙；主演：李晨、张译、高捷、张殿伦、瑛子、何杜娟等；出品：北京小马奔腾壹影视文化发展有限公司。2016 年 9 月 26 日首播。

该剧讲述革命队伍中一群无名的战士对自己戏称“好家伙”，他们戏称敌人为“坏家伙”。1940 年“皖南事变”后，这群意志坚定的好家伙受命掩护一位重要的同志去上海，而他们并不知道这位重要同志是他们中的哪一位。从大西北到大上海，沿途会遇到土匪、国民党、汉奸、日军等各色坏家伙的狙杀。而好家伙们这回不仅要用生命、智慧、梦想去护送自己的同志，而且他们也在保护和挽救国家的希望——抗日统一战线。

获奖：

第 23 届上海电视节最佳中国电视剧奖。

【电视剧《欢乐颂》】

电视剧《欢乐颂》42 集。出品人：侯鸿亮、张朝阳、王建军等；制作人：侯鸿亮；监制：晋亮、李化冰；导演：孔笙、简川訸；编剧：袁子弹；主演：刘涛、蒋欣、王子文、杨紫、祖峰等；出品：东阳正午阳光影视有限公司、山东影视制作有限公司。2016 年 4 月 18 日首播。

该剧讲述从外地来上海打拼的樊胜美、关雎尔、邱莹莹三个女生合租一套房，与高智商海归金领安迪及魅力超群的富家女曲筱绡同住在一个名叫“欢乐颂”的中档小区 22 楼。五个女人性格迥异，各自携带着来自工作、爱情和家庭的困难与不如意，因为邻居关系而相识相知，从互相揣测对方到渐渐接纳彼此并互相敞开心扉，在这一过程中齐心协力解决了彼此生活中发生的种种问题和困惑，并见证彼此在上海这座“魔都”的成长与蜕变。

获奖：

1. 第 31 届电视剧飞天奖现实题材优秀电视剧奖；
2. 第七届澳门国际电视剧节优秀电视剧奖。

【电视剧《红旗漫卷西风》】

电视剧《红旗漫卷西风》38 集。出品人：王勇、王建军、尹廉和等；监制：鲁书潮、李云霞、袁靖等；制片人：侯怡、程宇、李旸；导演：王飞；编剧：范胜震、张炜炜、王书心；主演：张粟、吕一、姬他、封柏、范凌子、蒋君等；出品：陕西文化产业投资控股（集团）有限公司、上海东方传媒集团尚世影业、深圳广电集团等。2016 年 10 月 21 日首播。

该剧讲述 1927 年“四一二”事变后，国共合作破裂。中共北方局领导秦声达与蒋介石的特派员李耀川这对曾经的结拜兄弟同时回到陕西，后来分道扬镳，在信仰和亲情中挣扎。而他们的下一代，李志远、秦怀文、秦怀武、梁冬梅等，也卷入革命风潮，分属不同的阵营，走上不同的道路。主人公李志远和梁冬梅选择了共产主义道路，而秦怀文则坚守着“三民主义”，兄弟之间，父子之间，上演着革命与反革命的信仰之争。铁血军人秦怀武则始终期盼家和亲情的完整。李志远等共产党人坚定信念，投身革命，经历了农村革命、保卫苏维埃、创建根据地、迎接中央红军、西安事变等革命洗礼，以及晋西北抗战、保卫延安、解放西北的战争洪流后，终于迎来了一个崭新的中华人民共和国。

【电视剧《千里雷声万里闪》】

电视剧《千里雷声万里闪》34 集。出品人：惠毅、李大有、李元、陈吉利、安建利；导演：张前；编剧：康志勇；主演：刘晓虎、刘一含等；出品：西安电视台艺术中心有限公司。2016 年 10 月 13 日首播。

该剧讲述廖惊北等一批共产党人在陕甘边地区出生入死、浴血奋战，从建立小股游击队开始，一步步壮大为主力红军并建立了照金、南梁红色革命根据地。他们在强大的白色势力的包围下，粉碎了敌人一次次的围剿，演绎了一幕幕传奇而悲壮的故事，最后壮大了红军队伍，建立了陕北红色根据地，为迎接中央红军到达陕北做出了巨大的贡献。

电视纪录片

【电视纪录片《我在故宫修文物》】

电视纪录片《我在故宫修文物》3集。制作人：程博闻；导演、编剧：叶君、萧寒；制作：清华大学新闻与传播学院清影工作室、杭州潜影文化创意有限公司。2016年1月7日首播。

该片记录了故宫书画、青铜器、宫廷钟表、木器、陶瓷、漆器、百宝镶嵌、宫廷织绣等领域的稀世珍奇文物的修复过程和修复者的生活故事。《我在故宫修文物》第一集讲述青铜器、宫廷钟表和陶瓷的修复故事；第二集是木器、漆器、百宝镶嵌、织绣的修复故事；第三集为书画的修复、临摹和摹印。

【电视纪录片《人间世》】

电视纪录片《人间世》10集。总导演：周全；策划：龚纾碧、郑健；总制片人：李振宇；制片：忻望、郭文琴；首席编导：秦博；监制：潘明华、李培红、刘卫华；编导：潘德祥、董路朔、黄伊罕、范士广；解说：刘凝、张大鹏、王炜；策划：上海广播电视台、上海市卫生和计划生育委员会。2016年6月11日首播。

该片表现的不仅有重症抢救、120急救，还有公民器官捐献、一个年轻癌症病患妈妈的抗癌日记，更有临终关怀等情节。两年间，纪录片《人间世》的摄制团队扎根于上海市多个医院，以医院为拍摄场所，聚焦医患双方面临病痛、生死考验时的重大选择。该片希望通过观察医院这个社会关系集中体现的标本，反映社会变革时期，构建和谐医患关系的艰难前行，通过换位思考和善意的表达，展现一个真实的人间世态。

获奖：

2016年中国（广州）国际纪录片节“金红棉”最佳系列纪录片奖、最佳纪录片导演奖（《人间世》导演组）。

【电视纪录片《永远在路上》】

电视纪录片《永远在路上》8集。总策划：钟纪轩；出品人：聂辰席；总监制：孙玉胜、李挺、黄传芳；监制：杨华；总制片人：耿志民；总撰稿：史文杰；总编导：王晓清；制作：中央纪委宣传部、中央电视台。2016年10月17日首播。

该片从受访专家学者、纪检干部到落马官员的案例剖析，全景式呈现了党的十八大以来“从严治党永远在路上”4年来不平凡的历程。该片既列举了多位领导干部违纪违法典型案例，几位案件当事人现身说法，进行深刻剖析和忏悔，又针对这些案例进行深入点评和分析，警示教育党员领导干部严守政治纪律和政治规矩，筑牢理想信念的根基，引导广大人民群众坚定对党的信心和信任，为全面从严治党营造良好的舆论氛围。

获奖：

1. 2016年度国产纪录片及创作人才扶持项目优秀系列片奖；

2. 第 14 届精神文明建设“五个一工程”特别奖；

3. 第 27 届中国新闻奖一等奖。

【电视纪录片《本草中国》】

电视纪录片《本草中国》10 集。总顾问：李金华、王国强；总监制：宋燕、陈勇、龚宇；监制：王湘君、陈潇；出品人：孙煜、俞瑛；总导演：干超、郑波；总撰稿：龚卫；艺术总监：刘景锜；总制片人：韩芸；出品：上海笃影文化传媒有限公司。2016 年 5 月 20 日首播。

该片由国家卫生计生委宣传司支持、国家中医药管理局办公室指导、中国人口文化促进会监制。该片以“草药”为切入口，以温暖真实的拍摄视角记录隐遁的中医药传承人的故事。该片采用主题式分集，主题“问药”共包括“境界”“时间”“分寸”“相遇”“双面”“年华”“沉浮”“解构”“本草地图”等 10 集正片，每集围绕一个既定主题展开，从现代人生活的角度出发，寻找符合内涵的相关中药材。

获奖：

1. 2016 年度国产纪录片及创作人才扶持项目优秀系列片奖；

2. 第三届“金熊猫”国际纪录片节人文类最佳系列纪录片奖。

电视动画系列片

【电视动画系列片《熊猫和小鼹鼠》】

电视动画系列片《熊猫和小鼹鼠》52 集。出品人：庄殿君；总策划：薛继军；监制：蔡志军；总制片人：蔡志军；导演：曾伟京；出品：中央电视台。2016 年 3 月 28 日首播。

该片是由中央电视台央视动画有限公司与捷克共和国捷克小鼹鼠公司共同创作的合拍动画片。故事中不但融入了大量中国元素，也引入了国际共通的卡通语言，让情节更加风趣幽默。

获奖：

1. 第 13 届中国国际动漫节“金猴奖”动画系列片金奖；
2. 第 14 届精神文明建设“五个一工程”优秀作品奖。

【电视动画系列片《犟驴小红军》】

电视动画系列片《犟驴小红军》12 集。导演：王子水；出品：上海广播电视台、上海炫动传播有限公司。2016 年 9 月 1 日首播。

作为 2016 年度国家新闻出版广电总局“中国梦”重点动画项目，也是纪念工农红军长征胜利 80 周年的献礼作品。该片从独特的角度讲述工农红军长征的故事：一心想当战士的倔强少年五锁，与一心想成为战马的小犟驴，心不甘情不愿地跟随着炊事班长踏上追赶红军大部队的征途，爬雪山过草地，最终走到延安，明白了信仰与奋斗的道理，最终收获了友谊。

获奖：

中国文化艺术政府奖第三届动漫奖最佳动漫作品奖。

【电视动画系列片《聪明的顺溜之雄鹰小子》】

电视动画系列片《聪明的顺溜之雄鹰小子》52 集。导演：卢德响；编剧：李文绪、王钢；制片：济南军区政治部电视艺术中心；出品：北京东方毅拓展文化协会。2016 年 5 月 31 日首播。

《聪明的顺溜》是军旅题材动画系列片，以强国梦和强军梦为时代背景，取材于真实的特种部队，描述了士兵李顺溜及其战友在训练和工作中，用机智克服困难、用妙招帮助战友、用勇气完成任务的一系列生动鲜活小故事，通过“小士兵”的“大智慧”，展现当代青年官兵的高尚追求和昂扬斗志，极具鲜明的时代特征和军营特色。

获奖：

1. 第五届全军动漫作品创作比赛优秀作品奖；
2. 第 14 届中国动漫“金龙奖”最佳系列动画铜奖；
3. 中国文化艺术政府奖第三届动漫奖最佳动漫作品奖。

【电视动画系列片《小济公》】

电视动画系列片《小济公》52集。导演：张族权、陈家奇；出品：央视动画有限公司。2016年6月20日首播。

该片以当代少年儿童的心理与视角，用动画独特的视觉语言，讲述了我国著名民间传奇人物济公小时候发挥聪明才智、怀揣正义和勇气来扶弱济贫、助人为乐的故事。片中的故事情节颇为有趣，引人深思，让观众在潜移默化中领悟到做人做事的道理。

获奖：

中国文化艺术政府奖第三届动漫奖最佳动漫作品奖。

纪事

节展·评奖

【第 12 届中国国际动漫节】

2016 年 4 月 27 日至 5 月 2 日，由国家新闻出版广电总局、浙江省人民政府主办，杭州市人民政府等承办的“第 12 届中国国际动漫节”在浙江省杭州市举办。本届动漫节设置 1 个主会场、12 个分会场，约有 80 个国家和地区的近 300 家企业机构参展。动漫节活动包括动漫产业博览会、国际少儿漫画大赛、中国 COSPLAY 超级盛典、国际动画电影展映、高峰论坛、动画产业合作论坛、动漫电影游戏创投会等多项内容。本届动漫节围绕会展、论坛、商务、赛事、活动等五大板块组织了 59 项活动。本届动漫节共吸引了超过 138.15 万人次参观，实际成交及达成签约交易、意向合作项目 948 项，涉及金额约 129.37 亿元，动漫节消费涉及金额约 22.26 亿元，总计约 151.63 亿元。

【第 22 届上海电视节】

2016 年 6 月 6 日至 10 日，由国家新闻出版广电总局、上海市人民政府主办的“第 22 届上海电视节”在上海举办。《芈月传》《琅琊榜》《少帅》《于无声处》等电视剧斩获白玉兰奖。通过对本届白玉兰奖的报名作品、提名作品和获奖作品的综合观察，我们可以看到 2015 年我国电视剧的生产创作的总体面貌和发展趋势，一大批作品充分体现了对“思想精深、艺术精湛、制作精良”品质的自觉追求，彰显了中国电视剧对历史与现实的深切关注和多样化的艺术风貌。本届白玉兰奖共有 117 部国产电视剧作品报名参评，从最佳电视剧提名作品来看，类型比较多元。

电视剧白玉兰奖获奖名单

奖项名称	获奖演员及作品
最佳中国电视剧奖	《芈月传》
最佳导演奖	孔笙、李雪（《琅琊榜》）
最佳编剧奖	江奇涛（《少帅》）
最佳男主角奖	胡歌（《琅琊榜》）
最佳女主角奖	孙俪（《芈月传》）
最佳男配角奖	赵立新（《于无声处》）
最佳女配角奖	刘涛（《芈月传》）
最佳海外电视剧奖（短剧）	《绝命杀机》（法国）
最佳海外电视剧奖（长剧）	《权力的游戏》（美国）
最佳综艺栏目奖（季播）	《最强大脑》（第三季）
最佳综艺栏目奖	《中国诗词大会》
最佳系列纪录片奖	《鲨鱼》（英国）
最佳纪录片奖	《五岛之虎——匠人父亲的 22 年》（日本）
最佳动画片奖	《树枝人》（英国）
最佳动画剧本奖	《一拳超人》（日本）

【2016“金熊猫”国际纪录片节】

2016年9月12日至14日，由国家新闻出版广电总局和四川省人民政府主办的“2016‘金熊猫’国际纪录片节”在成都举办。本届“金熊猫”国际纪录片节共有30多个国家的700多部作品参评。9月12日，“金熊猫”国际制作人论坛举办。与论坛同时举行的2016“金熊猫”国际纪录片“中国故事 国际传播”专场活动，分为提案会、选片会、项目发布会3个部分。

【中国广播影视大奖·广播电视节目奖（第24届“星光奖”）】

2016年9月23日，由国家新闻出版广电总局主办的“中国广播影视大奖·广播电视节目奖”（第24届“星光奖”）评选共收到参评作品1 140个，涵盖了2013年3月1日至2015年9月30日在全国各级电视台播出的电视文艺节目。获得大奖的作品共分电视综艺节目、电视戏曲节目、电视纪录片、电视文艺栏目、少儿电视节目、电视动画节目6类，共有14个作品获得本届大奖，包括《胜利与和平——纪念中国人民抗日战争暨世界反法西斯战争胜利70周年文艺晚会》《团结协作的亚洲·携手明天——亚洲相互协作与信任措施会议第四次峰会文艺晚会》《中央电视台2015年春节联欢晚会》《歌从黄河来（第150期）》《中央电视台2014年春节戏曲晚会》《东方主战场》《五大道》《吾守尔大爷的冰》《最强大脑》《养生堂》《开学第一课（2014年）》《欢乐的节日——2015年六一晚会》《地道战之“英雄出少年”》《新大头儿子和小头爸爸》。此外，本届“星光奖”还评出了《中国谜语大会（第一季、第二季）》等56个提名荣誉作品。

【第28届中国电视金鹰奖暨第11届中国金鹰电视艺术节】

2016年10月14日至16日，由中国文学艺术界联合会、中国电视艺术家协会、湖南省政府主办，长沙市政府、湖南省新闻出版广电局、湖南广播电视台承办的“第28届中国电视金鹰奖暨第11届中国金鹰电视艺术节”在长沙举办。本届金鹰节由开幕式和文艺晚会、GEC金鹰电竞体育盛典、互联盛典、金鹰论坛（第28届中国电视金鹰奖优秀电视剧作品研讨会）、颁奖晚会和闭幕式等五大主体活动组成。

本届中国电视金鹰奖共收到各省初评选出的优秀电视剧作品120部，按照“思想精深、艺术精湛、制作精良”的标准，经过观众、评委、会员三方投票，最终选出各类奖项。

获奖名单

奖项名称	获奖演员及作品
优秀电视剧奖	《十送红军》《马向阳下乡记》《北平无战事》《平凡的世界》《芈月传》《旋风少女》《历史转折中的邓小平》《王大花的革命生涯》《嘿，老头！》《陆军一号》《破阵》
观众喜爱的男演员奖	王雷（《平凡的世界》）、胡歌（《琅琊榜》）
观众喜爱的女演员奖	佟丽娅（《平凡的世界》）、赵丽颖（《花千骨》）
最佳表演艺术奖	李雪健（《嘿，老头！》《少帅》）
最佳导演奖	郑晓龙（《芈月传》《红高粱》）
最佳编剧奖	温豪杰（《平凡的世界》）
最佳摄影奖	于飞、王赫、杨海鹏（《红高粱》）

最佳美术奖	刘勇奇（《于无声处》）
最佳照明奖	孙红良（《北平无战事》）
金鹰节最具人气演员奖	胡歌（《琅琊榜》）、刘涛（《芈月传》）

【2016 中国（广州）国际纪录片节】

2016 年 12 月 12 日至 15 日，由国家新闻出版广电总局和广东省人民政府主办的“2016 中国（广州）国际纪录片节”在广州举行。本届纪录片节吸引了来自 111 个国家和地区 4 059 部纪录片参展，设置了纪录片方案预售、国际制作人日、纪录片商店等 40 多项论坛和会议活动，还邀请了中外纪录片权威参与评审，评出年度最佳纪录片、最佳纪录长片等 10 项“金红棉”优秀作品。

12 月 15 日，“2016 中国（广州）国际纪录片节”闭幕式暨“金红棉”优秀纪录片分享会在广东电视台演播厅举行，“金红棉”优秀纪录片名单揭晓。赵青导演的《我只认识你》获得“年度最佳纪录片奖”“最佳纪录长片奖”“最佳国际传播中国纪录片奖”；纪录片《人间世》获得“最佳纪录片导演奖”“最佳系列纪录片奖”；《妈妈不开心，谁都不开心》获得“最佳纪录短片奖”；摘得“最佳新人纪录片奖”的是国内首个拍摄到中国境内最大野生狼群及围猎场景的《重返狼群》;《潜入未知》获得“评审团特别推优纪录片奖”。

大事记

3 月 28 日至 31 日，“2016 春季北京电视节目交易会”在北京举办。

4 月 27 日至 5 月 2 日，“第 12 届中国国际动漫节”在浙江省杭州市举办。

6 月 6 日至 10 日，“第 22 届上海电视节”在上海举办。

7 月 21 日至 25 日，“第八届深圳动漫节”在广东省深圳市举办。

8 月 18 日，山东广电传媒集团在山东省济南市成立。

8 月 24 日至 27 日，“第 25 届北京国际广播电影电视展览会（BIRTV2016）”在北京举办。

9 月 12 日至 14 日，“2016‘金熊猫’国际纪录片节”在四川省成都市举办。

9 月 23 日，国家新闻出版广电总局主办的“中国广播影视大奖·广播电视节目奖”（第 24 届“星光奖”）评选活动。

10 月 14 日至 16 日，“第 28 届中国电视金鹰奖暨第 11 届中国金鹰电视艺术节”在湖南省长沙市举办。

11 月 18 日至 20 日，“第四届北京剧本推介会”在北京举办。

12 月 12 日至 15 日，“2016 中国（广州）国际纪录片节”广东省广州市举办。

12 月 23 日，第六届“光影纪年——中国纪录片学院奖”颁奖典礼在中国传媒大学举行。

中国艺术年鉴·2017

美术卷

分卷主编：周进生

年度述评

2016 中国美术的民生情怀、写意精神与史诗魂魄

◎ 尚辉

如何使“深入生活、扎根人民”的主题实践活动变为美术家的一种思想追求，如何使为民族精神审美的塑魂铸魄变为美术家的一种文化担当，如何使中国精神变为美术家在全球化艺术思潮中的一种艺术自觉，这些关涉当下中国美术全局性繁荣与发展的紧迫课题几乎都在2016年展开。

一、切近生活与写生潮

写生从来都是画家走出传统、增加感性经验、汲取创造养分的基本方法，也是画家切近生活、表现人民思想情感最有效的途径。因大力推导“深入生活、扎根人民”的主题实践活动，积极推动以纪念红军长征胜利80周年和以“丝绸之路”为主题的美术创作而策划组织的采风写生活动，成为2016年度自始至终、此起彼伏的写生热潮。这种热潮的形成，既有由中国美术家协会到各地美术家协会及各创作机构的积极发动，也有美术家个体的自发行为。通过这些采风写生而形成的美术创作，既葆有鲜活的现场写照，也有在写生同时而进行的创作提炼与个性表现，而且，这些写生创作也成为2016年诸多主题性展览的作品主体。除各地举办的各种大小不一、难以确切统计的“深扎主题实践”与“重走长征路”等主题展览之外，像“百名画家画云南”作品展、“义新欧·丝路行——全国美术名家主题创作展”、“中国精神·中国梦——美丽乡村行写生采风作品展”、“美丽南方·广西——中国美术作品展”等，都是2016年度质量高、影响大的写生创作展。

其中，给人印象深刻的当属“向人民汇报——20位中青年画家‘深入生活、扎根人民’主题实践活动成果汇报展”，此展是继2015年举办“向人民汇报——‘深入生活、扎根人民’当代十五位美术家作品展”之后，着眼于呈现当代中青年美术家“深扎”主题实践的展览。此展不仅在年龄选择上以“70后”“80后”画家为主，而且展出作品都是这些画家长期深入他们钟情的某一生活基地而不断积累、长期沉淀的作品。譬如，持续关注城市农民工生存状态的李传真，此次回到她曾下放过的湖北三湖农场，创作了《放学路上》《暖阳》《婆媳》等工笔画，作品着重刻画了那些乡亲明朗、欢愉、自足的精神面貌与生活情态。这种具有生活温度的画作使得工笔人物画在深化写实的同时，也深刻体现了从西式写实再度向东方写意回归的艺术探索。作为蒙古族画家，鲍风林在采风写生基础上创作的《长调草原》，从现代文明的视角发掘了游牧民族原生的文化形态，画作通过对草原长调歌咏的表现，展现了宽广恢宏的民族史诗，水墨基调也由此显得苍茫凝重。应当说，“深扎”主题实践让许多中青年美术家找到了艺术创作与艺术创新的根脉。一方面，他们从人民深厚的生活土壤里发掘出普通人的精神境界，并在清新艺术语言的开拓中最大限度地表达了人民的思想情感；另一方面，他们从全球化视野和现代文明角度对于中国传统文化的再发现，也在很大程度上影响了他们艺术探索的路向，从而更加坚定了他们从本土的现代境遇中探寻自主发展道路的信心。

以“义新欧·丝路行”为主题的全国美术名家主题创作展，正是当下有关“一带一路”主题美术创作的最新成果。横跨欧亚大陆8个国家的“义新欧”班列，是目前世界上最长的货运铁路线，而这个展览让人们追随美术家的画笔，从义乌行旅到皖豫、陕甘，从新疆阿拉山口岸出境，驶经哈萨克斯坦、俄罗斯、白俄罗斯、波兰、德国、法国，最后抵达西班牙的马德里。他们的画笔不只是对沿途各国人文风貌的描绘，也呈现他们各自光彩夺目的艺术语言与审美个性。通过写生采风而打开的艺术视野，我们看到了美术家如何在“一带一路”这个主题美术创作上施展他们的审美想象与艺术创造。的

确，写生只是让他们的画笔以艺术记录的方式捕掠“一带一路”沿线的异国风情、历史遗迹，而建立在写生基础上的创作，才能让他们超越观感的局限性而深入一种历史的思考与文化的再塑。而这些写生创作都将是一种历史性的汇聚，人们期待建立在这些清新感受基础上的艺术升华，将会成为2017年以“丝路与世界文明”为主题的“第七届中国北京国际美术双年展”的精彩之作。

2016年度中国美术馆举办的黄宾虹、陈师曾、陈半丁等中国画经典个案研究展以及江苏省国画院60年作品展，让我们从艺术史的角度，审视了传统中国画如何通过写生而展开的面向现实的现代性转变历程。写生只是画家走向现实的第一步，如果没有思想情感的转变，他们便不可能给传统笔墨注入现实社会的活态新质，从而进行现代性的个性再造。当下写生潮中的许多画作所暴露出的当代美术家的创作短板，或许就在于对艺术创作规律的实践性体悟不深。对艺术本体所蕴含的精神思想储备不足，对各自所运用的艺术语言驾驭不精，在这些艺术创作所必备的方方面面还没有铺垫厚实的情形下，仅仅通过写生试图解决所有的创作问题，显然不可能完成真正的艺术创造，也很难从“高原”跨越到“高峰”。

二、再绘历史与史诗魂

没有哪一年能像2016年这样将美术界的创作如此规模地聚焦于历史题材创作。2016年度最引人瞩目的创作展莫过于“庆祝中国共产党成立95周年全国美术作品展”“纪念红军长征胜利80周年美术创作展”“中华史诗美术大展”。

当汇集了新中国成立以来几代美术家和当代美术家创作的党的光辉历程的鸿篇大作，共同展陈于中国国家博物馆的展厅时，人们也从这些作品所再现的党的95年峥嵘岁月强烈地感受到了中国现代美术的历史演进。而新时期以来，党的周年庆典也成为历史画创作的收获丰年，这些历史画所携带的艺术信息恰恰展现了中国当代艺术史的演变轨迹。特别是已远离了历史发生现场的当下创作，复原的艰难与消费主义艺术观念的干扰，既是现实对再绘历史的阻碍，也是发挥艺术想象力并体现当代人重塑史诗魂魄的潜在空间。人们在展览现场为其感动的，恰恰是这些不是历史现场直接记录的作品，才具有了再现历史的文化审美性，并因艺术家的不同创作追求和对于历史的不同解读，这些艺术创作才富有了相对独立的审美价值。

而中国美术家协会策划组织的由七大美院教授团队和军旅美术家历经一年艰辛构绘的12幅大型（3米×8米）长征题材历史画创作，饱满地呈现了当代文化对于长征精神的审美释读。从《血战湘江》到《遵义曙光》，从《四渡赤水出奇兵》到《飞渡泸定桥》，从《翻越雪山》到《大会师》，等等，这些长征重大事件的史实虽在以往画作中都有不凡的表现，但在这12幅大型历史画巨作中，我们既看到了在以往的画作上不曾看到的宽广的历史场景，也看到了我们这个时代对于历史真实性的深度理解，更从长征曾经历过的困苦、鏖战、跋涉和牺牲里，读出了我们这个民族在极度艰难困苦的压榨中表现出的英勇无畏的民族灵魂。尤其是《飞渡泸定桥》，以并非写实的现代主义表现性艺术语言，对于强渡泸定桥的战士形象与整体氛围的再造，体现了当代美术对于现实主义创作理念的新发展。而《四渡赤水出奇兵》则将第三渡虚张声势的佯攻与抒情写意的意境营造融为一体，体现了艰苦战争的浪漫主义情怀。应当说，这些画作是国家历史记忆中值得人们长久寻味的长征图像，其无比震撼的诗史性的宏大叙事，正是我们今天对于民族精神的另一种审美构建。

2016年年末，“中华史诗美术大展”在中国国家博物馆开幕，标志着由国家多个主管部委共同主办的“中华文明历史题材美术创作工程”历时5年如期竣工，这是继2005年国家重大历史题材美术创作工程之后第二个国家级历史题材美术创作工程。此项工程通过中国画、油画、版画、雕塑等146件作品，形象地展示了从《河姆渡文化》《仰韶彩陶文化》到清代《乾隆南巡》《〈四库全书〉与南北七阁》《中国京剧——徽班进京》等纵横五千年的中华文明历史进程，其中既有对重大历史事件的再现，如《尧舜禅让》《鸿门宴》等，也有对民族英雄的塑造，如《满江红》之岳飞、《戚继光抗倭》之戚继光等，还有表现文化艺术结晶的《宋词风采》《元明青花瓷》等。这是我国首次集全国优秀美术创作人才、对中华文明历史进程进行系统性的视觉艺术呈现，可谓弥补了中国美术史有关古代历史题材创作的缺憾。

史诗无疑是对一个国家、一个民族在历史发展的重大转折与艰难蜕变中出现的历史事件和民族英雄的书写与歌颂，也是以诗的情怀对历史的宏大叙事与艺术再构。历史题材美术创作正是通过所记录所传诵的这些事件与人物，获得一种穿越历史限度的永恒性，并成为激发民族斗志、铸造民族灵魂的一种文化象征。史诗无疑也是一个伟大时代民族精神的浓缩，一个伟大民族在一段历史巨变的急流中启航远行的艺术见证。这或许也阐释了在这样一个风云际会的大变革时代，为何以造型艺术的方式来再现中华文明历史的美术创作工程呼之即出。当它们以凝重的笔调勾勒出泱泱大国五千年文明演进的壮阔图景时，这些皇皇巨制既是对中国艺术史缺失古代视觉艺术史诗的弥补，也是我们这个时代对中华史诗的视觉书写与民族精神的形象塑造。

三、写意文化与自信心

众所周知，近些年在欧美兴起的中国艺术热，是不乏西方色彩的全球化中的“中国现象”或“中国符号”，中国艺术家作为被全球化的“他者”，终于享有了全球化艺术的“民主权利”与“国别身份”。但这并不是中国当代美术的全部，西方人眼中的当代中国艺术是不完整甚至是扭曲的，这便是许多有识之士勠力举荐外展推广中国本土当代美术的动因。2016 年度最重要的外展有：2 月在日本东京举办的“百花争妍：中国写实主义的辉煌——第七届现代中国美术展”，7 月在法国巴黎举办的“中华意蕴——中国油画艺术国际巡展”，9 月在墨西哥首府墨西哥城举办的“中国写意——来自中国美术馆的艺术”系列展览，10 月在丹麦哥本哈根举办的“艺术与和平——中国当代美术作品展”，等等。

以“中华意蕴”为主题、在巴黎布隆尼亚宫举办的中国油画艺术展，以 62 位中国当代具有代表性的油画家出展的 115 件作品为强大阵容，真正实现了对新时期以来中国油画学术面貌的整体对外展示，而随展筹划组织的学术研讨会，是就油画命题展开学术探讨的真正国际会议。毕竟，在欧美绘画已被冷落了的当下语境来探讨并不被欧美人所了解的中国油画课题，已属难能可贵了。在这么短的时间，让西方学者和批评家通过此展和研讨来完全认同中国油画是困难的。但一些法国观众通过詹建俊笔下的大海与涛声所唤起的“心中那束来自法国南部阳光”的感受，让我们深感此展得到异域观众那种让人期待的审美回应。而一些西方学者认为，中国画家在当下对油画的选取，是个“从邂逅西方艺术到身份追寻”的过程；更有学者提出，“中国不仅是西方油画远远没有被耗尽或被发掘的历史潮流的见证者，而且开始为油画历史设定了自己的基调”。能够在研讨的论文中得到这样研究性的评析，已足以让国人感到欣慰。

以“中国写意”为主题、在墨西哥城圣伊德方索学院博物馆举办的中国当代艺术展，是以国家馆藏中的 57 位中国当代艺术家的 85 件中国画、油画、版画、雕塑和 66 件（套）的中国民间美术精品而构成的展览。此展不仅全方位展现了中国以架上绘画与雕塑作为其当代艺术主体的学术面貌，而且通过皮影、面具、剪纸、藏服等民间美术形式揭示了中国深广的原生艺术样态。像“中华意蕴”展所获得的成功经验一样，该展的深广影响也来自和墨方主流文化圈进行的持续而深远的学术交流与互动。随展团专家先后与墨方艺术史学者、批评家展开深入的学术研讨，并先后赴墨西哥国立自治大学艺术学院和墨西哥国家艺术中心举办讲座，介绍中国当代艺术、探讨中墨艺术所共同面对的传统与现代、全球与本土等重要学术命题。中国美术馆公共教育部还在较短时间内培训了百余位本地展览志愿讲解者，他们在半年展期中持续为当地观众义务导览。

在当下众多中国美术走出去的外展中，“中华意蕴”与“中国写意”二展是具有典范性的外展。其典范性在于：一是以自信的心态展陈和凸显当代中国美术的独特面貌与成就；二是通过研讨会、讲座和公共教育在所在国的主流文化圈与普通观众之间搭建桥梁、学术互动。中国美术赴外展让我们思忖的仍然是中国美术的道路选择命题，我们今天可以自信地说，中国艺术超前西方与否并不重要，重要的是找准自己文化艺术的立足点与前沿。这正像“中国写意”展墨方首席策展人卡马拉一再诚挚地向我们表述的：“写意精神是一个起源，优秀的艺术创作中一定有写意精神的体现。写意不是眼睛，不是再现，而是精神，是心！”

中国美术走出去所获得的“写意精神”的文化回应，也折射了国内美术界在2016年度对于“写意精神”的学术追问，许多展览被冠以“写意中国”“写意精神”“再塑意象”“文脉传薪”等主题词，甚至于“意象油画学派”“意象油画学会”这类的学术命题、学术团体也应运而生。应当说，“写意精神”命题在当代的自觉，既是中国艺术精神从当代失却的现状到对传统的重返，也是对写意精神现代性的深度探索与簇新创造。当代中国美术写意精神命题的艰难性，往往在于在西式写实造型及图像形象的基础上能够怎样进行传统写意精神的转移、嫁接和再造。而其中最难的是在中与西、传统与现代这两者的纠葛中，如何坚定中国文化自信的命题。2016年年末在中国美术馆举办的“工·在当代——2016·第十届中国工笔画作品展”改换门庭，竟然完全以是否具有观念性、是否从架上转为装置作为工笔画进入“当代性”的唯一门径，这或许也是当下常见的对中国文化精神缺乏自信的一种表现。

在中外艺术史上，从来没有哪个国家像当下中国这样萃集了这么多优秀艺术家，着眼于对这个国家历史与现实的表现；在当下以碎片化与私密化为表征的全球性消费主义艺术风潮中，中国当代美术却以一种国家宏大叙事的视觉艺术史诗追求来构建崇高美学、熔铸中国精神，这或许都体现了中国美术对当代性开拓的另一种思考与实践。

尚辉　中国美术家协会美术理论委员会副主任、《美术》杂志主编

蔚为大观：2016 年中国美术述评

◎ 郑工

2016 年中国美术发展的总体趋势是稳中有变，并不断优化资源，逐步形成良性的竞争机制，特别是不少前期项目在今年都有不菲的成绩，取得较为丰硕的成果。

一、年度热点

（一）主题性创作与大型展览

由中国文学艺术界联合会、财政部、文化部联合主办的中华文明历史题材美术创作工程，历时 5 年，于 2016 年 11 月如期通过验收结项，有 146 件（组）作品在中国国家博物馆展出，题为“中华文明史诗”，涌现出一批优秀作品。这些作品主题突出，富于想象，视角独特，以凝练并具有个性的艺术语言，呈现中华文明的灿烂历史，也是中国美术界响应习近平总书记在文艺工作座谈会上讲话的精神，从“高原”走向“高峰”的一次创作实践。这次创作凝聚了当代最具创作实力的老、中、青三代美术家，建立创作指导委员会和专家组，形成科学有效的工作机制。无论是选题策划、草图论证与修改，还是创作过程中的深度辅导和最后的验收评审，每一环节都认真细致，落实到位，为工程的顺利实施提供有效的资源保障和学术支持。①

创作史诗般的美术作品，推出具有史诗般的经典大展，也成为 2016 年中国美术界的一大景观。如中国文学艺术界联合会、中国美术家协会以及中国文学艺术基金会、中国文学艺术发展专项基金会共同主办的“庆祝中国共产党成立 95 周年全国美术作品展览”（6 月 19 日，中国国家博物馆），展品 180 余件，包括中国国家博物馆馆藏作品、特邀作品和全国征稿作品，并分四个历史时期展出。又如由文化部主办的“庆祝中国共产党成立 95 周年美术作品展”（6 月 30 日，中国美术馆），展出 300 余件，汇集不同历史时期的优秀作品，以中国美术馆藏品为主，兼及其他美术机构的藏品，也有部分新的创作，在内容上包含红军长征的题材。再如中国文学艺术界联合会、中国国家博物馆、中国美术家协会、中国文学艺术基金会共同主办的“纪念红军长征胜利 80 周年美术作品创作展”（10 月 22 日，中国国家博物馆），展出新作 12 幅巨制，分别由 12 组人员创作，它们分别是《十送红军》《血战湘江》《遵义曙光》《四渡赤水出奇兵》《娄山关大捷》《彝海结盟》《飞渡泸定桥》《翻越雪山》《草地铁流》《智夺腊子口》《直罗镇大捷》《大会师》，同时展示写生手稿、创作草图等，共计 200 余件。创作人员分别来自中央美术学院、中国美术学院、清华大学美术学院、广州美术学院、湖北美术学院、鲁迅美术学院、西安美术学院以及中央军委政治工作部宣传局等 8 个单位，历时 1 年。他们到实地写生，并搜集考证史料，潜心创作。12 月 23 日，中央美术学院为纪念中国工农红军长征胜利 80 周年在中国美术馆主办了“艺术再长征——中央美术学院接力系列展”，集结了美院各专业院系的力量，推出一批新作，形成四大板块：坚定理想、正确方向、艰苦奋斗、团结一致，以当代人的文化视角重读长征，实现对长征精神的再回顾、再体验、再表达。展览形式丰富多彩，体现了多学科参与、多形态互动的总体特征。

这类纪念性的美术展览所展出的作品，既有历史上的经典之作，也有当下创作的优秀作品。而集中反映当代美术创作的大型展览，则是由文化部、陕西省人民政府共同主办的“第十一届中国艺术节全国优秀美术作品展览”（10 月 15 日，陕西省美术博物馆），其主题是“中国风格　时代丹青”，展

① 中国文学艺术界联合会、财政部、文化部、中国美术家协会：《中华书画家》2016 年第 11 期“中华文明历史题材美术创作工程”专辑“前言”。

出作品 552 件，题材广泛，形式多样，推出新作品，也推出青年美术家。还有筹备一年多的“美丽南方·广西——中国美术作品展”，于 12 月 9 日在中国美术馆开幕，展出作品 380 件，既有中国美术馆馆藏的表现广西的经典作品，也有中华人民共和国成立以来广西美术在各个历史阶段的代表性作品，以及近年来中国美术家协会组织全国百名美术家到广西采风所创作的一批作品，推动广西这一民族地区美术的繁荣发展。这次展览分三个专题，即“历史经典”“广西美术”“美术广西”，从多个维度呈现广西的人文景观。

这些大型展览与主题性创作都是由国家有关部门主导并资助，多以工程或项目的方式进行，投入资金不少，也给予美术家一定的创作时间，在当前市场经济环境中，也可以说是一种扶持性的政府行为。虽然有明确的政治导向，但在艺术问题上也有纠偏的作用，引发美术家重视严肃的历史题材，关注社会现实，提高从事主题性创作的能力，而在艺术风格上也鼓励多样化的表达，这在目前新媒材、新观念层出不穷的今天，别具一番意义。

（二）学科评估与学科优化

结构性调整与评估体系的变化，是 2016 年教育界的一大现象。自 2015 年 10 月 24 日国务院印发《统筹推进世界一流大学和一流学科建设总体方案》后，教育部于 2016 年 2 月印发通知，启动实施“双一流”战略，这对于美术院校的发展是一大利好。因为美术学院属于专业院校，尽管在本学科领域是一流水平，但与综合性大学相比难以在综合评估中占优势，而回到学科层面上，就能充分发挥其学科优势，推动学科的发展。

比如中央美术学院在之前的“985”及“211”工程评估中均未能入选，但在最新发布的《2016 中国大学艺术学一流学科排行榜》中，位居第一，其美术学获评世界准一流学科，为 8 星级，设计学为 7 星级，艺术学理论为 6 星级；清华大学位居第二，其设计学获评世界准一流学科，为 8 星级，美术学为 6 星级；中国美术学院位居第六，其美术学为 7 星级，设计学为 6 星级；北京大学位居第九，其艺术学理论为 7 星级。① 学科专业细化，其评估更为合理，而随着评估体系的变化，也有利于打破“985”“211”工程高校长期以来对教育资源的垄断，对发展高校自身的特色提出了更高的要求。

2016 年 10 月 19 日，《国务院学位委员会关于下达 2016 年动态调整撤销和增列的学位授权点名单的通知》（学位〔2016〕23 号）公布，共有 25 个省份 175 所高校撤销 576 个学位点，包括博士学位授权点，此外，共有 25 个省份 178 所高校增列 366 个学位点。其中美术学或与美术学相关的艺术学理论、设计学及艺术硕士点，被删减的有 10 个，增加的有 21 个，均是硕士点，无博士点。其中有两个现象值得关注：一是一些名牌大学，如浙江大学、武汉大学和郑州大学，均删减了艺术学理论或美术学的硕士学位点；二是在新增硕士点中属于艺术硕士的有 17 个，占新增总数的 81%。② 高校学位授予点的调整同“双一流”战略的提出，给全国院校提供机遇的同时，也带来了新的挑战。一些竞争力不强的学位点及学科专业都在调整，专业设置与人才培养规格也在转变，这也意味着高校的发展思路正改为走内涵式发展道路，对高校教育质量的衡量，不再只是一纸空谈，而是真正落到了实处。

除此之外，设计教育给 2016 年的艺术教育增加了一抹亮色。1 月，“首届中国设计智造大奖”提出了由“中国制造”向“中国智造”转向的理念。其后，“第二届中国设计大展及公共艺术专题展”和“设计之变——2016 上海艺术设计展”促使设计关注民生、关注未来。这一系列举措使设计教育的“公共性”在 2016 年年初就以强势的姿态占据了中国艺术的关键位置。

美术院校的拓展与创建也是 2016 年美术教育的一大特点。首先是美术院校的拓展，5 月 28 日，青岛西海岸新区与清华大学美术学院正式签署战略合作协议，清华大学将在新区灵山湾影视文化产业

---

① 《2016 中国大学艺术学一流学科排行榜》，中国校友会网（http://www.cuaa.net/cur/2016/xkpm/1_ysx.shtml）。

② 参见《国务院学位委员会关于下达 2016 年动态调整撤销和增列的学位授权点名单的通知》（学位〔2016〕23 号）（http://www.moe.edu.cn/s78/A22/xwb_left/zcywlm_xwgl/moe_818/201610/t20161019_285495.html）。

区建设清华大学文化创意产业研究院。7月8日，青岛西海岸新区与中央美术学院、山东国际海岸文化产业股份有限公司签署战略合作框架协议，共同在新区建设中央美术学院青岛校区。美术院校的拓展既减轻了本体院校在硬件设施上的饱和，也为地方美术教育提供了新的教育资源。其次是新美术院校的成立，2016年12月11日，上海美术学院成立，标志着中国第九大美术学院的诞生，也完善上海地区美术教育的整体格局。

（三）知识构建与视域拓展

2016年9月16日在北京开幕的第三十四届世界艺术史大会，是中国美术史学界的一件大事，它使中国的学术研究重新走入国际视野。此届大会以"TERMS"（概念）为主题，提倡关注不同历史和不同文化中的艺术和艺术史研究的多样性和差异性，由此延伸各类专题，分设21个会场进行研讨，涉及与艺术相关的年代、概念、风格、教育、考古等论题。这是联合国教科文组织联络机构国际艺术史学会第一次在非西方国家举办学术年会，促进不同文明间的艺术交流和相互融通。大会收到世界各地来稿1012件，确认参会发言人290人，分别来自32个国家和地区。第三十四届世界艺术史大会在中国的召开，中外学者之间的互动，不仅修正了长期以来以西方为中心的艺术史观，同时也为中国美术史学者了解国外研究动向提供交流的平台。

此外，各美术机构也在适时组织各类学术会议，比如由全国高等院校美术史学年会组委会和天津美术学院主办的"范式与他法"——第十届全国高校美术史学年会，以"美术史学的知识构建与视域拓展"为主题，旨在讨论美术史学研究在"发展与延伸、探索与创新、跨界与重构"之中产生、发现的新现象、新问题、新范式、新方法。随着美术史学科逐渐走向完善和成熟。有关美术史研究的会议、课题、项目逐年增多，以2016年"第三十四届世界艺术史大会"和"范式与他法"——第十届全国高校美术史学年会为契机，研究群体更趋年轻化，许多大型会议均可看到年轻学者的身影，甚至以年轻学者为主的论坛、研讨会的规模占据了2016年学术研究的关键位置；同时，如"范式与他法"——第十届全国高校美术史学年会的主题那样，追求新的研究方法、拓展新的研究领域以及学科之间的跨界研究都成了2016年学术研究领域的特色，因此"跨界创新"成了2016年各学术会议反复提出的命题，各学科之间不再故步自封。

（四）高价拍品与市场规范

在经历了前几年艺术市场的遇冷触底后，2016年的艺术市场大有回暖之势，单从春秋两季拍卖来看，一级市场成交良好，精品价高，最有代表性的年度拍品当数清宫旧藏元代任仁发的《五王醉归图卷》。12月4日晚，北京保利2016秋拍"中国古代书画夜场"拍卖中，《五王醉归图卷》最终以2.64亿元落槌，成交价3.036亿元。它不仅创造了其个人拍卖的最高价纪录，同时亦是2016年度最贵的中国艺术品。[①] 但总体上，春秋两季拍品情况还有所不同，春拍中有11件拍品价格超过1亿元，而到了秋拍，过亿拍品数量骤减。据有关数据显示，在2016年的拍卖中，中国内地和香港两地上亿元拍品数高达17件，中国内地8件，皆为传统书画，总成交价15.47亿元人民币。[②]

二级市场则整体呈现出成交理性的态势，且仍然遵循着精品价高、普品普价的交易原则。在艺术市场虚假泡沫被排挤的过程中，2016年，"理性""良性""精品"已成为二级市场结构性调整的关键词，其中不可忽视的是2016年1月18日文化部公布的《艺术品经营管理办法》（3月15日起实施），规范了书画市场，治理卖假画、利用假数据、假信用、假交易等不法行为。一些企业集团也制定新规，如苏富比和佳士得在2016年先后上调佣金比例，实行阶梯收费标准。在这次变动中，传统书画作品和当

---

① 《3.036亿+年度最贵！任仁发〈五王醉归图卷〉刷新个人纪录》，雅昌艺术网（http://auction.artron.net/20161204/n889943.html）。

② 《八大关键词带你回看2016拍卖行大事件》，艺术中国网（http://art.china.cn/market/2016-12/27/content_9251497.htm）。

代书画作品精品显出天然的优势，在各级艺术品市场中都稳占先机，一改往年当代艺术家书画作品价位远超传统书画家作品的局面。同时，艺术市场中买家开始更多地关注年轻艺术家和精品书画，不单单局限于艺术家的身份与地位，由此带来的是一大批年轻藏家逐渐崭露头角，并适时促进了展览向学术性回归。

艺术市场的内部自我调整持续了三年有余，2016 年，我们在看到其自身的良好发展态势的同时，亦注意到了其发展背后的阻滞力量——艺术市场从业者的专业水平过低，不论是艺术院校还是社会机构，艺术市场的专业培训寥寥无几，专家和学者更是少之又少，大部分艺术市场从业者仅靠基本的常识在运作，长此以往，艺术市场很难进行良性运转。

（五）艺术生态建设

艺术生态建设可分为艺术与科技的互动、私立美术馆的公共化和人才扶持的体系化。艺术与科技的互动主要体现在展览新技术的使用，在展览再现和传播过程中，VR 技术的创新和广泛使用使展览逐渐走进更广阔的大众视野。

私立美术馆的运营尤以 UCCA（尤伦斯当代艺术中心）为热点，这种运营模式或许为国内的私人美术馆提供了新的契机，即美术馆能够更有效地实现自我运营，甚至走上基金会制度，最终成为一个不倚靠个人的公共化机构。如何从“个人化”转向“公共化”，是未来众多美术馆面临的共同问题和挑战，也是美术馆得以良性发展的方向。

公立美术馆专业化建设也在进一步提升，特别是在馆藏的增加和利用方面颇见成效。如 2016 年有 12 家单位的 26 个项目获得国家美术作品收藏和捐赠奖励专项资金扶持，而在 2016 年全国美术馆馆藏精品展出季中启动 30 个项目，展出作品 3 600 多件，展览天数达 1 481 天，参观人数为 193.7 万人次，展览期间举办各种类型的公共教育活动 250 余次。同时，文化部艺术司还开展了 2016 年度全国美术馆优秀项目评选，推动美术馆全面提高管理水平和服务质量。

2016 年，人才培养与扶持逐渐走向制度化。如文化部实施的全国美术馆青年策展人扶持计划，扶持对象不限于公立美术馆，也包括私营美术馆在职的青年策展人。经过初评与复评，确定扶持青年策展人项目 14 个；同时，举办文化部全国画院创作人才高级研修班，推动公立画院的专业化建设。

二、年度作品

目前还没有任何一家组织机构开展“年度作品”的评审或推荐活动。作为一家之言，难免存有偏见，有失公允，不成定论，更何况对于艺术作品，见仁见智者多，但用评审委员会投票的方式进行，最终的结果也只能取得一个平均值，而不是最佳。我们很难定义什么才是最佳的艺术品，虽然在理论上寻找几条标准并不困难，但落实到具体作品上，就会产生争议。问题不在于争议而在于争议的点是否有意义，这就需要批评的介入，需要社会的关注。如果从关注度甚至是争议度上去评价一件艺术品，将话题上升到一定的理论层面，使之对当下美术创作产生影响，那么，对“年度作品”的要求与评价也许会获得新的角度。不过，在评价标准上，“新”与“精”的问题还可以进一步讨论。新，并不意味着粗糙；精，也并非守旧。但求“新”的作品往往偏向观念，在媒介问题上比较敏感，善于利用与转换；而求“精”的作品往往偏重技术，在手法问题上比较敏感，关注个体经验与传统文化之间的联系。在这新旧交替的时代，二者不可偏废，特别是在当代艺术创作领域，因为使用新媒介，技术性的问题完全被改写了。可无论如何，对年度作品而言，“年度”的时间概念还是第一位的，即能体现当下的艺术理念与创造意义。

在注重风格与手法的创作类型上，可列为年度作品的有一批，如冯远的《屈原与楚辞》（中国画），拉巴次仁、平措扎西、次仁旺加、周荣生、若希、白嘎力、郐振明的《三大英雄史诗》（中国画），王宏剑的《楚汉相争：鸿门宴》（油画），卢雨的《秦王扫六合》（版画），戚序、肖力等的《中华营造法式》（版画），以及申红飙的《成吉思汗像》（雕塑）；还有林海钟、郑宇、王素柳、虞仲伟、宋德澄的《鉴真东渡》

（中国画），范勃、郭祖昌等的《广州十三行》（油画），李象群的《元四家》（雕塑），李先海的《中华医学》（雕塑），周吉荣的《北京古观象台》（版画），袁庆禄的《史可法殉城》（版画），等等。这些作品都出自“中华文明历史题材美术创作工程”，属于2016年度主题性创作的精品，其创作时间较长，多有推敲，有一定的思想深度与表现力度，且在风格上不仅具有个人特征，也包含时代精神。若论精与新的关系，都可以在这些作品上寻找例证并深入分析。但在艺术语言层面上，这些作品与传统的联系更为密切，如中国画作品中的线描与设色，造型方式与形象特征；如油画作品中的油色关系，造型的准确及笔触间的灵动，无不恰到好处；又如版画作品中的刀法与刻工的自如，充分利用了不同板材的特性，并将其发挥到极致，取得意想不到的效果；再如雕塑作品中对形象语言的高度提炼，对空间关系重新处置，在手法上贯注一种生命意识，无不改变着材料的品质，使一切生动活泼，充满气息。但更重要的还是这些作者所具有的创新意识：一在主题立意上非同一般；二在风格样式上独出心裁。

在注重观念和运用新媒介的当代艺术创作方面，可列为年度作品的有徐冰的户外大型装置艺术《桃花源的理想一定要实现》。这件作品并不是在2016年完成的，却是2016年第一次在国内展出。这是徐冰近年来规模最大的作品之一，其采用的山石共9组，高约2米，分别采自中国5个不同的地区，以此营造中国的山水意象，代入中国人对山水的游观理念和精神体验。此外，他还烧制几百件陶屋和绿植组成生活村落，间夹着虫鸣鸟叫，并在陶屋中通过特制的LCD屏幕播放动画，在某些地方还可以与观众互动。作品在空间布局的设计上，让观者在时间和空间上产生错觉，在理想与现实之间不断进出，如梦似幻。其作品首展为2013年11月2日在英国伦敦的维多利亚和阿尔伯特美术馆的中庭花园，展期3个月。2016年5月28日晚6点，这件作品出现在北京奥林匹克水上公园，环绕着一片草域，中间成为田亩，有两处微小版的石阵，外围的山石穿插着梅花、梨花、松枝和青竹，与在英国展出时不同。徐冰认为这符合中国农耕文化的传统。①

其实，2016年还有不少大型的当代艺术展，如1月23日在重庆开幕的“异质共生——2016国际当代艺术展”，3月11日在深圳开幕的“微体验”系列之“隐秘之境——2016中国当代艺术展”，7月2日在英国卡斯雕塑基金会开幕的“无序之美——2016中国当代艺术家全新户外雕塑展”，10月29日在郑州开幕的“‘全球中国’——2016当代艺术展”，11月8日在上海开幕的“‘今天重做’——中国当代艺术群展”，11月9日在北京开幕的第三届CAFAM双年展，其主题是“空间协商：没想到你是这样的”，11月12日在上海开幕的“第11届上海双年展”，其主题为“何不再问：正辩反辩，故事”。这些展览中有不少优秀作品，如涂维政的雕塑（青铜）、王郁洋的雕塑，又如缪晓春的《无始无终》（数字视频）、费俊和李心路的《城市博物馆——记忆时空扭转》（影像）、张小涛和余月雄的《三千世界》（影像），等等。

三、问题与建议

2016年的美术界在诸多国家政策的大力支持下，也因为有相应的制度性保障，好的美术展览不少，好的作品也不少，这是一个积累的过程。成果体现在最后的展示中，可问题却出现在过程中。如果我们反思在过程中所遇到的问题，特别是有些问题与出现的时间也有关系，因为时间提供了一个整体的环境，其中有机遇有巧合，也体现出某种必然性，即根源性问题。

其一，在各地美术机构、美术院校倡导深入学习习近平总书记在文艺工作座谈会上的讲话和在中国文学艺术界联合会第十次全国代表大会上的讲话精神时，各级单位、部门学习的常态往往是开会、听取发言、自由发言，或者组织艺术家外出考察写生，诸种学习形式过后，总结、反思者少，监督、敦促者少，思考、研究者少，导致主流文化建构缺乏普遍共识，艺术思想观念缺乏深入的讨论，许多实践往往只是浮于表面和走过场的形式应付，心浮气躁仍然是艺术界不容忽视的问题。

---

① 《徐冰“桃花源的理想一定要实现”在国内首次展出》，艺术中国网（http://art.china.cn/zixun/2016-05/29/content_8800485.htm）。

其二，在主题性美术创作中，许多艺术家对题材和主题的理解与把握不够深入，从而暴露出许多美术家的文化知识与理论涵养较为欠缺，对传统文化的认识不够深入。

其三，中央美术学院美术馆举办了“基弗在中国”的展览（11 月 19 日开幕），画家安塞姆·基弗（Anselm Kiefer）发表一份声明，表示这次展览没有征得他的同意，对此表示遗憾。而主办方认为这是藏家的藏品展，展览已取得藏家和有关收藏单位的同意，“在法律和程序上没有问题”。但还是引发了社会舆论，大家关注的是国内美术馆的运作机制，以及全球艺术运作中的权利关系。随着中外美术交流的日益频繁，中国艺术家出国展览和国外艺术家来华展览逐渐增多，其中错综复杂的版权问题和良莠不齐的展品质量，间接引发出的艺术家著作权、美术馆伦理、品牌、利益和价值观等，都是亟待正视的问题。究其因在于缺乏健全的制度与法规，诸多活动无申报、无审批、无监督、无管理，个人和机构的法律知识、管理意识均相对薄弱。

其四，艺术品鉴定和收藏保护程序较为混乱。如邱季端将其收藏的 6 000 件古陶瓷捐赠给母校北京师范大学，校方就此宣布成立北京师范大学邱季端中国古陶瓷博物馆，引发了社会上有关捐赠品真伪鉴定问题的争议，成为一个事件。此事件暴露了现行的私人捐赠及相关美术博物馆在成立与收藏等程序上的不规范行为。

其五，艺术教育改革操之过急。2016 年，国家出台相关政策，许多艺术院校纷纷响应，但是学科的调整、学位点的去留，都不仅仅是一纸通告书可以完全解决的，有些院校为了表面上的改革，进行自我内部科系的改组、整合，导致课程设置、师资配给的不均衡和不科学，甚至直接造成了人才培养的局限。试想，教育政策的制定过程，如能更接地气、更多元地实地考察，可否避免后续诸多连带问题的出现？

其六，现代艺术园区去留无章可依。受艺术市场的寒冬影响，以 798 艺术区为代表，近几年的画廊流失率极为严重，除受艺术市场的影响因素外，法规、体制的不健全，政府引导的缺失，人民大众艺术素养的缺失等是艺术园区难以生存的主要原因。

对此，笔者有四点相关的建议：

第一，继续贯彻落实“深入生活、扎根人民”主题实践和创作活动，深入学习习近平总书记在文艺工作座谈会上的讲话和在中国文学艺术界联合会第十次全国代表大会上发表的重要讲话精神。在表面的学习之后，建议设立长效考察机制，对“深入生活、扎根人民”的考察写生活动给予具体的程序和实施细则要求，对其后的作品审核进行严格的流程把控。

第二，倡导主题性美术创作的同时，可适当增加相应的美术理论、历史知识的讲座及相关的培训班，加强理论与实践的有效结合，亦可定期组织画家与理论家的专题讨论会，使艺术家在创作主题性美术作品时，在方向和观念上有更深入的理解和把握。

第三，推进美术领域的专业化、规范化、法制化建设，呼吁相关法规、政策的完善，以维护艺术市场的健康有序环境。艺术品市场的相关主管部门可以鼓励符合准入标准的商业鉴定机构加速设立，并通过实施强制退出机制对市场风险有效监控，让艺术品市场最终回归市场机制。相关部门还可以建立针对艺术品市场从业者的学习机构，在提高艺术品市场从业者的基本素质的同时，采取自我管制的方式，使艺术品市场的发展更趋健全。同时，人民大众的艺术素养亟待提高，有关部门可以利用基层美术馆、博物馆、艺术宫、群艺馆等机构和网络、电视等媒体开设多种形式的公共艺术教育活动。

第四，促进美术馆、博物馆等公共文化服务平台的建设与发展，政府应适时出台相应政策以避免美术馆、博物馆等的金融化隐患并严格管控艺术区和民营美术馆的发展。另外，运用于艺术领域的科技成果使用不够全面，可适当引进国外先进的展览制作技术、图像处理技术和绘画材料探索技术。

郑工　中国艺术研究院美术研究所副所长、研究员

2016 年美术地域性研究综述

◎ 闫雪峰

进入 21 世纪以来，在全球化“世界主义”“普世主义”价值观下，各民族、各地区掀起了反全球化的浪潮。“地方性知识生产”即是在此语境下具有时代特征的议题之一。本文尝试对 2016 年美术地域研究的状况做较为全面的梳理。文献材料主要来自 2016 年发表的相关课题成果论文以及相关的研讨会论文集。总体来看，这些研究材料具有两方面的突出特点。首先，从研究内容来看，大量地域研究材料的关注点集中在少数民族工艺、各地民俗文化遗产方面，包括物质与非物质文化遗产（以下简称非遗），20 世纪传统认知中为主流美术所忽视的“手工技艺”“俗文化”在当今的美术研究中获得了同等重要的地位；还有一部分材料涉及传统文化区域性研究的复兴及知识再生产，例如海派文化、闽派文化、长安画派、江南文化等的研究；较少的材料涉及当代艺术实践与区域性文化，以总结旧经验和探索新经验为主基调。其次，近年来成为热点的“跨界”研究成为主要趋势，不仅涉及研究对象和领域的交叉互动，还涉及研究方法和观念的相互借鉴，拓展了美术学研究的视野。例如，对于少数民族工艺、民间美术的研究结合了人类学和考古学田野工作的方法。有的地域画派研究采用了历史学口述史的工作方式，突破了传统文献考据的局限。

一、地方民俗艺术的数字化保护研究

（一）非物质文化遗产的活态保护传承

近年来“非遗热”在中国的兴起，是 20 世纪初中国美术界值得关注的现象。若对比 19 世纪下半叶在英国掀起的艺术与手工艺运动，不难发现“非遗热”在中国所具有的独特性和时代性。其内涵绝不仅仅是工业时代对手工业文明的缅怀，更映射了对中国乡土社会、农耕文化所代表的“家园”“故土”的追思，是中国现代化因果链条中重要的美术现象。应该说，这一现象及相关的地域研究受到国家文化战略的驱动。[①] 陈岸瑛在《时代转折中的非遗传承与传统复兴》[②] 一文中，以 2015 年至 2016 年文化部、教育部启动和实施的“中国非物质文化遗产传承人群研修研习培训计划”为切入点，探讨了在新的时代形势下，增强非遗传承活力与后劲的新模式、新路径。文章提出非遗保护的是“面向未来的生命力，而非指向过去的‘文物价值’”。非遗保护并不在于“为少数仅关心非遗‘历史认知价值’的学者提供研究对象，更不在于为游客提供猎奇或浪漫的想象”。在此基础上，“非遗传承人群”“非遗进高校”“传承人 1+1 创新产品”“非遗触网计划”等新观念的提出和项目的探索实践，其基点是非遗传承人群及队伍建设。将非遗传承人群引进学院，经过学院体制的洗礼和熏陶，并借助高校的专业性和权威性培养三类相关的青年人才[③]，实现非遗在文化转型阶段的活态传承。这些创新型实践对于实现非遗保护的活

---

① 十八届五中全会精神和“十三五”规划建议明确提出，要“构建中华优秀传统文化传承体系，加强文化遗产保护，振兴传统工艺”。文化部计划在“十三五”期间，调动国内外高校力量，为十万非遗传承人群，尤其是年青一代传承人提供研修和深造机会，即“中国非物质文化遗产传承人群研修研习培训计划”。2016 年两会期间，非遗保护引发热议，多位代表委员纷纷建言献策。2016 年年底，国家出台《中国传统工艺振兴计划》。

② 陈岸瑛：《时代转折中的非遗传承与传统复兴》，《装饰》2016 年第 12 期。

③ 陈岸瑛在《时代转折中的非遗传承与传统复兴》一文中提出，在经济转型升级的过程中，工匠阶层将成为创意阶层的核心，与此相关的三类人才值得重点培养：传统工艺青年传承人（“传二代”）；传统工艺批评、策划青年人才；传统工艺设计创新青年人才。

态化，改善非遗传承的社会环境及其在美术门类中的边缘化问题，提升其在传承中的认同感和归属感，具有启发性。

金江波在《地方重塑：活态、活性与活力的非遗社区建设》[①] 一文中探讨了相似的议题。上海美术学院提出“地方重塑”的社区建设理念，即“以活态的传承方式研究非遗课题，以活性的思维模式发展非遗队伍，以活力的运作机制来建设非遗社区”。“地方重塑”的理念从系统学和社会学两个层面强调了“没有生活就没有非遗”，以及研究地域生活方式、地区族群生活习性的重要价值。非遗保护所倡导的“文化多样性”的核心是活态环境。在传承队伍建设方面，应以建立非遗文化自信、构筑文化生态系统为核心，金江波提出了不同于陈岸瑛的非遗队伍组织模式。[②] 在建设非遗社区方面，其核心是社区归属感和文化认同。社区应摒弃边界，寻求开放式环境。

“树立乡贤精神、重塑乡风习俗、营造乡愁文化”的地方重塑理念与近年来的热点话题“乡村复兴”“传统村落保护”都是应对普世主义价值观的文化寻根、认同和重构，具有文化人类学的视野。上述两种论述在实施过程中，都尝试通过非遗技艺与艺术设计的链接，来实现非遗的现代化编辑重构和创新传承。例如“传承人 1+1 创新产品”“创意工作营”“创客基地”等计划通过设计师与传承人的合作与对话、交流与学习，从传统中开拓出现代性。在此基础上的“非遗触网计划”，则通过网络平台打通非遗产业链条，使非遗创新产品通过市场进入大众生活。在 2016 年的系列活动中[③]，不难发现，“非遗跨界”与当代艺术设计互融重组后的创新成果。

除了上述理论层面的探讨外，也不乏针对某一个案的应用性研究。这些研究以整体性的保护为主要趋势，关注点集中在非遗文化生态建设，城市与乡村社区的可持续发展方面。张朵朵、季铁在《协同设计“触动”传统社区复兴——以“新通道·花瑶花”项目的非遗研究与创新实践为例》[④] 一文中，以湖南大学设计学院的“花瑶花”设计与社会创新项目为典型案例，从如何通过协同设计的介入与社区居民共享价值，搭建地方性知识平台，进而在“生产性保护”基础上进行的非遗产品以及商业模式开发等几方面，阐释了协同设计的价值和作用。协同设计应用于非物质文化遗产的创新发展，首先，需要对地方传统社区进行人类学的系统田野考察，并结合社会学的研究分析，最终将研究成果进行视觉化呈现。其次，搭建知识共享平台，使地方传统工艺的“自发设计”与外来现代设计的“自觉设计”构成平等的“知识共同体”，在协同创新生产的过程中，促进社区的文化认同。再次，对非遗知识和资源进行数字化保存和记录，建构地方性知识平台，并通过各种活动参与、推广、宣传地方知识文化。例如 APP 推广、展览、纪录片等多种形式。最后，非遗项目通过商业化手段在“生产中”实现传承与保护。例如线下线上相结合的营销模式。在另一篇文章中[⑤]，张朵朵将上述设计师介入传统手工艺的方式视为充满风险的、对传统价值体系和文化的重组过程，并提出协同创新应警惕“新殖民主义设计”。

相关研究还有张士闪的《非物质文化遗产保护与当代乡村社区发展——以鲁中地区“惠民泥塑”“昌

① 金江波：《地方重塑：活态、活性与活力的非遗社区建设》，《装饰》2016 年第 12 期。

② 金江波认为组建一支由非遗传统手工艺者、当代设计师和国际艺术家组成的非遗文化发展团队，三者构成“传统文脉、时尚元素、当代创意”为一体的相互学习与养成的关系。

③ 由上海公共艺术协同创新中心领衔打造的莫干山公共艺术创客基地、在浙江省德清县莫干山镇开展了国际当代艺术家驻地计划、跨界设计师工作营计划、非遗手工创意作坊等。由清华大学美术学院和苏州工艺美术职业技术学院合办的以“传承·融合·再创造”为主题的首届传统工艺青年论坛，以及论坛期间举办的“对话苏作——传统工艺创新作品交流展”；在什刹海广福观举办的“文化遗产再设计——百城万匠巡展（北京站）”，启动了阿里巴巴首届网络设计周，实现了线上线下同步展示；2016 振兴传统工艺学术论坛“手作匠心 传承创新——非遗传承人对话时尚设计师学术研讨会”在恭王府举办等。

④ 张朵朵、季铁：《协同设计“触动”传统社区复兴——以“新通道·花瑶花”项目的非遗研究与创新实践为例》，《装饰》2016 年第 12 期。

⑤ 张朵朵：《风险中的具身知识：设计师介入地方传统手工艺的人类学反思》，《南京艺术学院学报（美术与设计）》2016 年第 2 期。

邑烧大牛”为实例》[①]、安丽哲的《城市化进程中的非遗项目如何复兴？——以潍坊杨家埠风筝为例》[②]等。“活态发展”“社区重塑”作为这些研究的关键词，是对区域性文化多样性的尊重。但研究呈现出的问题值得关注，例如现代设计介入非遗，如何重构传统文化价值体系。非遗接受“学院化”和“市场化”的打造，其影响利弊如何。

（二）民俗美术研究中文本细读和形式分析的有效性书写

这部分研究材料涉及少数民族及汉族文化区的手工技艺及民间美术。与传统的文献考据方式不同，当下研究方法主要以田野调查和个案研究为主要特征。研究关注技艺效果、美术造型及艺术设计的图像学、视觉传达方面的探讨。2016年度发表的少数民族美术研究主要包括贵州苗族和侗族服饰及工艺研究、羌族服饰及工艺研究、壮族织绣图案研究、土家族服饰及工艺研究、海南黎族传统工艺研究、维吾尔服饰及工艺研究、瑶族服饰研究、苗族刺绣银饰研究、赫哲鱼皮剪纸研究、柯尔克孜族民间百纳手工艺、撒拉族伊斯兰建筑装饰艺术等。

周梦的《贵州苗族侗族传统服饰研究文献综述》[③]，从文字和图片的传统历史文献、近十年来的专著以及论文等方面综述，较为系统地梳理和分析了关于贵州苗族和侗族服饰研究的整体情况。在《贵州长裙苗与中裙苗女装穿着文化与审美研究——以雷山西江苗寨与榕江滚仲苗寨为例》[④]的个案研究中，以动态的田野调查为基础，对穿着与佩戴步骤进行梳理，并从服饰的取材、造型、色彩、细节等角度探究西江长裙苗和滚仲中裙苗女装的穿着文化与审美趣味。周莹在《贵州剑河苗族锡绣艺术及其文化符号探究》[⑤]一文中，从人类学、符号学理论视角切入，以田野考察为基础，对贵州剑河南寨乡柳富村进行个案研究，通过调查锡绣技艺方式、工艺流程等技术技巧以及分析其造型规律，揭示出民族服饰符号系统的复杂多元性，以及锡绣艺术作为视觉文化符号所隐藏的深刻社会学意蕴。刘玮、吴智慧的《黔东南苗族动植物刺绣纹样的设计语义解读》[⑥]，采用图像学以及形式分析的方法对刺绣纹样的设计语义进行解读。邓启耀在《灵的秘语——以苗族服饰中的蝴蝶纹样为中心》[⑦]一文中，通过苗族神话、古歌、传说中关于蝴蝶创世、复生或化生的叙事，比照苗族服饰中大量出现的蝴蝶图案，结合苗族民俗中某些涉及蝴蝶（包括飞蛾）的民间信仰，对苗族传统文化中关于蝴蝶的母题，尝试着进行图像学叙事或仪式结构、符号类型和象征意义的分析。邓启耀认为许多以“艺术”形式呈现的图像文献，是无文字时代和无文字族群叙述历史、传承文化的一种方式，是以非文字形式书写的文化史和心灵史。研究采取田野考察和民族志书写相结合的方式推进，邓启耀提出的关于“非当代异文化”“局内人与局外人”的不同身份以及“雅驯与误读”等问题，突显出文化学视角中“他者与异域”[⑧]的国际性课题，强调了美术史认知及解读的建构性。于肖飞、田爱华在《苗汉文化交融中的苗族银饰嬗变》[⑨]一文中，从苗汉

---

① 张士闪：《非物质文化遗产保护与当代乡村社区发展——以鲁中地区“惠民泥塑”“昌邑烧大牛”为实例》，《思想战线》2017年第1期。本文参与“2016中国艺术人类学年会暨国际学术研讨会”。

② 安丽哲：《城市化进程中的“非遗”项目如何复兴？——以潍坊杨家埠风筝为例》，《中国美术报》2016年9月12日。本文参与“2016中国艺术人类学年会暨国际学术研讨会”。

③ 周梦：《贵州苗族侗族传统服饰研究文献综述》，《南京艺术学院学报（美术与设计）》2016年第4期。

④ 周梦：《贵州长裙苗与中裙苗女装穿着文化与审美研究——以雷山西江苗寨与榕江滚仲苗寨为例》，《装饰》2016年第10期。

⑤ 周莹：《贵州剑河苗族锡绣艺术及其文化符号探究》，《装饰》2016年第2期。

⑥ 刘玮、吴智慧：《黔东南苗族动植物刺绣纹样的设计语义解读》，《艺术评论》2016年第11期。

⑦ 邓启耀：《灵的秘语——以苗族服饰中的蝴蝶纹样为中心》，《文艺研究》2016年第2期。

⑧ “他者与异域”为2016年第三十四届世界艺术史大会第十四分会场的讨论专题。“他者”代表着一种新近的文化学角度，被引入艺术史领域不到半个世纪，与艺术史的诸多概念相比，它是一名新成员、一个新方向。把“他者”的目光也同样可以投向历史，投向曾经被西方和男权主导的美术史研究忽略的地方。“他者”的提法在相当长的一段时间内也与“凝视”“东方主义”“杂交”等能够产生文化殖民主义联想的概念有着千丝万缕的联系。当下，“他者”的研究拓宽了意指范围，殖民主义的色彩有所淡化，更加强调了交流的创造性。

⑨ 于肖飞、田爱华：《苗汉文化交融中的苗族银饰嬗变》，《美术观察》2016年第11期。

两族的文化交流、融合、博弈的角度探讨苗族银饰从外在图案造型到内在文化内涵的创新型建构，同样呈现出从“他者”文化向“文化自觉”的演变规律。

杨建蓉在《侗族织锦色彩语言研究——以湖南通道地区侗锦为例》[①] 一文中，依据 NCS 色彩体系，以科学、精确的色彩分析手段研究以湖南通道地区为代表的侗族织锦。文章从色彩的分布情况、分布特征，色彩的面积、搭配，色彩三要素、互补色的运用，冷暖色的对比，色彩的装饰特点等方面阐释，在以往的少数民族美术研究中鲜有对色彩科学化、系统化的探讨。邱春婷的《三江侗族芦笙服拼布技艺中的图案探析》[②] 以三款广西三江芦笙服为例，从拼布技艺中的图案切入，对拼布的图案装饰、图案构成、图案色彩三方面进行比较研究，并辅助图表说明。其他少数民族的服饰与工艺研究还有：李明、郑姣、耿兆辉的《羌族云云鞋艺术类型分析》[③] 以及《羌族刺绣“游绣”的艺术特征分析》[④]，吴红艳、王善民的《桂北瑶族传统服饰中的人形纹样解析》[⑤]，张欣的《广西壮锦织绣图案的视觉艺术符号研究》[⑥]，黄宇征的《土家族的西兰卡普艺术》[⑦]。上述这些个案研究都呈现出近年来以形式分析作为美术学研究方法运用于图像微观阐释的新倾向，尝试有效的形式分析是现代美术学科研究的根基。

除了上述对造型图案的图像学阐释外，一些研究视角较具特色和创新性。武东在《昭平盘瑶与南丹白裤瑶娃崽背带装饰特征比较研究》[⑧] 一文中对盘瑶和白裤瑶两个瑶族支系娃崽背带进行比较艺术学研究，结合形式分析方法从材料、工艺、纹饰图案的色彩、构图、装饰元素等方面比较其异同，表现了不同地域文化在彼此融会过程中的重组和建构。吴越齐、罗忱的研究则突破了传统美术研究对象的局限，对侗族女性发型做了专题研究。《仁吉侗族女性发型研究》[⑨] 一文基于艺术人类学田野调查，从女性主义视角提出仁吉侗族女性发型是当地社会建构的价值认同对女性规训的象征物。张君的《海南白沙润方言黎族人形骨簪技艺的调查研究》[⑩] 和张红梅、张红霞的《海南黎族原始制陶淬火工艺探析》[⑪]，都以艺术人类学田野调查的工作方式展开讨论，并且都探讨了材料和工艺对审美趣味乃至文化内涵的影响。刘重嵘、田若兰的《恩施土家织锦传承中手工织机改良与效果分析》[⑫] 一文，关注于织机的改良对其织造技艺和效果的影响，不失为在商品化经济条件下文化传承的可行性方案。此项研究与近年来兴起的技术艺术史研究不谋而合。刘俊在《湘西双凤村摆手堂变迁与土家族的群体活动》[⑬] 一文中，从文化人类学及社会学的视角切入，在对摆手堂及舍巴活动进行田野调查的基础上，提出土家族摆手堂除了作为建筑的物质空间载体外，还兼具着重要的非物质文化载体身份，对于传统村落的保护和研究具有借鉴意义。张文松、王敏的《当代维吾尔族民间刺绣工艺的活态与反思——基于对吐鲁番地区部分民族手工艺农民专业合作社的考察》[⑭] 一文，从维吾尔族民间刺绣生产模式的变更着手，通过对吐鲁番地区三家民族手工艺农民专业合作社的田野考察，分析其发展现状及问题。

除了少数民族美术研究外，汉族地区的民俗文化也受到越来越多的关注。研究包括山西、河北、

---

① 杨建蓉：《侗族织锦色彩语言研究——以湖南通道地区侗锦为例》，《装饰》2016 年第 9 期。
② 邱春婷：《三江侗族芦笙服拼布技艺中的图案探析》，《装饰》2016 年第 2 期。
③ 李明、郑姣、耿兆辉：《羌族云云鞋艺术类型分析》，《装饰》2016 年第 4 期。
④ 李明、郑姣、耿兆辉：《羌族刺绣“游绣”的艺术特征分析》，《装饰》2016 年第 12 期。
⑤ 吴红艳、王善民：《桂北瑶族传统服饰中的人形纹样解析》，《装饰》2016 年第 6 期。
⑥ 张欣：《广西壮锦织绣图案的视觉艺术符号研究》，《世界美术》2016 年第 2 期。
⑦ 黄宇征：《土家族的西兰卡普艺术》，《美术》2016 年第 2 期。
⑧ 武东：《昭平盘瑶与南丹白裤瑶娃崽背带装饰特征比较研究》，《装饰》2016 年第 10 期。
⑨ 吴越齐、罗忱：《仁吉侗族女性发型研究》，《装饰》2016 年第 10 期。
⑩ 张君：《海南白沙润方言黎族人形骨簪技艺的调查研究》，《装饰》2016 年第 3 期。
⑪ 张红梅、张红霞：《海南黎族原始制陶淬火工艺探析》，《装饰》2016 年第 8 期。
⑫ 刘重嵘、田若兰：《恩施土家织锦传承中手工织机改良与效果分析》，《装饰》2016 年第 11 期。
⑬ 刘俊：《湘西双凤村摆手堂变迁与土家族的群体活动》，《装饰》2016 年第 7 期。
⑭ 张文松、王敏：《当代维吾尔族民间刺绣工艺的活态与反思——基于对吐鲁番地区部分民族手工艺农民专业合作社的考察》，《装饰》2016 年第 7 期。

陕北，以及无锡、武陵地区、闽台、徽州、赣州、广州等地的民居建筑及装饰，巴蜀陶器，湖北管窑、马口窑、钦州坭兴陶器，冀派内画，四川竹编，潮州嵌瓷，凤翔木版年画，阜阳剪纸，安徽两淮花鼓灯舞鞋，金陵花笺，淮阳泥泥狗，山西孝义皮影，望江挑花，胶东纸筐箩，豫西地区土地龛等。从研究对象看，部分研究开始关注以前忽视的地区和内容，例如民居建筑装饰和陶器的研究；从研究范围看，涉范围较广，包括除少数民族地区和东北地区外的大部分区域。

中国传统民居建筑及建筑装饰研究长期以来为美术研究所忽视。近年来由于不同学科的互动交叉，美术研究的视野不断开阔，这一领域的研究由此展现出独特的面貌。可以看出，2016年度的中国传统民居建筑及其装饰研究呈现出南北两大体系。北方以山西、河北、陕西为重点。对山西地区的研究包括：邹安刚的《孙家河戏台建筑造型个性化艺术特征研究》[①]，文章对山西晋中孙家河神庙戏台建筑造型的个案研究，显现出受地域自然条件与文化环境影响的地方特色，即超出官制建筑形式的个性化、自由、灵活、多样的样式特色。文章对平面造型、屋顶造型、空间营造技艺、区域空间分割、雕饰彩绘的视觉审美效果逐一进行分析，是美术形式分析研究运用于建筑领域的成功范例。此外还有王秀秀的《晋中传统民居花式砖墙研究——以工艺、结构和功能为切入点》[②]，胡晓洁的《门钉与铺首构成的语汇：谈晋南丁村明清民居中的门饰》[③]，陈红帅、武淑红的《碛口民居砖雕墀头解析》[④]，叶若琛、王金平的《传统民居石雕装饰艺术特征分析》[⑤]，等等。这些研究针对建筑装饰，主要从审美和文化角度对不同类别的装饰造型和图案进行图像学解读。河北省相关研究主要有杨文斌、代汝宁的《涉县刘家寨头门东院民居艺术研究》[⑥]，文章以涉县刘家寨头门东院为研究对象，在实地考察测绘基础上，从民居建筑的整体结构出发，分析其空间布局、特点、功能，对单体建筑做个案研究。风土环境研究着重地区与社会及文化内涵的关联，充分体现了地域研究的特点。陕西省相关研究主要有高晓黎的《陕北窑居壁画的地域性艺术特征研究》[⑦]，文章从陕北窑居壁画的样式、装饰风格、技术特色、文化心理表达四个方面探讨其地域性艺术特征。南方体系以武陵地区、闽台地区、四川地区，以及广州、赣州、徽州、无锡为重点。罗晓欢在《四川清代墓葬建筑的亡堂及雕刻图像研究》[⑧]一文中借鉴了国内外中国墓葬美术、非卷轴画美术研究的最新成果，对四川清代墓葬中的"亡堂"进行系统化个案研究，从内外部形制结构及关系，雕刻内容（《宴饮图》）、图像形式及工艺，探讨地方性知识的建构问题。方圣德对湖北红安吴氏祠《武汉三镇江景图》木雕功能的阐释[⑨]，亦借鉴了巫鸿等国外学者对于图像的解读方式，从图像内容、图像与周围环境的结构关系"场域"和图像的观看顺序、展示方式解读图像的功能，并分析原因。石林、过伟敏的《广州陈家祠建筑装饰艺术的空间特征解析》[⑩]和史明、过伟敏的《民国时期建造的无锡私邸的外观装饰观念及其表征》[⑪]，都对建筑装饰的描述和形式分析细致入微且别具一格。陈顺和的《匠心独运——析闽台传统民居空间衍化与营造技艺之传承》[⑫]一文，从文

---

① 邹安刚：《孙家河戏台建筑造型个性化艺术特征研究》，《装饰》2016年第4期。
② 王秀秀：《晋中传统民居花式砖墙研究——以工艺、结构和功能为切入点》，《装饰》2016年第3期。
③ 胡晓洁：《门钉与铺首构成的语汇：谈晋南丁村明清民居中的门饰》，《装饰》2016年第4期。
④ 陈红帅、武淑红：《碛口民居砖雕墀头解析》，《艺术评论》2016年第6期。
⑤ 叶若琛、王金平：《传统民居石雕装饰艺术特征分析》，《工业建筑》2016年第46卷增刊。
⑥ 杨文斌、代汝宁：《涉县刘家寨头门东院民居艺术研究》，《南京艺术学院学报（美术与设计）》2016年第3期。
⑦ 高晓黎：《陕北窑居壁画的地域性艺术特征研究》，《美术观察》2016年第2期。
⑧ 罗晓欢：《四川清代墓葬建筑的亡堂及雕刻图像研究》，《美术研究》2016年第1期。本文为2012年教育部人文社科项目"四川巴中地区明清民间石碑雕刻艺术研究"。
⑨ 方圣德：《隐喻的招工广告——湖北红安吴氏祠"武汉三镇江景图"木雕功能阐释》，《装饰》2016年第4期。
⑩ 石林、过伟敏：《广州陈家祠建筑装饰艺术的空间特征解析》，《南京艺术学院学报（美术与设计）》2016年第6期。
⑪ 史明、过伟敏：《民国时期建造的无锡私邸的外观装饰观念及其表征》，《南京艺术学院学报（美术与设计）》2016年第2期。
⑫ 陈顺和：《匠心独运——析闽台传统民居空间衍化与营造技艺之传承》，《艺术评论》2016年第10期。

化传播的角度，探讨闽南传统建筑技艺对台湾建筑营造体系的影响，考察移民建筑的衍化现象，提出衍化的内驱力在于匠人文化，包括组织、技艺、思想。吴运江、冯继红、李炎的《罕见的瓷瓦屋面装饰及其源流初探——赣州文庙瓷瓦发微》[①] 和许兴海的《从中堂装饰看明清时期徽州的精神文化形态》[②]，在对瓷瓦建筑装饰和中堂装饰进行历史学文献梳理的基础上，探讨特定区域的社会历史及文化审美内涵。

除了建筑及装饰研究外，2016 年度民俗研究较多关注陶器，以马口窑为代表，反映了传统民俗工艺向当代艺术设计实践转化的新趋势。在 2016 年 4 月武汉美术馆举办的主题为“激活传统——民间陶瓷文化的当代转换”的学术研讨会，讨论了如何将传统民俗“马口窑文献”知识应用于“当代陶艺创作”[③]。宁绍强、王柳凤在《基于坭兴陶材质特性的产品创新思考》[④] 一文中，通过对坭兴陶材质特性、成型工艺、产品种类及发展现状的考察，探讨当代坭兴陶产品的设计创新。张宁的《冀派内画艺术的工艺性与创新性研究》[⑤] 一文，着重从理念、技法、题材、工具、载体、材质等方面探讨冀派内画在当代的创新及发展。王星伟、黄德荃在《继承与开新——四川渠县“刘氏竹编”的创新与转型》[⑥] 一文中，列举出四川渠县“刘氏竹编”的创新设计、转型发展的理念和经验，为民俗文化的传承提供了可资借鉴的样本。

此外，一些个案研究呈现出当下民俗研究关注点的变化，较以往不同的是，摒弃了主流研究对象，极大地拓展了传统民俗研究的视野。许平山、郭小文、史锋的《花鼓灯传统舞鞋“衬子”的手工制作工艺复原》[⑦] 一文，通过对安徽两淮地区的花鼓灯舞鞋“衬子”制作工艺的田野调查，图表结合，详细记录分析其工艺及流程。万礼、王莹莹的《物尽其用的胶东纸笸箩装饰艺术探究》[⑧] 一文，在田野调查的基础上，记录分析胶东纸笸箩的制作工艺流程、装饰艺术分类、装饰题材用色、装饰艺术特点。窦炎的《豫西地区土地龛雕刻艺术的象征性研究》[⑨] 一文，着重雕刻纹饰的文化象征性解读。

综上所述，美术研究的形式分析方法与人类学的田野调查方法相结合，运用于民间美术研究，对视觉文本进行细读及阐释，成为民俗美术研究的主要特征。大量手绘图、表格、照片等辅助资料成为研究中的亮点，反映了地方民俗艺术数字化保护研究的状况。

二、文化区域复兴及区域性美术史建构

（一）海派文化与艺术

海派文化作为一种地方性文化现象，在全国区域性文化的研究体系中具有特殊性，体现在其作为中国近现代历史和文化的缩影，具有独特的区域位置和鲜明的时代烙印。2016 年 4 月在东华大学上海纺织服饰博物馆举办了“‘回望海派’专题学术研讨会”，主要围绕海派文化、艺术与设计的历史回顾、渊源影响及未来展望进行理论研讨。周志在《“回望海派”学术研讨会综述》[⑩] 一文中对海派研究的相关专家发言做了整理，涉及海派文化研究的现状、方法、内容、特征等问题。田君在《“海派”：现代化的中国风格——以 20 世纪二三十年代上海的书籍装帧设计为例》[⑪] 一文中对 20 世纪二三十年代上海

---

① 吴运江、冯继红、李炎：《罕见的瓷瓦屋面装饰及其源流初探——赣州文庙瓷瓦发微》，《装饰》2016 年第 7 期。
② 许兴海：《从中堂装饰看明清时期徽州的精神文化形态》，《装饰》2016 年第 3 期。
③ 娄宇、刘宇、左正尧、邱耿钰、周武、张甘霖、鲁虹等：《来自马口窑的对话——马口窑文献与当代陶艺创作研究展学术研讨会》，《美术文献》2016 年第 4 期。
④ 宁绍强、王柳凤：《基于坭兴陶材质特性的产品创新思考》，《南京艺术学院学报（美术与设计）》2016 年第 3 期。
⑤ 张宁：《冀派内画艺术的工艺性与创新性研究》，《装饰》2016 年第 12 期。
⑥ 王星伟、黄德荃：《继承与开新——四川渠县“刘氏竹编”的创新与转型》，《装饰》2016 年第 5 期。
⑦ 许平山、郭小文、史锋：《花鼓灯传统舞鞋“衬子”的手工制作工艺复原》，《装饰》2016 年第 8 期。
⑧ 万礼、王莹莹：《物尽其用的胶东纸笸箩装饰艺术探究》，《装饰》2016 年第 4 期。
⑨ 窦炎：《豫西地区土地龛雕刻艺术的象征性研究》，《艺术评论》2016 年第 8 期。
⑩ 周志：《“回望海派”学术研讨会综述》，《装饰》2016 年第 4 期。
⑪ 田君：《“海派”：现代化的中国风格——以 20 世纪二三十年代上海的书籍装帧设计为例》，《装饰》2016 年第 4 期。

书籍装帧设计的历史发展脉络以及鲁迅、陶元庆、闻一多、钱君匋、丰子恺、张光宇等人的现代书籍装帧设计实践进行梳理和分析，引申出关于海派文化的实质性探讨。海派现代书籍装帧设计实践是通过民族、本土的现代设计实现文化强国之思潮。"'海派'文化虽然在移民文化、殖民文化，以及近代城市文化的混合孕育中生长，但其母体仍是独具特色的中国江南本土文化。'海派'文化的实质是中国文化转型的表现，其审美观、核心价值观，都与中国传统文化思维保持一致性，文化话语权也是以中国为主导的。"[①] 袁宣萍的《民国旗袍与海派文化》[②] 一文，尝试从旗袍的诞生、风格流变、质地、纹样四个方面探讨旗袍与海派文化的关系。旗袍的传播和演变与上海传播媒介的发达、娱乐业的繁荣、商业文明的相对成熟、上海作为近代中国纺织业的中心以及社会的开放宽容有关。海派旗袍的时尚特质植根于海派文化作为近代江南文化与欧美文化融合的产物，其本身是在传统文化基础上的创新发展。谢圣明的《清末石印与海派绘画的传播与新变——以点石斋为中心的考察》[③] 一文，在大量文献考据和分析的基础上，论证照相石印技术的引入与形塑海派绘画近代特质的关系。从艺术接受的角度，点石斋运用照相石印技术复制传统书画，不仅提高了创作效率，从而满足新兴市民阶层的需求，而且为西方绘画提供了传播途径，改变了新兴市民阶层的审美趣味；从艺术创作者的角度，以点石斋为代表的石印书局与海派画家群体保持密切联系，激活了海派绘画的销售市场，提高了公众影响力，同时消费市场的快速扩张反作用于艺术创作的题材和观念，引发创作技法的革新。海派绘画突破吴门画派传统思维的崛起，与区域条件下西方绘画的冲击、技术的传播，存在着必要非充分的因果关联。卞向阳的《都市情境下的海派文化、生活及设计》[④] 一文从情境观点出发，分析并梳理上海城市发展和社会结构等构成的都市情境，以此为基点探究海派的文化特色、生活风尚、设计特征。文章首先梳理了"海派"的概念及内涵，从描述文化特性和心态阐释海派文化。其次，从晚清、民国、中华人民共和国成立初期 30 年以及改革开放后四个时期分析海派生活风尚的发展变化。最后，将研究的落脚点放在海派设计上，从上海制造与设计师、海派工商业与海派设计两方面的关系进行分析，引申出复兴海派文化及设计的主旨。杨冬在《论建国初期上海月份牌年画改造》[⑤] 一文中，以新年画运动中的上海月份牌改造为研究对象，在对大量一手文献梳理分析的基础上，通过分析改造的内容、机构、图像话语和审美趣味，提出上海月份牌改造是在意识形态规训下，对大众图像的生产体系、话语主体及符号传播进行整合、重塑和强化，体现了意识形态借助美术建构其意义体系，实现大众文化的传播。朱文涛的《"淫巧"与"机巧"之辩：晚清上海的物质文化观》[⑥] 一文，着重探讨晚清中国对西方物质文化的思想观念。无论是早期对西器"奇物"的旁观，还是传统文人农本商末立场的"尚勤弃巧、夺民生计论"，抑或是现实中洋货流行背后商本社会立场的"效用功能、增国财力"，上述观念认知和实际生活的反差，一方面反映了当时上海社会结构的变化，新兴市民和商人阶层的兴起，打破了传统乡土社会的结构和秩序；另一方面反映了国人实用主义价值观的主导作用。西器"淫巧"与"机巧"两种价值的交锋，是建立在晚清知识分子对人与物价值关系的反思基础上的，是中国与西方、传统与现代背景下呈现出的海派文化的重要面向（如图所示）。[⑦]

---

① 李伦新、忻平主编：《中西汇通：海派文化的传承与创新》，上海大学出版社 2013 年版，第 394 页。
② 袁宣萍：《民国旗袍与海派文化》，《装饰》2016 年第 4 期。
③ 谢圣明：《清末石印与海派绘画的传播与新变——以点石斋为中心的考察》，《南京艺术学院学报（美术与设计）》2016 年第 6 期。
④ 卞向阳：《都市情境下的海派文化、生活及设计》，《装饰》2016 年第 4 期。
⑤ 杨冬：《论建国初期上海月份牌年画改造》，《美术观察》2016 年第 8 期。
⑥ 朱文涛：《"淫巧"与"机巧"之辩：晚清上海的物质文化观》，《南京艺术学院学报（美术与设计）》2016 年第 6 期。
⑦ 朱文涛：《"淫巧"与"机巧"之辩：晚清上海的物质文化观》，《南京艺术学院学报（美术与设计）》2016 年第 6 期。

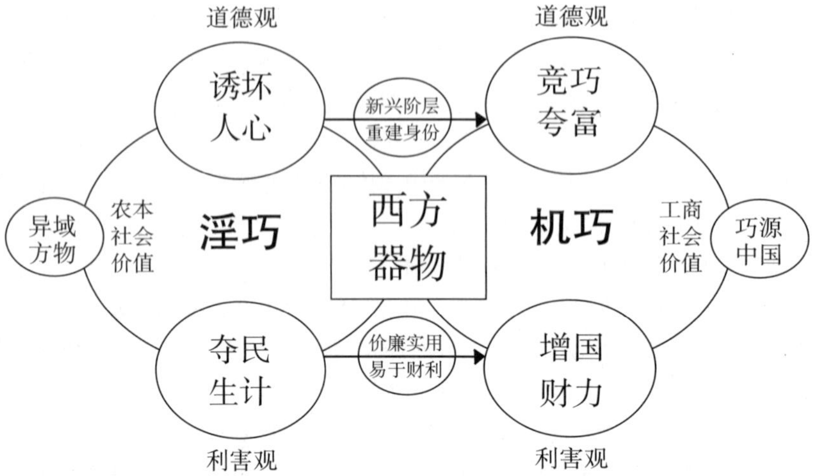

（二）福建文化与闽派绘画

闽派绘画是近年来区域性研究关注的热点。2016 年 6 月在厦门市博物馆举办了“2016 年海峡两岸首届‘闽派书画’学术研讨会”，探讨在“海上丝绸之路”文化背景下“闽派书画”艺术及研究的合作与交流。闽派绘画与福建区域性文化有关，其传播和影响涉及中国台湾、日本及东南亚地区。在传统文化复兴的大背景下，我们有必要重新审视闽派绘画在中国美术史中的位置，重新评价其艺术风格及审美内涵。郑工在《区域研究与福建美术》[①] 一文中首先对区域性文化、区域性文化研究、福建美术进行界定。其次，从历史学的角度探讨闽地行政区域与文化区域的关系，可以看出，基于地理环境和移民现象，闽地长期处于汉文化的边缘直至唐代独立。作为行政区域，唐以后福建与浙江相近而远于广东。由于宋时福建行政区域与文化区域的统一，福建美术孕育成型。“海上丝绸之路”的开通使其文化获得开放性活力，而美术则倾向于中原传统。文章接下来从人类学“文化涵化”的概念出发，探讨福建美术研究的方法论和特征问题，并从整体研究与区域性研究相结合的视野、区域性文化的复合性、内部与外部双重性结构关系、多元异质文化的复合体等几个方面分析论述。最后，郑工指出福建美术研究的重点是汉文化内部对区域性文化的差异性研究，是文化传统接受后的再创造和知识再生产，为地域美术史建构及方法论提供了可资借鉴的重要参考。萧琼瑞的《“闽习”与日本南画》[②] 和王耀庭的《“闽习”到台湾》[③]，都探讨了福建美术与区域性文化传播中的“闽习”现象。前者是在水墨画的话语谱系中探讨日本南画与水墨画的关系、水墨画在日本的发展样貌，最终落脚于福建美术对日本南画的影响；通过对艺术家、作品、风格及师承关系的分析，探究其风格和趣味在传播中的繁衍问题。后者则在历史文献梳理分析的基础上，引申出中国台湾地区绘画风格中的“闽习”；通过历史地分析“闽习”对台湾画家、作品、风格、审美趣味的影响，提出当下“台湾味”及其“质野”的审美品格和民间一息尚存的“闽习”。

（三）其他文化区域的美术知识再生产

其他的区域性美术研究涉及陕西、江南、江淮、北京、广东、广西、西藏、西北等地区，研究对象丰富、内容多元，但各地区材料较为零散。刘艳卿、屈健在《多元描述：口述史视野中的“长安画派”——兼议口述史方法及其问题》[④] 一文中，以近年来历史学流行的口述史的工作方法为主，并结合传统历史学的实物文献考据，尝试重新建构“长安画派”的历史发展轨迹：从 20 世纪 40—60 年代初

---

① 郑工：《区域研究与福建美术》，《中国美术报（学术月刊）》2016 年 10 月 31 日。

② 萧琼瑞：《“闽习”与日本南画》，《中国美术报（学术月刊）》2016 年 10 月 31 日。

③ 王耀庭：《“闽习”到台湾》，《中国美术报（学术月刊）》2016 年 10 月 31 日。

④ 刘艳卿、屈健：《多元描述：口述史视野中的“长安画派”——兼议口述史方法及其问题》，《文艺研究》2016 年第 7 期。

的“孕育诞生”、60年代前半期的“合力发展”，到“文革”前夜开始的“逆境流变”。与以往的美术研究面对档案室、图书馆的“死”资料不同，文章建立在大量采录“活”的一手资料的基础上。但本文也提出了口述史研究方法的问题，例如口述者的社会文化立场、口述记忆的失真、认知塑造、记忆选择问题。因此，我们需要理性和谨慎地处理口述资料对历史事件和意义的双重建构。我们也应看到，口述史方法对于区域性美术研究和基础资料收集的重大意义。顾丞峰的《历史在回顾中延伸——江苏85新潮美术概述》[①]一文，同样建立在实地考察、采访、口述的基础上，重新搜集整理从1985—1989年江苏范围内新潮美术的相关资料。在地域性研究的视野下对江苏“85新潮”美术重新界定、对研究材料及现状重新整理，除了南京和徐州地区的现代艺术活动外，重新发掘了资料相对匮乏的苏州、无锡、常州、扬州、连云港等地区。研究在查漏补缺的基础上对以往的一些看法提出了不同见解，在写作方式上也保留了材料的鲜活性。以往的新潮美术研究以整体性研究为主，多从审美意识形态、历史定位反思、人文理想等方面阐释，鲜有地域研究的视角。应该注意到，新潮美术研究的基础性资料有待进一步挖掘，相关研究工作应系统深入地展开。谈晟广的《以“传统”开创“现代”：艺术史叙事中被遮蔽的民国初年北京画坛考》[②]一文，在对大量历史文献重新考据分析的基础上，提出“美术革命论”及其固有观念的影响是20世纪尤其是80年代中国美术史叙事所建构的，由此提出民国初年北京画坛“艺术之盛”被遮蔽了，而固有观念中被贴上传统保守派标签的艺术家陈师曾、姚华、金城等人，恰恰是具有创新精神、开创“现代”中国艺术的先驱。此外，京派美术研究还有陈继春、袁宝林的《郑锦与“北京美术专门学校”学潮——校史钩沉之三》[③]的系列研究，细化并深入了民国时期美术教育研究状况。上述四篇论述，都是在较为成熟的研究基础上的创新，究其原因，创新的根本点是对研究资料的重新发现和发掘。由此看出，掌握第一手资料，尤其是区域基础资料搜集整理工作对于美术史研究的重要价值。

肖龙的《江西知青美术述略》[④]一文对江西知青美术的生成环境、画家群体构成、创作特点进行了基础性研究，在近年来知青美术受到学界关注的背景下[⑤]，地域性研究呈现出知青美术研究的进一步深化的态势。吕岩的《摄影图像中的西藏：想象、再造与历史记忆》[⑥]一文从视觉文化研究的角度，探讨西藏摄影图像所建构的“西藏”形象在中西方及不同时期认识论中的差异。研究反映了西藏地域美术研究的特殊性，摄影图像揭示了话语权力、观看与凝视、建构与想象、阶级与历史，摄影叙事呈现了主流文化对异域文化的“他者化”建构及改造。彭彤、王永涛的《作为美术史叙事话语的“西北”——西北艺术与战时美术史叙事》[⑦]一文，通过研究抗战时期包括艺术家在内的众多西行者的考察资料，提出美术史叙事中“西北”话语的建构及其内涵，包括“汉唐精神”及对“中国文艺复兴”的价值期许。20世纪30年代至40年代，西北完成了地理学术语向艺术史术语演变的过程。陆丽娟、陆俞志在《乡土情怀——泛漓江流域艺术创作群落研究》[⑧]一文中，基于广西地理位置与人文环境的特殊性，提出并分析“泛漓江流域文化”和“泛漓江流域艺术创作群落”的概念，通过对山水画、油画、水彩画艺术家及其风格、创作理念的全面介绍，尝试复兴并打造“广西区域美术”及“漓江画派”。从中可以看

① 顾丞峰：《历史在回顾中延伸——江苏85新潮美术概述》，《南京艺术学院学报（美术与设计）》2016年第6期。
② 谈晟广：《以“传统”开创“现代”：艺术史叙事中被遮蔽的民国初年北京画坛考》，《文艺研究》2016年第12期。
③ 陈继春、袁宝林：《郑锦与“北京美术专门学校”学潮——校史钩沉之三》，《美术研究》2016年第1期。
④ 肖龙：《江西知青美术述略》，《美术观察》2016年第4期。
⑤ 知网文献上最早的知青美术研究，是2005年王明贤、严善錞在《艺苑》上发表的《“文革”时期的知青美术》。其后至今，知青美术的研究以总论和通识论述为特点，较为零散且还未形成体系。近三年转向地域性研究，例如北大荒知青美术、江西知青美术。此项研究有较大空间，有待进一步深入。
⑥ 吕岩：《摄影图像中的西藏：想象、再造与历史记忆》，《文艺研究》2016年第2期。
⑦ 彭彤、王永涛：《作为美术史叙事话语的“西北”——西北艺术与战时美术史叙事》，《文艺研究》2016年第7期。
⑧ 陆丽娟、陆俞志：《乡土情怀——泛漓江流域艺术创作群落研究》，《美术观察》2016年第1期。

出，区域性文化复兴和研究的群体意识及文化认同归属感。刘姣姣、梁惠娥的《颜色的革命：清末民初江南女性服色审美嬗变》[①] 和王娟、肖冠杰的《新中国成立前后广东卷烟包装设计的发展演变》[②]，个案主题新颖，视角独特，资料翔实。江南地区园林的个案研究分别是都铭的《“画意造园”的另一种范式——18 世纪扬州风景绘画变迁与园林转型》[③]、侯晓春、杜道伟的《论明中后期吴门画派实景园林画》[④] 以及林广思的《20 世纪 50—80 年代的中国现代主义园林营造——以华东、华南两地为例》[⑤]。前两者都以风景园林画作为研究的起点，呈现明代中期以后园林绘画与园林之间的密切联系。后者对中国现代主义园林做出界定，从缘起与演变、特征与成因等方面，阐释在西方文化、中国区域性文化共同作用下所形成的独特的现代主义造园之路，中国现代主义园林本身具有地域性特征。此外，相关论文还有张见的《江淮画派地域文化特性及艺术风格浅析》[⑥]、陈晶的《策略与风气——湖北新潮美术群体现象探析》[⑦]、刘昌盛的《齐鲁文化与近代山东山水画的发展》[⑧]、高淑君的《执守本原　兼收并蓄——湖湘文化语境下的湖南水彩画特色》[⑨] 等。

三、中国当代艺术创作实践的区域特色化

有关当代艺术的地域性与全球性问题是极具争议性的话题。如果对当代艺术的价值取向做整体描述，它以经济全球化为背景，其普适主义价值观无须以民族和地域作为标签。如果从区域立场对当代艺术做个别描述，则有“中国当代艺术”“意大利当代艺术”“美国当代艺术”等。其中非西方白人世界还涉及“艺术涵化”及“后殖民主义”理论等问题。本小节避免陷入当代艺术研究的迷雾，标题所指中国当代艺术实践是时间意义上的，并非观念意义上的中国当代艺术。原因首先是中国当代艺术实践及其研究尚未成熟，并处于发展变化的过程中。至今有关当代艺术的地域性研究寥寥无几，2016 年仅能在知网上检索到一篇课题研究论文，刘方、刘瑶的《当代艺术的地域性》[⑩]。其次，笔者发现“当代艺术”这一概念在中国的使用相当混乱，并没有明确的界定以及统一的标准和共识。相关文章呈现出的中国当代艺术主要以时间作为划分依据，且并不统一。因此，中国当代艺术的内涵不同于西方对当代艺术的认知，内涵较为丰富。笔者在这一部分主要对近年来中国艺术创作实践借鉴并研究区域性文化的现象做出说明。李强的《重庆当代艺术的历史文脉与相关问题刍议》[⑪] 一文将重庆当代艺术的发端界定在 20 世纪 80 年代“文革”结束后，以历时性方式梳理重庆当代艺术的发展脉络，涉及体制内外、艺术家和作品、艺术事件和思潮，体现了中国当代艺术从整体性研究向区域性研究的转变倾向，反映了研究趋向细化和深入。对于中国当代艺术研究而言，资料的采集、记录、整理等基础性工作仍迫在眉睫。部分研究课题在区域性文化视野下探讨艺术创作，例如王明国的《试论山水画创作的区域化特色》[⑫] 一文试图从地域性特色及元素的视觉化层面寻求山水画创作的突破。王茹的《游牧文化与

---

① 刘姣姣、梁惠娥：《颜色的革命：清末民初江南女性服色审美嬗变》，《南京艺术学院学报（美术与设计）》2016 年第 1 期。

② 王娟、肖冠杰：《新中国成立前后广东卷烟包装设计的发展演变》，《装饰》2016 年第 7 期。

③ 都铭：《“画意造园”的另一种范式——18 世纪扬州风景绘画变迁与园林转型》，《新美术》2016 年第 5 期。

④ 侯晓春、杜道伟：《论明中后期吴门画派实景园林画》，《美术观察》2016 年第 9 期。

⑤ 林广思：《20 世纪 50—80 年代的中国现代主义园林营造——以华东、华南两地为例》。《文艺研究》2016 年第 11 期。

⑥ 张见：《江淮画派地域文化特性及艺术风格浅析》，《美术研究》2016 年第 2 期。

⑦ 陈晶：《策略与风气——湖北新潮美术群体现象探析》，《湖北美术学院学报》2016 年第 3 期。

⑧ 刘昌盛：《齐鲁文化与近代山东山水画的发展》，《美术观察》2016 年第 8 期。

⑨ 高淑君：《执守本原　兼收并蓄——湖湘文化语境下的湖南水彩画特色》，《美术观察》2016 年第 2 期。

⑩ 刘方、刘瑶：《当代艺术的地域性》，《美术观察》2016 年第 4 期。

⑪ 李强：《重庆当代艺术的历史文脉与相关问题刍议》，《新美术》2016 年第 9 期。

⑫ 王明国：《试论山水画创作的区域化特色》，《美术观察》2016 年第 3 期。

当代版画创作》[①]一文，探讨当代版画创作对内蒙古游牧文化的借鉴和表达。王耀中的《北方草原题材油画创作中的精神》[②]一文，从文化定位、创作方法、艺术实践三方面讨论北方草原题材的油画创作。

四、结语

纵观2016年度的区域性美术研究，在研究方法上，考古学、人类学、社会学、宗教学等的介入，使得区域性研究突破了原有的范式，拓展了研究视野。研究方法的创新也成为推进研究深度的依据。我们也惊喜地发现，虽然地域性研究成为各种研究方法和趣味互动交会的场域，但美术研究的基本方法对于视觉图像的形式分析得到了有效的运用，并发挥了其在美术历史和理论研究中的作用。在美术论文写作方面，脱离了20世纪80年代美术研究写作与美学不分家的状况，多以个案的方式呈现，辅助数据、图表、照片作为佐证材料，一方面体现了美术学科的科学化发展，另一方面体现了当下对研究材料的重视，扎实的资料搜集和整理工作是区域性美术研究的必要条件。区域性研究受到国家或地区文化战略的驱动，关注区域性文化的复兴及区域性美术史的建构。但需警惕，在打出区域性文化的大旗后，研究浅尝辄止，缺乏应有的创新和深度。总的来说，区域性美术研究尚有较大的空间。非遗、民俗美术的研究，仍存在大量空白；知青美术、“85新潮”美术的区域性研究尚在起步阶段，这类传统研究中的高频概念不能为区域性研究所忽视，对于传统文化区域的考察和资料整理，必将为我们的研究带来新的发现；有关中国当代艺术的区域性和区域性研究，尚存较大争议，但也为我们提供了思考和讨论的空间。区域性美术史方法论研究处于探索阶段。

闫雪峰　中国艺术研究院美术学博士、山西大同大学讲师

---

① 王茹：《游牧文化与当代版画创作》，《美术》2016年第1期。
② 王耀中：《北方草原题材油画创作中的精神》，《美术》2016年第3期。

2016 年中国宗教美术研究综述

◎ 吴爽

2016 年，中国宗教美术研究总体上延续着相似的思路：图像学、风格学结合人类学、考古学的研究方法依然较为常见，分期、分区的对象划分也是固定思路，以特定图像符号展开研究的路径占据了全年宗教美术研究成果的绝大部分。总括而言，2016 年宗教美术研究的倾向为：特定地域或时期的个案研究最为普遍，以图像符号切入为主，佛教居多，视野多集中于国内，间或涉及中外佛教造像的比较研究，个案考察多于方法论上的思考。

一、宗教图像符号研究

此种研究倾向由宗教美术自身的属性决定，因图像中的符号与宗教的教理、文化、仪式等皆有联系，再加上不同区域、不同时间内各种符号可能带来的阐释方向上的多样性，宗教美术研究中的图像符号研究一直是关注的热点，研究者也多从图像符号角度介入展开研究。2016 年的宗教美术研究对图像符号的研究，既关注到不同符号之间的关联，或借以符号判定图像或作品的年代、来源问题，也关注到符号本身的意义阐释。

（一）符号的关联性研究

在不同区域符号关联性研究上，张同标围绕着印度佛教美术中的莲花符号作有两文，分别为《中印莲花手观音造像的图像学判断》[①]（与梁燕合作）和《论印度佛像莲花座起源于龙树时代》[②]。前者就观音造像的莲花手特征加以探究，从印度与中国早期的菩萨图像判定莲花手观音应为观音诸像的源头；后者主要论述印度佛像莲花座的起源问题，作者由中国早期的莲花座佛像存在状态去思考印度早期的佛像莲花座情况，并结合佛教文献和印度考古遗物推测出印度的佛像莲花座“很可能出现在龙树时代的南印度地区”，并经南方海路传入中国。其另一文《印度阿旃陀生死轮图与尼泊尔马头观音之间的联系》[③]（与梁燕合作），从中印的生死轮回图入手，探讨图式背后蕴含的不同教理，并描述了印度的生死轮回图所依据的佛教教理，在流布过程中逐渐演化为观音救度形象，使其居于十方诸佛之上，由此出现了尼泊尔马头观音信仰及其图像的特有形态。而此种形态却可以在中国的卢舍那佛中寻找到相似的表现，虽然中国的六道轮回图源于印度的五道轮回，但尼泊尔的马头观音形象反而体现了流传于中国等东亚地区六道轮回图的教理，它也成为中国内地佛教艺术反哺南亚的一个例证。

张同标上述三文皆取图像学方法，从图像入手探究地域之间佛教符号的关联，其中就涉及比较研究，其比较研究基于佛教文献与图像表现之间的契合度，即教理与图像“文图互证”的思路。关于比较研究，汪小洋作有《汉赋与汉画的本体关系及比较意义》一文，虽并未直接触及宗教美术内容，但也提供了比较研究的基本思路。他认为两者的比较，首先应该关注本体的关系，即文本关系的对等。比如汉赋中的散体大赋与汉画中的墓室壁画属于主流社会艺术，而抒情小赋与汉画像石则属于非主流社会艺术，只有在这种对等的文本关系内进行比较才符合逻辑关系。就汉画而言，文章认为汉画是一种封闭的审美形态，而画像石则是在彼岸构筑了真实的世界，“在彼岸得到重回现实的宗教体验从而构

---

① 梁燕、张同标：《中印莲花手观音造像的图像学判断》，《南京艺术学院学报（美术与设计）》2016 年第 1 期。
② 张同标：《论印度佛像莲花座起源于龙树时代》，《艺术探索》2016 年第 4 期。
③ 梁燕、张同标：《印度阿旃陀生死轮图与尼泊尔马头观音之间的联系》，《敦煌研究》2016 年第 1 期。

筑‘事死如生’的写实宇宙”[①]。文章将汉画的文本组合分为汉画像石与墓室壁画，并对应于社会的不同阶层，所给予的启示在于应关注到不同社会阶层在宗教美术样式形成与使用上的不同需求与能力。

中国宗教美术研究从特定时期、特定区域的图像符号形态入手，多涉及图像符号的来源、比较或演变研究。张同标将讨论点放在中印佛教图像中的莲花符号上，而于向东则关注中国古代的佛教图像演变，他的《北魏至隋代敦煌中心柱窟图像布局的演变》一文讨论了从北魏至隋代敦煌中心柱窟上图像布局的演变问题，描述了图像布局的演变规律，并由此探讨其背后的思想转变因素。文章认为，其演变是一个由盛转衰的过程，原因与当时的修法实践活动及佛教思想和信仰流变有关。从北魏、西魏的“绕塔经行”和“入塔观像”禅观的修行方式，到北周、隋代中原佛教修行方法的传入，中心柱窟为适应新的需求而演变，同时以模仿佛殿的覆斗式窟逐渐成为主流，中心柱窟由此逐渐式微。[②]《6世纪前期北方地区维摩诘经变的演变——兼论与南朝佛教图像的关联》一文则将叙述对象定位在维摩诘经变这种佛教美术本土化的变相之中，作者注意到维摩诘经变在6世纪初期产生了明显的变化，具体呈现为形象的汉化，隐几、隐囊的出现以及画面情节表现的丰富等，文章据图像与文献而得出其样式应源于南朝佛教图像，其形象脱离不了东晋、南朝的汉文化背景。而反过来文章通过对维摩诘经变来源的考察，又有助于“进一步了解南朝佛教艺术以及相关文化背景”[③]。相似的文章还有程雅娟对“转轮王”图像演变的研究，作者从图像学的角度将视野拓宽到整个东亚文明圈之中的“转轮王”图像研究，从古印度孔雀王朝时期的“转轮王”图像、北魏以后传入中国的“转轮王”图像以及随密教传入日本的“金转轮王”图像进行比对，对其图像在不同地区间的演变过程加以描述。文章最后认为，“转轮王”图像在东亚地区的流变，“是一个宗教与政治不断作用与演变的过程”，其演变形态反映了不同政治背景下古代东亚统治者的佛教皇权观。[④]

（二）信仰与意识形态指向研究

皇权利用宗教的意识形态塑造功用，以获得统治上的合法性，是宗教与皇权意志产生联系的一大基础。罗世平便关注到统治阶层在造像运动中的角色及其背后的意识形态问题，他在《天堂法像——洛阳天堂大佛与唐代弥勒大佛样新识》一文中认为，武周时期流行的善跏趺坐弥勒大像，源于天堂内供奉的倚坐弥勒大像，并由于武则天的支持，雕造弥勒大像的行为在各州郡兴起，背后是“武则天以谶纬符应为特点的治世理念和皇权意志”，弥勒大佛样的传播也是在国家皇权的大力推行下，以洛阳、长安为中心向各州郡辐射的规律，“皇帝意志的介入，赋予了弥勒大佛法像仪则的效力”。[⑤]

郑弌的《道成舍利：重读仁寿年间隋文帝奉安佛舍利事件》一文以同样思路重新解读了隋文帝的安奉佛舍利行为。文章从隋文帝的“菩萨戒皇帝”故事起，从文帝的身世传说、佛舍利的感应祥瑞和当时的斋戒仪式三个方面加以解读，认为当时的佛舍利供奉行为对于隋文帝而言，并不只是单纯的佞佛或政治道具，而是将“世俗政权及其代理人借喻为佛在人间代言者的神格化叙事”，以此完成新朝的合法性地位建构。文章并由此引发了关于图像叙事的外部规定性思考，即美术史写作时的文化情境考量，提醒研究者应留心“观”与“读”的差异，从“读”图像内部的构成因素跳出而进入对整体环境的“观”。[⑥] 此为作者在方法论上的思考，后以方法论专论另文发表。作者另一文《佛装与佛化——中古时期泗州僧伽信仰与图像的在地化》则关注到信仰与形象“母题”的生成问题，将论述点放在了泗

① 汪小洋：《汉赋与汉画的本体关系及比较意义》，《文艺理论研究》2016年第2期。

② 于向东：《北魏至隋代敦煌中心柱窟图像布局的演变》，《南京艺术学院学报（美术与设计）》2016年第3期。

③ 于向东：《6世纪前期北方地区维摩诘经变的演变——兼论与南朝佛教图像的关联》，《艺术设计研究》2016年第4期。

④ 程雅娟：《皇权·预兆·庇护——东亚佛教理想皇权“转轮王”图像的演变研究》，《南京艺术学院学报（美术与设计）》2016年第4期。

⑤ 罗世平：《天堂法像——洛阳天堂大佛与唐代弥勒大佛样新识》，《世界宗教研究》2016年第2期。

⑥ 郑弌：《道成舍利：重读仁寿年间隋文帝奉安佛舍利事件》，《美术研究》2016年第3期。

州僧伽信仰中“母题”形象的考察。作者从与泗州僧伽有关的文本与图像入手，呈现僧伽信仰成型期中文本所描述的形象以及美术史中的图像样式。但作者发现，“图文互证”中出现了不对应的状态，原因在于美术史研究忽略了作为影像的僧伽像。源于“祖师、高僧崇拜的传统”的僧伽像都处于“影堂”之中，而“泗州僧伽信仰，正是从作为高僧影堂中的影像出发，逐步生成自身特有的图像体系”。文章认为，僧伽图像中三类样式的演变源于信仰层面的尊格递进，而文本中的僧伽事迹描述则是民众对僧伽图像改造的前提，并演化成各种不同的形象，使其逐渐进入各种民间所需的仪式空间。从佛装到佛化的演变过程，实际上是同一母题在不同语境下被重新定义与定位的过程，是一种信仰的“在地化”过程，文章由此解答“文本—图像”的不对应现象。[①]

黄韧也关注图像、信仰与在地化之间的关系，他的《作为南岭民族走廊客家族群性经济网络记忆的曹主造像》一文便涉及区域性信仰、造像形态与地方性知识生成之间的联系。文章以广东英德地区的曹主宗教信仰为主，在田野调查的基础上呈现英德地区不同村落之间“曹主娘娘”的造像形态，并考察了其被纳入当地民间信仰的过程。黄韧发现不同村落之间对于相同的曹主信仰有着不同的记忆和理解，在其形成过程中还混合进当地不同的信仰元素，造成了造像形态上的差异。他认为，此种信仰混融现象带有一种微观权力的建构结果，即一种村落联盟，并以曹主神像为精神纽带，“形成一种‘宗教文化复合体’”。原来由地方精英把控的权力话语则由于历史的变迁而落入地方群众手中，并基于地方历史和神话传说对神祇形象进行想象创作，而曹主神像的塑像权力正是此种地方性微观权力的体现，并在各地传播中不断地被重新叙述。[②]

围绕着图像或造像内的形象与符号所展开的研究，多数以具体的对象做图像学阐释。此研究思路亦多见于学位论文，由形象与符号入手，对形象及符号进行归纳与分析，由此或探究形象及符号中的宗教象征、文化内涵等[③]，或针对特定符号所形成的图像系统展开研究[④]，或以特定区域 / 特定时间内的特定宗教空间中造像的整体性研究[⑤]。类似的文章为数不少，其思路与方式并无太多差异，只有写作对象上的区别，此种思路亦构成目前宗教美术史写作上的基本模式。但过于相似的研究方式可能带来的局面是基本史料的不断铺陈以及阐释模式或结论的固化，即便如在山西省高平市有了新的清代壁画考察成果发布[⑥]，也只是为宗教美术的研究增加新的内容。如何解决宗教美术研究已经非常庞大的考古成果与相对固化的研究方法的现实状态，是宗教美术研究者应该思考的问题。

二、方法论思考与美术史的宗教解读视角

2016年的宗教美术研究成果显示，真正以方法论作为研究内容的论文，仅有郑弌《宗教美术史研究方法论的三组主题词》一文。作者是在整体把握目前宗教美术史研究模式的基础上，提出了自己在推进宗教美术史研究上的看法，即依然需要落实到具体的个案研究中，方可谈论方法论的有效性。而他对此的思考则以“大小传统”“个案”“外部规定性”三组主题词介入。第一组主题词“大小传统”的概念由人类学而来，在图像研究中涉及区域性与母题性两个层次，从区域性的层面上所要考虑到的是以“中央—地方”的话语差异虽然主导了传播的主动权，但也不应该忽略地方在面对外来冲击时所

---

① 郑弌：《佛装与佛化——中古时期泗州僧伽信仰与图像的在地化》，《中国国家博物馆馆刊》2016年第12期。

② 黄韧：《作为南岭民族走廊客家族群性经济网络记忆的曹主造像》，《民族艺术》2016年第2期。

③ 李美霖：《安岳华严洞华严三圣及十大菩萨造像研究》，硕士学位论文，重庆师范大学，2016年。

④ 张蓓蓓：《明清耶稣会圣母像研究》，博士学位论文，上海师范大学，2016年；郑蓓思：《十字架图形的形式语言与意义探究》，硕士学位论文，南京艺术学院，2016年；郑莎莎：《克孜尔石窟壁画“天雨花”图像谱系研究》，硕士学位论文，湖北美术学院，2016年。

⑤ 赵俊杰：《山西地区蒙元壁画墓研究》，硕士学位论文，郑州大学，2016年；王素云：《下华严寺辽代佛教造像艺术》，硕士学位论文，内蒙古大学，2016年；杜悠悠：《昆明筇竹寺与成都宝光寺五百罗汉造像研究》，硕士学位论文，云南大学，2016年。

⑥ 刘伟：《高平石末乡东靳寨村炎帝庙清代壁画考察》，《山西档案》2016年第3期；吕书炜：《高平市野川镇常家沟村炎帝庙清代壁画考察》，《山西档案》2016年第4期。

能做出的自身反应与调整，“更不能因此将地方传统视为中心的附丽，一个单纯的接受者”。因此，郑弌强调在区域性视野中应该考虑到“小传统”的自主性，“考虑到地方传统在面对经典的传译、僧人的流动、图本题材 / 样式 / 画风的流布时，未必能与发源地的中心区保持一致”。由此引出从母题性图像的角度去思考图像的演变，即关于某一主题性叙事的继承与发展。但并非指向题材本身，而是为图像所建构的一个相对完整、自洽的叙事空间。在这个空间内同样存在“大小传统”的区别，即图像形态与更广泛的信仰传统有关系，在大的信仰之下基于某一母题形成各种图像样式的“小传统”。“个案”则是“对大传统下小传统分支的再清理与再定位”，同时也关涉方法论的适用性问题，郑弌由巫鸿对图像原始位置因历史变动而发生的场域变迁所概括的“历史物质性”概念出发，提醒宗教美术研究者同样应该关注到“空间物质性”，即作品生成场域的空间所带来的“观”与“读”的差异，从“读图”走向“观图”，思考“在场”研究的可能性；此种观点也连带出了关于“外部规定性”的观点，即图像的原初情境与外部因素规范下的图像形态变化，在研究中可能带来的缺失。郑弌认为只有将图像“还原到作为整体的经变图像叙事之后，才会直观地呈现其叙事的原义与连贯性”，目前更多的情况却是在取消了作品原境基础上的研究，这只会是一种美术史或考古标本的视野，自然带有局限性。郑弌借此三组主题词表达一种让宗教美术图像“自设并自叙”的叙事可能性实践，提出自己在面对当前中国本土宗教美术史研究陷入一种模式固化时的思考。[①] 其实践在上述其他几篇文章中也得到了体现，由此提出的是宗教美术研究中一种新的思路。

传统绘画的宗教解读是另一类与宗教有关的美术史研究视角。刘子琪的文章《“逍遥归上玉京山”——由仙台母题观察元明文人画中的道教性格》便将元明文人山水画中那一类带有道教仙台形状的作品作为研究对象，追溯道教文献中与仙台形象有关的理论和图像依据，并以具有全真教身份的黄公望山水画为主要研究对象，以此比对其“典型风格的平顶型山峦与道教洞天福地体系中玉京仙台的视觉化关联”。刘子琪由此解读了从黄公望始的此类带有道教意味的山型风格，至明中后期逐渐固定为风格化标签背后所具有的道教元素，文章从宗教角度重新阐释了元明文人山水画中的视觉形态。[②] 而施锜的《松石、龙水和祈雨法术：论唐代“白画”兴起的宗教背景》一文则从宗教的角度重新讨论了唐代“白画”兴起的原因。文章从唐代佛寺中的“松石”“白画”入手，以此考证了其与“龙水”“白画”之间的文化关联，并认为其图像形态与当时兴起的“象龙祈雨”法术有关，进而考究“白画”之所以不设色，也与祈雨黑色的观念相连。文章认为，“白画”在唐代的兴起，并非与禅宗文化或文人审美直接相关，“而是与唐代佛教，尤其是密教的祈雨实用目的有着密切联系”，以此提出了唐代“白画”的兴起源于实用性目的而非文人趣味的观点。[③]

三、著作及研讨会陈述

2016 年的宗教美术研究，除了研究论文之外，还有几部专著出版。阮荣春与张同标合著的《从天竺到华夏：中印佛教美术的历程》[④] 一书是宗教美术研究领域比较重要的专著。全书以佛教传入中国的时间为主线，从佛教诞生地古印度至清代的中国佛教艺术加以整体描述，以国内各地著名的佛教壁画、石窟艺术为对象，并兼及绘画作品，详细勾勒了佛教由其起源地至传入中国并本土化的演化脉络，著作中大量的图片及实地资料为中国佛教艺术研究提供了丰富的文献资料。另有胡同庆与王义芝合著的《敦煌佛影——敦煌北朝佛教艺术面面观》[⑤] 一书。全书共分 14 章，从佛教发展、宗教信仰、中西文化

---

① 郑弌：《宗教美术史研究方法论的三组主题词》，《美术观察》2016 年第 9 期。
② 刘子琪：《“逍遥归上玉京山”——由仙台母题观察元明文人画中的道教性格》，《艺术工作》2016 年第 3 期。
③ 施锜：《松石、龙水和祈雨法术：论唐代“白画”兴起的宗教背景》，《南京艺术学院学报（美术与设计）》2016 年第 4 期。
④ 阮荣春、张同标：《从天竺到华夏：中印佛教美术的历程》，商务印书馆 2017 年版。
⑤ 胡同庆、王义芝：《敦煌佛影——敦煌北朝佛教艺术面面观》，甘肃人民美术出版社 2016 年版。

交流、美术创作等角度，对敦煌北朝时期的佛教艺术进行了详细介绍，内容涉及艺术的流变问题、审美特征和意义问题，以及宗教与政治、经济、外来文化、汉文化等之间的关系。在写作上则借用了考古学、心理学、图像学、美学及哲学等不同学科的视角，较为全面地呈现了敦煌北朝佛教艺术的整体面貌。而常青则以美国佛利尔美术馆所藏的中国佛教雕塑为对象，配合着馆藏佛像的《著录篇》，将其研究以“研究篇”代为呈现，研究了佛利尔美术馆馆藏佛像的具体情况，包括其时代、风格及辨别等，并着重介绍了几件重要的佛教雕塑作品，以及佛利尔美术馆关于卢舍那法界佛像的研究，最后并引出了佛像辨伪的方法讨论。①

另一个能够呈现研究现状的平台为研讨会，研讨会既是一个学术交流的场所，同时也反映了目前研究者围绕会议主题所展开的思考。2016 年在中国举办了“第三十四届世界艺术史大会”及几场与宗教有关的国际学术研讨会，便有部分学者论及宗教美术的内容，透过这些与会者的文章，我们可以了解到目前国际上宗教美术相关课题的研究进展。但遗憾的是，所有研讨会暂未有正式论文集出版，故目前只能通过呈现与会者的发言题目大体上了解其研究对象。

2016 年 9 月 16 日至 20 日，第三十四届世界艺术史大会在北京举行。在大会共设的 21 个分会场中，便有部分发言人提交了与宗教美术有关的论文。如第 7 分会场郭亮的《尺牍风景与疆域仪式——欧洲（耶稣会）地图艺术描绘的晚明风俗场景》、王静灵的《图像志转向：迪慈画册里的中国佛教与道教图像志》、斯拉曼·穆克吉（Sraman Mukherjee）的《生活于转型期：从全世界的知识、古玩市场、交流与宗教中寻找佛教遗产》（*Lives in Transition: Locating Buddhist Relics in the Worlds of Scholarship, Antiquarian Market, Diplomacy, and Religion*）；第 8 分会场荒木文果（Araki Fumika）的《缺席的姓名与被压抑的记忆：15 世纪罗马晚期关于锡耶纳的圣贝纳迪诺合法性的争议》（*Absent Monogram and Repressed Memory: The Disputed Legitimacy of Saint Bernardino of Siena in Late Fifteenth-Century Rome*）、卡米拉·达兹（Camilla Dazzi）和亚瑟·瓦力（Arthur Valle）的《非裔巴西人的宗教与艺术：偶像制作、偶像破坏》（*Afro-Brazilian Religions and Art: Image-Making, Image-Breaking*）；第 9 分会场张惠明的《中古中国宗教美术作品创作中施主的意愿、资助与艺术家的表达》；第 13 分会场张书彬的《神圣导引与视觉朝圣：敦煌莫高窟 61 窟〈五台山图〉的时空逻辑》；第 14 分会场児嶋由枝（Kojima Yoshie）的《澳门〈大天使圣米迦勒持圣体匣〉：远东基督教画作之风格、图像志及其重要性研究》（*St. Michael the Archangel Holding a Monstrance in Macau: Style, Iconography, and Importance of a Christian Painting in the Far-East*），卡塔琳娜（Katharina I-Bon Sun）的《18 世纪金弘道的道家神仙图：被视为他者的中国》（*Regarding China as the Other in 18th Century Paintings of Daoist immortals by Kim Hongdo*）；第 15 分会场李丹丹的《范世熙天主教图像集对中国本土文化的创造性误解与曲用》等。

2016 年 11 月 17 日至 19 日，“梵天东土　并蒂莲华：公元 400—700 年中印雕塑艺术国际学术研讨会”在北京举行。参会人员所提交的论文有王镛的《印度笈多艺术的影响与佛教造像的中国化》、约翰·盖伊的《寻找笈多和后笈多时期的便携式佛像》（*Searching for Potable Buddhas in the Gupta and Post-Gupta Age*）、罗世平的《天龙山石窟弥勒大佛龛综考》、夏尔玛（Nirmala Sharma）的《笈多模式影响下的中国图像》（*Chinese Icons Inspired by Gupta Models*）、陈悦新的《印度与中国的佛像着衣》、李静姬的《新的解读还是误解？中国笈多风格元素的跨文化现象观察：以佛像服饰中的衣褶为例》（*New Interpretation or Misunderstanding? Transcultural Phenomena of Gupta Style Elements in China Seen through the Example of Representations of Robe Folds of Buddha Sculptures*）、黄文智的《山东北部北齐石刻佛像的三种着衣形式造型分析》、霍巍的《“凉州模式”与成都南朝造像》、李玉珉的《萧梁佛教造像的印度化元素》、董华锋的《成都出土阿育王像的性质、样式和结构》、雷玉华的《六世纪的四川佛教造像》、郭煜阳的《玄奘法师所见之“西天梵相”：七世纪的南亚佛像造像》、金珍我的《由人物形象释读时

① 常青：《金石之躯寓慈悲：美国佛利尔美术馆藏中国佛教雕塑（研究篇）》，文物出版社 2016 年版。

代：笈多萨尔纳特造像与艺术创新》（*Reading Time through Human Figures: Sarnath Gupta Sculptures and Artistic Innovations*）、李妊恩的《关于百济国威德王时期大型金铜佛像制作之一考》、王瑞霞的《古青州地区北朝单体佛教造像梳论》、何利群的《东魏造像传承与北齐邺城模式的确立》、于春的《长安北魏佛教造像分期研究：以纪年造像为中心》、孙晓峰的《化梵为夏　交融创新：以麦积山北魏造像为中心》、魏文斌的《陇东地区隋代佛教造像样式：以泾州出土造像为例》。

2016 年 11 月 26 日至 27 日，第二届“中国与南亚佛教考古国际学术研讨会”在北京举行，研讨会分为四个主题：佛教考古新发现、伽蓝与石窟、经典与形象、模式与交流。其中，与佛教美术研究相关的论文有：新疆龟兹研究院赵莉的《龟兹石窟涅槃造像题材调查与研究》、清华大学美术学院李静杰的《炳灵寺第 169 窟西秦图像反映的犍陀罗文化因素东传情况》、日本筑波大学八木春生的《中国 8 世纪（武则天、中宗、睿宗时期）佛教造像所见印度佛教美术的影响》、中央美术学院罗世平的《山西石窟中的新样文殊造像》、四川大学历史文化学院霍巍和故宫博物院张长虹的《阿里石窟壁画的分期》、澳门大学朱天舒的《中国佛教艺术中的神王图像的再探讨》、北京联合大学陈悦新的《佛教造像艺术的汉化》、巴基斯坦卡拉奇大学历史学系的基兰・S. 西迪基的《犍陀罗和云冈佛教艺术中的金刚力士雕塑》。

2016 年 12 月 17 日至 18 日，首届“全球史视阈中的宗教研究”国际学术研讨会在北京举行，两天的主题演讲与平行分论坛共有 42 位学者发言，其中与宗教美术有关的论文有中国人民大学艺术学院丁方的《索罗亚斯德教艺术与佛教、基督教》、北京大学南亚学系陈明的《故事・宗教・图像：丝绸之路多元文化流传之例证》、中国社会科学院世界宗教研究所张总的《宗教艺术与传播模式试探——以中古三夷教等为例》和陈粟裕的《全球化背景下的西域宗教艺术研究——以于阗佛教艺术研究为例》。

从上述四场国际学术研讨会参会人员所提交的论文题目来看，多数研究者倾向于选择本国对象进行论述，其方法多延续考古学与图像学的阐释思路；也有部分学者从一个外文化的视角来审视他文化塑造下的造像形态，或与自身文化语境中产生的形象进行比照，或就此得出新的阐释方向。国际学术研讨会呈现了目前国际上关于宗教美术研究的基本情况，但整体来看，传统的图史互证模式依然是主流。

2016 年的中国宗教美术研究基本上继续在个案研究的层面上推进，从对具体对象的研究上丰富宗教美术的研究体量，但总体性的考察或方法论上的思考较为薄弱。这与宗教美术巨大的知识含量有关，使多数研究只能通过具体案例进行有限度的考察。从几场国际研讨会的论文来看，此种情况似乎也是整个宗教美术研究界的现状，从个案入手依然是宗教美术研究无法绕开的思路。但少数研究者在个案研究基础上所提出的方法论思考，对于目前研究思路模式化的现状的确具有启示性。如何从总体上思考宗教美术研究的新路径，以及如何在丰富的个案研究基础上生发新的方法论并实践，确实是摆在宗教美术研究者面前的一个难题。

吴爽　中国艺术研究院美术学博士

文件辑录

【文化部办公厅关于开展2016年全国美术馆馆藏精品展出季活动的通知（办艺函〔2016〕66号）】

各省、自治区、直辖市文化厅（局），中国美术馆、中国国家画院：

为全面贯彻落实党的十八大和十八届三中、四中、五中全会精神，贯彻落实习近平总书记系列重要讲话特别是文艺工作座谈会重要讲话精神，落实《中共中央关于繁荣发展社会主义文艺的意见》，充分展示国家美术收藏研究取得的成果，推动美术馆专业化建设，进一步使国家美术收藏惠及广大群众，在总结此前经验的基础上，2016年文化部将继续组织开展“全国美术馆馆藏精品展出季”活动。现将相关工作通知如下。

一、宗旨和目标

坚持“二为”方向和“双百”方针，充分展示国家美术收藏和学术研究取得的成果，加强对当代美术创作的引导，推动美术馆提升研究和收藏水平，全面提高美术馆的公共文化服务质量，进一步引导推动美术馆建立藏品固定陈列，鼓励美术馆之间的合作，促进国家美术资源共享，为人民群众提供更好的公共文化服务。

二、参加单位

全国范围内各级各类国有美术馆，包括美术名家艺术馆（纪念馆）等，以及在民政部门登记注册、在文化行政部门备案的具有民办非企业法人资质的民营美术馆。

三、展览内容和要求

（一）2016年全国美术馆馆藏精品展出季活动主要包括两部分：

1. 常规展览项目，指各美术馆举办的以自身藏品为基础的展览项目。其中，将重点加强对于美术馆馆际合作项目的扶持，提倡多家美术馆合作，整合藏品资源，联合策划、举办展览。

2. 巡展项目，指2012—2015年全国美术馆馆藏精品展出季优秀展览项目的巡展。特别鼓励到中西部地区或藏品资源相对较少的地区举办巡展。

（二）基本要求：

1. 常规展览应于2016年6月至9月期间举办，展览时间不得少于30天；巡展项目应于2016年内举办，原则上每地展览时间不得少于20天。

2. 展览应具有鲜明的学术主题，参展作品应以各馆藏品为主，能够充分体现美术馆发掘藏品资源进行研究、展示和推广的成果。展览举办同时，应配合展览内容，举办多种形式的学术活动和公共教育推广活动。

3. 文化部不作为该活动具体展览项目的主办单位。

四、申报及评选

（一）符合本通知要求的美术馆均可自愿参与2016年全国美术馆馆藏精品展出季的项目申报。国家重点美术馆原则上必须参与申报，此活动将作为重要指标纳入国家重点美术馆年度考核内容。申报巡展项目的美术馆，可同时申报常规展览项目。

（二）涉及美术馆联合策展的项目，由一家策划实施单位为主进行申报；巡展项目由展览原策划单位进行申报。以上两种情况申报时需提供本单位与相关合作单位签订的合作协议或意向书。

（三）申报单位需认真填写《2016年全国美术馆馆藏精品展出季项目申报书》（见附件），并根据申报书要求提供相关资料（该申报书电子版可从文化部官方网站下载）。

首次参与本活动的申报单位应在申报时提供组织机构代码证等能够证明自身资质的相关证明文件复印件。

（四）各省（区、市）文化厅（局）负责本地区展览项目申报的组织工作。按照公平、公正、公开的原则，对各单位申报材料进行严格审核，确保申报材料的真实性和完整性；并组织专家对申报项目进行推荐，出具审核和推荐意见。

（五）由各省（区、市）文化厅（局）将本地区推荐展览项目的申报资料通过邮寄方式统一报送，并同时将申报资料电子版发送到指定邮箱。报送日期截至2016年4月30日（以当地邮戳为准）。

报送地址：北京市东城区五四大街1号，中国博物馆协会美术馆专业委员会；邮政编码：100010。（邮件外部请注明“展出季申报材料”字样）

（六）中央和国家有关部门所属美术馆可直接报送。

（七）文化部组织专家对各省（区、市）推荐的申报项目进行评选。入选项目将纳入《2016年全国美术馆馆藏精品展出季活动目录》，由文化部向社会统一发布。文化部将对纳入该目录的项目，进行整体宣传和推广，并对项目实施情况进行考察、验收，对巡展项目和优秀的常规展览项目予以奖励性补贴。

五、文化部艺术司联系方式

地址：北京市东城区朝阳门北大街10号，邮政编码：100020

特此通知。

文化部办公厅

2016年3月8日

【文化部办公厅关于第十一届中国艺术节全国优秀美术作品展览工作的通知（办艺函〔2016〕108号）】

各省、自治区、直辖市文化厅（局），新疆生产建设兵团文化广播电视局，中央军委政治工作部宣传局，中国艺术研究院、中国国家画院：

为充分展示近年来中国美术创作的优秀成果，彰显中华民族文化的鲜明特色和时代风采，推动全国美术事业繁荣发展，文化部将于2016年10月在陕西西安举办“第十一届中国艺术节全国优秀美术作品展览”。现将展览有关事项通知如下，请遵照执行。

一、指导思想

深入贯彻落实党的十八大和十八届三中、四中、五中全会精神，贯彻落实习近平总书记系列重要讲话精神特别是文艺工作座谈会重要讲话精神，贯彻落实《中共中央关于繁荣发展社会主义文艺的意见》，坚持“二为”方向和“双百”方针，坚持以人民为中心的创作导向，大力弘扬社会主义核心价值观。集中展示近年来美术创作优秀成果，引导和推动当代美术创作持续繁荣和健康发展，推出更多无愧于民族，无愧于时代的优秀美术作品，使优秀成果惠及广大群众。

二、展览主题：中国风格　时代丹青

展览聚焦中国梦的时代主题，汇聚近三年以来我国美术创作的精品力作，集中展示我国美术创作的最新优秀成果以及中华文化在当代的传承、创新与发展，体现中国风格、中国气派，彰显中华民族文化的鲜明特色和时代风采，体现我国人民追求幸福生活、努力建成小康社会的精神风貌。

三、组织机构

（一）主办单位

中华人民共和国文化部、陕西省人民政府

（二）承办单位

文化部艺术司、中国国家画院、陕西省文化厅

（三）协办单位

西安美术学院、陕西省美术博物馆、陕西国画院、陕西省雕塑院等相关机构

（四）全国优秀美术作品展览艺术委员会

文化部聘请相关领域专家组成第十一届中国艺术节全国优秀美术作品展览艺术委员会，艺术委员会负责展览的策划、学术咨询以及参展作品的评选工作。

艺术委员会设秘书处，秘书处工作由艺术司主持，办公地点设在中国国家画院。

（五）全国优秀美术作品展览办公室

展览办公室由展览承办单位和协办单位相关人员组成，负责展览筹办期间及展出期间相关的组织、联络、协调、宣传及参展作品的收退件等工作。根据工作需要，展览办公室分设不同工作组。展览办公室设在陕西省文化厅。

四、展览时间、地点

（一）展览时间：2016 年 10 月 15 日至 12 月 15 日。

（二）展览地点：陕西省美术博物馆、西安美术学院美术馆。

五、展览作品种类和规模

本展览作品种类包括中国画、油画、版画、雕塑、水彩·粉画，展览规模约为 550 件作品。

六、作品要求

（一）坚持以人民为中心的创作导向，聚焦中国梦的时代主题，培育和弘扬社会主义核心价值观，唱响爱国主义主旋律，传承和弘扬中华优秀传统文化，思想精深、艺术精湛、制作精良，深刻反映民族精神和时代精神。本次展览还将特别关注庆祝中国共产党成立 95 周年、纪念红军长征胜利 80 周年主题相关的优秀美术作品。

（二）申报作品均应为 2013 年 7 月以来新创作的美术作品，参加过各级各类美术作品展览的作品均可参与申报。

（三）每位作者限申报、展出一件作品。

（四）参展作品尺寸、装裱等相关要求：

1. 中国画、油画作品：原则上作品装裱（框）后尺寸不超过 200cm（宽）×240cm（高），中国画不收装轴作品；

2. 版画作品：原则上作品装框后尺寸不超过 120cm（宽）×180cm（高）；

3. 水彩（粉）画作品：原则上作品装框后尺寸不超过 150cm（宽）×180cm（高）；

4. 雕塑作品：原则上最大边尺寸在 200cm 以内，重量在 150 公斤以内，材料硬质不易碎。

5. 绘画类作品由作者自行装裱（框），在作品背后粘贴作品信息，须有外包装避免损坏画面，包装结实牢固、不易损坏、便于运输。雕塑类作品自制包装箱，要求坚固、便于搬运，以螺栓连接各箱板，可二次使用。

七、参展作品的征集、评选与寄送

（一）参展作品的征集和申报

1. 各省、自治区、直辖市文化厅（局）及新疆生产建设兵团文化广播电视局、中央军委政治工作部宣传局、中国艺术研究院、中国国家画院负责积极发动本地区（单位）、本系统的艺术家参与申报。

有条件的省（区、市）文化厅（局）可推荐不超过 10 件作品直接进入终评，陕西省文化厅、中央军委政治工作部宣传局、中国艺术研究院、中国国家画院可推荐不超过 20 件作品进入终评。所有推荐

作品必须通过一定的评选程序产生，并认真填写《推荐作品信息表》(可从文化部官方网站下载)。

2. 展览艺术委员会将邀请部分艺术成就突出的著名老艺术家的新创作品，以及近 3 年以来在国家级和全国性美术展览及其他重要展览中涌现出来的优秀作品参展。

3. 凡符合参展基本要求的作品，均可按照《第十一届中国艺术节全国优秀美术作品展览征稿启事》的规定，由艺术家直接向展览办公室进行申报。

（二）初评工作定于 2016 年 7 月中旬进行。各单位需将《推荐作品信息表》于 2016 年 6 月 30 日前（以邮戳日期为准）与推荐作品照片（10 寸彩色照片，背面需注明作品主要信息）统一报送至展览办公室。

收件地址：陕西省西安市碑林区长安北路 14 号，陕西省美术博物馆，邮政编码：710061。

初评结果经文化部审核后，在第十一届中国艺术节官方网站予以公布。

（三）终评工作定于 2016 年 8 月中下旬进行。所有进入终评作品原件，须统一在规定的时间内（具体时间另行通知）邮寄至展览办公室各相关工作组，逾期未寄送作品的视为主动放弃参展资格。

1. 中国画、雕塑作品原作收件组

地址：陕西省西安市碑林区长安北路 14 号，陕西省美术博物馆，邮政编码：710061。

2. 油画、版画、水彩・粉画作品原作收件组

地址：陕西省西安市雁塔区含光南路 100 号，西安美术学院，邮政编码：710065。

终评结果经文化部审核后，在第十一届中国艺术节官方网站予以公布。

（四）参展作品由文化部颁发展览入选证书。

（五）申报作品和参展作品的送审和送展费用（作品图片及原作送展运输费、保险费、装裱费用）由申报方和作者承担。参展作品在展览结束后 3 个月内由展览办公室负责退回作者。

八、出版宣传工作

展览举办之际，出版《第十一届中国艺术节全国优秀美术作品展览作品集》，收录所有参展作品，相关媒体对展览和参展作品做延伸宣传。

九、其他事项

（一）凡涉嫌抄袭、模仿他人作品者，一经发现一律取消参评、展出资格，所产生的法律责任由作者负责。

（二）主办单位对参展作品有研究、摄影、录像、出版及宣传的权利。

（三）所有申报和参展者，须确认并遵守本通知的各项规定。

十、全国优秀美术作品展览办公室联系咨询方式（略）

特此通知。

附件：推荐作品信息表（略）

文化部办公厅

2016 年 3 月 24 日

【文化部办公厅关于开展 2016 年全国美术馆优秀青年策展人扶持计划的通知（办艺函〔2016〕228 号）】

各省、自治区、直辖市文化厅（局），新疆生产建设兵团文化广播电视局，中央军委政治工作部宣传局，中国美术馆、中国国家画院：

为全面贯彻落实党的十八大和十八届三中、四中、五中全会精神，贯彻落实习近平总书记系列重要讲话特别是文艺工作座谈会重要讲话精神，落实《中共中央关于繁荣发展社会主义文艺的意见》，强化美术馆专业人才队伍建设，重点加强对美术馆青年策展人员的培养和扶持，切实提高美术馆自主策展能力，促进美术馆专业化建设整体水平的提升，“十三五”期间，文化部将组织实施全国美术馆优秀青年策展人扶持计划。现将2016年相关工作安排通知如下。

一、申报工作

（一）申报条件

1. 各级各类国有美术馆、民营美术馆、美术名家艺术馆（纪念馆）均可推荐本单位任职的1名青年策展人员作为候选人参与申报。候选人年龄应在40岁以下（1975年12月31日以后出生），具有独立策展经验者优先。

2. 候选人需提交一份完整的展览策划方案。展览方案要全面贯彻“二为”方向和“双百”方针，坚持以人民为中心的工作导向，大力弘扬社会主义核心价值观。鼓励和倡导基于本馆藏品资源、本地美术资源研究策划的展览方案，以及与弘扬优秀传统文化相关主题的展览方案。已入选文化部2016年全国美术馆馆藏精品展出季活动目录的展览方案，不再参与本次申报。

策展方案应由候选人独立策划，具有原创性，不涉及抄袭等侵犯任何他人的知识产权问题。展览规模适中，经费预算合理，具有可行性。原则上，展览方案能够在2017年3月底之前实施完毕。

3. 各单位应对所推荐的候选人提交的策展方案的合理性、可行性进行充分论证，出具推荐意见，并承诺所推荐候选人及其策展方案一旦入选，本单位将提供保障条件，确保其在本馆内实施。

（二）申报方式

1. 各级各类美术馆是本次扶持计划的申报主体。

2. 各省（区、市）文化厅（局）负责动员和组织本地区符合条件的单位参与申报，并对申报单位提交的申报材料进行审核。各省（区、市）文化厅（局）应对进行申报的国有美术馆、民营美术馆一视同仁，指导和督促相关单位做好申报工作。

3. 各申报单位需填写《2016年全国美术馆优秀青年策展人扶持计划申报书》（该表格可从文化部政府门户网站下载），并按照该申报书要求提供相关资料，并逐级报送至所在省（区、市）文化厅（局）进行审核。

4. 请各申报单位于2016年7月31日前（以邮戳为准），按照本通知提供的联系方式将申报材料寄送至文化部艺术司（请使用邮政快递EMS），并在邮件封面注明“策展人项目申报资料”字样，并同时提交申报材料的电子版文件。

5. 由于申报资料不全或逾期未报所造成的不利影响，由申报单位负责。

二、评选工作

文化部艺术司聘请相关领域专家、学者组成专家小组，对申报项目进行评选。评选分为初评和复评。

初评阶段将审查申报单位提供的各项申报资料评选出入围项目。初评结果将于2016年8月在文化部政府门户网站公布。

复评阶段将通过面试和现场答辩的方式进行评选，时间和具体要求另行通知。复评结果将在文化部政府门户网站公布。

三、扶持工作

（一）文化部将公布《2016年全国美术馆优秀青年策展人扶持计划入选项目名单》。文化部艺术司委托专家对扶持项目进行具体指导，特别加强对策展人的专业指导，指导策展人进一步修改完善展览方案，并指导方案具体实施。

（二）文化部对每个入选项目予以10万元经费补贴，并对项目实施工作提出具体要求。补贴经费将拨付至申报单位，用于补贴项目实施。凡不能按要求完成项目实施工作的申报单位，需退回补贴经费。

四、监督与验收

入选项目实施完毕后，项目实施单位及策展人需向文化部报送项目总结，由文化部艺术司组织专家对项目实施情况进行验收，并评选出部分优秀策展案例，颁发证书，以资鼓励。

为加强对优秀青年策展人及入选项目的宣传推广和有效监督，文化部艺术司将委托相关媒体对入选项目的策划和实施过程予以监督和报道。

各省（区、市）文化厅应做好入选项目实施工作的监督、指导和管理，各相关单位和策展人应积极配合做好宣传、推广等相关工作，并自觉接受媒体及社会各界的监督。

五、联系方式

联系人：文化部艺术司文学美术处

通讯地址：北京市朝阳门北大街10号，邮政编码：100020

特此通知。

文化部办公厅

2016年6月14日

专题

“人民形象　中国精神”——中国艺术研究院著名艺术家系列精品捐赠展

【概况】

“‘人民形象　中国精神’——中国艺术研究院著名艺术家系列精品捐赠展”是中国艺术研究院为进一步落实习近平总书记在文艺工作座谈会上的讲话精神系列展之一。展览从2015年12月15日至2016年6月2日在中国国家博物馆陆续展出，展期历时半年左右。展览展出田黎明、杨飞云、吴为山、何家英、赵建成、江宏伟、刘万鸣、徐累、龙力游、刘建平、陈忠康、管峻、骆芃芃、朱乐耕、王亚雄、朱宪民、黑明、张祖英等艺术家的精品力作，展品涵盖绘画、雕塑、书法、篆刻、摄影、陶艺、漆器等多个艺术门类，以此充分体现中国艺术研究院艺术家的整体实力和艺术风貌。展览旨在将学习贯彻习近平总书记在文艺工作座谈会上的讲话精神长期持续下去，激励艺术家创作更多更好的符合时代精神的优秀艺术作品。展览结束后，艺术家们将其中部分精品无偿捐赠给国家，中国艺术研究院代表国家接受捐赠。

【朱乐耕、徐累精品展】

2016年1月18日至2月1日，由中国艺术研究院主办的“‘人民形象　中国精神’——中国艺术研究院著名艺术家系列精品捐赠展”之朱乐耕、徐累精品展在中国国家博物馆举办。展览展出朱乐耕、徐累两位艺术家的精品之作—— 一边是陶艺在环境空间的立体展示，一边是对传统水墨的当代解读。两位艺术家通过不同的创作媒材诠释自己对于艺术语言的探索和理解。展览共展出朱乐耕陶艺作品40余件（组），徐累中国画作品40余幅。

【龙力游、刘建平精品展】

2016年2月4日至21日，由中国艺术研究院主办的“‘人民形象　中国精神’——中国艺术研究院著名艺术家系列精品捐赠展”之龙力游、刘建平精品展在中国国家博物馆举办。展览展出龙力游2015—2016年间创作的最新作品，同时包括之前数年的代表作数幅；刘建平近期油画作品75件。

【陈忠康、王亚雄精品展】

2016年2月24日至3月9日，由中国艺术研究院主办的“‘人民形象　中国精神’——中国艺术研究院著名艺术家系列精品捐赠展”之陈忠康、王亚雄精品展在中国国家博物馆举办。展览展出书法家陈忠康书法作品80余件和艺术家王亚雄艺术作品多件。

【管峻、骆芃芃精品展】

2016 年 3 月 12 日至 26 日，由中国艺术研究院主办的"'人民形象　中国精神'——中国艺术研究院著名艺术家系列精品捐赠展"之管峻、骆芃芃精品展在中国国家博物馆举办。展览展出管峻作品 42 件（套），其中包括 30 件书法作品以及 12 件绘画作品；骆芃芃印章印石 45 件，印屏放大样作品 33 件，书法作品 14 件，巨印作品原作和放大样 11 件，篆刻艺术和现实生活相结合的作品若干件。

【江宏伟、刘万鸣精品展】

2016 年 3 月 29 日至 4 月 12 日，由中国艺术研究院主办的"'人民形象　中国精神'——中国艺术研究院著名艺术家系列精品捐赠展"之江宏伟、刘万鸣精品展在中国国家博物馆举办。展览展出两位艺术家的 80 余幅中国画代表作品。

【何家英、赵建成精品展】

2016 年 4 月 15 日至 29 日，"'人民形象　中国精神'——中国艺术研究院著名艺术家系列精品捐赠展"之何家英、赵建成精品展在中国国家博物馆举办。展览展出何家英工笔及写意作品近 40 件，赵建成中国画作品 30 余幅。

中国美术馆捐赠与收藏系列展

【概况】

“中国美术馆捐赠与收藏系列展”是中国美术馆的学术品牌之一，旨在通过陆续为重要的美术大家举办展览，整理、研究和出版相关作品和史料文献，不断完善20世纪中国美术史研究的脉络与形态。该系列展是文化部“国家美术作品收藏与捐赠奖励项目”之一。

【“赤子之心”——司徒乔、司徒杰艺术展】

2016年3月16日至29日，由中国美术馆主办的“‘赤子之心’——司徒乔、司徒杰艺术展”在中国美术馆举办。该展呈现了司徒乔（1902—1958）、司徒杰（1920—2005）两位艺术家人生追求与艺术成就的大型回顾展。其中司徒乔绘画艺术展通过200余件作品和文献，以“回眸经典”“明丽之象”“猎画新疆”“勘灾五省”“旅途即景”“故土深情”6个部分呈现画家司徒乔笔下20世纪上半叶苦难的中国社会现实和以救亡图存为己任的时代诉求下艺术家的担当和作为。司徒杰雕塑艺术展展出近百件雕塑作品及部分珍贵的石膏、泥原件，分为“碑立史魂”“塑以传意”“像自心生”3个部分，见证其秉持“结合中西，以民族为本”的现代民族雕塑发展理念所做出的个性化探索和实践。

【“曾经·永远”——孙滋溪艺术展】

2016年4月3日至12日，由中国美术馆、中央美术学院、中国美术家协会主办的“‘曾经·永远’——孙滋溪艺术展”在中国美术馆举办。该展是中国美术馆庆祝中国共产党建党95周年作品系列展的首展。展览分为三个部分：1号厅是孙滋溪的重要创作部分，包括《当代英雄》《天安门前》《母亲》等共16件，构成了孙滋溪艺术思想的宏观框架；8号厅题为“素色铅华”，主要展示了孙滋溪的插画、素描和速写作品100余件；9号厅题为“心源溢彩”，展出孙滋溪的色彩写生作品100余件。三个部分涵盖其各个时期的绘画作品340余件，呈现了孙滋溪的绘画艺术生涯和艺术成就。展览期间，孙滋溪及其家属向中国美术馆捐赠了不同类型的作品55件，作为国家艺术宝库的财富永久收藏。

【“须其自来”——谌北新油画艺术展】

2016年5月7日至24日，由中国美术馆、陕西省美术博物馆、西安美术学院主办的“‘须其自来’——谌北新油画艺术展”在中国美术馆举办。展览展出谌北新不同阶段的代表性油画作品200余件。展览以四时节气为切入点，通过“春山”“夏风”“秋水”“冬雪”4个主题，力图在时间的维度中诠释其风景油画。

【“心迹刻痕”——闻立鹏油画艺术展】

2016年5月13日至25日，由中国美术馆、中央美术学院联合主办的“‘心迹刻痕’——闻立鹏油画艺术展”在中国美术馆举办。展览分为4个部分，展出油画家、中央美术学院教授闻立鹏各个时期的代表性作品130余件，全面展示了闻立鹏的创作生涯。闻立鹏将他的10余件代表作品无偿捐献给中国美术馆永久收藏。

【“蓝色船歌”——张重庆油画艺术展】

2016年9月28日至10月9日，由中国美术馆、中央戏剧学院、中国美术家协会主办的“‘蓝色船歌’——张重庆油画艺术展”在中国美术馆举办。展览展出油画家张重庆不同阶段创作的油画、素描、速写作品200余件。

【“焕然有章”——刘焕章雕塑艺术展】

2016年10月13日至23日，由中国美术馆、中国美术家协会和中央美术学院联合主办的“‘焕然有章’——刘焕章雕塑艺术展”在中国美术馆举办。展览展出雕塑家刘焕章多年来所创作的雕塑、篆刻和印纽作品近200件。

【“生命的壮彩”——姚钟华绘画艺术展】

2016年10月26日至11月6日，由中国美术馆、云南省文史研究馆、云南省文学艺术界联合会主办，云南美术馆、云南画院、云南省美术家协会、云南油画学会协办的“‘生命的壮彩’——姚钟华绘画艺术展”在中国美术馆举办。展览分为“油画作品”“水粉画作品”“水墨、重彩、漫画”三大部分。

新中国美术家系列展

【概况】

中国国家画院举办以“新中国美术家”为主题的系列展开始于2013年12月。展览旨在对全国范围内1949年以后出生的中国画名家的作品进行梳理、展示和推出，并研究有着相似地域文化背景的艺术家的艺术思想和创作轨迹，为弘扬当代美术的中国风格、中国精神和中国标准，塑造时代经典做出贡献。

【湖北省国画作品展】

2016年5月7日至14日，由文化部艺术司指导、中国国家画院和湖北省文化厅共同主办的新中国美术家系列展之“湖北省国画作品展”在中国国家画院美术馆举办。展览展出湖北省10位优秀中青年国画家创作的近100幅中国画作品。

【黑龙江省国画作品展】

2016年6月3日至11日，由中国国家画院和黑龙江省文化厅联合主办的新中国美术家系列展之“黑龙江省国画作品展”在中国国家画院美术馆举办。展览展出13位伴随着新中国成长起来的黑龙江本土画家的近100幅作品。

【福建省国画作品展】

2016年6月13日至18日，由中国国家画院和福建省文化厅联合主办的新中国美术家系列展之“福建省国画作品展”在中国国家画院美术馆举办。此次展览是福建省国画家的首次集体亮相，展览展出10位福建省艺术家的百余幅作品。

【山东省国画作品展】

2016年8月23日至30日，由中国国家画院、山东省文化厅主办的新中国美术家系列展之“山东省国画作品展”在中国国家画院美术馆举办。展览展出14位山东省艺术家的精选中国画作品百余幅。

纪事

综合展览

【领袖·人民——馆藏现代经典美术作品展】

2016年1月13日至9月2日，由中国国家博物馆主办的“领袖·人民——馆藏现代经典美术作品展”在中国国家博物馆举办。展览展出中国画7幅、油画20幅、雕塑15件，其中既有中华人民共和国成立以来历次革命历史题材美术创作中的经典作品，又有近年来刚刚入藏的为中国国家博物馆量身定制的鸿幅巨制。

【写意中国——2016中国国家画院美术作品展】

2016年1月16日至3月16日，由中国国家画院主办、中国国家画院国展美术中心承办的“写意中国——2016中国国家画院美术作品展”在中国国家画院国展美术中心举办。展览展出包括中国画、书法篆刻、版画在内的近200位艺术家的400余件作品。

【中国抽象艺术研究展】

2016年1月24日至3月12日，由中国艺术研究院主办、中国艺术研究院国家当代艺术研究中心和今日美术馆承办的“中国抽象艺术研究展”在北京今日美术馆举办。参展艺术家16人，共展出作品81件。

【2016中国美术馆贺岁大展——中华民族大团结全国美术作品展】

2016年1月26日至3月7日，由中国美术馆主办的“2016中国美术馆贺岁大展——中华民族大团结全国美术作品展”在中国美术馆举办。本次展览作品由中国美术馆藏品和全国各地的美术家最新创作组成，其中包括董希文、孙滋溪、叶浅予、庞薰琹等艺术大家的作品多件。

【胶东风情——烟台美术作品展】

2016年3月22日至30日，由山东省美术家协会、中共烟台市委宣传部、烟台市文化广电新闻出版局、烟台市文学艺术界联合会共同主办的“胶东风情——烟台美术作品展”在中国美术馆举办。本次展览本着多元、创新的原则，展出烟台老、中、青三代画家的100幅作品，涵盖中国画、油画、版画、水彩·水粉画等艺术门类，是烟台美术成果的一次集体亮相。展览旨在全面展现烟台美术创作的整体阵容和5年多来的创作成果。

【江苏省美术馆 2015 年度馆藏精品展】

2016 年 3 月 25 日至 8 月 31 日，由江苏省美术馆主办的“江苏省美术馆 2015 年度馆藏精品展”在江苏省南京市举办。展览展出 2015 年度江苏省美术馆收藏的 57 件艺术作品，其中中国画 28 幅、油画 19 幅、版画 6 幅、书法 2 幅、水彩画与综合材料各 1 幅。

【美丽厦门——当代美术作品晋京展】

2016 年 4 月 2 日至 12 日，由中共厦门市委宣传部、厦门市文化广电新闻出版局、厦门市文学艺术界联合会联合主办，厦门市美术家协会协办的“美丽厦门——当代美术作品晋京展”在中国美术馆举办。展览分为“鼓浪潮音”（重点展示描绘鼓浪屿的作品）、“海上花园”（重点展示美丽厦门发展战略实施以来的建设成果）、“当代闽风”（重点展示厦门的多元文化和艺术魅力）三个主题馆，展出 104 幅作品，其中中国画 44 幅、油画 20 幅、水彩画 14 幅、漆画 26 幅。

【世纪风眠——林风眠画传展】

2016 年 4 月 2 日至 12 日，由中国美术学院主办的“世纪风眠——林风眠画传展”在中国美术馆举办。展览展出老、中、青三代艺术家以林风眠的生平为线索创作的 40 幅艺术作品，向观众生动而直观地呈现了画家林风眠卓尔不凡的一生。

【第五届全国青年美术作品展览】

2016 年 4 月 18 日至 5 月 8 日，由中国文学艺术界联合会、中华全国青年联合会、中国美术家协会共同主办的“第五届全国青年美术作品展览”山西巡展在太原美术馆举办。展览展出中国画、油画、版画、雕塑、水彩・粉画、漆画、插图・连环画、综合材料 8 个类别的作品 300 件。

【丝路之梦——兰州美术作品展】

2016 年 4 月 23 日至 28 日，由中共兰州市委、兰州市人民政府主办，中共兰州市委宣传部、兰州市文化和旅游局承办的“丝路之梦——兰州美术作品展”在中国国家画院美术馆举办。展览展出兰州画家的中国画、油画作品 110 幅，整体展现了兰州近几年来油画、中国画艺术的全貌。

【炎黄之春——2016 炎黄艺术馆春季艺术节】

2016 年 4 月 23 日至 5 月 12 日，由炎黄艺术馆主办的“炎黄之春——2016 炎黄艺术馆春季艺术节”在北京炎黄艺术馆举办。本次艺术节是炎黄艺术馆举办的年度性艺术活动之一，三个展览和一场户外写生活动组成了本次艺术节的内容。其中“城市自传”摄影装置部分由国内外艺术家的作品组成；“独生人”单元展出的是影像艺术家沈博伦的作品；“花见墨戏——青年中国画家邀请展”由 16 位艺术家的作品组成。

【义新欧·丝路行——全国美术名家主题创作展】

2016年4月27日至30日，由中国美术家协会、浙江省文化厅、浙江省文学艺术界联合会、义乌市人民政府共同主办的“义新欧·丝路行——全国美术名家主题创作展”在浙江省义乌市举办。展览展出65位美术家创作的324幅作品，从各个方面展示了“一带一路”深厚的历史文化渊源、雄厚的经济发展潜力和丰富多元的各国文化。

【沂蒙墨香——临沂市书画作品晋京展】

2016年4月29日至5月11日，由山东省文学艺术界联合会、山东省书法家协会、山东省美术家协会、临沂市人民政府主办，中共临沂市委宣传部、临沂市文学艺术界联合会承办的“沂蒙墨香——临沂市书画作品晋京展”在中国美术馆举办。展览立足“弘扬优秀传统文化、繁荣文艺精品创作”，展出98位临沂籍画家作品多幅。

【江苏省书画精品大展】

2016年4月29日至5月24日，由江苏省文学艺术界联合会主办，江苏省美术家协会、江苏省书法家协会、江苏省现代美术馆、江苏省书画院共同承办的“江苏省书画精品大展”在江苏省现代美术馆举办。展览展出中国画、书法、油画、版画、水彩画和雕塑等作品近200件。

【王式廓奖暨今日中国当代青年艺术家提名展】

2016年5月14日至6月26日，由今日美术馆、王式廓艺术基金会主办的“王式廓奖暨今日中国当代青年艺术家提名展”在北京今日美术馆举办。新媒体艺术家田晓磊凭借《创造》《诗歌》等视频作品最终从10位入展艺术家中脱颖而出，获得王式廓奖。提名展作品涵盖油画、雕塑、装置、视频及新水墨等多种类型。

【高原·高原——中国西部美术展收藏作品展】

2016年5月15日至30日，由陕西省美术博物馆主办的“高原·高原——中国西部美术展收藏作品展”在江西省美术馆举办。展览展出历届“高原·高原——中国西部美术展”优秀收藏作品近百幅，中国画、油画各半，其中包括江西籍获奖艺术家作品。

【庆祝建党95周年、纪念长征胜利80周年上海美术作品展】

2016年5月20日至6月19日，由中共上海市委宣传部指导，上海市文化广播影视管理局、上海市文学艺术界联合会、上海市美术家协会主办的“庆祝建党95周年、纪念长征胜利80周年上海美术作品展”在上海中华艺术宫举办。此次展览以主题性题材为主，兼顾不同题材，内涵丰富。展览分为三部分：第一部分是12件“永远的长征”红军不怕远征难系列油画作品；第二部分是27件“精神如歌”主题油画作品；第三部分是194件通过海选产生的入选作品。

【中国精神·中国梦——美丽乡村行写生采风作品展】

2016年5月23日，由中国文学艺术界联合会、中国美术家协会、中国文学艺术基金会、中国文学艺术发展专项基金联合主办的“中国精神·中国梦——美丽乡村行写生采风作品展”在中国文艺家之家展览馆举办。展览展出的作品包括全国近百位画家的中国画、油画、水彩画、雕塑等124件作品。

【向人民汇报——“深入生活、扎根人民”文艺创作美术书法摄影成果展】

2016年5月24日至31日，由中共四川省委宣传部、四川省文学艺术界联合会、四川省文化厅、四川省新闻出版广电局主办的“向人民汇报——‘深入生活、扎根人民’文艺创作美术书法摄影成果展”在四川美术馆举办。展览展出从全省各地选拔的400余件作品中评选出的参展作品180件，其中美术作品80件，书法和摄影作品各50件。

【沧海颂——2016中国海洋画展】

2016年5月27日至28日，由国家海洋局海洋日活动办公室指导，北京狮城南洋画院、北京市东城美术家协会、中国留学人才发展基金会主办的“沧海颂——2016中国海洋画展”在中国人民革命军事博物馆举办。展览展出国内外36位海洋画家120件海洋画作品。

【向人民汇报——“深入生活、扎根人民”当代十五位美术家作品展（南京巡展）】

2016年5月27日至6月7日，由中国文学艺术界联合会、中国美术家协会、中国美术馆主办，江苏省美术家协会、江苏省书画院、江苏省现代美术馆承办的“向人民汇报——‘深入生活、扎根人民’当代十五位美术家作品展（南京巡展）”在江苏省现代美术馆举办。展览展出15位美术家的代表作以及写生、创作手稿近160件。

【中国梦　劳动美——基层劳动者风采美术作品展】

2016年5月27日至6月11日，由北京市总工会联合中央美术学院举办的“中国梦　劳动美——基层劳动者风采美术作品展”在北京市劳动人民文化宫太庙艺术馆举办。4月27日至29日，中央美术学院的80多位艺术家与职工艺术家一起，通过中国画、油画、水彩画、素描、雕塑、摄影等不同的艺术媒介，开展了为期三天的“‘中国梦　劳动美’——基层劳动者风采”主题写生活动，产生了一批形式多样、充满艺术表现激情的作品，经过学术整理和展陈设计，正式在该展览中展出。

【金陵风骨　其命惟新——江苏省国画院60年·中国画书法作品展】

2016年5月28日至6月6日，由中国美术馆、江苏省文化厅主办的“金陵风骨　其命惟新——江苏省国画院60年·中国画书法作品展”在中国美术馆举办。展览展出江苏省国画院已故书画家、离退休书画家、在职书画家和部分曾在画院工作过的书画家112人的532件作品。

【让红色绽放——馆藏历史题材绘画专题展】

2016年6月3日至7月5日，由江苏省美术馆主办的“让红色绽放——馆藏历史题材绘画专题展”在江苏省美术馆举办。展览展出馆藏革命历史题材的美术作品90余幅，系从数量庞大的藏品中精心挑选出来的，创作年代为20世纪30年代至90年代，包括中国画、版画、油画作品。

【38年重逢展——中央美术学院1978级老同学素描新作展】

2016年6月6日至20日，由中国艺术研究院中国油画院主办的“38年重逢展——中央美术学院1978级老同学素描新作展”在中国艺术研究院中国油画院陈列馆举办。展览以中央美术学院1978级毕业生的作品为主，汇聚中国画、油画、版画、雕塑4个系38位艺术家的200余件作品。

【艺术与人文——第二届中国美术苏州圆桌会议、时代风骨·中国精神——全国中国画名家邀请展、新吴门·六月风——第三届苏州美术作品大展】

2016年6月8日至15日，由中国美术家协会、中国美术家协会理论委员会、江苏省文学艺术界联合会主办的“艺术与人文——第二届中国美术苏州圆桌会议”“时代风骨·中国精神——全国中国画名家邀请展”“新吴门·六月风——第三届苏州美术作品大展”先后在苏州美术馆举办。展览展出作品近120幅，是在中国美术家协会、中国艺术研究院、中国国家画院、北京画院、中央美术学院等机构的支持下，特邀全国名家的作品50幅和苏州画家的作品65幅举办的联展。

【中国艺术研究院艺术创作大展】

2016年6月19日至26日，由中国艺术研究院主办的“人民形象　中国精神”——学习贯彻习近平总书记在文艺工作座谈会重要讲话精神系列展之“中国艺术研究院艺术创作大展”在中国美术馆举办。展览展出中国艺术研究院百余位艺术家的作品，展品涵盖绘画、雕塑、书法、篆刻、摄影、陶艺等多种艺术门类。

【庆祝中国共产党成立95周年全国美术作品展】

2016年6月19日至7月1日，由中国文学艺术界联合会、中国美术家协会、中国文学艺术基金会、中国文学艺术发展专项基金会共同举办的“庆祝中国共产党成立95周年全国美术作品展”在中国国家博物馆举办。展览作品由特邀和全国征稿两种形式征集而来。其中，全国征集133件入选作品，特邀143件作品和中国国家博物馆馆藏作品30多件，共展出作品313件。这些作品涵盖中国画、油画、版画、雕塑、连环画、综合材料等多种艺术形式。

【庆祝中国共产党成立95周年美术作品展览】

2016年6月30日至7月19日，由文化部主办、中国美术馆承办的“庆祝中国共产党成立95周年美术作品展览”在中国美术馆举办。展览汇集我国几代美术家在不同历史时期创作的优秀作品300

余件，以中国美术馆馆藏作品为主，包括部分其他美术机构的藏品和新创作品，涵盖中国画、油画、雕塑等多种艺术形式。

【纪念中国共产党成立 95 周年暨红军长征胜利 80 周年浙江省美术写生创作作品展览】

2016 年 6 月 30 日至 7 月 19 日，中共浙江省委宣传部、浙江省文化厅、浙江省文学艺术界联合会共同举办的“纪念中国共产党成立 95 周年暨红军长征胜利 80 周年浙江省美术写生创作作品展览”在浙江美术馆举办。展览收到全省美术家的投稿作品 688 件，经浙江省美术家协会组织评选、评委会特邀，共入选作品 287 件，展出作品 177 件。

【美丽中国　幸福香港——2016 香港美术家协会会员展】

2016 年 7 月 1 日至 2 日，由香港美术家协会、香港《大公报》等主办的“美丽中国　幸福香港——2016 香港美术家协会会员展”在全国政协礼堂举办。近 200 件香港美术家协会会员的书画作品首次在北京展出。本次香港美术家协会会员展共有 40 多位会员参展，作品涵盖山水、人物、花卉、鸟兽等传统题材。

【铭记历史　开创未来——纪念中国共产党成立 95 周年书画作品展】

2016 年 7 月 1 日至 28 日，由国家新闻出版广电总局直属机关党委、中国广播电影电视社会组织联合会、国家新闻出版广电总局美术家协会等举办的“铭记历史　开创未来——纪念中国共产党成立 95 周年书画作品展”在国家新闻出版广电总局举办。展览展出 236 幅书画作品。

【中国梦·侗乡情——广西柳州三江农民画晋京展】

2016 年 8 月 3 日至 8 日，由广西文学艺术界联合会、柳州市人民政府主办的“中国梦·侗乡情——广西柳州三江农民画晋京展”在北京民族文化宫举办。展览展出 150 幅“侗画”，作者均为三江侗族自治县的农民画家。

【铁血铸忠诚·共和国将军书画展——庆祝建党 95 周年暨红军长征胜利 80 周年】

2016 年 8 月 5 日至 10 日，由山东省文学艺术界联合会文艺部、中国·山东将军网主办，山东美术馆、山东百家文化发展中心承办的“铁血铸忠诚·共和国将军书画展——庆祝建党 95 周年暨红军长征胜利 80 周年”在山东美术馆举办。参展作者以共和国将军为主，包括 15 位上将、35 位中将、113 位少将、39 位大校军旅画家，同时还有 42 位地方领导和知名书画家，参展作品共计 303 件。

【2016 首届中国美术馆收藏青年美术家作品展】

2016 年 8 月 12 日至 30 日，由中国美术馆主办的“2016 首届中国美术馆收藏青年美术家作品展”在中国美术馆举办。展览汇聚来自全国各地的优秀青年美术家的作品近 300 件，涵盖中国画、油画、版画、雕塑等多种艺术类型，其中既包括中国美术馆近年收藏的作品 90 余件，也包括一批经专家推荐和评审入选展览的最新创作。

【江苏省首届高校百名青年艺术家联展】

2016 年 9 月 2 日至 7 日，由江苏省文学艺术界联合会主办，江苏省现代美术馆、南京大学美术研究院承办的“江苏省首届高校百名青年艺术家联展”在江苏省现代美术馆举办。此次联展共展出美术作品 160 余件，涵盖油画、中国画、雕塑、书法、设计、综合材料、多媒体等，其中特邀作品 10 余件，优秀作品 30 件。

【常青藤计划 2016——中国青年艺术家年展】

2016 年 9 月 3 日至 12 日，由中国艺术研究院国家当代艺术研究中心、天津市文学艺术界联合会和“常青藤计划”主办的“常青藤计划 2016——中国青年艺术家年展”在天津美术馆举办。展览展出从近万件投稿中遴选出的 86 位青年艺术家的 300 余件（组）艺术作品。作品涵盖油画、水墨、版画、水彩画、数码、雕塑、装置、影像、声音、综合材料等多种艺术门类。

【天工开悟——中国当代艺术大展】

2016 年 9 月 3 日至 18 日，由中国国家艺术基金资助，中国美术家协会艺术委员会、中国传媒大学主办的“天工开悟——中国当代艺术大展”在北京今日美术馆举办。本次展览的主题是“学院·当代·探索”。展览分为“学院精神”“水墨延展”“当代探索”3 个板块，展出水墨、油画、雕塑、版画、装置等艺术作品 200 余件。

【中国国家画院美术馆 2016 青年美术家作品邀请展】

2016 年 9 月 13 日至 20 日，由中国国家画院主办的“中国国家画院美术馆 2016 青年美术家作品邀请展”在中国国家画院美术馆举办。此次展览分为中国画、油画、书法三大部分，共邀请了 60 名美术家参展，其中特邀美术家 7 名，青年美术家 53 名，展出 230 余件美术作品。

【“丝路新语——我们新疆好地方”美术作品展】

2016 年 9 月 19 日至 24 日，由中国文学艺术界联合会、中共新疆维吾尔自治区党委宣传部主办，中国美术家协会、新疆维吾尔自治区文学艺术界联合会承办的“‘丝路新语——我们新疆好地方’美术作品展”在中国文艺家之家展览馆举办。展览展出中国画 51 件、油画 46 件、水彩·水粉 10 件、版画 8 件，共计 115 件。

【信念·精神·传承——纪念红军长征胜利 80 周年大型馆藏文物展】

2016 年 9 月 22 日至 10 月 30 日，由中国国家博物馆主办的“信念·精神·传承——纪念红军长征胜利 80 周年大型馆藏文物展”在中国国家博物馆举办。展览分 6 个部分，分别是“战争史诗”“军民情谊”“艰难岁月”“长征记录”“丰碑永存”“长征画卷”。展览围绕“长征精神”展出战斗的武器、布告、木板标语、漫画、地图、歌曲诗篇、学习课本、烈士手稿、红军家信等多种类型的文物以及馆藏美术作品 300 余件。

【文兮归来——中国当代艺术展】

2016 年 9 月 23 日至 10 月 7 日，由深圳美术馆主办，北京大学美学与美育研究中心、罗湖文化产业学会协办的“文兮归来——中国当代艺术展”在深圳美术馆举办。展览展出 14 位艺术家的近 40 件作品。

【纪念中国共产党建党 95 周年暨红军长征胜利 80 周年广东省美术与书法作品展】

2016 年 9 月 23 日至 10 月 23 日，由中共广东省委宣传部、广东省文化厅、广东省文学艺术界联合会主办的“纪念中国共产党建党 95 周年暨红军长征胜利 80 周年广东省美术与书法作品展”在广东美术馆举办。本次展览分为美术与书法作品两大部分，共展出近 300 件作品。

【英雄史诗　不朽丰碑——纪念中国工农红军长征胜利 80 周年主题展览】

2016 年 9 月 23 日至 10 月 31 日，由中国人民革命军事博物馆主办的“英雄史诗　不朽丰碑——纪念中国工农红军长征胜利 80 周年主题展览”在中国人民革命军事博物馆举办。展览共分“战略转移踏征程”“伟大转折定航向”“浴血奋战勇向前”“革命理想高于天”“胜利会师开新局”“不忘初心走好新的长征路”6 个部分，展出照片 275 张、文物 252 件。

【北京媒体艺术双年展“实验空间”特别展】

2016 年 9 月 24 日至 10 月 30 日，由中央美术学院、北京国际设计周与德国奥芬巴赫造型艺术大学联合主办的“北京媒体艺术双年展‘实验空间’特别展”在中央美术学院美术馆举办。此板块以专题的方式展示了盖里·希尔专题、VR 专题、沉浸专题、电影专题、Experimenta 专题、B3 获奖艺术家专题等，分别以不同的艺术形式对“技术伦理”这一话题展开讨论。

【江南清赏——中国美术学院美术馆藏近代绘画器物展】

2016 年 9 月 26 日至 10 月 18 日，为配合迎接“G20 峰会”的展览“美学江南——中国人的生活艺术”，中国美术学院美术馆特别策划的“江南清赏——中国美术学院美术馆藏近代绘画器物展”在该馆举办。展览展出馆藏书画小品 36 件（套），其中扇面小品 28 件，册页 8 套，以及明清、民国时期的文房文玩 33 件（组）。

【馆藏四季·秋——深圳美术馆藏品展】

2016 年 9 月 27 日至 10 月 7 日，由深圳美术馆主办的“馆藏四季·秋——深圳美术馆藏品展”在深圳美术馆举办。展览展出的 30 件以“秋天”为主题的作品是从深圳美术馆建馆 40 周年来积累的近 4 000 件藏品中精心挑选出来的，涵盖中国画、水彩画、版画等艺术门类。

【美丽河北　走进太行——河北美术作品展】

2016 年 9 月 27 日至 10 月 9 日，由中共河北省委宣传部、河北省文化厅、河北省文学艺术界联合会主办，河北画院、河北省美术家协会承办的“美丽河北　走进太行——河北美术作品展”在中国国家博物馆举办。展览汇集历届“走进太行”活动的中国画、油画、版画、雕塑共计 130 余件优秀作品，展示了河北美术创作的基本面貌和整体实力。

【世纪归鸿——纪念天津美术学院办学 110 周年教师作品展】

2016 年 9 月 29 日至 10 月 9 日，由天津美术学院主办的“世纪归鸿——纪念天津美术学院办学 110 周年教师作品展”在中国美术馆举办。展览汇聚天津美术学院教师近年来在中国画、造型艺术、实验艺术和设计学诸专业领域的创作成果以及部分为天津美术学院发展做出杰出贡献的前辈艺术家的作品。其中，北京展区分 3 个专业呈现，包括实验艺术展区、造型艺术展区、中国画展区。参展作品 500 余件。

【“新沂蒙”美术作品展】

2016 年 9 月 29 日至 10 月 25 日，由山东省文化厅、山东艺术学院、潍坊市人民政府、临沂市人民政府主办的国家艺术基金交流推广项目“‘新沂蒙’美术作品展”在山东美术馆举办。展览展出从全国推荐申报的数百件美术作品中遴选的 133 件优秀作品，涵盖油画、中国画、版画、水彩画、实验艺术等多种艺术形式。

【诗意的流动——中国铁路美术作品展】

2016 年 10 月 13 日至 23 日，由国家艺术基金资助，中国美术家协会、中国铁道文学艺术界联合会、广东省美术家协会、深圳市文学艺术界联合会共同主办的“诗意的流动——中国铁路美术作品展”在中国美术馆举办。展览以绘画作品为主体，并结合摄影、视频和装置作品，实物和文献实时穿插其中。展览布局以时间为线索，以“远方的记忆——蒸汽时代”“变速的节奏——内燃时代”“追梦的岁月——高铁时代”3 个板块展出从 20 世纪 50 年代至今关于铁路题材的作品数十件。

【向人民汇报——20位中青年画家“深入生活、扎根人民”主题实践活动成果汇报展】

2016年10月14日至20日，由中国文学艺术界联合会、中国美术家协会和中国文学艺术基金会共同主办的“向人民汇报——20位中青年画家‘深入生活、扎根人民’主题实践活动成果汇报展”在中国政协文史馆举办。此次展览有20位艺术家带着课题，深入基层、搜集素材、潜心创作，足迹横跨14个省份，总计完成作品300余幅，本次展出近120幅，涵盖中国画、油画、版画、水彩·水粉画四大画种。

【2016青春志——北京青年美术双年展】

2016年10月15日至31日，由共青团北京市委员会、北京市文学艺术界联合会、北京市青年联合会与中央美术学院联合主办的“2016青春志——北京青年美术双年展”在北京今日美术馆举办。本次双年展共有1 500余位作者投稿2 000余件作品，涵盖中国画、油画、雕塑、装置和影像等艺术形式。最终选出201位画家的200余件优秀作品入围展览。

【纪念红军长征胜利80周年全军美术作品展览】

2016年10月17日至11月2日，由中央军委政治工作部宣传局、中国美术家协会联合举办的“纪念红军长征胜利80周年全军美术作品展览”在北京81美术馆举办。本次展览作为军队纪念红军长征胜利80周年系列活动之一，共展出168件美术作品，涵盖中国画、油画、版画、雕塑、装置、水彩画、宣传画和连环画等艺术形式。

【纪念红军长征胜利八十周年全国名家书画艺术大展】

2016年10月18日至30日，由中国中共党史学会、中国文学艺术基金会、中国延安精神研究会、中国艺术研究院、中国美术家协会、中共甘肃省委宣传部、中国铁路文学艺术工作者联合会等共同主办的“纪念红军长征胜利八十周年全国名家书画艺术大展”在中国国家画院国展美术中心举办。展览展出300余件作品，作品类型包括中国画、油画、书法等。

【同心筑梦——第二届中国民族美术双年展】

2016年10月19日至11月9日，由中国美术家协会、中共贵州省委宣传部、贵州省文学艺术界联合会主办的“同心筑梦——第二届中国民族美术双年展”在贵州省贵阳市举办。展览展出从3 000余件投稿中遴选出的279件美术作品。

【纪念红军长征胜利八十周年美术作品创作展】

2016年10月22日至11月10日，由中国文学艺术界联合会、中国国家博物馆、中国美术家协会、中国文学艺术基金会共同主办的“纪念红军长征胜利八十周年美术作品创作展”在中国国家博物馆举办。展览展出由中央军委政治工作部宣传局、中央美术学院等8个单位、12组主创团队根据红军长征中最具代表性的历史节点，最新创作的 12 幅 3 米 × 8 米鸿幅巨制以及各主创团队创作过程中的写生手稿、创作草图等，共计 200 余件。

【纪念中国工农红军长征胜利 80 周年美术作品展】

2016 年 10 月 26 日至 11 月 6 日，由中国中共党史学会、中国中共党史人物研究会、中国美术馆、中共贵州省委宣传部共同主办的“纪念中国工农红军长征胜利 80 周年美术作品展”在中国美术馆举办。展览展出美术作品 80 件。

【敏行与迪哲——宋元书画私藏特展】

2016 年 10 月 29 日至 2017 年 3 月 31 日，由龙美术馆主办的“敏行与迪哲——宋元书画私藏特展”在上海龙美术馆西岸馆举办。本次参展的 80 余件作品，一半来自龙美术馆馆藏，另外一半则来自海内外 20 余位藏家的鼎力支持，包括卷、轴、页等多种形制。展览以书法绘画为主，兼少量古籍善本。展品有王羲之草书《平安帖》，佚名《唐后行从图》，苏轼《功甫帖》，曾巩《局事帖》，宋徽宗《写生珍禽图》，萧照《瑞应图》，马远《宋帝命题马远绘山水册页》，朱熹、张景修等《宋名贤题徐常侍篆书之迹手卷》，林子奂《豳风图》，宋克《章草急就章》，北宋刻本《西湖结莲社集》等。

【永远的长征——山西画院黄河写生作品展】

2016 年 11 月 22 日至 28 日，由山西画院主办的“永远的长征——山西画院黄河写生作品展”在山西省美术馆举办。展览展出美术作品 112 件，皆是画家们在黄河岸边现场写生作品。

【中华史诗美术大展】

2016 年 11 月 20 日至 12 月 11 日，由中国文学艺术界联合会、财政部、文化部主办，中国美术家协会、中国国家博物馆承办的“中华史诗美术大展”在中国国家博物馆举办。该展为“中华文明历史题材美术创作工程”创作成果汇报展。历经 5 年时间的认真创作，经过多轮评审遴选，最终确定入选作品 146 件（组），涵盖中国画、油画、版画、雕塑等艺术形式。

【朝圣·敦煌——甘肃画院美术创作工程：甘肃画院美术作品展】

2016 年 11 月 24 日至 12 月 4 日，由中共甘肃省委宣传部、甘肃省文化厅主办的“朝圣·敦煌——甘肃画院美术创作工程：甘肃画院美术作品展”在中国美术馆举办。展览展出甘肃画院的百余件作品，其中包括甘肃画院的在职画家以及退休的老画家、院聘画家的作品。

【意象·空间——当代艺术家作品邀请展】

2016 年 12 月 3 日至 7 日，由广西壮族自治区群众艺术馆主办，桂林市群众艺术馆、桂林市美术家协会共同承办的“意向·空间——当代艺术家作品邀请展”在桂林美术馆举办。展览邀请全国各地中国画家21位、油画家16位、现代水墨画家6位、现代装置艺术家1位参展，展出作品96件。

【千里之行——中国重点美术院校2016届毕业生优秀作品展】

2016年12月3日至23日，由中央美术学院、清华大学美术学院、中国美术学院、天津美术学院、鲁迅美术学院、广州美术学院、四川美术学院、西安美术学院、湖北美术学院主办的“千里之行——中国重点美术院校2016届毕业生优秀作品展”在清华大学艺术博物馆举办。本次展览分清华大学艺术博物馆（设计类）和清华大学美术学院美术馆（造型类）两个展区，共展出各重点美术院校2016届295位毕业生的1 200余件优秀毕业作品。

【第六届广东画院学术提名展】

2016年12月6日至25日，由广东画院主办的“第六届广东画院学术提名展”在广东美术馆举办。本次展览的学术主题为“视觉生产——艺术劳作见证时代变迁”，旨在“以微观和宏观的视觉维度呈现生产劳动的艺术价值”。提名展邀请10位青年艺术家参展。

【美丽南方·广西——中国美术作品展】

2016年12月9日至18日，由中国文学艺术界联合会、中共广西壮族自治区委宣传部、中国美术家协会、中国美术馆、广西壮族自治区文学艺术界联合会主办的“美丽南方·广西——中国美术作品展”在中国美术馆举办。展览展出380件美术作品。

【2016中国国家画院“一带一路”采风写生作品展】

2016年12月12日至20日，由中国国家画院主办的“2016中国国家画院‘一带一路’采风写生作品展”在中国国家画院国展美术中心举办。展览展出116位中国国家画院研究员的数百件作品。其中既有写生途中的随笔感受，也有创作的速写、草图，还有拍摄的影像资料，涵盖中国画、油画、版画、雕塑、公共艺术等多种类型。

【中国美术家协会实验艺术委员会：天津美术学院实验艺术展】

2016年12月20日至2017年1月3日，由中国美术家协会实验艺术委员会、天津美术学院主办的“中国美术家协会实验艺术委员会：天津美术学院实验艺术展”在天津美术学院美术馆举办。展览展出作品160余件，集影像、架上、装置、摄影、动画等多种媒介方式。同时展览还展出了作为特聘教授的国际、国内知名艺术家和教育家的代表作品。

【艺术再长征——中央美术学院接力系列展】

2016年12月23日至2017年1月4日，为纪念中国工农红军长征胜利80周年，由中央美术学院主办的“艺术再长征——中央美术学院接力系列展”在中国美术馆举办。展览集结中央美术学院各专业院系的创作力量，创作了百余件围绕长征历史题材的新作。

中国画

【古风今语——2015 年度中国画名家邀请展】

2016 年 1 月 9 日至 11 日，由北京炎黄艺术馆、碧桂园集团、吉林黄金集团主办，国画先锋杂志承办的“古风今语——2015 年度中国画名家邀请展”在北京炎黄艺术馆举办。展览展出 27 位当代画家的中国画作品近百幅。

【含英咀华——中国艺术研究院工笔画精品展】

2016 年 1 月 9 日至 20 日，由中国艺术研究院主办的“含英咀华——中国艺术研究院工笔画精品展”在中国美术馆举办。展览展出中国艺术研究院 21 位艺术家的工笔画创作，他们均来自中国艺术研究院的中国画院、艺术创作院和工笔画研究院等部门，参展作品均为艺术家几十年来的代表作品。

【万卷河山——中国美术馆“典藏活化”系列展】

2016 年 1 月 9 日至 20 日，由中国美术馆、关山月美术馆、北京画院、南京求雨山文化名人纪念馆共同主办的“万卷河山——中国美术馆‘典藏活化’系列展”在中国美术馆举办。展览展出中国美术馆藏黎雄才的《武汉防汛图》、李震坚与金浪合作的《兰州新风景》，关山月美术馆藏关山月的《山村跃进图》，北京画院藏古一舟、惠孝同等多人合作的《首都之春》，以及南京求雨山文化名人纪念馆藏林散之的《江浦春修》共 5 幅长卷。

【当代岭南——中国画双年展 2016】

2016 年 1 月 15 日至 3 月 6 日，由中共广东省委宣传部、广东省文学艺术界联合会指导，广东省美术家协会、湖北美术馆、广州美术学院、当代岭南艺术研究院、广东省中国画学会主办的“当代岭南——中国画双年展 2016”在湖北美术馆举办。此次展览共设“岭南风范”系列大展和“大家风范”系列大展两部分，分 12 个专题，从不同角度反映岭南艺术家的创作风格和审美精神。

【山水清音——李小可、庄小雷中国画作品展】

2016 年 4 月 11 日至 5 月 7 日，由中国国家大剧院与北京画院联合主办的“山水清音——李小可、庄小雷中国画作品展”在北京中国国家大剧院举办。展览展出两位画家的近百幅经典作品，凝聚了他们多年来在山水画领域探索和实践的成果。

【荣宝斋中国画双年展・2016】

2016 年 6 月 8 日至 15 日，由中国美术家协会与荣宝斋共同主办的“荣宝斋中国画双年展・2016”

在中国美术馆举办。展览展出 187 件作品，有人物、山水、花鸟、工笔、写意，多为艺术家近年创作的作品。

【中国当代水墨年鉴展（2015—2016）暨《中国当代水墨年鉴 2015—2016》新书发布】

2016 年 6 月 11 日至 18 日，由今日美术馆与中国当代水墨年鉴组委会主办的“中国当代水墨年鉴展（2015—2016）”暨《中国当代水墨年鉴 2015—2016》新书发布在北京今日美术馆举办。展览汇集 80 位当代水墨画家的作品。《中国当代水墨年鉴 2015—2016》以个体为条目，记录了 80 位当代水墨艺术家在 2016 年度的展览履历以及最新作品等信息。

【现实的光芒——中国画现代人物画研究展】

2016 年 7 月 26 日至 10 月 23 日，由中华艺术宫、中国美术馆、北京画院主办的“现实的光芒——中国画现代人物画研究展”在上海中华艺术宫举办。该展为“同行——2016 美术馆联合大展”的重要组成部分。展览集结 280 余件 20 世纪以来的中国画人物画代表作，全面而系统地呈现中国人物画的现代化历程。展品来自包括中华艺术宫、中国美术馆、北京画院、中央美术学院美术馆、广东美术馆、关山月美术馆、浙江美术馆、江苏省美术馆、上海中国画院在内的国内 9 家重要艺术机构。

【异曲同工——湖北省第二届工笔画大展】

2016 年 9 月 24 日至 10 月 10 日，由湖北省文化厅、湖北省文学艺术界联合会、湖北省美术家协会、湖北美术学院、湖北省工笔画学会、湖北美术学院美术馆主办的“异曲同工——湖北省第二届工笔画大展”在湖北美术学院美术馆举办。展览展出 113 位艺术家的百余件作品。

【“丝路长云”系列展】

2016 年 9 月 28 日至 10 月 16 日，由中国美术家协会、中国画学会、中国工笔画学会、上海油画雕塑院主办的“丝路长云”系列展在上海油画雕塑院美术馆举办。展览分三部分：一是由中国国家画院、新疆画院、中央美术学院、中国美术学院以及乌兹别克画院的 30 多位艺术家创作的 40 余幅以西域丝路历史、风土人情为题材的作品组成。二是由“丝绸之路”进入鼎盛时期的汉唐丝织图案、新疆民族图案和艺术家写生作品图案等反映东西方各种文化因素交汇融合及当代审美的数十种艺术衍生品组成。三是艺术家谢振瓯“丝绸之路绘事录”展示以多民族历史交流与融和为主题的专题作品，展出的作品是谢振瓯 36 年来持久苦旅的记录，分展出绢本及纸本作品百余件。

【纪京宁、梁占岩画展】

2016 年 11 月 2 日至 10 日，由中国国家画院主办的“纪京宁、梁占岩画展”在中国国家画院美术馆举办。此次展览是画家夫妇自河北省到北京工作 30 余年来的第一次合展，共展出 110 余件作品。

【美丽中国梦　七彩云南情——全国中国画作品展】

2016 年 11 月 3 日至 11 日，由中国美术家协会、中共云南省委宣传部、云南省文学艺术界联合会主办，云南省美术家协会、云南美术馆承办的“美丽中国梦　七彩云南情——全国中国画作品展”在云南美术馆举办。展览展出从 3 981 件投稿作品中评选出的 107 件入选作品。

【图像·画意——当代工笔画学术邀请展】

2016 年 11 月 10 日至 20 日，由中央美术学院、中国工笔画学会共同主办的“图像·画意——当代工笔画学术邀请展”在中国美术馆举办。展览展出 100 多幅（件）工笔画新作和工笔画教学文献。

【丹青扬州——第二届全国中国画（花鸟画）作品展】

2016 年 11 月 10 日至 30 日，由中国美术家协会、扬州市人民政府主办的“丹青扬州——第二届全国中国画（花鸟画）作品展”在扬州市美术馆举办。展览共收到投稿作品 2 608 件，经展览评委会评选，评出入展作品 169 件。

【中国精神——2016 中国百家金陵画展】

2016 年 11 月 15 日至 24 日，由中国美术家协会、中共江苏省委宣传部、江苏省文化厅和江苏省文学艺术界联合会主办，江苏省美术家协会、江苏省书画院承办的“中国精神——2016 中国百家金陵画展”在江苏省美术馆举办。展览展出从全国各地美术家投稿的 4 000 余件中国画作品中最终选定的 100 件入展作品，并从中确定 9 件典藏作品由江苏省美术馆收藏，10 件收藏作品由江苏省现代美术馆收藏。

【首届“写意·苏州”——中国画双年展（人物篇）】

2016 年 12 月 20 日至 28 日，由中国美术家协会、苏州市文化广电新闻出版局主办，苏州国画院、苏州市公共文化中心、苏州美术馆承办的“首届‘写意·苏州’——中国画双年展（人物篇）”在苏州市美术馆举办。展览展出从全国 2 000 余件投稿作品中评选出的 102 件入展作品，包括 20 件优秀作品。展览还特邀 41 件艺术家的作品参展。

【工·在当代——2016·第十届中国工笔画作品展】

2016 年 12 月 23 日至 2017 年 1 月 4 日，由中国美术家协会、中国工笔画学会联合主办的“工·在当代——2016·第十届中国工笔画作品展”在中国美术馆举办。该展每三年一届。本届展览分为三个部分：历史回顾展（参展艺术家 12 位）、学术提名展（参展艺术家 44 位）以及全国征集作品展（入会、入展艺术家 241 位）。展出从 4 476 件投稿作品中评选出的 240 余件参展作品，其中 58 件获奖作品。

【第三届“八荒通神——哈尔滨美术双年展（中国画）”】

2016 年 12 月 26 日至 2017 年 1 月 25 日，由中国美术家协会、中共哈尔滨市委宣传部主办的“第三届‘八荒通神——哈尔滨美术双年展（中国画）’”在哈尔滨市禹舜美术馆举办。展览展出从 4 000 件参评作品中评选出的 221 件入展作品。

【正大气象——第四届杭州中国画双年展】

2016 年 12 月 28 日至 2017 年 2 月 17 日，由中国美术家协会、浙江省文学艺术界联合会、浙江省文化厅、中国美术学院主办的“正大气象——第四届杭州中国画双年展”在浙江美术馆举办。展览展出 41 位当代中国画坛代表性艺术家的 256 件作品。

油画

【中国自然之声油画艺术研究院：山河交响——第二届中国风景油画邀请展】

2016 年 1 月 9 日至 19 日，由中国美术家协会、乌海市文化局共同主办的“中国自然之声油画艺术研究院：山河交响——第二届中国风景油画邀请展”在中国美术馆举办。本届展览是继 2015 年中国自然之声油画艺术研究院举办“心上田园——首届油画中国风景邀请展”后的第二届。展览展出 40 余位老、中、青三代油画家新近创作的作品百余幅。

【“中国梦·实干兴邦”——第四届全国（大芬）中青年油画展】

2016 年 1 月 20 日至 3 月 30 日，由中国美术家协会、广东省美术家协会、中共深圳市委宣传部、深圳市文学艺术界联合会、中共龙岗区委区政府共同主办的“‘中国梦·实干兴邦’——第四届全国（大芬）中青年油画展”在深圳大芬美术馆举办。展览展出从全国各地挑选的 130 幅油画作品。

【历史的温度——中央美术学院与中国具象油画（巡展宁波站）】

2016 年 1 月 23 日至 3 月 6 日，由中央美术学院、宁波美术馆主办的“历史的温度——中央美术学院与中国具象油画（巡展宁波站）”在宁波美术馆举办。展览为 2016 年度“国家艺术基金传播推广资助项目”，宁波美术馆是该项目全国 7 省市美术馆巡回展出的首站。此展是对 20 世纪中国写实性油画的一次系统性梳理，共分“新学启蒙（1900—1949）”“国家叙事（1949—1976）”“本体精研（1977—1999）”“当代关切（2000—2014）”“中央美术学院藏外国具象油画原作及研摹作品”5 个部分展出。展览以中央美术学院美术馆馆藏作品为展览重点，共呈现油画作品近 200 幅。

【“追求卓越：来自学院的艺术家”——首届油画邀请展（收官展）】

2016 年 3 月 25 日至 4 月 5 日，由文化部中国文化管理协会艺术家委员会主办的“‘追求卓越：来自学院的艺术家’——首届油画邀请展（收官展）”在中国美术馆举办。参展艺术家主要由全国主要美术学院油画专业导师和导师推荐的青年艺术家组成，展出的百余件作品包括写实、表现、抽象艺术等。

【江苏首届青年油画展】

2016 年 6 月 8 日至 23 日，由江苏省文学艺术界联合会、江苏省美术家协会主办，江苏省美术家协会油画艺术委员会、江苏省现代美术馆承办的“江苏首届青年油画展”在江苏省现代美术馆举办。展览展出从 920 余件投稿作品中评选出的入展作品 180 件，其中优秀作品奖 30 件。

【历史的温度——中央美术学院与中国具象油画巡展（武汉站）】

2016 年 6 月 8 日至 7 月 10 日，由中央美术学院、湖北省文化厅主办，中央美术学院美术馆、湖北美术馆承办的“历史的温度——中央美术学院与中国具象油画巡展（武汉站）”在湖北美术馆举办。展览展出作品以中央美术学院收藏的 20 世纪具象油画珍品为主体，以及其他相关艺术机构和艺术家的藏品 180 件。

【“文化传承・丹青力量”——中国艺术研究院中青年艺术家系列展：“感知：姚永作品展”“静观：芃芃作品展”“内省：朱春林作品展”】

2016 年 8 月 3 日至 10 日，由中国艺术研究院主办的“文化传承・丹青力量”——中国艺术研究院中青年艺术家系列展：“‘感知：姚永作品展”“静观：芃芃作品展”“内省：朱春林作品展”在中国美术馆举办。展览展出姚永、芃芃、朱春林三位油画家近几年来的重要艺术创作 120 余幅，呈现了 3 位艺术家各自不同的艺术方向和独特的艺术情感。

【2016 第六届广东当代油画艺术展】

2016 年 8 月 3 日至 14 日，由广东省美术家协会、关山月美术馆主办的“2016 第六届广东当代油画艺术展”在深圳市关山月美术馆举办。展览展出从广东各地选送的 900 余幅来稿中评选出的 200 余幅作品，其中有 25 幅创作奖、学术奖和优秀作品奖。

【在意——第三届中国油画双年展（2016）】

2016 年 9 月 14 日至 25 日，由中国油画学会主办的“在意——第三届中国油画双年展（2016）”在中国美术馆举办。展览分为“意之笔”“意之象”“意之外”3 个部分，旨在探究中国写意美学在当代绘画中的表现，共展出 32 位油画家的 150 余件作品。

【2016 全国素描艺术大展】

2016 年 9 月 23 日至 10 月 8 日，由中国美术馆主办，中央美术学院、中国美术学院、清华大学美术学院、广州美术学院、四川美术学院、鲁迅美术学院、西安美术学院、天津美术学院、湖北美术学院共同协办的“2016 全国素描艺术大展”在中国美术馆举办。展览展出 9 所专业艺术院校师生的素描作品近 300 件。

【传承・发展——张洪祥师生油画作品展】

2016 年 9 月 26 日至 10 月 11 日，由中共山东省委宣传部、山东省文学艺术界联合会、山东艺术学院、山东国际大众艺术节组委会共同主办的“传承・发展——张洪祥师生油画作品展”在济南市美术馆举办。展览展出张洪祥以及 32 位优秀艺术家的近 150 件油画作品。

【心智与图式——绘画作品展】

2016年10月12日至24日，由中共江苏省委宣传部、江苏省教育厅、江苏省文化厅、江苏省文学艺术界联合会指导，南京艺术学院主办的国家艺术基金资助项目“心智与图式——绘画作品展”在中国美术馆举办。展览展出由南京艺术学院沈行工领衔的共14位艺术家创作的近60幅油画作品。

【中华意蕴——中国油画艺术国际巡展归国汇报展暨2016中国国家画院年展油画院作品展】

2016年10月13日至23日，由中国国家画院主办的国家艺术基金资助项目“中华意蕴——中国油画艺术国际巡展归国汇报展暨2016中国国家画院年展油画院作品展”在中国美术馆举办。展览分为3个主题板块：生活之意、人文之思、心灵之境。参展画家以中国国家画院油画院研究员为主体，以及部分来自中国油画界的62位优秀油画家，共展出作品152幅。

【中国精神——第四届中国油画展（第二区段）：真像——当代中国写实油画的新发展研究展】

2016年11月1日至12月11日，由中国美术家协会主办，中国美术家协会油画艺术委员会、山东美术馆、中国油画院美术馆、西安美术馆、武汉美术馆、重庆美术馆承办，山东省美术家协会协办的“中国精神——第四届中国油画展（第二区段）：真像——当代中国写实油画的新发展研究展”首展在山东美术馆举办。展览展出写实油画作品265件。

版画

【工业在场——2015 中国工业版画三年展】

2016 年 2 月 20 日至 3 月 10 日，由黑龙江省美术馆、湖北美术馆、中国工业版画研究院共同主办的 2015 年度国家艺术基金资助项目“工业在场——2015 中国工业版画三年展”黑龙江巡展在黑龙江省美术馆举办。展览展出全国工业版画创作群体、艺术院校、专职艺术家的近期版画创作 78 幅，其中黑龙江省展出工业版画 26 幅。

【黑白木刻——陕西省黑白木刻展暨名家作品邀请展】

2016 年 3 月 15 日至 30 日，由陕西省美术家协会、西安美术学院主办的“黑白木刻——陕西省黑白木刻展暨名家作品邀请展”在西安美术馆举办。展览展出包括陕西省老、中、青在内的版画名家的作品及西安美术学院版画系教师作品和部分学生代表作品多幅，还邀请了国内 10 位木刻名家的优秀作品参展。

【鲁迅美术学院版画系教师作品展】

2016 年 4 月 15 日至 28 日，由鲁迅美术学院、鲁迅美术学院版画系主办的“鲁迅美术学院版画系教师作品展”在鲁迅美术学院美术馆举办。展览展出版画系 13 名教师近年的版画作品多幅，涵盖铜版、木版、丝网版、木刻、石刻、油画、素描、水印等多种媒材媒介，是版画系成立以来全体教师最为集中的一次展示。

【劳动者之歌——江苏省美术馆馆藏版画精品展】

2016 年 4 月 19 日至 5 月 19 日，由江苏省美术馆主办的“劳动者之歌——江苏省美术馆馆藏版画精品展”在江苏省美术馆新馆举办。展览展出从馆藏中精选 80 余幅版画作品，时代跨度集中在 20 世纪 50 至 80 年代，版画家有相当一部分在 20 世纪中国现代版画史上有着重要的地位，许多作品是历届全国美展以及国内外重大版画展的入选和获奖作品。

【匠人精神与时代脉搏——1930s—1990s 版画家眼中的劳动史暨四川美术馆馆藏精品版画五一节特展】

2016 年 4 月 30 日至 5 月 30 日，由四川省美术家协会、四川美术馆主办的“匠人精神与时代脉搏——1930s—1990s 版画家眼中的劳动史暨四川美术馆馆藏精品版画五一节特展”在四川美术馆举办。展览展出以“劳动”为题材的馆藏版画精品 60 余幅。

【我在——2016 中国版画艺术工作室联盟作品展】

2016 年 5 月 13 日至 6 月 5 日，由湖北美术馆主办的“我在——2016 中国版画艺术工作室联盟作品展”在湖北美术馆举办。本次展览有 9 位参展艺术家，以“我在”为主题，展出中国版画艺术工作室联盟成员的版画作品多幅。

【云·端——中国民族博物馆民族版画艺术展】

2016 年 5 月 25 日至 6 月 25 日，由中国妇女儿童博物馆、中国民族博物馆主办的“云·端——中国民族博物馆民族版画艺术展”在中国妇女儿童博物馆举办。展览展出 69 幅来自云南地区的版画作品，创作年份跨越近 30 年。展品中既有第一代版画名家的珍品呈现，也有第二代画家的代表作，同时还收入新生代画家的作品。

【中国国家画院院藏李焕民、晁楣、广军、徐匡版画作品展】

2016 年 7 月 4 日至 8 月 4 日，由中国国家画院美术馆主办的“中国国家画院院藏李焕民、晁楣、广军、徐匡版画作品展”在中国国家画院院藏作品陈列馆举办。作为文化部“2016 年全国美术馆馆藏精品展出季”入选项目，展览展出中国国家画院收藏的版画家李焕民、晁楣、广军、徐匡的 80 幅优秀版画作品。

【透视东西——黑龙江省美术馆馆藏十七至十九世纪中外版画作品展览】

2016 年 7 月 15 日至 8 月 15 日，由黑龙江省美术馆、黑龙江省版画院主办的“透视东西——黑龙江省美术馆馆藏十七至十九世纪中外版画作品展览”在黑龙江省美术馆举办。展览展出中国陕西凤翔木版年画、日本浮世绘与意大利卡洛铜版画三种版画作品多幅。

【引玉——鲁迅藏外国版画选粹】

2016 年 7 月 26 日至 8 月 19 日，由武汉美术馆、北京鲁迅博物馆（北京新文化运动纪念馆）主办的“引玉——鲁迅藏外国版画选粹”展在武汉美术馆举办。展览展出从鲁迅收藏的 1 600 余幅外国版画中挑选的 80 余幅，展示鲁迅收藏的“欧美版画”“苏联版画”“日本版画”，其中有 35 件展品为国家一级文物。

【湖山胜概——西湖主题水印版画展】

2016 年 8 月 19 日至 9 月 25 日，由浙江美术馆主办的“水印千年——中国水印版画大展”启动展之“湖山胜概——西湖主题水印版画展”在浙江美术馆举办。该展分四大板块：“湖山胜概——明清西湖水印版画文献”“湖上拾色——现代西湖水印版画”“烟波澹荡——西湖主题水印册页”“新湖山胜概——青年版画家集体创作”。展览以“水”为核心理念，以“水印版画”为核心载体，以杭州为起点，以西湖人文、山水的历史为脉络，通过文献展示、图像展现和多媒体装置等多手段，贯通文字、图像、影像、光线等多元素，以当下多维视角展现不同时代的西湖之美。

【从木刻到版画——中央美术学院版画专业初建（1953—1966）藏品藏书文献展】

2016 年 9 月 29 日至 10 月 27 日，由中央美术学院美术馆主办的“从木刻到版画——中央美术学院版画专业初建（1953—1966）藏品藏书文献展”在中央美术学院美术馆举办。该展呈现三部分内容，包括“版画教程”“木刻纪程”“外国版画选”。展览展示馆藏的版画系初建教师、早期学生以及 20 世纪五六十年代外国捐赠版画的经典作品 60 余件。

【湖北省美术院院藏版画精品展（第一回）】

2016 年 9 月 30 日至 10 月 15 日，由湖北省美术院主办的“湖北省美术院院藏版画精品展（第一回）”在湖北省美术院美术馆举办。展览展出从该院收藏的优秀版画作品中挑选出的 30 件作品。

【2016 第二届中国版画大展】

2016 年 10 月 10 日至 11 月 20 日，由中国版画学会（筹）、中共黑龙江省委宣传部、黑龙江省文学艺术界联合会、中国・观澜版画原创产业基地联合会共同主办的“2016 第二届中国版画大展”在深圳市中国版画博物馆举办。展览展出版画作品 323 件。

【版画 100——2015 年度收藏作品展】

2016 年 11 月 10 日至 12 月 1 日，由深圳画院与中国・观澜版画原创产业基地共同主办的“版画 100——2015 年度收藏作品展”在深圳画院美术馆举办。展览展出从数百幅作品中甄选出的 81 件（套）作品，其中包括木版 44 件（套）、丝网版 7 件（套）、铜版 15 件（套）、综合版 10 件（套）、石版 5 件（套）、PVC 版 1 件（套）。

【走进太行——河北古村落版画作品展】

2016 年 11 月 14 日至 30 日，由中共河北省委宣传部、河北省文化厅主办的“走进太行——河北古村落版画作品展”在河北美术馆举办。展览展出 54 位艺术家历时 3 个月以“太行古村落”为主题进行创作的 112 件版画作品，涵括丝网版、木版、石版、铜版、综合版等多种版画形式。

【黑龙江优秀版画家水印木刻创作研修班作品展】

2016 年 11 月 26 日至 12 月 15 日，由国家艺术基金主办，黑龙江省美术馆、黑龙江省版画院承办的 2015 年度艺术人才培养资助项目“黑龙江优秀版画家水印木刻创作研修班作品展”在黑龙江省美术馆举办。展览展出 57 件水印木刻作品。

【学院版画技艺传承的内省与外拓研究展】

2016年12月12日至17日，由中国人民大学艺术学院主办的“学院版画技艺传承的内省与外拓研究展”在中国人民大学艺术学院美术馆和中国人民大学博物馆举办。展览展出50余位版画艺术家的作品近百件。

雕塑

【为时代造像——湖北美术馆馆藏雕塑作品展】

2016年5月20日至8月7日，中华艺术宫、湖北美术馆主办的“为时代造像——湖北美术馆馆藏雕塑作品展”在上海中华艺术宫举办。展览以“为时代造像”为主题，分为“时代造像”“我型我塑”“大象无形”3个单元，展出雕塑作品76件，集中展示了湖北美术馆6年来的重要雕塑收藏成果。

【匠与意——中国艺术研究院中国雕塑院建院九周年雕塑展暨同曦·中国青年雕塑邀请展启动仪式】

2016年5月29日至6月11日，由中国城市雕塑家协会、中国艺术研究院中国雕塑院主办，全国城市雕塑建设指导委员会艺术委员会协办的“匠与意——中国艺术研究院中国雕塑院建院九周年雕塑展暨同曦·中国青年雕塑邀请展启动仪式”在中国艺术研究院中国雕塑院举办。展览展出雕塑艺术家的作品90件。

【铸造时代——广州雕塑院60周年作品回顾展】

2016年5月31日至6月26日，由广州市文化广电新闻出版局主办、广州雕塑院等单位承办的“铸造时代——广州雕塑院60周年作品回顾展”在广东美术馆举办。展览划分为三大板块：“铸造时代”“城市印记”“回归个体”。展览除了展出雕塑作品150余件外，还将广州雕塑院成立60年以来的珍贵照片等对外展示。

【破碎与聚合——青州龙兴寺古代佛教造像】

2016年9月3日至20日，由中央美术学院和青州市博物馆主办的第三十四届世界艺术史大会特展“破碎与聚合——青州龙兴寺古代佛教造像”在中央美术学院美术馆举办。展览展出青州龙兴寺出土的古代佛教造像约50件（组），其中包括较为完好的造像精品以及部分残破造像。

【梵天东土　并蒂莲华——公元400—700年印度与中国雕塑艺术大展】

2016年9月28日至2017年1月3日，由故宫博物院主办的“梵天东土　并蒂莲华——公元400—700年印度与中国雕塑艺术大展”在故宫博物院午门展厅举办。展览展出来自印度9家博物馆遴选出的笈多与后笈多时期的雕塑作品56件，从中国河北、河南、山东、陕西等地博物馆挑选出同时期雕塑精品119件，共计175件石质雕塑作品和少数铜质、陶泥质造像，这是我国首次将中印同时期的雕塑艺术进行对比展出。

【中国姿态——第四届中国雕塑大展】

2016 年 10 月 18 日至 11 月 13 日，由中国雕塑学会和山东美术馆联合主办的“中国姿态——第四届中国雕塑大展”在山东美术馆举办，第八届中韩现代雕塑交流展同期展出。此次展览展出的作品分为入选作品、国内特邀参展作品、公共艺术文献展和韩国艺术家特邀参展作品 4 个板块，共展出作品 150 余件（组）。

【中国厦门当代雕塑艺术展】

2016 年 10 月 18 日至 2017 年 1 月 8 日，由中央美术学院雕塑系、兑山美术馆等主办的“中国厦门当代雕塑艺术展”在厦门市集美兑山艺术区举办。此次展览的主题是“至上之形——央美当代雕塑的裂变发展”，由 10 位中央美术学院毕业的新锐雕塑家展示雕塑裂变。此项展览项目分为四期，每期推荐 10 位左右中央美术学院新锐的当代雕塑青年艺术家参展，展现中央美术学院当代雕塑的裂变发展。

【共生共荣——2016 中国雕塑邀请展】

2016 年 11 月 14 日至 21 日，由中国国家画院主办的“共生共荣——2016 中国雕塑邀请展”在中国国家画院美术馆举办。此次展览系中国国家画院于 2014 年申报国家艺术基金 2015 年度审核立项资助的展览项目，展览展出 101 位雕塑家的 113 件作品。

【在路上・2016——中国青年艺术家作品提名展暨青年批评家论坛】

2016 年 11 月 19 日至 12 月 5 日，由关山月美术馆、中国美术家协会策展委员会共同主办的“在路上・2016——中国青年艺术家作品提名展暨青年批评家论坛”在深圳市关山月美术馆举办。本次提名展和论坛以“70 后”“80 后”为主要创作力量，在对与雕塑媒介领域相关的当代艺术现场进行梳理和分析后，最终从 24 位专家提名的 130 余位艺术家中挑选 25 位参展，展出的百余件（组）作品体现了“70 后”“80 后”的知识结构、审美理念、学术旨向。

【匠与意——同曦・中国青年雕塑艺术展】

2016 年 12 月 17 日至 2017 年 1 月 16 日，由中国城市雕塑家协会、同曦集团共同主办，全国城市雕塑建设指导委员会艺术委员会、中国艺术研究院中国雕塑院学术支持，江苏省雕塑家协会、同曦艺术馆承办的“匠与意——同曦・中国青年雕塑艺术展”在南京同曦艺术馆举办。展览展出从全国 900 余件来稿中精选出的 173 件雕塑作品。

水彩・粉画

【“中国美术家协会水彩画艺术委员会年度提名展2015”开幕式暨《中国水彩画年鉴・2015》首发式】

2016年1月10日，由中国美术家协会水彩画艺术委员会、中共东莞市委宣传部与莞城街道办事处主办，莞城美术馆承办的“‘中国美术家协会水彩画艺术委员会年度提名展2015’开幕仪式暨《中国水彩画年鉴・2015》首发式”在广东莞城美术馆举行。展览展出24位水彩画艺术家的124件作品。展期至2月25日。

【黑龙江省第七届水彩画作品双年展】

2016年5月17日至30日，由黑龙江省文学艺术界联合会主办，黑龙江省美术家协会、哈尔滨师范大学美术学院、黑龙江省美术家协会水彩画艺术委员会承办，黑龙江美术馆协办的“黑龙江省第七届水彩画作品双年展”在黑龙江省美术馆举办。展览展出水彩画作品310件。

【丝路华彩——西南少数民族水彩艺术展】

2016年5月25日至28日，由国家艺术基金资助，曲靖师范学院、广西美术馆联合主办的“丝路华彩——西南少数民族水彩艺术展”巡展在广西美术馆举办。展览展出从全国600余幅投稿作品中评选出的200件水彩画作品。

【江苏省第七届水彩（粉）画展】

2016年8月5日至10日，由江苏省文学艺术界联合会、江苏省美术家协会主办的“江苏省第七届水彩（粉）画展”在江苏省现代美术馆举办。展览展出从全国500余件投稿作品中评选出的入展作品163件，其中优秀作品奖32件，特邀作品10件。

【“深圳美术馆3W＋水彩交流计划”2016当代水彩画家邀请展】

2016年8月19日至28日，由深圳美术馆主办、浙江省水彩画家协会和深圳美术家协会水彩画艺术委员会共同协办的“‘深圳美术馆3W＋水彩交流计划’2016当代水彩画家邀请展”在深圳美术馆举办。展览展出浙江省水彩画家的水彩画作品近百件。

壁画、漆画·岩绘、连环画、年画

【中国现代漆画文献展暨2016江苏漆画提名展】

2016年4月8日至18日，由中国美术家协会、江苏省文学艺术界联合会主办，中国美术家协会漆画艺术委员会、江苏省美术家协会、江苏省现代美术馆承办，福建省美术馆、四川美术学院美术馆协办的“中国现代漆画文献展暨2016江苏漆画提名展”在江苏省现代美术馆举办。展览展出漆画作品近300件。

【故事绘——中国美术馆藏连环画原作精品展】

2016年5月28日至8月15日，由中国美术馆主办的“典藏活化”系列展览之“故事绘——中国美术馆藏连环画原作精品展”在中国美术馆举办。本次展览以馆藏藏品呈现中国连环画自20世纪20年代起至今的发展概貌。展览依照时间线索分为三个部分：第一部分为民国时期的作品；第二部分为中华人民共和国成立后1963年和1981年两届连环画创作评奖中的获奖作品；第三部分多为改革开放后的作品。展览展出作品61件（套），446幅连环画原作。

【一位艺术家的长征——北京画院藏沈尧伊《地球的红飘带》连环画原作研究展】

2016年9月2日至10月8日，由中国美术家协会、北京美术家协会、中国美术出版总社、北京画院共同主办的“一位艺术家的长征——北京画院藏沈尧伊《地球的红飘带》连环画原作研究展”在北京画院美术馆举办。沈尧伊从20世纪80年代末开始，历经6年完成了一套以长征为题材的926幅连环画创作，从中精选出具有代表性的130余幅画作展出，同时展出包括沈尧伊收集的关于长征时期的照片记录以及相关文献。

【丝路·岩语——中国岩彩绘画文献展】

2016年11月18日至12月11日，由炎黄艺术馆主办、中央美术学院丝绸之路艺术研究协同创新中心承办的中国国家艺术基金传播交流推广资助项目“丝路·岩语——中国岩彩绘画文献展”在北京炎黄艺术馆举办。展览展出中央美术学院首届中国岩彩画创作高研班师生的岩彩画作品百余件，从岩彩绘画历史文献、艺术考察、教学实践、公共艺术等角度，系统展示了中国岩彩绘画20年发展历程。

【三晋瑰宝　薪火传承——山西壁画重彩艺术人才培养作品展】

2016年11月25日至30日，由山西画院主办的“三晋瑰宝　薪火传承——山西壁画重彩艺术人才培养作品展”在太原美术馆举办。“山西古代壁画人才培养”项目是国家艺术基金资助项目。展览展出学员作品多幅。

【年画新力量：中国木版年画传承人新生代作品展暨原生态·新生代——传统木版年画的当代传承】

2016年12月12日至16日，由天津大学冯骥才文学艺术研究院主办，中国木版年画研究中心承办的“年画新力量：中国木版年画传承人新生代作品展暨原生态·新生代——传统木版年画的当代传承”国际研讨会在天津大学冯骥才文学艺术研究院举办。展览展出木版年画作品15幅，这些作品出自木版年画新生代传承人的中坚力量之手。

【纪念红军长征胜利80周年暨中国共产党成立95周年第四届架上连环画展】

2016年12月15日至19日，由中国美术家协会主办的“纪念红军长征胜利80周年暨中国共产党成立95周年第四届架上连环画展”在中国文艺之家展览馆举办。本届架上连环画展共展出入选作品97套。

【法古开新——古代圣像、壁画临摹与创化项目学术展】

2016年12月19日至23日，由中国人民大学艺术学院、中国人民大学文艺复兴研究院主办的“法古开新——古代圣像、壁画临摹与创化项目学术展”在中国人民大学艺术学院美术馆举办。展览展出中国人民大学绘画材料研究与修复工作室的10余位师生作品40余件，包括综合材料、纸本水彩、布面油画、纸本植物矿物颜料等技法。

【第四届全国漆画作品展】

2016年12月28日至2017年1月12日，由中国美术家协会、南昌市人民政府联合主办，中国美术家协会漆画艺术委员会、中共南昌市委宣传部、南昌市文学艺术界联合会共同承办，江西省美术家协会、江西省美术馆、南昌市美术家协会协办的“第四届全国漆画作品展”在江西美术馆举办。展览展出从全国各地送展的1 500余件作品中评选出的202件。

个人展览

【徐培晨百猴展】

2016年1月10日至21日，由中共江苏省委宣传部、中国美术家协会、中国画学会、江苏省文化厅、南京师范大学联合举办的“徐培晨百猴展”在中国国家博物馆举办。展览展出徐培晨猿猴题材中国画作品60余幅。

【斯义弘深——周逢俊中国画展】

2016年3月11日至20日，由安徽省文学艺术界联合会、安徽省美术家协会、安徽省书画院共同主办的“斯义弘深——周逢俊中国画展”在中国美术馆举办。展览展出画家周逢俊近年来创作的百余幅作品。

【花鸟人间——周中耀工笔画艺术展】

2016年3月11日至20日，由湖南省文学艺术界联合会、湖南省美术家协会、湖南美术出版社共同主办的“花鸟人间——周中耀工笔画艺术展”在中国美术馆举办。展览展出工笔画家周中耀创作于2009年至2015年间的多幅花鸟画作品。

【超以象外——周海歌艺术展】

2016年4月1日至13日，由中国美术家协会艺术委员会主办的“超以象外——周海歌艺术展”在中国美术馆举办。此次展览以艺术家周海歌近年创作的水墨作品为主，同时展出部分油画、水彩画和陶艺作品。

【相由心生——姚鸣京艺术展】

2016年4月9日至21日，由中央美术学院、中国美术家协会、雅昌文化集团主办，山东师范大学协办的“相由心生——姚鸣京艺术展”在中国美术馆举办。此次展览是姚鸣京从事美术创作、院校教学34年来首次在中国美术馆举办个人展览。展览通过“构成创作山水”“禅意山水”“教学实践写生”“人物、花鸟、草稿”四大篇章展示艺术家的代表作近80件，涵盖多年来他在中央美术学院带学生下乡的速写、水墨写生、课徒稿、巨幅山水，以及人物、创作手稿等。

【田园·诗韵——刘运君山水画展】

2016年4月15日至26日，由中国美术家协会艺术委员会、中国画学会、江苏省美术家协会主办的“田园·诗韵——刘运君山水画展”在中国美术馆举办。展览展出刘运君从艺以来创作的田园风光、欧洲系列和山水系列作品 60 余幅。

【化境——化建国水墨作品展】

2016 年 4 月 16 日至 26 日，由河南省文化厅、中国美术家协会艺术委员会主办，河南省美术馆、河南省美术家协会承办，中国国家画院国画院学术支持的“化境——化建国水墨作品展”在中国美术馆举办。展览展出化建国近年来的代表性作品近百件，展览分为“山境”“池境”“矿境”三个板块，从不同角度、不同层面呈现化建国的水墨艺术。

【若轻——徐华翎个展】

2016 年 4 月 24 日至 5 月 8 日，由今日美术馆主办的“若轻——徐华翎个展”在北京今日美术馆举办。本次展览以一组新作“若轻”系列为主，辅以“香”系列、“之·间”系列以及“丝图”系列，较完整地呈现出徐华翎自 2010 年以来的艺术创作脉络。

【纪念中国工农红军长征胜利 80 周年——沈尧伊作品展十年汇选（2005—2015）】

2016 年 4 月 28 日至 5 月 10 日，由中国美术馆、中国美术家协会、中国美术出版总社、中国人民大学艺术学院和北京美术家协会共同主办的“纪念中国工农红军长征胜利 80 周年——沈尧伊作品展十年汇选（2005—2015）”在中国美术馆举办。展览分为三个部分：一是《长征交响组画》油画；二是《长征·1936》连环画；三是风景画和风俗画。

【丝路漫游　大漠放歌——黄名芊大漠山水画展】

2016 年 4 月 28 日至 5 月 3 日，由中共江苏省委宣传部、江苏省文化厅、江苏省文学艺术界联合会、中国美术家协会艺术委员会主办的“丝路漫游　大漠放歌——黄名芊大漠山水画展”在江苏省美术馆举办。展览展出黄名芊山水画作品近百幅，集中体现了其艺术成就。

【画道——杜之韦五十年作品展】

2016 年 5 月 5 日至 6 月 19 日，由刘海粟美术馆主办的“画道——杜之韦五十年作品展”在上海刘海粟美术馆举办。该展览是杜之韦旅美归国后的首次个展，共展出他从艺 50 年来的绘画、书法创作近百幅。

【感知新异——张卫作品展】

2016 年 5 月 7 日至 18 日，由今日美术馆主办的“感知新异——张卫作品展”在北京今日美术馆举办。展览展出张卫近年创作的水墨作品 62 幅。

【寻梦——孙路坦培拉绘画作品展】

2016年5月13日至25日，由中国美术家协会艺术委员会主办的“寻梦——孙路坦培拉绘画作品展”在中国美术馆举办。展览展出女画家孙路近10年潜心创作的坦培拉绘画作品60余幅。

【时代心象——沈启鹏绘画六十年回望展】

2016年5月17日至6月15日，由中国国家博物馆和中国美术家协会共同主办的“时代心象——沈启鹏绘画六十年回望展”在中国国家博物馆举办。展览展出人物画家沈启鹏的65幅代表作品。

【浑然天地间——老甲大写意作品展】

2016年5月18日至25日，由北京画院主办的“浑然天地间——老甲大写意作品展”在北京画院美术馆举办。此次展览根据作品主题分为4个板块，分别为“浑然天地”“人之初”“踏月嘶风”“力拔千钧”，展出中国画家老甲的50件大写意作品。

【充盈灵动的生命——许鸿飞雕塑世界巡展·上海站】

2016年5月19日至29日，由广东美术馆、刘海粟美术馆、广州市文化广电新闻出版局主办的“充盈灵动的生命——许鸿飞雕塑世界巡展·上海站”在刘海粟美术馆举办。展览延续许鸿飞以往展览的独特形式，在美术馆外的海粟绿地上，展出10件大型户外作品，馆内则展示甄选出的40件架上雕塑精品。

【吞吐大荒——许钦松山水画展】

2016年5月19日至6月12日，由中国文学艺术界联合会、全国政协书画室、广东省人民政府、中共广东省委宣传部、中国美术馆、中国美术家协会、中国艺术研究院、中国国家画院等联合主办的“吞吐大荒——许钦松山水画展”在上海中华艺术宫举办。展览分为“大道之境”“传统之桥”“重建新山水”“人与山水”4个部分，展出许钦松的80余幅山水画作品。

【文艺复兴在东方——丁方艺术展暨学术研讨会】

2016年5月21日至27日，由中国国家画院美术研究院、中国人民大学艺术学院、中国美术家协会综合材料艺术委员会联合主办，中国人民大学文艺复兴研究院、中艺汇通书画艺术品交易中心承办的“文艺复兴在东方——丁方艺术展暨学术研讨会”在中国国家画院美术馆举办。展览以“文艺复兴在东方”为主题，分为神圣山水、文艺复兴式的肖像、世界著名博物馆大师经典作品的临摹与创化三部分展出丁方近年来的创作近百幅。

【含道映物——何家英画展】

2016年5月28日至6月15日，由山东美术馆主办的“含道映物——何家英画展”在山东美术馆举办。展览展出何家英的工笔、写意作品及创作素材、草图、底稿、素描等71件。

【葵园守望——许江艺术展】

2016年6月7日至12日，由北京大学、中国美术学院共同主办的“葵园守望——许江艺术展”在北京大学图书馆举办。展览分为两个单元，展出许江历时13年的“葵园”系列作品。第一单元展示了他近年来创作的10余幅“葵园”主题的油画长卷；第二单元展示了他的百余幅抒写“葵园四季”的水彩画作品，以及青铜雕塑。展览还展出一批他的创作手札。

【庆祝中国共产党成立九十五周年暨纪念红军长征胜利八十周年——郭北平重大革命历史题材油画作品展】

2016年6月24日至7月1日，由中共中央党校办公厅、图书馆，中国美术家协会，中国国家画院主办的“庆祝中国共产党成立九十五周年暨纪念红军长征胜利八十周年——郭北平重大革命历史题材油画作品展”在中共中央党校图书馆举办。展览展出郭北平创作的大量革命历史题材的油画代表作，包括《延安文艺座谈会》《石峁遗址》《吴起会师》《东方红》等作品，以及历届国家领导人的肖像画等。

【一带一路　鸟鸣花开——萧晖荣书画精品展】

2016年7月1日至2日，由香港美术家协会、香港《大公报》等主办的“一带一路　鸟鸣花开——萧晖荣书画精品展”在全国政协礼堂举办。展览展出香港美术家协会主席萧晖荣书画作品112件，包括为“一带一路”特别创作的70件各国国鸟与灵禽绘画，以及与此主题契合的多件书画作品。

【行者无疆——杜滋龄中国画作品展（广东站）】

2016年7月5日至28日，由中国文学艺术界联合会、中国美术家协会、中国美术学院、中国画学会联合主办的“行者无疆——杜滋龄中国画作品展（广东站）”全国巡展首站在广东美术馆举办。展览分为“兴趣为师：杜滋龄的早期绘画”“传承出新：杜滋龄的80年代”“步履南北：杜滋龄的90年代”“天山南北：杜滋龄的新疆题材”“雪域高原：杜滋龄的西藏题材”“万里之行：杜滋龄的旅行足迹”“线的交响：杜滋龄的速写与写生”7个板块，以文献和作品相结合的方式展示了杜滋龄的艺术历程。

【《四部医典》曼唐长卷——娘本唐卡艺术传承成果展】

2016年7月8日至8月8日，由中国国家博物馆主办的“《四部医典》曼唐长卷——娘本唐卡艺术传承成果展”在中国国家博物馆举办。目前全世界仅有两套《四部医典》80幅曼唐的完整版本存世，分别保存在罗布林卡和西藏自治区藏医院，很难为世人所见。娘本作为中国工艺美术大师和国家级非物质遗产项目热贡艺术代表性传承人，带领30名学生，历时3年绘制完成《四部医典》80幅曼唐长卷，是目前单幅尺寸和总体尺寸均为最大的版本，绘制的精细程度和艺术水平也比前代有了很大的提高。

【不止于此——2016 白蒂作品个人展】

2016 年 7 月 17 日至 8 月 2 日，由今日美术馆主办的“不止于此——2016 白蒂作品个人展”在北京今日美术馆举办。展览展出青年艺术家白蒂的 30 件油画作品。

【艺术作为生活方式——吕品田绘画作品展】

2016 年 7 月 29 日至 8 月 21 日，由广东美术馆主办的“艺术作为生活方式——吕品田绘画作品展”在广东美术馆举办。本次展览为中国艺术研究院常务副院长兼研究生院院长、评论家吕品田的首次个展，主题分为“闲居泼墨”与“随行漫笔”两个部分，共展出吕品田的水墨、速写作品百余幅。

【脚印——钱海源艺术人生作品展】

2016 年 7 月 29 日至 8 月 21 日，由中国美术家协会、湖南省文学艺术界联合会、湖南省美术家协会、广东美术家协会指导，广东美术馆主办的“脚印——钱海源艺术人生作品展”在广东美术馆举办。本次展览作为艺术家钱海源从艺生涯的首次个展，共展出他的代表作百余件，是其雕塑、水彩画、书信等多方面艺术成就的一次集中展示。

【海上丝绸之路——冯少协艺术展】

2016 年 8 月 12 日至 23 日，由文艺报社、广东省文化厅、广东省人民政府外事办公室、广州日报社、广东画院共同主办的“海上丝绸之路——冯少协艺术展”在中国国家博物馆举办。展览展出《1745 年最后航行 · 哥德堡号》《21 世纪海上丝绸之路》《古老航线 · 海上丝绸之路》《1767 年 · 虎门》等 40 幅大型油画，展现了“丝绸之路”沿线各地的风土人情及人文历史图景。

【墨语寻梦——赵绪成水墨艺术】

2016 年 8 月 24 日至 9 月 4 日，由中共江苏省委宣传部、江苏省文学艺术界联合会共同主办的“墨语寻梦——赵绪成水墨艺术”展在中国美术馆举办。展览分为“墨语初梦”“墨语仙梦”“墨语游梦”“墨语天梦”“墨语痴梦”五大部分，展出赵绪成各个时期的创作 160 余件。

【故事里的风景——戴增钧油画艺术展】

2016 年 8 月 26 日至 9 月 4 日，由朱屺瞻艺术馆主办的“故事里的风景——戴增钧油画艺术展”在上海市朱屺瞻艺术馆举办。展览展出戴增钧油画作品近 40 幅。

【心·常新——王其钧画展】

2016 年 8 月 26 日至 9 月 17 日，由岭南画院、中央美术学院城市设计学院主办，岭南美术馆承办的“心·常新——王其钧画展”在广东岭南美术馆展出。展览展出王其钧的中国画、油画作品 50 余件。

【外师造化　中得心源——沈尧定艺术六十周年回顾展】

2016 年 9 月 2 日至 11 日，由文化部离退休中心、中国老教授协会、中国舞台美术学会共同主办的“外师造化　中得心源——沈尧定艺术六十周年回顾展”在中国美术馆举办。展览呈现了舞台美术家、连环画家沈尧定从艺 60 年来的代表作多幅。

【吐纳英华——陈湘波作品展】

2016 年 9 月 3 日至 11 日，由中国美术家协会、中国工笔画学会、深圳市文体旅游局、深圳市文学艺术界联合会主办，深圳美术馆、关山月美术馆承办的“吐纳英华——陈湘波作品展”在中国美术馆举办。展览分为“格物”“诚意”“正心”3 个板块，展出陈湘波工笔画作品 46 件。

【九十刻痕——伍必端艺术研究展】

2016 年 9 月 5 日至 25 日，由中央美术学院主办，中国美术家协会、中国美术馆、中国国家博物馆协办的“九十刻痕——伍必端艺术研究展”在中央美术学院美术馆举办。展览分为 7 个学术板块：“投身革命（1941—1949）”“抗美援朝（1950—1951）”“留学苏联（1956—1959）”“教学下乡（1950—1976）”“致业版画（1960—2016）”“文学插图（1950—2000）”“彩墨我心（1960—2016）”。展览展出的作品涉及版画、彩墨、油画、水粉·彩画、漫画、连环画、文学插图、素描、速写等艺术类型。

【大墨苍茫——袁武水墨人物画作品展】

2016 年 9 月 3 日至 12 日，由中国美术馆、北京画院主办的“大墨苍茫——袁武水墨人物画作品展”在中国美术馆举办。展览展出袁武自 20 世纪 90 年代以来近 30 年的代表性人物画作品及部分写生作品 70 余件。展览分为 4 个板块：一、长河：以《抗联组画》为代表的主题性人物画作品；二、黑土：以《水不深》为代表的东北农民题材人物画作品；三、高原：以《大昭寺的清晨》为代表的高原题材人物画作品；四、写生：历年写生作品 20 余件。

【秦腔豫情——郭全忠中国人物画作品展】

2016 年 9 月 22 日至 10 月 10 日，由河南省文化厅、陕西省文化厅、中国国家画院、西安美术学院联合主办，河南省美术馆和陕西省美术馆承办的“秦腔豫情——郭全忠中国人物画作品展”在河南省美术馆举办。展览展出郭全忠的人物画作品 66 幅。

【养吾浩然之气——徐利明书画篆刻第三回晋京展】

2016年9月28日至10月9日，由中国文学艺术界联合会、中国人民政治协商会议全国委员会书画室、中共江苏省委宣传部、中国书法家协会、中国致公画院联合主办的“养吾浩然之气——徐利明书画篆刻第三回晋京展”在中国国家博物馆举办。展览展出徐利明新近创作的诗、书、画、印、瓷、壶等百余件作品。

【喻红“游园惊梦”个展】

2016年9月29日至10月30日，由中央美术学院主办，中央美术学院造型学院、中央美术学院美术馆承办的喻红“游园惊梦”个展在中央美术学院美术馆举办。展览展出喻红近两年创作的19件架上绘画及远赴捷克创作的3件玻璃雕塑作品。

【青山问道——许俊中国画展】

2016年10月12日至23日，由中国美术家协会、中国画学会、中国艺术研究院中国画院主办的“青山问道——许俊中国画展”在中国美术馆举办。展览分为“丹青寻梦”“彩墨寄情”“意笔写真”“画余诗草”4个部分，汇集许俊的130余幅作品，是其多年来创作成果的一次集中展示。

【存在的惊奇——戴平均个人作品展】

2016年10月16日至23日，由湖南省美术家协会、湖南省画院、湖南省油画学会、岳阳市美术馆联合主办的“存在的惊奇——戴平均个人作品展”在湖南省画院举办。展览展出油画家戴平均近作多幅。

【诗性工笔——张伟民花鸟画展】

2016年10月19日至23日，由浙江省文学艺术界联合会、北京画院、中国艺术研究院、中国工笔画学会主办，浙江省美术家协会、浙江画院承办的“诗性工笔——张伟民花鸟画展”在北京画院美术馆举办。展览以张伟民历年创作的工笔花鸟画作品为时间跨度，精选出各时期代表作品94件，其中工笔作品61件。

【远山呼唤——李宝林八十艺术展】

2016年10月23日至11月11日，由中国国家博物馆与中国国家画院联合主办的“远山呼唤——李宝林八十艺术展”在中国国家博物馆举办。此次画展是李宝林八十寿辰之际的艺术回顾展，展出他从艺60年来的绘画精品66幅。

【丝绸之路——从写实到写意　杨晓阳美术作品展】

2016年10月27日至11月6日，由中国美术家协会、中国国家画院、中国美术馆主办的“丝绸之路——从写实到写意　杨晓阳美术作品展”在中国美术馆举办。展览分为4个单元，展出杨晓阳“丝绸之路”题材的作品350件，包括速写（写生）260件、主题创作20件、重彩画30件、水墨画40件。

【韩书力西藏绘画展】

2016年10月28日至11月20日，由上海市文化广播影视管理局、上海市文学艺术界联合会、西藏自治区文学艺术界联合会主办的“韩书力西藏绘画展”在上海中华艺术宫举办。展览展出韩书力的布面重彩、团扇及扇画、织锦贴绘、水墨等作品180余件。

【王艺2016研究展】

2016年10月29日至11月16日，由中国美术家协会、中国国家画院主办，北京时代美术馆承办的“王艺2016研究展”在北京时代美术馆举办。展览分为“象”“惑”“简”“构”“归”5个部分，以雕塑、壁画、装置、纸本等形式展出艺术家王艺最新创作的一系列雕塑、壁画作品。

【柳新生水彩画展】

2016年11月1日至5日，由安徽省文学艺术界联合会主办、安徽省美术家协会承办的“柳新生水彩画展”在中国文艺家之家展览馆举办。展览展出柳新生水彩画作品70幅。

【东去西来——陆永安绘画展】

2016年11月2日至13日，由中国法语联盟基金会主办的“东去西来——陆永安绘画展”在中国国家博物馆举办。展览展出艺术家陆永安的水墨、丙烯、油画作品58幅。

【闳约逸致——苏百钧工笔画展】

2016年11月3日至18日，由广州美术学院、中央美术学院、中国美术家协会、中国艺术研究院研究生院主办的“闳约逸致——苏百钧工笔画展”在广州美术学院美术馆举办。展览展出苏百钧的工笔画创作、长卷、扇面、白描等作品百余幅。

【走艺术的直路——谭权书捐赠作品展】

2016年11月4日至27日，由中央美术学院主办的“走艺术的直路——谭权书捐赠作品展”在中央美术学院美术馆举办。展览分为“版艺初成（1958—1979）”“引领改革（1979—1999）”“再识传统（1999—2014）”3个板块，力图充分认识其独特的艺术体系。此次捐赠，将版画家谭权书一生的代表作品 403 件全部捐赠给中央美术学院，由中央美术学院美术馆永久收藏。

【域外艺旅——张松访欧写生作品展】

2016 年 11 月 5 日至 10 日，由中国美术家协会、中国国家画院、中国画学会作为学术支持，中共合肥市委宣传部、合肥市文学艺术界联合会主办的“域外艺旅——张松访欧写生作品展”在亚明艺术馆举办。此次展览是“名城之韵——2016 本土艺术名家专题系列展”之一，展出张松山水画作品 112 幅，皆为 2006 年其赴巴黎研修考察时所作。

【山行——王界山画展】

2016 年 11 月 9 日至 20 日，由中国美术家协会主办的“山行——王界山画展”在中国美术馆举办。展览展出王界山焦墨及水墨山水画作品 101 幅。

【林海朝晖——王庆淮山水画作品展】

2016 年 11 月 10 日至 20 日，由中共吉林省委宣传部、吉林省文化厅主办的“林海朝晖——王庆淮山水画作品展”在中国美术馆举办。展览遴选出王庆淮创作的 40 余幅山水画作品，包括王庆淮的代表作，曾陈列于北京人民大会堂吉林厅的巨幅山水画《林海朝晖》。

【城·象——李象群艺术展】

2016 年 11 月 11 日至 26 日，故宫博物院在建福宫花园推出首个大型户外雕塑艺术展“城·象——李象群艺术展”，展出艺术家李象群最新创作的“元四家”系列作品以及“大紫禁城”“行者”等代表作，让当代雕塑与紫禁城的建筑进行一次跨时空的对话。这是李象群全球巡展的首站，之后还将前往上海、德国等国内外重要博物馆展出。

【回乡的路上——刘巨德艺术作品展】

2016 年 11 月 19 日至 12 月 4 日，由清华大学美术学院主办、北京图文天地文化集团承办的“回乡的路上——刘巨德艺术作品展”在北京 798 艺术区圣之空间举办。本次展览是刘巨德教授在国内举办的首次个展，展览展出作品 65 件，包括水墨、油画、陶艺、青铜、玻璃等新作。

【借喻——顾黎明艺术三十年巡展】

2016 年 11 月 19 日至 12 月 22 日，由中国美术家协会艺术委员会、中国油画学会、山东省文学艺术界联合会主办的“借喻——顾黎明艺术三十年巡展”首展在山东博物馆举办。展览展出顾黎明从 20 世纪 80 年代至今 30 年的艺术作品 200 余件，分为“门神”“汉·马王堆”“山水赋”“敦煌研究”“佛造像”5 个部分，涵盖油画、版画、陶艺、综合材料等多种表现方式。

【行者无疆——杜滋龄中国画作品展（北京站）】

2016年11月23日至12月4日，由中国文学艺术界联合会、中国美术家协会、中国美术学院、中国画学会共同主办的“行者无疆——杜滋龄中国画作品展（北京站）”在中国美术馆举办。展览展出杜滋龄从早年自学绘画至今所创作的百余幅中国画、写生、速写、素描作品。展览分为“兴趣为师：杜滋龄的早期绘画”“传承出新：杜滋龄的80年代”“步履南北：杜滋龄的90年代”“天山南北：杜滋龄的新疆题材”“雪域高原：杜滋龄的西藏题材”“万里之行：杜滋龄的旅行足迹”“线的交响：杜滋龄的速写与写生”七大板块，以文献和作品相结合的方式，全面呈现杜滋龄的艺术历程以及多面探索。

【推门·境界——郝平版画作品展】

2016年11月23日至12月4日，由中国美术家协会、云南省文学艺术界联合会共同主办的“推门·境界——郝平版画作品展”在中国美术馆举办。展览展出版画家郝平最近3年完成的“推门·境界”系列版画40余幅。

【炉火正红——王建中艺术作品展】

2016年11月24日至12月4日，由清华大学美术学院、中国美术家协会艺术委员会主办的“炉火正红——王建中艺术作品展”在中国美术馆举办。展览展示了王建中教授从业以来设计创作的艺术精品百余件，涵盖陶瓷、紫砂和玻璃等艺术作品。

【山川无尽——罗一平水墨山水画展】

2016年11月25日至12月18日，由中国美术家协会、广东省美术家协会、广东美术馆联合主办的“山川无尽——罗一平水墨山水画展”在广东美术馆举办。展览展出的作品由“山川”“树林”“小品”三大板块构成，分为“境域系列”“鼎湖山系列”“三清山系列”“滇川系列”“马尔代夫系列”“小品系列”等，展示罗一平新创作的山水画精品近200幅。

【@武汉·2016“再识方力钧”】

2016年11月26日至2017年1月3日，由湖北美术馆主办的“@武汉·2016‘再识方力钧’”在湖北美术馆举办。展览展出方力钧近5年创作的油画、版画、雕塑和水墨画作品多幅。

【美林的世界——韩美林八十大展】

2016年12月21日至2017年2月12日，由中国联合国教科文组织全国委员会、中国文学艺术界联合会、中国国家博物馆主办的“美林的世界——韩美林八十大展”在中国国家博物馆举办。展览展出艺术家韩美林的青铜雕塑、铁艺、陶瓷、紫砂、木雕等艺术作品多件。

【斑斓万象——赵瑞椿捐赠作品展】

2016年12月30日至2017年2月14日，由广东美术馆主办的“斑斓万象——赵瑞椿捐赠作品展”在广东美术馆举办。此次展览主要展示版画家赵瑞椿自1950年以来创作的110件版画、绘画作品，分为“民族风情”、“传神写照”（肖像画）、“温馨家园”、“清新自然”4个部分，较为系统、完整地对赵瑞椿的版画艺术进行了梳理与总结。其中，展出作品大部分来自赵瑞椿捐赠给广东美术馆的作品。

人物纪念

【美术家葛维墨逝世】

2016 年 3 月 9 日，美术家葛维墨因病在北京逝世，享年 87 岁。

葛维墨，1929 年 2 月生，浙江省平湖人。1953 年，中央美术学院绘画系本科毕业。1955 年，中央美术学院研究生班毕业留校任教。1959 年，进入中央美术学院油画研究班。1963 年，毕业后在北京电影学院美术系任教。1978 年，担任北京电影学院美术系主任。1984—1990 年，兼任中国美术家协会常务书记。1994 年，北京电影学院授予他学院最高成就奖“金烛奖”。曾任中国文学艺术界联合会第五届全国委员会委员、第四届中国美术家协会常务理事、中国油画学会常务理事、吴作人国际美术基金会常务理事等。

葛维墨是新中国培养的第一代油画家，他先后为国宾馆、北京饭店、天文馆、革命历史博物馆、炮兵博物馆等绘制大幅油画及壁画。他的油画作品被中国美术馆及中国香港和台湾等地博物馆收藏。20 世纪 50 年代创作的油画作品《我们走在大路上》，曾在世界青年联欢节上获得金奖。1955 年，油画《到祖国最需要的地方》获第一届全国青年美展一等奖。1960 年，担任第三套人民币“枣红一角”的设计。1967 年，他与秦龙、倪震联合创作的《毛主席是世界革命人民心中的红太阳》为“文革”期间最著名的作品之一，后被制作成邮票。代表作品有《王府井旧街》《瑞丽晨雾》《傣族小媳妇》《吴作人先生肖像》等。主编《中国画（1978—1988）》《中国油画（1978—1988）》等大型画册，专著有《怎样画铅笔画》《葛维墨油画写生集》等。

【连环画家贺友直逝世】

2016 年 3 月 16 日，连环画家贺友直因病在上海逝世，享年 94 岁。

贺友直，1922 年 11 月出生于上海，祖籍浙江宁波。从事连环画创作 50 余年，创作了百余本连环画作品。曾任中国美术家协会第四届常务理事、连环画艺术委员会主任、上海人民美术出版社编审、上海市美术家协会第四届副主席、中国连环画研究会第二届副会长等职。

贺友直从 1950 年开始学画连环画，后进入“连环画作者学习班”学习，结业被分配至公私合管新美术出版社担任连环画创作员，1956 年并入上海人民美术出版社。1952 年《火车上的战斗》在 1957 年全国青年美展中获一等奖。他的作品《山乡巨变》于 1963 年获全国第一届连环画评奖会一等奖。代表作有《白光》《山乡巨变》《朝阳沟》《连升三级》《十五贯》《小二黑结婚》《申江风情录》等。其中《白光》获第二届全国连环画评奖会一等奖；《十五贯》《朝阳沟》《皮九辣子》等均在全国获奖；作品曾在英国、挪威、瑞士、韩国等国和中国香港等地展出，还曾在法国、德国、新加坡等国举办个人画展，在上海美术馆、广州美术馆举办贺友直艺术展。出版有《贺友直谈连环画创作》《李双双》等。2009 年获得首届“中国美术奖・终身成就奖”，2014 年获得“上海市文学艺术终身成就奖”。

【版画家李焕民逝世】

2016 年 4 月 3 日，版画家李焕民因病在成都逝世，享年 86 岁。

李焕民，1930 年生于北京。1947 年考入北平国立艺专美术系，1948 年奔赴解放区，1949 年调入中央美术学院“美干班”学习，1951 年毕业分配到四川省美术家协会工作。曾任中国文学艺术界联合会委员，四川省文学艺术界联合会副主席，中国美术家协会第五届副主席，第三届、第四届理事，第六届、第七届、第八届顾问，四川省美术家协会名誉主席，一级美术师，享受国务院政府特殊津贴。

李焕民多次赴欧洲、美国、日本、韩国举办画展。作品《高原峡谷》获全国青年美展一等奖，《藏族女孩》获日中友协颁发的中国版画展金奖，《换了人间》获第五届全国美展二等奖，《驯马手》获第六届全国美展银奖，《守望》获第十二届全国美展银奖，《长夜》获第九届全国版画展优秀作品奖，《高原之母》获第十三届全国版画展银奖。作品被中国美术馆、大英博物馆等机构收藏。1996 年获鲁迅版画奖，2008 年被中国文学艺术界联合会授予第七届造型表演艺术成就奖，2013 年被四川省文学艺术界联合会授予“巴蜀文艺奖·终身成就奖”，2013 年被中国文学艺术界联合会、中国美术家协会联合授予“中国美术奖·终身成就奖”。出版有《李焕民版画选》等。

【艺术史家黄专逝世】

2016 年 4 月 13 日，艺术史家黄专因病在广州逝世，享年 58 岁。

黄专，1958 年出生，祖籍湖南。1982 年毕业于华中师范大学历史系，1988 年毕业于湖北美术学院中国美术史专业，获文学硕士学位。曾获“吴作人国际艺术基金会硕士论文奖”。广州美术学院教授、硕士生导师，OCAT 北京文献与研究馆馆长。

黄专从 20 世纪 80 年代中期开始以不同的方式介入当代艺术活动，于 1985—1987 年参与编辑《美术思潮》，1992 年参与策划“广州·首届九十年代当代艺术双年展（油画部分）”，1994—1996 年参与改版《画廊》，1997 年开始担任何香凝美术馆馆聘研究员、策划人，2002 年参与策划“重新解读：首届广州三年展”，2005 年开始担任 OCAT 当代艺术中心主任。

【美术家杨之光逝世】

2016 年 5 月 14 日，美术家杨之光因病在广州逝世，享年 86 岁。

杨之光，1930 年生于上海，广东省揭西县人。中学时期曾师从书法家李健学习书法、篆刻。1949 年考入广州市立艺术专科学校，从高剑父学习中国画。1950 年考入苏州美术专科学校上海分校中国画科学习，1950 年夏考入中央美术学院绘画系，接受徐悲鸿、叶浅予、董希文等人指导，1953 年毕业任教于武昌中南美术专科学校，1958 年学校南迁广州后任教于广州美术学院中国画系，历任教授、系主任、美术学院副院长。生前任广州美术学院教授、学院咨询委员会委员，岭南美术专修学院院长，中国画研究院院务委员，广东省国际文化交流中心名誉顾问，广东省文史馆名誉馆员，广东省美术家协会顾问。

杨之光 1954 年创作的《一辈子第一回》获“向科学文化进军奖”，《雪夜送饭》获 1959 年维也纳第七届世界青年联欢节金质奖章。1991 年获美国纽约国际文化艺术中心颁发的“中国画杰出成就奖”，1993 年获美国加州及旧金山市政府荣誉奖状。代表作有《毛泽东主办广东农民运动讲习所》《浴日图》《矿山新兵》《激扬文字》《不灭的明灯》《石鲁像》《九八英雄颂》等。著作有《中国画人物画法》《杨之光画集》《杨之光书法集》《杨之光诗选》等。1995—1999 年间将 1 000 余件作品捐赠给中国美术馆、广东美术馆、广州艺术博物院、广州美术学院。在广州艺术博物院内建立杨之光艺术馆。2002 年杨之光美术中心在广州市番禺区落成。2006 年作品《矿山新兵》《激扬文字》（1973 年，与鸥洋合作）被评为“广东美协成立五十年五十经典作品”。2007 年入选广东省 50 名“文化名人”。2010 年获“广东省首届文艺终身成就奖”。2011 年入选中国国家画院院士。2012 年获“中国美术奖·终身成就奖”。

【美术家孙滋溪逝世】

2016 年 5 月 30 日，美术家孙滋溪因病在北京逝世，享年 87 岁。

孙滋溪，1929 年出生于山东省龙口市。1945 年参加抗战。1959 年毕业于中央美术学院留校工作，1960 年加入中国美术家协会。曾任中央美术学院教授、党委副书记、陈列馆馆长，中国美术家协会插图装帧艺术委员会副主任，中国油画学会理事。享受国务院政府特殊津贴。

代表作品有油画《天安门前》《同学》《母亲》，石版画《小八路》，素描《当代英雄》（主笔）以及文学插图《林海雪原》《冷艳孤芳》等。出版有《孙滋溪画集》《孙滋溪油画写生录》《孙滋溪素描集》等。从 1964 年起参加历届全国美展，作品曾赴欧、美、日、中东、东南亚等国家和地区及中国香港、中国台湾等地展出，并多次获奖。许多作品如《林海雪原》（插图）、《天安门前》、《小八路》等都曾被大量印刷发行，并被编入《中国现代美术全集》。有百余幅作品被国内外美术馆、博物馆等文化机构收藏。

【美术家陈伯希逝世】

2016 年 5 月 30 日，美术家陈伯希因病在兰州逝世，享年 94 岁。

陈伯希，1922 年生，山东省潍坊市人。1942 年毕业于延安鲁迅艺术学院美术系。后在部队从事美术工作，曾任《人民军队画报》总编辑，西北美术家协会书记处书记，中国美术家协会第三、第四届理事，甘肃省美术工作室主任，《甘肃画报》总编辑，甘肃省文学艺术界联合会副主席、甘肃省美术家协会主席、甘肃画院顾问等职，甘肃省书画研究院院长，《画苑英萃》画刊编委会主任。国家一级美术师。享受国务院政府特殊津贴。

代表作品有《瓦子街战斗》《解放兰州》《把关》《保卫延安》等。作品曾参加全国美展、全军美展，并在日本、法国、印度等国家和中国港澳台地区展出，在新加坡和中国台湾以及省内外多次举办个展、联展。作品被中南海、人民大会堂、毛主席纪念堂、中国人民革命军事博物馆等单位收藏并选入画集。《人民日报》《美术》等报刊多次发表陈伯希的作品和艺术评述。出版有《陈伯希书画集》《陈伯希书画选集》《陈伯希书画台湾展出作品集》等。

【美术史论家杨成寅逝世】

2016 年 6 月 4 日，美术史论家杨成寅因病在杭州逝世，享年 90 岁。

杨成寅，1926 年生，河南省南阳市人。美术理论家、雕塑家。曾任中国美术家协会会员、中国美术学院教授、浙江省美学学会会长。1954 年毕业于中央美术学院华东分院雕塑系，1956 年毕业于该院研究生班并留校任教。曾任《美术理论资料》《新美术》《美术译丛》等学术刊物编辑。20 世纪 50 年代，曾翻译苏联、法国和英国的美学著作和美术理论文章，引进和介绍国外优秀文艺作品和美学理论。80 年代后，积极投入当代美术评论和美学理论的研究活动，撰写数十篇在全国美术界具有影响的评论文章。

杨成寅的雕塑作品有《晨读》《经亨颐像》《谢文锦像》《汤显祖像》《冲浪》《群马争跃》等。理论著作有《石涛画学本义》《艺术概论教程》《美学范畴概论》《现代汉语句型概论》《太极哲学》，以及译著《艺术概论》、《马克思列宁主义美学概论》（苏联）、《美学概论》（法国）、《美的分析》（英国）等。主编《中国历代书画理论评注丛书》。2000 年，曾在法国巴黎国际艺术城举办画展。

杨成寅 1992 年享受国务院政府特殊津贴。2000 年获法国巴黎市政府和中国驻法大使馆联合颁发的“法中文化交流特别荣誉奖”。2002 年获浙江省有突出贡献的老文艺家金质奖章和证书。2004 年被中国美术家协会授予“卓有成就的美术史论家”称号。同年，他的《太极哲学》获浙江省社会科学第十二届优秀成果著作一等奖。

【中国画家韦江凡逝世】

2016 年 6 月 19 日，中国画家韦江凡因病在北京逝世，享年 94 岁。

韦江凡，别名无竟、江帆，1922 年生，陕西省澄城县人。早年师从赵望云，后得徐悲鸿指授。1948 年于国立北平艺术专科学校国画系毕业后留校任教，后任教于中央美术学院，曾担任北京中国画院研究生进修班班主任。1953 年参与筹建中国画研究所（现为中国艺术研究院美术研究所）。后调入北京中国画院（现为北京画院），任专业画家。1959 年参加中国历史博物馆筹建工作。

韦江凡擅长中国画，人物、山水、花鸟均有涉猎，晚年以画马著称于世。代表作品有《东方欲晓》《初上征途》《检车工》《送上门》和以年画形式描写劳动模范人物的大型组画《时传祥》等。曾与周思聪、吴衍休合作连环画作品《暴风雨前后》，由人民美术出版社出版发行，并有多种外文版本。出版有《韦江凡画马》《韦江凡画集》《中国画名家作品精选・韦江凡作品》《中国近现代名家画集・韦江凡》《志在千里——韦江凡作品集》等。2000 年获北京市人民政府颁发的“从艺五十周年老艺术家”奖牌。

【艺术家莫也逝世】

2016 年 7 月 23 日，艺术家莫也因病在厦门逝世，享年 58 岁。

莫也，1958 年生于四川省宜宾市。1982 年毕业于四川美术学院，1995—1997 年就读于中央美术学院第九届油画研修班。

莫也油画作品曾入选第六至十一届全国美展，首届至第三届中国油画学会展，首届、第二届中国油画展，以及“中国油画肖像艺术百年展”“20 世纪中国油画展”“世纪女性艺术展”“中国当代油画展”“大河上下——1976—2005 年新时期中国油画优秀作品回顾展”“融合与创作——中国油画名家学术邀请展”“精神与品格——中国当代写实油画展”等。作品被国家作为对外文化交流选送美国、日本参加“龙画展”“第二届亚洲美展”，其中《雁南飞》《清泉》《99・荷・日记》连续三届获福建省展览金奖，《牵牛花》获国际青年前进中的中国青年美展铜奖，《记忆・空间》获当代中国青年书画展一等奖，《记忆・空间》（之二）获中国油画大展优秀奖。

作品曾发表或收录于《美术》《人民中国》《美术研究》《美术观察》《人民日报》《光明日报》《中国文化报》《文艺报》等，以及中国香港《民报》《1986 年香港年历》《中国油画》《中国文学》《当代中国油画》《油画肖像》《第二届亚洲美展作品集》等。

【油画家谷钢逝世】

2016 年 8 月 16 日，油画家谷钢因病在大连逝世，享年 74 岁。

谷钢，1942 年生于吉林省，1958 年参加工作，1980 年毕业于中央美术学院油画系研究生班。中国美术家协会会员，辽宁师范大学美术学院教授、硕士研究生导师。享受国务院政府特殊津贴。曾任吉林艺术学院、辽宁师范大学美术系主任。

1998 年参加中国文学艺术界联合会第五次代表大会，1995 年应邀赴日本讲学并举办个展。从 20 世纪 60 年代开始，作品先后参加第四、第六、第九、第十届全国美展，全国纪念建军、建党美展，首届中国油画展，中国油画肖像艺术百年展，全国水彩画、全国粉彩画等展览。

所获的主要奖项有全国宣传画展二等奖、和平与正义国际美展铜奖、全国写生画展佳作奖、首届全国水彩人物画展银奖、首届全国粉画展银奖、首届全国小幅水彩画展银奖、美国第三十一届国际粉彩画展一等奖、第二届中国美术金彩奖作品展铜奖、第十届全国美展铜奖。作品被中国美术馆、苏州粉画艺术馆、金彩奖组委会等单位以及国外私人收藏。著有《油画人物写生》《谷钢油画风景写生》《谷钢油画人物写生》《谷钢油画〈大庆人〉》《谷钢油画写生》等。

【中国画家傅小石逝世】

2016 年 8 月 17 日，中国画家傅小石因病在南京逝世，享年 84 岁。

傅小石，1932 年出生，江西省新余市人。江苏省美术馆专业画家，南京市残疾人协会主席，一级美术师，中国美术家协会会员，江苏省残疾人联合会理事。

傅小石是傅抱石长子，自幼受父亲熏陶绘画。1958 年，毕业于中央美术学院版画系。用 7 年时间写成 4 万多字的《图案设计新探》文稿，并不断进行素描创作。1979 年，傅小石突发脑中风半身偏瘫，改用左手作画。1980 年至今，在国内外多地举办 30 多次个人展览，作品被多家艺术机构及个人收藏。代表作有《琵琶行》《春江花月夜》《敦煌壁画》《木兰从军》等。

【美术家凌虚逝世】

2016 年 8 月 19 日，美术家凌虚因病在苏州逝世，享年 97 岁。

凌虚，号万顷，别署碧浪野叟、茫万顷斋主等，1919 年生于浙江省湖州市。14 岁从中医名师宋鞠舫学医及古文。18 岁到沪上，师从书法金石家邓散木，考入上海新华艺专国画系。22 岁毕业，即在上海中华基督教青年会展厅举办第一次个人画展。

擅长画金鱼，人物、山水、花卉、走兽、翎毛亦莫不善作。为中国美术家协会会员、中国陶行知教育思想研究会会员、中国民间文艺家协会苏州分会顾问、苏州市书画研究会顾问、湖州书画院顾问、嘉兴画院顾问、苏州版画院顾问等。代表作曾入选华东区美展、第一届全国美展、第二届全国美展等许多大型画展。先后在上海、南京、杭州、苏州、嘉兴、宁波及中国香港等地举办 11 次个人画展。从 20 世纪 50 年代始至晚年，他所作的具有和平意义的金鱼画作多次作为国礼送给苏联、美国、日本、印度尼西亚以及联合国儿童基金会等。

于 20 世纪 50 年代迁居苏州桃花坞木刻年画社工作，倾几十年之力，深入挖掘、收集、整理、研究传统古版画，并在此基础上创作出大量的符合时代需求的新版画。在民间版画领域中具有相当的学术地位。1994 年，获文化部、新闻出版总署、中国美术家协会和中国新闻出版工作者协会联合颁发的特殊贡献荣誉证书。

【美术家孙瑛逝世】

2016 年 11 月 30 日，美术家孙瑛因病在山东省高唐县逝世，享年 97 岁。

孙瑛，1919年出生，又名孙大石，山东高唐人。1937年抗日战争全面爆发后投笔从戎参加投战。1949年后在中国台湾从事美术教育工作。先后筹建了中国现代画学会、四海学会，曾获得中国台湾绘画团体中国画学会“金爵奖”。1968年，他与何怀硕、刘国松等人筹组中国现代水墨画学会。1974年，应美国21世纪画廊及纽约圣若望大学之邀，赴美国讲学并举办画展，客居旧金山。1958年以来，曾于高雄、台北等地及日本东京、美国举办10余次个人展览。代表作品《山水通景》为中国美术馆收藏，重要作品还有《壮哉山河》《石骨松格》等。曾任中国美术家协会第四届理事，中国画研究院研究员，文化部侨联主席，中国华侨文学艺术家协会会长，全国政协第六、第七、第八届委员，1998年被聘为中央文史馆馆员。

【油画家朱维民逝世】

2016年12月5日，油画家朱维民因病在北京逝世，享年84岁。

朱维民，1932出生于上海，1953年毕业于中央美术学院，1952—1956年在太原重型机器厂工作，1956年调任中国人民大学新闻系摄影教研室助教，1983年评为副教授，1994年评为教授。主要讲授西方美术史、西方现代美术史、造型艺术实践等课程。出版有《朱维民油画素描集》等。油画《新疆维吾尔族百岁老人》入选1982年巴黎春季沙龙，《黄昏》《贫农的女儿》等为中国美术馆收藏。曾在国内外举办10余次个人画展。

【版画艺术家王琦逝世】

2016年12月7日，版画艺术家王琦因病人在北京逝世，享年98岁。

王琦，1918年出生，别名文林、季植，重庆人。1937年毕业于上海美术专科学校，1938年在延安鲁艺美术系学习。1949年以来，历任上海行知艺术学校美术组主任，《美术研究》《世界美术》副主编，《版画》《美术》杂志主编，《中国新文艺大系（1976—1982）·美术集》《当代中国的美术》《美育丛书》《外国版画百图》等主编。1990年以来，先后任中国美术家协会分党组书记，第三届理事，第四届常务理事、副主席，第五届、第六届顾问，中央美术学院教授，中国版画家协会秘书长、副主席、主席等。

王琦是中国新兴木刻运动的先驱和奠基者。从20世纪30年代至40年代，他以充沛的激情和社会责任感实践着他的革命理想，并贯穿他的艺术人生始终。他的早期作品《难民站上》《难民一群》等以现实主义手法描绘艰难时世和人民疾苦，他的《当警报解除之后》《在冰天雪地中的游击队》等名作，以木刻为武器唤起了广大热血青年投身革命的热情。中华人民共和国成立后，他的版画题材转向水利建设、林业建设等，《售余粮》《贮木场》等构图开阔，《晚归》《雪原峡谷》等画面色彩明丽，堪称社会主义建设的艺术史诗。改革开放后，他的《人民万岁》等组画作品气象雄奇，迎来了创作的另一高峰。他曾率领中国美术家代表团出访德国、荷兰、卢森堡、日本、美国、马来西亚等国家和地区。主持国内和国际性学术研讨会多次。获中国新兴版画杰出贡献奖、获日本东京富士美术馆荣誉奖、获法国金质十字奖章。近年来又致力于水墨画创作，以新颖独特的表现手法形成与众不同的艺术风格。2003年获中国文学艺术界联合会、中国美术家协会颁发的第二届“中国美术金彩奖成就奖”。先后发表、出版《艺术形式的探索》《创作自由与自由化》《现代派艺术与我们》《艺术形式的演变初探》《我的创作生涯与体会》《艺术创作的主观与客观》《表现新的时代和新的人物继承》《发扬〈讲话〉的革命精神》《创社会主义之新、创人民所喜之新》《西洋美术对中国近现代美术的影响》《建设中国社会主义美术的理论基石》等一系列重要美术理论文章和著作，为新时期中国美术理论建设做出了重要贡献。

【只研朱墨作春山——纪念鲁迅逝世 80 周年美术展】

2016 年 3 月 8 日至 5 月 22 日，由中国美术馆、北京鲁迅博物馆联合主办的“只研朱墨作春山——纪念鲁迅逝世 80 周年美术展”在中国美术馆举办。展览展出文物和美术作品 224 件，其中中国美术馆藏品 133 件，北京鲁迅博物馆藏品 91 件。展览共分为三部分：第一部分“在挣扎中觉醒”，主要展示鲁迅的美术思想的形成和来源，包括鲁迅本人早年美术启蒙的图书、个人书画以及中外美术收藏；第二部分“榛莽中的新芽”，主要展示鲁迅的书籍装帧设计和其倡导的新兴木刻运动成就；第三部分“希望的茂林嘉卉”，主要展示在鲁迅美术思想影响下，中国大众美术的蓬勃发展面貌，其中包括延安木刻、新中国大众美术年画、连环画等以及新时期的版画艺术，同时还展出鲁迅题材作品和鲁迅文学作品插图。

【寒玉入怀——台北历史博物馆藏溥心畬艺术展】

2016 年 3 月 19 日至 5 月 29 日，由苏州博物馆主办的“寒玉入怀——台北历史博物馆藏溥心畬艺术展”在苏州博物馆现代艺术厅举办。展览展出台北历史博物馆馆藏溥心畬作品 45 件，包括溥心畬的代表作《洛神图轴》《雨中萧寺图轴》等。

【方寸回眸——贺友直画故事・馆藏捐赠作品陈列展】

2016 年 3 月 23 日至 2017 年 12 月 31 日，为纪念画家贺友直，上海中华艺术宫推出“方寸回眸——贺友直画故事・馆藏捐赠作品陈列展”。展览以《山乡巨变》《白光》这两套创作技法截然不同的作品为陈列主线，展现贺友直“从传统中寻找语言，从创作实践中发现自己”的创新精神和独特风格。

【铁壁天风——张凭艺术回顾展】

2016 年 3 月 28 日至 5 月 3 日，由中央美术学院主办、中央美术学院美术馆和中国画学院承办的“铁壁天风——张凭艺术回顾展”在中央美术学院美术馆举办。展览围绕张凭长达半个世纪的创作生涯展开，梳理作品创作的时代脉络，精选艺术家不同时期的代表作品 60 余件。

【创新先驱之路——罗工柳百年诞辰纪念展】

2016 年 3 月 29 日至 6 月 3 日，由中央美术学院主办的“创新先驱之路——罗工柳百年诞辰纪念展”在中央美术学院美术馆举办。展览分为“在战斗的前线”“为新中国而创作”“留学研究在苏联”“中国油画要走自己的路”“柳色长青”5 个部分，汇集中国国家博物馆、中国美术馆收藏的罗工柳代表作品，其中，《地道战》《毛泽东在延安作整风报告》《毛主席在井冈山》《马本斋的母亲》《李有才板话》等经典代表作悉数亮相。

【山河新貌——傅抱石写生山水专题展】

2016 年 4 月 5 日至 7 月 5 日，由南京博物院艺术馆主办的“山河新貌——傅抱石写生山水专题展”

在南京博物院傅抱石艺术馆举办。南京博物院藏傅抱石作品近400件，尤以1950年以来所作的写生山水最为突出。展览以时间为序，逐一介绍傅抱石数次重要的写生活动，以具体作品为例引申出傅抱石写生与创作的呼应问题，阐释他在政治规约下的抉择，探讨他在政治条件下做出的图式、趣味上的各种变革与转变，总结其写生创作观念。

【社会百科全书——韦启美漫画艺术展】

2016年4月9日至5月3日，由中央美术学院主办的“社会百科全书——韦启美漫画艺术展”在中央美术学院美术馆举办。展览展出韦启美从20世纪50年代开始直到2007年50多年间创作的823件漫画手稿。韦启美的漫画手稿涉及政治经济、国际关系、日常生活、社会风气等多个方面。

【笑写沧桑——民国时期漫画家孙之俊作品展（1927—1949）】

2016年4月13日至20日，由中国新闻漫画研究会、李苦禅纪念馆、北京画院美术馆主办的“笑写沧桑——民国时期漫画家孙之俊作品展（1927—1949）”在北京画院美术馆举办。2016年恰逢孙之俊诞生110周年、逝世50周年，展览回顾孙之俊的漫画创作历程与他为中国漫画发展所做的贡献，展出孙之俊自1927年至1949年漫画创作20余件及大量历史文献、相关图稿百余件。

【李震坚艺术大展】

2016年4月17日至26日，由浙江省文化厅、中国美术学院主办，浙江美术馆、中国美术学院中国画与书法艺术学院承办的“李震坚艺术大展”在中国美术馆举办。展览展出李震坚人物画主题创作、水墨人体、山水花鸟和素描速写作品近200件。

【雕塑人生——邹佩珠先生纪念展】

2016年4月22日至5月8日，由北京画院、李可染艺术基金会联合主办的“雕塑人生——邹佩珠先生纪念展”在北京画院美术馆举办。展览通过大量的实物展品和史料文献，最大限度地呈现邹佩珠的艺术人生。

【意象心生——吴休作品展】

2016年5月10日至15日，由中国美术家协会、北京美术家协会、北京画院联合主办，北京画院美术馆承办的“意象心生——吴休作品展”在北京画院美术馆举办。展览展出吴休创作的人物画、山水画、书法作品60余件。

【木石艺痕——赖少其艺术回顾展】

2016年6月8日至28日，由重庆市美术家协会、重庆美术馆、安徽省美术家协会、赖少其艺术馆共同主办的“木石艺痕——赖少其艺术回顾展”在重庆美术馆举办。展览展出赖少其创作的各类版画、山水画、花鸟画和书法篆刻等艺术精品多件，同时辅以大量相关的文献史料。

【不朽之光——中国美术馆馆藏杨之光作品陈列展】

2016年6月11日至7月5日，由中国美术馆主办的“典藏活化”系列展之“不朽之光——中国美术馆馆藏杨之光作品陈列展”在中国美术馆举办。1997年，杨之光将其20世纪50年代到90年代期间创作的180件作品捐赠给中国美术馆。中国美术馆从馆藏作品中精选其代表性作品，举办作品陈列展览以示纪念。作品内容涵盖社会各阶层人物形象、少数民族形象、舞蹈题材以及异域描写，体现出杨之光用毕生精力真切叙写的一个时代的变迁。

【天马腾云·戈翁写逸——丁二兵书画展】

2016年6月23日至28日，由中国国家画院、中国国家画院美术馆、人民美术出版社、甘肃省美术家协会联合主办的“天马腾云·戈翁写逸——丁二兵书画展”在中国国家画院美术馆举办。展览展出已故画家丁二兵的山水、花鸟作品多幅。同时举行了《中国近现代名家画集·丁二兵》和《丁二兵画集》首发式。

【走向自由——古元艺术的内在精神】

2016年6月29日至7月29日，由中国美术家协会、中央美术学院、北京画院、古元美术馆等联合主办的“走向自由——古元艺术的内在精神”展在北京画院美术馆举办。展览展出古元延安时期的木版画、抗美援朝时期的战地速写、晚年的水彩写生以及暮年的藏书票等130余件作品，掺以一些文献手稿及以往出版的杂志和影像资料，全面地梳理、回顾了古元的艺术人生与成就。

【清泉长流——沙清泉百年诞辰纪念展】

2016年7月7日至10月9日，由河南省美术馆主办的“清泉长流——沙清泉百年诞辰纪念展”在河南省美术馆举办。此次展览是河南省美术馆推出的重点馆藏作品展，入选文化部2016年全国美术馆馆藏精品展出季项目。展览分为“劲笔利刀刻浮沉”和“铮铮铁骨铸画魂”两个单元，展出1936年至1998年间沙清泉所创作的版画、中国画、素描、剪纸作品130余件，同时辅之以大量图片和文献资料，立体完整地呈现了沙清泉一生的艺术成就。

【苍山为岳——石鲁作品展】

2016年7月20日至8月30日，由武汉美术馆、中国国家博物馆联合主办的“苍山为岳——石鲁作品展”在武汉美术馆举办。展览分“艺术风神”“画为心声”“高山仰止”3个部分，展出石鲁不同时期的中国画、油画、版画、水粉画、书法、速写手稿等作品120余件。

【精神的融合——周碧初文献展】

2016年7月22日至8月25日，由上海油画雕塑院美术馆、《新民晚报》主办的“精神的融合——周碧初文献展”在上海油画雕塑院美术馆举办。展览展出作品包括20世纪40年代展览的手绘海报、30年代出版物、周碧初教学笔记、证件、展览请柬以及各个时期的油画原作50余件、速写20余件。

【永远的战士——纪念彦涵诞辰100周年】

2016年7月23日至8月9日，由中国美术馆、中央美术学院、中国美术家协会联合主办，连云港市彦涵美术馆、江苏东海彦涵纪念馆协办的“永远的战士——纪念彦涵诞辰100周年”展览在中国美术馆举办。展览分为“永远的战士”“讲述彦涵的故事”“凝聚时代”“激越之美”4个板块，展出彦涵的作品300余件。展览以时间为线索反映了彦涵不同时期的创作与探索，体现了彦涵艺术生涯的多彩面貌。

【百年开渠——刘开渠与二十世纪中国美术】

2016年8月5日至10月9日，由文化部、中国美术家协会主办，中华艺术宫、刘开渠艺术研究院承办的“百年开渠——刘开渠与二十世纪中国美术”大展在上海中华艺术宫举办。展览分为4个单元，展出50件最具代表性的雕塑原作和数百件珍贵历史文献，全面呈现刘开渠的艺术人生，并系统介绍他与20世纪中国美术发展的重要关系。

【内美静中参——黄宾虹书画精品展】

2016年8月12日至10月23日，由深圳博物馆、浙江省博物馆、安徽博物院、安徽中国徽州文化博物馆共同主办的“内美静中参——黄宾虹书画精品展”在深圳博物馆举办。展览展出黄宾虹精品百余件。展览分为3个单元对黄宾虹书画艺术进行诠释——“山水：浑厚华滋”“花鸟：刚健婀娜”“书法：凝练朴拙”。

【萧朗书画艺术展】

2016年8月12日至25日，由中国国家博物馆主办的“萧朗书画艺术展”在中国国家博物馆举办。展览展出萧朗不同时期的创作100幅，并出版《萧朗书画艺术》图录，来纪念这位在津门德高望重的老艺术家。

【理想与诗情——黄新波百年艺术纪念展】

2016年9月8日至25日，由中共广东省委宣传部指导，广州美术学院、广东省美术家协会、广东画院联合主办，广东美术馆、岭南美术出版社协办，广州美术学院美术馆承办的“理想与诗情——黄新波百年艺术纪念展”在广州美术学院美术馆举办。展览展出黄新波不同时期的代表作百余件，并结合复制品和史料凸显其与文学、出版的多元关系。

【华世翎光——田世光百年诞辰纪念展】

2016年9月9日至23日，由中央美术学院主办的“华世翎光——田世光百年诞辰纪念展”在中央美术学院美术馆举办。作为“百年辉煌·中央美术学院艺术名家”的重要学术项目，展览展出田世光的代表作40余件，分为“故园风土 柳浪莺飞”“勾勒重彩 教学授艺”“国礼大作 时代丹青”3部分，呈现了艺术家不同时期的艺术面貌与风格特色，包括《幽谷红妆》《节日的花朵》《英姿万古》等代表作和在教学创作中的草图手稿。

【山高水长——杨长槐先生逝世周年纪念展】

2016年9月25日至10月7日，由中国美术家协会、中国国家画院、山东艺术学院、山东省美术家协会、贵州省美术家协会主办的“山高水长——杨长槐先生逝世周年纪念展”在烟台画院陈列馆举办。展览展出杨长槐从艺以来的78幅山水画以及写生作品。

【青山依旧——赵松涛诞辰100周年纪念展】

2016年9月25日至10月7日，由天津画院、天津市美术家协会、天津市文史馆、天津人民美术出版社、天津美术学院中国画学院、天津工艺美术学院、天津美术馆主办的“青山依旧——赵松涛诞辰100周年纪念展”在天津美术馆举办。展览展出赵松涛不同时期的代表性作品200余幅，全面展现赵松涛的艺术创作历程。

【炎黄艺术馆建馆25周年暨炎黄痴子黄胄作品展】

2016年9月28日至10月25日，由炎黄艺术馆、黄胄美术基金会主办的“炎黄艺术馆建馆25周年暨炎黄痴子黄胄作品展”在北京炎黄艺术馆举办。展览展出黄胄20世纪60年代至80年代创作的具有代表性的主题作品近20件，如风华正茂之时创作的《亲人》(1964)、《巡逻》(1965)；历经“十年浩劫”以后，重提画笔创作的《曹雪芹》(1976)、《飞雪迎春》(1976)、《广阔天地大有作为》(1976)、《庆丰收》(1976)、《日夜想念毛主席》(1976)；一边与病魔抗争，一边以“必攻不守”的创作精神走“生活之路”回到边疆曾生活过的地方，再次学习和提炼之后创作的《欢腾的草原》(1981)、《听琴图》(1985)、《姑娘追》(1986)、《套马图》(1987)、《帕米尔之舞》(1988)等。

【快乐的旋转——秦宣夫诞辰110周年专题展】

2016年9月29日至10月30日，由中央美术学院主办的“快乐的旋转——秦宣夫诞辰110周年专题展”在中央美术学院美术馆举办。展览分为“巴黎回忆”“艺专岁月”“搂定自然”“求真立新”“博理渊学”5个部分，展出200余件绘画作品和秦宣夫留存的教学笔记等丰富的文献资料，呈现了秦宣夫的艺术历程。

【大年百年——纪念祝大年百岁诞辰艺术展】

2016年10月16日至11月9日，由中国国家博物馆、清华大学美术学院共同主办的“大年百年——纪念祝大年百岁诞辰艺术展”在中国国家博物馆举办。展览展出祝大年工笔重彩画、钢笔画、陶瓷、雕塑以及设计等不同类别的百余件代表作品。

【百年知白——刘知白艺术展】

2016年10月27日至11月6日，由中国美术家协会、贵州省文学艺术界联合会、贵州省文史馆联合主办的“百年知白——刘知白艺术展”在中国美术馆举办。展览展出画家刘知白绘画作品200余幅。

【飞羽掠天——吴大羽的诗与画】

2016年10月27至11月18日，由中国美术家协会、上海市美术家协会、北京画院共同主办，北京画院美术馆、吴大羽艺术基金会承办的“飞羽掠天——吴大羽的诗与画”展览在北京画院美术馆举办。展览展出吴大羽的油画、蜡彩、书信、诗歌等作品百余件，以及吴大羽的诗稿45件。

【人间的回响——余本作品展】

2016年11月2日至27日，由广东省文学艺术界联合会、广东省美术家协会、广东画院以及广东美术馆共同主办的“人间的回响——余本作品展”在广东美术馆举办。展览展出广东第一批留洋艺术家余本的油画、中国画作品多幅。

【杳杳归鸿——纪念黎冰鸿先生逝世三十周年作品展】

2016年11月4日至20日，由浙江美术馆主办的“杳杳归鸿——纪念黎冰鸿先生逝世三十周年作品展”在浙江美术馆举办。展览展出油画家黎冰鸿的90件作品，很多作品是首次面世，如《南昌起义》的创作草图和素材、素描速写稿等。

【此中有真趣——纪念陈半丁诞辰140周年艺术展】

2016年11月10日至20日，由中国美术馆、北京画院、中央文史研究馆共同主办，绍兴市人民政府、中国艺术研究院美术研究所、陈半丁纪念馆协办的“此中有真趣——纪念陈半丁诞辰140周年艺术展”在中国美术馆举办。展览展出陈半丁在花卉、翎毛、人物、山水、书法、篆刻等艺术门类的代表作品180件，梳理了陈半丁的艺术谱系，彰显其在继承中华艺术传统方面所取得的艺术成就。

【罗工柳、郁风、彦涵、丁聪百年诞辰纪念座谈会】

2016年11月15日，由中国文学艺术界联合会、中国美术家协会主办的“罗工柳、郁风、彦涵、丁聪百年诞辰纪念座谈会”在中国文学艺术界联合会举行。座谈会回顾了4位艺术家的艺术历程，缅怀4位艺术家为中国美术事业做出的杰出贡献。

【朽者不朽——中国画走向现代的先行者陈师曾诞辰140周年特展】

2016年11月16日至12月20日，由中国美术馆主办，故宫博物院、中央美术学院、北京画院、北京荣宝斋共同协办的中国美术馆“典藏活化”系列展之“朽者不朽——中国画走向现代的先行者陈师曾诞辰140周年特展”在中国美术馆举办。展览展出陈师曾各类艺术作品200余件，一方面展现其于中国画各科推进的传承与创新，另一方面呈现其于书法、印章、诗词以及漫画、画铜、笺画等多方面的综合艺术成就。尤其是特设专厅，以“沙龙雅集”方式钩沉其生平、交友、著述，力图部分还原陈师曾与民国初年文艺界往来的艺术交往圈。

【睿心天地——贺友直艺术回顾展】

2016年11月21日至2017年1月3日，由中国美术家协会、北京画院、中华艺术宫共同主办，北京画院美术馆承办的“睿心天地——贺友直艺术回顾展”在北京画院美术馆举办。展览展出贺友直的连环画及风俗画代表作百余幅，回顾了贺友直的艺术历程。

【且饮墨沈——纪念王蓝孙诞辰130周年书画展】

2016年11月23日至30日，由浙江美术馆主办的“且饮墨沈——纪念王蓝孙诞辰130周年书画展”在浙江美术馆举办。展览展出王蓝孙百余件书画作品，重现了海派绘画的艺术经典，全面展示海派画家王蓝孙半个多世纪以来不断探索所取得的艺术成就。

交流

【解析之路——法国艺术家 VAL 雕塑作品展】

2016 年 3 月 2 日至 4 月 4 日，由中央美术学院国际合作与交流处主办的“解析之路——法国艺术家 VAL 雕塑作品展”在中央美术学院美术馆举办。本次展览是对法国女雕塑家 VAL（Valérie Goutard 的署名）迄今为止 20 余年雕塑创作的一次总结与回顾。

【现实与真相的异与同——何塞－玛丽亚·卡诺艺术展】

2016 年 3 月 10 日至 23 日，由中央美术学院美术馆主办的“现实与真相的异与同——何塞－玛丽亚·卡诺艺术展”在中央美术学院美术馆举办。展览展出西班牙艺术家何塞－玛丽亚·卡诺自 2003 年至 2015 年间创作的 11 个系列的作品 77 组 200 余件。

【当水墨邂逅油彩——张江舟、罗伯特·哈特曼艺术交流展】

2016 年 3 月 15 日至 23 日，由中国国家画院、德国 Malkasten 美术家协会主办的“当水墨邂逅油彩——张江舟、罗伯特·哈特曼艺术交流展”在中国美术馆举办。展览以“水墨”和“油彩”两种中西方绘画典型的媒材为主题，共展出中国画家张江舟和德国艺术家罗伯特·哈特曼的百余幅作品。

【墨西哥之翼——豪尔赫·马林雕塑展】

2016 年 3 月 22 日至 6 月 19 日，由广东美术馆、墨西哥驻广州总领事馆主办的“墨西哥之翼——豪尔赫·马林雕塑展”在广东美术馆举办。豪尔赫·马林是墨西哥极具好评的雕塑艺术家，在过去的 25 年里，一直活跃于当代艺术界。雕塑《墨西哥之翼》是一件充满活力的艺术品，作品通过大家都熟悉的符号打破了地理和文化的界限，其中“翅膀”又象征着不同民族之间缔结兄弟友谊的纽带。

【贾科梅蒂回顾展】

2016 年 3 月 22 日至 7 月 31 日，由上海余德耀美术馆主办的“贾科梅蒂回顾展”在上海余德耀美术馆举办。展览展出阿尔贝托·贾科梅蒂创作的 250 件雕塑及绘画作品，以及影像资料，通过主题性的方式全面回顾了贾科梅蒂跨越半个世纪的艺术生涯。在贾科梅蒂逝世 50 周年之际，他的作品首次在中国大规模展示，这也是继 2007 年法国蓬皮杜艺术中心大展之后全球最大规模的贾科梅蒂回顾展。

【“威尼斯与威尼斯画派”展】

2016年3月24日至2017年1月23日，由中国国家博物馆与意大利文化遗产活动与旅游部、威尼斯市立博物馆基金会共同举办的“‘威尼斯与威尼斯画派’展”在中国国家博物馆举办。展览展示了从15世纪到18世纪跨越400年历史的威尼斯绘画发展脉络，共展出77件绘画与雕塑珍品，是从佛罗伦萨乌菲齐美术馆、威尼斯美术学院美术馆、圣卢卡国家美术学院等10余家意大利博物馆、美术馆精心挑选出来的重要艺术家的作品。

【第九届深圳国际水墨双年展暨第八届深圳水墨论坛】

2016年3月27日至4月24日，由深圳市人民政府主办，深圳画院、关山月美术馆、深圳美术馆、深圳市美术家协会承办的“第九届深圳国际水墨双年展暨第八届深圳水墨论坛”系列活动分别在深圳市关山月美术馆、深圳画院、深圳美术馆举办。本次活动设“新中国画VS新水墨画”主题展、“墨海新境”特别展、“鹏城墨韵”专题展3个展示单元，以及“新中国画的过去、现在与将来”和“新水墨画的过去、现在与将来”两场专题讨论会。邀请103位海内外艺术家参展，14位理论家与会，展出作品300余件。

【肖恩·斯库利：抵抗与坚持　绘画1967—2015伦敦 | 纽约】

2016年4月8日至5月8日，由南京艺术学院美术馆、英国文化协会、肖恩·斯库利工作室、德国Kewenig画廊、多德创意等多个机构共同主办的“肖恩·斯库利：抵抗与坚持　绘画1967—2015伦敦 | 纽约”中国巡展在南京艺术学院美术馆举办。展览展出抽象艺术家肖恩·斯库利的作品57件。

【俄罗斯油画名家艺术作品展】

2016年4月23日至5月8日，由中国艺术研究院中国油画院、中俄油画协会主办的“俄罗斯油画名家艺术作品展”在中国艺术研究院中国油画院美术馆举办。展览展出俄罗斯现实主义时期和20世纪苏联艺术鼎盛时期的百余幅优秀油画、素描作品，涵盖风景画、人物画和静物画等。

【不朽的传承——法兰西艺术院院士作品邀请展】

2016年4月29日至7月9日，由中国美术馆和法兰西艺术院共同主办的“不朽的传承——法兰西艺术院院士作品邀请展”在中国美术馆举办。本次展览是中国美术馆国际交流系列展之一，也是法兰西艺术院院士经典作品在中国的第一次集中亮相，共展出法兰西艺术院9位院士的油画、版画作品66件。展览还展出了中国美术馆馆藏朱德群的三联油画《绿色活力》。

【奇想阁——动漫美学双年展2015—2016】

2016年5月15日至7月17日，由上海当代艺术馆主办的“奇想阁——动漫美学双年展2015—2016”在上海当代艺术馆举办。本次展览邀请来自中国、日本、韩国、波兰等国家的13位艺术家参展，呈现的作品从绘画、雕塑到影像、空间装置和VR游戏，大部分皆为新作，且根据MoCA空间量身打造。

【2016年中韩当代艺术20人展】

2016年6月28日至9月15日，由广州市对外友好协会、韩国光州市政府主办，广州美术学院大学城美术馆、光州市立美术馆承办的“2016年中韩当代艺术20人展”在广州美术学院大学城美术馆举行首轮展出，中韩双方各选派10位重要艺术家参加。此展将在次年赴韩国光州市立美术馆进行第二回展出。

【歌之舞之——约翰·麦克林恩的抽象绘画】

2016年6月30日至8月24日，由中央美术学院美术馆主办的“歌之舞之——约翰·麦克林恩的抽象绘画”展在中央美术学院美术馆举办。展览展出英国抽象艺术家麦克林恩自20世纪60年代末至今的绘画作品多幅。

【何塞·万徒勒里作品展】

2016年7月1日至21日，2016中拉文化交流年框架下“拉美大师系列展览”之“何塞·万徒勒里作品展”在中央美术学院美术馆举办。此次巡展由何塞·万徒勒里基金会（智利）和中国对外文化集团公司（中国）共同举办。展览展出40件作品，包括万徒勒里1954—1988年间在智利和瑞士创作的25幅绘画，以及1954—1965年间在中国创作的15幅素描、水彩画和版画。他的作品受到智利传统艺术的影响，线条笔触大开大合又细腻精致，蕴含着艺术家在拉丁美洲艺术运动中创造的“现实表现主义”所焕发的奇异活力。

【意会中国——斯里兰卡青年艺术家采风作品展】

2016年7月8日至10日，由文化部主办、中国对外文化集团承办的“意会中国——斯里兰卡青年艺术家采风作品展”在首都图书馆举办。此展为2016年6月底至7月初斯里兰卡青年艺术家访华采风后创作的展示。此次应邀访华进行采风创作的5位斯里兰卡青年艺术家来自斯里兰卡的美术学院。

【中国风格·中国国家画院美术精品国际巡展首展——中国国家画院国画扇面作品展】

2016年7月11日（当地时间），国家艺术基金2015年资助项目“中国美术海外推广工程”继先后在美国、法国、英国等国家举办美术展览和学术论坛活动之后，由中国国家画院和马耳他中国文化中心主办的“中国风格·中国国家画院美术精品国际巡展首展——中国国家画院国画扇面作品展”在马耳他中国文化中心举办。展览展出国内优秀中青年艺术家创作的扇面作品近30幅。

【中华意蕴——中国油画艺术国际巡展】

2016年7月13日（当地时间），由中国国家画院主办的“中华意蕴——中国油画艺术国际巡展”开幕式在法国巴黎布隆尼亚尔宫举行。展览以“中华意蕴”为主旨，分为“生活之意”“人文之思”“心灵之境”3个主题板块，展出来自中国的150余幅油画作品。

【2016第15届环太平洋国家艺术展】

2016年8月20日至30日，由中国人民对外友好协会、黑龙江省人民对外友好协会、黑龙江省文学艺术界联合会、加拿大国际文化交流协会、NPO法人加拿大·日本国际文化交流协会共同主办的“2016第15届环太平洋国家艺术展”在黑龙江省美术馆举办。来自中国、日本、加拿大、荷兰等国家的艺术家展出包括油画、水彩画、版画、雕塑、装置艺术、手工艺、摄影等各种风格、流派的艺术品百余件（套）。

【中国风格——中国国家画院版画作品展】

2016年8月20日至9月7日，由中国文化部和国家艺术基金支持并资助、中国国家画院与莫斯科中国文化中心联合主办的“中国风格——中国国家画院版画作品展”在莫斯科中国文化中心举办。展览展出由广军、徐匡、阿鸽等14位版画家创作的39幅作品。这些遴选出来的精品之作，涵盖了木版画、铜版画、石版画及丝网版画等艺术形式。

【互绘·相知——中外美术作品展】

2016年9月10日至20日，由中国美术家协会主办的“互绘·相知——中外美术作品展”在北京炎黄艺术馆举办。此次展览是近年来中国美术家协会对外交流成果的集中呈现，共展出200余件中外美术作品。展览分五大板块：“中国美术家眼中的世界”以中国画为主，题材集中于“一带一路”；“外国美术家眼中的中国”则以油画为主，题材集中于“中国元素”；“中国中青年美术家海外研修”和“巴黎国际艺术城吕霞光画室研修”，呈现的是对美术人才培养的阶段性成果；“虚拟现实画展”则邀请观众亲身体验理解北京双年展部分捐赠作品和数字媒体结合的全新演绎。

【时间的重合——西班牙艺术家纳兰霍版画作品展】

2016年9月13日至23日，由中央美术学院主办的“时间的重合——西班牙艺术家纳兰霍版画作品展”在中央美术学院美术馆举办。展览展出西班牙艺术家纳兰霍的48件版画作品以及相关素描作品。

【第三十四届世界艺术史大会】

2016年9月16日至20日，由国际艺术史学会、中央美术学院、北京大学共同主办，故宫博物院、吴作人国际美术基金会协办的“第三十四届世界艺术史大会”在北京钓鱼台国宾馆举办。世界艺术史大会是国际文化艺术界的重要会议，每四年举办一次，自1873年以来已经举办了33届。该会议由联合国教科文组织联络机构国际艺术史学会与每届大会的主办国联合组织，被称为文化艺术界的"奥林匹克盛会"，因此每一届会议都得到各主办国政府的大力支持。经过中国艺术史学会筹委会多年的努力，第三十四届世界艺术史大会在北京举办，这是该学术大会第一次在亚洲和非西方国家举办。

【中俄媒体交流年——2016中俄名家作品交流展】

2016年9月22日，由中国人民对外友好协会、俄罗斯圣彼得堡政府民族委员会主办的"中俄媒体交流年——2016中俄名家作品交流展"在俄罗斯圣彼得堡民族艺术宫举办。展览展出中国艺术家的百余件作品。

【北京媒体艺术双年展"技术伦理"主题展】

2016年9月25日至10月9日，由中央美术学院、北京国际设计周组委会办公室与德国B3动态影像双年展联合主办的"北京媒体艺术双年展'技术伦理'主题展"在中华世纪坛艺术馆举办。以克里斯多夫·沃迪斯科、乔纳森·哈里斯等为代表的艺术家，从科学、大数据、混合现实、人工智能与生物基因等热点话题切入"技术伦理"主题，通过作品与热点话题之间的关联性阐释"技术伦理"。

【第三届世界华侨华人美术书法展】

2016年9月26日至10月5日，由中华全国归国华侨联合会联合中国文学艺术界联合会、中国美术家协会、中国书法家协会主办的"第三届世界华侨华人美术书法展"在北京中国华侨历史博物馆举办。展览展出从45个国家和地区1 000余名华侨华人艺术家选送的4 000余幅作品中评选出的164幅，其中美术作品105幅、书法作品59幅。同时，组委会特邀海内外美术、书法名家和社会知名人士的书画作品106幅参展。

【吴冠中——大美无垠特展】

2015年11月25日至2016年9月25日，由中国文物交流中心与新加坡国家美术馆合办的"吴冠中——大美无垠特展"在新加坡国家美术馆的吴冠中画廊举办。展览分为"早期油画""早期水墨画""中后期油画与水墨画"3个区域，展出吴冠中作品79件（组）。

【行进一带一路 对话中华文明——国际美术邀请展】

2016年9月25日至10月8日，由中共陕西省委宣传部、中国国家画院主办的"一带一路"国际研讨会系列活动之"行进一带一路 对话中华文明——国际美术邀请展"在陕西崔振宽美术馆举办。展览邀请"一带一路"沿线国家俄罗斯、白俄罗斯、罗马尼亚、法国、德国、意大利等和中国艺术家共130余人的180余件作品参展，涵盖中国画、油画、雕塑、版画、摄影等艺术形式。

【“中国写意——来自中国美术馆的艺术”系列展览】

2016年9月26日至2017年2月19日，作为中拉文化交流年的重要项目，由中国美术馆策划的“中国写意——来自中国美术馆的艺术”系列展在墨西哥城圣伊德方所学院（博物馆）举办。系列展由三个子项目构成，即“多维向度——中国水墨画的当代拓展”“中西融合——中国写意在中国当代艺术中的转换”“大美乡情——中国民间美术精品”。展览展出改革开放以来具有代表性的水墨画、油画、版画、雕塑等中国当代美术创作的精品，以及剪纸、皮影、面具等中国民间美术精品百余件（套）。

【大英博物馆藏意大利文艺复兴时期素描精品展】

2016年10月7日至2017年1月6日，由苏州博物馆与大英博物馆首次合作举办的“大英博物馆藏意大利文艺复兴时期素描精品展”在苏州博物馆举办。展览展出达·芬奇、米开朗琪罗、拉斐尔和提香等40余位文艺复兴时期艺术大家的49幅珍贵素描手稿，呈现出了文艺复兴时期意大利艺术图景。

【银川对话——2016中国·美国版画作品联展】

2016年10月9日至29日，由中国国家画院版画院、银川新闻传媒集团、美国威廉帕特森大学中国艺术中心等主办的“银川对话——2016中国·美国版画作品联展”在银川市美术馆举办。展览展出51位中美两国具有代表性的版画艺术家的150余幅作品。

【第二届中国新疆国际艺术双年展】

2016年10月9日至31日，由文化部、新疆维吾尔自治区人民政府主办，文化部艺术司、文化部对外文化联络局、新疆维吾尔自治区文化厅共同承办的“第二届中国新疆国际艺术双年展”在乌鲁木齐举办。本届双年展由“主展”“主题报告会”“工作坊”“平行展”4部分组成。其中，主展展览以“艺术与科学的对话”为主题，有来自英国、法国、加拿大等7个国家以及国内的28件作品参展。

【第二届中国（苏州）国际粉画双年展】

2016年10月22日至11月20日，由中国民间文艺家协会、苏州科技大学、苏州市美术家协会联合主办“第二届中国（苏州）国际粉画双年展”在苏州举办。展览展出来自中国、美国、法国、英国、西班牙等15个国家的60位外国艺术家和40位中国艺术家的100幅粉画作品。

【东方画艺——15至19世纪中韩日绘画】

2016年11月5日至12月18日，由中国国家博物馆、韩国国立中央博物馆和日本东京国立博物馆三馆合作举办的“东方画艺——15至19世纪中韩日绘画”展在中国国家博物馆举办。展览从三馆的藏品中精心挑选了中国明清时期、韩国朝鲜王朝时期，以及日本室町、江户和明治时期的文人画、风俗画和佛教画作品共计52件（套）。展览主题鲜明，展品内容丰富，既显示了各国绘画的民族特色，又展示了相互的关联和影响，并向观众介绍了三国绘画名品的概貌。

【第三届南京国际美术展】

2016 年 11 月 12 日至 2017 年 2 月 12 日，由中国公共外交协会、中国侨商联合会、百家湖国际文化投资集团共同主办的“第三届南京国际美术展”在江苏省南京百家湖美术馆举办。展览主题为“HISTORICODE：萧条与供给”。本届美展得到来自五大洲 52 个国家和地区的艺术家的广泛参与，共展出作品 670 件。

【何不再问——第十一届上海双年展】

2016 年 11 月 12 日至 2017 年 3 月 12 日，由 Raqs 媒体小组策展的“何不再问——第十一届上海双年展”在上海当代艺术博物馆举办。在当下高度互联的全球语境之中，本届双年展着重于探寻“南南合作”的可能性，意图去呈现一个超越东西分野的具有发散性的艺术世界。集研究、创作、策展于一体的 Raqs 媒体小组表示：本届双年展不仅是一系列探索和研究的小结，更是新视角和新观点的起航。

【第一回中日现代版画展】

2016 年 11 月 17 日至 12 月 19 日，由中国国家画院版画院、中国版画学会（筹）、日本版画协会共同主办的“第一回中日现代版画展”在深圳市中国版画博物馆举办。展览展出 108 位中日版画家的 212 幅作品。

【河流之上——2016 第三届昆明美术双年展】

2016 年 11 月 20 日至 30 日，由云南省文化厅、云南省文学艺术界联合会主办，云南省美术家协会、云南画院、云南美术馆承办的“河流之上——2016 第三届昆明美术双年展”在云南美术馆举办。展览汇集了除云南本土以外的东南亚、南亚艺术家的作品 70 余件，涵盖油画、版画、水彩·粉画、雕塑等多个艺术类型。

【俄罗斯当代油画名家邀请展】

2016 年 11 月 21 日至 29 日，由中国人民大学艺术学院与俄罗斯乌拉尔（北京）艺术展览馆共同主办的“俄罗斯当代油画名家邀请展”在中国人民大学艺术学院美术馆举办。展览展出近 50 位俄罗斯当代名家的油画作品 70 余件。

【第四届广州国际藏书票暨小版画双年展】

2016 年 11 月 24 日至 12 月 3 日，由中国美术家协会藏书票研究会、广东省美术家协会和广州美术学院共同主办的“第四届广州国际藏书票暨小版画双年展”在广州美术学院美术馆举办。本届国际双年展以多种形式展示藏书票和小版画全部获奖及入选作品 700 余件（组）。参与本届国际展评选的艺术家来自 50 个国家和地区，共 1 481 名。他们分别参加了藏书票和小版画两个组别的评选。其中，参加藏书票组评选的艺术家共 886 名，参加小版画组评选的艺术家 1 006 名。

【水墨东方——中国当代水墨意大利展】

2016 年 11 月 25 日至 12 月 1 日，由中国国家画院主办的“水墨东方——中国当代水墨意大利展”在意大利佛罗伦萨达巴索古堡举办。本次展览作为中国水墨国际推广项目的系列活动之一，展出 32 位中国当代水墨名家的 63 件作品。

【画中有诗——2016 年中韩水墨艺术交流展】

2016 年 12 月 13 日至 21 日，由深圳市关山月美术馆和韩国光州毅斋美术馆共同主办的“画中有诗——2016 年中韩水墨艺术交流展”在深圳市关山月美术馆举办。展览以“画中有诗”为主题，展出中韩两国艺术家的水墨画作品 30 余幅。

会议·论坛

【第七届中国北京国际美术双年展“丝路与世界文明”主题创作研讨会】

2016年7月20日，由中国文学艺术界联合会主办的“第七届中国北京国际美术双年展‘丝路与世界文明’主题创作研讨会”在北京举办。会议主要介绍了第七届中国北京国际美术双年展的近期筹备情况，以及艺术家的创作情况。研讨会邀请50位艺术家在研讨会现场对自己的艺术创作进行现场阐释。

【东亚艺术发展论坛】

2016年7月26日，由中央美术学院与青岛市人民政府共同主办的“东亚艺术发展论坛”在青岛西海岸新区举办。论坛以“全球艺术格局下的亚洲视野”为主题，旨在以东亚海洋合作平台的建设为契机，推动东亚及东盟各国的文化艺术交流，为东亚地缘文化的发展提供更具全球性与当代性的视野。论坛由“主题演讲”“学术研究分论坛”“艺术机构分论坛”3个板块组成，分别从“东亚艺术的现状与未来”“东亚文化艺术的学术研究成果”“艺术机构管理与运营发展”等不同侧面切入论坛主题。

【观看之道——王逊美术史论坛暨中央美术学院第一届博士后论坛】

2016年9月22日至23日，由中央美术学院人事处（博士后流动站）主办，中央美术学院人文学院、艺讯网、艺文志论坛共同承办的“观看之道——王逊美术史论坛暨中央美术学院第一届博士后论坛”在中央美术学院举办。论坛围绕美术史的原点问题，分“对观看的观看”“多元碰撞的观看”“观看与权力”“看与见”“传播流变的观看”“媒体的‘观看’与艺术史书写”六大板块展开了“观看之道”。论坛共有18位学者宣读报告，分别对应18位评议人，并邀请6个媒体代表参加媒体圆桌讨论。他们围绕“观看”主题，从不同的学术视角进行阐发和讨论。

【第三届中国民族美术发展论坛】

2016年10月19日，由中国美术家协会、中共贵州省委宣传部、贵州省文学艺术界联合会主办的“第三届中国民族美术发展论坛”在贵州省贵阳市孔学堂举行。此次民族美术发展论坛邀请了入选论文集的6位代表性的学者针对民族美术的创作与研究、民族美术的弘扬与推广进行讨论。

【清华大学美术学院（原中央工艺美术学院）建院60周年纪念大会】

2016年11月1日，由清华大学美术学院主办的“清华大学美术学院（原中央工艺美术学院）建院60周年纪念大会”在清华大学礼堂举行。清华大学美术学院举办了“清华大学美术学院（中央工艺美术学院）建院60周年校友作品邀请展”，展览展出120余幅校友作品；9月10日至28日，北京地区的校友在中国国家画院国展美术中心联合举办了“艺·光华——艺术名家邀请展”，展示了的学院文脉及对艺术的至美追求；11 月 13 日，深圳校友会在深圳举办“庆祝清华大学美术学院建院 60 周年‘清华力量’校友作品展”等。

【第二届“一带一路”沿线国家壁画论坛】

2016 年 11 月 18 日，由中国美术家协会壁画艺术委员会、四川美术学院、重庆市美术家协会共同主办，四川美术学院中国画系、公共艺术学院承办的“第二届‘一带一路’沿线国家壁画论坛”在四川美术学院举行。此次论坛展现了“一带一路”沿线国家传统壁画研究与保护的现状，探讨传统壁画的保护路径与方法，交流当代壁画教学与创作的经验，搭建各国壁画家绘画的平台，共同推进世界壁画艺术的繁荣与发展。

【纪念路德维希夫妇捐赠 20 周年国际学术研讨会】

2016 年 11 月 21 日，“纪念路德维希夫妇捐赠 20 周年国际学术研讨会”在中国美术馆举行。此次研讨会是由德国驻华大使馆和中国美术馆共同举办的路德维希夫妇捐赠 20 周年的纪念活动之一，旨在纪念路德维希夫妇捐赠国际艺术作品 20 周年，同时也为中德两国之间的文化交流增添更为丰富的内容。

【2016 中国传统色彩理论研讨会】

2016 年 11 月 21 日，由中国艺术研究院美术研究所主办的“2016 中国传统色彩理论研讨会”在中国艺术研究院学术报告厅举行。来自全国各地高校、研究所与社会专业机构的 17 位老、中、青三代色彩学人，从色彩史论、颜色词、民间色彩、纺织印染、服饰色彩、器物色彩、色彩颜料及现代色彩应用等各个方面，研讨了中国传统色彩研究的最新成果及未来学术方向。

【文学语言的绘画性转换与应用研讨会】

2016 年 12 月 15 日，由中国美术家协会艺术委员会主办、中国美术家协会连环画艺术委员会协办的“文学语言的绘画性转换与应用研讨会”在中国文学艺术界联合会举行。研讨会的中心议题是通过探讨绘画语言如何解读文学作品，做到图文并茂，进而拓展连环画、插图和绘本的创作思路，让绘画在内容、形式和手法上与文学作品相融合，使绘画要素与文学内涵相辉映。

【范式与他法——第十届全国高等院校美术史学年会】

2016 年 12 月 22 日至 23 日，由全国高等院校美术史学年会组委会与天津美术学院主办的“范式与他法”——第十届全国高等院校美术史学年会在天津美术学院举行。本届年会以“美术史学的知识构建与视域拓展”为主题，共有 26 篇论文（六组）被选为大会发言论文，论文主题包括传统美术史研究、近现代美术史研究、外国美术史研究、美术理论研究和当代艺术批评等当今美术史学科的重要研究领域。

机构

【清华大学艺术博物馆开馆】

2016年9月10日，清华大学艺术博物馆开馆仪式在清华大学举行。清华大学艺术博物馆建筑占地约1.5公顷，总建筑面积3万平方米，展厅总面积约9 000平方米。展厅共分四层：一至三层为临时展厅，主要展出国内外优秀的艺术展览；四层为常设展厅，主要展出清华大学艺术博物馆的精品馆藏。本馆现有藏品1.3万余组（件），品类包括书画、染织、陶瓷、家具、青铜器及综合艺术品等六大类，绝大多数来自清华大学美术学院的收藏以及校友和社会贤达的捐赠。

大事记

1月9日至11日，“古风今语——2015年度中国画名家邀请展”在北京炎黄艺术馆举办。

1月9日至19日，“中国自然之声油画艺术研究院：山河交响——第二届中国风景油画邀请展”在中国美术馆举办。

1月9日至20日，“‘含英咀华——中国艺术研究院工笔画精品展”在中国美术馆举办。

1月9日至20日，“万卷河山——中国美术馆‘典藏活化’系列展”在中国美术馆举办。

1月10日至2月25日，“‘中国美术家协会水彩画艺术委员会年度提名展2015’开幕仪式暨《中国水彩画年鉴·2015》首发式”在广东莞城美术馆举办。

1月13日至9月2日，“领袖·人民——馆藏现代经典美术作品展”在中国国家博物馆举办。

1月15日至3月6日，“当代岭南——中国画双年展2016”在湖北美术馆举办。

1月16日至3月16日，“写意中国——2016中国国家画院美术作品展”在中国国家画院国展美术中心举办。

1月18日至2月1日，“朱乐耕、徐累精品展”在中国国家博物馆举办。

1月23日至3月6日，“历史的温度——中央美术学院与中国具象油画（巡展宁波站）”在宁波美术馆举办。

1月26日至3月7日，“2016中国美术馆贺岁大展——中华民族大团结全国美术作品展”在中国美术馆举办。

2月4日至21日，“龙力游、刘建平精品展”在中国国家博物馆举办。

2月20日至3月10日，“工业在场——2015中国工业版画三年展”黑龙江巡展在黑龙江省美术馆举办。

2月24日至3月9日，“陈忠康、王亚雄精品展”在中国国家博物馆举办。

3月8日至5月22日，“只研朱墨作春山——纪念鲁迅逝世80周年美术展”在中国美术馆举办。

3月9日，美术家葛维墨因病在北京逝世，享年87岁。

3月12日至26日，“管峻、骆芃芃精品展”在中国国家博物馆举办。

3月15日至30日，“黑白木刻——陕西省黑白木刻展暨名家作品邀请展”在西安美术馆举办。

3月16日，连环画家贺友直因病在上海逝世，享年94岁。

3月16日至29日，“‘赤子之心’——司徒乔、司徒杰艺术展”在中国美术馆举办。

3月27日至4月24日，“第九届深圳国际水墨双年展暨第八届深圳水墨论坛”分别在深圳市关山月美术馆、深圳画院、深圳美术馆举办。

3月29日至4月12日，“江宏伟、刘万鸣精品展”在中国国家博物馆举办。

3月29日至6月3日，“创新先驱之路——罗工柳百年诞辰纪念展”在中央美术学院美术馆举办。

4月2日至12日，“美丽厦门——当代美术作品晋京展”在中国美术馆举办。

4月2日至12日，“世纪风眠——林风眠画传展”在中国美术馆举办。

4月3日，版画家李焕民因病在四川省成都市逝世，享年86岁。

4月8日至18日，“中国现代漆画文献展暨2016江苏漆画提名展”在江苏省现代美术馆举办。

4月13日，艺术史家黄专因病在广州逝世，享年58岁。

4月15日至29日，“何家英、赵建成精品展”在中国国家博物馆举办。

4 月 30 日至 5 月 22 日，“不朽的传承——法兰西艺术院院士作品邀请展”在中国美术馆举办。

5 月 7 日至 14 日，新中国美术家系列展之“湖北省国画作品展”在中国国家画院美术馆举办。

5 月 14 日，美术家杨之光因病在广州逝世，享年 86 岁。

5 月 14 日至 6 月 26 日，“王式廓奖暨今日中国当代青年艺术家提名展”在北京今日美术馆举办。

5 月 20 日至 6 月 19 日，“庆祝建党 95 周年、纪念长征胜利 80 周年上海美术作品展”在上海中华艺术宫举办。

5 月 20 日至 8 月 7 日，“为时代造像——湖北美术馆馆藏雕塑作品展”在上海中华艺术宫举办。

5 月 27 日至 6 月 11 日，“中国梦　劳动美——基层劳动者风采美术作品展”在北京市劳动人民文化宫太庙艺术馆举办。

5 月 28 日至 6 月 6 日，“金陵风骨　其命惟新——江苏省国画院 60 年·中国画书法作品展”在中国美术馆举办。

5 月 28 日至 8 月 15 日，“故事绘——中国美术馆藏连环画原作精品展”在中国美术馆举办。

5 月 29 日至 6 月 11 日，“匠与意——中国艺术研究院中国雕塑院建院九周年雕塑展暨同曦·中国青年雕塑邀请展启动仪式”在中国艺术研究院中国雕塑院举办。

5 月 30 日，美术家孙滋溪因病在北京逝世，享年 87 岁。

5 月 30 日，美术家陈伯希因病在兰州逝世，享年 94 岁。

5 月 31 日至 6 月 26 日，“铸造时代——广州雕塑院 60 周年作品回顾展”在广东美术馆举办。

6 月 3 日至 11 日，新中国美术家系列展之“黑龙江省国画作品展”在中国国家画院美术馆举办。

6 月 4 日，美术史论家杨成寅因病在杭州逝世，享年 90 岁。

6 月 8 日至 15 日，“艺术与人文——第二届中国美术苏州圆桌会”“时代风骨·中国精神——全国中国画名家邀请展”“新吴门·六月风——第三届苏州美术作品大展”先后在苏州美术馆举办。

6 月 8 日至 23 日，“江苏首届青年油画展”在江苏省现代美术馆举办。

6 月 11 日至 7 月 5 日，“不朽之光——中国美术馆馆藏杨之光作品陈列展”在中国美术馆举办。

6 月 13 日至 18 日，新中国美术家系列展之“福建省国画作品展”在中国国家画院美术馆举办。

6 月 19 日，画家韦江凡因病在北京逝世，享年 94 岁。

6 月 19 日至 26 日，“人民形象　中国精神”——学习贯彻习近平总书记在文艺工作座谈会重要讲话精神系列展之“中国艺术研究院艺术创作大展”在中国美术馆举办。

6 月 19 日至 7 月 1 日，“庆祝中国共产党成立 95 周年全国美术作品展”在中国国家博物馆举办。

6 月 30 日至 7 月 19 日，“庆祝中国共产党成立 95 周年美术作品展览”在中国美术馆举办。

6 月 30 日至 7 月 19 日，“纪念中国共产党成立 95 周年暨红军长征胜利 80 周年浙江省美术写生创作作品展览”在浙江美术馆举办。

7 月 1 日至 28 日，“铭记历史　开创未来——纪念中国共产党成立 95 周年书画作品展”在国家新闻出版广电总局举办。

7 月 4 日至 8 月 4 日，“中国国家画院院藏李焕民、晁楣、广军、徐匡版画作品展”在中国国家画院院藏作品陈列馆举办。

7 月 8 日至 10 日，“意会中国——斯里兰卡青年艺术家采风作品展”在首都图书馆举办。

7 月 11 日（当地时间），“中国风格·中国国家画院美术精品国际巡展首展——中国国家画院国画扇面作品展”在马耳他中国文化中心举办。

7 月 13 日（当地时间），“中华意蕴——中国油画艺术国际巡展”在法国巴黎布隆尼亚尔宫举办。

7 月 15 日至 8 月 15 日，“透视东西——黑龙江省美术馆馆藏十七至十九世纪中外版画作品展览”在黑龙江省美术馆举办。

7 月 20 日，“第七届中国北京国际美术双年展‘丝路与世界文明’主题创作研讨会”在北京举行。

7月20日至8月30日，“苍山为岳——石鲁作品展”在武汉美术馆举办。

7月23日至8月9日，“永远的战士——纪念彦涵诞辰100周年”展览在中国美术馆举办。

7月23日，艺术家莫也因病在厦门逝世，享年58岁。

7月29日至8月21日，“艺术作为生活方式——吕品田绘画作品展”在广东美术馆举办。

8月3日至10日，“文化传承·丹青力量”——中国艺术研究院中青年艺术家系列展：“感知：姚永作品展”“静观：芃芃作品展”“内省：朱春林作品展”在中国美术馆举办。

8月3日至14日，“2016第六届广东当代油画艺术展”在深圳市关山月美术馆举办。

8月5日至10日，“江苏省第七届水彩（粉）画展”在江苏省现代美术馆举办。

8月5日至10日，“铁血铸忠诚·共和国将军书画展——庆祝建党95周年暨红军长征胜利80周年”在山东美术馆举办。

8月5日至10月9日，“百年开渠——刘开渠与二十世纪中国美术”大展在上海中华艺术宫举办。

8月12日至30日，“2016首届中国美术馆收藏青年美术家作品展”在中国美术馆举办。

8月12日至10月23日，“内美静中参——黄宾虹书画精品展”在深圳博物馆举办。

8月16日，油画家谷钢因病在大连逝世，享年74岁。

8月17日，中国画家傅小石因病在南京逝世，享年84岁。

8月19日，美术家凌虚因病在苏州逝世，享年97岁。

8月20日至30日，“2016第15届环太平洋国家艺术展”在黑龙江省美术馆举办。

8月20日至9月7日，“中国风格——中国国家画院版画作品展”在莫斯科中国文化中心举办。

8月23日至30日，新中国美术家系列展之“山东省国画作品展”在中国国家画院美术馆举办。

9月2日至7日，“江苏省首届高校百名青年艺术家联展”在江苏省现代美术馆举办。

9月3日至20日，第三十四届世界艺术史大会特展“破碎与聚合——青州龙兴寺古代佛教造像”在中央美术学院美术馆举办。

9月8日至25日，“理想与诗情——黄新波百年艺术纪念展”在广州美术学院美术馆举办。

9月9日至23日，“华世翎光——田世光百年诞辰纪念展”在中央美术学院美术馆举办。

9月13日至20日，“中国国家画院美术馆2016青年美术家作品邀请展”在中国国家画院美术馆举办。

9月14日至25日，“在意——第三届中国油画双年展（2016）”在中国美术馆举办。

9月16日至20日，“第三十四届世界艺术史大会”在北京钓鱼台国宾馆举行。

9月19日至24日，“‘丝路新语——我们新疆好地方’美术作品展”在中国文艺家之家展览馆举办。

9月22日至23日，“观看之道——王逊美术史论坛暨中央美术学院第一届博士后论坛”在中央美术学院举办。

9月22日至10月30日，“信念·精神·传承——纪念红军长征胜利80周年大型馆藏文物展”在中国国家博物馆举办。

9月23日至10月8日，“2016全国素描艺术大展”在中国美术馆举办。

9月23日至10月7日，“文兮归来——中国当代艺术展”在深圳美术馆举办。

9月23日至10月23日，“纪念中国共产党建党95周年暨红军长征胜利80周年广东省美术与书法作品展”在广东美术馆举办。

9月23日至10月31日，“英雄史诗　不朽丰碑——纪念中国工农红军长征胜利80周年主题展览”在中国人民革命军事博物馆举办。

9月24日至10月10日，“异曲同工——湖北省第二届工笔画大展”在湖北美术学院美术馆举办。

9月27日至10月9日，“美丽河北　走进太行——河北美术作品展”在中国国家博物馆举办。

9月28日至10月25日，“炎黄艺术馆建馆25周年暨炎黄痴子黄胄作品展”在北京炎黄艺术馆举办。

9月29日至10月9日，“世纪归鸿——纪念天津美术学院办学110周年教师作品展”在中国美术馆举办。

9月30日至10月15日，“湖北省美术院院藏版画精品展（第一回）”在湖北省美术院美术馆举办。

10月9日至31日，“第二届中国新疆国际艺术双年展”在新疆维吾尔自治区乌鲁木齐市举办。

10月10日至11月20日，“2016第二届中国版画大展”在深圳市中国版画博物馆举办。

10月13日至23日，“中华意蕴——中国油画艺术国际巡展归国汇报展暨2016中国国家画院年展油画院作品展”在中国美术馆举办。

10月13日至23日，“诗意的流动——中国铁路美术作品展”在中国美术馆举办。

10月14日至20日，“向人民汇报——20位中青年画家‘深入生活、扎根人民’主题实践活动成果汇报展”在中国政协文史馆举办。

10月15日至31日，“2016青春志——北京青年美术双年展”在北京今日美术馆举办。

10月16日至11月9日，“大年百年——纪念祝大年百岁诞辰艺术展”在中国国家博物馆举办。

10月17日至11月2日，“纪念红军长征胜利80周年全军美术作品展览”在北京81美术馆举办。

10月18日至30日，“纪念红军长征胜利八十周年全国名家书画艺术大展”在中国国家画院国展美术中心举办。

10月18日至11月13日，“中国姿态——第四届中国雕塑大展”在山东美术馆举办，“第八届中韩现代雕塑交流展”同期举办。

10月19日，“第三届中国民族美术发展论坛”在贵州省贵阳市孔学堂举行。

10月19日至11月9日，“同心筑梦——第二届中国民族美术双年展”在贵州省贵阳市举办。

10月22日至11月10日，“纪念红军长征胜利八十周年美术作品创作展”在中国国家博物馆举办。

10月22日至11月20日，“第二届中国（苏州）国际粉画双年展”在江苏省苏州市举办。

10月26日至11月6日，“纪念中国工农红军长征胜利80周年美术作品展”在中国美术馆举办。

11月4日至20日，“杳杳归鸿——纪念黎冰鸿先生逝世三十周年作品展”在浙江美术馆举办。

11月10日至20日，“图像·画意——当代工笔画学术邀请展”在中国美术馆举办。

11月12日至2017年2月12日，“第三届南京国际美术展”在南京百家湖美术馆举办。

11月12日至2017年3月12日，“何不再问——第十一届上海双年展”在上海当代艺术博物馆举办。

11月14日至21日，“共生共荣——2016中国雕塑邀请展”在中国国家画院美术馆举办。

11月15日，“罗工柳、郁风、彦涵、丁聪百年诞辰纪念座谈会”在中国文学艺术界联合会举行。

11月15日至24日，“中国精神——2016中国百家金陵画展”在江苏省美术馆举办。

11月17日至12月19日，“第一回中日现代版画展”在深圳市中国版画博物馆举办。

11月18日，“第二届‘一带一路’沿线国家壁画论坛”在四川美术学院举行。

11月18日至12月11日，“丝路·岩语——中国岩彩绘画文献展”在北京炎黄艺术馆举办。

11月19日至12月5日，“在路上·2016——中国青年艺术家作品提名展暨青年批评家论坛”在深圳市关山月美术馆举办。

11月20日至30日，“河流之上——2016第三届昆明美术双年展”在云南美术馆举办。

11月20日至12月11日，“中华史诗美术大展”在中国国家博物馆举办。

11月21日，“纪念路德维希夫妇捐赠20周年国际学术研讨会”在中国美术馆举行。

11月21日，“2016中国传统色彩理论研讨会”在中国艺术研究院举行。

11月21日至2017年1月3日，“睿心天地——贺友直艺术回顾展”在北京画院美术馆举办。

11 月 24 日至 12 月 4 日，“朝圣·敦煌——甘肃画院美术创作工程：甘肃画院美术作品展”在中国美术馆举办。

11 月 24 日至 12 月 3 日，“第四届广州国际藏书票暨小版画双年展”在广州美术学院美术馆举办。

11 月 26 日至 12 月 15 日，“黑龙江优秀版画家水印木刻创作研修班作品展”在黑龙江省美术馆举办。

11 月 30 日，美术家孙瑛因病在山东省高唐县逝世，享年 97 岁。

12 月 3 日至 23 日，“千里之行——中国重点美术院校 2016 届毕业生优秀作品展”在清华大学艺术博物馆举办。

12 月 5 日，油画家朱维民因病在北京逝世，享年 84 岁。

12 月 6 日至 25 日，“第六届广东画院学术提名展”在广东美术馆举办。

12 月 7 日，版画艺术家王琦因病在北京逝世，享年 98 岁。

12 月 9 日至 18 日，“美丽南方·广西——中国美术作品展”在中国美术馆举办。

12 月 15 日至 19 日，“纪念红军长征胜利 80 周年暨中国共产党成立 95 周年第四届架上连环画展”在中国文艺家之家展览馆举办。

12 月 22 日至 23 日，“范式与他法”——第十届全国高等院校美术史学年会在天津美术学院举行。

12 月 23 日至 2017 年 1 月 4 日，“工·在当代——2016·第十届中国工笔画作品展”在中国美术馆举办。

12 月 28 日 2017 年 1 月 12 日，“第四届全国漆画作品展”在江西美术馆举办。

12 月 28 日至 2017 年 2 月 17 日，“正大气象——第四届杭州中国画双年展”在浙江美术馆举办。

中国艺术年鉴·2017

工艺美术卷

分卷主编：丛玲玲

年度述评

2016年中国工艺美术发展、研究概况

◎ 邱春林　王焕　易晴　练春海　吴南　陈聪　林岩

一、总览

2016年作为“十三五”的开局之年，国民经济发展增速放缓，文化产业的政策导向和扶持力度空前加大。“十三五”规划明确提出要“振兴传统工艺”，“振兴传统工艺”成了全年的关键词，文化部、工信部以及社会舆论都高度重视这个问题。文化部专门组织专家小组研究如何同时推进“振兴传统工艺”与保护非物质文化遗产工作，经过半年多的反复讨论，征求各省市自治区意见，终于在2016年年底拟出一份“振兴传统工艺”计划。2017年1月，工信部、财政部率先发布《关于推进工业文化发展的指导意见》（以下简称《意见》），《意见》指出：“促进工艺美术特色化和品牌化发展。加强对传统工艺美术品种、技艺的保护与传承，推出一批工艺美术珍品。积极引导企业运用新技术、新工艺、新材料、新设计，创新发展工艺美术产业。培育一批示范性创新创业工艺美术特色区域和大师工作室，打造工艺美术特色区域品牌。”尽管工信部和财政部出台的《意见》是为加快发展工业文化，为贯彻落实“中国制造2025”计划，并不专门针对工艺美术，但《意见》所提出的弘扬工匠精神、强化理论支撑、推动设计创新、加大文化传播、塑造国际品牌等导向性措施同样可视为指向“振兴传统工艺”的宏图。2016年，受市场波动和回报率降低的影响，社会资本对工艺美术行业的投入明显减少，但各级政府的资金扶持力度反而加大，如文化部投入一个多亿在全国范围内由高等院校负责开展非遗传承人群的培训，57所高校160期培训班近万名手艺人成为培训对象，如此规模、如此集中的培训在工艺美术发展史上实属罕见。地方上依然有投入巨资打造工艺美术城的惊人举动，如湖南省醴陵市人民政府为了让釉下彩瓷成为当地名片，投入27亿元，建造了100万平方米的世界陶瓷艺术城。佛山市人民政府对生产陶塑公仔的禅城区石湾镇进行升级改造，创造国家级文化产业示范区，要在5年内打造“陶艺之都”这一文化名片。西藏自治区人民政府出台《西藏唐卡产业发展实施意见》，该意见包括唐卡人才培养工程、百幅唐卡示范工程、唐卡企业培育工程、唐卡品牌打造工程、唐卡产业园区建设工程、唐卡市场体系培育工程等实施细则。西藏自治区文化厅还计划在外省市建立西藏特色文化产业贸易服务平台，这些都是西藏自治区响应国家振兴传统工艺计划、发展文化产业所做出的反应。在国家战略高度上，文化产业必须成为国民经济的支柱产业，工艺美术由于兼具经济和文化属性，很容易被视为创意文化产业，因此，2016年政府对工艺美术行业的重视程度高，媒体的关注度也高。像中央电视台的《一锤定音》《手艺》《探索发现》《我有传家宝》《大家》等栏目，北京电视台的《传承者》以及其他省级电视栏目都有大量工艺美术的专题内容在推送，如此密集的官方媒体宣传折射出这个时期国家在大力发展文化产业方面的雄心。

2016年工艺美术的创意实体扎堆生产经营，形成园区式聚集。在传统工艺美术的名产区，多数都已经在地方政府的推动下，形成了这种特色文化产业园区。这些园区有的是利用文化遗产所在地，将文物保护与非物质文化遗产的活态传承结合到一起，如景德镇的“御窑景巷”以御窑厂遗址保护为核心，佛山以千年龙窑“南风古灶”的文物保护为核心，都适当地在周边生活区域内引入了纯手工陶瓷作坊，体现该区域的文脉和肌理。有的园区利用国有企业改制后遗留下来的大型工业厂房加以整体设计，脱胎换骨成为时尚艺术创意空间，如景德镇的雕塑瓷厂和为民瓷厂被分别改造成乐天集市和陶溪川。有的园区是利用优美的自然环境，将山水与人文结合到一起，复兴传统手工业文化，如景德镇自

发形成的三宝瓷谷在2016年被政府升级改造成国内外艺术家聚集的陶瓷创意园区。有的园区则是通过利用当地的古镇、古街、传统古村落等文化空间将工艺美术生产与人文旅游紧密结合，形成特色小镇，如浙江省龙泉市的上垟镇被整体改造成“青瓷小镇”；湖南省醴陵市的瓷器口古街也是以釉下彩瓷的生产、展示、销售为核心特色的综合文化旅游观光园区；青海省黄南藏族自治州的吾屯上寺和吾屯下寺以及年都乎村都已成为远近闻名的唐卡村；等等。综合文化园区的做法顺应了国际、国内文化旅游方兴未艾的潮流。从振兴传统工艺角度看，此举密切了工艺美术生产与人们日常生活的联系，更好地满足了人们多元的文化需求，也挖掘出了工艺美术潜在的社会功用。

国家对外文化宣传方面延续了重视工艺美术的传统，政府的国礼首选中国传统工艺美术品。如中国政府赠予联合国的国礼选用了北京景泰蓝《和平尊》。杭州“G20峰会”上龙泉青瓷、杭州丝织的元素随处可见。2016年，工艺美术整体上呈现文化热、市场冷。与大型工业制造业相似，全国工艺美术的产能也有不同程度的过剩现象：有些品类过剩较重，如玉雕、木雕、棉纺织品、古典家具、漆木家具、金漆镶嵌、文玩、景泰蓝、仿古陶瓷、织锦等，这些品类的生产在2016年有明显萎缩；有些品类产能过剩现象不太严重，如刺绣、花丝镶嵌、文房四宝、漆艺、石雕、唐卡、紫砂等；有些因为政策变化而突陷困境，如象牙雕刻；也有些品类逆势上扬，如创意陶瓷、首饰、有中国元素的创意服饰等，形式新颖的产品赢得广阔市场。总体上，工艺美术的生产在做适应性调整，“弃官场、走市场”成为共识，过去政府采购是最主要的消费主体，现在个人才是真正需要面对的消费主体。从总的发展趋势看，凡是能敏锐捕捉市场需求变化，创意设计和工艺特色符合人们审美需求和消费能力的变化，营销手段灵活的，都获得发展机会；反之，坐等礼品市场回升、不愿调整的，都遇到生存危机。

有两组对比鲜明的现象值得我们注意：第一，大师的市场号召力在逐步减弱。自20世纪90年代初实行市场经济以来，工艺美术行业一直靠“大师”的个人形象代替品牌建设。当泡沫被挤压之后，消费者率先回归理性，工艺美术品的市场价值正逐步向作品本身的艺术价值贴近，泛滥的“大师”头衔变得越来越不值钱了。中国的工艺美术到了要切实提高产品质量、提高综合文化服务能力、加强品牌建设的时候了。与之形成对比的是工艺美术从业人员中涌入了一大批受过良好教育的年轻人，他们有梦想，创意新，懂互联网，具有国际视野，并且一开始就与市场打交道。如几位海归组成的北京“全爱工匠”，他们从事金属工艺首饰设计、加工和培训，成功地申请到北京“时尚工美基金”的支持；“创客工坊”在石家庄、重庆等多个城市创立儿童木工DIY的工坊；景德镇的乐天集市每周日都会云集大批来自全国各地的陶瓷专业的大学生，他们将自己的创意作品投放市场，其受欢迎程度令许多老艺人自叹不如。类似这种由年轻人唱主角的创意集市在天津、深圳、宁波、杭州、上海等地都已形成气候，预示着工艺美术未来健康发展的方向。

第二，工艺美术的大型作品，如针对楼堂馆所陈设的木雕、石雕、剔红屏风，整体水平有待提高。这类作品基本还维持“老、大、全”的设计理念，工艺上也没有改变“奇、粗、杂”的局面，创意设计的时代性和工艺的完善程度都还有待于提高。与之对比的是小型工艺美术品，如首饰、茶具、香具、文玩手串、玉雕配饰、石雕把件、刺绣手包、漆画、菠萝漆小器皿、文房用具等，出现大量设计巧、工艺精，兼具实用和审美价值的好作品，其整体时尚化水平已与中国台湾地区和日本持平，其工艺和审美的多样化更是远胜一筹。只要把作品做精了，真正做到材美工巧，不愁没有消费者青睐。

2016年工艺美术社会舆论高热，形成众声喧哗的局面，但真正有见地的学术思想不多。国家提出“振兴传统工艺”的设想之后，并没有阐明工艺美术的发展现状和眼下机遇，对于未来它在国民经济和文化战略上的功能定位更是缺少预判。学术界对此做出过反应，也提出了一些有建设意义的思想。中国艺术研究院在2016年4月组织举办了“中国工艺美术理论与批评学术论坛”，主题是围绕“工匠精神的弘扬”，探讨了工匠精神的实质、古代工匠精神的特质、当前工艺美术生产中工匠精神的缺失现象，以及如何在人才培养、管理体制、审美批评等方面积极弘扬工匠精神。此次学术研讨会问题导向明确，目的是为认识工艺美术目前存在的主要矛盾，反思是为了寻找发展的路径。与此同时，一些行业领军人物过去专注于工艺实践，如今在市场遇冷情形下转向关注技艺整理和文化传播，工艺美术大师纷纷出版作品集。中国艺术研究院主持编撰的《中国工艺美术大师全集》也得到他们的大力支持，在2016年，连续出版了《鲍志强卷》《辜柳希卷》《柳朝国卷》《刘立忠卷》《毛正聪卷》《嵇锡贵卷》《任嘒闲卷》《顾绍培卷》《龙从发卷》《刘传卷》，配合图书的出版发行，举办了“‘涵墨壶韵’——鲍志强紫砂艺术作品展暨学术研讨会”“毛正聪青瓷艺术精品展暨学术研讨会”等活动。活动举办的意图是以人为本，透过代表人物取得的突出成就反映当代工艺美术所取得的进步。中国艺术研究院工艺美术研究所支持宁波市政府成功举办“中日韩传统手工艺的发展论坛”，交流保护和发展传统工艺美术的经验。中国艺术研究院还在中国国家博物馆举办了第三届“中国当代工艺美术双年展”。各大高校与研究机构也积极策划工艺美术各专题展览，如清华大学美术学院在深圳举办了“从洛桑到北京——第九届国际纤维艺术双年展”、湖北美术馆主办了“大漆世界：时序——2016湖北国际漆艺三年展”等，这些学术意识鲜明的工艺美术专题性展览对当前工艺美术的创作起到了积极引导作用。

相对于文学和纯艺术门类而言，工艺美术行业历来重实践、轻批评的局面并未扭转。在广大媒体上，工艺美术新作的赏鉴、新人的推出以及对于国家政策的解读等多数情况下依然靠行业协会、媒体记者和收藏家，学术界在这方面的干预力度较小，显得过于矜持和谨慎。一任夸张吹捧和无知评点占据着各种传统媒体和新媒体，导致工艺美术界较难形成美丑、好坏、真假的共识。尽管艺术鉴赏要尊重个性化和审美多样性，但当社会共识基础过于薄弱时，势必导致中国工艺美术评价尺度缺失，直接影响到工艺美术的整体美誉度，甚至影响到工艺文化的健康发展。

总之，2016年中国工艺美术市场冷、文化热。冷中有理性在悄然回升，这是值得鼓励的；热中有急于求成的虚火，这是亟须批评的。

二、金属工艺

2012年以来，受到国内、国际经济大环境的影响，在现有经济增速趋缓与文化生态环境日渐多元化发展的大背景下，我国金属工艺行业的发展总体上呈现出委顿的现象，无论是生产能力，还是销售总量，都有下滑的趋势。这一现象在新型金属加工工艺的冲击下，近年来情况更是恶化。当然，在具体的工艺门类中，又会因为各自的机缘与际遇不同，在表现上有所差异。总的来说，以原材料为导向的金属工艺与价格较为低廉的金属工艺相比，后者的市场较差；名声在外的国家级和省级工艺美术大师以及一些实力相当的艺人的作品供不应求，而普通艺人的作品市场较差。

具体而言，金属工艺行业面临如下问题：

在金属工艺领域，人才问题比较复杂，既有培养问题，又有发展问题。虽然近年来在国家的扶持下，工艺美术行业的生产环境得到了明显改善，生活条件也有所好转，其中有少数从业者甚至因此成为“暴发户”，但工艺美术行业工作者的整体收入水平实际上还是比较低的。在各种工艺门类中，从业人员一直在流失，老龄化现象非常严重，青黄不接的现象比比皆是，而金属工艺行业更是其中的重灾区。工艺美术领域人才成长周期长，收入没有保障，对就业人员没有什么吸引力，因各种原因退出或转行的也不在少数。另外，由于传统手工艺自身发展的不平衡性，在相近行业之间人才的流动日益加剧。例如，云南的银器加工与铜器加工（尤其是斑铜）行业，因为铜制品的价格在总体上不如银器，市场也不如银器，因此许多铜器制作手艺人悄悄地向银器加工领域流动；又如原花丝镶嵌作坊或企业中的手艺人，因为企业倒闭而自行创办小作坊，生产销售到欧美的卡克图制品，卡克图产品与景泰蓝很相似，但器表不如后者光滑，并富有浓厚的异域色彩。而在培养新人方面，尽管金属工艺作坊或手艺人使尽全身解数，仍然很难招到理想的继承人，特别是非贵重金属工艺领域，基本上都是几代单传，濒临后继无人的绝境。相比之下，贵重金属工艺在人才培养与技艺传承上的循环状况会略微好些。显然，传统的师徒传承方式在现代社会语境下已经无法满足人才培养的需求了，但是，以取代它为目的的高校培养与职业教育并不能达到预期的效果，因为目的性不明确，教学的效果往往仍停留在一般操作技能的养成上，而未能建立一套完善的传习机制，它在传承传统金工技艺和创新方面都与企业和市场的需求存在着明显的脱节。状况好一些的企业或作坊有能力和财力来组织技术工人（或学徒）的培训和技艺的传承工作，状况差的企业或作坊则显然无能为力，其中最主要的原因还是没有认识到传统金工的价值及其对社会的作用。在人才方面，政府推出了“中国工艺美术大师”“国家非遗传承人”等代表评选，其目的在于对有突出贡献的专家、学者进行重点的支持与保护。但事实是，除了少数的工艺专家得到实惠之外（甚至有些大师利用这样的身份进行自我炒作等），还有一些大师并没有得到应有的重视，这也与政府的初衷相去甚远。

此外，在发展金属工艺的过程中还出现了如下四个问题：一是在观念上对工艺美术发展的规律存在认识上的不足。二是资金投入不足。很多作坊主或企业生产负责人都只是把工艺品的生产作为盈利的方式，而不把它看作工艺美术事业中的一环，因此，在生产过程中不会兼顾持续性发展的原则，增加相应的投入。三是在产业化发展过程中还出现了对现代设计进行不当借鉴的问题。而新的生产工艺在适应世界潮流和时尚的过程中又因转变太快而徒有其表，传统金属工艺内在的韵味与品格（或艺术性）严重丧失。四是对传统的误解，出现了媚俗、媚外的取向，一味地迎合消费者，尤其是像花丝之类的工艺更易流于烦琐、堆砌，有炫技之嫌，而失之于品格和内涵的营造。

当然，某些地区和种类的传统金属工艺因获得了政府的大力支持，也有了一定的发展：一是政府对金工行业多有保护与扶持，包括设立相关的政策法规和基地加以保护。如在政府的支持下，全国规模最大的传统工艺美术保护基地“京城百工坊”的设立，使得景泰蓝等金属工艺有了一个更好的发展平台。二是通过国家或政府的途径或杠杆作用解决了一些生产原料的困难，如政府特许开发和供应有关的矿产和能源，或者政府通过协调使得购买一些国际上的资源成为可能。三是减免一些相关的税收项目。四是在资金上予以充分的照顾、鼓励或创造条件，使得一些综合能力较高的从业人员可以获得一定的政府资金资助。五是规范市场，减少从业人员与生产企业之间的恶性竞争。近年来，国内、国际上重大的盛事或会议（如奥运会、冬奥会、APEC 会议等）以及旅游业的发展也给金属工艺带来了发展的良机。

以下分门别类地对具体的金属工艺美术行业发展现状与可能的机遇做介绍。

（一）花丝镶嵌

花丝镶嵌主要产地集中于北京、成都、潮州三地。花丝镶嵌实际上包含了“花丝”与“镶嵌”两种传统金工手艺。北京花丝具有独特的宫廷特色，金碧辉煌；广东花丝追求立体效果，层次分明；而成都花丝最大的特点就是采用“平填”技术，无胎成形，坚持金属银特有的玲珑剔透、自然与细腻。21 世纪以来，花丝镶嵌工艺有了更大的拓展，如使用足金、K 金、银和玉等多种材料相结合。按工艺品的用途可以将花丝镶嵌分为实用品、陈列品与首饰三类，其中首饰类近年来发展势头最好。人才培养方面，虽有政府的多方支持，但由于社会转型、人们审美观念的改变，国内外市场基本上呈现萎缩的状况，再加上培养人才需要耗费的时间周期长，目前中国从事花丝镶嵌的师傅不超过 50 人。专业技术队伍青黄不接是高端工艺美术普遍存在的问题。当然花丝镶嵌市场前景不好，还可能存在另外两个原因：一是人们对于它的认知度不高；二是市场需求总体上不大。

花丝镶嵌传统工艺品如狮子绣球、如意、金碗等都是用金丝制作的，现在这些工艺全部用银丝制作，然后镀金，金丝的成本太高，产品的售价也高。而且还有很多具体的技术现在都已经失传了。因为长期以来为了生存而不得不大量制作“物美价廉”的产品，缺乏工艺复杂、要求高、具有挑战性的产品或项目。如此一来，不但技工得不到充分的锻炼，就连原有的手艺水平也整体地退步了。故宫馆藏的很多做工精湛的怀表都是用花丝镶嵌工艺制作的，有些人像米粒大小，惟妙惟肖，但是现在无法复制，一些绝技失传了。

而在另一方面，由于贵重的首饰同时具备收藏与保值的特点，所以在国际金融并不稳定的时期，它反而获得了一个良好的发展契机。首饰类的工艺产品因与时尚结合得特别紧密，倘若把握得宜，可以自然转换成符合时代需求的奢侈品。如以道安为代表的成都花丝传承人创造性地利用现代科技解决了纯银易氧化发黑的缺陷，从而设计出更多符合现代审美趣味的工艺品。但是由于地域的差异，同样的花丝镶嵌工艺产品也会有不同的表现，如潮州所产价格仅及北京的一半。2014年“拯救非物质文化遗产手工艺——花丝工艺”项目在广东省汕头市潮宏基花丝博物馆正式启动，并在北京和汕头分别设立花丝工作坊，目前仅在汕头培训的学徒就达到30人。还有一些非营利机构（如创新公益项目“稀捍行动”）也介入花丝工艺的保护中来，这都促进了花丝镶嵌这项非遗项目保护工作的进一步好转。

（二）铜器工艺

比较有代表性的铜器工艺是景泰蓝和烧瓷，这些是北京特有的工艺品种。受到成本的限制，景泰蓝的制作较历史上的鼎盛时期衰落了许多。在明清时期，景泰蓝工艺品主要是为王公贵胄生产制作的，可以不计成本，但在现代社会语境下，这点却成了制约发展的因素。工作艰辛、收入低微可以说是工艺美术行业中较为普遍的情形，景泰蓝这一行也不例外，因此从业人员相对缺乏，景泰蓝行业尤其缺乏的是设计人员。而现有的设计人员又对自己的工作充满抱怨，因为景泰蓝产品的设计面临着一个较为尴尬的局面：要是在产品中引入现代设计元素，通常顾客并不买账；但一成不变的话，买家也有意见。实际上探索或实验的成本是非常高的，普通设计师根本承担不起。当然，也有比较成功的例子。

新中国成立以前已经失传的岳家乌铜走银工艺，2011年以来，在云南省工艺美术行业的普查与跟踪寻觅下，被重新发掘出来。现在有一定规模的乌铜走银生产企业有4家，能够掌握乌铜走银工艺的人有五六人，而有关的小作坊呈逐渐增加的态势，但是其制作工艺与岳家工艺生产出来的产品无法相比，其原因在于现代铜的冶炼方法使得铜、银的纯度很高，同时新的化学液体的使用又使得后黑的效果更黑、更均匀，因此生产出来的工艺品缺乏“温度”。同时现代工匠也缺乏传统工匠的执着与专注。乌铜走银工艺相当复杂，完整学习这一项技术的周期比较长，所以年轻人一般很难对此感兴趣。同时，乌铜走银工艺产品价格高昂，导致产品的市场需求不大；而另外，因为制作的成本高、周期长，所以它在市场上其实是千金难求，市场的需求又很难满足。当然，随着申请国家级非物质文化遗产的成功，乌铜走银工艺也面临一定的历史机遇：一是越来越多的专家、学者予以关注与研究；二是新材料、新工艺、新工具的应用促使生产效率大大提高；三是现有乌铜走银的产品开发比较成系列化，作为云南省工艺美术的代表性产品，因此有比较好的发展前景。

（三）金银器工艺

代表性的金银器工艺作品有江都金银摆件和苗族、白族的银饰。江都乃至江苏省的相关部门正积极着手集合金银细工大师，打造一个旨在保护文化遗产的“金银细工工艺坊”，借此复兴江都金银细工工艺。从江都金银器工艺的发展现状来看，工艺美术行业的发展存在工艺美术知识的普及问题。从市场的角度来说，金银细工的市场其实很大，自古至今金银首饰都很受国人欢迎，婚嫁、庆生、开业等无不选择送上一些有关的礼品，潜在的市场很大，而且工艺品的原材料也好，艺术性也好，都相当保值，适合收藏。但是由于多年的工艺文化传统的中断，精英阶层的断裂，所以追求精致的工艺品的消费传统缺乏土壤。以江都金银细工为例，很多精美的传统样式与品种当地人已经不知道了，更无从说要去寻求这样的产品了。换言之，江都金银器工艺目前的境遇存在文化断层的原因。

银器工艺多以少数民族的银饰工艺为代表，如云贵以及湖南地区的苗族、云南大理地区白族银饰都是很有代表性的银器工艺，它们在民族服饰中占有十分重要的位置。以苗族银饰为代表，尽管其最主要的制作方式只有花丝和錾刻工艺两种，但细分起来，工艺品也要经过吹烧、锻打、镶嵌、擦洗和抛光五道大的工序，还有30余道小工序，非常复杂。整个过程，对于工艺师而言，心、眼的负荷都相当大，尤其是吹焊，对人眼的伤害非常大。因此工艺师的职业生涯相对而言比较短暂，这在一定程度上对工匠的年龄与身体素质提出了相对于其他金工行业要高得多的要求。

（四）铁画工艺

芜湖铁画是一种以铁为墨、以砧为纸、以锤代笔，集国画、雕塑、剪纸等多种艺术手法于一体，依画稿锻制而成的金属工艺品，具有构图简练、线条遒劲挺拔、立体效果强烈等特点。2000 年以来，铁画发展可以说是一波三折。自 20 世纪 80 年代以来，芜湖铁画因为多次参加国际艺术展览，产生了重大的影响，这与芜湖工艺美术厂的推动是分不开的。随着国企改革的推进，2013 年芜湖工艺美术厂正式宣告破产，芜湖铁画的发展出现了新困境。尽管 2006 年铁画被评为首批国家级非物质文化遗产保护项目，为它的发展提供了不可多得的历史机遇，但是色彩单一、价值单一（通常只是作为装饰）、品种单一等原因（当然铁画工艺师们也在极力地改变现状，开发出如银盘铁画、镀金铁画、实体铁画、盆景铁画、铁画摆件、瓷盘铁画等产品），事实上制约了它的发展，尤其是国有工艺美术厂的解体，把一个拥有雄厚的实力、具有多种风格的优秀创作团队解散了，从此艺人们各自为政，只能创作一些层次较低、风格较单一、内容较简单的小幅作品。加上同行之间的恶性竞争（及由此引起的偷工减料、粗制滥造等），芜湖铁画的发展出现了一定程度的倒退。为改变这种现状，各级政府不断加大对铁画艺术保护的资金投入，寻找具有优秀技艺但又淡出行业的艺师和传承人，同时借鉴中华人民共和国成立初期的成功经验，与当地的高校资源合作。同时，芜湖作为国家经济开发区在税收方面也有天然的优势，作为芜湖城市规划新亮点的文化产业必然会有更多的政策倾斜，其中就包括铁画，这无疑都是机遇。

金属工艺的现状与发展受到越来越多的专家、学者、政府有关部门的关注。2016 年年初，云南省工艺美术行业协会还举办了金属工艺发展论坛，就云南地区金属工艺产业的人才培养、企业规范的形成、品牌的锻造，以及现有社会形势下的市场对策等问题做了全面的讨论。这些努力都将进一步推动金属工艺美术行业的良性发展。

三、刺绣、织造、印染

2016 年，整个刺绣、织造、印染工艺美术行业总体发展趋势是持续深度调整。这种深度调整是在外部全球经济发展速度变缓、内部中国经济结构全面推进调整、政府反腐力度的深化下进行的，表现为有生命力的企业不断发展壮大、竞争力弱的企业逐渐消亡。全国行业依然未改变传统中已经形成的产区分布格局，并且这种局面不会在短期内改变。由于受到国家产业结构调整的影响，刺绣、织造、印染在 2016 年生产与销售的市场需求更加两极分化，更加迎合消费者的需求，呈现出注重生活实用性与艺术性两种发展趋向，并且走日用化的路线趋势越发明显。一方面表现在面向一般消费者的刺绣、织造、印染生产市场的企业不断提升自己的创意设计能力和手工制作水平，推出富有创意、充满个性的新产品；另一方面，面向高端刺绣、织造、印染市场的工艺美术大师或国家级非遗传承人的工作室，虽然在订制的数量上会有所减少，但高端艺术精品的需求依然存在，依然以地道传统的纯手工方式制作高质量的精品。

（一）政府的保护与扶植力度的继续加大

2016 年国家文化部非物质文化保护工作对刺绣、织造、印染的产业化推动提供了政策和资金支持。举办刺绣、织造、印染博览会、展览会，加强工艺的宣传，提升工艺影响力，是各地政府和行业从业人员的重要手段。例如，2016 年 7 月 10 日，在中国国家博物馆举办第三届“中国当代工艺美术双年展”，其中展出的织绣、印染作品涵盖很多省份、民族和工艺品类，让观众观赏到不同地域和民族的高超技艺；11 月 25 日，第二届上海国际手造博览会上万把梭子和 30 台土布织机集体恢宏亮相，不仅是中国传统织造工艺的视觉盛宴，同时组织土布织机体验活动，观众可以亲自参与体验，现场感受织布的乐趣；12 月 23 日，由河北省文化厅主办，河北博物院、河北非遗保护中心承办的“匠艺百年——河北省传统手工技艺‘织染纫绣’系列展”涵盖邯郸彩布拧台、赞皇原村土布、威县土布纺织技艺、魏县花布染织、易县清宫传统刺绣、定兴京绣、定州缂丝、献县补花、承德滕氏布糊画 9 个项目，着重对各个项目的历史渊源、传承谱系、发展现状进行梳理，等等。

（二）中央反腐力度加大带来的行业深度洗牌

中国刺绣、织造、印染市场在过去很大程度上依赖于礼品市场的情况，在 2016 年政府反腐工作深入开展的局势中，回到尊重市场经济规律的轨道中来，促使刺绣、织造、印染从业者进一步提高自身文化修养，重新珍视其独有的文化与工艺，培育真正的消费群体，推动行业品质的提高。

（三）经济形势下行下资本转向收藏市场的推动

尽管国家宏观经济2016年依然受全球整体经济形势下行的影响，面对用工荒与人力成本上升等一系列压力，刺绣、织造、印染收藏群体与全国工艺产区分布格局没有明显变化。随着行业的深度调整，产品由低端向高端转型升级成为必然趋势。2016年，受市场需求和成本上升的影响，刺绣、织造、印染行业的资本介入持续减少。随着中国中产阶级的崛起，中国传统刺绣、织造、印染消费群体的欣赏趣味迅速瓦解，在实用性中更加追求艺术趣味，促进其设计制作的精致化转向。由于对生活品质日渐提升的要求，日用化与注重个性化成为消费热点和趋势，对刺绣、织造、印染艺术设计的个性化和文化内涵方面将会有越来越高的需求。注重实用性与产品个性化的定制将逐步主导市场，并成为一种风尚。与此同时，凭借具有不可复制与复杂的手工制作性，面向高端收藏群体的刺绣、织造、印染工艺以其独特的收藏价值，依然得到市场的认可，需求进一步加大，具有极大的升值潜力。尤其在市场消费低迷的时候，更凸显艺术收藏品路线的重要性。把东西做精、做好，进入高端收藏市场，被藏家企业甚至博物馆机构收藏，是刺绣、织造、印染业未来的发展方向。例如，2016年6月，北京保利举行了一年一度的“张信哲收藏织绣拍卖”，拍品为其收藏的清代宫廷刺绣珍品；2016年11月11日，北京东正拍卖有限公司的秋季拍卖会进行了“卿云斋织绣艺术撷芳”拍卖活动，拍品全部为中国明清时期的精品刺绣织造工艺品；2016年11月26日，苏州丝绸博物馆举行“任嘒闲师生刺绣作品展”，展出任嘒闲先生及其学生的刺绣作品60幅；等等。

（四）国家重大活动带来的发展良机

地方政府通过国家举办的重大国事活动或参加国际论坛展示工艺，利用刺绣、织造、印染工艺制作国际大会的礼品，提升工艺的知名度与影响力，推动刺绣、织造、印染成为地方政府机构的名片。例如，2016年9月4日至5日，二十国集团领导人第十一次峰会中的刺绣文化创意产品，以丝绸刺绣为主要载体，充分体现“G20峰会”与“一带一路”主题，很好地推动了中国刺绣、织造、印染工艺的国际影响力，有效推动了其知名度与进一步的深化发展。

（五）注重与文化创意产业结合，使产品更加面向消费者

工艺与市场深度结合，打造文化创意产业服务平台，以工艺与设计的创新推动刺绣、织造、印染产业化的进程，2016年刺绣、织造、印染业更加亲民。例如，通过做丝巾、床单等日常生活用品，促进销路，挖掘工艺发展潜力；与旅游业结合，制作适合旅游景点的工艺品，形成良性的宣传与推广模式；私人订制的高端服装和适合大众消费群体的品牌服装结合。2016年刺绣、织造、印染业与创意产业进一步深化结合，一方面是持续降低生产成本，进一步推进机械化生产以提高生产效率，简化、缩短传统工艺流程，以此争取大众化的消费市场；另一方面则是继续走精品路线，保持工艺的精致性与高端销售定位。两者都同时注重设计创意，努力提高设计的时尚性与产品的实用性，在此基础上注重品牌的建设，努力开拓市场。

（六）进一步推动工艺的创作人才培养

2016年，为促进刺绣、织造、印染工艺行业的发展，提高从业人员素质，加快刺绣、织造、印染行业理念创新和产业化发展的步伐，工艺美术协会与文化部门联合承办了多期“中国刺绣艺术专业高级研修班”。很多刺绣织造厂展开“校企”联合的传承模式，与艺术院校合作，把刺绣、织造、印染手工技艺传承给高技能、有美术功底的年轻人，吸收现代化的设计理念，传承和推广刺绣、织造、印染传统手工技艺。鼓励行业工匠师进一步了解和关注工艺产业，学习钻研技艺，提高审美修养，培养选拔优秀人才。

四、陶瓷

2016年是国家“十三五”的开局之年，也是改革创新之年，全国经济增速放缓，陶瓷产业置身于经济社会转型的新常态下，在经历了高档礼品瓷和生肖瓷市场遇冷、一些陶瓷行业的经济泡沫相继破灭后，全国陶瓷行业各大矿区开始做出适应性调整，“弃官场、走市场”成为陶瓷艺术行业的发展主题，全国陶瓷艺术市场在良性经济市场的调节下，开始逐渐回暖，艺术陶瓷日用化逐渐成为消费热点和趋势，高端定制、企业礼品、文化礼品、生活用品等呈上升趋势。全国陶瓷艺术发展形势概括为以下几个方面：

（一）各地陶瓷产业矿区开始做大文化创意产业

景德镇陶瓷工艺坚持传承传统陶瓷和现代陶瓷创新融合发展，大力发展手工制瓷和陶瓷文化创意产业，创意人才集聚带动了创意产业上规模、快发展，三宝国际瓷谷、陶艺街、陶溪川、雕塑瓷厂等地成为创意实体的聚集地。陶溪川核心启动区、名坊园一期、御窑景巷等陶瓷文化产业项目建设完成。此外，陶瓷创意企业在工业园区中也比比皆是。景德镇陶瓷工业园区名坊园就聚集了 20 余家大规模的手工制瓷企业。其中，九段烧的微波窑炉技术、镇上三宝的超大件陶瓷、成窑的青白玉瓷、澐知味的胭脂红瓷等都是创意的典型，尤其是陶溪川的中央美术学院陶瓷艺术研究院频繁推出陶瓷工艺展览，三宝景致空间也推出了 10 期创意陶瓷展览。

峰峰矿区民营陶瓷企业异军突起，国企改革取得突破，陶瓷作坊各具特色。他们继承发扬磁州窑传统，坚持改革创新，开拓国内外市场，使古老的磁州窑焕发出新的生机。

龙泉青瓷坚持传承传统陶瓷和创新现代陶瓷融合发展，大力发展手工制瓷和陶瓷文化创意产业，创意人才集聚带动了创意产业上规模、快发展。杭州“ G20 峰会”会场上，青瓷元素到处可见，传承与创意作品从主会场的餐具、办公用具到机场贵宾厅接待室，生活用瓷与陈列用瓷均作为国礼器具大量使用，让龙泉青瓷随着“ G20 峰会”的召开再次获得了全世界的瞩目，从而带动了龙泉青瓷新的产业创新高潮，制作精细、多样化的青瓷作品层出不穷，极大地丰富了青瓷的市场供给。

湖南省醴陵市人民政府着力打造世界陶瓷艺术城，总投资 27 亿元，总占地面积 650 亩，总建筑面积 100 万平方米，分为异形建筑群和瓷器口古街两大部分：异形建筑群按照独特的陶瓷造型设计，包括陶瓷博物馆、陶瓷交易大楼、陶瓷艺术设计中心、陶瓷艺术体验中心、陶瓷文化主题酒店等 11 个单体；瓷器口古街主要包括古建筑群、手工作坊、主题商铺、DIY 体验中心、釉下五彩瓷传承创新中心等，致力打造成为具有特色的古典与现代、传承与创新、文化与科技相融合的“陶瓷文化主题风情古街”。

2016 年广东省佛山市人民政府加强与省文化部门的合作，树立“文化佛山”形象，为全省文化改革发展创造经验。其中的重点项目之一就是对石湾片区的发展进行城市更新、打造陶瓷创新中心、创建国家级文化产业示范区。

（二）各地促进陶瓷产业与旅游、文化、生态、互联网等深度融合

2016 年景德镇工艺美术界积极参加米兰世界博览会、赣台经贸文化合作交流会、赣港经贸文化合作交流会等经贸合作活动。三宝国际瓷谷、陶艺街等重大项目加快推进，以御窑厂遗址为核心，打造具有世界影响力的“景德镇御窑厂国家考古遗址公园”，力争申报世界文化遗产。

2016 年龙泉青瓷行业积极参加米兰世界博览会、浙江乌镇世界互联网大会、杭州西湖博览会等经贸合作活动。加快推进中国青瓷小镇、龙泉青瓷大师园二期等重大项目，有序推进以青瓷文化建设、弘扬“工匠精神”、大力发展产业为中心的发展规划。

石湾陶瓷艺术通过大众传媒、商品交易、旅游观光、展览交流等各种方式不断提高知名度，进而渗透到人们的日常生活当中，成为佛山市主要艺术消费品之一。

2016 年 8 月峰峰矿区举办磁州窑文化艺术节。磁州窑工艺瓷作坊生产，产品各具特色。仿古工艺瓷由以刘立中、安际衡等为代表的 20 余家磁州窑作坊生产。刘立中工作室作品继承和保持了磁州窑传统工艺；现代装饰陶瓷主要以大家陶艺公司为代表，工艺设计理念新颖，发展前景广阔。

醴陵市陶瓷企业涵盖日用瓷、电瓷、工业陶瓷、工艺瓷、建筑瓷五大系列，陶瓷产业内部分工协作关系基本形成，产业链条和产业配套初具雏形，逐步形成了一个集陶瓷制造、陶瓷机械、瓷泥采掘、陶瓷颜料、彩印包装、商贸物流等于一体的高度集中的陶瓷产业集群。

（三）陶瓷工艺美术人才的选拔促进了陶瓷文化产业的发展

相比于文化创意市场的发展，2016年景德镇陶瓷工艺美术师的艺术市场相对遇冷。据不完全统计，目前景德镇市获得市高级工艺美术师（包括陶瓷专业副教授）职称以上的从业人员多达2 400人。其中江西省工艺美术大师以及陶瓷专业副教授以上从业人员有400余人。因为前几年的价格虚高与市场过度炒作，遇到国内艺术品市场的疲软期，景德镇陶瓷工艺美术师队伍出现后继乏力的情况。

2016年广东省石湾陶瓷艺术界有何惠娟、霍然均、刘健芬等10位陶艺家被评为国家级大师，冯志伟、邓钜辉等29位陶艺家被评为省级大师。峰峰矿区民营陶瓷企业异军突起，国企改革取得突破，陶瓷作坊各具特色。磁州窑又添三位中国陶瓷艺术大师：张永军、宋润生、安际衡。

（四）运用各类传媒和交流活动提升陶瓷艺术的知名度

2016年各地陶瓷产区运用各类传媒，扩大陶瓷艺术的交流与传播活动十分频繁。例如，3月16日，石湾举办纪念刘传诞辰一百周年系列活动；7月22日，在中国美术馆举办“毛正聪从艺60周年青瓷艺术展”暨《中国工艺美术大师全集·毛正聪卷》首发式；9月3日，在中国美术馆举办“‘涵墨壶韵’——鲍志强紫砂艺术展暨研讨会”；11月19日，在中国陶瓷艺术馆举办“‘薄施淡彩’——中国工艺美术大师陈扬龙作品展暨醴陵扬龙窑作品展”；12月7日，在中国美术馆举办“青瓷　传承　复兴——徐朝兴从艺六十周年作品展”；等等。

五、雕刻

（一）玉雕

2016年，玉雕行业进一步调整以适应发展的新常态。在玉雕材料方面，材料价格仍维持在高位，但高档和低档材料间呈现出一定程度的高稳低降的分化。以白玉为例，目前优质白玉的价格约为每克5万元人民币的水平，虽然较2014年的每克10万元有明显的差距，但受到较强的投资意愿的支撑，从源头玉雕依然保持着高成本。如辽宁省岫岩满族自治县出产的析木玉的价格甚至超过白玉的价格。到2016年年底时，翡翠的市场形势突然转好，价值5 000万元以上的优质翡翠原料再次成为资本追逐的对象。材料品种保持着近年来的多样化态势，白玉和翡翠由于社会认知度较高，得以维持既有的市场份额。中档材料和新发现的材料（如碧玉、墨玉、青花玉、析木玉等）在地方政府、从业者的大力宣传推广之下继续吸引更多消费者关注。由于人为过度炒作因素的干扰，某些新材料虽冠以“玉”名，但其实难副。在经营制作方面，来料加工仍是主要方式；销售方式较传统有新发展，拍卖、网购等手段被越来越多地采用，微信的普及也扩大了宣传的速度和范围。

目前玉雕行业的发展以上海、江苏、新疆、北京、广东、河南、辽宁等地为主要聚集区。新疆是重要的和田玉原料产地。新疆玉雕发展以乌鲁木齐文化创意产业园区的专业发展与和田玉交易中心的资本运作相结合为特点，推行标准化和规范化，呈现出良好的发展生态。历史上扬州是主要的玉雕发展引领地之一，自改革开放以来一直保持着集团化发展的模式。扬州玉雕厂与各大师工作室、公司形成了一种良性的协作共赢环境，在制作大型产品、开拓市场等方面表现出独到之处，目前由地方政府支持，以“天下玉雕出扬州，扬州玉雕出湾头”为口号，在湾头镇打造玉雕产业聚集区。苏州治玉工艺精细，产品适合国内市场的消费偏好，江南地区原材料市场转移到苏州，将大批客户和年轻从业者吸引到苏州发展；但受2016年市场持续调整的影响，苏州的从业者规模较之前大幅缩减。上海玉雕市场化发展较快，吸引了多位外地大师在沪发展，形成新“海派”风格；2016年，上海玉雕延续行业结构调整，以高档产品作为发展重心。北京玉雕底蕴深厚，拥有众多中国工艺美术大师，产品品类齐全；但由于历史、人文等因素的影响，在市场经营方面不及上海和江苏成熟。以上地区玉雕行业从业者的职业培训状况，均由学校为行业培养、输送人才，但京、沪本地人力资源供应不足，而扬州则较为传统，以本地生源为主。

广东玉雕以揭阳、广州为主要聚集地，随着20世纪90年代各地赴粤大师的回流，广东玉雕在行业中的地位和影响力不断提升，但总体来讲不及京、沪、苏等地。河南（南阳、新密等）也是重要的玉原料（独山玉、密玉等）产地和集散地之一，还是最大的玉雕技术工人培养和输出地，在制作和用料上品种较为齐全。随着近年来外出从业者的回流创业，带动了当地技艺水平的提高，产量很大，但以中低档为主，总体水平难有实质改观。辽宁是岫玉（岫岩）和玛瑙（阜新）的主要产地，2016年翡翠和白玉的市场延续维持态势，为岫玉和玛瑙提供了较大的发展空间，当地玉雕行业从业者近年来也邀请京、沪、苏等地众多玉雕大师为其设计、指导，以推动岫玉和玛瑙创作水平的提升，但其技艺水平仍属一般。

（二）石雕、砚刻

作为艺术品投资收藏，石雕和砚刻在2016年处于深度适应新常态的阶段。石雕主要包括艺术品和建筑装饰两大类，砚刻分观赏砚和实用砚。2016年各地有更多的玉石品种被应用到艺术创作中，在某些材料的运用上（如戈壁玉、台山玉、大同玉等），石雕和玉雕的界限更加模糊。在众多石雕中，以福建寿山石雕、浙江青田石雕和昌化鸡血石雕、安徽徽州石雕和灵璧石雕、内蒙古巴林石雕等最具特色，材料质地出众，技艺水平相对较高，适合当前艺术品市场消费、投资的需求偏好。其他地区的石雕还有河北曲阳汉白玉石雕、北京房山汉白玉石雕、甘肃贺兰石雕和黄河卵石雕、宁夏贺兰石雕、江苏南京雨花石雕、天津叠层石雕等，它们受到材料质地的制约，制作技艺与闽、浙、皖等地存在差距。

砚刻则以传统的安徽徽州歙砚、广东肇庆端砚、山西新绛县澄泥砚等为代表。其他砚刻还有甘肃洮砚、江苏扬州漆砂砚、宁夏贺兰砚、河北易水石砚等，市场份额及消费者认知程度均不及传统名砚。现在，作为文房用品，砚的实用功能主要是用于玩赏和收藏，因此对砚刻风格产生了极大的影响，从传统的简洁、清雅，转变为当前日渐繁丽、装饰性更强的审美趣味，工艺的比重不断增加。

从现有的参展、参评的石雕艺术摆件和观赏砚来看，石雕和砚刻的艺术水平未见提升，产生重料轻艺的趋势，在从业者和消费者的认识层面上制约着石雕、砚刻技艺的提升。

（三）象牙雕刻

自20世纪90年代中国加入国际野生动物保护公约以来，受象牙国际禁运的限制，象牙雕刻行业由于原料的匮乏，发展遭遇困境。2016年，专门配给中国的现生象象牙原料即将用尽，后续将完全依照规定禁售，而且象牙制品也面临全面禁限。市场目前以猛犸牙料为主，不受禁运限制。市场上还见有少量河马牙，更多的产品则是以牛骨作为替代材料。

目前，象牙雕刻行业发展仍以传统的北京、上海、广东为主要聚集地。北京依然保有北京象牙厂，以及几个大师工作室，产品品种主要为小活、花卉、动物等；上海工艺美术公司设有象牙雕刻工作室，大师工作室也有制作，品种以小活为主；广东的大师工作室主要制作牙球、龙船、小活等产品。其他还有江苏、天津、云南等地有少量制作。

从市场销售的产品和参展参评作品来看，行业总体技艺水平未见提升，通过纵向与20世纪50年代至80年代相比、横向与其他工艺雕刻门类相比，象牙雕刻技艺水平呈现严重退步态势，主要表现在：作品缺乏艺术性和思想性，多是追求个人技巧的表现，小活、花卉等繁缛、堆砌，人物缺少性格气质，一些平刻作品几与彩绘无异；市场中重新出现大量曾经遭受批评的染色、“棍子人”产品。在从业者梯队培养方面，象牙雕刻行业状况尚可，吸引了不少高校毕业生学艺就业，成为行业发展的一个反差鲜明的表现。但随着象牙制品的全面禁售，当前和未来发展的态势极不明朗。

（四）木雕

2016年，木雕行业进一步调整以适应发展的新常态。尤其是用于艺术投资、高档家具等需求弹性较大的品种，仍在受到市场调整的持续影响中。行业总体生产规模有所下降，从业者相对过剩，使得招工较此前容易。木雕行业多分布于南方各省，以东阳木雕、福州木雕、潮州木雕、徽州木雕最为著名，较为知名的还有浙江乐清黄杨木雕、宁波朱金漆木雕、宁海白木雕、仙居彩绘木雕、福建莆田木雕、云南剑川木雕等，其中以浙江东阳规模最大。其他分布地区还有北京（红木）、上海（红木、彩绘）、江苏（红木）、吉林（延边彩绘）、江西（余江木雕）、山东（曲阜木雕）、湖北（武汉木雕）、广西（侗族木雕）等。

当前木雕技艺的发展主要受到从业者在文化和艺术方面的素质水平的制约，虽然加工工具和加工工艺不断推陈出新，但缺少与之相应的具有较高文化内涵和艺术水平的作品。

（五）竹雕

2016 年竹雕行业进一步调整以适应发展的新常态，但与玉、石、牙、木等品类相比，竹雕消费相对小众，更趋向于文人品味。这类消费群体属于专业收藏，而非为投资，因此，受到的影响程度远小于其他品类。但机械化生产的产品受影响较大。

目前，从事手工竹雕的从业者在万人左右，主要分布在安徽徽州（竹雕）、上海嘉定（竹雕）、浙江黄岩（翻黄）、湖南邵阳（翻黄）、江苏金陵（竹雕）、福建（留青）等地，以工作室形态为主，工作室规模通常两三人，十人即为大型。

在传统的笔筒、臂搁、摆件等基础上，由于工艺的研发拓展，在大型陈设摆件、挂件、饰品、文玩等方面有较大的发展，扩展了竹雕产品的适用空间和消费市场。

（六）骨雕

目前，骨雕行业发展主要分布在北京（以摆件、古建模型、插屏等为主）、广东（以仿牙雕摆件、龙船等为主），其他还有广西、内蒙古、辽宁、黑龙江等地。

象牙雕刻技艺的萎缩为骨雕技艺发展提供了契机。广东的一些牙雕大师转攻骨雕，艺术风格与广东牙雕一脉相承，追求重工，难脱匠气，艺术水平鲜有提升。骨雕因其材料对消费者缺乏吸引力，且设计创意方面能力不足，所以缺少适于大众消费的产品，展示的多为古建模型类，并不能称之为艺术创作，仅体现工艺水平。

骨雕受材料特性（无大料、无厚度）所限，难以达到象牙雕刻的技艺高度。并且骨雕材料价值低廉，虽然部分作品作为象牙雕刻的仿品，但市场消费需求有限，并无较大发展空间，从业者较少。

六、漆艺

2016 年，随着传统艺术文化向民众传播的力度不断加大，漆艺市场由前几年的不景气逐渐回暖，漆艺产品的销售对象由原本的以礼品为主逐渐转向个人消费，如家居陈设、茶具、香具、文玩等产品越来越多地受到民众的认可。而高端的漆艺产品，特别是被认可过的大师的作品，例如甘而可的菠萝漆器、殷秀云的雕漆、乔十光的漆画等，颇受收藏界追捧。

2016 年的漆艺生产模式并没有太大的改变，还是延续着作坊式的传统漆艺产品生产与院校艺术性漆艺创作相结合的模式。漆艺作坊大多沿用批量化生产模式，产品逐渐向文玩、茶具等销量较高的品类倾斜，但是仍然有产品审美格调不高、质量低下的缺点。此外，市场鱼龙混杂、以次充好的现象仍然存在，以塑料、树脂、化工油漆等现代化学材料冒充漆艺产品，压低市场价格，致使一些本分经营的作坊经营不善。院校当代漆艺创作更着重于漆艺中的“艺”，将漆艺推到了纯艺术创作的范畴，不仅有漆画和漆艺雕塑，而且还出现了一些装置、影像等概念作品，利用大漆的色彩、光泽、反射等来体现更深层次的思想内涵。这些探索对于漆艺发展具有很好的启示作用，为漆艺的未来提供了更多的可能性。

在漆艺生产和创作火热进行的同时，对漆艺材料的科学研究和工业化进程明显滞后。目前，在漆树的培育、大漆的采割与炼制等原材料的生产上，一直处于手工操作的阶段。这一点应该吸取日本的经验，运用现代的科技手段与尖端的科技成果。日本漆液的提炼工艺与工业化比较完善，使得日本的漆艺从业人员可以从烦琐的原料制作流程中解放出来，专注于漆艺产品的生产和创作。目前，国内也有一些厂家进行了这方面的尝试，但是生产标准的不统一和制作工艺的不完善，使得产品不尽如人意。

希望今后能制定一系列的工艺与产品标准，更快地推进漆艺材料的工业化进程。

下面就2016年各地区的漆艺现状进行简要评析。

（一）北京漆艺

北京漆艺生产和创作的从业人员逐渐增多，市场的销售状况也比较乐观。特别是以文玩为主的小型漆产品、以漆画为代表的漆艺术品特别受到普通民众和藏家的关注。金缮工艺作为漆工艺中的一种独特的瓷器修复技艺，在2016年大受追捧。许多从业者将自己的工作重心从漆艺创作转向开班授课，传授制漆、制器技艺，在周末对普通民众进行漆艺科普和授艺，取得了很好的反响。

北京雕漆在2016年延续作坊式的生产模式，如文乾刚大师雕漆工作室、殷秀云雕漆工作室、李志刚大师工作室、满建民大师工作室以及其他以小规模生产的漆艺作坊等。近年来，雕漆作品越来越受到人们的喜爱，收藏雕漆艺术品的人也越来越多，特别是出自名师之手的精品更是供不应求。其中殷秀云成立了北京殷秀云艺术设计有限公司，将雕漆从设计到生产再到销售，进行科学规范的公司化管理，取得不错的成效。为了传承北京雕漆的技艺，各大艺术院校也积极与雕漆艺人合作，例如中国艺术研究院研究生院、清华大学美术学院、北京服装学院等将学院教育与艺人授徒相结合，使得学生在学艺的同时又能得到国家承认的学历和学位，而且在学习传统技艺的同时又学习学院中的先进的设计思想，为今后雕漆传承发展提供更好的人才支撑。

北京是全国文化艺术的中心，北京的漆画和漆立体创作较其他地区处于领先地位。北京从事漆画和漆立体创作的艺术家逐年增多，大多出自清华大学美术学院。该院秉承着“作品既是漆艺产品同时又是艺术品”的创作理念进行教学与研究，对于漆艺的传承发展起到了一定的作用。

当然，在各种漆艺门类中也存在问题：一是材料问题，无论雕漆还是金漆，市场上一直存在着以化学涂料或者树脂、塑料等其他原料来代替大漆的情况，用这些产品欺骗消费者，破坏了雕漆在民众心中的形象。二是设计问题，传统漆艺的设计思路并未改善，题材延续几十年一成不变的思路，在器型上也是以常见的盘、碗、盒、瓶等器型为主。作为实用器其所具有的实用功能不足，作为装饰则与现代家居风格格格不入。三是人才培养问题，传统漆艺行业的年龄结构老龄化，北京仅有的几位雕漆工艺美术大师年龄也在60岁左右，他们的团队也不过20个人左右，许多需要口传心授的技艺一旦失传将很难恢复。而且大多数并未受过正规的美术教育，而受过学院美术教育的年轻人大多希望从事具有更单纯艺术性的漆画或者漆艺立体创作，因此传统漆艺的后备人才培养问题比较严峻。

（二）福建漆艺

2016年福建漆艺的生产规模无论从业人数还是市场销量依旧处于全国领先地位。目前传统漆器的生产依旧以脱胎漆器为主，生产技术成熟，产量较大。“漆从西蜀来，胎自福州脱。”在四川等地漆艺衰落的同时，福建脱胎技艺却完完整整地被传承下来。自从福州脱胎漆器技艺经国务院批准列入第一批国家级非物质文化遗产名录，福建各级政府、机构和专家学者纷纷投入保护和宣传的行列中。浓厚的漆文化气息，使得福州出现很多漆器收藏家和漆艺机构。以此为契机，人们一直致力于福州脱胎漆器的传承。他们在延续传统的基础上，与地域文化同步发展，不断创新，通过现代造型艺术理念的注入提升漆器发展的高度。2016年7月17日，“2016福州国际漆艺双年展”在朱紫坊文化街区举办。展览严谨地从现当代美术史角度梳理中国现代漆艺的学术脉络，从器型、架上、空间三个层面精选数十位具有代表性的漆艺家进行深入的个案展示，同时与应邀的国际漆艺家进行比较，展示不同文化背景下的漆语时代的视觉生态，构建中国漆艺的价值链和术语库，为中国漆文化的发展提供充满学术活力的平台。

2016年福建地区的传统漆艺延续流水线作业的生产形式，产品的类型大致分为实用品和艺术品两类。艺术品有脱胎人物、动物和各类陈设品，实用品如瓶、盘、盆、家具等。福州现有漆艺作坊几十家，大都为个体经营，从一人至五六人不等，靠定制生存。盛行的茶文化也在一定程度上促进了漆文化的传播和发展，在福州许多家庭或工作室中都可以看到漆艺制作的茶具，从而促使了器类漆艺术中又细分出茶道漆艺。相对于福州漆器的大行其道，厦门漆文化的影响主要体现在平面的漆画上。近年来，随着一些大型漆画展和一些全国性漆艺术活动在厦门举办，促使一些大收藏家的出现，其影响也扩展到了壁画领域。在厦门的壁画业务中，漆画占据了较大的份额，在厦门的许多漆艺工作室中，都有大型漆壁画的创作经历，甚至一些外省的壁画也被介绍到厦门采用漆艺的方式创作。

（三）江苏漆艺

为了解决当前扬州漆器行业人才短缺的局面，江苏省人力资源和社会保障厅颁发了关于推行“技能大师工作室”的文件通知，为这些具有高级工艺大师资格的高技能人才各提供了5万元的资金作为资助。这些政策促进了江苏漆器的传承与发扬，改善了老一辈漆艺家的创作条件，同时也鼓舞了年轻人学习本地漆器艺术的信心。作为龙头企业的扬州漆器厂，在投入大量人力和物力进行产品开发和生产的同时，与当地政府合作在漆艺后备人才的培养上花费了很大精力，举办首期“漆艺设计与基本制作”培训班。扬州漆器在传统师带徒模式中又衍生出新的传承模式。目前他们正在将本次的教学资料系统整理，国内首本扬州漆艺教材2017年年初将有望面世。

江苏的漆画和漆立体创作以南京艺术学院为主，由于两任院长的支持，漆艺创作一直非常活跃。“中国现代漆画文献展”于2016年4月8日在南京江苏省现代美术馆首展，共展出漆画作品165件，结束后在宁波、厦门、南昌、武汉、太原、北京、重庆等地巡展。此次展览的主体部分是中国现代漆画自萌生起至20世纪80年代期间代表性人物的漆画原作。此外，为弥补作品征集上的不足，特制作了一部视频资料片在展览期间播出，介绍从20世纪30年代至中华人民共和国成立后历届全国美展中入选漆画作品的图像或文献资料。展览将80多年来有关中国漆画的图文资料集中起来，以“用事实说话”的方式梳理出从萌生到壮大的脉络，从而初步编织成一张中国现代漆画发展的路线图。以此为基础，撰写出相对正确的“史”和“论”，产生有价值的理论来指导创作实践。

（四）山西漆艺

新绛云雕和平遥推光漆器是目前山西省境内主要的代表性漆艺品类。目前新绛地区生产雕漆的厂家以国家级非遗传承人何俊明创办的新绛县黄河云雕工艺厂为代表，主要为社会和个人定制加工高端云雕艺术品、礼品等，在造型和设计上吸纳了一些当代设计的元素，与传统五彩祥云图案结合。另外还有一些艺术家的个人工作室也得到了当地政府的大力支持。在人才培养方面，新绛云雕以“走出去”跟“请进来”结合的方式，在大力宣传自己产品的同时，与中央美术学院、天津美术学院、北京工业大学等高校形成合作模式，成为这些院校的实习基地。当然，新绛云雕也面临着后继人才短缺与市场不规范的情况，特别是一些作坊为了降低生产难度和成本，使用化学漆的情况还是很普遍。平遥的推光漆器由于近年来旅游业的发展，商户们为了追求短期利益，出现了一系列的问题：一是以化学漆代替大漆。平遥城内坚持使用大漆的商户已基本不存在了，如果需要大漆器物需要预订，且工期长、价格高。二是同质化严重。漆器旅游商品化带来的就是商铺中销售的漆器无论在工艺、设计还是装饰上都出现趋同的现象，要么是经典的款式，要么是互相抄袭。这使得平遥当地的漆艺从业者没有主动创作的动力，而是仅以抄袭、模仿为生。三是无序的价格竞争。游客们为了满足对“纪念品”的心理需求，往往并不在意推光漆器产品是否是大漆，是否做工精良。因此许多商户以低廉的价格销售做工粗糙的产品，致使许多本分经营的商户面临困境。四是后备人才缺乏。平遥推光漆器长期使用化学漆制作，使得现在的新学徒仅仅掌握以化学漆髹饰的方法，大漆的传承基本没有。而且商品化的销售模式使得年轻人仅从事首饰盒、碗、盘、罐等几种小型器物的制作，在设计能力和制作能力上得不到提高。

（五）广东漆艺

广东阳江是我国古代南方的主要漆器产区，以皮胎、纸胎漆器著称。但是随着经济化进程，阳江传统漆器却逐渐衰落。目前在阳江从事漆器制作与生产的人员很少，仅有几位国家级、省级非遗传承人的工作室能够勉强维持。另外阳江地区有一些年轻人正在从事漆画创作，但是目前来看这些人的作品并未达到现在全国的平均水准。以目前状况来看，阳江漆器面临着非常严峻的考验，主要是从业人员短缺，大量档次低、制作粗糙的产品充斥市场等问题。

随着高等艺术院校对传统工艺美术的介入，以广州美术学院为龙头至小洲村艺术区，在2016年涌现出一批从事漆画、漆立体创作的艺术家工作室。广东地区现有五个市级的漆画艺委会，出现了长期从事漆艺和漆立体创作而以此为生的职业艺术家群，形成纯艺术、多元化、个性化的岭南漆艺发展模式。

（六）湖北漆艺

湖北是楚国漆器的发源地，而湖北漆艺却一直没有兴盛起来。在全国漆艺行业全面恢复发展的大环境下，湖北漆艺起步较晚，与北京、福建等发达地区相比相对落后，但在政府的推动与扶持下，近几年正在逐步追赶。

原材料生产方面，湖北毛坝一直是漆艺原材料——大漆的重要产地，现已经受到当地政府的重视和保护。与当地企业合作加大种植力度，利川市现有漆树种植面积3万多亩，年产量3 000多担（约合15万千克），成为继陕西和四川之后的第三大生漆产区。人才培养方面，湖北美术学院2012年成立综合材料绘画专业，培养漆艺艺术创作人才。从学生们的毕业展上可以看出，学生们的艺术素质与漆艺技艺结合得比较到位，作品既具有传统漆艺的工艺美，又不乏当代艺术的思想性。学术交流方面，由湖北美术馆主办的"'大漆世界·时序'——2016湖北国际漆艺三年展"于2016年9月9日在湖北美术馆开幕。本次展览展出106位漆艺家的当代漆艺作品，创作者来自中国、日本、韩国、法国、德国、西班牙、美国、越南8个国家。同期举办"'远近'——秦与西汉日用漆器特展"，展出湖北省博物馆收藏的部分秦汉时期的漆器，展现中国7 000年的漆艺历史传统。

（七）国内其他地区的漆艺

安徽黄山以出产菠萝漆闻名于世，当前菠萝漆的传统生产技艺已经基本恢复，并且在个别名师工作室还有明显的提高。黄山菠萝漆作为国家级非物质文化遗产保护项目，在传承人甘而可的带领下，坚持用大漆生产，古法制作，并且在工艺上严格要求，保持了传统菠萝漆器"千文万华"的华美格调，得到收藏家的热捧。

江西自古就是著名的漆器产地，现今江西的漆艺生产主要集中在鄱阳地区，生产模式主要以家庭作坊和前店后厂为主，仅有几家上规模的股份制公司，主要生产脱胎花瓶、菠萝漆器以及漆画。江西漆画和福建漆画一样，在全国范围内起步相对较早，但并未发展成主流画种，仅少数人坚持创作。随着近年来漆画市场价格走高，一批年轻艺术家开始开设工作室，专门从事漆画创作。2016年10月23日，"'存在·镜像'——第九届江西漆画展"在南昌美术馆举办，展出的200多幅作品题材广泛，风格和形式多样，运用各种新材料、新工艺，从不同角度表现生活，代表了江西漆画的新风潮。

凉山彝族漆器具有十分悠久的历史，目前当地大约有10家企业从事漆器生产。其中规模最大的是由非物质文化遗产传承人吉伍巫且创建的凉山彝族自治州民政民族工艺厂。彝族漆器的底胎一般选用木胎，现在大多采用车床生产，出现标准化的模式。以前彝族漆器具有"传男传媳不传女，传内不传外"的传统，现在已经大为改观，形成家族继承、工厂师徒与学校教育相结合的模式。彝族漆器生产的大多是食器等实用器，这就要求器物本身耐高温、耐腐蚀，使用无毒无害原料。上漆时要用土漆，绘画时用银朱、石黄等矿物颜料。传统彝族漆器色彩较为暗淡，现在有些人为了提高销量，追求炫目的效果，使用鲜艳的化工原料进行加工制作，使得这类工艺品器具不能拿来使用，只能作装饰观赏用。

浙东地区是漆艺的发源地之一。中国美术学院在壁画系内设置了漆艺专业工作室（第四工作室），并设立中国美术学院中国漆艺术研究中心。浙江省美术家协会宁波北仑漆画创作基地，由当地文化部门设立专项资金，培养漆画艺术创作人才。2016年7月，由浙江省美术家协会、北仑区人民政府主办的2016全国（浙江）漆画创作高级研修班在北仑举行开班仪式。来自杭州、宁波、舟山、湖州、金华和安徽等地的漆画作者近20人参加研修，对漆画创作、漆画工艺及材料等进行系统研究。

成都自古被称为“中国漆艺之都”，是马王堆漆器的源头。但在如今成都漆艺行业陷入了低谷，从业人员大量流失，一度数年停产，漆艺的传承也几乎中断。2006年被列为国家级非物质文化遗产以来，成都漆艺也在慢慢复苏。成都漆器厂老建筑多次濒临拆建，至今得以幸免留存并恢复生产，但是后继人才的培养以及漆艺产品的设计亟待提高。

黑龙江地区由于气候原因，并不适合漆器的生产和制作。由于近几十年来的漆画艺术发展，黑龙江地区涌现出一批优秀的漆画作者，并形成了具有当地特色的风格。但是随着市场对漆画的认可，从事漆画创作的作者却并不稳定。目前黑龙江地区的漆画工作室大都建立在高校中，面积相对狭小，展示空间较少，缺少研究机构、产业基地继续与其对接，进行产业孵化。

贵州省大方县自古以来就是重要的生漆产地，具有“国漆之乡”的美誉，大方县也是现在贵州仍在唯一大量生产漆器的地区。当前大方县有从事漆器生产、加工、销售的企业、个体工商户约30户。

（八）漆木家具

中国历史悠久的漆木家具的发展受到现代工业的严重冲击。即使在当前各种传统工艺复兴的大环境下，漆木家具的发展也不容乐观。从制作材料上看，漆木家具最常用的材料是木材，而现代中国人对于木质家具的认同主要集中在对传统名贵木材的身份认同上，因此家具厂商在制作木质家具时更倾向于打蜡而不是髹漆。从生产工艺上看，漆木家具的生产工艺难度远远高于应用现代工具、流水线生产的普通家具。由此带来的就是生产成本的提高、生产周期长、资金回笼慢等现实问题。从设计风格上看，现代的漆木家具缺乏设计，难以与现代化的室内空间融合，也不符合大多数人的审美需求。只有少量精品在小部分爱好者、收藏家手中流转，在高端家具市场占有很小的一部分份额。加上市场混杂、以次充好等因素，都制约着漆木家具的发展。

目前国内从事漆木家具生产的以漆器厂商、个体作坊和独立艺术家为主。下面就各地的现状做简要评析。

北京作为传统文化的集散地，在漆木家具的传承上可谓得天独厚。无论是之前的宫廷造办处、民国时期的“龙顺成”，还是新中国成立后的国有企业，都传承了漆木家具在制作和审美上的传统，并在宫廷家具文化与民间文化的碰撞融合中，催生出了现代派的“京作”家具。目前北京地区从事漆木家具生产的企业和艺术家工作室很多都没有把主要精力集中在漆木家具的生产上，而是更倾向于生产一些市场效益好、资金回笼快的小件漆艺产品。北京金漆镶嵌厂作为北京地区的老牌生产厂家，一直在生产和制作传统样式的漆木家具。其产品中的精品大多采用传统做法，以优质木材做底胎，经披麻、刮灰、髹饰等多道工序进行制作。另一部分产品底胎采用了胶合板，弃用了榫卯结构，家具的各部件用钉胶进行连接，髹涂则采用了化学合成漆。这种做法降低了工艺难度，将制作周期缩短，制作成本降低，希望能以低廉的价格吸引普通消费者。但就其目前的状况来看，效果并不理想，普通消费者对于这种髹漆家具的认可度并不高。北京殷秀云雕漆工作室一直从事雕漆家具的生产和制作，其生产模式分为两种：一种是传统样式的雕漆家具，在国内销售；另一种是由美国的设计师提供设计方案，由工作室进行代加工，产品全部出口。另外在宋庄、台湖等艺术家聚集地，有一部分从事新式漆木家具设计与制作的艺术家工作室，他们的产品多采用新式的设计理念，工艺做法也相对考究。但是由于漆木家具制作成本高、周期长的特点，所以产量相对较低，以高端定制家具为主。

福建地区自古是漆艺的主要产区之一，漆工艺相对成熟，因此在漆木家具的制作上也具有得天独厚的地域优势。近些年，福建当地政府对于漆艺不遗余力地推广，使得大漆的认可度不断提高。福建仙游地区形成了颇具规模的红木家具产业链，越来越多的人将目光投向了漆木家具行业，逐渐形成了先由艺术家设计造型和样式、然后由木工作坊制木胎、最后由漆艺作坊进行髹饰的生产模式。但是面对漆木家具的工艺与成本问题，产品同样以高端定制为主，主要针对一些公共空间、会所、别墅等消费对象。随着漆木家具市场前景的不断走高，也出现了很多的问题。尤其突出的就是市场混乱、设计力量缺乏，往往一件好的产品会被很多小作坊仿造，质量参差不齐，误导消费者。

山西省平遥市是中国著名的漆器产地，推光漆家具又是极具代表性的品种之一。山西平遥推光漆家具继承了晋作家具的体量朋硕、沉穆劲挺、框厚板实、大边坚帮的特色，材料以当地所产的核桃木为主，以榆、桦、松、杉为辅。目前，随着平遥旅游业的快速发展，当地的漆艺作坊大多急功近利，更倾向于制作能被游客带走的小型漆器，推光漆家具的生产近乎停滞，仅有少数几家作坊承接一些订单。采用传统做法制作的推光漆家具价格高，市场销路并不理想。另外还有一些作坊生产的产品冠以新中式的风格，但是做工粗糙、质量低劣，市场前景也不被看好。

扬州以其独特的地理环境、文化源流、社会风貌、人生哲学及审美倾向，形成了以明清时期为典型代表的独具特色的扬州传统家具艺术风格。根据家具表面的色彩装饰手法，扬州传统家具基本可分为素木家具、漆彩家具、红漆家具三种类型，不同的色彩装饰手法使扬州传统家具呈现出多姿多彩的装饰效果。目前扬州漆器厂的主营产品是漆器屏风、漆器家具等，装饰样式涵盖描金、雕漆、彩绘、百宝嵌等。但扬州漆木家具与其漆器生产一样，设计相对滞后，装饰题材沿用传统样式，大多采用化学合成漆，长期使用并非理想之选，这都是制约当地漆木家具发展的因素。

七、唐卡

唐卡是藏区传统手工艺经济中的支柱产业。据不完全统计，截至 2016 年年底，西藏唐卡艺术从业人员已超过 3 000 人，拥有 4 位“西藏唐卡艺术大师”，99 位西藏一、二、三级“等级画师”，全区各类唐卡画院、培训机构和师徒传承工作室等民间组织 300 余家，唐卡产品不仅销往全国，还远销欧美和东南亚等地区，年销售额突破亿元。

近年来，唐卡艺术的宣传、市场规模、从业人员持续扩大，要求国家、地方政府加强对唐卡艺术市场的规范和管理，更好地保护唐卡手工艺的传承与发展。2016 年 6 月，西藏自治区开始实施《西藏唐卡分类地方标准》，从画布材质、颜料成分、作品规格、绘制技术等方面对传统手绘唐卡做出界定，规定了西藏唐卡的分类原则及基本分类方式，适用于唐卡的绘制、科研、教学、销售、宣传、管理等相关环节的具体操作。2016 年 12 月 23 日，由西藏自治区文化厅主办的第六届西藏唐卡艺术博览会在拉萨开幕，正式发布了由西藏自治区文化厅、西藏唐卡画院、中国标准化研究所、西藏大学联合起草的首部《西藏唐卡分类地方标准》，并展出了当代唐卡画师新创作的作品 99 件，涵盖了勉塘、勉萨、噶孜、钦孜等不同画派的作品，是对 2016 年整个西藏唐卡创作群体的年度检验。唐卡分类标准的实施，将进一步增强对西藏唐卡的了解与认识，进一步规范、引导唐卡市场，有助于为唐卡从业者提供可供遵循的行业规范，保护依照传统技艺进行创作的画师，加快唐卡产业的发展，是西藏唐卡艺术标准体系建设中的重要环节。这一分类标准和西藏自治区政府出台的《西藏唐卡产业发展实施意见》中明确规范的唐卡人才培养工程、百幅唐卡示范工程、唐卡企业培育工程、唐卡品牌打造工程、唐卡产业园区建设工程、唐卡市场体系培育工程等实施细则，以及自治区文化厅筹备策划在区外重点省市建立西藏特色文化产业贸易服务平台等一系列措施，是西藏自治区实施国家传统工艺振兴计划、增强文化产业在“一带一路”和南亚大通道建设中的重要作用的具体体现。

值得注意的是，2016 年，针对藏区佛教寺院对文物保护严重滞后的情状，对西藏唐卡全面、系统的文物鉴定、建立现代文物管理系统工作有较为突出的进展。唐卡是藏传佛教中重要的“法物”，被奉为圣物。长期以来，在藏传佛教寺院中一般都指定寺僧专人管理，高殿深龛供奉，外人很难接近。同时，由于寺僧缺乏对现代文物管理要求的理解，很多藏传佛教寺院的文物管理和保护工作还处在自然阶段。“西藏大昭寺佛像唐卡数据库”即是针对这种情况，通过高真数据的收集，对大昭寺所藏壁画、佛像和唐卡进行系统整理，共整理出佛像、佛塔 5 051 件，唐卡 1 439 件，分门别类，对每一件文物统一编号，记录库房和文物柜的位置，并对每一件文物的汉、藏、梵文 3 种文字的尊名，以及材质、时代、尺寸、产地、重量、现状、题记、描述、参考资料均进行详细的记录，制作成高清影像资料，作为未来展览、研究和宣传的基础。继 2014 年大昭寺卧佛殿和法王殿泥塑造像数字化工作、2015 年大昭寺觉卧佛像龛和二楼雪惹拉康早期壁画以及库房现存早期壁画的数字化之后，2016年完成的大昭寺寺藏文物的整理和数据库的建设，对于西藏寺藏文物的整理和保护具有示范效果和意义：一方面有利于解决藏区寺藏文物的保护和管理严重滞后的现实问题，另一方面也有利于藏传佛教文化的研究和宣传。

西藏唐卡分类标准的建立和对唐卡的现代化文物保护的系统整理，标示着西藏唐卡在经过长期相对分散的、自然自发的状态，逐步进入一个由国家、自治区政府主导并规范的集人才培养、唐卡产业生产、市场培育、行业标准、传承保护等为一体的多层次的现代化唐卡传承和保护发展框架中。这一框架的建立将藏区唐卡历史上已经形成的复杂的生产经营形态（原生态家庭作坊式的个体经营、唐卡工艺生态园、唐卡画院、非藏区企业介入等）、传承模式（寺庙传承、家庭传承、20世纪80年代以后的学院式传承）、具有广泛影响力的藏传佛教宗教文化生态（藏传佛教寺院、信众）、唐卡市场培育销售渠道、唐卡文物保护的整理研究纳入一个科学的、现代化的管理模式中，将会对西藏及其他省市藏族自治州县（如青海、四川、甘肃、新疆、内蒙古）的唐卡工艺生产的进一步规范、传承、研究产生重大的影响。

邱春林　中国艺术研究院工艺美术研究所所长、研究员
王焕　中国艺术研究院工艺美术研究所副研究员
易晴　中国艺术研究院工艺美术研究所助理研究员
练春海　中国艺术研究院工艺美术研究所副研究员
吴南　中国艺术研究院工艺美术研究所助理研究员
陈聪　中国艺术研究院工艺美术研究所助理研究员
林岩　中国艺术研究院工艺美术研究所助理研究员

2016 年中国工艺美术年度评述

◎ 李砚祖　王星伟　秦峰

一、工艺美术行业发展主要趋势

2016 年是国家“十三五”的开局之年，我国在文化产业政策方面加大了力度，相继推出诸多具有重要意义的政策和法规性文件，对我国文化产业的整体政策体系的建构、产业深化乃至产业协同发展都打下了坚实的基础。工艺美术本身具有的文化属性和经济属性使其近年来受关注程度越来越高，在文化产业中发挥越来越重要的作用。顺应文化产业发展的趋势，把握文化产业大发展的机遇，关注工艺美术振兴发展，破解传统工艺美术在工业化、市场化及乡土社会变迁、生产生活方式改变环境下的传承与发展难题，解决单一市场导向下手艺代工、机械复制、创新匮乏等问题，激发工艺美术产业活力，发挥工艺美术的文化补给作用，使工艺美术行业发展迈上新的台阶，成为当前我国文化产业振兴亟待解决的问题。

（一）行业整体增速持续放缓，市场回升仍将延续

统计局资料显示，2016 年上半年，在供给侧改革等政策的影响下，我国经济已经全面呈现新常态的特性，虽然经济下行压力仍在，但总体呈现健康可控的平稳发展态势，工艺美术市场已经出现见底回升的迹象。2015 年工艺美术行业呈现大幅下跌的态势，各项经济指标均创下历史低点，市场凋零，行业整体低迷。但从 2015 年年底到 2016 年年初开始，行业出现了积极回升的迹象，从中国轻工业经济运行及预测预警系统监测的数据看，工艺美术综合指数 2015 年 10 月触底 81.02 后，开始缓慢回升，2016 年 5 月达到 87.29；主营业务指数在 2015 年 12 月触底 83.67 后，2016 年 5 月回升到 86.31；出口指数在 2015 年 10 月见底后出现强劲反弹，到 2016 年 5 月连续跨越过冷和渐冷区域，进入平稳区域运行；行业利润指数在 2016 年 2 月触底 84.80 后，呈现缓慢上升态势。

从以上工艺美术行业的主要经济指标看，行业已经呈现出初步复苏的迹象。2015 年珠宝首饰行业指数最为低迷，作为工艺美术最大的子行业，2016 年出口呈现井喷式反弹，行业复苏迹象明显。2016 年工艺美术产业呈现积极的复苏迹象，究其原因，政治、经济、文化和出口市场都起到了重要作用。

（二）行业市场转型加快，品牌集中度进一步提升

工艺美术行业作为劳动密集型产业，手工环节是产品生产中的重要环节，而且产品多为单件制作或小批量生产，人工成本在企业总成本中所占比例较高，如雕刻、刺绣、手工织毯等门类人工费占据总成本的 40% 以上。随着“人口红利”的逐步消失，劳动者对薪酬的期望值提高，产业工人出现“断层”，熟练技工的紧缺和各地最低工资水平的持续快速上涨，企业用工成本不断攀升，工艺美术企业“用工难”“用工贵”的问题日渐突出。

工艺美术企业面临要在继承和发扬自身技艺、工艺优势的基础上，结合生产实际，引进新设备、新技术，通过机械化降低人工成本的问题。在社会经济加速转型的情况下，企业面临着适应新经济环境、进行转型升级的压力，工美行业洗牌力度也逐步加大。传统工艺美术行业产品设计缺乏时代感和现代感，随着大众消费市场的日益成熟，传统形制和审美的工艺美术产品，缺乏有效激发、引导和满足市场需求的能力。工艺美术产品的研发与创新要符合消费者的需求，注重相关产业的文化创意、科技创新的融入，充分掌握消费者的需求与喜好，让产品更好地反映现代生活形态和市场趋势。

以外贸出口为主的工艺美术企业，多为订单生产或贴牌生产。处于产业末端的企业，在经济景气

的情况下，由于下游产业或终端消费者需求较大，会获得一定的发展；而在经济不景气的情况下，产业下游企业会面临需求下降、价格下跌等因素的影响，导致在市场竞争中被淘汰。而且很多生产厂家还停留在传统的家庭作坊式生产模式上，面对外贸不景气，很多企业开始将目光转向国内市场，但长期的对外出口渠道单一，缺乏与国内市场对接的能力，国内市场拓展困难。企业产品在向国内市场转型时消费主体与销售渠道不明确，且没有自己的设计师，仅靠国外设计师提供设计方案投入生产，在转向内销时没有对国内民众的需求做分层调研，便无法提供满足国内民众需求的产品。与此同时，外销企业也缺乏国内销售渠道，与发展迅速的电商没有建立紧密联系。外销企业亟待从审美功能和价值功能上增加产品的吸引力和竞争力，需要细分市场定位，与其他行业跨界融合，开发适合各种不同消费群体的产品。

开拓具有国内外市场影响力的品牌是产品质量和市场信誉的保证，是现代企业发展的核心竞争力，尽管目前工艺美术产品创新不少，但真正被认可为品牌的不多。推行产品质量管理体系认证、严格执行工艺行业质量标准、倡导运用现代科技成果和管理方式、提升企业生产能力和质量水平、加强品牌建设是产业转型升级的重要途径。传统的工艺美术产业应该依托区域优势企业和产业集群，申报驰名商标、地理标志保护产品，加工贸易型企业创立自主品牌，制定长期的品牌战略目标，实现从区域性品牌向全国性和国际性品牌跃升。品牌的塑造和建设是一个长期的过程，在互联网新媒体时代，工艺美术企业会更注重自身品牌建设，借助一些新型的传播方式和营销渠道，拓展品牌知名度。在确定品牌定位之后，宣传品牌文化、提升品牌文化品位、塑造品牌形象、提升品牌知名度、拉动品牌文化产业的发展，以提高人们对传统工艺品的价值认识；通过多方面的推广对品牌进行持续宣传，以培育和发掘潜在消费群体，保持消费者对该品牌的热情。品牌的塑造和建设是一个长期的过程，在互联网新媒体时代，工艺美术企业会更注重自身品牌建设。

（三）产品核心竞争力面临重塑，拓展多元化业务

受宏观经济持续下行的压力，近两年来的工艺美术行业态势低迷，部分工艺美术企业面临经营成本攀升、内外需求缩减、资金周转压力加大、用工成本上涨等问题，工艺美术行业发展正陷入内外交困之境。2015 年工艺美术进入行业洗牌期，2016 年工艺美术行业继续变革与调整，淘汰行业落后产能，积极寻求创新发展新思路，加快转型升级步伐。工艺美术产业的转型升级需要把文化创意、品牌引领、新型业态、产城融合等作为转型升级的方向，通过科技、文化、品牌、创新，增加产品附加值，增强产品核心竞争力，优化产业发展结构。虽然工艺美术产业与相关产业已经融合，但从国内每年举办的各类工艺美术展会来看，这种融合大多停留在初级阶段、浅表层次和局部范围。推动工艺美术行业与市场接轨，大力拓展多元化业务，有利于工艺美术行业核心竞争力提升。

第一，工艺美术产业与旅游业相融合。一直以来，工艺美术品都是旅游商品的重要组成部分，在国家特色小镇政策的带动下，工艺美术旅游成为一种新的旅游类型，并在增加创业就业和带动地方经济发展方面发挥重要作用。目前的工艺美术特色小镇和传统工艺美术特色区域的建设发展逐渐受到重视，在特色区域内进行生产加工作坊、商贸一条街、展览馆等设施的建设，吸引民间传统手工艺人进区设坊，生产销售传统工艺品，采用体验式营销手法，将工艺美术产品的生产过程展示给客户，鼓励客户参与体验，提升产品的附加价值、观赏性与客户的购物兴趣。

第二，工艺美术产业与制造业相融合。工艺美术产业与制造业的融合有利于降低生产成本和劳动强度，在产量和效益方面大有提升。但工艺美术产业要保证自身的核心竞争力，必须要警惕机器化、标准化、批量化大生产导致工艺美术产品乡土、人文情怀及个性化的消失。

第三，工艺美术产业与设计产业相融合。目前工艺美术产业与工业、服装、包装、展台、建筑等行业融合，催生出既保留传统工艺美术韵味、内涵和智慧，又能以现代设计满足审美、实用、便利、安全、舒适、时尚等需求的产品。

第四，工艺美术产业与互联网产业相融合。相关网站、电子商务、微信公众号的出现，越来越多的工艺美术企业、产品、人物、事件被消费者熟知，工艺美术产业的资源配置方式、生产方式、营销方式、消费方式发生巨大变化，一些网络服务平台逐渐形成。加强与大型电子商务平台合作，按地域和文化主题建设文化产品网络营销专区，支持工艺美术产品供应商入驻，发展社交电商等网络营销新模式，提升产品网络营销水平，鼓励开展跨境电子商务。积极探索工美行业既有渠道、传统商业渠道、线上渠道的有机聚合，发展线上线下融合营销，实现多渠道覆盖。

第五，工艺美术与数字动漫产业碰撞。新的娱乐方式对于传统皮影戏的冲击，但同时皮影并未进入博物馆寿终正寝。如今动画发展进入了三维动画爆炸式增长的时期，三维动画与中国传统艺术的结合，是老一辈人没有探索到的领域，也给如今的动画人留下了无限可能。引导传统动漫和游戏企业打破固有的“黑盒子”创作模式，形成连接工美企业、动漫游戏机构与网络用户三方的开放共创方式，吸引网民参与互动体验，促进形成比较完整的网络动漫游戏生产体系、市场体系和传播体系。鼓励举办基于工艺美术内容为主题的网络原创动漫游戏作品大赛、动漫产品研发、交流会、读书会、动漫音乐节，扩大影响力和知名度。

第六，工艺美术衍生品。工艺美术行业发展要完成第三次产业化，产业化模式要往文化创意方向发展，走向个性化定制和柔性化生产。随着生活水平的提高，民众的消费意识、消费水平和消费需求在变化，靠抄袭模仿已经无法满足消费者的需求，回归日常生活使用，审美与日用结合，功能与艺术结合，这才是工艺美术衍生品的发展之路。据统计，2012 年以前，北京故宫主要收入为门票收入，艺术衍生品占比很小。近两年来，故宫在艺术衍生品上可谓硕果累累。从“金榜题名笔”到“顶戴花翎官帽伞”，故宫将许多珍品以艺术衍生品的方式进行开发和传播，让大众能够通过手机下载、微信互动、网络购买的方式，不用进故宫也能欣赏、购买或收藏“艺术珍品”。到了 2016 年，故宫博物院共计研发文化创意产品 8 700 多种，已上线的 8 款 APP 平均下载量上百万，线下商店最高销售额每天超过 10 万元，故宫艺术衍生品实现了销售超 10 亿元。我们往往对于衍生品的认识仅停留在旅游纪念品的概念上，故宫艺术衍生品在种类和形式上打破了我们对传统文化衍生产品的认知，故宫博物院作为国内极具开创性文化文物单位，在文创之路上探索出具有特色的文物与文化产业相结合的发展模式。

随着社会的发展，工艺美术产业跨界融合的趋势越来越明显，工艺美术行业将把市场进一步细分，与建筑、家居、旅游、服装、玩具、汽车、钟表、电子、室内装饰行业等有机结合，并与高新技术更广泛地结合，向产业集聚化程度越来越高的方向发展。将文创经济的理念、方法与经验运用到工艺美术产业发展中，运用现代的审美观，以文化创意、设计创意带动工艺美学经济，将设计创新的理念与方法应用到工艺美术产品、传统手工艺品创新上，由创新推动工艺美术的发展，开发符合现代生活和审美的新产品，使诸多传统工艺美术在文化创意产业中获得新生，为工艺美术产业的发展带来新的思路，拓展工艺美术产业发展空间，对工艺美术产业起到衍化和升级的作用。

二、公共政策助力行业可持续发展

自从国家确定将文化产业作为支柱产业门类发展以来，有关文化产业的扶持政策纷纷出台，导向性政策的出台将文化产业植入国家战略发展格局之中。这些政策有利于培育以工艺美术为代表的文化产业成长发展的市场体系和制度环境，促进产业自发集聚并形成有机联系的产业链和价值链，形成政府支持、市场运作、行业自律、企业自主的市场氛围，优化工艺美术发展环境，促推工艺美术产业优化发展。2016 年 3 月 9 日，国家发展和改革委员会表示要加快推进文化产业发展，持续推动《推进文化创意和设计服务与相关产业融合发展的若干意见》贯彻落实工作，推动文化创意和设计服务进一步对外开放，产业做大做强。2016 年 5 月 16 日，国家文化部、国家发展改革委、财政部、国家文物局《关于推动文化文物单位文化创意产品开发的若干意见》（以下简称《意见》），提出促进文化创意产品开发的跨界融合。《意见》指出，要依托馆藏资源、形象品牌、陈列展览、主题活动和人才队伍等要素，积极稳妥地推进文化创意产品开发，促进优秀文化资源的传承传播与合理利用，这对于从内容创作开发源头层面进一步活跃文化产业，具有重大意义。同时《意见》鼓励众创、众包、众扶、众筹，以创新创意为动力，以文化创意设计企业为主体，开发文化创意产品，打造文化创意品牌，鼓励企业通过限量复制、加盟制造、委托代理等形式参与文化创意产品开发，鼓励和引导社会资本投入文化创意产品开发，努力形成多渠道投入机制。

2016年7月1日，习近平总书记主持召开中央全面深化改革领导小组第十四次会议并发表重要讲话。会议审议通过了《关于推动国有文化企业把社会效益放在首位、实现社会效益和经济效益相统一的指导意见》。这一举措表明我国文化产业全面步入经济发展，文化产业与科技、金融等领域融合发展，顺应了新常态的发展趋势，已经成为主要经济增长点和引领经济发展的重要引擎。2016年12月30日，工业和信息化部、财政部印发《关于推进工业文化发展的指导意见》（工信部联产业〔2016〕446号），该意见首次把工艺美术列为工业文化产业，把“加强对传统工艺美术品种、技艺的保护与传承，推出一批工艺美术珍品。积极引导企业运用新技术、新工艺、新材料、新设计，创新发展工艺美术产业。培育一批示范性创新创业工艺美术特色区域和大师工作室，打造工艺美术特色区域品牌”作为工艺美术产业发展的主要任务。

另外，为落实党的十八届五中全会关于“构建中华优秀文化传承体系，加强文化遗产保护，振兴传统工艺”的要求，自2016年3月起，文化部积极探索传统工艺的有效措施，支持相关企业、院校、机构在新疆哈密、湖南湘西、贵州雷山、青海果洛、安徽黄山、山西忻州、浙江东阳等地设立传统工艺工作站，在尊重当地文化、尊重民族传统、尊重手工艺人的基础上，帮助当地传统工艺企业、个人从业者恢复和弘扬优秀工艺、发掘民族元素、发展富有民族地域特色的传统工艺产品和品牌。2016年3月11日，在文化部大力支持下，由雅昌文化集团、清华大学美术学院、哈密地区行政公署在哈密设立全国首个传统工艺工作站——新疆哈密传统工艺工作站。传统工艺工作站成立后，以哈密地区维吾尔族刺绣为重点，通过院校系统专业培训、设计团队市场化项目介入和指导、创立品牌等多种方式，改善传统刺绣工艺的设计、制作水平，提升其市场竞争力，从而增加从业者收入，扩大就业容量。雅昌文化集团、清华大学美术学院驻新疆哈密传统工艺工作站的设立和建设，对新疆非物质文化遗产传承与发展来说无疑是一项重大举措，更是文化部贯彻落实中央关于“振兴传统工艺”的具体实践。继新疆哈密传统工艺工作站之后，文化部又相继在湖南湘西、贵州雷山、安徽黄山等地设立传统工艺工作站。传统工艺工作站集非遗传承人群培养、实训、研发、成果孵化、展示、品牌导入、市场推广等多元化功能于一体，为振兴传统工艺探索了一条可持续、可推广、可拓展的经验之路。

工艺美术产业的产品在所在区域的消费市场对当地的经济发展有很强的依赖性，工艺美术产业的发展建立在原有产业基础上，其发展不能单靠市场调节，还需政府的政策调节。为贯彻国家一系列扶持工艺美术产业的政策，将工艺美术行业纳入经济社会发展全局统筹安排，各地政府结合区域优势和特色，根据地方实际情况制定一系列促进工艺美术产业发展的政策措施，例如：在财政、税收、金融政策方面优惠的信贷支持，在产品技术创新和引进先进生产设备；在参加重要境外展会方面，给予相应的财税和政策鼓励；扶持壮大一批龙头企业，注重产业园区的建设，提高专业化协作水平；搭建公共服务平台，完善产业链，提升产业集群整体优势，使中央和地方出台的各种扶持文化产业的各项措施都在工艺美术产业领域得到落实，优化工艺美术产业发展环境，使工艺美术市场形成一个传承有序、自我管理、自我监督、良性发展的现代产业体系，在当代实现合理转型升级。

随着国家层面与工艺美术行业相关的主要政策的出台，地方各省市为响应中央与地方政府加强对传统工艺美术保护的精神，也颁布了相应的《工艺美术行业发展规划》《工艺美术保护发展资金管理办法》《工艺美术大师评审管理办法》，为区域工艺美术的发展创造更宽阔的公共服务平台和完善的法规体系。

为贯彻落实北京“四个中心”功能定位，推进北京工艺美术行业转型升级，在北京市经济和信息化委员会的领导下，北京工艺美术行业定位京津冀工艺美术产业全局，通过开展大师评审和工美大赛推进保护与传承，同时转变行业发展理念，通过组织展会和创新服务拓展商业渠道，促进转型升级，通过基金项目和产业资金支持谋划新产业布局和增长点。2016 年规模以上企业实现总产值 139 亿元，同比增长 15.1%，达到了历史最高水平。此外，为优化北京工艺美术产业发展环境，强化服务体系建设，最大限度地引导社会资本，北京市政府批准北京市财政局、北京市经济和信息化委员会共同设立全国首个专项扶持工艺美术行业的政府引导基金——北京工艺美术发展基金。北京市领导对此事高度重视，做出了“工艺美术属科技与文化、工业与设计的结合，对传统产业升级和构建‘高精尖’经济结构有意义”的重要批示。工美基金初期规模 3 亿元，其中政府出资 1 亿元，社会融资 2 亿元，投资应用于传承与创新、服务体系、跨界融合、产业提升四大领域。2016 年，工美基金共完成了时尚工美子基金和大师精品子基金的设立工作，母基金完成出资 2 400 万元，吸引社会资本到位 5 600 万元，子基金投资 4 个项目。通过基金运作，开辟了国礼市场化推广和北京文化资源在工艺美术领域应用的新模式，为工艺美术行业注入社会资本提供了渠道，为企业转变产品形态、促进供给侧结构性改革指明了方向。预计在未来 3 至 5 年内，基金将推进传统产业升级和结构调整，打造结构合理的创新型工美产业，把北京建设成辐射全国工艺美术行业的产品交易中心、人才聚集中心、品牌展示中心及创意设计中心。

《北京市传统工艺美术保护办法》颁布后同步设立了北京传统工艺美术保护发展资金，推进北京工艺美术的保护传承和创新发展。专项资金已从 300 万元提升至 1 000 万元，自 2002 年至 2016 年，工美资金累计支出 1.1 亿元，支持项目 279 个，支持企业近 200 家，共吸引投资 6 亿元，促进新增销售收入超 13 亿元，新开发产品近 15 万件，形成了良好的经济效益和社会效益。2016 年，为充分发挥财政资金的导向作用，北京市经济和信息化委员会明确了资金支持重点，最终共征集项目 65 个，经过项目初审、调研、专业机构评审，共形成支持项目 13 个，聚焦于重大国礼的设计开发、工艺产品创新发展、技艺保护传承、工艺美术平台建设、人才培养及行业建设等方面，涉及资金 1 000 万元。项目为北京工美行业保增长提供了有力支撑，推进北京工美产业化进程，彰显工艺美术在对外交往中的文化价值，提升企业工艺创新与生产能力。

2016 年，上海工艺美术产业稳步发展，尤其是自《上海市工艺美术产业发展三年行动计划（2014—2016 年）》实施以来，有力地推动了产品创新、产业转型，同时也为“十三五”的发展打下了良好的基础。虽然受到大环境的影响，上海工艺美术产业的产值和利润都有所下滑，但与轻工制造业等相关产业相比，表现还是不错的。据统计，2016 年上海工艺美术规模以上企业 36 家主营业务收入 370 多亿元人民币（企业主营业务收入 2 000 万元以上）同比下降 1.2%，利税总额 20 多亿元，同比增长 1.3%。从 2014 年到 2016 年年底，上海工艺美术产业制造业规模以上企业累计实现主营业务收入达 1 134.48 亿元，比 2011 年至 2013 年同期增长 6.33%。与上海市轻工制造产业发展相比，增幅达 3.24%，在同类产业中处于领先地位。这些数据说明，在大部分产业受经济环境影响的时候，上海市工艺美术产业却迎来了健康发展的新时代。2016 年，上海工艺美术产业跃居全国第七位，仅次于广东、山东、福建、江苏、河南、浙江；如按常住人口平均贡献率计算，则位居全国第一。

2016 年是上海工艺美术行业承上启下的一年，是关键的转折年，也是《上海市工艺美术产业发展三年行动计划》的收官之年和调研之年，这使得上海工艺美术产业进入了一个新的发展、提升阶段。国家相关部门相继印发《关于开展消费品工业“三品”专项行动营造良好市场环境的若干意见》《轻工业发展规划（2016—2020 年）》，上海市出台了《上海市制造业转型升级“十三五”规划》《上海市文化创意产业发展三年行动计划（2016—2018 年）》等文件。“工匠精神”“工美行业艺术大师”“非遗”“工美特展”日渐深入人心，国家大力倡导传统文化回归，在“文化自信”“文化复兴”的背景下，在社会主义市场经济体制建设进程不断推进的新形势下，工艺美术产业作为传统文化代表性产业，已成为上海文化创意产业、上海非物质文化遗产以及都市型特色产业与上海社区文化生活的重要组成部分。

作为传统的工艺美术强省之一，江苏省出台了《关于加快发展先进制造业振兴实体经济若干政策措施的意见》，将历史经典产业作为产业高端攀升优化发展的重点领域。全省经信部门认真贯彻落实省委省政府工作部署，组织开展增品种、提品质、创品牌的“三品”专项行动，大力推进历史经典产业振兴计划，充分发挥示范引领作用，培育一批大师示范工作室、示范企业、特色产业基地和特色镇（街）区，推动工艺美术产业在传承中保护、在创新中发展。开展江苏省工艺美术大师示范工作室认定工作，研究制定了《江苏省工艺美术大师示范工作室认定管理办法（试行）》并予以公布，围绕省政府公布的“江苏省受保护的传统工艺美术品种”，采取自愿申报、地方推荐、专家评审、社会公示、政府认定的方式，计划2017年认定25家江苏省工艺美术大师示范工作室，并颁发匾牌和证书。

为进一步加快本省工艺美术产业发展，2016年，山东省完成了《山东省工艺美术行业“十三五”发展规划》、《山东省志・工业志》（二轻工业篇：工艺美术），为正确引导和指导行业企业顺利发展提供了有效的参考。《中国工艺美术全集》是国家重点文化工程，由工信部、财政部立项，由中国工艺美术协会牵头组织编撰。2016年山东省组织举办了第五次编撰工作培训会议。为进一步发挥山东省工艺美术协会的桥梁和纽带作用，通过“一刊、一网、一中心”平台，更好地为企业、大师、工美人员服务，并大力倡导传承与发展，促进创作交流，推进文化产业的创新发展，引导文化消费和生活品位的提高，以崭新的形象展现山东省工艺美术行业的文化和技艺特色。原《山东工艺美术》通讯停刊，改版为《山东工艺美术》期刊出版发行。在积极参与社会公益事业和精准扶贫及脱贫活动方面，山东省工艺美术协会积极参加各项捐款捐物活动，缴纳特殊党费用于支援灾区建设；在2016第八届中国（山东）工艺美术博览会上，专门举办了残疾人师生作品展，为他们提供展示才华的舞台。山东省工艺美术协会还签约了由省妇联、省扶贫办、省财政厅、省农业厅、省旅游局联合举行的巾帼居家创业就业脱贫行动，为妇女居家创业就业提供技能培训、项目孵化、项目对接等服务，切实实施好精准扶贫、精准脱贫的方略。

重庆市结合重庆工艺美术发展的新要求，修订《重庆市传统工艺美术保护办法》，设立专项资金，保护传统工艺美术品种和技艺，表彰或者奖励在传统工艺保护和发展中做出贡献的单位和个人；为充分调动工艺美术大师带徒传艺的积极性，促进传统工艺美术技艺的传承和发展，出台《重庆市工艺美术大师带徒传艺奖励办法》，对积极带徒传艺并经考核合格的工艺美术大师，按照国家级大师每年1万元、省市级大师每年6 000元的标准予以奖励。

具有工艺美术优势资源地区的政府也相应地制定了地方工艺美术小镇打造规划和指导意见，如福建省政府出台《福建省人民政府关于开展特色小镇规划建设的指导意见》《莆田市人民政府关于印发深入推进新型城镇化及城乡一体化试点建设实施方案的通知》，明确应该加快工艺美术产业村（镇）建设，加强规划协调服务，推进工艺美术产业转型升级和历史文化传承。

上述中央及各级政府制定、出台的相关工艺美术政策措施，进一步完善了工艺美术管理体系的建设，推动工艺美术行业的平稳、可持续发展。

三、品牌战略渗透各级展会交流

工艺美术企业多为以个体或家族经营为主的中小企业，重生产、轻品牌建设的惯性较大，现代化水平相对较低，对实施品牌战略重视不够，欠缺应有的成长战略、品牌战略和营销战略。同时企业因为规模小，资金少，广告宣传跟不上、产品包装不到位，难以打响自己的品牌，产品附加值较低。在当前国际竞争大趋势下，工艺美术产业的发展定位不能只停留在生产、销售环节，需全面提升整体竞争力，获得消费者的认可，才能顺应市场，不被淘汰。

（一）突破传统模式，创新传统品牌

建立品牌最关键的部分是必须进行创新研发，以创意性产品进军市场，提升产品附加值。工艺美术来自民间，源自生活，是我国传统文化的精华，通过挖掘传统文化内涵，开发创新工艺产品，传统与创新相融合，更利于达到传承、保护、拯救和振兴传统工艺美术的目的。工艺美术突破其传统的固有形式，挖掘传统文化内涵，加强推介宣传，有利于品牌塑造，品牌的竞争力会进一步增强。

（二）制定相关优惠政策，激励企业建立品牌

实施工艺美术品牌发展战略，鼓励各规模企业开发新产品、培育自主品牌，并对争创品牌企业予以一定的资金奖励，积极组织企业参与制定特色工艺美术产品地方标准，并按标准产业化。大力推动企业开展产学研合作，鼓励具备条件的企业设立博士后工作站，支持企业上市融资，使工艺美术重点企业创立企业品牌，扩大品牌影响力。地方政府及有关部门、行业协会、科研院所、企业要联合起来共同打造工艺美术著名企业、著名商标、品牌产品等，组织申报工艺美术特色区域，支持工艺美术产品申请国家地理标志产品及商标保护。

（三）提高产品档次，走联合发展、品牌发展之路

扩大工艺美术企业规模，提升工艺美术产品档次，要引导现有家庭小作坊、中小企业注册成立公司，引导具备一定规模的企业联合发展，在技术提升和开发创新产品等方面予以大力支持。根据区域特征调整产业集群，树品牌与合作发展齐头并进，实现企业间在产品创新、技术提升、消费市场培养、技术人才培养及扩大生产等资源上的共享互补。加大与科研院所及国内外工艺品企业的合作力度，通过引入信息化技术进行企业管理和产品设计研发，充分运用高新技术为传统工艺注入新时代的内涵，努力提高企业的创新能力、竞争力及产品档次。例如上海市编制了工艺美术名牌产品推荐计划，编制产业名牌立项建议目录，开展品牌主题活动，发展、培育、引进了老凤祥、张铁军、汉光瓷、李黎明、SU素、传世珐琅、忠荣玉典、供春陶艺、艺尊轩、东方珍藏、翠之宝、上下、施华洛世奇等知名工艺美术品牌，品牌战略效果显著。

（四）建立清晰的品牌定位和品牌价值

品牌定位是在消费者或者潜在消费群体心理的位置，向消费者传递传统工艺美术的品牌文化内涵，通过手工艺人和消费民众的参与，强化手艺人的品牌意识和知识产权意识。使品牌在建立的过程中不仅传承了地域文化，也激发了当地民众的保护热情，加快工艺美术品牌的传播与发展。

（五）加强校企合作，增强工艺美术产业发展后劲

把增强自主创新能力作为加快工艺美术产业发展的战略基点，同时作为调整产业结构、转变经济发展方式的中心环节。科技助推工艺美术产业发展，运用科技对工艺美术发展的关键技术进行攻关，提升传统工艺美术的技艺水平。鼓励工艺美术行业创建技术和研发中心，建设工艺美术研究院，使其成为工艺美术行业的重要服务平台。鼓励校企联合创建开发基地，工艺美术院校作为企业发展的技术来源和理论支撑，对企业进行创意、创新、创作方面的指导，院校将企业作为工艺美术研发、创新、人才培养基地，共同开发新产品、新工艺、新技术，形成以企业为主体、市场为导向、产学研相结合的工艺美术创新体系，推动行业创新发展。

（六）创建国际性工艺美术设计创意中心

加强工艺美术创作人员与国际设计大师的合作，引进国际工艺美术大师的创意理念，提升国内工艺美术创作人员的创意水平。建立一批原创大师工作室，吸引国内外创意大师和有发展潜力的创意人才一起创业，设立专项资金，以工艺美术产业园区为依托，创设旅游工艺品研发中心。

当然，为全面展示工艺美术行业的优秀创作成果，深入贯彻落实《传统工艺美术保护办法》，引导和推进整个行业的全面发展，2016年工艺美术行业主管部门、行业协会利用社会公共资源和场馆，渗透品牌战略，也举办多次常规和特色的展会、奖赛活动。

四、人才培养契合工匠精神传承

2016年度，国内各大艺术院校举办的各类学术论坛及研讨会，从不同角度对当前工艺美术行业发展中面临的实际问题，如产业转型、设计创新、人才培养等，进行了理论探讨与分析，为工艺美术发展指明方向。

专业人才教育和大众美育普及能够助推工艺美术全面发展。基于国家政策导向，工艺美术在我国中小学美术教科书中已占有相应篇幅。近年来，传统工艺美术乡土教材也日益增多，旨在引导和培养我国青少年认识和体验本土传统工艺文化。在高等教育方面，工艺美术回归高等学校本科专业目录，高等工艺美术教育进一步发展。

在人才梯队建设方面，除了专业艺术人才外，还必须加强研究人才的培养，并为研究人员提供机会创造成果。由中科院自然科学史研究所和大象出版社历时20年合力推出的巨著《中国传统工艺全集》，将传统工艺的调查研究成果编撰成书，为日后的保护、传承提供科学依据，被称作"《天工开物》在当代的续编"。从1996年到2016年，《中国传统工艺全集》共编撰出版20卷20册，计1 200万字、1.4万幅图和照片。这是340多位专家、学者在当代科学技术高度，对传统工艺进行翔实细致的现场考察、分析论证和编集撰述的集体成果。从2004年起，全集第一辑《漆艺》《陶瓷》《金银细金工艺和景泰蓝》《造纸与印刷》《中药炮制》《金属工艺》《丝绸织染》《民间手工艺》《文物修复和辨伪》《酿造》《传统机械调查研究》《雕塑》《历代工艺名家》共14卷分为13册相继出版。全集第二辑的编撰工作于2008年启动。从2009年到2016年，《甲胄复原》《农畜矿产品加工》《陶瓷（续）》《锻铜和银饰工艺（上）》《锻铜和银饰工艺（下）》《造纸（续）·制笔》《制墨·制砚》共6卷7册相继刊行。

当然，在工艺美术专业人才培养方面，2016年度各省工艺美术行业主管部门积极开展各级别技术职务（中高级工艺美术师、首席技师、高级技师、技师等）的评审推荐工作，有力促进了行业技术人员和从业者整体素质的提高。2016年，北京市经济和信息化委员会组织开展了第八届北京工艺美术大师评审认定工作。大师评审申报人员共191人，其中初评人员132人，晋级人员59人。评审工作经过大师网上申报、初评审核、笔试、作品评审等环节，最终评选出工艺美术大师122人，其中新评大师72人，晋级大师50人。本届大师评审根据行业情况，对以往大师评审条件进行调整，达到了降门槛、严评审、宽进严升的目的，使更多具有高学历、高素质的年轻人进入大师队伍，促进大师结构更加趋于合理，对技艺的传承发展起到了引领作用，为创新人才的培养和行业转型提供了有力保障。北京工艺美术行业大师级领军人才数量在国内名列前茅。目前北京工艺美术行业共有大师244位，其中中国工艺美术大师35人，占全国总数的9.5%。通过大师评审认定，大师队伍实现了北京工美技艺全覆盖和队伍的年轻化，涵盖了北京工艺美术"燕京八绝"及民间工艺等近40个工艺品种，60岁以下大师占41%。另外，大师共带徒1 240名，有效缓解了30多个品种20多项濒危技艺人才队伍青黄不接的问题。同时，为提升行业技艺水平和管理能力，2016年北京市工艺美术行业主管部门先后举办了技艺骨干培训班和高级管理人员培训班，共计培训48课时，200余人。通过培训工作，开阔了视野，提高了行业从业人员理论、技艺水平和综合素质。为鼓励有志于工艺美术继承和创新的优秀人才，组织2016年"工美杯"北京传统工艺美术大赛。大赛共征集参赛作品436件（套），经过专家评审会评审，共评出获奖作品222件（套），其中金奖作品36件（套）。作品赛事鼓励了行业创作创新，促进了人才培养。

根据中国工艺美术协会《关于开展中国工美艺术大师评审工作的通知》，山东省工艺美术协会开展了评审推荐工作，最终有13名省大师获得第一届中国工美艺术大师称号。青岛、淄博、潍坊、临沂等市协会也分别评出了市级工艺美术大师，壮大了当地专业人才队伍。2016年，江苏省开展了第六届江苏省工艺美术大师和工艺美术名人评审工作。江苏省经济和信息化委员会会同省政府办公厅、省财政厅、省人社厅、省文化厅、省工艺美术行业协会等组成评审工作委员会，经过各地推荐申报、专家现场评审、工作委员会审定等程序，并经社会公示，共评选出109位省工艺美术大师报请省政府命名，140位省工艺美术名人由省经济和信息化委员会命名。在第六届中国工艺美术大师评审中，江苏省共有54人获得国家级工艺美术大师称号，数量排在全国前列。据统计，目前江苏省共有314位江苏省工艺美术大师，人才素质和技艺水平位居全国前列。截至2016年，上海工艺美术产业人才队伍不断壮大，人才集聚，拥有中国工艺美术大师24人、上海市工艺美术大师109人、上海市特级玉石雕刻（终身）大师2人、上海特级玉雕大师19人、上海玉雕大师71人、上海海派玉雕大师48人，还有上海玉雕师63人、中级工艺美术师120余人、初级助理工艺美术师650余人。其中，74位国家级和上海工艺美术大师中已有 57 位已在中心城区开设工作室。

为进一步提高刺绣行业从业人员队伍素质、培养优秀拔尖人才，增强手工刺绣企业的市场核心竞争力，2016 年 9 月 24 日，河南省工艺美术行业协会和省轻工烟草工会共同举办了河南省手工刺绣技艺大赛。政府通过开展技艺大赛活动，促进全省手工刺绣技术交流，发现和培养更多的优秀技能人才，引领和带动广大手工刺绣从业人员学习、钻研技术，提高企业的科技创新能力和研发能力，提升行业技艺水平，为全面推动手工刺绣专业人才队伍的整体建设与发展贡献力量。同期举行了河南省刺绣产业发展论坛，刺绣大师、行业协会和高校人士齐聚一堂，各抒己见，为汴绣未来的发展出谋划策。在全国刺绣同质化、被同质化现象严重的情况下，汴绣发展一定要保持自己的风格，共同创作一些主题性作品在全国展览推广。汴绣可以做一些适合大众消费的产品，拓宽市场销路，让刺绣成为开封人的生活方式，这样才能使汴绣有发展基础。

根据中国工艺美术协会《关于中国工艺美术行业荣誉称号评审有关问题的通知》（中美协文〔2016〕86 号）精神，河南省工艺美术协会下发了《关于推荐中国工美行业艺术大师的通知》，成立了中国工美行业艺术大师推荐工作办公室，制定了《河南省第一届中国工美行业艺术大师推荐考核实施细则》，严格按照推荐考核实施细则所要求的考核内容，聘请有关专家，对申报人员采取纸质材料量化评分、综合评价和参评作品评价三项进行综合计分，经考核，按照得分高低推荐 14 名人员作为第一届中国工美行业艺术大师候选人。此外，为表彰毕生为河南省工艺美术事业做出贡献的工艺美术工作者，对他们在技艺传承、学术研究、保护和发展河南省传统工艺美术方面所做出的突出贡献给予肯定，依据河南省工艺美术行业协会相关文件，在行业内组织开展了“河南省工艺美术终身成就奖”的评审工作。

为促进江西省工艺美术行业发展，推动工艺美术精品创作，发掘优秀创作人才，建立权威规范的工艺美术评价体系，江西省于 2016 年 10 月在新余市举办了第五届“杜鹃奖”。获奖者中大部分为中青年艺术家。此外，江西省还开展了首届中国工美行业艺术大师推荐评审活动，最终推荐出 17 位省工艺美术大师到全国参评，其中 15 位获评首届中国工美行业艺术大师荣誉称号。除积极参加国家级的评审活动外，江西省也组织开展了第五届江西省工艺美术家的评选活动，最终有 61 人被评选为第五届江西省工艺美术家。据不完全统计，截至 2016 年年底，江西省有中国工艺美术大师 31 名、中国陶瓷艺术大师 44 名，省级工艺美术大师 217 名，省级陶瓷艺术大师 60 名，教授级工艺美术师 92 人，省高级工艺美术师近 500 名。

除上述工艺美术行业评审认定工作外，相关设计院校、专业培训机构、产业协会和公共服务平台积极引入工艺美术大师和工艺美术非物质文化遗产传承人师资，举办非物质文化遗产、传统工艺创新转型、文化创意产品设计等工艺美术人才高级研修班，积极推动工艺美术人才队伍建设。

地方专业人才队伍建设逐年递增，截至 2016 年，重庆市工业美术行业从业人数 3.73 万人。拥有国家级工艺美术大师 1 人，省级工艺美术大师 154 人。拥有专业技术职称人员 1 020 人，其中，高级工艺美术师 105 人，中级工艺美术大师 336 人，初级职称 579 人。建成工美大师工作室 48 个。2016 年，重庆市共推荐 12 人参加工信部举办的第一、第二期工艺美术行业管理水平提升培训班；推荐 5 人参加中国工艺美术协会和中央文化管理干部学院联合举办的中国工艺美术高级研修班；配合市非遗中心开展非遗技艺人员培训活动，组织重庆市工美技艺人员分别参加刺绣、烙画、竹编、陶艺的培训学习；组织 40 余位技艺人员参加在重庆轻工业学校举办的第二期工艺美术技艺人员培训班。同时，重庆市工艺美术和行业主管部门与市内大专院校合作，共同启动社会创新工艺美术人才培育实验项目“大师进校园”活动，推荐部分大师进入校园协助院校开展专业辅教工作。湖南省工艺美术职业学院承办了 2016 年湖南省湘绣、侗锦、瑶锦、剪纸等非物质文化遗产传承人群培训班，在非遗人才培养、技艺传承、文化研究、创新研发、传播推广等取得一定成就。

青海省截至 2016 年年底，获评中国工艺美术大师 6 人（已故 2 人）、中国工艺美术行业大师 4 人、省级工艺美术大师 21 人、民间工艺大师 28 人、民间工艺师 189 人；工艺美术高级职称 8 人、中级职称13人、初级职称63人。先后有2 000多名工艺美术专业技术、管理、营销等人员和民间艺人受到了不同程度的培训。黄南热贡艺术、贵南藏绣、藏毯等特色工艺美术品类，依托良好的群众从艺基础，大批艺人以家庭为单位开展艺术创作，建立起了师徒传承、集体培训、教学培训等传承机制，实现了产业化集群发展；互助盘绣、化隆回绣、撒拉族刺绣、湟源皮绣等民族刺绣产业也逐步走上规模化发展之路；黄南州同仁县、海南州、贵南县被中国工艺美术协会分别授予“中国唐卡艺术之乡”“中国藏绣艺术之乡”“中国藏绣生产基地”。此外，青海省还举办了三期“三区”文化人才支持项目工艺美术培训班，组织参与了对外文化交流培训。按照省厅安排，在门源县、平安区、同仁县举办了三期“三区”文化人才支持项目——民间刺绣和泥塑技艺培训班，共有130人参加，采取集中授课、观摩学习与动手实践相结合的方式进行。通过培训为基层农牧民群众提供了学习平台，他们进一步了解和学习民间刺绣、泥塑制作技能、技巧，为更好地就业、择业创造了机会。组织推荐5名企业、单位管理人员参加工信部举办的2016年第一期工艺美术行业管理业务水平提升培训班和文化管理人才国际交流与合作计划——手工艺设计国际高级研修班。2016年印发了《青海省“十三五”工艺美术行业发展规划》，将科学指导青海省工艺美术行业“十三五”发展，规划具有很强的科学性、实用性、前瞻性。各种不同形式的工艺美术评审及人才培训工作，不仅培养了工艺美术人才，同时也极大地扩大了工艺美术的社会影响力。

2016年，四川省积极为人才提供继续教育的机会：3月，组织10位省级大师参加四川美术学院举办的为期一年的“大师进校园”培训。5月，组织举办了芦山县根雕技能培训及根雕技能大赛。8月，组织了“天府·宝岛设计大赛”参赛作品评审工作。11月，组织参加了“天府·宝岛创新作品展示会”，为人才交流提供了更多更广的平台。12月，组织2位省级大师参加中国（海南）工艺美术行业创新思维研修班。四川大学、四川师范大学、川音成都美术学院、成都纺织高等专科学校、四川工商职业学院等大专院校设立了工艺美术专业或开设工艺美术课程，培养和造就了一大批工艺美术设计、制作人才，为行业发展奠定了坚实的人才基础。

李砚祖　清华大学美术学院教授
王星伟　工业和信息化部工业文化发展中心
秦峰　工业和信息化部工业文化发展中心

专题

弘扬工匠精神

【概述】

2016年，李克强总理提出“工匠精神”，引起各行各业的广泛讨论和学习。在科技强国的时代，精益求精的工匠精神是我们应该追随的。“工匠”一词原发点为工艺美术行业，因此在此专题下选取三篇论文，以厘清其渊源、内涵，并对提出的意义进行分析。

【观点】工匠精神三论

◎ 王京生

2016年3月5日，李克强总理代表国务院向十二届全国人大四次会议做政府工作报告时首次正式提出：“鼓励企业开展个性化定制、柔性化生产，培育精益求精的工匠精神，增品种、提品质、创品牌。”3月29日，在第二届中国质量奖颁奖大会上，李克强总理强调，弘扬工匠精神，勇攀质量高峰，打造更多消费者满意的知名品牌，让追求卓越、崇尚质量成为全社会、全民族的价值导向和时代精神。“工匠精神”一经提出，便引起社会各界热议，受到各行各业的一致认可。从推动“大众创业、万众创新”到实施“中国制造2025”，乃至实现民族复兴，无不呼唤着工匠精神。

一、工匠精神与民族复兴

的确，我们从来没有像现在这样接近过民族伟大复兴的目标。中国的GDP已经居于世界第二位。世界也都在为中国人创造的经济奇迹惊叹。但无论是中国人自己，还是外部世界，都没有人认为中国已经复兴了。单纯追求GDP的人一定会说：难道只有GDP达到世界第一，超越美国时才叫复兴吗？当然不是。我们所说的复兴本质上是文化与文明的复兴。经济是最重要的基础，但不能决定一切。决定这场伟大复兴的因素很多，其中非常重要的，也很具体的，就是产品的质量。

一国之产品质量，往往被视为一国之文明程度；一国产品之信誉，往往是一国之国民尊严。也许有人觉得，这是夸大其词。但纵观世界文明史，我们就会发现，在世界贸易中，那些生产的器物包括艺术品，被他国广泛使用、欣赏乃至推崇的民族，其文明也就在世界上占有一席之地。马克思主义观点认为，消费不再是一种纯粹的经济行为，而是一种生活方式，一种具有象征意义的文化行为。

中华文明之所以在世界上广泛地为人所知并大放异彩，除了中华文化博大精深外，起初引起人们直接兴趣的，恐怕还是来自中国的产品。中国器物之精美冠绝一时，并长时间地引起世界惊叹，由此世界便开始了对中华文明的尊崇和经久不衰的“东方热”。而工匠精神的可贵和对今天的重大意义也在于此。

无论是工匠精神所制造的产品，还是它所体现的职业道德，乃至背后人的素质，都与一个民族的尊严、生存与发展有着密不可分的关系。实际上，中华民族艰苦奋斗、坚韧不拔、追求卓越的民族气质，恰恰是工匠精神的重要内容。正是工匠精神的式微和缺乏，才导致今天中国一系列的产品问题和社会问题。

（一）工匠精神造就中华民族辉煌历史

工匠精神一直流淌于中华民族的血脉之中，一部中华文明史凝聚着历朝历代工匠们的智慧和创造，如同诸子百家造就了中华民族思想天空的群星灿烂一样，工匠精神也曾造就我们民族的百业兴旺、空前繁荣，同样是星光璀璨。

《增广贤文》有言："家有良田万顷，不如薄艺在身。"《考工记》记述："知得创物，巧者述之守之，世谓之工。百工之事，皆圣人之作也。"蜿蜒万里的长城、栩栩如生的秦陵兵马俑、被称为"臻于极致的青铜典范"的四羊方尊、绚丽神秘的敦煌壁画和彩塑、巧妙绝伦的赵州桥……这些珍贵的历史遗存无一不是工匠精神的化身。又比如中国红茶，曾经成为欧洲皇室贵族的标签。小仲马在《茶花女》中描述："你连中国红茶都喝不起，还算什么贵族?"现在国人一窝蜂地到国外去买奢侈品，殊不知历史上，中国的产品曾经被西方顶礼膜拜，我们是名副其实的奢侈品出口大国！

历史上我国的茶叶、丝绸和瓷器等优质产品远销海外，深受国外消费者追捧。据葡萄牙人记载，16 世纪至 17 世纪，葡船每年自澳门运往长崎的华丝，少时约 1 500 担，多时约 3 000 担。1575 年，菲律宾的西班牙殖民者开辟了中国到菲律宾、墨西哥的"太平洋上的丝绸之路"，每艘船满载中国丝绸多至 1 200 箱。18 世纪末，在墨西哥的进口总值中，中国的丝绸产品占 63%。据统计，从康熙元年到鸦片战争前夕，中国开往日本的商船所载货物 70% 以上是丝绸。再看看瓷器外贸情况，中国瓷器在唐代制作技术达到相当高的水平，正是这一时期，中国瓷器开始依靠"海上丝绸之路"外传，主要输往日本、朝鲜、西亚、南亚以及非洲的埃及。1405 年至 1433 年，郑和七下西洋，船队所载物品相当一部分是瓷器。1602 年至 1682 年，荷兰公司商船共运销瓷器 1 200 万件，其中中国瓷器占 98.3%，达 1 010 万件。在 1684 年至 1791 年，东印度公司垄断了华瓷的进口，约有 2.15 亿件华瓷被运到英国。

这些辉煌的贸易成就，充分证明工匠精神在我国有深厚的传统基因，我们应该回到中华民族的伟大传统当中，去提炼和梳理属于我们自己的工匠精神，并将之传承和延续下去。

（二）工匠精神支撑强国战略

众所周知，追求强国梦的德国人曾经以剽窃设计、复制产品、伪造商标等手段，不断仿造英、法、美等国的产品。1887 年，英国议会通过侮辱性商标法条款，规定所有从德国进口的商品必须标注"德国制造"字样，以与优质的英国产品区分开来。德国知耻而后勇，为此制定了质量强国战略。精益求精、专注如一、坚定执着的工匠精神最终成就了德国制造。

随着劳动力成本增加，我国制造业的传统优势正在丧失，从中低端向高端转移势在必行，而以工匠精神为核心的产品质量始终是我们努力的方向。"工匠精神"的提出无疑给中国制造业转型升级做出了清晰指引。

习近平总书记强调，供给侧结构性改革的根本目的是提高社会生产力水平，落实好以人民为中心的发展思想。"从生产领域加强优质供给，减少无效供给，扩大有效供给，提高供给结构适应性和灵活性，提高全要素生产率，使供给体系更好适应需求结构变化。"《中国制造 2025》文件指出，没有强大的制造业，就没有国家和民族的强盛，打造具有国际竞争力的制造业，是我国提升综合国力、保障国家安全、建设世界强国的必由之路。

所谓产品转型升级不仅意味着产品要与时俱进、更新换代，也包括对产品设计和质量的精益求精，不断提升。以国内产品而言，有些产品确实产能过剩，远高于市场需求，但也有相当多的产品并非没有市场，而是因为质量不高、老旧低劣而被市场抛弃。比如奶粉，三聚氰胺事件造成民众对国产奶制品行业的普遍不信任，纷纷通过海外代购使用美国、荷兰、新西兰等国奶粉。甚至有人说，连本国国民都不敢食用国产奶粉，那简直就是民族的耻辱。再比如国人到日本疯抢的马桶盖，其实很大一部分是日本企业委托中国工厂代工生产，我们国内反而缺乏自主品牌和高质量产品。

据商务部统计，2015 年我国出口国际市场份额升至约 13.4%，比 2014 年提高 1 个百分点。其中 2015 年 1 月至 11 月，我国出口比美国多 6 672 亿美元，继续保持第一货物贸易大国地位。但是，在许多国家的市场上，我们大量的产品往往居于价值链低端，甚至是"地摊货"。坦率地说，中国产品在世界的信誉，比起发达国家还有相当大的差距，使用中国货图的就是便宜，这是相当多消费者的心理。这大大制约了我们的生产动能，而工匠精神的缺失，无疑是其中的根本原因。

制造业是国民经济的主体，是立国之本、兴国之器、强国之基。强国必须先强质。追求精益求精、质量至上的工匠精神是制造业的灵魂，必须把工匠精神与创新精神作为强国战略的两大支柱。唯有如此，才能实现中国制造向中国创造的转变，中国速度向中国质量的转变，中国产品向中国品牌的转变，才能完成中国制造由大变强的战略任务。

（三）工匠精神锻造国民新素质

国民素质与文明复兴大局密切相关。工匠精神体现着对完美事物和高尚人格的不懈追求，对提升国民素质具有非常关键的作用。

工匠精神是民族素质的重要内容，它首先体现为职业操守。这种职业操守，主要不是靠法律或制度限定，而是来源于李克强总理所强调的“道德的力量”。懒惰、不思进取、以次充好、山寨成风，这是职业操守的丧失，更反映国民素质和整个社会道德水平的滑坡。要弘扬工匠精神，就必须和这些东西做彻底的决裂，使每个人对这些东西不屑一顾，甚至使其一直处在市场审判和良心审判的被告席上。

“天机云锦用在我，剪裁妙处非刀尺。世间才杰固不乏，秋毫未合天地隔。”陆游诗中表达的不仅是诗歌创作的意境，也是对工匠精神的极好诠释。如前所述，中华文明在历史上之所以被人尊重，首先是因为中国产品的精美，这种精美正是源自追求极致完满和一丝不苟的工匠精神。

德国人近乎刻板地严谨认真，使产品质量丝毫不差；日本人视质量为生命的强烈自尊，将产品好坏与个人荣辱联系在一起；瑞士人以忠诚和专注闻名，其银行业、钟表业在全球独占鳌头渊源有自。这些国家正是得益于国民性格中的优秀因子，从而塑造了本国制造业和商业领域的巨大成功，并且因为产品的质量赢得了世界对其国家的刮目相看。由此可见，国民素质成就了工匠精神，工匠精神又强化了国民素质。

要完成民族复兴的伟业，就要充分发扬工匠精神。美国当代著名发明家迪恩·卡门说：“（工匠精神）不仅仅是一个国家的一部分，更是让这个国家生生不息的源泉。”我们国家离真正的复兴还有很长的路要走，文明的复兴是实现民族复兴的关键。因此，需要将持之以恒、专注敬业的工匠精神内化为国民品性，推动中华文明的复兴。当中国精美的产品流行于世时，中华文明的伟大魅力也就昭然于世，中国人的尊严也便毋庸置疑。

二、工匠精神与“大众创业、万众创新”

工匠精神是一种在设计上追求独具匠心、质量上追求精益求精、技艺上追求尽善尽美的精神，蕴涵着严谨、耐心、踏实、专注、敬业、创新、拼搏等可贵品质。工匠精神体现于各行各业、企业家和劳动者的价值追求和综合素质上，落实在产品的质量和生产的各个环节上。

（一）明确强调工匠精神有利于准确把握“大众创业、万众创新”的价值理念

习近平总书记指出，创新始终是推动一个国家、一个民族向前发展的重要力量。“大众创业、万众创新”是本届政府提出的重要施政理念和推动中国经济改革发展的重大举措，是具体落实国家创新驱动战略，建设创新型国家的中国表达和实现途径。

据统计，2015 年全国新登记注册企业增长 21.6%，平均每天新增 1.2 万户；城镇新增就业 1 312 万人，超过全年预期目标，成为经济运行的一大亮点。“双创”不仅成为稳就业、促升级的利器，也正在推动我国社会经济发生深刻变革。

“双创”需要创新理念和创新精神的引领。但是，光有创新精神、创新理念是不够的。创新中要有一以贯之的东西，有衔接过去与未来的东西，这就是工匠精神。

工匠精神与创新精神并行不悖，既相互联系、相互统一，又相互平衡、互为补充。一方面，创新精神需要工匠精神作为支撑，另一方面，工匠精神以创新精神为动力。创新精神更强调思想的灵动、瑰丽的奇想和义无反顾的态度，而工匠精神更强调细节、锲而不舍和永不满足的审美意识。就商业价值而言，创新精神更多体现在商品的跨越式发展上，工匠精神更强调产品的质量、稳定和完美。在创新创业浪潮下，工匠精神既能够很好地矫正其中的非理性、运动式的行为，又能够促进新经济实现跨越式创新发展，并促进传统经济增质、提效和转型。

工匠精神与创新精神最终统一于具体的产品之中。在产品的制造过程中，工匠精神是基础，创新精神是引领。一件质量上乘的产品既是抓住市场的新需求而不断创新的产物，也是工匠追求细节完美而精致创造的结果。

（二）明确强调工匠精神有利于纠正“大众创业、万众创新”在操作中的一些误区

当前“双创”在全国各地风起云涌，取得了卓有成效的进展，但在具体执行中也存在一些误区。有些政府机构和实际操作者，在创新创业中过于偏重新点子、新颠覆、新状态、新包装，甚至认为“双创”就是“大脑风暴”加互联网。有些地方过分追捧新经济，认为传统产业毫无希望，一味片面追求新经济，盲目淘汰一切传统产业。还有些地方和部门把“双创”当成一场运动，而不是实实在在的产业升级或产业革命，在实际操作中流于形式。这些做法极有可能引起产业、就业结构性失衡，导致只有破坏而没有创造，或是空喊口号而无实效，最终反而危及整体经济。

在“双创”中注入工匠精神，就要求既不能简单否定传统，也不能把“双创”异化成一场急功近利的运动。正如现代创新理论提出者熊彼特指出，“有必要努力把一场混乱变成有秩序的撤退”。这实际上是批判在创新中不顾传统和承继关系的武断行为。工匠精神恰恰有这种纠偏功能。

（三）明确强调工匠精神有利于培育“大众创业、万众创新”的合格主体

“大众创业、万众创新”的灵魂是“创”，而基础和主体是“众”。“众”由一个一个劳动者组成，有什么样的劳动者，就有什么样的“众”，有什么样的“众”就有什么样的“创”和产品。从这个意义上来说，工匠精神是决定“双创”成败的重要因素，它与创新精神一道，构成“双创”的车之两轮、鸟之两翼，不可或缺。

工匠精神理应贯穿“双创”的始终。就创业者而言，需要有坚守信仰、不忘梦想的初心，顽强执着、拼搏进取的决心，坚韧不拔、锲而不舍的耐心，更需要精益求精、追求卓越的匠心。就创新者而言，既需要摈弃浮躁、潜心钻研，又需要敏锐创意、精雕细琢，不断精进、永不自满。工匠精神能够使人们更加注重创新创业的细节和风险，养成踏实、勤劳、严谨，不浮夸、不浮躁的工作态度，更加脚踏实地地走在创新创业的征途上。

三、工匠精神的培育与形成

工匠精神的塑造并非“一日之功”。追根溯源，社会对工匠精神的轻视已经很久了。虽然我们常说“劳动者最光荣”，但这种光荣常常停留在口头上。一个普通的劳动者往往容易被轻视，无论是他的职业、技能，还是付出的心血。“文革”前，在劳动者中还有八级工资制，八级工的待遇可以达到工程师甚至更高的水平。工人的技艺受到尊重，工人也有自己的上升通道。但现在工人的上升通道在哪里？他们要想改变命运，除了考取文凭、追求高学历，几乎无路可走。八级工资制也被莫名其妙地冠之以“资产阶级法权”而遭废除。在山寨盛行、假货劣货充斥市场、工人的劳动得不到真正尊重时，工匠精神又从何而来呢？要改变这种状况，需要从以下方面努力。

（一）将工匠精神教育融入国民教育体系

当前我国教育存在重学历轻能力、重理论轻技术、重智育轻德育等问题，成为影响工匠精神养成的重要原因。要扭转这一状况，首先要把工匠精神的培养纳入国民教育体系。工匠精神要从娃娃抓起，从观念抓起，从细节抓起，贯穿到义务教育、基础教育、高等教育、职业教育和成人教育等各层次各阶段教育之中，培养学生专注耐心、精益求精、追求卓越的精神，以此重塑并强化工匠精神的民族基因。

（二）更加重视专业技术人才的培养

改革开放以来，我国市场发展迅速，由于缺乏自己的品牌，一般工人的服务都成为流水线上的风景。30多年来，基本上是一批工人走了，又一批工人来了，然后不断地更换，农民工经历了从农村到城市，又从城市回到农村的循环。这是不利于工匠精神的培育的，对农民工的个人命运也是不负责任的。这种情况应该随着转型升级得到根本的扭转。在反对山寨、鼓励创新、树立自主品牌的同时，要形成稳定的制造业大军，不能让一线劳动者简单地以青春赌明天，而要鼓励他们精研专业技能，以此获得发展空间和社会尊重，使其能够心安理得地终生服务，并成为各行各业的中流砥柱。要借鉴有关国家的经验，培养宏大的制造业力量。比如意大利等发达国家，在招聘工作人员时，只看你是否拥有一技之长和能否胜任相关岗位，而并非单纯以文凭高低论英雄，职校学生就业率很高，而且收入并不低。职校培养的大量专业技术人员，成为支撑这些国家强大制造业的主力军。这和他们对职业教育的一贯重视是分不开的。意大利完善的初等、中等、高等职业教育体系，德国以企业为主、校企合作的双轨制职业教育，都非常值得借鉴。我们要建立产教融合、校企合作的技术人才培养模式，加快构建现代职业教育体系，建立完善职业资格认证制度，为中国制造培养强大的专业技术人才队伍。

（三）建立健全有利于工匠精神养成的制度体系

要强化技术人才激励机制，加大对高技术高技能人才的奖励扶持，提升他们的经济收入和社会地位。要高度重视一线劳动工人的上升通道，使他们有充分的成就感、获得感和不断前进的目标动力。要强化提升产品质量标准。没有一流的质量标准，就没有一流的产品。我国的产品市场准入门槛较低，尤其是质量、安全等方面的门槛尚未达到发达国家最低标准，低准入门槛直接导致低劣产品的横行。因此，政府部门在加强质量监管的同时，要提高质量认证标准，同时在产品检验鉴定上赋予行业协会更多权力，形成有效的监管合力。要加大知识产权保护力度，强化市场治理与监管，对于粗制滥造、假冒伪劣要“零容忍”，依法严厉打击，避免“劣币驱逐良币”，让造假者、仿冒者无处立足，切实为技术创新保驾护航，保护企业自主创新的积极性。

（四）牢固树立滋养工匠精神的价值体系

要营造精益求精的良好社会风尚。工匠精神不单要成为制造业的发展准则，也要成为社会文明的价值导向。政府要做好示范引导，让敬业执着、脚踏实地、精益求精成为个人和各行各业自觉的价值追求，为工匠精神厚植土壤，使其转变为每位公民安身立命的精神气质，锻造国家和社会的风骨与脊梁。要在全社会弘扬劳动光荣、技能宝贵、创造伟大的时代风尚，形成“崇尚一技之长、不唯学历凭能力”的良好氛围。要注重发挥市场的力量，完善市场监督和淘汰机制，实现优胜劣汰。

正所谓：“合抱之木，生于毫末；九层之台，起于累土；千里之行，始于足下。”“天下难事必作于易，天下大事必作于细。”从个人、社会到国家，无论是创新创业之路，还是民族复兴大业，都需融入务实求精的工匠精神。唯有如此，我们的民族方能赢得更多尊重，中华文明方能焕发出更加璀璨的光辉。

原载《中国文化报》2016 年 5 月 10 日
王京生　国务院参事

【观点】工匠精神与创造精致

◎ 李砚祖

中国是一个传统手工业大国，我们上万年的工艺美术发展史，就是一部在造物中不断追求精工、创造精致的历史，也是一部工匠精神的史诗。作为世界各大博物馆镇馆之宝的中国青铜器、漆器、瓷器、丝织品等无数的工艺品，就是其明证。遗憾的是，一段时间以来，我们在追求生产速度和效益时，不少产品的品质下降，包括传统工艺产品的品质，多有令我们堪忧的地方，以致我们的家电产量世界第一，但中国人仍然蜂拥日本购买电饭煲、马桶盖等日货——道理很简单，日货质量好。在传统工艺领域，日本、韩国的传统工艺，如漆器、陶瓷等，随着科学技术水平的提高，品质也有了更多的保障和提升。而我们当代的漆器、陶瓷等工艺却日益粗率，产量上升，品质却下降。有人说："世人都知日本漆器好，中国漆器却不见了！"中国是当今陶瓷生产大国，日用陶瓷的产量占世界总产量的70%以上，而其收益却不到世界总收益的20%，主要原因也是品质问题。这种品质问题，既有生产的，也有设计和其他方面的，但根本的在于缺少一种关键的工匠精神，而日韩等国制胜的法宝也正是这种关键的"工匠精神"！

所谓"工匠精神"，实质上是指一种工作中一丝不苟的工作态度和追求精工精致的精神。这种精神在以往传统工匠的工作和产品上体现得最为充分和明显，即无数光耀千秋的工艺美术品多是工匠们在工艺生产中一丝不苟的工作态度和追求精工精致精神的产物和结晶。今天，世界一流的产品，无论是手工制品还是大工业产品，毫无例外都是这种一丝不苟的工作态度和追求精工精致精神的产物和结晶。当然，工匠精神不唯独"工匠"所有，它应是人类一种通过不断学习、创新所积累的一种历史的、求实的、能够把工作做好的基本精神和保证。它本质上与粗制滥造、马马虎虎相对立。在人类社会发展和进步的历史上，工匠精神不仅是能够把工作做好的基本态度，也是人类随着科学技术的进步、生活品质和审美要求的提高而越加重视品质的关键所在。

工匠精神首先与工匠相联系。工匠，有广义和狭义的不同所指，狭义的也即传统意义上专指从事手工造物和劳作的匠人，如木匠、瓦匠、铁匠、皮匠，等等；在现代，广义的指包括传统匠人在内的所有从事劳作的专业人员和生产者。美国学者理查德·桑内特在《匠人》一书中认为有三种匠人：一是木匠，一是实验室的技术员，一是乐团指挥家。"木匠、实验室技术员和指挥家全都是匠人，因为他们努力把事情做好……匠人代表着一种特殊的人的境况，那就是专注。"近些年在西方关于手作的文化人类学研究中，包括手工食品都成为研究对象，如希瑟·帕克森的《奶酪生活：美国手工食物的意义》等著作，而从事手工食品生产的人实际上也是手工匠人。可见，工匠精神不仅仅指向工匠，它实际上指向一切造物的所有劳动者和劳动。

工匠精神是历史性地形成的。自从人猿相别，人开始有意识地设计、造物起，"工"就开始了。所谓"匠"，实际上就是一种职业性。"工匠"本意应是一种职业化、专业化工作之人。中华民族是一个有着悠久文明历史和传统的民族，所谓中国文化，无疑包含着造物的文化，即悠久的文明历史和传统中包含着无数工匠的造物生产和创造在内。工匠们抱着对造物的美好期盼，对劳作技艺和设计的不断革新和积累，经过长期不息的探索和积淀，形成了一种刻意求新求精的精神，这就是民族性的工匠精神。《管子》载，当时的在官之工，旦夕从事其工，"相语以事，相示以功"。工匠艺人们日夜在一起从事手工劳作，专心致志，互相切磋技艺，互相比试技艺的高低，评论成品的优劣，讨论改进的方法，日积月累，这种精益求精的奋发进取精神就成为工匠造物的基本素质和精神内核。

工匠精神是一种工之为"工"的精神，也是一种独具民族性的精神。瑞士手表长期以来一直以精工精致著称，尤其是在当今机械化、自动化十分发达的今天，瑞士顶尖手工艺人打造的手工手表其精确度要超过机械化、自动化加工的手表，支撑这一绝技的内核正是工匠精神。德国制造，是高质量、高品质工业产品的代名词，著名的奔驰、宝马汽车以及许许多多的工业制品，在世界范围内拥有信誉，靠的也正是一丝不苟的工匠精神。实际上工匠精神已成为德国制造的内在精神，甚至是德国人的某种精神。德国人以严谨、理性著称，在制造领域，这种严谨、理性就表现为工匠精神。可以说，德国制造是德国工匠精神的物化。日本是传统工艺之国，也是现代制造业的强国，日本制造也有很好的声誉，在制造领域体现出的工匠精神，同样充分展现出日本民族文化的内在性和精神品格。

值得关注的是，工匠精神还决定着一个国家工业制造的品质。而一个国家工业制造的品质不仅是市场范围的扩大和经济价值的高低，它从根本上决定了一个国家的国力，对于一个大国而言更是如此。工业制造的强国美国、德国、日本，等等，其国力同样强大，强大的工业制造业支撑着强大的军事工业体系。而强大的军事工业制造，如航母、核潜艇、军用飞机以及航天装备等这些大国"重器"，无一不是强大国力的象征，也无一不依赖于包括手工制造在内的精密制造，即需要工匠精神作为内在的支撑。

中国的发展需要强大的工业制造体系，也需要强大的军事工业，需要“大国重器”。“国之重器”，指的是对于国家政治生活和社会发展具有重要性、代表性的器物。在中国的青铜时代，青铜大鼎就是“国之重器”。在今天，核武器、航母、宇宙航天器、大型机器装备，都可以称之为“国之重器”。这一点，中国自古就有所认识。《史记》《左传》等都记有“楚王问鼎”的故事，《左传·宣公三年》谓：“楚子伐陆浑之戎，遂至于雒，观兵于周疆。定王使王孙满劳楚子。楚子问鼎之大小轻重焉。”对曰：“在德不在鼎。昔夏之方有德也，远方图物，贡金九牧，铸鼎象物，百物而为之备，使民知神、奸。故民入川泽山林，不逢不若。螭魅罔两，莫能逢之，用能协于上下以承天休。桀有昏德，鼎迁于商，载祀六百。商纣暴虐，鼎迁于周。德之休明，虽小，重也。其奸回昏乱，虽大，轻也。天祚明德，有所底止。成王定鼎于郏鄏，卜世三十，卜年七百，天所命也。周德虽衰，天命未改。鼎之轻重，未可问也。”故事虽强调的是“德治”的重要，但从一个侧面也反映出“国之重器”对于一个国家的重要意义。

国之重器的设计、生产制造，无不是工业制造高度发达的产物，无不是工匠精神的物化。

工匠精神既是民族性的，也是个人性的。它是由一个个具体的人、一个个生产环节、一件件产品来体现的，无论中外多是如此。所有人的兢兢业业、所有人的共同努力、所有个体工匠精神的积淀汇聚，成就着一个国家的工业制造，成就着“当惊世界殊”的大国重器。当今中国也不乏“大国重器”：如辽宁号航母、长征系列火箭、航天器、核武器、核潜艇乃至高铁、高端数控机床等。这些“大国重器”的设计、制造都凝聚着中国劳动者的心血，凝聚着民族性的工匠精神。

不独在上述领域，在传统工艺领域，近些年也有坚守工匠精神的优秀范例。以紫砂工艺为例，改革开放以来的30余年，以紫砂壶为代表的宜兴紫砂工艺，无论市场，还是设计创新，都取得了很大成就，可谓是超越历史的一个辉煌的时代。考察当代宜兴紫砂工艺可以发现，精工精致是其根本特征，以国家级大师为代表的工匠艺人们，自觉坚守着工匠精神，甚至是以这种工匠精神作为法宝、作为制胜武器，“相语以事，相示以功”，将紫砂工艺越做越好。陶瓷，在改革开放后的一段时间，仅注重效益和产量，产品品质有所下降，导致包括景德镇十大瓷厂在内的不少工厂倒闭，不能说与此没有关系。最近一段时间以来，景德镇陶瓷开始发生一个明显的转变，表现在两方面：一是注重设计上的创意；二是注重产品的精工精致。也就是说，工匠精神回归了。这两方面，关键是第二点，在工业和工艺生产中没有工匠精神、没有精益求精的生产制造，再好的创意设计也不行。北京的传统工艺有着深厚的文化底蕴和精工精致的传统，最近许多国礼都出自北京工艺美术集团的大师之手，如2014年北京APEC会议的国礼之一的银质果盘，果盘中似乎随意放置着用0.6毫米厚的银片精心打制的一条丝巾，丝巾上有宝相花和卷草纹装饰图案，围巾流苏自然下垂，整条丝巾丝丝入扣十分逼真。这是工匠艺人们用传承近3 000年的传统錾刻工艺精心打造的，是设计师和制作艺人追求极致的产物。

历史能够证明过去，但不能证明现在和未来，在中国经济和社会发展进步的今天，重提工匠精神具有重要的现实意义。尤其是中国经济处于转型升级的关键时期，粗放型的生产模式已经不能发展经济，相反会拖累社会和经济的发展。实践证明，无论是“中国制造”还是“中国创造”“中国智造”“中国质造”，都需要工匠精神的回归，都需要工匠精神作为所有工作者的内在素质。

重提工匠精神，对各行各业都具有重要的现实意义，即使是美术界也不例外。现在不少粗制滥造的艺术作品充斥市场，一些作者把主要精力放在作品之外的社交上。就中国传统绘画而言，有所谓工笔和写意之分，从形式和表象上看，工笔中的工匠精神是显见的，但实质上，无论是工笔还是写意，艺术创作都需要一种一丝不苟的工作态度和精神，也就是说需要工匠精神作为内在的精神品质。凡·高、毕加索的画能说不是工匠精神的产物吗？写意，形式是写，但艺术家在“书写”胸中之意时的态度绝对不是“逸笔草草”马虎应付的。

工匠精神对于设计界和工艺美术界还有另一层特殊的意义，这就是“手工”的价值。工匠之工在“手工”。在大工业时代，主要日用品的生产多已机械化了，高档的衣服、首饰、硬木家具、手工陶瓷，等等，社会需求大，而且，随着人们生活水平和质量的不断提高，这种需求还会加大；随着科学技术的发展，手工的地位还会提升。过去所谓“日用品的工艺化”，在如今已经与手工制作和精工精致同义了。

工匠精神的内涵十分丰富，工匠在工作中的吃苦耐劳、任劳任怨、默默奉献等精神内涵，本质上都与精工精致相联系。在写作本文时，想起20年前的1996年笔者发表在《装饰》上的《创造精致》一文。这是我1995年年底从日本东京艺术大学经过近一年的访学回来发表的第一篇文章，也是在日本时深有感触的思考记录和对于当时国内工艺生产和市场上不少产品粗制滥造的有感而发。在文章中我提出，精工精致是工艺美术本质的内在规定性，只要是工艺美术品的生产，必定也必须是精致的。时至今日，工艺美术界以及工业制造业在生产上存在的粗疏依然是一个大问题。现在，各行各业面临的发展、转型升级，更需要一种精神加以保证，那就是得到国家重视和提倡的“工匠精神”！这是我国从制造大国走向制造强国的根本保证。

原载《装饰》2016年第5期

李砚祖　清华大学美术学院教授

【观点】工匠精神的社会学批判：存在与遮蔽

◎ 潘天波

千百年来，作为一种定型的手作文化形态，工匠精神一直成为中外哲学家所关注与评价的题域。尽管墨子、黄大成、亚里士多德、康德、黑格尔、海德格尔、让－皮埃尔·维尔南、马修·克劳福德、根岸康雄、理查德·桑内特等人曾从不同层面阐释工匠精神，但就国内外人文社会科学的学术界而言，人们对工匠精神所做的研究及其从中获取的理解是极其有限的。20世纪以来，随着工匠精神遭遇现代性的绑架或冲击，人们已然忘却工匠精神的存在，进而也引起了学界反思工匠精神的存在、遮蔽以及复兴等诸多相关主题。然而，被发现的或未被阐释的这些主题的社会学内涵及其相互关系究竟如何，工匠精神复兴的合理性又在何处，这些问题依然是备受关注的学术话题和颇具潜力的研究领域。

一、工匠精神与它的社会学限度

工匠精神，抑或为工匠的理想性格。日本社会学家仓桥重史曾援引C.莱特·米尔兹对工匠理想性格的描述，将工匠理想性格细分为六个方面：“（1）工匠的全部神经都集中到产品品质以及生产技术上，与产品之间形成内在的关系；（2）产品与生产者具有心理结合；（3）成为劳动的主人，能够自己决定、控制劳动的计划以及作业方法；（4）随着劳动技术的提高，人类也有所发展；（5）劳动与娱乐、劳动与教育一致；（6）工匠生活的唯一动机就是劳动。”[①] 可见，工匠精神体现于工匠劳动精神的专注、产品有心体温度、自己是劳动主人、劳动过程是娱乐与教育的一体化、手作动机与劳动本身一样纯粹。这些方面所呈现出来的工匠理想性格是区别于其他劳动者的根本特质，并约定为健全工匠的价值观。

概言之，“工匠精神”是指工匠个体及其社会行为呈现出来的思想、态度与观念，它是一种定型化的文化形态或理想价值观。对于自身而言，工匠精神是工匠主体的一种艺术素质；在经济层面，工匠精神是社会经济生产的修养或动力；在形而上层面，工匠精神是一种文化精神财富。问题的复杂性还在于，“当工匠、产品、劳动、使用者之间的关系从经济层面转到精神层面时，这些关系就以有关创造

① ［日］仓桥重史：《技术社会学》，王秋菊、陈凡译，辽宁人民出版社2012年版，第137页。

活动的普遍理论表述了出来"[①]。换言之，当工匠从手作行为或经济行为遭遇"我们"的反思之时，工匠及其创造行为自然就会引起一系列令人们困惑的理论社会学问题，这些问题便构成了通常意义上的艺术社会学，即有关工艺创造活动的普遍社会学理论。所谓"艺术社会学"，是研究艺术与社会之间的互为关系以及艺术的社会职能的专门理论。作为研究的方法论，艺术社会学是工匠精神批评的手段之一。运用艺术社会学的方法论去解读工匠精神有益于阐明工匠与社会之间的相互关系，以及工艺在特定历史语境中所发挥的独特价值。但事实情况是不尽如人意的，工匠精神的解读容易被日常定势思维所曲解。为此，这里有必要阐明工匠精神在何种意义上才是社会学的，以期阐明工匠精神的社会学研究之边界。

毋庸置疑，从工匠到精神的延伸是一个复杂的个体社会化过程。在此过程中，工匠本身的个体价值体现于能制作工艺，并为公众提供有功能的和有艺术感的器具。但作为价值观或素质的"精神"形态，它显现出一种典型的社会化特征形态，即在社会化进程中逐渐被人们理解与接受的文化形态。用黑格尔的话说："精神把它在它自己的意识中呈现出来的形态提高到意识自身的形式，并且把这样的意识形式提到自己前面，工匠放弃了综合性的工作，即放弃了把思想和自然这两种不同性质的形式混合在一起的工作。当精神的这种形态赢得了具有自我意识的活动的形式时，它就成为精神的工人。"[②]这就是说，工匠只有成为"精神的工人"，他的存在才能给社会带来文化的以及思想的精神作用，并成为健全工匠的一种价值观或素质。

可见，当我们把"工匠精神"引入社会学研究领域时，"工匠精神"所指涉的含义及其逻辑发生了认知与理解上的社会学转向，这种转向引领我们朝向更为深层次的、更为广阔的艺术社会学解读迈进，从而能获取工匠精神背后隐喻的全域式社会文化的全息存在。特别是工匠精神遭遇物性以及现代性之后，它的存在、遮蔽及其复兴的多重艺术社会学指向便豁然呈现。以下讨论，将围绕工匠精神的社会性存在及其误解，展开对被遮蔽的工匠精神及其形式的阐释，并描述工匠精神遭遇现代性的后果，进而呈现出工匠精神的复兴之势，以期用社会学视角探究工匠精神的真实存在，以便还原被遮蔽的工匠精神的社会本真形态。

二、工匠精神的存在及其特质

作为社会价值观的文化形态，工匠精神以何种方式存在，又具有何种社会性特质呢？对于工匠精神的存在，曾存在很多习惯性解读的误区，它或为遮蔽工匠精神提供了事实的"幌子"。

第一，在原初意义上，工匠精神具有公共性，它与工匠本人及其行为愿望没有直接关系。在古希腊语中，"匠人"一词"demioergos"是由"demios"（公共的）和"ergon"（生产性的）复合构成。[③]这个复合名词显示出工匠及其精神的"公共性"特质，这与古代匠人被奴役的地位是相当的。在古代，工匠精神并非出自工匠本人及其行为的自我愿望，匠人对"生产性"的器具形式完美的追求完全是被强加的。至于工匠精神也只能是被"我们"反思并赋予的文化信仰。因为工匠本人并非为了工匠精神而手作的。这对工匠精神纳入社会学体系研究带来不小的挑战，因为工匠与消费者在分享社会产品上会持有不同立场。工匠对自己的手作物品所追求的"独立""专注""完整"的价值信条，给社会消费者执着的"群体""喜新""分工"价值理念带来严重挑战。正如克劳福德所言："工匠惯有的偏差不是偏向新事物，而是偏向他的客观工艺标准。"[④]这就是工匠精神的存在偏向及其社会学悖论。

---

① ［法］让－皮埃尔·维尔南：《希腊人的神话和思想：历史心理分析研究》，中国人民大学出版社 2007 年版，第 309 页。

② ［德］黑格尔：《精神现象学》（下卷），贺麟、王玖兴译，商务印书馆 1979 年版，第 195—196 页。

③ ［美］理查德·桑内特：《匠人》，李继宏译，上海译文出版社 2015 年版，第 6 页。

④ ［美］马修·克劳福德：《摩托车修理店未来工作哲学：让工匠精神回归》，粟之敦译，浙江人民出版社 2014 年版，第 10 页。

在黑格尔看来，工匠精神的存在是自在存在与自为存在的分离后的统一。因为“这个作为工匠的精神是从自在存在（这是工匠所加工的材料）与自为存在（这属于工匠的自我意识方面）的分离出发，而这种分离在它的作品里得到客观化”[①]。黑格尔有关对工匠精神的“自在存在”与“自为存在”的阐释道出了这样一个不争事实：在存在性上，(自然流露的）工匠精神与（刻意追求的）纯艺术精神的差异是明显的，但就工匠性而言，它们又是统一的。这种差异与统一的现实依据可以从中国徐州新沂民间剪纸艺人王桂英与西班牙画家毕加索的作品比较中予以澄清。王桂英的很多剪纸作品所呈现的自为存在与自在存在始初是分离的，又在统一中将其客观化在作品中。譬如剪纸作品《喂鸡》中的“多头鸡”或《喂猪》中的“多尾猪”，这实际上是一种基于内容的“自为存在”，是农民艺术家的自我意识的整体还原，这种手作意识是自觉的。抑或说，王桂英惯有的工艺思维是偏向于她的客观工艺标准，即对剪纸物性的原生态的整体自觉呈现。艺术家毕加索的艺术认知显然是严谨的，他的立体主义作品显然是基于形式的艺术。但毕加索也试图将自己的绘画形式再还原到“艺术天真”，回归到王桂英式的“艺术原点”，极力去掉“艺术性”的东西。或者说，立体主义的毕加索与王桂英在艺术追求上达到了不谋而合的一致性，即偏向于工匠精神的“自在存在”与“自为存在”分离后的客观统一标准。

无论是基于内容的王桂英剪纸，还是基于形式的毕加索绘画，他们所呈现的“工匠精神”与他们本人及其愿望没有直接关系。农民艺术家所展现的工匠精神是原生的、自然的、无草图的内容表现，而纯艺术家的工匠精神是习得的、刻意的、有草图的形式传达，这种内容表现与形式传达的愿望是由艺术人的客观性标准所决定的。或者说，支配他们的“工匠精神”的核心是客观社会，而不是本人及其愿望。因为作为共同体的“客观社会”决定了工匠手作标准，更决定了匠人的手作技能及其价值观。这正如理查德·桑内特说的：“对古代那些陶匠或者医生来说，衡量工作卓越与否的标准是由他们的共同体设定的，因为技能是代代相传的。”[②] 不过，纯艺术家作品所体现的工匠精神可能会有来自社会共同体的冲突与流放，这在毕加索的绘画作品中就有所凸显。

第二，在存在性上，工匠精神具有相对稳定性，不会无缘无故地消亡。工匠精神一旦形成，它就具有稳定性，不会那么轻易地被推翻或打倒，它的这种稳定性必然推动了工匠手作行为的程式性或规范化特质形成。那么，作为稳定化存在的工匠精神，其“程式性”规范又是什么呢？明代黄大成《髹饰录》对此描述是准确的，他认为髹漆之法理规范在于“三法”“二戒”“四失”“三病”等，这些“规约”是对工匠精神的最好叙述。在造物层面，工匠行为必须遵循“巧法造化”“质则人身”“文象阴阳”之法；在形式上，工匠得戒除“淫巧荡心”“行滥夺目”之饰；在素质上，工匠不可“制度不中（不鬻市）”“工过不改（是为过）”“器成不省（不忠乎？）”“倦怠不力（不可雕）”之失；在心理以及行为技巧上，工匠谨防“独巧不传”“巧趣不贯”“文采不适”之病。[③] 黄大成对髹漆工匠的道德与行为规范的“程式性”约定是对中国古代髹漆工匠精神的高度概括，并具有普适性，同样适合其他工匠及其精神规约。实际上，作为定型化的工匠精神，它是从未间断的，一直绵延不绝，并具有自己独特的文化与道德的约定，绝不会自动消亡，任何遮蔽它的存在都是徒劳的。

当工匠的规范化特质定型以后，其精神便超越于“物性”之上而自觉存在。“物性”是海德格尔哲学中的一个重要概念。在海德格尔看来，“物性”即物之为物的可靠性。他的物的“可靠性理论”指向质料与形式的有用性或功能性。对于手作器具来说，可靠性是它的本质存在，有用性就是可靠性的一种“漂浮”。因此，“物性”是器具性的本源或根基。对于工匠而言，手作器具以及器具物性的获取是工匠精神存在的前提。只要有手作器具的物性存在，其工匠精神也随之诞生。

因此，工匠精神是一种超越于“物性”之上的手作性存在，其可靠性是通过工匠手作叙述完成的。

---

① ［德］黑格尔：《精神现象学》（下卷），贺麟、王玖兴译，商务印书馆 1979 年版，第 192 页。

② ［美］理查德·桑内特：《匠人》，李继宏译，上海译文出版社 2015 年版，第 12 页。

③ 王世襄：《髹饰录解说》，生活·读书·新知三联书店 2013 年版，第 28—29 页。

手作叙述是工匠精神形成的载体，也是工匠的生产性行为手段与方法。手作叙述也是手与心的对话性协作行为，抑或说工匠手作之“手”是服从于心的听话的“奴仆”；同时，手作之“手”也是服从于自然质料与形式的“侍从”。在这一点上，古代的工匠精神与创新精神是相悖的。原因在于古代工匠对材料的认识是有限的，而对材料的“自为存在”是服从于手作物品的，特别是手作物品的形式完善甚至超越了它自身。因此，工匠精神的存在就是工匠服从形式的存在。在手作中，工匠只需专注，而无须拥有创新精神或思想，只忠实于形式以及社会制度本身。

第三，在发展进化层面，工匠精神具有社会性，它的存在是社会性的遗产，其存在与社会不可分离。在一定程度上，社会的发展与进化使得工匠及其精神成为社会文化的一部分。在前现代性社会里，工匠是社会文明进程中的一支重要力量，其手作精神成为社会发展的动力；在现代性及其后现代性社会里，即便是工匠及其活动被社会遮蔽，但工匠精神是一直存在的。纵然“在后发达资本主义国家，并没有采取通过工场手工业的发展而慢慢改变工匠精神气质的做法”①。因此，可以断言，工匠精神作为一种社会发展的产物，其存在是不间断的，并具有特定的社会性。

然而，只有当工匠作为社会主体个人及其行为被纳入社会系统里，工匠精神方能超然于物质与手艺的整体高度之上，从而被社会敬畏与重视，并发挥其特有的社会功能。反之，工匠只存活于社会的边缘，并被遗忘在社会系统之外，或其行为人被束之高阁在“非遗传承人”或“工艺大师”的行列，这个社会的工匠多半少之又少，也很难将其行为活动纳入社会系统，或被社会遮蔽。那么工匠精神自然成为一种奢侈与臆想，并逐渐与这样的社会渐行渐远。

简言之，在原初意义上，工匠精神与工匠本人及其行为愿望没有直接关系，它是一种公共性文化存在，具有相对稳定性，并成为与社会不可分离的文化遗产。工匠精神凭借专注、稳定以及对手艺的敬畏表现为一位健全工匠的艺术素质，并以特有的文化意蕴与价值呈现出一种有特定价值的社会价值观。因此，任何遮蔽工匠精神存在的行为均是不合理的，且不利于个体以及社会的文明发展。那么，工匠精神是如何被遮蔽的，它又表现于何种形式之中呢？

三、工匠精神的遮蔽及其原因

对于批评而言，“遮蔽”是常有的事情。这正如法国美术史家福西永所言：“一件艺术作品周围冒出的荒野是多么的枝繁叶茂，但阐释之花没有起到美化作用，而是将它遮蔽了。”② 事实上，工匠精神被遮蔽不仅是艺术批评所致，也是社会发展与进化的结果，或者说，并非完全是在“事后”出现的，或者“误解”所致。正如海德格尔所说：“存在者整体的遮蔽状态并非事后才出现的，也不是由于我们对存在者始终只有零碎的了解。”③ 对工匠精神的社会性遮蔽，具体原因表现如下。

（一）工匠主体思想的遮蔽

在古代，御用工匠或雇用工匠在创新上是没有发言权的，其工匠思想一般受制于皇家或雇主。因此，这些被奴役工匠的主体精神常常是被遮蔽的。其中工艺的贵族化以及“工奴制”是遮蔽工匠主体思想的主要原因，也是羁绊工匠创新思想发展的关键。特别是在中国古代中央集权制度下，工匠的手作器具很容易走向贵族化以及中央集权之路。严格的“工奴制”尽管能集全国之力发展一门手作工艺，但严重制约工艺的民主与创新思想的发展，尤其是对民间工艺发展有极大的影响。因此，古代中国的工匠精神是被“程式化”的，与“事后”批评视野中的创新精神是相悖的。譬如在明代工艺大师黄大成看来，手作工匠应当具有“作事不移，日新去垢”④ 的精神。王世襄对此解释为：“宜日日动作，勉

---

① ［日］柄谷行人：《世界史的构造》，赵京华译，中央编译出版社 2012 年版，第 174 页。

② ［法］福西永：《形式的生命》，陈平译，北京大学出版社 2011 年版，第 37 页。

③ ［德］马丁·海德格尔：《海德格尔的存在哲学》，唐译编译，吉林出版集团有限责任公司 2013 年版，第 146 页。

④ 王世襄：《髹饰录解说》，生活·读书·新知三联书店 2013 年版，第 21 页。

其事不移异物，而去懒惰之垢，是工人之德也，示之以汤之盘铭意。”[①] 这里的“汤之盘铭”语出《礼记·大学》，即“汤之盘铭曰：苟日新，日日新，又日新”[②]。显然，对于古代工匠而言，“日新”并非“创新”，而是“作事不移”的手作专注精神。但遗憾的是，古代工匠主体创新思想被遮蔽在这种服从与专注之中。

当然，在器具形式上或工匠手作技术上，伴随社会科技发展以及消费的需求，它是不断创新的。譬如新罗末期的学者崔致远在《进漆器状》中说：“当道造成乾符六年供进漆器一万五千九百三十五事。右件漆器，作非（注：原文或‘已’）淫巧，用得质良。冀资尚俭之规，早就惟新之制。”[③] 这段史料记载，说明唐代扬州规模化生产漆器（“一万五千九百三十五”），且技术（“淫巧”）与质量均上乘（“用得质良”），特别是“惟新之制”，暗示了唐代扬州漆器髹漆技法较前代开始创新，并突破传统漆器之制。这在《桂苑笔耕集》中也有所反映，其“幽州李可举太保”条记载：“在小合内盛金花银脚螺杯一只”，又曰：“右件匙箸、犀合、茶碗、螺杯等，虽愧金盘，粗胜棘匕。钿玫瑰之表异，固让魏铭；咏玳瑁之标奇，敢征潘赋。”[④] 这里的“金花银脚螺杯”或“螺杯”均为唐代最为创新的螺钿漆器。事实上，这种工艺的时代性进步或创新与社会发展以及消费需求相关，但与处于绝对服从和被奴役的工匠主体精神的创新关系不是很大。

不过，到清代顺帝时期，国家开始废除世袭匠籍制度，并实施“按工给值”的雇工手艺制度。此时，工匠受国家的控制有所减缓，极大地解放了工匠的生产力与创造力。据史载：“悉罢向派饶属夫役额征，凡工匠物料，动支正项，销算公帑，俱按工给值。”[⑤] 这不但减轻工匠的负担，还解放户籍对手工业者的长期束缚，极大地激发了手工业者的创造激情与活动。譬如清代漆器工匠的创新与创造能力得到充分发挥，各门类漆器的发展均走向真正的自主与个性创造阶段。工匠们尽情地用漆器上的装饰图画描摹心中的性情与艺术理想，就连难以表现的瓷胎，也有人尝试大漆与瓷器的融合。这些都是清代漆器艺术创新发展的典型偏向与特征，很明显地说明清代工匠的技术性与艺术性表现是自由的、独立的。可见，特定社会制度给工匠精神带来的影响及其发展是很大的。

（二）艺术家对工匠的疏离与蔑视

在物质与精神尚处于混沌合一的社会早期，技术娴熟的手作工艺家实际上就是艺术家。但随着社会分工的发展，作为精神活动的纯艺术便独立于工艺活动之外，而成为纯粹的一种精神活动。可见，艺术家是从工匠身上剥离出来的一个很特别的社会阶层。随着艺术家逐渐疏远工匠，他们在对待工匠的态度显示出一种异样的眼光与不协作立场。究其原因，艺术家对工匠的疏远与蔑视来源于艺术家对艺术的至高无上的艺术性的追求。不过，任何歧视工匠的立场都无法掩盖艺术家来源于工匠的事实。在中国绘画史上，“明四家”之一的仇英就是工匠出身。在西方，“中世纪的技术是艺术性的，工匠都是艺术家。他们集两个人的工作于一身”[⑥]。即便在文艺复兴时期，所谓的艺术家无非是待在作坊里的工匠，达·芬奇就是一个有力的证据。在德国，丢勒从小跟随父亲学习手艺，作为金匠的父亲给予丢勒的更多的是工匠艺术及其精神。从丢勒的作品看，他的大量版画、木版画与蚀刻画创作中都有“工艺”的痕迹，但“与大多数同行不一样的是，他强烈地意识到自己是艺术家而非工匠，而且他在更高的社会阶层中寻求——并且获得了——承认”[⑦]。这种更高层次的社会承认，或许就是艺术家对所谓至高无上的艺术性的奢望，进而逐渐疏离工匠阶层。

---

① 王世襄：《髹饰录解说》，生活·读书·新知三联书店 2013 年版，第 21 页。
② （西汉）戴圣编：《礼记》，鲁同群注评，凤凰出版社 2011 年版，第 235 页。
③ ［新罗］崔致远：《桂苑笔耕集校注》，中华书局 2007 年版，第 129 页。
④ （清）董诰等编：《全唐文》（7），山西教育出版社 2002 年版，第 6433 页。
⑤ （清）蓝浦：《景德镇陶录校注》，江西人民出版社 1996 年版，第 27 页。
⑥ ［日］仓桥重史：《技术社会学》，王秋菊、陈凡译，辽宁人民出版社 2012 年版，第 137—138 页。
⑦ ［美］马克·盖特雷恩：《认知艺术》，王滢译，世界图书出版公司北京公司 2014 年版，第 192 页。

事实上，工匠艺术与纯艺术家在艺术性上也是相通的。奥地利分离派大师克里姆特是绘画史上著名的画家，他的艺术创作与工匠艺术是不可分离的。自从1897年以后，克里姆特的艺术风格进入快速发展的新阶段。《哲学》《医学》《法学》三部作品见证了克里姆特的艺术创新，即从具象描绘到象征主义的艺术蜕变。尤其是在他后期作品中，克里姆特大胆运用平面装饰风格、象征性人物形象、富有变化与有秩序感的线描，显示出东方传统工匠艺术的惯用手法。在1911年以后，他的作品多借鉴中国民间年画、陶瓷、丝绸上的装饰纹样，在色彩上还借鉴东方艺术强烈的对比色与纯色块来构成画面。克里姆特装饰艺术风格的东方化艺术转向，可以从中国漆画等工艺中窥见一斑。1973年在宁夏固原雷祖庙附近古墓发掘中，出土一具精美的北魏漆棺，它为中国美术图像研究提供全新的北朝绘画史料，该漆棺显示出克里姆特装饰画式的风格。譬如宁夏固原的漆棺画与克里姆特绘画均出现了许多相似的图形与符号，它们或许代表了同样的意义，如旋涡纹（螺旋纹，也称为云雷纹）在漆棺画与克里姆特的绘画中均有出现。在漆棺画中出现了用单螺旋形表现天河，这与生死息息相关。克里姆特的绘画中还多用到了双螺旋，部分用了单螺旋，意在象征画面中男人与女人、生与死的关系。克里姆特的绘画肌理制作充分借鉴了中世纪的镶嵌艺术与东方工艺，特别是借用了贴金、螺钿、羽毛或喷洒等绘画技法，展现出了特殊的肌理效果，使绘画美与工艺美得到完美的结合与彰显。抑或说，工匠与纯艺术家是一体的，工匠的艺术性与纯艺术家的艺术性及其生产性是相通的。

从跨文化的比较视野看，工艺精神与纯艺术精神也是互为的。中国明清时期的“中国风”确乎是一种工艺风格，它作为器物美学对欧洲的“洛可可艺术”的形成与影响是明显的。抑或说，“中国风”是中国工艺风格的一种界定，在被世界传播的过程中，它被“洛可可”艺术家继承与创新。作为工艺的“中国风”的这种跨界与进化能力也直接暗示我们：每种历史的工艺文化风格都能在空间移动的庇护下得以快速发展而改变，并在异国他乡生根发芽，成为艺术家的一种艺术时尚。

有关工艺与艺术家的分离以及统一的呼吁早在20世纪初就开始。1919年4月，世界上第一所设计院校“包豪斯”诞生。校长格罗皮乌斯在其著名的《包豪斯宣言》中明确写道：“艺术家与工匠之间并没有根本的不同。艺术家就是高级的工匠。每一位艺术家都首先必须具备手工艺的基础。正是在工艺技巧中，蕴含着创造力最初的源泉。”[①] 可见，包豪斯是打破工匠与艺术家藩篱的最典型案例，并在一定程度上遏制了艺术家疏离工匠的不良倾向，缩小工匠与艺术家的距离，消除工匠与艺术家的等级差异，重整工匠精神与艺术精神的统一。事实证明，工匠精神不仅是补给艺术家素材以及思想的源泉，还能给艺术家带来专注、细腻与美感。任何决裂工艺与艺术家的行为都是危险的，也是不可取的。

（三）现代性对工匠精神的遮蔽

这是最为主要的遮蔽原因。在现代社会，作为手作的专业劳动近乎消亡，工匠的生存及其劳动被遮蔽，其主要原因来自现代性本身。现代性将劳动的概念挤压为“科技劳动”，并从“科技劳动”中缩减为“脑力劳动”，于是工匠在这种情形下逐渐隐退。总的说来，现代性主要是在科学技术、生产方式以及消费文化等诸多层面“实施”了对工匠精神的遮蔽。在科技层面，科技是工匠精神被遮蔽的内在驱动力。科技与手作的分野直接导致工匠精神的没落或被人遗忘。在美国，1840—1852年的芝加哥“制造业一改此前的技术尊严时代，工匠精神陨落，劳动成为商业和金融业的奴婢”[②]。在生产方式层面，现代化生产方式的高度集成化与流水性迫使工匠的手作退出主要生产过程，因为科技大大压缩了器物的生产时间或构成。在消费文化层面，现代化时期的日益求新的产品消费文化也直接导致工匠及其手作举步维艰，即便工艺品受到现代社会的喜爱，但那也是玩物而已，无法实现其生活化与日常化。因为在时间性上，手作的器具无法批量化生产，工匠也无法实现价廉物美的消费期望。

在欧洲，19世纪初以来的工业革命直接导致设计与手作在艺术性上出现了分工性分离，机械化

---

① 转引自张夫也《世界现代设计简史》，中国青年出版社2013年版，第111页。

② ［美］西奥多·德莱塞：《嘉莉妹妹》，人民文学出版社2012年版，第579页。

与工业化直接威胁或遮蔽了传统工匠及其精神的存在状态。因此，19世纪末至20世纪20年代，在英国、法国、比利时、西班牙、德国、奥地利等欧洲国家爆发工艺美术运动或新艺术运动，这些运动的矛头直接指向机械化大生产，主张复兴被遮蔽的工匠文化，反对枯燥乏味的工业化。英国社会批评家约翰·拉斯金对资本主义工业化疏离工匠精神表示反对，主张作为工艺美术的“小艺术”与“大艺术”（绘画、建筑）应当是同等重要的，艺术家与工匠都是生活及其质量的奉献者。英国工艺美术运动领导者威廉·莫里斯反对机械化工业生产，认为工匠制品比生产线上的产品更容易做到艺术性。①

由此观之，工匠精神的主体遮蔽是由于社会的工匠制度之缺陷，艺术性的遮蔽直接导致工匠与艺术家的疏远，现代性遮蔽是科技与人本身的一次抗争与分野。总之，工匠精神被遮蔽是由工匠制度、艺术家自我以及现代性所致。

四、复兴被遮蔽的工匠精神及其合理性

海德格尔指出：“遮蔽状态不会给无蔽以解蔽，且不允许无蔽成为剥夺，而是为无蔽保持着它固有的最本己的东西。”② 被遮蔽的工匠精神只有通过文化自觉、艺术人的觉醒以及社会进步来实现解蔽。在当代中国，工匠精神的复兴被提上日程，无论在国家层面，还是在民间层面，复兴工匠精神都成为人们的普遍希望，这又反映出怎样的合理性呢？

在文化层面，被遮蔽的工匠精神的当代复兴是文化自觉的一种社会征候。一种文化只有具备自我理性反思与反省的能力，才能有自身发展的空间与可能。对自我文化的理想反思与清晰把握是文化自觉的表现，也是对自我文化认同及其价值的认可。在当代中国，复兴中的工匠精神是文化自觉的一种典型表现形态，也是中国对工匠精神作为文化形态的价值得到认同。在中国，传统工匠精神是民族文化的一部分，作为手艺的民族文化形态是中国人心理结构与行为美学的结晶。因此，复兴民族工匠精神对于民族文化认同具有重大意义，它也应当成为中华民族伟大复兴的一部分。

在主体层面，工匠精神的当代复兴是艺术家对艺术与手作互为的一种文化觉醒。文化觉醒是社会及其主体最为深刻的进步，因为文化觉醒常常是在最为深刻的文化危机以及困境中走出。在当代中国，伴随工业化生产的推进以及大消费社会的来临，工匠精神被大工业生产方式蚕食，工业化文化导向迫使传统工匠文化及其精神失落，这与中国梦的伟大复兴进程是不协调的。尤其是伴随网络社会的来临，各种网络文化的危机与挑战暴露出社会深层次的矛盾与问题。如何解蔽与修补现代性带来的社会问题以及疾症，提升社会发展自我进化的能力？工匠精神的复兴或对工匠精神的推崇可以成为现代性社会发展的一支力量。

在社会层面，工匠精神的当代复兴是社会发展与进步的表征。合乎社会必然性的进步总是在差距、对立、危机之后产生的，并在反思、调整与适应中走向相对最高发展阶段。在当代中国，工匠及其手作被社会边缘化，非物质文化遗产受到格外关注，教育的功利化也直接导致工匠工作室的废弃。当我们反思并对此“危机”做出批判的同时，工匠精神的复兴呼声也就应运而生，这明显是社会文明进步的集中表现或产物。

可见，在当代中国社会，被日益复兴的工匠精神具有其社会的合理性，特别是大工业生产背景下的国民渴望呼唤工匠精神的复归，这充分体现出中国现代性以及社会发展步入了新的自觉阶段，被遮蔽的工匠精神已然开始被人们认可与接受，并试图在复兴中补益于经济社会的发展。

五、结论

“工匠精神”是手作文化的定型形态，它是稳定存在的一种价值观。它之所以被社会或艺术家遮蔽和忽视，其背后有其深刻的社会原因以及艺术家的主观愿望所致。就现代性而言，被遮蔽的工匠精神

① ［英］保罗·罗杰斯：《设计》，浙江摄影出版社2012年版，第84页。
② ［德］马丁·海德格尔：《海德格尔的存在哲学》，唐译编译，吉林出版集团有限责任公司2013年版，第146页。

也必然需要现代性自身去解蔽。工匠精神的历史发展规律显示，一个尊重工匠与敬畏工匠精神的民族，必定是一个拥有未来的民族。在当代中国，工匠精神的复兴对于当前的精神文明建设以及国民素质的提高具有重大现实意义。或者说，复兴中的工匠精神必将成为中国梦的伟大复兴的重要价值力量。对此，至少有以下三点愿景性的展望：

第一，在传统文化层面，工匠精神是宝贵的社会文化财富。尽管手艺被丢失，手艺的工作室被废弃，但手艺的工匠精神或价值观念是不会消亡的。在非遗化社会里，崇尚工匠精神，对于消解教育的功利化以及保护日益消失的工匠群体，特别是对复兴传统工艺文化以及传统手艺产业，其意义或价值也是不可小觑的。

第二，在理想价值观层面，工匠精神是一种行为的文化素养。工匠精神就是严谨、细腻与一丝不苟的行为态度或价值观。推崇工匠精神，对于国民爱岗敬业、提升职业素质以及引领社会的精神文明建设都具有现实意义。“烹小鱼如治大国”的工匠精神及其行为态度是铸造国民价值观及其素质培养的重要力量，从而有力推动国民职业素质的提高，并为精神文明建设提供有力支撑。

第三，在现实发展层面，工匠精神是专注的心理特质。工业精神的本质就是“工匠精神”。专注的瑞士钟表匠、凝神的德国工人与专一的日本企业员工都是工匠精神的代名词。理查德·桑内特指出：“木匠、实验室技术员和指挥家全都是匠人，因为他们努力把事情做好，而且不是为了别的原因，就是想把事情做好而已。”① 可见，工匠精神代表了一种特殊群体的价值观，那就是专注。在新时期，复兴与敬畏工匠精神，是现代性工业及其国民经济发展的需要，也是健全新经济时代企业职工心理结构及其行为方式的需要。因此，敬畏工匠精神，有补于发展文化创意产业以及其他国民经济产业，并有益于稳固和完善从业职工岗位心理结构及其文化素质。

原载《民族艺术》2016 年第 5 期

潘天波　江苏师范大学传媒与影视学院副教授

① ［美］理查德·桑内特：《匠人》，李继宏译，上海译文出版社 2015 年版，第 4 页。

纪事

展会

【“川针引线　巧手致富”——四川妇女居家灵活就业成就暨传统手工艺术展】

2016年1月5日，由四川省妇女联合会主办的“‘川针引线　巧手致富’——四川妇女居家灵活就业成就暨传统手工艺术展”在北京中国妇女儿童博物馆开幕。展览集中展示了在党和政府领导下，四川省各级妇联发展妇女特色手工产业，帮助妇女脱贫致富的工作成果。

“5·12”汶川大地震后，妇女居家灵活就业，大力实施妇女手工编织项目，作为一项引领灾区妇女进行生产自救、推动农村妇女增收致富和破解农村“三留守”问题的重要举措。

展览由蜀韵锦绣、彝枝独绣、藏花绣语、斑斓云端等8个部分组成，展出的540余件作品是从上万件蜀绣、羌绣、彝绣、藏绣以及其他妇女手工制品中挑选出来的。

【第51届全国工艺品交易会】

2016年3月10日至14日，由中国工艺美术协会、中国工艺美术（集团）公司主办的“第51届全国工艺品交易会”在南京国际展览中心广场举行。

全国工艺品交易会自1974年的第一届开始至今已经在全国29个城市举办了50届。本届交易会展览面积为4.5万平方米，国际标准展位2 100余个；参展品类涉及工艺美术11大类上千个品种数万件产品。有来自全国29个省、市、地区的1 000多家企业到会参展。

同期举办了“2016年‘金凤凰’创新产品设计大奖赛”，开幕当天举行2015年度典型人物研讨会，并举办世界杰出手工艺品徽章认证产品遴选活动。

【中日韩传统手工艺的发展论坛】

2019年4月15日，由宁波市人民政府主办的“中日韩传统手工艺的发展论坛”在宁波国际会展中心举行。来自中日韩三国的学者在论坛上共同探讨传统手工艺在现代化席卷全球的时代怎样保持其原有的活力、怎样在民众生活中扮演重要角色等问题。

此次论坛为“东亚文化之都·2016宁波”开幕活动中的一项重要主题活动。

日本东京艺术大学副校长、教授三田村有纯介绍了日本通过《传产法》的制定，让传统手工艺获得资金支持、区域保护的成功做法，以及在手工艺继承、传承人保护、人才培养、手工艺清单方面的实践经验。清华大学美术学院博士后三田村有芳则接过父亲三田村有纯的话题，提出在年轻人中传播传统手工艺知识的重要性。韩国东方文化大学院的权纯燮教授以漆艺在韩国兴衰为例，分析了手工艺对城市发展的贡献，并提出了如何通过提高匠人的文化水平和审美来提高手工产品的价值的建议。最后，中国艺术研究院工艺美术研究所所长、研究员邱春林剖析了我国城镇化进程中传统手工艺的生存与发展困境，并提出重视手工艺的产业价值和文化价值的重要性和发展思路。

【第十一届中国玉石雕精品博览会】

2016 年 4 月 15 日至 18 日，由扬州市人民政府、中国工艺美术协会联合主办的“第十一届中国玉石雕精品博览会”在扬州国际展览中心举办。

展会同期举行了 2016“百花・玉缘杯”中国玉石雕精品奖评审活动。本次申报参加精品奖评审的作品共计 479 件（套），共评出奖项 274 个。

【“远山晚翠”——龙泉青瓷精品展】

2016 年 5 月 20 日至 6 月 10 日，由北京保利艺术博物馆、丽水市博物馆、丽水市处州青瓷博物馆联合主办的“‘远山晚翠’——龙泉青瓷精品展”在北京保利艺术博物馆举办。展览展出宋、元、明三代龙泉青瓷精品 80 余件，是近年来国内规模较大的龙泉青瓷展。展览特邀中国古陶瓷学会副会长、浙江省文物考古研究所研究员沈岳明担任学术主持。

展览除主展区外，还设计“古董一家”特别展区，展示青瓷如何在现代生活中将禅意、极简、诗境三种意味融为一体的审美情趣。展期中邀请沈岳明等专家进行“明初龙泉官窑的几点新认识”“走进花道的世界”等多场学术讲座。此外，还举办了艺术教育课程、贵宾鉴赏专场等活动。

【第二届中国当代陶瓷艺术大展】

2016 年 6 月 8 日至 15 日，由中国美术家协会主办，中国美术家协会陶瓷艺术委员会、凤凰出版传媒集团承办的“第二届中国当代陶瓷艺术大展”在中国美术馆举行。

此次展览在全国范围内共收到 1 143 位作者的投稿（含港澳台地区），总计 1 615 件作品。展览初评工作会于 2016 年 4 月 7 日在北京韩美林艺术馆举行，共选出 242 件作品参加复评，复评工作会于 5 月 5 日在北京韩美林艺术馆筹备处召开，共评选出 206 件作品参展，其中包含 52 件优秀作品。

6 月 8 日，开幕式后还举行了“第二届中国当代陶瓷艺术大展学术研讨会”，中国美术家协会陶瓷艺术委员会全体委员出席了学术研讨会；由江苏凤凰美术出版社参与协办，该社出版的《第二届中国当代陶瓷艺术大展作品集》画册在开幕式上进行了首发。

【“60 年的发展　60 年的辉煌”——金漆镶嵌宫廷漆艺成果回顾展】

2016 年 6 月 18 日至 10 月 18 日，由中国工艺美术协会、中国工艺美术学会等联合主办，中国工艺美术协会漆器专业委员会、北京燕京八绝文化发展有限公司协办，北京工美联合企业集团金漆雕漆集团、北京金漆镶嵌有限责任公司承办的大型漆艺盛会“‘60 年的发展　60 年的辉煌’——金漆镶嵌宫廷漆艺成果回顾展”在北京金漆镶嵌有限责任公司总部举行。

此次展览中的大部分展品是近年新作，其中一部分是北京金漆镶嵌有限责任公司尘封在库底多年的老旧物件，囊括了镶嵌、彩绘、雕填、刻灰、虎皮漆、断纹等众多工艺门类。此外，还有近些年大师们仿制的宫廷漆艺重器，其中不乏孤品和绝品。为庆祝建厂 60 周年，北京金漆镶嵌有限责任公司历时 3 年，耗资近 200 万元，由总工艺师万紫带领技术过硬的“精兵强将”打造了大型百宝嵌屏风《红楼梦》。展区内还特别展出了北京市工艺美术高级技工学校“金漆镶嵌专业定向班”在校学生的漆艺作品。

【“天工传桑莲”——庆祝中国共产党成立95周年“一带一路”主题民间工艺美术展】

2016年7月1日至10日，由北京市文学艺术界联合会、北京民间文艺家协会主办的“‘天工传桑莲’——庆祝中国共产党成立95周年‘一带一路’主题民间工艺美术展”在中华世纪坛举行。展览展示了200余件民间手工艺作品。

为了让观众更好地了解作品及其制作工艺，除设置了宫毯、缂丝等现场制作展示环节，主办方还为每件作品制作了二维码，观众通过扫描二维码可以了解作品相关信息并下载作品的高清图片，让传统的手工艺借助科技走近更多观众。

【中国当代工艺美术双年展（2016·北京）】

2016年7月10日至22日，由中国艺术研究院主办、中国艺术研究院中国工艺美术馆承办的“中国当代工艺美术双年展（2016·北京）”在中国国家博物馆举行。

此次展览由“承古启今、巧夺天工”与“薪火相传、演绎华彩”两大篇章组成。前者包括玉雕、石雕砚雕、竹木雕、传统家具4个展厅，后者包括陶瓷、漆器、织绣唐卡、金属工艺4个展厅，总面积近万平方米。主办方征集国家级工艺美术大师、国家级非物质文化遗产传承人和中青年工艺美术创作人员近年来创作的900余件优秀作品参展，展品涉及北京、上海、天津、重庆、广东、福建、河南、河北、山东、辽宁、江苏、浙江、湖南、湖北、贵州、云南、安徽、江西、陕西、四川、广西、青海、新疆、西藏等省、区、市。

展览期间邀请了部分创作人员在现场向观众介绍自己的创作、技法等，还举办了工艺美术专题学术研讨会，针对传统工艺与艺术、现代科技、现代设计、当代教育的关系等问题进行专题研讨。

【2016福州国际漆艺双年展】

2016年7月17日至8月18日，由福州市漆艺术研究院、福州市博物馆主办的“2016福州国际漆艺双年展”在福州朱紫坊历史文化街区举行。该国际漆艺双年展以“漆语时代”为主题，8个国家（地区）的125位漆艺家的625件作品参展。在展览开幕当天，还举行了“漆语时代”专场学术研讨会、福州市漆艺术研究院授牌仪式。

为配合主会场活动，双年展还与闽江学院、福建师范大学美术学院、福州脱胎漆艺制作中心、上海红坊文化发展有限公司等合作，设立了7个以“漆彩匠心”为主题的外围展区。

【“针融百家　艺开新境”——姚建萍刺绣艺术展】

2016年7月21日至27日，由中国文学艺术界联合会、中共江苏省委宣传部、中国工艺美术协会、中国民间文艺家协会、中国非物质文化遗产保护协会、江苏省文学艺术界联合会共同主办，苏州市人民政府支持的“‘针融百家　艺开新境’——姚建萍刺绣艺术展”在江苏省南京市举行。

本次展览的主题作品是苏绣“丝绸之路”系列之一《西出长安》。该系列另一作品《满载而归》2015年在中国美术馆展览期间被中国美术馆收藏，并作为其典藏作品参与了“走向西部”大型巡展，未能在本次展览中亮相。

【毛正聪从艺 60 周年青瓷艺术展暨《中国工艺美术大师全集·毛正聪卷》首发式】

2016 年 7 月 22 日至 30 日，由中国艺术研究院、中国陶瓷工业协会、丽水市政府联合主办的“毛正聪从艺 60 周年青瓷艺术展”暨《中国工艺美术大师全集·毛正聪卷》首发式在中国美术馆举行。

毛正聪为中国工艺美术大师、中国陶瓷艺术大师、国家级非遗代表性传承人。本次展览甄选了毛正聪从艺 60 年以来各个时期的青瓷代表作品 80 多件，涵盖了《翠冰》《云龙盘》《春》《鱼子炉》《千禧瓶》等艺术精品。此外还展出了 30 多件其传承人和弟子的作品。毛正聪的《紫光瓶》《紫光盘》于 1989 年被中南海紫光阁收藏陈列。国务院授予毛正聪“为科学技术事业做出突出贡献专家”，享受国务院政府特殊津贴，先后荣获“中国陶瓷名窑恢复与贡献奖”“首届当代名窑传承奖”，龙泉市委市政府授予其“龙泉青瓷终身艺术成就奖”。

【2016 新疆民间根雕暨剪纸艺术展】

2016 年 8 月 9 日至 12 日，由新疆民间文艺家协会、克拉玛依区委主办，克拉玛依区文学艺术界联合会等承办的“2016 新疆民间根雕暨剪纸艺术展”在新疆维吾尔自治区克拉玛依市举行。来自伊犁、巴音郭楞、博尔塔拉、昌吉等地区的 70 余位民间艺人的 300 余件作品参展，其中根雕作品 200 余件，剪纸作品 100 余件。

【“八方新气”——王侠军新瓷作品展】

2016 年 8 月 10 日至 19 日，由中华文化联谊会和文化部恭王府管理中心共同主办的“‘八方新气’——王侠军新瓷作品展”在北京恭王府举行。

展览设“明白本色”“大器晚成”两大主题，展厅空间分为“殿堂风范”“时尚美学”“生活品味”三个区块，展出我国台湾艺术家王侠军的瓷器作品近百件，呈现了其从事瓷器创新工作十多年来的成果，其中包括首次向外界展出的《人间四喜：“大福”“展禄”“鸿寿”“图禧”》系列白瓷作品。

【“瓷语声声诉党情”——中国现当代陶瓷艺术名家作品展】

2016 年 8 月 25 日至 28 日，由中国民间文艺家协会、中国广播电视协会主办的“‘瓷语声声诉党情’——中国现当代陶瓷艺术名家作品展”在北京中国文艺家之家展览馆举行。

此次展览共展出 300 余件作品，分为三个系列：56 位艺术家集体创作的《唐诗三百首》诗壶系列、民国文人画与陶瓷艺术的合体、中国陶瓷近百年部分经典作品。

【第五个全国赏石日·书香赏石系列活动】

2016 年 8 月 30 日至 9 月 5 日，由中国观赏石协会、中华书局联合主办，国石（北京）网络有限公司、中国国家画院（国展）美术中心、《宝藏》杂志有限责任公司、灵璧石专业委员会共同承办的“第五个全国赏石日·书香赏石系列活动”在北京中国国际展览中心举行。

自 2012 年第一个全国赏石日至此已举办四次。此次全国赏石日以“书香赏石”为主题，活动包括

《中国石谱》首发仪式、《宝藏》杂志十年纪念、赏石精品展、“国石·赏石文化论坛暨中国赏石文化产融合作峰会”等内容。《中国石谱》全书由《中华赏石文化史论》《中国历代石谱文献概论》《中国观赏石资源分布》《中国观赏石图典》构成。

赏石精品展展区面积3 000平方米、展位1 000余个，展品近千方，与书画作品同时展出。

【“涵墨壶韵”——鲍志强紫砂艺术作品展】

2016年9月3日至12日，由中共宜兴市委宣传部、江苏省工艺美术协会、江苏省陶瓷行业协会等联合主办，江苏省宜兴紫砂工艺厂承办的“‘涵墨壶韵’——鲍志强紫砂艺术作品展”在中国美术馆举办。展览展出当代中国工艺美术大师鲍志强紫砂艺术作品80余件。其中，一部分由鲍志强与吴为山等艺术名家联袂创作的紫砂艺壶首次展出。

开幕式当天，由中国艺术研究院策划编辑的《中国工艺美术大师全集·鲍志强卷》出版发行；同时，近百位来自中国工艺美术学会、中国艺术研究院、北京大学、清华大学及在京文学艺术界的学者、收藏家、文博专家在中国美术馆集中举行鲍志强紫砂艺术研讨会。开幕式上，中国美术馆收藏了鲍志强的两件紫砂艺术品，并为其颁发了永久收藏证书。

鲍志强是宜兴紫砂陶及制作工艺的代表性传承人之一，他的原创紫砂艺术品《紫玉飘香》《龙香凤茗》《金文汉风》《峰涌莲花瓶》《百寿长春瓶》等获全国大奖，多次入选日本美浓国际陶艺竞赛。他创作的《五代诗韵留香茶具》《古风壶》等作品被中国国家博物馆、故宫博物院、中南海紫光阁等国内外多家艺术品博物馆收藏。

【“大漆世界：时序”——2016湖北国际漆艺三年展】

2016年9月9日至10月9日，由湖北美术馆与湖北省博物馆共同主办的“‘大漆世界：时序’——2016湖北国际漆艺三年展”在湖北美术馆举办。展览展出106位漆艺家的当代漆艺作品，创作者来自中国、日本、韩国、法国、德国、西班牙、美国、越南8个国家。2010年湖北美术馆首次举办“湖北国际漆艺三年展”，此次是第三届展览，共收到来自450位国内外漆艺家的1 500件作品。

展览以“古今对接、时序传承”为线索展出当代漆艺作品，同期还举办了“‘远近’——秦与西汉日用漆器特展”，展出湖北省博物馆收藏的部分秦汉时期的漆器。

开幕当天，湖北美术馆举办了主题为“当代漆艺的时间性特质——历史记忆、手工性及其他”的学术研讨会，研讨会由皮道坚、张颂仁、冀少峰共同主持。

【“从洛桑到北京”——第九届国际纤维艺术双年展暨学术研讨会】

2016年9月10日至26日，由清华大学美术学院、深圳市设计之都推广办公室、中国工艺美术学会纤维艺术专业委员会主办的“‘从洛桑到北京’——第九届国际纤维艺术双年展暨学术研讨会”在深圳关山月美术馆举办。展览收到了来自亚洲、欧洲、北美洲、南美洲、大洋洲的52个国家和地区千余位作者的报名作品；入选作品221件（套），入选率为23%。

“‘从洛桑到北京’——国际纤维艺术双年展”每两年举办一次，展览总体上能够反映一段时间以来国际纤维艺术界的最新发展动态和作品的创作趋势。此次展会很多艺术家都使用了融合跨界的方式，也有使用基本的编织方法但获得全新视觉突破的作品。

9月10日，“‘从洛桑到北京’——国际纤维艺术双年展”历届策展人、评审委员及特邀艺术家作品展和美国纤维艺术家琼·舒尔茨纤维艺术作品展于深圳大学美术馆举行。

展览期间在深圳职业技术学院图书馆举行了研讨会，来自世界各地的纤维艺术家、评论家、学者共同探讨了纤维艺术的全球化、产业化、教育及发展问题。

【第十七届中国工艺美术大师作品暨手工艺术精品博览会】

2016 年 10 月 27 日至 31 日，由中国工艺美术协会、中国工艺美术（集团）公司主办，中国工艺美术协会秘书处、青岛市版权产业促进协会、青岛市工艺美术协会承办的“第十七届中国工艺美术大师作品暨手工艺术精品博览会”在山东省青岛市国际会展中心举行。

博览会规模约 2 万平方米，国际标准展位达 800 个，展品涵盖珠宝首饰、金属工艺品、雕塑工艺品（玉、木、石、牙等）、漆器、地毯挂毯、美术艺术陶瓷、刺绣、天然植物纤维编织品等。

同期举办了多项配套活动：第三届亚太地区手工艺大师颁奖典礼、2016“百花杯”中国工艺美术精品奖评选、中国工艺美术协会特色区域展、现场技艺演示、免费工艺美术品版权登记、中国工艺美术协会·中国艺品网推介研讨会等。

【2016 中华漆艺精品展】

2016 年 11 月 13 日，京城知名老字号企业、国家级非物质文化遗产项目保护传承单位——北京金漆镶嵌有限责任公司成立 60 周年之际，举办了“2016 中华漆艺精品展”。展品包括扬州的螺钿漆器、福建的脱胎漆器、平遥的推光漆器等。作品形式有屏风、箱柜、摆件、挂饰等各式器物。同时，展览还首次展出了北京金漆镶嵌有限责任公司新近成功研制的新品“轻体薄胎漆器”。展期至 2016 年年底。

【中国现代设计巨匠雷圭元特展】

2016 年 11 月 18 日至 12 月 5 日，为纪念工艺美术教育家、设计家雷圭元先生 110 周年诞辰，弘扬雷圭元先生在 20 世纪中国设计教育和设计实践方面取得的成就，由中国美术学院主办的“中国现代设计巨匠雷圭元特展”在中国美术学院民艺博物馆举行。

雷圭元先生是我国 20 世纪工艺美术家、美术理论家、教育家，是中国现代设计发展路上的前驱和先觉者。此次展览是在雷圭元先生的亲属和清华大学美术学院的协助下，以上海松江程十发艺术馆举办的展览为基础策划、筹办。

【第六届“天鹤奖”国际创新设计大赛获奖作品展、首届国际生活陶瓷艺术精品展评暨学术论坛】

2016 年 11 月 19 日至 26 日，由中央美术学院主办，中国国家画院公共艺术院陶瓷艺术研究所、中央美术学院城市设计学院城市视觉文化研究所与第六届“天鹤奖”国际创新设计大赛暨国际设计论坛组委会共同承办的“第六届‘天鹤奖’国际创新设计大赛获奖作品展”“首届国际生活陶瓷艺术精品展评暨学术论坛”在中央美术学院举行。同时举办了“‘天鹤奖’国际设计高峰论坛暨国际生活陶瓷艺术学术论坛”等活动。

“天鹤奖”陶瓷板块于 2016 年 6 月启动，收到各高校、企业、设计机构与个人的陶艺作品数百件，评选出金奖2名，银奖3名，铜奖5名，优秀作品奖10名。此次陶瓷板块论坛就“生活陶瓷艺术”论题展开，联合国教科文组织国际陶艺学会主席雅克·考夫曼、韩国陶艺家沈载千，以及中央美术学院教授吕品昌、北京集美组执行总裁梁建国等国内外14位嘉宾出席论坛及颁奖典礼。70余件（套）大赛入围陶瓷作品展，另邀请国外陶艺家的作品参展。

【“薄施淡彩”——中国工艺美术大师陈扬龙作品暨醴陵扬龙窑作品展】

2019年11月19日至28日，由中国非物质文化遗产保护协会、湖南省非物质文化遗产保护中心主办，湖南省醴陵市非物质文化遗产保护中心协办，北京国中陶瓷艺术馆、醴陵市陈扬龙釉下五彩瓷艺术中心承办的“‘薄施淡彩’——中国工艺美术大师陈扬龙作品暨醴陵扬龙窑作品展”在北京国中陶瓷艺术馆举行。展览展出中国工艺美术大师陈扬龙及醴陵扬龙窑的作品。

陈扬龙（1941—2013），中国工艺美术大师、国家级非物质文化遗产——醴陵釉下五彩瓷烧制技艺国家级代表性传承人，以工笔花卉见长。他进行了“以印代画”和“以喷代画”的技术革新，自20世纪60年代初期开始在传统的“单线平填”分水技法上不断探索，独创出“薄施淡染”分水技法，并形成水润通透、沉静淡雅的个人风格，被誉为“禅在花草中”。这种技法在醴陵瓷业中得到全面推广，至今授徒300余人。

陈扬龙曾参与国家三馆瓷和毛主席生活用瓷的制作，多次承担国家礼品瓷、陈设瓷、宴会瓷的设计，作品被人民大会堂、中南海紫光阁、中国国家博物馆等收藏。2012年被文化部授予首届中华非物质文化遗产传承人“薪传奖”。由中国艺术研究院主编的《中国工艺美术大师全集·陈扬龙卷》于2014年出版。

醴陵市陈扬龙釉下五彩瓷艺术中心（醴陵扬龙窑）成立于2008年8月1日，是由陈扬龙创办的关于釉下五彩瓷的科研探索性机构，2014年被文化部授予“国家级非物质文化遗产生产性保护示范基地”称号。

【“志合山海”——中国当代陶瓷艺术展】

2016年11月24日至2017年2月5日（厄瓜多尔当地时间），由中国文化部、中国驻厄瓜多尔大使馆和厄瓜多尔天主教大学共同主办的“‘志合山海’——中国当代陶瓷艺术展”在厄瓜多尔天主教大学文化中心举行。本次展览由中央美术学院教授吕品昌担任策展人，展出了中国当代陶瓷艺术品86件（套）。

此次参与展览的展品中，既有源自各大窑口和瓷区继承并创新传统工艺的经典风格作品，如《夏恋》（宁钢）、《童趣》（吕金泉）、《小栖》（龚保家）等，也有采用材料性延展、跨媒介实验、语言性探索、当代观念介入等表现形式，反映当代生活个体化经验和人文思索，呈现强烈时代感的当代艺术作品，例如《盛开》（陈小丹）、《新文人石1》（张清渊）、《阿福》（吕品昌）、《海公子》（耿雪）等。这些作品集中呈现了中国艺术家对当代生活的思考和情感体验，向厄瓜多尔观众展现了中国陶瓷艺术的传统之美与当代之魂。

【首届中原国际陶瓷双年展】

2016年12月9日至2017年3月12日，由河南博物院主办的“首届中原国际陶瓷双年展”在河南省郑州市河南博物院举办，同时推出一个主体展、三个平行展及国际陶瓷电影周、国际陶艺高端论坛和系列社会教育参与活动。其中主体展“黏土之约”展出42位（组）来自全球近20个国家和地区的当代陶瓷艺术家作品500多件（组），其中包括5位驻豫创作的外籍艺术家，作品全部为艺术家的近两年新作，其中60%以上是专门为本次展览特定创作的，涉及陶瓷类器皿、雕塑、装置，以及与展览主题相关的图片、视频等。平行展则包括“‘前世今生’——五大名窑古代精品及当代创新展”“‘马约里卡千年陶瓷精粹’——意大利法恩扎国际陶瓷博物馆典藏”“‘器物的未来’——当代生活陶艺展”三大展览；国际陶瓷高端论坛围绕“陶瓷 +”“陶瓷与文化”“陶瓷与经济”等主题进行了讨论。

【“茶境”——第四届国际茶文化交流展】

2016年12月13日至19日，由清华大学美术学院、清华大学深圳研究生院、清华大学深圳研究院、清华大学深圳校友会、云南大益茶业集团有限公司联合主办的“‘茶境’——第四届国际茶文化交流展”在深圳大学城举行。

本届展览在参展作品数量和质量上较之前三届再创新高，遴选了160位艺术家的200余件作品参展，涵盖漆艺、陶瓷、雕塑、金属、染织、玻璃、装置艺术等工艺领域；同时，从世界各地收到百余篇专业论文稿件，专家组从中甄选50余篇，结集成册。

展览除了主题展览，还举办了茶服秀、茶乐演奏、茶道表演、学术论坛等相关活动。主题为“禅茶衣味”的茶服秀展示了中、韩、英等多个国家设计师的几十套作品，清华大学美术学院国际交流办公室主任、服装设计系副教授臧迎春任指导。

在雅昌艺术馆连续举办的六场茶道表演上，来自中、日、韩的茶道老师分别表演了各具民族特色的茶道艺术。

【“匠艺百年”——河北省传统手工技艺“织染纫绣”系列展】

2016年12月23日至2017年2月28日，由河北省文化厅主办，河北博物院、河北省非物质文化遗产保护中心承办的“‘匠艺百年’——河北省传统手工技艺‘织染纫绣’系列展”在河北博物院举办。

展览内容包括邯郸彩布拧台、赞皇原村土布、威县土布纺织技艺、魏县花布染织、易县清宫传刺绣、定兴京绣、定州缂丝、献县补花、承德滕氏布糊画等9个项目，着重对各项目的历史渊源、传承谱系、发展现状等进行梳理，并以照片、图表、视频等多种辅助形式增强展示效果。

展厅面积1 200平方米，展览展出各地织染纫绣精品实物300余件（套），如清嘉庆、光绪年间的龙袍，吉服袍织绣品及彩布拧制而成的鼓楼等。

会议

【《中国传统工艺振兴计划》座谈会】

2016年4月21日，由文化部非遗司主办、浙江省文化厅承办的“《中国传统工艺振兴计划》座谈会”在杭州举行。来自清华大学、中国美术学院、南京大学、上海大学等高校传统工艺美术领域的专家学者，上海朵云轩、苏绣、杭州王星记扇子等代表性传承人及保护单位、生产性保护基地代表20余人，针对《中国传统工艺振兴计划 （征求意见稿）》的修改完善发表意见。

《中国传统工艺振兴计划（征求意见稿）》分为概述、总目标、具体指标、理念和原则、主要措施五部分，围绕“尊重传统、尊重传承人群的主体地位、在生活中振兴、绿色发展”等科学理念，全方位制定支持传统工艺发展的措施和目标，体现了指导性和操作性的结合，为弘扬优秀传统文化和精益求精的中国工匠精神，满足人民群众日益增长的精神文化及生活需求提供支撑和保障。杭州王星记扇子等代表性传承人及相关保护单位、生产性保护基地代表提出了非遗传统工艺项目发展的构想和看法，为《中国传统工艺振兴计划》起草小组提供了参考事例。

【中国工艺美术理论与批评学术论坛】

2016年4月22日，由中国艺术研究院主办、中国艺术研究院手工艺研究所承办的“中国工艺美术理论与批评学术论坛”在北京举行。

论坛围绕“工艺美术如何传承工匠精神”主题展开，分析和探讨了中国工匠精神的本质、当前中国工艺美术在生产与创作等诸环节中所存在的突出问题、当前形势与工匠精神的传承以及人才培养等重大问题。这次论坛最大的特色是针对工匠最集中的传统手工艺创作和生产领域来谈如何传承“工匠精神”的问题。

【时尚工美基金发布会暨工美文化产业投融资项目对接会】

2016年8月9日，由北京市经济和信息化委员会、北京市财政局指导，北京工艺美术行业发展促进中心、北京时尚工美投资管理有限公司主办的“时尚工美基金发布会暨工美文化产业投融资项目对接会”在北京举行。本次会议以“工艺北京 创新原力”为主题，围绕工艺美术行业及相关文化产业投融资的热点问题进行讨论。

“时尚工美基金”是由北京市财政局、北京市经济和信息化委员会出资，并引导社会资本共同参与设立的全国首个工艺美术产业专项投资基金，于2015年年底成立。

其他

【雅昌文化集团、清华大学美术学院驻新疆哈密传统工艺工作站成立】

2016 年 3 月 11 日，在文化部、新疆维吾尔自治区人民政府的合力推动下，全国首个传统工艺工作站——雅昌文化集团、清华大学美术学院驻新疆维吾尔自治区哈密市传统工艺工作站成立。该工作站致力于对该地区的维吾尔族刺绣等传统工艺进行保护和传承。4 月初，第一批设计企业赴哈密市，其中包括中国风设计师品牌“密扇”、定制品牌 MOODBOX、原创潮流品牌“灌木”。3 个团队协助提升和改进维吾尔族刺绣等传统工艺，面对面与绣娘深入交流，致力于促成其与市场的接轨。

【“中国手艺”创意设计比赛实物作品复评会】

2016 年 8 月 28 日，由“中国手艺网”特别策划、联合新戎集团主办的“中国手艺”创意设计比赛实物作品复评会在北京举行。潘鲁生、刘魁立、张雅芳、亢清泉、周燕屏、王锦强等专家评委从“创意理念、文化内涵、应用前景、工艺实现”四方面对初赛入围的 100 余件作品进行评审，最终评选出“专项赛”（传统工艺）与“单项赛”（创新手工艺品组、非遗相关创意品组、地域特色纪念品组、文博 / 艺术衍生品组、表演艺术衍生品组）金、银、铜奖 42 件，优秀奖 65 件，其中中国民间文艺家协会（临海）民艺传播基地获优秀奖·最佳组织奖。

本次比赛所有获奖作品于 2016 年 9 月 21 日在第四届中国非遗博览会上展出，获奖选手除获得“中国手艺”创意设计比赛组委会提供的奖金奖励外，还有机会被优先推选参加文化管理人才国际交流与合作计划——手工艺设计国际高级研修班。

【中国国家博物馆“中国当代工艺美术双年展”参展作品收藏仪式】

2016 年 10 月 10 日，中国国家博物馆“中国当代工艺美术双年展”参展作品收藏仪式在该馆楠木厅举行。“2016 中国当代工艺美术双年展”中的 21 位参展艺术家的 24 件艺术品入藏中国国家博物馆。

中国国家博物馆馆长吕章申分别向甘而可、李凤荣、邬建美、王笃芳、陈利、阿旺、刘比建、于春霞、张德和、周秉益、黄文寿、徐元宝、林洪英、史俊贤、陈伟毅、桓贡、龙知布、刘劲松、郑胜亮、刘红立和程浩颁发收藏证书，他们中有国家级工艺美术大师、国家级非物质文化遗产传承人及中青年工艺美术作者，捐赠作品涵盖玉石、竹木、漆艺、金属工艺、刺绣、陶瓷和唐卡等主要工艺门类。

【文化管理人才国际交流与合作计划——手工艺设计国际高级研修班】

2016 年 10 月 10 日至 13 日，由中国对外文化交流协会、中国文化传媒集团、首都博物馆主办，中国博物馆协会文创产品专业委员会、中国文化译研网协办的文化管理人才国际交流与合作计划——手工艺设计国际高级研修班在北京首都博物馆举行。

本期研修班招收的 100 名交流人员为手工艺设计、艺术创作、艺术品经营及相关管理人员。研修班围绕手工艺设计，邀请英国维多利亚阿尔伯特博物馆成人教育项目主管玛蒂尔塔・拜耶、法国国立手工艺行业学院副院长玛丽・皮埃尔・阿斯奇耶、日本“人间国宝”增村纪一郎、清华大学美术学院艺术史论系博士生导师张夫也等国内外专家，以及文化部非物质文化遗产保护司、文化产业司等部门人士，举办专家演讲、学术研讨、案例分析等活动。其间还举办了手工艺设计国际论坛，对手工艺设计与文化生态进行研讨。

【刺绣艺术家任嘒闲百年诞辰纪念活动】

2016 年 11 月 26 日，由中国艺术研究院、中国非物质文化遗产保护协会指导，苏州非物质文化遗产保护办公室、苏州丝绸博物馆、苏州工艺丝绸有限公司主办的刺绣艺术家任嘒闲百年诞辰纪念活动在苏州丝绸博物馆举行。

任嘒闲是当代刺绣艺术家，“乱针绣”传承发展的奠基人，享有“现代针神”美誉。活动现场举行了“《中国工艺美术大师全集・任嘒闲卷》首发式”“任嘒闲刺绣艺术研讨会”“任嘒闲师生刺绣作品展”。首发式上，中国艺术研究院手工艺研究所所长邱春林受《中国工艺美术大师全集》总主编王文章委托对《任嘒闲卷》做了介绍。当天举行的研讨会上，与会人士围绕任嘒闲的艺术成就和突出贡献进行了研讨；师生展展出了任嘒闲各个时期及其学生的作品 60 余幅，涵盖人物、花鸟、山水等题材内容。

大事记

1月5日，“‘川针引线　巧手致富’——四川妇女居家灵活就业成就暨传统手工艺术展”在北京中国妇女儿童博物馆开幕。

3月10日至14日，“第51届全国工艺品交易会”在南京国际展览中心广场举行。

3月11日，雅昌文化集团、清华大学美术学院驻新疆哈密传统工艺工作站成立。

4月15日，“中日韩传统手工艺的发展论坛”在浙江省宁波市举行。

4月15日至18日，“第十一届中国玉石雕精品博览会”在扬州国际展览中心举办。

4月21日，“《中国传统工艺振兴计划》座谈会”在浙江省杭州市举行。

4月22日，“中国工艺美术理论与批评学术论坛”在北京举行。

5月20日至6月10日，“‘远山晚翠’——龙泉青瓷精品展”在北京保利艺术博物馆举行。

6月8日至15日，“第二届中国当代陶瓷艺术大展”在中国美术馆举行。

6月18日至10月18日，“‘60年的发展　60年的辉煌’——金漆镶嵌宫廷漆艺成果回顾展”在北京金漆镶嵌有限责任公司总部举行。

7月1日至10日，“‘天工传桑莲’——庆祝中国共产党成立95周年‘一带一路’主题民间工艺美术展”在中华世纪坛举行。

7月10日至22日，“中国当代工艺美术双年展（2016·北京）”在中国国家博物馆举行。

7月17日至8月18日，“2016福州国际漆艺双年展”在福建省福州市举行。

7月21日至27日，“‘针融百家　艺开新境’——姚建萍刺绣艺术展”在江苏省南京市举行。

7月22日至30日，“毛正聪从艺60周年青瓷艺术展”暨《中国工艺美术大师全集·毛正聪卷》首发式在中国美术馆举行。

8月9日，“时尚工美基金发布会暨工美文化产业投融资项目对接会”在北京举行。

8月9日至12日，“2016新疆民间根雕暨剪纸艺术展”在新疆维吾尔自治区克拉玛依市举行。

8月10日至19日，“‘八方新气’——王侠军新瓷作品展”在北京恭王府举行。

8月25日至28日，“‘瓷语声声诉党情’——中国现当代陶瓷艺术名家作品展”在北京中国文艺家之家展览馆举行。

8月28日，“中国手艺”创意设计比赛实物作品复评会在北京举行。

8月30日至9月5日，“第五个全国赏石日·书香赏石系列活动”在北京中国国际展览中心举行。

9月3日至12日，“‘涵墨壶韵’——鲍志强紫砂艺术作品展”在中国美术馆举行。

9月9日至10月9日，“‘大漆世界：时序’——2016湖北国际漆艺三年展”在湖北美术馆举行。

9月10日至26日，“‘从洛桑到北京’——第九届国际纤维艺术双年展暨学术研讨会”在深圳关山月美术馆举行。

10月10日，中国国家博物馆“中国当代工艺美术双年展”参展作品收藏仪式在该馆楠木厅举行。

10月10日至13日，文化管理人才国际交流与合作计划——手工艺设计国际高级研修班在北京首都博物馆举行。

10月12日至11月15日，“第十八届中国上海国际艺术节”举行。

10月27日至31日，“第十七届中国工艺美术大师作品暨手工艺术精品博览会”在山东省青岛市国际会展中心举行。

11月13日，北京金漆镶嵌有限责任公司举办“2016中华漆艺精品展”。

11月18日至12月5日，“中国现代设计巨匠雷圭元特展”在中国美术学院民艺博物馆举行。

11月19日至26日，“第六届‘天鹤奖’国际创新设计大赛获奖作品展”“首届国际生活陶瓷艺术精品展评暨学术论坛”在中央美术学院举行，同时举办了“‘天鹤奖’国际设计高峰论坛暨国际生活陶瓷艺术学术论坛”等活动。

11月19日至28日，“‘薄施淡彩’——中国工艺美术大师陈扬龙作品暨醴陵扬龙窑作品展”在北京国中陶瓷艺术馆举行。

11月24日至2017年2月5日（厄瓜多尔时间），“‘志合山海’——中国当代陶瓷艺术展”在厄瓜多尔天主教大学文化中心举行。

11月26日，刺绣艺术家任嘒闲百年诞辰纪念活动在苏州丝绸博物馆举行。

12月9日至2017年3月12日，“首届中原国际陶瓷双年展”在河南省郑州市河南博物院举行。

12月13日至19日，“‘茶境’——第四届国际茶文化交流展”在深圳大学城举行。

12月23日至2017年2月28日，“‘匠艺百年’——河北省传统手工技艺‘织染纫绣’系列展”在河北博物院举行。

中国艺术年鉴·2017

摄影卷

分卷主编：郝　斌　周　延

年度述评

2016 年度中国摄影艺术发展研究报告

◎ 李树峰　王保国　阳丽君

一、现象与趋势

（一）“水落石出”

2016 年摄影艺术平稳发展中“水落石出”的现象更加明显。这里所谓“水”，就是一种生态，在这种生态下，摄影创作、展览、出版等方面良莠杂陈，量大而纷乱；摄影创作的目的和类别界限常常模糊不清；作品质量高下不分，甚多自以为是者的自娱、自语与自夸；作者三教九流、五行八作，各显其能。摄影业界总体上呈现漫漶无边、杂草与禾苗共同生长的状态。似乎运作比创作重要、关系比质量重要、材质比内容重要。这种状态延续日久，虽然一方面催生出不少新人新作，但另一方面也产生了大量杂乱而质次的、说不清楚的东西。所谓“水落”，是指这种一拥而上的生态在明显退潮，展览、出版画册的数量减少了，作品的方向性明晰了，艺术纯度提高了。

“水落”自然“石出”，这里所谓“石出”，是指绵延在时间流里，作为摄影艺术本体追求的作品、理论和摄影家越来越显豁地存在，摄影作品也明显获得了更多的阅读、理解和传播。从《晋察冀画报》的原版重印，到一批经典摄影家作品的再梳理和高频次传播，我们感受到了时间的力量和社会氛围的变化，感受到了摄影艺术的发展所留下的一条明晰的线索。

（二）手机摄影推动下的日常视觉审美化

2016 年突出摄影专业功能的国产手机颇受摄影界人士好评，华为、努比亚等品牌的手机在众多摄影师手中发挥了强大的作用，产生了一批以手机摄影作品为内容的微信圈，也产生了一批优秀的作品。手机因其便捷、轻巧、不引人注意而更加体贴，拍摄到的内容比单反专业相机更加鲜活、自然、直接，深受大众喜爱。曾经流行一时的微单相机也因手机摄影的专业化水平提高而销量大减。可以说，一个真正的手机摄影时代已经到来；也可以预见，不远的将来，摄影会以更便捷的、无重量的方式介入视觉记录和表达中来。

“神圣化”与“日常化”是艺术走向的两极。在艺术领域“审美日常生活化”的同时，社会也在实现“日常生活审美化”，这是网络信息时代的特征。在手机摄影中，大众化的日常视觉审美比比皆是，几乎达到凡观皆有审美的程度；反之，作为建立起经典和规范的“摄影式观看”越来越多地融进了日常视觉。这真是一个妙不可言的时代，任何“别致”的观看成果都能被记录和保存。我们日常生活中的期盼之一就是能够遇到“别致”的观看。在这样的时代，视觉素养已经成为文化素养的重要组成部分，可以通过“摄影式观看”获得训练，得到提高。

（三）题材与内容走向——乡土情缘与家国情怀

2016 年，摄影创作题材与内容的显著特征，唤醒了乡土情缘与家国情怀，不但聚焦自然遗产、文化遗产，而且更多地聚焦非物质文化遗产；不但聚焦乡土题材，也对建设中的世界奇迹——港珠澳大桥、贵州清水河大桥以及航天、航海工程给予了充分关注。在“一带一路”与人类命运共同体思想观照下，中国与中国人，从哪里来、往哪里去，我们的文明特质和不可替代的文化基因是什么，引起了摄影人的普遍反思。其中，中国艺术研究院主办、《中国摄影家》杂志社承办、2016 年 6 月在国家博物馆举办的“‘乡土中国’——摄影艺术大展”，与年底由《中国摄影家》杂志社与包商银行联合主办的“‘乡村——人类永远的家园’第四届‘包商银行杯’中国国际摄影双年展”，充分代表了业界的姿态，那就是从现实出发，寻找文化根脉，在历史反思里记住乡愁，寻找未来的道路。此外，2016 年 10 月由文化部和北京市政府主办、以“影像 · 在场”为主题的“2016 北京国际摄影周”展览作品中，关于地球南北极、非洲和南美洲的作品明显增多，显示了中国摄影师走向世界的雄心和规模。人们拍摄的兴趣点，更多地从欧美发达国家转向了发展中国家，这不但是内容的变化，也体现了中国人全球一体化意识的增强。而新华社摄影部提供的“丝绸之路”图片展从知识性和系统性上延展开来，加深了观众对“一带一路”合作方式的认识。

（四）社会纪实摄影的问题导向

社会纪实摄影是以问题为导向、以社会调查为基本方式、以影像为主体、以解决问题为最终行动的摄影。从事社会纪实摄影的人近年来有所减少，2016 年这一问题更加突出。很多人将此归结为视频的便捷化和大众日常生活摄影的兴起，也有业内人士认为这种传统摄影手法的陈旧导致了艺术兴趣的消解。其实，如同其他艺术门类，作为一种创作方法，其形式上的创新意义的消失不等于内容意义的消失。在中国现代化过程中，在“三千年未有之大变局”中，面对东西南北的巨大差异和社会变革中的精神激荡，地理需要互联，思想需要沟通，人心需要相亲，而社会纪实摄影直面现实的特征与揭示问题的能力，依然使其成为不可替代的影像力量。这个道理就如同电视剧《人民的名义》，其批判现实主义创作手法虽然已经过时，但其塑造的典型人物依然有强烈的现实意义和社会影响力。我们现在不能，在今后很长一段时间里仍然不能否定社会纪实摄影的作用。

就目前现实而言，“一带一路”上的历史追寻与现实观照，国内精准扶贫工作里的世态民心，广袤大地上活跃着的群众创造，都是应该着力拍摄的重点。当然，纪实摄影需要对选定题材长期专注，需要时间的跨度，需要与拍摄对象相濡以沫的情感交融，离开了如此这般的态度和执着，苍白无力是难以避免的。纪实摄影还要努力冲出既有的模式，从更加丰富多样的角度和机位，发现和凝冻更多不可重复的震撼瞬间，需要更好地理解影像与现实之间的关系。

（五）当代影像艺术的模式化

近年来的新锐摄影、当代影像艺术，已经出现了模式化、公式化现象。概括起来，大致有这么几种：大天地与小人物式的“景观”、玩偶人物植入特定环境、俗艳色彩中粗鄙造型与自然环境的反讽、恍惚动感里对影调的强调、超大广角下逼近拍摄的近景与远山的对照、隐私环境里自恋与自拍，等等。2016 年展示出来的作品雷同者多、模仿者众，能“出格”者寡，这是应该引起高度注意的。

（六）新技术引发的猜想

光场相机后期可以随时更换焦点，这让习惯了手动聚焦的老摄影家感到吃惊；而 VR 技术近乎全息的再现代替了我们对机位的选择。还有，纸基影像越来越少，而屏幕影像越来越多地占据主流。

这些技术会消解传承百年的摄影本体吗？现在还难以判断。

二、活动与问题

2016 年中国摄影活动与经济发展的互动空前增强，具体体现为各类中小型摄影活动（地区性摄影比赛、摄影节等）明显增多。重要原因之一是随着宏观经济发展进入新常态，此前地方政府大力追求的唯 GDP 发展观受到约束，转而寻求更绿色环保的发展方式。这表现在一些地区的发展模式上，就是放弃了此前一提发展就搞开发区建工厂的做法，而是转向重视地方山水地理资源、文化历史资源、民族民俗资源、名人资源，经过包装、宣传，打造成旅游区和休闲度假区。而摄影正是最聚众、最有传播力的手段之一。

2016 年度规模和影响较大、具备一定学术基础的中国摄影活动，主要有以下 13 项（以举办时间为序）：

1.“2016 中国国际摄影艺术节暨中国第 16 届国际摄影艺术展览”（时间：2016.5.26—6.2，河南省郑州市）

2.“2016‘影像的力量’中国（大同）国际摄影文化展”（时间：2016.8.26—9.4，山西省大同市）

3.“首届宁波国际摄影周”（时间：2016.9.10—18，浙江省宁波市）

4.“第16届中国平遥国际摄影大展”（时间：2016.9.19—25，山西省平遥市）

5.“深圳（福田）国际城区影像节”（时间：2016.9.23—10.22，广东省深圳市）

6.“2016北京国际摄影周”（时间：2016.10.15—23，北京市）

7.“第十一届中国摄影艺术节暨首届怀柔摄影文化季”（时间：2016.11.4—6，北京市）

8.“第六届济南国际摄影双年展”（时间：2016.11.10—26，山东省济南市）

9.“连州国际摄影年展”（时间：2016.11.19—12.9，广东省连州市）

10.“2016集美·阿尔勒国际摄影季”（时间：2016.11.20—12.19，福建省厦门市）

11.“上海国际摄影节暨上海第十三届国际摄影艺术展览”（时间：2016.12.7—11，上海市）

12.“‘乡村——人类永远的家园’第四届‘包商银行杯’中国国际摄影双年展”（时间：2016.12.17—23，北京市）

13.“西双版纳国际影像展——2016‘一条大河’金孔雀双年展”（时间：2016.12.18—21，云南省景洪市）

这些摄影活动很大程度上延续了“大师与新锐结合、娱乐与专业搭伴、国际化与本土化并行”的传统，同时出现了一些重要的新看点。

（一）新力量凸显

这种新力量主要表现在三方面：第一是新技术的力量。进入21世纪，新技术力量的呈现经过了三个阶段。2000年前后，摄影的数字化进程全面开启，当时能熟练掌握Adobe Photoshop、Lightroom等静态图片处理软件就足以标新立异。10年之后，流媒体、新媒体、多媒体领潮，流动和更加复杂多样的交互呈现形式，形成了与静态图片差异较大的视觉感受。从2016年开始，VR（虚拟现实，virtual reality）、AR（人工现实，artificial reality）、360度全景摄影等进入报道摄影和艺术摄影领域（此前主要是在电影和动漫中使用），进一步颠覆了静态图片一统天下的视觉基础，开启了视觉叙事的新时代。可以预见，2017年的摄影节上，VR/AR作品会大抢眼球。第二是资本的力量。2016年之前，很多摄影活动都带有资本的影子，比如新浪网连续多次组织的“新浪报道摄影师大典”。但在2016年，依靠移动通信端APP爆发的“今日头条”在拿到巨额投资后，立即进入摄影领域，投资国内著名的图片分销商东方IC，并直接收购了一些活跃的摄影社区网站，比如图虫网。得到资本扶持的图虫网迅速出击，组织了“街拍中国”的摄影活动，人气旺，作品佳，一举成为2016年非常引人关注的摄影活动（有趣的是，“街拍中国”和“新浪报道摄影师大典”的策划人都是摄影记者出身的严志刚）。第三则是新策展力量的出现。“首届宁波国际摄影周”的策展团队，除傅拥军之外，另几位在策展领域都颇为陌生，但也把摄影周弄得有模有样。随着在国外留学摄影的青年人不断回国，可以预见，这样由几个新面孔就攒一个新摄影节、摄影大展的例子，今后会越来越多，与当下摄影节的区别也会越来越明显。

（二）“新锐”的困局

近年来，各类新锐摄影师的评选成为国内摄影界最引人关注的活动之一，对年轻摄影师，特别是艺术院校毕业的年轻摄影师来说尤其如此。2016年，色影无忌“新锐摄影师奖”的申报人数多达5 348名，可见其号召力；但评选结果一公布，就遭到了网名为“魔鬼公子”的网友的公开质疑，理由为评选程序不公正、不透明，入选作品无力、缺少新意，个别初评评委与获奖者可能有利益关联等，一时间动静颇大。实际上，每年“新锐”出炉，质疑声都不少，很多人对获奖作品“新”于何处、“锐”之所在，看不清楚，看了不服气，甚至看了更生气——引起思考和争议本身已经成为“新锐”评选的边际效益。“新锐”备受瞩目的背后，是中国摄影界亟待创新的愿望，但当这种愿望被简单化为一次评选，以及“新锐＝年轻”的公式后，“新锐”实际上就成为看上去很美却被抽空了历练的符号，易为种种力量所扭曲。人们对“新锐”从以往的腹诽到公开质疑，表明了“新锐”的评选和“新锐”群体本身走到了一个节点：作品须有扎扎实实的艺术力量，并在与艺术史和当前社会语境建立关系方面有所突破。其实今日的“新锐”之困，要害之处仍是满足于从简单概念出发，而不是从深度调查和准确抓住问题出发，未能深入本土的社会历史文化经验。换言之，许多作品虽贴着花哨的国际化概念标签，却接不上本土的地气。究其内里，不过是抓着西方现代主义艺术的表皮，将“创新”简单化为在观念与形式两方面出“招儿”，探讨社会问题、人的存在问题和艺术本身问题的层次较浅；这样的作品往往不是被一眼看透，而是被一眼就看出毛病来。

关于当前语境下中国艺术的创新，中国美术学院艺术史教授范景中先生有一个冷静的思考。比如面对频频出击的所谓“新水墨”（用各种新材料弄水墨的新玩法），他很冷静——冷静到勇敢地认为，只要中国的文化语境不变，国画无须创新。“那种认为变换工具或手段就能改进这种艺术（即中国画。——引者注）的想法，我不但会嗤之以鼻，而且还会认为是没有教养的人的狂妄臆想。显然，使用新材料对于现代的彩墨家是一种进步，而对于那些想维护国画纯净性的规范派就是种动乱。因此，只要处在那种封闭的情境中，只要文人画的功能不变（这个功能即养性、怡情、抒志、陶冶人格。——引者注），也就无所谓创新的悲剧感可言。不过处在开放情境中的艺术家，情况显然不同，他们躲避不了外来因素的干扰和影响，抗争不了竞争的刺激，尤其是抵制不住要使自己及其作品成为 NEW 和 NEWS 的诱惑。”①

此处范景中先生所说的“尤其是抵制不住要使自己及其作品成为 NEW 和 NEWS 的诱惑”，源自美国评论家康利夫评论美国“二战”后的小说家：“他们要出名就得搞一个与众不同的‘特征’；要保住地位就得写出新奇的小说——不但要‘新’，而且要成为‘新闻’（news）。”②

中国艺术发展的基本传统是厚积薄发，书法的笔画间架，国画的笔墨线条，动辄经过数十年数百年的历练方成一体一派；且中国艺术经验重在旨趣和境界，虽有“笔墨当随时代”（清人石涛语）之言，实则排斥一朝三变、以惊悚和陌生化为法的西方现代主义艺术经验。范景中先生的思考，在世界进入对“全球化”的反思时刻，对中国摄影界的“新锐”乃至亟待创新的愿望本身，都有借鉴价值。

（三）新的、有强大生命力的摄影观念的注入

在中国林林总总的摄影活动中，将聚众作为第一要义的为多。其实国际上一些重要的摄影节之所以重要，还在于它有明确的使命感：不仅是聚众、推新人新作、展示现状，还要总结某一阶段摄影的发展历程和重要摄影现象，还要提出新的观念和思潮，给摄影发展不断注入思想资源。国内的“连州国际摄影年展”一直在朝这个方向努力，曾多次推出具有强烈思想色彩、影像整体感又很强的年度展览，2016 年连州年展的主题是“无乐不作”，旗帜鲜明地指向了消费社会和消费主义，延续了其一贯的思想锐度和学术风格。

就为中国摄影界注入新的思想观念而言，“第六届济南国际摄影双年展”推出的“国际纪实摄影新动向——从传统纪实到行动主义”论坛是一个亮点。中国对纪实摄影的讨论和关注，多局限于经典纪实摄影的范畴之内，对其最新的发展缺少研究，其实欧美的纪实摄影已在当代发展出一个新流派，被称为“行动主义摄影”（Photography as Activism）。

纪实摄影在 20 世纪 30 年代美国农场安全局（FSA）摄影小组之后，经尤金・史密斯一代发展成为极具影响力的社会媒体形式，但也产生了媚俗或曰煽情的问题，比如专门寻找边缘群体、草根阶层、难民或社会叛逆人群进行拍摄；而 20 世纪 80 年代对非洲饥饿、干旱和战争的报道，特别是对困境中的非洲妇女儿童的报道，引来了大量的欧美捐款，以致出现了不法团伙批量生产残疾儿童、病危妇女，

---

① 范景中：《贡布里希对黑格尔主义批判的意义》，见曹意强等《艺术史的视野》，中国美术学院出版社 2007 年版，第 200 页。

② 范景中：《贡布里希对黑格尔主义批判的意义》，见曹意强等《艺术史的视野》，中国美术学院出版社 2007 年版，第 204 页。

组织欧美记者进行报道以骗取捐款的现象，直接导致了公众的质疑和同情心疲惫。在20世纪80年代中期之后，新一代纪实摄影师崛起，他们不仅记录、报道社会问题，同时直接参与到解决这些社会问题的行动中来，被称为行动主义摄影师；有时候这些摄影师也被称为“行动主义者”，因为他们不仅报道、揭露社会问题，自己更直接肩负起解决问题的责任。某种意义上，行动主义摄影师是更激进、更具执行力也更具当代精神的纪实摄影者；其影响所及早已超出摄影本身，成为欧美社会生活和舆论的重要话题。

举例而言，法国摄影师费迪南多·莫雷瑞斯在报道非洲监狱时，发现少年犯和成年犯关在同一牢房，少年犯经常受到成年犯的暴力侵害。回到欧洲后，他与非政府组织合作募集捐款，帮助一些非洲国家建立了独立的少年犯管教所。英国摄影家尼克·勃兰特通过出售作品和社会捐款，为非洲塞伦盖蒂野生动物保护区雇用了200多名巡逻员，购买了多架直升机，有效遏制了人类对大象、犀牛等动物的偷猎行为。美国摄影家唐娜·菲拉多不仅报道了家庭暴力对女性的严重伤害，同时还与一些社会组织合作募集捐款，建立了“家暴受伤女性庇护所”，为受到家暴伤害的女性提供食宿、法律服务和职业培训服务，引起强烈的社会反响，纽约市还专门设立了“感谢菲拉多日”……这样的摄影作为在以前的纪实摄影中甚为少见，而在今天蔚成潮流，国际摄影界有一批摄影师在做着这方面的工作。可以想象，“国际纪实摄影新动向——从传统纪实到行动主义”论坛的推出，对于在转型期社会环境中摇摆的中国纪实摄影，将会起到思想与实践的引领作用。

（四）怀旧成为时尚

近年来中国摄影活动的主旋律是追新赶潮，老大师们的作品虽被顶礼膜拜，却从未成为哪个摄影节配额最大的一块（虽然从影响力来说，他们往往以少胜多）。而在首届宁波国际摄影周上，也许是第一次，老大师们的作品占用的空间，与他们的影响力成正比。该摄影周上，尤金·阿杰特、多罗西亚·兰格、安塞尔·亚当斯、沃克·埃文斯、马克·吕布、艾略特·厄威特……摄影史上如此众多的重要人物汇聚一堂，在中国摄影活动中还是第一次。比宁波摄影周展示老大师作品更进一步，深圳（福田）国际城区影像节推出的“玛格南印片小样与经典作品回顾展”则是一个有独特摄影史学术意义的展览，被称为玛格南最优秀的展览，也是近年来国际上美誉度最高的摄影展览。这个展览选用了69名玛格南摄影师的139套印片小样及从中选出的经典作品（这些经典作品均拍摄于胶片时代），通过经典作品与印片小样的对照阅读，创造了一个将经典作品拍摄过程完整还原的语境，使观众透彻了解其拍摄过程，摄影师的观察与站位、移动等微妙变化，不仅为了解老大师的作品提供了新视角，也对研究摄影史和创作过程提供了帮助。

三、出版与研究

随着中国摄影事业的持续繁荣，近几年，摄影出版、研究、评论等各方面都在不断发展，2016年更是呈现出蒸蒸日上的态势，无论是出版的国内摄影书、国外经典摄影书的译介、原创性的研究评论都达到一个新的高度。

（一）经典的引进

这几年，对西方知名摄影家经典画册、西方学者摄影研究著作的引进一直是各大出版社，尤其是专业出版社的工作之重，也是众多摄影研究者、爱好者的心头所好。中西摄影文化的学习与交流，引进是重要一环。2016年，不仅大师之作精彩纷呈，更可喜的是不少学术著作的译介与引进，这为国内摄影研究者、爱好者提供了重要的读物，对提升摄影研究的广度和深度不无裨益。

美国纽约雪城大学美术学院荣誉教授玛丽·华纳·玛瑞恩的《摄影梦想家》（金立旺译，中国摄影出版社2016年版），选择了75位摄影先锋，以视觉化的时间轴梳理摄影师的伟大成就和历史背景。法国符号学家、艺术史家于贝尔·达弥施的《落差：经受摄影的考验》（董强译，广西师范大学出版社2016年版）分析了在摄影和电影闯入艺术实践领域之后所产生的“层差”，并揭示由其造成的批评话语的断裂。《纽约时报》前图片编辑菲利普・盖夫特在《弗兰克之后的摄影》(刘张铂泷译，中国摄影出版社 2016 年版）中探讨了在“摆布的纪录”拍摄方式的演变过程中“纪实”摄影的真实性所面临的挑战。英国媒体人罗伯特・肖的《摄影之后：拍照的艺术家》(张杰译，北京美术摄影出版社 2016 年版）试图通过探究图像制造中的新语言来回答“后摄影时代”摄影发生了哪些根本性的改变。法国蓬皮杜艺术中心摄影部负责人克莱蒙・舍卢、朱莉・琼斯的《观看之道：亨利・卡蒂埃 – 布列松访谈录（1951—1998)》(秦庆林译，中国摄影出版社 2016 年版）收集了 1951—1998 年共 12 篇布列松访谈，展示了一个痴迷于摄影的人物形象，使人得以直观摄影家思想演变的轨迹。法国艺术史学家安德烈・冈特尔和米歇尔・普瓦韦尔的《世界摄影艺术史》(赵欣、王帅译，中国摄影出版社 2016 年版）列举了摄影发展过程中所有重要时期及其影像实践活动，总结概括了众多具有现代特色的重要事件。比利时学者亨利・范・利耶的《摄影哲学》(应爱萍、薛墨译，中国摄影出版社 2016 年版）对摄影媒介进行了极富创新的深刻反思。

毛卫东翻译的“影像文丛”(中国民族摄影艺术出版社 2016 年版)：《黑白摄影的理论：黑白摄影在中国》([英] 彼得・内斯特鲁克著)、《热切的渴望：摄影概念的诞生》([新西兰] 乔弗里・巴钦著)、《如何判断摄影作品的真实性》([美] 大卫・希克勒巴克著)、《为什么是艺术摄影？》([英] 露西・苏特著)，有经典案例分析，有对话访谈，还有跨越学科的理论延伸，从乔弗里・巴钦对摄影概念的历史梳理，到彼得・内斯特鲁克通过对黑白摄影的分析进行的中国文化探索，从露西・苏特试图厘清当代概念以把握摄影实践的思考，到大卫・希克勒巴克讲述如何从技术层面辨别照片真伪，关注了当代摄影方方面面的话题。

中国摄影出版社的“摄影社会”丛书：《摄影与旅行》([英] 格雷厄姆・史密斯著)、《摄影与探险》([英] 詹姆斯・R. 瑞安著)、《摄影与文学》([法] 弗朗索瓦・布鲁纳著)、《摄影与科学》([英] 凯利・怀尔德著）分别探讨了 19 世纪至今摄影与旅游互涉的多元方式；探险摄影作为一种科学调查与艺术审美的结合体是如何拍摄、传播和消费的；摄影与文学如何开始交换创作工具，并融合各种版式创造了一种新的摄影文本语类；摄影在观察、归档和实验等关键科学理念与实践之间所扮演的角色。

浙江摄影出版社推出的“摄影大师传记”丛书：《沃克・埃文斯》([美] 贝琳达・拉思伯恩著)、《亨利・卡蒂埃 – 布勒松》([法] 皮埃尔・阿苏利纳著)、《比尔・布兰特》([美] 保罗・德兰尼著)、《爱德华・斯泰肯》([美] 佩内洛普・尼文著)，展示了摄影大师们的传奇人生以及传世佳作背后的精彩故事。英国伦敦苏富比艺术学院摄影艺术硕士课程导师朱丽叶・哈金的《伟大摄影师传记》(中国摄影出版社 2016 年版）呈现了 19 世纪至 20 世纪，包括安塞尔・亚当斯、伊冯夫人在内的 38 位极具影响力的摄影大师的一生。

纽约现代艺术博物馆前任摄影部主任约翰・萨考夫斯基的《尤金・阿杰》(浙江摄影出版社 2016 年版）精选了尤金・阿杰的 100 幅传世佳作，并由萨考夫斯基精心解读，呈现了他对摄影艺术与技艺的思考，以及对尤金・阿杰摄影风格的独到见解。《罗伯特・杜瓦诺：传世佳作 500》(浙江摄影出版社 2016 年版）展现了杜瓦诺镜头下的巴黎城市面貌，以及生活在其中的人们的日常生活。《艾略特・厄威特个人精选》(浙江摄影出版社 2016 年版）呈现了厄威特漫长摄影生涯中创作的精品力作。[加] 陈淳焘编著的《瞬时永恒：尤素福・卡什经典人像作品集》(浙江摄影出版社 2016 年版）精选了 100 多幅卡什原作。童加涵编著的《发现薇薇安・梅耶》(中国民族摄影艺术出版社 2016 年版）精选 165 张薇薇安摄影作品，完整呈现了薇薇安其人其作的发现过程。[意] 米莫・约蒂塞、[意] 伊莎贝拉・佩迪奇尼的《米莫・约蒂塞：魔幻暗房》(北京美术摄影出版社 2016 年版）集中展现了约蒂塞的代表作品，并配有作者撰写的创作思路介绍。[意] 加布里埃尔・巴西利科的《加布里埃尔・巴西利科：都市生活》(北京美术摄影出版社 2016 年版）回顾了摄影师的艺术创作生涯，对摄影实践与建筑艺术的关系进行反思与总结。

由 [法] 埃曼努埃尔・吉贝尔编绘、[法] 迪迪埃・勒费伍尔摄影 / 口述、[法] 弗雷德里克・勒梅西埃绘图的《摄影师》（北京联合出版公司·后浪出版公司 2016 年版）展现了阿富汗战争的现场影像，充满质感的细节编织出了战争残酷、挣扎、无奈和变幻莫测的全景观照。[法]让－巴普蒂斯特·德·帕纳菲厄、[法]帕特里克·格里斯的《演化》（北京美术摄影出版社 2016 年版）提供了一种用摄影观看自然科学的方式，由专业摄影师、生物学者与编辑共同完成，是跨学科合作的成功案例。

沈弘编译的《遗失在西方的中国史——〈伦敦新闻画报〉记录的民国 1926—1949》（时代出版传媒股份有限公司，北京时代华文书局 2016 年版）原貌呈现了《伦敦新闻画报》记录的民国，除了军阀混战、北伐战争，还有当时的社会状况、百姓生活、民风民俗，以及日本对中国的侵略和中国人民艰苦卓绝的抗日战争，是极其珍贵的历史记忆。《大卫·柯鲁克镜头里的中国 1938—1948》（中国民族摄影艺术出版社 2016 年版）包括日据时期的上海、国民政府时期的西南、共产党领导下的华北农村三大版块的精彩影像，并有摄影师妻子伊莎白·柯鲁克对拍摄故事回顾的精彩口述。《约翰·詹布鲁恩镜头下的北京 1910—1929》（中国摄影出版社 2016 年版）展现了壬子兵变、袁世凯祭天祭孔、内阁会议、袁世凯葬礼等这些发生在民国时期北京的重大历史事件以及大量的北京城风景建筑和民风民俗，丰富了广大受众的民国北京想象。

（二）本土摄影文化研究

他山之石，用以攻玉。国外优秀画册和研究著作的引进，目的是丰富本土摄影研究，繁荣本国的摄影文化事业。2016 年，国内摄影师、摄影学者贡献出了值得称道的创作和研究成果，无论是在出版的著作方面，还是分布在各杂志报纸的随笔、评论、访谈等，都体现出了优秀学者对摄影的思考、探讨和研究。

南无哀（原名王保国）《东方照相记：近代以来西方重要摄影家在中国》（生活·读书·新知三联书店 2016 年版）深入研究 1844 年中国遭遇摄影术以来，西方重要摄影家在中国的拍摄活动，通过考察西方摄影家所处时代的社会历史文化，揭示其影像背后隐藏的社会历史内涵，勾勒出西方人拍摄的中国照片中潜伏的“东方学影像链条”。南无哀另一本《谈影唯缺颂红妆：摄影阅读手记》（北京时代华文书局 2016 年版）选择过去百余年间国际上 30 余本重要摄影家、摄影运动、摄影现象与摄影史的代表性作品集，综合运用东方学等当代学术工具进行评论，视野开阔，个案研究深入。

顾铮的《当代摄影文化地图》（浙江摄影出版社 2016 年版）系统讲述了中外当代摄影所面临的各种文化现象。吴盛青编著的《旅行的图像与文本：现代华语语境中的媒介互动》（复旦大学出版社 2016 年版）对现代华语语境中的图文互动关系进行了较为深入的探讨。王天平、蔡继福、贾一禾编著的《民国上海摄影——海派摄影文化前世之研究》（上海锦绣文章出版社 2016 年版）全面叙述了民国时期上海摄影发展史上最重要的摄影史实和最具影响的摄影团体、摄影艺术家、新闻摄影记者、摄影评论家、摄影编辑的艺术成就以及代表作品。仝冰雪的《中国照相馆史》（中国摄影出版社 2016 年版）从中国摄影早期的拍摄主体——传统照相馆切入和分析，展示了中国特色的照相馆时代的影像。

晋永权的《沙与水》（中国摄影出版社 2016 年版）将人种志、游记和摄影结合起来，记录了长江、黄河两岸迁徙或定居的移民们失序、流离和安家立业的故事。颜长江的《江流有声》（中国摄影出版社 2016 年版）是关于长江三峡库区沿岸的故事合集，以地理为顺序写川江蓄水前的沿岸风物。傅尔得的《一个人的文艺复兴》（中国摄影出版社 2016 年版）包含对多位海内外摄影师的介绍、评论、访谈等。[加]段炼的《视觉的暧昧：来自图像世界的随笔》（中国摄影出版社 2016 年版）是一部关于艺术和文化的图文随笔合集。

杨小彦的《看与被看——摄影中国》（中国摄影出版社 2016 年版）使用“观看控制”与“视觉秩序”这两个关键词，描述了近百年来发生在中国的视觉文化现状。林路的《观念摄影》（上海人民美术出版社 2016 年版）从五个方面对观念摄影做了全新的阐述。孙慨的《摄影九章》（中国摄影出版社 2016 年版）从摄影与战争、历史、思想、传播、道德、政治等的关系切入分析，揭示了摄影之于人类的巨大功用。海杰的《屏幕生存：2000 年以来的中国当代摄影切面》（中国民族摄影艺术出版社 2016 年版）

以艺术创作中的问题意识为主要切入口，引入跨学科视角，选取了50多个有代表性的艺术创作案例，结合特定的时间和空间语境，做出解读。

肖全的《跟着马克·吕布拍中国1993—2013》（百花洲文艺出版社2016年版）记录了20世纪90年代中国发生的巨大变迁。侯登科的《侯登科的世界》（中国民族摄影艺术出版社2016年版）上卷的作品呈现了侯登科拍摄经历的所有去处，“麦客”“民工”“四方城”“计划生育突击”；下卷文集部分收入了绝大多数的摄影文论、部分日记、书信，充分呈现了侯登科的精神与情感世界。晏欢、胡博的《中缅印战区盟军将帅图志》（鹭江出版社2016年版）以人物图志加小传的方式，展现了盟军高级将领，尤其是中国军队高级将领，在战争中的贡献以及日后的命运。高波的《高波（1—4卷）》（中国民族摄影艺术出版社2016年版）完整呈现了高波近30年艺术创作的全部重要作品。

这几年，随着科技的不断进步，社会环境的不断变化，微信、自媒体等新兴事物对民众与市场的占有率逐年增长，传统媒体遭受严峻挑战。《中国摄影家》《中国摄影》《中国摄影报》《人民摄影报》等几大官方摄影媒体逐渐偏向于专题化、学术化和深度化，不仅秉持过往对摄影当下问题的及时解答与探讨，更在专题的深度和广度上不断努力，持续性地推出本土摄影家，传递先进摄影理念。如《中国摄影家》杂志秉持发现中国摄影家、培养中国摄影家的理念，在2016年对胡武功、王瑶、高辉、周国强、王军、李晓英、王川等摄影家作品进行了梳理和展示；推出的“收藏版”专题《鲜为人知的中国染印法》《香港1960年代写实摄影》《重拍，创造传奇》《徕卡相机与德国工业》《鸟类摄影》等因其专题性、综合性、深度性、学术性深受业界好评；《陈勃先生影事六记》、顾铮书评专栏、“摄影原作”之辨、《郎静山的摄影风景与“非时间性”的体验》（姜丹丹）、《表征平民主义——当代东非城市摄影》（崇秀全）、《当代艺术是当代文明的艺术表达——作为当代艺术的摄影艺术》（杜曦云）、《当代摄影艺术之如是观》（唐东平）等文依然秉承着该刊对摄影史的关注和对现实问题发声的态度。

2016年，中国知网以摄影为主题搜索期刊达8 091条，以摄影艺术为主题搜索期刊达891条，比起前两年条数略有下降；以摄影为主题搜索报纸达1 204条，以摄影艺术为主题搜索报纸达68条，基本上与前两年持平；以摄影为主题搜索博硕论文达760篇，以摄影艺术为主题搜索博硕论文达156篇（截至2017年5月3日）。其中，与摄影密切相关的有博士论文《影像与真实——影像文本的类型及其真实性研究》（上海师范大学，连颖），硕士论文《摄影与政治之间的关联性》（上海师范大学，周学雷）、《流星璀璨点亮夜空——“四月影会”摄影之研究》（南京师范大学，周启航）、《当代观念摄影中重构表现手法运用的研究》（山东师范大学，王海梦）、《数字化背景下的摄影古典工艺研究——范·戴克印相工艺的创作实践》（湖北美术学院，张道臻）、《图像历史与战争动员：抗日战争时期〈晋察冀画报〉研究》（安徽大学，张孜文）、《蒋齐生新闻摄影思想研究》（南京师范大学，张颖），等等，这些论文题材广泛、视野开阔，既有对摄影史的梳理，也有对当前热点问题的发声；既有跨学科的研究，也有理念性的探讨。也许部分论文稍显稚嫩，对问题的研究还有待加强，但作为摄影研究的后备军，未来成长可期。本土摄影文化研究中跨学科领域的研究成果亦很可观，如马一德的《再现型摄影作品之著作权认定》（《法学研究》2016年第4期）一文在摄影著作权研究方面做了较好的法学研究和解读。

（三）摄影图书榜

一般来说，到年底，各大出版社或出版集团会组织各类年度图书的评选活动，间或有一两本摄影书会位列其中，但纯粹由摄影业界自己主办的年度摄影图书评选却未曾有过。2016年，《中国摄影》杂志社与影上书房（嘉兴）联合主办了首届中国摄影图书榜，因其官方性、权威性、首创性而成为摄影界的一件盛事。

首届中国摄影图书榜自2016年11月启动，共收到102家出版机构及个人推荐的参选图书241种302册，评选工作于2017年1月21日至22日在浙江嘉兴的影上书房完成。评委由陈卫星、李媚、顾铮、门晓燕、左微微、任悦、李楠、晋永权等人组成，共评出2016年度出版及个人制作的六大类摄影图书。“年度原创摄影图书”5种：《大卫·柯鲁克镜头里的中国1938—1948》《东方照相记》《旅行的图像与文本：现代华语语境中的媒介互动》《高波（1—4卷）》《中国照相馆史》；“年度摄影译本”5种：“影像文丛”《尤金·阿杰》《罗伯特·杜瓦诺：传世佳作500》《摄影师》《演化》；“年度摄影图书策划”3种：《中缅印战区盟军将帅图志》《遗失在西方的中国史——〈伦敦新闻画报〉记录的民国1926—1949》《A：微单崛起》；“年度摄影图录”1种：《中国当代摄影图录》；“年度摄影手工书”1种：《西塘》；“年度资助图书”1种：《漫长的告别》。

此外，中国摄影出版社邀请了近20家国内摄影媒体，对其2016年度出版的图书进行了投票，评选出了媒体圈热捧的10本摄影图书。

专业人士于浩瀚评选出了数量不多的优秀读本，既是对这些优秀图书和作者的肯定，也是一种有力的宣传和推广，有益于增加优秀作品和先进理念的影响力，对摄影良好生态文化的建设有较好的帮助，同时，也为读者选书提供了一种便捷有效的方式。希望在公正公平的前提下，摄影图书榜在未来的几年能持续进行。

（四）书展、网络平台、独立出版[①]

这几年，国内大小书展、独立出版、工作坊、摄影图书网络推广平台不断涌现，摄影书已呈现出多元繁盛的面貌，经过几年积累，这个现象在2016年变得更为突出。

在国内，2016年比较受人关注的书展有：6月11日，三影堂摄影艺术中心和卡塞尔摄影图书节联合主办的“第八届卡塞尔摄影书节北京特别展”，中国摄影师陈哲的《蜜蜂 & 可承受的》获得最佳摄影图书大奖；8月，梦厂DREAMER FTY和上海二十一世纪民生美术馆联合主办了“abC艺术书展”（art book in China，abC/f），较为全面地展现了中国自主独立出版的生态现象，其中摄影师戴建勇的大开本书《朱凤娟》以及中国台湾地区的摄影师欧家成的手工摄影书 *Stockholm Syndrome* 受到了人们的关注；11月，在集美·阿尔勒国际摄影季的摄影书市也展示了部分独立摄影出版物。

图虫网旗下的独立品牌“摄影书房”是旨在介绍、推荐世界优秀摄影图书、出版人及艺术书店的网络平台，自2015年11月上线以来，已推广了几十本国内优秀的摄影书、手工书。2016年2月20日至3月31日，摄影书房做了第一回摄影图书公开征集活动，杨圆圆的《几近抵达，几近具体，重庆》摘得大奖。

从2009年言由申请独立域名“假杂志”，2011年6月和摄影师孙彦初合作的第一本书 *Obsessed* 出版，5年过去，“假杂志”共出版了18本书，已成为国内有影响的独立摄影出版机构。2016年，“假杂志”一共出版了4本摄影书，陈哲《蜜蜂 & 可承受的》、程新皓《对一条河流的命名》、孙彦初《虚构集》和斯洛文尼亚摄影师Matjaž Tančič（老马）的 *3DPRK*。在摄影杂志及摄影师个人自出版、手工书方面，2016年也呈现出生机勃勃的局面。刘影手工书《与他们在一起的九天九夜》、周仰《漫长的告别》、方阳《文拉法辛》等都是自己设计、编排的摄影书。

随着社会发展的多元化，独立出版、自出版、网络平台在出版和推广摄影图书方面将呈现越来越多的活力，也将呈现越来越多的精品力作，值得期待。

李树峰　中国艺术研究院副院长、研究生院院长
王保国　中国艺术研究院摄影所研究员
阳丽君　《中国摄影家》杂志编辑部主任

---

① 本小节参阅周光源的《2016年度中国摄影书回顾》一文，特此感谢！

关于年度摄影问题的理论探讨

【“等待”和“尊重”才是动物摄影的价值所在】

◎ 曹华飞

有媒体报道，日前，青海湖畔泉湾地区原本聚集的300多只天鹅，因为受到摄影爱好者使用的无人机惊扰，四散而去。

青海湖作为中亚、东亚两条候鸟迁徙路线的交会点，是世界级重要湿地，也是亚洲特有的禽鸟集中繁殖地与越冬地。天鹅群屡受惊扰，很可能会对其习性产生影响，这对自然生态和动物保护都不是一件小事。部分摄影爱好者为了一己兴趣爱好，违背自然规律强行“摆拍”，也暴露出了自身在专业素养方面的短板。

对于动物摄影师来说，拍摄野生动物既容易出佳作，又充满挑战。摄影师深入野生动物栖息地实景拍摄，拍出的作品往往富有冲击力，由此展现出的动物与环境相互依赖、共生共存的融合，也是动物摄影的艺术价值和原始魅力所在，这本身就有着传递环保内涵的作用。为了拍摄出真实、符合自然状态的作品，摄影师不但需要精心选择拍摄时间、地点，研究拍摄角度、参数，而且需要做大量的功课，这个过程需要有常人难以想象的毅力。也因为如此，动物摄影才更具有捕捉和凝聚特定场景的高度价值。一旦动物摄影的自然、真实被人为介入成“摆拍”，甚至惊扰和伤害了野生动物的生活习性，即使有作品，其价值也大打折扣。

近年来，印度尼西亚动物摄影师的一系列微距作品在全世界范围内走红，比如举着荷叶躲雨的小树蛙、母子同心过河的蜗牛、玩弹珠的蜘蛛等摄影作品，新奇有趣，颇受观众青睐。但之后据调查，该系列作品“摆拍”痕迹严重，甚至涉嫌动物虐待。摄影师为了制造猎奇效果，用铅丝、胶水等强行固定动物造型，或者以惊吓、刺激的方式抢拍动物的特殊状态。这个“内幕”一经揭开，那些曾经令人拍案叫绝的作品却如此虚假，那些图片中“可爱”小动物的经历竟如此辛酸，观众的情感受到极大伤害，摄影作品的价值也就不复存在了。

如果有人问，动物摄影中最关键的技法是什么，那些专业的、优秀的摄影师给出的答案，往往是“等待”和“尊重”。等待动物最真实的展现，尊重自然能给予的最美瞬间，这是艺术创作的生命力所在。使用无人机拍摄不惜惊扰天鹅，使用鞭炮和喇叭让天鹅强行起飞，这样的做法是有违艺术伦理、得不偿失的，是每个摄影工作者都应当知悉的。在照相机已不再是奢侈品的今天，如何保持“摄影家”的专业性不被泛化、消解，如何让摄影还保持一份必需的职业尊重，除了相关自然生态保护区的管理亟待加强外，摄影工作者和爱好者更应该在自律的前提下认真思考，给予被摄动物一点不受打扰的“温柔”。

原载《光明日报》2016年1月7日

曹华飞 《光明日报》记者

【摄影教育在“互联网 +”时代的变革】

◎ 孙宇龙

如今“互联网 +”促使摄影行业快速向产业化过渡，并成为独立的产业形态，这种整合与变化也为摄影教育提出了新挑战。2009 年，在摄影教育一线的顾铮与蔡萌提出高校摄影教育广义、中间和狭义的分类；2012 年，蔡萌提出摄影语言教育变革问题。2014 年，世界新闻摄影比赛（荷赛）影像专家提出“计算摄影”概念，也有人探讨“类型摄影”概念。2015 年年初，林路撰文反对将摄影归入美术学科。目前各高校摄影教育重技能轻产业，重前端拍摄轻后端制作。产业管理、策展与制作人才极缺，传统摄影教育优势与竞争力在网络环境下渐次减弱以至迷失，如何转型升级，怎样定位等问题，成为当下摄影教育急需解决的问题。

一、传统摄影教育的困境与格局

与网络伴生的摄影新现象与形态，让摄影突然间无所适从。在众多与摄影相关业态中，尚没有摄影产业与网络融合的专业人才。摄影产业运作、商业模式及市场活动都“摸着石头过河”，人才结构性不合理，创新人才和国际化高素质人才缺失，模式欠合理，成为当下摄影教育的通病，需在“互联网 +”的模式下做新的探索。教育需面对现实，不仅仅是象牙塔里的理论培养，变革迫在眉睫。“互联网 +”对摄影教育的影响体现在内容与形式及评价多元化方面。

“网生代摄影群体”游离于传统摄影教育之外，摄影学习、创作、传播、消费全通过网络完成。首先，在传播方面，拍摄技术等信息倚重网络获取，图像创意趋向网络众筹，该群体话语权占据网络主流，网络为摄影教育提供了广阔的平台。其次，在拍摄对象方面，摄影数字化成常态，图片流通与扩散便利，摄影不再局限于记录已发生的事件。摄影本体语言、结构形式、形态叙事、方法类型等方面都同网络密切关联，影像文本存在方式以及观众、批评、传播、展示、营销关系发生变化。再次，在摄影消费方面，促生了摄影“全媒介图片消费时代”，图片经历了“作品—产品—商品—快餐消费品”的过程。“计算摄影”等新形式挑战传统摄影本体，图片通过计算完成。

二、善用网络与大数据思维

教育不能自说自话，要善用互联网思维，互联网思维重点是用户、简约、极致、流量、社会化、大数据、平台和跨界思维，以专业视角解读网络对传统产业的冲击。简洁概括就是“免费 + 长尾”思维，摄影网络化生存的核心是图片消费者。在摄影教育中，既要坚持传统教育的内核，又要融入互联网思维，与现实匹配。注重网络图片用户价值，关键是培养并拓展图片消费意识。当前，网络图片免费使用、消费、检索，免费模式赢得了用户，拓展了影像市场。用传播学的“长尾理论”看，就是新的摄影商业模式。从图片消费看，大多数需求会集中在网络媒介中，这部分图片广为流行，分布在“尾部”的需求是个性、零散的小量需求，这部分差异化、个性化图片消费在商业需求曲线上形成“长尾效应”，从摄影经济角度研究摄影需深入关注这一现象。

摄影教育应顺应时代需求持续创新，坚定信心，更新内容，优化模式，全力打造摄影教育新模式。在现实实践中，国内外一些机构，摄影教育已探索出了“互联网 + 摄影学习、课程、教学、评价”等形态。摄影大数据是基于网络消费及大数据，记录摄影行为与创作数据，阐释摄影的性能、位置或状态。数据通过云存储，网络共享，互连共通互相交流，组成数据源，专业数据和来自各种媒介的数据结合，形成摄影大数据。教育要想抢占大数据机遇，必须主攻以下三点：首先，从技术层面收集数据，收集、管理各种结构化和非结构化摄影教育数据，包括摄影教育专有数据和“公有云”里与摄影的相关数据。其次，是开发应用专业分析软件，挖掘数据意义。培养专业人才管理，并对摄影教育大数据进行定性、定量分析。再次，是数据应用。数据分析成果与结论应用于摄影教育与教学，而不是封存于图书馆或资料室里。

三、发掘摄影教育大数据

摄影大数据重点在应用，应用之前的数据分析决定了数据的质效与功能，数据分析分两类：一是描述性分析。针对过去，揭示规律，分析判断数据与材料，找出潜藏在数据之下的摄影教育规律。二是预测性分析。面向未来，预测趋势，分析研究摄影教育的历史与现实数据，找出摄影教育未来发展的可能性与现实性。挖掘摄影大数据的做法，早已有之，但大多是基于摄影行业内部不公开的数据，仅仅是权威或官方人士可把握并占有。移动网络时代，数据公开成趋势，大众拥有掌握与了解数据的权利，数据从“地下”走到“地上”，数据分析也从“已知”扩大到“未知”，从“过去”推向了“未来”。“互联网 +”、大数据、云计算等技术让摄影大数据逐步发展成熟并在摄影教育乃至艺术教育中广泛应用。事实证明，只要方法得当、措施稳妥，以大数据为支撑的摄影教育会有一个全新未来。摄影教育大数据的重要性被提到了教育竞争的高度。信息时代的摄影教育竞争，不仅是质与量之争，更是效率与利益之争。数据是信息的载体与源泉，也是教育价值提升的重要手段。

原载《中国摄影报》2016 年 1 月 12 日

孙宇龙　北京电影学院摄影学院博士

【摄影人应勇于担当，才能不负使命】

◎ 魏德忠

为了更好地繁荣和发展我国的摄影事业，中国摄影家协会发布了《摄影工作者自律公约》(以下简称《公约》) 非常适时，非常必要。《公约》规范了摄影工作者应遵守的行为准则和摄影工作者应有的道德观念，提出了摄影工作者应有的文化素养，强调了摄影工作者的使命感和责任感。

摄影主要是指拍摄镜头前存在的现场事物，除与众多的艺术媒介一样，具有教育功能、认识功能、审美功能和传播功能之外，还具有文献功能。真实是艺术必不可少的元素，摄影的真实性，可以说是其他艺术门类无法比拟的。真善美是我们中华民族文化的光荣传统，追求真善美是我们摄影作品永恒的主题，传承真善美是我们的责任和义务。《公约》明确指出：“反映时代的本质，表达人民的心声，用光明驱散黑暗，用美善战胜丑恶，向社会传播正能量。”有责任、有作为的摄影工作者应该站在这个起跑线上，把镜头紧紧地聚焦于时代的车轮。

我们的摄影工作者应该是为人民服务的，《公约》指出的“坚持为人民服务、为社会主义服务的方向，坚持以人民为中心的创作导向”，要求我们摄影工作者要心系人民，扎根人民，满腔热情地歌颂人民，这不但是我们人生观、价值观的体现，也是创作的必经之路。只有反映历史的创造者、讴歌人民群众的作品，才具有无限的生命力。

要想做到为人民纪行，为时代存照，还必须有感情。如果一个摄影工作者不爱祖国，不爱人民，无视时代的美好和变化，怎么能拍出不负时代的力作呢？曾经有一个时期，有些人认为“要想把纪实摄影拍得真实可信，摄影人就不能有任何主观意念，摄影作品也不允许掺杂摄影人的思想感情”。但自古以来，就有文如其人之说，所有的艺术佳作没有一例不是艺术家有感而发，正像法国艺术家奥古斯特・罗丹所说的，“艺术就是感情”，“艺术始于自我表现，终于自我表现”。摄影的过程就是一个摄影者根据客观存在的事物，在力求真实还原的基础上进行自我选择与重构的过程，如果没有长期的生活积累，没有“新、真、情、活、意”中的感情因素，能拍出更多让人民群众喜闻乐见的作品吗？“摄影工作者要志存高远，讲品位、重艺德，不断提高学养、涵养、修养……”这是《公约》对每一个摄影工作者的要求，是对培养新一代摄影工作者的殷切希望。摄影人只有具有这样的高尚品德和宏伟志愿，才能产生思想性和艺术性兼具的佳作。

摄影是一项艰苦的工作，平凡的工作，奉献的工作，也是一项光荣的工作，我们要经常到人民群众中去，经受锻炼，经受洗礼，对我们了解社会、感悟时代，有着重要的意义。

原载《中国摄影报》2016年1月12日

魏德忠　中国摄影家协会理事

【限量鉴证将有力助寻摄影“原作”】

◎ 范雪娇

北京华辰2016春拍影像专场日前落槌。从成交结果来看，以戏曲影像专题、“五口通商”开埠城市等为代表的年代较久远的老照片得到了大多数竞拍者的认可，表现不俗。其中，比较有代表性的北平容丽照相馆梅兰芳《洛神》中英文签名照，竞拍现场十分激烈，最终以4.6万元人民币成交。记者在现场与多位竞拍者交流发现，大家普遍认为，除具有史料价值外，这类照片“版数有限”，如果再加上签名这类难以复制的“证据”，在“物以稀为贵”的艺术品市场中，自然会受到欢迎。

一、不可回避的摄影“原作”问题

众所周知，原作是艺术品市场最关注的对象，因其数量有限而具有较高的价值。但与其他艺术门类不同，除极少数情况外，摄影具有的可无限复制性和通过器械创作的间接性，使得人们对其原作的确定始终没有统一标准。“国际艺术品市场上对‘原作’大体上的共识有两方面：一是早期的摄影家最早时期拍摄的底片和拍摄完之后最近冲洗的那几张作品；二是后来摄影家借鉴版画，利用无酸材料及工艺制作限量版，并在作品上签名进行限量。”中国摄影家协会权保部主任、中国摄影著作权协会总干事林涛介绍，目前我国摄影界也基本按这一规律操作，但版数不规范仍然使得众多摄影作品交易价格不理想。

“只有不断涌现的高水平摄影家才能支撑起影像艺术品市场的发展”，成功竞拍梅兰芳《洛神》中英文签名照的嘉乐影像工作室负责人、影像艺术品藏家曹嘉乐表示，目前国内一些艺术家对诚信等方面的自我要求不是很高，带来的结果便是国内买家现在普遍追逐历史的影像，与国外比较常见的买家倾向于购买某些摄影家的作品不同。他认为：“国外的做法更能体现对摄影家艺术创作的认可。”

二、为摄影家维权打下基础

2016年年初，国务院法制办召开专题论证会，就国务院第三次修改《著作权法》邀请了众多专家、学者进行研讨论证。中国摄影著作权协会就其提出并被《著作权法修订草案（送审稿）》采纳的延长摄影作品保护期、增加视觉艺术追续权、完善广播权法定许可等修法建议，专门召开摄影界座谈会，听取摄影家意见，并把这些意见及时反馈到国家立法和主持修法的相关部门。其中增加视觉艺术追续权一项便与摄影作品的限量息息相关。

诞生于法国的追续权基本含义是，享有著作权的艺术作品原件被售出以后，如果受让人又转售给他人并获得了高于购买时所支付的金额，则作品的原作者有权就该作品增值金额的部分提取一定比例。这一权利一旦确立便将打破原有“第一次交易的1 000元和多次转手之后的10万元，与艺术家无关”的现状。为了激励艺术家创作热情，创作更多更好的文艺作品，应该从法律制度层面，在第二次转售之后对艺术家有所激励。但事实上，提出视觉艺术追续权对摄影界本身来说也是一个不小的挑战。由于追续权只保护作品原件，困扰摄影界的“原作”问题再次凸显。“追续权对保护作家手稿、音乐家手稿、美术书法作品方面没有技术障碍，但是对保护摄影作品就提出了新的问题。因为绝大多数摄影家的作品都是经过冲洗、微喷等方式‘复制’而来的。因此为了配合修法，为了追续权一旦立法之后能够确定摄影作品的原作，我们行业自己要立规矩，行业要有一个共识。基于此，中国摄影著作权协会开发推广摄影作品限量鉴证服务。”林涛表示。

限量是作者和市场对作品发行数量的控制，是影像艺术品市场运行的重要前提。鉴证、审查的证明一般由权威、公正的单位和第三方机构实施。作为国家唯一指定从事摄影著作权管理的机构，在中国摄影著作权协会推出限量鉴证服务的近两年时间里，通过对申请限量鉴证的摄影家的作品和数量进行登记、备案、编号、加印及配发有多重防伪技术的证书等方式，人们可以在世界任何地方上网查证，让限量作品信息公开、透明。至今已有近600位摄影家获得鉴证。

三、限量鉴证“反哺”摄影家创作

在2014年举行的第五届中国国际版权博览会上，经过限量鉴证的60幅作品在两天半的时间内成交47幅，交易总额近103万元。2015年在深圳举行的“劳动者之歌”摄影作品展期间，华人影像代表性藏家靳宏伟以20万元人民币的价格收藏了企业家摄影协会（深圳）执行主席兼秘书长、摄影家王琛的一幅摄影作品《中国西藏岗仁波齐神山》。限量鉴证让王琛尝到了不小的“甜头”，他进行限量鉴证的6幅作品（每幅10个版）至今交易金额已过100万元人民币。

北京摄影家协会副主席、摄影家刘英毅的作品《在胡同玩轮滑的孩子》也参加了限量鉴证，他表示：“限量鉴证一是作者的自我约束；二是对收藏者和购买者来说是一个保障，自然会认为‘物有所值’；三是将会有效保障摄影家的权益。”“其实摄影人自己都很清楚，拍出优秀的作品是非常辛苦的，每一张都来之不易，但无限复制对摄影人的权益来说是很致命的。”东莞市摄影家协会副主席李志良是第一位向中国摄影著作权协会提出限量鉴证申请的摄影家，他认为：“限量鉴证对摄影家的创作也有激励作用，作品获得大家的认可一方面是通过价格来体现的，但这个价值不仅仅是经济效益，还是社会对自身艺术创作的认可。如果摄影作品能够在经济效益方面给摄影家一定的回报，那也会在很大程度上激励摄影家创作，因为他必将会‘想方设法’提升影像质量。”

原载《中国艺术报》2016年6月8日
范雪娇 《中国艺术报》记者

【摄影摆拍应“有道”】

◎ 常恒

在摄影界，摆拍现象并不鲜见。而近年来，无论是国内还是国外，摄影界也时常出现关于摄影摆拍的讨论，例如2015年，世界新闻摄影比赛（荷赛）中当代热点类组照一等奖的作品《欧洲黑暗之心》涉嫌摆拍造假事件便引发了广泛关注。

为什么这些人热衷于摆拍？笔者认为，其中一个重要的原因是对于这类摄影者来说，要想拍出“好作品”，摆拍是捷径之一。有了摆拍，摄影者便不再需要挖空心思寻找拍摄对象，不再需要耗时耗力花费几天几夜甚至几个月、几年等待一个按下快门的瞬间，不再需要深入生活、深入拍摄地点、研究拍摄对象、了解当地的风土人情……需要的只是带着“长枪短炮”，来到某一固定的地点，与许多类似的人一起完成摆拍，“制作”出一幅或一组他们心目中构图完美、情景交融、意蕴深邃的摄影作品。

此外，功利性心理也是摆拍盛行的原因之一。当下在我国的一些摄影者中存在的一个问题是：热衷拿奖胜过热爱摄影本身。特别是，一些摄影者能用摆拍的作品在某些摄影节、摄影展上将大奖收入囊中。不少摄影者便从中受到“启发”，既然他这样拍能拿奖，那我也去到那个地方、拍那样的照片，摆拍于是乎便成了拿奖的一个便利途径。

诚然，在摄影的世界里，摆拍并没有自带“原罪”，也只是拍摄的方法之一。关于摆拍的众多讨论中，也并没有将摆拍“一棍子打死”，而是在探讨摆拍的适用范围和空间。在广告摄影、商业人像摄影等领域的一些拍摄中，摆拍能够起到节约时间、人力、物力的效果，也能够通过特定的场景、光线、人物动作传达出摄影者特定的观念、意图或艺术思想。而摄影者通过这样的摆拍，也确实产生了一些不错的摄影作品。但是，必须正视的是，摄影最根本的功能应该是记录，记录下美丽的人、事、物、景，定格难忘的瞬间，由于受时间、空间等的限制，摄影作品也具有偶然性、不可复制性、独特性和唯一性等特征，其艺术价值也正在于此。然而摆拍却似乎忽视了这些，因此，这就注定了并不是所有的场合、所有的题材、所有的对象都适合摆拍，都能够接受摆拍，如新闻、纪实类摄影就坚决不能容忍摆拍。而一些摄影者为了营造更好的拍摄效果，带着“拿奖”等功利性的目的利用烟饼制造烟雾、编排导演某些伪民俗的场景，更是违背了摄影的初衷。鉴于此，笔者以为，对于热爱摄影的人们来说，应牢记用镜头发现美、记录美的摄影初衷，须知摄影摆拍也应“有道”。

原载《中国艺术报》2016 年 7 月 6 日
常恒 《中国艺术报》记者

专题

第十一届中国摄影艺术节

【概况】

“第十一届中国摄影艺术节”由中国文学艺术界联合会、中共北京市委宣传部、中国摄影家协会共同主办，北京市怀柔区人民政府承办。其间颁发了第十一届中国摄影金像奖，举办金像论坛、中国故事、多媒体论坛等学术性活动，并举办“第十一届中国摄影金像奖获奖者作品展”“历届金像奖获奖者作品展”“摄影曙光学校师生作品展”“全国农民摄影大展”“外国人眼中的中国摄影展”“中国摄影家眼中的外国摄影展”等，集中展示了中国摄影创作和学术发展的前沿成果。

【第十一届中国摄影艺术节暨首届怀柔摄影文化季】

2016 年 11 月 4 日至 6 日，由中国文学艺术界联合会、中共北京市委宣传部、中国摄影家协会共同主办，北京市怀柔区人民政府承办的“第十一届中国摄影艺术节暨首届怀柔摄影文化季”在北京市怀柔区雁栖湖畔举行。第十一届中国摄影金像奖同期颁奖。本届摄影艺术节以“六十华诞怀初心　影像筑梦创辉煌”为主题，特色鲜明、内容丰富，各项活动在视角上兼顾历史与当下、专业与大众、名家与新人、国内与国际，呈现出“突出导向引领”“彰显影像力量”“促进继承创新”“力推新人新作”“探讨未来趋势”“讲好中国故事”六大特色，推出了系列摄影作品展，以及“中国故事：多媒体影像交流会”、“肖像权与纪实摄影”专题论坛、国外摄影名家讲座、金像论坛、金像奖评委面对面、中外青年摄影师多媒体幻灯演示会、“面对面”中国摄影家协会名家讲堂等学术交流活动，集中展示了中国摄影创作和学术发展的前沿成果。其间，中国摄影著作权协会联合举办中国摄影著作权协会全国首席代表座谈会，并与北京电影学院摄影学院签署战略合作协议。以“传承与创新”为主题的纪念中国摄影家协会成立 60 周年研讨会、“肖像权与纪实摄影”主题论坛也同期举行。

经第十一届中国摄影金像奖评委会认真评选，并对参评者提交的所有作品和相关材料在中国摄影家协会网进行了为期一周的公示。完成上述程序后，评奖结果报中国文学艺术界联合会核准并报全国评比达标表彰工作协调小组备案，产生了 20 名获奖人（其中纪录摄影类 9 名、艺术摄影类 8 名、商业摄影类 3 名）。

第十一届中国摄影金像奖获奖名单

纪录摄影类：于文国、车刚、李靖、杨麾、张兆增、侯贺良、原瑞伦、钱捍、焦波

艺术摄影类：杨国美、陈大志、周梅生、贲道春、钟国华、徐波、郭际、程玉杨

商业摄影类：汤辉、何连海、郝远征

【纪念中国摄影家协会成立 60 周年研讨会】

2016 年 11 月 4 日，以“传承与创新”为主题的“纪念中国摄影家协会成立 60 周年研讨会”于“第十一届中国摄影艺术节”期间在北京市怀柔区举行。本次研讨会立足中国摄影家协会 60 年来的辉

煌历程，在总结历史经验的基础上，充分展现了摄影界面对未来新形势、创新工作局面的思考，以及对繁荣发展中国摄影事业的坚定信心。

【推动摄影发展 无愧时代和人民——李前光在中国摄影家协会成立 60 周年研讨会上的讲话】

60 年在我国传统文化中称为甲子，是一个重要的历史节点。今天召开座谈会，回顾过去、展望未来，也预示着中国摄影事业必将站上一个新的起点。刚才听了大家的发言很有感触。同志们不仅对协会的历史、对新中国摄影的发展做了深情的回顾，同时又对中国摄影家协会的明天寄予了殷切的希望。

60 年前，中国摄影家协会的前身中国摄影学会在北京成立，摄影开始作为一个独立的门类和其他艺术形式并立于百花园中。成立之初，中国摄影力量还比较薄弱，甚至说只是一个小协会。在中国文学艺术界联合会各个协会的序列中，中国摄影家协会成立较晚，又因为摄影艺术的历史短暂，当时定名为中国摄影学会。毛泽东主席给协会题写会名的时候，对没使用“家协会”也表示了不理解。老一辈摄影家们很谦虚，希望将来时机成熟的时候，再更名为中国摄影家协会。

60 年的发展成就斐然，在会员数量上，中国摄影家协会已经是中国文联十一个全国文艺家协会里面会员人数最多的一个协会，有 2.2 万多名会员。会员队伍的庞大说明我们是一个摄影大国，而在迈向摄影强国的征途上还是充满了挑战。

在中国摄影家协会成立 60 年之际，我们在这里深深地缅怀为中国摄影事业的发展做出了卓越贡献的老一辈摄影家。从第一届的主席石少华，到徐肖冰、高帆和邵华主席，都已先后离世。正是有许多协会老领导和一代又一代的员工，在全国摄影人的共同努力下，一起走过了不平凡的历程，创造了 60 年的辉煌。

60 年来，中国摄影家协会紧密团结和依靠广大摄影家和摄影工作者，围绕中心，服务大局，紧贴时代，讴歌人民。在组织摄影创作、理论研究、评奖办节等各个方面做了大量卓有成效的工作，为推动摄影事业的发展和繁荣做出了重要贡献。

回顾往事，深深感到我们这一代人的幸运。当前处在我国历史发展的最好时期，国家的发展，经济的腾飞，为摄影艺术繁荣创造了有利的条件，党中央对包括摄影艺术在内的文艺事业的关心和支持，也达到了一个新的高度。在毛泽东主席 1942 年在延安主持召开了文艺座谈会 72 年之后，2014 年习近平总书记又主持召开了文艺工作座谈会，吕厚民同志代表摄影界出席了这个重要会议。总书记不仅肯定了文艺工作的重要地位和作用，同时又为新世纪文艺工作的发展指明了方向。我们只有更加责无旁贷地来推动事业的发展，才无愧这个时代，无愧祖国和人民。

下面就协会的建设和发展，谈几点意见与大家交流：

第一，摄影艺术要关注时代，与祖国同行。文艺是时代前进的号角，最能代表一个时代的风貌，最能引领一个时代的风气。摄影事业要始终紧跟时代的发展，摄影人要始终关注社会的焦点，以更广的视野纪录时代。勇于感国运之变化，立时代之潮头，发时代之先声。传递真善美，贬斥假恶丑。“真”是摄影作品的生命之基，“善”是摄影作品的价值之本，“美”是摄影作品的魅力之源。中国摄影史上的无数经典力作证明，只有关注时代，与祖国同行，才能够焕发出摄影艺术的独特魅力和历史性的非凡作用。

第二，摄影艺术要遵循文艺创作的根本要求。“文艺创作方法有一百条、一千条，但最根本、最关键、最牢靠的办法是扎根人民、扎根生活。”强调了文艺创作的人民导向，深刻地阐明了人民和生活对于文艺事业，包括摄影艺术的根本性作用和决定性意义。要牢记以人民为中心的创作导向，坚持百花齐放、百家争鸣的方针，发扬学术民主、艺术民主，提倡体裁、题材、形式、手段充分发展，推动观念、内容、风格、流派切磋互鉴。无论是从事纪录摄影，还是从事艺术摄影或商业摄影，要相互尊重。协会是会员的协会，是摄影家的协会，要强化服务意识，维护会员的合法权益，牢记群团组织的特点，推动摄影艺术繁荣发展。

第三，摄影艺术要注重专业性和群众性相统一。60年前，中国摄影学会主席石少华，在中国摄影学会的第一次代表大会上指出：中国摄影学会的中心任务是团结全国职业和业余摄影家，繁荣我国的摄影创作，提高摄影艺术水平。摄影这门艺术从诞生到现在，就是由广大的职业工作者和业余爱好者共同来推动发展的。当时受条件和器材的限制，群众性和广泛性受限。今天在强调专业队伍引领的同时，要注重群众性的摄影群体，为最广大的人民群众服务，非职业摄影人决不代表水平的低下，他们是繁荣摄影事业的重要力量。中央对中国文学艺术界联合会和各个协会的要求也有了重大的调整，联络的对象已经从“家”调整为“者”，不仅是服务摄影家，还包括摄影工作者，更广泛地团结全国摄影人民群众。

第四，加强自身建设是做好协会工作的根本。中国摄影家协会本身的建设，是我们永远不能忽视和需要加强的课题。中央前不久发布了《中共中央关于加强和改进党的群团工作的意见》，强调了关于群团组织工作的政治性、先进性、群众性，中国摄影家协会分党组要牢记使命。摄影家协会的管理任务很重，其中有一个重要的特点就是媒体队伍庞大。四家独立法人出版单位：《中国摄影》杂志、《大众摄影》杂志、中国摄影报、中国摄影出版社，还有中国摄影家协会网站、中国摄影手机报以及其他新媒体，任何一个文学艺术界联合会的协会都没有中国摄影家协会有如此规模的出版队伍，这是前人给我们留下的良好基础。媒体在宣传党和国家的方针政策，传播摄影艺术，巩固协会的凝聚力和提高行业的权威性上发挥了重要作用。在面对新媒体时代的来临，必须不断改革创新。

同志们，回顾历史，感慨万千，面对现实，令人振奋，展望未来，充满信心。今天我们有幸生活在这样一个伟大的时代，有幸站在前辈的肩膀上眺望日益多彩的影像，我们有责任担负起历史和时代赋予的使命。希望大家不忘初心，继续前进，为实现中华民族伟大复兴的中国梦，贡献我们摄影人不可替代的力量，发挥我们摄影人不可替代的作用。

【中国摄影著作权协会全国首席代表座谈会】

2016年11月4日，中国摄影著作权协会联合中国文学艺术界联合会摄影艺术中心权益保护事务部于“第十一届中国摄影艺术节”期间在北京怀柔举行“中国摄影著作权协会全国首席代表座谈会”。此次会议是继2015年年初在“第十届中国摄影艺术节”上，中国摄影著作权协会宣布实施首席代表工程后，首次大规模多方面总结交流首席代表工作。

【中国摄影著作权协会与北京电影学院摄影学院签署战略合作协议】

2016年11月4日，中国摄影著作权协会和北京电影学院摄影学院在“第十一届中国摄影艺术节”期间签署战略合作协议。中国摄影著作权协会总干事林涛表示，要提高摄影家的版权保护意识，真正在摄影界形成知法、懂法的氛围；学会依法保护摄影家的合法权益，应该从大学教育阶段做起，使青年学生在学习摄影基础知识的同时了解并熟知版权保护对每一位摄影人的重要意义。他希望以此次签约为契机，推动高校师生在校园阶段加强版权知识的学习和积累。

【“肖像权与纪实摄影”主题论坛】

2016 年 11 月 4 日，由中国摄影家协会主办，中国文学艺术界联合会摄影艺术中心权益保护事务部承办的“‘肖像权与纪实摄影’主题论坛”在北京市怀柔区“第十一届中国摄影艺术节”驻地举行。此次主题论坛以“纪实摄影师如何更好地保护自己”和“在公共场合个人肖像权和公众知情权之间的优先关系”为主题。中外摄影界专家学者齐聚一堂，共同探讨肖像权与纪实摄影关系的同时，对摄影人维护自身权益与保护肖像权人利益等话题进行了有益探索。

纪事

综合展览

【“派江吻海　山水相依”——八闽古村落古民居摄影作品展】

2016年1月9日，由福建省人民政府主办的“‘派江吻海　山水相依’——八闽古村落古民居摄影作品展”在中国美术馆开幕。展览展示了福建古村落古民居保护的优秀成果、独具一格的地域文化和丰富多元的文化遗产。展览分为“闽中”“闽东”“闽西”“闽南”“闽北”5个部分，共展出223幅（组）摄影作品以及与非物质文化遗产相关的实物和影像。

【中国摄影展览馆大同展览中心第七届大型摄影展】

2016年2月18日，由中国摄影家协会、山西省文学艺术界联合会、中共大同市委宣传部、大同市总工会等主办的“中国摄影展览馆大同展览中心第七届大型摄影展”在山西省大同市举办。展览包括第25届全国摄影艺术展获奖作品展、朱宪民个人精品展、北京艺术摄影学会会员摄影作品展、猴年赏猴——中国珍稀灵长类摄影展、同煤摄影家协会优秀摄影作品展、柴京海《欧洲途图》摄影作品展等九大主题摄影展。

【“空镜——与摄影无关”当代艺术展】

2016年4月14日至6月14日，由上海新美术馆主办，中央美术学院艺术管理与教育学院院长余丁担任学术支持，中央美术学院设计学院摄影专业的领军人物王川作为策展人，北京飞行鱼文化发展有限公司担任制作单位的“‘空镜——与摄影无关’当代艺术展”在上海新美术馆举办。展览共展出了包括迟鹏、冯梦波、计洲、康剑飞、陆亮、渠岩、石煜、王庆松及彦风在内9位艺术家的23件作品。

【“四月前后——1976至1986”大型摄影文献展】

2016年4月24日至5月8日，由闻丹青策展，鲍昆担任学术主持的大型摄影文献展“‘四月前后——1976至1986’大型摄影文献展”在北京798艺术区映画廊举办。展览共展出220余幅拍摄并制作于1976年至1986年间的摄影作品以及部分作者的私人藏品。

【“清新福建　畅游海峡”——首届海峡两岸及港澳地区旅游摄影大展】

2016年5月5日，由中国摄影家协会与福建省旅游局主办的“‘清新福建　畅游海峡’——首届海峡两岸及港澳地区旅游摄影大展”入选作品颁奖仪式在厦门举办。展览展示宣传海峡两岸及港澳地区的旅游风光、旅游文化和民俗风情，特别是乡村旅游，增加海内外旅游业界及与会人士对海峡两岸及港澳地区旅游的认识和了解，提高海峡两岸及港澳地区旅游的影响力和招徕力，增进海峡两岸及港澳地区摄影界、旅游界的互动与沟通，促进旅游跨界融合与发展。

【多彩贵州·第九届中国原生态国际摄影大展】

2016年5月11日，由贵州省人民政府、中国新闻社、中国文学艺术界联合会摄影艺术中心主办的“多彩贵州·第九届中国原生态国际摄影大展”在贵州省仁怀市开幕。本届展览围绕主题集纳全球原生态风貌的优秀摄影作品，设有特别展、专题展和机构展三部分，展出来自中国、法国、俄罗斯、美国、新西兰、乌克兰、日本、韩国等国家和地区摄影师的3 000余幅摄影作品。

【2016中国国际摄影艺术节暨中国第16届国际摄影艺术展览】

2016年5月26日至6月2日，由中国摄影家协会、郑州市人民政府主办的“2016中国国际摄影艺术节暨中国第16届国际摄影艺术展览”在河南省郑州市举办。本次活动以“从东方出发”为主题，在经济全球化、文化多元化大背景下，力图搭建东西方文化艺术交融沟通、中外摄影人交流互鉴的平台，展出作品4 719幅，综合呈现世界各国近年来在摄影方面所取得的成就，展示各国摄影家对各门类摄影的探索和实践成果。

【“乡土中国”——摄影艺术大展】

2016年6月8日，由中国艺术研究院主办、《中国摄影家》杂志社承办的“‘乡土中国’——摄影艺术大展”在中国国家博物馆正式开展。本次展览旨在贯彻落实习近平总书记“必须留住青山绿水，必须记住乡愁”的讲话精神，借助摄影的现场性、瞬间性、客观性、选择性和机遇性，用影像的方式聚焦和展现大变迁时代背景下的乡土中国，继承和发扬关乎中华民族集体记忆和深厚历史情怀的乡土文化，促进绿水青山的生态建设和城乡一体化建设。

【“奇境栾川　醉美老君山”——第二届全国摄影大展】

2016年6月19日，由中国文学艺术界联合会摄影艺术中心信息资源部、河南省老君山生态旅游开发有限公司主办的“‘奇境栾川　醉美老君山’——第二届全国摄影大展”开幕式在河南省老君山太极广场举行。展览展出了反映老君山风景区境内的自然景观、人文风情、民俗节庆、历史古迹、文化遗产、社会风貌等内容的摄影作品。

【2016“金驹杯”世界大学生摄影展】

2016年6月23日，由中国摄影家协会、北京电影学院主办的“2016‘金驹杯’世界大学生摄影展”在北京电影学院启动。展览旨在促进国内高校之间的学术交流和国家间的教学往来，对我国高校影像教育工作、影像艺术学科建设和高层次的人才培养均具有重要意义。

【第七届中国女摄影家协会会员作品展】

2016年6月25日，由中国女摄影家协会、中国妇女儿童博物馆、浙江省桐乡市人民政府主办的“第七届中国女摄影家协会会员作品展”在浙江省桐乡市徐肖冰侯波纪念馆举行。此届展览以妇女儿童为主题，通过影像反映当代中国妇女和儿童在和谐社会建设中呈现出的精神风貌和独特魅力，表达女摄影家对生活的热爱、对艺术的追求、对实现中华民族伟大复兴中国梦的美好向往，体现中国女摄影家的社会职责和艺术使命。

【中国美术馆藏当代摄影选展】

2016年8月3日，中国美术馆“典藏活化”系列展之“中国美术馆藏当代摄影选展”在中国美术馆举办。展览展出作品来自中国美术馆近年来在摄影上收藏的优秀中外摄影作品。中国美术馆近年来在摄影收藏上积累了一定数量的中外优秀作品，其内容涵盖了革命史影像、人物肖像、社会纪实、风光摄影、观念摄影等。

【2016“影像的力量”中国（大同）国际摄影文化展】

2016年8月26日至9月4日，由中国公共关系协会、大同市人民政府主办的“2016‘影像的力量’中国（大同）国际摄影文化展”开幕式暨颁奖典礼在山西省大同市举行。本次展览的主要目的是贯彻落实“一带一路”倡议，推动沿途文化经济合作，促进中外文化交流。展览聚集国内外摄影人与广大影像爱好者，传播影像的力量，促进世界文明互鉴，发现自然、山水之美，分享生活之美。

【2016·西藏喜马拉雅摄影文化节】

2016年9月1日，由中国文学艺术界联合会、西藏自治区人民政府主办的“2016·西藏喜马拉雅摄影文化节”在布达拉宫广场开幕。本次展览展出的摄影作品涉及自然、人文、民俗等多个领域，集中表现了近年来西藏科学发展、和谐稳定、民族团结、宗教和睦、民生改善、生态良好、党建加强、边疆稳固的大好局面，展示了西藏各族人民矢志不渝跟党走、与全国一道全面建成小康社会的坚定信心和良好风貌。

【“中原风”——河南省书法美术摄影作品晋京展】

2016年9月6日，由中共河南省委宣传部、河南省文学艺术界联合会主办的“‘中原风’——河南省书法美术摄影作品晋京展”在中国国家博物馆开幕。此次晋京展荟萃了河南省书画摄影艺术家精心创作的319幅作品，其中美术作品120幅、书法作品100幅、摄影作品99幅。展出的摄影作品聚焦中原风情、美好山川，记录了时代前进和社会发展的脚步。这些作品主题鲜明，既展现了底蕴深厚的中原文化经久不衰的魅力，也集中展示了河南省书法美术摄影艺术的最新成果和创作水平、风格特点，反映了相关艺术家的艺术追求和美好愿望。

【“创新·创业·时代之歌”——全国企业书法美术摄影创作系列活动精品展】

2016年9月26日，由中国文联文艺资源中心、中国文学艺术基金会、中国企业文化促进会主办的“‘创新·创业·时代之歌’——全国企业书法美术摄影创作系列活动精品展”在中国文艺家之家展览馆开幕。展览展出了中国石油文联、中国煤矿文联、中国铁路文联、电力文协、冶金文协、中国金融文联、中国人民银行文联、中国建筑文联、中国航空文联等企事业单位报送的200余幅精品佳作，集中反映了企业行业成就与创业者精神面貌。

【“记录崇高精神 凝聚闪光力量”——庆祝中国共产党成立95周年和纪念中国工农红军长征胜利80周年主题摄影展】

2016年10月15日，由中国文学艺术界联合会、中国摄影家协会主办的“‘记录崇高精神 凝聚闪光力量’——庆祝中国共产党成立95周年和纪念中国工农红军长征胜利80周年主题摄影展”亮相北京中华世纪坛中央金色世纪大厅。展览以期通过摄影的方式，不忘历史，永续中华民族精神。展览展出了近200幅作品，题材涉及从若尔盖湿地公园的生态守护者到会宁三军会师纪念园的建设者，从陕西定边对红军爱人60载不离不弃的老妈妈到遵义仁怀县烈士陵园两代守陵人，从瑞金农村的精准定点扶贫到红原县藏族人大代表带领身边人致富，等等，形象生动地再现了那段历史中革命先辈走过的路，更展示了今天在这些地方生活的人们，正以一种新时代的姿态，走在追求自己的幸福之路上。

【农民工·我的兄弟姐妹摄影大展获奖精品展览开幕式暨第三届“中国中铁四局杯”农民工·我的兄弟姐妹摄影大展启动仪式】

2016年10月25日，由中共中央党校图书馆、中国摄影家协会、安徽省文学艺术界联合会、安徽省总工会、安徽省农民工工作领导小组办公室、中国中铁四局集团有限公司联合主办的“农民工·我的兄弟姐妹摄影大展获奖精品展览开幕式暨第三届‘中国中铁四局杯’农民工·我的兄弟姐妹摄影大展启动仪式”在中央党校举行。本次展出的作品为两届获奖作品中遴选出的精品，多角度、多层面地反映了农民工顽强拼搏的工作场景、艰苦简陋的生活环境、乐观向上的生活态度和勇于奉献的高尚品格。展览还启动筹建“农民工影像资料库”，更好地记录和展现农民工这一特殊群体在社会发展中所做出的重要贡献。

【向人民汇报——“深入生活、扎根人民”主题实践活动成果摄影展】

2016年10月25日至29日，由中国文学艺术界联合会、中国摄影家协会主办，中国文学艺术界联合会摄影艺术中心承办的“向人民汇报——‘深入生活、扎根人民’主题实践活动成果摄影展”在中国文艺家之家展览馆举行。展览展出10位摄影家一年来拍摄的新作品，作者中既有知名摄影家，也有后起之秀。展品既有抗洪救灾、重走长征路、里约奥运会等重大题材，又有摄影人长期扎根基层记录百姓生活、关注蓝色领土、展示中国“智”造、呈现西部环保等内容的真实画面。

【第六届济南国际摄影双年展】

2016年11月10日至26日，由山东工艺美术学院主办，中国艺术研究院、《中国摄影家》杂志、山东东方国际摄影艺术促进会协办的“第六届济南国际摄影双年展”在山东工艺美术学院长清校区举行。本届双年展通过邀请展、实验展、学术展、推荐展、回顾展、主题展、对话展的方式共展出摄影作品2 000余幅，为观者提供了多维度、多层面的视觉文化大餐。

【“见证”——2016 抗洪纪实摄影展】

2016 年 11 月 15 日，由中国摄影家协会、水利部精神文明建设指导委员会办公室、中国水利文学艺术协会主办的“‘见证’——2016 抗洪纪实摄影展”在中华世纪坛中国摄影展览馆新馆开幕。展览从全国 4 611 件（10 561 张）征集作品中甄选出 120 件入选作品。这些作品真实记录了防汛抗洪的精彩瞬间，讲述感人的抗洪事迹，展现当代中国人伟大的抗洪精神，生动描绘了 2016 年波澜壮阔的防汛抗洪抢险救灾历程。

【第四届“多彩福田”全国摄影大展】

2016 年 12 月 3 日，由中共深圳市福田区委宣传部、福田区文学艺术界联合会主办的“第四届‘多彩福田’全国摄影大展”典礼在深圳市福田区举行。大展组委会共收到了来自全国各地近 6 000 幅作品，组委会特别邀请摄影艺术专家评审，最终评选出了获奖作品 62 项。“多彩福田”全国摄影大展活动以“惠民、便民、利民”为主题，旨在让摄影艺术走进百姓人家，向老百姓普及摄影知识，提高福田区人民的生活品质，将摄影文化引进街道、社区。

【“影像中国　梦想人民”——2016 中国·十笏园摄影大展】

2016 年 12 月 3 日，由《中国摄影》杂志社与中共潍坊市委宣传部、潍坊市文学艺术界联合会、潍坊市投资集团有限公司联合主办的“‘影像中国　梦想人民’——2016 中国·十笏园摄影大展”在山东省潍坊市开幕。“十笏园摄影大展”由展览单元，讲座、主题拍摄单元，微电影、纪录片单元三大单元，以及特别邀请展、当代影像展、历史影像展、2016 索尼青年摄影师作品展、中国摄影家协会会员作品精品展、名师面对面、民俗表演拍摄、大疆新飞手训练营、创摄十笏园——《中国摄影》走进潍坊影友联谊会等 15 项重点活动组成，共展出摄影作品近 2 000 幅，题材包括当代、风光、纪实、民俗、历史等。

【“中国梦·劳动美”——第三届全国职工摄影书画展】

2016 年 12 月 4 日，由中国职工文化体育协会、中国摄影家协会共同主办的“‘中国梦·劳动美’——第三届全国职工摄影书画展”在北京市劳动人民文化宫开幕。本届摄影书画展共有 120 幅优秀摄影作品、130 幅优秀书法作品、80 幅优秀绘画作品入展，它们是从来自全国各地的 5.5 万余幅摄影作品和 2 000 余幅书画作品中精心评选出的。这些作品涵盖了传统相机与手机两大类摄影器材，涉及不同字体和不同的绘画风格，充分展示了全国职工摄影、书画的创作水准和艺术风格。

【第三届长安摄影周】

2016 年 12 月 10 日，由东莞市长安镇人民政府宣传文体局、东莞市摄影家协会主办并以“风景这边独好”为主题的“第三届长安摄影周”在东莞市长安图书馆开幕。本届长安摄影周包括 17 个摄影展、1 个影像论坛、1 个摄影讲座。其中，由久保田博二、陈复礼、火炎三位摄影家拍摄的《桂林山水甲天下》是本届摄影周的最大亮点，它分别呈现出三位摄影大家用纪实、唯美和现代手法拍摄的桂林。

此外，还有李少白和周梅生两位摄影家的作品组成的《诗性与叙事的风景》、摄影家梁达明坚守传统诗情画意审美理想创作出来的力作、影坛新秀叶文龙颇有现代审美意识的新作等。

【第六届全国农民摄影大展】

2016年12月22日，由中国文学艺术界联合会、中国摄影家协会联合主办的“第六届全国农民摄影大展”在中华世纪坛的中国摄影展览馆新馆开幕。本届展览以“决胜全面小康　聚焦‘三农’发展”为主题，共收到970位农民摄影人投送的2万余件来稿，并从中甄选出125件作品入选。作品内涵丰富、形式多样。本届大展还特设“新农村纪实摄影工程邀请展”、“今昔映照看发展”单元、“手机摄影”类别等崭新元素，全面展示农民摄影的新发展。

【2016第四届“徐肖冰杯”中国纪实摄影展暨第二届“徐肖冰杯”中国大学生摄影双年展】

2016年12月23日，由中国摄影家协会、浙江省桐乡市人民政府主办的“2016第四届‘徐肖冰杯’中国纪实摄影展暨第二届‘徐肖冰杯’中国大学生摄影双年展”在浙江省桐乡市徐肖冰侯波纪念馆首次展出。本届影展反映出当下活跃在一线的纪实摄影师的职业面貌和摄影水准。

个人展览

【朱宪民、黑明精品展】

2016年1月1日，由中国艺术研究院主办的朱宪民精品展和黑明精品展在中国国家博物馆开幕，这是中国艺术研究院主办的"'人民形象　中国精神'——中国艺术研究院著名艺术家系列精品捐赠展"中的唯一摄影专场。展览展出了朱宪民60余幅摄影作品，从1963年到2015年，跨度52年，内容有黄河百姓、80年代北京、珠江三角洲以及各个历史阶段的作品。展出黑明作品52幅，选自《100个人的战争》系列。

【"看·真的·印度"——蔡焕松摄影作品展】

2016年1月16日，由《中国摄影家》杂志社、《中国摄影家》南方影像学术研究中心、长安影像中心主办的"'看·真的·印度'——蔡焕松摄影作品展"在中国艺术研究院举办。展览展出了蔡焕松3年10次踏入异国他乡，走进印度，拍摄印度老百姓生活街区百态的作品。

【"中国物件"——周伟摄影展】

2016年5月21日，由上海现代摄影艺术中心主办的"'中国物件'——周伟摄影展"在上海现代摄影艺术中心举办。展览展示的是周伟镜头下的老物件。展览提示了摄影中的两个重要命题：时间就是艺术、物本身就是艺术。作品中的大多数物件已经淡出当下的使用，或者正在淡出。这组作品同时暗示了这样一个现实：人类一方面用高度智慧制造出非常先进的物件，而另外一方面，先进智能化的设备工具，让使用者逐步丧失了自己的能力和自然天性，不得不依赖于它们。因此，物件的进化和人的天性关系值得研究。

【"绝处风景"——陈国平飞鸟摄影艺术展】

2016年7月30日，由企业家摄影协会（深圳）主办的"'绝处风景'——陈国平飞鸟摄影艺术展"在深圳市南山区华侨城创意文化园举行。为了记录自然界中鸟类生存的真实生存环境，留住珍稀鸟类物种的影像，陈国平从中国出发，不辞辛苦前往南极、不丹、日本、澳洲、非洲等地进行创作数年，只为抓拍一张鸟类精灵的照片，让大家真实看到鸟类的生存状况。陈国平以飞鸟作为主题，向大家展示了一幅幅真实、和谐的摄影画面。不仅是鸟类坚强生存的场景，更多的是希望留下人类自我深深的反思和保护行动。

【"看山见雨"——叶文龙个人摄影作品展】

2016年8月13日，由中国摄影家协会图片社主办的"'看山见雨'——叶文龙个人摄影作品展"

在中国摄影家协会 798 画廊举行。展览展出了摄影师叶文龙早期以及后期的风光摄影作品 25 幅。

【“视觉旅途”——王彦斌摄影艺术作品展览】

2016 年 11 月 6 日，由摄影家付欣策展的“‘视觉旅途’——王彦斌摄影艺术作品展览”在北京 798 艺术区的中国摄影家协会画廊举行。展览展出王彦斌近年来创作的 30 幅摄影作品。

【“弘扬延安精神　高奏逐梦心曲”——马忠义摄影作品巡展暨《马忠义摄影集》文化艺术卷首发式】

2016 年 11 月 24 日，为了纪念中国共产党成立 95 周年和中国工农红军长征胜利 80 周年，由中国延安精神研究会、中国知青网、陕西省人民政府参事室（陕西省文史研究馆）、陕西师范大学、陕西省摄影家协会、黄土画派艺术研究院等单位共同主办的“‘弘扬延安精神　高奏逐梦心曲’——马忠义摄影作品巡展暨《马忠义摄影集》文化艺术卷首发式”在北京民族文化宫展览馆举行。本次展览是继延安、西安的第三站，共展出摄影作品 200 余幅。展览分为老一辈革命家、文化艺术家、红色纪念地三个部分，突出了中国共产党全心全意为人民服务、一切为实现中华民族伟大复兴的中国梦而艰苦奋斗这一主题，记录了波澜壮阔的时代变迁，展现了中华民族自强不息的伟大精神。

【林添福“金婚”——56 民族半世纪爱情镜像摄影展】

2016 年 12 月 3 日，由国家民族事务委员会文化宣传司主办、中国民族博物馆承办的“林添福‘金婚’——56 民族半世纪爱情镜像摄影展”在中华世纪坛开幕。展览展示了林添福先生在 25 年间所完成的我国各民族金婚夫妇人物肖像摄影作品，展现了不同民族的婚姻家庭形态及其所蕴含的古老的伦理价值与深厚的情感价位，呈现出质朴的人性美及爱情真义，并在此基础上映照出一个有共同情感追求的中华民族共有精神家园的形象。

会议

【中国摄影研讨会之“陈勃摄影七十周年”】

2016年1月19日，由中国摄影家协会主办、中国摄影家协会理论研究部承办的中国摄影研讨会之“陈勃摄影七十周年”在北京举办。陈勃的夫人丁补天等家属代表，以及来自中国摄影家协会、中国文学艺术界联合会组联部有关领导，专家代表刘铁生、王秉伦、佟树珩、杨越峦、王保国、潘成、唐东平等，中国摄影家协会机关及所属媒体有关负责人等参会。中国摄影家协会理论研究部调研员陈瑾、《中国摄影》杂志社常务副社长晋永权担任学术主持。

研讨会围绕逝世不久的中国摄影家协会顾问陈勃对中国摄影事业发展的贡献、陈勃摄影作品及其人格魅力等话题展开。与会者认为，无论是摄影家，还是作为组织工作者，无论对中国摄影家协会的创建及中国彩色胶片冲洗技术的研发，还是在国际交流方面，无论是策划中华人民共和国成立首个风光摄影作品专题展览，还是九上黄山，身体力行地推动摄影事业，在中国摄影多半个世纪的前进过程中，都有他的身影和作为。

【“南郎北张”——张印泉摄影研讨会】

2016年4月23日，由《中国摄影》杂志社与河北省摄影家协会共同主办的“‘南郎北张’——张印泉摄影研讨会”在北京举行。张印泉的《四十年来从事摄影的回忆》手稿原件、使用过的徕卡相机、自制的镜头等珍贵的实物资料首次在研讨会上对外公开。

张印泉（1900—1971），河北唐山人，历任新闻总署摄影局和新华通讯社摄影部研究员，中国文学艺术界联合会第三届委员，《中国摄影》杂志编委等。作为摄影家，他在艺术造诣上与郎静山齐名，被誉为“南郎北张”。他早期的摄影创作以“美术摄影”为主，作品多次在国际沙龙摄影比赛中获奖。“九一八事变”后，他将镜头从花鸟鱼虫转向社会生活，作品风格也由“美”向“力”转变。他在1935年创作的代表作品《力挽狂澜》，鼓舞了中国人民的抗战士气。张印泉不仅是一位摄影艺术家，还是一位摄影技术专家，他曾经亲自动手制作照相机及特殊镜头，并且出版了《摄影原理与实用》《人造光摄影》《摄影应用光学》等多部学术著作。

此次会议主要从学术上研讨了张印泉的摄影价值及其生活经历，对20世纪初至20世纪中叶，中国摄影的发展历程提供了真切的佐证

【“摄影留学后”——中国摄影留学生学术研讨会暨作品展】

2016年4月24日至6月10日，由《中国摄影》杂志与文化部恭王府管理中心共同主办、影像东方承办的“‘摄影留学后’——中国摄影留学生学术研讨会暨作品展”在北京恭王府举办。展览邀请了曾在英、法、德、美、日等国家留学的中国摄影师，通过选取老、中、青三代摄影留学生的摄影作品以及他们在国外的所见所闻，来呈现国内外近现代社会、历史、人文以及中国摄影生态的繁衍、发展和变迁。同时，当天下午举办的中国摄影留学生学术研讨会也通过分析摄影留学对中国摄影教育发展

的启示，更深层次地探讨摄影留学对中国摄影的影响，力图勾勒出100多年来中国摄影留学历史的大体轮廓，从中看到不同时期的摄影文化、教育、历史、流派和中外摄影理念的差异等。

【摄影译文研讨会】

2016年6月25日，由《中国摄影》杂志主办的“摄影译文研讨会”在北京中国摄影家协会举行，有翻译界、摄影界及两界双跨的近百人出席。本次研讨会由伦敦大学歌德斯密学院摄影硕士、奥地利维也纳美术学院实践哲学博士门晓燕担任学术主持，现场共有14位专家与学者做主题发言。面对各种争议与疑问，研讨会议题除主题发言外，与会者还对近年来国内出版的主要译作中的词语翻译问题进行了讨论。

【第16届中国平遥国际摄影大展可持续发展研讨会】

2016年7月6日，由中国平遥国际摄影大展组委会、《中国摄影》杂志社合作举办的“第16届中国平遥国际摄影大展可持续发展研讨会”在北京举行。此次研讨会是对平遥摄影大展未来发展的一次谋划，总结15年的发展经验，探讨如何进一步完善大展国际化、专业化、多元化的道路。与会嘉宾围绕三大议题展开讨论：一是总结历次大展经验，为办好本届摄影展建言献策；二是评估国内外摄影展览态势，探讨平遥摄影大展创新发展问题；三是探讨地方文化品牌建设的机制保障。

【中国摄影研讨会之“中国国际摄影艺术节展的回顾与发展”】

2016年8月29日，由中国摄影家协会、郑州市人民政府主办的中国摄影研讨会之“中国国际摄影艺术节展的回顾与发展”在北京举行。会议梳理了往届活动的先进经验和创新举措，并对摄影家协会举办的大型节展活动提出了诸多可资借鉴的宝贵建议。

【“经验与实践”——高校摄影教育与青年影像研讨会暨2016索尼青年摄影师发展计划启动仪式】

2016年9月10日，由《中国摄影》杂志社和索尼（中国）有限公司主办、视觉（中国）集团协办的“‘经验与实践’——高校摄影教育与青年影像研讨会暨2016索尼青年摄影师发展计划启动仪式”在北京中国摄影家协会举办。本次研讨会主题为“交流高校摄影教育经验，关注青年摄影学习实践”，共有14位专家与学者做主题发言。他们结合当下高校摄影教育与青年影像实践之间的关系，从摄影教育的海外经验与本土实践、当下高校摄影教育模式与青年摄影动态的相互作用、高校摄影学生的培养方向以及如何更有效地助推青年学生多渠道发展等多方面进行广泛探讨。

【2016年江苏省摄影教育研讨会暨学会年会】

2016年12月16日，“2016年江苏省摄影教育研讨会暨学会年会”在南京师范大学美术学院举行。本次研讨会主要就高校摄影专业核心课程设置以及在今天跨媒体视野下高校摄影专业如何发展等重要问题进行讨论。与会专家、学者结合自身多年的教学实践，对国内高校摄影教育存在的优势与弊端进行了鞭辟入里的分析，摄影专业的何去何从必然要深刻地与数字技术以及跨媒体艺术的发展现状紧密联系起来，今日的摄影教育从业者必然要有能够触及当代艺术脉搏的敏锐感，同时还应该认真严肃地思考如何在今日跨媒体的语境下坚守传统摄影专业的核心课程。

【首届中国“摄影 + 旅游”（周庄）研讨会】

2016 年 12 月 18 日，由中国摄影家协会理论研究室、《大众摄影》杂志社主办的“首届中国‘摄影 + 旅游’（周庄）研讨会”在中国第一水乡古镇周庄举办。会议聚焦摄影与旅游两大主题，探讨摄影与旅游如何融合、相互促进等话题。“摄影 + 旅游”是周庄发展旅游的创新形式，以摄影为载体，将摄影和生活、摄影和文化发展、摄影和旅游传递到周庄；同时，利用影艺小院的平台，进一步提升周庄旅游文化的平台，推动旅游事业的发展。

【中国摄影研讨会之“新农村影像十周年”】

2016 年 12 月 22 日，由中国文学艺术界联合会、中国摄影家协会主办的中国摄影研讨会之“新农村影像十周年”在北京举行。本次研讨会回顾总结了新农村影像发展十年历程和经验得失，探讨新农村影像的价值与发展规律，研讨影像艺术如何更好地深入基层为群众服务，以及新农村摄影未来发展方向。研讨会由中国摄影家协会分党组成员、秘书长高琴主持，中国文学艺术界联合会摄影艺术中心主任刘宇出席研讨会并发言。研讨会采取主题演讲和现场讨论相结合的形式展开，总结了“新农村建设纪实摄影工程”开展以来，摄影家们坚持不懈关注“三农”，记录历史的主题实践，肯定了他们重文化、塑文化的责任担当以及开展公益志愿服务，团结引导农民朋友共享发展成果的努力。

人物纪念

【摄影家蓝志贵逝世】

2016 年 6 月 10 日，摄影家蓝志贵因病在成都逝世，享年 84 岁。

蓝志贵于 1951 年作为摄影记者，随十八军进军西藏，在西藏工作拍摄了 20 年，拍摄了进军西藏、康藏公路建设、执行维护《十七条协议》、西藏自治区筹委会成立、西藏“大跃进”、西藏叛乱和平叛、西藏民主改革、中印自卫反击战、西藏自治区成立、西藏“文革”等一系列重大历史事件。

【摄影家何藩逝世】

2016 年 6 月 19 日，摄影家何藩因病在美国加州圣荷西与世长辞，享年 85 岁。

何藩，1931 年出生于上海，于 1949 年与家人移居香港，全凭捕捉光与影的天赋，以及对社会民生的触觉和热爱，利用照片记录 20 世纪五六十年代的老香港街头写照，至今成为经典之作。

【中国摄影研讨会之“徐肖冰诞辰 100 周年”】

2016 年 12 月 24 日，由中国文学艺术界联合会、中国摄影家协会、桐乡市人民政府共同主办的中国摄影研讨会之“徐肖冰诞辰 100 周年”，在徐肖冰的家乡浙江省桐乡市举办。

徐肖冰从 20 世纪 30 年代投身电影和摄影事业，在 70 余载的革命摄影艺术生涯中创作了大量优秀的摄影作品，特别是用镜头记录下中国革命进程中的许多重要历史时刻，是中国红色摄影的代表性人物之一。与会嘉宾共同回忆徐肖冰生前的点点滴滴，深切缅怀其不平凡的人生历程，高度评价了他在摄影领域所取得的艺术成就，并围绕总结回顾徐肖冰摄影历程及其为摄影事业所做的贡献，浙江省桐乡市徐肖冰侯波纪念馆的工作及其未来发展，如何更好打造‘徐肖冰杯’中国纪实摄影展及‘徐肖冰杯’中国大学生摄影双年展品牌等展开研讨。

交流

【视觉中国收购考比斯】

2016 年 1 月 22 日，中国领先的互联网文化创意上市公司——视觉中国宣布，其关联公司联景国际（Unity Glory）收购考比斯的全部资产，这些资产包括 Corbis Images、Corbis Motion、Veer 授权品牌相关的图像库、品牌与商标。考比斯将保留旗下娱乐广告业务，交易加速其转型。

联景国际为视觉中国大股东全资拥有，视觉中国作为以“视觉”为核心、“互联网 + 文化创意 + 行业”为发展战略，业务横跨互联网传媒、旅游、娱乐、教育等行业的领袖型互联网文化创意企业，将在全球范围内对考比斯的全部资产进行授权与管理。

考比斯由微软创始人比尔・盖茨创建于 1989 年，是全球第二大高端视觉内容版权服务供应商，在线图片库拥有近 5 000 万张图片，19 万条视频，记录了 19 世纪至 20 世纪全球重大历史事件，是不可再生的、稀缺的、极其珍贵的人类历史影像遗产。考比斯拥有 1.5 万多名签约供稿人，为全球超过 50 个国家的客户提供服务。

【“黑白的冥想”——保罗・卡普尼格罗“直接摄影”原作展】

2016 年 4 月 15 日，由中国摄影家协会、中国摄影著作权协会主办的“‘黑白的冥想’——保罗・卡普尼格罗‘直接摄影’原作展”在中国美术馆开幕。这是保罗・卡普尼格罗这位“直接摄影”流派最后一位代表人物首次访华并举办展览。展览展出的 100 幅作品全部是保罗・卡普尼格罗本人签名确认的影像原作。

【萨克森：德国精湛工艺的家乡——逄小威摄影展】

2016 年 4 月 26 日，由光明日报社主办的“萨克森：德国精湛工艺的家乡——逄小威摄影展”在中国美术馆开幕。本次展览由来自德国朗格的设计团队在中国当代摄影家逄小威作品基础上进行了再创造，通过并置与对比、冲突与巧合、拆解与重组，将在 ASPECTS（方面）、CITYSCAPES（城市景象）、POINTS OF VIEW（视角）、CHARACTERS（人）和 CRAFTSMANSHIP（工匠技艺）5 个展览空间内呈现 150 余幅作品。

【中纳摄影艺术家交流展】

2016 年 6 月 9 日，由中国摄影家协会和纳米比亚国家艺术画廊共同主办的“中纳摄影艺术家交流展”在纳米比亚首都温得和克的国家艺术画廊举办。展览展出了中纳两国摄影家的 51 幅作品，展现了两国优美的自然风光和独特的风土人情。中国摄影家协会理事刘宇表示，这些照片既体现了中纳两国富有特色的风景文化，也是中纳两国人民之间友谊源远流长的见证。

【中俄当代摄影艺术展】

2016年7月25日，由中国文化部和俄罗斯联邦共和国文化部共同主办的“中俄当代摄影艺术展”在黑龙江省黑河市展出。本次艺术展旨在呈现中俄当代视觉文化的审美观念，展示中俄双方独具特色的自然资源、社会文化、民族风情、时代风貌，推进中俄经济文化交流合作的深度发展、长足发展。

【“时代映像”——1960年以来的英国摄影】

2016年8月20日至10月22日，由三影堂厦门摄影艺术中心主办的“‘时代映像’——1960年以来的英国摄影”在三影堂厦门摄影艺术中心举办。展览呈现摄影艺术在英国这一世界文化交流重地50年来的种种演绎，包含38位艺术家的近400件珍贵摄影和录像作品。

【“优雅和姿态”——F. C. 宫迪拉赫时尚摄影展 1950—1970】

2016年11月2日，由深圳对外文化交流协会、深圳市文体旅游局、深圳市文学艺术界联合会及罗湖区人民政府共同主办的“‘优雅和姿态’——F. C. 宫迪拉赫时尚摄影展1950—1970”在深圳美术馆举行。作为深圳国际摄影周的一部分，展览展出的55幅摄影作品和100幅封面作品，被看成是宫迪拉赫一生中运用摄影与艺术主张、追求纪实与创新的精髓。F. C. 宫迪拉赫是德国战后重要的时尚摄影师之一。他通过为瞬息万变的时尚潮流设置场景，明确模特儿的姿势和体态，选择道具和场景，来展现模特儿在不同背景下的美丽。宫迪拉赫的作品涵盖众多时尚风格，包括从20世纪50年代巴黎高级时装定制到高级成衣，从柏林的独创风格到20世纪80年代的多样化设计。

【“魅力安徽”摄影展】

2016年12月9日，由安徽省摄影家协会、摩洛哥穆罕默德五世大学联合主办，中国驻摩洛哥大使馆文化处、摩洛哥 AI Khayzourane 文化体育发展协会协办的“‘魅力安徽’摄影展”在摩洛哥首都拉巴特的穆罕默德五世大学举行。展览展出了安徽摄影家拍摄的50幅摄影作品，展示了安徽山水风光、人文风情、社会发展的方方面面。这些真实生动的影像不仅让摩洛哥朋友领略中国江淮大地的秀丽风光，还可以感受徽文化的独特魅力，认识安徽经济社会发展的情况。

大事记

1月1日，朱宪民精品展和黑明精品展在中国国家博物馆开幕。

1月9日，"'派江吻海　山水相依'——八闽古村落古民居摄影作品展"在中国美术馆开幕。

1月16日，"'看・真的・印度'——蔡焕松摄影作品展"在中国艺术研究院举办。

1月19日，中国摄影研讨会之"陈勃摄影七十周年"在北京举办。

1月22日，视觉中国宣布收购考比斯。

2月18日，"中国摄影展览馆大同展览中心第七届大型摄影展"在山西省大同市开展。

4月14日至6月14日，"'空镜——与摄影无关'当代艺术展"在上海新美术馆举办。

4月15日，"'黑白的冥想'——保罗・卡普尼格罗'直接摄影'原作展"在中国美术馆开幕。

4月24日至5月8日，"'四月前后——1976至1986'大型摄影文献展"在北京798艺术区举办。

4月24日至6月10日，"'摄影留学后'——中国摄影留学生学术研讨会暨作品展"在北京恭王府举办。

4月26日，"萨克森：德国精湛工艺的家乡——逄小威摄影展"在中国美术馆举行。

5月5日，"'清新福建　畅游海峡'——首届海峡两岸及港澳地区旅游摄影大展"入选作品颁奖仪式在厦门举办。

5月11日，"多彩贵州・第九届中国原生态国际摄影大展"在贵州省仁怀市体育馆广场开幕。

5月21日，"'中国物件'——周伟摄影展"在上海现代摄影艺术中心举办。

5月26日至6月2日，"2016中国国际摄影艺术节暨中国第16届国际摄影艺术展览"在河南省郑州市举办。

6月8日，"'乡土中国'——摄影艺术大展"在中国国家博物馆正式开展。

6月9日，"中纳摄影艺术家交流展"在纳米比亚首都温得和克的国家艺术画廊举办。

6月10日，摄影家蓝志贵因病在成都逝世，享年84岁。

6月19日，"'奇境栾川　醉美老君山'——第二届全国摄影大展"开幕式在河南省老君山太极广场举行。

6月19日，摄影家何藩因病在美国逝世，享年85岁。

6月23日，"2016'金驹杯'世界大学生摄影展"在北京电影学院启动。

6月25日，"第七届中国女摄影家协会会员作品展"在浙江省桐乡市徐肖冰侯波纪念馆举行。

6月25日，"摄影译文研讨会"在北京中国摄影家协会举行。

7月6日，"第16届中国平遥国际摄影大展可持续发展研讨会"在北京举行。

7月25日，"中俄当代摄影艺术展"在黑龙江省黑河市展出。

7月30日，"'绝处风景'——陈国平飞鸟摄影艺术展"在深圳市南山区华侨城创意文化园举行。

8月3日，"中国美术馆藏当代摄影选展"在中国美术馆展出。

8月13日，"'看山见雨'——叶文龙个人摄影作品展"在中国摄影家协会798画廊举行。

8月20日至10月22日，"'时代映像'——1960年以来的英国摄影"在三影堂厦门摄影艺术中心举办。

8月26日至9月4日，"2016'影像的力量'中国（大同）国际摄影文化展"开幕式暨颁奖典礼在山西省大同市北城墙中国雕塑博物馆举行。

9月1日，“2016·西藏喜马拉雅摄影文化节”在布达拉宫广场开幕。

9月6日，“‘中原风’——河南省书法美术摄影作品晋京展”在中国国家博物馆开幕。

9月10日，“‘经验与实践’——高校摄影教育与青年影像研讨会暨2016索尼青年摄影师发展计划启动仪式”在北京中国摄影家协会举办。

9月10日至18日，“首届宁波国际摄影周”在浙江省宁波市举行。

9月19日至25日，“第16届中国平遥国际摄影大展”在山西省平遥市举行。

9月23日至10月22日，以“我是他者”为主题的“深圳（福田）国际城区影像节”在深圳举行。

9月26日，“‘创新·创业·时代之歌’——全国企业书法美术摄影创作系列活动精品展”在中国文艺家之家开幕。

10月15日，“‘记录崇高精神　凝聚闪光力量’——庆祝中国共产党成立95周年和纪念中国工农红军长征胜利80周年主题摄影展”在北京中华世纪坛中央金色世纪大厅举行。

10月15日至23日，“2016北京国际摄影周”在北京举行。

10月25日，“农民工·我的兄弟姐妹摄影大展获奖精品展览开幕式暨第三届‘中国中铁四局杯’农民工·我的兄弟姐妹摄影大展启动仪式”在中央党校举行。

10月25日，“‘向人民汇报’——‘深入生活、扎根人民’主题实践活动成果摄影展”在中国文艺家之家展览馆举办。

11月2日，“‘优雅和姿态’——F. C. 宫迪拉赫时尚摄影展1950—1970”在深圳美术馆举行。

11月4日至6日，“第十一届中国摄影艺术节暨首届怀柔摄影文化季”在北京市怀柔区雁栖湖畔举行。

11月6日，“‘视觉旅途’——王彦斌摄影艺术作品展览”在中国摄影家协会画廊举行。

11月10日至26日，“第六届济南国际摄影双年展”在山东工艺美术学院长清校区举行。

11月15日，“‘见证’——2016抗洪纪实摄影展”在中国摄影展览馆新馆开幕。

11月19日至12月9日，以“无乐不作”为主题的“连州国际摄影年展”在广东省连州市举行。

11月20日至12月19日，“2016集美·阿尔勒国际摄影季”在厦门举行。

11月24日，“‘弘扬延安精神　高奏逐梦心曲’——马忠义摄影作品巡展暨《马忠义摄影集》文化艺术卷首发式”在北京民族文化宫展览馆举行。

12月3日，“‘影像中国　梦想人民’——2016中国·十笏园摄影大展”在山东省潍坊市十笏园文化街区开幕。

12月3日，“林添福‘金婚’——56民族半世纪爱情镜像摄影展”在中华世纪坛开幕。

12月3日，“第四届‘多彩福田’全国摄影大展”典礼在深圳市福田区举行。

12月4日，“‘中国梦·劳动美’——第三届全国职工摄影书画展”在北京市劳动人民文化宫开幕。

12月7日，“上海国际摄影节暨上海第十三届国际摄影艺术展览”在上海举行。

12月9日，“‘魅力安徽’摄影展”在摩洛哥首都拉巴特的穆罕默德五世大学举行。

12月10日，“第三届长安摄影周”在东莞市长安图书馆开幕。

12月16日，“2016年江苏省摄影教育研讨会暨学会年会”在南京师范大学美术学院举行。

12月17日至23日，“‘乡村——人类永远的家园’第四届‘包商银行杯’中国国际摄影双年展”在北京奥林匹克公园水立方艺水空间举行。

12月18日，“首届中国‘摄影＋旅游’（周庄）研讨会”在古镇周庄举办。

12月18日至21日，“西双版纳国际影像展——2016‘一条大河’金孔雀双年展”在云南省景洪市举行。

12月22日，“第六届全国农民摄影大展”在中国摄影展览馆新馆开幕。

12月22日，中国摄影研讨会之“新农村影像十周年”在北京举办。

12月23日，“2016第四届‘徐肖冰杯’中国纪实摄影展暨第二届‘徐肖冰杯’中国大学生摄影双年展”在浙江省桐乡市徐肖冰侯波纪念馆首次展出。

12月24日，中国摄影研讨会之“徐肖冰诞辰100周年”在浙江省桐乡市举办。

12月24日，“首届北京街道市民摄影大展”在北京前门东大街台湾会馆开幕。

中国艺术年鉴·2017

书法·篆刻卷

分卷主编：郝 斌 周 延

年度述评

“内涵式”发展的持续推进
——2016 中国书法述评

◎ 刘宗超

2016 年的中国书法艺术在继承书法传统的基础上追求个性和创新，在以往基础上继续强化“内涵式”发展理路，强调书法艺术的文化内涵和书法家的国学修养，呈现新的年度景观。书法界深入学习、贯彻习近平总书记在文艺工作座谈会上的重要讲话、《中共中央关于繁荣发展社会主义文艺的意见》、习近平总书记中国文学艺术界联合会第十次全国代表大会开幕式讲话精神。中国书法家协会组织部署 20 余期“中国书法家协会会员深入贯彻学习习近平总书记文艺工作座谈会重要讲话精神专题研讨班”，扎根基层，服务人民，稳步发展，协调推进，在书法创作、理论研究、书法教育、对外交流、书法生态等方面都呈现出新的年度景观。

书法创作的年度景观由老、中、青三代的创作塑造出来，并呈现出不同的态势：老一代书法家创作成熟，不断推出新作新展，如沈鹏、张海、孙伯翔、章祖安等人；中年一代处于创作的旺盛期，不断尝试与出新，建构与完善个性风格；青年书法家积极参加各种展览、比赛，注重传统经典，打磨参展作品，新秀频出。2016 年是第七届中国书法家协会换届后的开局年，中国书法家协会在 2016 年继续大力减少展览数量，强调回归书法本体，回归传统经典，注重创作者修养与作品内涵的提升。2016 年中国书法家协会举办的全国第八届新人新作展、楷书展、草书展、临帖展等展览，都颇具深意，引发专家与广大书法爱好者、从业者对书法本体的思考、对书法家学养的关注。在深入传统的同时，一些富有创变热情的书法家探索新的创作途径和风格。中国国家画院、中国美术馆、中国艺术研究院等团体通过举办富有特色的全国性活动展示自身特色和艺术追求，繁荣书法创作局面。

书法理论研究不断繁荣与深化。“专题式”“学院式”研究仍为主流和代表，理论研究的核心队伍得以充实。关于书法评论和书法标准的探讨、草书论坛、楷书论坛、印学研讨会、高等教育论坛等专题学术活动成为年度热点。主流媒体不断发表专题式系列研究论文，并且随着《中国书法・书学》的创办、《书法研究》和《中国书法通讯》的复刊，活跃了书法理论研究局面，有创意、有深度的文章不断呈现，在发掘史料和提出新观点方面都有新的成果。书法报纸杂志发表的学术文章从不同的层面关注书法史学、理论、文献、教育、传媒、交流、生态等方面，并取得不同程度的研究成果。尤其是对当代书法回归经典本体、书家国学修养、展览作品的内涵、评价标准体系、书法评论等方面问题的探讨，取得了阶段性的成果，达成一些共识，成为扭转书法创作风气的理论保证。

书法教育是当代书法传承的主要途径。社会性、专业性书法教育得以不断推进。教育部颁布的《中小学书法教育指导纲要》，为书法初等教育搭建了良好的平台。由教育部和中国文学艺术界联合会共同主办，中国教育学会、中国书法家协会联合承办的“翰墨薪传・全国中小学书法教师培训”活动，相继在全国五大区（华北和东北地区、华东地区、华中和华南地区、西南地区、西北地区）举行，共培训各地区基层专职、兼职书法教研员和部分中小学书法骨干教师 1 500 余人，缓解了中小学书法师资匮乏，加强了中小学书法教师队伍建设。高等书法教育从实践到理论都在不断加强，学科体系逐渐完善，体现了教育专业化、创作学术化、培养全面化的特点。各大高校陆续开设“书法学”专业，不断完善本硕博的培养体系。郑州大学书法学院的成立是高等书法教育的一次新突破，书法学科的“升级”成为年度话题。除此之外，中国书法家协会举办的中青年国学培训班、中西部书法培训班等，使有志于书法的优秀人才逐渐向专业化靠拢。2016年，书法教育在学术取向上努力做到传统与当代的衔接。

国际书法交流是促进世界和平的桥梁和纽带，也是提升自身活力的广阔平台。2016年，“第十二届国际书法交流大展”“第27届中日友好自作诗书交流展”“‘汉字之美’——中国书法展”“国际刻字艺术交流展”，以及篆刻艺术欧洲系列讲座、高校之间的书法国际交流等活动不断举办。2016年国际书法文化交流平台的搭建，增进了世界各国和各地区书法组织、书法家之间的友谊与合作，书法艺术在不断扩大影响力的同时，也获得了自身发展的广阔空间。

中国书法的生态环境呈现出日趋繁荣的景象。区域化交流与协同发展日益增多，如“京津冀协同发展”、“一带一路”倡议、“中西部高校联盟（Z14）”、国家艺术基金课题的引导等国家的大政方针，都为书法的交流与传播带来了新的契机。随着时代与科技的发展，除了传统的纸质媒体之外，网络传播、微信平台、微商、微拍等，书法传播更加方便快捷，呈现出新的年度景观。

一、创作势态

2016年的书法创作势态靠各级各类展览和媒体发表的作品展示出来，而书法家群体又大致分为老、中、青三代。在集体综合性展览中，老、中、青三代书法家往往同台展示而又各有不同。而个人作品展览则更为自由地展现书法家的阶段性成果和个性特色。

（一）创作精熟的老书家

2016年，七八十岁的一批老书家笔耕不辍，或推出个人作品展览，或发表精品力作，引领时代高度，备受社会关注。沈鹏、张海、孙伯翔、章祖安、周慧珺、旭宇等人都有年度佳作问世。他们的书法创作凭借着精熟的笔墨功夫、独特个性、扎实的国学修养和人格魅力，守护传统、融会贯通，人书俱老，回报社会，呈现出老艺术家德艺双馨的年度风范。

沈鹏在2016年精品不断。《沈鹏草书张九龄感遇诗四首》长卷（《中国书法》2016年第23期推出该作品专题）和《沈鹏草书中堂自作〈水仙〉》（“第十二届国际书法交流大展”展出作品）两件作品，书法洒脱恣肆，气力充沛，作品笔墨酣畅精熟，空间造型巧妙自然，一排浓郁的自家风格，允为沈鹏“诗心托素翰　耄耋再高峰”的年度精品。中央电视台戏曲频道特别节目《翰墨戏韵》连播《书法大家·沈鹏》，也呈现出这位书法大家的艺术风采，备受社会关注。2016年，几位老书家在中国国家博物馆推出新作新展，在社会各界产生广泛影响。1月，“谢云书画艺术展”举办，展示了谢云独具特色的艺术探索。3月，“‘追梦之旅’——张海书法展”举办，此次展出的80余件书法作品，是他古稀之后的新作，从书写内容到书体、幅式的选择以及整体构思都苦心经营，体现了他在书法艺术上的创新精神。10月，“‘含弘光大’——章祖安书法展”举办，展览汇集了书家章祖安各时期代表作品百余件，其中以纵幅书录《三十六计》的擘窠大字系列，雄强浑厚，气象撼人。几位老书家也在各地推出展览：4月，“周慧珺从艺60周年书法作品展暨周慧珺书法学术研讨会”在上海市文学艺术界联合会开幕，展现出她作为“当代书法复兴的先行启蒙者”（陈洪武语）的“海派”书法标志性书家的艺术风采。同月，“‘金陵问道’——孙伯翔书画展”在江苏省美术馆开幕，展示出这位当代碑学书风标志性人物的强烈艺术个性，作品开张奇逸，遒厚老辣，碑学气息浓厚，该展对南北书法艺术的交流与发展有着积极影响。12月，“河北大学旭宇艺术馆开馆仪式暨旭宇书法艺术研讨会”在河北大学举行，旭宇将近年精心创作的126件书法作品和主要著作无偿捐献给母校，河北大学筹建了专馆收藏展示这批精品。旭宇诗书兼修，修养深厚，其书法碑帖结合，长于楷书和行草书，书风儒雅自然，以“今楷”理论和实践享誉当代，在河北省书法界文艺界影响卓著。

（二）锐意进取的中年书家

五六十岁的一批中年书家，或为各级书法团体的领导人物，或担任各级展览的评委角色，或属于某范围代表性书家，他们在书法界起着承上启下的重要作用。这批代表性书家在2016年全国性展览中有着独特表现。

2016年10月，“第十一届中国艺术节书法篆刻作品展览”在西安美术馆展出。中国艺术节是具有全国性、群众性的重要国家文化艺术盛会，本届艺术节文化部首次将书法篆刻纳入其中，该展项由中国国家画院执行组织，经过初评、复评的严格遴选，最终选出书法254人、篆刻48人的作品入展。展览具有广泛的代表性，尤其以卓有实力和影响的中年书家为代表。他们的作品富有形式张力，不乏尺幅巨大者，书体诸体均有，多为行草书，作品气势开阔，墨气淋漓，个性意识和时代感突出，具备了发展的无限潜能。篆刻作品形式感突出，艺术语言富有时代特点，与传统篆刻风格截然不同。总体上看，该展书法篆刻作品涵盖了当代中年书家的精品力作，是2016年度最具代表性的一个展览。

1月至3月，中国美术馆举办“‘翰墨传承’——中国美术馆当代书法邀请展（2015）”。展览由学术专家组经民主程序推荐，提名了51位代表性书家（多为中年书家）。该展览特色在于，提名书家分别对不同书体进行临摹与创作，力求体现书法在当代传承的最佳状况，从非物质文化遗产角度出发，阐发中国书法传承、发展创新的内涵。展览由真、草、隶、行、篆五部分组成，既展示书家对古代经典文化的传承，又表现着当代书法创作的新技法与新理念，是2016年很有代表性的开篇大展。

对书法本体、时代风格、艺术个性的综合表现的探索，是当代优秀中年书家担负的时代使命。他们正处于创作的旺盛期和活跃期，不断尝试与出新，建构与完善个人风格。风格强烈，具有学术性的个展、联展层出不穷。众多展览之中，2015年年底至2016年年初在北京国家典籍博物馆举办的“‘向经典致敬’——王家新临摹历代书法经典作品展”是产生广泛而深入影响的个展，展览主题切中了当代书家的学书情结，是中年书家在创作上深入传统经典、增加学养、日后厚积薄发走向大成的必备心态。

（三）锐意进取的青年书家

青年书家积极参加各种展览比赛，注重传统经典，打磨参赛作品，新秀频出，努力重塑当代书法艺术的纯粹与高雅。各类专项展事稳步有效地展开，重要的有2016年11月截稿的“全国第二届楷书作品展”，12月截稿的“全国第四届草书作品展”。书法界积极响应，各地看稿交流会火热举行。同时，各地有影响力的专项展览也积极开展。4月18日，由河南省主办的“第二届‘魏碑圣地’全国魏碑（临写+创作）书法大赛暨魏碑书法论坛”在洛阳举行。5月，“首届全国青年书法家双年展”在湖南省长沙市开幕。9月，“首届‘草圣故里’全国草书名家学术提名展”在甘肃省瓜州县举行。当然，2016年最受非中国书法家协会会员的青年书家重视的赛事是中国书法家协会主办的“第八届中国书坛新人新作展”，该项展览以造就和推出书坛新人、挖掘和发现书法精品为目标，四年一届，该展7月征稿，11月评审，12月底在辽宁省大连市开幕。

“第八届中国书坛新人新作展”共收到投稿35 593件，其中书法作品33 817件、篆刻作品1 434件，来稿数量大大超过了前几届（是上届来稿数量的2倍），投稿人数应该在2万人以上。经过初评、复评、面试和终评，最终评选出入展作品312件。

入围作品中，行草作品数量仍为主流，而且取法对象仍以二王、苏、米小字行草为主。小字作品约占三分之二，而小楷作品的投稿量更是惊人，依然势头强劲，品质相对较高。篆隶书作品虽然不是大宗，却也呈现取向多元趋势，既有经典汉碑的严谨规矩，也不乏秦简、汉简等简牍帛书的轻松活泼，摩崖碑版的雄浑朴厚、清隶的个性书风等。问题是，既具有较为深厚传统功力又颇具创新高度的佳作太少，优秀的大字作品严重缺乏。入围篆刻作品风格多样化，较工致的作品与形式表现力较强的写意式作品都有，师法秦印、魏晋官印、小古玺印、明清流派印的都有。

评审工作制定了严密的评审流程与严苛的行为守则，并且本次新人展入围作者全部参加面试考核，考核力度空前。中国书法家协会提出了“艺文兼备”评审理念，缺少了文化的书法与脱离了技法的所谓“书法”都是不健康的。鼓励提倡自作诗词，提升自身的人文修养，力求避免“重形式、轻内涵”的现象。本展在征稿启事中明确指出“提倡自作诗词联赋”，而在实际投稿的作品中，自作诗文还是凤毛麟角。在268件入展书法作品中，只有11件内容是自作诗文，细读则又耐不住推敲。

2016 年 9 月，由中国美术馆策划主办的"'翰墨传承'——中国美术馆当代书法邀请展（2016）"举办。本次展览通过学术专家组的民主推荐，在全国范围内确定 50 余位青年书家参加，展出的百余件作品经过专家组严格遴选而定，旨在以书法的形式弘扬经典文学和传统文化。这是对优秀青年书家书作的一次筛选和展示。

对书法传统经典的持续倡导，书法创作不断重温经典、敬畏传统。经典展览不断出现，除了以往经典碑帖学资料的展览之外，2016 年突出的亮点是颇具学术价值的金石碑刻拓本的展览较多。1 月，"'秦印风韵'——戎壹轩藏秦印珍品展"在中国印学博物馆开幕。4 月，"全国金石题跋名家作品展"在河北省涿州市举行。同月，"'篆隶合璧'——迁陵秦简牍与咸阳秦封泥汇展"在西安开展。7 月，"'石上史诗'——山东古代石刻拓片精品展"在日照开幕。8 月，"全国首届金石拓本题跋精品展"在石家庄开幕。这些金石碑刻拓本展的举办，对促进金石学术研究、推动当代书法创作繁荣发展有积极作用。

2016 年篆刻艺术展览精彩不断。4 月，由文化部艺术发展中心等主办的"中国鸟虫篆书法展暨鸟虫篆艺术论坛"在郑州开幕。同月，由江苏书省法家协会等主办的"'太湖对话·传统篆刻在当下'——2016 全国中青年篆刻名家邀请展"在无锡举行。6 月，"岭南印学国际学术研讨会"在广州举办。同月，中国艺术研究院中国篆刻艺术院成立十周年纪念活动暨"'大美篆刻'——走进生活中的篆刻艺术作品展"在北京开幕。7 月，"第二届海峡两岸名家篆刻展暨首届海峡两岸青年篆刻大赛"在福州开幕。12 月，由国家图书馆与中国书法家协会、中国文艺评论家协会主办的"'且饮墨渖一升'——吴昌硕的篆刻与当代印人的创作展"在国家典籍博物馆举办。通过以上活动，篆刻创作"写意精神"的研究与探讨仍旧持续不断，在挖掘传统基础上进行的创新与探索，使篆刻作品的时代性得以彰显。

二、学术研究

2016 年，书法理论研究成果空前丰硕：一是理论成果的专业发表平台空前扩大，《中国书法·书学》创办、《书法研究》和《中国书法通讯》复刊，较往年多发表几百篇专业论文；二是各种类型的学术研讨会和学术专题形成了 2016 年的研究热点。

2016 年，《中国书法》《书法》《书法研究》等主要杂志不断推出系列研究专题：

古代书法研究专题主要有：元明书家临古特辑、文徵明及文氏家族书翰特辑、黄庭坚研究、长沙五一广场东汉简牍书法特辑、魏碑书法的创作与审美专题、砚铭书法特辑、张雨专题、杨维桢书法特辑、明清岭南印学研究专题、中国国家博物馆藏西周青铜器选、"二爨"书法研究特辑、吴琚、吴说书法特辑、《兰亭序》研究等。

近现代书家研究专题主要有：沈曾植、曾熙、黄宾虹、杨守敬、黄牧甫、鲁迅、白蕉、陆维钊、吴湖帆、林散之、王蘧常、徐悲鸿等。

当代书家专题主要有：沈鹏、张海、章祖安、周慧珺、马士达、王家新等。

书法学术研讨会主要有："'儒学与中国书法'学术研讨会""岭南印学国际学术研讨会""明清流派印国际学术研讨会""'书法的内容与形式'学术研讨会""'当代书法评价体系的建立'课题研讨会""展览视野下的文字与书法""中国草书论坛（瓜州）""中国（荔波）书法高峰论坛""周慧珺书法学术研讨会""旭宇书法艺术研讨会""2016 全国高等书法教育（郑州）论坛"等。

就以上系列研究专题和发表的诸多学术成果来看，学术研究呈现以下年度特点。

（一）倡导"四有"书家

2015 年 12 月 7 日，中国书法家协会第七次全国代表大会在北京举行。中共中央政治局委员、中央书记处书记、中央宣传部部长刘奇葆出席开幕式并讲话，就如何弘扬和发展书法艺术指出：书中有"文"，书中有"道"，书中有"人"，书中有"德"。此讲话得到书法界广泛而热烈响应，为此，中国书法家协会发出了争做书法界德艺双馨"四有"书家倡议书。"四有"成为 2016 年的年度热词，具有指导意义。

（二）对当代书法评价体系的探讨与对“丑书”的评判

对当代书法发展现状的关注依然是2016年度书法研究的热点。对书法展览运行机制及作品的评判、对当代名家的评论、对书法热点现象的评论、对书法发展方向的评判，一直是理论研究的年度重点，这彰显了书法研究者的社会责任和对书法创作学术性的关注。

中国文艺评论家协会书法篆刻艺术委员会2015年年底在浙江大学成立，2016年7月，艺委会主任陈振濂负责的“当代书法评价体系建设”课题在杭州开题研讨，朱培尔、姜寿田、王伟林、刘宗超等全国20余位专家学者参加。该课题主要分为“评价”“评估”“评审”“评论”四个部分进行研究，进而确立了层层递进的研究框架，试图构建一个可以量化和通用的评价体系，以探讨书法评价的“最大公约数”。

对书法评价体系的探讨，重在学术性和操作性，而如何具体判断当下书法创作现象，对“丑书”的批评再度成为2016年度热点话题。不同媒体对该问题几乎都有涉及，手机微信平台更是以便捷方式对“丑书”“美书”“俗书”等现象大加关注。从文章题目即可以看出不同观点：陈涛《胡写乱写：看不懂的“丑书”》（《羲之书画报》2016年1月1日）、梁君度《丑书是完全背离传统的病态书法》（《羲之书画报》2016年4月3日）等。而一些专家文章则对“丑书”所指有不同看法：如“以‘流行书风’为轴心的当代书法作品，强调笔墨效果，碑学筑基，借鉴西方现代艺术的表现方法，推崇个性，努力与传统书写特征拉开距离，本是艺术探索的实践，或者是当代书法家的精神张扬，怎么被描述成丑书呢？”（张瑞田《丑书与美书》，《书法报》2016年3月5日）“一些人以扣‘丑书’的帽子来打击具有深层传统审美思维同时又能不断创新的书法家，其实是不懂传统文化精髓的表现。”（白砥《“丑书”“丑画”与中国传统美学中的“反”境》，《书法报》2016年4月26日）关于什么是“丑书”，其实并没有客观一致的解释。尤其是对于在书写汉字符号基础上形成的书法艺术，由于符号本身的抽象性和约定俗成性，人们对“丑书”的界定更为复杂。一般评论范畴的“丑书”往往不是美学范畴中的“丑”，而是指外观形式上的不和谐、不对称、不统一等。其中，有的是“以丑为美”，有的则是真正的“丑”（伪艺术）。艺术创变上的求新、求怪、求独特、求视觉冲击力等现象，并不必然成为“丑书”；至于“错字连篇”，也不必然成为“丑书”；“江湖杂耍”往往是“俗书”，也不必然是“丑书”。至于改革开放30余年展厅书法的创变故意以丑拙、不和谐为追求等现象，其中那些不“真”、不“善”的，才是故意而为的“丑书”。（刘宗超《“丑书”中的“真”与“善”》，《人民论坛》2016年第36期）关于“丑书”的讨论，暴露的仍然是人们对“写字”与“艺术”评判的分歧。

（三）呼唤书法美学研究，重视对书法本体问题的思考

书法史学研究一直是书法理论研究的重点和主体，由于易于彰显学术性，在各级各类书学研讨会中所占比重最大。相对而言，书法美学研究数量则少之又少。2016年度的书法美学研究较之往年有所进步，一是表现在对美学研究的关注和期待；二是出现了一些书法美学研究成果，如对内容与形式问题的思考，对汉字与书法关系的思考，对草书艺术的思考。

书法美学是对书法本体及性质的研究，关乎书法本身的发展，故呼声渐高。《书法》2016年第1期刊登的毛万宝的论文《书法美学：为何整体沉寂？》认为：“我国学术界为思想解放运动开道的使命已告一段落，大家不再讲‘引进’，而转向本土的、传统的学术资源之开发，一度被冷落的乾嘉朴学重新受到重视。”而对于书法美学研究应该有怎样的方法论？《书法》2016年第3期刊登的陈方既的文章《时代需要朴实的书法美学研究》认为：“对于当代书法是什么？书法之美是怎么一回事？古人是说得清清楚楚的。不去了解古人怎么说，说得有没道理，就凭没有弄通的哲学公式乱套，把本来很清楚的书法艺术原理弄得混乱不堪。这样研究书法美学不行。”文章呼吁现代书法美学研究应抓住实实在在的问题，实实在在地求解决，而不是空对空的泛泛而谈。

书法的内容与形式是书法美学研究的基本问题。2016年4月9日，友声书社在苏州举行上巳节书法雅集活动。作为雅集活动中的一项重要内容，“书法的内容与形式”专题学术研讨会举办。《中国书法》

2016年第12期刊发了《对“形式即内容”的再认识》(李庶民)、《书写内容与方式应当力求协调》(葛鸿桢)、《书法内容与形式问题的再思考》(王俊)、《文字内容与书法创作》(叶鹏飞)、《书法艺术的内容与形式》(丘石)、《变化中的内容与形式》(张冰)、《书法内容与形式的时代性》(苏金成)等近20位研究者的论文。这是近年来很有意义的书法美学研讨会。

对草书艺术的重视和对书法和文字关系的思考，是书法艺术纵深发展的必然表现。草书艺术也因其高度抽象性、抒情性成为美学研究的主要内容之一。2016年专业刊物发表草书艺术的研究文章近百篇，以草书艺术为专题研究对象的全国学术研讨会出现两次：9月，“首届‘草圣故里’全国草书名家学术提名展”“中国草书论坛暨甘肃省第四届‘张芝奖’书法大展”在瓜州举行，中国书法家协会组织专家学者举行了草书学术研讨活动。12月，“全国第四届草书展”和“首届怀素草书论坛”也已征稿完毕，并于2017年1月评出入选论文19篇。《中国书法》2016年第13期开设了“展览视野下的文字与书法”专题，刊发了《汉字与书法的逻辑链条与关节点》(张天弓)、《理性认知当代书法的用字问题》(曹建)、《书法展览中的文字规范与历史情境》(邱才桢)、《如何看待书法作品中的错别字问题》(杨勇)、《区别对待书法的错别字问题》(薛帅杰)、《书法创作中异体别字的应用与择取》(陆明君)等论文，从学术角度对书法和文字的关系进行了有价值的思考，这也是一个反作用于艺术实践的话题。

(四)书法学科升级为一级学科的呼声

2016年11月5日，郑州大学书法学院举行揭牌仪式，并举办了“2016全国高等书法教育(郑州)论坛”，面对全国征稿评选出31篇学术论文，主题集中在高等书法教育存在的问题及其对策、高等书法教育学科体系建设、人才培养模式、招生与就业、对外交流、中外高等书法教育比较、如何办好郑州大学书法学院等方面。作为重点综合性大学首个书法学院的成立，专家学者针对书法学科建设问题深入研讨，如何把书法学科升级为国家学科目录中的一级学科，成为书法学科进一步发展壮大的时代新问题。

(五)书法史学研究呈碎片化趋势

书法史学研究一直是传统书法研究的主体和优势。由于近年来高校书法教育的蓬勃兴起，本科、硕士、博士论文撰写量增加，史论方面的选题越来越细化，其他研究者也在对一些固有的选题做进一步细化探讨。2016年史论研究文章已经很少关注书法史上的大问题，研究呈碎片化趋势，因此也不断有新的视角出现。其中对具体作品考证分析的文章比重增大，如曹宝麟《汝帖·唐玄宗〈鹡鸰颂〉研究》(《书法研究》2016年第1期)，李宁《〈兰亭序〉“僧”字论辩与徐僧权押署——有关徐僧权及其押署的综合考察》(《书法研究》2016年第1期)，王元军《谈谈古书画上的“永存珍秘”印》(《书法研究》2016年第2期)，尚磊明、陆德富《米芾用印“芾”字解——兼及“印化”问题》(《书法研究》2016年第2期)，等等。“《龙藏寺碑》与楷书发展学术论坛”在2016年完成征稿和评选。对于考古发现新材料的及时跟进研究，颇显研究的敏感。如2016年关于海昏侯墓出土文物研究的文章就有271篇(据中国知网统计)。对海昏侯墓出土的汉印、青铜器、漆器、木牍上面字迹的研究，为书法史论研究增添了新内容。

篆刻作为大书法的主要样式，一直是书学研究的主要内容。“岭南印学国际学术研讨会”“明清流派印学术研讨会”“清·黄牧甫作品特辑”“江苏篆刻六十年文献展专题”成为2016年度专题研究的亮点，呈现对地域性及流派化研究的特点，出现了韩天衡《九百年印谱史漫说》、李刚田《黄士陵的篆刻艺术及其流派》、朱培尔《当代中青年篆刻创作述评》等较具分量的论文。

三、书法教育

随着社会各界对书法教育的关注度的逐渐加深，2016年的书法教育呈现出良好的发展态势，在专业性与社会性书法教育方面均取得明显进展。

(一)高等书法教育深化专业化程度

2016年的高等书法教育，从办学规模到体系，专业化程度都在不断深化。1月，教育部发布2016

年教育部批准新增本科专业院校名单，其中新增设置书法专业的院校12所。11月，郑州大学书法学院成立，成为重点综合性大学首个独立设置的书法学院。高等书法教育的专业活动开展得有声有色：1月，"'学院风骨'——当代书法专业博士作品邀请展暨学术论坛"的举办，全国128名博士参加，引起社会各界的广泛关注。9月，四川大学、北京大学、四川省书法家协会主办了"第六届海峡两岸高校书法名家邀请展与书学论坛"。10月，"中西部'一省一校'国家重点建设大学（Z14）艺术学学科建设峰会暨书画邀请展"在河北大学艺术学院举行。11月，"2016全国高等书法教育（郑州）论坛"在郑州大学书法学院举办。12月，"首届全国书法教育教学研讨会"在中央财经大学举办。12月，"河北大学旭宇艺术馆开馆仪式暨旭宇书法艺术研讨会"在河北大学举行。

高等书法教育发展也面临一些问题：（1）高校书法招生方式亟待改进。当下书法本科招生考试缺乏统一性，各院校考试标准不一，考试内容庞杂，形式不规范，有重技术轻学养的倾向。硕士研究生招生存在跨专业录取，过度看重外语测试。（2）学科设置不规范，培养机制不完善。书法硕士研究生、博士研究生招生和研究方向杂乱。书法教学方案不明确，课程开设随意，教学方法单一。书法教材的专业水平良莠不齐。（3）招生与就业脱节。书法招生规模的扩大与毕业生就业难问题形成了鲜明对比。（4）地域性差距明显。大部分高等院校分布在中东部省份，资源不平衡。以上问题制约了高等书法教育的健康发展，值得深入反思。

（二）中小学书法教育呼声渐高

2016年中小学书法教育得到社会各界的高度重视，如何促进中小学书法教育的全面发展成为舆论关注的热点。

全国两会期间，不少代表对中小学书法教育格外关心。中国书法家协会主席苏士澍在两会提案中表示："建议在中小学'课程设置方案'中的'艺术学科'加入'书法'学科，每周至少一课时；并把毛笔书法课的开设纳入教育行政部门和教育督导部门2016年工作内容，进一步推进书法教育的开展。"梅葆玖提倡："关注青少年传统文化素质培养，通过让孩子练毛笔字、学习繁体字、多听多唱京剧等方式，使优秀传统文化走进青少年心田。"张改琴建议："各高校应积极开设书法专业，中小学在每年招录教师时，也应加大书法教师比例。"苏士澍先后在海南、四川、山东等地调研中小学书法教育，呼吁中小学书法普及教育工作一定要落到实处，强调要进一步健全书法教师督导制度，加大中小学书法教师培训力度，强力推进中小学书法教育工作。

为加强中小学书法教师队伍建设，国家相关部门采取了相应举措。例如：6月，教育部语用司和东南大学主办"2016年全国中小学书法教师研修班"；7月，由教育部和中国文学艺术界联合会共同主办的"翰墨薪传·全国中小学书法教师培训（第二期）"活动，相继在全国五大区培训各地基层书法骨干教师1 500余人，有效促进了中小学书法教师水平的提高。

2016年中小学书法教育出现利用现代化信息网络优势的新动向。1月，"全国中小学书法教育信息化教学研讨会"在清华大学美术学院主办，会议提出了应用现代化信息网络技术有效支持课堂教学的全新理念，为解决教学一线困难提供了可行的解决方案。5月，"写字一派"中小学书法互联网临写大会正式启动，免费服务一线教学。

虽然中小学书法教育明显改善，但要实现其全面健康发展还任重道远。（1）中小学书法教育在全国落实情况令人担忧，书法课程安排多偏向于形式化。大多数学校书法课开设仍处于可有可无的尴尬地位。（2）专业书法师资匮乏。一方面是中小学书法教师缺口仍然巨大，另一方面是高校书法毕业生找不到对口岗位。另外，中小学书法教师职称评定依然挂靠于语文或数学等其他学科，挫伤了教师的教学积极性。（3）缺乏合理的书法教材。2015年教育部推出了11部中小学书法教材，但整体水平良莠不齐。

（三）书法社会化培训走向深广

书法社会化培训作为学校专业教育的有力补充，对全社会书法普及具有重要作用。2016年，中国书法家协会及其他社会团体积极组织各类书法培训，切实有效地推动社会化书法教育的进一步发展，发展态势良好。

1. 注重文化修养，技道双修。2016 年 5 月，中国书法家协会主办“国学修养与书法·第三届全国青年书法创作骨干高研班”，旨在促进当代书坛新生力量“技”与“道”的均衡发展，引导青年书家静心读书，提高国学修养，促进当代书法艺术健康良性发展。10 月，中国书法家协会云南公益书法培训班在曲靖举办。另外，各省级书法家协会也持续开展了系列书法公益培训，切实推进书法普及。

2. 持续关注西部书法发展。9 月，第三期西部书界新秀系列书法（理论）研修班开班。10 月，第三期西部书界新秀系列书法（行草）研修班开班。西部书法培训班的相继举办，为培养西部书法人才，配置人才资源，进一步推进西部地区文化建设均衡发展发挥了重要作用。

3. 书法考级热及问题。社会对书法的日益关注也提高了书法考级的热度。目前全国书法等级考试有两个系统：一个是由教育部考试中心主办的中国书画等级考试中的书法考试；另一个是由中国书法家协会主办的社会书法水平考级。书法考级热虽然推动了当下书法的普及，但其迅猛发展也暴露了一些问题：（1）书法考级点的设定缺乏规范性，过多地关注经济利益；（2）授课教师缺乏资格认证，书法专业水平参差不齐；（3）教师授课缺乏系统性，较多为临时突击式培训，书法教学过多地关注考试技巧，忽视书法的文化意义；（4）家长对待书法考级也存在盲目性，对培训班的选择缺乏辨别力，对孩子学习书法的兴趣培养不足，过多关注考试加分，功利性倾向严重。

四、对外交流

中国作为汉字书法艺术的母国，书法艺术已经成为国家文化形象的亮丽名片。书法对外交流通过“请进来”与“走出去”的方式，展示书法文化的深厚传统和书法艺术的独特魅力。

“请进来”的国际书法交流活动，以“第十二届国际书法交流大展”“G20 峰会”“第 27 届中日友好自作诗书交流展”为 2016 年重点。

“第十二届国际书法交流大展”于 2016 年 9 月 20 日在天津美术馆举办，该活动由中国书法家协会、天津市文学艺术界联合会和河北省文学艺术界联合会共同主办，共展出来自中国、马来西亚、韩国、日本、新加坡、菲律宾、加拿大、法国、巴西、印度尼西亚、泰国、澳大利亚、文莱、美国、比利时、英国等国家和地区的书法家们的 350 余件书法作品。该展览由各有关国家和地区的书法团体轮值主办，每两年举办一次。本届展览也是中国书法家协会继 1993 年第二届和 2008 年第八届大展以来，再一次承办的国际书法展览盛会，集中展现了当今国际书法创作的艺术水平和精神风貌，为中外书法家们切磋技艺、增进友谊提供了一个重要平台。

3 月 23 日，在博鳌亚洲论坛成立 15 周年庆祝活动上，10 余位世界著名政要于海南博鳌国际会议中心挥写书法长卷，以书法的形式传递博鳌亚洲论坛长期倡导的理念，向世界展示了书法艺术的文化魅力。3 月 26 日，斐济中国文化中心在斐济博物馆举办“品味中国文化”主题活动，开设“汉字书写体验”互动环节，让斐济人民更多地了解中国文化和艺术。

“G20 峰会”作为 2016 年在中国举办的一项重大国际活动，备受世界关注，书法篆刻的文化魅力借此得以彰显。6 月 9 日，喜迎“G20 峰会”西泠印社文化艺术系列活动在中国国家图书馆开幕。9 月 5 日，国家主席习近平的夫人彭丽媛邀请出席“G20 峰会”外方代表团团长夫人共同参观中国美术学院，并邀请来宾一同书写汉字“和”，表达了希望世界和平、和谐的共同心愿，也特别凸显了中国传统文化的无穷魅力。

“第 27 届中日友好自作诗书交流展”于 2016 年 5 月 26 日在山东省美术馆开幕。活动由中国书法家协会、日中友好自咏诗书交流会主办，山东省书法家协会承办。展览共展出中日两国书家新创作的汉诗书法作品 151 件。开幕式后的交流笔会，中方书家顾亚龙、潘文海等与日方书家石川芳云、菅原有恒等赋诗挥毫，切磋技艺。中日友好自作诗书展将书法与诗相结合，注重书法艺术的文化底蕴与生活的密切联系，展现出中日书法异流同源、相互促进的东方文化传统。

“请进来”的主要活动还有：3 月 26 日，“首届中俄蒙国际文化交流书画展”在内蒙古呼和浩特市开幕。3 月 30 日，“第 33 届中日名家书法联展”在北京文化部恭王府开幕。4 月 17 日，北京中韩书画家联谊会主办的“第 23 回书画名家作品国际联展”在北京开幕。5 月 13 日，“第三届中日古墨书法作品展”在咸阳清渭楼美术博物馆开幕。8 月 4 日，“第 32 届成田山全国竞书大会　中日友好少年少女书道交流会”在北京举行。8 月 16，北京中韩书画家联谊会在北京主办“中韩书法研讨交流会”。11 月 5 日，“‘翰墨交辉’——中国・新加坡书法交流展”开幕式暨交流笔会在北京民族文化宫展览馆举行。

“走出去”的对外交流活动主要是赴欧美和近邻日本，而 2016 年对韩国的交流降至冰点。

“汉字之美”国际巡回展是由中国文学艺术界联合会主办、中国书法家协会承办的系列活动。6 月 16 日，“2016 汉字之美——中国古代哲人的沉思与当代书家的表现”书法艺术展在葡萄牙科技高教部澳门科学文化中心开幕。展览展出全国 45 位代表性书家所创作的书法篆刻作品。作品形式涵盖从殷商甲骨文到清代书法，内容从天人感应到道寓于艺，通过 30 个主题来诠释中华文化和汉字之美。10 月 19 日，“2016 汉字之美——中国古代哲人的沉思与当代书家的表现”中国书法展在欧盟总部举行，活动是“第二届中国—欧盟文化艺术节”的组成部分。本次展览以中国古代思想史和书法史为历史轴线，结合各朝代书体演变脉络，展出了当代书法名家创作的书法作品 30 件、篆刻作品原石 30 方与印蜕 30 件。

作为文化部主办的对外文化传播项目——“中华文化讲堂”的书法活动，通过“大讲堂”的方式传播中国书法篆刻艺术与中国优秀传统文化：骆芃芃于 2016 年 4 月 3 日至 14 日赴奥地利、波兰和捷克举行“中国篆刻艺术与当代中国人的人文追求”巡回讲演；9 月，胡秋萍在洛杉矶主讲“中国书法艺术的美与永恒”。

2016 年中日书法交流主要集中在连续性活动和刻字交流方面：

2 月，中国刻字艺术家访问团一行 17 人，应邀赴日本东京参加“国际刻字联盟第 16 届国际刻字艺术交流展”。3 月，“第四届当代中国书法名家作品展”在日本名古屋举办。4 月，应日本成田山全国竞书大会邀请，中国书法家协会主席苏士澍率领中国书法家协会代表团，赴日本出席“第 32 届成田山全国竞书大会”颁奖仪式，本届书法竞赛共有 12.7 万余件日本中小学生的作品参赛，从中评选出 15 件优秀作品。同月，“从王羲之到空海——中日法书名迹、汉字假名的联芳竞秀”展在日本大阪市立美术馆开幕。其中展出中国古代书迹约有 90 件。5 月，《书法报》组织的“书法之旅・扶桑访帖代表团”一行 70 人走进日本，观看法书名迹，并举办“‘书法报・扶桑访帖’——中日书法学术论坛暨交流笔会”。同月，由西泠印社主办的“西泠印社——中国金石篆刻艺术海外推广”活动在日本日中友好会馆美术馆、日本东京文化中心举行；活动由“西泠印社社长（现任）篆刻书法日本联展”“李刚田书法篆刻日本展”“西泠印社知名社员（部分）篆刻书法日本联展”“西泠印社金石篆刻名家演讲会暨文化交流活动”等构成；这是自西泠印社创社以来在日本举办的展览中参展艺术家最多、作品数量最大的一次活动，全方位体现了西泠印社的艺术风貌。

2016 年其他主要书法交流活动还有：

1 月 9 日，“第九届加拿大中华诗书画大展”在温哥华开幕。1 月 10 日，“‘翰墨交辉’——中新书法联展”在新加坡中国文化中心开幕。4 月 17 日，由中国人民对外友好协会、中国文字博物馆等主办的“中国当代书画名家精品展”在斯里兰卡首都科伦坡开幕。6 月，书法报社走进马来西亚吉隆坡新纪元学院，同当地中小学生现场交流书法。7 月 16 日，“‘东方神韵’——宁夏书画院（宁夏美术馆）赴俄罗斯文化交流美术作品展”在莫斯科中国文化中心举办。8 月 22 日，“大字书法国际展德国特展暨联合国官员书法邀请展”在德国洪堡大学举办。9 月，作为“2016 年跨越太平洋——中国艺术节”活动的揭幕展，“西泠印社中国金石篆刻艺术海外推广暨绘意中国——西泠印社名家作品美国展”在旧金山国际艺术中心举办。

通过书法对外交流的一系列文化活动可见，中国书法不仅是中国的文字符号，同时还是传播世界友谊的符号。书法对外交流为沟通中外文化差异，增进彼此了解发挥了积极作用，书法从业者应该好好履行自己的这一文化担当。但是，我们也应该清醒地看到，书法交流主要是我们的主动传播，所涉及的也主要是华人聚集地，并且国外一些华人的“书法”作品尚处于“汉字书写”的水平，与当代中国书法主流群体的水平还有一定距离。要想让更多的国家深入接受与了解中国书法，从而真正促进书法艺术水平的提升，尚需国内外书法专家和从业者共同而不懈的努力。

五、书法生态

2016 年，中国书法的生态环境健康有序。书法界深入学习贯彻习近平总书记在文艺工作座谈会上的讲话精神和《在中国文联十大、中国作协九大开幕式上的讲话》，扎根群众，服务人民，积极践行社会主义核心价值观。书法社团组织建设不断加强，社团制度与章程不断完善，对不法团体及个人的惩治力度不断加大。维护社会公平与正义，弘扬书坛正能量，为书法艺术的繁荣发展营造了良好的社会氛围。书法区域化交流日益增多，为书法艺术的良性发展带来新契机。随着时代与科技的进步，书法市场、传播、出版亦呈现出多元优化的发展态势。

（一）扎根群众，书法惠民，开展各层次活动

中国文学艺术界联合会第十次全国代表大会后，书法界深入学习习近平总书记的讲话精神，各书法专业媒体及时跟进推出学习专题。2016 年，中国书法家协会在全国各地相继举办了 20 期“中国书法家协会会员深入学习贯彻习近平总书记文艺工作座谈会重要讲话精神专题研讨班”，协会领导解读讲话精神，专家辅导讲座，有效提升了广大会员的政治思想素质和业务素质。中国书法家协会相继开展“送欢乐下基层”志愿服务公益活动，开展了多层面的送春联、送万“福”进万家公益惠民活动。各界书法人士为庆祝中国共产党成立 95 周年、纪念红军长征胜利 80 周年开展系列活动。例如：6 月，南京市文学艺术界联合会主办“‘辉煌征程’——纪念中国共产党成立 95 周年南京市书法篆刻作品展”；7 月，中国文学艺术界联合会和中国书法家协会主办“纪念中国共产党成立 95 周年全国书法名家邀请展”；同月，由上海文学艺术界联合会主办“‘一带一路·沪喀情深’庆祝建党 95 周年——2016 上海·喀什美术书法名家作品邀请展上海首展”开幕；11 月，由中央军委政治工作部宣传局、中国书法家协会举办“纪念红军长征胜利 80 周年全军书法作品展览”；等等。

书法团体及各界人士开展丰富的书法公益活动，10 月，由国务院扶贫办、中国文学艺术界联合会、中国书法家协会联合主办了“2016 年扶贫日书法名家邀请展”，展览的百余幅书法作品全部捐赠给扶贫事业。

2016 年，国家相关部门治理不法团体及个人，为当下书法艺术的健康发展营造良好的社会氛围。民政部相继分批次曝光“离岸社团”“山寨社团”达 1 288 家。

（二）围绕国家战略，书法区域化交流与协同发展活动日益增多

2016 年响应“一带一路”发展策略出现的书法活动有：6 月，“‘一带一路’全国书画联展”在西安大唐西市博物馆开幕；9 月，“‘一带一路’高校联盟书法展”在西北师范大学举办；12 月，“‘写意中国’——2016 中国国家画院年展书法篆刻院作品展”举办。围绕“京津冀协同发展”战略的书法活动有：3 月，“‘文龙杯’河北省首届高等书法教育论坛暨京津冀高等书法教育协同发展研讨会”在石家庄举行；6 月，“‘文墨端午’——2016 京津冀书法名家作品邀请展”在廊坊举办；10 月，“中西部‘一省一校’国家重点建设大学（Z14）艺术学学科建设峰会暨书画邀请展”在河北大学举行。

（三）对中国港澳台地区的书法交流

1 月 8 日，“2015 两岸大学生汉字文化创意大会”作品展（包括书法和篆刻）在南京艺术学院开幕。

3 月 2 日，“第二届‘我们爱和平’——海峡两岸暨香港、澳门名家书画展”在中国香港开幕。

6 月 3 日，“‘墨海腾龙’——台湾·黑龙江书法交流展”在黑龙江省美术馆开幕。

7 月，“‘古调今情’——饶宗颐艺术经典特展”在安徽省合肥市赖少其艺术馆开幕。这也是安徽唯一入选“文化部 2016 年全国对港澳文化交流重点项目”展览。饶宗颐是知名学者，现为香港大学荣休教授，兼任西泠印社社长、中央文史研究馆馆员。他对中国古代书画和古典诗词有系统研究，其书画艺

术有独特的艺术风格。他与赖少其同是广东潮汕人，被誉为20世纪潮州文化“双子座”，闪耀文坛。

7月8日，“第二届海峡两岸名家篆刻展暨首届海峡两岸青年篆刻大赛”在福州画院开幕。

7月12日，“2016两岸大学生汉字书法艺术交流夏令营”在西安理工大学开营。来自陕西和台湾地区10多所高校的100名大学生通过汉字书法艺术讲座、书法教学、书法创作展示、黄陵祭祖、考察兵马俑、乾陵、碑林等丰富多彩的体验式交流活动，让两岸营员了解两岸语言文字使用和交流现状，体验两岸语言文字与文化的同根同源、和而不同，增进理解信任，共同珍惜、尊重和传承中华优秀语言文化，增加对中华文化的热爱和认同。

9月6日，由甘肃省台湾事务办公室主办的“‘凝魂圆梦　振兴中华’——海峡两岸书画大展”在甘肃省兰州市举行。

9月25日，由四川大学、北京大学、四川省书法家协会主办的“第六届海峡两岸高校书法名家邀请展与书学论坛”在四川大学开幕。本届邀请展展出了来自海峡两岸多所高等院校的64位书法家创作的114幅书法精品。

（四）书法市场渐趋理性，“书法微拍”持续火热

相对于以前“只看名头、不问作品”的市场投机行为，现在的书法市场拍卖更关注作品所具有的艺术价值及文化含量。2016年的书法市场渐趋理性。大致可分为两极，一为高端路线，一为大众路线。高端路线主要是以大型拍卖公司、画廊为主体，它们积极调整市场策略，重质减量，探索多元化出路。古代书法因为其稀缺性带来的买家竞拍，依旧在书法拍卖市场交易中占据主要份额。如2016嘉德春拍，曾巩《局事帖》以2.07亿元成交，成为2016年春拍全球成交价最高的中国古代书法作品；宋克《临〈急就章〉并诸家题跋》以9 200万元成交；《唐贤写经遗墨并近代诸家诗画》以5 750万元成交；等等。古代书法作品交易的火爆无疑是当下书法市场的强心剂。

随着碑帖拓片展览及学术研讨会的相继举办，碑帖拓片交易火热，成为2016年书法拍卖市场的热点。广东崇正2016春拍，《莱子侯刻石》初拓本从200万元起拍，最终以2 070万元落槌，成为拍卖史上“最贵拓片”；中国嘉德秋拍“金石契”专题，清晚期拓本毛公鼎六名家题跋本估价180万—280万元，在多轮竞拍后，以1 138.5万元成交。

书法市场的大众路线以其门槛低、社会参与度高的特点深受大众喜爱，以微信为载体的“书法微拍”持续火热。“书法微拍”利用朋友圈的“圈子”优势，书家通过微信自主出售自己的作品，价格或百或千，对于书法爱好者和藏家来说，此类拍卖简单易行，可快捷地选择自己喜欢的作品，投资风险很低。当然门槛低也带来了书法作品的良莠不齐、粗制滥造等问题。加强市场监管、提高书法文化品位是当下书法市场大众路线的发展方向。

（五）书法媒体的坚守与“微信版”拓展

2016年书法媒体进一步拓展，“微信直播”一枝独秀。以微信、微博为主的书法自媒体，以其信息快捷化、多元化、使用便捷化占据了当下书法媒体的主流。大型人物传记纪录片《百年巨匠——于右任》《百年巨匠——舒同》相继开机。《沈鹏》纪录片在央视戏曲频道播出，央视数字书画频道以及相关电视书法频道的持续播出。微信公众号、朋友圈的建立成为书法传播交流的便捷平台，对当下书法发展起着重要的信息交流、舆论导向作用。传统书法媒体借力“微信版”成为新的发展趋势。书法自媒体的快速发展，也带来了书法信息传播的碎片化与浅薄化。芸芸大众手不离机，频频刷屏，在海量信息面前陶醉、徘徊、迷失，易于滋生浮躁、自恋、庸俗、媚俗风气。书法媒体和书法人面临新的时代考验。

刘宗超　河北大学艺术学院教授

文件辑录

【教育部语用司关于举办2016年全国中小学书法教师研修班的通知（教语用司函〔2016〕12号）】

各省、自治区、直辖市教育厅（教委）、语委，新疆生产建设兵团教育局、语委：

为贯彻落实《国家中长期语言文字事业改革和发展规划纲要（2012—2020年）》和《中小学书法教育指导纲要》，提高中小学书法教师专业素养和教学水平，传承弘扬中华优秀传统文化，教育部语言文字应用管理司定于6月举办“2016年全国中小学书法教师研修班”。现将有关事项通知如下：

一、培训内容

以党的十八大和十八届三中、四中、五中全会精神和习近平总书记系列重要讲话精神为指导，学习贯彻《国家语言文字事业“十三五”发展规划》，深入解读语言文字发展演变规律，研究书法教育现状和交流书法教学经验，提升中小学教师的书写、书法教育教学水平和专业素养。

二、培训时间和地点

培训时间：2016年6月6日—12日（报到时间：6月6日全天；返程时间：6月12日午餐后陆续返程）

报到地点：江苏省南京市东南大学四牌楼校区榴园宾馆大堂（南京市玄武区进香河路38号），总台联系电话：025-83680666。培训班不安排接送机（站）服务，请学员自行前往宾馆。

三、培训对象

面向全国各省（区、市）中小学的书法教师。学员要求具有省、市级以上（含市级）书协会员资格。根据自愿原则，每省最多可选派3名学员。

四、组织保障

本次研修班由我司联合东南大学主办，由东南大学继续教育学院和中国书法研究院具体承办。研修班学员培训期间的学费和食宿费由我司承担，其他费用由选送单位承担。经考核合格，发放由东南大学印制的结业证书。

五、工作要求

请各省（区、市）语言文字工作部门按要求推选符合条件的教师参加培训，组织填写《2016年全国中小学书法教师研修班报名表》。

教育部语言文字应用管理司
2016年5月10日

【关于政协十二届全国委员会第四次会议第2280号（教育类222号）提案答复的函（教提案〔2016〕212号）】

你们提出的“关于继续推进全国中小学书法教育的提案”收悉。现答复如下：

中国传统书法艺术是中华民族优秀传统文化的重要组成部分。开展书法艺术教育对于帮助学生吸收民族文化智慧，提高文化品位和审美情趣具有十分重要的作用。多年来，教育部高度重视以书法艺术为重要载体的中华民族优秀传统文化的传承与教育，先后印发《教育部关于中小学开展书法教育的意见》和《中小学书法教育指导纲要》，明确了书法教育相关课程的开设要求，多措并举加强中小学书法教育。

一、编写审定书法教育教材

2013 年，教育部印发《中小学书法教育指导纲要》，明确了中小学书法教育的基本理念、目标与内容、教学用书编写要求等，要求对书法教育学生用书进行审查。2014 年，教育部委托基础教育课程教材专家工作委员会开展小学书法教材审查工作，按照中小学教材审定管理的有关规定和程序，组织专家对各地申报编写的义务教育三年级至六年级《书法练习指导》进行了严格审查。2014 年底，教育部印发了书法教材用书目录。国家审定通过的书法教材于 2015 年秋季学期正式投入使用，为全国中小学开展书法教育提供了必要保障。

二、加强书法教育教师队伍建设

教育部高度重视中小学书法教师队伍建设，但是书法教师的专业要求较高，师资队伍建设存在很多现实困难，需要坚持不懈的努力。考虑到中小学书法师资队伍的实际情况，现阶段主要是建立一支以语文教师为主体、专兼职相结合的书法教师队伍。近年来，为不断提升书法教师专业水平，教育部会同有关部门开展了以下几个方面的工作：一是加强书法专业人才培养。全国已有十余所师范院校开设了书法专业和书法教育专业，招收培养从事书法教育的专业人才。二是强化师范生书写能力训练。师范院校重视包括书法在内的"三字一话"师范生职业技能训练，通过开展各类活动，提高非书法专业师范生的书法水平以及书法教育教学能力。三是开展教师书法教育培训。在"国培计划"中专设优秀传统文化教育骨干教师培训示范项目，将书法教育相关内容作为教师培训的重要内容，为中小学培养了一批书法教育的"种子"教师。同时，教育部还与中国文联联合启动实施"翰墨薪传·全国中小学书法教师培训"项目，将在全国分五大区分批培训约 7 000 名学员。2016 年，教育部在认真总结研究第一期培训项目经验与不足的基础上，专门印发了《关于进一步做好 2016 年全国中小学书法教师培训项目（翰墨薪传）组织实施工作的通知》，进一步明确和细化工作要求，着力增强培训实效。

下一步，教育部将继续支持有条件的师范院校开设书法专业和书法教育专业，培养更多的书法教师。进一步加强师范生养成教育，大力开展"三字一话"基本功大赛等丰富多彩的师范生素质培养和竞赛活动，营造良好的书法教育氛围。继续发挥"国培计划"的示范引领作用，为中小学培训书法"种子"教师。

三、加强课程实施监测

2016 年，教育部办公厅印发《关于开展中小学课程实施监测工作的通知》，将重点对国家规定课程（包括书法课）的开设情况进行监测，督促各地和学校合理安排教学进度，严格落实课程方案。在要求各地和学校开齐开足国家规定课程的基础上，义务教育和普通高中课程方案为地方和学校留出了一定的课时空间，各地和学校可以根据当地的特点和需要安排课程内容。

下一步，教育部还将会同有关部门和专业机构，适时组织书法教育专题调研，准确把握中小学书法教育现状，深入了解书法课实施情况，以多种方式加强书法教育经验交流。

四、组织书法教育相关活动

2015 年，教育部专门组织了"墨香书法展示"活动，各地按要求积极行动，组织辖区内学校和学生参加活动，报送并展示作品。据统计，全国 31 个省（区、市）和新疆生产建设兵团共有 13.7 万所学校的 4 709.4 万学生参加了活动。省级及地市、区县、学校共展赛作品 1 427.8 万件，并通过专家评选出优秀作品 300 件，在中国儿童中心进行集中展示，并由人民教育出版社汇集成册出版发行，产生了良好的社会效应，有效推动了书法教育的落实。

五、加强教育资源建设

近年来，按照教育信息化十年发展规划和全国教育信息化工作会议部署，教育部十分重视利用信息化手段，推进教育均衡发展，提升教育质量。2012 年底，教育部、财政部联合实施"教学点数字教育资源全覆盖”项目后，教育部组织信息技术专家、一线优秀教师和学科专家，制作了人教社新版教材小学一年级至三年级系列教育资源，从2013年9月开始，通过卫星和网络向各教学点推送。目前全国6.4万个教学点全部实现设备配备、资源配送和教学应用“三到位”，很多中心校与教学点实现异地“同堂”上课，共享优质师资，有效破解了长期以来教学点缺少师资、无法开齐开好国家规定课程的难题。

2012年底，国家教育资源公共服务平台正式上线运行。2013年开始面向社会公开征集遴选优质数字教育资源，并启动“微课”和“主题教学网站”资源共建工作。目前，国家教育资源公共服务平台上的基础教育资源库，已拥有包含文本、动画、视频等7种形式，300多万条资源，内容涵盖义务教育阶段一至九年级各学科，并已实现与18个省级、9个市县级平台互联互通和资源共享，面向全国广大学校和师生提供资源和服务。

2014年，教育部启动“一师一优课、一课一名师”活动。一方面促使广大教师能够利用信息技术和优质资源至少上好一堂课，另一方面建设一支善用信息技术和会用优质资源开展教学活动的骨干教师队伍，形成一套覆盖中小学所有年级、所有学科、所有版本的比较完整的公共资源体系。截至2015年9月底，部级“优课”网络投票结束，全国共有562万名中小学教师报名参与，共计晒课302万堂，推出省级优课48 357堂，覆盖19 833个知识节点，评选出部级“优课”12 195堂。本次活动中，通过教师上传分享的生成性资源共计536万条，共覆盖教材版本645个，覆盖学科61个。

下一步，教育部还将在今后的督导评估中，明确将书法教育列为重要督导内容，进一步加强督导检查，督促中小学校按规定开足开齐书法课。

感谢你们对教育事业的关心与支持。

教育部

2016年10月20日

专题

关于书法教育的理论探讨

【关于中学配书法教师开书法课的提议】

◎ 苏士澍

全国政协常委、中国书法家协会主席苏士澍建议，在初中和高中开设书法选修课，编写相应的教材，配齐书法教师、开齐开足中小学书法课，同时加快中小学书法教室、环境设施、网络课程资源等方面的研究和建设。

苏士澍分析说，2011 年，教育部下发了《教育部关于中小学开展书法教育的意见》，要求在中小学校语文、美术、艺术等课程中设置书法课，其中三年级至六年级的语文课程中，每周安排一个课时的书法课。但一些地方教育行政部门和学校对书法教育重视不够，开课率不高。从全国来看，还有不少县区和学校没有开书法课，很多学校只开硬笔课，或用硬笔课代替毛笔书法课。此外，当前书法课主要还是在小学开设，初中和高中开课的较少。

以北京市为例，目前北京共有小学 962 所，23 536 个教学班，按 15 个班级 1 名书法教师计算，应该配备书法教师 1 563 名，但现在专职书法教师只有 400 名，而且其中一些重视书法教育的学校有 2 名至 3 名专职书法教师。按此计算，北京市三分之二的学校没有书法专职教师。

苏士澍建议，教育部和各地教育行政部门应对全国软笔书法课的开课情况做一次全面调查，并适时建立书法课督导机制，加大对书法教育的宣传力度。

摘自《中国教育报》2016 年 3 月 16 日

苏士澍　中国书法家协会主席

【书法的思想品德】

◎ 王学岭

“书法”一词，约可分为两部分：书与法。书是文化，包含思想言辞、文艺作品；法是规则，含有更多礼序进退的度量。思想以天真烂漫来生成创造的动力，礼序将天地季节当作行进的标识。因此，好的文艺作品往往兼具天真与老成、动与静、诗篇与音乐。

我们自古重视童蒙教育，至后，则要求文章之外能通擅琴棋诗画。若琴有品格绰约，棋为道德纵横，诗可游思骋怀，画则寄想托情。虽各有彰显，实际皆是文化礼乐兼含其中。否则，便不成“美”。

同样，学习书法，须从知识、技法、意趣、境界等处循序而行，达到可任意凸显其一又技趣相谐，浑似天成，不然，便不能为艺。艺术，定要在知识之上，有模仿与复制、重生的能力，在大自然的节律之中不断更新、择优，不断演进，因此才是有生命的。圣人所谓：举一反三，是为“教”。

勤于思

以前小学有思想品德一课，多讲日常行为规范，是教育之基础，诚为品德。道德是思维与行为的基石，也是作品优劣雅俗的河界。

诗言志，歌永言。与后来私塾化而总结出的琴棋诗画、诗书画印等不同，最早六艺指礼、乐、射、御、书、数，以“礼”为基础之基。彼时书学就包括了汉字构成与书写艺术。其中的汉字部分，后又有专门的小学来做启蒙，分列六书及音韵、考据等。现代人接触最多的，约即《字典》与《说文》之类。其中的书写渐至或艺或技，与学问也似若即若离。故此，若要写好书法，必须从小学、文字钻研起，方可有所得。正如先知其然，再造其形状；而要学好书法，则必从六艺入手，旁涉广参，才可望有成。如同植树造林，非是一枝一叶的经营。所以，字结而成句，句合而成诗，诗中有思想则令人振奋，人若振奋则歌舞传播长久不倦。从字到歌，从古朴到昂扬，连通一致的，便是内里思想。立志学习的人，又怎可不从勤思善问开始，以描绘千里长风。

除书以外，六艺之首为“礼”，即日常行事规范。如书法之法，是所有兴起之根源。次为“乐”，记录远古乐舞，孔子“尽善尽美”即是论其中的《大韶》《大武》，渐成为审美之通行语。“射”即射箭之术，技艺之中包含礼教，竞争之时亦有分寸，颇可悟书法之技。御即驾车，其参法略同前。“数”乃古代哲学之萃，辩证而成论，螺旋以周行，万物自然矣。是学书者，若能兼修文乐、史哲之知识，锤炼入木透纸之技术，谦谦温温，敏行讷言，便可多一分笔端的风度。

澄于想

思想必有滤，方能做裨益。诗歌文章虽宛转七情，不变之韵仍是思无邪。则诗画含有声情，调以文质天然而美，琴棋互为动静，律以春秋温和则教。

声依咏，律和声。《说文》释想为有冀之思，是有更多主观主动地追求美好。所谓礼，约即行为之得体合度。作诗要因体裁而择声律，绘画因物体而赋色彩，都在有其规范及所适宜。礼，包含幼年成长的岁月纪事，聚会游玩的饮宴风范，有用具器物的量制方法，古往今来的传承演进，引论举例，可谓广博；并可知礼非待时而遵之重彝，是在生活之方方面面。唯时刻思问每一举止是否合礼，则每一笔画方可令人赏心悦目。

审之细微，凡捕捉于意者尽显妙趣。省入腠理，感动至心者皆有神奇。故画欲精微以致胜，度是其关节。书法亦然。何能脱落形骸寄远理，春花满苑争炫目，仍是分节裁度。盼望长卷之成，须知雕琢由心，进退在手，发起于物色，跌宕于常情；见隐显微，慎独择处，澄滤于心意，坦荡于言行。身外之观察，内里之感想，皆归至洽和、当其时律。如舞雩之寄托，摇曳吐纳各得安乐。由此而洋溢生机，且不离须臾。

成于品

“德音谓乐”，静动相宜，则更有气度。琴之音，贵有润、圆、淡、远的韵味；书之妙，在其温润、圆遒、淡雅、简远的情怀。考曲调与计黑白，在主观印象之下，手眼入心、心合手，于相应相谐中变化万千，成为新的境界。无论变至何时，它都与人的志气同步。

“兴于诗，立于礼，成于乐”，各有其第。墨也分有“淡干湿浓黑”五色，篆隶楷行草五体，并互为补充。乐之雅，要八音克谐，使得金石、丝竹等八种乐器的声音能够谐调一处，进退有序，抑扬若别，往来莫知。

进于德

以退为进，以按作提，字才写得精神。所以德即是谦谦君子之状态，又是审视前行之路径。视履，考详其旋，然后才能有吉有益。《道德经》与《易》，本来也分隔不开，都是讲的对立变化、阶梯上升的发展规律。六艺之“数”大部分即是此规律的实际运用。老子不仅将事物分列开来，也将认识事物、改造事物的方法分列为道和德。因此，汉语的德在品德修养之外，更含有不断提升之意。每日三省吾身以求进步，为学才会真正有效。书法当中墨纸二色，可谓诠释各种对立演进的最佳事物。如何将处于两极端的事物，通过排列组合呈现出和谐美感，如何在惯常的美当中制造出新颖卓越，其中之探索与收获，便是“德”。

因此，我们说笔画、结构的练习，只是学书法的基础，临摹是对美的认知基础，而非主动创造。

学习的目的即是让人们能主动地发现、复制、创新各种美，并且符合自然规律地进行。德要虚心以充实，书欲留白以深远，亦是不可分隔，此为理论、内涵层面。

在形态、公式中，书法以字为个体，迭生出词句文章的无穷世界。倡导“剥洋葱层层深入，行山路曲曲攀登”的学习，或也即为“怀德以得”之实践。这种学习的基础是端正情操与审美，其助力则是旁涉广参、兼收并蓄。所以，上文才讲到那些经典书籍。童蒙读物似如人手一般，指掌各异却必不能缺损，唯健康积极协调，方可成为心、脑之辅弼。想要写得好书法，怎能忽视“纵横”二字。这里有笔画的纵横、经纬的描绘，有知识的纵横、技艺的贯通，有神气的纵横、理想的腾跃，所以能悠游骋怀，诗书载道。这是懂得书法之境界。在此六艺之上，不断提升学养，以致明德亲民，能将所学奉献社会并歌颂时代，便是懂得书学之境界；便是要由“真性情、好律度、正亲尊”三种阶段，不断地盘旋升华。

原载《中国艺术报》2016 年 8 月 10 日
王学岭　中国书法家协会理事

关于书法艺术的美学探讨

【当代书法评论对于美学范畴的构建】

◎ 崔勇波

20世纪是一个充满挑战、矛盾和变革的时代。穿越这个历史时空的中国书法艺术，以多元的价值追求和空前的形态变化回应汹涌澎湃的社会变革和起伏跌宕的艺术思潮。

书法艺术的发展是否有一个广阔的前景，很大程度上取决于当下书法创作实践、创作理念以及它们所达到的历史高度。书法评论是书法艺术重要的组成部分，是联系书家与作品的纽带，它既集中体现了书家的艺术创造力，又是书家艺术创造力的必要物化过程。鉴于此，审视当代书法评论对于美学范畴的构建，是探讨书法本体、书法发展的关键所在。纵观书法史，大凡书法新观念的形成、新风气的展开和书法经典的产生等，评论家有不可替代的作用。

社会的巨大变革必然导致当代书法艺术在价值判断上出现标准模糊、规范缺失的普遍问题，如何借助理论的力量使这一情况"向纵深处掘进，沿系统化构建"，是当代书法评论家的要务。在当代中国书坛这种多元格局中，书坛的有识之士在加强书法学科的研究、倡导务实的学风、展开书法评论等方面做出了积极的努力。

书法艺术评论强调以客观公正的立场、求实的态度对被评论的对象做深入的剖析，通过文字表现当代生活和当代书家的感情，不但有对书法的形式解构，更有对当代书法的深层追问，这必然会给当代书法观众、当代书法艺术家以感发，同时给当代书法艺术以灵感与启迪。

书法是见心明性的艺术。书风的形成与个人的心性修养、学书经历、思想情怀必然相适应。半个世纪以来，书法创作发生了很大的变化，如果把这种变化做一个综合考察，可以发现，当代书法的时代表征在书法实现方式大众化、形式化、多元化的过程中得到诠释，书家可以自由地选择自己的创作方向，因此便造就了丰富的流派和多样的风格。

书法创作观念的形成，其中既有创作动机、创作心态、人生经历、艺术思想、创作手法等直接原因，也有社会艺术思潮、周边文化环境等间接原因。成功的艺术品不仅反映着艺术家的思想情感，也必然反映其民族的性格、所处社会的时代精神。中国艺术强调的"文以载道""诗以言志""书以立意""乐以象德"表现出中国古典美学思想的特征，同时也强调时代美学风范，时代的美学趣味势必会对这个时代的艺术家产生影响，在宏观的层次上决定其艺术趣味乃至风格的选择。从这个角度来说，一个有才能的、敏感的当代书法艺术家，在时代的美学风范面前自然也不会无所作为，他会积极地把自己融入进去，以巨大的热情和富有智慧的幻想，创造出更加鲜明独特的艺术风格，并希望以其特有的艺术风格的作品被社会承认和评判。

但同时，当代书法艺术评论本身在学术上也存在着一定的难度。难在对书法作品评论标准"度"的把握和确定，以什么样的立场和标准去判断书法艺术的是非优劣？这是一个任何人都不能猝然回答的问题，因为标准是公共性的，它不是空洞的理论假设，且必须具备可操作性，同时又要经受实践的检验。

当下关于书法批评方面的文章，从整体看，深刻性与系统性都有待加强：或选择一个"点"向纵深处开掘不够，或外延不够宽泛等。譬如对书家的评论往往偏向肯定与褒扬，针对书论著述的批评，大多是褒者具体、深入，贬者抽象笼统、点到为止；对书体予以评价与鉴析，或侧重艺术风格之分析，或侧重审美内涵之挖掘，或侧重时代背景之剖白，或侧重视觉形式之阐述，但由于评论者的艺术观念、学术功力、审美立场、写作方法等方面的差异，不免有水平与著述风格的差异。

当代书法评论需要一种学术姿态，应该理解、客观、包容、严肃和关怀。因此，建立当代书法艺术评论标准，一要尊重传统的、民族的审美心理，二要立足书法本体。

当代书法理论体系虽然在书法史、书法美学诸方面有了长足的进展，但书法评论的研究还是显得力不从心，加强当代书法创作建构，强化书法批评力度，进而梳理中国书法艺术的发展历程，显得尤其重要。

当代书法艺术评论价值观的构建，应建立在人格蕴涵基础之上。以社会主流价值观而言，书法艺术是“为人生而艺术”的价值观，因此书法评论者的人品、胸次决定着评论者自身修身、立世的境界。正因为对人的充分肯定，儒、道精神在异趣同归中都交结于一点，对人格精神都做出了充分的肯定。《论语·子路》有曰：“不得中行而与之，必也狂狷乎！狂者进取，狷者有所不为也。”中国书法艺术的发展是以“内省”“内美”为追求基石的，“内省”和“内美”是一种人格的力量在支撑着美德体系，它是书家以自己的力量来完成人格的教化作用，在教化作用下达到“个我”与社会的和谐。

书法是文化的产物，中国文化的巨大包容性必为书法评论提供有力的支撑。“和而不同”“多元互补”，以及追求书法审美意趣，确立书法的文化价值观念，树立书法独立的本体意识，等等，也必将作为一种重要的规范延续下去。

书法艺术评论家应该具有学术敏锐感，努力从纷纭的书法现象和书法艺术活动中发掘具有代表性、典型性和普遍性的特质，以鲜明的特色，着力强调书法艺术的文化性质，同时注重文化内涵、文化品质的风格探求之路，展开深入倡导或批评。

书法艺术评论家应该具有文化意识和历史使命感，对评论对象高标准和精益求精是起码的素质和要求，坚守“技进乎道”“技道两进”的中国文化精神，提倡多元激荡、兼容并包的评论理念；应以公允的立场，着眼其艺术成就，做出客观的梳理，而非夹杂人情因素。

书法艺术评论家应该具有民族自信心和自豪感，强调书法评论的尊严和力量，同时更应该受到大众的理解和尊重。规范当代书法创作，应多从当代中国书法的走向、现状、表现思潮、创作理论、学术机制等诸多角度或方面赋予多元化切实关注。

当代书法艺术的可持续发展需要书法评论的大力支撑，这在当前已经得到了广泛的社会共识，这不得不让我们对书法艺术评论的进一步发展充满关切，同时亦对其广阔的前景充满渴盼和希望。相信通过大家的不懈追求，建立起客观独立的书法评论理论体系将为期不远；唯此，中国书法艺术的可持续性健康发展才符合本体并充满光明。

原载《中国艺术报》2016 年 3 月 2 日
崔勇波　北京书法家协会理事

【中国书法审美之“趣”】

◎ 王伟林

中国书法作为中华传统文化中的精粹，承载着中华民族的伟大智慧和审美追求。因此，中国书法的美学精神也就成了中华美学精神的重要部分，讨论中国书法审美趣味在历代的演变发展既有理论上的价值，同时又可为当代中国书法创作带来借鉴与思考。

作为一个美学范畴，艺术上所谓的“趣”（或称审美趣味）通常有两重含义：一是韵律美，它是有韵味的形式。二是意蕴美，它是有意义的形式，它形成于对象特征和主体理想的社会观念的吻合。书法作为一门线条的造型艺术，自然有其特定的韵律美。同时，它作为一门人们借笔墨文字来抒情达意的抽象艺术，更充分地体现出丰富的意蕴美，加之历史的层层积淀，因而，书法呈现出斑斓缤纷的格局，吸引后继者探幽析微，览胜觅宝。在书法领域内，人们追求“趣”的步履始终坚实而有力，并呈现出各不相同的态势。

一、理趣

书法流派分为理性派和感性派两派。所谓“理性派”，着眼于书法的结构秩序，偏重静态的建筑性的美的规律。理性派表现出的规律的美正和“唐人尚法”相对应。所谓“感性派”，则着眼于书法的气势变化，偏重动态，富有韵律美的规律。

尽管理性派和感性派的创作方式、心境及追求的书法效果不一样，但两派都认为，好的书法作品必须充分发挥文字的造形性（但并不意味着要超越文字的可读性）以增强书法的表现力。因此，它们所体现的美无疑都属于韵律美的范畴。

二、情趣

如果把理性派的创作方法看成古典主义的话，那么，以抒情为旨归，追求主观表现的创作方法则自然属于浪漫主义了。唐代的张旭、五代的杨凝式、明代的祝允明等便是这种创作思潮的代表书家。这类书家主张借书法来“达其情性，形其哀乐”。浪漫主义正是对古典主义的反驳。那个“脱帽露顶王公前”的草圣张旭便是把这一倾向推到极致的一位抒情大师。在这里，情感分明是一切的主宰，书法也因有了情感的融入而表现出强大的生命力。

三、意趣

书法史上有“宋人尚意”之说，“意者，理想之探求，意蕴之流溢，个性之抒发，风神之呈露也。宋人用意，故各具面目。面目者，艺术个性之流露也，宋人用意，但不是不合理法，其面目奇而不怪，意生法中，故宋人书无装腔作势，诡形怪异之态”。宋人用意，尽管也追求个性表现，但与张旭式浪漫派的执着专注不同，他们重在自由表现，重在信手一挥之间的潇洒感觉。这方面，号称“刷字”的米芾直言不讳：“要之皆一戏，不当问拙工。意足我自足，放笔一戏空。”而且宋代书家破天荒地提出了“天真烂漫是吾师”“我书意造本无法”的口号，甚至把“丑”引入书法美的领域中。米芾式的尚意派则以书法为人生，超脱至极，而且，正因为这般超脱大大拓展了书法美的领域。

循着这一思路，我们欣喜地看到明末清初掀起的以傅山、徐渭、黄道周、张瑞图、王铎等为代表的狂怪大潮正是“宋人尚意”之风的极端表现。“宁拙毋巧”“宁丑毋媚”的外形表达出书家内心不可压抑的慷慨愤郁之情，在这种惊世骇俗的宣泄中，书法所固有的那种秩序之美被超越了，观者感受更多的却是那跃然纸上的强烈个性！理解到这一点，谁能怀疑清代刘熙载在《书概》中提出的“丑到极处便是美到极处”这一论断的合理性？

这是时代使然，大势所趋。清乾嘉以后我们便看到了一股更为波澜壮阔的碑学大潮如火山一样喷涌而出。书法审美的触角从历来相对狭隘的庙堂之书、文人之风扩展到鲜为人知的民间书法。清末政治上的革新派领袖康有为在书法领域也摇旗呐喊，终于一场以古为新、借古开今的书法革新运动来到了。“魏碑无不佳者，虽穷乡儿女造像，而骨肉峻宕，拙厚中皆有异态，构字亦紧密非常，岂与晋世皆当书之会耶？何其工也！”这“新理异态”便是清代碑学大师们用以矫正靡弱时弊的新的“意趣”。

四、韵趣

长期以来，中国书法的发展一直受到道家思想熏染，而呈现出明显的有别于“严正”“浪漫”“狂怪”的放逸之趣，即所谓的“韵”。玄学笼罩的魏晋时期便是这“韵”独步的时代。在魏晋，这“韵”不是刻意造作，而是人生观的自然流露。及至后世，真正能得其神韵的，唯元之倪云林，明之王雅宜、董玄宰等少数几家。究其原因，谓“放逸”之姿易得，而“放逸”之神难求。即便如米南宫、黄山谷之辈也不过打了个擦边球，欲求晋韵而未得，最后便任其自由发挥去了。

五、禅趣

历史上佛教对书法发展的影响也不可低估。一些著名的禅僧如南朝智永、唐代怀素、明代朱耷、近代弘一以及日本的良宽无不受其影响，从而在书法史上独树一帜。苏东坡评智永的书法云：“永禅师书，骨气深稳，体兼众妙，精能之至，反造疏淡。如观陶彭泽诗，初若散缓不收，反复不已，乃识其奇趣。”这是从审美心理的角度去把握禅趣的。而刘熙载《书概》则从创作心理的角度去比较“禅趣”和“情趣”的不同：“张长史书悲喜双用，怀素书悲喜双遣。”对此，熊秉明先生有中肯的阐发：“张旭的草书是热情澎湃的倾吐，怀素的草书是排除情感的、抽象的玄意的挥扫。”故对于禅趣书法，我们切不可用世间通常的审美眼光去观照，否则，充溢其间的雅拙空灵之趣便难以体悟。

上述对书法之“趣”的审美界定以及历史分析使我们无法回避这样的事实：书法之“趣”是一个有着深刻内涵的概念，当一个时代的文化思想、社会风尚及审美观念或一位艺术家的生活遭遇、审美追求发生变化，则书法之“趣”的内涵也会随之发生转变。然而，尽管这种变化千差万别，但只要有艺术存在，则书法之“趣”也就无时不在，无处不在。古代如此，当代也不例外。当然，今人追求之“趣”有别于前人，这是由我们这个时代的特点和书法发展的内在规律所决定的。前些年，当代书法创作在“尚趣”意识的驱使下“蔓延着一种浮躁情绪”，终于酿成了率意潦草、任笔为体的“流行书风”。我认为产生这一时弊的原因是对中国书法的本质和传统理解、把握得不够。另外，尚有两个重要原因未能引起书坛的重视：其一，书法理论界本身对“趣”的真实内涵揭示不够，从而导致在审美追求上的“误解”，在创作上的偏差——过分追求作品的形式感而不择手段，甚至以牺牲精神内涵为代价。其二，今人作书喜涉草体、稿书，以为草体、稿书最易抒发感情，表现个性，实是一大偏见。其实，前人早已给我们提出警告：“作书草率最难。”古人稿书，虽是随意潇洒，纯任自然，却是书家们兴致所至，它是规律和自由、法和意、形和神高度统一的结果。翁方纲深刻地指出：“今人论书，以颜公三稿皆信手点窜所为，故谓不加意之书更妙。然亦不可以概论也。有加意而愈妙者，有不加意而愈妙者。若概以不加意为工，则亦非持平之论耳。”艺术创作上的自由境界，无有不从加意中来。当代书人认识上的失误导致了当今书坛丑怪成风，甚至有人干脆搬出傅山“四宁四毋”理论作为率尔操觚者据。殊不知“四宁四毋”理论的提出有其特定的社会历史背景，更何况其真义并非丑怪恶拙。若习书者不能理解丑、媚、支离、轻滑、真率、安排的关系，终将落得个野狐禅。明人汤临初说：“今人未知执笔，妄逐时好，目不睹古人之迹，心不悟点画之方，谬加己意，自谓新奇。遂令散漫无端，颠末不属，虽异书佐，亦奚取焉！”

追求书法理趣、情趣、意趣、韵趣、禅趣，理所当然，然而，“笔性墨情，皆以其人之性情为本。是则理性情者，书之首务也”。今之众人竞逐书趣，不理性情，盲目趋时，东施效颦，所失在“真”。艺术没有了真性情，其形式再好也不过是一具毫无生命力的躯壳。真正有实力的书家是那些既不排斥形式美的追求又保持鲜明个性，大巧若拙，大朴不雕的探索者。

原载《中国艺术报》2016年11月2日

王伟林　江苏省书法家协会副主席

【如何实现书法“移情”】

◎ 嵇绍玉

美学上所谓“移情”，基本沿袭或继承西方美学的观点，即审美欣赏实质上是人已持了审美态度，将自己的情感、意志和思想投射到对象上去，实现人“移情”对象的过程。但本文述及的传统书法移情说，与上述观点并不一致，或者论述正好相反，即书法艺术作为主体，如何来引发激起观赏者的情思，也就是书法作品是如何“移情”于观赏者，使之产生喜悦、平静和沮丧等情感。分析这一逆向投射的过程，对确立书法的主体性有着重要的价值。

一、书法为“有意味的形式”

书法之“有意味”，当指在长期演进中自身形成的艺术趣味和审美理想，它具有共同性，其审美特征在一定程度和范围内有着广泛的社会基础；它具有标志性，是长期提炼出来并被社会约定俗成而形成的审美标准和准则，多表现为书法上的风格或特色。

这里，我们对传统书法“有意味形式”做简要分析。我国最早的文字记事符号——西安半坡出土的仰韶文化彩陶上的刻画，因囿于记事述言，除了观赏者惊叹其历史久远之外，并未形成足以让观赏者叹为观止的艺术酵母。在随后的甲骨文、金文、小篆等流变行进中，才慢慢滋生出“有意味的形式”。缘于这种“有意味的形式”，书法艺术才出现了美丑优劣的基本标准和基本样式。假如被观赏的作品符合这一共认的“有意味的形式”，观赏者一般兴奋喜悦欣然，一旦远离这一形式，观赏者一般情绪就会为之低落。这就是书作通过“有意味的形式”将情感传导反射给观赏者的简略过程。

二、书法为“自然之子”

人之心境或情感最易接受那种倾向性的特定类型的对象刺激，当对象特征以强烈的攻击性反射人的心理时，人的情绪“兴奋灶”就从大脑两半球的某一部位迅速扩散到脑神经大部分区域，并侵占着各种各样的中枢，立即影响着人的情绪变化。基于此，书法作品究竟存在着什么倾向性的刺激源，来反射观赏者的神经系统呢？或者说，书作与观赏者两者之间存在着怎样心照不宣的默契，使书作得以左右、调动、激发着观赏者的心情？很显然，书作与人同时作为“自然之子”这一核心要义在起着决定性的作用。“自然”这一“生命之母”，搭建了书作与观赏者心灵的桥梁，使得书作在观赏者心中成为“有倾向性的特定类型的对象”，并使两者能够相互交融、相互亲近，产生“同频共振”的感应。

三、书法有“第二种意象”

移情说发源于19世纪末20世纪初德国心理学家、美学家里普斯。里普斯的学说大半以几何形体所产生的错觉为根据。他有个著名的“多利克式”石柱论。其主旨是，高耸的石柱并不是石柱本身，而是石柱站立、槽纹和仰视等诸因素而形成的耸立的空虚的意象。这“空虚的意象”就是我们所说的在原本石柱概念基础上产生的“第二种意象”，或曰“第二种形式”。我国近代学者王国维在《古雅之在美学上之位置》中认为：“一切形式之美，又不可无他形式以表之，惟经过此第二之形式，斯美者愈增其美。而吾人之所谓古雅，即此第二种之形式。即形式之无优美与宏壮之属性者，亦因此第二形式故而得一种独立之价值，故古雅者，可谓之形式之美之形式之美也。”这一理论，在美学领域不仅可解释自然美向社会美升华过程中生发的种种现象，而且也特别适用于汉字激发观赏者情绪过程中所产生的种种现象。

汉字，它由人造，是现实生活中的实用品，是“第一种意象”，但它会在此基础上产生“第二种意象”。而通常所谓书法之美大都又指向这种“第二种意象”之美。古人所说：“字横如千里阵云，隐隐然其实有形，点如高峰坠石，磕磕然实如崩也，撇如陆断犀象，折如百钧弩发，竖如万岁枯藤，捺如崩浪雷奔，横折钩如劲弩筋节。”这后面所状的喻体都是在笔画基础上产生的“第二种意象”，也是观赏者观赏书法的主要意象。唐张旭的《古诗四帖》从“第一形式”来讲，字可谓点画狼藉，框架满幅，肆逸飘忽，几复不可辨识，但所引发的“第二种意象”，则使人望其体势，字字断中见连，每每具形，笔画丰满，绝无纤弱浮滑之处，通篇跌宕起伏，动静交错，满纸如云烟缭绕，构成草书的巅峰之作。

四、书法与观赏者情感可“双向回流”

当观赏者聚精会神欣赏作品时，观赏者的情趣与对象的情趣有个双向往复回流的现象。有时候对象的情趣随着观赏者的情趣而定，有时候观赏者的情趣随着对象的情趣而定。观赏者与书作的双向感情回流，两者情怀之互相激荡，将书作“移情”一波一波推到高潮。

书法作为一种艺术，其本身就是人的创造物。毫无疑问，作为主体的人，按照自己的意志、愿望、理想创造了它，其中必然含蕴着人情感的影子，打上人的生命烙印。书法是主体人的本质力量在艺术上的印记和文化积淀。从这个意义上说，书法家在艺术创造过程中，把自我生命、本质外化到书法对象中去，书法便成为书法家自我生命的复现。南北朝刘勰《文心雕龙·体性》中说：“才有庸俊，气有刚柔，学有浅深，习有雅郑，并情性所铄，陶染所凝。”这里的才、气、习、情、性等，说的就是人的主体生命已成为艺术的组成部分，艺术的生命总与人的主体性紧紧联系在一起。这样，书作与观赏者是两个生命在交流、在互动、在畅欢、在倾诉，那么书作的情感转移到观赏者身上就是一个十分融洽、十分自然、十分惬意的过程。

五、书法“虚实相生”

在艺术的肇始阶段，“虚实相生”就成为其胚胎基因根植于内。《系辞传》有言：“书不尽言，言不尽意，然则，圣人之意，其不可见乎？”书法可以说是运用“虚实相生”的杰出典范。现在所说汉字最初起源于刻画符号和陶文，这是史料支撑下科学理性分析的结果，但长期以来，人们一直相信是伏羲、神农和仓颉创造，他们是人又是神，这为书法冯虚御风、空灵缥缈埋下了伏笔。在随后演进中，书法日趋摆脱物象实形，越发虚化幻化而得书之理法和意趣。蔡邕在《笔论》中说：“夫书，先默坐静思，随意所适，言不出口，气不盈息，沉密神采，如对至尊，则无不善矣。”王羲之《题笔阵图后》强调虚静中把握形式结构之关系：“欲书者先干研墨，凝神静思，预想字形大小、偃仰、平直、振动，令筋脉相连，意在笔前，然后作字。”不言而喻，这里用意、思来描摹勾勒书象，极为空虚，极为模糊，以此让观赏者去心领神会，引发多种情感和幻想。

六、书法“玄妙莫测”

朱光潜在《文艺心理学》中提出，艺术的功能并不是忠顺地模仿自然，妙肖自然并不是艺术的最高成就，所以摄影不能代替图画，蜡人不能代替雕刻，电影不能代替戏剧。这一观点可做进一步的解读，就是艺术虽源于自然，但应该披沙拣金，取情弃形，而表现出艺术理想主义和浪漫主义色彩。凡是理想主义和浪漫主义作品，都比自然主义和写实主义的作品更能撩拨人的情丝，因为其作品都带有更多的创造性、表现性和个性，都经过艺术家心灵的洪炉和功力的铁斧的千熔百铸，带有更多的想象空间和玄妙之机。

就书法艺术来讲，浓厚的理想主义和浪漫主义色彩集中在狂草；得以让观赏者情绪跌宕起伏的，源于狂草形式和内质的玄妙之机。唐皎然《张伯英草书歌》曰：“先贤草律我草狂，风云阵发愁钟王。须臾变态皆自我，象形类物无不可。”让钟王发愁的原因，是狂草的纵任奔逸，有如唐孙过庭《书谱》所言：“复有龙蛇云露之流，龟鹤花英之类，乍图真于率尔，或写瑞于当年，巧涉丹青，工亏翰墨，异夫楷式，非所详焉。”狂草“移情”于观赏者，因其“随情随意”之性，更能够引发观赏者感情的共鸣。观赏者得以各取所需，可以自由感受书作里的千般情愫、万种风涛，实现各自精神的解脱，生发出各自有别于他人的审美情趣。

原载《中国艺术报》2016年11月2日

嵇绍玉　中国文艺评论家协会会员

纪事

综合展览

【“学院风骨”——当代书法专业博士作品邀请展暨学术论坛】

2016年1月16日，由南京艺术学院、江苏省书法创作研究中心、中国美术学院现代书法研究中心、中央美术学院书画比较研究中心联合主办的“‘学院风骨’——当代书法专业博士作品邀请展暨学术论坛”在江苏省常州市刘海粟美术馆开幕。展览集中展出了全国3位书法博士生导师、128位书法博士的260多件作品。

【“古雅新生”——2015深圳美术馆青年书法邀请展】

2016年1月20日，由深圳美术馆主办的“‘古雅新生’——2015深圳美术馆青年书法邀请展”在深圳美术馆开展。展览展出了王子蚺、白锐、刘照剑、李仕宁、李延奎、李金豹、李宗洪、李逸峰、李锐、杨勇、谷国伟、陈培站、郭晶、黄映恺、谢权熠、廖伟夫16位青年书法家的作品。

【“汉书形意”——汉字水墨艺术展】

2016年3月29日，由广东岭南美术馆主办的“‘汉书形意’——汉字水墨艺术展”在广东岭南美术馆开幕。展览展出了32位汉字艺术家的120幅汉字水墨作品，通过展示汉字书写之下的形意建构与表达，探索汉字艺术的新发展。

【“墨海腾龙”——台湾·黑龙江书法交流展】

2016年6月3日，由黑龙江省书法家协会和台湾“中国书法学会”共同主办的“‘墨海腾龙’——台湾·黑龙江书法交流展”在黑龙江省美术馆开幕。展览共展出作品225件，其中中国台湾地区的作品117件、黑龙江省的作品108件，涵盖了真、草、隶、篆、行五种书体，多种创作风格兼容并蓄，体现了两岸书家的传统功力与多元风貌。此次展览以书法为纽带，通过书法交流，加深了两岸书家的情感联系，推动了两岸文化交流的进一步发展。

【“2016汉字之美——中国古代哲人的沉思与当代书家的表现”书法艺术展】

2016年6月16日，由中国文学艺术界联合会、中国驻葡萄牙大使馆和葡萄牙教育与科学部澳门科学文化中心联合主办，中国书法家协会承办的“2016汉字之美——中国古代哲人的沉思与当代书家的表现”书法艺术展在葡萄牙科技高教部澳门科学文化中心举办。展览展出全国45位楷、行、隶、篆、草代表性书家创作的书法篆刻作品多幅。

【纪念中国共产党成立95周年全国书法名家邀请展】

2016年7月1日，由中国文学艺术界联合会、中国书法家协会主办的“纪念中国共产党成立95周年全国书法名家邀请展”在中国文艺家之家举办。展览展出中国书法家协会主席团、理事、专业委员及获奖作者等95位书法家的作品多幅。

【“沭水兰亭”——中国书法兰亭奖获奖书家精品邀请展】

2016年8月12日，由江苏省文学艺术界联合会、江苏省书法家协会、沭阳县人民政府主办，江苏省美术馆、中共沭阳县委宣传部承办的“‘沭水兰亭’——中国书法兰亭奖获奖书家精品邀请展”在江苏省现代美术馆开幕。展览展出了全国中国书法兰亭奖获奖书家的120多件作品。

【第二届王羲之奖书法作品展】

2016年9月3日，由山东省文化厅、山东省文学艺术界联合会、山东国际大众艺术节组委会主办的“第二届王羲之奖书法作品展”在山东美术馆开幕。展览展出书法及篆刻作品260余件。

【“翰墨传承”——中国美术馆当代书法邀请展（2016）】

2016年9月8日，由中国美术馆策划主办的“‘翰墨传承’——中国美术馆当代书法邀请展（2016）”在中国美术馆举办。展览展出了26位当代书法家的130件作品。

【第六届海峡两岸高校书法名家邀请展与书学论坛】

2016年9月25日，由四川大学、北京大学、四川省书法家协会主办，四川大学艺术学院、中国艺术研究院承办的“第六届海峡两岸高校书法名家邀请展与书学论坛”在四川大学艺术学院开幕。展览展出了来自海峡两岸多所高等院校的64位书法家创作的114幅书法精品。在随后的书学论坛中，侯开嘉、黄智阳、张爱国、曹建、刘清扬、朱友舟、刘灿铭、王佳宁、王书峰、陈维德、陈志平等17位专家先后发言，主题有颜体在元代的际遇、张瑞图与黄道周的书法比较分析、书法在现代社会的文化使命、沈尹默对书法教育的传承、散卓笔的考辩对中国书法技法的新认识、陈克农书法篆刻艺术研究、中国现代书法的精神内涵以及当代书法创作问题等主题展览。

【全国石油职工书法篆刻展】

2016年10月18日，由中国石油书法家协会、中国石油华北油田公司、中国石油华北石化公司主办的“全国石油职工书法篆刻展”在中国石油华北油田工人文化宫开幕。展览共从来自100余家企业书法作者的700余件书法、篆刻作品中评选出50件获奖作品和150件入展作品。这些作品形式多样、诸体兼备，既尊重传统具有包容性，又勇于探索表现出时代的开放性，全面展示了全国石油职工书法篆刻发展的新面貌。

【第二届中国—欧盟文化艺术节暨2016汉字之美——中国古代哲人的沉思与当代书家的表现】

2016年10月19日，由中国文学艺术界联合会、中国驻欧盟使团、布鲁塞尔中国文化中心、欧中“一带一路”文化旅游发展委员会、中国—欧盟文化艺术节组委会主办，中国书法家协会承办的“第二届中国—欧盟文化艺术节暨2016汉字之美——中国古代哲人的沉思与当代书家的表现”中国书法展在比利时欧盟对外行动署展出。展览展出中国当代书法家的书法作品30件、篆刻作品原石30方与印蜕30件。

【“写意中国”——2016中国国家画院年展书法篆刻院作品展】

2016年12月11日，由中国国家画院主办的“‘写意中国’——2016中国国家画院年展书法篆刻院作品展”在中国国家画院美术馆开幕，展览共展出国家画院书法篆刻研究员队伍一年来的书法创作200余幅。

个人展览

【谢云书画艺术展】

2016年1月15日，由中国国家博物馆主办的“谢云书画艺术展”在中国国家博物馆西大厅开幕。展览由鸟虫篆、金文小篆、现代书法以及长城稽首组画四个部分构成，集中展示了谢云的书法创作成果。

【“可居墨稿”——王贵忱书法展】

2016年3月25日，由广东省文学艺术界联合会和广东省书法家协会主办的“‘可居墨稿’——王贵忱书法展”在广州举行。展览展出王贵忱自20世纪50年代初至今的书法作品120余件，内容包括古籍的题跋、抄写的书稿、砖拓、砚拓，以及书写的对联和诗词等，反映了王贵忱不同时期的书法风貌和整体的艺术水平。

【“追梦之旅”——张海书法展】

2016年3月26日，由中国文学艺术界联合会、中国国家博物馆、故宫博物院、中国美术馆、中国书法家协会共同主办的“‘追梦之旅’——张海书法展”在中国国家博物馆开幕。80余幅张海古稀新作首次亮相。

【“文心养真”——王念堂期颐书法展】

2016年3月31日，由北京画院主办的“‘文心养真’——王念堂期颐书法展”在北京画院美术馆开幕。展览汇集了百岁老人王念堂数十年创作的楷、行、草等书体作品70余幅，涵盖了中堂、对联、手卷、册页等丰富的传统书写形式。

【周慧珺从艺60周年书法作品展暨周慧珺书法学术研讨会】

2016年4月16日，由中国书法家协会、中共上海市委宣传部、上海市文学艺术界联合会、上海市文化广播影视管理局、上海市文史研究馆主办的“周慧珺从艺60周年书法作品展暨周慧珺书法学术研讨会”在上海市文学艺术界联合会开幕。展览选取了周慧珺从艺60周年来的作品100余件，囊括了对联、斗方、横披、少字数、手卷、中堂、条幅、长卷及扇面等各种形式，反映了周慧珺不同时期的书法创作风貌。

【“金陵问道”——孙伯翔书画展】

2016年4月17日，由中国书法家协会、江苏省文学艺术界联合会、天津市文学艺术界联合会主办的“‘金陵问道’——孙伯翔书画展”在江苏省美术馆开幕。展览共展出孙伯翔近期创作的新作110幅，既有书法巨制，也有国画小品。书法以魏碑、行楷为主，旁及草、隶、篆，风格迥异；国画题材广泛，形式多样，清新雅逸。

【“白云无门”——乐泉书道水墨展】

2016年4月17日，由中国国家画院书法篆刻院主办的“‘白云无门’——乐泉书道水墨展”在中国美术馆开幕。展览展出乐泉多年来创作的书法、水墨作品百余幅。

【“一元复始”——李一书法展】

2016年4月23日，由中国艺术研究院、中国书法家协会、中国美术家协会、山东省文学艺术界联合会主办的“‘一元复始’——李一书法展”在山东美术馆开幕。此次展览是李一第一次回乡汇报展，展出作品百余幅，内容涉及序文题跋、诗词联语、论书绝句三个部分，也包括作者近年来创作的部分绘画作品。

【“篆痕印心”——马士达艺术作品展】

2016年9月29日，由中国美术馆、江苏省文学艺术界联合会共同主办的“‘篆痕印心’——马士达艺术作品展”在中国美术馆举办。展览展出马士达篆刻70方，书法作品20幅，捐赠作品45件。

【“含弘光大”——章祖安书法展】

2016年10月15日，由中国美术学院、浙江省文学艺术界联合会共同举办的“‘含弘光大’——章祖安书法展”在中国国家博物馆开幕。展览汇集了书法家章祖安各个时期的书法代表作品百余件。

【“不忘初心”——孙晓云书法展】

2016年12月20日，由江苏省文化厅主办、江苏省美术馆承办的“‘不忘初心’——孙晓云书法展”在江苏省美术馆开幕。展览展出孙晓云近年来创作的书法作品近百件，囊括楷、行、草、隶多种书体。

其他

【中国书法家协会第七届主席团第二次会议】

2016年1月16日，中国书法家协会第七届主席团第二次会议在北京举行。会议集体学习了习近平总书记在文艺工作座谈会上的讲话和刘奇葆同志在中国书法家协会第七次全国代表大会开幕式上的讲话，围绕“在新的历史条件下，如何推动当代书法艺术繁荣发展、推动协会工作稳步创新”“如何发挥好主席团政治引领和业务引领的作用”两个主题进行了集中讨论。郑晓华向主席团做了题为“中国书协2016年工作要点”的汇报，主席团成员对2016年的工作计划安排给予了充分肯定，并对一些具体工作提出了建设性意见。

【“汉字书法数字化建设及其应用示范”项目通过验收】

2016年6月17日，“汉字书法数字化建设及其应用示范”项目在北京通过验收。“汉字书法数字化建设及其应用示范”是文化部2013年开始实施的“国家文化科技提升计划”项目。项目研究了书法汉字数字化表示方法，建设了历代不同风格名人书法碑帖及印刷字体的书法汉字数据库，构建了中国传统书法艺术集成服务平台，研发了相应的客户端应用软件，实现了书法汉字演示、作品欣赏、临摹等服务功能。项目形成书法数据库收入单字9 500个、汉字重文12.2万字；申请专利1项，取得软件著作权登记2项，发表论文6篇。验收委员会一致认为，该项目按要求完成了任务书规定的内容，同意通过验收。

人物纪念

【书法家刘艺逝世】

2016年12月24日，中国当代书法事业的开拓者、中国书法展览与评审工作的奠基人、书法家刘艺因病在北京逝世，享年85岁。

刘艺，别署王实子。1931年1月25日出生于北京，祖籍台湾台中市。抗战胜利后参加爱国学生运动。1948年穿过封锁线进入华北解放区，入华北大学（中国人民大学前身）学习，毕业后被分配到太行老区任中学老师。1955年奉调赴越南接办华侨中学任教导主任。1958年回国留中央侨委任《侨务报》主编。1975年调国家地震局任地震出版社副总编辑。1981年第一次全国书法家代表大会当选中国书法家协会理事。1983年调入中国书法家协会机关任副秘书长，续任常务理事、副主席、评委主任。2001年任中国书法家协会顾问。由于成就突出，2013年4月获中国文学艺术界联合会及中国书法家协会颁发的书法界最高奖项——第四届“兰亭奖终身成就奖”。在书法理论、书法教育、书法创作以及对外国际交流等各个领域均取得了令人瞩目的成就。

交流

【第十回中韩书法交流展】

2016年8月16日，由中国广东省书法家协会、国际书法艺术联合韩国本部湖南支会、中共云浮市委宣传部、云浮市文学艺术界联合会共同主办的“第十回中韩书法交流展”首展在广东省云浮市举行。本回展览展出中韩两地书法作者精心创作的作品各约100件。作品内涵丰富、风格各异、形式多样、技法精湛，代表了当今中韩书法的创作风貌。展出作品行、草、隶、篆、楷各种书体都有，在创作上既继承传统又有所创新；书写的内容都是百姓喜爱的古今传统诗词，既有艺术性，又有可读性，雅俗共赏。

【第二十七回日中友好自咏诗书展】

2016年9月1日，由中国书法家协会、中日友好自咏诗书交流会共同举办的“第二十七回日中友好自咏诗书展”在东京日中友好会馆美术馆开幕。展览共展出中日双方书家作品160余幅，内容为书家自作诗词、俳句。

大事记

1月8日，"'秦印风韵'——戎壹轩藏秦印珍品展"在中国印学博物馆开幕。

1月8日，"'水面清圆'——全国书法名家邀请展"在江苏省宝应县纵棹园举行。

1月15日，"谢云书画艺术展"在中国国家博物馆开幕。

1月16日，中国书法家协会第七届主席团第二次会议在北京举行。

1月16日，"'学院风骨'——当代书法专业博士作品邀请展暨学术论坛"在江苏省常州市刘海粟美术馆举行。

1月20日，"'古雅新生'——2015深圳美术馆青年书法邀请展"在深圳美术馆举行。

1月22日，"看四川——诗书创作工程优秀书法作品展""四川省第二届书法创作谢无量奖暨四川省第五届书法篆刻展""永逸杯——四川省首届行草书大展""四川省首届现代刻字艺术展"四个专题展分别在四川美术馆、四川省文化馆开幕。

1月23日，"'翰墨传承'——中国美术馆当代书法邀请展（2015）"在中国美术馆开幕。

1月26日，"'翰墨薪传'——全国中小学师生书法比赛获奖作品展暨中国书法名城苏州书法教育'千百工程'学员优秀作品展"在苏州美术馆开幕。

3月25日，四川省宜宾市首届书法高级培训班开班仪式在宜宾市第一中学校举行。

3月25日，"'可居墨稿'——王贵忱书法展"在广州举行。

3月26日，"'追梦之旅'——张海书法展"在中国国家博物馆开幕。

3月29日，江西省书法公益大讲堂在江西省婺源县举行。

3月29日，"'龙乡墨韵'——第五届全国中小学书法教学高峰论坛暨教师书法作品展"系列活动在重庆市铜梁区巴川小学举行。

3月29日，"'汉书形意'——汉字水墨艺术展"在广东岭南美术馆开幕。

3月31日，"'文心养真'——王念堂期颐书法展"在北京画院美术馆开幕。

4月7日，"中国鸟虫篆书法展暨鸟虫篆艺术论坛"在河南省郑州市开幕。

4月9日，"'拟古·流变'——赵社英书法作品展"在平遥桐荫山房开幕。

4月13日，"全国金石题跋名家作品展"在河北省涿州市举行。

4月15日，"杭州·兰州书法邀请展"在中国杭州钱江国际美术馆开幕。

4月16日，"周慧珺从艺60周年书法作品展暨周慧珺书法学术研讨会"在上海市文学艺术界联合会开幕。

4月17日，"'金陵问道'——孙伯翔书画展"在江苏省美术馆开幕。

4月17日，"'白云无门'——乐泉书道水墨展"在中国美术馆开幕。

4月17日，"'墨守传统·光华书艺'——刘锁祥书法展"在晋宝斋开幕。

4月18日，"第二届'魏碑圣地'全国魏碑（临写＋创作）书法大赛暨魏碑书法论坛"在河南省洛阳市举行。

4月23日，"'太湖对话·传统篆刻在当下'——2016全国中青年篆刻名家邀请展"在江苏省无锡市五湖印社举行。

4月23日，"'一元复始'——李一书法展"在山东美术馆开幕。

4月26日，"'篆隶合璧'——迁陵秦简牍与咸阳秦封泥汇展"暨学术研讨会在陕西省西安市中国书法艺术博物馆举行。

4月28日，“星河展·第六回书法展”在广东省文联艺术馆开幕。

4月29日，中国书法家协会举行“两学一做”学习教育动员部署会议。

5月10日，内蒙古统计局举办“‘青年志·统计梦’主题系列活动书法摄影展”。

5月17日，国学修养与书法·第三届全国青年书法创作骨干高研班在中国人民大学国学馆报告厅举行开学典礼。

5月23日，“黄俊俭个人书法展”在苏州图书馆开幕。

5月26日，“第27届中日友好自作诗书交流展”在山东省美术馆开幕。

5月27日，“猴年广东篆刻邀请展”开幕式暨作品集首发式在岭南美术馆举行。

5月28日，“湖南省青年书法家协会成立30周年书法展暨全国青年书法家协会联盟首届双年展”在长沙开幕。

6月3日，“‘墨海腾龙’——台湾·黑龙江书法交流展”在黑龙江省美术馆开幕。

6月16日，“2016汉字之美——中国古代哲人的沉思与当代书家的表现”书法艺术展在葡萄牙科技高教部澳门科学文化中心开幕。

6月17日，“汉字书法数字化建设及其应用示范”项目在北京通过验收。

6月18日至21日，“岭南印学国际学术研讨会”在广州市白云国际会议中心召开。

6月20日，“‘清音’——广州美术学院中国画学院书法篆刻专业教学展”在岭南画派纪念馆开幕。

6月28日，中国文联文艺志愿者服务团在湖北省恩施市开展“永跟党走”送欢乐下基层系列慰问活动。

6月30日，中国艺术研究院中国篆刻艺术院成立十周年纪念活动暨“‘大美篆刻’——走进生活中的篆刻艺术作品展”在北京文化部恭王府开幕。

7月1日，“纪念中国共产党成立95周年全国书法名家邀请展”在中国文艺家之家举行。

7月5日，中宣部宣教局、中国书法家协会在中国人民抗日战争纪念馆举行《重读抗战家书》书法作品捐赠仪式。

7月6日，翰墨薪传·全国中小学书法教师培训（第二期）在北京启动。

7月8日，“第二届海峡两岸名家篆刻展暨首届海峡两岸青年篆刻大赛”在福州画院举行。

7月9日，“吕洪年先生书法艺术回顾展”在四川省图书馆开幕。

7月15日，“‘石上史诗’——山东古代石刻拓片精品展”在山东省日照市博物馆举行。

7月29日，中国文联、中国书协“送欢乐下基层”暨纪念长征胜利80周年书法志愿服务公益活动在贵州省印江土家族苗族自治县举行。

8月6日，“‘岭上云’——荣宝斋当代篆刻名家邀请展”在北京荣宝斋大厦开幕。

8月12日，“‘沭水兰亭’——中国书法兰亭奖获奖书家精品邀请展”在江苏省现代美术馆开幕。

8月16日，“第十回中韩书法交流展”首展在广东省云浮市举行。

8月20日，“全国首届金石拓本题跋精品展”在河北博物院开幕。

8月22日，“‘纪念红军长征胜利80周年’书法作品联展”在图书馆画廊举行。

9月3日，“第二届王羲之奖书法作品展”在山东美术馆开幕。

9月8日，“‘翰墨传承’——中国美术馆当代书法邀请展（2016）”在中国美术馆开幕。

9月17日，“甘肃省酒泉市瓜州第二届张芝书法艺术节”“首届‘草圣故里’全国草书名家学术提名展”“中国草书论坛暨甘肃省第四届‘张芝奖’书法大展”在瓜州县草圣故里文化产业园举行。

9月20日，“第十二届国际书法交流大展”在天津美术馆举行。

9月25日，“第六届海峡两岸高校书法名家邀请展与书学论坛”在四川大学艺术学院开幕。

9月29日，“‘篆痕印心’——马士达艺术作品展”在中国美术馆举行。

10月1日，“山西省吕梁市青年书法论坛暨精品展”在山西省孝义市举行。

10月11日，“国学修养与书法·第三届全国青年书法创作骨干高研班学员作品观摩展”在中国文艺家之家展览馆开幕。

10月12日，“‘京华墨韵’——第十八届北京书法篆刻精品展”在北京国艺美术馆开幕。

10月13日，“纪念红军长征胜利80周年全军美术书法作品展”书法评审工作在北京举行。

10月15日，“第十一届中国艺术节·全国优秀美术作品展”“书法篆刻作品展和摄影作品展”在陕西省美术博物馆开幕。

10月15日，“‘含弘光大’——章祖安书法展”在中国国家博物馆开幕。

10月16日，“扶贫日书法名家邀请展”在北京会议中心开幕。

10月18日，“全国石油职工书法篆刻展”在中国石油华北油田工人文化宫开幕。

10月26日，“‘求道金陵’——崔伟书法习作汇报展”在江苏省美术馆开幕。

10月30日，“中西部‘一省一校’国家重点建设大学（Z14）艺术学学科建设峰会暨书画邀请展”在河北大学开幕。

11月5日，“2016全国高等书法教育（郑州）论坛”在河南省郑州市举行。

11月6日，“河南省第五届篆刻艺术展”在河南省书法培训中心开幕。

11月12日，“‘墨海掬波’——方波、张波书法作品展”在山东省潍坊市图书馆开幕。

11月19日，“‘江右合璧’——黄君、刘小明书画联展”在上海黄浦区谷韵艺术馆开幕。

11月23日，“‘孔孟之乡汉碑行’——全国隶书展暨中国汉碑与书法学术研讨会”在山东省济宁城市展示馆开幕。

12月6日，“‘且饮墨渖一升’——吴昌硕的篆刻与当代印人的创作展暨吴昌硕篆刻学术研讨会”在国家典籍博物馆举行。

12月11日，“‘写意中国’——2016中国国家画院年展书法篆刻院作品展”在中国国家画院美术馆开幕。

12月20日，“‘不忘初心’——孙晓云书法展”在江苏省美术馆开幕。

12月24日，书法家刘艺因病在北京逝世，享年85岁。

12月28日，“第八届中国书坛新人新作展”在大连市博物馆开幕。

中国艺术年鉴·2017

设计卷

分卷主编：许　平　顾骁瑾

年度述评

2016年中国平面设计述评

◎ 陶海鹰

2016年中国的平面设计依然是收获颇丰的一年。改革开放30多年来，平面设计已经从过去传统、静态、纸媒的外在形态，转向多元、融合、数字、服务、共享、主导的“大设计”概念；从最初全盘学习、吸收西方设计理念，到融合优秀传统文化基因，再到自立、自信、自省的平面设计观念的确立，我们可以断言，平面设计行业不会如前些年设计界许多学者所担忧的逐渐“没落”，相反，平面设计的理念、方法、特征对我们今天的生活仍然具有不可替代的现实价值，在人工智能、移动互联网、数字技术发展的契机下，走向学科、行业、教育的交叉与融合。

一、政策导向：设计纳入创新驱动发展战略

2016年3月17日，两会发布《中华人民共和国国民经济和社会发展第十三个五年规划纲要》。其中，从经济发展的角度，“十三五”期间供给侧改革将是重点，从而解决结构性问题，推动经济转型升级。在“实施创新驱动发展战略”篇，提出深入推进大众创业、万众创新，构建激励创新的体制机制。5月19日，中共中央国务院印发《国家创新驱动发展战略纲要》，鼓励文化创新，推动创新创业，激发全社会的创造活力，发展创客经济，形成大众创业、万众创新的生动局面。12月19日，《“十三五”国家战略性新兴产业发展规划》正式印发，提出以数字技术和先进理念推动文化创意与创新设计等产业加快发展，促进文化科技深度融合、相关产业相互渗透。

在发展文化产业方面，《文化部“一带一路”文化发展行动计划（2016—2020年）》提出，建立和完善文化产业国际合作机制，加快国内“丝绸之路文化产业带”建设。以文化旅游、演艺娱乐、工艺美术、创意设计、数字文化为重点领域，支持“一带一路”沿线地区根据地域特色和民族特点实施特色文化产业项目。顺应“互联网+”发展趋势，推进互联网与文化产业融合发展，鼓励和引导社会资本投入“丝绸之路文化产业带”建设。在这一契机下，2016年6月20日，陕西省教育厅、陕西省文化厅、陕西省文学艺术界联合会、中国美术家协会平面设计艺术委员会、陕西省美术家协会、西安美术学院联合主办的“2016丝路精神——首届西部国际设计双年展”通过竞赛、巡回展览、专家讲座、学术论坛等系列活动，凝聚中国西部设计力量，深入挖掘、梳理、研究丝路沿线设计文化艺术资源，加强与丝路沿线国家的学术和文化、艺术交流。大展的举办将以西安为新起点，用视觉设计为“丝绸之路经济带”的发展建设发挥作用，切实践行习近平总书记在文艺工作座谈会上的讲话精神，为推动中国文化艺术事业发展做出贡献。

二、热点聚焦：平面设计行业活动与赛事

（一）人文·情怀：传统平面设计的持续活跃

2016年，中国平面设计在经历了“东学西渐”，模仿、吸收外来经验的发展之后，更加注重发掘自身优秀的文化基因，传统文化与艺术介入平面设计领域的作品愈来愈多。1月10日上午，由清华大学美术学院吴冠英教授设计2016年《拜年》邮票、中华春节吉祥物“年娃、春妮”首发仪式在人民大会堂举行，全国人大原副委员长顾秀莲为邮票揭幕并揭晓吉祥物。此次发行的是《拜年》系列邮票的第二套，画中的“欢欢”“喜喜”身着南方传统服饰，“欢欢”戴着“猴帽”，手举竹竿，竹竿上挂着火红的正在燃放的鞭炮，炮花如绽放的春之花，绚丽多彩；“喜喜”双手捂耳，笑逐颜开。1月21日，央视猴年春晚吉祥物“康康”发布，由清华大学美术学院教授韩美林设计，以中国传统水墨画的艺术形

式，生动表现出“猴”的机灵活泼的特点。然而水墨版中颇具中国元素的色彩，到了3D版中被非常直白地表现出来，效果差强人意，韩美林教授表示未参与后续效果设计，侧面反映出今天大众设计审美的需求日益提升。

2016年1月10日，“‘水墨为上’——靳埭强个展”开幕。本次展览将呈现香港著名设计师靳埭强2011—2015年间全新创作阶段的水墨作品。自20世纪70年代开始从事水墨创作以来，靳埭强的作品综合吕寿琨、王无邪在抽象水墨实验与设计构成美学方面的策略与探索，将林泉高致的山水图式融入他气度磅礴的“山水书法”之中，开辟了自己独创的将东方传统水墨情趣与西方设计思维融会在一起的现代风格。2月，由北京市文化局主办，北京市对外文化交流事务中心、北京今日美术馆承办的“2016猴年第二届全球吉庆生肖设计大赛”日前圆满落下帷幕，共评选出9件获奖作品。大赛通过连续两年的成功举办，为中国优秀的传统生肖文化汇聚了高水平的设计人才及丰富的设计作品，为“全球吉庆生肖设计大赛”成为集文化交流、文化传播、创业、创新于一体的综合性国际品牌积蓄力量。

设计是驱动文化创意产业和区域经济发展的重要内容，平面设计自改革开放以来一直活跃在设计行业的最前沿。1月19日，文化部、财政部2016年文化产业创业创意人才扶持计划在北京启动，同时举办“青年设计师创业创新”主题沙龙活动。沙龙活动围绕“青年设计师创业创新”主题，对扶持青年人才创业创新、推动文化创意和设计服务与相关产业融合发展发挥了重要作用。5月25日上午，由河北省廊坊市政府与北京市大兴区政府、北京光华设计发展基金会共同主办的“2016中国设计节”在廊坊启幕。本届设计节以“新设计、新产业、新城市”为主题，旨在通过搭建设计产业创新交流平台，提高廊坊设计产业核心竞争力与品牌影响力，实现人才集聚、技术集聚、项目集聚，为京津冀一体化建设与协同发展提供重要支撑。当下的平面设计早已冲破二维空间的局限，在今天不单纯是一种美化生活、商业包装的诉求，如何解决人类未来生活的永续，就不得不肩负实施可持续发展战略的历史使命。6月6日至8日，联合国教科文组织、教育部、北京市人民政府、中国联合国教科文组织全国委员会举办“第二届联合国教科文组织创意城市北京峰会”，主题为“创意与可持续发展”。在联合国“2030可持续发展议程”框架下，探讨以创意为切入点，进一步增强创意对城市建设、经济发展的支撑作用。

此外，2016年平面设计界的展览、盛会一直活跃在蓬勃发展的中国设计舞台，融入国际设计的格局。由文化部、广东省政府、深圳市政府共同举办的“第二届中国设计大展及公共艺术专题展”于1月9日在深圳关山月美术馆开幕。作为中国规格最高、最有权威的设计展，中国设计大展旨在通过构建专业、权威的国家级展览平台，引领和促进中国设计和公共艺术的创新发展。6月2日，“‘图文’——中国当代海报与书籍设计展”在德国埃森Folkwang博物馆展出。展览回顾了改革开放以来中国海报和书籍设计的发展，“Graphic Design”这个词引入中国起始于20世纪80年代中期，这也成为现代中国设计国际化的开始，中国海报和书籍设计的30年，一方面，它们是时代的明镜，海报和书籍设计都反映了中国发展的30年，在经济、文化和社会历史方面的变迁；另一方面也反映了中国平面设计师在学习西方设计和创造自己设计语言过程中留下的轨迹。6月21日，“瑞士平面设计展”在中国美术学院民艺博物馆展出。本次展览由中国国际设计博物馆主办，中国美术学院设计学院视觉传达设计系承办，瑞士文化基金会及中国美术学院外事处支持，全方位展现了瑞士当代设计师们直面强大的传统所做出的思考与突破，他们娴熟的设计语言、精益求精的工艺和丰富的媒介运用，再一次体现了瑞士平面设计的原动力和影响力。6月25日，“第二届深圳海报节启动仪式暨推介活动（北京首站）”在清华大学美术学院隆重开启。赵健教授在致辞中希望设计师在深圳海报节这一全球海报竞赛舞台上充分发挥创意的想象，创作出优秀的作品，通过海报设计这一平面表现形式与语言，检验自己的专业能力，为以后的职业生涯积累宝贵的竞赛经验。

在2016年平面设计新闻热点中，频繁出现的是关于LOGO设计的发布，随着时代的变迁和大众审美的提升，LOGO设计越来越受到公众的关注。2016年新年一过，中国中央电视台正式更换

LOGO，2015年以来，中央电视台（CCTV）按照"只做不说"的节奏在一些节目画面、栏目宣传片、仪式、演播室等场合不断让其"CCTV+右下角红点"组合的新LOGO出镜，引起了大家的广泛关注和讨论，尤其是"9·3"阅兵直播结束时电视画面中新LOGO的亮相更是瞩目。CCTV和CCTV中文频道、英文频道的官方Facebook和Twitter头像已经纷纷以新LOGO作为头像，相信这也是我们首次看到的央视官方放出来的新LOGO的清晰图片，也打破了新LOGO仅限内部使用的传言。2016年1月29日上午，"第25届中国金鸡百花电影节（2016中国·唐山）新闻发布会"在唐山市曹妃甸区紫天鹅庄国际酒店举行。发布会上公布了本届电影节的主题语、吉祥物和LOGO，电影节LOGO选取的则是广西桂林师范高等专科学校李原的标识作品"唐"，其设计名称为"金鸡报晓"。标识整体由唐山的"唐"挥毫而成，凸显唐山独特的地域特征和深厚的历史文化底蕴，将金鸡形象有机融合，体现电影节的主题内涵。作品同时把数字"25"嵌入"唐"中，体现第25届金鸡奖的历史和传承。作品中电影胶片的元素则体现了电影节的专业水准和影响力。

从2008年北京奥运，到2022年冬奥会，体育赛事的形象设计备受公众关注。第十三届全运会在天津举办，2016年7月3日下午，第十三届全运会会徽、吉祥物正式亮相。第十三届全运会会徽由书法字"津""13""张开双臂的人形""海河"等元素构成，呈"火炬"造型，取名为"奔向未来"。会徽主色调为蓝色，体现了顽强拼搏、勇攀高峰的体育精神。吉祥物取名为"津娃"，取材于天津杨柳青年画，并与现代卡通形象进行了有机整合，具有浓郁的民族风格和天津特色。"津娃"身着牡丹花图案服装，脚穿虎头鞋，手持全运火炬，做出跳跃的动作，传递出运动的概念，整体形象诙谐、幽默、生动。7月31日，北京冬奥组委正式面向全球征集2022年冬奥会会徽和冬残奥会会徽设计方案。冬奥会会徽的设计关键词包括"精彩、非凡、卓越、绿色办奥、共享办奥、开放办奥、廉洁办奥、亿万民众参与冰雪运动、纯洁的冰雪、激情的约会、可持续发展、凝聚体育力量、世界欢聚节日"，冬残奥会会徽的设计关键词包括"勇气、决心、激励、平等精神寓于运动，永远向前"。

（二）印刷字体设计探索

字体，不仅是过去中国历史文化承载、交流、延续的工具，更是新时代传播国家形象、民族文化的重要符号。愈来愈多的文化学者、设计师认识到，印刷字体设计承载着文化基因、社会关注与公众意识。2016年的字体设计展览、活动与研究都围绕着中外交流、发掘传统的探索而展开。

2016年1月9日下午，在有着浓厚学术氛围、融古典与现代气息于一体的北京大学百年纪念大讲堂，一场由北京北大方正电子有限公司（以下简称"方正电子"）与北京大学现代出版研究所合作主办的字体盛会——"中文复刻字体研讨会暨方正金陵粗、方正金陵细、方正龙爪、方正萤雪字体发布会"隆重召开，包括字体设计师、平面设计师、设计院校学生、北大学子等在内的300余名字体及设计爱好者齐聚一堂，与在场的复刻字体专家们一起近距离探讨了复刻字体的前世今生以及未来，并一同见证了方正金陵粗、方正金陵细、方正龙爪、方正萤雪四款复刻字体的发布。

由中国文字字体设计与研究中心、中央美术学院、北京北大方正电子有限公司合作主办的字体设计盛宴——"字道2016"展览于3月25日在国家大剧院北水下廊道东展厅隆重展出。"字道2016"展览由三个部分组成："第八届'方正奖'字体设计大赛作品展""第六十一届纽约字体设计指导俱乐部全球巡展·北京站（简称TDC61）""字体摩登1919—1955"。其中，"字体摩登1919—1955"的策展人周博希望以1919—1955年之间中国出版的字体著作为中心，从"字体书"的角度重新梳理和发现中国现代文字设计在这30多年中的变化和成就，让这些文字设计的"过去"能够回到"未来"，或者至少部分地回到"未来"，使观众去重新认识我们每天都接触的文字，去发现它们的美，去体会字体设计师的匠心，去感受它们承载的文化与历史。

3月9日，"字体之星"大赛终极评审在中央美术学院正式拉开帷幕，主办方围绕着本届大赛的主题"创新与传承"，作品中个性与共性并存，一方面有字库行业专家级评委，一方面吸收相关联行业评委们的意见，增加大赛的丰富性和包容度，更好地在一定高度的基础上不仅能比出好作品，还进一步鼓励了创新性。

9 月 27 日，“第三届‘字体之星’字体设计大赛”，与汉仪字库作为承办之一的“‘汉字之美’——2016 全球青年设计大赛”颁奖盛典于北京 77 文创园同步启幕。“‘汉字之美’——2016 全球青年设计大赛”以“心灵生活”为主题，要求参赛者以 30 个包含“心”字偏旁部首的汉字字库中任意一字为创意起点，在理解其意义内涵并进行积极思考的基础之上，立意“心灵生活”，完成一件设计作品，旨在加深青年设计师对中国文化的理解，运用设计灵感使传统文化焕发现代生机，创作出更多具有传统文化积淀的设计产品，走进百姓日常生活。

11 月 27 日，中国美术学院汉仪字体设计研究工作站暨汉仪第三届字体之星设计大赛分享沙龙在杭州中国美术学院象山校区成功举办。汉仪公司希望通过建立工作站、具体课题合作研究等多种方式，将院校的设计研究能力与企业的产业推进能力深度结合，取长补短，资源共享，以帮助企业在深化产品开发、产品方法总结、设计思维能力培养、产业观察研究等方面获得长足进步。

12 月 9 日，“二零一六第三届汉字设计双年展”在台湾科技大学开幕。展览展出百余件优秀的汉字设计作品，包含海报、书籍、企业标识、产品、包装等。策展人李根在为国际知名设计师，强调：“文字设计和应用，是设计领域极为重要的一门学问，我们希望借此次展览，联结全世界杰出的华人设计，将华人设计推广到国际舞台的聚光灯下，扮演未来华人设计在世界引领潮流的重要枢纽。”

（三）各地设计周活动

2016 年，与往年不同的是，设计周的影响力辐射到更多城市和地区。在北京、天津、南京、广州、杭州、武汉各大城市都开展独具特色、异彩纷呈的设计周活动。

“2016 北京国际设计周”秉承“智慧城市、设计之都”的理念，以“设计 2020”为主题，全新开启“十三五”运行周期。本届北京国际设计周聚焦国家和北京“十三五”规划发展战略，汇集全球创新设计资源，为城市发展的热点和难点问题寻求设计解决方案，为供给侧改革语境下的设计服务业的发展探索新方向，为“大众创业、万众创新”提供市场转化的技术支点。4 月 7 日，北京国际设计周组委会发出项目合作邀请，宣布筹备工作全面启动，并公布了 2016 年设计周将筹办首届冬奥设计论坛，针对冰雪运动设备器材设计研发、冬奥形象景观设计等展开新的探索。值得一提的是，2016 年北京设计周的主宾城市为韩国首尔，于 9 月 28 日在北京国际设计周分会场——751 时尚设计广场举办主题展览和一系列相关设计活动。作为首个北京国际设计周亚洲地区的主宾城市，韩国首尔在活动主题“智慧城市，智慧设计，智慧生活”的基础上“聚焦智慧，超越智慧”这一核心思路，通过首尔市内正在实施或计划实施的相关项目来全面展示市民们的城市生活状况，展现首尔如何运用东方智慧、设计之道来解决城市发展和市民生活的具体问题。

5 月 13 日，以“行住坐卧”为主题的“2016 年第三届天津国际设计周”在北宁文化创意中心开幕。国内和意大利、日本、英国、德国、荷兰等地的知名设计师带来艺术作品参展。本届天津国际设计周论坛以“行住坐卧”为主题，探讨设计在多元化文明下的共生与共存以及设计未来的发展之路的机遇和挑战。7 月 7 日，“2016 伦敦设计节‘南京周’”系列活动在南京市秦淮区国创园正式启动，现场观者如潮。此次启动仪式积极引入“创意产业”概念，聚合东西方文化差异，融合艺术与自然、生活、建筑等载体，努力打造一届国内“文化融合，思维创新”的世界博览会。12 月 2 日，“2016 广州设计周”在广州保利世贸博览馆举行，这不仅仅是目前中国规模最大、参与人数最多、影响力最广、国际化程度最高的“设计 + 选材”博览会，更是一场关于生活设计美学的“饕餮盛宴”。伴随着中国经济增长模式从“中国制造”到“中国创造”的转变历程，广州设计周走过了一条从唤醒全社会“赢在设计”“设计创造价值”的公共意识，到吹响全行业“为中国设计发声”的进军号角的蓬勃发展之路，广州设计周一直致力于将设计师与品牌商这两大体系相互融合、共拓商机。12 月 18 日，2016 年“东 + 西国际设计周”系列大展在湖北美术学院开幕，“东 + 西”源于东西方文化的交融与碰撞，中国东部和西部文化在具有“九省通衢”美誉的江城武汉汇聚。武汉作为中部崛起的战略支点，将在未来东西方经济与文化的碰撞中起到越来越重要的作用。“东 + 西国际设计周”在原有海报设计赛事基础上，新增插画艺术、字体设计和包装设计三个类别的展览及活动。“东 + 西国际设计周”旨在将东方传统文化与西方现代文化交流与碰撞，努力构建设计文化与设计教育的交流沟通平台。12 月 24 日，“2016 杭州国际设计周”开幕，着力于为本土设计提供展示平台，力求展现震撼世界的“中国设计”，让世界看见杭州的设计力量。

三、学术视野：平面设计著作选介与文献综述

（一）学术论坛

设计服务成为当下与未来设计秉持的主导性理念，在内涵与外延不断拓展的平面设计领域，商业模式、设计服务与社会创新意识无疑是未来设计发展的趋势与主流。2016 年 4 月 23 日，由中华文化联谊会主办，中国传媒大学文化发展研究院与亚洲大学创意设计学院共同承办的“2016 年海峡两岸青年设计论坛”在台北松山文创园区多功能展厅隆重举行，论坛以“社会·创新·设计”为主题，探讨在创新成为社会可持续发展的主要驱动力的前提下，技术、资本之外的“设计驱动”成为社会创新的新动力，如何发挥设计在各领域中的积极作用。5 月 15 日，“2016 中国文化产品国际营销年会——全球服务设计创新论坛”在深圳举办。本次论坛邀请了国内外服务设计创新领域的 11 名嘉宾以“服务设计”为主题，共同探讨设计融合科技，驱动经济、社会创新的可能性。其中，王国胜教授认为，未来的设计将是以人为本的设计，而不是技术导向的设计，而这种设计就是“服务设计”；美国凯斯西储大学韦瑟赫德管理学院的设计、管理与创新教授 Richard Buchanan 认为，服务是一种礼物，它展示的是人与人之间的关系。从这个角度来说，服务为人们搭建了人类体验的环境，能够满足人的需求、人的诉求。服务由三个重要组成部分，首先要有清晰的逻辑，同时要有信任，然后还要能带来情感品质的融入。

AGI 是汇聚世界各地最顶尖平面设计大师的俱乐部，最早自余秉楠先生加入以后，每年都有中国会员加入，对中国平面设计融入国际格局、快速发展起到关键的推动作用。2016 年 4 月 30 日，“AGI 430 论坛”在上海当代艺术博物馆举行。作为 AGI 首届中国论坛，“AGI 430 论坛”由新任 AGI 中国分会主席王序发起，邀请中国 AGI 会员共同讨论 AGI 在中国未来的发展。王序在开场发言中阐释了论坛主题“Warning No Lifeguard”（“注意，没有救生员”）。中国平面设计的发展需要靠平面设计师自己的力量，他希望聚 AGI 会员力量为中国平面设计的发展献计献策。

（二）著作选介

纵观 2016 年平面设计领域的出版物，在学术研究、应用基础、数据分析等方面都收获了不少展业成果。对于行业发展而言，数据报告无疑起到方向标的指引作用。《广告的超越——中国 4A 十年蓝皮书》一书于 2016 年 1 月正式上市。作为中国 4A 成立十周年纪念系列活动的重要一环，该书聚焦中国广告 30 余年的发展史，回顾和梳理了中国 4A 成立和发展的十年历程，对中国广告行业关键的基本问题进行了探讨。2016 年关于平面设计法则、应用的著述很多，其中有些作品的呈现和思考具有很好的借鉴价值，由善本图书出版公司编著的《符号与数字——平面中的视觉表达》（华中科技大学出版社 2017 年版）一书通过展示世界各地优秀设计师及团队的作品，其中包括品牌、包装、宣传册等，探讨了符号与数字在平面设计应用中的视觉表现力和多样性。牛东辉撰写的《平面设计艺术与专业化发展研究》（电子科技大学出版社 2016 年版）一书主要阐述了平面设计艺术形式美的基本原理，以及如何根据形式美的形式法则进行形象创造及组合构成，将平面中的创作元素的构成规律形成理论体系，并与设计实践相结合，用大量的设计实例来诠释平面设计的原理。在平面设计的学术研究层面，刘小羊撰写的《中国平面设计史论稿》（广西师范大学出版社 2016 年版）一书逻辑清晰，梳理了平面设计在中国的起源与发展，尤其是汉字的起源，用大量的篇幅为我们展现了许多宝贵的中国传统艺术形式，并提供了大量翔实的资料，意在让读者能够纵览中国平面设计发展的概况，全面了解中国平面设计的历史。

（三）文献综述

2016 年平面设计研究的学术论文从数量和内容上看都颇为丰富。其中，学术论文和博士、硕士学位论文一般分为应用研究、批评两大类。因期刊论文数量庞杂，涵盖内容广泛，本小节述评主要择取部分具有代表性的研究论文进行选介。

南京艺术学院刘花弟的博士论文《新时期中国平面设计教育课程与教学发展研究》对新时期中国平面设计教育课程与教学发展历程进行研究，重点通过对改革开放以来中国平面设计教育发展状况进行系统、客观的梳理和分析，分别从专业名称的演变与平面设计学科的转型来论述平面设计的不同形态演绎，对装潢美术专业、平面设计专业、视觉传达设计专业等各个形态的相关情景进行了论述。南京师范大学杨艳芳的博士论文《西方现代平面设计的理念与理论研究》阐释了 20 世纪初，一批年轻的设计师通过设计勇敢地直面社会，在那段被工业化、技术革命、世界大战的混乱困扰的时代里，他们急需寻找秩序和意义，并试图以此来改变世界。他们运用全新的视觉法则创作海报、书籍、杂志的版式设计。他们竭力反对装饰、对称等陈旧的审美传统，以革新的目光从机器和科技发展中获取灵感。在这些观念之下，涌现出了未来主义、达达主义、风格派、构成主义、新浪潮等一系列设计运动，尽管这些理念的本质与内容不尽相同，但在那个时代凝聚成一股新锐力量，共同铺就了现代平面设计的基石。中国美术学院虞跃群的博士论文《石汉瑞的跨文化设计研究》从跨文化的角度揭示石汉瑞设计中对中国平面设计发展的启示意义，在借鉴和学习中对自身平面设计发展起到帮助作用。中央美术学院高宇的《平面设计立体视觉表现探索》以平面设计的现状为出发点，深层次多角度地对平面设计立体视觉表现的发展历程、前提环境、工作方法及其对平面设计自身的影响进行剖析与阐述，客观地对立体视觉表现的价值做出分析，在受众审美需求日益提高的今天，面对新材料、新媒体、新技术所取得的长足进步，提出平面设计由二维走向三维立体表现的必要性与客观性。中国美术学院泮丽娜的硕士论文《女性参与：女性主义视角下中国近代平面设计探析》以近代女性生活文化为背景，以近代平面设计中的女性参与为研究对象，从女性主义与设计研究视角出发，将稀少的女性设计师、活跃的女性消费者、频繁出现的客体（女性形象）置于近代平面设计的发展脉络中。

四、院校探索：跨界共融的平面设计教育

（一）平面设计教育观念的更新

从教育的本质诉求来看，平面设计既要紧跟时代，满足平面设计行业发展的需求，又要在人才培养模式中，注重塑造学生超越当下社会的前瞻性与探索性能力。2016 年，国内各设计院校的平面设计教育在内涵建设、创新服务、国际交流、历史回顾等层面做了积极的努力与尝试。

近几年来，国内院校开展国际设计交流与合作的频次明显增加。2016 年 3 月，教育部同意同济大学和芬兰阿尔托大学合作设立同济大学上海国际设计创新学院，在艺术设计领域引进芬兰优质教育资源，开展合作办学，有利于培养高层次艺术设计人才，服务于地方经济社会发展，为国家加快实施创新驱动发展战略提供人才智力支撑，统筹推进世界一流大学和一流学科建设。5 月 15 日，第十二届文博会“中美高校设计作品交流展”在关山月美术馆拉开帷幕，本届展览以设计的共融、转变为主题，鼓励跨文化背景下的设计对话，鼓励创意与创新，推动高校设计教育与设计社会化、设计产业化的探索与实践。来自芝加哥艺术学院、MICA 马里兰艺术学院、SVA 纽约视觉艺术学院、清华大学美术学院、湖北美术学院、南京艺术学院、中国美术学院七所知名艺术院校学生的最新设计成果在这里精彩亮相。6 月 30 日，作为第三次中法高级别人文交流机制下两国教育领域的合作交流成果，《中央美术学院中法艺术与设计管理学院合作协议》签约仪式在法国巴黎笛卡尔大学（巴黎第五大学）举行。中央美术学院中法艺术与设计管理学院是中央美术学院为在艺术管理、博物馆与文化机构管理、设计管理及文化产业管理等相关领域探索和建立成熟的人才培养体系，同时为中国经济及社会发展提供稳固的智力支持而筹办的创新型学院。

中国现代意义上的设计教育也经历了大半个世纪的演进和发展。回归过往的设计教育历程，不仅可以对历史文献价值进行学术梳理，更重要的是重新认识当下、规划未来的设计教育发展。2016年11月19日，中国美术学院主办的"'设计东方'——中国设计国美之路大型学术展览"开幕。此次大展分为"匠心文脉""道生悟成""践行会通""东方设计"4个板块。第一个板块为历史篇，第二个为教育篇，第三个为实践篇，第四个则为特色篇，分别展示了88年来中国美术学院设计学科的主要历史发展期和重要事件、在设计教育教学领域取得的丰硕成果、面向社会所承担或参与的重要设计项目以及院系发展的过程。12月30日，"'图案人生'——中国现代设计教育奠基人雷圭元艺术回顾展"开幕式在清华大学艺术博物馆一层大厅举行。雷圭元是我国杰出的工艺美术教育家、设计家、图案专家，中国艺术设计教育的开拓者，为新中国艺术设计学科的创立和发展做出卓越贡献。展览强调综合呈现，注重时代语境，还原历史情境。以作品实物、重点藏书、档案文献、视频图片、仿制设计、著作手稿、经典语录，系统展现雷圭元精彩执着的图案人生、综合多元的教育理念、科学民主的设计思想。

（二）2016年高校毕业设计展

本科毕业设计作品展是呈现全国各院校设计教育成果最好的平台，从2016年各高校毕业展展出的平面设计作品中，我们可以清晰直观地感受到其中的独特性与差异化。5月17日上午，"2016广州美术学院本科毕业作品展"在广州美术学院大学城美术馆、雕塑分馆、影像分馆拉开序幕。广州美术学院作为改革开放现代平面设计引入的前沿阵地，一如既往地在设计教育中更加关注现实、关注社会生活，毕业作品"重创意、接地气"，面向社会需求、面向产业发展，以产学研一体化主动为区域经济、文化和社会发展服务等方面的优势突出。作品坚持主流价值观，兼具思想性和艺术性。5月20日晚，"2016南京艺术学院毕业展演'嘉年华'"在南京艺术学院百岁泉边正式启动。南京艺术学院以其艺术综合类院校的优势，每年上演艺术学科大融合的毕业展览。此次的毕业展更新惯有模式，首次让毕业设计作品全方位走出室内展厅和工作室，既是南京艺术学院学子的综合实力初展锋芒，也是南京艺术学院优质资源向全社会免费悉数开放。6月，"清华大学美术学院2016届本科生毕业作品展"开幕，清华大学美术学院建院61年来，师生秉持"为人的衣、食、住、行服务"的办学方针，立足当代，服务大众，面向未来。这次展览的作品充分体现了学院的学术底蕴和优良学风，作品中既有探索前瞻的理念呈现，也有基于传统的创新再现，既有寓意深刻的思想表达，也有服务民生的落地设计。希望通过搭建毕业生与社会对接的平台，艺术机构和用人单位更直观更立体地了解学院毕业生，让社会各界关注学院学生的作品，帮助毕业生更好地向社会和专业艺术机构展示自己的艺术成果，更好地了解艺术市场。6月8日，"中央美术学院2016届本科毕业生作品展"开幕。这次展览是中央美术学院设计学院实行毕业创作跨学科导师组制之后的第一次结果验收。学院通过教学资源的开放式选择，帮助学生实现学习架构的自我搭建，同时也在学科共享与师资优化之下，以跨领域体系的厚积获得多方式可能的薄发，从完整与独立中获得更大的自由。6月10日，"2016香港理工大学设计年展"开幕，300件设计作品题材五花八门，均来自多个学士及硕士设计课程的创意成果。设计对象涵盖由日常个人需要至社会大事的方方面面，学生努力为各种问题寻找解决方案，旨在通过创意设计令生活更为美好。6月14日下午，"北京服装学院艺术设计学院2016届本科毕业作品展"在校园内的多个空间亮相。开幕仪式以独具特色的服饰服装作品时尚动态展演拉开序幕。在平面设计作品呈现中，同学们从社会需求及解决热点问题出发，手法新颖，创作思路开阔，跨学科协同，综合利用各种媒介，探索设计的可能性，作品多元和多样。这些作品既有从自身存在去审视社会和世界，包括对人与环境的思考，对未来生活方式的探索，对社会多元文化及少数群体的关注，也有从文化、社会发展趋势的角度着眼的产品研发，在实用性和设计工艺上进行突破，以及对传统技艺和传统文化进行创新设计。

五、结语

概而言之，2016年的中国平面设计无论从国家战略、行业发展、学术研究，还是设计教育方面，都仍然在积极地前行。在经济发展层面，平面设计行业为供给侧改革语境下的文创产业发展提供创新的原动力。在社会民生层面，平面设计走出传统的被动境遇，以积极主动的姿态致力于社会创新与服务设计。在文化传承层面，传统平面设计语言和印刷字体设计研究承载着过去、当下与未来的中华文化的传承、传播与更新。

陶海鹰　北京印刷学院副教授

2016年环境设计述评——城乡变迁中的情感与记忆

◎ 汪晓东

当今城市及乡村环境发生巨变，空间原有功能或丧失或更替，承载的情感及本来的意义亦产生变化。面对快速多变的环境，人们一面被动地接受，一面从往昔的回忆中寻找迷失的记忆，空间和地理并不是简单的冷冰冰的物质存在，而是构成使用者重要的生命体验和历史记忆。社会记忆是一个大我群体的全体成员的社会经验的总和。互动、文字记载、图片和空间是社会记忆的四大媒介，它们传承历史，在社会应用中构成过去。① 而空间的营造又是环境设计的主要手段与目的之一。

如果说我国实行改革开放以来，城乡产生了很大的变化，那近几年的变化更是惊人，之前是大量的农村劳力进军城市，乡村剩下老弱病残的人。而这几年的情况是，在城中安家的劳力或者劳力的二代在城中站稳脚跟，他们势必将家中的第三代接到城中，能够接受更好的教育，陪伴而来的往往有他们年迈的父母。此时的乡村真正地成了名副其实的“空心村”。城市的房价飙升，城市规模也越来越大。这几年乡村旅游的兴起，美丽乡村、特色小镇的建设，使得乡镇城市化现象日趋严重。乡村旅游的开发确实解决了很多问题，首先是繁荣地方经济，有效地防止乡村人口的流失，解决了“留守儿童”的问题。但成功的案例并非多数，而失败的项目无疑让贫困的乡村雪上加霜。这一轮的城乡建设较之以前，设计的介入是最主要的区别之一，而环境设计又是一马当先。

一、解构与重组中的情感与记忆

心理学家容格曾经说过：“人类的所有思想不过是人类的集体记忆而已，人类历史也是如此。”意大利新理性主义建筑师阿尔多·罗西在其著作《城市建筑学》中认为：“当城市与记忆通过时间性纽结、空间性纽结与物质性纽结牢固结合在一起时，城市就成为人类集体记忆的一种综合载体。城市类型其实就是生活在城市中人们的集体记忆，这种记忆由人们对城市空间和实体之记忆组成。记忆反过来又影响未来城市形象的塑造……因为人们塑造空间总是按照自己的心智意象进行转化，同时遵循和接受物质条件的限制。”② 美国著名哲学家爱默生说：“城市是靠记忆而存在的。”芒福德在此基础上发展了这一观点，他认为：“大城市是人类至今创造的最好的记忆器官。”③ 记忆是阐释空间和地方性意义的组成部分，并对地方的认同产生重要影响。记忆和乡愁所依附的城乡空间，是其赖以延续和发展的物质载体。

城乡建设，为谁而建？谁是使用的主体？传统乡村的价值体系、文化秩序逐步松散。时下席卷全国的美丽乡村建设正如火如荼地进行，地方政府将“空城”乡村进行改造，试图通过发展旅游来搞活经济，增加“人气”。他们往往将目光集中在附近的城市，试图通过打造“一日游”或者“几日游”来吸引城市人的目光。为了迎合城市人的口味，他们将乡村景观打造成他们认为大多数城市人喜欢的样子，于是出现了怪异的文化现象，分不清是身处于城市还是乡村，各种现代化的娱乐设施充斥于乡村，昔日的乡村空间产生了变异。若是乡村旅游真能发展起来，确实解决了许多具体的社会问题，如留住乡村常住人口，解决当地人就业率问题，减少留守儿童与空巢老人的问题等。但此时的乡村景观真正

---

① ［德］哈拉尔德·韦尔策编：《社会记忆：历史、回忆、传承》，季斌、王立君、白锡堃译，北京大学出版社2007年版，第1页。

② ［意］阿尔多·罗西：《城市建筑学》，黄士钧译，中国建筑工业出版社2006年版，第46页。

③ ［美］刘易斯·芒福德：《城市发展史》，宋俊岭、倪文彦译，中国建筑工业出版社2005年版，第574页。

产生了突变，乡村文化与城市文化混杂在一起，加上发展商业的需要，乡村建筑穿上了新衣，房前屋后的空地融进了异质元素；若是乡村旅游没有发展起来，则新建的旅游景观如昙花一现，没有资金的维护，打造的景观瞬间衰败，成为"美丽乡村建设"的伤疤。

城市也如此，大量的乡村人口的涌入，使得城市的规模不断地扩大，来城务工的村民填充了城中村，随着"乡情帮带"意识，更多的同宗同族或者同一地域的人口迅速增加，他们将先前的民风民俗移植到城中村。这样，城中村也成了一个多种文化叠加的场所。他们根据自己的生活习惯打造属于自己的生活空间。城中村又往往是一个城市个性与特色的缩影，古街老巷诉说着城市的过往史。如今，城中村已经成为"江西村""河南村"或"贵州村"等，这里依然成为一个"自给自足"的小社会。

这样经过解构与重组后的城乡社会已"物非人非"，乡愁的依附体已经发生了改变，乡土记忆碎片化。而这样经过重组与改建的环境又成为新生代的记忆空间，并影响他们对这个世界的认识，塑造他们的价值观。

二、城乡社会记忆式微的现实归因

在成年人视觉中，涉及空间和地方的感受与思想是极其复杂的。他们在成长中积累了生活的经验。[①] 从开始记事时起，他们所生活的环境随着年龄的增长而扩大。成年后，这样的环境与情景就成为他们对故乡的记忆。尤其是受过教育的成年人，在将无生命的物体与情感联系起来时毫无困难。

首先是环境的改变。现代性在中国城乡范围内风驰电掣般地扩张与入侵，使得我们曾经赖以生存的环境发生了巨变。城市的范围不断地增大，先前郊区的景象迅速消失。最具城市特色的旧城在如火如荼地进行改建，旧城换新颜，换走的是一代人记忆中的"原乡"。城市变得十分陌生，城市的个性化也逐渐丧失。城市景观在城市的众多角色中，同样是人们可见、可忆的源泉。[②] 乡村亦如此，尤其是经济较为发达的乡村，城镇化步伐的加快破坏了乡村的地域形态和空间格局，摧毁了乡民的生活空间和仪式空间。

其次是人口的流动。乡民经历了从离土不离乡到离土又离乡的过程。高度的流动性和时空分离导致了农村"留守儿童"与"空巢老人"的现象日益凸显，以及中青年主流群体的"缺席"，使得地方民风民俗因缺乏传承人而出现了"断层"。城市中移动的元素，尤其是人类及其活动，与静止的物质元素是同等重要的。在场景中我们不仅仅是简单的观察者，与其他的参与者一起，我们也成为场景的组成部分。[③] 大量的乡民涌入城市，驻扎在城中村，而这样的城中村又往往是城市个性的物质载体，先前的小街巷道的社区气息在更换了使用者后荡然无存。这样的城中村往往人口混杂，是管理部门列为重点整治的社区，而整治的手段是更换使用功能，或者卖给房地产开发商，他们的做法简单而粗暴，将原始的基地铲平重新规划，这样的做法也铲去了原有的城市记忆。

再次是国家权力对城乡社会活动的制约。城乡社会中大量的民风民俗是人们情感与记忆的源泉，也是现代社会维系血缘、地缘关系的纽带。国家是知识、规范的生产者和维护者，同时也是合理性和合法性的根源。中国在近现代从王朝变为民国，又变为人民共和国，个人的身份以及个人与他人、与国家的关系也相应地发生了变化。在这个时期，国家成为民间仪式兴衰存亡的决定性力量。国家可以运用暴力工具摧毁民间仪式的场所和道具，也可以通过特定的知识和规范的灌输促使受众自动放弃这些仪式。即使在国家留给民间的社会空间里一些仪式可以恢复，人们也可以自觉地改造这些仪式。[④]

三、城乡社会变迁中情感与记忆重构的可行路径

环境设计者通过空间的营造来唤醒人们对城乡社会变迁中的情感与记忆，空间的社会管理乃所有

① ［美］段义孚：《空间与地方：经验的视角》，王志标译，中国人民大学出版社 2017 年版，第 15 页。
② ［美］凯文·林奇：《城市意象》，方益萍、何晓军译，华夏出版社 2001 年版，第 1 页。
③ ［美］凯文·林奇：《城市意象》，方益萍、何晓军译，华夏出版社 2001 年版，第 1 页。
④ 高丙中：《民间的仪式与国家的在场》，《北京大学学报（哲学社会科学版）》2001 年第 1 期。

社会的显著特征，事实上，所有群体都拥有一个区别于其他群体的运作场所。从一定意义上而言，“场所”是一个比“地点”更加可取的术语，因为前者意味着作为互动场景的空间，后者则经常在社会地理学中得到应用。场景不仅是互动发生的空间参数或者物理环境，而且是互动的构成性元素。①

2016年5月14日，由亚洲城市与建筑联盟携手亚洲设计学年奖组委会、西安美术学院建筑环境艺术系发起了以“重返风景——城市与乡村变迁中的情感与记忆”为主题的国际论坛，邀请了国内外设计精英、投资方、政府主管部门、管理方以及数位学术大咖与实践精英，在西安美术学院报告厅为大家带来精彩的发言。他们普遍认为情感和记忆是以相关的事物、情景、场所、空间为载体，随着相关表象的浮现而被唤醒的曾经的体验与情绪。在设计过程中，他们除了满足基本的要求以外，还注重情感设计，挖掘历史，将能够唤醒人们记忆的符号运用在设计中。他们探寻空间情感化方法，为设计提供新的思路和构想。在城镇化进程中重视个人或集体情感历史的传承，重视人文关怀，保留、激活和唤醒记忆与丰富的情感，才是城乡建设与发展的重要价值和意义。

其实设计师在进行设计时，他的个人经历、儿时的生活环境对他今后的设计生涯产生很大的影响，他会自觉或不自觉地在设计中添加记忆中的场景，在接手一个项目时，脑海里往往会形成一个完工后的画面，这个是他对这个项目最原始的想法，这样的画面往往是很新鲜的，后面所做的工作只是朝着这个画面去实现，原初的设计意象往往是从他的生活空间中筛选出来的情景，而这样的情景大多根源于儿时的记忆。

2016年5月4日，“2016‘华人设计观点 × 金点沙龙’系列论坛”之上海场举办。首位嘉宾刘耕名②，他在谈到华人族群的生活细节时说：“我们儿时的生活记忆最具有华人族群的生活气息，例如中国人的过年传统、儿时家门口的手写旧招牌等，这些专属于华人群体的独特记忆，无不影响着他的作品创意和设计理念。”

5月15日，一群年轻的设计师在一场鸡尾酒会上探讨城市再生问题，虽然主要的着眼点是北京，但国内很多城市都面临类似的问题。在城市中心，一些房屋与街道已经陈旧破败，业态低端，环境脏乱差，但又处于城市的黄金地段，有非常好的交通、医疗、学校等配套设施，租售的价格非常高，让人觉得物非所值。这给城市的管理者留下了诸多难题，解决途径一般有三种：铲掉重建、保持原态、旧城改造。铲掉重建，旧城是城市文脉的体现，而且旧城中散落着诸多名人故居；保持原态，城市中心的位置日益败落，真正成了城中村。因此，旧城改造是最好的方式，年轻的设计师们希望通过不同形式的探讨来探索城市再生的多种可能性。讨论的形式也多样化，参加人员或是设计师，或是酒吧经营者，或是城市胡同的商业店主，但他们都有一个共同的特点，都是老城区的一分子，他们对老城区的变迁有着共同的记忆，希望这样的记忆能够保留下去。

7月7日，“2016伦敦设计节‘南京周’”系列活动开幕。本次活动将中国昆曲、科举文化、中国汉字、南京云锦列为“南京周”的四大元素。努力打造一届国内“文化融合、思维创新”的世界博览会。在设计周活动中，将南京传统的文化遗产和当代的艺术设计创作做比对展示，揭示东方生活美学在南京城千年的流变史，展现了南京城的风土人情、南京城的意象特征，以及正在变化中的南京城。

9月26日，作为北京国际设计周主体的“北京2022·形象景观设计论坛”在中央美术学院美术馆学术报告厅举行。奥运会形象景观，即拥有不同文化背景的国家，通过形象景观的塑造向世界传达着本国的历史文化特色。奥运会是展示和弘扬中国文化的最佳舞台；做好奥运设计是中国提升自己的设计水平、奠定在国际设计界的地位、扩大国际影响力的历史机遇。形象景观工程被称为奥运会的形象

---

① [英]安东尼·吉登斯：《社会理论的核心问题：社会分析中的行动、结构与矛盾》，郭忠华、徐法寅译，上海译文出版社2015年版，第220页。

② 刘耕名，台湾Bito甲虫创意有限公司创意总监、负责人、动画导演，同时，其所创作的五件视觉作品均获得2015年金点设计奖标章作品称号，而2016金点设计奖征件视觉形象影片也同样由台湾Bito甲虫创意有限公司倾情打造。

和脸面，是评价一届奥运会水准和影响力大小的重要标志之一，是主办国文化力的彰显。蒋效愚（原第 29 届奥林匹克运动会组织委员会执行副主席，领导 2008 北京奥运的视觉景观设计）认为，最适宜的中国文化元素或符号是成功设计的关键。

10 月 22 日至 23 日，“第一届公共艺术与城市设计国际高峰论坛”在中央美术学院举办。此届论坛特邀 20 余位卓有建树的顶尖专家学者出席。论坛围绕艺术如何介入和引领“城市创新”展开深入探讨，借助这个平台，融合此届论坛的专家学者的观点，为北京城市副中心的规划建设提出建设性的意见。本届论坛聚焦“艺术引领城市创新”，直接或间接地回应近些年来中国城市化进程中出现的问题。目前，城市建设与发展力图打破既往因袭性城市化范式的规划。公共艺术可促进在地的文化创新力、文化自觉生长力，营造城市文化氛围，彰显城市文化品格，提升城市美誉度，满足人民群众艺术审美和创新需求。城市公共艺术的建设是一种精神投射下的社会行为，它的有效发展不仅仅是城市公共空间艺术品的简单建设，也不以物质形态为最终目的，而是强调艺术的引领性与生长性，通过公共艺术的发展建设合理有效的城市文化机制，合理地开发城市文化资源，构建人文活动空间体系。

四、未来的环境设计注重城乡文化意义与价值回归

今天的城乡人口流动性更大，迁移更为频繁，如何经历剧变又保留记忆与情感，就成为城乡建设与改造的一大难题。在保留记忆的条件下，空间设计又怎样调整？调整的力度与范围有多大？何时记忆会中断？中断后又如何衔接？或者需要衔接与否？中断后如何形成新的记忆？建立适应变化的、开放的、在面对现实压力时坚韧而更具有弹性的环境意象，是一个特殊的问题。①

城乡的空间设计涉及范围很广，包括整体规划、社区营造、街巷空间的意象、公共设施、室内布局以及室内陈设等。今天的设计师除了掌握基本的专业知识外，还应该了解文脉、当地人的心理诉求等，这其中包括使用者的情感与记忆。对于建筑、街头巷尾的规划设计，设计师应该考虑一代人甚至是几代人的情感与记忆。

在一些社会中呈现出一种现实感，建筑物对于延续传统而言是首要的教科书。对于没有文字的民族来说，房屋可能不但是一个居所，而且是一个举行仪式的地方和从事经济活动的场所。它的象征物形成了一个系统，并且对于经历不同人生阶段的家庭成员而言是生动且真实的。范围更大的村落本身可能就是一种有力的象征。②

空间具有一定的教化功能，在传统的城乡规划、建筑空间中都清晰地表现出社会秩序，当然现代建筑没有像过去那样张扬和僵化。过去的街巷与建筑空间包含了行为准则，中国传统建筑的空间有着明显的等级制度，过去的街巷也有着明显的秩序划分，今天仍然残留着类似的影子，如城市中的贫民窟与富人区，居住区域暗示着居住者的经济实力与社会地位。

各式各样的民居形式构成了一种复杂的文化现象，究其原因，是一群抱持着不同生活态度及理念的人如何去应对不同的物质环境。由于社会、文化、仪式、经济以及物态诸因素间相互作用的千差万别，这些应对方式也跟着因地而异，各行其道。③

用于居住的房屋不仅仅是一种物质形态的建筑，而且是一种组织形态的制度，这种制度产生于一整套复杂的目的和信念。因建造住房是一种文化现象，故其构成形态和组织方式与所处的社会环境有着密切关系。④ 例如，在云南摩梭人的居住空间中，由于他们是现存的母系社会，实行“走婚制”，家中祖母为大，所以在空间布局中，最好的位置是祖母房。而福建的客家土楼内部房间虽然根据朝向、楼层也有长幼之分，但相比较而言还是比较平等的。此外，还有新疆的和田民居、辟希阿以旺等。

---

① ［美］凯文・林奇：《城市意象》，方益萍、何晓军译，华夏出版社 2001 年版，第 122 页。
② ［美］段义孚：《空间与地方：经验的视角》，王志标译，中国人民大学出版社 2017 年版，第 91 页。
③ ［美］段义孚：《空间与地方：经验的视角》，王志标译，中国人民大学出版社 2017 年版，第 45 页。
④ ［美］段义孚：《空间与地方：经验的视角》，王志标译，中国人民大学出版社 2017 年版，第 45 页。

五、结语

2016 年城乡社会产生了很大变化，地方政府纷纷响应中央的号召，努力挖掘地方特色，建设美丽乡村、特色小镇。但是也出现一些负面的效果，美丽乡村建设，大部分地方政府走了一条单一的路线，即发展乡村旅游，结果几乎所有的乡村旅游的项目功能相似，建筑相似，规划相似，毫无个性特色。一些地方官员认为乡村旅游就是建农家乐、民宿等，甚至一些地方将城市公园的做法套用过来。特色小镇也如此，毫无特色可言，不仅浪费了大量的人力、物力、财力，还将先前具有文化底蕴、富有地域特色的城乡弄得单一化、扁平化。

当下与未来的环境设计的从业人员在保留地方记忆的同时如何进行设计呢？首先是角色的转变，设计师在“他者”与“我者”关系中要经常互换，融进居住者的角色中，多听听长期居住者的意见和建议，对于某个地方的情感与记忆，并不仅仅是外部特征的结果，而是内在的精神诉求；其次是如何从一个整体领域来理解城乡变迁中的情感与记忆，并探究各个元素、形态或序列之间的相互关系。如果环境是作为一个有机的整体来感知的，那么弄清楚各部分直接的环境关系仅仅是第一步，更重要的是寻找理解和巧妙处理整体的方法，它至少要能够解决序列问题并阐明形态。①

城乡的每一个地方的形成都是经历了很长的历史演变，体现出一代人甚至是几代人的情感记忆，如果不假思索地进行大拆大建，势必破坏记忆的物质载体。空间对于记忆有唤起和重塑作用，不仅仅是对旧物、历史的保留，而且是对这些空间材料、细节背后的记忆留存和尊重。②

汪晓东　集美大学美术学院副教授

① ［美］凯文·林奇：《城市意象》，方益萍、何晓军译，华夏出版社 2001 年版，第 123 页。
② 荆其敏、荆宇辰、张丽安：《城市场所空间的认知与设计》，东南大学出版社 2016 年版，第 22 页。

专题

关于“工匠精神”的探讨

【概况】

“工匠精神”成为设计学专业领域讨论的热词。在2016年3月第十二届全国人民代表大会第四次会议上，李克强总理在《政府工作报告》中指出，“培育精益求精的工匠精神，增品种、提品质、创品牌”。近几个月以来，国内各设计专业领域均踊跃讨论政府提出的“工匠精神”及相关论述，《装饰》杂志于2016年第5期专门开辟专题讨论“工匠精神”的内涵及外延，各专家学者针对“工匠精神”提出观点、看法与关于中国设计具体问题的建议，从工匠精神的价值与内涵、工业化背景下的工匠精神、中国古典家具中的工匠精神、以品质制胜的德国制造与设计教育的启示、日本“匠技”文化的养成与责任，以及制度层面的必要保障等角度，对“工匠精神”进行了较为全面的解读。

【《工匠精神与创造精致》】

◎ 李砚祖

论文对工匠精神从历史和现实的角度进行了系统论述，提出工匠精神的历史性、民族性、个人性及其本质规定性，并就工匠精神与造物、传统手工业、现代工业制造业的关系，与“国之重器”的关系进行了深度解析，强调“精工细作”是工艺美术的内在规定性，新提倡的“工匠精神”是中国从制造大国走向制造强国的根本保证。

【《论工业化背景下的工匠精神》】

◎ 王小茉　王卫平

论文从福特流水线所带来的问题入手，指出完整操作流程的碎片化导致工人脑力劳动与体力劳动的分离，着力讨论工业化背景下的工匠精神，强调造物过程中人的主导性，并提出工匠精神在设计中的三个积极价值：促进设计师在造物过程中的整体把控能力，对机械设备改造的关注，以及对自己工作的自豪感。呼吁工匠精神的培养要回归到设计教育，强调实践和训练手脑的紧密联系，是培养工匠精神的有效方法。

【《明韵工巧——田家青的家具设计与研究》】

◎ 田君

田家青先生多年潜心于古典家具研究，其学术著作《清代家具》是此领域的开山之作。他注重理论研究与实践相结合，自1996年以来开始了将家具视为艺术品的创作实践，设计制作出具有时代风格的传统家具，在业界产生广泛影响。论文在采访田家青先生的基础上形成，介绍田家青所提出的如何正确看待“工匠精神”的观点，从中得出从更加全面的角度思考当代中国设计的目标和具体问题。

【《设计与工匠精神——以德国为镜》】

◎ 唐林涛

论文从关于德国的事与物、人、教育体系、企业与社会组织、新教伦理等几个侧面，介绍了德国工匠精神的来源、动因、生存土壤，并在此基础上，反思我国的设计与工匠精神所应具有的关系，即福利与利益、社会尊重、内在化的职业伦理是培植工匠精神的土壤。

【《“匠技”在日本的展开与可能》】

◎ 青木史郎　薛萌　刘晶晶

本文讨论“匠技”在日本的展开与可能，从日本拉面文化谈起，日本匠人的培养和技艺的磨炼与其作为造物之国的文化息息相关。专业的技术人员被尊称为“大工”“职人”“名家”，以他们为核心，日本构筑起与匠和技相关的系统。文中分析讨论了“匠技”的具体内涵，指出家业承袭对于日本匠技培养和延续的重要意义，也点明其对于当今设计尤其是工业设计的价值，并通过三个获得日本优良设计奖的经典设计案例，对于匠技在当代设计中的具体表现展开了讨论，明确提出以下观点：日本当前语境中的“匠技”应当置于对现代化的批判的文脉中去认识，工业设计时代需要这种东方式的思索，并伴随着具体实践的求道，是一种“实学”；重提“匠技”和“用与美”对于未来意义重大，这种文化精神首先应当被全亚洲共享。

【《别因工匠精神的浪漫　掩盖工匠制度的缺失》】

◎ 阚雷

文章通过对中国面临的独特现实状况的分析，指出价格和利润跟精益求精并没有直接的关系，而是由竞争的标准决定的。真正能够掌握价值链主导权的，一定是最终能为整个价值链创造增值的环节。“工匠精神”之所以不好实现，因为它是“德”，而不是“才”。今天我们真正要学的是工匠制度，应该用制度养成制造业的工匠习惯，再把工匠习惯升华为工匠精神。

关于“服务设计”的探讨

【概况】

服务设计在“互联网+”与交互体验时代成为设计学界的共识话题。2016 年 6 月 26 日，北京设计学会举行北京设计学会服务设计专委会成立大会暨揭牌仪式，北京设计学会会长许平指出，服务设计是以问题导向为设计出发点的，无论是在设计理论研究还是在应用领域都具有广阔前景，无论是在商业服务设计还是在政府公共服务设计领域都有很大的发挥空间，专委会汇集了设计、管理、计算机等多领域的专家和企业界的领军人才，真正搭建务实的设计服务平台。

【《服务设计与产品服务系统》】

◎ 傅恋群　王国胜

随着知识经济时代的到来，互联网信息技术迅猛发展，与过去相比，制造行业不再带有压倒性的技术主导的意味，产品无法单纯通过新科技、新功能、新外观来获得附加价值。企业和组织意识到服务转型的必要性。服务设计 (Service Design，简称 SD) 应社会需求产生，从整体服务体系着眼，协调各个利益相关者，优化服务流程。产品制造企业在进行服务转型时，以产品为基础进行产品服务系统 (Product Service System，简称 PSS) 设计。论文从服务设计入手，讨论 PSS 与 SD 之间的联系与区别，并通过北京人才档案中心的公共服务创新来说明服务设计中服务价值的体现。

【《服务设计思维在设计概论教学中的应用》】

◎ 何思倩

论文基于服务设计思维方法，分析、反思了设计导论课程中存在的问题，主张在课程设计中运用服务设计方法，将教学过程视为一个学习服务系统，以教师和学生为中心，对学习全过程进行服务系统设计；同时结合北京工商大学设计概论课程的实践经验进行探讨。

关于“设计教育”问题的探讨

【全球化语境中的设计教育“有效供给”】

◎ 许平

设计学成为一级学科之后，设计教育的需求改革为设计教育发展提供了重要途径，在专业学者与教师群体中引起广泛讨论与共鸣。2016 年 6 月 12 日许平教授在同济大学发布了题为“全球化语境中的设计教育‘有效供给’”的学术报告，探讨中国设计教育如何实现有效供给的问题与措施。他提出设计教育也应进行“供给侧改革”，从满足表面需求转向强调社会产品供给的内在品质与调控机制领先的极端重要性，设计教育的“有效供给”应成为设计教育“正本清源”的思考。上海崇明岛的“设计丰收”项目便是一个定位独特、指向未来的教学实践，这一探讨乡村与城市如何共存的项目有许多具体做法是创新教育机制的尝试，而在人人都可能成为设计主体的时代，设计学成为一级学科，必须面临新的设计问题、社会需求与社会创新等问题，从而构建起设计学这一学科自己的思想、价值观与学术范畴。

【《社会转型与设计教育变革——江南大学设计学院“121 整合创新人才培养模式”探索》】

◎ 魏洁

该文探讨了社会转型和设计教育变革时期，以及设计学成为一级学科之后，对设计教育者提出了更高的要求和新的挑战。论文从设计教育改革的背景、人才培养模式的相关问题思考以及人才培养模式改革的组织方法展开探讨，以江南大学设计学院“121 整合创新人才培养模式”为例，从培养体系构建、课程内涵建设、培养方式等方面探讨了人才培养模式改革的相关问题。

关于“设计标准”的探讨

【概况】

宜家“召回事件”背后所指涉的“设计标准”问题成为工业界、商业界和设计界共同讨论的热点问题。北京时间2016年6月29日，美国消费品安全委员会发布公告，瑞典家具制造商宜家的马尔姆抽屉柜容易倾倒，自1989年以来，宜家的类似产品事故已经造成了6名儿童死亡、36名儿童受伤。针对设计缺陷引发的安全事故，宜家最初表示，将在美国和加拿大召回约3 560万件可能引发该风险的家具，不过，却不包括在中国销售的同款产品。对此，宜家给出的理由是：其产品符合中国国家标准GB / T 10357.4—2013《家具力学性能试验》第4部分“柜类稳定性”的要求，但在北美，更加严格的标准要求（柜体）不固定在墙上时也必须不能倾倒，基于该项标准，宜家将在美国和加拿大对相关产品实行召回。虽然最终迫于舆论和来自消费者市场的压力，宜家还是对中国市场上的相应产品进行了召回，但是这其中宜家对于中国市场的消极、怠慢与推诿态度还是引发了工业界、商业界和设计界一场有关设计标准问题的大讨论。

【《制造的竞争？标准的竞争！》】

◎ 兰翠芹

文章从宜家“召回事件”所折射出的中国“在安全标准的相关要求上低于美国标准”的问题进行了分析与梳理，认为，之所以造成这种现象，一方面是“由于企业对于国家和行业标准的执行的不力”，另一方面，在标准的制定上，有时“为了保障大多数生产厂商的市场竞争力，标准的低要求和行业的慢发展形成了非良性循环”。最后，文章指出，当下标准已然成为国家竞争利器，然而，产品标准在我国还仅仅局限于在物理范围内对产品的性能、安全等做最低要求。而“设计标准”是探索产品和“人”之间的关系的标准，因此应当充分考虑使用者和产品之间的交互体验，并且从人类工效学的角度对产品的设计安全指标、使用体验指标等做进一步的要求，而这些“关键指标”才是设计标准的重要内容。

【消费品标准加快接轨国际】

◎ 李心萍

2016年8月24日，国务院常务会议审议通过了《消费品标准和质量提升规划（2016—2020年）》（以下简称《规划》）。《规划》以5年为周期，提出到2020年要实现定性和定量两类目标。定性目标是消费品标准供给基本满足日益增长的消费需求，重点领域消费品质量达到或接近国际先进水平；企业质量发展内生动力持续增强；知名消费品品牌价值大幅提升。定量目标主要有3个：重点领域主要消费品国际标准一致性程度提升到95%以上；消费品质量国家监督抽查合格率稳定在90%以上；消费品质量竞争力指数稳定在84以上。《规划》提出了7个方面的改革创新举措，其中首要的是加快国内外标准的接轨，建立起消费品标准比对与报告制度。

关于“体验设计”的探讨

【概况】

近年来，在“互联网 +”的经济发展新业态下，移动社交、移动支付、云服务、大数据、物联网等技术推动了互联网服务的全新发展。以“共享经济”“网红经济”“社交经济”为代表的新经济与商业模式扑面而来，引爆了信息消费的全新需求，体验设计面临着模式上的全新变革。优步、微信等成功地把每个用户的移动终端都变成了一个共享传播的节点，在共享经济的多个垂直领域颠覆传统行业。Google、Facebook 和 Apple 等全球科技企业都着手将产品重新纳入整体用户体验链场景中重新定位，包括品牌战略、内容来源、买卖平台、智能终端、信息传播、移动支付、售后服务等，以便以体验为中心来设计成功的商业模式。这些都预示着“大数据”时代下的体验设计面临着从形式到内容的深刻革命。在此背景下，由国际体验设计协会主办的 2016（第七届）国际体验设计大会于 2016 年 6 月 29 日至 7 月 3 日在北京国家会议中心召开，大会的主题是“重新定义用户体验”，会议着重关注“内容”“连接”“策略”，探讨体验策划者如何站在环境、企业、文化、服务、品质的角度，重新定义服务体验与商业的结合，构建用户体验生态圈。多位知名产品体验设计师与策划者在会上进行了发言。

【虚拟现实如何改变未来】

◎ 陈宜秀

HTC 西雅图设计中心使用经验研究部门处长陈宜秀主题演讲：一项颠覆性的产品能用新的方式提供相同的价值，取代原有的产品，也开拓了新的使用方式。然而，颠覆性产品的另一项意义，是对其他科技的未来开启了新的可能性，使得人类文明的进程转向加速。不只是娱乐及游戏，虚拟现实将会改变许多行业的运作模式。该演讲介绍了虚拟现实科技的本质以及在各个行业的应用。然而，今天的虚拟现实科技与未来之间还横跨着一道鸿沟。能帮助我们跨越这道鸿沟的是一个能百花齐放、共享成果的生态平台，帮助各个领域用虚拟现实科技找到未来。

【移动时代的互联网品牌梦——从滴滴的创意 & 体验设计谈起】

◎ 程峰

滴滴出行高级创意设计总监程峰主题演讲：任何企业竞争最终都会转化为品牌竞争，作为中国互联网企业 O2O 的代表，滴滴在高速发展与竞争中，对品牌的重要性有深刻的认知，品牌驱动也被确定为滴滴发展的驱动力之一。在此背景下，站在创意设计的角度，设计团队如何定位，如何助力传播影响消费者认知，进而建立品牌好感度，将成为互联网创意、设计从业者的新命题。

【优步如何在全球范围内驱动创新】

◎ 伊森·艾斯曼（Ethan Eismann）

优步（Uber）美国总部全球产品设计总监伊森·艾斯曼主题演讲：共享经济及交通出行的变革是我们这一代人所经历的最大的社会分工变化之一，优步一直走在出行变革的最前沿。优步的任务是想让人们的出行像流水和空气一样自然且不可或缺，通过创新和优化交通模式来造福所有人。此次演讲介绍了优步在全球取得的成就，以及如何通过优质的服务和精妙的设计，帮助和造福全球各个国家。演讲还介绍了如何领导和管理庞大的全球的设计和研究团队，以及通过数据模型和奇思妙想来展望未来数十年的全球出行服务。

【任何事物都将变革，软件与材料】

◎ 格雷戈里·彼得罗夫（Gregory Petroff）

美国通用电气公司（GE）首席用户体验官格雷戈里·彼得罗夫主题演讲：数字技术正改变着我们的产业，提升了效率水平，创新了工作方式，变革了商业模式和收入来源。美国通用电气公司也踏上了转型之旅，利用链接和移动、数据和分析、创建和服务产品的新途径来改变实业。美国通用电气公司提出“1%”的概念让人印象深刻。这 1% 就是要用互联网的力量带给工业企业新的力量，强调工业互联网涵盖以下五个要素：互联网、智慧机器、大数据、分析、工作中的人。美国通用电气公司认为，企业需要解决如何管理大量信息的问题，同时还要利用这些信息来提供新型服务。随着大数据的概念越来越火爆，美国通用电气公司开始考虑，是不是该制定一个美国通用电气公司产品的数据战略——工业互联网由此诞生。中国也适时提出了“工业制造 2025”，建立了未来中国工业制造与世界对话的平台。此时，美国通用电气公司推出工业互联网软件产品 Predix。Predix 是美国通用电气公司基于工业互联网为连接人、数据和机器而专门开发的全新软件平台，用户可以基于这个平台开发新的应用软件。Predix 的特点在于，它不是安装在手机上的，而是被搬上云端，方便我们分析大数据、远程监控机器，并为机器之间建立沟通的桥梁。它可以应用在工业制造、能源、医疗等各个领域。它有一整套软件服务来协助开发者迅速开发适用于工业环境的软件应用。此次演讲，Gregory Petroff 分享了来自美国通用电气公司数字化转型的深刻见解和经验，突出设计思维在推动前沿创新中扮演的角色。

【X 思维：一种以用户为中心的整体体验设计方法】

◎ 黄峰

唐硕体验创新咨询创始人、首席体验官黄峰主题演讲：在用户为王的时代，体验早已不仅仅局限在 UI 层面，产品服务，以及商业等层面都面临从用户视角的创新甚至重构。黄峰结合过去他在国内和国际十多年的行业观察、创业实践和商业合作的经验，为大家分享他和唐硕团队以体验思维为基础在整体体验设计的商业创新实践以及随之引发的对未来企业 UX 定位乃至组织结构的变化的预测。本次分享的观点主要面向零售消费、互联网金融以及智能生活等领域。

【互联网新时代需要什么样的 UX 设计人才？】

◎ 刘超

百度用户体验部总监刘超主题演讲：随着“互联网 +”的真正到来，互联网从“连接人与信息”到了“连接人与服务”的时代。用户体验设计是互联网化的核心竞争力之一，其工作机会在近几年也爆炸性增长。刘超通过自身 14 年的设计管理经验，和大家讨论了这个行业的未来发展趋势和人才发展模型。

【品牌转型：如何从产品体验走到服务体验】

◎ 托比・博托夫（Toby Bottorf）

Continuum Innovation 副总裁托比・博托夫主题演讲：用户研究表明，“80 后”与“90 后”的消费者重视体验大于产品功能。对于传统制造业和产品开发者来说，这意味着一种前所未有的挑战和机遇：若能成功从提供产品体验转为创造整体服务体验，企业可以扩大市场份额，彰显品牌价值，并能带来新的盈利模式。演讲探讨了如何成功将产品思维转化为服务思维，并通过两个会议工作坊（B13 & F7），在互动实验中快速学习使用服务设计调研工具、不同行业的用户体验设计蓝图、构思执行计划等。演讲中以奥迪汽车转型 AUDI ON DEMAND 服务的成功案例为例，探讨了奥迪作为一个脍炙人口的奢侈汽车品牌，是如何跳出企业文化中的工程师基因，转而开始重视服务体验的，并剖析了他们如何构思服务目标、内容、框架、流程与后端支援系统。演讲以奥迪为案例说明了一个成功的服务设计该如何结合产品、软件、商业策略和员工体验等部分，将客户体验做到极致。

【“互联网 + 人”时代下的用户体验变革】

◎ 杨光

阿里巴巴消费者事业群用户体验设计部负责人杨光主题演讲：移动互联网的时代真正到来了，它给全行业都带来了新的机会和挑战。那么，移动互联网给人们的生活和认知带来了哪些改变？而这些又将如何改变用户体验这个行业？对于离用户最近的产品界面，如何在小小的屏幕上充分向用户翻译出商业逻辑、产品逻辑和技术逻辑？演讲探讨了在移动互联网时代用户体验的变革以及给用户体验设计行业带来的启示。

【构建值得记忆的经历】

◎ 辛向阳

江南大学设计学院教授、IXDC 副主任委员辛向阳主题演讲：演讲提出了“体验作为设计对象”和“ EPI 模型”的重要理论和方法。辛向阳通过生动案例详解了体验作为设计对象和传统的体验作为交互或服务设计的设计原则区别，以及体验作为设计对象的“EPI 模型”。

【《基于可持续理念的共享式服务系统设计初探》】

◎ 张玉峰

中国近几年迅猛地发展，大规模地制造，已经造成了不可忽视的环境污染和资源浪费等问题。可持续社会创新与实践也是当下热议的话题，在互联网信息技术的推动下，共享经济模式的诞生改变了旧有的消费模式，也在一定程度上助力了“再利用”和资源集约式可持续化消费理念的推行，包括住房、交通、教育、物流等众多领域的“共享式”服务系统设计就是目前践行可持续理念的一种有效方式。该文对共享经济模式的可持续化、国内外共享式服务模式发展现状，以及构建共享式服务系统的核心要素进行了梳理分析，并进行了共享式服务系统设计的案例研究。

2016 北京国际设计周

【概况】

2016 年 9 月 25 日，“2016 北京国际设计周”开幕。本届北京国际设计周由文化部、北京市政府共同主办，秉承“设计之都、智慧城市”理念，以“设计 2020”为主题，在京津冀设 28 个分会场，举办主题展览、主宾城市、经典设计奖、北京设计论坛、设计市场等 9 项主体内容，超过 500 项创意设计活动。其中，主体活动举办至 10 月 7 日。设计周作为服务国家创新发展的重要平台，聚焦国家“十三五”规划发展战略，汇集全球创新设计资源，推动设计服务产业链的集聚，促进设计市场要素的交流交易，为城市发展的热点和难点问题寻求设计解决方案，为“大众创业、万众创新”提供市场转化的技术支点。

【《行业盛会到产业平台的华丽转身——北京国际设计周历程回顾与前景展望》】

◎ 范颖

该文以收集到的北京国际设计周经典案例和绩效数据为支撑，回顾了 2009—2015 年北京国际设计周的发展历程，尤其是活动数量、参观人数、实现的设计消费额与交易额等重要指标的变化情况，并通过案例阐释了北京国际设计周在推动设计与其他产业融合发展、疏解非首都功能、促进设计消费、完善设计产业链，以及支持大众创业、万众创新等方面的作用。介绍了“2016 北京国际设计周”新增的内容板块和活动亮点，并对设计周未来促进北京设计产业发展、推动“北京设计”特色和品牌的形成进行了前景展望。

【《大众创业、万众创新，设计是方法》】

◎ 宋慰祖

该文从分析相关政策入手，将北京国际设计周置于“大众创业、万众创新”的时代语境当中，指明设计是方法，科技创新、文化创意、设计服务、生产性服务、产业结构转型升级、可持续发展等构成其重要内容。作者从“找准切入点、精准发力”“构建平台、产业提质”“人才培养、增强能力”这三方面展开，具体探讨了北京国际设计周的实践成果和意义，总结其作为国家级的具有国际影响力的创新盛会，以设计的推广、普及、交流、促进为目标，按照首都的核心功能要求，着力整合资源，建设设计市场，培育服务要素和设计创新理念，推介创新创业能力，致力于搭建一个综合性创意设计公共服务、创新创业孵化、加速与教育服务平台。

【《751 与中国当代设计十年》】

◎ 张军元　严明丹

该文回顾了 2009—2015 年间，作为设计周重要展示空间的 751 时尚设计广场，在推动设计国际化、设计市场化、设计普及化，以及设计创新等方面的种种尝试和努力，在具体案例中展示了设计产业服务平台的运作方式。

751 在与北京国际设计周的合作中扮演着重要而且复杂的角色，与设计周的合作更像设计能量的爆发，是设计行业内部每年一次的交流与融合，中国和全球设计力量在这里发生时空交会的聚合。751 希望通过“751 国际设计节”将精英文化与大众文化结合起来，聚集优秀的设计师，搭建一个更加专业化、国际化的设计服务平台，积极推动时尚设计行业的成长和革新。

【《北京国际设计周助力公众参与城市规划——规划师的实践探索》】

◎ 赵幸

该文回顾了北京市城市规划设计研究院从关注到深入参与北京国际设计周的实践历程，展示规划师以城市策展为工具，开展城市规划科普，搭建规划公众参与平台，推动规划实施，助力社区营造的积极探索。

【《关于设计驱动创新的探讨——纪念北京国际设计周创办七周年》】

◎ 郎丽　王敏

该文回顾了 2009 北京世界设计大会与首届北京国际设计周的举办历程，认为今后应当将用户体验和同理心作为设计的一个方面，探讨设计在驱动创新中发挥的作用，以设计驱动创新，以创新吸引用户，以用户反哺设计，形成相辅相成的依托关系。

【《北京国际设计周：做有思想的文化品牌》】

◎ 张玉玲

该文以社会媒体的视角讨论北京国际设计周，指出随着国务院推出设计与相关产业融合的指导意见，设计上升到国家战略，北京国际设计周越来越受到重视，其覆盖面和影响力也超出设计界，成为北京市经济转型升级的一个窗口；其策划和组织，特别是对于重大活动，应注重突出专业性、思想性、前瞻性，树立权威，扩大其影响力。

关于“创意产业”的探讨

【中国制造的智能升级将影响设计产业发展】

2016年12月7日，首届世界智能制造大会的开幕现场，工业和信息化部正式发布《智能制造“十三五”发展规划》，为我国智能制造明确发展思路和目标，指明推进的重点和路径。中国制造的智能升级是“十三五”时期我国经济转型升级的重要抓手，也将影响中国设计产业的发展。

《装饰》2016年第11期以“智能化”为策划主题，邀请机械工程设计、人与智能体交互、智能家居、智能制造、技术哲学等领域的专家学者，探讨智能化的发展与研究动态，探讨“智能化”现象背后的哲学问题，介绍国内以智能硬件为方向的创业生态，重新思考被智能重新定义的产业形态、工作性质、生活方式，以及我们对自身的认识。

【十年艺术创意产业反思，创新力居核心地位】

2016年12月2日至3日，首届世界工业设计大会于杭州良渚梦栖小镇举行，发布由中国工业设计协会主办并推出的《2016中国工业设计产业发展报告（绿皮书）》，全面展示并权威解读中国工业设计行业发展的全貌。该报告由中央美术学院教授许平牵头主编，得到工业和信息化部、国家知识产权局、中国轻工业联合会等单位的指导与支持。该报告就中国工业设计产业链分布及发展趋势、国家工业设计政策现状及建议、全国工业设计中心、全国工业设计服务平台建设与建议、推动设计创新创业、提升企业设计创新能力等方面做出深度分析和前瞻预测，旨在构建中国工业设计核心能力体系竞争力。

张朵朵、季铁的《协同设计“触动”传统社区复兴——以“新通道·花瑶花”项目的非遗研究与创新实践为例》(《装饰》2016年第12期）一文，探讨了具体的非遗研究与创新实践案例。刘润福的《从中日比较谈非物质文化遗产中的传统手工艺保护》(《装饰》2016年第12期）一文，回顾中日文化非遗保护的背景与脉络，结合传统技艺分析其异同，探讨如何完善中国非遗保护。

高登科、邓超的《文化蒙太奇：民艺的语境错置与转化的生机》(《装饰》2016年第12期）一文认为，非遗项目的发展缺乏范式，手艺人没有足够的文化话语权，民艺转化的“生机”与“危机”并存，应挖掘民艺中生生不息的文化基因，发挥爱好者与专业人士的双重推动力，对民艺主体当下身份的尴尬与错位进行剖析，通过大众传播来绵延与发展民艺的生机，以“蜗牛”对民艺的保护与传播案例来谈如何实现民艺共同体的共生发展。

【创意产业引发反思】

《美术观察》2016年第12期，由李笑男主持了以创意产业为主题的讨论专栏“十年艺术创意产业反思”，从美术馆、艺术展览、广告设计、动漫制作等角度剖析中国创意产业发展中存在的问题，重申创新力的核心地位。摘录部分观点如下：

冯原的《高峰型、流动型与再生型——文化转型中的中国创意产业》一文谈及中国创意产业发展过程中出现的高峰型、流动型与再生型三种文化创意产业形态，价值观的转变影响了文化转型。

宋磊的《从动漫的角度反思十年艺术创意产业》一文对动漫产业现象进行总结：一是产业热，艺术冷；二是投资热，消费冷；三是估值热，价值冷。该文提出了在创作上增加价值含量、在运作上注重融合发展、在思路上应多与数字技术结合的对策。

石晨旭的《互联网、人才、资本——中国广告创意十年之关键词》一文探讨了广告产业近十年所遇到的问题，主要有互联网技术的发展带来行业颠覆、创意人才流失、资本运作影响创意的实施等。

黄文中的《泉州艺术创意产业十年回望与反思》一文对泉州的艺术创意产业发展状况进行总结，并针对具体问题进行反思并提出建议。

【大众创业、万众创新，设计是生产创新的主要驱动力】

2016 年 10 月，李克强总理在考察广东并出席 2016 年全国大众创业、万众创新活动周时强调，要扎实推进“双创”和“中国制造 2025”，以创新驱动经济发展转型升级。李克强总理在讲话中提到，在当今“互联网 +”蓬勃发展的时代，万众创新可以把千千万万“个脑”连接成创造力强大的“群脑”，在智慧碰撞中催生创意奇妙、能更好满足多样化需求的供给，这正是中国发展的巨大潜力所在。“双创”覆盖一、二、三产业的各个领域，不仅小微企业可以做，大企业转型升级也需要通过“双创”更好适应个性化设计、定制化生产的趋势。不仅要有丰富的想象力，还要依靠脚踏实地的苦干，把企业家精神和工匠精神结合起来。

双创周期间，李克强总理主持召开了中外创客领袖座谈会，来自全球的 80 多位创客领袖参加。腾讯公司马化腾、美国苹果公司库克、大疆公司汪滔、德国 iF 设计拉夫 · 威格曼、阿里巴巴集团马云等围绕创新理念和趋势、“双创”实践等谈了各自的看法。在座谈会上，拉夫 · 威格曼从设计的角度指出创新的重要性。

同月早些时候举办的北京国际设计周，是设计服务于“大众创业、万众创新”这一时代语境、为设计寻求市场转化的技术支点的一次积极尝试。本次北京国际设计周通过集聚全球创新设计资源，为城市发展的热点和难点问题寻求设计解决方案，为供给侧改革语境下的设计服务业的发展探索新方向。

纪事

展览

【第二届中国设计大展及公共艺术专题展】

2016年1月9日，由中华人民共和国文化部、广东省人民政府、深圳市人民政府共同举办的“第二届中国设计大展及公共艺术专题展”在深圳开幕。作为中国规格最高、最权威的设计展，大展旨在通过构建专业、权威的国家级平台，引领和促进中国设计和公共艺术的创新。

本届展览以“设计·责任”为主题，提出了在中国社会经济步入新常态背景下，设计与公共艺术应有的社会责任与文化担当。本届展览主要包括5项重要活动：设计案例展、设计文献展、公共艺术案例展、公共艺术专题展、论坛。

本届展览以“案例”形式呈现，强调设计师对问题的系统思考和系统解决。在展示案例的同时，“设计文献展”则以时间、事件或人物为线索，对当代中国设计发展的轨迹进行梳理。论坛邀请中国设计界重磅理论家和设计师，共同探讨设计在中国社会深层变革进程中的责任。“公共艺术专题展”，同样以案例展、文献展、论坛相互协作的方式呈现中国公共艺术的优秀案例，梳理公共艺术在中国的发展历程，探寻中国公共艺术发展的本土化路径。

该届展览通过构建国家级展览平台，落实习近平总书记系列重要讲话特别是在文艺工作座谈会上的重要讲话精神，促进艺术设计与社会公众之间的良性互动和发展，创新、协调、绿色、开放、共享，使中国设计与中国社会经济和文化的发展更加紧密地融合在一起。

【“设计之变”——2016上海艺术设计展】

2016年1月10日，由上海市文学艺术界联合会、上海市文广局、上海市教委、上海市徐汇区人民政府主办的“‘设计之变’——2016上海艺术设计展”在上海西岸艺术中心开幕。艺术家丁乙为本届艺术设计展的总策展人。展览为期两个月。

本届展览致力于传播新型的城市形态和生活形态。整个西岸艺术中心主展馆分为四大板块：“聚变力”“新物种”“泛学科”“未来场”。展览向外延伸三个维度，通过“设计加油站”等散落在展馆的项目来探讨设计之变发展的外延与内核，展示未来设计的可能方向。

【“中国风格”艺术设计展】

2016年3月15日至31日，由文化部委托，国家对外文化贸易基地（深圳）、布鲁塞尔中国文化中心、清华大学美术学院共同主办的“‘中国风格’艺术设计展”在布鲁塞尔中国文化中心举办。

此次展览以“传承、创新、整合”为主题，会聚了40多位中国设计师共120多件表现当代中国文化传承和设计美学的创新工业设计作品及艺术品。展览依据衣、食、住、行、用等多个方面策划组织，呈现出中国当代设计师对于传统与现代、传承与应用的深度思考。设计师在保有传统内核的同时，关注当下设计价值理念，大胆对艺术表达形式进行创新探索。多元的艺术作品生动体现了中国在社会、经济、文化等方面的全方位发展，见证了由“中国制造”走向“中国创造”的时代转变。

会议 · 论坛 · 评奖

【“首届中国设计智造大奖”颁奖典礼、佳作展及论坛】

2016 年 5 月 8 日，由浙江省政府支持推动、中国美术学院主办、中国工业设计协会协办的“首届中国设计智造大奖”颁奖典礼在浙江省杭州市举行，佳作展在中国美术学院民艺博物馆开幕，同时举办“设计智造 · 产业资本”高峰论坛，随后展开入围作品与产业、创投对接联姻会。获得本届中国设计智造大奖最高奖“金智奖”的是“水槽洗碗机”和“可以喝的书”。

【艺术设计专业学位研究生教育论坛】

2016 年 5 月 22 日，由全国艺术硕士专业学位研究生教育指导委员会、清华大学美术学院等举办的全国“艺术设计专业学位研究生教育论坛”在清华大学美术学院举办。

清华大学美术学院副院长张敢教授主持论坛。论坛第一部分，由全国艺术专业学位研究生教育指导委员会副主任委员王次炤教授，清华大学教务长、研究生院院长姚强教授，清华大学美术学院院长鲁晓波教授致欢迎辞。第二部分，《装饰》杂志主编、清华大学美术学院院长助理方晓风教授就“工匠精神与艺术硕士专业学位教育”，同济大学设计创意学院院长娄永琪教授就“原子、比特与系统：设计基础教学改革思考”，江南大学设计学院院长张凌浩教授就“为转型而设计——专业学位研究生教育的思考”发表主题演讲；全国艺术硕士专业学位教育指导委员会办公室宋慧言主任介绍艺术硕士专业学位设置具体工作和招生十周年活动的总体情况。在论坛的分组讨论环节，代表们针对艺术设计专业学位研究生“培养与管理”“实践与实训”“研究方向与课程建设”三个主题展开讨论。此次论坛总结了艺术设计专业学位教育相关教学经验与问题，并对设计学这一学科的整体发展提出建议。

【首届城市与设计产业论坛】

2016 年 5 月 23 日，由海峡两岸文化创意产业高校研究联盟、中国传媒大学文化发展研究院联合主办的“首届城市与设计产业论坛”在北京举行。论坛以“城市与设计产业融合发展”为主题，邀请全国知名专家学者围绕创意设计如何铸造城市品牌、促进城市发展，以及设计创新在国家战略及产业转型中的作用等核心议题展开研讨。

【纪念中国现代工艺美术教育家、设计家雷圭元先生诞辰 110 周年系列纪念活动】

2016 年 5 月 27 日，由清华大学美术学院和上海松江区人民政府共同主办的纪念中国现代工艺美术教育家、设计家雷圭元先生诞辰 110 周年系列纪念活动在上海松江程十发艺术馆举行。此系列纪念活动分雷圭元纪念馆开馆暨揭牌仪式、雷圭元作品展暨相关文集首发仪式和雷圭元学术研讨会三部分，充分展示了雷圭元“创造合理生活方式”的设计思想，兼收并蓄的创作理念以及“古今中外，以我为主”

的设计创作面貌。

【2016（第七届）国际体验设计大会】

2016 年 6 月 29 日至 7 月 3 日，由国际体验设计协会主办的“2016（第七届）国际体验设计大会”在北京国家会议中心举行。本届大会以“重新定义用户体验”为主题，探讨体验经济行业的下一个商业增长点。150 多位行业精英主讲人莅临现场，与全球 13 位嘉宾共同分享交互设计经验，探讨用户体验的新定义。会议主题演讲人包括优步美国总部全球产品设计总监 Ethan Eismann、滴滴出行高级创意设计总监程峰、HTC 西雅图设计中心使用经验研究部门处长陈宜秀、百度用户体验部总监刘超、阿里巴巴消费者事业群用户体验设计部负责人杨光、江南大学设计学院教授辛向阳，以及微软美国总部首席设计官兼副总裁 Michael Gough 等人。

【2016 红点奖揭晓】

2016 年 7 月 4 日，2016 红点奖揭晓。红点奖由威斯特法伦北威设计中心设立，Zentrum Nordhein Westfalen 颁奖。红点奖共设 3 种设计奖项：产品设计奖、传播设计奖、设计概念奖。2016 年红点奖共有约 5 200 名制造商和设计师参与产品设计奖的争夺，41 名专家组成评审团，最终 1 304 件作品荣获红点奖，79 件作品获最高荣誉“最佳设计奖”，107 件作品获荣誉奖。中国上海 CAERA 公司的 One-o-One 旅行杯、中国广东美的制冷设备有限公司 Hybrid air conditioner 空调、深圳市零度科技有限公司 Xplorer drone 无人机以及中国 ideadao Design 设计的 ChangbaMicrphones C1 麦克风等产品位列最高荣誉“最佳设计奖”。

【2016 上海设计之都活动周】

2016 年 8 月 26 日至 29 日，由联合国教科文组织“创意城市”（上海）推进工作办公室主办的“2016 上海设计之都活动周”在上海展览中心举办。本届设计周以“设计新应用，创造新需求”为主题，结合《工业和信息化部关于开展 2016 年消费品工业“三品”专项行动营造良好市场环境的通知》要求，以促进设计原创发展、推动设计应用转化、探索设计业态创新为主要目标，聚焦时尚、科技、绿色三大领域，通过“设计城中城”主场展览、“设计欢享月”全城系列活动、“设计·城市之外”对接项目及“设计 365 计划”四大板块呈现设计提升生活品质、融合行业领域、促进商业创新和产业转型、推动城市生态发展等方面的成果，打造一个充分体现上海“设计之都”建设内涵和水平的、具有较高国际影响力和知名度的品牌性活动。

【2016 北京国际设计周】

2016 年 9 月 23 日至 10 月 7 日，由文化部与北京市政府共同主办的“2016 北京国际设计周”在北京举办。设计周秉承“智慧城市、设计之都”的理念，以“设计 2020”为主题，涵盖开幕活动、主题展览、主宾城市、经典设计奖、北京设计论坛、设计市场、创新设计服务大会、国际设计贸易交易会、设计之旅等 9 项主体内容，举办 500 余项各类活动，覆盖京津冀地区各大文化创意场所，集中展示、推介文化创意和设计服务与相关产业融合发展的创新成果。

围绕“设计2020”这一主题，设计周践行“创新、协调、绿色、开放、共享”五大发展理念，各项主体活动紧密围绕国家和北京的“十三五”规划的发展战略，提供智力支持。

“经典设计奖”在“大设计”理念的引导下，评选出系列具备设计价值导向性，跨领域、跨行业、跨平台，见证国家、城市、大众生活发展的经典作品，评选结果于2016年9月25日在“设计之夜”开幕活动上揭晓。主题展览围绕北京“十三五”规划建议中关于疏解非首都功能，建设北京城市副中心，利用疏解出来的空间改善民生的重点任务，从创新设计角度艺术化地展示北京城市发展研究成果、创意概念方案和发展趋势展望。2016年设计周全新推出的以“智慧城市·安全生活·创新未来”为主题的设计市场板块，关注智慧城市及互动体验感受家居智能安全设计。主宾城市板块围绕北京友好城市体系，建立全球设计城市合作网络，吸引国际设计资源汇聚北京。

设计周主论坛“北京2022设计论坛”重点关注冬奥会的设计服务，邀请了国际奥委会、北京冬奥组委、往届奥运会形象景观设计专家，以及国内各设计院校和设计机构的学者和设计师等国内外嘉宾围绕奥运理念和国家形象设计，总结2008年北京奥运会实践成果，分享国际先进经验，探讨未来的工作方向。创新设计服务大会坚持“大众创业、万众创新”理念，旨在通过集合设计相关的服务机构，为设计创新、创业提供设计管理、设计创投、设计版权保护等全方位的系统服务，进而营造良好的设计创新和创业生态环境。

【“16述”——中国青年设计论坛】

2016年10月15日至25日，北京服装学院第十二届“科学·艺术·时尚”节在北京举办。10月15日至16日，作为“科学·艺术·时尚”节一部分的“‘16述’——中国青年设计论坛”举办。

“16述”——中国青年设计论坛由四个分论坛组成，包括“述·据”“手·述”“述·临界”“述·态”。在论坛上，来自建筑、交互媒体、时尚、民艺、视觉传达等不同学术领域的演讲人，围绕设计的技术变革进行了主旨发言。

【艺术学晋升学科门类五周年学术研讨会暨首届“中国艺术教育论坛”】

2016年10月23日，中国美术学院在教育部高等教育司、浙江省教育厅的指导下举办艺术学晋升学科门类五周年学术研讨会暨首届“中国艺术教育论坛”。国内艺术教育界最具领导力的艺术院校院长们齐聚杭州，以“梳理艺术学科建设成就，推进艺术教育转型创新”为宗旨，开展深入探讨，共同谋划艺术学科发展的宏图，为中国艺术教育发展以及艺术学科建设建言献策。论坛期间，中国艺术教育研究院挂牌成立。

中国美术学院院长、中国艺术教育研究院院长许江在论坛上发表演讲。中国艺术教育研究院常务副院长曹意强、中国艺术教育研究院副院长许平分别做主题报告。来自全国18所艺术院校的院长分别做主题发言，多位专家学者举行了圆桌会议，总结了艺术学科升门类五年来的成就和经验，梳理了艺术学科的发展现状和存在的问题，并对中国艺术教育研究院提出了文化自信、学科自强、高峰意识、社会贡献的责任担当与具体义务。

【2016亚洲设计管理论坛】

2016年11月4日，由中共杭州市委、杭州市人民政府、亚洲设计管理协会、中央美术学院主办的“2016亚洲设计管理论坛”在杭州开幕。本届论坛以“开放”作为核心主题，联合众多品牌、机构、企业、创新创业者、设计管理师展示年度设计和创新领域最精彩的观点与成就。论坛下设大师论坛、品牌论坛、分享论坛三大板块。

【“工匠精神与当代设计”学术论坛】

2016 年 11 月 5 日，由西安美术学院与《装饰》杂志社共同主办的“‘工匠精神与当代设计’学术论坛”在西安美术学院开幕。论坛由西安美术学院科研处处长朱尽晖教授主持。中国建筑学会常务理事、中国建筑学会建筑师分会理事长、清华大学建筑学院和北京建筑大学硕导邵韦平，同济大学设计创意学院设计理论实践与创业首席教授理查德·布坎南，清华大学美术学院工业设计系教授石振宇，德国达姆施塔特应用技术大学工业设计系主任尤斯图斯·泰纳特，方太集团水厨电产品与市场部部长赵雪刚，广州美术学院工业设计学院教授张剑，西安美术学院设计系副教授李瑾，JRT 聚仁堂文化机构创始人林飞等分别在之后的论坛中进行了演讲。来自全国 29 个省、自治区、直辖市与澳门特别行政区的 186 所高等院校的领导与学者参加了此次会议。

【教 / 学——第六届中国设计学青年论坛】

2016 年 11 月 11 日至 12 日，由南京艺术学院主办的“教 / 学——第六届中国设计学青年论坛”在南京艺术学院举行。论坛以“教学”为重点，吸引了全国艺术院校在教学第一线工作的青年学者。论坛演讲为期两天，共六场，分别为“工作坊”“趋势”“历史”“实验”“学生专场”“课题”6 个主题论坛。26 位演讲嘉宾发言，根据自己的教学实践、教学反思及研究成果阐述观点。

【2016 世界工业设计大会】

2016 年 12 月 2 日至 3 日，由工业和信息化部、浙江省人民政府共同主办的“2016 世界工业设计大会”在中国杭州良渚梦栖小镇举办。

本次大会围绕设计产业发展举行系列国际峰会、多边会谈、全国工业设计座谈会等，汇聚各国发展的宝贵经验和人类探索设计发展的共同智慧，探讨国际国内工业设计产业联合发展，创建全球设计创新合作发展的新平台。

会议期间，来自全球五大洲 30 多个国家 50 多个设计组织 500 余名行业精英领袖出席、参与峰会。大会以“设计·生产力”为主题，聚焦产业重点，共商产业发展，对于促进中国和世界工业设计产业发展，推动形成世界经济发展新动能具有十分重要的意义。馆内设有“设计 + 智造”“设计 + 智能”“设计 + 工匠精神”“设计 + 互联网”“设计 + 产业链”“设计 + 品牌”“设计 + 金融资本”“设计 + 一带一路”八大主题。

【2016 年中国优秀工业设计奖颁奖典礼】

2016 年 12 月 2 日，2016 年中国优秀工业设计奖颁奖典礼在杭州良渚梦栖小镇举行。这是经中央批准、由工业和信息化部主办的国家级政府奖项，也是我国工业设计领域唯一的“国家奖”，覆盖全国 35 个省市区，在历时 135 天、经过 70 位评审专家专业权威的评审后揭晓。

2016 年中国优秀工业设计奖共设奖项 10 个，分为产品设计奖和概念作品奖。产品类型：办公产品、家居产品、家用和类似用途电器、纺织服饰、五金制品、文体休闲用品、交通工具（轻便型）、医疗保健产品、儿童及特殊人群用品、电子信息及通信产品、智能机器人、智能可穿戴产品等。概念作品：围绕上述类别产品，提出符合经济社会发展和消费结构升级要求、具有前瞻性的设计作品。通过评奖全面检验和展示中国工业设计的实力和水平，营造产业发展的良好氛围，推动工业设计成为中国制造向中国创造、中国速度向中国质量、中国产品向中国品牌转变的重要桥梁。

各地共推荐 1 973 件产品（作品）参评。经工业和信息化部评奖工作领导小组审定，共有 9 件产品（作品）获得“2016 年中国优秀工业设计奖金奖”，其中 8 件为产品设计奖，1 件为概念作品奖。获奖名单如下：

一、产品设计金奖

（一）好孩子儿童用品有限公司申报的 POCKIT 口袋车；

（二）中航工业第一飞机研究院申报的 MA700 飞机驾驶舱内饰；

（三）山东如意科技集团有限公司申报的面料服装的集成创新与变革；

（四）海尔集团技术研发中心申报的海尔卡萨帝双子云裳滚筒洗衣机；

（五）小米科技有限责任公司申报的小米净水器；

（六）山东泰山瑞豹复合材料有限公司申报的全碳变速互换计时车；

（七）上海联影医疗科技有限公司申报的联影 112 环数字光导 PET-CT 系统；

（八）唐山晶玉科技有限公司申报的唐山晶玉蓝宝石多线切割机。

二、概念作品金奖

（九）威高集团有限公司申报的“妙手 S”微创手术辅助机器人系统。

【2016 中国设计红星奖】

2016 年 12 月 12 日，由中国工业设计协会、北京工业设计促进中心、国务院发展研究中心、《新经济导刊》杂志社共同发起并会同国内地方相关工业设计协会联合举办的 2016 中国设计红星奖颁奖典礼在北京举办。本届颁奖典礼以“中国精工——好设计新供给”为主题，紧密围绕“创新、协调、绿色、开放、共享”五大发展理念，通过举办颁奖、论坛、展览等多项活动，激发全社会创新设计的积极性和主动性，推动我国制造业不断提升创新设计水平和竞争力。

本届红星奖共有 300 余件产品获奖，其中 16 件作品获原创奖。为表彰设计对国家重点事件的贡献，为对“G20 峰会”做出贡献的企业及设计师颁发了中国设计红星奖特别奖。为鼓励创新设计教育，激发人才创新设计的积极性，颁发了最佳新人奖、优秀设计师奖、未来之星奖、最佳团队奖等。

为将颁奖活动打造成企业创新交流大会，“中国精工——好设计新供给”主题论坛同期举行。“红星奖新长征路设计展”与颁奖活动同期举办。

【2016 中国创新设计大会】

2016 年 12 月 14 日，由中国创新设计产业战略联盟、中国机械工程学会、光华设计发展基金会共同主办的“2016 中国创新设计大会”在北京人民大会堂举行。

本次大会主题为“创新设计，绿色发展”。会议内容包含 2016 中国创新设计大会、北京绿色设计促进会成立大会系列活动，并举行了 2016 中国“好设计奖”、第十二届“光华龙腾奖”两大颁奖仪式；发布了中国工程院重点咨询项目“设计竞争力研究”阶段性成果、中国科学院可持续发展研究团队研究成果；路甬祥院士做大会主旨报告“再论创新设计引领中国创造”。

另外，大会还在中国科技会堂同期举行中国工程科技知识中心建设项目“创新设计服务系统”子项目研讨会、“数字创意产业发展战略与行动计划研究”课题研讨会、2016中国好设计座谈会、第十二届“光华龙腾奖”中国设计业十大杰出青年评选终评会、北京绿色设计促进会选举大会、北京光华设计发展基金会第二届第三次理事会等多场专题会议。

研究著述选目

【著作选目】

书 名	著作权人	出版信息
《乡土玩具》	张道一	山东教育出版社2016年版
《徐州画像石》	张道一	江苏人民出版社2016年版
《清华藏珍》（清华大学艺术博物馆开馆展丛书）	冯远（主编）	清华大学出版社2016年版
《图说中国工艺美术史》（清华大学艺术博物馆开馆展丛书）	尚刚	清华大学出版社2016年版
《诗经名物新证》	扬之水	人民美术出版社2016年版
《无计花间住》	扬之水	中信出版社2016年版
《桑奇三塔：西天佛国的世俗情味》	扬之水	人民美术出版社2016年版
《物中看画》	扬之水	人民美术出版社2016年版
《藏身于物的风俗故事》	扬之水	人民美术出版社2016年版
《曾有西风半点香》	扬之水	人民美术出版社2016年版
《宛若初心　山东工艺美术学院工业设计教学暨沈祝华教授从艺从教回顾展》	潘鲁生（主编）	山东美术出版社2016年版
《设计的准则》	[意] 马西莫·维涅里著，汪芸译	广西师范大学出版社2016年版
《运动中的视觉：新包豪斯的基础》	[匈] 拉兹洛·莫霍利-纳吉著，周博、朱橙、马芸译	中信出版社2016年版
《写给大家看的设计书（第4版）》	[美] Robin Williams著，苏金国译	人民邮电出版社2016年版
《设计教育·教育设计》	[德] 克劳斯雷曼著，赵璐译	江苏凤凰美术出版社2016年版
《人人都是设计师》	[美] 丽贝卡·哈根、金姆·戈洛姆比基著，王沛译	人民邮电出版社2016年版
《设计的教室》	[日] 佐藤好彦著，支鹏浩译	人民邮电出版社2016年版
《设计史·理解理论与方法》（凤凰文库设计理论研究系列）	[挪威] 谢尔提·法兰著，张黎译	江苏凤凰美术出版社2016年版
《设计概论新编》	赵农（编著）	高等教育出版社2016年版

（续表）

书　名	著作权人	出版信息
《设计美学概论》	徐恒醇	北京大学出版社2016年版
《设计学概论》	邝慧仪等（编著）	湖南科技出版社2016年版
《艺术概论与设计思维实践研究》	赵磊等	中国轻工业出版社2016年版
《绿色建筑设计概论》	刘经强等（主编）	化学工业出版社2016年版
《园林景观设计概论》	何雪等（主编）	电子科技大学出版社2016年版
《游戏概论》	李瑞森等（编著）	人民邮电出版社2016年版
《数字媒体艺术概论》	刘慧等（主编）	华中科技大学出版社2016年版
《电子游戏设计概论》	张建翔等（编著）	中国海洋出版社2016年版
《中外设计发展史》	丁朝虹等（编著）	辽宁美术出版社2016年版
《设计艺术史（第二版）》	周锐等（编著）	高等教育出版社2016年版
《服装设计概论》	曾丽（主编）	湖南大学出版社2016年版
《服装设计概论》	余强（编著）	中国纺织出版社2016年版
《景观设计概论》	孙青丽等（主编）	南开大学出版社2016年版
《景观设计概论》	牛琳（主编）	华中科技大学出版社2016年版
《景观设计概论》	廖启鹏（主编）	武汉大学出版社2016年版
《艺术设计概论》	杨志等（编著）	高等教育出版社2016年版
《艺术设计概论》	曹晋等（主编）	江苏大学出版社2016年版
《艺术设计概论》	冯颖（主编）	西北工业大学出版社2016年版
《艺术设计概论》	杨晓金等（主编）	浙江大学出版社2016年版
《艺术设计概论》	王峰等（主编）	西安出版社2016年版
《艺术设计概论》	刘伟	电子科技大学出版社2016年版
《设计概论》	朱孝岳等（主编）	高等教育出版社2016年版
《设计概论》	陶新等（主编）	南京大学出版社2016年版
《设计概论》	高兴等	合肥工业大学出版社2016年版
《设计概论》	李丽等（主编）	北京工业大学出版社2016年版
《设计概论》	曹盼宫等（主编）	天津科学技术出版社2016年版
《设计概论》	聂世忠（编著）	中国电力出版社2016年版
《设计概论》	朱孝岳等（主编）	高等教育出版社2016年版
《中外设计史》	李龙生（主编）	安徽美术出版社2016年版

（续表）

书　名	著作权人	出版信息
《中外艺术设计史》	杨晓飞等（主编）	河北美术出版社2016年版
《中国设计史九讲》	孙皓	中国民族摄影艺术出版社2016年版
《国内外艺术设计史发展进程研究》	赵侠	世界图书出版公司长春有限公司2016年版
《中外艺术设计简史》	孙戈等（编著）	辽宁美术出版社2016年版
《景观设计史图说》	闻晓菁、严丽娜、刘靖坤（编著）	化学工业出版社2016年版
《中国陶瓷设计史》	张亚林、江岸飞	江西美术出版社2016年版
《工业设计史（新一版）》	王晨升等（编著）	上海人民美术出版社2016年版
《西方设计史》	黄虹、颜勇	北京大学出版社2016年版
《游戏设计史》	颜其峰（编著）	湖南大学出版社2016年版
《中国古代包装艺术史》	朱和平	人民出版社2016年版
《设计与百年民生》	王琥	江苏凤凰美术出版社2016年版
《艺术设计史》	吕锋等（编著）	辽宁美术出版社2016年版
《中国艺术设计史》	张卉等（编著）	上海交通大学出版社2016年版
《中国艺术设计史》	夏燕靖	上海人民美术出版社2016年版
《中国艺术设计史》	蔡玉硕（主编）	大象出版社2016年版
《世界现代设计史》	梁梅	上海人民美术出版社2016年版
《世界现代设计史》	谢姬等（主编）	成都西南交大出版社2016年版

【著作选介】

《设计美学概论》

2016年，徐恒醇著，北京大学出版社出版发行。

该书在作者多年于天津美术学院设计学院本科生教学经验的基础上加以扩展而成。此书既体现设计学科的特点，又涵盖美学学科的基本内容，强调设计美学的社会文化性、功利性和专业性。研究方法涉及哲学、美学、符号学、心理学、人机工程学、市场营销学等领域，较为全面地论述了设计美学的产生、发展和审美原则。

《设计与百年民生》

2016年，王琥著，江苏凤凰美术出版社出版发行。

该书为“十二五”国家重点图书出版规划项目，是一部按照中国社会近现代历史发展轨迹来探讨中国近现代设计历史的学术性研究论著。该书从设计学入手，大量运用现代经济学、社会学、艺术学、历史学的分析研究手法，着眼于对近现代中国设计事物发生、存在、发展起到基础性影响的社会形态与产业背景以及风俗民情、商业宣传等决定性因素进行深入分析和研究。

该书首次提出了“民生设计”的新观点，认为普通民众（城镇普通市民和乡村普通农民，包括各种体力劳动者、手艺工匠，所有中下层居民和以某种体力与技能谋生的所有普通民众）是整个社会的主体，而他们在日常生活和生产中使用的各种器物设计，则决定了百年“民生设计”的基本状况，这也就是中国近现代设计历史的主流形态。全书脉络清晰，依年代顺序逐渐展开，结合田野调查，梳理民生中的各种设计现象，并结合中国经济和文化的历史大环境，深入阐述“民生设计”与中国经济发展的关系，从设计史的角度剖析了中国设计的前世今生。

《世界现代设计史》

2016 年，梁梅著，上海人民美术出版社出版发行。

该书将现有可知的世界现代设计仔细梳理、归纳分类，对其源流、发展及现状进行了通论式阐述，对设计与建筑、设计与日常用品、设计与新技术等的关系做了全面且详细的研究。该书改版升级后，大量增加了近几年全新范例与图片，分层详述了艺术与设计、设计与生活的紧密关系，从理论到实际都有准确明晰的表述。

《西方设计史》

2016 年，黄虹、颜勇著，北京大学出版社出版发行。

该书是艺术设计专业的基础课程教材，是在《西方设计：一部为生活制作艺术的历史》的基础上修订改写而成，系统梳理几千年以来西方设计发生、发展的演变过程，重点解读闪耀其中的重要设计作品，领略其中的设计意味，同时关注西方设计当前的发展现状，展望设计的发展远景，在历史的脉络中融入对设计的思考。

《工业设计史（新一版）》

2016 年，王晨升等编著，上海人民美术出版社出版发行。

该书梳理了设计史中典型事件、重要流派、代表人物，用客观朴实的语言讲述了设计的发展轨迹、发展全貌，同时又搜集和整理了当代重要、知名的设计协会、设计公司、设计师，陈述了当代设计的发展现状。

《设计概论》

2016 年，朱孝岳等主编，高等教育出版社出版发行。

该书是中等职业学校工艺美术专业国家规划教材，是在第一版教材基础上的修订版。该书的编写本着适应实用美术技能型人才职业要求的培养目标，为学生提供基本的设计专业史论知识，帮助学生树立正确的设计观念，积累必要的设计素养。该书共有六个章节，内容包括总述、中国工艺美术史传统和设计思想概述、艺术设计史概述、设计的要素、设计过程和创造方法、艺术设计的门类等。本次修订除了讲述一般的设计理论外，还概括介绍了当今艺术设计学科在设计理念、设计方法、设计门类等方面新的设计理念和设计成果，更新了内容，使教材更加体现时代精神。

《运动中的视觉：新包豪斯的基础》

2016 年，［匈］拉兹洛·莫霍利－纳吉（Laszlo Moholy Nagy）著，周博、朱橙、马芸译，中信出版社出版发行。

该书是对 1947 年前后现代设计运动的一个详尽的视觉汇编，包括包豪斯和新包豪斯时期很多设计大师的作品，有马歇·布劳耶（Marcel Breuer）、格罗皮乌斯（Walter Gropius）、奥斯卡·史莱姆（Oskar Schlemmer）和赫伯特·拜耶（Herbert Bayer）等。

该书以条理分明的章节及浅显易懂的文字，有层次地说明设计的各个环节。作者从建立条理、添加变化、强调重点、设计技巧和设计中的色彩等几个方面将自己的实际操作经验与心得全部记录下来，系统地向读者说明自己所建立的“设计原理”的基本原则，为设计入门奠定了基础。

《设计艺术史（第二版）》

2016 年，周锐等编著，高等教育出版社出版发行。

《设计艺术史》用历史的眼光来阐释设计艺术的发展历程，涉及西方手工艺时代的艺术设计、东方手工艺时代艺术设计的概况、现代艺术设计的前奏、现代主义设计的发展、现代主义时期的各国设计、现代主义之后的艺术设计等内容，结合实际的设计案例进行分析，从思想史的角度对设计艺术体系展开深度剖析，体系完备，图文并茂，理论与实践相结合。

【论文选目】

扬之水：《元明时代的温酒器》，《南方文物》2016 年第 1 期。

陈彦姝：《俗世雅韵——宋人生活与器用之逸事》，《装饰》2016 年第 1 期。

李立新：《中国设计学源流辩》，《南京艺术学院学报（美术与设计）》2016 年第 2 期。

杭间：《中国现代设计教育先行者——雷圭元》，《上海工艺美术》2016 年第 2 期。

扬之水：《〈金瓶梅词话〉中的酒事》，《紫禁城》2016 年第 2 期。

扬之水：《同心一挽束千结》，《南方文物》2016 年第 4 期。

郭幸：《时尚景观的城市精神与价值建构》，《艺术设计研究》2016 年第 4 期。

陈平：《东方的意象西方的反响——18 世纪钱伯斯东方园林理论及其批评反应》，《美术研究》2016 年第 4 期。

李啸非：《书商的面具：〈人镜阳秋〉与汪廷讷的出版事业》，《美术研究》2016 年第 4 期。

江牧、解静、江小浦：《〈鲁班经〉北京馆藏古籍辨析及其版本的研究》，《南京艺术学院学报（美术与设计）》2016 年第 4 期。

于静芳：《〈簪花仕女图〉服饰年代新考》，《南京艺术学院学报（美术与设计）》2016 年第 4 期。

柳冠中：《不仅是怀旧，更期待超越——〈中国民族工业设计 100 年〉写在前面》，《中国美术》2016 年第 4 期。

宗椿理：《从“观物取象”到“立象尽意”——秦人早期设计艺术的物象表达》，《南京艺术学院学报（美术与设计）》2016 年第 4 期。

张明：《从“中国样式”到“中国方式”——全球视野下的本土化产品设计方法研究》，《南京艺术学院学报（美术与设计）》2016 年第 4 期。

周梦：《贵州苗族侗族传统服饰研究文献综述》，《南京艺术学院学报（美术与设计）》2016 年第 4 期。

张旸：《设计问题、价值与文化》，《南京艺术学院学报（美术与设计）》2016 年第 4 期。

张明山：《设计学视野下的传统棉花初加工器具研究》，《南京艺术学院学报（美术与设计）》2016 年第 4 期。

孙彦斐、丁山：《形意表达——论南北二京地铁公共艺术的叙事性研究》，《南京艺术学院学报（美术与设计）》2016 年第 4 期。

李楠、陈岸瑛：《2015 年度中国设计理论界学术与思想动态》，《艺术设计研究》2016 年第 4 期。

陈轩：《清代外销茶叶漆盒源流考》，《艺术设计研究》2016年第4期。

张磊：《建国“十七年”设计方针的构建与演替——从建筑设计到工艺美术》，《艺术设计研究》2016年第4期。

金岩：《跨学科实践助力乡村自治模式》，《艺术设计研究》2016年第4期。

韩雪岩：《别无深意：2008年以来中国新媒体艺术中的日常琐碎》，《艺术设计研究》2016年第4期。

宋建明：《中国好设计与现代制造业》，《浙江日报》2016年5月4日。

荣树云：《设计：“无”中生“有”——探讨生态设计理念在艺术设计中的研究与应用》，《南京艺术学院学报（美术与设计）》2016年第6期。

高丽娜：《“观念”在视觉传达设计教学中的意义》，《美术与设计》2016年第6期。

陈霞：《“聚变与反思”——20世纪70年代末至80年代初“中国风”服饰探究》，《南京艺术学院学报（美术与设计）》2016年第6期。

吕品田：《振兴手工，走工业和手工业并举之路》，《人民政协报》2016年6月20日。

方李莉：《“一带一路”上的瓷器贸易与世界文明再生产》，《中国社会科学报》2016年6月24日。

曹小鸥：《“新时期”设计——20世纪中国设计现象观察之四》，《南京艺术学院学报（美术与设计）》2016年第6期。

鲍进：《当代设计中用户体验分析》，《工业设计》2016年第8期。

张玉峰：《基于可持续理念的共享式服务系统设计初探》，《工业设计》2016年第7期。

刘宝顺等：《基于认知心理学的交互式产品的容错性设计研究》，《工业设计》2016年第8期。

楚天：《基于多元创新思维的空间设计探索》，《美术观察》2016年第7期。

李倜：《未来展示设计发展趋势》，《美术观察》2016年第7期。

刘有全：《新媒体业态下传统报刊发展的新思路——谈手机APP的发展与运营》，《美术观察》2016年第7期。

龙一南：《以装饰工艺为切入点的旗袍创新设计》，《美术观察》2016年第7期。

晋洁芳、王启照：《空间消费——上海商业空间非消费行为分析》，《装饰》2016年第7期。

张凌浩、曹鸣：《产品设计核心课程的再定位：从方法导向到问题导向》，《装饰》2016年第7期。

赵毅平：《传承与创新——汉仪字库在移动互联网时代的新探索》，《装饰》2016年第7期。

张曼华：《行为互动海报设计特征与内涵探究》，《装饰》2016年第7期。

杨茂川：《基于社会资源的研究型环境设计人才培养模式——以江南大学设计学院为例》，《装饰》2016年第7期。

魏洁：《社会转型与设计教育变革——江南大学设计学院“121整合创新人才培养模式”探索》，《装饰》2016年第7期。

杭间：《工匠精神的借古鉴今》，《中华手工》2016年第7期。

扬之水：《妆样巧将花草竞——两宋金银酒器造型与纹饰的诗意解读》，《装饰》2016年第8期。

李祖旺：《绘本早期样式小议》，《美术观察》2016年第8期。

莫钧：《江永女书图形艺术数字化传承与创新研究》，《美术观察》2016年第8期。

袁剑锋：《因地制宜、道法自然——谈我的景观规划设计理念》，《美术观察》2016年第8期。

熊嫕：《“浅识薄技”倡导下的民国女性生活设计考察》，《装饰》2016年第8期。

叶原：《“绍旧”与“创新”：〈长物志〉中的雅俗之辨》，《装饰》2016年第8期。

陈朝杰、方海：《芬兰新旧国家设计政策的对比研究》，《装饰》2016年第8期。

周鹏程：《户外数字媒体中动态图形的信源设计表达研究》，《装饰》2016年第8期。

王峰：《交互媒体展示设计中的群体行为关系研究——以太仓海运堤交互媒体作品为例》，《装饰》2016年第8期。

陆菁、刘渊、王军：《民生设计中的诚信意象及情感体验研究——基于儿童产品在互联视域下的用户评价与反馈的分析》，《装饰》2016 年第 8 期。

郑子云：《先知后行、知行合一——基于信息沟通的公共交通换乘服务设计研究》，《装饰》2016 年第 8 期。

杭间：《中国设计与包豪斯》，《中国美术报》2016 年 9 月 19 日。

杭间：《设计“国美之路”之思想脉络》，《新美术》2016 年第 11 期。

林广思：《20 世纪 50—80 年代的中国现代主义园林营造——以华东、华南两地为例》，《文艺研究》2016 年第 11 月。

刘兵、杨舰：《关于“智能化”与设计的若干哲学思考》，《装饰》2016 年第 11 期。

[意] 奇亚拉・莱切著、冯晔译：《数字时代的家居室内：智能家居》，《装饰》2016 年第 11 期。

[日] 大泽博隆著、鲁翠译：《人与智能体交互：与人相关的人工智能系统设计》，《装饰》2016 年第 11 期。

赵毅平：《智能硬件的创业生态》，《装饰》2016 年第 11 期。

[美] 艾伦・S. 布朗著、赵毅平译：《制造业日趋智能》，《装饰》2016 年第 11 期。

王媛：《“月窗”的词义与意义》，《文艺研究》2016 年第 11 月。

赵帅、岳阳：《近代设计教育体系的建构——四川省立艺术专科学校工艺美术教育研究》，《美术观察》2016 年第 11 期。

龚敏、蒋维波：《形态与形式——基于乡村聚落形态研究的设计创作有感》，《美术观察》2016 年第 11 期。

张磊：《视觉传达创意的情感表现——青花与平安锁的新建构》，《美术观察》2016 年第 11 期。

熊菁菁、戴清泉：《浅议中国工业设计的现状及发展之路》，《美术观察》2016 年第 11 期。

温京博：《浅谈数字媒体技术在主题空间中的运用》，《美术观察》2016 年第 11 期。

王方良、温施霞：《地铁空间乘客行为导向设计研究》，《美术观察》2016 年 11 期。

曹小鸥：《“制造”的悖论——关于中国设计模式与未来的再思考》，《新美术》2016 年第 11 期。

吕品田：《以学历教育保障传统工艺传承——谈高等教育体制对“师徒制”教育方式的采行》，《装饰》2016 年第 12 期。

高丽娜：《设计的视觉语言探索》，《美术观察》2016 年第 12 期。

张敏言、郭文丽：《基于敦煌文化的创意产品设计》，《美术观察》2016 年第 12 期。

朱宏轩：《在传统手工技艺流程中解读工具设计——工具设计研究新视角》，《美术观察》2016 年第 12 期。

李少波：《书法的“度”——再议教科书专用字体设计》，《装饰》2016 年第 12 期。

陈岸瑛：《时代转折中的非遗传承与传统复兴》，《装饰》2016 年第 12 期。

金江波：《地方重塑：活态、活性与活力的非遗社区建设》，《装饰》2016 年第 12 期。

张朵朵、季铁：《协同设计“触动”传统社区复兴——以“新通道・花瑶花”项目的非遗研究与创新实践为例》，《装饰》2016 年第 12 期。

刘润福：《从中日比较谈非物质文化遗产中的传统手工艺保护》，《装饰》2016 年第 12 期。

高登科、邓超：《文化蒙太奇：民艺的语境错置与转化的生机》，《装饰》2016 年第 12 期。

李笑男：《创意产业与当代艺术》，《美术观察》2016 年第 12 期。

武洪滨：《创意产业下中国艺术会展产业的发展形态与问题》，《美术观察》2016 年第 12 期。

陆丹丹：《繁荣下的危机还是契机？——设计创意产业十年反思》，《美术观察》2016 年第 12 期。

大事记

1月9日，“第二届中国设计大展及公共艺术专题展”在深圳开幕。

1月10日，“‘设计之变’——2016上海艺术设计展”在上海西岸艺术中心开幕。

3月15日至31日，“‘中国风格’艺术设计展”在布鲁塞尔中国文化中心举办。

4月30日至5月3日，“‘设计北京2016’展览”在北京农业展览馆举行。

5月4日，“2016‘华人设计观点×金点沙龙’系列论坛”之上海场举办。

5月8日，“首届中国设计智造大奖”颁奖典礼、佳作展及论坛在浙江省杭州市举行。

5月11日，国务院办公厅转发文化部、国家发改委、财政部、国家文物局四部委联合印发的《关于推动文化文物单位文化创意产品开发的若干意见》。

5月11日，“2016第十六届中国（青岛）国际时装周”开幕。

5月12日，“2016全国设计师大会”暨第十二届文博会设计产业园分会场活动在深圳开幕，“城市与艺术设计”高峰论坛同期举办。

5月13日，“2016年第三届天津国际设计周”在天津开幕。

5月14日，“尚坤塬2016中国大学生时装周”在北京开幕。

5月14日，“‘重返风景——城市与乡村变迁中的情感与记忆’西安论坛”在西安美术学院举办。

5月15日，上海市宝山区玻璃博物馆庆祝开馆五周年，“设计新馆”开放。

5月15日至7月10日，“纸上波澜：藏书票与书装设计前沿展”在深圳圈子艺术中心展出。

5月18日，“2016中国（广东）大学生时装周”在广州国际轻纺城开幕。

5月21日，“亚洲颜色学会第三届国际会议（ACA2016）”在江苏省常熟市开幕。

5月22日，“艺术设计专业学位研究生教育论坛”在北京举办。

5月23日，“首届城市与设计产业论坛”在北京举行。

5月24日，中国敦煌研究院和法国国家人类学博物馆合作备忘录交换仪式以及常沙娜敦煌图案研究设计工作室挂牌仪式在敦煌市敦煌研究院举行。

5月25日，“2016‘华人设计观点×金点沙龙’系列论坛”之青岛场举办。

5月25日，“2016中国设计节”在河北省廊坊市开幕。

5月26日（当地时间），“第15届威尼斯国际建筑双年展”中国国家馆“平民设计，日用即道”在意大利威尼斯开幕。

5月27日，纪念中国现代工艺美术教育家、设计家雷圭元先生诞辰110周年系列纪念活动在上海松江程十发艺术馆举行。

6月3日，“百年上海日用品包装展”在上海开幕。

6月10日，“2016中国设计创想论坛”在上海举办。

6月12日（北京时间），银川韩美林艺术馆的环境标识设计在美国环境平面设计协会主办的全球设计大奖颁奖典礼上获最高荣誉奖。

6月13日，中国国家博物馆与中国（上海）自由贸易试验区管理委员会在中国国家博物馆签署战略合作协议，共同启动“文创中国”中国大区运营中心等项目。

6月15日，“2016‘华人设计观点×金点沙龙’系列论坛”之天津场举行。

6月20日，“2016丝路精神——首届西部国际设计双年展”暨颁奖仪式在西安大唐西市博物馆开幕。

6月29日至7月3日，“2016（第七届）国际体验设计大会”在北京国家会议中心举行。

6月30日，中央美术学院中法艺术与设计管理学院合作协议签约仪式举行。

7月3日，第十三届全运会会徽、吉祥物正式发布。

7月4日，2016红点奖揭晓，由中国企业与设计团队设计并制造的数项产品获最佳设计奖。

7月4日，2016国际设计论坛及联合设计工作坊在天津大学开幕。

7月7日，“2016伦敦设计节‘南京周’”系列活动在江苏省南京市开幕。

7月19日，“2016宁波工业设计周”开幕式暨高峰论坛举行。

7月22日，“2016‘创新改变世界’精英论坛”在北京举行。

7月22日，工信部通知开展2016年中国优秀工业设计奖评奖工作，其后一系列工作相继展开。

7月27日，2016中国设计红星奖初评在北京举行。

8月11日，“第七届中国玩具和婴童用品创意设计大赛”终评会在北京举行。

8月14日，首届北京城市设计国际联合工作营在北京建筑大学开营。

8月17日至23日，“荷兰‘最美的书’设计艺术展”在上海举行。

8月18日，“丝路当代设计展”在新疆第四届文化创意产业博览会文化创意融合馆举办。

8月26日至29日，“2016上海设计之都活动周”在上海展览中心举办。

8月30日，“2016第十届‘创意中国’设计大奖”获奖名单公布。

9月11日，清华大学艺术博物馆正式向公众开放。

9月11日，“‘对话列奥纳多·达·芬奇’——第四届艺术与科学国际作品展”在清华大学艺术博物馆开展。

9月23日，“北京国际设计周”之北京国际设计贸易交易会天竺综合保税区文化保税园正式开幕。

9月23日至30日，北京国际设计周项目之“文化遗产再设计——百城万匠巡展（北京站）”举办。

9月23日至10月7日，“2016北京国际设计周”举办。

9月24日，“‘两地三代四十载’靳刘高设计40周年纪念展”在北京今日美术馆开幕。

9月24日、25日，北京国际设计周主题展览之“北京媒体艺术双年展”以双展馆的方式展开，分别是中央美术学院美术馆的“实验空间”特别展览与中华世纪坛艺术馆的“技术伦理”主题展。

9月25日，“北京国际设计周”之首届中国设计智造大奖的成果作品展在北京中华世纪坛开幕。

9月26日，作为“北京国际设计周”主论坛的“北京2022·形象景观设计论坛”在中央美术学院举行。

9月26日，“北京国际设计周”活动之“2016当代国际水墨设计展”在首都师范大学美术馆开幕。

9月26日，“北京国际设计周”之设计市场“绿色健康与智慧生活”主题论坛在中华世纪坛举办。

10月13日至15日，“第二届中国‘互联网+’大学生创新创业大赛”全国总决赛在武汉华中科技大学举行。

10月22日至23日，“第一届公共艺术与城市设计国际高峰论坛”在中央美术学院举办。

10月23日，艺术学晋升学科门类五周年学术研讨会暨首届“中国艺术教育论坛”在杭州中国美术学院举行，同时举办了中国艺术教育研究院挂牌仪式。

10月28日，“第八届中国南京文化创意产业交易会暨2016南京创意设计周”在南京国际展览中心开幕。

10月29日至11月1日，“红点在中国——2016厦门国际设计周”在厦门国际会议中心举行。

11月4日，“2016亚洲设计管理论坛”在杭州开幕。

11月5日，“‘工匠精神与当代设计’学术论坛”在西安美术学院开幕。

11月6日，“第四届深圳国际工业设计大展”开幕。

11 月 11 日至 12 日，“教 / 学——第六届中国设计学青年论坛”在南京艺术学院举行。

11 月 12 日，“腹地智慧——2016 设计论坛”在四川美术学院举行。

11 月 13 日，2016 第二届中国人居环境设计学年奖教育年会暨颁奖典礼在大连理工大学举行。

11 月 22 日，“色无界——首届国际色彩论坛”在清华大学美术学院举行。

11 月 25 日，“‘重置 / Re-Set’视觉传达设计与教育再思考学术论坛”在四川美术学院举行。

11 月 27 日，“2016 服务设计与创新论坛”暨 2016 中国（北京）设计学术月主论坛——“服务设计与创新论坛”举办。

11 月 29 日，“2016 全国大学生工业设计大赛”颁奖典礼在广东省东莞市举行。

12 月 2 日至 3 日，“2016 世界工业设计大会”在杭州良渚梦栖小镇举行。《2016 中国工业设计产业发展报告（绿皮书）》发布。

12 月 1 日至 2 日，“2016 中国工业产品生态（绿色）设计与绿色制造年会”在北京举行，中国工业产品绿色再设计促进中心成立。

12 月 3 日至 4 日，“2016’IIDC（武汉）新媒体艺术国际研讨会暨 IIDC 年会”在武汉华中科技大学举行。

12 月 9 日，首届“中国汽车交互设计（国际）论坛”在上海举办。

12 月 12 日，2016 中国设计红星奖颁奖典礼在北京举办。

12 月 14 日，“2016 中国创新设计大会”在北京人民大会堂举行。

12 月 15 日，“2016 国际创意城市设计创新论坛”在上海举行。

12 月 18 日，“2016 年‘东 + 西国际设计周’”在湖北美术学院举行。

12 月 21 日至 25 日，“第十一届中国工业设计周暨第十届中国（深圳）国际工业设计周”在深圳举办。

12 月 24 日，“2016 杭州国际设计周”开幕。

12 月 30 日，“‘图案人生’——中国现代设计教育奠基人雷圭元艺术回顾展”开幕式在清华大学艺术博物馆举行。

中国艺术年鉴·2017

索引

分卷主编：傅　秋

人名索引

C

F

作品索引

D

H

K

L

Q

R

S

X

Z

机构索引

X

Y

后　记

《中国艺术年鉴》是一部系统汇辑重要艺术文献信息的综合性专业年鉴，主要反映中国年度各艺术门类、各艺术工作领域概况及成就，立体呈现艺术状况与发展趋势。其力求为艺术研究者、管理者提供总结过去、分析现状、探索未来的资料依据，是一部艺术领域全门类信息的重要工具书。

中国艺术研究院《中国艺术年鉴》编辑部为常设年鉴编辑机构，主要编纂《中国艺术年鉴》与《中国艺术学年鉴》两部年鉴。《中国艺术年鉴》实行分卷主编负责制，首卷为《中国艺术年鉴·2011年卷》。为保证资料的相对完整性和连续性，编辑部陆续出版了《中国艺术年鉴·2012年卷》《中国艺术年鉴·2013年卷》和《中国艺术年鉴·2014年卷》，以上几卷的标注年份与年鉴记述内容的年份相一致。经过征求中国出版协会年鉴工作委员会领导和专家的指导意见，结合新形势下年鉴编辑出版规范要求，自“2015年卷”始，将标注年份调整为所载录资料（2015年度的年鉴数据）的后一年度，即《中国艺术年鉴·2015年卷》更名为《中国艺术年鉴·2016》。其中，卷本与之前的卷本编目对应，采用分类编排法。编纂体例延续《中国艺术年鉴·2014年卷》。

《中国艺术年鉴·2017》的编纂工作于2018年8月启动。全书分为上下两册，整部200余万字，收录条目2 400余条。为保证全书信息的客观性、准确性和学术性，编辑部按照客观记录与学术评价相结合、全面反映与重点突出相协调、活动情况与反响评价相兼顾的思路与原则，对各艺术专业的行业发展信息进行审慎的梳理和筛选，在此基础上，由各分卷主编聘请相关行业专家进行审稿，汲取专家意见并修改后，再次组织业内专家进行审定。经过几轮修改与编辑，《中国艺术年鉴·2017》交付出版社进入编校出版流程。

关于本年鉴转载和摘录的文章，主要基于国家艺术实践、展示展演层面，选取当年度优秀论文或著作进行推介，其中约稿原创及部分原文转载的文章已发放稿费，另有由于种种原因无法联系到的部分作者，烦请与中国艺术研究院《中国艺术年鉴》编辑部取得联系。

《中国艺术年鉴·2017》的编辑出版工作得到原文化部、中国艺术研究院各位领导的大力支持，谨在此表示衷心的感谢。同时，特别感谢中国艺术研究院的相关专家学者：戏曲研究所王馗研究员，话剧研究所宋宝珍研究员，音乐研究所项阳研究员，《2016年度中国音乐发展研究报告》课题组全体撰稿人，音乐研究所金经言译审、李宏锋副研究员，舞蹈研究所欧建平研究员、江东研究员，曲艺研究所吴文科研究员，电影电视艺术研究所丁亚平研究员、赵卫防研究员、许婧研究员、赵小青研究员、支菲娜副研究员，美术研究所郑工研究员，工艺美术研究所邱春林研究员，研究室裴旖旎副研究馆员，以及中国社会科学院文学研究所刘平研究员、哲学研究所梁梅研究员，德州学院明言教授，上海歌剧院艺术创作室主任、《歌剧》杂志主编游暐之，《北京舞蹈学院学报》副主编张延杰，北京师范大学艺术与传媒学院王杰副教授、王阳文讲师，国家广播电视总局发展研究中心信息所李岚研究员，《美术》杂志主编尚辉，中国美术馆魏祥奇副研究馆员，重庆大学艺术学院郝斌讲师，清华大学美术学院艺术史论系陈岸瑛副教授，中央美术学院许平教授，北京印刷学院陶海鹰副教授，集美大学美术学院汪晓东副教授，清华大学《装饰》杂志编辑部主任周志等。还有许多专家学者在编纂过程中也提供了帮助和支持，由于篇幅所限未能一一列出，在此，谨表歉意并诚挚感谢。

错漏之处，敬请指正。

中国艺术研究院《中国艺术年鉴》编辑部
2019 年 12 月